隋唐五代辞赋研究

Research on Fu of Sui, Tang and Five Dynasties

刘伟生 著

图书在版编目(CIP)数据

隋唐五代辞赋研究/刘伟生著. —合肥:安徽大学出版社,2022.1
ISBN 978-7-5664-2360-3

Ⅰ.①隋… Ⅱ.①刘… Ⅲ.①赋－文学研究－中国－隋唐时代②赋－文学研究－中国－五代(907－960) Ⅳ.①I207.224

中国版本图书馆 CIP 数据核字(2022)第 001074 号

隋唐五代辞赋研究
Suitang Wudai Cifu Yanjiu

刘伟生 著

出版发行:	安 徽 大 学 出 版 社
	(安徽省合肥市肥西路 3 号 邮编 230039)
	www.ahupress.com.cn
印　　刷:	合肥远东印务有限责任公司
经　　销:	全国新华书店
开　　本:	165 mm×238 mm
印　　张:	38
字　　数:	706 千字
版　　次:	2022 年 1 月第 1 版
印　　次:	2022 年 1 月第 1 次印刷
定　　价:	118.00 元
ISBN 978-7-5664-2360-3	

策划编辑:李　君　　　　　　　装帧设计:李　军
责任编辑:汪　君　　　　　　　美术编辑:李　军
责任校对:范文娟　　　　　　　责任印制:陈　如　孟献辉

版权所有　侵权必究

反盗版、侵权举报电话:0551－65106311
外埠邮购电话:0551－65107716
本书如有印装质量问题,请与印制管理部联系调换。
印制管理部电话:0551－65106311

国家社科基金后期资助项目
出版说明

后期资助项目是国家社科基金设立的一类重要项目,旨在鼓励广大社科研究者潜心治学,支持基础研究多出优秀成果。它是经过严格评审,从接近完成的科研成果中遴选立项的。为扩大后期资助项目的影响,更好地推动学术发展,促进成果转化,全国哲学社会科学工作办公室按照"统一设计、统一标识、统一版式、形成系列"的总体要求,组织出版国家社科基金后期资助项目成果。

全国哲学社会科学工作办公室

序

郭建勋

伟生此著，本应是我提出之规划"中国辞赋通史"中的一部。自从2008年他承担其中"隋唐五代"一段的研究任务以来，孜孜矻矻，不曾懈怠，光是相关论文便发表了二十余篇，并获得国家社科基金后期资助项目的支持。经过十多年的努力，终于撰就这部七十余万言的大著。尽管因为各种各样的原因，"中国辞赋通史"未能整体面世，但是伟生这部《隋唐五代辞赋研究》是继牛海蓉教授的《金元赋史》之后，又以单本的形式呈现于学林，亦足慰我心矣。

20世纪80年代，马积高先生针对"唐无赋""唐以后无赋"的说法，特别强调唐赋是"赋的发展高峰"，并引发了学界对唐赋的关注。此后，有韩晖《隋及初盛唐赋风研究》(2002)、赵俊波《中晚唐赋分体研究》(2004)、赵成林《唐赋分体叙论》(2009)、彭红卫《唐代律赋考》(2009)等著作问世。

伟生这部著作，则在前人研究的基础上，将隋唐五代辞赋视为自足的整体，结合时代背景与文体特质，从宏观上探究这一特定历史阶段辞赋的发展历程与演进规律，对此时期绝大多数赋家赋作及其理论表达，作出立足于事实的全面而深入的解读，尽可能还原这段赋史众彩纷呈的生态样貌，是对以往此类研究或止于概述、或囿于分段与分体的突破，堪称周详厚重。据我个人的阅读体验，伟生这部书，有切当精美的文本细读，有突破陈规的理论思考，有随物赋形的结构体例，有笃实认真的写作态度。

文本细读始于对隽美文辞的感受，终于以恰当的文辞还原出文辞之美、文心之微、文运之势。为了还原赋文之美、赋家之心，本书经常以相应的文辞意气来匹配具体的作家作品。如标举唐太宗《感旧赋》中的少年意气："既有飞盖河曲、解佩芝田、挟弹铜驼、连镳金谷的豪纵生活，又有电举云翔、凤跱龙骧、扫定六合、廓静八荒的威武风姿。"如概述谢偃《惟皇诫德赋》的慷慨陈词："理乱、安危、逸劳、得失，非此即彼，处殿堂、朝万国、巡府库、视功臣、见名将，悬河泻水，全是战国纵横家习气。"如复现张九龄在《荔枝赋》中的观念:"蒂如芍药,皮似龙鳞;膜如洁玉,果似明珰;味美出众,无可比拟;闻者欢喜而企望,见者惊讶而赞叹……物以不知而永屈,士因位卑而未效,这样的感慨既有贤不见用的幽愤,又包含对用人制度的思考与批判。"或叙事、或抒情、或写景、或咏物,或齐言、或散语,或铺陈、或概括,凡此种种,写法多样,虽然会占去一些篇幅,但是大大增加了学术著作的可读性,也有效地还原了隋唐五代辞赋本有的魅力。

  本书的文本细读,当然还包括随处可见的身份交代、背景考述与文体辨析。其中不乏类比与勾连。或前后关联,两两比较。如参照赵壹《穷鸟赋》,从所比之物、人称视角、写作目的等维度解读卢照邻《穷鱼赋》,并借此说明赋体文学于大同中求小异的题材开拓方法。或触类旁通,以面衬点。如以曹植、萧纲、庾信等人的言"愁"之赋,来衬托释真观《愁赋》如何总写愁名、愁理、愁状、愁情。如书写劲竹之便娟、幽兰之秀雅、高松之挺拔、尘土之飘忽、影像之无方的段落,以类析许敬宗《竹赋》、颜师古《幽兰赋》、谢偃《高松赋》《尘赋》《影赋》等咏物赋的比兴寄托。又如以先唐至初盛唐自况自喻赋的梳理,来呼应对卢思道《孤鸿赋》、李白《大鹏赋》、杜甫《雕赋》等作品的阐释。用伟生自己解读韩愈《复志赋》时的话说,就是"竖着读、横着读、由表及里地读"。

  不只单个文本的解读,本书还运用文体学、叙事学、身份理论、创作心理学等方法,从内部与外部、宏观与微观等不同维度,深入阐释隋唐五代赋家、赋作、赋体、赋论的独特品性,摸索与总结出了一些富有创新性、针对性的命题与理论。通过对赋家身份与赋体创作、赋家赋作的题材意识、赋体创作与感物兴思、叙事理论与赋体结构及赋序关系、律赋与俗赋的叙事艺术、隋唐五代文体互渗尤其是诗赋地位消长、史家刘知几的辞赋观等诸多问题的分析和论述,实现了学术层级上某种程度的超越,显示了作者学术上的敏锐眼光与深耕意识。所以当我们浏览本书关于刘禹锡《望赋》的解读时,不仅要注目他对文本中"望最乐""望且欢""望攸好""望有形""望且慕""望最伤"等因望而生的种种情绪所作的细致分析,还要留意他直接以"刘禹锡赋的企望心境与慷慨情怀"作为章节的标题,以强调"刘禹锡赋篇篇有望"的做法,并关联前面章节有关贬谪与赋体创作的理论阐述及韩愈仕进心绪与柳宗元骚学精神的平行例证,甚至扩展到全书中有关赋家身份与赋体叙事的讨论。同样的道理,我们也要将书中关于"初唐四杰"的开拓之功、李杜赋及诗赋地位的变迁、古文运动与赋体革新、《阿房宫赋》的文体文化意义等问题的阐释关联起来,以体察作者对于赋体沿革探究的用心。

关联与制衡各个章节及具体作家作品的纽带,其实就是文学史书写的线索或体例。文学史书写的线索可以是时代、地域、作家,也可以是题材、内容、思想,或文体、语言、风格,其中文体要素至为重要。从文体发展的角度看,文学史确实可以视为各种文类孕育形成和发展演变的历史,也是各种文类之间互相作用、互相渗透,不断衍生出新品种的历史。正是这种经由各时代创作活动所引发的文学体类的自动与互动,促进了文学形式的创新、繁衍,并与它们所承载和表现的历史事件、作家情感等内容一起,共同构成缤纷复杂的文学发展历史。伟生的这本赋体文学断代史,也充分考虑到了体式要素在赋体发展史中的作用,但又不局限于此,而是综合作家身份、赋作题材、赋体体式、时代王朝、团体流派、文学思想等诸多因素,作尽可能地还原历史本真的生态化处理。大致一看,这个框架是作家、体裁、内容、技艺的杂糅,仔细一想,其实是根据实际情况随物赋形的策略。绪论部分专就赋史书写问题展开讨论,认为赋史书写同一般文学史书写一样,存在视角生成与价值指向的问题,除了要考虑一般文学史书写中的纯杂、主从与显隐关系,还要关注赋体特质及其对文体演变的影响,较之一般文学史的书写,赋史书写更需要多维的视角与开放的态度。这也说明,在赋史书写线索与体例的问题上,伟生是作过深入思考与细致规划的。

无论是文本的细读,还是框架的建构,都离不开事实的查证与意义的理解。事实的查证需要穷尽式的资料积累,意义的理解有待如履薄冰般的指向判析。为了基本的理论前提与事实依据,伟生下大力气,对隋唐五代赋家赋作和历代与之相关的研究资料进行了全面的搜查与整理,在此基础上再作审慎细致的解析与周详恰当的评判。他将武后中宗朝赋的题材归为宏大与琐细,便是建立在对此时期44篇辞赋进行表格式的统计与逐一分辨的基础上的。有关"初唐四杰"辞赋文气开拓的论证,既有对"文气"说内涵的梳理与辨析,又注意将整体的逻辑线索落实在具体的文本文类里。在关于刘知几辞赋观的探究中,本书逐一清点了《史通》提到的赋家赋作及指代辞赋的语词,通过精确的统计,来说明《史通》对辞赋的关注,又列出古往今来关于《史通》文论成就的论说作为比对,以反衬辞赋视角的创新意义。为了论证"盛唐辞赋的强劲气象既体现在个性的张扬、文风的雅健与文体的溢越,更集中于帝唐的意识与帝国的书写",本书也遍查盛唐辞赋中的"帝国"语汇、"帝国"题材及其所构建的"帝国"形象。所以在本书中,我们既可以读到隋唐五代绝大多数赋家赋作的个性风采,又能感受到整个隋唐五代辞赋全面而真实的生机与活力。伟生这种笃实认真的写作态度,无疑为这本《隋唐五代辞赋研究》提供了质量保证。

当然,历史与逻辑本难一致,书写文学史不等于事实文学史,本书的框架结构未必完美,个别标题也不具有针对性,研究方法与结论都难免存在这样那样的局限,希望伟生能广泛听取学界同行的意见,不断完善自己的成果。

学问勤中得。学术研究是极为辛苦的事情,赋学研究尤其如此。我自己深有体会,也目睹了马积高先生为编纂《历代辞赋总汇》而憔悴劳损的过程。但好的成果一旦问世,便可以嘉惠学林。伟生是耐得住寂寞、忍得了尘嚣的人,希望他持恒静一,纯粹如初,为学术事业作出更多的贡献。

是为序。

2021 年 12 月于长沙岳麓山寓所

目　录

绪论：隋唐五代赋的历史地位与赋史的书写问题 ……………… 1

第一章　隋赋 …………………………… 34

第一节　隋代的赋学思想 ………………………… 34

第二节　隋赋的总体风貌 ………………………… 46

第二章　初唐赋 …………………………… 60

第一节　初唐赋的承传与新变 …………………… 60

第二节　太宗君臣的赋学理念与创作实践 ……… 73

第三节　高宗赋坛与四杰的开拓之功 …………… 108

第四节　武后、中宗朝赋家群体 ………………… 136

第三章　盛唐赋 …………………………… 189

第一节　盛唐赋的拓展与气象 …………………… 189

第二节　李、杜赋及诗赋地位的变迁 …………… 214

第三节　盛唐其他著名诗家之赋 ………………… 241

第四节　古文运动先驱赋 ………………………… 262

第五节　律赋的肇始与体制 ……………………… 290

第四章　中唐赋 …………………………… 303

第一节　中唐赋的鼎盛与赋体流变 ……………… 303

第二节　韩愈赋的仕进心绪与韩门赋作概况 …… 326

第三节　柳宗元赋的骚学精神与讽刺艺术 …………… 359
  第四节　刘禹锡赋的企望心境与慷慨情怀 …………… 391
  第五节　王李、元白与中唐律赋 ……………………… 412

第五章　晚唐赋 …………………………………………… 444

  第一节　《阿房宫赋》的文体文化意义 ………………… 445
  第二节　李德裕、卢肇、舒元舆等人的仿古之作 …… 460
  第三节　讽时刺世的晚唐小品赋 ……………………… 476
  第四节　晚唐律赋题材与体式的新变 ………………… 492
  第五节　唐代俗赋及其叙事艺术 ……………………… 514

第六章　五代十国赋 ……………………………………… 534

  第一节　五代赋家、赋作、赋集与赋学活动 ………… 534
  第二节　五代赋家赋作的时代性与地域性 …………… 541
  第三节　徐寅赋的题材意蕴与叙事艺术 ……………… 564

参考文献 ………………………………………………… 582

后记 ……………………………………………………… 599

绪论：隋唐五代赋的历史地位与赋史的书写问题

一、隋唐五代赋批评概说

关于唐赋的价值与地位，向有"唐无赋"与"赋盛于唐"之说。

主"唐无赋"或"唐以后无赋"说者，以明代"前七子"中的李梦阳、何景明为代表。李梦阳《潜虬山人记》云："山人商宋、梁时，犹学宋人诗。会李子客梁，谓之曰：'宋无诗。'山人于是遂弃宋而学唐。已问唐所无。曰：'唐无赋哉！'问汉，曰：'无骚哉！'山人于是则又究心赋骚于唐汉之上。"①何景明《杂言》说："经亡而骚作，骚亡而赋作，赋亡而诗作。秦无经，汉无骚，唐无赋，宋无诗。"②主"赋盛于唐"或"唐赋高峰"说者，以清人王芑孙与当代马积高为代表。王芑孙《读赋卮言》称："诗莫盛于唐，赋亦莫盛于唐。总魏、晋、宋、齐、梁、周、陈、隋八朝之众轨，启宋、元、明三代之支流，踵武姬汉，蔚然翔跃，百体争开，昌其盈矣。"③马积高《赋史》则认为："赋始盛于汉，但汉赋不是赋作成就的最高峰。姑不论屈、宋赋已擅美于前，魏晋六朝的抒情讽刺小赋，无论就思想高度和艺术水准来说，也都超过汉代……唐赋的成就又高于魏晋六朝……唐赋应是赋的发展高峰。"④

两极之间，凡胡应麟《诗薮》、祝尧《古赋辨体》、程廷祚《骚赋论》、章太炎《国故论衡》、郭绍虞《赋在中国文学史上的位置》、陈去病《辞赋学纲要》、铃木虎雄《赋史大纲》、高光复《赋史述略》、李曰刚《辞赋流变史》、袁济喜《赋》、朱碧莲《中国辞赋史话》、万光治《唐宋赋地位论略》、袁宏道《与江进之》、王文禄《文脉》、叶幼明《辞赋通论》、俞纪东《汉唐赋浅说》、余重《关于赋史研究的几个问题》、张啸虎《唐赋略论》、霍松林《论唐人小赋》，郭维森、许结《中国辞赋发展史》、北大中文系 1955 级集体编《中国文学史》、张正体、张婷婷父女合著的《赋学》等，多有论说。

---

① 李梦阳：《空同集》卷四十八，世界书局印行《四库全书荟要》本，第453页。
② 何景明：《大复集》卷三十八，世界书局印行《四库全书荟要》本，第356页。
③ 王芑孙：《读赋卮言》，见王冠辑：《赋话广聚》第三册，北京：北京图书馆出版社，2006年，第311页。
④ 马积高：《赋史》，上海：上海古籍出版社，1987年，第10~11页。

如程廷祚的赋论专文《骚赋论·中》，总陈诗、赋之代谢，以楚、汉为岳渎，魏、晋为旁支，说"唐以后无赋"：

> 是故以赋譬之山水，岳渎其楚、汉乎，东京则山之丽于岳，水之附于渎者也。又其山之旁出，水之支流，则为魏、晋。至于指丘垤以为山，画沍沚以为水者，六朝之谓耳。此其升降之大凡也。盖自雅颂息而赋兴，盛于西京。东汉以后，始有今五言之诗。五言之诗，大行于魏、晋而赋亡。此又其与诗相代谢之故也。唐以后无赋。其所谓赋者，非赋也。君子于赋，祖楚而宗汉，尽变于东京，沿流于魏、晋，六朝以下无讥焉。①

章太炎《国故论衡·辨诗》，主张"物极则变"，说赋之亡先于诗，更说李白、杜甫可以看作最后的赋家：

> 自屈、宋以至鲍、谢，赋道既极，至于江淹、沈约，稍近凡俗。庾信之作，去古愈远，世多慕《小园》《哀江南》辈，若以上拟《登楼》《闲居》《秋兴》《芜城》之俦，其靡已甚。赋之亡盖先于诗。继隋而后，李白赋《明堂》，杜甫赋《三大礼》，诚欲为扬雄台隶，犹几弗及，世无作者，二家亦足以殿。自是赋遂泯绝。②

而对"汉无骚""唐无赋""宋无诗"的说法，明人王文禄、袁宏道即已提出异议。王文禄《文脉》卷二云：

> 李空同曰："汉无骚。"予曰：司马相如《长门》、扬子云《反骚》、贾谊《鹏鸟》、班昭《自悼》，岂曰无骚？曰："唐无赋。"予曰：李太白《大猎》《明堂》、杨炯《浑天仪》、李庚《两都》、杜甫《三大礼》、李华《含元殿》、柳宗元《闵生》、卢肇《海潮》、孙樵《出蜀》，岂曰无赋？曰："宋无诗。"予曰：梅圣俞、王介甫、陈后山、朱晦庵、谢皋羽、择而诵之，岂曰无诗？③

不同于王文禄举实例以反驳，袁宏道更从根本上反对盲目拟古，主张

---

① 程廷祚：《青溪集》，上海书店《丛书集成续编》本（第一百二十九册），第204页。
② 章太炎撰，陈平原导读：《国故论衡·辨诗》，上海：上海古籍出版社，2003年，第91页。
③ 王水照编：《历代文话》，上海：复旦大学出版社，2007年，第1697～1698页。

文随时变:

> 夫物始繁者终必简,始晦者终必明,始乱者终必整,始艰者终必流丽痛快……张、左之赋,稍异扬、马。至江淹、庾信诸人,抑又异矣。唐赋最明白简易,至苏子瞻直文耳,然赋体日变,赋心益工,古不可优,后不可劣。①

袁宏道在承认文随时变的同时,也指出"古不可优,后不可劣"。因为不同的著述视角有别、立场不一,或以古、律优劣为衡裁标准,或以文学代兴为理论指导,或以内容为量器,或以艺术为尺度,或与赋史写作紧密关联,或与文化复兴牵连挂钩,有关唐赋价值的这类异见一直延续到二十世纪,它们虽不无道理,但也不无局限。

一个更值得关注的现象是,近四十年特别是二十一世纪以来,有关唐赋研究的著述日渐增多。马积高《论唐赋的新发展》(《湖南师大学报》1986年第1期)、张啸虎《唐赋略论》(《贵州社会科学》1986年第6期)、余重《关于赋史研究的几个问题》(《艺谭》1989年第1期)、霍松林《论唐人小赋》(《文学遗产》1997年第1期)等以专文的形式明确强调唐赋的重要性。马积高《赋史》(上海古籍出版社1987年版),郭维森、许结《中国辞赋发展史》(江苏教育出版社1996年版),叶幼明《辞赋通论》(湖南教育出版社1991年版),俞纪东《汉唐赋浅说》(东方出版中心1999年版),尹占华《律赋论稿》(巴蜀书社2001年版)等通史通论均给唐赋以足够的篇章与地位。更有韩晖《隋及初盛唐赋风研究》(广西师范大学出版社2002年版),赵俊波《中晚唐赋分体研究》(华龄出版社2004年版),赵成林《唐赋分体叙论》(湖南大学出版社2009年版),彭红卫《唐代律赋考》(社会科学文献出版社2009年版)等分段分体的唐赋专著。可以说,除了完整综合的唐代赋史尚付阙如之外,不管是专文、通史、通论,还是断代与分体研究,都取得了前所未有的成绩。这种现象本身说明了今天我们对唐赋价值的认识正在不断提升。

相较而言,有关隋赋与五代十国赋的著述颇为少见。程章灿《魏晋南北朝赋史》第八章第三节第三部分专论隋赋,但不到5页篇幅。郭维森、许

---

① 袁宏道著,钱伯城笺校:《袁宏道集笺校·江进之》,上海:上海古籍出版社,1981年,第515页。

结《中国辞赋发展史》第四、五章有提及隋炀帝、卢思道、薛道衡、李谔、杨夔与王周诸人,但全书并无隋与五代赋的专节乃至专段。倒是韩晖《隋及初盛唐赋风研究》分上、中、下三编,上编专论隋代辞赋①,中编论初唐辞赋,下编论盛唐辞赋,可惜未及中晚唐与五代辞赋。赵俊波《中晚唐赋分体研究》与韩著从时间上看正好对接,书分上、下两篇,上篇论中晚唐古赋,下篇专论中晚唐律赋,书末附录的《唐赋辑补》包括五代部分,后来又将这一部分单独抽出以《五代赋辑补》为题编入房锐主编《唐五代文学论稿》一书。②近年出的两部赋学史也有意以"隋唐""五代"等标题。如何新文、苏瑞隆、彭安湘《中国赋论史》第三章第一节标题为"隋唐五代赋论概述",第四节为"《赋谱》及其他唐五代的赋格书",第五节为"中晚唐诗论笔记与五代《唐摭言》中的赋论"。③ 许结《中国辞赋理论通史》第八章《以"古赋""律赋"为中心的批评(上)》有一个副标题"隋唐赋论"。④

不光辞赋,隋及五代文学本难与唐代文学相抗衡,所以研究者们多将其附缀于唐前、唐末。近年来,这些过去不太受重视的时代也逐步成为研究的对象。张兴武《五代作家的人格与诗格》、李定广《唐末五代乱世文学研究》、罗婉薇《逍遥一卷轻:五代诗人与诗风》,便是对这种相对薄弱的环节进行专门研究的明证。这些研究虽然还是以诗词为主,很少论及辞赋,但是它们对时代背景的强调和宏观的研究思路却可以成为隋唐五代辞赋研究的借鉴。

隋唐五代是紧密相连的三个时期,如何全面而深入地探究隋唐五代辞赋的特征及其背后的发展线索与原因,并客观评价其成就与地位,以弥补此前研究零碎不成系统、评价拘泥各持己见的不足,是我们迫切需要解决的问题。

二、赋史书写的视角与价值指向

在文艺学内部,文学史与文学理论、文学批评"互相包容、互相切入、互

---

① 下设两章:"两种不同而缺少争辩的辞赋观""过渡期辞赋创作的复杂风貌"。
② 《五代赋辑补》共辑得五代赋家 29 人,赋作 39 篇(多系篇名或残句),试赋题 5 个。
③ 何新文、苏瑞隆、彭安湘《中国赋论史》,北京:人民文学出版社,2012 年,第 123～157 页。
④ 许结:《中国辞赋理论通史》,南京:凤凰出版社,2016 年,第 332 页。

相渗透"①,文学史的书写自然离不开文学理论的指导与文学批评的实践。② 较之于科学,文学研究除了通用的归纳、演绎、分析、综合等基本方法与事物始末缘由及普遍法则外,也注重事实本身的查证与事件意义的理解。较之于政治史、经济史,文学史书写除了历史事实的查证与历史规律的梳理外,也寻求文学家特有的个性、灵性与文学作品特有的审美属性。仅限于搜集事实、概括法则,不可能写出文学的历史;过于强调作家作品的独一无二,缺少基本的理论前提与事实依据,也写不出文学演变的历史。"文学批评和文学史二者均致力于说明一篇作品、一个对象、一个时期或一国文学的个性。但这种说明只有基于一种文学理论,并采用通行的术语,才有成功的可能"。③ 赋史书写同一般文学史书写一样,存在视角生成与价值指向的问题,除了要考虑一般文学史书写中的纯杂、主从与显隐关系,还要关注赋体特质及其对文体演变的影响。较之一般文学史的书写,赋史书写更多维与开放。

(一)文学史书写的纯杂、主从与显隐问题

从先秦两汉的"文章博学"到现代意义的"审美艺术","文学"本身是一个不断变动的、至今仍不乏弹性的范畴,与之相应,文学史的撰写也有广狭或纯杂之分。

在刘勰那里,"文"是万事万物外在形态的自然显现:"文之为德也大矣,与天地并生者何哉?夫玄黄色杂,方圆体分,日月叠璧,以垂丽天之象;山川焕绮,以铺理地之形:此盖道之文也。仰观吐曜,俯察含章,高卑定位,故两仪既生矣。惟人参之,性灵所钟,是谓三才。为五行之秀,实天地之心,心生而言立,言立而文明,自然之道也。"④(《文心雕龙·原道》)在章太炎看来,文字所载即为文学:"文学者,以有文字著于竹帛,故谓之文;论其

---

① 童庆炳主编:《文学理论教程》(修订版),北京:高等教育出版社,1998年,第5页。
② 勒内·韦勒克、奥斯汀·沃伦认为:"在文学'本体'的研究范围内,对文学理论、文学批评和文学史三者加以区别,显然是最重要的……可是一般人却不太能够认识以上几个术语所指的研究方式是不能单独进行的,不太够认识它们完全是互相包容的。文学理论不包括文学批评或文学史,文学批评中没有文学理论和文学史,或者文学史里欠缺文学理论与文学批评,这些都是难以想象的。"详见[美]勒内·韦勒克、奥斯汀·沃伦著,刘象愚等译:《文学理论》(修订版),南京:江苏教育出版社,2005年,第32~33页。
③ [美]勒内·韦勒克、奥斯汀·沃伦著,刘象愚等译:《文学理论》(修订版),南京:江苏教育出版社,2005年,第8页。
④ 刘勰著,范文澜注:《文心雕龙注》,北京:人民文学出版社,1958年,第1页。

法式,谓之文学。"①

现代意义的文学史成熟于二十世纪,但早期林传甲、曾毅等人所著的文学史仍包括文字、训诂、史学等方面的内容,二三十年代开始,文学史的编写才大量使用相对狭义的现代意义的文学观念。发展到极致,像司马长风便要打破政治的枷锁,以纯文学的基点与中国人的心灵来写文学史。②但政治的因素从未真正离开过文学史,新的"大文学观"又伴随着"纯文学观"不时兴起。因为支配文学史写作的"文学"观也在自身的张力与西学东渐的时空中随学术学科分类的演变而徘徊摇荡。约略言之,世纪之交,传统学术分类逐渐向西学分科方式靠拢,并制度化地落实在"壬寅学制"(1902)、"癸卯学制"(1904)等学科设置上,由此促成现代学术体系的重大转折。③ 值得特别提出的是,类似于大学分科将文学单独设科,王国维将文学与科学、史学并立,以概括古今中西之学:"学之义广矣,古之所谓学,兼知行言之;今专以知言,则学有三大类:曰科学也,史学也,文学也。凡记述事物而求其原因,定其法理者,谓之科学。求事物变迁之迹而明其因果者,谓之史学。至出入二者间而兼有玩物适情之效者,谓之文学……若夫知识、道理之不能表以议论,而但可表以情感者,与夫不能求诸实地,而但可求诸想象者,此则文学之所有事。"④说文学出入科学、史学二者之间而"兼有玩物适情之效",说文学关乎"情感"与"想象",既道出了文学的特质,又注意到了文学尤其文学研究应有的科学精神与史学品格。

当然,王国维也提到中西之科学、史学、文学存在"广狭疏密"的问题,"三者非釐然有疆界"。⑤ 何况学术分科虽然大体趋向现代、趋向西方,也不乏另类的反思与实践。如朱光潜说:"中国学术分野向不甚严。所谓'国学'不惟包括群经诸子重要史籍及重要专集,即道藏佛典亦在必涉猎之列。

---

① 章太炎撰、陈平原导读:《国故论衡·文学导略》,上海:上海古籍出版社,2003年,第49页。
② 详见司马长风:《中国新文学史》上册中卷,台北:传记文学出版社,1991年,第324页。胡希东、邱艳萍:《纯文学观与新文学历史建构——以司马长风文学史书写为范例》对司马长风文学史书写有专门论述,可以参看,载《长春师范学院学报》,2011年第5期,第68~72页。
③ 可参见罗云锋:《学术分科与史、文独立——早期文学史书写的学术背景考论》,载《上海交通大学学报》,2006年第2期,第75~80页。
④ 王国维:《国学丛刊序》,见谢维扬、房鑫亮主编:《王国维全集》(第十四卷),杭州:浙江教育出版社,2009年,第129~130页。
⑤ 王国维《国学丛刊序》:"世界学问,不出科学、史学、文学,故中国之学,西国类皆有之。西国之学,我国亦类皆有之,所异者,广狭疏密耳。"详见谢维扬、房鑫亮主编:《王国维全集》(第十四卷),杭州:浙江教育出版社,2009年,第131页。

范围如此其广,学者即稍求奠定基础,已非十年以上不为功。近来学重分科,国学中之属于思想者入哲学系,属于史学者入史学系,而文学系本身,依新章规定,又分文学与语言文字两组,范围似渐缩小。但实际上分科用意只能在侧重,而求豁然贯通,学者仍须尽窥从前'国学'所包含之广大疆域。中国文学本导源于经史子,数典不能忘祖,故治文学者对于经史子仍不可蔑视。"①陈平原也追问:"近百年来以西方'纯文学'观念为尺度,剪裁而成的'中国文学史',或许是一种削足适履?"②或纯或杂,或广义或狭义,或许文学史的写作不必拘守极端的观念,而应凸显它的鲜活性与在场性。③

主从或主流与非主流主要就地位与影响力而言,占主导地位的文学是主流文学,不占主导地位的是非主流文学。当然,这种地位与影响力受限于特定的时代与地域,可以表现在题材、内容、文体、风貌、作家、流派等不同维度,而其形成除了文学自身的因素外,也与政治、经济、文化、风尚等诸多因素有关。此外,事实上的主流文学不一定对应于书写文学史上的主流文学。

说西方文学重叙事,中国文学重抒情,是一种宏大的分类与对比方式;说楚骚、汉赋、六朝骈文、唐诗、宋词、元曲、明清小说,则包含有文体代兴的理念。"建安七子""竹林七贤""元嘉三大家""北朝三才""初唐四杰""唐宋八大家",是对主流作家的概括;"诗必柱下之旨归,赋乃漆园之义疏"(《文心雕龙·时序》),"理过其辞,淡乎寡味"(《诗品序》),是对题材风貌的批评。这些言说对象都是特定时空中的主流文学。

区分主从或独举主流是易简的需要,《周易·系辞上》云:"乾以易知,坤以简能。易则易知,简则简从。易知则有亲,易从则有功。有亲则可久,有功则可大。可久则贤人之德,可大则贤人之业。易简而天下之理得矣,天下之理得,而成位乎其中矣。"世事纷繁,怎样才能对复杂的世界有一个既快捷又中肯的认知呢?自然靠"群分""类聚",甚至简化为一阴(从)一阳(主)之道:"天尊地卑,乾坤定矣。卑高以陈,贵贱位矣。"④

---

① 朱光潜:《朱光潜全集》第九卷《文学院》,合肥:安徽教育出版社,1993年,第31页。
② 陈平原:《触摸历史与进入五四》,北京:北京大学出版社,2005年,第298页。
③ 刘忠:"文学史书写不是要简单地捍卫一个永恒不变的观念和秩序,而是应把文学置于历史境遇中对思潮、现象、作家、作品、接受与传播等元素进行多层次、多侧面的解读。"详见刘忠:《"文学史"书写的漫长之旅——兼论文学经典的流动性》,载《文艺研究》,2011年第12期,第86页。
④ 黄寿祺、张善文撰:《周易译注》,上海:上海古籍出版社,2012年,第333页。

文学史也一样,突出"主流"的好处是叙事集中而明晰,但许多非"主流"的文学现象会因此而遮蔽。其实相较于"主流"文学,非"主流"文学有更加丰富的内涵,何况"主流"与"非主流"是相互依存、相互转化的。

对非主流文学的关注,既有助于理解主流文学,又有利于考察与展现文学生态的全景,并力求书写逻辑与文学历史的统一。《系辞上》说《周易》取象:既要"象其物宜",又要"观其会通""拟之而后言,议之而后动,拟议以成其变化。"即拟取物象以喻事理,审辨物情以明变化。① 文学史的写作也应该反映事实并展示变化,并提供可能的途径以期深入非主流文学的不同层面。还用《系辞上》的话说,是"刚柔相推而生变化",由一阴一阳推衍变化出四象、八卦、六十四卦、三百八十四爻。② 当然,无限的扩张也容易走向偏至,究心于边角孤独更不助于文学整体的考察。理想的文学史必然主从兼顾,多维立体,还不能逾越事实的底线。③

不特主与从之间存在显隐问题,事实与书写之间也必然涉及显隐问题,"有形书写的文学史仅仅是文学史的显性文本,与此同时却一直存在着一种文学史的隐形书写,并对文学史进行着无形的建构"。④ 除了春秋笔法式的微言大义,个人趣味与集体意志之间的张力,也是隐形书写的重要动因。

总言之,同样的文学事实在不同的文学史视角里会呈现出不同的面貌。

(二)赋体特征及赋史书写的多维与开放

赋体体式的多元与多变,让赋史书写更加多维与开放。

1. 赋体体式的多元与多变

就体式而言,赋介于诗、文之间,非诗非文,亦诗亦文。对赋体体式特征的概括,有"敷陈其事"(朱熹《诗集传》)、"敷布其义"(刘熙《释名·释书

---

① 《周易正义》云:"法象其物之所宜。若象阳物,宜于刚也;若象阴物,宜于柔也,是各象其物之所宜。六十四卦,皆'拟诸形容,象其物宜'也。"详见王弼、韩康伯注,孔颖达正义:《周易正义》,北京:中国致公出版社,2009年,第266页。

② 《周易正义》:"八纯之卦,卦之与爻其象既定,变化犹少;若刚柔二气相推,阴爻阳爻交变,分为六十四卦,有三百八十四爻,委曲变化,事非一体,是'而生变化'也。"详见王弼、韩康伯注,孔颖达正义:《周易正义》,北京:中国致公出版社,2009年,第254页。

③ 李昌集先生指出:"追求'书写文学史'与'事实文学史'的'对应',应当成为当今'书写文学史'建构中的自觉意识和时代命题。""'书写文学史'绝非是任意杜撰,其根本基础和不可逾越的底线乃是'事实文学史'。"详见李昌集:《文学史中的主流、非主流与"文学史"建构——兼论"书写文学史"与"事实文学史"的对应》,载《文学遗产》,2005年第2期,第4~5页。

④ 赵伟东:《有形的书写与无形的建构——论文学史的显性文本与隐性书写》,载《文艺争鸣》,2011年第5期,第104页。

契》)、"体物浏亮"(陆机《文赋》)、"体物写志"(刘勰《文心雕龙·诠赋》)、"假象尽辞"(挚虞《文章流别论》)、"铺采摛文"(刘勰《文心雕龙·诠赋》)、"假设问对""排比谐隐""恢廓声势""征材聚事"(章学诚《校雠通义·汉志诗赋》)、"不歌而诵"(班固《汉书·艺文志·诗赋略》)等说法,这些说法既解读了"六义"中的赋法,又从内容、手法、结构、语言、修辞、声韵等许多维度定义或阐释了赋体文学,如果我们不将这种种维度合成一体,就难以对赋体特征有一个比较全面的了解。

横向而言,赋体多元多貌,纵向来看,赋体也多源多变。或说赋出于《诗经》,或说赋源于楚辞,或说赋本于纵横家言,还有说赋出于隐语与俳词的。后来"多源说"逐渐成为共识。清人章学诚即说:"古之赋家者流,原本《诗》《骚》,出入战国诸子。假设问对,《庄》《列》寓言之遗也;恢廓声势,《苏》《张》纵横之体也;排比谐隐,《韩非·储说》之属也;征材聚事,《吕览》类辑之义也。"①他把先秦典籍基本都括进来了,所列既广,分辨也细,从题材内容到结构编排,从表现手法到总体风格,都一一为赋找出来源。马积高先生更以"三源三体说"概括赋体源流:一是由楚歌演变而成骚赋,二是由诸子问答体和游士说辞演变而成文赋,三是由《诗》三百篇演变而成诗体赋,又将变化最大的文赋分为逞辞大赋、骈赋或俳赋、律赋、新文赋四个阶段。②

影响及于分类,便种种不一,而又个个混淆。或依时代、或按赋家、或凭内容、或借声律、或据篇幅、或观体类。以时而分,有楚体、汉体、六朝体、唐体、宋体;以人而分,有屈原赋、陆贾赋、荀卿赋;以内容分,有体物、序志、抒情、说理、叙事之别;以声律分,有古赋、律赋之说;以篇幅分,有大赋有小赋;以体类分,有诗体有文体。实际分类时往往将各种标准与维度杂糅于一体,如将汉赋分为骚体赋、汉大赋、抒情小赋,既关句式、内容,又涉时代、篇幅,根本经不起逻辑的推敲。

现代学者也曾尝试从各种维度来概括赋体,如程德和从创作态度、表现手法、艺术效果三方面分析赋体艺术特质,说:"赋体以对象化的虚构或设置一定的情节过程为前提,以铺陈为基本表现手法,在求全要求的驱动

---

① 章学诚著,王重民通解:《校雠通义通解》卷三《汉志诗赋第十五》,上海:上海古籍出版社,1987年,第117页。
② 详见马积高《赋史》第一章。

下,达到图案化地再现事物的艺术效果。"①如冯俊杰总结赋体特征为:"求全是动力,铺陈是手段,再现是结局。"②但还是难于兼顾赋体横向的体制特征与纵向的演变历程。

其实关于赋的界定都很难有一定的尺度,按马积高先生的说法:"要对辞赋给一个绝对确切的定义和划定一个非常清楚的范围,都是不可能的,因为它不但与某些其他文体的纠葛是不能截然分割的,自身的特点也在变化中,难以作出至当不移的概括。但它既然千百年来作为一种体裁流传,总有某种较为凝固的特点,因而要大体上划一些界限又非全不可能。不过,这需要从源探流,又从流溯源进行综合的考察。"③所以在《赋史》里,马积高先生虽然论述了赋的形成、流变与地位,也列举了班固与刘勰关于赋的两种说法,但始终没有给赋下定义。在《历代辞赋研究史料概述》里,马积高先生花更多的篇幅分析"什么是辞赋和辞赋研究的范围",但最后也不得不说:"我们只能浑言之,那就是:它是一种韵文(异于骈文散文),又有较多铺张的描写(异于一般的抒情诗体)。"④程章灿先生还曾风趣地把赋比拟为变量函数,说它是一个不断发展变化的概念,难以给出一个确定值,"适用于汉赋的赋体特征的描述不一定完全适用于魏晋南北朝赋,适用于大赋的赋体特征的描述也不一定完全适用于抒情小赋和俗赋",所以要注意赋体的多元与多变,"既要考虑赋的历史,也要关注当时赋的现实,同时对赋之诸体特征也不忽视"。⑤

2. 赋史书写的多维与开放

赋体体式的多元与多变直接影响赋学批评与赋史书写的多维多貌。

近百年来,有关赋学的著述已上百种,这些著述,有通史、通论,有断代、专题,或以古、律优劣为衡裁标准,或以文学代兴为理论指导,或以内容

---

① 程德和:《赋体艺术构成浅论》,载《安徽大学学报》,1997年第5期,第38页。
② 冯俊杰:《赋体四论(2):赋体的生命要素》,载《山西师大学报》,1986年第2期,第36页。
③ 马积高:《历代辞赋研究史料概述》,北京:中华书局,2001年,第1页。在写给叶幼明先生《辞赋通论》的序言里,马积高先生也说过:"确定什么是赋,要采取从源溯流与从流溯源相结合的方法,并注意约定俗成的原则,就是要以历代作家自己标名为赋和前人公认为赋的作品为主体以溯其源而探其流,至于未标名为赋者则只取体制、性质最相近者附之,并且还要承认那些跨体的作品可以两存而不悖。因一种文体与另一些文体相混或交叉,并不是个别的现象,而是各种文体演进带有普遍性的规律。我们只能存其大体,要求象(像)刀切那样的整齐或漫无经界都是行不通的。"详见叶幼明:《辞赋通论》,长沙:湖南教育出版社,1991年,第3页。
④ 马积高:《历代辞赋研究史料概述》,北京:中华书局,2001年,第12页。
⑤ 程章灿:《魏晋南北朝赋史》,南京:江苏古籍出版社,2001年,第12页。

为量器，或以艺术为尺度，或与赋史写作紧密关联，或与文化复兴牵连挂钩，取得了不俗的成绩。

辞赋通史以马积高《赋史》，郭维森、许结《中国辞赋发展史》最著。断代史更多，有王琳《六朝辞赋史》、于浴贤《六朝赋述论》、黄水云《六朝骈赋研究》、侯立兵《汉魏六朝赋多维研究》、俞纪东《汉唐赋浅说》、程章灿《魏晋南北朝赋史》、韩晖《隋及初盛唐赋风研究》、刘培《北宋初、中期辞赋研究》、牛海蓉《金元赋史》、孙海洋《明代辞赋述略》、詹杭伦《清代律赋新论》等。

有以作家为纲目的，如姜书阁《汉赋通义》上卷《考史第三》将汉赋分为丽则骚赋时期、丽淫大赋时期、抒情小赋时期三个时期，下面的三级标题是40余位赋家的名字。俞纪东《汉唐赋浅说》，书分四章十六节，前三章对赋的由来、流变、类型、结构、题材、语言、派别等专门知识作了介绍，第四章为名家名作解读。康金声、李丹《金元辞赋论略》，内含金元辞赋专论、金元辞赋年表、金元辞赋作家索引、金元赋名篇介绍四部分，第四部分对54篇金元赋作逐一介绍。孙海洋《明代辞赋述略》，全书大致按时间分为六章，下属二十九节，这二十九节主要以69位赋家标题。

有以题材内容为经纬的，如于浴贤《六朝赋述论》，按京殿苑猎赋、纪行赋、情志赋、恋情美色赋、登览赋、隐逸赋、山水赋、咏物赋、乐舞赋、文化艺术科技工艺赋等十类分章述论。更进一步的是从政治、制度、宗教或更广义的文化维度来研究赋体作品，如胡学常《文学话语与权力话语：汉赋与两汉政治》，涉及专制政治下赋家的生存性焦虑、政治神话与乌托邦、汉赋的意识形态功能等方面内容。曹胜高《汉赋与汉代制度——以都城、校猎、礼仪为例》，分三章分别探讨汉赋与汉代都城制度、校猎制度、礼仪制度的关系。冯良方《汉赋与经学》，对汉赋与经学的关系作了系统分析和论述。许结《赋体文学的文化阐释》所论范围更为宽广，涉及赋体文学与政治、学术、宗教、制度、外交、科技、礼俗及艺术文化等方面的关系。

更多从文体、语言、修辞、美学、风格等形式要素的维度来论述赋的成果。如郭建勋《汉魏六朝骚体文学研究》《楚辞与中国古代韵文》《辞赋文体研究》、黄水云《六朝骈赋研究》、池万兴《六朝抒情小赋概论》[①]、尹占华《律赋论稿》[②]、詹杭伦《清代律赋新论》、彭红卫《唐代律赋考》、赵俊波《中晚唐

---

① 曾名《魏晋南北朝小赋概论》。
② 本书是专门研究律赋的学术著作。上编考察律赋与科举的关系，下编为律赋发展史。

赋分体研究》①、赵成林《唐赋分体叙论》②,以及章沧授《汉赋美学》、李天道《司马相如赋的美学思想与地域文化心态》、王兆鹏《唐代科举考试诗赋用韵研究》、刘朝谦《赋文本的艺术研究》③等。

有侧重文献史料的,如马积高《历代辞赋研究史料概述》、踪凡《司马相如资料汇编》,以及孙福轩、韩泉欣《历代赋论汇编》。

有通论赋体的,如姜书阁《汉赋通义》④、叶幼明《辞赋通论》⑤、曹明纲《赋学概论》⑥、万光治《汉赋通论》⑦。

有赋学批评与赋论史著作,如许结《中国赋学历史与批评》《中国辞赋理论通史》,何新文《中国赋论史稿》,何新文、苏瑞隆、彭安湘《中国赋论史》,孙福轩《中国古体赋学史论》《清代赋学研究》、冷卫国《汉魏六朝赋学批评研究》、踪凡《汉赋研究史论》。赋学批评史有通史,也有断代史。⑧

还有一些主题相对松散的论文集,如简宗梧《汉赋史论》、何新文《辞赋散论》、程章灿《赋学论丛》、韩高年《诗赋文体源流新探》、朱晓海《汉赋史略新证》、郭建勋《先唐辞赋研究》、詹杭伦《唐宋赋学研究》、何玉兰《宋人赋论及作品散论》、曹虹《中国辞赋源流综论》、于浴贤《辞赋文学与文化学探微》等。

在众多的著述之中,最具开创性也最值得借鉴的还是马积高先生的《赋史》。作为"我国千年赋史第一部"⑨,马积高先生的《赋史》澄清了长期以来模糊的文体观念,全面系统地展示了从先秦到明清赋体形成与发展的历史,"恢复和肯定了赋作为一种源远流长的重要文学形式在文学史上的地位和意义"。⑩ 马积高先生对赋体地位与意义的发掘既以横向的文学

---

① 分上下两篇,上篇《论中晚唐古赋》,分说古赋观、文赋、骚体赋、大赋、类赋之文、骈赋,下篇《论中晚唐律赋》,分说律赋观、体制与写作技巧、律赋价值、中唐律赋、晚唐律赋。
② 按骈赋、律赋、文赋、骚赋、诗赋和俗赋等体式,对唐代辞赋的思想内容和艺术特色进行介绍和论述。
③ 主要围绕赋文本的体裁、语言、赋象、文化背景等要素设计相应的问题,并予以解决。
④ 分上下卷,上卷有释义、溯源、考史、综论四部分,下卷分思想内容、结构形式、句法句式、音节声韵、余论五部分。
⑤ 涉及赋体特征、赋体源流、赋史发展、辞赋整理与辞赋研究等方面内容。
⑥ 综论赋的特征、起源、分类、演变、作用、影响,以及赋集和赋话。
⑦ 分文体论、流变论、艺术论三部分。
⑧ 刘培正在主持国家社科基金重大项目"中国赋学编年史"。
⑨ 许结:《〈赋史〉异议》,载《读书》,1988年第6期,第152页。
⑩ 刘上生:《开拓赋学研究的新局面——读马积高先生〈赋史〉》,载《中国文学研究》,1988年第3期,第70页。

史、文化史为背景,又特别关注赋体题材、内容、体式、手法、语言等文学基本要素在纵向演变历程上的开拓与创新,这样,就可以"力求从文学整个发展流程中来发现每一个时代、每一个作家的创新追求,然后从各作家个体的成就,反观其对整体所作的贡献"。① 正是基于这样的理念与方法,马积高先生对唐以后赋给予了充分的注意,并将唐赋推许为赋之高峰。这种"唐赋高峰"说,是对"唐无赋"与"唐以后无赋"成见的有力批驳,大大促进了六朝以后赋的研究。"唐赋高峰"说也不妨碍赋成为汉代"一代之文学",因为代有文学之说侧重的是同一时代特出的文体,而马积高先生的"唐赋高峰"说是就整个赋史的纵向发展而言的。② 更重要的是,综合文体与思想,唐赋确实比汉赋多元而充实。除了诗赋、骚赋、散赋、骈赋,唐代新兴律赋、文赋、俗赋,可谓众体兼备。从思想性这一面看,马先生特别强调唐赋的批判性、人民性。《赋史》对赋家赋作的分析也贯彻着这样的标准。如说柳宗元的赋能"以其深刻的内容凌驾一代",所以先介绍揭露社会弊端的骚体文③,再说"歌颂人们美好的思想情操的作品"④,最后再介绍"情绪比较消沉"的作品。⑤ 马积高先生对唐赋思想性的肯定既源出于赋史实际,又是对唐赋不同于传统大赋以润色鸿业为旨归的刻意强调,还与著者个人的心性气质有关,"深藏劲骨文自豪",王毅先生以此概括马积高先生和他的古代文学研究,殊为切当。⑥

---

① 沈家庄:《文心·史识·哲思——评马积高〈赋史〉与〈宋明理学与文学〉》,载《文学遗产》,1992年第6期,第120页。
② 诚如许结先生所言:"昔人如焦循、王国维赞誉汉赋,也是从'一代有一代之胜'的文学观发论,内含两层意义:一、汉赋恢扬先秦文学,有使赋体文学定型之功绩;二、汉赋在汉代文学中的特殊地位,是任何一朝所没有的。"详见许结:《〈赋史〉异议》,载《读书》,1988年第6期,第153页。
③ "这类赋共有十二篇:《骂尸虫文》《招海贾文》《哀溺文》《乞巧文》《辨伏神文》《憎王孙文》《愬螭文》《宥蝮蛇文》《斩曲几文》《起废答》《愚溪对》和《答问》,在他近三十篇赋中占三分之一以上。它们从各个不同角度讽刺和揭露了唐代中期政治的黑暗、腐败和人情世态的丑恶。"详见马积高:《赋史》,上海:上海古籍出版社,1987年,第313~314页。
④ 《牛赋》《瓶赋》以及《吊屈原文》《吊苌弘文》《吊乐毅文》。
⑤ 《惩咎赋》《解祟赋》《闵生赋》《梦归赋》《囚山赋》等,就是这类作品也要尽量发掘它们的"深沉之思"。马积高先生指出:"这类赋所反映的痛苦心情,也是他好深沉之思的一种表现。只是这类赋是他用深沉之思来剖析自己的经历的产物,而前述那些赋是他用深沉之思去剖析社会现象的结果,形式不同,基本精神却并不相悖。"详见马积高:《赋史》,上海:上海古籍出版社,1987年,第321页。
⑥ 王毅文章标题源出马积高先生《游君山偶感》诗:"一点青萤映远空,也无奇石也无峰。深藏劲骨人难识,只在江湖烟雨中。"详见王毅:《深藏劲骨文自豪——马积高先生古代文学研究》,载《文学遗产》,2006年第3期,第152~156页。

若论辞赋研究的广博,则以许结先生为最,他的《中国辞赋发展史》(与郭维森先生合作)、《中国辞赋理论通史》《赋体文学的文化阐释》《中国赋学历史与批评》等著作,在文本、文论、文化的宏大领域里,广泛探究赋体文学的特质与影响,不断开拓我们的视野。具体到隋唐五代赋史的写作,韩晖《隋及初盛唐赋风研究》全面而又深细地分析了隋及初盛唐赋体文学创作实践和赋学批评;赵俊波《中晚唐赋分体研究》兼有断代与专题研究的性质,选择以分体为主,兼及历时性研究的方法,从时间上看正好与韩晖先生的著作对接;彭红卫《唐代律赋考》采用文献学与文艺学相结合的方法,"在全面清理唐代律赋文本的基础上,对唐代律赋的演进及其特征等基本问题展开深入而系统的研究"(何新文先生序)[①];赵成林《唐赋分体叙论》,按骈赋、律赋、文赋、骚赋、诗赋和俗赋等体式,对唐代辞赋的思想内容和艺术特色进行了较为详尽的论述,"对于深入地展开唐赋的研究无疑是一个良好的开端"(李中华先生序)[②]。这些著作在唐赋分体与断代的写作上都进行了有益的探索,是隋唐五代赋史写作的重要基础。

因为事实的不断发现与话语的不断更新,文学史的书写永无止境,所以,"不断地用'事实'弥补或纠正'话语'的不足或谬误,不断地用新的'话语'扩展、深化、弥补和纠正旧'话语'对'事实'认知的肤浅、偏狭和误解,乃是文学史研究中最富有意义的命题"[③]。

三、隋唐五代赋的活力与价值

随着唐以后赋研究的深入,以及文学史写作的不断反思,重新估量隋唐五代赋的价值与地位,我们会更加心气平和,更加动态开放。这估量不能以偏概全,不能承前舍后,不能拘于一隅,不能强分是非。可与同时期其他文体如诗歌按"一代有一代之文学"观念进行评判,也可与同种文体如六朝赋和宋代赋按"一体有一体之文学"视角进行比较,更重要的是要放在隋唐五代特定的时空与语境中考察其自身的生命活力,看它的内容是否反映社会现实、展现个我情怀,看它的体式是否适应内容需要,是否保持着自我更新的能力。

---

① 彭红卫:《唐代律赋考》,北京:社会科学文献出版社,2009年,序第4页。
② 赵成林:《唐赋分体叙论》,长沙:湖南大学出版社,2009年,序第2页。
③ 李昌集:《文学史中的主流、非主流与"文学史"建构——兼论"书写文学史"与"事实文学史"的对应》,载《文学遗产》,2005年第2期,第5页。

(一)第一层面:隋唐五代赋本身的生命活力

1. 隋唐五代赋题材的开张拓展

(1)隋唐五代赋的题材承旧而出新。

汉世极盛的宫殿、校猎、典礼,沉寂于六朝,复兴于大唐,刘允济《明堂赋》《万象明堂赋》、李白《明堂赋》《大猎赋》、杜甫"三大礼赋"《封西岳赋》、李华《含元殿赋》、梁洽《晴望长春宫赋》、任华《明堂赋》、阎随侯《西岳望幸赋》、吕令问《驾幸天安宫赋》、樊铸《明光殿粉壁赋》、敬括与王谞《花萼楼赋》,等等,都以传统题材努力构建大唐盛世景况。

而不论言情、咏物、叙事、写景,还是说理都不乏新的对象与内容。言情如骆宾王《萤火赋》、卢照邻《狱中学骚体》抒系狱之愤,卢照邻《穷鱼赋》《病梨树赋》《释疾文》《五悲文》言患病之苦,白敏中《息夫人不言赋》、康僚《汉武帝重见李夫人赋》记爱恋欢喜,皆别致之情。咏物如杨炯《卧读书架赋》、东方虬《蚯蚓赋》《蟾蜍赋》、马吉甫《蜗牛赋》、陈子昂《麈尾赋》、崔融《瓦松赋》、崔湜《野燎赋》、甘子布《光赋》、贾曾《水镜赋》、郑惟忠《泥赋》、姚崇《扑满赋》、高迈《度赋》、柳宗元《牛赋》、王棨《白雪楼赋》等,多写前人未曾赋咏的物类。叙事、写景、说理亦同。

隋唐五代赋题材最显著者有颂美应诏、天命瑞象、边塞江山、歌舞游艺、咏物自喻、科考失意、贬谪愤懑、寓言讽谏、咏史感怀。

颂美应诏多见于初唐君臣之赋与中唐律体之作。虞世南《狮子赋》《白鹿赋》、李百药《鹦鹉赋》、谢偃《述圣赋》、徐惠《奉和圣制小山赋》、许敬宗《小池赋应诏》《欹器赋应诏》《掖庭山赋应诏》《麦秋赋应诏》及王起、李程律赋可为代表。

天命瑞象赋多采天人感应以吹捧当世君王的程式。此类作品,在律赋中最为习见。潘炎《月重轮赋》《嘉禾合穗赋》《黄龙见赋》《赤龙据桉赋》《漳河赤鲤赋》《九日紫气赋》《黄龙再见赋》《寝堂紫气赋》《日抱戴赋》之类,则可谓批量造作。

边塞武功赋肇始于骆宾王《荡子从军赋》,至玄宗开疆拓土、张扬武功时蔚为风气,举凡张嵩、吕令问同题《云中古城赋》,赵子卿、赵自励、梁献《出师赋》,梁献、胡镇《大阅赋》,达奚珣《丰城宝剑赋》《剑赋》《秦客相剑赋》与乔潭《裴将军舞剑赋》等边陲、出师、剑器之赋都属此类。其他如乔潭《破的赋》、萧颖士《登故宜城赋》、李华《吊古战场文》,也都与兵事相关联。赵冬曦《三门赋》、李白《剑阁赋》、李邕《日赋》、王泠然《清泠池赋》《新潭赋》

《初月赋》、熊曜《琅琊台观日赋》、周铖《海门山赋》《登吴岳赋》等江山风景之作也颇常见。

音乐、歌舞、游艺最能体现大唐帝国的升平、昌盛与开放,举凡音乐、歌舞、戏曲、杂技、游赏、体育等种种文娱活动,在唐代辞赋中都有专门的描写。初唐谢偃《听歌赋》《观舞赋》、虞世南与薛收《琵琶赋》、李百药《笙赋》、杨师道《听歌管赋》等音乐歌舞赋在承袭汉魏六朝对歌舞本身的描写外,明显增添了宴饮游乐的内容与歌功颂德的声音。到了盛唐时代,歌舞而外的游艺杂技赋如邵轸《云绍乐赋》、敬括《花萼楼赋》、平冽《两阶舞干羽赋》、石镇《洞庭张乐赋》、梁洽《笛声似龙吟赋》《吹竹学凤鸣赋》,又如敬括《季秋朝宴观内人马伎赋》、钱起《千秋节勤政楼下观舞马赋》、佚名《舞马赋》、佚名《开元字舞赋》、乔琳《大傩赋》,再如李邕《斗鸭赋》,薛胜《拔河赋》、胡嘉隐《绳伎赋》、王邕《勤政楼花竿赋》《内人蹋球赋》,等等,比诗歌更淋漓尽致地描绘了大唐绝赏。

为自我塑形的自况、自喻赋在先唐时期并不多见,至初盛唐则蔚为大观。自李世民《威凤赋》、颜师古《幽兰赋》、李百药《鹦鹉赋》、谢偃《高松赋》、卢照邻《穷鱼赋》、王勃《涧底寒松赋》、骆宾王《萤火赋》,崔融《瓦松赋》、宋之问《秋莲赋》、马吉甫《蜗牛赋》、郑惟忠《古石赋》、东方虬《尺蠖赋》、萧颖士《滞舟赋》,至李白《大鹏赋》、杜甫《雕赋》、高适《鹘赋》、李邕《石赋》、王维《白鹦鹉赋》、崔明允《红嘴鸟赋》,赋中形象日见雄奇阔大、闲适自由,可证唐朝的宽松开明与唐人的刚健进取。

仕途失意在古代中国是一个永恒的主题,隋唐兴科举,再加上贬谪又增怅惘之感。欧阳詹、韩愈、李翱等都有累举不第的经历与痛苦,这样的经历与心情在他们的赋中都有反映。欧阳詹《出门赋》与《将归赋》写其离家赶考的心情与屡困科场的坎坷,李翱《感知己赋》《幽怀赋》、皇甫湜《东还赋》、李观《授衣赋》等,或悼知音永逝,或悲穷厄不达,都与仕途有关。最集中展示自我浓烈仕进心绪的是韩愈的赋作。不管是参加科考的律作《明水赋》,还是直书科考心得的《感二鸟赋》《复志赋》《闵己赋》,至其牢骚文《送穷文》《进学解》与吊祭别离赋《祭田横墓文》《别知赋》等,无不以抒发个人在坎坷仕途中的种种遭际与心绪为目标。通读这些赋作,我们可以了解韩愈半生落拓、怀才不遇的困窘,与知恩图报、持志不移的品性。

代有贬谪与贬谪文学,中唐尤为大观,于赋而言,刘禹锡与柳宗元最为杰出。刘禹锡二十三年辗转于朗州、连州、夔州、和州等地,饱受磨难,而能以坚卓之笔,叙述生活、抒写志意、描绘民情风俗、探究天道人心,堪称贬谪文人的杰出代表。刘禹锡今存赋11篇,除《平权衡赋》外,无论是直抒愤懑的《何卜赋》《谪九年赋》《问大钧赋》,还是写景寓情的《望赋》《楚望赋》《秋声赋》《伤往赋》,甚至咏史假物的《山阳城赋》《三良冢赋》《砥石赋》,都可宽泛地理解为贬谪赋,它们集中地展示了刘禹锡漫长贬谪生活中的企望心境与慷慨情怀。柳宗元留存赋作近30篇,有怨愤、有批判、有反思、有固守、有革新,堪称唐赋之冠,其中《解祟赋》《梦归赋》《闵生赋》《囚山赋》及赋体文《愚溪对》《答问》《对贺者》和哲学著作《天对》,莫不蕴含贬谪之情。如果说韩愈的贬谪之赋集中抒发的是他的仕宦心绪,那么刘禹锡的贬谪之赋展示的是他的企望心境,柳宗元在这些作品中坦露的则是近乎囚徒的心理。当然柳宗元也没有放弃希望,他一面以坚韧之志忍受着这"囚徒"般的生活,一面谨慎地尝试着求助,一面还进行着深刻的自我反省,比如他的《惩咎赋》与《佩韦赋》。而在《瓶赋》《牛赋》《吊苌弘文》《吊屈原文》《吊乐毅文》《晋问》等作品中,柳宗元还通过塑造正面的形象来激励自己。再加上文所举的批判现实的作品,柳宗元无疑也是有唐二百余年间继承骚学精神的第一人。

因为赋体寓讽于颂的传统,唐赋讽时刺世的意旨无所不在,且大都指向最高统治者。或指其贪恋奢侈,如王諲《花萼楼赋》《柱础赋》、赵良器《冠赋》、彭殷贤《大厦赋》、杨谏《公孙弘开东阁赋》、萧昕《总章右个赋》、张環《新潭赋》、畅璀《良玉比君子赋》;或谏其纵情美色,如胡嘉隐《绳伎赋》、王邕《内人踢球赋》、萧昕《仲冬时令赋》;或讽其虚诞求仙,如吕令问《金茎赋》;或劝其勤政爱才、为政公平,如程浩《雷赋》、梁洽《进贤冠赋》、乔琳《炙輠赋》、王泠然《止水赋》,等等。

初、盛唐即兴讽谏之作,中唐柳宗元卓然特立,晚唐小品赋再放光芒。柳宗元《骂尸虫文》《招海贾文》《哀溺文》《乞巧文》《辨伏神文》《憎王孙文》《愬螭文》《宥蝮蛇文》《斩曲几文》《起废答》《愚溪对》等骚体、问对之作,从不同角度讽刺和揭露了唐代中期政治的黑暗、腐败和人情世态的丑恶。杜牧《阿房宫赋》、李商隐《虱赋》《蝎赋》、陆龟蒙《苔赋》《蚕赋》、罗隐《屏赋》《秋虫赋》、皮日休《霍山赋》《忧赋》《河桥赋》《桃花赋》、刘蜕《悯祷赋》、孙樵《露台遗基赋》等晚唐小品可讽则讽,无所回避,深刻而又多角度地揭露了那个时代朝政腐败、官僚丑恶、贤才遭弃、世风混浊的弊病,让讽刺小赋成为一代杰作。

咏史感怀之作多有吊古伤今之意,王昌龄《吊轵道赋》、萧颖士《登故宜城赋》、李华《吊古战场文》、杜牧《阿房宫赋》及晚唐王棨、黄滔、徐寅等人的大量律作都有对历史兴衰的反思与现实弊病的暗讽。

(2)隋唐五代赋题材也因时而变。

隋赋有直言情志之作，有咏物抒怀之篇，还有写景纪事之章，但终归是混而未融的过渡时期，总体成就不高。

大唐开国，充溢着向上生长的力量，颂美王朝君国的作品为数不少，讽谏的成分也有所加强，士人的报国之志与不平之气在赋体创作中开始振发，君臣唱和的风气殊为显盛。太宗朝已见庙堂与山林的分化。高宗朝的四杰赋则包含咏物抒情、山川风物、应诏颂圣、天象节令，既承传了齐梁以来殿苑风光与男女情爱的内容，又突破了上流贵族狭小封闭的宫廷圈子，表现了更为复杂广阔的社会生活，铺叙了前人未及的新鲜物事。武后、中宗朝赋或颂美教化，或分敷物理，或假物寄意，或登临抒怀，或论议明志，已占《历代赋汇》22大门类。所赋对象，既有天、地、鹍鹏等壮阔宏大之物，也有尺蠖、瓦松、秋莲、梅花、蝉、蜗牛、蚯蚓、蟾蜍、麈尾、蝴蝶等些小卑微之种，还有光、虹、泥、石、野燎、水镜等特殊质料；既有明堂、长城、山池、山寺等巨型建筑，也有扑满、度、船等小巧器物；既有郊祀、田猎、战争、游观、弹棋等具体事务，也有读书、论学、修身、治国等抽象道理，真可谓包罗万象。

到了盛唐时代，赋体创作已经彻底突破了题材的拘束，达到无人、无物、无情、无事不可以入赋的程度，约略言之，有盛世之礼赞、有不遇之怨情、有亲友之思念、有闲适之情怀、有个我之形塑、有历史之感喟、有时事之微讽、有道德之论说、有哲理之阐发。

中唐因古、律之分而有所侧重，古体多见科考的失意、贬谪的愤懑、社会的批判，律赋则多写礼乐刑政、典章制度、祥瑞献奉，命题出入经史，意在探究治乱、推行教化、颂赞君国。

晚唐五代赋作，一面吊古伤今，一面讽时刺世，更多的是末世景象与情怀。

赋经汉魏六朝，题材得到了极大的拓展，但唐人还是尽量在传统的题材上寻求突破并致力新题材的开创，直到晚唐五代，赋的题材内容还在因时因人而变，而全部的隋唐五代赋既反映了深广的社会现实，又显现着丰富的生命意识。

2. 隋唐五代赋艺术的探索革新

(1)体裁的多样与多变。

隋唐五代有散体大赋、骈赋、诗体赋、骚赋等传统赋作体裁。

李白《明堂赋》、杜甫"三大礼赋"效法汉大赋,可以与扬雄匹敌。

初唐直承六朝,赋作以骈体为主,但能合南北之长,生机日盛,王勃《涧底寒松赋》、卢照邻《对蜀父老问》《秋霖赋》、杨炯《青苔赋》、徐彦伯《登长城赋》、东方虬《蟾蜍赋》、陈子昂《麈尾赋》等可为代表。盛唐后求新求变,或取骚体情韵,或向文赋过渡,也不乏优秀作品。

唐代四言诗罕见佳作,而四言诗体赋大放光芒。唐代四言诗体赋常以短篇写社会,主题深刻、角度新颖,具有强烈的时代色彩。柳宗元《瓶赋》《牛赋》、李商隐的《虱赋》《蝎赋》、陆龟蒙《杞菊赋》《后虱赋》《蚕赋》、司空图《诗赋》《共命鸟赋》等可为代表。另有以七言诗句作赋的,王勃《春思赋》与骆宾王《荡子从军赋》是其典范。

卢照邻《狱中学骚体》、张说《江上愁心赋》、元结《闵岭中》、刘禹锡《秋声赋》《伤往赋》、白居易《伤远行赋》、韩愈《复志赋》《闵己赋》、李翱《释怀赋》等,莫不写实感,抒真情,皆骚体佳作。柳宗元《解祟赋》《惩咎赋》《闵生赋》《梦归赋》《囚山赋》作于永州,抒发贬谪的愤慨与痛苦,最得骚学精髓。

唐代不仅集传统赋体之大成,而且衍生出律赋、文赋等新的赋作体式,并留存有杰出的俗赋篇章。

律赋有骈赋为基础,又受用于科场,遂成唐赋主流。律赋讲求音韵和谐,对偶精切,有命题限韵等要求,内容冠冕正大。晚季因与科考脱节,有些律作也曾成为内容丰富、形式精美的抒情小赋。王棨《贫赋》《江南春赋》《秋夜七里滩闻渔歌赋》、黄滔《馆娃宫赋》《明皇回驾经马嵬赋》《以不贪为宝赋》、徐寅《寒赋》《口不言钱赋》《人生几何赋》《过骊山赋》等可为代表。

文赋因古文运动而生,既有别于律赋的拘谨刻板,又不同于汉大赋的呆滞,构思精巧,句式多变,语言浅近,遂成新构。李华《吊古战场文》、韩愈《进学解》、杨敬之《华山赋》、杜牧《阿房宫赋》等堪为代表,诸作并开启宋人以散体为赋的先路。

俗赋渊源很早,但留存下来的作品不多,《燕子赋》《韩朋赋》《晏子赋》因其鲜活的内容与活泼的形式而在赋史上大放异彩。

唐赋体裁不仅多样,而且多变。律赋、文赋本是赋体诗化与文化结合的产物,赋的诗化与赋的文化都有一个漫长而渐进的过程。在诗、文两极与古、律两体之间,赋的细微摇摆都会导致其体式的相应变化。所以,骚赋、骈赋、诗赋虽无太多变化,但也能服从内容需要,随物赋形,变化自如。便是用于科考的律赋,也非一成不变,元、白对律赋的革新即其显证。可以说赋的流动不居的品格在唐代展示得最为明显。

(2)赋艺的探索与演进。

单个作品可以有具体的效仿对象与独特的艺术特征,如皮日休《九讽》模仿王褒《九怀》、王逸《九思》,柳宗元《吊屈原赋》、刘蜕《吊屈原辞》类同贾谊《吊屈原赋》,但内容各不相同。胡嘉隐《绳伎赋》源出张衡《二京》、卢肇《海潮赋》师承枚乘《七发》,而将片断扩为专章。富家谟《丽色赋》祖尚司马相如《美人赋》,又寄寓年华易逝之悲感,张九龄《白羽扇赋》宗法班婕妤《团扇赋》,而表达弃尤感恩的心思。

某些表现手法也自可细加分辨,并有其发展演变的轨迹。比如讽喻方式,或暗寓微讽,或明言章旨,或托于物事;如对仗艺术,由简而繁,由粗而工,由拙而巧。

若就整体而言,赋体的表现手法与赋作的体裁体制关联互动。赋的本义与汉大赋的本色在于铺陈描写,但赋体非诗非文、亦诗亦文的特征极具弹性,或近于诗,或近于文,都属赋体变迁的正常现象。六朝至唐,赋体创作或重感物与具象,或重叙事与抒怀,或重玄言与哲理,这既是社会环境的产物,又与赋体本身的特质相关。所以诗赋长于抒怀,律赋喜欢论理,骚赋于叙事中抒怀,文赋假叙事而论理,俗赋以叙事辩对为本,俚俗诙谐。每种文体都有一种主要的表达手法,但任何一种文体的最后完成都不可能只依赖某一种表达手法。赋体犹然,唐赋各体的成长成熟更是各种手法的交互使用的结果。如律赋的成熟大体可以看作骈赋格律化与议论化的过程,新文赋是在骚、散、骈、律各体赋的基础上散体化与议论化的结果,晚唐小品赋则或骈或散、或诗或文,主要因其形制短小、意象单一、立意新颖、构思精巧、讽刺辛辣、议论精警而备受关注。

其中每类手法又自有其细致的技巧与沿革的过程。如赋体叙事,既与题材内容有关,又表现在赋体结构、叙事时间、叙事视角的讲求与话语风格的形成。汉大赋惯用的问答结构为赋体提供了叙事的框架,到了晚唐,连律赋也大量使用问答的结构来,而律体自身,从命题、限韵到各类句式与语词的使用,叙事的因素也日益加重。

总言之,隋唐五代赋的价值与地位首先取决于它自身的生命活力,隋唐五代赋题材的开张拓展与艺术的探索革新已然奠定其时代价值与赋史地位。

(二) 第二层面：隋唐五代赋的时代意义与赋史价值

1. 时代意义

(1) 关联政治形态。

政治是无所不在的弥散性的存在，唐朝的统治者深谙文运关乎国脉的道理，立国之初即着手文化政策的讨论与制订，辞赋的传承与创作也有更多的功用目的。

太宗好尚文艺，对清词丽句多有偏爱，对"太康之英"赞赏有加，曾亲自作赋与后妃、词臣唱和，以赋为娱乐、酬答的工具。而一旦关涉国家文教，又能以德行为主，主张文须有益于政教，说"人主惟在德行"，不必事文。①

太宗朝为了加强中央集权，也出于血缘本能，实行抑制山东旧族的政策。武后当权，则将关陇本位政策一并破坏，而破坏的主要方式，便是改革科举，重视才艺，给不同阶级出身、来自不同地域的士人以进取的机会。可知武后好雕虫之艺，以诗赋取士，实有其政治目的与门第背景。

盛唐辞赋的文、吏之争，中唐辞赋的古、律之别，晚唐辞赋的感伤与批判，都与国家政治形态保持着一定的关联。

从初唐帝王、史家，到盛唐宰臣文士，到中唐古文代表，再到晚唐律赋、小品作家，都对文章误国的历史与现实保有高度的警惕与敏感。

(2) 铺陈礼仪制度。

"礼"主别异，"乐"主和同，国家秩序仰赖礼乐文教，礼仪制度比文学更能"经纬天地，作训垂范"。②

唐自太宗始，定礼制、建明堂、封禅巡狩，设文馆、立史司，修撰史书、编订文集，开展了大量的礼乐文化建设工作。国家文化政策多少会影响文学的发展，文学创作也或直接或间接地反映着国家制礼作乐、修文撰史的情况。赋体文学的颂赞传统尤有提供赋、礼互证的方便。

唐代典礼赋为数不少，光律赋就有50多篇，典礼赋对郊祀、宗庙、籍田、朝会等场面与过程都有直接的铺叙，其他类赋作也常常涉及国家礼乐文化。如李华《含元殿赋》对礼制的伸张，赋按时空顺序，先叙述大厦落成的过程，然后铺陈其位置规模、四时景观、内外结构与功成典礼。赋在不厌其烦地介绍建筑群落次第的同时，还一直关注着颂德之意、教化之本与等级制度的阐释，显见建筑与礼制功能的合一，是了解大唐帝国建筑形制、社

---

① 吴兢编著：《贞观政要》卷七《文史第二十八》，上海：上海古籍出版社，1978年，第222页。
② 魏征等撰：《隋书》卷七十六《文学传序》，北京：中华书局，1973年，第1729页。

会生活、政治结构、文化秩序的重要标本。至于唐代的科考制度,更直接催生了唐代一代之赋作——律赋。以赋取士,看重的是"赋兼才学":"观其命句,可以见学殖之深浅;即其构思,可以觇器业之大小。"① 取士主经义论者或说"日诵万言,何关理体？文成七步,未足化人"②,归根结底还是关涉到国家政治与文化的安危设计,可知唐赋与唐代礼仪制度关系密切。

(3) 承载文化谱系。

唐朝国家开放,文化多元,除了对外交流,从杨隋平陈到开元盛世,隋唐统治阶层内部来自江左、山东、关陇三大地域的政治文化利益集团也一直在进行着斗争与融合。三大文化体系各有长短,经过长期的南北交流与东西影响,到盛唐时终于合南北东西之长及域外异质文明的精粹而成就为浑厚、博大、刚健、进取、豁达、乐观的时代精神。

唐代思想文化核心也在经历唐初三帝道先佛后,武后、中宗佛先道后,睿宗、玄宗不分先后的三个阶段后三教并重。但政用与礼制都以儒学为归依,复兴儒学、标举道统终究成为弘扬国是的逻辑起点。所以唐代赋作与赋学主张在"润色王道"(张说《齐黄门侍郎卢思道碑》)、"光赞盛美"(李白《大猎赋序》),对远邦来献、万国朝圣与释道思想进行叙写与颂美的同时,宗经重道、复归六义,缅怀历史、关注现实,发挥辞赋的讽谏功能、张扬赋家的批判意识。

(4) 潜藏身份意识。

作家身份意识既具有社会客观性,又包含主体建构性,关联到作家作品则还会具化为文本性。汉世赋家,多为言语侍从之臣,身份类同俳优,魏晋文学自觉,激发个我意识,不过赋家以高门士族居多。唐赋作家,身份既多,意识也更复杂。就社会地位而言,有帝王、宰臣、贵妃、学士、武将、地方官吏、僧道;就仕进状况而言,有朝臣、逐客,有干进之人、有隐逸之士、有终身布衣;就出身关系而言,有座主、门生、士子、幕僚;就价值观念而言,有亲儒、重道,有近佛、慕仙。即便是文人,也有著名诗人、古文先驱、民间艺人等种种区别。因为在社会群体中人的身份既可以分属于不同的层级,又可能交错于不同的群落。除了客观的社会属性,还有主体自身的身份认同问题:一些赋家可能更乐意展示自己的政治才能而非文学侍从的身份,另一

---

① 沈作喆:《寓简》卷五引孙何语,文渊阁《四库全书》本,第132页。
② 刘峣:《取士先德行而后才艺疏》,详见董诰等编:《全唐文》卷四百三十三,北京:中华书局,1983年,第4424页。

些赋家可能并不满足官员的身份而更钟情自己文坛领袖的地位;一些赋家受儒家伦理思想影响极深,一些赋家受佛道熏陶更重,个别赋家跳出三界外,不在五行中。

不同的身份意识影响及于赋作,形成不同视角与话语。

身为宰相的赋家,既要参与甚至组织对帝王的奉颂与唱和,又要奖掖后进、提携下人,并适时抒发个人心绪志意。所以张说的作品里,既有《奉和圣制喜雨赋》,又有《江上愁心赋》《畏途赋》。来自岭南的张九龄则借富有地域特色的《荔枝赋》来表达他的用人观念。

诗人作赋,一是因为献赋可以得官的现实需要,二是赋需大才的传统观念,三是诗、赋相融互化的文学进程。所以关注诗人之赋尤其李白、杜甫这样巨星级的诗人之赋,容易见出诗、赋不同文体的特质、发展脉络与相对地位,也可分辨出因诗、赋文体不同而表现出的作家意识,并借此深究赋体叙事的特征。从某种意义上说,擅长作赋的李白、杜甫最终以诗名世,本身就标志着诗、赋地位的变更。

寒门上进与诗赋取士本身就有着错综复杂的破、立矛盾。困于下僚的王勃、骆宾王、卢照邻、杨炯一方面沿袭传统的宗经思想,视辞赋为淫靡之文、祸国之体,另一方面又不停地进行辞赋创作,以期改变命运、抒写性情。更重要的是因为科举的实施,寒门庶族得以崛起,寒士从政,既为社会灌注了生命活力,又推动了文学的发展。这样一来,近骚的报国之志与不平之气在赋体创作中又有所振发。

刘知几的辞赋创作与对辞赋的评价则根源于他严肃而执着的史家立场与忤时嫉俗的个性情怀。

赋家因身份地位不同而能展示个我情怀,也说明赋家主体意识的高扬,与汉朝相比,不能不说是一大进步。

与个我情怀相对的还有帝唐意识。

唐赋尤其初、盛唐赋热衷于帝国书写。在天命瑞象、宫殿典礼、奇伟物景、边塞武功、游艺歌舞等题材的赋作里,遍地皆是"帝唐""大唐""皇唐""圣唐""盛唐"等"帝国"语汇,这些赋作通过对国家创建的追述、君臣唱和的礼赞、京都形胜的夸饰,成功地构建了大唐王朝的帝国图景。这样的书写标示着赋家们对大唐帝国国力强盛的自豪与骄傲。

值得注意的是,在那些关于君国的语汇里,常常会加上一个表明身份与立场的"我"字,如"我国家""我唐""我皇""我君"等。这类语汇使赋体叙事的身份、视角、对象乃至言说策略与文本结构都悄然发生了改变,除了个我的立场与单一的叙述外,更多了帝国的眼光与交错的结构。

赋家们在赋中所表现的帝国心态可能是有意的代言,也可能是大唐帝国的集体意识使然。这种集体意识将赋家们纳入既有的秩序与文化,使他们对大唐帝国产生强烈的认同感,并自信大唐帝国可以"和怀四夷"(赵自励《出师赋》)。

总而言之,唐赋对王朝盛衰、江山风物、社会生活、个我情怀的铺陈表征了多元多貌的政治形态、国家力量、礼仪制度、身份意识,展示了唐朝与唐人开放的胸襟、革新的精神、批判的意识、家国与个我并重的情怀。

2. 赋史价值

隋唐五代赋的地位,不仅在于它自身体裁的多样多变与技法的探索演进,还在赋体的沿革到隋唐五代已经达到了极致,以后基本处于停滞,在隋唐五代赋因时代精神的影响与个我意识的彰显而形成了一定的风格。

文体的演进虽受外部环境的影响,更有其内在的逻辑与动力。诗、文两栖的赋在诗、文之间多次摆动,演革出诗、骚、骈、律、文等各种体制后,停止了前进的步伐,而这步伐恰恰止于晚唐。赋体沿革的停滞让后人不再有创新的机会与空间,而对于唐代来说,恰恰是一种幸运。

所以清人王芑孙才说:"诗莫盛于唐,赋亦莫盛于唐。总魏、晋、宋、齐、梁、周、陈、隋八朝之众轨,启宋、元、明三代之支流,踵武姬汉,蔚然翔跃,百体争开,昌其盈矣。"[①]强调的就是它百体争开,承前启后的赋史意义。

较之汉赋的雄霸夸饰与六朝赋繁缛绮丽,唐赋康健朗畅,更可贵的是唐赋风格多元多貌,并有着时代与个人的特色。

初唐在六朝的清绮中注入了康健壮大的语汇与情思,朝着南北会通的方向前进,展现了大唐君臣们阔大的胸襟与奋发的气度。

盛唐辞赋的风格既体现在赋家的多面、题材的多元,又表现在气象的宏大与浑成。

中唐赋的鼎盛更体现在题材内容的丰富与体式风格的多样。较之于盛唐赋的宽广,中唐赋题材内容的丰富主要体现在它的深度上。整体而言,中唐赋在两个维度上向纵深方向发展,一面是承盛唐余韵而日益制度化的应举颂圣,一面是以讽怨与抒怀启晚唐风习的自用写志。应举颂圣之

---

① 王芑孙:《读赋卮言》,见王冠辑:《赋话广聚》第三册,北京:北京图书馆出版社,2006年,第311页。

作冠冕而典正,自用写志之赋或深婉或慷慨。

晚唐赋作或好尚新奇,或针砭时弊,不无感伤愤懑的情绪与通俗直切的话语。

唐代也是赋史上大家辈出的时代,自太宗君臣、"初唐四杰",至盛唐李白、杜甫、高适、岑参、达奚珣、萧颖士、李华、独孤及,到中唐韩愈、柳宗元、刘禹锡、王起、李程、元稹、白居易,再到晚唐杜牧、李商隐、皮日休、陆龟蒙、罗隐、王棨、黄滔、徐寅等,都可以在赋史上占据一席之地。其中不乏自成风格者,如杜甫高古奇横,李白俊逸奇迈,元稹、白居易以气行赋,陆龟蒙专事新妍,王棨、黄滔锦心绣口⋯⋯

可以说,隋唐五代赋赋体的集成、对赋艺的探索、辞赋大家的出现与赋体风格的形成,奠定了它承前启后的赋史地位。

(三)第三层面:隋唐五代赋的文体文化意义

1. 文体意义:对他种文体的吸纳与影响

隋唐五代赋对它种文体的吸纳与影响,说明它既具有自身摇摆不定的多体多面特性,又彰显了文体演变的一般规律。

文体演变既有外在的因素,也有内在的动力;既有历时的积淀,也有共时的渗透;既有主体的意愿,也有客观的限制。各种力量相互交织而成的合力推动着文体形式的变迁。

从历时性的角度看,所有文体都有一个孕育、产生、发展、成熟、僵化的过程;从共时性的角度看,同一时代的各种文体虽有主从之分,但彼此会相融互渗,从而推动文体形式的沿革乃至新体的产生。"任何一种新文体的产生,都必须有一个血缘上的母体或胚胎,并以此为基点,汲取此前所有文学体裁与之相关的艺术营养和形式要素,在一种适宜的文化环境中发育生长,经过相当长的孕育过程才能诞生,并逐渐为社会所接受和认定"。①

2. 文化意义:对传统文化的传承与革新

隋唐五代赋对传统文化的传承与革新既显现它自身广纳万有、兼容并包的状态,又说明任何文体都是历史文化长河中的有机组成部分。

除了杨炯《浑天赋》、卢肇《海潮赋》等科技文化类专门赋作的文化显现,唐赋还有着广泛的文化意义。

李泽厚先生曾以"巫史传统"为中国文化特征的根源,说:"'巫'的基本

---

① 郭建勋:《先唐辞赋研究》,北京:人民出版社,2004 年,第 83 页。

特质通由'巫君合一''政教合一'途径,直接理性化而成为中国思想大传统的根本特色。"①以这一思想体系为钥匙,我们会发现,隋唐五代的很多赋,即便是比拟天象、铺陈仪式的祥瑞、典礼之作,对于传承文化精神、树立国家本位、确定礼仪秩序、培植仁敬情感等方面,也能起到推动与印证的作用。从这个角度讲,隋唐五代赋还有其超越时代的价值与意义。

最后不得不承认,文学发展中存在着文学代兴、诗赋互长的现象。周秦时诗先于赋,自汉魏至初唐,赋在创作实践与文学选本中的地位一直排在诗的前面或至少与诗并重,从盛唐李、杜开始,赋的崇高地位已被诗歌全面取代,中唐韩、柳之后,赋的形式特征进一步被消解,赋不再成为主流文体,甚至诗赋一统天下的局面也已逝去,词、小说、戏曲等新的文体形式逐渐兴起。

好在赋作为一种表现形式逐渐渗入了这些新的文体形式中去,赋体要素的弥散使它的影响无所不在。

四、隋唐五代赋的分期与分类

隋唐五代赋的撰写依然可以时间为纵线,以文体、流派、赋家赋艺等为横线。就体式言,隋唐五代赋众体兼备,新创的律赋因科考需要而蔚为大观,它们可分别编入赋史的各个阶段,俗赋与小品赋的成就也引人注目,宜单独标节,新文赋在未来还有更大的发展空间,拟以《阿房宫赋》为代表,综论其文体文化意义。分期关乎文学史的时间维度,可就其实质、惯例与本书作法略加解析。

(一)文学史分期的实质与体例

史学无边,因此有许多专门之史,各专门史的分段分期可以有自己的维度或逻辑,并由此形成各种体例。即以文学史而言,可以以某种文体的发展为主线,也可以综合社团流派、题材内容、艺术形式等多种要素②,其实质是对文学发展的历史进行阶段性的切分,而切分点必然选择联络相对松散的关节。不管是严格按时间维度的编年体还是综合种种要素的章节体,终归要通过时间序列呈现出来,在中国古代,王朝的更替成为时间刻

---

① 李泽厚:《说巫史传统》,见《由巫到礼 释礼归仁》,北京:生活·读书·新知三联书店,2015年,第10页。
② 如郑振铎《插图本中国文学史》将中国文学史分为古代、中世及近代三期,每期之中,"每章也都是就一个文学运动,一种文体,或一个文学流派的兴衰起落而论述着的"。见郑振铎:《插图本中国文学史》,北京:人民文学出版社,1957年,例言第2页。

度,王朝的徽号成为断代的标志,不同于西方连贯一致的公元纪年。黄云霞说这种述史形式的优势在于"能够保持各个王朝自身历史的完整性",而缺憾则在于,"不同朝代(特别是跨越时代)的人物及事件之间的联系被人为地割断了,这样就很难寻找到不同时代诸多现象背后相互连贯的历史脉络及其所蕴含的规律"。① 其实在"道—学—政"三位一体的传统结构里,学术史(包括文学史),与政治史甚至王朝更替史的吻合度是相当高的。

(二)唐诗分期的共识与实践

在中国古代,文学分期多以文章体貌风格为依据,所谓"时运交移,质文代变"(《文心雕龙·时序》),稍早于《文心雕龙》的沈约的《宋书》,更结合传统文化习俗与汉魏文学实际,提出"文体三变"之说:"自汉至魏,四百余年,辞人才子,文体三变。相如工为形似之言,二班长于情理之说,子建、仲宣以气质为体,并标能擅美,独映当时。"②此后,文学史上的"三变"之说暂成轨制。如唐人梁肃说"唐文三变":

> 唐有天下几二百载,而文章三变。初则广汉陈子昂以风雅革浮侈,次则燕国张公说宏茂广波澜。天宝已还,则李员外、萧功曹、贾常侍、独孤常州比肩而出,故其道益炽。若乃其气全,其辞辨,驰骛古今之际,高步天地之间,则有左补阙李君。③

在这篇为李翰写的集序里,梁肃说陈子昂始革浮侈,张说继起波澜,李华、萧颖士、贾至、独孤及、李翰蔚为大国,其中李翰辞气兼美。但梁肃论"唐文三变"时,韩愈还不到十岁,他的"三变"自然不足以概括整个唐文的成就,到北宋宋祁、欧阳修撰《新唐书·文艺传序》时,便作出了调整:

> 唐有天下三百年,文章无虑三变。高祖、太宗,大难始夷,沿江左余风……故王、杨为之伯;玄宗好经术……则燕、许擅其宗……大历、贞元间,美才辈出……于是韩愈倡之,柳宗元、李翱、皇甫湜等和之。④

---

① 黄云霞:《"历史"著述与"文学史"书写——从近年引进的几部海外版"中国文学史"谈起》,载《东南学术》,2015年第1期,第220页。
② 沈约:《宋书》卷六十七《谢灵运传论》,北京:中华书局,1974年,第1778页。
③ 梁肃:《补阙李君前集序》,见董诰等编:《全唐文》卷五百一十八,北京:中华书局,1983年,第5261页。
④ 欧阳修、宋祁撰:《新唐书》,北京:中华书局,1975年,第5725~5726页。

在这篇文章中,一变推许的是"初唐四杰"中的王、杨,三变则延及韩、柳诸人,但基本思路与梁肃是一致的。梁肃的"唐文三变"既上承沈约"文体三变"之说,也下启包括"唐诗三变"在内的"宋文三变""宋诗三变""宋词三变""古今诗三变""元文三变""元诗三变""明文三变""明诗三变""清诗三变"等种种论说,成为古代文学史论述的基本模式。①

就唐诗分期而言,除"三变"说之外②,以"四唐"说最为显著。"四唐"说始于严羽,经方回、杨士弘推衍,而成于高棅。宋严羽《沧浪诗话》以唐初、盛唐、大历、元和、晚唐评说唐诗风貌,并以盛唐诗为"第一义"③,宋末元初方回在《瀛奎律髓》中再标"中唐"④,元人杨士弘所编《唐音》将唐诗分为初盛唐、中唐和晚唐三个时期,并一一列出诗人所属时代。明人高棅编选《唐诗品汇》时明确将唐诗分为初、盛、中、晚四个时期:初唐自高祖武德元年(618)至玄宗先天二年(713),共九十六年;盛唐为玄宗开元、天宝时期,共四十三年;中唐为大历、贞元时期,共三十九年;晚唐自宪宗元和元年(806)至唐亡(907),共一百零二年。其《总叙》还对各时期诗歌的"声律兴象,文词理致""品格高下"等作了评价,使"四唐"这个时代概念附加更深厚的价值标准。⑤

此后,在唐诗分期问题上,"四唐"说虽不乏反对的声音⑥,而且还相继

---

① 可参见李定广:《"文体三变说":中国文学史的基本论述模式》,载《学术界》,2008年第5期,第76~84页。
② 刘克庄:"昔人有言,唐文三变,诗然,亦故有盛唐、中唐、晚唐之体。"详见刘克庄:《后村先生大全集》卷九十四《中兴五七言绝句》,《四部丛刊初编》本。
③ 如《诗辨》云:"论诗如论禅:汉、魏、晋与盛唐之诗,则第一义也。大历以还之诗,则小乘禅也,已落第二义矣。晚唐之诗,则声闻辟支果也。"又《诗体》云:"以时而论,则有……唐初体、盛唐体、大历体、元和体、晚唐体。"详见严羽著,郭绍虞校释:《沧浪诗话校释》,北京:人民文学出版社,1983年,第11~12页,第52~53页。
④ 如评陆游《顷岁从戎南郑屡往来兴凤间暇日追忆旧游有赋》云:"放翁诗出于曾茶山,而不专用'江西'格,间出一二耳,有晚唐,有中唐,亦有盛唐。此篇虽陈、杜、沈、宋,亦不过如此。"评许浑《春日题韦曲野老村舍》曰:"予选诗以老杜为主。老杜同时人皆盛唐之作,亦皆取之。中唐则大历以后,元和以前,亦多取之。晚唐诸人,贾岛开一别派,姚合继之。"见方回选评,李庆甲集评校点:《瀛奎律髓汇评》卷十,上海:上海古籍出版社,2005年,第181页,第338页。
⑤ 高棅编选:《唐诗品汇·总叙》,上海:上海古籍出版社,1988年,第8页。
⑥ 如钱谦益、吴乔批评"四唐"说的弊端:一说"一人之身,更历二时",殊难强分(钱谦益:《牧斋有学集》卷十五《唐诗英华序》,见《钱牧斋全集》第五册,上海:上海古籍出版社,2003年,第707页);一说以"人之前后"分唐诗只能是"皮毛之见",所以《诗经》"不分时世"(吴乔:《围炉诗话》卷三,见郭绍虞编选,富寿荪校点:《清诗话续编》上册,上海:上海古籍出版社,1983年,第551页)。

有人提出过"两唐""三唐""五唐""六唐""八唐"等新的分期主张①,但终归以"四唐"分期的方式最具影响力。

其实这些分段方法大同小异,基本以王朝分期为依托,而参以诗歌体貌风格的演变情况,权当叙事的框架,诚如叶矫然所言,只是大略言之,并无截然分界:"夫所谓初盛中晚者,亦不过谓其篇什格调中同者十八,不同者十二,大概言之而已,非真有鸿沟之画,改元之号也"。②

(三) 赋史与唐赋史的分期经验

辞赋通史的撰写,如马积高《赋史》与郭维森、许结《中国辞赋发展史》,不可避免以王朝更替为分期标准,只不过前者直称朝代,如"汉赋""魏晋南北朝赋""唐五代赋",后者则在"先秦至汉初辞赋""西汉中至东汉末辞赋""魏晋南北朝辞赋""唐代辞赋"等王朝称号前再加"肇始化成期""光大鼎盛期""拓境凝情期""蓄流演渡期"等术语,以突出"辞赋发展"的历史。这也合乎通史写作以王朝更替为大骨架的成规。断代赋史的写作会多一点变化,但既然称史,终归需要有一个时间线索。而实际操作时历史与逻辑殊难完美结合。姜书阁先生《汉赋通义》上卷《考史第三》将四百余年汉赋发展演变史分为三期:汉初至武帝刘彻初约八十年,为"丽则骚赋时期";武帝中至西汉末(包括新莽)约一百六十余年,为"丽淫大赋时期";东汉初至汉末建安时期约一百八十年,为"抒情小赋时期",这种将内容、风格、文体等要素杂糅在一起的做法显然不合逻辑,所以姜书阁先生自己说:"这种划分方法,并无严格的标准,故难做出十分严密的限断,大体上只是就某一阶段文坛(指赋坛)风气最推重某些作家的某类赋作而言……本来文学的发展变化是自微至著,逐渐演进而成的,因此,就不可能采取一刀切的办法来截然地划分时期。我在本书《考史第三》篇中把汉赋分为三个时期,也只能是就其发展过程划分一个大概的段落而已。至其定名,则只就一个时期的主流来讲,亦非可以用为各该时期内每一赋家每一作品的定评。"③不仅纵向的断限难于截然界定,横向定名也只是就其主流而言,现代人撰史,除了逻辑的分明以外,还得近乎实际,并且考虑研读的方便。

具体到唐赋,清人殷寿彭《四家赋钞序》有唐赋"三变"说:

---

① 可参张红运:《二十世纪唐诗分期研究述略》,载《南京社会科学》,2006年第6期,第102~108页。

② 叶矫然:《龙性堂诗话》初集,见郭绍虞编选,富寿荪校点:《清诗话续编》上册,上海:上海古籍出版社,1983年,第950~951页。

③ 姜书阁:《汉赋通义》,山东:齐鲁书社,1989年,第275~278页。

> 唐赋凡三变，初以道厚胜，继以宏丽胜，至晚王起、王棨、黄滔、宋言诸公出，而格调愈细，音节益谐。其时主司命题限八韵者，率用四平四仄，听作者参错相间，故圆美流逸，无聱牙生涩之病。其立局整而不滞，其用笔轻而不佻，其运典新而不僻，令人讽咏铿锵，而常得其意外巧妙，事外远致，真律赋之极轨也。①

这个序主要是在讲后期律体时顺带提及前期作品，故略前重后。马积高先生《赋史》用七、八两章共七节来写"唐五代赋"，分别为："唐赋的繁荣与概况""唐前期赋""作家辈出的开元、大历赋坛""贞元、元和前后赋的空前繁荣""晚唐五代赋的继续发展""唐代的律赋""唐代的俗赋"。第五至八章其实是按初、盛、中、晚四唐来分期的，马先生自己划定的界限是：第一阶段大致从唐初到玄宗即位以前；第二阶段大致从玄宗即位起到代宗大历止；第三阶段大体自德宗即位起，至穆宗长庆止；第四阶段大致自唐文宗起至五代。② 马积高先生也强调："这四个阶段划分并不是绝对的。各阶段之间都有不可分割的联系，也有跨阶段的作家，特别是三、四阶段之间的界限很难确定。"③

郭维森、许结《中国辞赋发展史》第五章"蓄流演渡期"用六节写"唐代辞赋"，这六节分别是："绪论""唐王朝初期的辞赋""诗的勃兴与辞赋的拓展""文的革新和辞赋的变化""讽时刺世的晚唐小品赋""唐代的律赋与俗赋"，这个框架注意到了不同文体之间的比对与关联。许结先生最近出版的《中国辞赋理论通史》则将隋唐赋论分成隋朝及唐初，盛唐到中唐，大历、贞元以降迄于五代三大时段，中间言及政教色彩、盛世情怀、骚学复兴、技术批评，说"初期重政教而改革文体，中期因科举考赋而渐进于赋体的探讨"，后期讽谏之风复兴、技术批评彰显，颇可参看。④

(四)本书大致的作法

本书按古往今来大多数人的意见，对赋的认定以篇名标"赋"的作品为主，吸纳少量约定俗成归为赋体的作品。

本书题名《隋唐五代辞赋研究》，实即《隋唐五代赋史》，除绪论外按时

---

① 景其浚编：《四家赋钞》卷首，清咸丰诵芬堂藏版。转引自许结：《中国辞赋理论通史》，南京：凤凰出版社，2016年，第335页。
② 马积高：《赋史》，上海：上海古籍出版社，1987年，第255～257页。
③ 马积高：《赋史》，上海：上海古籍出版社，1987年，第255～257页。
④ 许结：《中国辞赋理论通史》，南京：凤凰出版社，2016年，第332～343页。

间先后下分隋赋、初唐赋、盛唐赋、中唐赋、晚唐赋、五代十国赋六章。

隋赋(581—618):隋、唐一体,许多文学史都将隋、唐相提并论,或只在唐代部分有所提及,考虑到断代专章体式的需要与隋赋自身的特质,单独设为一章,下附两节,以统观隋代的赋学思想与总体风貌。

唐赋分期采纳通用的四分法,因为在伦理政治型的中国文化里,以王朝更替为叙事线索已然为约定俗成的做法。关于唐赋四期的具体构架,本书借鉴了前贤的著作,如《赋史》《中国辞赋发展史》《隋及初盛唐赋风研究》《中晚唐赋分体研究》等,同时对各时期赋家赋体的特质有所突出,目的都是为了尽可能地求得历史与逻辑的统一。

初唐赋:叙高祖武德元年(618)至玄宗开元初年(713)约百年间赋史。下设四节,分论"初唐赋的承传与新变""太宗君臣的赋学理念与创作实践""高宗赋坛与四杰的开拓之功""武后中宗朝赋家群体",这时期重点从整体上观照赋体文学的新变与开拓、理念与实践问题,如"以气质与清绮""颂美与任气""唱和与独享""具象与玄言"等两相对照来阐述初唐赋的承传与新变;如从题材、文气、体格等方面论说"初唐四杰"的开拓之功等,对"初唐四杰"及王绩等个别赋家赋作也有具体分析,特别发掘了刘知几《史通》辞赋观的史学立场及其意义、李峤《楚望赋》并序的理论内涵与价值。

盛唐赋:叙玄宗开元元年(713)至代宗大历元年(766)五十余年间赋史。下设五节,分论"盛唐赋的拓展与气象""李、杜赋及诗赋地位的变迁""盛唐其他著名诗家之赋""古文运动先驱赋""律赋的肇始与体制"。盛唐气象在辞赋创作上的表现主要在赋家之多面、题材之拓展、气象之宏大,第一节对盛唐赋帝国气象的表现与原因作了分析。诗是唐代一代之文学,赋也在唐代达到高峰,第二、三两节特别拈出盛唐诗家赋作为研究对象,并以李、杜赋为焦点,是想借两位大诗人、大赋家来观照诗、赋地位的变迁问题,并通过对盛唐诗家赋共性的提炼来分析诗、赋两种文体的区别,以及相互渗透的现象。第四节"古文运动先驱赋"则从古文与古文运动先驱者的维度来考察赋体变革的问题,也是为中唐韩愈、柳宗元、刘禹锡赋的评说作铺垫。将律赋自身的发展轨迹分属于盛、中、晚各个时期,则更近于历史实际。

中唐赋:叙代宗大历元年(766)至文宗开成元年(836)七十余年间赋史。下分五节:第一节总论"中唐赋的鼎盛与赋体流变",特别重视古文运动与赋体变迁,以及贬谪与赋体创作关系问题。第二节专论"韩愈赋的仕进心绪"与文体革新方面的成就,顺带提及韩门赋作概况。第三节专论"柳宗元赋的骚学精神与讽刺艺术"。第四节以"刘禹锡赋的企望心境与慷慨情怀"为标题。这三节对中唐赋三位大家的特征与突出贡献作了既合逻辑也近乎历史的总结。第五节论"王李、元白与中唐律赋"。

晚唐赋:叙文宗开成元年(836)至昭宗天祐四年(907)七十余年间赋史。下设五节。第一节独标"《阿房宫赋》的文体文化意义",以突出其讽喻主旨与散化技巧对后世的影响。第二节论"李德裕、卢肇、舒元舆等人的仿古之作",是对新变潮流中承继现象的回护。第三节专论"讽时刺世的晚唐小品赋",假借了郭维森、许结先生《中国辞赋发展史》第五章第五节的标题,但所论更纯粹、更集中,也更深细。第四节上承中唐律赋,论"晚唐律赋题材与体式的新变"。第五节专论唐代俗赋,借助叙事学理论重点分析唐代俗赋在叙事方面的成就。

五代十国赋(907—960):五代是指唐王朝覆亡(907年)以后,在中原地区相继建立的梁(907—923)、唐(923—936)、晋(936—947)、汉(947—950)、周(951—960)五个王朝。五朝之外,还相继或同时出现了吴(892—937)、南唐(937—975)、前蜀(891—925)、后蜀(925—965)、南汉(905—971)、楚(896—951)、吴越(893—978)、闽(893—945)、荆南(907—963)、北汉(951—979)等十多个割据政权,统称"十国"。五代十国[①]上承晚唐,下启宋初,赋史甚或一般文学史都将其附于唐末,其实它本身也是一个独立的具有鲜明时代特色的文学发展阶段,故本书特辟专章以记其要。下分三节:第一节统论"五代赋家、赋作、赋集与赋学活动",主要是基础性的文献清理工作,也涉及五代辞赋的研究价值与研究现状的问题;第二节论"五代赋家赋作的时代性与地域性",从五代政局、士风、经济文化乃至地域因素等方面探究五代赋的特质与成因。第三节专论"徐寅赋的题材意蕴与叙事艺术",通过有代表性的个案分析,通观末世文学凄凉的光景,并探究律赋这种文体的叙事功能。

总而言之,本书以较长的篇幅按时间顺序对隋唐五代三个紧密连续时期的辞赋作了比较细致的梳理,并尝试寻绎这三个时期赋史演变的表里线索与内外原因,希望比前贤的研究更全面、更细致、更深入,能使人们对隋唐五代辞赋有一个更系统而真切的了解,也希望书中提出的一些比较新颖

---

① 五代十国时既参差,地亦交错,作家往来其间,穿越其时,外加资料缺载,时空边界与作品系年都难于确定,只能据其大体,约略言之,并以"五代"概称"五代十国"。

的观点或思路,如赋家身份经历与赋体创作问题,赋家赋作的题材意识问题,赋体创作与感物兴思问题,叙事理论与赋体结构和赋序关系问题,叙事理论与俗赋、律赋的叙事艺术问题,隋唐五代文体互渗尤其诗赋地位消长情况,史家的辞赋观等,能够得到学界的关注与认同。

第一章 隋 赋

第一节 隋代的赋学思想

北周建德六年(577),周武帝灭北齐。北周大定元年(581),大丞相、隋国公杨坚受禅即位,改元开皇。开皇九年(589),陈降于隋,分裂了二百七十余年的国家重归一统。伴随着隋朝一统进程的是王朝更替的较量与反思、文化汇聚的相融与激荡。在国家安全、集团利益、民族情感、地域惯习、道德要求、学术期望乃至个人心性与感悟的或自觉或本能的规约下,文学的或有或无、或实或虚、或质或文面临着前所未有的考量,位居首领的辞赋文体尤处变革与兴衰的关键。杨(坚)、李(谔)的文政观,颜(之推)、王(通)的文德论开启了这场考量与变革的端绪。

一、文、炀二帝的文学态度

魏征在《隋书》里说:"高祖初统万机,每念斫雕为朴,发号施令,咸去浮华。然时俗词藻,犹多淫丽,故宪台执法,屡飞霜简。"[1]他所依据的主要是李谔上文帝请正文体书。[2]

这篇公文透露出的信息大略有这样几点:一是隋朝开国以来,隋文帝为"屏黜轻浮,遏止华伪"采取过一些措施,其中包括开皇四年(584)诏令天下"公私文翰,并宜实录",甚有泗洲刺史司马幼之因"文表华艳"而"付所司治罪"。二是从此以后公卿大臣"咸知正路",而外州远县"仍踵敝风"。三是教化之本在于"变其视听,防其嗜欲,塞其邪放之心,示以淳和之路"。四是"正俗调风"的具体方法,要像"古先哲王"一样,以"五教六行"为"训民之本",以"《诗》《书》《礼》《易》"为"道义之门",而"上书献赋,制诔镌铭,皆以褒德序贤,明勋证理"。五是对魏晋以来"竞骋文华",忽于至道的风习进行

---

[1] 魏征等撰:《隋书》卷七十六《文学传序》,北京:中华书局,1973年,第1730页。
[2] 文见魏征等撰:《隋书》卷六十六《列传第三十一·李谔》,北京:中华书局,1973年,第1544~1545页。下引此文不标出处。

批判。六是表达个人意愿与对朝廷的期盼："职当纠察""请勒诸司,普加搜访"。其中第五点涉及包括辞赋在内的比较具体的文学批评,常为文论家们所称引:

> 降及后代,风教渐落。魏之三祖,更尚文词,忽君人之大道,好雕虫之小艺。下之从上,有同影响,竞骋文华,遂成风俗。江左齐、梁,其弊弥甚,贵贱贤愚,唯务吟咏。遂复遗理存异,寻虚逐微,竞一韵之奇,争一字之巧。连篇累牍,不出月露之形,积案盈箱,唯是风云之状。世俗以此相高,朝廷据兹擢士。禄利之路既开,爱尚之情愈笃。于是闾里童昏,贵游总丱,未窥六甲,先制五言。至如羲皇、舜、禹之典,伊、傅、周、孔之说,不复关心,何尝入耳。以傲诞为清虚,以缘情为勋绩,指儒素为古拙,用词赋为君子。故文笔日繁,其政日乱,良由弃大圣之轨模,构无用以为用也。损本逐末,流遍华壤,递相师祖,久而愈扇。

仔细分析,其间所体现的文学态度主要有:辞赋为雕虫小艺,有损人君大道,而自魏之三祖至于江左齐、梁,不管是世俗还是朝廷偏偏反道而行,以致政繁国乱;这种文风的特点在于以缘情、傲诞、虚微为本,以韵奇字巧、连篇累牍地描写月露风云为高。毫无疑问,李谔是从政治的角度来考虑文学问题的。从文论家的眼光来看,他混淆了文学与非文学的界限,简单地以儒家的美刺标准甚至国家政治的现实需要来衡量文学,否定文学作品本有的缘情目的与审美特性,其实就是否定文学本身;而不问青红皂白地将六朝文学一棍子打死的做法更是不顾实际的偏激态度与倒退行为。

比之于隋文帝君臣,隋炀帝没有关于文学的直接论述,但从他对诗文的评价与辞赋创作的实绩和有关文华的政策与举措,可以大体推知他对于以诗赋为主体的文学的态度。

《隋书》中列举他即位后的一些作品云:"其《与越公书》《建东都诏》《冬至受朝诗》及《拟饮马长城窟》,并存雅体,归于典制。虽意在骄淫,而词无浮荡。"①可他也亲自作过"词甚典丽"的《归潘赋》。②《隋书》还记载:王胄"以文词为炀帝所重。帝尝自东都还京师,赐天下大酺,因为五言诗,诏胄

---

① 魏征等撰:《隋书》卷七十六《文学传序》,北京:中华书局,1973年,第1730页。
② 赋佚,见魏征等撰:《隋书》卷五十八《柳䛒》,北京:中华书局,1973年,第1423页。

和之……帝览而善之,因谓侍臣曰:'气高致远,归之于冑;词清体润,其在世基;意密理新,推庾自直。过此者,未可以言诗也。'"①从这里可以看出,他不仅自己创作五言诗,也善于鉴赏,而他的评价也是词理并重的。再看大业三年(607)的诏令:"强毅正直,执宪不挠,学业优敏,文才美秀,并为廊庙之用,实乃瑚琏之器。才堪将略,则拔之以御侮,膂力骁壮,则任之以爪牙。"②可见在隋炀帝的政策里,"文才美秀"者也可以为国家所用。事实上,喜好文雅的隋炀帝早年就曾"招引才学之士诸葛颖、虞世南、王冑、朱玚等百余人以充学士"。③ 其他有关图籍、礼乐方面的政策与举措,也都能见出他对文化相对通融的态度。

隋王朝的文学观念与举措主要是出于国家安全与集团利益的考虑。浮华误国是古今朝野的共识,经由南北大分裂大变革而终归一统的隋朝尤有切身体会。史载隋文帝即位之初:"群情不附,诸子幼弱,内有六王之谋,外致三方之乱。握强兵,居重镇者,皆周之旧臣……内修制度,外抚戎夷,每旦听朝,日昃忘倦,居处服玩,务存节俭,令行禁止,上下化之。开皇、仁寿之间,丈夫不衣绫绮,而无金玉之饰,常服率多布帛,装带不过以铜铁骨角而已。"④又曾三番五次下诏定乐,要求尽除"郑、卫淫声,鱼龙杂戏"⑤,对于"竞造繁声"的"人间音乐"加以禁约。⑥ 可以说,出于引戒齐梁与对峙陈朝的心理认识与政治需要,隋文帝力图从方方面面整治社会风习。"明达世务"的李谔,除上书正文体之外,也曾先后上《重谷论》以讽"国用虚耗",上书正公卿子孙嫁卖父祖妾婢之风和好自矜伐之风。在这样的背景下,华艳的诗赋自然也被认为是乱政亡国的因由,理当加以禁止。这样一来,文学与政治的关系也被他们推向了极致。这种警戒的心理到隋炀帝继位之后因政局的相对稳定自然会有所松懈。

其实这种以政权的生存与发展为立足点的文学态度也有关中文化本位思想的因子。在南北朝至隋唐之际存在着关陇、江左、山东三大利益集团与文化区域。在东魏北齐、西魏北周与南朝梁陈三足鼎立时期,西魏北

---

① 魏征等撰:《隋书》卷七十六《王冑》,北京:中华书局,1973年,第1741~1742页。
② 魏征等撰:《隋书》卷三《帝纪第三·炀帝上》,北京:中华书局,1973年,第68页。
③ 详见魏征等撰:《隋书》卷五十八《列传第二十三·柳䛒》,北京:中华书局,1973年,第1423页。
④ 魏征等撰:《隋书》卷二《帝纪第二·高祖下》,北京:中华书局,1973年,第54页。
⑤ 魏征等撰:《隋书》卷二《帝纪第二·高祖下》,北京:中华书局,1973年,第34页。
⑥ 魏征等撰:《隋书》卷二《帝纪第二·高祖下》,北京:中华书局,1973年,第39页。

周的人才、地利最为轻弱。为抗衡山东与江左,以宇文泰为首的关陇集团采取了一系列的军政举措与文化策略。陈寅恪先生曾分析说:"宇文苟欲抗衡高氏及萧梁,除整军务农、力图富强等充实物质之政策外,必应别有精神上独立有自成一系统之文化政策,其作用既能文饰辅助其物质即整军务农政策之进行,更可以维系其关陇辖境以内之胡汉诸族之人心,使其融合成为一家,以关陇地域为本位之坚强团体。此种关陇文化本位之政策,范围颇广,包括甚众,要言之,即阳傅周礼经典制度之文,阴适关陇胡汉现状之实而已。"①

基于这样的文化本位思想,与"自有晋之季,文章竞为浮华,遂成风俗"②的现状,宇文泰也曾诏令文体改革:"太祖欲革其弊……乃命苏绰为大诰,奏行之……自是之后,文笔皆依此体。"③具体的内容则有:

> 惟天地之道,一阴一阳;礼俗之变,一文一质。爰自三五,以迄乎兹,非惟相革,惟其救弊,非惟相袭,惟其可久。惟我有魏,承乎周之末流,接秦汉遗弊,袭魏晋之华诞,五代浇风,因而未革,将以穆俗兴化,庸可暨乎。嗟我公辅、庶僚、列侯,朕惟否德,其一心力,只慎厥艰,克遵前王之丕显休烈,弗敢怠荒。咨尔在位,亦协乎朕心,惇德允元,惟厥难是务。克捐厥华,即厥实,背厥伪,崇厥诚。④

大意说自西周、秦汉以至魏晋以来,时弊因袭,文风浮华,为了国家的长治久安必须穆俗兴化,改革文风、世风,而革除华诞之风,需要王公大臣齐心协力,崇尚忠诚,摒弃伪善。为了生存与发展,将世风与文风与忠诚的品格等同起来,而无视于艺术审美与个人情感,毫无疑问,这是政治本位、道德本位的文学观。文化本位的思想有着因循的惯习,宇文泰与苏绰的这种文学观念无疑可以视为杨坚与李谔文政观的先声。不过后者是专论文化的文书,也承认文学特有的审美与情感特征,虽然还是作为有损治国安邦的论据提出。

隋的一统,从政治上结束了三足鼎立的局面,而文化的相融却是相当

---

① 陈寅恪:《隋唐制度渊源略论稿》,北京:生活·读书·新知三联书店,1954年,第91页。
② 令狐德棻等撰:《周书》卷二十三《列传第十五·苏绰》,北京:中华书局,1971年,第391页。
③ 令狐德棻等撰:《周书》卷二十三《列传第十五·苏绰》,北京:中华书局,1971年,第394页。
④ 令狐德棻等撰:《周书》卷二十三《列传第十五·苏绰》,北京:中华书局,1971年,第393页。

漫长而复杂的过程。在关陇由地域性集团向中央集团过渡的过程中，江左与山东从戒备与猜疑的对象逐步成为国家政治与文化结构中的重要因素。隋文帝时，号称"五贵"的核心人物中，苏威、宇文述算是关陇勋贵，而裴矩来自关东，裴蕴、虞世基则源出江左。当擅长诗赋的南士逐渐融入中央集团中来时，尚文的风习自然也会顺势增长。当然，南士与北人在政治与文化上的地位及心理优势并不对等，所以文化的相融不会一蹴而就。

  作为帝王，个人的经历与心性对于国家的文化政策也多少有些影响。史载隋文帝"性严重，有威容，外质木而内明敏，有大略……然天性沉猜，素无学术，好为小数，不达大体……又不悦诗书，废除学校。"① 而隋炀帝"美姿仪，少敏慧……上好学，善属文"。② 他在即位之前曾出任淮南道行台尚书令、平陈行军元帅、扬州总管，这样的经历不仅让他建立了功勋、赢得了声誉，而且有助于他认识、接受、欣赏南方文化。而他所宠幸的有智识，性婉顺，善属文，写过《述志赋》的萧皇后，原为梁明帝之女，无疑也促进了他与南方文化、南方人士的交流。隋炀帝本人常以文才自负，他的《野望》《春江花月夜》《饮马长城窟行》《泛龙舟》《悲秋》等作品也确实得到后人无数的好评。他还以文学领袖自居，常常聚集身边文人宴饮赋诗，沿袭梁、陈贵族以诗为娱的生活方式。以他的这种经历、才华与由此而来的嗜好、气魄，他自然不会过于拒绝江左与文华。

二、颜之推、王通的文德论

  隋文帝与李谔的文政观因其在朝的地位代表着主流的文学态度，在野而可称为思想的当数颜之推与王通的文德论。相较而言，颜之推一生三化的经历与辞赋创作的实践使其文学观念更多综会色彩，也更多直接关乎辞赋的言论。

  除《观我生赋》外，颜之推的辞赋观主要见于《颜氏家训》。《颜氏家训》中直接提到赋家赋作的地方总共有 19 处，其中，《勉学篇》6 处，《文章篇》8 处，《书证篇》4 处，《杂艺篇》1 处。涉及的赋作有王延寿《灵光殿赋》、左思《蜀都赋》(《三都赋》之一)、潘岳《闲居赋》、曹植《鹞赋》、吴均《破镜赋》(已佚)、潘岳《悼亡赋》、潘岳《射雉赋》(2 次)、曹植《鹞雀赋》、班固《西都赋》、杜道士《画师赋》等。不过这些赋作要么是为了说明小时候记忆力好，所以

---

① 魏征等撰：《隋书》卷二《帝纪第二·高祖下》，北京：中华书局，1973 年，第 54 页。
② 魏征等撰：《隋书》卷三《帝纪第三·炀帝上》，北京：中华书局，1973 年，第 59 页。

要早学,要博览群书,而读书之法,则贵在交流切磋,如引王延寿《灵光殿赋》、曹植《鹖赋》、左思《蜀都赋》、潘岳《闲居赋》之例。要么是为了说明为文要注意避讳的问题,如引潘岳《悼亡赋》、吴均《破镜赋》之例。要么就是作为训诂之用,如引潘岳《射雉赋》、曹植《鹞雀赋》、班固《西都赋》之例。真正可以见出颜之推赋学观念的还是《文章篇》《勉学篇》等篇章中综论文学的文字。

这些文字比较集中地体现了颜之推美用同提的文学本体论、才德兼顾的作家论、文质并重的创作论、南北区判的鉴赏论。

文学的渊源与功用是关乎文学本体的因素,《文章篇》说:

> 夫文章者,原出五经:诏命策檄,生于书者也;序述论议,生于易者也;歌咏赋颂,生于诗者也;祭祀哀诔,生于礼者也;书奏箴铭,生于春秋者也。朝廷宪章,军旅誓诰,敷显仁义,发明功德,牧民建国,施用多途。至于陶冶性灵,从容讽谏,入其滋味,亦乐事也;行有余力,则可习之。①

颜之推将文章分为军国文翰和"性灵"之作,既强调政治教化之用,又兼顾"缘情"娱乐之美。文出五经与赋源于诗是儒家文以载道的理论依据,颜之推也毫不例外地开篇点题。出于载道与尚用的考虑,颜之推默许了"武人俗吏"对于只知"吟啸谈谑,讽咏辞赋",而于"军国经纶,略无施用"的空疏者的嗤笑(《勉学篇》),但对于"陶冶性灵"的诗赋他并不主张尽废,所以在行有余力时,不妨习作。出于同样的道理,他一方面赞成扬雄"诗人之赋丽以则,辞人之赋丽以淫"的观点,另一方面又不满扬雄说赋是"童子雕虫篆刻,壮夫不为"的言论,认为好赋并非"累德"之事。他自己七岁时就能背诵《灵光殿赋》,而且终身不忘,在他关于读书、写作、训诂的种种言说里,也常常征引辞赋以为例证。在《省事篇》里,他甚至劝诫他的子弟不要去作那些上书陈事的奏议,认为那些东西要么"攻人主之长短",要么"讦群臣之得失",要么"陈国家之利害",要么"带私情之与夺",都是"贾诚以求位,鬻言以干禄"的做法,而实际的效果可能"或无丝毫之益,而有不省之困",所以"非士君子守法度者所为也"。这显然是从军国之用退回到身家之保了。

载道与缘情,或者说爱美与尚用的问题其实由来已久,《诗经》言志,楚

---

① 王利器撰:《颜氏家训集解》,北京:中华书局,1993年,第237页。下引此书不注出处。

辞尚美，赋则"受命于诗人，而拓宇于楚辞"，兼具两者特性却又难于相融为一体，所以扬雄有"丽则""丽淫"之分，扬雄本人对于辞赋的态度也是矛盾的，他口口声声说"壮夫不为"，但他的《甘泉赋》《羽猎赋》《长杨赋》等赋都作于四十岁以后。① 因为文辞的优美，他的赋也和司马相如的赋一样，欲讽反劝。尽管如此，文论家们还是拼命地抬出以"诗经"为本的美刺说以将辞赋并入经学的轨道。魏晋以后，"缘情"之说兴起，至齐梁文、笔分道，文学走向片面追求缘情、审美、娱乐之路，而无关伦理教化，所以萧纲《诫当阳公大心书》将文章与立身分开，说"立身之道与文章异，立身先须谨重，为文且须放荡"。② 北朝的文风直承汉魏，以宗经为尚，《大诰》文体，可谓极致。惟颜之推能将两者同提并举，既关政教，又不忘怡情，实属难得。

　　对于作家，颜之推知道才华的意义，承认性灵的发引，但更强调节操的重要。《文章篇》说："学问有利钝，文章有巧拙。钝学累功，不妨精熟；拙文研思，终归蚩鄙。但成学士，自足为人。必乏天才，勿强操笔。""文章之体，标举兴会，发引性灵。"做学问与写文章都有利钝巧拙之别，但迟钝的人做学问只要不懈努力，也可以做到精通熟练，而拙劣的人写文章，尽管费尽心思，也难免粗野鄙陋，因为文章的本质就是提示兴味，抒发性情。所以没有足够的才华，就不要勉强去写作。这实在是平实而真切之论。只可惜世人不能自知，所以"自谓清华，流布丑拙"（《文章篇》），甚至至死而不能觉悟。③ 但发引性灵的文学也容易"使人矜伐"而"忽于持操，果于进取"，因此"自古文人，多陷轻薄"，为了说明他的观点，他以较大的篇幅尽数自屈原以来因负才而伤身及义的赋家文士与帝王天子：

　　　　屈原露才扬己，显暴君过；宋玉体貌容冶，见遇俳优；东方曼倩，滑稽不雅；司马长卿，窃赀无操；王褒过章僮约；扬雄德败美新……赵元叔抗竦过度；冯敬通浮华摈压；马季长佞媚获诮；蔡伯喈同恶受诛……陆机犯顺履险；潘岳干没取危；颜延年负气摧黜；谢灵运空疏乱纪；王元长凶贼自诒；谢玄晖侮慢见及。凡此诸人，皆其翘秀者，不能悉纪，大较如此。至于帝王，亦或未免。自昔天

---

① 可参见《文选注》。
② 严可均校辑：《全上古三代秦汉三国六朝文》，北京：中华书局，1958年，第3010页。
③ 颜之推在接下来的文辞里举例并感叹："近在并州，有一士族，好为可笑诗赋，诋擎邢、魏诸公，众共嘲弄，虚相赞说，便击牛酾酒，招延声誉。其妻，明鉴妇人也，泣而谏之。此人叹曰：'才华不为妻子所容，何况行路！'至死不觉。自见之谓明，此诚难也。"

子而有才华者,唯汉武、魏太祖、文帝、明帝、宋孝武帝,皆负世议,非懿德之君也。

如此详明郑重的言论实属少见,不过这种批判也未免过于严苛,大概也是明哲保身的家学之需。落实到写作实践上,便要让自己的才华有所节制:"凡为文章,犹人乘骐骥,虽有逸气,当以衔勒制之,勿使流乱轨躅,放意填坑岸也。"(《文章篇》)对文人的轻薄指摘自然也非颜氏独创,不过他有足够的例证,比他的前辈作更多的铺陈,且可以在承继前人的同时用自己的道德标准加以衡裁,而这中间又难免介入个人的经历与忧思。

在作品内容与形式的关系方面,颜之推也有精彩的论述:

> 文章当以理致为心肾,气调为筋骨,事义为皮肤,华丽为冠冕。今世相承,趋末弃本,率多浮艳。辞与理竞,辞胜而理伏;事与才争,事繁而才损。放逸者流宕而忘归,穿凿者补缀而不足。时俗如此,安能独违?但务去泰去甚耳。必有盛才重誉,改革体裁者,实吾所希。古人之文,宏材逸气,体度风格,去今实远;但缉缀疏朴,未为密致耳。今世音律谐靡,章句偶对,讳避精详,贤于往昔多矣。宜以古之制裁为本,今之辞调为末,并须两存,不可偏弃也。(《文章篇》)

他认为理想的文章应以理致气调为根本,以事典文辞为装饰,而现存的传承者却"趋末弃本",以致文辞优美而理致薄弱,事典繁杂而气调亏损,那放逸者的文章流利酣畅却偏离了文章的旨归,而雕琢者的文章虽堆砌材料却仍不能补足才华的欠缺。所以他希望改革文风,改革的办法是取古人的体格裁制与今人的文辞律调,因为古人的文章虽然才志俊伟,篇制宏大,但在遣词造句方面过于简朴,不够细致,而当世的文章音律和谐靡丽,语句配偶对称,避讳精确详尽,自然也值得采纳。为了形象地说明两者不可偏废的道理,在这一段话的前面,他还引述了席毗与刘逖的论辩:

> 齐世有席毗者,清干之士,官至行台尚书,嗤鄙文学,嘲刘逖云:"君辈辞藻,譬若荣华,须臾之玩,非宏才也;岂比吾徒千丈松树,常有风霜,不可凋悴矣。"刘应之曰:"既有寒木,又发春华,何如也?"席笑曰:"可哉。"(《文章篇》)

如果寒木与春华两者可以兼得,岂不美哉！文质并重的主张自孔子以来从不欠缺,而实际的创作则不可能永持单一,所以个人对于文质问题的理解往往是词同而意不尽同,较于他人,通贯南北、身历三地的颜之推自然体会更深。只可惜文学的壮盛不是当世急务,颜氏兼采古今、文质并重的美好愿望也只能寄之于来世。

如果说文质并重的主张人人都可有所感会的话,对不同区域的文辞特征乃至鉴赏风习详加区判却非得有实在的闻见与诚正的心意。颜之推是当之无愧的最佳人选。他对南北的风习知之甚详而且持论平正,在《颜氏家训》的《风操篇》《书证篇》《音辞篇》乃至《杂艺篇》里他对南北不同的风土人情、礼仪习尚、言语音韵及各种杂艺都有征引与评说。

说到文学的评论,颜之推对于儒学之乡的山东可没那么客气了,他在《文章篇》里说:

> 江南文制,欲人弹射,知有病累,随即改之,陈王得之于丁廙也。山东风俗,不通击难。吾初入邺,遂尝以此忤人,至今为悔,汝曹必无轻议也。(《文章篇》)

江南地区的人写文章,是希望别人批评的,知道了毛病所在,还会立即改正,可山东地区的风俗却不乐意别人抨击责难。虽说他此间的本意在于告诫子弟不要对他人的文章妄加评议,但对于山东这种风俗的不满也是显而易见的,因为他本人是希望这种评论的:"学为文章,先谋亲友,得其评裁,知可施行,然后出手,慎勿师心自任,取笑旁人也。"(《文章篇》)往深里看,这"不通击难"四个字实在道出了北朝文论远不如南朝文论发达的重要原因:缺少思辨,不乐交流。这或许可以成为玄学在备受"不务世务"的指责时也能自强于儒学的依凭与证据。外来的佛在南朝多成为心性论的资源,而在北朝则徒以石窟寺塔及诵经坐禅等外在的形式为胜,其实也属于同样的情形。

《文章篇》还记载了南北审美标准不同的实例:

> 王籍《入若耶溪》诗云:"蝉噪林逾静,鸟鸣山更幽。"江南以为文外断绝,物无异议。简文吟咏,不能忘之,孝元讽味,以为不可复得,至《怀旧志》载于《籍传》。范阳卢询祖,邺下才俊,乃言:"此不成语,何事于能?"魏收亦然其论。《诗》云:"萧萧马鸣,悠悠旆旌。"毛《传》曰:"言不喧哗也。"吾每叹此解有情致,籍诗生于此耳。

同样的诗句,南人认为无与伦比,北人却认为根本不像样子,颜之推自己是认同南人的观点的,但他也不是凭空而论,而是引诗为证。还有梁朝萧悫"芙蓉露下落,杨柳月中疏"的诗句,也为卢思道之徒所不屑。在南北对峙的时代,能以包容之心看待文学差异已属不易,还能实实在在而又平平正正地加以区判,更为难得,所以周建江说颜之推"开创了文学批评比较法的先河"。①

　　总的来说,颜之推的文学观念是中正平和的,在他关于文章的功用、内容、形式、创作与鉴赏,以及作家才性的种种论调中始终贯穿着一条修身处世的道德经线,这样审慎而系统的观念缘乎他的儒学修养、学术期望,离不开他著述的家学鹄的,而更重要的还是他一生三化的特殊经历。

　　颜之推的先祖本为北方士族,九世祖颜含于西晋末随晋元帝南渡,属"中原冠带随晋渡江者百家"②之一,颜氏"世善《周官》《左传》学"。③ 颜之推幼承家学,梁元帝时任散骑侍郎,不久江陵陷落,他被俘西魏。为取道返梁,他又逃亡北齐,闻梁陈更替而留仕北齐,但北齐后来又为取代了西魏的北周所灭。最后的几年,他还经历了周隋的禅代。在这种"一生而三化""三为亡国人"④的经历中,颜之推耳闻目睹了政权的更替、家族的兴衰,也亲身感受到了人世的浮沉。儒学的修为与家族的使命让他不失仕进的姿态,但乱世的杀伐却又时刻警示着他必须谨小慎微。所以他自己作文,要请人评论,但别人的文章,却不许子弟轻议;一面说军国文书的重要,一面又提醒子弟们不要去写那些上书陈事的奏议。乱世生存除了要通过修德而全身免祸,还得修学修能以求谋生之策,所以他特别强调学习与写作的有用。从有用的主张出发,他既反对只知"吟啸谈谑,讽咏辞赋"的做法,又不满老庄之书的空疏;既指谪文人的无行,又诋斥他们的无用。《涉务篇》说:"士君子之处世,贵能有益于物耳,不徒高谈虚论,左琴右书,以费人君禄位也。""世中文学之士,品藻古今,若指诸掌,及有试用,多无所堪。居承平之世,不知有丧乱之祸;处庙堂之下,不知有战陈之急;保俸禄之资,不知有耕稼之苦;肆吏民之上,不知有劳役之勤。故难可以应世经务也。"这种特殊的经历与深厚学养,还让他比别人更敏锐地发现南北风习、音辞与文

---

① 周建江:《北朝文学史》,北京:中国社会科学出版社,1997年,第31页。
② 见《观我生赋》自注。
③ 李百药撰:《北齐书》卷四十五《文苑·颜之推传》,北京:中华书局,1972年,第617页。
④ 李百药撰:《北齐书》卷四十五《文苑·颜之推传》,北京:中华书局,1972年,第625页。

学的不同。他的"南方水土和柔,其音清举而切诣,失在浮浅,其辞多鄙俗。北方山川深厚,其音沉浊而钝钝,得其质直,其辞多古语"(《音辞篇》)之说实开南北文学、文化不同论之先河。

王通(580—617)是隋末的大儒,生前即被奉为"王孔子",死后门人私谥为"文中子"。他的文学主张与颜之推大同小异,都比较强调文学与道德的关系。不过因为个人经历与著作体例的不一,他们的立足点也不尽相同,颜之推自撰的家训之作在于维护家族利益,王通门人编撰而成的传道之书则归本于儒学的道统。

在王通的《中说》里,直接针对文学的言辞其实很少,他所提到的"文"还是魏晋南北朝文体细分之前的概念,诗赋既罕见提及,本体与功能也混而为一。

从尊经崇道的宗旨出发,王通像汉儒一样反复强调诗文的言志与教化功能。他说《续诗》"可以讽,可以达,可以荡,可以独处。出则悌,入则孝,多见治乱之情。"(《天地篇》)①这是模拟孔子"兴、观、群、怨"的说法。当薛收问他"今之民胡无诗"时,他说:"诗者,民之情性也,情性能亡乎?非民无诗,职诗者之罪也。"(《关朗篇》),说是"情性",其实还是采诗观志的问题。这是"下以风刺上"(《毛诗序》)的一面,更重要的是"上以风化下",他说《续诗》有"四名""五志"之功:"一曰化,天子所以风天下也。二曰政,蕃臣所以移其俗也。三曰颂,以成功告于神明也。四曰叹,以陈诲立诫于家也。凡此四者,或美焉、或勉焉、或伤焉、或恶焉、或诫焉,是谓五志。"(《事君篇》)因为这个缘故,言政而不及化,言文而不及理的,他或者不予理睬,或者深表忧虑:

> 李伯药见子而论《诗》,子不答。伯药退谓薛收曰:"吾上陈应、刘,下述沈、谢,分四声八病,刚柔清浊,各有端序,音若埙篪,而夫子不应我,其未达欤?"薛收曰:"吾尝闻夫子之论诗矣,上明三纲,下达五常,于是征存亡,辩得失,故小人歌之以贡其俗,君子赋之以见其志,圣人采之以观其变。今子营营驰骋乎末流,是夫子之所痛也。不答则有由矣。"(《天地篇》)

子曰:"……今言政而不及化,是天下无礼也。言声而不及

---

① 引文据孙星衍辑,王通著:《孔子集语 文中子中说》,上海:上海古籍出版社,1989年。下同。

雅,是天下无乐也。言文而不及理,是天下无文也。王道从何而兴乎,吾所以忧也。"(《王道篇》)

就是论兵,也得讲礼、信、仁、义:"李密见子而论兵。子曰:'礼、信、仁、义,则吾论之;孤虚诈力,吾不与也。'"(《天地篇》)因为尊经重道,他对史、传、记、注便表现出不满来:"史、传兴而经道废矣,记、注兴而史道诬矣,是故恶夫异端者。"(《问易篇》)"史之失自迁、固始也。记繁而志寡,春秋之失自歆、向始也,弃经而任传。"(《天地篇》)

不过,王通没有简单地把国家的衰亡归罪于学术文化,他说:"《诗》《书》盛而秦世灭,非仲尼之罪也。虚玄长而晋室乱,非老庄之罪也。斋戒修而梁国亡,非释迦之罪也。《易》不云乎:'苟非其人,道不虚行。'"(《周公篇》)国家兴亡在人而不在于学术本身。从这里出发,他特别强调文章要贯道济义,作家要先德后文:"学者,博诵云乎哉?必也贯乎道。文者,苟作云乎哉?必也济乎义。"(《天地篇》)"古君子志于道,据于德,依于仁而后艺可游也。"(《事君篇》)这里面的重要依据是文如其人,《事君篇》列举了文品与人品的对应关系:

> 谢灵运小人哉,其文傲,君子则谨;沈休文小人哉,其文冶,君子则典。鲍照、江淹,古之狷者也,其文急以怨;吴筠、孔珪,古之狂者也,其文怪以怒;谢庄、王融,古之纤人也,其文碎;徐陵、庾信,古之夸人也,其文诞。或问孝绰兄弟,子曰:鄙人也,其文淫。或问湘东王兄弟,子曰:贪人也,其文繁;谢朓,浅人也,其文捷;江总,诡人也,其文虚。皆古之不利人也。子谓颜延之、王俭、任昉有君子之心焉,其文约以则。(《事君篇》)

在褒贬人品的同时,也表明了对文学风格的态度:不满"傲""怪""怨""淫",欣赏简约、典则。但将文品等同于人品,显然失之过简。反不及颜之推对文章之体"使人矜伐"所作的分析。

王通《中说》本属模拟《论语》之作,体裁上已难出新意,观念上也偏离了孔子文质彬彬的主张。大概既与已经汉代经学化的家传儒学有关,也与北朝一贯的崇道尊德的倾向有关。① 好在他作的是具体的品评,没有把建

---

① 《魏书·文苑传》上载:"杨遵彦作《文德论》,以为古今辞人,皆负才遗行,浇薄险忌,唯邢子才、王元景、温子升彬彬有德素。"魏收撰:《魏书》卷八十五,北京:中华书局,1974年,第1876页。

安和南朝文人与文学一棍子打死，曹植、颜延之、王俭、任昉都得了"君子"的美誉，他们的文章也被称为"深以典""约以则"。

由于政治与学术的对垒，文艺与生活隔离，南北朝文学思想与创作的状况相当复杂，其间既有地域的区别与变迁，又有时代的跳荡与落差，便是创作与思想也并非完全一致的发展，当南朝文学创作沿着娱情与审美的轨道不断前行时，刘勰等理论家们还是固守着原道、征圣、宗经的传统理念。在这复杂的变迁过程中，南北融合与王朝更替是两条相互纠缠的线索，就总的趋势而言，南北融合是尚文的进程，王朝更替则是由文转儒的反正，尚文的进程不可遏止，转儒的反正十分迫切，两种思潮的汇合必然会产生风雷激荡的局面。国初急切地革除文华的诏令并没有取得预期的效果，尚文的潮流反而浸染到了隋王朝的最高统治者。康健与秀美真正相融互补的思想尤其作品还要等到几经反复之后的初盛唐时代。还有一些来自赋家的零散的认识，我们也把它们放在下一节的创作实绩中考察。

第二节 隋赋的总体风貌

理论可以空言，创作却需实力，终归一统的隋代，来不及将南北文学史上的大家裹挟而入新朝，而新生的力量又因国祚不长与政局动荡未展英姿，大家既已逝去，高峰又未来临，便注定只是一个混而未融的复杂的过渡时期。

这复杂首先便体现在赋家队伍的成分上。历时而言，有文、炀二朝；共时而论，有江左、山东与关陇三地。若要上推历史，就更加纷繁复杂：有由北周入隋者，如于宣敏；有由陈入隋者，如虞世基、王胄、潘徽；有由北齐经北周入隋者，如卢思道、薛道衡、李德林、辛德源、魏澹；有由梁经北齐或西魏再经北周入隋者，如颜之推、萧悫、萧大圜；当然还有与隋朝成长起来的新一代赋家，如李播、王绩、薛收等，堪称各国文士总汇。这些人的生活经历不同，文化心理不一，文学表现自然也参差不齐，但都代表了特定文化区域与历史时期的文学成就。

严可均辑《全隋文》录赋家20人，赋作31篇。实际的数量当然不止于此，《北史》《隋书》等史籍中就载有《全隋文》未曾提及的赋篇。如《北史》卷二十六《杜铨传》附《杜正玄传》云："开皇十五年，举秀才，试策高第……时海内唯正玄一人应秀才，余常贡者，随例铨注讫，正玄独不得进止。曹司以选期将尽,重以启(杨)素。素志在试退正玄,乃手题使拟司马相如《上林赋》、王褒《圣主得贤臣颂》、班固《燕然山铭》、张载《剑阁铭》《白鹦鹉赋》,曰:'我不能为君住宿,可至未时令就。'正玄及时并了。素读数遍,大惊曰:'诚好秀才'。"①既已"及时并了",当中必有《拟上林赋》《拟白鹦鹉赋》之作。杜正玄之弟杜正藏也有赋作:"开皇十六年,举秀才。时苏威监选,试拟贾谊《过秦论》及《尚书·汤誓》《匠人箴》《连理树赋》《几赋》《弓铭》,应时并就,又无点窜。"②又《隋书》卷四十四《滕穆王瓒传》载:"(瓒子)温,字明籀,初徙零陵。温好学,解属文,既而作《零陵赋》以自寄,其辞哀思。帝见而怒之,转徙南海。"③可见杨温曾作《零陵赋》。这些都不载于《全隋文》,若计漏收之赋及类赋之文如颜之推《七悟》(佚)④、卢思道《劳生论》、常得志《兄弟论》等,隋赋现存篇章及目录当在40篇以上。⑤总观现存篇章,隋赋大体可分为直言情志、咏物抒情、写景纪事三大类。试分别论之。

一、直言情志之作

笼统而言,文章诗赋无不抒情叙志,或为文而造情,或因情以作文,便是体物的汉大赋也不例外。而赋至六朝,更成为抒写心志、宣泄情怀的理想载体。《宋书》曰:"至于建安,曹氏基命,二祖陈王,咸蓄盛藻,甫乃以情纬文,以文被质。"⑥情志的表达,有直言与寄托之分,即以直言情志的赋篇而论,也有述个体与陈总类之别。北方辞赋成就不大,却不乏历叙生平之作,自李暠《述志赋》,至李骞《释情赋》、沈炯《归魂赋》、阳固《演赜赋》、李锴

---

① 李延寿撰:《北史》,北京:中华书局,1974年,第962页。《隋书》卷七十六《列传第四十一·文学·杜正玄》所载稍异,其辞曰:"开皇末,举秀才,尚书试方略,正玄应对如响,下笔成章。仆射杨素负才傲物,正玄抗辞酬对,无所屈挠,素甚不悦。久之,会林邑献白鹦鹉,素促召正玄,使者相望。及至,即令作赋。正玄仓卒之际,援笔立成。素见文不加点,始异之。因令更拟诸杂文笔十余条,又皆立成,而辞理华赡,素乃叹曰:'此真秀才,吾不及也!'"详见魏征等撰:《隋书》,北京:中华书局,1973年,第1747页。
② 李延寿撰:《北史》卷二十六《杜铨传》附《杜正藏传》,北京:中华书局,1974年,第962页。
③ 魏征等撰:《隋书》卷四十四《列传第九·滕穆王瓒》,北京:中华书局,1973年,第1223页。《北史》卷七十一《滕穆王瓒传》同。
④ 《隋书》卷三十五《经籍志》四载颜之推撰《七悟》。
⑤ 程章灿《魏晋南北朝赋史》第八章《北朝赋》第三节《入北南人赋作:合二而一》附有隋代赋家赋作表格,书末附录《先唐赋存目考》对隋赋存目情况也有所考辨,南京:江苏古籍出版社,2001年,第326页,第417~419页。韩晖《隋及初盛唐赋风研究》第二章《过渡期辞赋创作的复杂风貌》在此基础上作了更详细的罗列,所附表格收赋家37人,桂林:广西师范大学出版社,2002年,第33页。
⑥ 沈约:《宋书》卷六十七《谢灵运传论》,北京:中华书局,1974年,第1778页。

《述身赋》，莫不以个体经历与情志为重。它们源出汉代冯衍《显志赋》、崔篆《慰志赋》，至庾信《哀江南赋》、颜之推《观我生赋》而总其大成。南方赋既能刻画个人些小入微的情绪感受，又能别出心裁，对人世间同类情感作宏观透视与陈说。庾敳《意赋》、江淹《恨赋》《别赋》、萧纲《悔赋》即属此类。隋代直言情志的赋主要有萧皇后《述志赋》与释真观《愁赋》①，正好一述个体，一陈总类。

情、志或有所别，隋炀帝萧皇后的《述志赋》则实为个人之情与家国之志合而为一之作：

> 承积善之余庆，备箕帚于皇庭。恐修名之不立，将负累于先灵。乃夙夜而匪懈，实寅惧于玄冥。虽自强而不息，亮愚蒙之所滞。思竭节于天衢，才追心而弗逮。实庸薄之多幸，荷隆宠之嘉惠。赖天高而地厚，属王道之升平。均二仪之覆载，与日月而齐明。乃春生而夏长，等品物而同荣。愿立志于恭俭，私自兢于诫盈。孰有念于知足，苟无希于滥名。惟至德之弘深，情不迩于声色。感怀旧之余恩，求故剑于宸极。叨不世之殊盼，谬非才而奉职。何宠禄之逾分，抚胸襟而未识。虽沐浴于恩光，内惭惶而累息。顾微躬之寡昧，思令淑之良难。实不遑于启处，将何情而自安！若临深而履薄，心战栗其如寒。夫居高而必危，虑处满而防溢。知恣夸之非道，乃摄生于冲谧。嗟宠辱之易惊，尚无为而抱一。履谦光而守志，且愿安乎容膝。珠帘玉箔之奇，金屋瑶台之美，虽时俗之崇丽，盖吾人之所鄙。愧绨纻之不工，岂丝竹之喧耳。知道德之可尊，明善恶之由己。荡嚣烦之俗虑，乃伏膺于经史。综箴诫以训心，观女图而作轨。遵古贤之令范，冀福禄之能绥。时循躬而三省，觉今是而昨非。嗟黄老之损思，信为善之可归。慕周姒之遗风，美虞妃之圣则。仰先哲之高才，贵至人之休德。质菲薄而难踪，心恬愉而去惑。乃平生之耿介，实礼义之所遵。虽生知之不敏，庶积行以成仁。惧达人之盖寡，谓何求而自

---

① 扬广《神伤赋》（佚）、潘徽《述恩赋》（佚）、于宣敏《述志赋》（佚）当数此类。《隋书》卷七十六《列传第四十一·文学·潘徽》云："尝从（秦孝王）俊朝京师，在途，令徽于马上为赋，行一驿而成，名曰《述恩赋》，俊览而善之。"《北史》卷八十三《文苑·潘徽传》略同。《全隋文》存目但误题为《述思赋》。

陈。诚素志之难写,同绝笔于获麟。①

表面看来,通篇所言,不过说自己以庸薄之命而得蒙隆宠,是以心内惭惶,如履薄冰,如临深渊,唯恐修名之不立,累及先灵,非才而奉职,有负殊盼。所以要"立志于恭俭""自兢于诚盈""慕周姒之遗风,美虞妃之圣则""积行以成仁"。与一般后妃的语气并无二致。不过等你了解了她辗转的经历并看了史家为这篇赋配制的序言,然后再回过头来读赋,感觉自然会有所不同。萧氏本梁明帝萧岿之女,因二月而生,以为不祥,故由萧岿堂弟萧岌收养。不久萧岌夫妇相继过世,她又辗转由舅父张轲收养。由于张轲家境贫寒,萧氏还得操劳农务。后来因为命运的眷顾,在萧岿遍占诸女不吉的情况下,被从舅父家接回,并顺利成为晋王杨广的妃子。这样看来,赋中所道"承积善之余庆,备箕帚于皇庭""乃夙夜而匪懈,实寅惧于玄冥"之类有关心理感受的话语,实非敷衍之言。再看史家之序:"帝每游幸,后未尝不随从。时后见帝失德,心知不可,不敢厝言,因为《述志赋》以自寄。"②看来直言情志的作品还有不便直言的隐衷,那就是辅佐之心、劝诫之意。赋中有大量句子:"夫居高而必危,虑处满而防溢。知恣夸之非道,乃摄生于冲谧。""知道德之可尊,明善恶之由己。""遵古贤之令范,冀福禄之能绥。""仰先哲之高才,贵至人之休德。"如果说这是劝诫,确实也太过委婉,难怪史臣会有微词:"萧后初归藩邸,有辅佐君子之心……父子之间,尚怀猜阻,夫妇之际,其何为焉!暨乎国破家亡,窜身无地,飘流异域,良足悲矣!"③言外之意,萧氏在隋亡后漂流异域,自己也多少有些责任。历史的问题一言难尽,不过这篇赋总归是以多变的命运、特殊的身份而道家国与一己之情志,质实而不失温婉,坦诚而不乏含蓄,于南北赋风多少有些通融。

言"愁"之赋,前有曹植《叙愁赋》《九愁赋》,萧纲《序愁赋》、庾信《愁赋》,不过曹植之作并非总写愁情,庾信赋不乏喻愁名句,如:"攻许愁城终不破,荡许愁门终不开。何物煮愁能得熟?何物烧愁能得燃?闭门欲驱

---

① 魏征等撰:《隋书》卷三十六《列传第一·后妃·炀帝萧皇后》,北京:中华书局,1973年,第1111~1112页。
② 魏征等撰:《隋书》卷三十六《列传第一·后妃·炀帝萧皇后》,北京:中华书局,1973年,第1111页。
③ 魏征等撰:《隋书》卷三十六《列传第一·后妃·炀帝萧皇后》,北京:中华书局,1973年,第1113页。

愁,愁终不肯去;深藏欲避愁,愁已知人处。"①以城池城门喻"愁",以精灵喻"愁",不管用攻、荡的办法,还是煮、燃、驱、避的办法,都无法将其遣散。真是绝妙佳句,可惜全赋流传下来的也就这些残句。

释真观的《愁赋》虽然也不存全篇,不过已有相当规模,足以总写愁绪。赋先统称:"愁名不一,愁理多方。"②"或称忧愦,或号酸凉。蓄之者能令改貌,怀之者必使回肠。"然后描绘"愁"的形状:"尔其愁之为状也,言非物而有物,谓无像而有像。虽则小而为大,亦自狭而成广。譬山岳之穹隆,类沧溟之滉瀁。或起或伏,时来时往。不种而生,无根而长。或比烟雾,乍同罗网。似玉叶之昼舒,类金波之夜上。"若有若无而又能大能小,时来时往而又无所不在。再说愁情发作的规律与影响:"尔乃过违道理,殊乖法度。不遣唤而辄来,未相留而惬住。虽割截而不断,乃驱逐而不去。讨之不见其踪,寻之靡知其处。而能夺人精爽,罢人欢趣,减人容颜,损人心虑。"不讲道理,没有法度,不招自来,驱逐不去,一旦附身,百般憔悴。再往下,便是列举愁情:

> 至如荆轲易水,苏武河梁,灵均去国,阮叔辞乡,且如马生未达,颜君不遇,夫子之咏山梁,仲文之抚庭树,并怔憆于胸府,俱赞扬于心路。是以虞卿愁而著书,束皙凭而作赋。又如荡子从戎,倡妇闺空,悠悠塞北,杳杳江东,山川既阻,梦想时通,高楼进月,倾帐来风,愁眉歇黛,泪脸销红,莫不感悲枕席,结怨房栊。乃有行非典则,心怀疑惑,未识唐、虞之化,宁知禹、汤之德。雾结铜柱之南,云起燕山之北。箭既尽于晋阳,水复干于疏勒。

其间既有名存史册的壮士、节臣、文士之愁,也有默默无闻的征人思妇之愁,还顺带提及发愤作赋的问题。"行非典则,心怀疑惑"以下,似指纷繁扰攘的现实世界,估计还会花费不少笔墨。不过即便删除这最后一句,也可独立成篇,余下的篇章还能井然有序地陈说愁名、愁理、愁状、愁情,并附典型人事以为愁例,堪称总汇。释真观此赋不仅以结构严谨取胜,还擅长描摹,为了阐释抽象的愁状,他或借助老庄有无之论与恍惚之语,或直比山

---

① 庾信撰,倪璠注,许逸民校点:《庾子山集注》附录《庾信集佚文辑存》,北京:中华书局,1980年,第1094页。
② 《全隋文》卷三十四,见严可均校辑:《全上古三代秦汉三国六朝文》,北京:中华书局,1958年,第4224～4225页。下同。

岳、沧溟、烟雾、罗网、玉叶、金波,让人读来,如所闻见而又心怀戚戚。释真观是佛门中人,佛经唱理举例本极铺陈,释家作赋也属自然。或许其思维方式和讲经方法与赋体写作还能相得益彰。

二、咏物抒情之篇

"叙物以言情谓之赋"。① 主体的"志"很多时候是通过"体物"来表现的,所以历来的咏物赋都有抒情的功能。隋赋中咏物抒情的作品有卢思道《孤鸿赋》、魏澹《鹰赋》、萧大圜《竹花赋》、魏征《道观内柏树赋》、杜正玄《白鹦鹉赋》(佚)、杜正藏《拟连理树赋》(佚)、岑文本《莲花赋》(佚)。

卢思道的《孤鸿赋》颇多顿挫,开篇即说它既"擅奇羽虫,实禀清高之气",又不无惊忧畏惧:"氄毛将落,和鸣顺风,壮冰云厚,矫翅排空。出岛屿之绵邈,犯霜露之溟濛,惊维鱼之密网,畏落雁之虚弓。"②然后写高飞的自由与惬意:

> 至如天高气肃,摇落在时,既啸俦于淮浦,亦弄吭于江湄。摩赤霄以凌厉,乘丹气之威夷,溯商飙之裒裒,玩阳景之迟迟。彭蠡方春,洞庭初绿,理翮整翰,群浮侣浴。振雪羽而临风,掩霜毛而候旭,餍江湖之菁藻,饫原野之菽粟。行离离而高逝,响喈喈而相续……若乃晨沐清露,安趾徐步;夕息芳洲,延颈乘流;违寒竞逐,浮沉水宿;避暑言归,绝漠云飞。望玄鹄而为侣,比朱鹭而相依,倦天衢之冥漠,降河渚之芳菲。

可惜好景不长,曾经担忧的事情终于发生:"忽值罗人设网,虞者悬机,永辞寥廓,蹈迹重围。始则窘束笼樊,忧惮刀俎,靡躯绝命,恨失其所。终乃驯狎园庭,栖托池簒,稻粱为惠,恣其容与。"不幸落网,始束樊笼,终驯庭园,只能"翕羽宛颈,屏气销声,灭烟霞之高想,阙江海之幽情"。可能刚开始时还心存自由搏击的勇气,"何时骧首奋翼,上凌太清,骞翥鼓舞,远薄层城",到最后也只好齐同荣辱,顺应自然:

> 若夫图南之羽,伟而去羡,栖睫之虫,微而不贱,各遂性于天壤,弗企怀以交战。不听《咸池》之乐,不飨太牢之荐,匹晨鸡而共

---

① 刘熙载撰:《艺概》卷三《赋概》,上海:上海古籍出版社,1978年,第86页。
② 严可均校辑:《全上古三代秦汉三国六朝文》,北京:中华书局,1958年,第4107页。下同。

饮,偶野凫以同膳。匪扬声以显闻,宁校体而求见,聊寓形乎沼沚,且夷心于潨渀。齐荣辱以晏如,承君子之余昒。

这只离乡背井,身陷囹圄的孤鸿,实是卢思道自己经历与心绪的写照。赋序称:"余志学之岁,自乡里游京师,便见识知音,历受群公之眷。年登弱冠,甫就朝列,谈者过误,遂窃虚名。通人杨令君、邢特进已下,皆分庭致礼,倒屣相接,剪拂吹嘘,长其光价。而才本驽拙,性实疏懒,势利货殖,淡然不营。虽笼绊朝市且三十载,而独往之心未始去怀抱也……余五十之年,忽焉已至,永言身事,慨然多绪,乃为之赋,聊以自慰云。"此赋作于杨坚以大丞相入朝总政并迁贬他为武阳太守时。① 卢思道自许少年成名,然而"官途沦滞"②,不免郁愤伤感,尤其自齐入周及出贬武阳的这段时间,既经亡国之痛,又历生死之险,所以接连写了《听蝉鸣篇》《孤鸿赋》《劳生论》,以寄其情。周武帝灭北齐以后,曾接连下诏搜扬山东文士,并征阳休之、卢思道、颜之推、李德林、薛道衡等十八名北齐最著称的文士,随驾入关。但这并不意味着旧齐文士从此受到平等的待遇,出于关中本位与现实政治的需要,周隋统治者对山东旧士常有防范与限制③,卢思道母疾,返乡期间有参与"举兵作乱"的前科,自然更难得到重用。从《孤鸿赋》"远生辽碣之东"、《劳生论》"生于右地,九叶卿族"④的自我表述中,不难看出卢思道既自恃又愤激的地域意识。不仅如此,入关之后,旧齐文士也逐渐分化,"云飞泥沉,卑高异等,圆行方止,动息殊致"。(《劳生论》)有些人为求个人升进而极力巴结关中政权,或造舆论,或直接参与周隋革命。对此等趋炎附势、诈伪反复的行径,卢思道也深恶痛绝,在"指切当时"的《劳生论》中大加鞭挞。

---

① 卢思道开皇元年(581)出任武阳太守,开皇初,方"以母老,表请解职",故此赋归入隋朝并无不妥。

② 魏征等撰:《隋书》卷五十七《列传第二十二·卢思道》,北京:中华书局,1973年,第1400页。

③ 《颜氏家训·风操篇》载:"近在议曹,共平章百官秩禄,有一显贵,当世名臣,意嫌所议过厚。齐朝有一两士族文学之人,谓此贵曰:'今日天下大同,须为百代典式,岂得尚作关中旧意?明公定是陶朱公大儿耳!'彼此欢笑,不以为嫌。"详见王利器撰:《颜氏家训集解》,北京:中华书局,1993年,第72页。由"天下大同"之时关陇显贵的"关中旧意",可以推知此前山东人士的处境。这种东西之限,直到唐代也没有消除,《旧唐书》卷七十八《张行成传》载:"太宗尝言及山东、关中人,意有同异,行成正侍宴,跪而奏曰:'臣闻天子以四海为家,不当以东西为限;若如是,则示人以隘陋。'太宗善其言,赐名马一匹,钱十万、衣一袭。"这段话虽意在表彰太宗之明,却可反观当时"东西为限"的现状。详见刘昫等撰:《旧唐书》,北京:中华书局,1975年,第2703页。

④ 魏征等撰:《隋书》卷五十七《列传第二十二·卢思道》,北京:中华书局,1973年,第1400页。下引此文,不另注。

这样一来,他更处于孤绝之境,"地胄高华,既致嫌于管库,才识美茂,亦受嫉于愚庸"。(《劳生论》)由此反观《孤鸿赋》,则孤鸿的形象中卢思道个人所作寄托自然更加明了。卢思道辞赋仅存两篇,另有《纳凉赋》,只存类书所载残文。

魏澹是魏收的族弟,曾注《庾信集》,他的《鹰赋》其实没有多少抒怀的痕迹,倒像一篇养鹰赏鹰的说明文,质实而古拙。如写鹰之种种貌相:"指重十字,尾贵合卢。立如植木,望似愁胡。觜同剑利,脚等荆枯。亦有白如散花,赤如点血。大文若锦,细斑似缬。眼类明珠,毛犹霜雪。身重若金,爪刚如铁。或复顶平似削,头圆如卵,臆阔颈长,筋粗胫短,翅厚羽劲,髀宽肉缓,求之事用,俱为绝伴。或似鹑头,或似鸥首。赤睛黄足,细骨小肘。懒而易惊,奸而难诱。住不可呼,飞不及走。若斯之辈,不如勿有。"①

萧大圜,字仁显,梁简文帝之子。史称其"幼而聪敏,神情俊悟。年四岁,能诵《三都赋》及《孝经》《论语》"。② 其《竹花赋》全为骈句,声韵谐美,其中不乏"花绕树而竞笑,鸟遍野而俱鸣"③这样富有诗情画意的句子。刘知几在《史通》中曾批评《左传》引孔子"鲍庄子之智不如葵,葵犹能卫其足"的话,认为草木"有生而无识,有质而无性"。可是自古以来的比兴之法喜欢以人来类比草木,强加给它们以人的特性,葵花向着太阳,原本不是保护根部,只是人"睹其形似,强为立名"。然后提到文士们说鸟鸣为啼,花发为笑的问题:"今俗文士,谓鸟鸣为啼,花发为笑。花之与鸟,安有啼笑之情哉?"④在刘知几看来,花与鸟没有啼笑之情,不可用来类比人的性情,《左传》把孔子一时之戏言当成"千载笃论"是不妥当的。史书是否应该这么严格,我们姑且不论,不过从这里可以反观史学与文学的区别。在文人诗赋中,这种用法是很常见的。钱钟书先生在《管锥编》中笺释"桃之夭夭"时,曾批评刘知几不知道这种所谓的"俗文"是滥觞于《三百篇》,而且说隋唐以后"花笑"成为词头,所举之例中,第一个便是《竹花赋》中的"花绕树而竞笑",然后有骆宾王《荡子从军赋》中的"花有情而独笑,鸟无事而恒啼",李白《古风》中的"桃花开东园,含笑夸白日",以及李商隐、豆卢岑的诗句,甚

---

① 严可均校辑:《全上古三代秦汉三国六朝文》,北京:中华书局,1958年,第4132页。
② 令狐德棻等撰:《周书》卷四十二《列传第三十四·萧大圜》,北京:中华书局,1971年,第756页。
③ 严可均校辑:《全上古三代秦汉三国六朝文》,北京:中华书局,1958年,第4091页。
④ 刘知几撰,黄寿成校点:《史通》卷十六《杂说上第七》,沈阳:辽宁教育出版社,1997年,第133页。

至还有唐太宗诗篇中的句子。①

魏征仅存《道观内柏树赋》(并序),大略作于隋时。② 赋曰:

> 元坛内有柏树焉,封植营护,几乎二纪。枝干扶疏,不过数尺,笼于众草之中,覆乎丛棘之下,虽磊落节目,不改本性,然而翳荟蒙茏,莫能自申达也。惜其不生高峰,临绝壑,笼日月,带云霞,而与夫拥肿之徒杂糅兹地,此岂所谓方以类聚,物以群分者哉?有感于怀,喟然而赋。其词曰:
>
> 览大钧之播化,察草木之殊类。雨露清而并荣,霜雪茫而俱悴。唯丸丸之庭柏,禀自然而醇粹。涉青阳不增其华,历元英不减其翠。原斯木之攸挺,植新甫之高岑。干霄汉以上秀,绝无地而下临。笼日月以散彩,俯云霞而结阴。迈千祀而逾茂,秉四时而一心。灵根再徙,兹庭爱植。高节未彰,贞心谁识。既杂沓乎众草,又芜没乎丛棘。匪王孙之见知,志耿介其何极?若乃春风起于蘋末,美景丽乎中园。水含苔于曲浦,草铺露于平原。成蹊花乱,幽谷莺喧。徒耿然而自抚,谢桃李而无言。至于日穷于纪,岁云暮止。飘蓬乱惊,愁云叠起。冰凝无际,雪飞千里。顾众类之飒然,郁亭亭而孤峙。贵不移于本性,方有俪乎君子。聊染翰以寄怀,庶无亏于善始。③

魏征后来在《隋书》中说:"或离谗放逐之臣,涂穷后门之士,道轗轲而未遇,志郁抑而不申,愤激委约之中,飞文魏阙之下,奋迅泥滓,自致青云,振沉溺于一朝,流风声于千载,往往而有。"④充分肯定了发愤抒情的文学传统,这篇赋的赋序便说本赋的起因就在于"方以类聚"而不得聚,"物以群分"而未见分的感怀。赋体正文则先说柏树本质:众草因雨露霜雪而荣枯,庭柏则无论冬春不变翠华。次说迁移:柏树原植高山,后入庭园(道观)。处高山时上干霄汉、下临绝地,可以笼日月、俯云霞,但不妨四时一心,入庭园后芜

---

① 详见钱钟书:《管锥编》第一册《毛诗正义》,北京:中华书局,1979年,第71页。
② 韩晖据"玄坛"之词及"封植营护,几乎二纪"之语证其为隋时所作。详见韩晖:《隋及初盛唐赋风研究》,桂林:广西师范大学出版社,2002年,第50页。马积高据"灵根再徙""芜没乎丛棘"诸辞意谓其为归唐后尚未见知时所作。详见马积高:《赋史》,上海:上海古籍出版社,1987年,第262页。本书另有专节论太宗君臣赋,故将此赋置于隋代。
③ 陈元龙编:《历代赋汇》,南京:凤凰出版社,2004年,第476页。
④ 魏征等撰:《隋书》卷七十六《文学传序》,北京:中华书局,1973年,第1729页。

没于杂草丛棘中也能坚守耿介之志。再说迁移后不变的本质：便在园中柏树也不随众类与时代谢，而是耿然自抚、亭亭孤峙。最后点"不移于本性"，可比君子的题旨。不管是顺境还是逆境，不管是春夏还是秋冬，矢志如一，这是君子的品格，在动荡变迁的时代尤为可贵。大略而言，本篇用的是《橘颂》以来，咏物言志赋惯用的象喻之法。赋篇斩截干脆，文气郁勃。亦不乏成词故语，如"大钧""醇粹""新甫""王孙""成蹊""暮止"之类，多出于诗、骚与《史记》，使赋篇平淡而不失古朴。

三、写景纪事之章

隋赋中写景纪事的篇章更多，集中写景的如萧悫《春赋》、王绩《三日赋》、李德林《春思赋》（佚）①、薛收《白牛溪赋》（佚）。偏于游宴的如薛道衡《宴喜赋》、卢思道《纳凉赋》（残）。重在经历感受的如辛德源《幽居赋》（佚）、郎茂《登陇赋》（佚）、杨温《零陵赋》（佚）、杨广《归藩赋》（佚）、王绩《登龙门忆禹赋》（佚）。还有题材宏大或特别的如杜正玄《拟司马相如上林赋》、王贞《江都赋》、李播《天文大象赋》、释真观《梦赋》。

萧悫，字仁祖，梁武帝弟始兴王憺之孙，上黄侯晔之子。梁末奔齐。武平中，为太子洗马。历周入隋，为记室参军。他的《春赋》流丽清新，通篇由五、七言诗句组成，堪称诗化赋作的代表：

> 落花无限数，飞鸟排花度。禁苑至饶风，吹花春满路。岩前片石迥如楼，水里连沙聚作洲。二月莺声才欲断，三月春风已复流。分流绕小渡，堑水还相注。山头望水云，水底看山树。舞余香尚在，歌尽声犹住。麦垄一惊翚，菱潭两飞鹭。②

近似庾信的《春赋》，但比庾信同题之作更讲格律，更近诗歌。

庾信《春赋》的末段写的是三月上巳曲水流觞之事，王绩的《三日赋》则以更宏大的篇制集中描写上巳游乐之盛。赋的开头总写上巳风光，"年去年来已复春，三月三日倚河溽……倾两京之贵族，聚三都之丽人。自须被袯，非徒解绅……谁家园里泛红花，何处堤傍无绿草……艳艳风光，欣欣怀

---

① 《隋书》卷四十二《列传第七·李德林》："皇建初，下诏搜扬人物，复追赴晋阳，撰《春思赋》一篇，代称典丽。"《全隋文》存目但误题为《思春赋》。

② 严可均校辑：《全上古三代秦汉三国六朝文》，北京：中华书局，1958年，第4094页。

抱"。① 接下来是分别铺叙各色人等的娱游之乐,有"南邻戚属,北里豪家",有"金门旧学,玉署新贤",有"羽林名骑,期门谒者",有"大堤诸绝艳,中城之少女",还有"五陵游侠少""三秦轻薄儿",各依身份,肖其声色。其中又以对戚属豪家与绝艳少女游春场景的描写最为铺张。如写戚属豪家的一段:

> 南邻戚属,北里豪家。旧来常荡,平居自奢。逢上林之卷雾,直章台之吐霞。尘半湿而街静,气全收而野华。蒲梢果下之龙骑,绣轴朱轮之犊车。锦则凤凰衔叶,绫则鸳鸯戴花。粉色倾新市,衣香满处斜。历丰城而转盖,临渭浦而停笳。坐帷撑犀角,行床铺象牙。洛都故事,陈留风俗。障额钩枝,钗梁填粟。玉盘盛果,金瓶泛醁。案列万钱,杯流九曲。戏分群聚,人多座促。争枭帝女之壶,斗彩曹王之局。六博退而枭尽,摴蒱停而马足。新投素卵,始泛元醁。洞箫徐引,仙瑟对操。喧赵琴而弦急,促秦筝而柱高。连歌合舞,节鼓鸣鼗。方响银缠架,琵琶金屑槽。席阑赏洽,情盘乐恣。徙榻渠边,回筵水次。临石砧而争洗,倚桥栏而半醉。浪动凫移,沙平雁萃。萍著浦而偏密,荇连汀而渐概。树泊渔舟,莎侵钓地。沉玉辖而初设,贯银钩而欲坠。纲饰茱萸,竿装翡翠。振鳞掉尾,穿腮约鼻。

这些豪贵之家,向来奢华放荡,坐的是绣车龙骑,穿的是绫罗绸缎,用的是犀角象牙、玉盘金瓶,玩的场面更是盛大,举凡音乐歌舞乃至博彩之戏,应有尽有,以致"戏分群聚,人多座促"。凡此种种,无不合组成一幅硕大的隋代长安上巳节的风俗图。《三日赋》作于王绩年未弱冠之时,王绩少年时代兴趣广泛,锐意进取,自称:"弱龄慕奇调,无事不兼修。望气登重阁,占星上小楼。明经思待诏,学剑觅封侯。弃蠖频北上,怀刺几西游。"②上巳节也是生命情绪最为深厚的时节,用赋末的话说"年年岁岁,倾城倾郭。只为春光动性灵,剩使娱游不暂停",以如此之人欣逢如此之盛况,自然春情郁勃,"不能默尔",再诉诸辞赋,也自然流光溢彩。句末总陈感受体验的文辞里,还有"南渡桥边无数醉,东流水上几人醒"的句子,可以隐约见出些反思

---

① 董诰等编:《全唐文》卷一百三十一,北京:中华书局,1983年,第1314页。下同。
② 彭定求等编:《全唐诗》卷三十七《晚年叙志示翟处士》,北京:中华书局,1999年,第483页。

的意味来。关于《三日赋》在文体上的过渡特征容后专论。

薛道衡《宴喜赋》旨在表达人生短暂的悲慨与及时行乐的思想。其间既有理论的综括,如:"补天立地之圣,不能止日光西落;疏土奠川之力,不能停河水东流。韩王酸枣之观,荒疏芜漫;楚国阳台之云,空见尘埃。固可以纵志纵心,以游以逸。穷宴乐于长夜,混是非而为一。"又有情景的描述,如:"霜重庭兰,秋深气寒。横长河之耿耿,挂孤月之团团。乃有丹墀缥壁,柘馆椒宫,徘徊宛转,掩映玲珑,妖姬淑媛,玉貌花丛。织女下而星落,姮娥来而月空。澄妆影于歌扇,散衣香于舞风。图云刻雷之樽,渍桂酿花之酒,拭珠沥于罗袂,传金杯于素手。"①娱乐是对生命忧思的消释,但灯红酒绿之中,仍不免"人生若浮"的苍凉。赋将六朝般小赋情辞镶嵌在假托古人的问答框架里。问答体赋的设名,既有普通的客主,也有假借的古人,既有虚构的人物,又有拟人的对问。这些假托的古人多为前代辞赋名家及赏识他们的君王。如楚襄王与宋玉、陈王(曹植)与仲宣(王粲),汉武帝与司马相如,梁孝王与司马相如、邹阳、枚乘等,本篇则为梁孝王帝子帝孙与枚乘。这样的设名无疑是对传统文化的体认与典正雅重的诉求,也多少包含着对君臣相遇的向往与才比古人的自信。当写赋的人不断地成为被写的对象时,历史的情境就会反复地重现,文化也因此被认同,并源源不断地传承下去。而实际上由于所有的过去都指向现在,这类赋便具有历史与现实的双重品格。

李播,自号黄冠子,隋末曾为高唐尉,后"以秩卑不得志,弃官而为道士"②,与隐士王绩友善。李播《天文大象赋》曾误题为"张衡《天象赋》"。③陆机《文赋》云"伫中区以玄览,颐情志于典坟",因为赋体体物的特点,古代赋作的题材内容极为广泛,其中包括很多天文地理乃至机械等科技学术方面的知识。④ 言天地之作,在李播之前,已有晋人成公绥《天地赋》,相较而言,李作规模更为宏大,体系更趋周详。在三千多字的赋篇里,李播全方位

---

① 严可均校辑:《全上古三代秦汉三国六朝文》,北京:中华书局,1958年,第4124页。
② 刘昫等撰:《旧唐书》卷七十九《李淳风传》,北京:中华书局,1975年,第2717页。
③ 宋人史著如《新唐书·艺文志》《通志·艺文略》均署"黄冠子李播"撰,自元人《宋史·艺文志》始署"张衡《大象赋》一卷",明人张溥《汉魏六朝百三家集》、清人陈元龙《历代赋汇》沿承其误。李调元《赋话》明其伪托,严可均《全隋文》卷三十六正之。又有误署为杨炯撰者,详见浦铣:《历代赋话续集》卷五,《续修四库全书·集部·诗文评类》,第1716册,第99页。
④ 可参许结:《论科技赋的创作背景与文化内涵》,见《赋体文学的文化阐释》,北京:中华书局,2005年,第185~186页。

地描绘了古人视野与想象中的星空图。这种宏富的星空图景，与人间万象并无二致，自列国疆域至有司职位莫不井然有序，堪称天人合一。古代天人合一理念的直接好处大概一在于比物于人便于致知，一在于托天言志易于管治。天文与人文难舍难分，固然也便于存放久远的文明，于赋家却是苦事，除了将全天的星象连缀成篇，并使其具有情节和意义，还得在遣词造句上费尽脑汁，使其文气平顺、偶对工丽。李调元《赋话》否定它为张衡之作的重要依据便是赋篇"撰句工丽"，多用"六朝人语""通篇文气平顺，不似东汉人手笔"。① 不特如此，由于全赋是一个动态的模拟系统，所需动词特别繁多，几乎句句要用，想来光避免动词的重复就够让李播烦心劳神的了。

释真观《梦赋》并非写梦本身，而是托虚幻之梦境，借主客之辩论来阐述佛理。开首说"昨夜眠中，意识潜通"，梦见一"姿容闲雅，服玩光新"的"奇宾""入门高揖，诣席夸陈"，然后是主客对答。"客"以为"人生假借，一期如掷。倏红电之惊天，迅白驹之过隙"，应该"及年时之壮美，取生平之欢适"，或"走名骥于长阡""驾飞轮于广陌"，或"合樽促坐，传觞举白"，或"学富门昌，德重名扬"，或"貂金仕汉，佩玉游梁"，既享人生之快乐，又流芳名于千载，而不能像出家人那样"栖栖独处，伤（傍）无笑语。剃发除须，违亲背主。形容憔悴，衣衫蓝缕（褴褛）。既阙田蚕，复无商估……绝子孙于后胤，罢宾从之来欢。""余"则针锋相对，历数世间一切有求皆苦："岂识多财之被害，宁信怀璧而为殃。佳味爽口，美食烂肠，贪淫致患，渴爱成狂。人生易尽，物理无常。朝歌暮哭，向在今亡。欣欢暂有，忧畏延长。且世间纷攘，竟无闲赏。五苦竞来，百忧争往。妻子翻为桎梏，亲爱更如罗网……"然后极陈出家修道的好处："然而出家之为道也，则萧散优游，无欲无求。不臣天子，不事王侯。似无瑕之璧，如不系之舟。声乐不能动，轩冕不能留。无为无欲，何惧何忧。戒忍双习，禅慧兼修。天人师范，豪庶依投。若夫为学日益，为道日损，损之则道业逾高，益之则学功逾远……"结尾当然是"前来君子"心悦诚服："闻斯语已，合掌曲躬……自陈孤陋，未知臧否……今日奉教，敬从一命矣。"②赋中教义并不新鲜，而客主论难之法则既为赋体构架常规，又合佛家讲经程式，再加音韵谐畅，读来饶有趣味。

统观隋代赋作，数量并不算少，但总体成就不高，一则体制单一，二则少关世变。今存隋赋，多以骈体为主，不见骚散之作。内容也算丰富，且多

---

① 李调元：《赋话》卷一，《丛书集成初编》本，北京：中华书局，1985年，第2页。
② 严可均校辑：《全上古三代秦汉三国六朝文》，北京：中华书局，1958年，第4225页。

抒情言志，但殊欠深广，缺少庾信《哀江南赋》、颜之推《观我生赋》这样宏大的规模与沉痛的感受。这种状况，多因赋家才庸品拙，难成大器。《北齐书·魏收传》云：

> 收每议陋邢邵文，邵又云："江南任昉，文体本疏，魏收非直模拟，亦大偷窃。"收闻乃曰："伊常于沈约集中作贼，何意道我偷任昉！"任、沈俱有重名，邢、魏各有所好……收以温子升全不作赋，邢虽有一两首，又非所长，常云："会须作赋，始成大才士。唯以章表碑志自许，此外更同儿戏。"①

大才士须能作赋，而号称"北地三才"的温子升、邢邵、魏收要么全不作赋，要么非其所长，且均以仿效南朝为能事。他们的晚辈李德林、卢思道、薛道衡，也受时人推赏，可无论才华还是气格都未必胜出前人许多。南来的赋家，更无法与他们的前辈谢朓、江淹、沈约、何逊、庾信相比，自然也难出大作。

隋代赋坛的低沉，虽然与作家本身质素密切相关，但是也不能忽视文艺政策与社会状况。隋文帝的文风改革多少对辞赋创作有些影响，隋炀帝的态度虽然不同乃父，但其多忌的性格也会伤及文士，而隋末的动荡连带此前频繁的改朝换代，也容易给佛道思想以可乘之机，看惯了篡乱的文士，大多不关世务，以此全身免祸，他们的赋作中自然也不会有激愤深广的感情。

如果一定要说成就的话，隋代赋作延续并加速了南北融合的趋势，在新生代赋家的身上也看到了康健的质素与异样的风貌。由师承汉魏而仿效南朝，再到南人入北，是北朝文风主导下南风渐浸的过程。周隋之际，薛道衡之作，已能博得南人喜爱，《隋书》中称："江左雅好篇什，陈后主尤爱雕虫。道衡每有所作，南人无不吟诵焉。"其实薛道衡的《宴喜赋》无论内容还是文辞也足可成为南人吟诵的对象。薛道衡之子薛收所作《白牛溪赋》，在王绩看来，则不仅"韵趣高奇"，而且"词义旷远""嵯峨萧瑟"。② 王绩本人早年的赋作虽未脱南朝之习，却充盈着生命激情，同是新生代赋家的魏征与李播则以文气挺拔与题材专注取胜，成为唐赋之先肇。

---

① 李百药撰：《北齐书》卷三十七，北京：中华书局，1972年，第492页。
② 王绩：《答冯子华处士书》，见董诰等编：《全唐文》，北京：中华书局，1983年，第1322页。

第二章　初唐赋

第一节　初唐赋的承传与新变

隋、唐并称,不仅因为时间的连接,更缘于政治、经济、文化乃至王朝血脉与统治阶层的承续。① 自高祖武德元年(618)李唐王朝建立,经太宗、高宗、武后、中宗,至睿宗景云二年(711)近百年的时间,是史学界公认的初唐时期,当然也是隋唐一体的沿革时期。这一时期的"沿"与"革"远不像一般的王朝易代那样斩截与果决,伴随着这一漫长的演变过程的是种种矛盾与各类反复。作为文化分支的辞赋也不例外,从赋家的性情与主张,到辞赋文本的体式与风貌,以及与之关联的王朝的文化政策与赋家的生存状况,莫不呈现出复杂多变的境况。本节拈出气质与清绮、颂美与任气、唱和与独享、具象与玄言等几组词语,即在于对初唐辞赋作全方位、多层面、动态式的分析。

一、气质与清绮

在一定的历史时期,创作相对稳定,主张却可先行,南朝文风的纤靡早已深入文人乃至民族的骨髓,而文论的康健与精深却堪称古代的高标。隋朝开国,未遑深思,即禁文华,自然无补于事。有此缓冲与经验,大唐君臣则可不急不迫地申令统摄南北、兼容文质的主张。魏征说:

> 江左宫商发越,贵于清绮;河朔词义贞刚,重乎气质。气质则理胜其词,清绮则文过其意。理深者便于时用,文华者宜于咏歌。此其南北词人得失之大较也。若能掇彼清音,简兹累句,各去所短,合其两长,则文质斌斌,尽善尽美矣。②

---

① 陈寅恪先生"关陇集团"的概念,已成为学界共识,杜晓勤先生《初盛唐诗歌的文化阐释》即从"士庶力量之消长"与"地域文化之整合"这两条线索,来分析初盛唐诗歌所走过的文化历程。详见杜晓勤:《初盛唐诗歌的文化阐释》,北京:东方出版社,1997年。

② 魏征等撰:《隋书》卷七十六《文学传序》,北京:中华书局,1973年,第1730页。

这一段文字因其对特定时期文学状况的诊断非常精准、目标也十分明确，早已成为文论史上南北融合、隋唐过渡、艺用兼善的纲领性、标志性话语。

但从现实到愿望的路还长，理论与实践也常常背离。马积高先生说："历史上却很少看到象（像）唐朝前期九十余年这样的情况：一些有影响的文人（包括政治地位很高的魏征和文坛上很著名的令狐德棻、王勃、陈子昂等）一个接着一个批判了南北朝的文风，但是文风的转变却进展较慢，甚至有些高举批判旗帜的人（如魏征、令狐德棻、王勃），本身的创作也未能突破前人的牢笼。诗文的创作如此，赋的创作尤其如此。"①

所以在"气质与清绮"这个大箩筐里，还有许多具体的层面与个案。以太宗为例，他一方面非常重视文学的政教作用，说扬雄《甘泉赋》《羽猎赋》、司马相如《子虚赋》《上林赋》、班固《两都赋》等，"文体浮华，无益劝诫"②，对李百药为讽谏太子承乾沉溺逸乐而作的《赞道赋》倍加称赏③，对编纂个人文集颇多顾虑，认为"人主惟在德行"，不必从事文学创作。④ 而另一方面他又没有否定文学的审美特性，没有将政治兴亡与文艺的情感完全等同起来，他称陆机"文藻宏丽，独步当时"。⑤ 他说"悲悦在于人心"而不由音乐，"将亡之政，其人心苦，然苦心相感，故闻之则悲耳。何乐声哀怨，能使悦者悲乎？"⑥只有将这两方面结合起来看才是一个活脱脱的帝王太宗与文士太宗。

魏征与令狐德棻等史臣、重臣们关于文学的言论也并未反对语言的清绮与诗文的声律。魏征之语已如上述。令狐德棻在《周书》中云：

> 原夫文章之作，本乎情性……举其大抵，莫若以气为主，以文传意。考其殿最，定其区域，摭六经百氏之英华，探屈宋卿云之秘奥。其调也尚远，其旨也在深，其理也贵当，其辞也欲巧。然后莹

---

① 马积高：《赋史》，上海：上海古籍出版社，1987年，第258页。
② 吴兢编著：《贞观政要》卷七《文史第二十八》，上海：上海古籍出版社，1978年，第222页。
③ 《旧唐书》卷七十二《李百药传》载："时太子颇留意典坟，然闲燕之后，嬉戏过度，百药作《赞道赋》以讽焉，辞多不载，太宗见而遣使谓百药曰：'朕于皇太子处见卿所献赋，悉述古来储贰事以诫太子，甚是典要。朕选卿以辅弼太子，正为此事，大称所委，但须善始令终耳。'"详见刘昫等撰：《旧唐书》，北京：中华书局，1975年，第2576～2577页。
④ "只如梁武帝父子及陈后主、隋炀帝，亦大有文集，而所为多不法，宗社皆须夷倾覆。凡人主惟在德行，何必要事文章耶？"详见吴兢编著：《贞观政要》卷七《文史第二十八》，上海：上海古籍出版社，1978年，第222页。
⑤ 房玄龄等撰：《晋书》卷五十四《陆机陆云传论》，北京：中华书局，1974年，第1487页。
⑥ 吴兢编著：《贞观政要》卷七《礼乐第二十九》，上海：上海古籍出版社，1978年，第233页。

金璧,播芝兰,文质因其宜,繁约适其变,权衡轻重,斟酌古今,和而能壮,丽而能典,焕乎若五色之成章,纷乎犹八音之繁会。①

大抵也是融合南北、"斟酌古今",文质相宜、繁约互变的主张,并不单方面地反对词彩的清丽与声律的繁会。理论的折中,会给创作留下相当宽松的空间。但理论本身,早已从宏观上标示着正确的方向,并实实在在维护着六朝以来就已明确的有关文学本身的价值与特征。初唐文论、赋论也因此有了一个良好的开端。

把具体的文学观念及创作实践与政治观点捆绑在一起的做法往往失之简单,但政治立场与出身门第会直接或间接影响到文学理念却是不争的事实,从高宗朝到武后、中宗朝,王朝政治与个人处境外加文学惯习左右着士人们的辞赋立场。

许敬宗、上官仪都是宫廷文学的承继者与推动者。早在太宗时代,许敬宗就写了不少奉诏之赋,他的《掖庭山赋应诏》明明白白地说:"发词林之华藻,泻笔海之波澜。命小臣而并作,赋大雅而承欢。"②承欢而不离华藻,大概是通共的模式,六朝以来,尤其如此。闻一多先生在《类书与诗》一文中说:"沉思翰藻谓之文的主张,由来已久,加之六朝以来有文学嗜好的帝王特别多,文学要求其与帝王们的身分(份)相称,自然觉得沉思翰藻的主义最适合他们的条件了。"③所以太宗对文学的提倡,也难免有着以文才来显示身份的功利目的。而高宗在太子时代的赋作就得到许敬宗"雅韵""缛彩"的称赞④,也应该是这一时代的常情。

到了高宗龙朔年间,"以词采自达"的上官仪⑤,刻意追求声辞之美,成就了"绮错婉媚"的上官体,也使六朝以来的绮艳文风再创高潮。上官体是宫廷文学的产物,也是文学形式自身发展尤其诗歌格律化过程中的必然环节,在这个环节中赋体的描写手法与骈对方式提供了创作范例与技术支

---

① 令狐德棻等撰:《周书》卷四十一《列传第三十三·王褒庾信传论》,北京:中华书局,1971年,第744~745页。
② 董诰等编:《全唐文》卷一百五十一,北京:中华书局,1983年,第1537页。
③ 闻一多撰,傅璇琮导读:《唐诗杂论》,上海:上海古籍出版社,1998年,第3页。
④ 许敬宗:《谢皇太子〈玉华山宫铭赋〉启》,见董诰等编:《全唐文》卷一百五十二,北京:中华书局,1983年,第1549页。
⑤ 刘昫等撰:《旧唐书》卷八十《上官仪传》,北京:中华书局,1975年,第2743页。

持。① 赋中的华藻也被宫廷作家们采编入专门提供"英词丽句"的类书,如许敬宗、上官仪参与编撰并得以加官晋爵的《瑶山玉彩》。

武后也被论家们归入尚藻的队伍②,她对于文词的提倡实有其政治目的与门第背景,并通过诗赋取士的制度体现出来。太宗朝为了加强中央集权,也出于血缘本能,实行抑制山东旧族的政策。武后当权,则将关陇本位政策一并破坏,而破坏的主要方式便是改革科举,重视才艺,给不同阶级出身、不同地域来源的士人以进身机会。科举而重才艺是必然的结果,才艺通过诗赋文章文词的优劣体现出来却还是跳不出时代的风习,也与王朝更替过程中重才不重德的一贯做法相吻合。所以武则天时代的科举常常设立"藻思清华,词锋秀逸""词赡文华""词殚文律""文学优长""下笔成章""藻思宏丽""词标文苑""文艺优长""文擅词场"等科目。③ 永隆二年(681),考功员外郎刘思立奏请进士加试杂文,更强烈地刺激着诗赋文学的发展。

唐初类书的编撰在资治的同时④,也给士子们学习诗文提供了便利,与此相似的工作,还有《文选》的注释。清人李重华论及杜诗时说:"子美家学相传,自谓'熟精《文选》理',由唐以诗赋取士,得力《文选》,便典雅宏丽;犹今日习八股业,先须熟复五经耳。昭明虽词章之学,识力不甚高,所选却自一律,无俗下文字。子美天才既雄,学力又破万卷,所得岂直《文选》? 持以教儿子,自是应举捷径也。"⑤"应举捷径"一语说明《文选》与科考之关系非同一般。

到了初唐四杰与陈子昂,有新的创作实践提供的经验作为借鉴,在太宗朝文学发展一般原则的基础上进一步提出了符合时代需要的理想文学的具体要求,而刘知几《史通》的史学立场,也有益于文质彬彬的文学愿望

---

① [日]遍照金刚:《文镜秘府论·东卷·论对》便将"六对"中的连珠(重字)、双声、叠韵三种合称为"赋对体",并释之以"拟赋之形体"。北京:人民文学出版社,1975年,第95页,第108页。

② 可参韩晖:《赋及初盛唐赋风研究》,桂林:广西师范大学出版社,2002年,第87页。

③ 详见《旧唐书·则天皇后本纪》《登科记考》乾封二年至大足元年等资料。

④ 刘肃撰《大唐新语》卷九载:"太宗欲见前代帝王事得失以为鉴戒,魏征乃以虞世南、褚遂良、萧德言等采经史百家之内嘉言善语、明王暗君之迹,为五十卷,号《群书理要》(即《群书治要》),上之。太宗手诏曰:'朕少尚威武,不精学业,先王之道,茫若涉海。览所撰书,博而且要,见所未见,闻所未闻,使朕致治稽古,临事不惑。其为劳也,不亦大哉!'赐绢千匹,采物五百段。太子诸王,各赐一本。"见《唐五代笔记小说大观》上册,上海:上海古籍出版社,2000年,第293页。

⑤ 李重华:《贞一斋诗说》,见王夫之等撰:《清诗话》下册,上海:上海古籍出版社,1978年,第936页。

的实现。寒门上进与诗赋取士本身就有着错综复杂的破立矛盾。困于下僚的王、骆、卢、杨一方面沿袭传统的宗经思想,视辞赋为淫靡之文、祸国之体,另一方面又不停地进行辞赋创作,以期改变命运、抒写性情。王勃在《上吏部裴侍郎启》中说:"夫文章之道,自古称难。圣人以开物成务,君子以立言见志。遗雅背训,孟子不为;劝百讽一,扬雄所耻。苟非可以甄明大义,矫正末流,俗化资以兴衰,国家由其轻重,古人未尝留心也。自微言既绝,斯文不振。屈、宋导浇源于前,枚、马张淫风于后,谈人主者以宫室苑囿为雄,叙名流者以沉酗骄奢为达。故魏文用之而中国衰,宋武贵之而江东乱。虽沈谢争鹜,适先兆齐梁之危;徐庾并驰,不能免周陈之祸。"① 杨炯《王勃集序》则云梁、魏、周、隋之作,"或苟求虫篆,未尽力于丘坟;或独狥于波澜,不寻源于礼乐"。而"龙朔初载,文场变体,争构纤微,竞为雕刻。糅之金玉龙凤,乱之朱紫青黄,影带以徇其功,假对以称其美,骨气都尽,刚健不闻"。② 在文艺理论的建树方面,初唐四杰其实也没有太多正面的立论,他们更多的是以创作实践振起文学的刚健之气。杨炯说王勃"已逾江南之风,渐成河朔之制"③,也可以用来对初唐四杰的创作实绩进行整体的评价。被认为具有划时代意义的陈子昂,其提出的"汉魏风骨",其实与刘勰的"风骨"、钟嵘的"风力"、初唐四杰的"骨气"等说法是一脉相承的,同属太宗君臣所倡导的"气质"范畴,看重的是浓烈的、刚健的、真实的感情。刘知几崇实尚简的史家立场与陈子昂们反对伪饰、反对为文而造情的文学思想是相通的,他对于辞赋虚构与夸饰的批判虽然有悖于文学的本质,但也不妨看作辞赋接受的新鲜视角,因为文学的生命力终归要由包括不同层面的读者在内的大多数人来承续。

总括起来看,初唐赋论的特点是一开始就有了明确而高远的目标,赋家与赋论家们都围绕这一目标做着或多或少的努力,尽管这一目标终归没有实现,但它本身就五彩纷呈,引人入胜,并为唐赋的前进奠定了良好的基础。

二、颂美与任气

中国古代的文论大致可以分成言志与缘情两大系统。笼统而言,心

---

① 董诰等编:《全唐文》卷一百八十,北京:中华书局,1983年,第1829页。
② 董诰等编:《全唐文》卷一百八十,北京:中华书局,1983年,第1930~1931页。
③ 董诰等编:《全唐文》卷一百八十,北京:中华书局,1983年,第1931页。

志、情怀本不可分,严格来讲,则言志与缘情既有逻辑的区别,又有历史的分判。

"在心为志""心"作为完满具足的主体,本身具有内向性与非现实性,所以"志"也偏向于主观的思想。"心统性情",性体情用,情是性的外在表现,与外在事物相关联,"人心之动,物使之然也"(《礼记·乐记》),所以情的生发往往有一个感物的过程。

"诗言志"中的"志"原本可以包括思想与情感两方面,但在具体的历史场景里却常常分分合合。《尚书》《左传》《论语》中的"志",多半指思想与抱负,庄子与屈原提及的"志",则多了一些个人情感与意愿的内涵。《毛诗序》载:"诗者,志之所之也,在心为志,发言为诗,情动于中而形于言。"情志并提,两相联系,算是一大进步。但是它又要求这种情"止乎礼义",实际上就是从正志里分判出了私情,而又赋予这"志"以儒家的社会伦理与政治原则。因为这个缘故,后来的陆机才又提出"缘情"的主张来。

儒家言志的诗教重在美刺。作为儒家诗教补充的缘情则侧重于个体的任气与发愤。赋体擅长颂美,汉儒又以诗解赋,所以在赋用论问题上也重颂美而兼讽谏并潜衍出抒情的理路。班固在《两都赋序》中说:"赋者,古诗之流也。""故言语侍从之臣,若司马相如、虞丘寿王、东方朔、枚皋、王褒、刘向之属,朝夕论思,日月献纳。而公卿大臣御史大夫倪宽、太常孔臧、大中大夫董仲舒、宗正刘德、太子太傅萧望之等,时时间作。或以抒下情而通讽谕,或以宣上德而尽忠孝,雍容揄扬,著于后嗣,抑亦《雅》《颂》之亚也。"赋出于《诗》,而且以《雅》《颂》为主,是有依据的。据谢榛《四溟诗话》的统计,《诗经》中用"赋"达 720 次①,而且集中在《雅》《颂》部分。可见赋的直言其事的方法更适合敷陈王政兴废、赞美盛德形容、禀告神明成功。而"赋"字本身也潜隐着文体的意义。所以吴小如先生说:"若论其内容实质,则'赋'之更早的渊源实为《三百篇》中的《雅》《颂》。《大雅》中若干篇一向被称之为周代史诗的作品已俨然赋体。不仅其'体物'的职能已具,而且是从正面来写歌功颂德的文字。谈后世的赋而不上溯于诗之《雅》《颂》,即谓之数典忘祖,亦不为过。"②汉人对赋的颂扬精神是极为重视的,包括宇宙的气魄、主客问答的结构、铺张扬厉的写法都有利于传播大汉帝国的声威。

---

① "比""兴"分别为 370 次、110 次。详见谢榛:《四溟诗话》,北京:人民文学出版社,1961年,第 53 页。

② 尹赛夫、吴坤定、赵乃增:《中国历代赋选·序言》,太原:山西人民出版社,1989年,第 6 页。

汉唐并称,唐代的文治武功,堪比汉朝,而大唐文人的地位与气格实超于汉,所以唐人文集中颂美王朝君国的作品为数不少,以赋而论,初唐尤多。从作家来看,太宗君臣一片奉和之声,而初唐四杰也难免应命之作。就题材而言,自天象、宫殿至音乐歌舞、远方来献,乃至普通咏物与直接颂扬,种种各异,无处不存。刘允济《天赋》、杨炯《盂兰盆赋》《老人星赋》、刘允济《明堂赋》《万象明堂赋》、王勃《九成宫东台山池赋》、薛收《琵琶赋》、李百药《笙赋》、谢偃《观舞赋》《听歌赋》、杨师道《听歌管赋》、虞世南《琵琶赋》《狮子赋》《白鹿赋》、李百药《鹦鹉赋》、谢偃《述圣赋》、徐惠《奉和圣制小山赋》、许敬宗《小池赋应诏》《欹器赋应诏》《掖庭山赋应诏》《麦秋赋应诏》等,莫不以颂扬为主旨。可见随着帝国的强盛,颂德赞美之风也得以复兴。从文体的本源来说,赋更近于颂,但儒家诗教的传统是美刺并重的,所以擅于颂美的赋也会被赋予讽谏的要求,汉大赋"劝百"而不忘"讽一"即是典型。初唐太宗,以开明善纳著称于世,赋的讽谏成分也大大加强,像李百药《赞道赋》、谢偃《惟皇诫德赋》、许敬宗《欹器赋应诏》等作品,或泛论统治之道,或直陈人君之过,实在可以算作专事讽谏教化的作品了。

　　颂美与讽谏多出于诗,任气与发愤则更近于骚,骚也是赋的近源。不过汉人不重个体之情,更不喜屈原式"暴显君过"的发愤,六朝人情是有了,但君国的地位不再那么重要,个人的气格也不再那么崇高,终于造成绮艳柔靡的风气。大唐开国,充溢着向上生长的力量,赋作中也逐渐出现康健壮大的语汇与情思。如唐太宗笔下的威凤,"盻八极以遐骛,临九天而高峙"(《威凤赋》)。如谢偃笔下的大人、明河、高松,"飞五位以龙奋,腾九万而鹏起"(《述圣赋》);"含天际之四气……掩人间之众河"(《明河赋》);"起九垓而憩息,周四海而顾盼"(《高松赋》)。如薛收笔下的琵琶,"磅礴象地,穹崇法天,候八风而运轴,感四气而鸣弦"(《琵琶赋》)。如李百药笔下的鹦鹉与杨誉笔下的纸鸢,"将以整六翮而遐逝,望一举而冲虚"(《鹦鹉赋》)。"瞬息而上千寻,咄嗟而游大漠"(《纸鸢赋》)。如此种种,莫不展现出大唐君臣们阔大奋发的胸襟与气度。

　　更重要的是因为科举制度的实施,寒门庶族得以崛起,寒士从政,既为社会灌注了生命活力,又推动了文学的发展。这样一来,近骚的报国之志与不平之气在赋体创作中又有所振发。在初唐四杰那里,不管是"知战场之化磷,悟冤狱之为虫"的萤火(骆宾王《萤火赋》),还是"拖鬐挫鬣,抚背扼喉,动摇不可,腾跃无由"的巨鳞(卢照邻《穷鱼赋》),"高才数仞,围仅盈尺,修干罕双,枯条每只,叶病多紫,花凋少白"的梨树(《病梨树赋》),或者是"悲秋风之一败,与蒿草而为刍"的幽兰(杨炯《幽兰赋》),莫不充溢着慷慨浓烈的情思。至于卢照邻的《五悲文》《释疾文》《狱中学骚体》,更是关切身世而直抒怨愤的作品。王勃在《春思赋》序中云:"禀宇宙独用之心,受天地不平之气。"正是外在的天地之气与内在的独用之心都已因时而变,才激荡出赋家赋作的新风新貌来。

三、唱和与独享

文学活动就其功能而言,有颂美讽谏与娱情任气之别,就其传达方式与对象而言,则有自美自悦与美人悦人之分。或兴观群怨、奇文共赏,或适性逍遥、独抒性灵。《汉书·艺文志》说:"古者诸侯卿大夫交接邻国,以微言相感,当揖让之时,必称诗以谕其志,盖以别贤不肖而观盛衰焉。故孔子曰'不学诗,无以言'也。"在儒家看来,赋诗言志是群体生存的必需条件。嵇康《琴赋序》云:"可以导养神气,宣和情志,处穷独而不闷者,莫近于音声也。是故复之而不足,则吟咏以肆志,吟咏之不足,则寄言以广意。"①老庄玄学观下的"宣和情志""寄言广意"则更强调个体生命的自足自悟。当然归根到底,老庄与圣教还是大同小异的。常著文章自娱的陶渊明也常与他人共赏奇文,其《饮酒序》云:"偶有名酒,无夕不饮。顾影独尽,忽焉复醉。既醉之后,辄题数句自娱。纸墨遂多,辞无诠次。聊命故人书之,以为欢笑尔。"②既说"自娱",又要命人书写"以为欢笑",则其"娱人"之意也就不言自明了。

由赋诗言志到赋体兴起,"赋"的内涵与词性虽已变革,但其铺陈的特质与交际的功能却得以承续。献纳与酬唱一贯就是赋体生产的主要方式,而文学团体的肇始其实就依凭于赋体的酬唱。③梁王兔园之作,曹魏邺下之篇,萧齐西邸之赋与武宣时竞相献纳的景象,莫不可资凭证。

西汉立国之初,诸侯藩王沾染战国余风,颇传养士之风,不过汉初的这些游士门客已逐步由谋臣策士转向以辞赋创作为重心的文学侍从。《汉书·艺文志》所载汉初藩国君臣赋多达64篇④,大略可见当日君臣宴集以赋竞才的盛况。聚集在梁孝王门下的文人尤多,托名刘歆,疑为葛洪所编

---

① 严可均校辑:《全上古三代秦汉三国六朝文》,北京:中华书局,1958年,第1319页。
② 逯钦立校注:《陶渊明集》,北京:中华书局,1979年,第86~87页。
③ 高光复先生认为"中国文学史上的文学团体是汉代赋家们开启的"。可参见高光复:《文学团体启于赋家》,载《辽宁师范大学学报》,2006年第5期,第82页。
④ 详见马积高:《赋史》,上海:上海古籍出版社,1987年,第69页。

的《西京杂记》载有《梁孝王忘忧馆时豪七赋》，即枚乘的《柳赋》、路乔如的《鹤赋》、公孙诡的《文鹿赋》、公孙乘的《月赋》、邹阳的《几赋》和《酒赋》、羊胜的《屏风赋》，赋前总叙云："梁孝王游于忘忧之馆，集诸游士，各使为赋。"①邹阳《几赋》前有"韩安国作《几赋》，不成，邹阳代作"之语。《西京杂记》真伪难辨，未可尽信，但正史所载已足见梁王门客多少具有文学团体的性质，而后来诗赋更将兔园雅聚视为文人的理想生活。

武宣之世，司马相如、虞丘寿王、东方朔、枚皋、王褒、刘向之属，"朝夕论思，日月献纳"，倪宽、孔臧、董仲舒、刘德、萧望之等也"时时间作"，一时赋家云集，赋作迭出，成就了辞赋创作的高峰。

曹植《与杨德祖书》说："昔仲宣独步于汉南，孔璋鹰扬于河朔，伟长擅名于青土，公干振藻于海隅，德琏发迹于此魏，足下高视于上京……吾王于是设天网以该之，顿八纮以掩之，今皆集兹国矣。"②刘勰《文心雕龙·时序》则云："建安之末，区宇方辑。魏武以相王之尊，雅爱诗章；文帝以副君之重，妙善辞赋；陈思王以公子之豪，下笔琳琅，并体貌英逸，故俊才云蒸。"可见曹氏父子的提倡对于邺下文人集团的形成至关重要，而维系集团的重要方式则是一种经常性的文学活动——同题共作。据程章灿先生统计，建安作家中涉及同题共作赋者18人，作品126篇，占作者总数的100%，占赋作总数的68%。③ 与梁王及武宣时的颂扬与献纳相比，邺下集团的同题共作多了一些平等性的交往与生活化的内容。

南朝齐梁时期以皇室成员为中心也形成了一些文学集团，其中南齐竟陵王萧子良的西邸集团最为卓著，萧衍、沈约、谢朓、王融、萧琛、范云、任昉、陆倕号为"竟陵八友"。他们的赋，除了宾主之间的应教奉和之外，还多了友朋之间的赠答酬唱。王融《应竟陵王教桐树赋》、谢朓《高松赋奉竟陵王教作》与《酬德赋》、任昉《答陆倕感知己赋》、陆倕《感知己赋赠任昉》即为代表。

初唐辞赋的创作仍以献纳酬唱为主要方式。大概每一次王朝的更替都会导致安定繁荣的景象，君臣之间的唱和也多半集中在这一时期。唐朝开国的新兴气象，便在太宗君臣之间的诗赋唱和里有所体现。

太宗自己作有抒发感慨的《临层台赋》《感旧赋》与《威凤赋》，还有与词臣们唱和的《小山赋》《小池赋》。上有所好，下必效之，直接奉和的便有徐

---

① 葛洪辑，成林、程章灿译注：《西京杂记全译》，贵阳：贵州人民出版社，1993年，第134页。
② 萧统编，李善注：《文选》卷四十二，北京：中华书局，1977年，第593页。
③ 详见程章灿：《魏晋南北朝赋史》，南京：江苏古籍出版社，2001年，第46页及附表。

惠的《奉和圣制小山赋》、许敬宗的《小池赋应诏》。其他如许敬宗的《欹器赋》《掖庭山赋》《麦秋赋》,虞世南的《狮子赋》,李百药的《鹦鹉赋》,谢偃的《述圣赋》《尘赋》等也都为应诏、应教之作。其中,徐惠的《奉和圣制小山赋》还被后来赋论家看作和赋的开端。清人王芑孙《读赋卮言》专设《和赋例》一篇,其论和赋起源的文字云:"和赋起于唐。唐太宗作《小山赋》,而徐充容和之;玄宗作《喜雨赋》,而张说诸人和之。要是同作不和韵。前此则邺下七子时相应答,已为导源,特不加奉和字耳。"①"奉和"的字样与合韵的要求使得太宗朝和赋比此前赋家之间的酬赠应答更为严谨与自觉。

高宗时,辞赋创作的队伍也比较庞大,唱和的方式更为宽泛。卢照邻《同崔少监作双槿树赋序》云:"日昨于著作局见诸著作,竞写《双槿树赋》……虽云圣朝多士,而公实居之;草泽有人,亦国家之美事也。故复奖刷刍鄙,作《双槿树赋》。"同题竞写又补和作,堪称盛事。而见载于杨炯《庭菊赋序》的左春坊赋会,参加人数竟达19人之多,更是同题竞作的极致。初唐四杰虽为下层文士,也难脱御用角色,不免参加一些唱和活动,产并写些应命颂扬之作,上举两赋之外,杨炯《盂兰盆赋》《老人星赋》,王勃《九成宫东台山池赋》等,都属此类。②

至武后、中宗朝,进士试赋,朝廷鼓励献赋,辞赋创作的场景更加热闹。陈子昂《麈尾赋序》载:"甲申岁,天子在洛阳。时余始解褐,与秘书省正字、太子司直宗秦客置酒金谷亭,大集宾客,酒酣,共赋座上食物,命余为《麈尾赋》焉。"③这次金谷赋会并没有留下多少有分量的赋作,但从形式来看,颇类当年的兰亭诗聚,相信这样的活动对于当日的创作是有推动作用的。

以上种种,说明献纳与酬唱一直是赋体创作与传播的主要方式,初唐也不例外。

相较而言,诗可内足于怀,赋以颂美为主,但赋的多源多体性也不排除它娱情的功能与自娱的方式。

《汉书·王褒传》载汉宣帝的话说:"'不有博奕者乎,为之犹贤乎已!'辞赋大者与古诗同义,小者辩丽可喜。譬如女工有绮縠,音乐有郑卫,今世

---

① 何沛雄编著:《赋话六种》(增订本),香港:生活·读书·新知三联书店,1982年,第17页。
② 据《旧唐书》载,卢照邻曾被视为王府相如:"初授邓王府典签,王甚爱重之,曾谓群官曰:'此即寡人相如也。'"杨炯《盂兰盆赋》实为献纳之作:"如意元年七月望日,宫中出盂兰盆,分送佛寺,则天御洛南门,与百僚观之。炯献《盂兰盆赋》,词甚雅丽。"分别见刘昫等撰:《旧唐书》卷一百九十《文苑传》,北京:中华书局,1975年,第5000页、第5003页。
③ 董诰等编:《全唐文》卷二百零九,北京:中华书局,1983年,第2112页。

俗犹皆以此娱悦耳目,辞赋比之,尚有仁义风谕,鸟兽草木多闻之观,贤于倡优博奕远矣。"①汉宣帝的本意是为自己"淫靡不急"的行为辩护,并以倡优博奕比之辞赋,但客观上道出了文可娱乐的实情。当然帝王所言辞赋的娱悦功能不是独乐而是众乐,自娱之说当与作家个体意识的明确、作品抒情因素的增长有关。《古文苑》所载扬雄《逐贫赋》有"子云自序"云:"不汲汲于富贵,不戚戚于贫贱,家产不过十金,乏无儋石之储,晏如也。此赋以文为戏耳。"②这"以文为戏"四字可能会引起一些争议,一是它的提出者究竟是扬雄本人还是后来者,二是这"戏"中成分到底是游戏、自嘲还是悲怨?其实这篇赋的内涵是委曲复杂的,不必强分彼此,而自娱的形式则既是作者的自觉,也得到了历代读者的认同。钱钟书先生曾指出:"子云诸赋。吾必以斯为巨擘焉;创题造境,意不犹人。《解嘲》虽佳,谋篇尚步东方朔后尘,无此诙诡。后世祖构稠叠,强颜自慰,借端骂世,韩愈《送穷》、柳宗元《乞巧》、孙樵《逐痁鬼》出乎其类。"③

扬雄《逐贫赋》有借端骂世之愤,张衡《归田赋》则有逍遥避世之情。其辞曰:"于是仲春令月,时和气清。原隰郁茂,百草滋荣。王雎鼓翼,鸧鹒哀鸣;交颈颉颃,关关嘤嘤。于焉逍遥,聊以娱情。"说明汉赋也有自娱的功能。六朝抒情赋大兴,表现自我与迎合他人同等重要。不过这时期的以文自娱既有形而上的精神追求,又有形而下的感官刺激。初唐多颂美唱和之作,自娱之赋实属少见,隐士王绩的《游北山赋》、寒门杨炯的《卧读书架赋》、骆宾王的《萤火赋》庶几近之。在文以载道的传统社会里,以文自娱的主张与实践总会受到主流文学话语的贬斥。④ 载道的言论虽强调了文学的利他性与社会性,但也忽视了文学本有的利己性与自娱性。这样的文学无疑是有缺憾的文学。从这个意义上讲,初唐辞赋的不足正在于自娱自慰、自抒性灵的欠缺。

四、具象与玄言

就表现手法而言,赋的本义在于铺陈描写,但赋体非诗非文、亦诗亦文

---

① 班固撰,颜师古注:《汉书》卷六十四,北京:中华书局,1962年,第2829页。
② 章樵注:《古文苑》卷四,《丛书集成初编》本,北京:中华书局,1985年,第96页。
③ 钱钟书:《管锥编》第三册,北京:中华书局,1979年,第961~962页。
④ 如司马迁《史记·乐书》云:"夫上古明王举乐者,非以娱心自乐,快意恣欲,将欲为治也。"明确否定文艺的"娱心自乐"功能。北齐颜之推批评"今世文人"作文只是"自吟自赏,不觉更有傍人"(《颜氏家训》卷四《文章》第九)。

的特征极具弹性，或近于诗，或近于文，都属赋体变迁的正常现象。六朝至唐，赋体创作或重感物与具象，或重玄言与哲理，既是社会环境的产物，又与赋体本身的特质相关。

浦铣《复小斋赋话》云："唐人赋，好为玄言；宋元赋，好着议论，明人赋，专尚模范《文选》，此其异也。"①许结先生认为唐赋所谓"玄言"，实包括"科学赋"和"哲学赋"两方面。② 其实除了许先生所讲的专题的"科学赋"与"哲学赋"之外，唐赋中议论的成分普遍增多。以太宗朝为例，直接颂美讽谏的赋，如谢偃的《述圣赋》《惟皇诫德赋》，李百药的《赞道赋》，自然以议论为主。而音乐歌舞或咏物抒怀之作，也常夹杂有议论的成分，如虞世南的《狮子赋》《琵琶赋》，谢偃的《观舞赋》《听歌赋》等。他如刘知几《思慎赋》、高迈《济河焚舟赋》、陈子昂《麈尾赋》、姚崇《扑满赋》、贾曾《水镜赋》都以说理为主。便是以写景为主的王勃《春思赋》，也不乏哲理性的思考："为问逐春人，年光几处新？何年春不至？何地不宜春？"闻一多先生《类书与诗》一文特意提到文学与学术的关系问题，说："寻常我们提起六朝，只记得它的文学，不知道那时期对于学术的兴趣更加浓厚。唐初五十年所以像六朝，也正在这一点。"③然后说类书是介乎文学与学术之间的混合体，隋朝的统一，使本已走入实际化过程的南朝文学与北方极端实际的学术有了正面的接触，"以至到了唐初，再经太宗的怂恿，便终于被学术同化了"。④ 闻一多先生拈出学术与实际，以与文学及性灵相对应，来解释唐初文学沿袭六朝而踯躅不前的境况，可谓新颖别致，可惜他所谓的学术，只偏向于通过类书来记载的零散知识，未能触及深层的哲学思想。如果还原他这"学术"的概念，追究儒佛道三教思想，对初唐诗赋演变历程的阐释就会更加精准。

具象描写本是赋的长处，宋璟《梅花赋》、阎朝隐《晴虹赋》、沈佺期《峡山寺赋》都以形象鲜明、语言富艳著称。六朝至唐的辞赋创作又伴随着赋家感物意识增强与赋体诗化的进程。

感物说也不是什么新鲜的理论，从《礼记·乐记》到《文赋》到《文心雕

---

① 何沛雄编著：《赋话六种》（增订本），香港：生活·读书·新知三联书店，1982年，第61页。
② 前者如杨炯《浑天赋》、卢肇《海潮赋》，后者如刘允济《天行健赋》、谢偃《尘赋》、高迈《鲲化为鹏赋》、张说《虚室赋》等。详见许结：《论唐代赋学的历史形态》，载《南京大学学报》，1996年第1期，第44页；《说〈浑天〉谈〈海潮〉——兼论唐代科技赋的创作与成就》，见南京大学中文系主编：《辞赋文学论集》，南京：江苏教育出版社，1999年。
③ 闻一多撰，傅璇琮导读：《唐诗杂论》，上海：上海古籍出版社，1998年，第1页。
④ 闻一多撰，傅璇琮导读：《唐诗杂论》，上海：上海古籍出版社，1998年，第3页。

龙》与《诗品》,都有精湛的论述,与此同时,赋家在赋序里也常以感物的经历为赋体创作的原初动机。骆宾王《萤火赋序》云:"事沿情而动兴,理因物而多怀,感而赋之,聊以自广。"李峤在《楚望赋序》里更系统地阐述了他的感物理论。李峤《楚望赋》及序内含着相互关联的两大理论:感物说与登临说。单以感物说而言,李赋并无多少创见。在登临说方面,李赋道出了登山临水,使人心瘁神伤的根本原因:"有求而不致,有待而不至"。更重要的是李峤《楚望赋》及序是结合登高望远必致伤感这一具体的感发形式来阐述感物兴思的现象与原因的,所以更具有综会性。

感物意识的发展与赋体诗化的历程是相融互动的。赋出于诗,但赋既已成为独立的文体便"与诗画境"(《文心雕龙·诠赋》);"诗缘情而绮靡,赋体物而浏亮"(陆机《文赋》);"诗者,持也,持人情性"(《文心雕龙·明诗》);"赋者,铺也,铺采摛文,体物写志也"(《文心雕龙·诠赋》)。当然在实际的创作过程中,诗赋之间常常互相渗透、互为影响,这种情况在六朝时尤为显著。从曹丕、曹植的肇始到庾信的大成,其实就是一个诗赋互化的过程。诗重情感而篇幅短小,赋重形象而结构庞大,两者相融的结果,便是诗的形象感更强而结构上也被赋化,赋的抒情性加重而体式上也近于诗。

六朝至唐,赋的诗化主要表现在赋体主观抒情性的加强与五、七言诗体赋的兴起。相对而言,前项演变六朝即已完成,而后项转变则要持续到初唐。南朝赋作,尤其萧纲《对烛赋》《筝赋》,徐陵《鸳鸯赋》,庾信《对烛赋》《荡子赋》《春赋》之类的作品,已有大量五、七言诗句入赋。到初唐王勃《春思赋》、骆宾王《荡子从军赋》,五、七言诗句更在半数以上。这便是赋体诗化的重要结果。当然,反过来,诗的赋化也结出了七言歌行这枚硕果。从更久远的时空来看,诗赋的相融互化更是律赋生产与唐诗高潮到来的有利因素,此是后话,按下不表。

自《新唐书·文艺列传》唐文三变说,宋严羽《沧浪诗话》唐初体、盛唐体、大历体、元和体、晚唐体之分,明高棅《唐诗品汇》、徐师曾《文体明辨》"四唐"之说以来,文论家们都喜欢以清晰的逻辑来归纳整理初唐百年间文学思想与创作实践发展演变的历程,让我们明了这是一个承袭齐梁余风,又在酝酿改革,提出了兴寄与风骨主张的沿革期。①

但理论的明确不等于创作实践的整齐划一,理论与创作本身也是多元

---

① 可以参看马积高《赋史》第七章《唐五代赋(上)》、罗宗强《隋唐五代文学思想史》第二章《初唐文学思想》、韩晖《隋及初盛唐赋风研究》中编《沿革期辞赋:初唐辞赋》等。

复杂的。就理论言,虽然大家都明白文质相谐的重要,但身份、立场、角度乃至具体情境的不同都可能导致观念的偏斜与侧重。就创作言,或以颂美为旨归,或任一己之气概,或唱和,或自娱,或重具象与感物,或擅玄言与哲理,或以诗为赋,或以赋为诗,根本没有一统的江山。至于文学背后的政治制度、血缘关系、文化思想、学术状况更不可用简单的"过渡"与"沿革"的字样来概括。理顺了初唐赋承传与变革的基本线索后,我们还要深入每个王朝具体的赋家赋作,才能了解更加真实的初唐辞赋。

第二节 太宗君臣的赋学理念与创作实践

魏晋以来南北融合的大势,在军政方面是北侵于南,于文化尤其文艺而言却是南凌于北,隋的一统,加速了南北融合的进程,但隋朝的短促不足以完成文风的过渡,藕断丝连的隋唐变革,更使整个初唐都处于南方文学的笼罩之下。好在唐的气象与氛围也来得显明与快捷。①太宗的励精图治与雅好文艺既使国家迅速走向繁荣昌盛,又让史臣文士会集宫廷,扈从君主,赞美盛德,并在总陈历史之时提出理想的文学主张。其实六朝至唐,文学的承续与变革也大体对应于诗、赋地位的变化。自汉魏至初唐,赋在创作实践与文学选本中的地位一直排在诗的前面或至少与诗并重,唐以诗称名于史,但只有到盛唐才是闻一多先生说的"诗的唐朝"。所以初唐文学的理想与实践乃至诗体的革新都与赋体文学的变迁密不可分,而太宗君臣的创作实践与赋学理念是其端绪。

一、太宗君臣的辞赋创作实践

太宗朝宫廷赋家来源复杂,有由陈、隋入唐的魏征、李百药、杨师道、谢偃、颜师古,有出自"秦府十八学士"的薛收、虞世南、许敬宗②,有后宫妃子徐惠,这些人的经历也都十分曲折,最后都辗转来到李世民治下,成为谋士重臣、史官学者。《全唐文》收录他们的赋作30余篇,内容以颂美教化为主,亦不乏抒情咏怀之作,分属于《历代赋汇》中讽喻、音乐、鸟兽、地理、临幸、言志、草木、人事、天象、器用、岁时、花果、巧艺、岁时、祯祥等类目。试将其篇名、题

---

① 不像汉初的休养生息而文学侍从之臣集于藩国。
② 十八学士中以学术著称的尚有姚思廉、陆德明、孔颖达等。

材、篇幅及在《历代赋汇》中的类目列表如下,然后再分类解析。①

太宗君臣赋表

作者	赋名	题材	《历代赋汇》所属类目	字数
李百药	《赞道赋》	讽谏教化	讽喻	1716
李百药	《笙赋》	颂美音乐	音乐	767
李百药	《鹦鹉赋》	远方来献	鸟兽	540
唐太宗	《小池赋》	登临兴怀	地理	171
唐太宗	《小山赋》	登临兴怀	地理	250
唐太宗	《临层台赋》	登临兴怀	临幸	612
唐太宗	《感旧赋》	感慨际遇	言志	505
唐太宗	《威凤赋》	咏物寓意	鸟兽	334
谢偃	《惟皇诫德赋》	讽谏教化	讽喻	686
谢偃	《听歌赋》	颂美音乐	音乐	356
谢偃	《观舞赋》	颂美音乐	音乐	514
谢偃	《高松赋》	咏物寓意	草木	511
谢偃	《尘赋》	咏物寓意	地理	420
谢偃	《影赋》	咏物寓意	人事	562
谢偃	《明河赋》	咏物寓意	天象	295
谢偃	《述圣赋》	直接颂扬		1135
徐惠	《奉和圣制小山赋》	颂美唱和	地理	274
许敬宗	《小池赋应诏》	颂美唱和	地理	249
许敬宗	《掖庭山赋应诏》	颂美唱和	地理	470
许敬宗	《欹器赋应诏》	颂美唱和	器用	312
许敬宗	《麦秋赋应诏》	颂美唱和	岁时	254
许敬宗	《竹赋》	咏物寓意	草木	226
薛收	《琵琶赋》	颂美音乐	音乐	110
颜师古	《幽兰赋》	咏物寓意	花果	146
杨师道	《听歌管赋》	颂美音乐	音乐	110
杨誉	《纸鸢赋》	游乐技艺	巧艺	401
虞世南	《秋赋》	登临兴怀	岁时	106
虞世南	《白鹿赋》	颂美祥瑞	祯祥	66
虞世南	《琵琶赋》	颂美音乐	音乐	798
虞世南	《狮子赋》	远方来献	鸟兽	432

---

① 太宗朝实际的赋家赋作当然不止这些,据《旧唐书》卷七十四知崔仁师作有《体命赋》《清暑赋》,据《新唐书》卷五十九知李淳风作有《太一枢会赋》,许敬宗《谢皇太子〈玉华山宫铭赋〉》启知李治作有《玉华山宫铭赋》,便是现存的赋中也还有王绩、朱桃椎的山林隐逸之作。

(一) 颂美教化

"润色鸿业"是太宗朝宫廷文人赋的重要内容,也是汉大赋颂美传统的延续,但其体貌不像汉大赋多鸿篇巨制、喜铺张扬厉,而以短小、务实为主,题材主旨也不似汉大赋集中于京殿苑猎、劝百讽一,而是既有直接的颂扬,又有专一的讽谏;既有祥瑞的献奉,又有和乐的歌舞。

最直接而纯粹的颂扬是谢偃的《述圣赋》。《旧唐书》卷一百九十《文苑上·谢偃传》载:"偃尝为《尘》《影》二赋,甚工。太宗闻而诏见,自制赋序,言'区宇乂安,功德茂盛'。令其为赋,偃奉诏撰成,名曰《述圣赋》,赐采数十匹。"① 太宗赋序说他"二九之年"②,逢天下丧乱,群雄蜂起,"二十有四"时他"电发中原""扫清八荒",至壮年而"获临宝位""致使朝有进善之臣,野无行歌之士。节义盈十松室,狱讼息于公门"。于是"偃组练而敷礼乐,放牛马而逸黎元",一面"优游暇豫",一面"作乐崇德",并"因兹余隙,乃修苑囿"。最后说自己慕"巢、许之俦,松、乔之匹",以表达"遁形匿迹""养志恬神"之愿。全序情志,可谓志得意满。赋既奉诏而作,也是按这个框架述圣的。先写武力之功:

> 固灵命之有在,乃慷慨而投袂。驱八骏以雷击,驭六飞而电逝。腾星剑以外倚,振云锋而高彗。既后事而先谋,亦先胜而后制。兵有临而必克,功无往而不济。龟策叶以符兆,人神应而合契。谅包顼以驾轩,实孕皇而育帝。足以光烛千祀,足以祚隆万世。③

再陈文治之绩:

> 于是戢兵偃武,铭功纪绩。采三代之逸经,刊八方之遗籍。搜隐遁于林薮,访栖迟于岩石。然后调玉律以定时,测金仪而考历。

然后铺陈"皇居之壮丽""大厦之宏规",其中不乏写景佳句,如"树含岭而共青,草带原而同绿""飞霞敛而复舒,轻烟断而还续"。再按赋序的预定,表

---

① 刘昫等撰:《旧唐书》,北京:中华书局,1975年,第4989页。
② 董诰等编:《全唐文》卷十,北京:中华书局,1983年,第119页。下同。
③ 董诰等编:《全唐文》卷一百五十六,北京:中华书局,1983年,第1589页。下同。

达逍遥自逸之志:"捐大位而不宝,脱万乘而为轻。访真人于姑射,问至理于广成。志眇眇以遐顾,心遥遥而上征……属天下之无事,聊逍遥以自逸。"

与赋序不同的是,赋末还加了一个"凝圣情以远虑,思成败于终古"的主题与"恒戒盈以献赋,每规过而进箴"的自白:

> 美揖让于有虞,壮成功于大禹。耻用兵于中冀,鄙穷战于丹浦。每有违于汝弼,恒知失而思补。乃命促苑囿,散积聚。改制度,易规矩。削侈丽于楼台,崇质素于阶宇。仁好生而必遂,德无贲而不辅。习嘉礼于玉帛,和大乐于钟鼓。上可以降集群瑞,下可以安怀率土……

"耻用兵""鄙穷战""削侈丽""崇质素""习嘉礼""和大乐",这样的行文与举措,既是赋体曲终奏雅的惯常模式,又是王朝更替的自觉反思。

先序后赋,序、赋之间是命题立意与奉诏应和的关系,这种创作形式是比较独特的,相较而言,君臣同题唱和或单由臣子奉诏而作的情况更为普遍。唐太宗作《小山赋》《小池赋》,而徐贤妃、许敬宗和作便属这种情况。这几篇赋体制规模都比较短小,遣词造句也颇为纤巧,命题立意则一面随兴嬉戏,一面颂美唱和。所以王应麟《困学纪闻》引郑毅夫语说:"唐太宗功业雄卓,然所为文章纤靡浮丽,嫣然妇人小儿嘻笑之声,不与其功业称。甚矣,淫辞之溺人也。"①当然也有不同的声音,李调元对太宗这两篇赋的评价是:"渲染小字,工妙乃尔。可见才大者心必细。"②"启一围而建址,崇数尺以成岯……寸中孤嶂连还断,尺里重峦欹复正。岫带柳兮合双眉,石澄流兮分两镜……松新翠薄,桂小丹轻……才有力以胜蝶,本无心而引莺。半叶舒而岩暗,一花散而峰明"(《小山赋》)。③ "牵狭镜兮数寻,泛芥舟而已沉。涌菱花于岸腹,擘莲影于波心。减微涓而顿浅,足一滴而还深"(《小池赋》)。④ 李氏肯定这两篇赋善于写小,确是实情,这样的句子也当对起他"工妙"的称许。至于"才大者心必细"的结语则可以说明文章与功业的

---

① 王应麟著,翁元圻等注:《困学纪闻》卷十四,上海:上海古籍出版社,2008年,第1590页。王氏原注曰:"《温泉铭》《小山赋》之类可见。"
② 李调元:《赋话》卷一,《丛书集成初编》本,北京:中华书局,1985年,第3页。
③ 董诰等编:《全唐文》卷四,北京:中华书局,1983年,第47页。
④ 董诰等编:《全唐文》卷四,北京:中华书局,1983年,第48页。

对应也可以多元多样。

　　善祷善颂的许敬宗写了 4 篇应诏之赋：《小池赋应诏》《欹器赋应诏》《掖庭山赋应诏》《麦秋赋应诏》①，多为虚无之文与赞颂之语，并一再表示感恩戴德之意。譬如"降临渭之睿藻，连横汾之曩篇。何微生之一日，荷大赉于千年"（《小池赋应诏》）②；"命小臣而并作，赋大雅而承欢""悬清晖于日月，同眉寿于山河"（《掖庭山赋应诏》）③；"命载笔于蓬渚，赞天文于柏梁。幸千龄兮此遇，奉万寿兮称觞"（《麦秋赋应诏》）。④ 再看《欹器赋应诏》，本属咏物之作，但基本没有对"欹器"本身进行描写介绍⑤，而是反复铺陈"人灵贵损，天道忌盈""务循虚而守约，处崇高而慎倾"的思想。⑥ 真是发言玄远，口不臧否人物而惟颂圣是务。当然，许敬宗倚马可待的文才不可否认⑦，"造中天而式宴，陵倒景而为娱。星悬珠网，日对金铺。云承绮栋，霓紫绣栌。既而近瞩玲珑，远眺溟濛。隔翠微而半显，历丹穴而才通……于时百卉敷荣，六合清朗。霞淡水而川媚，风飘林而涧响"（《掖庭山赋应诏》）。这样的句子正应了他"发词林之华藻，泻笔海之波澜"（《掖庭山赋应诏》）的自我意愿。《全唐文》卷一百五十二载其《谢皇太子〈玉华山宫铭赋〉启》评李治赋云："绚发词林，若春华之丽韶景；漪清碧海，譬秋水之澹晨霞。仙鹤和吟，惭八音于雅韵；神龙缛彩，谢五色于雕文。"⑧可见追求"华藻"是他南来北往一贯的努力目标。但橘生淮北终究不同淮南，轻艳绮媚而心术"倾险"的许敬宗也偶有沉郁古拙的句子。李调元《赋话》卷一说："初唐人俪语尚带沉郁古拙之气。高阳缪公许敬宗《麦秋赋》：'如扇渐秀于

---

① 许敬宗存诗 27 首，其中奉和应制之诗占近 20 首。
② 董诰等编：《全唐文》卷一百五十一，北京：中华书局，1983 年，第 1536 页。
③ 董诰等编：《全唐文》卷一百五十一，北京：中华书局，1983 年，第 1537 页。下同。
④ 董诰等编：《全唐文》卷一百五十一，北京：中华书局，1983 年，第 1537 页。
⑤ 欹器本为古代一种倾斜易覆的盛水器，水少则倾，中则正，满则覆。后作成礼器置于座右以为警戒。《荀子·宥坐》篇载："孔子观于鲁桓公之庙，有欹器焉。孔子问于守庙者曰：'此为何器？'守庙者曰：'此盖为宥坐之器。'孔子曰：'吾闻宥坐之器者，虚则欹，中则正，满则覆。'孔子顾谓弟子曰：'注水焉。'弟子挹水而注之，中而正，满而覆，虚而欹。孔子喟然而叹曰：'吁！恶有满而不覆者哉！'详见王先谦撰，沈啸寰、王星贤点校：《荀子集解》，北京：中华书局，1988 年，第 520 页。
⑥ 董诰等编：《全唐文》卷一百五十一，北京：中华书局，1983 年，第 1536 页。
⑦ 《旧唐书》卷八十二载，太宗征辽，命他立于马前起草诏书，他还能"词彩甚丽，深见嗟赏"。又"自贞观以来，朝廷所修《五代史》及《晋书》《东殿新书》《西域图志》《文思博要》《文馆词林》《累璧》《瑶山玉彩》《姓氏录》《新体》，皆总知其事。"详见刘昫等撰：《旧唐书》，北京：中华书局，1975 年，第 2763~2764 页。
⑧ 董诰等编：《全唐文》卷一百五十二，北京：中华书局，1983 年，第 1549 页。

梅风,润岐苗于谷雨,畴中气爽,垄际风清',独字字帖妥,恬雅近人。而《掖庭山赋》更为应制之极则。而其为人心术之倾险如此,乃知千古小人未有不能作软语者,词章固不足以定人品。"①

《小山赋》有徐惠的奉和之作,与太宗原作一味写小嬉戏不同,与来自南方的宫廷男人许敬宗的奉诏之作柔顺阿主也不同,徐作自始至终都不离讽谏的主旨。赋劈首直言:"惟圣皇之御宇,鉴败德于前规,裁广知以从狭,抑高心而就卑。惧逸情之有泰,欣静虑于无为。"②写景未遑展开,又来大段的劝谏:"睿情悒以无欢,怀仁智而延伫。思寓赏以登临,非骋丽于茅宇。""尔其表玩宸衷,故作离宫。含仁自下,带崄非崇。"末了归结:"耻岩崖之鄙薄,荷眺瞩之恩荣。期保终于一国,奉天眷于千龄。"文风古拙直切,颇有正气凛然的大丈夫气概。王芑孙《读赋卮言》以此赋为和赋之始③,果真如此,这头绪便开得刚直端正。

缘乎唐初的开明政策,太宗朝臣多有直言进谏之风,辞赋也不免成为讽谏教化的工具。李百药《赞道赋》、谢偃《惟皇诫德赋》可为代表。

《赞道赋》作于贞观五年(631),是太子右庶子李百药针对太子承乾"闲燕之后,嬉戏过度"的情况而写的,因此赋"悉述古来储贰事以诫太子",得过太宗高度的赞赏。④ 赋的用意显然是希望未来的皇位继承人能"因万物之思化,以百姓而为心。体太仪之潜运,阅往古以来今,尽为善于乙夜,惜勤劳于寸阴"。⑤ 赋篇针对的虽然只是未来的皇帝,而措辞却不可谓不重:

> 生于深宫之中,处于群后之上。未深思于王业,不自珍于匕鬯。谓富贵之自然,恃崇高以矜尚。必恣骄很,动愆礼让。轻师傅而慢礼义,狎奸谄而纵淫放。前星之耀遽隐,少阳之道斯失。

以严厉的语气指明太子养尊处优、骄侈淫逸之失。一千七百余字的长赋

---

① 李调元:《赋话》卷一,《丛书集成初编》本,北京:中华书局,1985年,第4页。
② 董诰等编:《全唐文》卷九十五,北京:中华书局,1983年,第979页。下同。
③ 王芑孙:《读赋卮言·和赋例》,见何沛雄编著:《赋话六种》(增订本),香港:生活·读书·新知三联书店,1982年,第16页。
④ 《旧唐书》卷七十二《李百药传》载:"四年,授太子右庶子。五年,与左庶子于志宁、中允孔颖达、舍人陆敦信侍讲于弘教殿。时太子颇留意典坟,然闲燕之后,嬉戏过度,百药作《赞道赋》以讽焉,辞多不载。太宗见而遣使谓百药曰:'朕于皇太子处见卿所献赋,悉述古来储贰事以诫太子,甚是典要。朕选卿以辅弼太子,正为此事,大称所委,但须善始令终耳。'因赐彩物五百段。"详见刘昫等撰:《旧唐书》,北京:中华书局,1975年,第2576~2577页。
⑤ 董诰等编:《全唐文》卷一百四十二,北京:中华书局,1983年,第1437页。下同。

里,古来储贰之事占了相当的篇幅,既有正面的引导,又有反面的训诫。他自言此赋"命庸才以载笔,谢摛藻于天庭。异《洞箫》之娱侍,殊飞盖之缘情。阙雅言以赞德,思报恩以轻生"。确非娱情悦性之赋,而是用心良苦之作。李百药还曾上《封建论》,系统分析封建制的危害,这一赋一论都是最能见出李百药卓识与忠心的篇章。

相较于《赞道赋》的恳切而不失敬慎,谢偃的《惟皇诫德赋》可谓陈词慷慨、议论纵横。赋序开篇即明义:

> 臣闻理忘乱,安忘危,逸忘劳,得忘失。此四者莫不皆然。是以夏桀以瑶台琼室为丽,而不悟鸣条南巢之祸。殷辛以象箸玉杯为华,而不知牧野白旗之败。故当其盛也,谓四海为己力;及其衰焉,乃匹夫之不制。当其信也,谓天下为一心;及其疑焉,则顾盼皆为仇敌。是知必有其德,则诚结戎夷,化行荒裔。苟失其度,则变生骨肉,衅起腹心矣。是以为人主者,不可忘初。处殿堂则思前主之所以失,朝万国则思今己之所以贵,巡府库则思今日之所以得,视功臣则思其为己之始,见名将则思其用力之初。苟弗忘旧,则人无易心,则何患乎天下之不化?故朝行之则为尧舜,暮失之则为桀纣,岂异人哉?①

理乱、安危、逸劳、得失,非此即彼,处殿堂、朝万国、巡府库、视功臣、见名将,悬河泻水,全是战国纵横家习气。赋文还是铺陈人主不可忘初之意,不过结构更加规整,节奏更加紧促:

> 惟皇王之迭代,信步骤之恒规。莫不虑失者常得,怀安者必危。是以战战栗栗,日慎一日。守勤守俭,去奢去逸,外无荒禽,内无荒色。唯贤是授,唯人斯恤。
>
> 是以一人有悦,万国同欢。一人失所,兆庶俱残,喜则严寒为热,怒则盛夏成寒。一动而八方乱,一言而天下安。
>
> 勿忘潜龙之初,常怀布衣之始。在位称宝,居器曰神。鼓钟庭设,玉帛阶陈。得必有兆,失必有因。一替一立,或周或秦。既承前代,当思后人。唯德可以久,天道无常亲。

---

① 董诰等编:《全唐文》卷一百五十六,北京:中华书局,1983年,第1590页。下同。

这篇赋写于贞观元年(627)初,谢偃刚对策及第,赋通篇议论而又咄咄逼人、直言不讳,估计与作者此时的意气和太宗此时的心境有关,两个年轻人都代表向上生长的力量,是他们昂扬的志意造就了这篇赋壮盛的气势,虽然这篇赋内容空洞虚无,形式干枯板滞。

唐朝政策,向称开放,外来事物,源源不断,史称贞观年间"绝域君长,皆来朝贡,九夷重译,相望于道"。① 这些贡品中有不少珍禽猛兽,虞世南《狮子赋》《白鹿赋》、李百药《鹦鹉赋》便是对远邦来献、万国朝圣的叙写与颂赞。

贞观八年(634)四月"康国献狮子,诏世南为之赋,命编之东观"。② 作为咏物之作,《狮子赋》不乏对狮子殊姿异制与雄猛气势的正面描写,如:

其为状也,则筋骨纠缠,殊姿异制。阔臆修尾,劲毫柔毳。钩爪锯牙,藏锋蓄锐。弭耳宛足,伺间借势。暨乎奋鬣舐唇,倐来忽往。瞋目电曜,发声雷响。拉虎吞貔,裂犀分象。碎道兕于龈腭,屈巴蛇于指掌。践藉则林麓摧残,哮吼则江河振荡。③

形象生动而又刚正古拙,颇同典正的汉赋,当得起作者自己提出的"雅正"的要求。④ 但"德行、忠直、博学、文词、书翰"五绝的虞世南也不能免俗,这篇奉诏而作的赋本意还是在于颂赞仁风远被、声教遐宣。所以他将这精粹的描写镶嵌在颂美的整体框架里,开篇便从广被于海外的皇王的仁风说起:"惟皇王之御历,乃承天而则大。洎至道之区中,被仁风于海外",再引出"渺渺地角,悠悠嶂表,有绝域之神兽"。描写完了,最后又回到庶民感德、万国依仁的主旨上来:

何兹兽之明智,独出处以殊伦。虽奋武以驯挚,乃知机而屈伸。去金方之僻远,仰元风之至淳。服猜心与猛气,遂感德以依仁。同百兽之率舞,共六扰而来驯。斯则物无定性,从化如神。譬鳞羽变质于淮海,金锡成器于陶钧。当是时也,兆庶欣瞻,百僚

---

① 刘昫等撰:《旧唐书》卷七十一,北京:中华书局,1975年,第2558页。
② 刘昫等撰:《旧唐书》卷七十二,北京:中华书局,1975年,第2568页。
③ 董诰等编:《全唐文》卷一百三十八,北京:中华书局,1983年,第1396页。下同。
④ 《新唐书·虞世南传》载:"帝(太宗)尝作宫体诗,使魏和。世南曰:'圣作诚工,然体非雅正。上之所好,下必有甚者,臣恐此诗一传,天下风靡。不敢奉诏。'帝曰:'朕试卿耳!'赐帛五十匹。"详见欧阳修、宋祁撰:《新唐书》卷一百二,北京:中华书局,1975年,第3972页。

嘉叹。悦声教之遐宣,属光华之在旦。

虞世南《白鹿赋》与李百药《鹦鹉赋》也不例外。《白鹿赋》总共不过十二句六十六字,正面刻画的不过两句八字,其余都是虚套之语。《鹦鹉赋》也是借助外域进贡的"灵禽",歌颂"粤惟上圣,先天成命。在万物而毕睹,举四海而咸镜"的盛世气象。① 所以这类叙写异物来献的赋虽不乏新奇的目光与叹美的心绪,而终归于润色鸿业,不可当寻常的咏物赋看待。由此反思唐朝的对外开放与宽容,也难免有点缀门面、满足虚荣、粉饰太平的需要。

太宗朝的音乐歌舞赋也不少,虞世南与薛收都作有《琵琶赋》,李百药有《笙赋》,谢偃有《观舞赋》与《听歌赋》,杨师道有《听歌管赋》。

《礼记·乐记》云:"地气上齐,天气下降。阴阳相摩,天地相荡,鼓之以雷霆,奋之以风雨,动之以四时,暖之以日月,而百化兴焉。如此,则乐者天地之和也。"②儒家的音乐观强调的就是这种天人相谐的和乐作用。但先唐赋描写音乐比较纯粹,以器乐赋为例,往往先铺陈乐器产地,再描写制作过程,然后叙述审美感受。与先唐音乐赋相对集中于音乐本身的描写不同,初唐音乐赋总喜欢在文前段后增添些述圣颂德的文字。比如虞世南《琵琶赋》,前言"惟皇御极,书轨大同。铄矣文教,康哉武功。既象舞之载设,亦夷歌之远通"③,后语"畅皇风之威武,悦大雅之神心",中间则"寻斯乐之所始""求嘉木于五岭""任规模之巨细""听鸣弦之疏弹",涉及琵琶的历史、材料、制作、声音等。谢偃《观舞赋》《听歌赋》也是开篇颂德,结尾论议。《观舞赋》开章明义:

> 惟钦明之昌运,应灵图而嗣箓。纽三代之离术,正千龄之差朔。可以治定制礼,可以功成变乐。实磐石之攸寄,固维城之斯属。④

《听歌赋》曲终奏雅:

> 是故圣人以为深诫,君子以之自勖。于是放郑卫,引邹枚。

---

① 董诰等编:《全唐文》卷一百四十二,北京:中华书局,1983年,第1439页。
② 郑玄注,孔颖达等正义:《礼记正义》,上海:上海古籍出版社,1990年,第670页。
③ 董诰等编:《全唐文》卷一百三十八,北京:中华书局,1983年,第1397页。
④ 董诰等编:《全唐文》卷一百五十六,北京:中华书局,1983年,第1591页。

> 临广苑,陟崇台。肆东平之乐,包天下之才。盛矣美矣,优哉游哉。①

《观舞赋》的结尾与《听歌赋》的开头也都有颂美议论的文字,《复小斋赋话》称两赋:"末段俱引之于正,自是体裁独得。"②其实是开头结尾都不离颂美的"正"道。

礼、乐并称,我们在看到"乐者天地之和"的同时,不要忘了别天地、定尊卑之"礼"。《乐记》是先"礼"后"乐"的:

> 天尊地卑,君臣定矣。卑高已陈,贵贱位矣。动静有常,小大殊矣。方以类聚,物以群分,则性命不同矣。在天成象,在地成形,如此,则礼者天地之别也。③

可见等级问题、秩序问题是儒家和谐观的根本,等级制度是儒家和谐观的重要表现与手段。④

当然这些歌舞赋不全是空洞的奉承与抽象的说教,其中也不乏精美的视听描写。如虞世南《琵琶赋》,写演技之精绝:

> 上覆手以悬映,下承弦而仰施。帖则西域神兽,南山瑞枝。屈盘犀岭,回旋凤池。开宝拨以更运,带文缓而旁垂。声备角商,韵包宫羽。横却月于天汉,写回风于洛浦。

李百药《笙赋》,写笙乐之高妙:

> 远而听之,若游鸾翔鹤,嘹唳飞空。近而察之,譬琼枝玉树,响亮从风。⑤

谢偃《观舞赋》,写舞姿之优美:

> 擢纤腰之孤立,若卷旌之未扬。纤修袂而将举,似惊鸿之欲

---

① 董诰等编:《全唐文》卷一百五十六,北京:中华书局,1983年,第1592页。
② 何沛雄编著:《赋话六种》(增订本),香港:生活·读书·新知三联书店,1982年,第74页。
③ 郑玄注,孔颖达等正义:《礼记正义》,上海:上海古籍出版社,1990年,第669页。
④ 详见刘伟生:《从〈关雎〉之解看儒家的和谐理念与实践品格》,载《孔子研究》,2009年第3期,第34~40页。
⑤ 董诰等编:《全唐文》卷一百四十二,北京:中华书局,1983年,第1440页。

翔。退不失伦,进不逾曲。流而不滞,急而不促。弦无差袖,声必应足。香散飞巾,光流转玉……乍差池以燕接,又飒沓而凫连……方趋应矩,圆步中规。飞钿雪落,颓鬓云垂。舒类飞霞曳清汉,屈若垂柳萦华池。

《听歌赋》,写歌声之巧化:

其繁会也,类春禽振响而流变;其微引也,若秋蝉轻吟而曳绪。似将绝而更连,疑欲止而复举。短不可续,长不可去。延促合度,舒纵有所。听之者虑荡而忧忘,闻之者意悦而情抒。

杨师道《听歌管赋》,写曲调之奇绝:

尔乃辟飞阁之临空,望雕梁之架虹。奏东城之妙曲,命南荆之结风。庄华艳于朝日,长袖曳于芳丛。度参差以仪凤,响嘹亮之惊鸿。[1]

这些歌声、舞态的描写既精彩生动而又新颖贴切,既错综变化而又清新晓畅,与颂美的框架一起,显示了初唐歌舞赋的新成就、新特色。新特色的形成,有大量先唐乐舞赋可资借鉴,有六朝的描写技巧可以承袭,更有外来音乐的刺激与太宗朝歌舞升平的生活为基础。

(二)抒情咏怀

颂美教化而外,太宗朝宫廷文人赋的第二大主题是抒情咏怀,或咏物以寓意,或登临而兴怀。多慷慨之调与高逸之旨,少悲苦之音与颓靡之情,带有鲜明的时代特色与个人印记。

咏物之赋如唐太宗《威凤赋》、谢偃《高松赋》、许敬宗《竹赋》、颜师古《幽兰赋》、谢偃《尘赋》《影赋》《明河赋》等,或抒志气怀抱,或写高洁人格,或表退让守拙态度。

唐太宗《威凤赋》明写凤,实写人,既涉及生平经历和政治抱负,又关切友朋之情与兴亡大事。《旧唐书·长孙无忌传》载"太宗追思王业艰难,佐命之力,又作《威凤赋》以赐无忌"可资佐证。[2]

赋开首云:

---

[1] 董诰等编:《全唐文》卷一百五十六,北京:中华书局,1983年,第1592页。
[2] 刘昫等撰:《旧唐书》卷六十五,北京:中华书局,1975年,第2448页。

> 有一威凤，憩翮朝阳。晨游紫雾，夕饮元霜。资长风以举翰，戾天衢而远翔。西骛则烟氛闭色，东飞则日月腾光。化垂鹏于北裔，训群鸟于南荒。弭乱世而方降，膺明时而自彰。①

李调元《赋话》很欣赏这个开头，认为："唐太宗《威凤赋》：'有一威凤，憩翮朝阳。晨游紫雾，夕饮元霜。'出题最为清矫。"②从"西骛""东飞""弭乱世""膺明时"等语句来看，这"清矫"之风其实是太宗自己的化身。他是以威凤来比拟自己南征北战、扫灭群雄的经历。接下来还写道：

> 俯翼云路，归功本树，仰乔枝而见猜，俯修条而抱蠹。同林之侣俱嫉，共干之俦并忤。无桓山之义情，有炎州之凶度。若巢苇而居安，独怀危而履惧。鸱鸮啸乎侧叶，燕雀喧乎下枝。惭已陋之至鄙，害他贤之独奇。

显然是影射建成、元吉的种种阴谋活动。他们的猜忌、攻击让凤鸟"期毕命于一死，本无情于再飞""幸赖君子，以依以恃。引此风云，濯斯尘滓"。好在有君子的协助，使凤鸟能重振雄风，"眄八极以遐骛，临九天而高峙"。回顾这段艰难历程后，太宗深感贤德与英才的重要，感激之余告诫自己要永远珍爱他们，以期君臣同心，务使国泰民安：

> 是以徘徊感德，顾慕怀贤，凭明哲而祸散，托英才而福延。答惠之情弥结，报功之志方宣。非知难而行易，思令后以终前。俾贤德之流庆，毕万叶而芳传。

有第一等胸襟，才有第一等好赋，太宗此赋的优点就在于借威凤这一高远清矫的形象，真切生动地寄托了一代明君对社稷之臣的感激，对创业艰难的体会，对长治久安的深思与决意。

此期其他的咏物赋也多用比兴寄托的手法，赋中所咏高松、幽兰、竹、影、尘诸物都多少有些象征意义。谢偃《高松赋》抒"独洁固而不渝，常猗猗而结翠，始见贞而表洁，乃以丛而辨类"的情怀。③许敬宗《竹赋》表"虽复严霜晓结，惊飙夕扇。雪覆层台，寒生复殿。惟贞心与劲节，随春冬而不

---

① 刘昫等撰：《旧唐书》卷六十五，北京：中华书局，1975年，第2448页。
② 李调元：《赋话》卷一，《丛书集成初编》本，北京：中华书局，1985年，第3页。
③ 董诰等编：《全唐文》卷一百五十六，北京：中华书局，1983年，第1593页。下同。

变"的态度。① 颜师古《幽兰赋》写"愿擢颖于金陛,思结荫乎玉池"的愿望。② 谢偃《尘赋》旨在发扬老子"和光同尘"之道,《影赋》则意在阐发庄子"圣人无己"之德。不过这些赋也没有忽略对所咏之物的外在形象的描写,如写高松之挺拔:

> 何兹松之挺茂,擢修干于孤林,映丹霄而有叶,凌青霞而矫心。前绝万仞,却倚千寻。俯峥嵘之深谷,仰迢递之层岑。霏夕烟而暧景,度神飙而流音。(谢偃《高松赋》)

如写幽兰之秀雅:

> 若乃浮云卷岫,明月澄天。光风细转,清露微悬。紫茎膏润,绿叶水鲜。若翠羽之群集,譬彤霞之竞然。(颜师古《幽兰赋》)

如写劲竹之便娟:

> 修干横于松径,低枝拂于兰畹。对紫殿之初旭,临丹楼而向晚。望威凤而来仪,伫化龙之为远。尔乃春光变色,夏景开松。枝藏戏鸟,叶间残虹。上便娟而妨露,下檀栾而来风。散归云之掩翳,引落日之玲珑。(许敬宗《竹赋》)

都还形象贴切,而又自然晓畅,既合咏物赋之正则,也略见初唐的特质。谢偃《尘赋》《影赋》的描写更加铺陈而又工细逼真。如写尘土的变化:

> 若夫阴风发,阵云屯,鼍鼓震,红旗翻,千乘动,万骑奔。中原以之黯色,白日为之昼昏。其兴也勃,其息也渐。或聚或散,乍舒乍敛。细不可舍,轻不可掩。蒙笼篗笴,幂历茵簟,随时无竞,应物不违。值细雨而暂息,逢轻风而复飞。霏霏靡靡,雰雰霏霏。将晨轩而并出,与暮盖而同归。③

尘土因风而起,因为来得迅疾,瞬间遮天蔽日,但骤起的尘土不会骤然停息。因为轻细,可以随物浮沉,在细雨中暂息,逢轻风又复飞,混混沌沌、悠

---

① 董诰等编:《全唐文》卷一百五十一,北京:中华书局,1983年,第1537页。下同。
② 董诰等编:《全唐文》卷一百四十七,北京:中华书局,1983年,第1487页。下同。
③ 董诰等编:《全唐文》卷一百五十六,北京:中华书局,1983年,第1594页。

悠忽忽。这样的描写正是赋体的专长,是赋体铺陈的特质所在。写完天地自然之尘,又写日常生活之尘,最后还写炼石仙家之尘。极力突出它"有动必随,无空不遍"的特性,由此论证"任动静而无累,似识变而知机"的处世之道。

"元妍而莫测"的影像更是"体无定质,应变随方。因物成象,不拘厥常"。① 但正因为因物成象,因物而成的象便可以反过来探究物,如圭表便是利用影像来探测天地运动与寒暑变化的:"苟圭表之有度,信天地之可量。同寒暑之延促,故夏短而冬长。在清明而必朗,若晦浊而斯亡。"接下来进一步强调形影的相伴相似:

> 若夫长短侔形,曲直应质。细故则一毫必具,大物则万象无失。并片鱼而为比,偶孤鸟而成匹。带秋林而暂疏,含春树而还密。将度云而俱远,与奔驷而同疾。至如景霁氛收,波清风止。平湖数百,澄江千里。有象必图,无物不拟。群木悬植,丛山倒峙。崖底天回,浪中霞起。咸巨细其若一,各委曲而相似。

形影之间总的来说巨细若一,委曲相似,为了说明这个道理,作者举了片鱼、孤鸟、秋林、春树、度、奔驷等种种有代表性的物象,更描绘了湖中美丽的倒影,以阐明形影之间"有象必图,无物不拟"的关系。如果去掉后半部分有关祸福之道的论议说教,此赋堪称完美。

咏物之外,唐太宗还有两篇登临兴怀、感慨际遇之赋颇可关注。一是《临层台赋》。赋先写层台之宏伟构造和登临所见的壮阔景观,然后"慨然自思":由前王御世因机而化的普遍规律,而特责秦始皇、汉武帝筑阿房、建甘泉的靡费;由长城亘地"反是中华之弊,翻资北狄之强"的沉痛历史②,而自述"宏三策于庙堂,变千机于狂房;顿王纲于沙漠,制云罗于海浦……肆黎元于耕凿,一文轨于车书"的雄才大略;最后由"土木之二劳",引出"施而不自矜者,亦成功之大义;受而不知感者,乃悖德之深累。澄遣心意,坐怡情抱,一德是珍,万物非宝"的感慨,与"既同德而同心,共流芳于王道"的愿望。这篇赋以议论为主,所论也非新见,不过赋因登台而感,所感也不同于一般文士,而是以帝王之身思治国之道,既显贵于同侪,又有益于匡正文

---

① 董诰等编:《全唐文》卷一百五十六,北京:中华书局,1983年,第1593页。下同。
② 董诰等编:《全唐文》卷四,北京:中华书局,1983年,第46页。

风。二是《感旧赋》。序称:

> 余将问罪东夷,言过洛邑,聊因暇景,散虑郊畿。流盼城阙之间,睹弱龄游观之所。风云如故,卉木维新,少壮不留,忽焉白首。追思曩日,缅成异世,感时怀旧,抚辔忘归。握管叙情,赋之云尔。①

《旧唐书·太宗纪》载:贞观十四年(640),高丽朝服,是为臣国。贞观十六年(642),高丽大臣盖苏文弑君高武,立武兄子藏为王,触怒太宗。贞观十八年(644)冬,太宗幸洛阳宫,"发天下甲士,召募十万,并趣平壤,以伐高丽。"②《感旧赋》当作于贞观十八年冬至贞观十九年春二月之间,年过半百,"忽焉白首"而远征高丽的唐太宗,"追思曩日""感时怀旧",必不同于年轻气盛时的一往无前。所以他追怀少壮生活与功业时惬意而自得:

> 想飞盖于河曲,思解佩于芝田;挟弹铜驼之右,连镳金谷之前。薪指倏其代谢,舟壑俄而贸迁。属隋季之分崩,遇中原之丧乱。濯龙变为污池,平乐化为京观。天地兮厌黩,人神兮愤惋。遂收袂而电举,乃奋衣而云翔。据三秦兮凤跱,出九谷兮龙骧;挥宝剑之虹彩,回雕戈于日光;扫欃枪兮定六合,廓氛祲兮静八荒。

既有飞盖河曲、解佩芝田、挟弹铜驼、连镳金谷的豪纵生活,又有电举云翔、凤跱龙骧、扫定六合、廓静八荒的威武风姿。可一旦念及垂暮之年、顾思当务之急、察看眼前之景便不免惆怅自伤:

> 怀壮龄之慷慨,抚虚躬而自伤。观世俗之飘忽,鉴存亡于宇宙。林何春而不花,花非故年之秀;水何日而不波,波非昔年之溜。岂独人之易新,故在物而难旧。岁月运兮寒复暑,日月流兮夜还昼。信造化之常经,孰圣贤之可救。

壮龄慷慨但往事成昨,边境未宁而忽焉白首,由世俗之飘忽而思宇宙之存亡,再由造化之常经反观人生之短促,引发出深沉苍凉而充满哲理的追问——寒来暑往、日升月降,而流水春花人何不再?

---

① 董诰等编:《全唐文》卷四,北京:中华书局,1983年,第47页。
② 刘昫等撰:《旧唐书》卷四,北京:中华书局,1975年,第57页。

> 兴亡兮代袭,隆替兮相沿。惟在德而为故,实弃道而难全。仰烟霞兮思子晋,俯浩汗兮想张骞。叹高踪之靡觌,嘉令誉之空传。聊凭轼而静虑,怀古人而怅焉。

兴亡代袭、隆替相沿,要想安邦定边、国泰民安并弘我大唐国威,唯有修德全道,招纳贤才,以期不战而屈人之兵。

> 况复气结隆冬,岁穷余律;对洛景之苍茫,听寒风之萧瑟;云散叶而无蒂,雪凝花而不实;雾岭断兮疑连,烟林疏兮似密。节物同于前载,欢忧殊于曩日。扣沉思而多端,寄翰墨而何述。

可气结隆冬、岁穷余律,洛景苍茫、寒风萧瑟,有似英雄暮年,难比青春豪侠,所以物同前载而情异往昔。这篇抚今追昔赋,沉思多端而又慷慨壮大,堪称佳作。太宗《威凤赋》《临层台赋》《感旧赋》都有感而发,以史为论,关涉兴亡大事。颇可代表他所在时代的赋作水平。钱基博在《中国文学史》中称:"操笔成章,体沿六代而出以和雅。所作如《临层台赋》《感旧赋》《建玉华宫手诏》《述圣赋序》,文温以丽,意悲而远,华而不缛,雄而不矜,逶迤而不靡。"①

二、太宗君臣的文化政策与赋学理念

六朝至唐,因为宫廷生活的相似与南朝赋本身的艺术魅力,赋体创作中宫廷的题材、颂美的主旨、骈对的体制、华美的词藻乃至唱和的方式并未因王朝的更替而改头换面,但经国的志趣、壮大的情思、晓畅的作风和放肆的讽谏又显然标示着唐风的新进。创作实践不必与理论主张亦步亦趋,但两者之间若即若离的照应在所难免,而它们的革故鼎新也都必然关涉当日的文化政策与政治局势。

(一)文学思想与赋学理念

六朝至唐,赋体创作是在承继中有所革新,理论则集中体现在对待南朝文学的态度上。客观地讲,南朝文学总结了魏晋以来近400年的创作经验,完善了各种文体形制与表现技巧,肯定并实践了文学的缘情本质,使文学由初步的自觉而成为独立的艺术门类。这样的成绩实在不容轻易否定,文学自身的惯性也不会让它的影响轻易消失。但片面追求形式、内容贫

---

① 钱基博:《中国文学史》,北京:中华书局,1993年,第255~256页。

乏、情调低下、风格柔靡,还伴随着社稷倾亡也是客观事实。所以隋文帝以来的君臣与儒家学者,在总陈历史时多半从伦理政治的角度对南朝文学持否定的态度。

唐太宗作为一代英主,文治武功都足以表率天下,他以帝王一人之身而作赋五篇,更为赋史所仅见,所以唐初的赋学理念与文学思想可大体从太宗对前朝文学遗产的态度与赋体创作的实践中归结出来。

不可否认,唐太宗对于文学的基本立场还是政教实用,因为他首先是一位君主,而且是一位亲历王朝更替、懂得创业难守业更难、善于总结经验教训的英明君主。太宗常与臣下议论政治得失,《贞观政要》多有记载,如:

> 贞观六年,太宗谓侍臣曰:"看古之帝王,有兴有衰,犹朝之有暮,皆为蔽其耳目,不知时政得失,忠正者不言,邪谄者日进,既不见过,所以至于灭亡……天子者,有道则人推而为主,无道则人弃而不用,诚可畏也。"魏征对曰:"自古失国之主,皆为居安忘危,处理忘乱,所以不能长久……臣又闻古语云:'君,舟也;人,水也。水能载舟,亦能覆舟。'陛下以为可畏,诚如圣旨。"①

> 贞观六年,太宗谓侍臣曰:"……凡大事皆起于小事,小事不论,大事又将不可救,社稷倾危,莫不由此。隋主残暴,身死匹夫之手,率土苍生,罕闻嗟痛。公等为朕思隋氏灭亡之事,朕为公等思龙逢、晁错之诛,君臣保全,岂不美哉!"②

居安不可忘危,而事无论大小,都关乎社稷安危,所以衡量文学首先也要考虑政治的得失,考虑是否有益于政治教化。从这样的角度出发,他对房玄龄说扬雄的《甘泉赋》《羽猎赋》、班固的《两都赋》、司马相如的《子虚赋》《上林赋》等"文体浮华,无益劝诫",不必书之史册。③ 也是从这样的认识出发,他对李百药著《赞道赋》"述古来储贰事以诫太子"的做法大为称赏。④ 还是出于这样的考虑,他对邓隆等上表请为他编纂个人文集的事也婉加拒绝,他说"人主惟在德行",不必从事文学创作,梁武帝父子、陈后主、隋炀帝

---

① 吴兢编著:《贞观政要》卷一《政体》,上海:上海古籍出版社,1978年,第16页。
② 吴兢编著:《贞观政要》卷一《政体》,上海:上海古籍出版社,1978年,第17页。
③ 吴兢编著:《贞观政要》卷七《文史第二十八》,上海:上海古籍出版社,1978年,第222页。
④ 吴兢编著:《贞观政要》卷四《规谏太子第十二》,上海:上海古籍出版社,1978年,第141页。

都编过文集,可结果还是做了亡国之君。① 他喜欢作诗,可在诗前还要加上长篇大论以阐明文教重要的道理。《帝京篇·序》说:

> 予以万机之暇,游息艺文。观列代之皇王,考当时之行事,轩昊舜禹之上,信无间然矣。至于秦皇周穆,汉武魏明,峻宇雕墙,穷奢极丽。征税殚于宇宙,辙迹遍于天下,九州无以称其求,江海不能赡其欲,覆亡颠沛,不亦宜乎? 予追踪百王之末,驰心千载之下,慷慨怀古,想彼哲人。庶以尧舜之风,荡秦汉之弊;用咸英之曲,变烂漫之音。求之人情,不为难矣。故观文教于六经,阅武功于七德。台榭取其避燥湿,金石尚其谐神人。皆节之于中和,不系之于淫放。故沟洫可悦,何必江海之滨乎! 麟阁可玩,何必两陵之间乎! 忠良可接,何必海上神仙乎! 丰镐可游,何必瑶池之上乎! 释实求华,以人从欲,乱于大道,君子耻之。故述《帝京篇》,以明雅志云尔。②

这篇 300 来字的序言与《帝京篇》一起被置于《全唐诗》的卷首。在这篇长序里,他反对释实求华以乱于大道,主张节之中和而非淫放,与他一贯的有助劝诫的要求还是相通的。不过这次附着的是尚俭制欲的问题,他批评秦皇汉武的穷奢极丽,标举"尧舜之风""咸英之曲",虽说可以对应于文艺上的尚质节淫,也可以借机标明自己的"雅志",但归根结底还是国家的安泰与统治的长久。

可以说,就基本的文学立场而言,唐太宗与隋文帝并没有本质的区别。但唐太宗毕竟不同于隋文帝,他不仅是马上得天下的英主,还是文艺的爱好者,他没有否定文学本身的特征,也没有简单地以儒家的美刺标准与政治的现实需要来禁绝一切文华。相反,对于前代优秀的文学遗产,他也会充分肯定。他给予"文藻宏丽"的陆机以极高的评价:"文藻宏丽,独步当时;言论慷慨,冠乎终古。高词迥映,如朗月之悬光;叠意回舒,若重岩之积秀。千条析理,则电坼霜开;一绪连文,则珠流璧合。其词深而雅,其义博而显,故足远超枚、马,高蹑王、刘,百代文宗,一人而已。"③

他还是一位卓越的书法家与音乐家,他对待书法与音乐的态度也可用

---

① 吴兢编著:《贞观政要》卷七《文史第二十八》,上海:上海古籍出版社,1978 年,第 222 页。
② 《全唐诗》卷一,北京:中华书局,1999 年,第 1~2 页。
③ 房玄龄等撰:《晋书》卷五十四《陆机陆云传论》,北京:中华书局,1974 年,第 1487 页。

来观照他对待包括文学在内的一切文艺的态度。他极言王羲之尽善尽美："详察古今,研精篆素,尽善尽美,其惟王逸少乎!观其点曳之工,裁成之妙,烟霏雾结,状若断而还连;凤翥龙蟠,势如斜而反直。玩之不觉为倦,览之莫识其端。心慕手追,此人而已。"①可见他对书法是何等内行,而对王羲之又是何等推崇。当御史大夫杜淹说"前代兴亡,实由于乐",并举陈后主《玉树后庭花》、齐和帝《伴侣曲》为亡国之音时,他说:"悲悦在于人心"而不由音乐,"夫音声岂能感人?欢者闻之则悦,哀者听之则悲……将亡之政,其人心苦,然苦心相感,故闻之则悲耳。何乐声哀怨,能使悦者悲乎?今《玉树》《伴侣》之曲,其声具存,朕能为公奏之,知公必不悲耳。"②这涉及艺术创作与欣赏过程中主客体的关系问题。在载负汉儒音乐思想的《礼记·乐记》里,"声""音""乐"是分属于三个不同层次的概念,从艺术形式来看,这是一个由众声到乐声到乐舞的过程。从艺术本质来看,这是一个由自发之声(天籁)到有序之声(音乐)再到和乐之声(乐舞)的过程。但《乐记》所谈论的,并不单纯是艺术问题,更是伦理修养与政治教化的问题。所以由"声"到"音"再到"乐"不只是艺术形式上的变化过程,也是一个人格修养的过程,更是一个观声——作乐——化成天下的王化过程。③声有无哀乐到魏晋时成了重要的玄学命题。唐太宗这段关于音乐的论说远不能说精微,他混淆了"声""音""乐"三个不同的概念,也没有分清音乐创作与欣赏不同的过程。他所要表达的意思是:声无哀乐,在乎人心,而人心之苦源于人自身的生存境况。潜在的意思是,欢愉者不惧哀声,国家兴亡与音乐无关。这样的结论显然有悖于身负教化重任的帝王身份。但从这样的论断中可以看出,他骨子里确实不认为文艺能决定政权的兴亡。

其实太宗自己与辞赋创作有关的活动就颇能说明他对辞赋及文艺的辩证态度。他的五篇赋作中,《威凤赋》《临层台赋》《感旧赋》都关涉兴亡大事,而《小山赋》《小池赋》却不免娱乐嬉戏的态度。他亲自鼓动颂美,为谢偃御制赋序,令作《述圣赋》,也表彰讽谏,李百药《赞道赋》、崔仁师《清暑赋》都因讽谏备受称赏。他反对浮华,但不忽视艺术追求,闻一多先生在《类书与诗》一文中曾说"唐初是个大规模征集词藻的时期",并说这种情

---

① 房玄龄等撰:《晋书》卷八十《王羲之传论》,北京:中华书局,1974年,第2108页。
② 吴兢编著:《贞观政要》卷七礼乐第二十九,上海:上海古籍出版社,1978年,第233页。
③ 详见刘伟生:《〈礼记·乐记〉"声""音""乐"辨》,载《船山学刊》,2002年第4期,第80~82页。

形,太宗要负大部分责任。①

(二)史书修撰与文化政策

太宗的辞赋理念与文艺态度既牵扯到唐初的文学思想,又关联着太宗朝的文化政策与史学意识。马上得天下的高祖与太宗,都十分重视文化事业,史学作为学术文化的重要组成部分,更受到前所未有的重视。武德五年(622),高祖李渊采纳秘书丞令狐德棻的建议,下诏修魏、周、齐、梁、陈、隋诸史,但历经数年没有成功。贞观三年(629),太宗下诏重修诸史,由令狐德棻、岑文本、崔仁师修周史,李百药修齐史,魏征、颜师古、孔颖达、许敬宗等人修隋史,姚思廉修梁史、陈史。为加强对修史工作的领导,特将史馆移到宫城内的门下省,命宰相为监修大臣。刘知几描述当时史馆的情况说:"西京则与鸾渚为邻,东都则与凤池相接。而馆宇华丽,酒馔丰厚。得厕其流者,实一时之美事"。② 贞观十年(636),五史修成。贞观十八年(644),太宗又下令房玄龄、褚遂良等人重修晋史,并亲自撰写宣帝、武帝、陆机、王羲之四人的传论。另外,李延寿独自撰成的《南史》《北史》,后来也列为正史。史书包罗万象,文学自然也在论叙之列。太宗而外,唐初的辞赋观、文学观主要就集中在史书的序论里了。唐初史家,位列明主之朝,多兼重臣与文士身份,这让他们在判决文学时,既强调实用的精神,又不乏开放的态度与公允的立场。

史书修撰的本意,在于历览古今,以为借鉴,所以立论时首重致用。武德修史时,高祖诏令说:"司典序言,史官记事,考论得失,究尽变通。所以裁成义类,惩恶劝善,多识前古,贻鉴将来。"③在这样的总的指导思想下,史官们纷纷强调文学的政教作用。魏征在《隋书》中说:"然则文之为用,其大矣哉! 上所以敷德教于下,下所以达情志于上;大则经天纬地,作训垂范;次则风谣歌颂,匡主和民。"④姚思廉《梁书》云:"经礼乐而纬国家,通古今而述善恶,非文莫可也。"⑤具体到国家兴亡时更忘不了强调它与绮艳文风的关系。姚思廉说:

---

① 闻一多撰,傅璇琮导读:《唐诗杂论》,上海:上海古籍出版社,1998年,第7页。
② 刘知几撰,黄寿成校点:《史通》外篇卷十一《史官建置第一》,沈阳:辽宁教育出版社,1997年,第92页。
③ 刘昫等撰:《旧唐书》卷七十三,北京:中华书局,1975年,第2597页。
④ 魏征等撰:《隋书》卷七十六《文学传序》,北京:中华书局,1973年,第1729页。
⑤ 姚思廉撰:《梁书》卷四十九《文学传序》,北京:中华书局,1973年,第685页。

> 自魏正始、晋中朝以来,贵臣虽有识治者,皆以文学相处,罕关庶务,朝章大典,方参议焉。文案簿领,咸委小吏,浸以成俗,迄至于陈。后主因循,未遑改革,故施文庆、沈客卿之徒,专掌军国要务,奸黠左道,以衷刻为功,自取身荣,不存国计。是以朝经堕废,祸生邻国。①

魏征说:

> 古人有言,亡国之主,多有才艺,考之梁、陈及隋,信非虚论。然则不崇教义之本,偏尚淫丽之文,徒长浇伪之风,无救乱亡之祸矣。②

> 梁自大同之后,雅道沦缺,渐乖典则,争驰新巧:简文湘东,启其淫放;徐陵庾信,分路扬镳。其意浅而繁,其文匿而彩,词尚轻险,情多哀思,格以延陵之听,盖亦亡国之音乎!③

李百药云:

> 原夫两朝叔世,俱肆淫声,而齐氏变风,属诸弦管;梁时变雅,在夫篇什,莫匪易俗所致,并为亡国之音。④

站在盛世重臣的立场,出于国家长治久安的需要,他们对亡国君臣的表现是那么的敏感,以致连他们的文风也成了重点批判的对象。

好在史家的身份与文士的意识让他们对于文学还多少有些公允辩证的态度。《周书》中云:"原夫文章之作,本乎情性。"⑤《北齐书》中也说:"文之所起,情发于中。"⑥《隋书》讲完文之为用,可以敷德教、达情志之后,还说"愤激委约之中,飞文魏阙之下"⑦,也是言志与缘情并重的。

再看文质关系。《周书》云:

---

① 姚思廉撰:《陈书》卷六《后主本纪》,北京:中华书局,1972年,第120页。
② 姚思廉撰:《陈书》卷六《后主本纪》引魏征之言。
③ 魏征等撰:《隋书》卷七十六《文学传序》,北京:中华书局,1973年,第1730页。
④ 李百药撰:《北齐书》卷四十五《文苑传序》,北京:中华书局,1972年,第602页。
⑤ 令狐德棻:《周书》卷四十一《王褒庾信传论》,北京:中华书局,1971年,第744页。
⑥ 李百药撰:《北齐书》卷四十五《文苑传序》,北京:中华书局,1972年,第602页。
⑦ 魏征等撰:《隋书》卷七十六《文学传序》,北京:中华书局,1973年,第1729页。

覃思则变化无方,形言则条流遂广。虽诗赋与奏议异轸,铭诔与书论殊涂,而撮其指要,举其大抵,莫若以气为主,以文传意。考其殿最,定其区域,摅六经百氏之英华,探屈、宋、卿、云之秘奥。其调也尚远,其旨也在深,其理也贵当,其辞也欲巧。然后莹金璧,播芝兰,文质因其宜,繁约适其变,权衡轻重,斟酌古今,和而能壮,丽而能典,焕乎若五色之成章,纷乎犹八音之繁会。①

以气为主,以文传意,要求调远、旨深、理当、辞巧,和而能壮、丽而能典,其实就是文质并重的主张。魏征关于合南北文学之长以成"文质彬彬,尽善尽美"文学的主张,更是整个唐代文学的理论高标。

总的来说,合南北文学之长的愿望在太宗及其史臣那里有了更明晰而强烈的要求,史家的立场在重臣与文士的身份之间起了一定的折中作用,也让君主在处理文学问题时更多了一份谨慎的态度。

当然,史书修撰及相关文化政策的制定与运作原本就离不开重重相因的政治态势与更加久远的文化渊源。南北的差异广泛而长久地体现于地理环境、思维方式、文化传统、社会风尚、政治体制、语言特点等诸多方面,隋王朝为南北文化所作的种种努力都因其时间的短促而注定只能为承袭前朝的唐代作铺垫。积聚了许久的南北文化相融相合的势能,只有在更加和谐稳定而又开明宽容的太宗王朝才能充分地释放。太宗曾将自己与隋文帝作过比较:

贞观四年,太宗问萧瑀曰:"隋文帝何如主也?"对曰:"克己复礼,勤劳思政,每一坐朝,或至日昃,五品已上,引坐论事,宿卫之士,传飧而食,虽性非仁明,亦是励精之主。"太宗曰:"公知其一,未知其二。此人性至察而心不明。夫心暗则照有不通,至察则多疑于物。又欺孤儿寡妇以得天下,恒恐群臣内怀不服,不肯信任百司,每事皆自决断,虽则劳神苦形,未能尽合于理。朝臣既知其意,亦不敢直言。宰相以下,惟即承顺而已。朕意则不然,以天下之广,四海之众,千端万绪,须合变通,皆委百司商量,宰相筹画,于事稳便,方可奏行。岂得以一日万机,独断一人之虑也。且日断十事,五条不中,中者信善,其如不中者何?以日继月,乃至累

---

① 令狐德棻:《周书》卷四十一《王褒庾信传论》,北京:中华书局,1971年,第744~745页。

年,乖谬既多,不亡何待?岂如广任贤良,高居深视,法令严肃,谁敢为非?"因令诸司,若诏敕颁下有未稳便者,必须执奏,不得顺旨便即施行,务尽臣下之意。①

其实除了个人品习与好尚的不同以外,时势的不一也会影响王朝政策的制定与思想文化的兴衰,经长期分裂而终归一统的秦、隋,初立时的为政势不可过于松散,而急政的实施又容易导致倾亡。文化的认同更是一个潜行渐进的过程。明乎此,我们就能理解太宗对于文学何以可以保有一些宽松甚至部分嬉戏的态度②,而隋文帝却下诏禁绝一切文华。

有了这样的时势、政局,明主、贤君们便可以整合南北文学中原有的社会政治教化功能与审美情感功能,明确大一统王朝新的理想的文学发展目标:文质彬彬,尽善尽美。

三、王绩隐逸赋的个性特征与承传意义

相对于太宗君臣的庙堂之音而言,王绩的隐逸赋别具风韵。

王绩(585—644),字无功,号东皋子,绛州龙门(今山西河津)人。隋末名儒王通之弟。隋初曾任秘书省正字、六合县丞,以耽酒废事为人所劾,还乡隐居。唐高祖武德间曾待诏门下省,八年未用,再度归隐。太宗时为大乐丞,不久又弃官归去。王绩传世赋作四篇:《三日赋》(并序)、《游北山赋》(并序)、《燕赋》《元正赋》。③ 据《王无功文集》及序,另有《登龙门忆禹赋》《河渚赋》《独居赋》《孤松赋》《酒赋》等佚赋。④

最能反映王绩思想意识与艺术水准的是作于贞观十五年(641)的《游北山赋》。⑤ 赋围绕居游北山的隐逸之乐,从隐逸之志、山林之游、兄长之悼三方面铺展开来。

---

① 吴兢编著:《贞观政要》卷一《政体》,上海:上海古籍出版社,1978年,第15页。
② 前引太宗关于音乐的论说,《资治通鉴》也有转载,但司马光对太宗的观点颇不以为然:"太宗遽云治之隆替不由于乐,何发言之易而果于非圣人也如此?"(《资治通鉴》卷一百九十二"贞观二年")。
③ 《元正赋》不载于《文苑英华》与《全唐文》,但收入到了五卷本《王无功文集》,并见于敦煌遗书伯二八一九,王重民《敦煌古籍叙录》、伏俊琏《敦煌赋校注》、张锡厚《敦煌赋汇》等皆有著录。
④ 可参见韩晖:《隋及初盛唐赋风研究》第三章《武德、贞观赋坛》辞赋作品列表,桂林:广西师范大学出版社,2002年,第69页。
⑤ 其写作时间,可由赋文考知,赋中提到其兄王通晚年讲学之事,说"忽焉四散,于今二纪",王通卒于隋大业十三年(617),由此后推"二纪",则为唐贞观十五年(641),王绩时年五十七岁。

从"天道悠悠,人生若浮"到"请息交而自逸,聊习静而为娱",为第一部分,写的是对世事多变的感慨,也算是对自己最终走上隐逸道路的原委所作的阐发。赋云:

> 天道悠悠,人生若浮。古来贤圣,皆成去留。八眉四乳,龙颜凤头。殷忧一世,零落千秋。暂时南面,相将北游。玉殿金舆之大业,郊天祀地之洪休。荣深责重,乐不供愁。何况数十年之将相,五百里之公侯。①

"尧眉八采"(《论衡·骨相》)、"文王四乳"《淮南子·修务训》,与"龙颜凤头"一样,系指帝王之福相。这里要说的是这些南面称帝、富贵非凡的王侯将相,也不免殷忧一世,并终归于死,何况芸芸众生。作者由此感慨:"已矣哉!世事自此而可见,又何为乎惘惘?弃卜筮而不占,余将纵心而长往。任物孤游,遗情直上……请息交而自逸,聊习静而为娱。"这正是赋篇的中心本旨所在。

接下来的第二部分到"松花柏叶之醇酎,凤翮龙唇之素琴"为止,集中笔力描写北山风物。说是集中,其实也不是一时一次的景色与游览。有初入林区的奇诡与艰险:

> 连峰杂起,复嶂环纡。历丹危而寻绝径,攀翠险而觅修涂。耸飞情于霞道,振逸想于烟衢。重林合沓以齐列,崩崖磊砢而相扶。睹森沉于绝涧,视晃朗于高崓。自谓抟风飙而出埃壒,邈若朝元宫而谒紫都。

有对灵踪仙迹的论议与描绘:

> 洞里窥书,岩边对局。仿佛灵踪,依稀仙躅……喜方外之浩荡,叹人间之窘束……逢闾风之逸客,值蓬莱之故人。忽据梧而策杖,亦披裘而负薪。荷衣薜带,藜杖葛巾。出芝田而计亩,入桃源而问津……栽碧柰而何日?种琼瓜而几春?……乃有上元仙骨,太清神手。走电奔雷,耘空莳朽。河间之业不齐贯,淮南之术无虚受。咒动南箕,符回北斗。偓佺赠药,麻姑送酒。青龙就食

---

① 董诰等编:《全唐文》卷一百三十一,北京:中华书局,1983 年,第 1316 页。下引《游北山赋》《三日赋》《燕赋》皆据《全唐文》。

于甲辰,元牛自拘于乙丑。永怀世事,天长地久。顾瞻流俗,红颜白首。倘千岁之可营,亦何为而自轻?……纷吾人之狭见,搅群疑而自拂。使投足而咸安,亦何为乎此物?彼赤城与玄圃,岂凭虚而构窟?但水月之非真,譬声色之无佛。过矣刘向,吁嗟葛洪。指期系影,依方捕风。谁能离世?何处逃空?

一番时空交错、虚实相杂之后,才进入"有我之境":

> 咸遂性而同乐,岂违方而别守?余亦无求,斯焉独游。属天下之无事,遇山中之可留。卿将度日,忽已经秋。菊花两岸,松声一丘。不能役心而守道,故将委运而乘流。伊林涧之虚受,固樵隐之俱托。逢故客于中溪,遇还童于绝壑。云峰龟甲而重聚,霞壁龙鳞而结络。水出浦而潺潺,雾含川而漠漠。是欣是赏,爰游爰豫。结萝幌而迎宵,敞茅轩而待曙。尔其杂树相纠,长条交茹。叶动猿来,花惊鸟去。起公子之殊赏,谈王孙之远虑。山水幽寻,风云路深。兰窗左辟,菌阁斜临。石当阶而虎踞,泉映牖而龙吟。月照南浦,烟生北林。閲丘壑之新趣,纵江湖之旧心。道集吾室,风吹我襟。松花柏叶之醇酎,凤翮龙唇之素琴。

在云峰霞壁之间,浮雾漠漠,流水潺潺,两岸菊花,一丘松声,叶动猿来,花惊鸟去。主人公于兰窗菌阁里饮酒抚琴,享受山间的清风明月,没有世俗的喧闹,没有名利的羁绊,好不自在与舒适!这一段描写,真得陶渊明《归去来辞》之神韵:

> 引壶觞以自酌,眄庭柯以怡颜。倚南窗以寄傲,审容膝之易安,园日涉以成趣,门虽设而常开。策扶老以流憩,时矫首而遐观。云无心以出岫,鸟倦飞而知还。景翳翳以将入,抚孤松而盘桓。归去来兮,请息交以绝游,世与我而相违,复驾言兮焉求?悦亲戚之情话,乐琴书以消忧。农人告余以春及,将有事于西畴。或命巾车,或棹孤舟。既窈窕以寻壑,亦崎岖而经丘,木欣欣以向荣,泉涓涓而始流,羡万物之得时,感吾生之行休。①

---

① 陶渊明著,龚斌校笺:《陶渊明集校笺》,上海:上海古籍出版社,1996年,第391页。

纯用白描,同样的清幽淡雅;如出天籁,同样的畅达醇和。

"白牛溪里,峰峦四峙。信兹山之奥域,昔吾兄之所止。"以下是第三部分。由对其兄文中子王通当年隐居北山、聚徒讲学的追述与悼念再度转入对自己隐逸生活的描绘与抒发。

王通(584—617)是隋末大儒,守道不仕,隐居北山,著书讲学,有《中说》存世,卒后门人谥为文中子。"察俗删诗,依经正史……山似尼丘,泉疑洙泗",是说王通著书讲学的功绩与影响,俨然以孔子相比。"忽焉四散,于今二纪。地犹如昨,人多已矣。念昔日之良游,忆当时之君子……姚仲由之正色,薛庄周之言理。"接下来提到王门弟子,并以仲由比之姚义,以庄周方之薛收。"触石横肱,逢流洗耳。取乐经籍,忘怀忧喜。时挟策而驱羊,或投竿而钓鲤。"又回笔勾画出王通博学而自适的形象。枕石漱流,驱羊钓鲤,忘怀忧喜,逍遥自在,是儒道一统的王通,也是王绩化的王通。但一面是自适的称许,一面却是不遇的感伤:"讲堂犹在,碑石宛然……昔文中之僻处,谅遭时之丧乱……惜矣吾兄,遭时不平……眷眷长想,悠悠我情。俎豆衣冠之旧地,金石丝竹之余声。没而不朽,知何所营……怅矣怀抱,悠哉川域……子敬先亡,公明早卒。"再往下转,又是自己隐逸之志的抒发:"与沮溺而同趣,共夷齐而隐身……乐山泽之浮游,笑江潭之枯槁。戒非佞佛,斋非媚道。无誉无功,形骸自空。坐成老圃,居然下农。身与世而相弃,赏随山而不穷。"

这就是《游北山赋》的大体内容,在这些林林总总的叙述、描写与论议里,深隐着王绩一生的思索与矛盾复杂的生命意识。陆淳《删东皋子后序》云:"余每览其集,想见其人,恨不同时得为忘形之友。故祛彼有为之词,全其悬解之志。"①"悬解"语出《庄子·养生主》,说的是"安时而顺处,哀乐不能入"的达观状态。在王绩的诗文中"有为之词"和"悬解之志"是同时并存的。

他遵奉老庄的自然价值生命观,认为无功无用可以保身全生。在自然里,"竹生大夏溪,苍苍富奇质……刀斧俄见寻,根株坐相失。裁为十二管,吹作雄雌律。有用虽自伤,无心复招疾。不如山上草,离离保终吉。"(《古意六首》其二)②"奇质"的翠竹因有用而遭砍伐,反不如无名的小草可保

---

① 王绩著,韩理洲校点:《王无功文集》(五卷本会校),上海:上海古籍出版社,1987年,第222页。

② 中华书局编辑部点校:《全唐诗》(增订本)卷三十七,北京:中华书局,1999年,第480页。下引王绩诗皆出于此。

"终吉"。在社会里，"位大招讥嫌，禄极生祸殃"（《赠梁公》），"明不若昧，进不若退"，否则就会"本缘末丧，命为才绝"（《灵龟》）。这种全身远祸的思想发展到极端，便是对知识的批判、对儒学的鄙薄。在《负苓者传》里，他把伏羲画卦看成兆乱之始："使天下之智者诡道迸出……于是智者不知，而太朴散矣"。① 在《游北山赋》里，他不满儒学的烦琐："《礼》费日于千仪，《易》劳心于万象。审机事之不息，知浇源之浸长"。所以他自己"不闲拜揖，糠秕礼义，锱铢功名"（《答冯子华处士书》）。②

但儒家的济世情怀与伦理价值生命观在他那里也根深蒂固。他"明经思待诏，学剑觅封侯"（《晚年叙志示翟处士正师》），十多岁开始就干谒长安，希冀有用。他对身为儒学大师的三兄王通尊崇备至，在《游北山赋》的自注里，直称他为"王孔子"，同时又感叹他"遭时不平"："吾兄仲淹，以大业十三年卒于乡馆，时年三十三，门人谥为文中子，及皇家受命，门人多至公辅，而文中之道不行于时。余因游此溪，周览故迹，盖伤高贤之不遇也"。在伤兄长之不遇中，其实也隐含着自己有志无时、仕途失意的耿耿心绪。即便在临终定论的《自撰墓志铭》里，他对于自己一生仕途堰蹇、无功无闻也难于挂怀："起家以禄位，历数职而进一阶。才高位下，免责而已。天子不知，公卿不识，四十、五十而无闻焉。于是退归，以酒德游于乡里。"③明乎此，我们才能理解他反复于仕隐之间的举动，才能读懂他赋文中的不怨之怨。

除了用与不用的纠结，王绩生命观的矛盾还体现在对待生死的态度上。在王绩那里，既有通达的死亡态度，又不乏对游仙的隐约向往。在他的诗文中，反复表达着对时间与生命的迁逝之感："自觉生如寄，方知世若浮。"（《泛船河上》）；"浮生知几日，无状逐空名。"（《独酌》）；"自悲生世促，无暇待桑田。"（《游仙四首》其一）；"夫人生一世，忽同过隙。合散消息，周流不居"（《答冯子华处士书》）。因为对人生的短促有着清醒的认识，他对死亡便有着通达的态度："不能役心而守道，故将委运而乘流"（《游北山赋》），生死是自然之运数，死亡无法避免，不如委运任化、顺应自然。但同样也因为体认到了人生的短促，他抑制不住自己的苦闷与落寞。看看《游北山赋》中的游仙心态，我们就能感受到他的这种思绪。

---

① 董诰等编：《全唐文》卷一百三十二，北京：中华书局，1983年，第1327页。
② 董诰等编：《全唐文》卷一百三十一，北京：中华书局，1983年，第1322页。下同。
③ 董诰等编：《全唐文》卷一百三十一，北京：中华书局，1983年，第1326页。下同。

> 天道悠悠,人生若浮……昔怪燕昭与汉武,今识图仙之有由。人谁不愿?直是难求。闻鼎湖而欲信,怪桥山之遽修。玉台金阙,大海水之中流;琼林碧树,昆仑山之上头。不得轻飞如石燕,终是徒劳乘土牛。已矣哉!世事自此而可见,又何为乎惘惘?弃卜筮而不占,余将纵心而长往。

虽说神仙世界"直是难求",自己也将"弃卜筮而不占",但这终究是"人谁不愿"的事情,而且在第二部分北山之游的描写里,"上元仙骨""太清神手""南箕""北斗""偓佺""麻姑""青龙""元牛""真客""仙经""赤城""元圃""八洞之金室""三清之玉宫"等种种神仙情事也占了相当的篇幅。其中甚至包含服食求饵的痕迹:"拭丹炉而调石髓,裹翠釜而出金精""既采药而为食,谅随情而不矫"。在《答冯子华处士书》里,更明确说:"黄精、白术、枸杞、薯蓣,朝夕采掇,以供服饵。"可见死亡不必轻就,长生值得留念。

这种人注定是孤独而苦闷的,"余亦无求,斯焉独游"((《游北山赋》),他独游、独饮,独自调适着自己的心绪:"足下欲使吾适人之适,而吾欲自适其适。"(《答程道士书》)①以期自得其乐,但那份孤独与落寞总是真实存在于他的内心深处:"寂寞坐山家"(《山家夏日九首》其一),"无人堪作伴"(《题黄颊山壁》)。

正如霍松林先生所言:王绩"愈表现得超脱、旷达,愈显出其无法超脱的分裂状态,也愈见其内心的焦灼与痛苦,也愈见出其生存的孤独。在他那追求自适和任诞的外表所掩盖的内心世界里,有着压抑不住的不平、忧愁、孤独和苦闷"。②

王绩赋文中这些矛盾心绪的成因是非常复杂的。既有时代风云的影响,又有地域文化的浸染;既源于家学的熏陶与培育,又关乎个人的经历与禀赋。

王绩生当隋唐之际,在隋朝由盛而衰的落差间、隋唐易代更迭的涂炭里、唐初官场倾轧的残酷中,种种混杂多变的人生世相都警示着生命的短促与脆弱。"伊昔遭丧乱,历数当闰余。豺狼塞衢路,桑梓成丘墟。余及尔皆亡,东西各异居"(《薛记室收过庄见寻率题古意以赠》)、"中年逢丧乱,非复昔追求"(《晚年叙志示翟处士正师》),强烈的生命危机感时时怂恿着王绩保持全身远祸的心绪与处境。

---

① 董诰等编:《全唐文》卷一百三十一,北京:中华书局,1983年,第1323页。下同。
② 霍松林、梁静:《试论王绩诗文的独特意蕴》,载《山西大学学报》,2006年第3期,第65页。

在生存环境的恶化迫使王绩更为关注生命本体的同时,王绩济世的家学背景乃至河汾致用的地域文化精神又让他不能忘怀个体的社会价值。据吕才《王无功文集序》记载:王绩"历宋、魏,迄于周、隋,六代冠冕,皆历国子博士,终于卿牧守宰,国史、家谍详焉……君祖安康献公,周建德中,从武帝征邺,为前驱大总管,时诸将既胜,并虏获珍物,献公丝毫不顾,车载图书而已,故家富坟籍,学者多依焉。"①这是一个"六代冠冕""家富坟籍",世重儒学的家庭,王绩的三兄王通则不仅是王氏家学的集大成者,还是隋代首屈一指的大儒。因为王通的著书讲学,北魏以来就兴儒重教,沿袭汉儒经世致用精神的河汾文化也得到了前所未有的张扬。出身于这样的地域与家庭,王绩自幼熟读儒家典籍,日后与走上仕途的王通门人也不无交往。②这些都激发着他跻身台辅、直取卿相的政治抱负。

儒道原本是相通的,由汉末至魏晋的学术大势便是儒道的相通相融。山东士子也并非专攻儒家经学,而是以儒术为主,兼综百家。王绩早年的读书也是"弱龄慕奇调,无事不兼修"(《晚年叙志示翟处士正师》)。《游北山赋》云:"但水月之非真,譬声色之无佛。过矣刘向,吁嗟葛洪。指期系影,依方捕风。谁能离世,何处逃空?"儒、道、佛三教都可通融。当然,在王绩那里三教也都有不足:"觉老释之言繁,恨文宣之技痒。"(《游北山赋》)这种多元思想的杂糅正好成为王绩的生命思想在复杂之中始终蕴含着深刻矛盾的原因之一。

其实处世态度的选择更关乎个人心性与经历。王绩在其诗文中对自己的性格多有表述:"走意疏体放,性有由然"(《答刺史杜之松书》)③,"吾受性潦倒,不经世务。屏居独处,则萧然自得;接对宾客,则茶然思寝"(《答程道士书》),"家兄鉴裁通照,知吾纵恣散诞,不闲拜揖,糠秕礼义,锱铢功名,亦以俗外相待,不拘以家务"(《答冯子华处士书》),"先生绝思虑,寡言语,不知天下之有仁义厚薄也"(《五斗先生传》)④,"有唐逸人,太原王绩。若顽若愚,似矫似激"(《自撰墓志铭》)等。

这种由疏懒迂阔的天性与文化上的优越感所造成的简傲放达的风度,使王绩在北朝至唐初尊崇儒家、讲究礼度而又不乏尔虞我诈的社会风尚里

---

① 王绩著,韩理洲校点:《王无功文集》(五卷本会校),上海:上海古籍出版社,1987年,第1页。
② 《游北山赋》自注云王通"门人弟子相趋成市""门人多至公辅"。
③ 董诰等编:《全唐文》卷一百三十一,北京:中华书局,1983年,第1320页。
④ 董诰等编:《全唐文》卷一百三十二,北京:中华书局,1983年,第1338页。

成为不合时宜的局外人。拥有这种才华与心性的人往往少年得志,老来凄凉。王绩十五岁干谒宰相杨素与文士薛道衡等,便赢得了"神仙童子""今之庾信"的美誉。但自信满满的他初入仕途仅得六合县丞,且以耽酒费事被劾还乡。第二次荐征待诏门下八年,也终于忍不住托疾归隐。第三次出仕,竟然效仿阮籍,因太乐署史焦革家善酿,而求为太乐丞。这样的经历反过来激发了他疏阔的本性,使他的处世态度和文学风格与时流正脉越来越远。

心境影响及于艺术。明代何良俊说:"当武德之初,犹有陈、隋遗习,而无功能尽洗铅华,独存体质。且嗜酒诞放,脱落世事,故于情性最近。今观其诗,近而不浅,质而不俗,殊有魏晋之风。"①郑振铎也认为王绩"不曾做过什么'文学侍从之臣',故也不必写作什么'侍宴''颂圣'的东西,以损及他的风格,或舍己以从人。"②诗文如此,赋亦如此。《游北山赋》思绪纵横,语言质朴,于山水田园赏心悦目之景,闲静悠远之趣尤多会心。体现了王绩"题歌赋诗,以会意为功,不必与夫悠悠闲人相唱和也"(《答冯子华处士书》)的创作观念,迥异于初唐以来君臣唱和、应制奉答、宴会赋咏之作。

横向但静止的观照还不足以阐明王绩在隐逸思想及赋作艺术史上的地位。就王绩而言,自身性格与文化影响的多元多变更容易促成他赋作的自我更新与历史承传。对应于三仕三隐的人生历程,王绩的赋风也经历着"由细密富丽到淡朴疏野的渐变"。③

早年的《三日赋》和《登龙门忆禹赋》辞藻华丽,形容尽致,音韵流畅,与庾信的文风相似。④ 这自然与他少年得志的处境相关。

中期的《燕赋》不再是轻松的流丽之词,而是托物言志,在"昔年居屋,桂栋兰芬;今来旧地,谷变陵分"的今昔对比中,在"若非历阳随水没,定是吴宫遭火焚"的质疑里,感慨"光阴递代,摇落悲哉"的人世沧桑,寄寓人生无奈的失意悲愁,巧妙地表达出全身避害的思绪。赋风也由清丽而略转沉郁。"文变染乎世情"(《文心雕龙·时序》),是初仕的挫折、王朝的更替与隐居的体验促成了王绩赋风的转变。同期稍后的《答冯子华处士书》《答程道士书》更可佐证王绩此时的心志与文风。两文虽以表达"适心为乐,雅会吾心""各宁其分""顺适无阂"的栖逸之志为本旨,但也不时流露出"乱极则

---

① 何良俊撰:《四友斋丛说》卷二十五,北京:中华书局,1959版,第225页。
② 郑振铎:《插图本中国文学史》第二册,北京:作家出版社,1957年,第282页。
③ 韩晖:《隋及初盛唐赋风研究》,桂林:广西师范大学出版社,2002年,第81页。
④ 《登龙门忆禹赋》已佚,但从薛道衡"今之庾信"的赞誉及同时创作的《三日赋》庶几可以推断出它的大体风貌。

治,王途渐亨""贤人充期,农夫满于野"的挂怀与向往,并以薛收早亡,举荐无人以及"吾家三兄"的导引,闪烁而又巧妙地道出了才能济世的自信与希冀有用的隐衷。艺术上也直承魏晋通脱文风,大量运用杂言,表现出不同于齐梁浮艳气息的疏淡风格。

晚期除《游北山赋》外,王绩还写过一篇《元正赋》。"若夫四时定岁,三元启正……送终奉始之仪,钱二筵三之节……况复春来气序和,家家少长相经过。正朝参贺密,年前嫁娶多。小妇装金翠,游童盛绮罗。椒花颂逐回文写,柏叶樽宜长命歌。"赋篇从元正节日的解读开始,内容多习见风俗,造语则平和淡朴,作者自己似乎成了现世生活的旁观者。他的梦境全存于美好的回忆里:"遥忆二京风光好,玉城正殿年光早。旌旐晔晔千门路,冠盖纷纷两宫道。天子拜安平,储宫迎太保。大农司饮食之节,尚书奏会朝之草……但愿皇家四海平,每岁常朝万方客。"连对未来的祈愿也挂靠于对往昔盛况的描写之后。回到现实,他又免不了感伤喟叹:"别有故园人,独守寒乡春……老夫无所欲,光阴苦难足。试看蛰燕何日还,坐望归鸿已相续。莫愁来岁晚,但恨前途促。年年岁岁有元正,何年何岁罢逢迎。聊献雀而相贺,且吞鸡而自营。"①可见怅恨与怨望依然存在,只是相对而言有所疏淡。最能体现王绩疏淡朴野风格的当然还是如前所述的《游北山赋》。可以肯定的是,他的每次变革,都伴随着对陶渊明式隐逸心境会通的加深与承前启后、由丽而朴赋风的演进。

至于王绩在文学史上的承传意义,论者多有美誉。元人辛文房称其:"高情胜气,独步当时。"②明代何良俊谓其:"尽洗铅华,独存体质。"③清人翁方纲说:"王无功以真率疏浅之格,入初唐诸家中,如莺凤群飞,忽逢野鹿,正是不可多得也。"④明代黄汝亨《黄刻东皋子集序》云:"东皋子……澹远真素,绝类陶征君。"⑤清人贺裳说"诗之乱头粗服而好者,千载一渊明耳。乐天效之,便伤俚浅,惟王无功差得其仿佛。陶、王之称,余尝欲以东

---

① 张锡厚录校:《敦煌赋汇》,南京:江苏古籍出版社,1996年,第150~151页。
② 傅璇琮主编:《唐才子传校笺》,北京:中华书局,1987年,第14页。
③ 何良俊撰:《四友斋丛说》卷二十五,北京:中华书局,1959版,第225页。
④ 翁方纲:《石洲诗话》卷一,见郭绍虞编选,富寿荪校点《清诗话续编》下册,上海:上海古籍出版社,1983年,第1364页。
⑤ 王绩著,韩理洲校点:《王无功文集》(五卷本会校),上海:上海古籍出版社,1987年,第224页。

皋代辋川，辋川诚佳，太秀，多以绮思，掩其朴取。东皋潇洒落穆，不衫不履。"①凡此种种，都比较集中地指向王绩心性的高标与诗文的疏朴，并盛称其承传之功。但这种总体的评说也容易失之笼统，其间还不乏夸大之词。我们不妨从赋篇语言与结构的过渡、隐逸思想与题材的承转来具体阐述王绩在文学史上的承传意义。

大体而言，南北文学不仅有着地域的区别，还存在着时代的落差。南朝由汉魏的质朴自然而渐转为精美工丽，其间的过程绵绵不绝。北朝则在对峙之后直承汉魏古朴之风，所以在文学发展上比南朝差了一个时代。这种因时代的落差而造成的区别体现在题材上是北朝辞赋偏重宏大与崇高，而南朝则日益琐屑与世俗。表现在形制结构上是北朝辞赋也多类汉魏规整长篇，如张渊《观象赋》、李骞《释情赋》、李谐《述身赋》、阳固《演赜赋》之类，与南朝辞赋篇幅的小品化和表现的灵活性迥然有别。语言风貌上则存在流丽与质朴之别。

王绩是南北与隋唐的连接者。他的《游北山赋》与《三日赋》都是千字以上的有序大赋。《游北山赋》更是2400多字的长篇。长篇中不乏陶渊明式的真切生动与散淡悠远，但也不免成辞的运用与概念的阐释，尤其结尾一段，感觉就像谢灵运山水诗的玄言尾巴，而整篇赋的体制也有点像谢灵运的三段式杂糅结构，不及《归去来辞》的纯净专一、简洁明快。《三日赋》在语言风格上则更多地保持着南朝的流丽华美。特别值得一提的是五、七言诗句入赋的问题。清人许梿说："六朝小赋，每以五、七言相杂成文，其品致疏越，自然远俗。初唐四子，颇效此法。"黎经诰亦云："《梁简文帝集》中有《晚春赋》，《元帝集》有《春赋》，赋中多有类七言诗者。唐王勃、骆宾王亦尝为之，云'效庾体'，明是梁朝宫中庾子山创为此体也。"②这实际上涉及赋的诗化或五、七言诗体赋的演进问题。五、七言诗与赋的融合是一个漫长的过程，其实质性的转变是从南齐开始的，梁陈时期五、七言诗体赋得以成熟，庾信《对烛赋》《春赋》、徐陵《鸳鸯赋》、萧悫《春赋》等，都可以当作代表。王绩的《三日赋》《元正赋》乃至朱桃椎的《茅茨赋》正是上承梁陈，下启王勃《春思赋》《荡子从军赋》的过渡性作品。如《三日赋》，开篇即以七言歌

---

① 贺裳：《载酒园诗话》又编，见郭绍虞编选，富寿荪校点：《清诗话续编》上册，上海：上海古籍出版社，1983年，第296页。

② 以上两则材料均见许梿评选，黎经诰笺注：《六朝文洁笺注》卷一庾信《春赋》注，北京：中华书局，1962年，第38页。

行入赋:"年去年来已复春,三月三日倚河漘",几句四言之后,又是婉转流丽的七言:"潘尼已向天渊渚,袁绍应过薄洛津。旧嫌晦日年芳早,情知上巳风光好。谁家园里泛红花,何处堤傍无绿草。翠幕临流灞池曲,朱帷曜野横桥道。"中间还有一些类似律诗的五言句子:"树下遗香粉,砂头送纸钱。寻春须得遍,但任莫言旋"。

便是文学主张,在王绩身上也可看出南北的双重影响。除了上文提到的"题歌赋诗,以会意为功"(《答冯子华处士书》)以外,在《游北山赋》序里,王绩还说:"诗者志之所之,赋者诗之流也。"这种"志""意"的并重其实也是对汉魏六朝文学主张的综合。在《游北山赋》的末段里,王绩不经意中还用了"赋成鼓吹,诗如弹丸"八个字,这八个字也与南朝文论有关。前四字出自《世说新语·文学》:"孙兴公云:《三都》《二京》,五经鼓吹。"后四个字用的是谢朓关于诗歌主张的名言:"好诗圆美流转如弹丸。"(《南史·王昙首传附王筠传》)

这些都可看出王绩赋作在艺术上的过渡性。

就社会层面而言,隐士是游离于官场的士人,它不是个别的生存状态,而是普泛的历史现象。代有隐士,隐逸的行为取决于个人的心性,也与社会状况关系密切。从三国到两晋南北朝,士大夫普遍树立了希企隐逸的愿望。而且由被动变为自觉,由外迹于山而转为内足于怀。这与社会的动乱与玄风的炽盛不无关系。汉末之乱,三国鼎立,司马代曹,八王之乱,永嘉南渡,"五胡乱华",南北分裂,莫不成为士大夫希冀避世,以隐存身的动力。

玄学标榜老庄,老庄哲学本身就是隐士的哲学,隐逸而有玄学思想为基础,则隐逸本身就是高尚而又合乎自然本性的内在需求,不再需要其他外在的缘由。即使身在朝市,也不妨碍心神的超然无累,于是有了朝隐、通隐之说。这又涉及隐逸的种类。隐逸的分类,标准不一,结论纷纭。其中有一种影响较大的说法,就是"大隐""中隐""小隐"之说。身在庙堂而心在山林的朝隐被称为"大隐",真正的隐士反被称为"小隐",地位不高或居于闲职者便自比为"中隐"。大隐、中隐、小隐三种提法并非同时并生,汉代以前无所谓大小,六朝大隐之说兴起,本来意义上的隐逸反成为小隐。晋人王康琚《反招隐诗》说:"小隐隐陵薮,大隐隐朝市。伯夷窜首阳,老聃伏柱史。"[1]中隐之说定型于中唐。白居易《中隐》诗云:"大隐住朝市,小隐入丘

---

[1] 萧统编,李善注:《文选》卷二十二,北京:中华书局,1977年,第310页。

樊。丘樊太冷落,朝市太嚣喧。不如作中隐,隐在留司官。"①唐代建都长安,而在洛阳也设置了一套中央官员,只是规模小于长安,洛阳也就被称为"东都",在东都任职的中央官员称"分司",也即诗中说的"留司官"。一般来说,分司官员政务不多,属于闲职。这样的闲散官员不会有太大的风险,也不像山林之士那样冷清穷困,而处于穷通与丰约之间,所以称为"中隐"。

中隐其实就是"吏隐""吏隐"的传统十分悠久,从东方朔到阮籍、山涛,到东晋的风流名士,再到唐代的王维,我们看到了各种吏隐的面目。吏隐的根本在于调和士大夫的独立要求与集权制度之间的矛盾,这种矛盾的形态与深浅取决于士人心性与政治环境的松紧及思想文化的发展。东晋儒道的兼综融合与名士的世家身份,让仕隐的转化相对自由,无须在名义上与思想意识上刻意强化仕隐之间的对立状况与大隐、小隐的分明界线。中唐专制的日益盛行和士大夫的莫测命运则又迫使他们重新思量大隐、小隐之间的可能区域。白居易外迁洛阳、分司东都的生活体验与禅宗的新鲜血液无疑给了他寻找折中之路的启示。其实,陶渊明和王绩的时官时隐作为时流的另类与隐逸的中坚,与中隐或直称"吏隐"与"官隐"本不乏进化的因由与理路。当卢藏用以隐求官时,其终南捷径便成了纠枉过正的客观动力。从陶渊明到白居易,隐逸方式在改变,隐逸的原始精神也在衰减,其间起决定作用的是隐者的操守与资本。

隐者的资本,称为"山资"或者"隐业"。隐业的来源,或继承祖业,或时官时隐,或接受馈赠,或躬耕田亩,或授徒讲学,或因凭技艺。陶渊明是需要躬耕陇亩的,谢灵运则可以因凭祖业。王绩的隐居条件也不错,他在《游北山赋》序中自叙家世时说:"吾周人也,本家于祁,永嘉之际,扈从江左,地实儒素,人多高烈。穆公感建元之耻,归于洛阳;同州悲永安之事,退居河曲。始则晋阳之开国,终乃安康之受田。坟陇寓居,倏焉五叶;桑榆成荫,俄将百年。绩南山故情,老而弥笃;东陂余业,悠哉自宁。酒瓮多于步兵,黍田广于彭泽。皇甫谧之心事,陇亩终焉;仲长统之规模,园林幸足。"王维的辋川别业在中国园林史、文化史上都极负盛名。白居易的中隐生活也是非常惬意的,他的《中隐》诗说:"终岁无公事,随月有俸钱。君若好登临,城南有秋山。君若爱游荡,城东有春园。君若欲一醉,时出赴宾筵。"

严格说来,隐者的操守与隐业的丰厚是成反比的。王绩的独立人格与

---

① 白居易著,顾学颉校点:《白居易集》,北京:中华书局,1979年,第490页。

自由精神便逊色于阮籍与陶渊明。反映在文章上,便少了批判的力量与理想的光芒。好在火种不灭,文学也不等于道学,盛唐的王维、孟浩然接续了陶渊明、王绩的隐逸之风与山水之文,并得到了李、杜的推重。在这个传承的过程中,王绩以个人的深刻体察与对隐者的频繁称引凸显了隐逸的主题,并融合了山水与田园。

韩国学者白承锡在《初唐山林隐逸赋之研究》一文中谈到:王绩的《游北山赋》是"继承陶渊明《归去来辞》的神韵之作,并开了初唐山林隐逸赋之先河"。① 可以用来评价王绩在隐逸赋史上的承传意义。

隋末唐初还有一位作赋的隐士叫朱桃椎。朱桃椎是焦先、孙登式的比较坚定的隐者,其事迹首见于《大唐新语》卷十,以后又载录于《旧唐书·高士廉传》《太平广记》卷二百二、《新唐书·隐逸传》。大略说他是蜀人,生性淡泊,隐居不仕,多次拒绝高士廉等益州地方官长的聘请,宁愿披裘带索,浪迹人间,靠编织草鞋换取米茗。《全唐文》卷一百六十一录其《茅茨赋》一篇。赋云:

> 若夫虚寂之士,不以世务为荣;隐遁之流,乃以闲居为乐。故孔子达士,仍遭桀溺之讥;叔夜高人,乃被孙登之笑。况复寻山玩水,散志娱神,隐卧茅茨之间,志想青云之外,逸世上之无为,亦处物之高致。
>
> 若乃睹余庵室,终诸陋质。野外孤标,山旁迥出,壁则崩剥而通风,檐则摧颓而写日。是时闲居晚思,景媚青春;逃斯涧谷,委此心神。削野藜而作杖,卷竹叶而为巾。不以声名为贵,不以珠玉为珍。风前引啸,月下高眠;庭惟三径,琴置一弦。散诞池台之上,逍遥岩谷之间。逍遥兮无所托,志意兮还自乐;枕明月而弹琴,对清风而缓酌。望岭上之青松,听云间之白鹤。用山水而为心,玩琴书而取乐,谷里偏觉鸟声高,鸟声高韵尽相调;见许毛衣真乱锦,听渠声韵宛如歌。调弦乍缓急,向我茅茨集。时逢双燕来,屡值游蜂入。冰开绿水更应流,草长阶前还复湿。吾意不欲世人交,我意不欲功名立。功名立也不须高,总知世事尽徒劳;未会昔时三个士,无故将身殒二桃。②

---

① 白承锡:《初唐山林隐逸赋之研究》,载《滁州师专学报》,2000年第4期,第1页。
② 董诰等编:《全唐文》卷一百六十一,北京:中华书局,1983年,第1644页。

除了开首孔子遭讥于桀溺、嵇康被笑于孙登的铺垫与末句二桃杀三士的警示外,通篇皆是了无牵挂、任性逍遥的山居之乐,相较于《游北山赋》心绪的矛盾与风格的混杂,显然更加纯粹散淡。但句式多变,既有四、六骈句,也不乏五、七言诗体,中间还夹杂"兮"字句,再加上赋体本有的开端连接词,真可谓随情赋句,随句赋声,俨然一首淡泊而又乐观的自度曲。

第三节 高宗赋坛与四杰的开拓之功

高宗在位 34 年,这时期国土扩大,社会安定,政治清明,经济发展,史称"永徽之治"。但高宗朝前承太宗遗训,后由武后主政,平缓的时世里不乏权力的争斗与政治的变革。为了从根本上击溃关陇本位政策,武后改革科举,重视才艺,拓展取士的途径,客观上促进了辞赋的研习与创作。隋唐以来,科举取士的规则与内容屡经变革。仅以试赋而言,隋开皇十五年(595)已有秀才科试诗赋等杂文的记录①,唐高宗调露二年(680)考功员外郎刘思立奏请进士科加试帖经与杂文②,永隆二年(681)诏令实行,一般以为这是进士科定制试诗赋之始。③ 至于不定制试赋以及吏部铨选、京兆府解试、制科考试之类用赋的情况肯定更早出现。④ 科举试赋本因赋体重要所致,反过来自然也会强化赋体创作。据杨炯《庭菊赋》序所载,永淳元年(682)重阳日⑤,由薛元超组织命题的一次左春坊赋会,与会作赋者达 19 人之多:

---

① 《北史》卷二十六《杜铨传》附《杜正玄传》载开皇十五年,杜正玄举秀才时,杨素曾令其拟司马相如《上林赋》、张载《白鹦鹉赋》。附《杜正藏传》则载正玄弟正藏开皇十六年举秀才时曾拟《连理树赋》《几赋》。

② 《唐会要》卷七十六《贡举中·进士》云:"调露二年四月,刘思立除考功员外郎。先时,进士但试策而已,思立以其庸浅,奏请帖经及试杂文,自后因以为常式。"《旧唐书·文苑传中·刘宪》载:"父思立,高宗时为侍御史……后迁考功员外郎,始奏请明经加帖、进士试杂文,自思立始也。"

③ 清代史学家赵翼《陔余丛考》卷二十八"进士条"云:"永隆二年,以刘思立言进士惟颂旧策,皆无实材,乃诏进士试杂文二篇,通文律者然后试策,此进士试诗赋之始"。上海:商务印书馆,1957 年,第 583 页。

④ 韩晖认为进士科试诗赋即由此种情况影响所致,所举案例有王勃《上吏部裴侍郎启》所言"铨擢之次,每以诗赋为先"事,刘知几《京兆试慎所好赋》事,《唐代墓志汇编》开元 363《梁屿墓志》所载梁屿制试《君臣同德赋》及第事。详见韩晖:《赋及初盛唐赋风研究》,桂林:广西师范大学出版社,2002 年,第 123~125 页。

⑤ 序称"天子幸于东都,皇储监守于武德之殿……中令薛公……今兼左庶子"。《资治通鉴》卷二百三十载,永淳元年夏四月高宗驾幸东都,留太子监国,使元超等辅之。又赋云:"日之贞矣,于彼重阳。"

是日也，薛覯以亲贤为洗马，田岩以幽贞为学士，高元思、张师德以至孝托后车，颜强学、沈尊行以博闻兼侍读，周琮、李宪、王祖英、曹叔文以儒术进，崔融、徐彦伯、刘知柔、石抱忠以文章显。德行则许子丰，耆旧则权无二，骆缜则诂训之前识，张相则老庄之后兴。并承高命，咸穷体物。小子托于吹竽之末，敢阙其词哉？①

如此盛大的场面，堪比兰亭雅聚。估计这种"咸穷体物"的盛况也很常见，被邓王元裕（？—665）比为相如②的卢照邻在其《同崔少监作双槿树赋》序中，也提到"诸著作竞写《双槿树赋》"的境况。可惜这些作品多已烟消云散，无法探知当日赋坛究竟，好在还有以赋闻名的四杰③以其革故鼎新的创作实绩光耀赋史。本节即拟从题材、文气、体格三方面阐述四杰在赋史上的开拓之功。

一、题材的开拓

四杰存留赋作即以数量而言也颇可观，其中，王勃 12 篇，杨炯 8 篇，卢照邻 5 篇，骆宾王 2 篇④，暗合王、杨、卢、骆的排列顺序。⑤ 题材则包含咏物抒情、山川风物、应诏颂圣、天象节令，分属于《历代赋汇》中鸟兽、麟虫、

---

① 杨炯著，徐明霞点校：《杨炯集》，北京：中华书局，1980 年，第 12 页。
② 《旧唐书·卢照邻传》载："初授邓王府典签，王甚爱重之，曾谓群官曰：'此即寡人相如也。'"见刘昫等撰：《旧唐书》卷一百九十，北京：中华书局，1975 年，第 5000 页。
③ 闻一多先生说："王、杨、卢、骆都是文章家，'四杰'这徽号，如果不是专为评文而设的，至少它的主要意义是指他们的赋和四六文。谈诗而称四杰，虽是很早的事，究竟只能算借用。"见闻一多撰，傅璇琮导读：《唐诗杂论》，上海：上海古籍出版社，1998 年，第 20 页。
④ 不少著述将四杰的一些赋体文也算在内，如马积高先生计卢照邻赋 14 篇，是将《释疾文》3 篇、《五悲（文）》5 篇及《对蜀父老》《狱中学骚体》也包括在内的，只是他的"咏物抒情赋 3 篇"不明具体所指，因为除了他所提及的这些赋篇外，卢照邻尚有 4 篇咏物赋；郭维森、许结先生《中国辞赋发展史》也计入了这些赋体文；韩晖《隋及初盛唐赋风研究》则在此基础上计入卢照邻《明月引》《怀仙引》，骆宾王《钓矶应诘文》，杨炯《祭汾阳公文》。本书只计以赋名篇的作品，但行文中也会根据实际情况和学界惯例论及其他作品。
⑤ 在关于四杰的记载中，王、杨、卢、骆是最常见最有影响的排序，宋之问《祭杜学士审言文》、张鹭《朝野金载》、杜甫《戏为六绝句》、刘肃《大唐新语》等唐人文献都明确提及这样的排名。但这样的排名顺序在当时与后世都曾引起争议。据新、旧《唐书》载，四杰之一的杨炯就说自己"愧在卢前，耻居王后"。而张说《赠太尉裴公神道碑》与郗云卿《骆宾王文集序》，则或列骆、卢、王、杨，或云卢、骆、杨、王。闻一多先生《唐诗杂论·四杰》认为卢、骆与王、杨年龄不同辈，性格不同类，友谊不同集团，作风不同派，诗也不同体。王、杨的名字列在卢、骆之上，是因为他们的贡献在时人更看重的五律上。以赋而论，马积高先生《赋史》认为王勃成就较大，骆宾王次之，卢照邻、杨炯再次之。郭维森、许结《中国辞赋发展史》则取骆、卢、王、杨的次序。其实结合起来看，以王、杨、卢、骆的顺序来评价他们在赋史上的贡献还是不错的。

草木、花果、地理、岁时、宫殿、仙释、天象、美丽等十大门类，反映了较为广阔的社会生活。

初唐四杰赋作表

赋家	赋名	《历代赋汇》所属类别	字数①	此前同题材赋作
王勃	《寒梧栖凤赋》（律）	鸟兽	233	桓玄《凤凰赋》、顾恺之《凤赋》、唐太宗《威凤赋》、傅咸《仪凤赋》
王勃	《江曲孤凫赋》	鸟兽	76+167	蔡洪《斗凫赋》，谢朓《野鹜赋》
王勃	《驯鸢赋》	鸟兽	217	卢照邻《驯鸢赋》
王勃	《慈竹赋》	②		许敬宗《竹赋》、王俭《灵丘竹赋》、江淹《灵丘竹赋》、梁简文帝《修竹赋》
王勃	《青苔赋》	草木	69+180	江淹《青苔赋》、杨炯《青苔赋》
王勃	《涧底寒松赋》	草木	77+132	谢朓《高松赋》、王俭《和竟陵王高松赋》、沈约《高松赋》、谢偃《高松赋》
王勃	《游庙山赋》③	地理	132+217	杜笃《首阳山赋》
王勃	《春思赋》	岁时	215+1264	傅玄《阳春赋》、庾信《春赋》、湛方生《怀春赋》、夏侯湛《春可乐赋》、谢万《春游赋》
王勃	《九成宫东台山池赋》	宫殿	107+298	
王勃	《释迦佛赋》	④		
王勃	《七夕赋》	岁时	895	谢朓《七夕赋》
王勃	《采莲赋》	花果	66+1650	梁简文帝《采莲赋》、梁元帝《采莲赋》

---

① "+"前为赋序字数。
② 《历代赋汇》卷一百一十八署"阙名"(484页)，见《全唐文》卷一百七十七。
③ 亦名《玄武山赋》。
④ 据詹杭伦先生考证，《全唐文》中署名王勃的《释迦佛赋》应当是金代丁晸仁的《释迦成道赋》。清人董诰等编撰的《全唐文》卷一百七十七收录有署名王勃撰写的《释迦佛赋》，张金吾编撰的《金文最》卷一收录有署名丁晸仁写的《释迦成道赋》，二赋实系同一篇作品。詹先生从《王子安集》失载、赋篇限韵、《全唐文》收录依据等六个方面论证王作之可疑与丁作之可能。详见《文学遗产》2006年第1期《王勃〈释迦佛赋〉乃丁晸仁作考》一文。《释迦佛赋》不载《历代赋汇》，见《全唐文》卷一百七十七。

续表

赋家	赋名	《历代赋汇》所属类别	字数①	此前同题材赋作
杨炯	《盂兰盆赋》	仙释	869	梁武帝《净业赋》
杨炯	《老人星赋》	天象	431	陆云公《星赋》
杨炯	《幽兰赋》	花果	498	周洪让《山兰赋》
杨炯	《青苔赋》	草木	459	江淹《青苔赋》、王勃《青苔赋》
杨炯	《庭菊赋》	花果	235+499	钟会《菊花赋》、潘岳《秋菊赋》、孙楚《菊花赋》
杨炯	《卧读书架赋》	文学	405	
杨炯	《浑天赋》	天象	94+2027	
杨炯	《浮沤赋》	地理	386	左九嫔《浮沤赋》
卢照邻	《秋霖赋》	天象	344	张缵《秋雨赋》
卢照邻	《驯鸢赋》	鸟兽	230	王勃《驯鸢赋》
卢照邻	《穷鱼赋》	鳞虫	46+172	赵壹《穷鸟赋》
卢照邻	《病梨树赋》	草木	324+348	庾信《枯树赋》
卢照邻	《同崔少监作双槿树赋》	花果	217+400	江总《木槿赋》
骆宾王	《荡子从军赋》	美丽	348	庾信《荡子赋》
骆宾王	《萤火赋》	鳞虫	131+697	傅咸《萤火赋》、潘岳《萤火赋》、萧和《萤火赋》

赋体体物的特征有利于题材的拓展。文学作品本是主客相融的产物，但相较而言诗重抒发主观情志，赋则倾向于关注客观世界。主观情志的抒发是有弹性的，而客观景物的描写却是非分明，因为外物有一定的姿态形状，而情思却没有固定的框框，用刘勰的话讲，就是"物有恒姿，而思无定检"(《文心雕龙·物色》)。② 陆机在他《豪士赋序》里说：

　　夫立德之基有常，而建功之路不一。何则？循心以为量者存乎我；因物以成务者系乎彼。存夫我者，隆杀止乎其域；系乎物者，丰约唯所遭遇。③

陆机本意说，建功立德既在于一己之心志，也在于客观的时势，心志的高低可以自己决定，时势却不由自主。所论虽非文学，却阐明了心、物之

---

① "+"前为赋序字数。
② 刘勰著，范文澜注：《文心雕龙注》，北京：人民文学出版社，1958年，第694页。
③ 陆机著，金涛声点校：《陆机集》卷一，北京：中华书局，1982年，第8页。

别。谢灵运《山居赋序》则从自己的创作出发,明确指出言心与即事的区别:"言心也,黄屋实不殊于汾阳。即事也,山居良有异乎市廛。"①这种言心与即事的区别,正好可以用来区分诗、赋的特征。因为关注客观世界,赋多用描写的手法;因为抒写主观情志,诗多借助于比兴或直接抒情。发现客观世界的过程是从寻常到稀有的过程;而情感的抒发则遵循从个别到一般,由分歧走向理解与共鸣的路径。所以赋家们都竭尽全力地去寻找新的描写对象,赋也因此成为开拓题材的先锋。早期的赋,在题材上便极具开创性,《文选》所分赋体的十五类题材,除耕藉以外,汉赋中都有,这种现象是汉代诗坛所望尘莫及的。中国古代文学中许多传统题材都是在赋中首先出现或加以开拓的,如描山水始于枚乘的《七发》,述行旅始于刘歆的《遂初赋》,写田园始于张衡的《归田赋》,抒宫怨始于司马相如的《长门赋》等,直到清代,赋还在关注新事物的出现,清初李光地的《眼镜赋》、纳兰性德的《自鸣钟赋》与晚清章桂馨的《电报赋》就是明证。

但事物的发展有其客观规律,全新的题材毕竟有限,面对已有的赋作,赋家们总感觉有无形的压力存在,这种压力使其紧张奋发,使其拼命在题材的些小变革里乃至立意与手法上下功夫。比如陆龟蒙的《幽居赋序》称:"曰燕居,则仲尼有之矣;曰卜居,则屈原有之矣;曰闲居,则潘岳有之矣;曰郊居,则沈约有之矣。既抱幽忧之疾,复为低下之居,乃作《幽居赋》。"②这是大同中求小异。再如明人丘濬的《石钟山赋》,序称关于石钟山,此前已有记有赋,而且东坡之文还是公认的经典之作,自己之所以还要写这样一篇赋,是因为曾经亲历此地并有新的发现。这更是同题之中力求新创。而宋人李纲《后乳泉赋序》说是基于前赋"理有未安"而"作后赋以订之",明人田艺蘅《钓赋序》说是基于宋玉之作、潘尼之辞"文虽并美,心有未安"而"别为短赋",王十朋《会稽风俗赋》故设子真、无妄先生、有君答问之辞以反相如之说,如此种种,则显系立意与手法的革新了。可见赋家们标新立异的意识是明确的。③

赋经六朝,题材得到了极大的拓展,如表所示,四杰诸人也难免陈陈相因,但缘乎特殊的身世经历与强烈的革新意识,他们还是尽量在传统的题

---

① 谢灵运著,顾绍伯校注:《谢灵运集校注》,郑州:中州古籍出版社,1987年,第318页。
② 董诰等编:《全唐文》卷八百,北京:中华书局,1983年,第8400页。
③ 详见刘伟生:《从赋序看赋家赋文的题材意识》,载《社会科学家》,2009年第8期,第132~135页。

材上寻求突破并致力于新题材的创制。前者如骆宾王《荡子从军赋》、王勃《春思赋》，从艳情中注入边塞之事，卢照邻《穷鱼赋》以仿造的方式在大同中求小异，王勃《寒梧栖凤赋》在立意上求新；后者如骆宾王《萤火赋》、卢照邻《狱中学骚体》抒系狱的怨愤，卢照邻《穷鱼赋》《病梨树赋》《释疾文》《五悲文》言病中的凄苦，王勃《慈竹赋》《游庙山赋》，杨炯《盂兰盆赋》《老人星赋》《卧读书架赋》等陈新鲜之物件，杨炯《浑天赋》叙科技之事迹，等等，都可看出四杰在题材开拓上所作的努力。

荡子从军以致倡妇闺愁本是传统题材，庾信《荡子赋》云：

> 荡子辛苦逐征行，直守长城千里城。陇水恒冰合，关山唯月明。
>
> 况复空床起怨，倡妇生离，纱窗独掩，罗帐长垂，新筝不弄，长笛羞吹。常年桂苑，昔日兰闺，罗敷总发，弄玉初笄，新歌《子夜》，旧舞《前溪》。别后关情无复情，奁前明镜不须明。合欢无信寄，回文织未成。游尘满床不用拂，细草横阶随意生。
>
> 前日汉使著章台，闻道夫婿定应回。手巾还欲燥，愁眉即剩开。逆想行人至，迎前含笑来。①

庾信前期赋题材多与女性生活有关，情调偏于绮艳哀怨。②《荡子赋》开篇虽述及荡子征行之事与边地冷清荒寒的景象，重点却在于思妇的怀恋。"纱窗独掩""罗帐长垂""新筝不弄""长笛羞吹""游尘满床""细草横阶"，摹情状态，可谓细腻逼真。更可称道的是末段的心理描写，体贴模拟，语浅神真，似诗似赋又类词。

骆宾王《荡子从军赋》即从这种传统模式中来③，如末段写倡妇的思愁云：

> 征夫行乐践榆溪，倡妇衔怨守空闺。蘼芜旧曲终难赠，芍药新诗岂易题？池前怯对鸳鸯伴，庭际羞看桃李蹊。花有情而独笑，鸟无事而恒啼……荡子别来年月久，贱妾空房更难守。凤凰

---

① 庾信撰，倪璠注，许逸民校点：《庾子山集注》，北京：中华书局，1980年，第91页、第93页。
② 庾信前期赋有《春赋》《七夕赋》《灯赋》《对烛赋》《镜赋》《鸳鸯赋》《荡子赋》七篇。
③ 庾信《对烛赋》写女子为丈夫赶制征衣的情景，开篇遥想戍边的艰辛和凄凉："龙沙雁阵甲应寒，天山月没客衣单"，结构模式与叙述重点与《荡子赋》相似。

楼上罢吹箫,鹦鹉杯中休劝酒。闻道书来一雁飞,此时缄怨下鸣机。裁鸳贴夜被,薰麝染春衣。屏风宛转莲花帐,窗月玲珑悲翠帷。个日新妆始复罢,只应含笑待君归。①

构思与情调都从庾赋中来,而绮艳与流丽实又过之,难怪前人说他"借子山之赋体"。但骆赋的可贵不在于这种思愁描写的继承,而在于开篇以三分之二的篇幅叙写荡子从军边塞的生活:

> 胡兵十万起妖氛,汉骑三千扫阵云。隐隐地中鸣战鼓,迢迢天上出将军。边沙远离风尘气,塞草长垂霜露文。荡子辛苦十年行,回首关山万里情。远天横剑气,边地聚笳声。铁骑朝常警,铜焦夜不鸣。抗左贤而列阵,屯右校以疏营。沧波积冻连蒲海,白雪凝寒遍柳城。
>
> 若乃地分玄徼,路指青波。边城暖气从来少,关塞寒云本自多。严风凛凛将军树,苦雾苍苍太史河。既拔距而从军,且扬麾而挑战。征舳凌沙漠,戎衣犯霜霰。楼船一举争沸腾,烽火四连相隐见。戈文耿耿悬落星,马足骎骎拥飞电。终取俊而先鸣,岂论功而后殿?②

汉家出兵的威风、荡子从军的辛苦、战场气氛的肃杀、边塞气候的严寒、取俊先鸣的快意,尽数铺陈,一气呵成,写得壮怀激烈,读来痛快淋漓。这样的题材与写法此前是看不到的,因为它有强盛的国力与切身的体验为基础。陈熙晋在《续补唐书骆侍御传》中云:"咸亨元年,吐蕃入寇,罢安西四镇,以薛仁贵为逻娑大总管。适宾王以事见谪,从军西域。会仁贵兵败大非川,宾王久戍未归,作《荡子从军赋》以见意。"③又注《荡子从军赋》云:

---

① 骆宾王著,陈熙晋笺注:《骆临海集笺注》,上海:上海古籍出版社,1985年,第196~197页。
② 骆宾王著,陈熙晋笺注:《骆临海集笺注》,上海:上海古籍出版社,1985年,第193~196页。
③ 骆宾王著,陈熙晋笺注:《骆临海集笺注》,上海:上海古籍出版社,1985年,第389页。陈瑜、杜晓勤《从阿史那忠墓志考骆宾王从军西域史实》一文据《阿史那忠碑》《阿史那忠墓志》及相关纸质文献,考定骆宾王在咸亨元年参加的是阿史那忠的军队,而非薛仁贵的军队,说他们此行的军事任务并非前往青海讨击吐蕃,而是远征西域,安抚被吐蕃挟制的西域诸藩部落。但该文举证骆宾王集中从军西域之作与阿史那忠"有征无战"的军事行动契合时,并未言及作为论证起点的陈熙晋《续补唐书骆侍御传》所言史事的落脚点——《荡子从军赋》,而《荡子从军赋》并非"有征无战",也并非如其所举诗歌那样"弥漫着消沉、郁闷的情绪"。详见陈瑜、杜晓勤:《从阿史那忠墓志考骆宾王从军西域史实》,载《文献》,2008年第3期,第29~37页。

"临海夙龄英侠,久成边城。慷慨临戎,徘徊恋阙。借子山之赋体,摅定远之壮怀。绝塞烟尘,空闺风月。虽文托艳冶而义协风骚。"①可见是从军边塞的经历造就了这样慷慨的文字,而这篇赋也正因为首次对边塞生活的出色描写赢得了赋论家们的赞誉,并奠定了其在赋史上的地位。②

王勃《春思赋》铺叙各地春色美景,其中也穿插了荡子从军、倡妇闺怨的内容:

> 因狂夫之荡子,成贱妾之倡家。狂夫去去无穷已,贱妾春眠春未起。自有兰闺数十重,安知榆塞三千里?榆塞连延玉关侧,云间沉沉不可识。葱山隐隐金河北,雾里苍苍几重色。忽有驿骑出幽并,传道春衣万里程。龙沙春草遍,瀚海春云生。疏勒井泉寒尚竭,燕山烽火夜应明。闻道河源路远远,谁教夫婿苦行行?君行塞外多霜露,为想春台起烟雾。游丝空胃合欢枝,落花自绕相思树。春望年年绝,幽闺离绪切。春色朝朝异,边庭羽书至,都护新封万里侯,将军稍定三边地。长旃犹衔扫云色,宝刀尚拥干星气。昨夜祁连驿使还,征夫犹在雁门关。君度山川成白首,应知岁序歇红颜。红颜一别成胡越,夫婿连延限城阙。羌笛横吹陇路风,戎衣直照关山月。春色徒盈望,春悲殊未歇。③

狂夫荡子成倡家,春眠未起因春愁;榆塞万里送春衣,但道玉关路远远;边地春草春云遍,可知岁序歇红颜;春望年年绝,春悲殊未歇。与《荡子从军赋》中荡子从军、倡妇闺愁两相分隔、互为倚重的结构不同,这段文字立足于幽闺离绪,而处处关联狂夫荡子,使想象里的征夫行迹与现实中的思妇心绪融洽无间,并将其镶嵌在年复一年的春色春悲中。这样的写法,堪称缠绵深邃。

闻一多先生在《唐诗杂论·四杰》中说:"五律到王、杨的时代是从台阁移至江山与塞漠。"④这话用来评价四杰赋作在题材方面的开拓之功也是可以的。

---

① 骆宾王著,陈熙晋笺注:《骆临海集笺注》,上海:上海古籍出版社,1985年,第193页。
② 马积高先生称之为"现存赋中第一篇描绘边塞征战生活的成功之作"。详见马积高:《赋史》,上海:上海古籍出版社,1987年,第266页。
③ 王勃撰:《王子安集》,上海:上海古籍出版社,1992年,第7~8页。
④ 闻一多撰,傅璇琮导读:《唐诗杂论》,上海:上海古籍出版社,1998年,第25页。

卢照邻《穷鱼赋》是明确表示仿造赵壹《穷鸟赋》的,序云:"余曾有横事被拘,为群小所使,将致之深议,友人救护得免。窃感赵壹《穷鸟》之事,遂作《穷鱼赋》。"赋写巨鳞滞于水边,渔人下钩曳网,蝼蚁猿獭闻风而动,情势紧急,幸有大鹏助其脱离险境。

> 有一巨鳞,东海波臣,洗净月浦,涵丹锦津。映红莲而得性,戏碧浪以全身。宕而失水,届于阳濑。渔者观焉,乃具竿索,集朋党,凫趋雀跃,风驰电往,竞下任公之钓,争陈豫且之网。蝼蚁见而甘心,猿獭闻而抵掌。于是长舌利嘴,曳纶争钩,拖罾挫罽,抚背扼喉。动摇不可,腾跃无由,有怀纤润,宁望洪流。大鹏过而哀之,曰:"昔予为鲲也,与尔游乎?自余羽化之后,子其遗孤。"俄抚翼而下,负之而趋。南浮七泽,东泛五湖。是鱼也,已相忘于江海,而渔者犹怅望于泥涂。①

这样的构思与《穷鸟赋》并无二致。但也有细微的区别:一是所比之物不同,一为普通小鸟,一为东海巨鳞。二是人称视角不同,《穷鸟赋》由第三人称不自主地潜转为第一人称,《穷鱼赋》则始终用第三人称旁观视角。三是写作目的不尽相同,《穷鸟赋》是"贻书谢恩",赋前的文字借赵盾救灵辄事和扁鹊救虢太子事来表现友人的恩情,赋末祈愿救助自己的"大贤"子子孙孙富贵亨通;《穷鱼赋》有报德之思,但也在意鱼渔之争,前写"东海波臣""洗净月浦,涵丹锦津。映红莲而得性,戏碧浪以全身",中写渔者"具竿索,集朋党,凫趋雀跃,风驰电往,竞下任公之钓,争陈豫且之网",末了在写完巨鱼已相忘于江湖之后,还不忘来一句"而渔者犹怅望于泥涂"。大略而言,赵赋重在感人恩,卢赋重在抒己情,赵赋质朴,卢赋流丽。这样的写法与立意并不足以说明卢赋比赵赋高明,但就题材与写法本身而言,可以说是大同中有小异的,这也是赋体文学开疆拓土所常用的方法。

宽松点看,立意与写法的创新也可算作题材的开掘。比如王勃之前,桓玄作有《凤凰赋》、顾恺之作有《凤赋》、唐太宗作有《威凤赋》、傅咸作有《仪凤赋》,这些赋多写凤凰高逸之态以拟帝王之姿,王勃《寒梧栖凤赋》则独写其高洁之节与出应明主之意:"凤兮凤兮,来何所图?……游必有方,骇(一作"哂")南飞之惊鹊;音能中吕,嗟入夜之啼乌……虽碧沼可饮,更能

---

① 卢照邻著,李云逸校注:《卢照邻集校注》,北京:中华书局,1998年,第9~11页。

适于醴泉；虽琼林可栖，复想巡于竹榭……自此西序，言投北阙，若用之衔诏，冀宣命于轩阶。若使之游池，庶承恩于岁月，可谓择木而俟处，卜居而后歇。岂徒比迹于四灵，常栖栖而没没？"①熔冶典实，写透了凤凰高洁的特性，但不同于前作以凤凰来衬托甚至直接比拟帝王的是，此篇以凤凰突出盛世来比喻自己获取功名，这其实也是一种翻新，是切合王勃身世与志意的翻新。它如赋松，谢朓有《高松赋》、王俭有《和竟陵王高松赋》、沈约有《高松赋》、谢偃也作有《高松赋》，但王勃《涧底寒松赋》又独写它"托非其所"，以抒其"才高而位下"之意。

　　因为特殊的阅历，四杰的赋也创制了一些新的题材，如系狱之愤与患病之苦。骆宾王《萤火赋》与卢照邻《狱中学骚体》都是狱中之作。关于萤火的特性，晋傅咸、潘岳、梁萧和所作《萤火赋》都不乏精彩的描写。骆宾王则以数倍的篇幅极言其"处幽不昧"的特性以类比自己"逢昏不昧""临危不惧"的品格。赋序一开始就说自己"猥以明时，久遭幽絷""睹兹流萤之自明，哀此覆盆之难照"，显然是抒愤之作。为了在此客观之事物上注入主观之情志，骆宾王不惜笔墨制造了一大堆同声相应、异类同道的理论："夫类同而心异者，龙蹲归而宋树伐；质殊而声合者，鱼形出而吴石鸣。苟有会于精灵。夫何患于异类？""事沿情而动兴，理因物而多怀。""物有感而情动，迹或均而心异。响必应之于同声，道固从之于同类。"赋的上半写萤火的形态："乍灭乍兴，或聚或散。居无定所，习无常玩……与庭燎而相炫，照重阴于已昏；共爝火而齐息，避太阳于始旦。"末了不忘揭示："类君子之有道，入暗室而不欺；同至人之无迹，怀明义以应时。"赋的下半更以物喻人，借物抒愤：

　　　　彼翩飞之弱质，尚矫翼而凌空；何微生之多蹶，独宛颈以触笼？异璧光之照庑，同剑影之埋丰。觊道迷而可复，庶鉴幽而或通。览年华而自照，顾形影以相吊，感秋夕以殷忧，懋宵行以熠耀。熠耀飞兮绝复连，殷忧积兮明自煎。见流光之不息，怆警魂之屡迁。如过隙兮已矣，同奔电兮忽焉。傥余光之可照，庶寒灰之重然。②

---

① 王勃撰：《王子安集》，上海：上海古籍出版社，1992年，第11页。
② 骆宾王著，陈熙晋笺注：《骆临海集笺注》，上海：上海古籍出版社，1985年，第207～208页。

慕流萤之自在,感时光之流逝,冀冤情之昭雪,与《在狱咏蝉》同一机杼,而赋体铺陈更可尽情尽兴。《狱中学骚体》对比监狱内外不同的境况以抒发自己孤独偃蹇、无所依托的悲怨:"忧与忧兮相积,欢与欢兮两忘。风袅袅兮木纷纷,凋落叶兮吹白云。寸步千里兮不相闻,思公子兮日将曛。林已暮兮群鸟飞,重门掩兮人径稀。万族皆有所托兮,骞独淹留而不归。"

因为特殊的病痛体验,卢照邻《病梨树赋》《释疾文》《五悲文》等作品描述了深切凄苦的病痛感受。最直接的病痛叙写如:

> 天片片而云愁,山幽幽而谷哭。露垂泣于幽草,风含悲于拱木。徒观其顶集飞尘,尻埋积雪,骸骨半死,血气中绝,四支萎堕,五官欹缺。皮襞积而千皱,衣联寨而百结。毛落须秃,无叔子之明眉;唇亡齿寒,有张仪之羞舌。仰而视睛,瞖其若瞢;俯而动身,羸而欲折。神若存若亡,心不生而不灭。(《悲穷通》)①

> 形半生而半死,气一绝而一连。(《悲昔游》)②

> 余羸卧不起,行已十年,宛转匡床,婆娑小室。未攀偃蹇桂,一臂连蜷;不学邯郸步,两足匍匐。寸步千里,咫尺山河。(《释疾文》序)③

借病物以写病人如:

> 高才数仞,围仅盈尺,修干罕双,枯条每只,叶病多紫,花凋少白。夕鸟怨其巢危,秋蝉悲其翳窄。怯冲飙之摇落,忌炎景之临迫。(《病梨树赋》)④

> 状若重狴圆扉之受绁,又似干池涸井之相濡。鸾凤之翮已铩兮,徒奋迅于笼槛;骐骥之足已蹇兮,空怅望于廷衢。龙门之桐半死,邓林之木全枯。苟含情而禀气兮,孰能不伤心而疾首乎?(《释疾文·粤若》)⑤

除了病痛本身,还有因之而发的人情冷暖、命运穷达乃至子嗣断续思考与感愤:

---

① 卢照邻著,李云逸校注:《卢照邻集校注》,北京:中华书局,1998年,第201页。
② 卢照邻著,李云逸校注:《卢照邻集校注》,北京:中华书局,1998年,第211页。
③ 卢照邻著,李云逸校注:《卢照邻集校注》,北京:中华书局,1998年,第239页。
④ 卢照邻著,李云逸校注:《卢照邻集校注》,北京:中华书局,1998年,第29页。
⑤ 卢照邻著,李云逸校注:《卢照邻集校注》,北京:中华书局,1998年,第258~259页。

向时之清谈尚存,今日之相知已没。(《悲今日》)①

岁将晏兮欢不再,时已晚兮忧来多。东郊绝此麒麟笔,西山秘此凤凰柯。死去死去今如此,生兮生兮奈汝何?(《释疾文·粤若》)②

覆帱虽广,嗟不容乎此生,亭育虽繁,恩已绝乎斯代。赋命如此,几何可凭?(《释疾文》序)③

或垂阴万亩,或结子千年。何偏施之雨露?何独厚之风烟?(《病梨树赋》)④

卢照邻自号"幽忧子",称其病为"幽忧之疾""幽忧"本出《庄子》,《让王》篇载尧让天下于子州支父,子州支父曰:"以我为天子,犹之可也。虽然,我适有幽忧之病,方且治之,未暇治天下也。"郭象注:"幽,深也;忧,劳也,言我滞竟幽深,固心忧劳。"可见"幽忧之病"是笼统而称的深固难治之病,并非某种疾病的特定称谓。《旧唐书》本传称卢照邻"染风疾去官",可知卢照邻得的是风疾。卢照邻因得风疾而自号"幽忧子",因风疾而去官,最后竟不堪其苦而自投颍水而死,其间不仅有难以忍受的疼痛,还有远离社会的孤独,失去自由的怅恨,有志难骋的失落,一并熔铸为沉痛凄苦的生命感悟。而将这样的凄苦与感悟形诸诗文,在整个中国古代文学史上也属罕见。

叙事而外,四杰于咏物、山水、天象等题材也有拓展。王勃《游庙山赋》写蜀中山水;杨炯《老人星赋》颂南极寿星,《盂兰盆赋》赞佛物法会,《浑天赋》论天文气象,都有前人未及的内容。杨炯《卧读书架赋》更称别致,所赋为精巧别致的可卧可读的器物:"既有奉于诗书,故无违于枕席。朴斫初成,因夫美名。两足山立,双钩月生。从绳运斤,义且得于方正;量枘制凿,术乃取于纵横。功因期于学殖,业可究于经明。不劳于手,无费于目。开卷则气杂香芸,挂编则色连翠竹。风清夜浅,每待蘧蘧之觉;日永春深,常偶便便之腹。股因兹而罢刺,膺由是而无伏。庶思覃于下帷,岂邃留而更读?其利何如?其乐且只。"⑤刻画形制,铺陈便利,欣喜之情溢于言表。

四杰的赋作,既承传了齐梁以来殿苑风光与男女情爱的内容,又突破

---

① 卢照邻著,李云逸校注:《卢照邻集校注》,北京:中华书局,1998年,第223页。
② 卢照邻著,李云逸校注:《卢照邻集校注》,北京:中华书局,1998年,第261页。
③ 卢照邻著,李云逸校注:《卢照邻集校注》,北京:中华书局,1998年,第239页。
④ 卢照邻著,李云逸校注:《卢照邻集校注》,北京:中华书局,1998年,第27页。
⑤ 杨炯著,徐明霞点校:《杨炯集》,北京:中华书局,1980年,第8~9页。

了上流贵族狭小封闭的宫廷圈子,表现了更为复杂广阔的社会生活,铺叙了前人未及的新鲜事物,它与诗歌一样,为唐风的确立作了先导。

二、文气的开拓

"文以气为主"(曹丕《典论·论文》),"气盛,则言之短长与声之高下者皆宜"(韩愈《答李翊书》)。自曹丕提出"文气"说以来,人们对于"文气"内涵的理解纷繁复杂,但总归是就文学创作的主体而言的。诚如詹福瑞先生所言:"'文气'说内容之核心,是文学主体论。"①它大体包括作家内在的精神气质、个性才情、理想志愿,而又潜在地影响着文学作品的选题立意、情感力量、逻辑理路、气势腔调、文词语邈。在中国古代,与这种精神抽象物相关联而又更为具体的范畴是"情""志",由此派生出的"缘情"与"言志"两大命题也不乏纠结与胶着。大略而言,志中含情,情中有志,志多关乎伦理政教,情更近于感思意趣,志中之情多指家国群体的道德感受,情中之志多指个体一己的理想抱负。汉儒言志,重视诗赋的美刺与教化功能;六朝言情,重视文学的感物与抒情作用。从"言志"到"缘情"的转变一面标志着文学的自觉,一面也使文学所能表达的内容越来越狭窄,到了南朝的宫廷文学便只剩下男女之情事。接下来自然就是反正的工作,从刘勰的折中思想到隋文帝的政教理论,再到太宗君臣文质彬彬的理想,其实都在作着这方面的努力,但巨大的惯性与相似的生活也在不断地牵累着这种努力。到了四杰的时代,唐王朝的盛大气象鼓动着士人们建功立业的雄心壮志,而才高位下的现实处境又刺激着文人们敏感的神经。由此产生的张力使个体生命既洋溢着上进的激情,又饱含着不平的牢骚。所以,在四杰的赋里,主观的情志便具体表现为进取壮大之气与怨愤不平之气。

与南朝赋的缠绵哀婉不同,四杰赋开始让人感觉有迫人的气势,这种气势多半体现在高飞的意象与壮阔的场景中里,而其根源则在赋家自身不凡的抱负、超人的才气与自负的性格。

在四杰的咏物赋里,我们时常读到这样的句子,"怀九围之远志,托万里之长空"(卢照邻《驯鸢赋》);"郁霄汉之宏图,受园亭之近顾"(王勃《驯鸢赋》);"游必有方,骇(一作"哂")南飞之惊鹊;音能中吕,嗟入夜之啼乌"(王勃《寒梧栖凤赋》),这些高飞的意象寄寓了他们的雄图远志。而骆宾王《荡

---

① 詹福瑞:《中古文学理论范畴》,北京:中华书局,2005年,第146页。

子从军赋》中边塞场景的壮阔与行文气势的浩荡又分明增添了俊伟英侠的状貌。再看王勃《采莲赋》的序文："昔之赋芙蓉者多矣,虽复曹王潘陆之逸曲,孙鲍江萧之妙韵,莫不权陈丽美,粗举采掇,岂所谓究厥丽态,穷其风谣哉？顷乘暇景,历睹众制,伏玩累日,有不满焉。遂作赋。"①将曹植《芙蓉赋》、潘岳《莲花赋》、孙楚《莲花赋》、鲍照《芙蓉赋》、江淹《莲花赋》、萧统《芙蓉赋》、简文帝《采莲赋》一并打倒,可不是一般的口气。

这样的气魄其实正是用世情怀的体现。再以《春思赋》为例,虽与南朝同类赋一样不乏怅惘的情思,但总的格调是乐观开朗的。尤其最后一段：

> 会当一举绝风尘,翠盖朱轩临上春。朝升玉署调天纪,夕憩金闺奉帝纶。长卿未达终希达,曲逆长贫岂剩贫？年年送春应未尽,一旦逢春自有人。②

流落异乡,春来春往,抱志难伸,但总有一天可以改头换面,朝升玉署、夕憩金闺,"会当一举绝风尘"则颇同杜甫的少年意气。因为艳丽中存有豪迈之气,它便与梁陈那些一味描写春色冶荡的宫体诗赋有了质的区别。

而这高昂的情绪正源于作者不凡的抱负与耿介自负的性格。赋序称："仆不才,耿介之士也……虽弱植一介,穷途千里,未尝下情于公侯,屈色于流俗,凛然金石自匹。"再看他的自荐文：

> 借如勃者,渺小之一书生耳。曾无钟鸣鼎食之荣,非有南隆北阁之援,山野悖其心迹,烟雾养其神爽。未尝降身摧气,逡巡于列相之门;窃誉干时,匍匐于群公之室。所以慷慨于君侯者,有气存乎心耳。实以四海兄弟,齐远契于萧、韩;千载风云,托神知于管、鲍。不然则荷裳桂楫,拂衣于东海之东;菌阁松楹,高枕于北山之北。焉复区区屑屑,践名利之门哉！
>
> 君侯足下,出纳王命……亦复知天下有遗俊乎？夫心之精微,口不能言也;言之微妙,书不能文也、伏愿辟东阁,开北堂,待之以上宾,期之以国士,使得披肝胆,布腹心,大论古今之利害,高谈帝王之纲纪。然后鹰扬豹变,出蓬户而拜青墀;附景抟风,舍苔

---

① 王勃撰：《王子安集》,上海：上海古籍出版社,1992年,第13页。
② 王勃撰：《王子安集》,上海：上海古籍出版社,1992年,第8页。

衣而见绛阙。(《上刘右相书》)①

渴求用世而又凛然不屈,窃誉干时而又非为名利,自诩为"天下遗俊",期待以"上宾""国士",自然形成蹈厉奋发、刚介慷慨甚或不可一世之气。读到这里你就能感觉到李白式自荐的由来了。②

又据辛文房《唐才子传》卷一载:"(杨)炯恃才凭傲,每耻朝士矫饰,呼为'麒麟楦',或问之,曰:'今假弄麒麟戏者,必刻画其形覆驴上,宛然异物,及去其皮,还是驴耳。'闻者甚不平,故为时所忌。"③视达官贵人如驴马,恃才傲物以致为人所忌,这其实也是四杰的共性。

因为强烈的功名心,四杰也难免写些应诏颂美的作品。如卢照邻的《同崔少监作双槿树赋》,杨炯的《庭菊赋》《盂兰盆赋》《老人星赋》,王勃的《九成宫东台山池赋》等,当然反过来,也不妨把这种"长寄心于君王"(王勃《采莲赋》)的志意与陈述理解为进取之气的某种表现。

青苔生于荒涧,寒松长于深谷,穷鱼"动摇不可,腾跃无由"(卢照邻《穷鱼赋》),浮沤"时行时止""倐来忽往"(杨炯《浮沤赋》),孤凫"耻园鸡之恋促,悲塞鸿之赴永"(王勃《江曲孤凫赋》),萤火"知战场之化磷,悟冤狱之为虫"(骆宾王《萤火赋》),幽兰是"悲秋风之一败,与蒿草而为刍"(杨炯《幽兰赋》),秋霖则"居人对之忧不解,行客见之思已深"(卢照邻《秋霖赋》)。凡此种种形象,莫不充溢着赋家们"志远心屈"的怨愤与"才高位下"的不平,当然也无不契合着四杰托非上流的身世与沉沦下僚的处境。

这种怨愤与不平有时也通过衬托与对照展现出来。卢照邻《秋霖赋》先写秋雨愁人为总纲:

> 风横天而瑟瑟,云覆海而沉沉。居人对之忧不解,行客见之思已深。若乃千井埋烟,百廛涵潦。青苔被壁,绿萍生道。于时巷无人迹,林无鸟声。野阴霾而自晦,山幽暧而不明。长涂未半,茫茫漫漫。莫不埋轮据鞍,衔凄茹叹。④

---

① 王勃撰:《王子安集》,上海:上海古籍出版社,1992年,第59~61页。
② 李白《上安州裴长史书》云:"愿君侯惠以大遇,洞开心颜,终乎前恩,再辱英盼。白必能使精诚动天,长虹贯日,直度易水,不以为寒。若赫然作威,加以大怒,不许门下,逐之长途,白既膝行于前,再拜而去,西入秦海,一观国风,永辞君侯,黄鹄举矣。何王公大人之门,不可以弹长剑乎?"《与韩荆州书》近似。
③ 傅璇琮主编:《唐才子传校笺》,北京:中华书局,1987年,第40页。
④ 卢照邻著,李云逸校注:《卢照邻集校注》,北京:中华书局,1998年,第1页。

然后举孔子周游列国、屈原流放江南、苏武羁押匈奴之苦以为例证：

> 借如尼父去鲁，围陈畏匡，将饥不爨，欲济无梁。问长沮与桀溺，逢汉阴与楚狂。长栖风而沐雨，永栖栖以遑遑。及夫屈平既放，登高一望，湛湛江水，悠悠千里。泣故国之长楸，见玄云之四起。嗟乎！子卿北海，伏波南川；金河别雁，铜柱辞莺；关山天骨，霜露凋年。眺穷阴兮断地，看积水兮连天。①

接下来再举"东国儒生，西都才客"困守穷居，研精书史以为延展：

> 别有东国儒生，西都才客，屋满铅椠，家虚儋石，茅栋淋淋，蓬门寂寂。芜碧草于园径，聚绿尘于庖甗。玉为粒兮桂为薪，堂有琴兮室无人。抗高情以出俗，驰精义以入神。论有能鸣之雁，书成已泣之麟。睹皇天之淫溢，孰不隅坐而含颦？②

最后却写王孙公子，达官贵人们的纸醉金迷、无忧无虑：

> 若夫绣毂银鞍，金杯玉盘，坐卧珠璧，左右罗纨，流酒为海，积肉为峦。视襄陵与昏垫，曾不辍乎此欢。岂知乎尧舜之臞瘠，而孔墨之艰难？③

这样的结尾，将个我的不平注入了普世的忧愁中，也打上了赋家自己的印记。

同一赋家笔下不同的事物也可展现个我的心路历程。王勃入蜀前的《寒梧栖凤赋》借凤自喻，不仅表达了猛志四海、骞思远骛的抱负，而且不乏心志高洁、才用超群的自信。而入蜀后写的《江曲孤凫赋》，则由桐中珍凤一变而为幽溪野鸭。虽同用一"孤"字，意绪却大不同，一面说"宇宙之容我多矣！造化之资我厚矣！何必处华池之内，而求稻粱之恩"，一面说"迫之则隐，驯之则前，去就无失，浮沉自然"。徘徊去就，似平而实不平。至如同为入蜀后作的《涧底寒松赋》，更明言"托非其所"之愤。马积高先生谓其"洗去铅华，与魏征《道观柏树》之作在风格上相似"④，其实比之魏赋，王作

---

① 卢照邻著，李云逸校注：《卢照邻集校注》，北京：中华书局，1998年，第2~3页。
② 卢照邻著，李云逸校注：《卢照邻集校注》，北京：中华书局，1998年，第4页。
③ 卢照邻著，李云逸校注：《卢照邻集校注》，北京：中华书局，1998年，第27页。
④ 马积高：《赋史》，上海：上海古籍出版社，1987年，第263页。

"才高位下"之言更多更悲。由珍凤而寒松、孤凫,大体可以见出王勃遭际与心绪的变化。

不光个别作家的个别作品,整个四杰的赋作屈式的骚愤与无奈的达观都是交织在一起的。王、卢虽将齐梁浮艳文风的根源指向屈原①,但当他们经历坎坷时对屈原的认识便有所改变,卢照邻在《释疾文》序中云:"盖作《易》者其有忧患乎?删《书》者其有栖遑乎?《国语》之作,非瞽叟之事乎?《骚》文之兴,非怀沙之痛乎?吾非斯人之徒欤,安可默而无述。"在这在自沉颍水前所作的文章里,卢照邻对屈原的发愤作文总算有了深切的体悟与莫大的同情,并自觉以它为创作之准绳。"天盖高兮不可问,地盖广兮不容人"(《释疾文·粤若》)。"天之生我兮胡宁不辰?少克己而复礼,无终日兮违仁。既好之以正直兮,谅无负于神明;何彼天之不吊兮,哀此命之长勤"(《释疾文·命曰》)。"侏儒何功兮短饱?曼倩何负兮长贫"(《同崔少监作双槿树赋》),这分明是屈式的骚愤。怪不得《四库全书总目》中说卢照邻"平生所作,大抵欢寡愁殷,有骚人之遗响"。② 骆宾王"义协风骚"已如前述,王勃志远心屈的骚怨也处处可见:"虽高柯峻颖,不能逾其岸"(王勃《涧底寒松赋》)。"抚穷贱而惜光阴,怀功名而悲岁月"(王勃《春思赋序》)。"林壑逢地,烟霞失时。托宇宙兮无日,俟虬鸾兮未期"(王勃《游庙山赋》)。杨炯的《幽兰赋》里还写及屈原故事:

若夫灵均放逐,离群散侣。乱鄢郢之南都,下潇湘之北渚。步迟迟而适越,心郁郁而怀楚。徒眷恋于君王,敛精神于帝女。汀洲兮极目,芳菲兮袭予,思公子兮不言,结芳兰兮延伫。③

同情之意溢于言表。便是他的《浑天赋》,也不乏借言浑天说而抒发胸中怨愤的成分,序称:"显庆五年,炯时年十一,待制弘文馆。上元三年,始以应制举补校书郎……二十年而一徙官,斯亦拙之效也。代之言天体者,未知浑盖孰是?代之言天命者,以为祸福由人,故作浑天赋以辩之。"二十年而

---

① 王勃在《上吏部裴侍郎启》中说:"自微言既绝,斯文不振。屈、宋导浇源于前,枚、马张淫风于后,谈人主者以宫室苑囿为雄,叙名流者以沉酗骄奢为达。故魏文用之而中国衰,宋武贵之而江东乱。虽沈谢争骛,适先兆齐梁之危;徐庾并驰,不能免周陈之祸。"卢照邻在《驸马都尉乔君集序》中云:"昔文王既没,道不在于滋乎!尼父克生,礼尽归于是矣。其后荀卿、孟子,服儒者之褒衣;屈平、宋玉,弄词人之柔翰。礼乐之道,已颠坠于斯文;雅颂之风,犹绵联于季叶。"

② 永瑢等撰:《四库全书总目》,北京:中华书局,1965年,第1278页。

③ 杨炯著,徐明霞点校:《杨炯集》,北京:中华书局,1980年,第10页。

一徒官,是对自身处境的不满。赋云:"至高而无上,至大而无外。四时行焉,万物生焉。群神莫尊于上帝,法象莫大于皇天。灵心不测,神理难诠。"①灵心不测,这是对最高统治者的疑惑。"以颜回之仁也,贫居于陋巷;以孔子之圣也,情希乎执鞭。冯唐入于郎署也,两君而未识;扬雄在于天禄也,三代而不迁;桓谭思周于图谶也,忽焉不乐;张衡术穷于天地也,退而归田。"这些贤能之士的不遇又何尝没有杨炯自己的影像?所以说四杰的赋作受屈骚的影响是显而易见的,当然屈原的忧国忧民与九死不悔是前无古人后无来者的。

像除屈原以外所有乐于中道的中国文人一样,四杰也不会独守屈原式的高标特立。干预功名的愿望不能实现时,除了痛苦愤恨,四杰的赋中也常见达观自适的超越情怀。江曲孤凫而外,王勃笔下的驯鸢"与道浮沉,因时俯仰。去非内惧,驯非外奖"(王勃《驯鸢赋》)。青苔"不根不蒂,无迹无影。耻桃李之暂芳,笑兰桂之非永。故顺时而不竞,每乘幽而自整"(王勃《青苔赋》)。而卢照邻笔下的驯鸢与杨炯笔下的青苔也或"风去雨还,河移月落"(卢照邻《驯鸢赋》),或"有达人卷舒之意,君子行藏之心"(杨炯《青苔赋》)。再看骆宾王《萤火赋》称萤火"应节不愆,与物不竞",杨炯《浮沤赋》写水中泡沫:"迹均显晦,妙合虚无。同至人之体道,亦随时而不拘。夫其得坻则止,乘风则逝。处上下而无穷,任推移而不系。似君子之从容,常卷舒而不滞。"②以四杰的处境不可能真正有如此达观的心迹,但当他们受伤的心灵需要安抚时,无奈的发泄与即时的超越也可自娱自慰。

屈式的骚愤也好,无奈的达观也好,最后都归根于青春般的进取,表现为力量与气魄。而这力量与气魄恰恰既是对南朝的超越,又为盛唐作了铺垫。闻一多先生在《宫体诗的自赎》一文中盛赞卢、骆对于宫体诗的改造之功时,极力强调的便是这力量。他说卢照邻:"只要以更有力的宫体诗救宫体诗,他所争的是有力没有力,不是宫体不宫体。甚至你说他的方法是以毒攻毒也行,反正他是胜利了。"③说卢、骆的成功不止靠篇幅:

> 仅仅篇幅大,没有什么,要紧的是背面有厚积的力量撑持着。
> 这力量,前人谓之"气势",其实就是感情。有真实的感情,所以

---

① 杨炯著,徐明霞点校:《杨炯集》,北京:中华书局,1980年,第5页。
② 杨炯著,徐明霞点校:《杨炯集》,北京:中华书局,1980年,第15页。
③ 闻一多撰,傅璇琮导读:《唐诗杂论》,上海:上海古籍出版社,1998年,第13页。

卢、骆的来到,能使人们麻痹了百余年的心灵复活。有感情,所以卢、骆的作品,正如杜甫所预言的,"不废江河万古流"。①

三、体格的开拓

文体的各要素之间是相互关联甚至含糊不清的,所以在中国古代既有"体类""体裁""体制"的概念,也有"体式""体要""体性""体貌"的范畴。简化的方法是先分内、外的因素,再定刚、柔的指标。勒内·韦勒克、奥斯汀·沃伦认为:"文学类型应视为一种对文学作品的分类编组,在理论上,这种编组是建立在两个根据之上的:一个是外在形式(如特殊的格律或结构等),一个是内在形式(如态度、情调、目的以及较为粗糙的题材和读者观众范围等)。""总的来说,我们的类型概念应该倾向于形式主义一边"。②本节所讲的题材、文气属于内在因素,接下来要讲的"体格"属外在形式。"体格"可理解为体制、格调,大体包括刚性的体裁、体制,也就是结构形式,与比较柔性的体性、体貌即语言修辞、表现手法及宏观整体的风格。四杰在文体体格上的开拓主要体现在体裁、体制方面。

在诗歌史中,四杰在五言律诗与七言歌行方面的开拓作用是不容置疑的。闻一多先生曾从这个角度对四杰的排序进行解释,并将王、杨与沈(佺期)、宋(之问)分为一组,卢、骆与刘(希夷)、张(若虚)分为一组,以此强调前者对五言律诗的推动作用与后者对歌行体的发展。其实为王、扬、卢、骆赢得"四杰"徽号的赋与骈文,尤其是赋,在体制方面也有不少开拓。

四杰的赋前多有骈文序言,其中以王勃为最,12篇作品7篇有序,这些序文不光交代写作的背景,更融入主观的情志。因为六朝以来诗赋的相融互化与赋体体式本身的复杂多变,四杰赋多为破体,类诗类文、似骚似律,这本身就为赋体的变革提供了客观的物质基础。

在四杰赋的种种变革中,最让人关注的是律赋的首创与七言诗体赋的定型。

律赋是一种格律赋,讲求声韵和对仗,因为它是在骈赋的基础上发展而来,对它的界定也常常是针对骈赋而言的。如马积高先生说:"盖律赋本

---

① 闻一多撰,傅璇琮导读:《唐诗杂论》,上海:上海古籍出版社,1998年,第15页。
② [美]勒内·韦勒克、奥斯汀·沃伦著,刘象愚等译:《文学理论》(修订版),南京:江苏教育出版社,2005年,第274页,第276页。

从骈赋变出,其区别主要在于:骈赋不限韵,律赋则限韵;骈赋虽多偶句,一般只求大体整齐,律赋则基本上全是俳偶句,只可稍有变化;骈赋起结较自由,律赋则开头一般必须破题,承结亦多有恒式;骈赋长短不齐,律赋一般限四百字左右。"①这种区别涉及音韵、对仗、章法、句法、篇幅,是相当全面的。但骈、律之别最关键的还是声韵格律。而声、韵严格讲来也有所侧重,关于律赋的界定,学界便有"声""韵"之别,"声"主要指平仄与四声病犯,"韵"则特指题下限韵。

尹占华先生说:"什么是律赋?律赋就是限韵的赋,这是一个'硬'标准。当然律赋还有诸如偶俪、藻饰、用典等特征,但那些都是'软'条件,是可以不具备或不全具备的。""律赋就是骈赋,只不过其韵脚是预先确定而已。"②这是以题下限韵为标准的"韵"派。日本人铃木虎雄称:"律赋本骈赋之狭义者。"③又说:"律赋者,实尚音律谐协,对偶精切者也。故单据此点,则与俳赋有同性质。而其更与俳赋相区异者,以于押韵为设制限,而采用于官吏登用之试也。"④可见他也是属于"韵"派的。

元人祝尧在《古赋辨体》中云:"(辞赋)流至潘岳,首尾绝俳,然犹可也,沈休文等出,四声八病起,而俳体又入于律。为俳者则必拘于对之必的,为律者则必拘于音之必协。"⑤这是以协音为标准的"声"派,但祝尧说得不具体。今人邝健行先生写了多篇文章进行充分的论述。他说:"律的内涵便是声。""赋到后来所以以'律'命名,主要由于声音因素的作用之故"。⑥他概括律赋的特点有四:"(一)讲究对偶;(二)重视声音谐协,避免病犯;(三)限韵,以八韵为原则;(四)句式以四六为主……四点之中,尤以二、四两点为要。而二、四两点,又以第二点声音谐协、避免病犯为主。""(律赋)标准体式虽分几项,重要的应该是声音,这样才能扣紧'律'字。声音不仅指平仄,还深入讲四声病犯;这才是律赋的主要特征。其他如隔句对之类,属于较为次要部分。"⑦他更进一步说:"所谓'声音',还不是南朝沈约等人拈出的浮声切响的一般理解,而是初唐以来摸索出来而可以具体掌握的声律和

---

① 马积高:《历代辞赋研究史料概述》,北京:中华书局,2001年,第102页。
② 尹占华:《律赋论稿》,成都:巴蜀书社,2001年,第1页,第96页。
③ [日]铃木虎雄著,殷石臞译:《赋史大要》,正中书局,1942年,第113页。
④ [日]铃木虎雄著,殷石臞译:《赋史大要》,正中书局,1942年,第163~164页。
⑤ 祝尧:《古赋辨体》,见文渊阁《四库全书》1366册,第778页。
⑥ 《唐代律赋与律》,见邝健行编著:《诗赋合论稿》,南京:江苏古籍出版社,2002,第120页。
⑦ 邝健行:《律赋论体》,载《四川师范大学学报》,2005年第1期,第68页,第72页。

声病的种种规矩……南朝人对平仄句调,实无具体的安排办法……唐人能够指出在赋句或赋联中声音的关键部位、平仄甚至四声该依循的标准;也能指出怎样避免句子间最后一字或句中字四声相同或韵部相同的问题;从而做到句能'便口',不致'犯格'。"①所以"题下限韵也能作为作品是否可以归入律赋的一种考虑,但到底还得取决于作品的文字和声音形式"。②

强调"声",有利于明察由骈入律过程中四声与平仄日趋讲究的实质,也有利于深入了解律赋在声律方面的特点。突出"韵",是因为这个"韵"特指"题下限韵",而题下限韵是声韵同时发展成熟的结果,限韵的同时必也讲究"声",而且这样判定操作简单。其实韵文体式演变过程中"声""韵"的讲求虽有侧重,而实难截然分开,成熟的律体尤当"声""韵"互重。律赋区别于骈赋,就其实质而言,也既源于"声",还因为"韵"。就实际操作而言,"声"派与"韵"派的标准不是对立互补,而是松严有别、繁简有异。邝健行先生也说:"'题下限韵'是律赋的标志之一。没有这样标志的赋体虽然不见得就不是律赋,然而总得分析以后才能判定。至于有这样标志的赋体,一般的情况下,尽可当下视之为律赋的。"③

简单的标准便于操作,复杂的规约利于明察。但不管执行何种标准,王勃、甚至杨炯与其对五律的推动一样,对赋体的律化与定型都作出过重大贡献。王勃的《寒梧栖凤赋》是现存最早的题下限韵的律赋之一。④ 对唐代律赋的发展与定型无疑起着重要的作用。⑤ 按邝健行先生"声"派的标准,王勃的《释迦佛赋》也可视为律赋,因为"其句式及声调的运用和题下

---

① 《初唐题下限韵律赋形式的观察及引论》,见邝健行编著:《诗赋合论稿》,南京:江苏古籍出版社,2002年,第163页。

② 《初唐题下限韵律赋形式的观察及引论》,见邝健行编著:《诗赋合论稿》,南京:江苏古籍出版社,2002年,第171页。

③ 《初唐题下限韵律赋形式的观察及引论》,见邝健行编著:《诗赋合论稿》,南京:江苏古籍出版社,2002年,第134页。

④ 邝健行先生《初唐题下限韵律赋形式的观察及引论》一文据《文苑英华》和《全唐文》列举初唐题下限韵律赋10篇:蒋王(李)恽《五色卿云赋》、刘允济《天行健赋》、王勃《寒梧栖凤赋》、苏珦《悬法象魏赋》、徐彦伯《汾水新船赋》、刘知几《京兆试慎所好赋》、刘知几《韦弦赋》、封希颜《六艺赋》、梁献《大阅赋》、胡璲《大阅赋》。其中,《寒梧栖凤赋》与《五色卿云赋》创作时间最早,但具体时间都不能确定。蒋王(李)恽死于上元元年(674),王勃死于上元三年(676),王勃短命而早慧。姜书阁《骈文史论》、韩晖《隋及初盛唐赋风研究》、赵成林《唐赋分体叙论》等称王赋是现存最早的律赋。

⑤ 邝健行先生曾以王勃《寒梧栖凤赋》等为例,从隔句对联与声病忌避等方面论证赋律的完成同诗赋一样大抵也在初唐中期。详见其《初唐题下限韵律赋形式的观察及引论》一文。

限韵的律赋基本上无所分别",而杨炯的《浑天赋》"隔句对联用了三十七回""声音也比南朝诸流畅",其基本形式也"距离律赋的较近,距离骈赋的较远"。① 如果再扩散开来,你会发现四杰的赋对于声韵与对仗的讲求都是非常自觉的,也正是四杰众多近律的赋作铺垫出了比较成熟的律赋作品。

律出于骈,而多少受初唐诗歌对平仄规则的追求和诗歌限韵创作的影响,五、七言诗体赋则更是赋体不断吸收诗歌句法的产物。

早在汉代,就有五、七言诗句入赋的情况,如班固的《竹扇赋》、张衡《思玄赋》、赵壹的《刺世疾邪赋》,都有成段的诗句。梁陈时期,诗赋相融的节奏加快,五、七言诗体律化的同时,赋中出现的五、七言诗句也趋向律化,庾信《对烛赋》《春赋》《采莲赋》《荡子赋》,徐陵《鸳鸯赋》,萧悫《春赋》等赋中都有大量的律句。到了隋唐,尚有王绩《三日赋》《元正赋》、朱桃椎《茅茨赋》以为铺垫,最终成就了王勃《春思赋》、骆宾王《荡子从军赋》这样成熟的五、七言诗体赋。② 据叶幼明先生统计,庾信《春赋》全赋 62 句,其中,五言律句 10 句,七言律句 14 句。到了骆宾王的《荡子从军赋》更以五、七言律句为主,全赋 54 句,其中,七言律句 34 句,五言律句 8 句,四、六言赋句才 12 句。而王勃《春思赋》除序言外,本部 204 句,其中,七言律句占 114 句,五言律句占 50 句。③ 与五、七言歌行体诗已没有太多区别,所以明人李梦阳将《荡子从军赋》稍加改造便变成了七言歌行体诗《荡子从军行》。没有了区别可能也是对自身的否定,王芑孙在《读赋卮言》中说:"七言五言,最坏赋体,或谐或奥,皆难斗接;用散用对,悉碍经营。人徒见六朝、初唐人以此入妙,而不知汉、魏典型,由斯阔矣。"④讲的就是这个意思。

在诗赋互渗的过程中,赋融于诗,从赋这边看是赋的解体,可从诗这边看,全速发展的歌行体最终消解五七言体赋而成为文坛描写壮阔景象、表达慷慨意绪的重要体式,也同样可以成就四杰在文体演变史上的地位。卢照邻的《长安古意》、骆宾王的《帝京篇》,这些"用铺张扬厉的赋法膨胀过了

---

① 《初唐题下限韵律赋形式的观察及引论》,见邝健行编著:《诗赋合论稿》,南京:江苏古籍出版社,2002 年,第 171~174 页。
② 郭建勋、曾伟伟:《诗体赋的界定与文体特征》谓"初唐是五、七言诗体赋的一个小高潮",并对诗体赋的进程详加考察。文载《求索》,2005 年第 4 期,第 139~142 页。
③ 叶幼明:《辞赋通论》,长沙:湖南教育出版社,1991 年,第 60 页。
④ 王芑孙:《读赋卮言》,见何沛雄编著:《赋话六种》(增订本),香港:生活·读书·新知三联书店,1982 年,第 4 页。

的乐府新曲"①,既开拓了唐诗的新气象,为从刘希夷、张若虚到高适、岑参、李白、杜甫等人笔下七言歌行体艺术高峰的出现铺平了道路,又为四杰本身赢得了崇高的声誉。

除律赋的首创与五七言诗体赋的定型以外,杨炯《幽兰赋》《青苔赋》,卢照邻《秋霖赋》《同崔少监作双槿树赋》《五悲文》《释疾文》《狱中学骚体》,王勃《采莲赋》等对于骚体的承继也可一提,因为它们在韩柳复兴骚体之前庶可使这一传统不致断绝。

至于四杰赋的语言修辞与整体风格,一在于承前而来的精致流丽,一在于与壮大气势相称的雄词阔语。四杰辞采,不乏雕饰,像"岭横鸡秀,波连凤液,花鸟紫红,蘋鱼漾碧,绿衣元衩,赪鳞翠额"(王勃《九成宫东台山池赋》),"叶镂五衢,荣分四照。纷广庭之霏靡,隐重廊之窈窕。青陆至而莺啼,朱阳升而花笑"(卢照邻《同崔少监作双槿树赋》)之类的句子,与南朝辞赋相差无几。其可称者,在于赋物工细入微而又清脆流丽。如写浮沤,"于是乍明乍灭,时行时止。排雨足而分规,擘波心而对峙。轻盈徘徊,容与庭隈。状若初莲出浦,映清波而未开;又似繁星落曙,耿斜汉而将回……雨密稠生,风牵乱上"(杨炯《浮沤赋》)。李调元认为"雨密稠生,风牵乱上"八字:"赋物之妙,工细入微,沈休文所谓指物程形,无假于题署上者也。"②如写花叶:"叶抱露而争密,花牵风而乱下"(王勃《春思赋》),《赋话》称其"皆李谔所谓风云月露争一字之巧者,后来尖颖一派从此脱胎"。③ 如写梅柳:"霜前柳叶衔霜翠,雪里梅花犯雪妍,霜前雪里知春早,看柳看梅觉春好。"(王勃《春思赋》)回环复沓,温婉舒爽。更有《春江花月夜》式的畅达流转而又哲思充盈:

> 忽逢江外客,复忆江南春……春江澹容与,春期无处所。春水春鱼乐,春汀春雁举。君道玉门关,何如金陵渚?为问逐春人,年光几处新?何年春不至?何地不宜春?亦有当春逢远客,亦有当春别故人,风物虽同候,悲欢各异伦。④

一面是精致流丽,一面却常用"天下""九州""五湖""四海""万古""千

---

① 闻一多撰,傅璇琮导读:《唐诗杂论》,上海:上海古籍出版社,1998年,第25页。
② 李调元:《赋话》卷一,《丛书集成初编》本,北京:中华书局,1985年,第4页。
③ 李调元:《赋话》卷一,《丛书集成初编》本,北京:中华书局,1985年,第2~3页。
④ 王勃撰:《王子安集》,上海:上海古籍出版社,1992年,第7~8页。

年"等阔大悠长的时空词以及浩盛雄伟的风物,这与四杰赋浩大文气的开拓也是互为关联的。浩大之气总得落实到浩大的语词与奔走的词调中来,只有这样才能锻造出整体宏大的气象来。

四、成因分析

四杰赋所带来的历史性进步,关乎政局的变革、文化的变迁及由兹而来的赋家处境心境的变化。武后主政而加强科举以大力擢拔寒士已如前述,其对于社会最直接的影响便是各阶层政治地位的变动。陈寅恪先生认为:

> 当时山东、江左人民之中,有虽工于为文,但以不预关中团体之故,致遭屏抑者,亦因此政治变革之际会,得以上升朝列,而西魏、北周、杨隋及唐初将相旧家之政权尊位遂不得为此新兴阶级所攘夺替代。故武周之代李唐,不仅为政治之变迁,实亦社会之革命。若依此义言,则武周之代李唐较李唐之代杨隋其关系人群之演变,尤为重大也。①

门阀世族的根基既已动摇,寒士从政的机会便有所增加,再加上唐朝建立以来整个国势的日渐上升,士人的功名欲望与仕进热情便急遽膨胀到近乎狂妄的地步。与骆宾王有过诗书往来的员半千在自荐于皇帝的《陈情表》里说:

> 臣某言,臣贫穷孤露,家资不满千钱,乳杖藜糗,朝夕才充一饭……于今立身,未蒙一任……若使臣七步成文,一定无改,臣不愧子建;若使臣飞书走檄,援笔立成,臣不愧枚皋。陛下何惜玉阶前方寸地,不使臣披露肝胆,抑扬辞翰?请陛下召天下才子三五千人,与臣同试诗策判笺表论。勒字数,定一人在臣先者,陛下斩臣头,粉臣骨,悬于都市,以谢天下才子。②

子建、枚皋不在话下,三五千中直取头筹,看到写给皇帝的信里都用这样的口气,你就明白四杰的恃才傲物、纵情任性实乃时代使然。

但理想每违离于现实,期盼易流落为失望,仕进的大门虽已打开,称心的职位总归有限。魏元忠在《上高宗封事》中云:"谈文者以篇章为首,而不

---

① 陈寅恪:《唐代政治史述论稿》,北京:生活·读书·新知三联书店,2001年,第202页。
② 董诰等编:《全唐文》卷一百六十五,北京:中华书局,1983年,第1682页。

问之以经纶,而奔竞相因,遂成浮俗……此则位处立功之际而不得展其志略,而布衣韦带之人怀一奇、抱一策,上书阙下,朝进而望夕召,何可得哉?"①士人奔竞而不得展其志略本是封建王朝共有之特性,但于才华出众、期望特高且门第卑微无所依凭者而言尤为难堪与愤懑。② 所以杨炯先是慷慨激昂"宁为百夫长,胜作一书生"(《从军行》)。后来却抑郁伤感"美人今何在?灵芝徒自芳"(《巫峡》)。卢照邻渴望"谁能借风便,一举凌苍苍"(《赠益府群官》),而现实是"天子何时问?公卿本不怜"(《于时春也慨然有江湖之思赠柳九陇》)。气恼的王勃索性指陈天地,责问盛世:

  天地不仁,造化无力,授仆以幽忧孤愤之性,禀仆以耿介不平之气。顿忘山岳,坎坷于唐尧之朝,傲想烟霞,憔悴于圣明之代。(《夏日诸公见寻访诗序》)③

生逢盛世而未展良图,从这些诗文的自我表述里,你不难理解四杰赋作中为什么既高谈胸怀的豪迈,又有失路艰虞的悲愤。正是理想与现实的冲突形成了文学作品的张力。

  至于卢照邻在辞赋中所表现出来的绝望与挣扎,更缘于其人所未有的病痛经历。卢照邻在四杰中年龄最大而遭遇最为悲惨,他不仅仕途不顺,还曾有牢狱之灾,而且身患沉疴。为了治病他曾四处求医问药,包括从名医孙思邈问疾,且学道奉佛,都无法拯救垂危的生命与痛苦的灵魂,最后自行了结。这种不幸,世所罕见。明人张燮在《幽忧子集题词》中说:"古今文士奇穷,未有如卢升之之甚者。夫其仕宦不达,则亦已耳,沉疴永痼,无复聊赖,至自投鱼腹中,古来膏肓,无此死法也。"④贫病交加,卢照邻的赋作便多从这种生活体验中来。

  文风的改革呼吁已久,理想的旗帜也早已高悬,但空洞的理论即便上升到国家兴亡的高度也于事无补,最后还是要靠创作实绩来说话。四杰对于前代文风的批判毫不留情,杨炯在《王勃集序》中曾说梁、魏、周、隋之作,"或苟求虫篆,未尽力于丘坟;或独徇于波澜,不寻源于礼乐"。又说"龙朔

---

① 董诰等编:《全唐文》卷一百七十六,北京:中华书局,1983年,第1790~1791页。
② 王、卢虽远出高门,但隋唐之交已沦为庶族,杨、骆便是先代也官位不显,四杰除文章才学外皆别无凭借,又皆天才早慧而命途坎坷。
③ 王勃撰:《王子安集》,上海:上海古籍出版社,1992年,第42页。
④ 卢照邻著,祝尚书笺注:《卢照邻集笺注》,上海:上海古籍出版社,1994年,第542页。

初载,文场变体,争构纤微,竞为雕刻。糅之金玉龙凤,乱之朱紫青黄,影带以徇其功,假对以称其美,骨气都尽,刚健不闻"。① 王勃甚至把淫靡文风的渊源一直追溯到屈原与宋玉,把崇尚辞章、文采看作国家动乱、败亡的根源。"自微言既绝,斯文不振。屈、宋导浇源于前,枚、马张淫风于后,谈人主者以宫室苑囿为雄,叙名流者以沉酗骄奢为达。故魏文用之而中国衰,宋武贵之而江东乱。虽沈谢争骛,适先兆齐梁之危;徐庾并驰,不能免周陈之祸"(《上吏部裴侍郎启》)。② 但他们没有迂阔到断绝一切文华,而是照样作着齐梁式的雕虫之文,只不过他们的生活既触动了他们的情思,他们自己又不失时机地将胸中所郁积的抱负与情怀诉诸笔端。在四杰的赋作及其序文里,我们常常可以看到他们对于感物缘情的自觉:"事沿情而动兴,理因物而多怀。感而赋之,聊以自广"(骆宾王《萤火赋序》);"赏由物召,兴以情迁,故其游咏一致,悲欣万绪"(王勃《采莲赋》);"今造《五悲》以伸万物之情"(卢照邻《五悲文》序);"窃禀宇宙独用之心,受天地不平之气"(王勃《春思赋》)。因情生感,因感作文,是四杰胸中进取之气、不平之气引领了文学的兴革。四杰的文学思想尤其作品中呈现出的气魄与力量既洗涤着齐梁浮靡文风,又为盛唐风骨的到来鸣响了前奏。"尔曹身与名俱灭,不废江河万古流"(杜甫《戏为六绝句》)。四杰就应该得到这样的评价。

五、刘希夷、韦承庆的咏物之作与写心之赋

敦煌文献中有《死马赋》一篇,原题刘希移,经考定即刘希夷。③ 赋写良马浴血疆场而终无所封的遭际与感慨:

> 连山四望何高高,良马本代君子劳。燕地冰坚伤冻骨,胡天霜落缩寒毛。愿君回来乡山道,道傍青青饶美草。鞭策寻途未敢迷,希君少留养疲老。君其去去途未穷,悲鸣赢卧此山中。桃花零落三春月,桂枝摧折九秋风。昔日浮光疑曳练,常时蹑景如流电。长楸尘暗形影遥,上兰日明踪迹遍。汉女弹弦怨离别,楚王兴歌苦征战。赤血沾君君不知,白骨辞君君不见。少年驰射出幽并,高秋摇落重横行。云中想见游龙影,月下思闻飞鹊声。千里

---

① 杨炯著,徐明霞点校:《杨炯集》,北京:中华书局,1980年,第34页,第36页。
② 王勃撰:《王子安集》,上海:上海古籍出版社,1992年,第55页。
③ 详见张锡厚:《敦煌赋集校理(续)》,载《敦煌研究》,1989年第4期,第91~92页。

相思浩如失,一代英雄从此毕。盐车垂耳不知年,妆楼画眉宁记日。高门待封杳无期,迁乔题柱即长辞。八骏驰名终已矣,千金买骨复何时。①

胡天燕地,霜落冰坚,赋一开始就强调良马的辛劳及其效用君子的初衷。然后以行经山道,贻享美草之请,希冀主人不忘供养,顾惜疲顿。但事与愿违,终因羸老遭君遗弃,徒感春月秋风桃开桂折。回想昔日,少壮英侠,光疑曳练,影如流电,驰射幽并,血洒疆场,可到头来,功劳不见,待封无期。刘希夷上元二年(675)进士及第,但不为时重,"寸禄不沾,长怀顿挫"②,死时年未三十③,命运奇蹇,真与"一代英雄从此毕""千金买骨复何时"句意契合。但赋并未涉及真正沉重的现实内容,情调的悲怨也倚仗整饬流丽的七言来传达④,结构上还不乏回环往复,所以虽写壮盛的军旅题材而能给人以宁静、淡雅与清凉的感觉,这悲怨也因此得以稀释泛化。大概真如闻一多先生所言,刘希夷是"卢骆的狂风暴雨后宁静爽朗的黄昏。"⑤

韦承庆,字延休,第进士,长安中官至凤阁侍郎、同凤阁鸾台平章事,以附张易之流岭表。岁余,召回为秘书员外少监,兼修国史。今存《灵台赋》《枯井赋》两篇。据《新唐书》本传载:"仪凤中,诏太子监国,太子稍嗜声色,兴土功。承庆见造作玩好浮广,倡优鼓吹欢哗,户奴小人皆得亲左右、承颜色,恐因是作威福,宜加绳察,乃上疏极陈其端,又进《谕善箴》,太子颇嘉纳。承庆尝谓人所以扰浊浮躁,本之于心,乃著《灵台赋》,讥揣当世,亦自广其志……凡三掌选,铨授平允,议者公之。"⑥可知韦承庆写作《灵台赋》是有其现实目的与实用价值的。赋序交代写作缘起,说绎思今古,伫怀天地,想到古往今来,人为万物之灵,而人之所贵全在于心,所以作赋。而赋的开篇即承序而言心之重要:"含粹而起,惟神所止。想四大之枢机,执五成之端揆,统精灵之往复,括性命之终始……若众星之拱璇极,犹列国之宗玉辰。"然后写心之运营:

---

① 张锡厚录校:《敦煌赋汇》,南京:江苏古籍出版社,1996年,第186页。
② 傅璇琮主编:《唐才子传校笺》,北京:中华书局,1987年,第100页。
③ 《唐才子传》谓因爱惜"年年岁岁花相似,岁岁年年人不同"一联,被其舅宋之问遣人以土囊压死。
④ 因为纯用七言的缘故,唐诗的整理者们把它补入了《全唐诗》中。这更成为七言诗体赋的极致。
⑤ 闻一多撰,傅璇琮导读:《唐诗杂论》,上海:上海古籍出版社,1998年,第17页。
⑥ 欧阳修、宋祁撰:《新唐书》卷一百一十六,北京:中华书局,1975年,第4229页。

其高也,巍乎峻峙,杰尔孤标,上干日月,迥冠云霄。其深也,如海之渟,如渊之邃,窅万仞兮沉以清,潜九重兮隐而冈。其平也,周道如砥,君子之夷局。其险也,蜀门若剑,小人之跋躅。弥性场而极览,溥情囿而环瞩。鲜开旷而闲凝,多郁埋而窘促。萌一绪而千变,兆片机而万触。无半刻而恬想,乃终年而汩欲……怒则烈火扇于冲飙,喜则春露融于朝旭……其骛时也,似飞蛾凌乱而投明烛;其趋利也,若饥乌联翩而争场粟……沉浮兮靡定,去就兮多途。乍排下而进上,忽出有而入无。转息而延缘万古,回瞬而周流八区……虽杼轴而无已,吾未知其所图。①

上干日月,下潜九重,平如砥石,险如剑门。性场情囿,千变万触。时刻运营,终年不止。用种种形象将抽象的心理活动铺叙出来,这一段应该是最费心机的。接下来写人心之难测:"清浊两资,臧否兼司……类阴阳之不测,匹神鬼之难期。不可审之以权量,不可卜之以蓍龟。"再往下由古人之心、至上之心而归结于个我之心。征之载籍,古来贤愚,非由物成,实源于心,正合清浊之说。而"上圣之神理"莫过于"无损无益,不盈不冲。湛虚明其若镜,坦宏量其如空,静凝神而合道,动应物而收功",但这种至上之境、虚空之心非我辈所能至及,便只能效"懿士之清规":"宅义依仁,栖贞履顺。"赋中对心灵活动的描写,实与陆机《文赋》、刘勰《文心雕龙·神思》等关于艺术想象的论述有异曲同工之妙。

《枯井赋》写枯井干枯前后不同的境遇,结构简单明了。枯井先前"浪华浮润,醴泉味芳""由中夏而浃外区,自帝王而周庶匹。接壤邻甸,骈闾比室。咸赖此以资生,必待斯而养质,随大小而周用,任多少而取实。环终始兮历古今,积岁时而绵月日"。其资生之功可谓广大恒久。一旦"栏倾甃毁,土陷泉沉,滋液中耗,污泥上侵",则"古桃憔悴兮无色,枯桐零落兮罢阴。霜霰积兮空园冷,荆棘攒兮荒径深。昔时之所趋挹,畴日之所窥临,皆指新而竞往,罕存旧而来寻。"作者自己的态度在乱辞里讲得很清楚:"有通有塞兮道之恒,时用时舍兮业方宏。疏而泄兮甘润腾,壅而竭兮污泥增。彼幽涸兮如重启,济穷渴兮良所能。"②只要加以疏泄,枯井也可重启。如果没有什么寄托,这篇赋的主旨实在比较平常,想必与韦承庆晚年因附丽

---

① 董诰等编:《全唐文》卷一百八十八,北京:中华书局,1983年,第1901页。
② 董诰等编:《全唐文》卷一百八十八,北京:中华书局,1983年,第1902~1903页。

张易之被贬岭表而不为人重的处境心境有关。

第四节 武后、中宗朝赋家群体

自武后亲自柄政至睿宗景云末的近三十年间,宫廷政变频出,王朝走向险象环生,但整个大唐的基业不仅没有动摇,还按它既定的轨道加速前进,这是因为太宗以来的成规、惯例、人才储备乃至潜在气脉在国家体制里能够一以贯之的缘故。文学的发展也因中宗与朝臣们一如既往的鼓动支持而获取更大的空间。文士群体的层见迭出,诗文风格的多元异貌,尤其沈、宋对于律诗的定型与陈子昂关于"兴象""风骨"的倡议,都是对四杰的深化与拓展。在文人才士们热衷于以新兴律体进行宫廷唱和的时候,诗赋的地位也在悄然变更,张、陈、沈、宋、李、杜、苏、崔等不再像四杰那样以赋闻名,而是以诗立世。但他们多半还有赋篇存留,在题材、手法上仍有新的开拓;理论上,刘知几《史通》对于辞赋的尚质要求,既反映着社会思潮中的崇实倾向,又为辞赋批评提供了异样的视角,而李峤《感物赋》及序结合登高望远对感物理论的阐述,既对传统的物感说有所深化,又对唐初以来文学创作中感物缘情的创作实践有所总结,并对陈子昂"兴寄说"重"寄"不重"兴"的倚偏有所补正。

一、武后中宗朝赋坛概貌

武后、中宗朝文学之盛,于文士集中而成群体可见一斑,先有参决朝政,掣肘宰相,为武后登基开辟道路的"北门学士"[①],后有为汇集儒、释、道三教精义而预修《三教珠英》的"珠英学士"[②],外加陈子昂、杜审言、卢藏用、司马承祯等"方外十友"[③],一时名士如沈佺期、宋之问、李峤、杜审言、崔融、苏味道、陈子昂、刘知几、刘允济、张说、苏颋、富嘉谟、吴少微、阎朝

---

① 《新唐书》卷二百一十载:"武后讽帝召诸儒论撰禁中……凡撰《列女传》《臣轨》《百僚新戒》《乐书》等九千余篇。至朝廷疑议表疏皆密使参处,以分宰相权,故时谓'北门学士'。"详见欧阳修、宋祁撰:《新唐书》,北京:中华书局,1975年,第5744页。《旧唐书》卷八十七《刘祎之传》等略同。

② 预修《三教珠英》的人数,《唐会要》卷三十六称26人,《郡斋读书志》卷二十称47人,两说相差甚大,徐俊考订诸史及敦煌遗诗,取47人之说,应为可信。详见徐俊纂辑:《敦煌诗集残卷辑考》(北京:中华书局,2000年)及《敦煌本〈珠英集〉考补》(载《文献》,1992年第4期)等。

③ 《新唐书·陆余庆传》载:(余庆)"雅善赵贞固、卢藏用、陈子昂、杜审言、宋之问、毕构、郭袭微、司马承祯、释怀一,时号'方外十友'。"详见欧阳修、宋祁撰:《新唐书》,北京:中华书局,1975年,第4239页。

隐、徐彦伯、马吉甫、员半千、崔湜、徐坚、卢藏用、司马承祯等,莫不有其归属。他们常相聚会,互为唱和,无疑促动着文学的创作与品评。《三教珠英》修成后,崔融便编集修书之学士所赋诗篇,勒为五卷,题名《珠英学士集》。中宗复唐,储旧纳新,增置修文馆学士,于诗酒宴游的生活情有独钟。张说《唐昭容上官氏文集序》说:"自则天久视之后,中宗景龙之际,十数年间,六合清谧,内峻图书之府,外辟修文之馆。搜英猎俊,野无遗才。右职以精学为先,大臣以无文为耻。每豫游宫观,行幸河山,白云起而帝歌,翠华飞而臣赋。雅颂之盛,与三代同风。"①词虽溢美,绝非无稽。更可注目者,文士创作虽一仍宫廷旧制,但并无宗派意识,同僚既可竞技,方内方外又可交叉包容。如"沈宋"并称,"四友"同列,而宋、杜又入"方外十友",这种相对自由开放的团体活动更有利于作家个性的保持与文学体式的兼顾。《大唐新语》卷八记张说语云:"李峤、崔融、薛稷、宋之问,皆如良金美玉,无施不可。富嘉谟之文,如孤峰绝岸,壁立万仞,丛云郁兴,震雷俱发,诚可畏乎!若施于廊庙,则为骇矣。阎朝隐之文,如丽色靓妆,衣之绮绣,燕歌赵舞,观者忘忧。然类之《风》《雅》,则为罪矣。"②或诗或文,或古或新,可知文体多元。后人更以"沈宋体""吴富体""陈拾遗体""新歌行体""史传体"等称誉当时的文风。

这样的文学环境影响及于辞赋,便是作家作品的多量、创作方式的多途与题材手法的多样。如下表所示,武后、中宗朝存赋作家不少于 26 人,存世赋作则在 44 篇以上③,考虑到遗逸的作品,其数目当非常可观。

---

① 董诰等编:《全唐文》卷二百二十五,北京:中华书局,1983 年,第 2275 页。
② 刘肃撰:《大唐新语》,《丛书集成初编》本,上海:商务印书馆,1936 年,第 93 页。《旧唐书》卷一百九十、《新唐书》卷二百一十并载。
③ 不包括已知赋名的佚赋与不以赋名的赋体文。东方虬《蟾蜍赋》、刘允济《天行健赋》、刘知几《韦弦赋》、张嘉贞《水镜赋》等 4 篇作品《历代赋汇》标为"唐阙名"所作,刘知几《京兆试慎所好赋》标"唐阙名《慎所好赋》"。另刘允济《万象明堂赋》、沈佺期《峡山赋》《蝴蝶赋》等 3 篇作品载《全唐文》,而《历代赋汇》不收。已知赋名的佚赋如:崔液《幽征赋》(《旧唐书》卷七十四、《新唐书》卷九十九)、陈振鹭《海鸥赋》(《旧唐书·崔湜传》)、卢藏用《芳草赋》(《旧唐书·卢藏用传》)、许景先《大像阁赋》(《旧唐书·许景先传》)、颜元孙《安石榴赋》《高松赋》(《全唐文》卷三百四十一颜真卿《颜君神道碑铭》)、徐秀《东堂壁画赋》(《全唐文》卷三百四十三颜真卿《徐府君神道碑铭》)、权若讷《栖隐赋》《归山赋》《喜雨赋》《悲秋赋》(《全唐文》卷四百九十三权德舆《权文公集序》)、戴令言《两脚狐赋》(《资治通鉴》卷二百七十)等。

武后、中宗朝赋家赋作表

作者	赋名	《历代赋汇》卷次	《历代赋汇》类目	字数	此前同题材赋作	《全唐文》卷次
陈子昂	《麈尾赋》	100	饮食	52＋304		209
崔融	《瓦松赋》	120	草木	102＋361		217
崔湜	《野燎赋》	71	农桑	88＋719		280
东方虬	《尺蠖赋》	139	鳞虫	191	鲍照《尺蠖赋》	208
东方虬	《蚯蚓赋》	139	鳞虫	138		208
东方虬	《蟾蜍赋》	137	鳞虫	279		208
封希颜	《六艺赋》(律)	62	文学	522		282
富嘉谟	《丽色赋》	外15	美丽	371	江淹《丽色赋》、司马相如《美人赋》、沈约《丽人赋》	235
甘子布	《光赋》	2	天象	355		259
高迈	《鲲化为鹏赋》	128	鸟兽	510		276
高迈	《度赋》	85	器用	307		276
高迈	《济河焚舟赋》	64	武功	784		276
贾曾	《水镜赋》	30	地理	188		277
李峤	《楚望赋》	111	览古	341＋868		242
李咸	《田获三狐赋》(律)	59	蒐狩	56＋492	司马相如《子虚赋》、扬雄《羽猎赋》	276
刘允济	《地赋》	14	地理	462	成公绥《天地赋》	164
刘允济	《明堂赋》	72	宫殿	567		164
刘允济	《天赋》	1	天象	382	成公绥《天地赋》	164
刘允济	《天行健赋》(律)	1	天象	393		164
刘允济	《万象明堂赋》			339		164
刘知几	《思慎赋》	69	性道	1025＋1379	梁简文帝《悔赋》、挚虞《思游赋》	274
刘知几	《韦弦赋》(律)	67	性道	376		274
刘知几	《京兆试慎所好赋》(律)	68	性道	386		274
马吉甫	《蝉赋》	138	鳞虫	504	曹植、傅玄《蝉赋》，陆云《寒蝉赋》，傅咸《鸣蜩赋》	622

续表

作者	赋名	《历代赋汇》卷次	《历代赋汇》类目	字数	此前同题材赋作	《全唐文》卷次
马吉甫	《蜗牛赋》	139	鳞虫	54＋264		622
沈佺期	《峡山寺赋》	110	览古	71＋199		235
沈佺期	《蝴蝶赋》			91		235
沈佺期	《峡山赋》			503		235
宋璟	《梅花赋》	124	花果	81＋477	梁简文帝《梅花赋》	207
宋之问	《太平公主山池赋》	76	宫殿	785	王勃《九成宫东台山池赋》	240
宋之问	《秋莲赋》	122	花果	152＋503	梁简文帝、梁元帝、王勃等《采莲赋》	240
苏珦	《悬法象魏赋》(律)	45	治道	324		200
魏归仁	《宴居赋》	78	室宇	34＋236	和：张说《虚室赋》	260
徐彦伯	《南郊赋》	47	典礼	1066	郭璞《南郊赋》	267
徐彦伯	《登长城赋》	39	都邑	861	魏文帝《登城赋》	267
徐彦伯	《汾水新船赋》(律)	89	舟车	417		267
阎朝隐	《晴虹赋》	6	天象	205	江淹《赤虹赋》	207
姚崇	《扑满赋》	85	器用	244		206
张嘉贞	《空水共澄鲜赋》	29	地理	191		299
张嘉贞	《水镜赋》	30	地理	315	傅咸、庾信《镜赋》	299
张泰	《学殖赋》(律)	60	文学	358	束晳《读书赋》	200
张廷珪	《弹棋赋》	103	巧艺	303	蔡邕、曹丕、丁廙、夏侯惇等《弹棋赋》	269
郑惟忠	《古石赋》	23	地理	492	张正见《石赋》	168
郑惟忠	《泥赋》	23	地理	85＋370		168

以创作方式而言，传统的献纳酬唱仍在继续，新开的进士试赋渐成主流。献纳之作，史有明文的如武后垂拱四年(688)刘允济奏《明堂》而拜著作郎，中宗景龙三年(709)徐彦伯作《南郊赋》而"辞甚典美"。① 酬唱之赋，据赋序可知有陈子昂《麈尾赋》、魏归仁《宴居赋》、李咸《田获三狐赋》。《麈尾赋》序云："甲子岁，天子在洛阳。时余始解褐，与秘书省正字。太子

---

① 分见《旧唐书》卷一百九十、卷九十五。

司直宗秦客置酒于金谷亭,大集宾客。酒酣,共赋座上食物,命余为《麈尾赋》焉。"①即是"大集宾客""共赋座上食物",想必这次盛会规模不小,作品众多。上表所列 8 篇律赋,除刘知几《慎所好赋》作于仪凤四年(679)京兆解试时及李咸《田获三狐赋》系和崔都尉之作外,其他无法确知其创作时间与用途,但自永隆二年(681)诏令进士试杂文始,为科考而习辞赋的人肯定大大增加。据徐松《登科记考》,垂拱元年(685)进士试《高松赋》②,长安二年(702)试《东堂壁画赋》③,两科录取人数分别为 27 人、21 人,但今可考者仅吴师道、颜元孙、张九龄、徐秀 4 人,而赋皆不存。武后、中宗、睿宗三朝 29 年间录取进士 728 名④,虽未必皆以赋试,但由此推知习赋之人当以千计,应该不算太过。从此以后,为科考而作赋恐怕也成了赋体创作的主要方式了。

至于此期赋作的题材、主旨与表现手法,本节拟从宏大与些微、献颂与讥世、描写与议论三方面述说。

(一)宏大与些微

赋分大小。司马相如说"赋家之心,苞括宇宙,总揽人物"⑤,体现的是自觉的大赋创作意识,但不久就有司马迁割相如之浮说,扬雄疾"辞人之赋丽以淫",挚虞历数大赋"假象过大""逸辞过壮""辩言过理""丽靡过美"之过。⑥ 与此同时,对小赋的肯定悄然兴起,汉宣帝说"辞赋大者与古诗同义,小者辩丽可喜"。⑦ 至刘勰《文心雕龙·诠赋》则有意识地将大赋与小赋进行对比:

若夫京殿苑猎,述行序志,并体国经野,义尚光大,既履端于

---

① 董诰等编:《全唐文》卷二百零九,北京:中华书局,1983 年,第 2112 页。
② 《登科记考》卷三引《颜元孙神道碑》云:"君讳元孙,字聿修,京兆长安人。举进士。素未习《尚书》,六日而兼注必究。省试《九河铭》《高松赋》……由是名动天下。"同榜录取进士 27 人。详见徐松撰,赵守俨点校:《登科记考》,北京:中华书局,1984 年,第 80 页。
③ 《登科记考》卷四引《徐府君神道碑铭》云:"君讳秀,东海郯人。年十五,为崇文生,应举。考功员外郎沈佺期再试《东堂壁画赋》,公援翰立成。沈公骇异之,遂擢高等。"此榜因"时有下等,谤议上闻",诏令重试,张九龄也曾"再拔其萃"。是年录进士 21 人。详见徐松撰,赵守俨点校:《登科记考》,北京:中华书局,1984 年,第 134 页。
④ 韩晖《隋及初盛唐赋风研究》据《登科记考》卷三、四、五统计。
⑤ 葛洪撰:《西京杂记》,北京:中华书局,1985 年,第 12 页。
⑥ 挚虞:《文章流别论》,见严可均校辑:《全上古三代秦汉三国六朝文》,北京:中华书局,1965 年,第 1905 页。
⑦ 班固撰,颜师古注:《汉书》卷六十四《王褒传》,北京:中华书局,1962 年,第 2829 页。

唱序,亦归余于总乱。序以建言,首引情本;乱以理篇,写送文势。按《那》之卒章,闵马称"乱",故知殷人辑《颂》,楚人理赋。斯并鸿裁之寰域,雅文之枢辖也。

至于草区禽族,庶品杂类,则触兴致情,因变取会,拟诸形容,则言务纤密;象其物宜,则理贵侧附;斯又小制之区畛,奇巧之机要也。①

这两段全面论述了大赋与小赋在题材、主旨、篇幅、体制及手法方面的不同特点。可知赋体大小之别不仅在于篇幅,还在于作者胸襟、创作难度与创作宗旨及客观效果乃至手法风格上的差异。创作大赋要有"苞括宇宙,总揽人物"之心,创作小赋可随物赋形;创作大赋要经年累月、呕心沥血,创作小赋可以朝成暮就、援笔立成;大赋"义尚光大"、与"古诗同义",小赋"因变取会""触兴致情";大赋"侈丽闳衍",是"雅文之枢辖",小赋"辩丽可喜",是"奇巧之机要"。② 大赋、小赋的分流与"大赋""小赋"概念的刻意对举,从主观心理而言,多半缘于人们习惯思维中对事物两极的格外关注。赋体题材的创新也多半在巨细两极之间求发展,但从人们对客观事物的认识规律而言,宏观整体的认知相对有限,微观具体的分类却可层出不穷,再加上汉大赋本已"苞括宇宙",赋体题材开拓的总体趋势必然是寻找新的具体细微的物类。

上表所列武后、中宗朝44篇赋,其中,《历代赋汇》所载41篇分属天象、地理、都邑、治道、典礼、蒐狩、文学、武功、性道、农桑、宫殿、室宇、器用、舟车、饮食、巧艺、览古、草木、花果、鸟兽、鳞虫、美丽22大门类。或颂美教化,或分敷物理,或假物寄意,或登临抒怀,或论议明志。所赋对象,既有天、地、鹍鹏等壮阔宏大之物,也有尺蠖、瓦松、秋莲、梅花、蝉、蜗牛、蚯蚓、蟾蜍、麈尾、蝴蝶等些小卑微之物,还有光、虹、泥、石、野燎、水镜等特殊物质;既有明堂、长城、山池、山寺等巨型建筑,也有扑满、度、船等小巧器物;既有郊祀、田猎、战争、游观、弹棋等具体事务,也有读书、论学、修身、治国等抽象道理,真可谓含纳万有。其中有不少全新的题材,如东方虬《蚯蚓赋》《蟾蜍赋》、马吉甫《蜗牛赋》、陈子昂《麈尾赋》、沈佺期《蝴蝶赋》、崔融

---

① 刘勰著,范文澜注:《文心雕龙注》,北京:人民文学出版社,1958年,第135页。
② 可参见郭建勋:《辞赋文体研究》第三章《大赋与小赋》,北京:中华书局,2007年,第105~138页。

《瓦松赋》、崔湜《野燎赋》、甘子布《光赋》、贾曾《水镜赋》、郑惟忠《泥赋》、姚崇《扑满赋》、高迈《度赋》等，多为前人未曾赋咏的物类。便是高迈《济河焚舟赋》《鲲化为鹏赋》、刘知几《韦弦赋》（律8）、封希颜《六艺赋》（律8）等事理赋也不无创意。崔湜《野燎赋序》云："先天二年十月，仆客于郢山之胡氏，胡氏之子体道之（疑）命，与仆有忘年之厚焉。常以暇日，登高纵观，见火燎于野，壮而伟之，因谓仆曰：'吾读文多矣，未尝见有赋于是者，试为吾赋之。'仆时负谴，触物多兴，援毫斐然，岂近声律。"①正是这种赋前人之所未见的创先意识与客观存在的众多未曾入赋的事物，使武后、高宗朝赋作题材有了新的开拓。试举宏大与些微两极之作以为观照。

所赋宏大而又气势雄伟的当数高迈《鲲化为鹏赋》《济河焚舟赋》，一出寓言，一假史事。《鲲化为鹏赋》取材于《庄子》而略有改造，如赋首写鲲、鹏之变：

> 北溟有鱼，其名曰鲲。横海底，隘龙门，眼睔睔而明月不没，口呀呀而修航欲吞。一朝乘阴阳之运，遇造化之主。脱我鬐鬣，生我翅羽。背山横而压海嵯峨，足山立而偃波揭竖。张皇闻见，卓荦今古。过鲁门者累百，曾莫敢睹；来条支者成群，又何足数？既负此特达壮心，亦有取也。②

庄子说："北冥有鱼，其名为鲲。鲲之大，不知其几千里也。化而为鸟，其名为鹏。鹏之背，不知其几千里也。"以不知为知，简略而虚泛，留下了无穷的想象空间。高迈把它坐实为"眼睔睔""口呀呀""背山横""足山立"的形制，"脱我鬐鬣，生我翅羽"的过程与鲁门神鸟③"莫敢睹"、条支大雀④"何足数"的影响，多少有他自己的想象，并间以遇时乘运的感叹，便使赋一开始就有了现实的品格。接下来关于大鹏鸟扶摇而上徙于南溟的描写更细化为三部曲：

---

① 董诰等编：《全唐文》卷二百八十，北京：中华书局，1983年，第2838页。

② 董诰等编：《全唐文》卷二百七十六，北京：中华书局，1983年，第2807～2808页。

③ 《国语·鲁语》载："海鸟曰爰居，止于鲁东之外三日，臧文仲使国人祭之。"传说这种鸟很大，举头则高达八尺，形似凤凰，古人以为是神鸟。《庄子·至乐》有鲁侯养鸟的故事。

④ 条支为西域古国，《史记》卷一百二十三《大宛列传》载："条枝在安息西数千里，临西海，暑湿，耕田，田稻。有大鸟，卵如瓮。"班固《西都赋》云："其中乃有九真之麟，大宛之马，黄支之犀，条支之鸟，逾昆仑，越巨海，殊方异类，至于三万里。"《前汉记》《后汉书》《东观汉记》诸书或称"大雀""大马雀""安息雀""条支大雀"等。

若乃张垂天，激洪涟，海若簸其后，阳侯腾其前；泅如也，皓（一作"皎"）如也，蛟螭为之悚（一作"怛"）怖，洲岛为之崩骞。如此，上未上之间，邈矣三千。

接海运，抟风便，飞廉倏而走，羊角忽而转；勃如也，蓬如也，云溟为之光掩，山泽为之色变。如此，高未高之间，腾夫九万。

足踏元气，背摩太清，指天池以遥集，按高衢而迅征；时与运并，道与时行，遗夭阏之类，放逍遥之情。如此，自一日，亘千岁，阴数与阳数际，乃下夫南溟之裔。①

将上未上之际，"蛟螭为之悚怖，洲岛为之崩骞"；九万高空之上，"云溟为之光掩，山泽为之色变"；将徙南溟之时，"指天池以遥集，按高衢而迅征"。这样铺陈的动态描写在《逍遥游》里显然是没有的，而此间的气势也不亚于《庄子》。中间还是有时、运的铺垫。最后忍不住直抒胸臆：

呜呼！谁无借便之事？九万三千，故非常情之所希冀；谁无回翔之图？一举六月，故非常情之所觊觎。由此言之，则凤凰上击，诚未得其锱铢，鸿鹄一举，适可动其卢胡。况鷾鸸之辈，尺鷃之徒，易安易给，其足其居。须臾之间，腾踯无数；龌龊之内，翩翻有余。伊小大之相绝，亮在人而亦尔。凌云词赋，满腹经史，婆娑独得，肮脏自是，不大遇，不大起。谓斯言之无征，试假借乎风水，看一动一息，凡历天机（一作"夫几"）千万里。②

鲲鹏之志，非同常情，尺鷃之愿，易安易给，小大相绝，在人亦然，这还是讲得通的道理，最后再落实到自己。虽有"凌云词赋，满腹经史"，但未曾大遇大起，倘有北溟大海，六月大风，自当水击三千，腾空万里。庄子本意在于无功、无名、无待乃至无己，但大鹏的形象与鲲鹏变化的际遇客观上成了志士仁人奋发图强的精神寓所。后来李白笔下的大鹏形象寓意更加明朗，气势也更加壮阔，盖因性情抱负不同之故。

高迈位居清闲、一生平淡的具体生活不得而知③，但"凌云词赋"却是

---

① 董诰等编：《全唐文》卷二百七十六，北京：中华书局，1983年，第2808页。
② 董诰等编：《全唐文》卷二百七十六，北京：中华书局，1983年，第2808页。
③ 《全唐文》卷二百七十六李思齐《对致仕判》说他与弟高秀合登清官，位望崇重。悬车之岁（70岁），挂冠辞归邑里。北京：中华书局，1983年，第2806页。

事实,《新唐书·艺文志》载"《高迈赋》一卷"。传世除《鲲化为鹏赋》外,另有《济河焚舟赋》。赋假秦穆公用败将孟明伐晋事①,史、论结合而气势滔滔,颇类纵横家文。如写孟明之败云:"空山肉填,平地血流,匹马只轮,荡然不收。社稷包羞,朝廷隐忧,用兵至此,不死何求?"②极言其耻辱。而写其再战之威云:"乃复总元戎,申薄伐,驷马云屯,长剑电掣,哮阚兮前貔后虎,威棱兮左霜右雪,火千旗而四面风生,雷万鼓而一道地裂。小长平之瓦散,凌不周之柱折,朝出乎咸秦,夕济乎孟津。"极言其迅捷。有了这重铺垫以后再写孟明慷慨的誓言与焚舟时壮烈的场面"……夫其火与木相守,水与火相煎,烘大川,燉长湍,龙吼乎沸潭,鱼喁乎汤泉,舳舻化而为炭,楫棹飏而为烟。水声与军声合,旁括乎地;火气与兵气斗,上冲于天。是以天为我赫怒焉,地为我震巢焉,林木为我枯死焉,山陵为我崩骞焉。千里而高鸟不过,四遐而猛兽莫前,况于人乎!况于国乎!"水火相煎,舟船化为烟炭,鱼龙为之战栗,天地震怒,山木为之崩枯,鸟兽莫敢近前。军威如此,结果自然是"鬼雪前耻,人解厚颜,四顾野清,横行而旋"。末段论议,先仿《左传》"君子"③之言论孟明之临事、子桑之举人与秦伯之用贤,并于三者中刻意强调子桑的"耳目"之功,然后才回到现实,自比孟明,希冀有子桑之力,能助己谋大成之业:

> 明明我后,渴贤固久,悬无私之镜以照六合,持无私之衡以秤九有,掇奇拾异,茞菲尽取。若有一人兮,近文章,含坚贞,悔已往之无成,谋大来于此行,出蜀郡题桥以见志,入函关弃繻以示诚,宁作焚舟而死,不为弃甲而生,投军于子桑,自比于孟明,君谓之何如哉?言之不可以已也,颂之曰:析薪如之何?匪斧不克。事君如之何?匪媒不得。是知焚舟之役,非孟明之力,乃子桑之力也。④

假力以大起大落,寓意与前篇实无二致,而声威或又过之。

徐彦伯《登长城赋》也以史论为主而非一般行旅纪游之作。赋以长城

---

① 事见《左传》僖公三十三年、文公二年、文公三年。
② 董诰等编:《全唐文》卷二百七十六,北京:中华书局,1983年,第2806页。
③ 《左传·文公三年》云:"君子是以知秦穆公之为君也,举人之周也,与人之壹也;孟明之臣也,其不解也,能惧思也;子桑之忠也,其知人也,能举善也。《诗》曰:'于以采蘩,于沼于沚,于以用之,公侯之事',秦穆有焉。'夙夜匪解,以事一人',孟明有焉。'诒厥孙谋,以燕翼子',子桑有焉。"
④ 董诰等编:《全唐文》卷二百七十六,北京:中华书局,1983年,第2807页。

为线索,将千年史实、万里景观、雄强论议、深沉感悟交织在一起。首段假班固口吻以论秦朝二世而亡的原因,颇类贾谊过秦之论,所不同者这番宏论镶嵌在览长城、筑长城、叹长城的叙事框架里。赋云:"凿临洮之西徼,穿负海之东隅……飞刍而挽粟者十有二年,堑山而堙谷者三千余里。黔首之死亡无日,白骨之悲哀不已,犹欲张伯翳之绝允,驰撑犁之骄子。曾不知失全者易倾,逆用者无成……板筑未艾,君臣颠沛……因虐主之淫愎,成后王之要害。则知作之者劳,而居之者泰。"①骄横刚愎,欲成子孙帝王万世之业而不恤民情,结局自然是"板筑未艾"而"君臣颠沛"。关于长城的屏障作用古人多有反思。唐太宗《临层台赋》说:"加以长城亘地,绝脉遐荒,迭郭峙汉,层檐映廊。反是中华之弊,翻资北狄之强。烽才烟而已备,河欲冻而先防。玉帛殚于帑藏,黎庶殍于风霜。喷胡尘于渭水,腾朔马于渔阳。"②北宋张舜民《长城赋》云:"其后百有余岁,孝武皇帝悯平城之厄,愤冒顿之书。赫然发怒,慨然下诏,奋然兴师,斥单于于大漠之北。开亭障,置烽燧,出长城于千里之外,此非城之功;又数百年,五胡分扰,边马饮江,毡裘被于河洛,鸣镝斗于上林,此非城之罪。及乎周隋,至于唐晚,亦我出而彼入,将屡胜而屡败,莫不火灭烟消,土崩瓦解,瓶罄罍耻,兔亡蹄在。城若有知,应为感慨。"③一前一后,或为帝王之戒慎,或为臣子之忧思,徐作当有承前启后之功。④ 但徐作虽类史论又不似张作专以论史为务,徐作第二段便急转寒冬岁暮的长城风光,末以"悲壮图之夭遏,悯劳生之艰遭"句引出第三段对与长城有关的历史人物的凭吊,其中名扬古今的有韩信、李陵、明妃、蔡琰、赵王迁、马融、卫青、张辽、苏武、张骞,或囹圄胡地,望断乡关;或破敌塞北,扬威泄愤;或不辱使命,志节不迁。第四段再直抒感慨。全赋由纵论秦政而横观塞北,又由当前景象而凭吊古人,真可谓视通万里,思接千载,"观古今于须臾,抚四海于一瞬"(陆机《文赋》)。终其宗旨,虽不乏"开伟词而谕汉""飞雄论以过秦"的兴亡之议,而更在于"岁峥嵘而将暮,实慷慨于穷尘"的古今之感。⑤ 这种感慨泛无涯际,连同纵横开阖的气势、文质兼具的语词,共同造就了这篇赋作雄奇阔大的风貌。

刘允济分成公绥《天地赋》为《天赋》《地赋》,所赋对象本极宏大,但因

---

① 董诰等编:《全唐文》卷二百六十七,北京:中华书局,1983年,第2716页。
② 董诰等编:《全唐文》卷四,北京:中华书局,1983年,第46页。
③ 张舜民撰:《画墁集》卷五,上海:商务印书馆,1935年,第37~38页。
④ "则知作之者劳,而居之者泰"句亦出《临层台赋》"念作者兮为劳,愧居之而有逸"语。
⑤ 董诰等编:《全唐文》卷二百六十七,北京:中华书局,1983年,第2717页。

空洞而无所着落终归流入虚无,《明堂赋》《万象明堂赋》写宫殿、礼仪也属难以逾越的传统题材。马积高先生谓其诸赋"以骈四俪六的狭小篇幅,写宇宙万象与宫室典礼,可谓惨淡经营,但仍枯燥乏味"①,诚为的论。

抽象的事理也有小大之分,李峤《楚望赋》论登高望远的思绪,封希颜《六艺赋》(律8)、张泰《学殖赋》(律8)、苏珦《悬法象魏赋》(律8)分论经术、治学与王朝制度建设,都是笼统而宏大的命题,后三者尤见律体擅长议论的特性。

所赋微小甚或卑贱者当以东方虬《尺蠖赋》《蚯蚓赋》《蟾蜍赋》及马吉甫《蜗牛赋》为代表。

东方虬赋大抵因循物之天性以表彰顺应自然、安于性命的思想,但又充分肯定它们用心专一,位卑而不失远志,逢时则鸣,物小而能成大事的精神。如写蚯蚓:"乍逶迤而鳝屈,或宛转而蛇行。内乏筋骨,外无手足,任性行止,物击便曲。徒进退而皓首,竟不知其所欲。"但"其体甚微"而"其用至专",可以"上食尘块,下饮渊泉"。② 如写蟾蜍,极言其"忘机似智,称善不伐""沉冥而得全",但也道"逢时则鸣""方其鸣,孔公若闻于鼓吹;当其怒,越子反驻乎乘舆"。③ 便是"无欲进道",以屈为能的尺蠖,也不乏"浩然无闷之境,独处不争之地"的气度与"吐微丝以逍遥,蹙缓步而来往"的从容。④ 其间多少有作者"求伸以自矜"的意愿。三篇赋作的文字简朴而形容贴切,《蟾蜍赋》尤能以丑为美,真切生动:

> 观夫天地之道,转万物以自然;鳞虫之聚,有蟾蜍而可称焉。鸟吾知其择木,鱼吾知其在泉;此皆婴刀俎以生患,而我独沉冥而得全。
>
> 尔其文章晥目,锐头蟠腹,本无牙齿之用,宁惧鹰鹯之逐?或处于泉,或渐于陆,常不离乎跬步,亦何择于栖宿?当夫流潦初溢,阴霖未晴,乘清秋之长夜,散响耳之繁声。颎洞雷殷,混万籁而为一;喧阗鼓怒,怛异类以那惊:既莫知其所止,故乃逢时则鸣。
>
> 观其忘机似智,称善不伐,进而无愧,耻鱼之曝鳃;退亦能谋,笑龟之灼骨。方将乐彼泥中与井底,安能出乎河长与海阔?称其

---

① 马积高:《赋史》,上海:上海古籍出版社,1987年,第268页。
② 董诰等编:《全唐文》卷二百八十,北京:中华书局,1983年,第2102页。
③ 董诰等编:《全唐文》卷二百八十,北京:中华书局,1983年,第2102页。
④ 董诰等编:《全唐文》卷二百八十,北京:中华书局,1983年,第2011~2102页。

异则画地成川,语其神则登天入月,岂直洼坳之内,而见其浮没?

意兹蟾蜍,匪陋攸居,沼沚之毛,恣涵泳之无斁;蘋蘩之菜,兼糇粮而有余。方其鸣,孔公若闻于鼓吹;当其怒,越子反驻乎乘舆。彼龙蛇之蛰也,吾不知其所如。①

自然万物,生生不息,运转无穷,蟾蜍之可称,正在于顺应自然,沉冥得全,着一"独"字,既回应了上文"得全"的可贵,又引领了下文对蟾蜍"沉冥"习性的铺叙。身纹目突,头尖腹胀的蟾蜍,或处于泉,或居于陆,不择地而生。但当霖雨消停,流潦初涨之际,必于清凉之夜,鼓腹长鸣。这鸣声震若雷霆,繁如秋水,此起彼伏,连绵不绝,浑然一体,大有要将整个天地万物消融于其中之意。叫这样的鸣声与伟力却是不知所止的缘故,正所谓无为而无不为,老庄尤其老子的无为本非事事不为,而是顺其自然,甚或蓄志待时,有所作为。所以接下来说蟾蜍之智,在其"进而无愧""退亦能谋",不光有浮沉井底之乐,还有"画地成川"之异与"登天入月"之神。末了还写"孔公""越子"鸣怒的影响,以龙蛇之蛰衬托它的沉冥。体物既穷形尽相,说理亦生动自然,而逢时之鸣的描写与神异境况的导入更使此赋多了一些浪漫诙谐的色彩。陈子昂《与东方左史虬修竹篇序》"音情顿挫"之语或可移于此赋。

马吉甫《蜗牛赋》的命意更在于全身之道。赋前序文已交代写作缘由:

甲辰岁夏五月,余寓居官舍。时雨初止,有蜗牛蠢蠢缘堂砌而上。恐致践履之祸,因命稚子移于墙阴。乃潜角缩壳,而有自卫之意。退为赋云。②

潜角缩壳而自卫,立意既明,赋便先写蜗牛聊以自慰的资本:"观蜗牛之蕃育,何诡错之殊形。若乃顺阴而起,背阳而化。夤缘于草木,萦委于台榭。傍庭庑以徐回,循墙隅而乱下。纤角内奋,宁交触氏之兵;坚壳外围,终结野人之舍。"③纤角内奋,坚壳外围,诚为殊形异制,可以全身避祸。而更可贵者,在其与物无竞的生活习性:"阙爪牙兮自达,无羽翼兮相借。本忘情

---

① 董诰等编:《全唐文》卷二百八十,北京:中华书局,1983年,第2102页。
② 董诰等编:《全唐文》卷六百二十二,北京:中华书局,1983年,第6275页。
③ 董诰等编:《全唐文》卷六百二十二,北京:中华书局,1983年,第6275页。

于蚌守,亦何惮于鸥吓。故其投迹多闲,冥心寡欲。进不奔竞,退非饮啄。"①正是这种以无用而为用的习性,使其有别于海蛤、江龟、蟛、鱼们的"求生而丧生"。睹物思人,显见作者闲门薄宦生活中全身寡欲的愿望。

马吉甫另有《蝉赋》,除表达清心寡欲的愿望外,还多一层珍惜现有生活的意思:"聊息心于万事,欣寓迹于一枝。澹然兮自守,千秋兮若斯。"②

高迈不仅擅长赋大,也善于写小,其《度赋》写的是特殊的小器物——丈量尺寸的度。赋从文明之起而述度之特性:"昔在太始,原于物初。天地草昧,建皇王以为宰;淳朴自理,非贤臣而勿居。历云官与鸟职,接《洪范》而《周书》,无不较权衡之轻重,考度量之盈虚。因物以极神,托数以明象,积分而成寸,引尺而为丈。列阴耦而阳奇,法天三而地两,准之亿万,其如指掌。时止则止,时行则行,随物而应,施不失平。"③再由其特性而叙其功用:"其至妙也,多少不能以藏数;其至微也,长短不能以隐情。易而无欺,简而无惑,节之以礼,其仪不忒。圣人进退以观象,君子方圆而取则,成百王之规矩,为万代之绳墨……"④其中特别提到度在商业方面的作用:"居日中而成市,观异方而毕会,在商贾之所资,惟尺度而为最。"⑤最后总结:"度之为物也,资道以为用;度之为道也,托物而无偏。"⑥既写出了度的实用特性,又关注到了它的引申意义。

还有更为特殊的物质——可大可小的光,也被"博学有才"⑦的甘子布写入赋中。在三百五十五个字的《光赋》里,甘子布既写了光的总体特性,又列举了日光、月光、霞光、烛光、焰光、烽火之光等各类物质之光与和光同尘、韬光养晦的精神修养之光。如论光之特性云:"寄方圆以分影,逐元黄以变色,鉴无隐而不彰,状虽空而可识。类至人之虚已,同日月于元德。""称物咸烛,呈形被景,逗幽隙而露纤埃,漏疏林而分细影,从盈空而不积,虽骏奔其如静。""遇蒙则捐,因通则扬,乘物无联,适变无方。大则弥于橐籥,小则细于毫芒,宁雨露之不润,匪寒暑之能伤。"⑧光之为物,可大可小,

---

① 董诰等编:《全唐文》卷六百二十二,北京:中华书局,1983年,第6275页。
② 董诰等编:《全唐文》卷六百二十二,北京:中华书局,1983年,第6275页。
③ 董诰等编:《全唐文》卷二百七十六,北京:中华书局,1983年,第2807页。
④ 董诰等编:《全唐文》卷二百七十六,北京:中华书局,1983年,第2807页。
⑤ 董诰等编:《全唐文》卷二百七十六,北京:中华书局,1983年,第2807页。
⑥ 董诰等编:《全唐文》卷二百七十六,北京:中华书局,1983年,第2807页。
⑦ 董诰等编:《全唐文》卷二百五十九,北京:中华书局,1983年,第2628页。
⑧ 董诰等编:《全唐文》卷二百五十九,北京:中华书局,1983年,第2628页。

适变无方,但状虽虚空可假物而识,骏奔无敌而其貌如静。将光的神通写得淋漓尽致。

(二)献颂与讥世

献颂与讥世,代有其人,武后中宗朝的献颂之赋除以传统宫殿礼仪题材颂圣外,还加入了个人的知遇之恩,而讥世之赋则多转为谨慎的持身之道。

刘允济《明堂赋》《万象明堂赋》既以典正的宫殿、礼仪为赋,难免枯燥乏味。但在皇王时代,礼乐刑政本为一体,礼乐之事不可或缺,明堂之制即在宣明政教,礼行大典。于武后而言,更担负着李周禅代的特殊使命,自然分外重视。所以当刘允济奏上《明堂赋》时,武后甚为叹美,并拜刘允济为著作郎。①《明堂赋》极言明堂之雄俊,说其:"下临星雨,傍控烟霜。翔鹢坠于层极,宛虹拖于游梁。昆山之玉楼偃寋,曾何仿佛;沧海之银宫焕烂,安足翱翔!"②赋末连连感叹:"穆穆焉,皇皇焉,粤自开阙,未有若斯之壮观者矣……盛矣美矣! 皇哉,唐哉!"③面对这前所未有的宏大建筑,刘允济的赞美除了例行的恭维,想必也有发自内心的感叹。《万象明堂赋》更将明堂的礼制规模镶嵌在颂美的框架里:"究皇王之鸿休,包宇宙之纯精;恢天禄以作乂,摅元命之振英。鼓黔黎以播气,运苍昊而时成……非至圣之精诚,孰能克勤乎此功?"④

徐彦伯《南郊赋》也是献颂之赋,作于景龙三年(709)中宗亲拜南郊之时,赋以古奥之辞述郊祭之礼,终则归美于帝唐之强盛:"绳绳都人,济济多士,九牧之守,百蛮之子,莫不挈雁提羔,攒骖喧轨,纷鸿溶以腾逗,叛遹皇而伦儗,或骈肩而侧足,候吾君之戾止,若葵藿之倾离光,同江河之赴溟水也。"⑤"述易象者献风行之繇,谈比兴者奏时迈之歌。荡荡乎,巍巍乎,无得而名言矣。"⑥

素喜媚附的宋之问作有《太平公主山池赋》与《秋莲赋》。据陶敏先生推断,《太平公主山池赋》言及公主"宜室家兮叶仇好",而未及镇国之号,当

---

① 详见刘昫等撰《旧唐书》卷一百九十《文苑传·刘允济传》,北京:中华书局,1975版,第5013页。
② 董诰等编:《全唐文》卷二百五十九,北京:中华书局,1983年,第1677页。
③ 董诰等编:《全唐文》卷二百五十九,北京:中华书局,1983年,第1678页。
④ 董诰等编:《全唐文》卷二百五十九,北京:中华书局,1983年,第1679页。
⑤ 董诰等编:《全唐文》卷二百六十七,北京:中华书局,1983年,第2714页。
⑥ 董诰等编:《全唐文》卷二百六十七,北京:中华书局,1983年,第2715页。

作于高宗后期或武后朝。① 赋先赞美太平公主,而后咏叹山池:

> 粤若公主诞生,皇家太平。征郡国以选号,叶时雍之美名。孕灵娥之秀彩,辉婺女之淳精。虹美电熠,兰香玉清。禀金后之元训,系列圣之聪明。厌绮罗与丝竹,爱瑶池及赤城。②

开篇叙太平之号的由来,又以灵娥、婺女比其仙家气质,假金后、列圣言其智慧修养,再以瑶池、赤城之好尽快转入正题。至写山池,则不惜铺采摛文,罗列东、西。如写其东:

> 其东则峰崖刻划,洞穴萦回,乍若风飘雨洒兮移郁岛,又似波沉浪息兮见蓬莱。图万重于积石,匿千岭于天台,荆门揭起兮壁峻,少室丛生兮剑开。削成秀绝,莲华之覆高掌;独立窈窕,神女之戏阳台。尔其樵溪钓浦,茅堂菌阁,秘仙洞之瑶膏,隐山家之场藿。烟岑水涯,缭绕逶迤,翠莲瑶草,的烁纷披,映江浮而烂烂,浮海上而累累:乃之罘与衡霍,岂吾人之所为?③

尽举郁岛、蓬莱、积石、天台、荆门、少室、莲华(华山)、神女(巫山)等神岛名山以为比拟,然后再以之罘、衡霍比帝王之事,感叹公主山池非凡人所能及。再写其西云:

> 其西则翠屏崭岩,山路诘曲,高阁翔云,丹岩吐绿。惚兮恍,涉弱水兮至昆仑;杳兮冥,乘龙梁兮向巴蜀。壮岷嶓兮连属,郁氛氲兮断续,岩虚兮谷峻,藏清兮蓄韵。含珠兮蕴玉,众彩兮明润,芳园暮兮白日沉,爽气浮兮黛壑深。风泉活活兮鸣石,葛藟青青兮蔓岑。罗八方之奇兽,聚六合之珍禽。别有复道三袭,平台四注。跨渚兮交林,蒸云兮起雾。鸳鸯水兮凤凰楼,文虹桥兮彩

---

① 沈佺期、宋之问撰,陶敏、易淑琼校注:《沈佺期宋之问集校注》,北京:中华书局,2001年,第640页。
② 沈佺期、宋之问撰,陶敏、易淑琼校注:《沈佺期宋之问集校注》,北京:中华书局,2001年,第637页。
③ 沈佺期、宋之问撰,陶敏、易淑琼校注:《沈佺期宋之问集校注》,北京:中华书局,2001年,第637页。

鹢舟。①

五彩缤纷,恍如仙境。再往下便以"山池成兮帝子游,试一望兮消人忧"一句转游宴生活的描写:"召七贤,集五侯,棹浦曲,席岩幽……燕姬荆艳兮代所稀,凤舞鸾歌兮俨欲飞……奕奕济济,夜旋玉邸;隐隐崇崇,朝趋帝宫。"最后当然不会忘记对主人的颂美,也不失时机地将自己比之屈、宋、邹、枚:

> 宠极兮慈掌,情勤兮幽赏……采朱萼兮山之侧,步兰庭兮候颜色,掇绿苹兮于涧潦,宜室家兮叶仇好。既而贞心内洁,淑则远传,诙谈者闻之而必劝,缺薄者闻之而凛然。况复淮王招隐,秦主随迁……宾屈、宋于珠履,引邹、枚于玳筵……吾君永保南山寿,车骑往来千万年。②

平心而论,此赋写景状物精致流丽,荐己奉人也算委婉。而太平公主暴敛财物、骄奢淫逸的生活于中也隐约可见。③

与《太平公主山池赋》不同的是,宋之问《秋莲赋》借禁苑宫莲写感激之情与自得之意。赋的命意在赋序里交代得很清楚:

> 天授元年,敕学士杨炯与之问分直于洛城西。入阁,每鸡鸣后至羽林仗,阍人奏名,请龟契,伫命拱立于御桥之西。玉池清泠,红蕖菡萏。谬履扃闼,自春徂秋,见其生,视其长,睹其盛,惜其衰。得终天年而无夭折者,良以隔碍仙禁,人莫由窥。向若生于潇湘洞庭,溱洧淇澳,即有吴姬越客,郑女卫童,芳心未成,采撷都尽。今委以白露,顺以凉风,荣落有期,私分毕矣。斐然愿歌其事,久之,乃述《秋莲赋》焉。④

玉池宫莲,隔碍仙禁,人莫由窥,得终天年,而洞庭之上,淇澳之间,芙蓉菡萏,采撷都尽。宋之问以前,代有咏莲花者,如夏侯湛、潘岳、鲍照、傅亮《芙

---

① 沈佺期、宋之问撰,陶敏、易淑琼校注:《沈佺期宋之问集校注》,北京:中华书局,2001年,第637~638页。
② 沈佺期、宋之问撰,陶敏、易淑琼校注:《沈佺期宋之问集校注》,北京:中华书局,2001年,第638页。
③ 据《旧唐书》本传,太平公主好崇饰邸第,田园遍于近甸膏腴。
④ 沈佺期、宋之问撰,陶敏、易淑琼校注:《沈佺期宋之问集校注》,北京:中华书局,2001年,第631页。

蓉赋》、江淹《莲花赋》、梁简文帝、梁元帝、王勃《采莲赋》，凡此种种，都不曾从地势之不同来立论。唯左思《郁郁涧底松》诗以地势之不平喻门阀制度之不公，宋之问则反其意而行之。

赋先写禁苑之森严与秋莲之美艳："君门闭兮九重，兵卫俨兮千列……晓而望之，若霓裳宛转朝玉京；夕而察之，若霞标灼烁散赤城。既如秦女艳日兮凤鸣，又如洛妃拾翠兮鸿惊。足使瑶草罢色，芳树无情。"①然后写宫莲能得帝王之德泽，而以野莲的自生自灭为衬托，并回笔铺陈"移植天泉"后的莲花如何富贵尊宠，如何深蒂能固，如何浓香独全："君之驾兮旖旎，莲之叶兮扶疏。万乘顾兮驻彩骑，六宫喜兮停罗裾。仰仙游而德泽，纵玄览而神虚。岂与夫溪涧兮沼沚，自生兮自死……岂知移植天泉，飘香列仙。娇紫台之月露，含玉宇之风烟。杂葩兮照烛，众彩兮相宣……夫其生也，春风昼荡，烁日相煎……夫其谢也，秋灰度琯，金气腾天……越人望兮长已矣，郑女采兮无由缘。何深蒂之能固？何秾香之独全？"②最后以扬雄比杨炯，以宋玉比自己，抒发侍从生活的惬意之情："别有待制扬雄，悲秋宋玉。夏之来兮玩早红，秋之暮兮悲余绿。礼盛燕台，人非楚材。云雾图兮兰为阁，金银酒兮莲作杯……寒暑茫茫兮代谢，故叶新花兮往来。何秋日之可哀？托芙蓉以为媒。"③

惬意的心情源于自得的生活，自上元二年(675)进士及第以来，家世低微的宋之问屡经升迁，此年(天授元年即 690 年)武后称帝，他又与杨炯分直于洛阳，8 年后的龙门赛诗会上还有武后为其夺袍的尊宠④，此时的宋之问正可谓"志事俱得，形骸两忘"⑤。《秋莲赋》也正是这种惬意自得的生活与心情的写照。当然，文虽溢彩，命意也别致，但这种仅仅顾惜个人前途的书写到底气格卑媚、取径狭窄。宋之问美好的奢望也未能维持到最后，善

---

① 沈佺期、宋之问撰，陶敏、易淑琼校注：《沈佺期宋之问集校注》，北京：中华书局，2001 年，第 631～632 页。
② 沈佺期、宋之问撰，陶敏、易淑琼校注：《沈佺期宋之问集校注》，北京：中华书局，2001 年，第 632 页。
③ 沈佺期、宋之问撰，陶敏、易淑琼校注：《沈佺期宋之问集校注》，北京：中华书局，2001 年，第 632 页。
④ 陶敏先生考东方虬官左史及龙门赋诗争胜事均在圣历元年(698)春。详见沈佺期、宋之问撰，陶敏、易淑琼校注：《沈佺期宋之问集校注》卷一《龙门应制》诗注[1]，北京：中华书局，2001 年，第 396 页。
⑤ 《祭杨盈川文》，见沈佺期、宋之问撰，陶敏、易淑琼校注：《沈佺期宋之问集校注》，北京：中华书局，2001 年，第 722 页。

祷善颂的他也难免成了政治斗争的牺牲品。倒是这种以荒郊野地之花反衬禁苑玉池之莲的做法对后来作家多有启发。李商隐《咏柳》诗便通过后庭玉树之荣,反衬桥边垂柳之悴:"为有桥边拂面香,何曾自敢占流光?后庭玉树承恩泽,不信年华有断肠。"毛文锡《柳含烟》词第二首更为直接明白:"河桥柳,占芳春。映水含烟拂路,几回攀折赠,暗伤神。乐府吹为横笛曲,能离肠断续。不如移植在金门,近天恩。"李、毛之后,宋代李质,清代严绳孙、厉鹗、梁同书等咏柳诗也多效此意。①

崔融《瓦松赋》、马吉甫《蝉赋》也不乏自得之意与颂圣之语,但这种意愿比起宋之问来要隐微得多,其中甚至还交织着洁身自好的态度与不媚不求的愿望。

《瓦松赋》写崇文馆屋顶上无人可详的特殊物质。因其形似松,生必依瓦,故曰瓦松。序言既已道及瓦松"千株万茎,开花吐叶,高不及尺,下才如寸"的形制特点与"在人无用,在物无成"的命意,赋便重点写其人格化的习性:"观其众开荣列,虚心独洁,高宁我慕,无木禾之五寻;卑以自安,类石蒲之九节。进不必媚,居不求利,芳不为人,生不因地。其质也菲,无忝于天然;其阴也薄,才足以自庇。望之常见其表,寻之罔得其秘。"②不求不媚而能自安自庇,虽缘于其虚心独洁,其实与所生之地还是有一定关系的。乱辞里就讲得比较清楚了:"乱曰:少阳之地兮于何不春?博望之苑兮莫匪正人。纤根弱植兮生君之馆,荷施沾恩兮为人所玩。物不谢生,不知其荣,惟愿圣皇千万寿,但知倾叶向时明。"③虽"不材""无用",但生此富贵之乡便足荣耀,虽有不满,但倾向应当明朗。就像白居易所说的吏隐,这大概也是序中杨炯"谓余曰此中草木,咸可为赋"的深意所在。

马吉甫写蝉则云其:"廉而有德,静而无累,逸豫攸安,沉吟斯慰。体素质而标俭,养清心而拔萃。食不求粒,虽黍稷而非珍;栖不择林,纵梧桐而何贵……托高枝以庇影,窜密叶以流声……时行时止,有亏有盈……其立志也,不慕于鸿鹄;其守分也,不越于榆枋。任朝夕之栖处,极天地之翱翔。适其性,韬其光。岂比飞燕之巢幕,流萤之聚囊。至如入槛愁猿,触笼穷鸟。萦透木之幽志,屈凌云之遐矫。岂无故而婴罗,谅有求而自扰。聊息

---

① 钱钟书《谈艺录·学问如居室》曾一一列举并详加论析。详见钱钟书:《谈艺录》,北京:生活·读书·新知三联书店,2001年,第725~726页。
② 董诰等编:《全唐文》卷二百一十七,北京:中华书局,1983年,第2191~2192页。
③ 董诰等编:《全唐文》卷二百一十七,北京:中华书局,1983年,第2192页。

心于万事,欣寓迹于一枝。澹然兮自守,千秋兮若斯。"①贵为学士,在马吉甫看来也不过"寓迹于一枝",好在他也能淡然相守于这"一枝",并愿千秋若斯。

在武后、中宗朝赋中,颂美与讥刺的界限并不明显,既没有露骨的颂扬,又罕见直白的讥讽,多于谨慎中表达自得的珍爱、淡然的操守与委婉的忧虑。上举东方虬《尺蠖赋》《蚯蚓赋》《蟾蜍赋》、马吉甫《蜗牛赋》、崔融《瓦松赋》与宋之问《秋莲赋》,以及郑惟忠的《泥赋》大体都不出这个范围。稍微别致而又有一定讽刺效果的是戴令言的《两脚狐赋》与刘知几的"思慎"三赋。

戴令言《两脚狐赋》是讽刺武后朝佞臣杨再思的②,据说杨再思看了后非常恼火,一怒之下把时任左补阙的戴令言贬为长社县令。③ 可惜这篇赋已经失传,无法从中窥测杨再思的"妖媚",好在史官们都不放过他,《旧唐书》《新唐书》都记了他很多经典的案例。如杨再思为张昌宗开罪时说他会炼神丹,让武后服了有效。别人说六郎(张易之)似莲花,杨再思却别出心裁地说莲花似六郎,连张易之的哥哥说他面似高丽人,他居然也化妆打扮当众跳起高丽舞来。他"历事三主,知政十余年,未尝有所荐达",可偏偏能青云直上,善终而亡。其中奥秘,就在于他能察言观色、明哲保身。史书说他"为人巧佞邪媚,能得人主微旨,主意所不欲,必因而毁之,主意所欲,必因而誉之。然恭慎畏忌,未尝忤物。或谓再思曰:'公名高位重,何为屈折如此?'再思曰:'世路艰难,直者受祸。苟不如此,何以全其身哉'"!④ 除了刻意的巧佞邪媚,他的恭慎畏忌也表现到了极致,史称他抓到盗贼不仅不加惩罚,还以钱财相赠。谨慎到这种地步肯定取决于个人的心性,但从他身上仍然可以反观到"世路艰难,直者受祸"的情形。

武周革命,一方面广开仕途,笼络词臣,另一方面又残杀异己,鼓动告密。《资治通鉴》载:"(光宅元年)有飞骑十余人饮于坊曲,一人言:'向知别无勋赏,不若奉庐陵。'一人起,出诣北门告之。座未散,皆捕得,系羽林狱。言者斩,余以知反不告皆绞。告者除五品官。告密之端自此兴矣。"⑤《新

---

① 董诰等编:《全唐文》卷六百二十二,北京:中华书局,1983年,第6274~6275页。
② 《旧唐书》卷九十《杨再思传》记为《两脚野狐赋》,《新唐书》卷一百九十《杨再思传》云"赋《两脚狐》",《资治通鉴》卷二百七十记为《两脚狐赋》。
③ 属门下省,掌讽谏,秩从七品上。
④ 刘昫等撰:《旧唐书》卷九十《杨再思传》,北京:中华书局,1975年,第2918页。
⑤ 司马光编著:《资治通鉴》卷二百三十上,北京:中华书局,1956年,第6418页。

唐书》载:"时武后僭位,畏唐大臣谋己。于是周兴、来俊臣、丘神绩、王弘义等揣识后指,置总监牧院诸狱,捕将相,俾相钩逮。掩搦护送,楚掠凝惨。又污引天下豪杰,驰使者即按,一切以反论。吏争以周内穷诋相高,后辄劝以官赏,于是以急变相告言者无虚日。朝野震恐,莫敢正言。"①一面是告密之风,一面是酷吏之治,自然让所有士人胆战心惊、谨言慎语。史官描述这时的情景是:"朝士人人自危,相见莫敢交言,道路以目,或因入朝,密遭掩捕,每朝,辄与家人诀曰:'未知复相见否?'"②写过《南郊赋》的徐彦伯也因当时"王公卿士多以言语不慎密为酷吏周兴、来俊臣等所陷"而著《枢机论》③,以诫人诫己。文章说"言语者,君子之枢机,动则物应,物应则得失之兆见也。得之者江海比邻,失之者肝胆楚越,然后知否泰荣辱系于言乎!夫言者,德之柄也,行之主也,志之端也,身之文也,既可以济身,亦可以覆身"。④ 所以要"审思而应,精虑而动,谋其心以后发,定其交以后谈,不蹙趋于非党,不屏营于诡遇。非先王之至德不敢行,非先王之法言不敢道,翦其累累之绪,扑其炎炎之势"。⑤

明白了这样的环境与心机,就能理解为什么这时期的辞赋都喜欢以卑微些小之物表达韬光养晦的人生态度与守拙而全的处世哲学。

就连先后四次向武后上疏针砭时弊而得"切直"之评的刘知几也陡然改变态度⑥,接连写了《思慎赋》《韦弦赋》《慎所好赋》三篇诫慎之赋以警示自己,其中《思慎赋》的序言和正文居然都在千字以上。⑦

在这些赋里,他既揭示了残酷的现实,又指明了努力的方向。"生何如而弗贵?命何如而弗珍"⑧? 生命可贵,荣誉可珍,所以乐生哀死,荣进辱退是人之常情,但美好的愿望不一定能成为现实。现实的情况往往是什么呢?"寻往哲之遗事,验古人之得失"(《思慎赋》序),刘知几假历史以说事:"历观自古,以迄于今,其有才位见称,功名取贵,非命者众,克全者寡。大则覆宗绝祀,埋没无遗;小则系狱下室,仅而获免;速者败不旋踵,宽者忧在

---

① 欧阳修、宋祁撰:《新唐书》,北京:中华书局,1975年,第4188页。
② 司马光编著:《资治通鉴》卷二百三十下,北京:中华书局,1956年,第6465页。
③ 刘昫等撰:《旧唐书》卷九十四《徐彦伯传》,北京:中华书局,1975年,第3004页。
④ 刘昫等撰:《旧唐书》卷九十四《徐彦伯传》,北京:中华书局,1975年,第3005页。
⑤ 刘昫等撰:《旧唐书》卷九十四《徐彦伯传》,北京:中华书局,1975年,第3006页。
⑥ 《旧唐书》本传称"知己上表陈四事,词甚切直"。
⑦ 《文苑英华》卷九十二中《韦弦赋》《慎所好赋》依次辑录于《思慎赋》之后,未标作者姓名,《全唐文》题名为刘知几。
⑧ 《思慎赋》,见董诰等编:《全唐文》卷二百七十四,北京:中华书局,1983年,第2781页。

子孙。至若保令名以没齿,传贻厥于后胤,求之历代,得十一于千百。"①这是以史家的眼光所作的总体判断,这判断难免冷酷却绝对真实。他还用了很大的篇幅列举纵横才士、谋臣猛将与便佞谄媚之人虽种种不一,而个个死于非命事例。究其原因,都是"徒恶其死,而不知救死之有方;但惜其生,而未识卫生之有术""行高于人,众必非之;官大于国,主必恶之","祸福无门,惟人自召"②,因此救死卫生的办法首先是要反省,要在思想上重视。他自己便一则说"吾尝终日不食,三省吾身,觉昨非而今是,庶舍旧而谋新"③,再则说"思禁邪而制放,虑今是而昨非"。④ 然后是要修身,只有"修身厉己",才能"自求多福"。如何修身呢? 在刘知几看来,总的原则是"守愚养拙,怯进勇退",因为"贵不如贱,动不如静"。具体来说,则要"慎言语,节饮食,知止足,避嫌疑"⑤;"衣服有常,非敢玩于千袭;饮食不渎,宁专美于八珍?"⑥;"无为福先,无为祸始,节其饮食,谨其容止,聚而能散,为而不恃,洁其心而秽其迹,浊其表而易其里"。⑦ 尤其要把握言语的分寸,因为"揆荣辱之在身,犹枢机之发口,傥一言其靡慎,奚四大之能守?"⑧可见言为枢机是时人的共识。

道理是讲得很清楚了,实际的效果与真实的心态又如何呢? 史称此赋一出凤阁侍郎苏味道、李峤,读后深有感触,赞叹道:"陆机《豪士》之流乎,周身之道尽矣。"⑨说明道理确实讲透了。但史书又说"是时官爵僭滥而法网严峻,士类竞为趋进而多陷刑戮,知几乃著《思慎赋》以刺时,且以见意"。⑩ 看来不光讲周身之道,还有刺时讥世的意图和成分。我们回过头来看他的自我表白,会发现那些话其实都是有弹性的:"余早游坟素,晚仕流俗……夫贵不如贱,动不如静,尝闻其语,而未信其事;及身更之,方觉斯

---

① 《思慎赋》序,见董诰等编:《全唐文》卷二百七十四,北京:中华书局,1983年,第2778页。
② 《思慎赋》序,见董诰等编:《全唐文》卷二百七十四,北京:中华书局,1983年,第2778~2779页。
③ 《思慎赋》,见董诰等编:《全唐文》卷二百七十四,北京:中华书局,1983年,第2780页。
④ 《慎所好赋》,见董诰等编:《全唐文》卷二百七十四,北京:中华书局,1983年,第2782页。
⑤ 《思慎赋》序,见董诰等编:《全唐文》卷二百七十四,北京:中华书局,1983年,第2779页。
⑥ 《慎所好赋》,见董诰等编:《全唐文》卷二百七十四,北京:中华书局,1983年,第2782页。
⑦ 《思慎赋》,见董诰等编:《全唐文》卷二百七十四,北京:中华书局,1983年,第2781页。
⑧ 《思慎赋》,见董诰等编:《全唐文》卷二百七十四,北京:中华书局,1983年,第2781页。
⑨ 欧阳修、宋祁撰:《新唐书》卷一百三十二,北京:中华书局,1975年,第4520页。《旧唐书》卷一百二十云"陆机《豪士》所不及也。"
⑩ 刘昫等撰:《旧唐书》卷一百二十,北京:中华书局,1975年,第3166页。《新唐书》卷一百三十二、《资治通鉴》卷二百零五略同。

言之征矣……每思才轻任重之诫,智小谋大之忧……是以度身而衣,量腹而食,进受代耕之禄,退居负郭之田,庶几全父母之发肤,保先人之丘墓,一生之愿,于是足矣,但才非上智,习以性成,犹恐睹芳饵而贪生,处鲍肆而神化。苟或静退之心日弛,则驰竞之欲日增,颠沛以之,嗟何及矣?"①一贯的习性真的改了?心中的操守真的变了?虽无意于仕进,难道连学术也一并摒弃?肯定不是,《思慎赋》写于证圣元年(695),可景龙元年(707)他愤于监修史书者多,而致中书侍郎萧至忠求罢史任的信中,言辞还是那么直切,以至监史官兵部尚书宗楚客"疾其正直",并对史官们说:"此人作书如此,欲置我何地!"②这说明刘知几的思慎类赋虽以养分全身为志意,也不乏刺世的目的与成分,不过以特殊的方式表达对特殊时世的不满而已,如同宋之问以禁苑秋莲表达奉颂之意一样,这样的表达也是曲折含蓄的。但只要这份骨气还在,就总有泄露的地方,他后来便以实际行动将这种救世情怀转化为伟大著作《史通》中的批判精神,并以史家的立场要求辞赋必须质实切时,真所谓"无微不显,无隐不彰"!

(三)描写与论议

赋的核心特质在其描写,所以王延寿在《鲁灵光殿赋》序中说"物以赋显",③成公绥在《天地赋》序中说"赋者,贵能分赋物理,敷演无方"。④刘熙载更推演赋中有画和赋以色相为正格的观点:"戴安道画《南都赋》,范宣叹为有益。知画中有赋,即可知赋中宜有画矣。""以精神代色相,以议论当铺排,赋之别格也。正格当以色相寄精神,以铺排藏议论耳。"⑤但赋自汉代经六朝至初唐,议论的成分恰恰越来越多。大概伴随着文体功能的演变与时代风习的转化,尤其是对齐梁文学浮靡空洞弊端的反拨,作家们在以赋体铺陈体物的同时总喜欢抒怀写志甚或避开体物的功能直接论议。直接议论的赋虽也保留有铺陈的特性,但终非赋体正格,也影响到赋作本身的艺术成就。

刘知几的那些戒慎之赋,以鸿篇大论讲处世之道,便显得枯燥,怪不得

---

① 《思慎赋》序,见董诰等编:《全唐文》卷二百七十四,北京:中华书局,1983年,第2779页。
② 刘昫等撰:《旧唐书》卷一百二十,北京:中华书局,1975年,第3171页。
③ 萧统编,李善注:《文选》卷十一,北京:中华书局,1977年,第168页。
④ 《全晋文》卷五十九,见严可均校辑:《全上古三代秦汉三国六朝文》,北京:中华书局,1958年,第1974页。
⑤ 刘熙载撰:《艺概》卷三《赋概》,上海:上海古籍出版社,1978年,第103页。

马积高先生说他的《思慎赋》"象(像)一篇讲处世哲学的论文,亦缺乏文学性"。① 还有那几篇讲宏大道理的律赋,如封希颜《六艺赋》、刘允济《天行健赋》、苏珦《悬法象魏赋》等也理所当然以议论为主。因为科举功名事关军国大道,律赋不可能只以文字技艺为唯一的检测目标,以论议而见器识便在所难免。此风一开,以后的律赋便都以玄谈阔论为常务,以明道教化为重任。可惜论议在于中的,本不拘于形制,以论议与律体结合,终是桎梏。就是以闲居生活为题的魏归仁的《宴居赋》,不去具体描写如何悠闲地生活,也在夏尽秋至、"萧然宴居"的简单交代后,以绝对的篇幅直接阐发"屈伸委运,行用随时"的思想。②

倒是这一时期注重兴寄的咏物赋值得称道。上文讲过的东方虬《尺蠖赋》《蚯蚓赋》《蟾蜍赋》,马吉甫《蝉赋》《蜗牛赋》,崔融《瓦松赋》,宋之问《秋莲赋》,等等,都能于咏物中寄寓个人的心志情怀。下面再看陈子昂《麈尾赋》、宋璟《梅花赋》、阎朝隐《晴虹赋》、沈佺期《峡山寺赋》、崔湜《野燎赋》、郑惟忠《古石赋》如何将玄言与具象结合,或别出心裁地将描写、论议融汇于叙事的框架里。

陈子昂(661—702),仅存《麈尾赋》一篇赋,作于睿宗文明元年(684)。

> 甲子岁,天子在洛阳,时余始解褐,与秘书省正字。太子司直宗秦客置酒于金谷亭,大集宾客。酒酣,共赋座上食物,命余为《麈尾赋》焉。
>
> 天之浩浩兮,物亦云云;性命变化兮,如丝之棼。或以神好正直,天盖默默;或以道恶强梁,天亦茫茫。此仙都之灵兽,固何负而罹殃?始居幽山之薮,食乎丰草之乡,不害物以利己,不营利以同方。何忘情以委代?而任性之不忘,卒罹网以见逼,爱庖丁而惟伤。岂不以斯尾之有用,而杀身于此堂,为君雕俎之羞,厕君金盘之实。承主人之嘉庆,对象筵与宝瑟,虽信美于兹辰,讵同欢于畴昔?客有感之而叹曰:命不可忍,神亦难测,吉凶悔吝,未始有极。借如天道之用,莫神于龙,受戮为醢,不知其凶;王者之瑞,莫圣于麟,遇害于野,不知其仁。神既不能自智,圣亦不能自知,况林栖而谷走,及山鹿与野麇?古人有言:天地之心,其间无巧,冥

---

① 马积高:《赋史》,上海:上海古籍出版社,1987年,第268页。
② 董诰等编:《全唐文》卷二百六十,北京:中华书局,1983年,第2638~2639页。

之则顺,动之则夭。谅物情之不异,又何有于猜矫?故曰:天之神明,与物推移,不为事先,动而辄随。是以至人无己,圣人不知,子欲全身而远害,曾是浩然而顺斯。①

在中古时代,麈尾是名流雅器,凝聚了清谈文化的绮丽与辉煌,昭示着魏晋名士的倜傥与风流,具有极为丰厚的文化内蕴。历代诗文言及麈尾必牵涉魏晋风流。如:"童子装炉火,行添一炷香。老翁持麈尾,坐拂半张床。"②"借居士蒲团坐禅,对幽人松麈谈玄。"③"日长秋馆罢抽豪,自在闲庭落麈毛。"④"从来名士夸江左,挥麈今登拜将台。"⑤更有陆龟蒙《即席探得麈尾赋》直接叙写东晋名家清谈场面。⑥可陈子昂的《麈尾赋》居然只字不提风流雅事,而是全力叙写作为食物的麈尾肉,并归结出安时处顺、全身远害的主旨。不知这是当时宴会的限令还是陈子昂刻意的创造,或者是因为唐人的饮食习性本已不同,还是出身西蜀而任侠尚气的陈子昂本不认同江左风流⑦。清人王士禛《香祖笔记》卷二云:"今京师宴席,最重鹿尾,虽猩唇、驼峰,未足为比。然自唐已贵之,陈子昂《麈尾赋》云……若六朝已来,则以鹿尾为谈柄耳,未闻充盘俎也。耶律楚材《西域诗》,亦以麈尾、驼蹄作对。"⑧看来陈子昂的赋确有开创性。

其实陈子昂的《麈尾赋》也是以议论说理为主的,把它放在这里,而没有归入议论一流,是为了说明他的"兴寄说"对于咏物赋创作与评价的意义,而这篇赋细究起来也可以见出陈子昂求实求真的思想来。

陈子昂的诗歌理论与创作实践对于初唐诗坛的影响毋庸置疑。但文学的发展变化不可能归功于一人,有关诗赋的主张也不会截然分开。初唐

---

① 董诰等编:《全唐文》卷二百零九,北京:中华书局,1983年,第2112页。
② 白居易:《斋居偶作》,见白居易著,顾学颉校点:《白居易集》卷三十七,北京:中华书局,1979年,第856页。
③ 张可久:《折桂令·游龙源寺》,见隋树森编:《全元散曲》上册,北京:中华书局,1964年,第774页。
④ 李东阳:《廷韶文敬联句见寄叠前韵一首》,见李东阳著,周寅宾点校:《李东阳集》第一卷,长沙:岳麓书社,1984年,第327页。
⑤ 孔尚任《桃花扇·修札》。
⑥ 详见《历代赋汇》卷八十七,《全唐文》卷八百。
⑦ 杜晓勤先生论及陈子昂求仕方式时说:"陈氏家族素无文学传统,西蜀之地受南朝士族诗风之影响可能比江左、山东、关陇要小些,加上陈氏家族世习纵横之术、任侠使气,所以陈子昂求仕方式与唐初以来几代庶族寒士皆不同,不重在文学之才,而是试图以纵横之术、奇诡之辞说动人主。"详见杜晓勤:《初盛唐诗歌的文化阐释》,北京:东方出版社,1997年,第22页。
⑧ 王士禛撰,湛之点校:《香祖笔记》,上海:上海古籍出版社,1982年,第41页。

辞赋创作过程中已有丰沛的关于感物兴思的体会,李峤的《楚望赋序》还作了比较深入的总结。只是感物说侧重的是感兴,也就是由物及心的这一面,而陈子昂的"兴寄"说侧重"寄",也就是由心及物的寓托上。强调"寄"的结果必然是主体情感的强化,而其可能的弊病则在理胜于情。① 倒是感物与兴寄的结合有利于提高赋体文学的生命力。祝尧评张华《鹪鹩赋》时说:"凡咏物之赋,须兼比兴之义,则所赋之情不专在物,特借物以见我之情尔。盖物虽无情,而我则有情;物不能辞,而我则能辞;要必以我之情,推物之情;以我之辞,代物之辞。因之以起兴,假之以成比。虽曰推物之情,而实言我之情。虽曰代物之辞,而实出我之辞。本于人情,尽于物理。其词自工,其情自切。使读者莫不感动,然后为佳。"②传统所说之"比",就心物关系而言,其实就是"寄"。当然感物与兴寄讲的都还是主体情感志意的问题,于咏物赋而言,体物始终是根本。以此来衡量陈子昂的《麈尾赋》当然不能算是好赋。好在这篇赋在全身远祸思想的背后,还表达着对美好之物无辜被害的不平及神圣不能"自智""自知"的愤慨。这种不平与愤慨才是他真实壮大的、能够振起一代文风的感情。也庶几使这篇赋多了一番"胜"义。

姚崇的《扑满赋》与陈子昂的《麈尾赋》还是比较接近的,说理的倾向比较明显。"扑满"即今之储钱罐,一般以土为器,只进不出,满则扑破,故名"扑满"。作为托物寓理之作,《扑满赋》落笔先借哲人说出"多藏必害,常谨不忒"的主旨来,然后再写扑满的形制与特性:"兹扑满之陶形,假埏埴以为灵。其中混沌,窍开兮沉以默;其外空蒙,忽合兮炯而青。藏錞符于神论,固垒同于道扃。谦以自守,虚而能受。奚初积而终散?竟出无而入有。乍苦乎巨蚌之全,满而则剖;不异乎亢龙之悔,盈莫能久。"③扑满系泥水黏合而成,形若混沌,沟通内外,唯开一窍。其特性则在虚而能受、盈莫能久。这一段是赋中唯一写物形物性的地方,还是假借了"神""灵""道""亢龙之

---

① 可参罗宗强《隋唐五代文学思想史》对陈子昂"兴寄说"的阐释与评价,北京:中华书局,2003年,第46~47页。另美国学者宇文所安说:"'兴寄'可意译为'较深刻的意义',这类词语实际上无法从字面上翻译,大意是说,诗歌在表层上是一种表达感情的工具('寄'),表达个人对某一事物('兴')的反应。"借用其"工具"与"反应"来区分"寄"与"兴"也大体近似。详见宇文所安著,贾晋华译:《初唐诗》,北京:生活·读书·新知三联书店,2004年,第131页。

② 祝尧:《古赋辨体》卷五,见文渊阁《四库全书》第1366册,上海:上海古籍出版社,1987年,第784页。

③ 董诰等编:《全唐文》卷二百六十,北京:中华书局,1983年,第2079页。

悔"等抽象的语词与现成的道理。再往下则由隐微的器物之理转入直白的人事之理:"故君子永鉴是式,允执厥中:道不可以常泰,物不可以屡空……"①理想的状态是不满不空,既有所用,又不致"满而扑之"。欹器与扑满作为特殊器物都有虚益满损的特性,所以唐人多假以表达戒慎的道理,此篇体式则更近箴铭,殊少文采。

真正以形象与文采见长的还是宋璟的《梅花赋》与阎朝隐的《晴虹赋》。如宋璟写梅花的各种形态:

> 若夫琼英缀雪,绛萼著霜,俨如傅粉,是谓何郎。清香潜袭,疏蕊暗臭,又如窃香,是谓韩寿。冻雨晚湿,凤露朝滋,又如英皇,泣于九疑。爱日烘晴,明蟾照夜,又如神人,来自姑射。烟晦晨昏,阴霾昼闷,又如通德,掩袖拥髻。狂飙卷沙,飘素摧柔,又如绿珠,轻身坠楼。半含半开,非默非言,温伯雪子,目击道存。或俯或仰,匪笑匪怒,东郭慎子,正容物悟。或憔悴若灵均,或欹傲若曼倩,或妍媚如文君,或轻盈若飞燕。口吻雌黄,拟议难遍。②

白如傅粉何郎、香如携异韩寿、雨如娥皇女英、晴如姑射神人……连用十二个拟人之喻来铺陈梅花出群之姿,既琳琅满目,又真切生动。在写形写貌的同时,这篇赋也有兴有寄。序云:"垂拱三年,余春秋二十有五……时病连月,顾瞻圮墙,有梅一本,敷苞于榛莽中,喟然叹曰:'斯梅托非其所,出群之姿,何以别乎?若其贞心不改,是则可取也已。'感而成兴,遂作赋曰"。③病时顾瞻,因物兴感,取则贞心,寄托鲜明。所以赋在拟喻之后,又以各种名花异草来衬托梅花的高洁本质:相对于兰蕙、芙蓉的"望秋先零""未冬已萎",梅花因顽强坚毅而"岁寒特妍""独步早春"。相对于丛桂、杜若们"物出于地产之奇,名著于风人之托",梅花"耻邻市廛,甘遁岩穴"。最后总结点题:"谅不移于本性,方可俪乎君子之节。"并借从父之语以自勉:"万木僵仆,梅英再吐。玉立冰姿,不易厥素。子善体物,永保贞固。"④纵观全赋,用典而不生僻,议论而不僵硬,善用铺陈与对比,缘乎感兴而有寄托,不失为一篇名作。

---

① 董诰等编:《全唐文》卷二百六十,北京:中华书局,1983年,第2079页。
② 董诰等编:《全唐文》卷二百七十,北京:中华书局,1983年,第2089~2090页。
③ 董诰等编:《全唐文》卷二百七十,北京:中华书局,1983年,第2089页。
④ 董诰等编:《全唐文》卷二百七十,北京:中华书局,1983年,第2090页。

但名作之"名"也因后世接受者的纠纷而起。颜真卿《宋公神道碑铭》载宋璟"作《长松篇》以自兴,《梅花赋》以激时",相国苏味道深为赏叹,称其王佐之才。① 刘禹锡《献权舍人书》以宋璟投献《梅花赋》自比"用片言借说于先达之口"。② 皮日休《桃花赋》序则以宋璟为人"贞姿劲质,刚态毅状",而不当为此"清便富艳"的徐、庾体文。③ 宋人李纲与赵鼎同时,一于《梅花赋》序中说宋璟之赋不传,"因极思以为之赋",以补宋璟之阙④,一以《蝶恋花》词"谩道广平心似铁。词赋风流,不尽愁千结"反驳皮日休的意见。此后多有伪作,陶敏、傅璇琮《唐五代文学编年史·初唐卷》⑤,丁放、袁行霈《姚崇、宋璟与盛唐诗坛》⑥,刘辰《〈全唐文〉宋璟〈梅花赋〉为伪说补证》⑦等著述都论今传宋璟《梅花赋》为伪作。但所据终非铁证,其中诸多争议都因赋作旨意风格而起,而赋作旨意不无弹性,所以本书将《梅花赋》权寄宋璟名下,并借以观照赋体物、议结合的方式与文坛公案的衍生过程。

阎朝隐文章虽"无《风》《雅》之体"而以"善构奇""属辞奇诡"为人所赏。⑧ 他的《晴虹赋》就以体物出奇而不求兴寄。赋云:"一阴一阳,备藻缋以成文章;载清载浊,挂天涯而临地角。生于气,立于空,宛宛转转,瞳瞳眬眬。上下明媚,表里冲融,洗奇光于暴雨,留艳彩于飘风。隐显之情奚尔?造化之理何穷?若乃碧嶂无云,清江息浪,曲折异体,低昂殊状。半出高岊,疑蟾魄之孤生;全入澄澜,若蛾眉之相向。又乃绮窗远辟,锦帐斜褰,仿佛天上,依稀目前。昈兮煜兮,既类丹山碧树之重叠;断兮连兮,又似美人彩女之婵娟。察之无涯,究之无实,光天地之大造,保云霄之元吉。"⑨既总写虹的纹彩、形状、位置,又突出描绘其奇光、艳彩尤其上下观照、表里相融的层次之美。更奇妙的是从同视角作或远或近的观察与想象,并譬之以种种物事。比如以近写远时,比之绮窗、锦帐,"仿佛天上,依稀目前",给人以三维立体般的感觉。所有这些描写除了给人以赏心悦目的感受外,别无寄托,如果一定要寻求微言大义的话,赋末的几句套语或许可以给文论家们

---

① 董诰等编:《全唐文》卷三百四十三,北京:中华书局,1983年,第3477页。
② 刘禹锡撰,卞孝萱校订:《刘禹锡集》,北京:中华书局,1990年,第121页。
③ 董诰等编:《全唐文》卷七百九十六,北京:中华书局,1983年,第8346页。
④ 《四库全书总目》卷一百五十六,北京:中华书局,1983年,第1345页。
⑤ 陶敏、傅璇琮:《唐五代文学编年史·初唐卷》,沈阳:辽海出版社,1998年,第307~308页。
⑥ 丁放、袁行霈:《姚崇、宋璟与盛唐诗坛》,载《文学遗产》,2007年第3期。
⑦ 刘辰:《〈全唐文〉宋璟〈梅花赋〉为伪说补证》,载《文学遗产》,2008年第4期。
⑧ 详见《旧唐书》卷一百九十、《新唐书》卷二百二十。
⑨ 董诰等编:《全唐文》卷二百七十,北京:中华书局,1983年,第2094~2095页。

以发挥的余地:"爰有下才,或趋微秩,其志蹇蹇,其心栗栗。体物无功,著书有疾,既蕴惭于明镜,载有阁于鸿笔。"①

除议论与描写的或分或合以外,还有几篇赋在兴寄方式上也各具特色。沈佺期的《峡山寺赋》,作于神龙二年(706)六月赦归途中。赋的前半部分描写峡山寺清静的环境,后半部分则直抒难解难释的贬谪之情:"心猿久去,怖鸽时来。走何为者?窜身炎野,旋斾京师,维舟山下。稽首医王,誓心无常,向何业而辞国?今何缘而赴乡?岂往过而追受?将来愆而预殃?即抚躬而内究,幸无慝以自伤。心悟辱而知忍,迹系穷而辨方,嘉迩来之放逐,为吾生之津梁。"②

崔湜《野燎赋》将体物与兴寄相融于序、赋组成的叙事框架里。序既交代了"客于鄢山""常以暇日,登高纵观"的背景,赋复叙述"农聚告毕,泽虞纵燎,远靡不焚,近无不烧"时,主客束马登高,以观野燎的过程,最后还借对话之体阐明兴寄。值得注意的是,此赋对野燎的描写也特别注意它由小及大、由盛而衰的兴灭过程:"是时牧童樵竖,匍匐交驰,提爝秉炬,斯焉取斯。尔其……缩茅始吹……短炬犹羸……及乎旭日照烂,晴风萧索,凭燥鼓威,倏忽而作……其始也。杳然若六气含象开混元;其少进也,赫焉若十日扬光登天门……于是走炽狂迁,冲烟怒击……及乎炎盛亢极,途穷势摧,赫赫埆地,灭成烟煨。何倏兴而忽歇?何有往而不来?"末段的论议与题旨自然也从中而来:"物忌太甚,火亦如之,得兹在兹,失兹在兹。"③

郑惟忠《古石赋》假汉武帝、东方朔以为问答,赋末作歌,形同古制。

自屈宋以来,女性就成为辞赋中的重要题材,六朝辞赋中的美女、神女系列赋作更写尽了女性的美貌与爱意,富嘉谟《丽色赋》更于艳情的描写中注入人生的感慨。赋的开头、结尾叙写才子骚客们赴筵的雄豪与畅饮的狂欢。中间写美人的光彩照人:"疑自持兮动盼,目烂烂兮昭振。""时峨峨而载笑,唯见光气之交骛。"不仅如此,赋还以美人的一曲清歌,揭示人性本真的欢乐、痛苦与追求:"既而河汉欲倾,琴瑟且鸣,余弄未尽,清歌含韵。歌曰:'涉绿水兮采红莲,水漫漫兮花田田。舟容与兮白日暮,桂水浮兮不可度。怜彩翠于幽渚,怅妖妍于早露。'"④这种盛世的欢歌将豪放的场面与

---

① 董诰等编:《全唐文》卷二百七十,北京:中华书局,1983年,第2095页。
② 沈佺期、宋之问撰,陶敏、易淑琼校注:《沈佺期宋之问集校注》,北京:中华书局,2001年,第264~265页。
③ 董诰等编:《全唐文》卷二百八十,北京:中华书局,1983年,第2838页。
④ 董诰等编:《全唐文》卷二百三十五,北京:中华书局,1983年,第2373~2374页。

年华易逝的悲感结合在一起,别有一番格调,这格调不仅成就了富嘉谟本人作品"壁立万仞"的个性风采①,也体现了"颠(癫)狂中有战栗,堕落中有灵性"②的时代精神。

总的来说,武后中宗朝赋量多质优。以题材言,在具体事物的叙咏与玄远命题的阐发上又有新的开拓。在命意上,不管是奉献颂美还是讥时刺世都表现出谨慎温和而又不失慷慨的品格,其中占多数的咏物赋尤以谦谨戒满、养晦全身而不离不弃的思想为旨归。从手法看,议论多于描写,大多有"兴"有"寄",个别作品还能将描写、议论与叙事结合起来。这种多元多变的赋风与武后中宗朝特殊的政治文化背景是有关联的。在整体上升而时有风险的初唐时代,赋家的心性于雄强中有卑怯,于拘畏中不乏自信。而文体本身的开放与变革也给赋家以多种试验的机会。当然,诗家与诗歌的急进也能给行进起来相对缓和的辞赋以正面的促动,使它始终保持甚或张扬大唐文艺应有的气度。

二、刘知几辞赋观的史学立场及其意义

史学无边,作为古代"史学百科全书"③的《史通》本身包含对文学的评论。刘知几自己说:"夫其书虽以史为主,而余波所及,上穷王道,下掞人伦,总括万殊,包吞千有。自《法言》已降,迄于《文心》而往,固以纳诸胸中,曾不蒂芥者矣。夫其为义也,有与夺焉,有褒贬焉,有鉴诫焉,有讽刺焉。其为贯穿者深矣,其为网罗者密矣,其所商略者远矣,其所发明者多矣。"④可见他在著书之时已有总括万殊的自觉意识。所以古往今来的文论家们每从文论的角度探究《史通》的成就。远的不说,现代以来的批评史、文学史、文学思想史著作如郭绍虞《中国文学批评史》,王运熙、顾易生《中国文学批评史》,乔钟象、陈铁民《唐代文学史》,罗宗强《隋唐五代文学思想史》等都以较多篇幅介绍刘知几的文论思想。更有专门论文深入论析刘知几

---

① 《新唐书·文艺传》载张说与徐坚论富嘉谟文章语。详见欧阳修、宋祁撰:《新唐书》卷二百一十,北京:中华书局,1975年,第5743页。
② 闻一多《宫体诗的自赎》论《长安古意》语。详见闻一多撰,傅璇琮导读:《唐诗杂论》,上海:上海古籍出版社,1998年,第12页。
③ 程千帆先生说:"它所论及的,几乎关涉到唐以前我国史学的全部领域,说它是一部古代史学的百科全书,也不算过分。"(程千帆:《〈史通〉读法(代序)》,见刘知几原著,姚松、朱恒夫译注:《史通全译》,贵阳:贵州人民出版社,1997年,第1页。)
④ 《史通·自叙》,见刘知几撰,浦起龙释:《史通通释》,上海:上海古籍出版社,1978年,第292页。

的文学批评,如张锡厚《刘知几的文学批评》①、吴文治《刘知几〈史通〉的史传文学理论》②、李少雍《刘知几与古文运动》③、蔡国相《〈史通〉所体现的文论思想》④、黄珅《刘知几的"文德"说》⑤、韩盼山《刘知几史传文的写作观念》⑥、肖芃《〈史通〉的散文观与小说观述评》⑦、邹旭光《刘知几文史关系论指要》⑧,凡此种种,莫不精微深细。但论家们忽略了一个重要的视角——辞赋的视角,即从辞赋的角度看史论,并反过来以史论的视角看辞赋。从辞赋的视角看史论,我们会注意到《史通》关于文学的评论多因辞赋而起,也多针对辞赋而言。从史论的视角看辞赋,我们也不难发现《史通》对辞赋的评价主要立足于史家纪实切用的要求,这要求还可细分为相互关联的两大方面,一是史论家即史学家对于史书撰写的要求,一是史作家即史官自身对历史经验的反思与对现实政治的期望。这种视角的形成当然与其作为史官在删汰历史、品评人物时的感悟困惑有关,也与他作为史论家在博览历朝史籍后褒贬前贤、权衡利弊时的态度立场有关,甚至还与他切直的性格,不喜周遭文学之士的竞奔媚附有所关联。而其意义则在于为全面而客观地评价辞赋的功用并探究其兴衰的规律,提供了别样的视角。当然它也警醒了包括赋家在内的文士们任何时候都要保有作为士人应有的质直品格。此外还在客观上呼应并开启了文学思潮中关于质实切用的理论主张。

(一)《史通》中有关辞赋的评价

《史通》中提及的赋家赋作很多,诸如屈原《离骚》《渔父》、宋玉《高唐赋》、贾谊《鹏鸟赋》、枚乘《七发》、张衡《七辩》、无名氏《七章》、司马相如《子虚赋》《上林赋》《美人赋》、班固《两都赋》《幽通赋》《答宾戏》、扬雄《甘泉赋》《羽猎赋》《长杨赋》《解嘲》、东方朔《答客难》、汉武帝《悼李夫人赋》、马融《广成颂》、赵壹《刺世嫉邪赋》、曹植《洛神赋》、陆机《文赋》《豪士赋》、袁宏《北征赋》等。其中《离骚》《鹏鸟赋》《两都赋》《答宾戏》《甘泉赋》《羽猎赋》

---

① 张锡厚:《刘知几的文学批评》,载《四川师院学报》,1980年第4期。
② 吴文治:《刘知几〈史通〉的史传文学理论》,载《江汉论坛》,1982年第2期。
③ 李少雍:《刘知几与古文运动》,载《文学评论》,1990年第1期。
④ 蔡国祖:《〈史通〉所体现的文论思想》,载《锦州师院学报》,1990年第2期。
⑤ 黄坤:《刘知几的"文德"说》,载《文艺理论研究》,1991年第5期。
⑥ 韩盼山:《刘知几史传文的写作观念》,载《河北大学学报》,1992年第4期。
⑦ 肖芃:《〈史通〉的散文观与小说观述评》,载《湘潭师范学院学报》,2000年第4期。
⑧ 邹旭光:《刘知几文史关系论指要》,载《南京社会科学》,2000年第6期。

《解嘲》等都在两次以上。合计当在 16 人 25 篇 36 次以上。此外还有不少篇章单独提到"贾谊""屈原""屈宋""骚客""褒朔""灵均""骚人""子云""长卿"等赋家与"诗赋""楚赋""汉代词赋""赋颂""辞赋""雕虫小技""诗赋小技""雕虫末技"等指代辞赋的词语。合计起来,《史通》中提及赋家赋作的篇章有《二体》《列传》《序例》《断限》《载文》《言语》《叙事》《鉴识》《探赜》《人物》《核才》《序传》《杂述》《辨职》《自叙》《点烦》《杂说上》《杂说中》《杂说下》等 19 篇。可见《史通》对辞赋的关注是比较突出的,当我们摒除刘知几本人并不认可的"史传文学""历史文学"等概念外,也可看出《史通》关于文学的问题主要是针对辞赋而言的。这大概因为赋可叙事而又喜虚饰,可以当作史书叙事的反面教材吧。基于这样的认识,我们可以将《史通》中提到的这些林林总总的赋家赋作材料按内在逻辑归为"史不载赋"与"壮夫不为"两大板块。

《史通》关于辞赋的论述集中体现于史书不该载录赋体文学。《载文》篇说:"马卿之《子虚》《上林》,扬雄之《甘泉》《羽猎》,班固《两都》,马融《广成》,喻过其体,词没其义,繁华而失实,流宕而忘返,无裨劝奖,有长奸诈。而前后《史》《汉》皆书诸列传,不其谬乎!"[①]点名道姓地批评《史记》《汉书》不该载录司马相如、扬雄、班固、马融等汉赋大家的代表作品,态度十分明确。其中最重要的理由是"无裨劝奖,有长奸诈",不能像《尚书》载元首、禽荒之歌,《春秋》录大隧、狐裘之什那样足以"惩恶劝善,观风察俗"。(《载文》)同样道理,在《杂说中》里,刘知几一方面认为裴子野删削刘宋史书而为《宋略》有去冗除杂的贡献,另一方面又批评他转录汉武帝《悼李夫人赋》却有芜秽的毛病。因为"孝武作赋悼亡,钟心内宠,情在儿女,语非军国"。

除了无裨劝奖以外,《史通》用更多的笔墨批评辞赋的凭虚失实、绮靡纤柔。在刘知几看来,司马相如等作家的赋之所以无裨劝奖,在很大程度上是因为它们"喻过其体,词没其义,繁华而失实,流宕而忘返"(《载文》)。在《杂说下》篇里,他更具体地揭示了辞赋"伪立客主、假相酬答"的虚构特点:

> 自战国以下,词人属文,皆伪立客主,假相酬答。至于屈原《离骚》辞,称遇渔父于江渚;宋玉《高唐赋》,云梦神女于阳台,夫

---

① 刘知几撰,浦起龙释:《史通通释》,上海:上海古籍出版社,1978 年,第 124 页。下引《史通》皆出此书,只标篇目,不另标页码。

> 言并文章,句结音韵。以兹叙事,足验凭虚。而司马迁、习凿齿之徒,皆采为逸事,编诸史籍,疑误后学,不其甚邪!必如是,则马卿游梁,枚乘谮其好色;曹植至洛,宓妃睹于岩畔。撰汉魏史者,亦宜编为实录矣。(《杂说下》)

刘知几说屈原《渔父》、宋玉《高唐赋》、司马相如《美人赋》①、曹植《洛神赋》所载故事,均属虚构,不能当为信史,如果编诸史籍,肯定会疑误后学。刘知几还将这类"骚人之假说"与庄子寓言相提并论,《杂说下》批评嵇康所撰《高士传》说:

> 嵇康撰《高士传》,取《庄子》《楚辞》二渔父事,合成一篇,夫以园吏之寓言,骚人之假说,而定为实录,斯已谬矣。况此二渔父者,较年则前后别时,论地则南北殊壤,而辄并之为一,岂非惑哉?(《杂说下》)

同篇提到牛弘撰《周史》喜欢引用经典,不顾人物语言的个性时,也以庄骚为比:"夫以记宇文之言,而动遵经典,多依《史》《汉》。此何异庄子述鲋鱼之对,而辩类苏、张,贾生叙鹏鸟之辞,而文同屈、宋。"

情节的虚构而外,文风的雕章缛彩、绮靡轻薄也在批评之列。《杂说下》说:"自梁室云季,雕虫道长。平头上尾,尤忌于时;对语丽辞,盛行于俗。始自江外,被于洛中……"《论赞》篇说:"大唐修《晋书》,作者皆当代词人,远弃史、班,近宗徐、庾。夫以饰彼轻薄之句,而编为史籍之文,无异加粉黛于壮夫,服绮纨于高士者矣。"绮靡的文风之所以要批判,当然也是因为它不利实录。所以刘知几在《鉴识》篇里讲:

> 夫史之叙事也,当辩而不华,质而不俚,其文直,其事核,若斯而已可也。必令同文举之含异,等公干之有逸,如子云之含章,类长卿之飞藻,此乃绮扬绣合,雕章缛彩,欲称实录,其可得乎?以此诋诃,知其妄施弹射矣。(《鉴识》)

史文不能像扬雄的文章那样美轮美奂,更不能像司马相如的辞赋那样文采飞扬。

---

① 司马相如《美人赋》云:"相如游梁,梁王悦之。邹阳潜之曰:'相如服色妖丽,游王后宫,王察之乎?'王问相如:'子好色乎?'相如曰:'臣不好色也。'"

刘知几还点名批评辞赋中答问体与七体的不知变革、缺乏创新,如同累屋重架,让读者厌闻:

> 盖为史之道,以古传今,古既有之,今何为者?滥觞肇迹,容或可观;累屋重架,无乃太甚。譬夫方朔始为《客难》,续以《宾戏》《解嘲》;枚乘首唱《七发》,加以《七章》《七辩》。音辞虽异,旨趣皆同。此乃读者所厌闻,老生之恒说也。(《序例》)

刘知几认为史书不必每篇有序,如果篇目和前史立意相同,就不要"累屋重架",为了说明这个问题,他举了辞赋中的模拟现象:东方朔写了《答客难》后,班固与扬雄又分别写了《答宾戏》和《解嘲》,枚乘首唱《七发》之后,更有《七章》《七辩》等七体作品问世,而这些作品"音辞虽异,旨趣相同",所以是"老生之恒说",为"读者所厌闻"。

刘知几甚至认为,史不载赋不仅可以保证史书的真实,还可以改变浮华的文风,《载文》篇说:"昔夫子修《春秋》,别是非,申黜陟,而贼臣逆子惧。凡今之为史而载文也,苟能拨浮华,采贞(一作"真")实,亦可使夫雕虫小技者,闻义而知徒矣。此乃禁淫之堤防,持雅之管辖,凡为载削者,可不务乎?"

与史不载赋相关联的还有刘知几个人对辞赋的态度,他在《自叙》篇里以扬雄作比说自己不喜诗赋,耻为文士:"扬雄尝好雕虫小技,老而悔其少作。余幼喜诗赋,而壮都不为,耻以文士得名,期以述者自命。其似一也。"因为这个缘故,在《史通》的其他篇章里,他也多次以"雕虫""雕虫小技""雕虫末技"等指代辞赋。

围绕史不载赋的问题,刘知几《史通》批评了辞赋无裨劝奖、凭虚失实、繁缛绮靡、累屋重架等种种缺点,并屡屡以"雕虫小技"指称辞赋,但在刘知几眼里,辞赋也并非一无是处。比如《载文》篇里他在批评司马相如等作家的赋作无裨劝奖的同时,也表彰赵壹的《刺世嫉邪赋》"言成轨则,为世龟镜"。《探赜》篇中他举陆机因齐冏失德而作《豪士赋》,以说明"历观古之学士,为文以讽其上者多矣"。可见他看重讥时刺世的赋作。他也承认文采的重要,他说"史之为务,必借于文"。(《叙事》)在《序传》篇里,他还认定史书的序传实发源于《离骚》,因为《离骚》开篇即自陈氏族、祖考、出生与名字,到了司马相如,开始以自叙为传。但他所叙述的,只是他自己从大到小的立身行事,到司马迁则既叙身世,又记行事,编成《太史公自序》,于是后来的扬雄、班固等都循此体例,继作不衰。任何一种文体的兴起,可能都源于许多复杂的因素,刘知几的这种推论也未必精确,但至少说明他没有否定辞赋的发始之功。

凡此种种,可以见出在《史通》里,刘知几对于辞赋有批评也有肯定,但以批评居多。这种现象应该从刘知几的史家立场去解释。

(二) 从史家立场看刘知几的辞赋观

作为史作家与史论家,刘知几虽也承认"史之为务,必借于文",并不乏"文史一流"的观点,但从根本上来说他更强调文史之别,强调史重于文。

在刘知几看来,"史之为用,其利甚博,乃生人之急务,为国家之要道"。(《史官建置》)"向使世无竹帛,时缺史官,虽尧、舜之与桀、纣,伊、周之与莽、卓,夷、惠之与跖、蹻,商、冒之与曾、闵,但一从物化。坟土未干,而善恶不分,妍媸永灭者矣。苟史官不绝,竹帛长存,则其人已亡,杳成空寂,而其事如在,皎同星汉"。(《史官建置》)相对而言,"文章小道,无足致嗤"(《杂说下》),"著述之功,其力大矣,岂与夫诗赋小技,校其优劣者哉"(《杂说下》)。正因为这个缘故,他才"耻以文士得名,期以述者自命"(《自叙》)。

从这样的认识出发,他当然要求史书所载之文必须有用、必须切时。所以他在批判汉赋无裨劝奖的同时,又肯定赵壹的《刺世嫉邪赋》"言成轨则,为世龟镜"。所以他不满《后汉书》载蔡文姬而不载徐淑①。所以他在35岁时还写了不乏讽时刺世之意的《思慎赋》。站在史家的立场,他还从化天下、察兴亡,不虚美、不隐恶等方面为文史相通找到了终极的依据:

> 夫观乎人文,以化成天下;观乎国风,以察兴亡。是知文之为用,远矣大矣。若乃宣、僖善政,其美载于周诗;怀、襄不道,其恶存乎楚赋。读者不以吉甫、奚斯为谄,屈平、宋玉为谤者,何也?盖不虚美,不隐恶故也。是则文之将史,其流一焉,固可以方驾南、董,俱称良直者矣。(《载文》)

其实不光文学,在经籍地位明显高于其他著作的时代,刘知几的《史通》也常常将《尚书》《春秋》这些至高无上的儒家经典,恢复到史的地位,并同普通的史书一样进行评述。

不仅文用与史用不同,刘知几在《史通》里还详细分别了文才与史才、

---

① 作为史家,他也不满裴子野《宋史》不载鲍照这样的"文宗学府"。

文体与史体、文笔与史笔的不同。

秦汉以前,文史不分,秦汉以后,文史异辙,善辞章者不必能史,长于史者未必擅文:

> 昔尼父有言:"文胜质则史。"盖史者当时之文也,然朴散淳销,时移世异,文之与史,较(一作"皎")然异辙。故以张衡之文,而不闲于史;以陈寿之史,而不习于文。其有赋述《两都》,诗裁《八咏》,而能编次汉册,勒成宋典。若斯人者,其流几何?(《核才》)

张衡善于文而不闲于史,陈寿长于史而不习于文,像班固、沈约这样文、史兼擅者实如凤毛麟角,所以不应以辞章家担任史职,但事实往往相反:

> 是以略观近代,有齿迹文章而兼修史传。其为式也,罗含、谢客宛为歌颂之文,萧绎、江淹直(一作"究")成铭赞之序,温子升尤工复语,卢思道雅好丽词,江总猖獗以沉迷,庾信轻薄而流宕。此其大较也。然向之数子所撰者,盖不过偏记杂说、小卷短书而已,犹且乖滥踳驳,一至于斯。而况责之以刊勒一家,弥纶一代,使其始末圆备,表里无咎,盖亦难矣。(《核才》)

> 但自世重文藻,词宗丽淫,于是沮诵失路,灵均当轴。每西省虚职,东观伫才,凡所拜授,必推文士。遂使握管怀铅,多无铨综之识;连章累牍,罕逢微婉之言。而举俗共以为能,当时莫之敢侮。(《核才》)

在刘知几看来,文章之士所修史书或如歌颂之文,或如铭赞之序;或擅对偶,或喜骈词;或倾心于艳辞,或流踪于轻薄。所以不能"以元瑜、孔璋之才,而处丘明、子长之任"(《杂说下》),可恨世人重视文采、追求华丽,每当史馆缺位,总以文士充任。

刘知几更重视史书体例的严格,在他看来:"史之有例,犹国之有法。国无法,则上下靡定;史无例,则是非莫准。"(《序例》)《史通》的编撰目的,就在于严格体例:"若《史通》之为书也,盖伤当时载笔之士,其义不纯。思欲辨其指归,殚其体统。"(《自叙》)在《史通》全书中,刘知几一再强调例不可破,法不可违。从严格体例的角度出发,他批评《尚书》中"《尧》《舜》二典直序人事,《禹贡》一篇,唯言地理,《洪范》总述灾祥,《顾命》都陈丧礼"是属

"为例不纯"。(《六家》)他认为纪传有别,纪以编年,传以列事,"纪、传之不同,犹诗、赋之有别",(《列传》)但《史记》列项羽为本纪,叙事又不编年,其实为传体。司马迁的处理自有他的理由,刘知几则主要是从体例的严谨这个角度来考虑。他以诗、赋之别来类比纪、传的不同,也是为了说明文有文体,史有史体,既是著史,就要严格遵行史体。

他的史不载赋的观点其实也有体例方面的考虑。《尚书》《春秋》的时代言、事有别,到了《左传》,"不遵古法,言之与事,同在传中",但"言事相兼,烦省合理",可"使读者寻绎不倦,览讽忘疲"。而史中载文,却会阻隔文气、影响阅读:"方述一事,得其纪纲,而隔以大篇,分其次序。遂令披阅之者,有所懵然。"(《载言》)所以他建议于纪、传、表、志之外,另立"书"类,将制、册、诰、令、章、表、移、檄尤其诗赋等文章统统归入此类。①

文、史之间,不光体例有别,写法也不同。文可以夸张、渲染乃至比拟、虚构,史则应该据事实录,秉笔直书,所以刘知几在《惑经》篇里说史官执简,要如"明镜之照物也,妍媸必露",如"虚空之传响也,清浊必闻"。所以他反对将"园吏之寓言""骚人之假说"等虚构的故事当成实录;反对将"大舜穿井""优孟衣冠""有若代师"之类的流言采入正史②;反对"虚加练饰,轻事雕彩""体兼赋颂,词类俳优"的立言之法;当然他也反感甚至否定文学作品中惯用的比兴手法:

> 昔文章既作,比兴由生。鸟兽以媲贤愚,草木以方男女,诗人骚客,言之备矣。洎乎中代,其体稍殊,或拟人必以其伦,或述事多比于古。当汉氏之临天下也,君实称帝,理异殷、周;子乃封王,名非鲁、卫。而作者犹谓帝家为王室,公辅为王臣。盘石加建侯之言,带河申俾侯之誓。而史臣撰录,亦同彼文章,假托古词,翻易今语。润色之滥,萌于此矣。(《叙事》)

《左传》称仲尼曰:"鲍庄子之智不如葵,葵犹能卫其足。"夫有生而无识,有质而无性者,其唯草木乎?然自古设比兴,而以草木方人者,皆取其善恶薰莸,荣枯贞脆而已。必言其含灵畜智,隐身违祸,则无其义也。寻葵之向日倾心,本不卫足,由人睹其形似,强为立名。亦由今俗文士,谓鸟鸣为啼,花发为笑。花之与鸟,安

---

① 详见《史通·载言》。
② 详见《史通·暗惑》。

有啼笑之情哉？必以人无喜怒，不知哀乐，便云其智不如花，花犹善笑，其智不如鸟，鸟犹善啼，可谓之谈言者哉？如"鲍庄子之智不如葵，葵犹能卫其足"，即其例也。而《左氏》录夫子一时戏言，以为千载笃论。成微婉之深累，玷良直之高范，不其惜乎！（《杂说上》）

在刘知几看来，古今势异，史书用词不可简单比拟前人，史臣效法文章之作滥用比兴，实不高明；而花鸟本非啼笑，不可类比人情，《左传》以孔子戏语为千载笃论，可谓病累。

刘知几否定了虚矫、繁缛、夸饰的文笔，也明确提出尚实、尚简、尚质的史笔。他以渔猎为比，认为叙事"必取其所要"，务使"骈枝尽去""尘垢都捐""华逝而实存，滓去而浑在"。（《叙事》）他认为"史之称美者，以叙事为先"，而叙事之美在其"书功过，记善恶，文而不丽，质而非野，使人味其滋旨，怀其德音"。（《叙事》）他强调"国史之美者，以叙事为工"，而叙事之工者"以简要为主""文约而事丰，此述作之尤美者"。（《叙事》）

（三）刘知几辞赋观的评价与意义

总而言之，刘知几对辞赋的种种批评都可以从他的史家立场里找到答案。问题是史有千家，史家对辞赋的态度也不是千篇一律。就以"史不载赋"与"另立书类"的意见而言，后世就有许多不同意见。如章学诚就认为人的成就个个不一，未尝不可以文传人："原史臣之意虽以存录当时《风》《雅》，亦以人类不齐。文章之重未尝不可与事业同传，不尽如后世拘牵文义列传，只征行迹也。"①既然要以文传人，就要录其文采而不仅仅是行迹。

浦起龙也觉得辞赋家们与政客不同，他们的生平业绩就在文章，抽掉文章，也就无以名世了："尝窃计之，就如贾生、董傅、方朔、马卿未作要官，无他政绩，其生平不朽，正在陈书、对策、诗颂、论著等文，设检去之，以何担重？"②

吕思勉则换个角度，说辞赋固然不是叙事文，但史家载录它们的本意也只是让人当辞赋看，而不是当事实看："《史》《汉》之录辞赋，不能以失实讥之。辞赋固非叙事之文，录之之意，亦使人作辞赋看，不使人作事实

---

① 《文史通义·和州文征序例》，见章学诚著，叶瑛校注：《文史通义校注》，北京：中华书局，1985年，第695页。
② 刘知几撰，浦起龙释：《史通通释》，上海：上海古籍出版社，1978年，第35页。

看也。"①

柳诒徵甚至认为文可观史,此可例彼,司马相如的《子虚赋》《上林赋》便可以观时代之变迁,见汉武之至隐:"司马相如一文人耳,然《子虚》《上林》诸赋,可与大、小《雅》比较其时代之变迁。读史者即可推见汉武之至隐,故就相如一文人说明《易》《诗》《春秋》相通之大义。不举《书》《礼》者,《书》《礼》之形式,世人多知为史,不必赘述也。合《司马相如传赞》与《滑稽列传序》观之,始可以悟史公郑重说明六艺通义,在即小以见大,举此以例彼。"②

张舜徽的反驳更称完美,他说:"至于上咎《史》《汉》,不合以文辞入记,则非也。大抵两汉以上,文不徒作。可以传世而行远者,家不数篇。马、班采以入史,莫不有其微旨。《史记》屈、贾同传,于屈原载其《怀沙》,于贾生载其《吊屈赋》《鵩鸟赋》,而两人之志行以明。至于《过秦论》,则载之《秦始皇本纪》后,而秦所以速亡之故自见。他若《司马相如传》载《子虚》《大人》诸赋,及《谏猎疏》,既以存规讽之旨,亦以明得失之迹。推之它篇所载,要皆各有取义,岂徒以繁富为美。班《书》继起,益多录经世致用之文,悉与当时学术政治大有关系。其时尚无自编文集之例,史家得之传抄,采以入史。诸家之文,亦托此以传于后。由今论之,班、马甄录之功,为不可泯矣。"③

至如另立书类的主张,也有不同意见,浦起龙就认为这样的做法"非复史书,更成文集"。④

当然也有许多附和赞同的意见,不必一一列举。凡此种种,说明史家的立场也是有弹性的,相对而言,刘知几执行的是严格的史家标准,标准太严,从中庸的角度而言可能就成了缺点,如同吕思勉先生所言:"刘氏论事,每失之刻核……将寻常述意达情之语,一一作叙事文看。"⑤

那么刘知几的这种严格的史家立场从何而来,于辞赋而言又有何意义呢?

《史通》的出现本是史学需求与史家宏愿的产物,而流露于其间的价值取向与情感态度又与时代氛围、个人经历不无关系。

中国古代向来重视史学,《隋书·经籍志》所载史著目录多达13类,

---

① 吕思勉:《史学四种·史通评》,上海:上海人民出版社,1981年,第116页。
② 柳诒徵:《国史要义·史义》,上海:华东师范大学出版社,2000年,第206页。
③ 《史通评议》卷一,见张舜徽:《史学三书平议》,北京:中华书局,1983年,第21页。
④ 刘知几撰,清起龙释:《史通通释》,上海:上海古籍出版社,1978年,第35页。
⑤ 吕思勉:《史学四种·史通评》,上海:上海人民出版社,1981年,第189页。

817部,13264卷。唐初高祖、太宗以来的史书修撰事业,更是盛况空前,史学发展到这个阶段,迫切需要理论的总结与支持。在刘知几以前,有关史学的论述,除了刘勰文学理论专著《文心雕龙》中的《史传》篇以外,多为片段的言论。而《史传》本身也只是从文学的角度大略论及史学,不足以解决史学发展过程中所提出的理论需求,所以《史通》这样体大思精的史学专著的出现,本是史学发展的必然结果。

当然史学的这种需求与结果要落实到史家个人,以刘知几特殊的经历与志愿刚好能承担起这一重任。据《史通·自叙》称,刘知几"幼奉庭训,早游文学",先受《尚书》,转学《左传》,一年初成,又主动要求再读《史记》《汉书》《三国志》,再以后更是"触类而观,不假师训""自汉中兴已降,迄乎皇家实录,年十有七,而窥览略周"。弱冠之年考中进士,授获嘉主簿,其间"旅游京、洛,颇积岁年,公私借书,恣情披阅",锐意钻研史学。武后圣历二年(699)改官定王府仓曹。从此以后,"三为史臣,再入东观""掌知国史,首尾二十余年"。①

博览群书尤其史籍是成为优秀史学家的前提,刘知几不仅具备这个前提②,而且善学深思,早在总角之时,读班固《汉书》和谢沈《后汉书》,就责怪前者不应该有《古今人表》,后者应该为更始帝立本纪。(《自叙》)至其撰著《史通》之时,更能借鉴前贤著述的优长,对所论对象有"与夺"、有"褒贬"、有"鉴戒"、有"讽刺"(《自叙》)。他效法《淮南子》"牢笼天地,博极古今"的形式,以构建"总括万殊,包吞千有"的框架,他继承扬雄《法言》的传统,以反对诡言异辞,他吸取王充《论衡》的思想,以攻击欺惑抵牾,他学习应劭《风俗通》的方法,以化除拘忌,他更从刘勰《文心雕龙》以鸿篇巨制专论古今文章的方式中受到启迪,用他自己的话说:"自《法言》已降,迄于《文心》而往,固以纳诸胸中,曾不蒂芥者矣。"(《自叙》)

他三为史臣、再入东观的经历更让他对史馆体制、史官选任、史书修撰原则与方法乃至世态人情有了深切的体会。

初任史官之时,刘知几颇为自得:"昔马融三入东观,汉代称荣;张华再典史官,晋朝称美。嗟予小子,兼而有之。是用职思其忧,不遑启处。"(《史通·序》)但不久他就发现,在史馆的工作不但不能大显身手,反而备受压

---

① 后晋刘昫等撰:《旧唐书·刘子玄传》,北京:中华书局,1975年,第3173页。
② 据统计,《史通》提到的史书修撰者多达265人,著作249部。详见周文玖:《刘知几史学批评的特点》,载《史学史研究》,2007年第2期。

抑。因为国家体制内的修史行为,机构既臃肿,人员也混杂,根本不可能成一家之言,他后来在《史通》的《自叙》《辨职》《忤时》《史官建置》等篇章里对这些问题有过多次的批评。比如史馆用人问题:"但今之从政则不然,凡居斯职者,必恩幸贵臣,凡庸贱品,饱食安步,坐啸画诺,若斯而已矣。夫人既不知善之为善,则亦不知恶之为恶。故凡所引进,皆非其才,或以势利见升,或以干祈取擢。"(《辨职》)"或当官卒岁,竟无刊述,而人莫之省也;或辄不自揆,轻弄笔端,而人莫之见也……可以养拙,可以藏愚……"(《辨职》)这样的史官自己没有真才实学,却又横加插手,必然导致矛盾与不快。神龙元年(705),刘知几兼修国史,参与撰写《则天大圣皇后实录》,便与监修国史武三思意见不合:"凡所著述,尝欲行其旧议。而当时同作诸士及监修贵臣,每与其凿枘相违,龃龉难入。故其所载削,皆与俗浮沉。虽自谓依违苟从,然犹大为史官所嫉。"(《自叙》)为了表达个人的看法,寄寓一己之情怀,刘知几最终决定退出史馆,私撰《史通》。

在私撰的《史通》里,他可以统一宗旨,整齐体例,批评圣哲,也没有放过指陈当世的机会。他对唐初以来史馆所修史书的批评真是无所忌讳。比如他说许敬宗"矫妄",说牛凤及"狂惑"(《史官建置》)。比如他评价《周书》"文而不实,雅而无检,真迹甚寡,客气尤烦""遂使周氏一代之史多非实录"(《杂说中》)。再比如他揭露贞观著史诸公为父祖作传曲加粉饰:"自梁、陈已降,隋、周而往,诸史皆贞观年中群公所撰,近古易悉,情伪可求。至如朝廷贵臣,必父祖有传,考其行事,皆子孙所为,而访彼流俗,询诸故老,事有不同,言多爽实。"(《曲笔》)

刘知几离开史馆,除了学术观念与愿望与众不同外,其实还与他的秉性不同流俗有关。《忤时》篇提到他写信给监修国史萧至忠请求辞去史官职务的背景时说:"孝和皇帝(唐中宗)时,韦、武弄权,母媪预政。士有附丽之者,起家而绾朱紫,予以无所傅会,取摈当时。会天子还京师,朝廷愿从者众。予求番次,在大驾后日,因逗留不去,守司东都。杜门却扫,凡经三载……于是小人道长,纲纪日坏,仕于其间,忽忽不乐。"他已经厌恶在小人之间任职,所以写信求退,信里讲了自己无法修成史书的五点原因,都直指史馆修史的弊端,当然也隐含个人的不满足。萧至忠读了后感觉惭愧,找不到答复的理由,而宗楚客、崔湜、郑愔等人"皆恶其短,共仇嫉之"。他的"忤时",真可谓名副其实。其实不光史馆,武后、中宗时,宫廷文人"惟以文章取幸",以至于"天下靡然,争以文华相尚,"①刘知几自己也是,"初好文笔,颇获誉于当时",而"晚谈史传,遂减价于知己"(《自叙》)。所以他对现状的不满,也会延及繁缛的文风与竞奔的文人。《史通》对浮靡文风的极度反感,虽然根源于他严肃而执着的史家品格,但也不可忽略他忤时嫉俗的个性情怀。

刘知几《史通》关于辞赋的评价,以中庸的眼光来看,有失公允,站在文学的立场更气愤他忽略了文学之士在历史中本有的地位,忽略了文学作品言志缘情的功用,也忽略了读者以文观人的能力。文论家刘熙载说:"古人一生之志,往往于赋寓之。《史记》《汉书》之例,赋可载入列传,所以使读其赋者即知其人也。"②

便是从一般史家的立场,也感觉他轻忽了史书以文传人的功效。如果按一些新的史学观念,传闻逸事也有它的史学价值。这就涉及不同的视角与立场问题,刘知几的价值可能恰恰在于他不可通融的坚定而严格的史家立场,以及由此而产生的批判意识与独立精神,这种立场与精神不光是史学的旗帜,也可启迪文人文学反观自己,找寻文学独有的个性。当然,那些去精取粗,甚至穿凿附会,一味以求真尚实为文学宗旨的理论在中国古代也不难觅得一席之地。

周秦时代,文史合一。汉魏六朝,则文史分流,一主记事,一主缘情。宋文帝立四学,玄儒文史并存;萧统编《文选》,屏史于文外,谓"记事之史,系年之书,所以褒贬是非,纪别同异,方之篇翰,亦已不同"。但总的风气是文重于史,甚至以文为史,且日趋华靡。武德贞观,多以文臣兼史臣,可谓文史交互。太宗君臣一面批判齐梁文风有损劝诫,指陈《子虚》《上林》浮华无用,一面又"好采诡谬碎事,以广异闻""竞为绮艳,不求笃实"。③ 可见文史并重但矛盾互出。到刘知几《史通》又坚决主张文史异辙,反对以文为史、以史衡文。这种严格的文史之分与史家立场,客观上深化了我们对文史同异及文史关系的认识:文之与史,均可载道,咸能宣教,但文无定法,史须有例,文可虚构,史须实录,文重词彩,史尚简约。闻一多先生在《类书与诗》一文中曾经提到唐初文、学不分的问题,说"一方面把文学当作学术来

---

① 司马光编著:《资治通鉴》卷二百九十,北京:中华书局,1956年,第6622页。
② 刘熙载撰:《艺概》卷三《赋概》,上海:上海古籍出版社,1978年,第96页。
③ 刘昫:《旧唐书》,北京:中华书局,1975年,第2463页。

研究,同时又用一种偏向于文学的观点来研究其余的学术"①。以这种交互的视角来研究文史也是有益而且必需的,但它应该伴随着对各自独特特征的深入认识而进行。比如辞赋的虚饰与铺陈,从文的角度来看,这是它称名的根据,而从史的角度来理解,浮文妨要,正可以成为它致命的弱点。辞赋既要保存自己本有的体式特征,又需切合时用以免招致遗弃,在这种两难的境地中,它将怎样发展演变?这种演变的实际情况与内在逻辑是否一致?按照这样的理路去思考,既有益于赋作家的创造,又有利于赋论家的探究。

同样道理,刘知几对史书体例与史家精神的规范与维护也可以类推到文学领域。虽然笼统而言文无定法,但细加区判,则各体有各体的奥妙,六朝的文体论已然精微深细,以后的诗有别才之说,词自一家之言,更从文体的角度来探讨创作实践的问题。

更可贵的是刘知几的独立意识与批判精神。梁启超曾高度评价说:"刘氏事理缜密,识力敏锐。其勇于怀疑,勤于综核,王充以来,一人而已。"②翦伯赞先生更以精辟的语言总结刘知几批判精神的具体表现:"论大道,则先《论衡》而后六经;述史观,则反天命而正人事;疑古史,则黜尧舜而宽桀纣;辨是非,则贬周公而恕管蔡;评文献,则疑《春秋》而申《左传》;叙体裁,则耻摸拟而倡创造。"③史家立场的严格归根结底是以批判精神为核心的。诚如李振宏先生所言:"贯彻于十万言《史通》的一以贯之之精神,就是'批判'二字……批判精神即是刘知几史学的核心和灵魂。"④这种批判精神对史学的影响毋庸置疑,对文学来说也应该吸取并客观存在。刘知几自己写的成于《史通》之前的《思慎赋》,就揭发了自古以来王朝内部残酷斗争的普遍性:"历观自古以迄于今,其有才位见称,功名取贵,非命者众,克全者寡。大则覆宗绝祀,堙没无遗,小则系狱下室,仅而获免。速者败不旋踵,宽者忧在子孙:至若保今(令)名以没齿,传贻厥于后胤,求之历代,得十一于千百。"这样的观念不仅缘于史家的阅历与学识,也来自残酷而滑稽的现实。刘知几执意与流俗保持距离,既可以全身保命,也有利于批判讥讽。

---

① 闻一多撰,傅璇琮导读:《唐诗杂论》,上海:上海古籍出版社,1998年,第1页。
② 梁启超撰,汤志钧导读:《中国历史研究法》,上海:上海古籍出版社,1998年,第25页。
③ 翦伯赞:《论刘知几的史学》,见吴泽主编:《中国史学史论集(二)》,上海:上海人民出版社,1980年,第57页。
④ 李振宏:《论刘知几史学的批判精神——纪念刘知几诞辰1350周年》,载《史学月刊》,2011年1期,第126页。

尽管他的史学主张与辞赋实践不足以清算由来久远的浮靡文风,他的特立高标与愤世嫉俗也不可能彻底改变风头正盛的竞奔习气,但他至少表达了这个时代对于史学与文学求真尚实的共同要求,至少对他周遭的文人具有讥讽与惩戒的作用,也为后来严正的作家们保有若明或暗的批判的烛光。我们从中晚唐包括辞赋在内的讽刺性作品里即可以看到这种呼应之后的光芒。至如文须切时,词宜朴至,模拟但求神似等观点与文以载道、陈言务去的文艺思想本可潜转内通,也为题中应有之义,但论者已夥,兹不复述。

三、李峤《楚望赋》并序的理论内涵与价值

与杜审言、崔融、苏味道并称"文章四友"的李峤并不以赋名世,他留下的赋作仅《楚望赋》(并序)一篇,这仅有的赋作也谈不上有什么过人的构架、文采与气势,但其理论意义却不容忽视。钱钟书先生曾经广引诗文归结"登高望远,使人心悲"的普世情怀,认为李峤的《楚望赋》最能淋漓尽致地描绘出这种幽微曲折的心情。周祖譔《隋唐五代文论选》①也将《楚望赋》收录其中。不过一般的赋史与文论史著作乃至李峤研究的专文都没有论及这篇原本不该忽略的作品,缘乎此,本节拟对此赋的理论内涵与价值作一全面的阐述。

(一)感物兴思的内涵

《楚望赋》赋序开篇即说:"登高能赋,谓感物造端者也。"②"造端"是开头、发端的意思,这里可指起兴。这一句话借"赋"义的阐释而嵌入"登高"与"感物"两个核心词语,实际上也包容了这篇赋及序理论内涵相互关联的两个方面:感物说与登临说。试分别加以阐发。

感物兴思是中国古代文论中的重要思想,现在我们都将这一理论贡献归功于《礼记·乐记》、陆机《文赋》、刘勰《文心雕龙·物色》和钟嵘《诗品序》等少数几篇文艺理论的专文。事实上感物兴思作为主客、心物关系的表现,是广泛地存在于写作主体的生命体验与创作心理当中的。即便是以描写为主要任务的赋体创作也是如此。在大多数的赋序里,赋家们总是念念不忘地加上"感而作赋""感而成兴""有所感遇"之类的话语:

---

① 周祖譔编选:《隋唐五代文论选》,北京:人民文学出版社,1990年。
② 董诰等编:《全唐文》卷二百四十二,北京:中华书局,1983年,第2443页。下引李峤《楚望赋》并序皆出此书,不另标出处。

……故兴志而作赋,并见命及,遂作赋曰。(魏·杨修《孔雀赋序》)

　　……于是染翰操纸,慨然而赋。于时秋也,故以秋兴命篇。(晋·潘岳《秋兴赋序》)

　　……感万物之既改,瞻天地而伤怀,乃作赋以言情焉。(晋·陆云《岁暮赋序》)

　　……怅然有怀,感物兴思,遂赋之云尔。(刘宋·傅亮《感物赋序》)

　　……感恩怀旧,凄然而作。(梁·萧子范《直坊赋序》)

　　……感而成兴,遂作赋曰。(唐·宋璟《梅花赋序》)

不只是个体写作缘起的交代,有些赋序还对感物兴思的原理与过程作了具体的分析和描述。这些分析与描述也许不如理论专文那么集中而深刻,但它们都出自赋家之口,或者明显早于理论专文。如此看来,赋家如何理解感物兴思的过程,感物兴思的原理与赋体特征有何关系,赋体的存在对感物理论的出现有何影响之类的问题,就理所当然应成为我们探讨的对象。

　　按照叶嘉莹先生的观点,诗歌中形象与情意的关系不外乎"由物及心""由心及物"与"即物即心"三种,与之对应赋、比、兴三种表现手法,则由物及心的是兴,由心及物的是比,即物即心的是赋。① 赋中用比的手法是较为少见的,从赋序来看,赋家对于感物兴思模式的概述,也大体不出由物及心与即物即心两类。由物及心指最初的触发点是物,是由外物触动内心,从而产生情思的过程。上举赋序,多属此类。"感物兴思"一语即出自傅亮的《感物赋序》,而王延寿《鲁灵光殿赋序》中"诗人之兴,感物而作"一语虽指诗歌而非赋颂,却已开文论中"感物说"之先河,到潘尼《安石榴赋序》,就已自觉用于赋体创作心理的总结了:

　　安石榴者,天下之奇树,九州之名果。是以属文之士或叙而赋之,盖感时而骋思,睹物而兴辞。②

---

　　① 参见叶嘉莹《迦陵论诗丛稿》(石家庄:河北教育出版社,1997年)中《中国古典诗歌中形象与情意之关系例说》一文及《汉魏六朝诗讲录》(石家庄:河北教育出版社,2000年)第一章第四节《诗歌中形象与情意的关系之二》。

　　② 《全晋文》卷九十四,见严可均校辑:《全上古三代秦汉三国六朝文》,北京:中华书局,1958年,第2000页。

不过对这一过程的表达最为确切也最为详细的,还是李峤的《楚望赋序》:

> 序曰:登高能赋,谓感物造端者也。夫情以物感,而心由目畅,非历览无以寄杼轴之怀,非高远无以开沉郁之绪。是以骚人发兴于临水,柱史诠妙于登台,不其然欤?盖人禀性情,是生哀乐,思必深而深必怨,望必远而远必伤。千里开年,且悲春目;一叶早落,足动秋襟。坦荡忘情,临大川而永息;忧喜在色,陟崇冈以累叹。故惜逝愍时,思深之怨也;摇情荡虑,望远之伤也:伤则感遥而悼近,怨则恋始而悲终。达节宏人,且犹轸念;苦心志士,其能遣怀?是知青山之上,每多惆怅之客;白蘋之野,斯见不平之人:良有以也。余少历艰虞,晚就推择,扬子《甘泉》之岁,潘生《秋兴》之年,曾无侍从之荣,顾有池笼之叹。而行藏莫寄,心迹罕并,岁月推迁,志事辽落,栖遑卑辱之地,窘束文墨之间:以此为心,心可知矣。县北有山者,即《禹贡》所谓岐东之荆也。岧峣高敞,可以远望,余簿领之暇,盖尝游斯。俯镜八川,周睇万里,悠悠失乡县,处处尽云烟,不知悲之所集也。岁聿云莫,游子多怀,援笔慨然,遂为赋云尔。

由于这篇序是结合登高望远必致伤感这一具体的感发形式来阐述感物兴思的现象与原因的,其内涵就更为丰富而深刻。

一是描述并总结感物兴思的现象。序以"千里开年,且悲春目;一叶早落,足动秋襟"来描述感物兴思的现象,大体同于陆机《文赋》之"遵四时以叹逝,瞻万物而思纷。悲落叶于劲秋,喜柔条于芳春",与《文心雕龙·物色》之"一叶且或迎意,虫声有足引心",就语法结构言,更近《文心雕龙》以物为主,以心为宾的方式,这样的结构易于突出外物作为最初触发点的身份。"情以物感""心由目畅"的总结也大体同于《文心雕龙·物色》篇之"情以物迁"。这一层次主要是继承前人观点。赋作正文中也仿《文赋》"精骛八极,心游万仞"的方式描述了感物兴思的情状:

> 其始也,罔兮若有求而不致也,怅乎若有待而不至也。悠悠扬扬,似出天壤而步云庄;逡逡巡巡,若失其守而忘其真,群感方兴,众念始并,既情招而思引,亦目受而心倾。浩兮漫兮,终逾远兮;肆兮流兮,宕不返兮。然后精回魄乱,神荼志否,忧愤总集,莫能自止。

若有所求,若有所待;似出天壤,似失其守;群感方兴,众念始并;浩漫无边,不知所归;忧愤总集,莫能自止。正与《文赋》一样使用了赋体擅长的铺陈方式。

二是分析感物兴思的原因。序云:"盖人禀性情,是生哀乐,思必深而深必怨,望必远而远必伤。""故惜逝愍时,思深之怨也;摇情荡虑,望远之伤也;伤则感遥而悼近,怨则恋始而悲终。"上文言情思是因外物而触发的,可外物为什么能够触动情思呢?答案是人有一颗敏感的心,能够在外物的触动下产生哀乐之情,感物兴思是一个心物交互的过程,望远必伤与思深必怨是一致的。这一观点当然也不是此序首创,《礼记·乐记》早已明确阐述过这一原理:"凡音之起,由人心生也。人心之动,物使之然也。感于物而动,故形于声。声相应,故生变;变成方,谓之音;比音而乐之,及干戚羽旄,谓之乐。"①从纵向的角度来看,由"声"而"音"、由"音"而"乐"是一个音乐生成的过程。就心物之间的关系而言,"人心之动,物使之然也""音"由"心"生,而"心"因"物"动,艺术的生成,根源于"人心之感于物也"。这"物"便是客体,是外物的震撼激起了内心的波澜,从而引发外宣的冲动。即所谓"应感起物而动"②。由此可见,《礼记·乐记》中认为艺术的生成是因"物"动"心",由"心"生"乐"的过程,是主观的"心"与客观的"物"交互感应的统一体。这是极富辩证思维的论断。③《文心雕龙·明诗》篇"人禀七情,应物斯感,感物吟志,莫非自然"之语亦本此而来。当然,这里讲的还只是感物兴思的过程,就内涵来讲,感物兴思的实质是同声相应,同类相从。骆宾王《萤火赋序》说:

> 余猥以明时,久遭幽絷,见一叶之已落,知四运之将终。凄然客之为心乎?悲哉!秋之为气也。光阴无几,时事如何?大块是劳生之机,小智非周身之务。嗟乎!绨袍非旧,白首如新。谁明公冶之非?孰辨臧仓之愬?是用中宵而作,达旦不瞑。睹兹流萤之自明,哀此覆盆之难照。夫类同而心异者,龙蹲归而宋树伐;质殊而声合者,鱼形出而吴石鸣。苟有会于精灵,夫何患于异类?况乘时而变,含气而生,虽造化之不殊,亦昆虫之一物。应节不

---

① 郑玄注,孔颖达等正义:《礼记正义》,上海:上海古籍出版社,1990年,第660页。
② 郑玄注,孔颖达等正义:《礼记正义》,上海:上海古籍出版社,1990年,第667页。
③ 可参见刘伟生:《〈礼记·乐记〉"声""音""乐"辨》,载《船山学刊》,2002年第4期。

愨,信也;与物不竞,仁也;逢昏不昧,智也;避日不明,义也;临危不惧,勇也。事沿情而动兴,理因物而多怀,感而赋之,聊以自广云尔。①

这篇序是悲秋之作,不过它反复强调"因物而多怀"实是"有会于精灵",而之所以能有会于异类,是因为"质殊而声合",也就是同声相应,"声""心"互文,也可以说是"同心相应"。在赋中作者再次强调了"同声相应""同类相从"的道理:"物有感而情动,迹或均而心异。响必应之于同声,道固从之于同类。"宋人林希逸的《孔雀赋序》:

夫离合聚散,悲欢怨怼之情,非必含灵而具识者有之,物亦与有焉,而怀怅恨以相感者,又非必有族类俦侣者也,物亦我,我亦物也,奈何哉其相物也……②

不同的是,林序更明确地指出:物亦有情。王勃《涧底寒松赋序》"盖物有类而合情,士因感而成兴"。则以更为简洁的语言概括了感物兴思的原理。

(二)感物兴思与登山临水

以上是直接言及感物兴思的内涵,此外是指出登山临水必致伤感的现象并解释其原因。《楚望赋序》云:"骚人发兴于临水,柱史诠妙于登台。""青山之上,每多惆怅之客;白蘋之野,斯见不平之人。"这是现象,赋体正文更主要是对这种现象的描述与概括,如"于是繁怀载纡,积虑未豁,生远情于地表,起遥恨于天末""愿寄言而靡托,思假翼而无因,徒极睇而尽思,终夭性而伤神。或复天高朔漠,气冷河关,汉塞鸿度,吴宫燕还,对落叶之驱寿,怨浮云之惨颜"等,先说繁怀积虑,生情天地,接着说将言已叹,无哀自伤,再说人事多戚,无忧不入,最后说极睇尽思如何夭性伤神,羁旅离愁如何因望至极。

那么登山临水易于感物造端(起兴)的原因究竟是什么呢?《楚望赋序》说:"夫情以物感,而心由目畅,非历览无以寄杼轴之怀,非高远无以开沉郁之绪。"就理论言,心物对应,情以物感,心由目畅,所以只有登山临水才可触动情思、激发灵感。这里包括两个常识,一是心物直接对应,因为登高所见必然广泛,《毛诗正义·定之方中》曰:"升高能赋者,谓升高有所见,

---

① 董诰等编:《全唐文》卷一百九十九,北京:中华书局,1983年,第1993页。
② 陈元龙编:《历代赋汇》,南京:凤凰出版社,2004年,第515页。

能为诗赋其形状,铺陈其事势也。"① 二是心物间接对应,因为在旷漠的时空里,外物可以激发主体创造性的想象,正如《文赋》所言,可以"观古今于须臾,抚四海于一瞬",可以"恢万里而无阂,通亿载而为津"。

接下来的一小段进一步申明登山临水可以触动情思的原因。哀乐本于人之性情,思深必怨,望远必伤。具体说一是感兴,二是因感兴而起的惜逝愍时,摇情荡虑。这里更进一步阐述了"感遥而悼近""恋始而悲终"的联动过程。然后说面对不同的自然景致,即使是"坦荡忘情"的"达节宏人",也会流露出喜怒哀乐之情。末了再以事实说明青山之上,白蘋之野每多惆怅不平之人。这一段的可贵之处在于它对感物而动的心理过程与特征予以了形象的描述。

但这一解释还很平常,不够深刻,所以他在赋里接着说:

> 罔兮若有求而不致也,怅乎若有待而不至也……故望之感人深矣,而人之激情至矣! 必也念终怀始,感往悲来,沿未形而至造,思系无而生哀:此欢娱者所以易情而慨慷,达识者所以凝虑而徘徊者也。

登高之所以伤感是因为人皆有待有望,登高可以望远,可是远望还是得不到所望,所以慷慨伤悲。这"有求而不致,有待而不至"正道出了登山临水,使人心瘁神伤的根本原因。对于这一问题,钱钟书先生的《管锥编》在广引古代诗文并充分肯定李峤的观点之后,又引西方浪漫主义理论中的"企慕"心理与"距离怅惘"之说来进行探讨,并因孔子上农山,喟然而叹"登高望下,使人心悲"之事而将其归之为"农山心境"。② 他甚至从文字的本源上寻找依据,说:"征之吾国文字,远瞻曰'望',希冀、期盼、仰慕并曰'望',愿不遂、志未足而怨尤亦曰'望',字义之多歧适足示事理之一贯尔。"③ 钱钟书先生从心理的角度,以比较的眼光在"望"字上作出了充分的阐释,从他对这一问题的反复增订也可见他严谨的态度与不懈的思考。

马元龙先生《登高望远,心瘁神伤——兼论中国文人的生命意识》一文对登高望远使人伤感的问题作了专门的探讨,该文认为:"中国人渴求建功立业以期不朽的生命意识乃是这一情结的本质原因。但这种情结之所以

---

① 郑玄注,孔颖达等正义:《毛诗正义》,上海:上海古籍出版社,1990年,第113页。
② 钱钟书:《管锥编》(第五册),北京:中华书局,1994年,第72页。
③ 钱钟书:《管锥编》(第三册),北京:中华书局,1979年,第878页。

在登高望远之际,才有更激烈的表现,乃是因为'高''远'本身所具备的两种对立的意味的催发,使登临者强烈地意识到生命的短暂与渺小,从而悲从中来,心瘁神伤。"[1]这样的解释深入生命意识的层面,也寻找到了"对立"的症结,不过反不如钱钟书先生的解释通达。《楚望赋》中的有求与有待,固然可以根据中国的国情重点指向建功立业,又何尝不可更宽泛地理解为有为有待,按庄子的说法,真正的逍遥在于无为无待。其实,人之自觉与生命之悲不过一念之转,都是人物、人人、人我对立的结果,人之自觉强调人物、人人、人我之间的对立,当自己不能成为外物、他人甚至自我的主宰时,自然悲从中来,所以老庄要齐生死、等祸福,忘形丧我。从这个意义上讲,登高临远是人生中人与自然、人与社会、人与自我三大矛盾的突现。所以,登山临水,忧从中来的原因,一在自然生理的反应,二在社会纠纷的总集,三在终极问题的追寻。

最后不要忘了李赋对登高望远的感兴作用的归结:"故夫望之为体也,使人惨凄伊郁,惆怅不平,兴发思虑,震荡心灵。"

不管怎么说,李峤《楚望赋》对于登高望远使人伤感问题的描述与解释,与《文心雕龙·诠赋》"原夫登高之旨,盖睹物兴情"的概略式交代相比,有了长足的进步。

(三)感物兴思与屈宋情怀及赋体本质

就情感指向与渊源而言,登临说与屈、宋情怀不无联系。登山临水而致感伤,在《诗经》里就有出色的描写,如《周南·卷耳》《魏风·陟岵》《秦风·蒹葭》之类,但远不如屈、宋作品中那样集中而浓烈。屈原的作品大都是流放江湘的产物,整个就可以看作一个登山临水的意象系统。这里面既有理想中的"上下求索"(《离骚》),又有现实里的"容与不进"(《涉江》);既有神话中的"骋望佳期"(《湘夫人》),又有人世间的"横奔失路"(《惜诵》);既登昆仑之瑶圃(《涉江》),又"临沅湘之玄渊"(《惜往日》)。不仅有许多山水的意象,还有作者自己的形象:"游于江潭,行吟泽畔,颜色憔悴,形容枯槁。"(《渔父》)这登山临水的意象系统蕴含着屈原政治失意、理想落空的怨愤,岁月不居、年华易逝的苦恼,与思乡怀人、忧国忧民、孤独寂寞等种种感伤的情愫。所以刘勰在《文心雕龙·辨骚》里说屈原的这些作品:"叙情怨,

---

[1] 马元龙:《登高望远,心瘁神伤——兼论中国文人的生命意识》,载《华中师范大学学报》,1998年第4期,第52页。

则郁伊而易感；述离居，则怆怏而难怀。"①

屈原作品的这种哀怨感伤的风格，主要缘于他自己特立独行的操守，当"登高吾不说兮，入下吾不能"(《思美人》)时，自然只能"望北山而流涕兮，临流水而太息"。(《抽思》)当然也与他的经历遭遇有关。屈原的一生，最令人扼腕叹息的是他的报国无门的不幸，表现在作品中，便是一腔怨愤。后人常借用屈原《九章·惜诵》"发愤以抒情"一语来说明屈原的创作动机。司马迁说屈原："信而见疑，忠而被谤，能无怨乎？屈平之作《离骚》，盖自怨生也。"②在《报任安书》中他又举屈原为例，并以"意有所郁结，不得通其道"来解释"发愤著书"。从此"发愤著书"作为一个创作心理学命题，成为探究感伤类作品的重要依据。

不同于屈原"高驰而不顾"(《涉江》)的态度与雄奇瑰伟、哀怨感伤并存的风格，宋玉将登临情感与意象集中在更为普适性、季节性的"伤春""悲秋"里。试看这些句子：

> 湛湛江水兮上有枫，目极千里兮伤春心。(《招魂》)
> 悲哉，秋之为气也！萧瑟兮草木摇落而变衰。憭栗兮若在远行，登山临水兮送将归。(《九辩》)
> 登高远望，使人心瘁。(《高唐赋》)

钱钟书先生说："《招魂》：'目极千里兮伤春心。'……《高唐赋》：'长吏隳官，贤士失志，愁思无已，太息垂泪，登高远望，使人心瘁'。二节为吾国词章增辟意境，即张先《一丛花令》所谓有'伤高怀远几时穷'是也……别有言凭高眺远、忧从中来者，亦成窠臼，而宋玉赋语实为之先。"③

无论是创作的实践还是理论的归结，屈、宋都强化了登临作品的感伤情绪，并对后世产生深远影响。宋人韩元吉《虞美人·怀金华九日寄叶丞相》词云："登临自古骚人事。""骚人"是谁，这里当然是泛指古代文人，但它的始祖却是屈、宋。萧统说："临渊有怀沙之志，吟泽有憔悴之容。骚人之文，自兹而作。"④这个"骚人"指的是"楚人屈原"。胡应麟说："'袅袅兮秋风，洞庭波兮木叶下。'形容秋景入画。'悲哉，秋之为气也！''憭栗兮若在

---

① 刘勰著，范文澜注：《文心雕龙注》，北京：人民文学出版社，1958年，第47页。
② 司马迁撰：《史记》，北京：中华书局，1959年，第2482页。
③ 钱钟书：《管锥编》(第三册)，北京：中华书局，1979年，第875页。
④ 《文选序》，见萧统编，李善注：《文选》，北京：中华书局，1977年，第1页。

远行,登山临水兮送将归。'摹写秋意入神。皆千古言秋之祖。六代、唐人诗赋靡不自此出者。"①这"千古言秋之祖"是屈原、宋玉。在谢灵运的《登池上楼》、谢朓的《晚登三山还望京邑》里,我们可以看到类乎屈、宋的情怀。在陈子昂的《登幽州台歌》、杜甫的《登高》里,除了孤独与忧伤之外,更有屈、宋词句的踪影。出自屈原《河伯》的"南浦"后来成为送别诗词中常见的意象,宋玉登临之举甚至也成了词中典故:"望乡关,飞云暗淡夕阳间。当时宋玉悲感,向此临水与登山"。②

因为屈、宋是公认的感伤文学始祖,所以李峤《楚望赋》举的登临可致感伤的第一个例子就是"骚人发兴于临水"。值得注意的是对"柱史诠妙于登台"的理解。"柱史"是"柱下史"的省称,代指老子,这里讲的是《老子》第二十章的内容。前人多把这一章看作哲理诗,其实它更近于《离骚》式的抒情叙志类作品。大意说无论是受到赞扬还是反对,无论是善人还是恶人,都无所谓,但这只是主观态度,现实并非如此,所以他说别人所害怕的我不能不怕,别人都那样欢乐,就像参加盛大宴席、登台观赏春景一样,我却无知如小孩,所以狼狈如无家可归之人。众人都过着富裕的生活,只有我像被遗弃了一样,世人都这样明白清楚,只有我这样昏聩糊涂。这分明是一篇抒愤之作。其中的"荒兮,其未央哉"类似屈原的"路漫漫其修远兮",充满着对前途渺茫的慨叹;而"俗人昭昭,我独昏昏。俗人察察,我独闷闷",又与屈原的感叹"举世皆浊我独清,众人皆醉我独醒"何其相似。虽然字面相反,心境却一样,都在斥责世人的愚昧,悲叹自己的孤独,充满了不被理解的苦闷和愤世嫉俗的情绪。当然,初盛唐的李峤对辞赋的理解与要求不光是感伤情绪的表达,还有与时代文风一致的壮大气势。他的咏物诗《赋》篇说:"布义孙卿子,登高楚屈平。铜台初下笔,乐观正飞缨。乍有凌云势,时闻掷地声。造端长体物,无复大夫名。"在他看来,理想的辞赋要有"凌云势"和"掷地声",这与陈子昂的"风骨"倡议是比较接近的。《楚望赋》中"霜尽川长,云平野阔,恨游襟之浩荡,愤羁怨之切怛"的情绪,无疑也具有慷慨壮大的特点。

关于感物兴思的原因,上文提到同声相应、同类相从的原理,但因为同声相应的背后对应着的是心物交互、主客相融,所以文论家们又竭力在主客关系甚或天人关系上探求感物兴思的真谛。笔者无意于哲学的论证,只

---

① 胡应麟撰:《诗薮》内编卷一,上海:上海古籍出版社,1979年,第5页。
② 《戚氏》,见柳永著,薛瑞生校注:《乐章集校注》,北京:中华书局,1994年,第145页。

想谈谈赋体文学对感物兴思现象与理论的影响。在早先的诗歌里,已有诗人与外物的情感交流,但认识世界的有限与描写技巧的欠缺使这种交流无法全面而深入。楚辞如屈原的《山鬼》、宋玉的《九辩》已自觉地运用外在景物来衬托主观情思,极大地发展了诗歌的比兴,不过骚体的形式更适合直接的抒情。汉大赋走的却是另外一条道路,它继承了宋玉《高唐赋》《神女赋》体物的传统,将目光放置于广阔的客观世界,在刻苦钻研铺陈描写艺术的过程中,暂时抛开了个人的情思,或者将主观的意念深隐在虚设的客主问答里,而客观上它却极大地发展了形象思维的能力。问题正在于感物兴思的发展有赖于形象思维的支撑。尽管艺术形象既可以再现、拟想,又可以幻想虚构,但归根结底源于客观的物质世界,而不是主观的理念。查检《文选》的目录就会发现,《文心雕龙》中用以阐述感物兴思原理的"物色"篇名,收罗了《风赋》《秋兴赋》《雪赋》《月赋》四篇赋体,可见"物色"一词的含义首在客观的自然景物。"情以物迁,辞以情发"的前提是"岁有其物,物有其容"(《文心雕龙·物色》)。美国的鲁道夫·阿恩海姆指出:

> 一棵垂柳之所以看上去是悲哀的,并不是因为它看上去像一个悲哀的人,而是因为垂柳枝条的形状、方向和柔软性本身就传递了一种被动下垂的表现性,那种将垂柳的结构与一个悲哀的人或悲哀的心理结构进行的比较,却是在知觉到垂柳的表现性之后才进行的事情。①

于感物兴思的原初形态而言,这话讲得在理。就理论形态本身而言,陆机的《文赋》被公认为是感物说的奠基者。可是这篇用赋体写成的理论著作中更引人注目的命题是"诗缘情而绮靡,赋体物而浏亮"。这一命题近师曹丕,其远祖却是《尚书》中的"诗言志"。在"缘情说"兴起之前,赋体体物的特征早就得到了淋漓尽致的表现并形诸理论性的文字,到陆机所在的魏晋时期已是诗赋并进的时代,并进的原因之一即在于赋的诗化与诗的赋化。赋已从汉大赋总揽万殊的大题目中裂变出一些小题目来,由对阔大宇宙的铺陈回归到个人细腻感情的描写。诗则在吸取乐府新的体式与赋体描写的长处后复兴了。总而言之,原初的比兴经由赋体形象思维的润泽充实

---

① [美]鲁道夫·阿恩海姆著,滕守尧、朱疆源译:《艺术与视知觉——视觉艺术心理学》,北京:中国社会科学出版社,1984年,第624页。

后,伴随着写作主体生命意识的觉醒,而逐步形成了相对自觉的感物意识与理论。这种意识与理论一经明确,又反过来促使作家关注外在的客观之物,自觉将笔墨伸向山水与田园。由于长期的实践与总结,感兴观在初盛唐非常盛行,几乎所有善于写诗的作家都把感兴视为创作活动的基础。

  李峤历仕高宗、武后、中宗、睿宗和玄宗数朝,官至宰相。地位极高,文华亦显,在当时及后世都颇具影响力。他的一百二十首"杂咏"曾被日本列为平安时代传入的中国三大幼学启蒙书之一,他的这些诗歌"将唐初以来人们最关心的咏物、用典、词汇、对偶等常用技巧融为一体,以基本定型的五律表现出来,给初学者提供了便于效仿的创作范式"。[①] 在李峤诗歌得到应有的肯定后,我们也不妨留意一下他的这篇《楚望赋》,因为它细致曲折而又综会性地描述与阐释了感物兴思及望远伤神的现象与原因,也展现了自六朝到隋唐诗赋及理论发展的轨迹,并为我们全面地了解李峤的文学贡献提供了诗歌以外的别样文献。

[①] 葛晓音:《创作范式的提倡和初盛唐诗的普及——从〈李峤百咏〉谈起》,载《文学遗产》,1995 年第 6 期,第 34 页。

第三章 盛唐赋

第一节 盛唐赋的拓展与气象

在后人看来,盛唐是大唐帝国的黄金时代,也是整个中国古代最为鼎盛的时期,无论是政治、经济还是文化都达到了令人神往而又不可企及的高度。世人每以"盛唐气象"来概称盛唐诗歌、盛唐文艺、盛唐时代的整体风格或精神面貌,并阐释说"盛唐气象"的本质是"蓬勃的朝气,青春的旋律",是"无限的展望"。① 那么,初唐本已生机勃勃而又复杂多貌的辞赋,到了盛唐时代,是否也如诗歌,继续焕发青春的朝气,并如同诗歌,既高峰并峙,又对于未来还有着无限的展望? 可以肯定的是,盛唐辞赋无论数量还是质量都相当可观,甚至可称隆盛,而且也不可避免地熏染上了盛唐蓬勃的气息。但坦率地说,当我们环顾前后左右的时候,不难发现盛唐辞赋并不处于光辉的顶峰。在诗体渐变与文质相持的初唐时代,辞赋仍然占据文坛的主导地位,或者至少还可以和诗歌相提并论;在古文兴盛与诗赋遍行的中唐时代,辞赋无论内容与体式都有着新的发展,或者至少可以给人以别样与实存的感觉;盛唐开始,却是诗歌完胜于辞赋的时代,赋体文学逐渐远离文学发展的主脉。盛唐本身既无以赋名家的作者,更无数峰并峙的景象;在诗体改革业已完成,古文运动未臻兴盛的时候,非诗非文而又亦诗亦文的辞赋或者规摹旧格,或者酝酿新局,就体式上的贡献而言也难称杰出;好在从玄宗开元至代宗大历时止,自帝王宰臣至卫士僧道、从著名诗人到古文先驱都参与了辞赋创作,自天时气象至人伦情感,从润色鸿业到针砭时弊都纳入了辞赋的题材内容。或许这种多元丰富的状况与个性纷呈的局面,原本也是"盛唐气象"的一种表现。

---

① 林庚:《盛唐气象》,载《北京大学学报》,1958 年第 2 期,第 87～97 页。另可参袁行霈:《盛唐诗歌与盛唐气象》,载《高校理论战线》,1998 年第 2 期;李泽厚:《美的历程》,天津:天津社会科学院出版社,2001 年,第 158～181 页;陈铭:《唐诗美学论稿》,郑州:中州古籍出版社,1987 年,第 12 页;蒋海生:《论"盛唐之音"是一个美学范畴》,载《锦州师范学院学报》,1985 年第 1 期,第 16～21 页;等等著述。

一、赋家之多面

从开元至大历不到70年间的辞赋,现存完整的当在400篇以上,据诸书记载,现可稽考的存目与残篇,还要多于这个数目,若计散佚的应试之赋,盛唐辞赋堪称大观。① 可见单以数量而言盛唐辞赋也超过了此前任何一个时代,当然,盛唐辞赋的隆盛更体现在赋家的多面、题材的多元拓展以及气象的宏大与浑成上。

赋家的多面既体现在赋家队伍的庞大上,又体现在赋家身份的多元上。

据韩晖《隋及初盛唐赋风研究》统计,盛唐50年间出现了现在可考不下450人的创作队伍,②韩晖所指盛唐为玄宗先天元年(712)至代宗宝应元年(762),如果按本书算至大历末年,人数自然更多。何况还有许多没有载入文籍、史籍的作家。从开元至大历近70年间,现存有完整赋篇的作家也有近200人,这在赋史上是不多见的。

关于盛唐赋家的身份与类属,韩晖也一一列举了帝王贵妃、公卿大臣、文士、地方官吏、青年学子、皇帝的卫士、道士、僧人、民间艺人。③ 马积高先生则将盛唐赋家分为四大类:从武后到玄宗早期的文坛名人、古文运动的先驱者、当时著名的诗人、其他难以类属者。④ 前者便于直观感受赋家的社会属性与层级,后者进行了逻辑的归类并突出了主要作家群体,可以为赋史叙述提供纲领。但他们都没有注意赋家身份本身的多元,也没有特别强调赋家身份如何影响赋体叙事的问题。

身份是一个复杂的概念,它既具有社会客观性,又包含主体建构性,关联到作家作品则还会具化为文本性。上文言及的赋家主要是就其社会性尤其政治生活的身份而言的,即便如此,也还可以从不同角度进行细分:就社会地位而言,有帝王、宰臣、贵妃、学士、武将、地方官吏、僧道;就仕进状

---

① 韩晖《隋及初盛唐赋风研究》统计称"现可稽考的盛唐50年间的辞赋(包括存目赋)计910余篇,除去存目和残篇,实存320余篇",书末另附有《盛唐赋家赋作一览表》,可以参看(有个别重复与少量遗漏)。本书采马积高先生的观点,将大历计入盛唐,查检相关文集、史集包括现代学者所作各类补编,可以大致推定盛唐近70年间现存的辞赋作品,说是"大致",是因为有些辞赋的作年无法确知,只好综合考察赋作内容与赋家生卒年、科考、职官等因素。
② 韩晖:《隋及初盛唐赋风研究》,桂林:广西师范大学出版社,2002年,第204页。
③ 韩晖:《隋及初盛唐赋风研究》,桂林:广西师范大学出版社,2002年,第237页。
④ 参见马积高:《赋史》,上海:上海古籍出版社,1987年,第273页。

况而言,有朝臣、逐客,有干进之人、有隐逸之士、有终身布衣;①就出身关系而言,有座主、门生、士子、幕僚;就价值观念而言,有亲儒、重道、有近佛、慕仙。便是文人身份,也有著名诗人、古文先驱、民间艺人等种种区别。因为在社会群体中人的身份既可以分属于不同的层级,也可能交错于不同的群落。除了客观的社会属性,还有主体自身的身份认同问题:一些赋家可能更乐意展示自己的政治才能而非文学侍从的身份,另一些赋家可能并不满足官员的身份而更钟情自己文坛领袖的地位;一些赋家受儒家伦理影响极深,一些赋家受佛道熏陶更重,个别赋家跳出三界外,不在五行中。

所以我们为了叙述的方便而为赋家作大体归类的同时还要注意他们的多重身份。马积高先生所说的从武后到玄宗早期的文坛名人,看重的是他们的文学身份,其实他所举的张说、苏颋、张九龄、李邕四人,除李邕外,都是"佐天子、总百官、治万事"②的宰相。身为宰相的赋家,既要参与甚至组织对帝王的奉颂与唱和,又要奖掖后进、提携下人,并适时抒发个人心绪志意。所以张说的作品里,既有《奉和圣制喜雨赋》,又有《江上愁心赋》《畏途赋》。另一位宰相韩休也出于身份的需要撰有《驾幸华清宫赋》与《奉和圣制喜雨赋》。来自岭南的张九龄则借富有地域特色的《荔枝赋》来表达他的用人观念。苏颋与张说同称"燕、许大手笔",所作《长乐花赋》,以花喻人、表扬节操,文字质朴、文思雅正。李邕虽未作宰相,但受武后、中宗、玄宗三代君王礼遇,曾于献赋玄宗而受赏识时自夸当居相位,并因此遭当朝相国的嫉恨。当然,李邕更重要的身份是文化名人、文坛泰斗,年少时因为其父李善补益《文选注》而出名,后获"文章四友"之一李峤的称赏。李白、杜甫、高适、萧颖士等后来巨星都受过他的肯定与扶持,杜甫称其"情穷造化理,学贯天人际"(《赠秘书监江夏李公邕》),李白敬其"英风豪气"(《答王十二寒夜独酌有怀》),高适曾受李邕《鹘赋》之赠并作和赋,萧颖士的文名也经李邕推挹。所以李邕可说是最高权力集团与著名诗人群体之间的中介。另有翰林学士吕向,曾奏《美人赋》,因以文词出身,并居枢密机要之地,也成为盛唐文士诗人投诗献文的重要对象。这些人的情况个个不一,

---

① 丁放、袁行霈将盛唐诗人按任职情况分为宫廷中的诗人与地方官吏中的诗人,这两大类里又各分出三小类,前者分为皇族、宰相及知贡举或掌典选的大臣、朝廷中的下层官吏,后者则分为由朝廷贬至地方的诗人、一生主要在地方任职的诗人、游宦于节度使幕府中的诗人。详见丁放、袁行霈:《宫廷中的诗人与盛唐诗坛——盛唐诗人身份经历与创作关系研究之一》(载《文学遗产》,2009 年第 1 期)与《盛唐地方官吏中的诗人》(载《文学遗产》,2010 年第 5 期)两文。

② 欧阳修、宋祁撰:《新唐书》卷四十六《百官志》,北京:中华书局,1975 年,第 1182 页。

但他们的政治身份都会影响辞赋创作与赋坛景观。

李白、杜甫、高适、岑参、王维、王昌龄、钱起、刘长卿、元结、顾况等著名诗人都作有赋。"著名诗人赋家"这个名号本身就含蓄着多重意义，一是诗人个性与政治家素养的天然隔绝，二是诗人与赋家因文体之别而生成的不同意识。诗人而兼政治家或仅仅为干进而努力的未来政治家，免不了理想与现实的冲突，一面为讨得一官半职而不惜降低身段、委屈自己，一面为保全诗人的气格而艰难度日或大言欺世。诗人而作赋，一是因为献赋可以得官的现实需要，二是赋需大才的传统观念，三是诗赋相融互化的文学进程。所以关注诗人之赋尤其李、杜这样巨星级的诗人之赋，容易见出诗、赋不同文体的特质、发展脉络与相对地位，也可分辨出因诗、赋文体不同而表现出的作家意识，并借此深究赋体叙事的特征。从某种意义上说，擅长作赋的李白、杜甫最终以诗名世，本身就标志着诗赋地位的变更。

上承元德秀，下至梁肃，中以李华、萧颖士、独孤及等为主骨的古文运动先驱，在盛中唐文坛都有重大影响，他们的周围都吸附有大量的文士，形成庞大的群落。① 这个群落不仅直接参与赋体创作，而且以自觉的理论引领赋体革新。李华《吊古战场文》《言医》可谓新体文赋之肇始，萧颖士《登故宜城赋》《伐樱桃赋》感伤时事、讥讽权贵，元德秀、独孤及、梁肃等都作有赋。探究古文运动先驱者们的赋当然也要关注这些赋家的社会属性与个人经历，同时也可考察他们作为辞章家的身份如何影响辞赋创作。

人的各种活动都需要身份，赋家身份的多元多貌缘于盛唐社会的安定开放与赋家经历志趣的丰富多样，也与盛唐时期赋家不专于赋而且不以赋名人有关，影响辞赋创作便既有叙述主体、叙述对象、言说策略与文本结构上的差异，又有题材意识、文体意识上的区别。

二、题材之拓展

相对宽松的社会环境与赋家们多元开放的艺术视野也有利于赋体题材的拓展，到了盛唐时代，赋体创作已经彻底突破了题材的拘束，达到无

---

① 元德秀(695—754)是元结族兄，比李华(约715—约774)、萧颖士(717—768)大二十来岁。《新唐书·卓行篇》称"李华兄事德秀，而友萧颖士、刘迅"。(欧阳修、宋祁撰：《新唐书》卷一百九十四，北京：中华书局，1975年，第5565页)。《新唐书·萧颖士传》称萧"尝兄事元德秀，而友殷寅、颜真卿、柳芳、陆据、李华、邵轸、赵骅"(欧阳修、宋祁撰：《新唐书》卷二百零二，北京：中华书局，1975年，第5769～5770页)。元德秀及受其影响的李华、萧颖士都以培养和提拔后起之秀为己任，广收门徒，传道授业。

人、无物、无情、无事不可以入赋的程度,其中显著者,有盛世之礼赞、有不遇之怨情、有亲友之思念、有闲适之情怀、有个我之形塑、有历史之感喟、有时事之微讽、有道德之论说、有哲理之阐发。

(一)边塞武功与歌舞游艺

赋颂互渗,以赋为颂、自汉而然,举凡天命瑞象、宫殿典礼、奇伟物景之类,莫不因赋而显①,大唐盛世更增边塞武功与游艺歌舞方面的铺陈资本。

天命瑞象赋多采天人感应以吹捧当世君王的程式。崔液《五星同色赋》云:"大仪设象,下土是保。作炯戒于人主,垂吉凶于穹昊。咎厥失政,休厥有道。盈缩之分足推,进退之心可考……道浊则失位,时清则色妍……今我后运乾之符,握坤之纽,表正万方,肇康九有。启土继圣,乃人和向岁旱;顺时立政,故天长而地久。所以有伦有次,不淫不守。光光兮作邦之孚,崇崇兮作圣不朽……朝临日道,助我后夙兴之勤思;暮入天枢,表圣皇夜寐之勤政。"②任瑗《瑞麦赋》、梁洽《海重润赋》、李子简《天晴景星见赋》、李子卿《兴唐寺圣容瑞光赋》近此,潘炎《月重轮赋》《嘉禾合穗赋》《黄龙见赋》《赤龙据桉赋》《漳河赤鲤赋》《九日紫气赋》《黄龙再见赋》《寝堂紫气赋》《日抱戴赋》之类,更可谓批量造作。顾况的《高祖受命造唐赋》虽然历叙"隋氏颠覆""皇家开统""告厥成功"之史事,重点还在"受命造唐"的论证与奉颂。也有反过来以天人感应约束君王的,如沈缜《贺雨赋》便强调君王要"勉敦稼穑""及当而行",以"至诚感于天地"。

宫殿、典礼、校猎本为成就汉赋一代之文学的标志性题材,六朝沉寂,盛唐复兴,李白《明堂赋》与《大猎赋》,杜甫"三大礼赋"(《朝献太清宫赋》《朝享太庙赋》《有事于南郊赋》)与《封西岳赋》、李华《含元殿赋》、梁洽《晴望长春宫赋》、任华《明堂赋》、阎随侯《西岳望幸赋》、吕令问《驾幸天安宫赋》、樊铸《明光殿粉壁赋》、邵轸《云韶乐赋》、敬括与王谌《花萼楼赋》,等等,都属此类。刘勰说汉赋中的京殿苑猎"体国经野,义尚光大",到了盛唐,这类赋光赞宏业的宗旨没变,文辞的绚丽、声势的显赫与物事的壮观也没变。李白甚至说司马相如、扬雄"龌龊之甚"(《大猎赋序》),李华说汉赋"陋百王之制度,出群子之胸臆"(《含元殿赋序》)。以盛唐的国力、李白等赋家的才华,这种话也不算太出格。不过世易时移,赋体文学在文坛的霸主地位,已渐次为诗歌所取代。诗人作这类赋,致用的倾向反而更明显了,

---

① 王延寿《鲁灵光殿赋序》:"物以赋显。"
② 董诰等编:《全唐文》卷四百五十九,北京:中华书局,1983年,第4686～4687页。

不管是献赋致仕的写作初衷,还是对象分明的赋中颂美,都少了司马相如等赋家为赋而赋的快意。

从宫殿走出来,盛唐赋家们开始把笔触伸向身边的奇伟之景与新鲜之物,如赵冬曦《三门赋》、李白《剑阁赋》、李邕《日赋》、王泠然《清泠池赋》《新潭赋》《初月赋》,熊曜《琅琊台观日赋》、张九龄《荔枝赋》、萧颖士《莲蕊散赋》、李迪《锻破骊龙珠赋》之类。赵冬曦因与内兄亲历三门奇迹而作《三门赋》,重在写"天下罕比"之景而非壮游之事,起首即气势非凡:"大河弥漫,上应天汉,浚灵波于积石之西,瀑悬流于昆仑之半。茫茫禹功,兹焉会同,凿连岩而泻潋,罗崛岛以攒空。阔兮若横两阙于江上,岌兮若拔三山于海中。"①李白《剑阁赋》写景而兼送人,裁《上林》体格而入小赋,重点却落到了"送佳人兮此去,复何时兮归来"的别情与企望。张九龄《荔枝赋》以边地水果喻朝中用人,新鲜而别致。萧颖士《莲蕊散赋》以赋体铺陈方剂神效,也可谓情事兼得。

边塞赋肇始于骆宾王《荡子从军赋》,至玄宗开疆拓土、张扬武功时蔚为风气。此时边塞武功赋大略有边陲、剑器、出师三类。张嵩、吕令问同题《云中古城赋》,都凭吊北魏旧都平城,感元魏之兴亡,叹久戍之无功。状边塞之景,张赋说:"风马哀鸣,霜鸿苦声;尘昏白日,云绕丹旌。虏障万里,戍沙四平。"吕赋谓:"阴闭群山,寒雕众木,川平塞迥,冰饮霜宿。"言昔日之繁华,张赋说:"双阙万仞,九衢四达,羽旄林森,堂殿胶葛。"吕赋云:"百堵齐矗,九衢相望,歌台舞树,月殿云堂。"写日后的衰落,张赋说:"自朝河洛,地空沙漠;代祀推移,风云萧索。温室树古,瀛洲水涸;城未哭而先崩,梁无歌而自落。"②吕赋道:"既而年代倏忽,市朝迁徙……危堞既覆,高埤复夷,寥落残径,依稀旧墀,榛棘蔓而未合,苔藓纷乎相滋……不可胜纪,但令人悲。"③从开头与结尾的纪事与感喟来看,两赋也颇多呼应,吕赋似是张赋的和作。文治武功,难于兼得,从"地空沙漠"之句隐约可见张嵩对于北魏汉化不同常人的理解与尚武精神的阐发。阅兵出师最显国威,赵子卿、赵自励、梁献都作有《出师赋》、梁献、胡镇都作有《大阅赋》,无不渲染旌旗翩翩、金甲日耀,君臣一体、同仇敌忾的赫赫军威与慷慨情绪。国家用武,坚兵利器也常成为赋写的对象,达奚珣《丰城宝剑赋》《剑赋》《秦客相剑赋》与

---

① 董诰等编:《全唐文》卷二百九十六,北京:中华书局,1983年,第3002页。
② 董诰等编:《全唐文》卷三百二十八,北京:中华书局,1983年,第3325~3326页。
③ 董诰等编:《全唐文》卷二百九十六,北京:中华书局,1983年,第2996~2997页。

乔潭《裴将军舞剑赋》都写武道之剑。如达奚珣《丰城宝剑赋》既写"杀气森映，光辉四起"的剑光，也写"穷而待达"的志事："明而用晦者，君子之时义；穷而待达者，丈夫之志事……岂辱命于洪造，冀成能分武力。君其试将倚天外，不日为君清绝塞。苟军国之用在，岂能雌伏于一代？"①裴旻剑舞曾与李白诗歌、张旭草书并称"三绝"。② 乔潭《裴将军舞剑赋》写其剑术之精湛曰："锋随指顾，锷应徊翔。取诸身而耸跃，上其手以激昂。纵横耀颖，左右交光。观乎此剑之跃也，乍雄飞，俄虎吼，摇辘轳，射斗牛。空中悍慓，不下将久。欻风落而雨来，累惕心而应手。尔其陵厉清浮，绚练复绝。青天兮可倚，白云兮可决。睹二龙之追飞，见七星之明灭。杂朱干之逸势，应金奏之繁节。"③其他如乔潭《破的赋》、萧颖士《登故宜城赋》、李华《吊古战场文》，也都与兵事相关联。

游艺歌舞最能体现大唐帝国的升平、昌盛与开放，辞赋擅长铺陈、不拘题材的文体特点也更便于记录盛唐丰富的社会生活，举凡歌舞、戏曲、杂技、游赏、体育等种种文娱活动，在盛唐辞赋中都有专门的描写。如邵轸《云韶乐赋》、敬括与王谔《花萼楼赋》、平洌《两阶舞干羽赋》、石镇《洞庭张乐赋》、梁洽《笛声似龙吟赋》与《吹竹学凤鸣赋》，如敬括《季秋朝宴观内人马伎赋》、钱起《千秋节勤政楼下观舞马赋》、佚名《舞马赋》、佚名《开元字舞赋》、乔琳《大傩赋》，再如李邕《斗鸭赋》，薛胜《拔河赋》、胡嘉隐《绳伎赋》、王邕《勤政楼花竿赋》与《内人蹋球赋》，等等。

游艺歌舞在汉赋中就有描写，《上林赋》中的竞技场面，《两都赋》《二京赋》中有关市井生活的片断描写，王褒的《洞箫赋》、马融的《长笛赋》与傅毅的《舞赋》可谓先驱。初唐谢偃《听歌赋》《观舞赋》、虞世南《琵琶赋》、李百药《笙赋》、杨师道《听歌管赋》等音乐歌舞赋在承袭汉魏六朝对歌舞本身的描写外，明显增添了宴饮游乐的内容与歌功颂德的声音。到了盛唐时代，歌舞而外的游艺杂技赋更如雨后春笋拔地而出，比诗歌更淋漓尽致地描绘了大唐绝赏。如写舞马：

忽兮龙踞，愕尔鸿翻；顿缨而电落朱鬣，骧首而星流白颠。

---

① 董诰等编：《全唐文》卷三百四十五，北京：中华书局，1983年，第3502页。
② 《新唐书·文艺传》称："文宗时，诏以(李)白歌诗、裴旻剑舞，张旭草书为'三绝'。"详见欧阳修、宋祁撰：《新唐书》卷二百二十，北京：中华书局，1975年，第5764页。
③ 董诰等编：《全唐文》卷四百五十一，北京：中华书局，1983年，第4611页。

(钱起《千秋节勤政楼下观舞马赋》)①

……或进寸而退尺,时左之而右之……知执辔之有节,乃蹀足而争先。随曲变而貌无停趣,因矜顾而态有遗妍。既习之于规矩,或奉之以周旋。迫而观焉,若桃花动而顺吹;远而察之,类电影倏而横天……(佚名《舞马赋》)②

应繁鼓以顿挫,历层台而超越。何登降之矫悍,乍回旋以抑扬……乍倏忽以变态,亦终然而允臧。徒观其匪疾匪徐,以舞以蹈;旋中规而六辔沃若,动合节而万人鼓噪。(敬括《季秋朝宴观内人马伎赋》)③

舞态节奏,无不风姿卓绝。如写斗鸭:

或离披以折冲,或奋振以前却,始戮力兮决胜,终追飞兮袭弱。耸谓惊鸿,回疑返鹊,逼仄兮掣曳,联翩兮踊跃,忽惊进以差池,倏浮沉而闪烁。(李邕《斗鸭赋》)④

群鸭互斗,无不姿态毕现。如写竿技:

踊身而直上,若有其翅,尽竿而平立,若余其地……倒轻躯,坠高竿,如更嬴之雁下空里,似蒲且之鸧落云间。(张楚金《透撞童儿赋》)⑤

于是玉颜直上,金管相催;顾影而忽升河汉,低首而下指楼台。整花钿以容与,转罗袖而徘徊。晴空乍临,若虚仙之踊出;片云时映,若天女之飞来……初腾陵以电激,倏缥缈而风旋;或暂留以头挂,又却倚而肩连。蹑足皆安,象高梧之凤集。随形便跃,奋乔木之莺迁。(王邕《勤政楼花竿赋》)⑥

爬竿、顶竿,无不惊心动魄。如写绳技:

---

① 董诰等编:《全唐文》卷三百七十九,北京:中华书局,1983年,第3850页。
② 董诰等编:《全唐文》卷九百六十一,北京:中华书局,1983年,第9984页。
③ 董诰等编:《全唐文》卷三百五十四,北京:中华书局,1983年,第3589页。
④ 董诰等编:《全唐文》卷二百六十一,北京:中华书局,1983年,第2649页。
⑤ 董诰等编:《全唐文》卷二百三十四,北京:中华书局,1983年,第2363页。
⑥ 董诰等编:《全唐文》卷三百五十六,北京:中华书局,1983年,第3616页。

> 初绰约而斜进,竟盘姗而直上,或徐或疾,乍俯乍仰。近而察之,若春林含耀吐阳葩;远而望之,若晴空回照散流霞。(张楚金《楼下观绳伎赋》)①

> 来有匹,去无侣。空中玉步,望云髻之峨峨;日下风趋,见罗衣之楚楚……横竿却步,叠卵相重……既如阿阁之舞凤,又如天泉之跃龙。徘徊反覆,交观夺目。(胡嘉隐《绳伎赋》)②

徐疾俯仰,无不险象环生。胡嘉隐以一卫士而能作赋,并因献赋而擢拜参军,也算盛唐特有的景象了。其他如阎宽《温汤御球赋》、王邕《内人蹋球赋》、薛胜《拔河赋》写球赛与拔河,无不地动山摇、志气超神:

> 珠球忽掷,月仗争击,并驱分镳,交臂叠迹。或目留而形往,或出群而受敌……未拂地而还起,乍从空而倒回。密阴林而自却,坚石壁而迎开;百发百中,如电如雷……哮唊则破山荡谷,踊跃则跳峦簸邱。(阎宽《温汤御球赋》)③

> 于是扬袂叠足,徘徊踯躅,虽进退而有据,常兢兢而自勖。球体兮似珠,人颜兮似玉;下则雷风之宛转,上则神仙之结束。无习斜流,恒为正游;球不离足,足不离球,弄金盘而神仙欲下,舞宝剑则夷狄来投。(王邕《内人蹋球赋》)④

> 于是勇士毕登,嚣声振腾。大魁离立,麾之以肱……然后一鼓作气,再鼓作力,三鼓兮其绳则直……斗甚城危,急逾国蹙。履陷地而灭趾,汗流珠而可掬。阴血作而颜若渥丹,胀脉愤而体如瘿木。可以挥落日而横天阙,触不周而动地轴……千人抃,万人哈,呀奔走,垄尘埃。超拔山兮力不竭,信大国之壮观哉!(薛胜《拔河赋》)⑤

较之汉代,盛唐辞赋少有鸿篇巨制,但赋中所叙宫殿的气派、城市的繁荣并不逊色,对社会生活的描写则更为深广,它们共同展现了大唐盛世的勃勃生机。

---

① 董诰等编:《全唐文》卷二百三十四,北京:中华书局,1983年,第2362页。
② 董诰等编:《全唐文》卷四百二十,北京:中华书局,1983年,第4110页。
③ 董诰等编:《全唐文》卷三百七十五,北京:中华书局,1983年,第3811页。
④ 董诰等编:《全唐文》卷三百五十六,北京:中华书局,1983年,第3616页。
⑤ 董诰等编:《全唐文》卷六百一十八,北京:中华书局,1983年,第6241页。

(二) 不遇怨情与个我形塑

有盛世之礼赞，也有不遇之怨情，不遇其实是古代文学中永恒的主题，盛世也不例外。开元初，张说因与姚崇不睦，罢为相州刺史，后又转徙岳州。在岳州，张说作《江上愁心赋》与故友赵冬曦。① 赋末云："感四节之默运，知万化之潜迁，伴众鸟兮寒渚，望孤帆兮日边。虽欲贯愁肠于巧笔，纺离梦于哀弦，是心也，非模放之所逮，将有言兮是然，将无言兮是然。"② 愁绪万千而难以言说。其实赋所表达的，不仅是离愁，还有久放在外，不得见知于君主的迁逐之愁。所以同贬岳州的赵冬曦在其和作《谢燕公江上愁心赋》里说："离别也，骚愁焉，恶乎然，恶乎不然。"③ 张说还有一篇《畏途赋》，也是穷愁逆境中的忧思之作。这是宰相之怨情。李白《愁阳春赋》《惜余春赋》《悲清秋赋》叹时光流逝，岑参《感旧赋》叙家世升沉，高适《征行赋》发思古幽情，萧颖士《白鹇赋》《庭莎赋》《滞舟赋》借物以自况，无不发抒怀才不遇、时运不济之感喟。这是文士之怨情。连玄宗后妃江采蘋（又名梅妃）也作《楼东赋》，以叙其始蒙宠幸、后被疏弃的怨情。

赋可叙物，也可写志，由叙物而写志，既是诗赋互化的结果，也是以文传情的需要。盛唐虽不乏铺陈夸张的咏物之赋，但更引人注目的是细腻深婉而又康健通达的写心之赋，除了不遇之怨情，还有亲友之思念、闲适之情怀与极具特色的个我形塑。

思念亲友如萧颖士《登临河城赋》《爱而不见赋》。前者途经临河、览物增怀、吊念亡舅，写得凄凉动情；后者待诏长安、梦及旧友、遨游世外，暗讽故朋远走高飞。其他如李邕《春赋》写闺妇之春思，李白《剑阁赋》《大鹏遇希有鸟赋》写对友朋的送别、思念与比拟等，也都于继承中有所创新。

闲适情怀如王维《山中人》、顾况《茶赋》、李子卿《听秋虫赋》、李叔卿《夜闻山寺钟赋》与王泠然《汝州薛家竹亭赋》《清泠池赋》《新潭赋》《止水赋》《初月赋》诸赋。

王维《山中人》属骚体，写让人留恋、向往的隐士生活。顾况《茶赋》是专门写茶之赋，上承魏晋之萧散闲淡，下启晚明之趣味性情，实亦诗化之赋。

---

① 《文苑英华》卷九十一题作《江上愁心赋赠赵侍郎》》（李昉等编：《文苑英华》，北京：中华书局，1956年，第414页。目录题为《江上愁心赋》），《全唐文》卷二百二十一题作《江上愁心赋寄赵子》）。

② 董诰等编：《全唐文》卷二百二十一，北京：中华书局，1983年，第2228页。

③ 董诰等编：《全唐文》卷二百九十六，北京：中华书局，1983年，第3002页。

李子卿《听秋虫赋》由听虫声而论心绪,认为"虫之声也无端,人之听也多绪。亦由心羁者多感激,志苦者易凄楚"。最后归总于逍遥容与的人生觉悟:"苟有任于行藏,亦何嗟于寒暑?水之积也鳞斯奋,风之厚也翼斯举。彼数虫兮何知?且逍遥以容与。"①

李叔卿《夜闻山寺钟赋(时宿嵩山少林寺)》②写山寺的空寂与钟声的混一:"或有宴坐真境,观空禅林;将泯万法,是资一音。惟其来无所见其迹,察其去不可得而寻。繁焉则应,应而无心。"③

王泠然《汝州薛家竹亭赋》写竹亭之至美、写薛公之特秀,也写自己的嗟叹与想望,归为一处,即:"闲亭一所,修竹一丛,萧然物外,乐自其中。"④马积高先生特别强调此赋的意义主要在于它"是现存第一篇专写亭阁的小赋。宋以后这种赋大为发展,几乎成了赋的一种主要题材"。⑤ 王泠然的其他几篇写景咏物赋也都还清新秀丽,并抒发淡然处世的情愿。如《清泠池赋》:"惟兹之地,清而且平,居下流而不浊,含上善而逾明,常以柔而处顺,岂遗道而从荣?"⑥《新潭赋》:"清可照人,实欣逢于朗镜;虚宣受物,伫相引于仙舟。"⑦《止水赋》:"既混之而不浊,又澄之而不清,时止则止,时行则行。"⑧《初月赋》:"既与物而盈偃,亦随时而兴歇。"⑨

为自我塑形的自况、自喻赋在唐代尤其初盛唐也特别发达。自况自喻赋多为咏物赋,咏物赋有广义、狭义之分,有纯粹咏物与咏物寄寓之分,而真正以赋自况、自喻的在先唐时期并不多见,赵壹《穷鸟赋》、祢衡《鹦鹉赋》、庾信《枯树赋》、卢思道《孤鸿赋》、魏征《道观内柏树赋》算是比较鲜明的。从李世民《威凤赋》开始,咏物自喻的赋骤然增多。太宗朝如颜师古《幽兰赋》、李百药《鹦鹉赋》、谢偃《高松赋》、许敬宗《竹赋》、杨誉《纸鸢赋》;高宗朝如卢照邻《穷鱼赋》《驯鸢赋》《病梨树赋》,王勃《寒梧栖凤赋》《涧底

---

① 董诰等编:《全唐文》卷四百五十四,北京:中华书局,1983年,第4641页。
② 《文苑英华》卷八十署李子卿作,《全唐文》卷四百五十四也收入李子卿名下,岑仲勉证其为李叔卿作,陈尚君采以入《全唐文补编》,见陈尚君辑校:《全唐文补编》(上册),北京:中华书局,2005年,第430页。
③ 董诰等编:《全唐文》卷四百五十四,北京:中华书局,1983年,第4642页。
④ 董诰等编:《全唐文》卷二百九十四,北京:中华书局,1983年,第2977页。
⑤ 马积高:《赋史》,上海:上海古籍出版社,1987年,第304页。
⑥ 董诰等编:《全唐文》卷二百九十四,北京:中华书局,1983年,第2978页。
⑦ 董诰等编:《全唐文》卷二百九十四,北京:中华书局,1983年,第2978页。
⑧ 董诰等编:《全唐文》卷二百九十四,北京:中华书局,1983年,第2978页。
⑨ 董诰等编:《全唐文》卷二百九十四,北京:中华书局,1983年,第2979页。

寒松赋》《青苔赋》《江曲孤鸢赋》《驯鸢赋》，骆宾王《萤火赋》，崔融《瓦松赋》，杨炯《幽兰赋》《青苔赋》；武后朝如宋之问《秋莲赋》，马吉甫《蜗牛赋》，郑惟忠《泥赋》《古石赋》，东方虬《尺蠖赋》《蚯蚓赋》《蟾蜍赋》，等等，粲然大观。不过这些赋全力塑造赋家个性的不多，赋中形象也多琐细、幽冷、穷困甚至卑微，少见劲健朗畅的描写。盛唐自喻赋的数量并未增多，有些赋的思想境界与艺术水平也不见得比初唐赋高，但可喜而可贵的是有李白《大鹏赋》、杜甫《雕赋》、高适《鹘赋》、李邕《石赋》等赋篇，既全力表现了自己的志气抱负，又足以表征盛唐的刚健进取。其他如王维《白鹦鹉赋》、李子卿《红嘴鸟赋》也展现了盛唐文士向往自由也可以相对自由的生活态度与实际状况。再说苏颋《长乐花赋》，赋从"长""乐"二字入手，嘉其美名，然后描摹其外貌，拟比其品格，谓其"匪以幽兮自直，匪以直兮自藏，匪以晚兮自耀，匪以耀兮自强。文浊露之均洒，庇清舒之泛光，本无嫌于散地，甘有寓于殊方"。不自直、自藏、自耀、自强，甘居闲散偏远之地的长乐花，除了不择地而生的美质，还有"假春期而不彩，虽秋令而不残"的独立品格。毫无疑问，苏颋在长乐花中寄寓了自己的人格追求。

(三) 历史感喟与时事微讽

盛唐赋的写志功能不只停留于一己之情怀，还表现在历史之感喟与时事之微讽。王昌龄《吊轵道赋》写刘邦、项羽对付秦王子婴投降之事，以论秦、汉兴亡与刘、项胜负，隐括才不能用之梗概。萧颖士《登故宜城赋》以宜城故城为据点，叙述安史祸乱的惨象与个人流亡的经历，以抒感时伤世之情，并植入对前程的忧思。李华《吊古战场文》高屋建瓴，凭吊亘古以来的边塞战场，反思经久不息的边塞战争，饱含人本的情怀。

可能因为赋体寓讽于颂的传统，讽时刺世的赋旨无所不在，而且大都指向最高统治者。或指其贪恋奢侈，如王谔《花萼楼赋》《柱础赋》、赵良器《冠赋》、彭殷贤《大厦赋》、杨谏《公孙弘开东阁赋》、萧昕《总章右个赋》、张环《新潭赋》、畅璀《良玉比君子赋》；或谏其纵情美色，如胡嘉隐《绳伎赋》、王邕《内人蹴球赋》、萧昕《仲冬时令赋》；或讽其虚诞求仙，如吕令问《金茎赋》；或劝其勤政爱才、为政公平，如程浩《雷赋》、梁洽《进贤冠赋》、乔琳《炙辀赋》、王泠然《止水赋》；等等。从讽喻方式上看，或暗寓微讽，如张环《新潭赋》写贵族郊游："竭主第之罗幕，尽侯家之锦茵。"①是褒中寓贬。程浩

---

① 董诰等编：《全唐文》卷三百五十二，北京：中华书局，1983年，第3566页。

《雷赋》写天威震怒:"何必霹坜潜窟之龙,养育吠尧之狗?"①畅璀《良玉比君子赋》写美玉艳藻:"但侈于庶心,何补于王道?"②是疑中致诘。胡嘉隐《绳伎赋》云:"绳有弛张,艺有废兴……如临如履,何兢何喜?……岂徒昭玩人丧德?岂徒悦彼姝者子?"③王邕《内人蹋球赋》道:"方知吾君偃武之日,修神仙之术,但欲扬其善教,岂徒悦其淑质?"④则既于颂中寓规,又以疑问致诘。或明言章旨,如王諲《花萼楼赋》再三重申"去奢维素""不徇奢以害盈",⑤《柱础赋》直言其旨:"诚在位之有式,居必底平。平则可久,久则不倾。"⑥赵良器《冠赋》:"君子履道以远害,小人崇奢而取戮。"⑦萧昕《仲冬时令赋》:"斥声色以不御,守和平而自持。"⑧多半会以古衡今、以汉喻唐。如彭殷贤《大厦赋》以古今君王的俭奢作对比,提出明主当"尚菲陋,卑宫室,为无为以自保,事无事以终日"的主张。萧昕《总章右个赋》从尧、夏、商、周说起,落脚于"勤求庶政,想望英才"⑨的厚望。杨谏《公孙弘开东阁赋》、王諲的《花萼楼赋》则以汉比唐,劝侈戒靡。

这种遍存于各体各类辞赋中的,针对符号意义上的帝王的微言谏诘,虽然形式多样,但是并不能从根本上改变劝多讽少的整体风貌,倒是吕向《美人赋》、萧颖士《伐樱桃赋》、元结"说楚"三赋与敦煌写本《燕子赋》,或明言因某事而起,或直指当道权奸,或连篇累牍批判腐朽,或诙谐幽默揭露强暴,既有讽谏的深度,又不乏形式的创造,真正推动了讽谏赋的发展。

还有少量论说道德、阐发哲理的赋。如李华《哀节妇赋》、牛应贞《魍魉问影赋》、王諲《柱础赋》、吴筠《逸人赋》、赵自勤《空赋》、赵自励《时赋》、林琨《象赋》《空赋》之类。《魍魉问影赋》录于江妃所作《牛应贞传》,赋云:"夫影依日而生,像因人而见。岂言谈之足晓,何节物之能辨。随晦明以兴灭,逐形体以迁变……伊美恶兮由己,影何辜而遇谴。"⑩颇具哲理。吴筠是儒生而转道士,也曾待诏翰林,禄山将乱,得还茅山,是懂进退之人。他存赋

---

① 董诰等编:《全唐文》卷四百四十三,北京:中华书局,1983年,第4513页。
② 董诰等编:《全唐文》卷三百九十四,北京:中华书局,1983年,第4005页。
③ 董诰等编:《全唐文》卷四百二十,北京:中华书局,1983年,第4110页。
④ 董诰等编:《全唐文》卷三百五十六,北京:中华书局,1983年,第3616页。
⑤ 董诰等编:《全唐文》卷三百三十三,北京:中华书局,1983年,第3375页。
⑥ 董诰等编:《全唐文》卷三百三十三,北京:中华书局,1983年,第3376页。
⑦ 董诰等编:《全唐文》卷三百七十四,北京:中华书局,1983年,第3801页。
⑧ 董诰等编:《全唐文》卷三百五十五,北京:中华书局,1983年,第3596页。
⑨ 董诰等编:《全唐文》卷三百五十五,北京:中华书局,1983年,第3595~3596页。
⑩ 董诰等编:《全唐文》卷九十八,北京:中华书局,1983年,第1013页。

8篇,《逸人赋》是其中篇幅最长的,赋托真隐先生与玩世公子的对话,铺陈隐逸之道,他的《思还淳赋》《岩栖赋》《登真赋》《洗心赋》虽不以对话构建篇章,也都议论纵横,旨归隐逸。赵自励《时赋》、林琨《象赋》、赵自勤与林琨同题《空赋》,多道玄言佛理。盛唐是禁锢较少而感性思维又最发达的时代,所以写景、纪事、抒怀的赋多,纯粹谈玄说理的赋少。到了中唐,随着儒学的复兴与试赋的普及,这种状况就会大为不同了。

三、气象之宏大

言盛唐,必加"气象"二字。"盛唐气象"起初是一个文学批评的专门术语,用来概指盛唐诗歌的总体风貌。其肇始者一般认为是宋人严羽,后来尊崇盛唐诗歌者每加标举。1958年,林庚先生发表专文《盛唐气象》,认为盛唐诗歌的普遍特征在于"蓬勃的朝气,青春的旋律""无限的展望",在于"自由奔驰的浪漫的气质、富于展望的朗爽的形象"。[①] 此后,李泽厚先生在其《美学三书》中用"青春""自由""欢乐""想象""热情"等词汇概指盛唐文艺。[②] 再后来当然还有大量的,由诗歌而文艺并不断扩展到社会历史等各个领域的,种种关于"盛唐气象"的阐述、演绎、征引。要言之,"盛唐气象"成了盛唐时代的标志。那么,用"盛唐气象"来框范盛唐辞赋,是否也合适呢? 如果可以,和诗歌相比,盛唐气象在辞赋领域的表现如何? 个人认为,从整体风格来看,盛唐辞赋也熏染上了时代精神,也带有康健向上、生机勃勃的特点;但诗、赋有别,诗的年青、轻捷、空灵便于表现个人的青春、朝气与浪漫,赋相对古老、庞大、艰涩,可以展现时代的雄浑、强健与实在。所以盛唐辞赋的强劲气象既体现在个性的张扬、文风的雅健与文体的溢越,又集中于帝唐的意识与帝国的书写。

个性的张扬主要就赋家而言,表现于赋,便是个我之发抒,这在上文分析盛唐赋重个人情感的表达与个我形象的塑造时业已提及。文风之雅健是对盛唐辞赋整体风格的判断,它既包括因赋家情思才性的浓烈、超拔而表现出来的慷慨、壮大,又直指辞赋作品端正健硕、雄阔浑厚的文辞风貌。因为情思的坦直率真与慷慨正大,赋的构思和表现方式上也更少拘束而富于创造性:或古或律,若骈若散,描写、抒情、议论结合;既有传统技法的锤炼,又有诗文混一的试验;多呈互相溢越而又质朴自然的状态。

---

① 林庚:《盛唐气象》,载《北京大学学报》,1958年第2期,第87~97页。
② 李泽厚:《美学三书》,合肥:安徽文艺出版社,1999年,第128页。

(一)帝国题材

帝国之书写既展示在赋体题材、语汇与图像里，又表现于赋家的立场与心态上。

上文所举天命瑞象、宫殿典礼、奇伟物景、边塞武功、游艺歌舞之类礼赞盛世的赋，都与大唐帝国及其皇帝关系密切，其中不少赋直接叙述大唐帝国的由来、大唐帝国的皇帝、大唐帝国的功臣与大唐帝国的标志性建筑。这些以帝国为题材的赋通过密集的帝国语汇描绘了一幅幅大唐帝国的图像。

(二)帝国语汇

盛唐辞赋中遍地皆是的帝国语汇，以君、国两类最具代表性。有关国家的如"帝唐""大唐""皇唐""圣唐""盛唐""大国""上国""国家""我国家""唐""我唐""有唐"等。有关国君的如"皇帝""皇上""天子""我皇""吾君""我后""我君""陛下""我圣君""皇王""上皇""圣人""上""圣上""君""人主"等。有关国君的语汇别的时代也不少，但"大唐""皇唐""圣唐""盛唐"，尤其是"帝唐"的标举却具有盛唐时代的特别意义。试各举几例如下：

用"帝唐"的如：

> 帝唐之于宣昭，立极本乎神尧。（邵轸《云韶乐赋》）
>
> 赫哉帝唐！叶殷累圣，光明乾道，洗清邦政。（赵自励《出师赋》）
>
> 仰而不及，融然有光，实横被于历代，独崇辉于帝唐。（黎逢《贡士谒文宣王赋》）

用"大唐"的如：

> 惟大唐之握乾符，声谐六律，化广三无。（钱起《千秋节勤政楼下观舞马赋》）
>
> 大唐以率俾蛮夏，莫非王土；主上以光宅君临，粤若稽古。（沈瑱《贺雨赋》）
>
> 大唐混合寰宇，开张时雍；体黄中之一德，居紫微之九重。（王諲《明堂赋》）

用"皇唐"的如：

伊皇唐之革天创元也,我高祖乃仗大顺,赫然雷发以首之。(李白《明堂赋》)

粤若皇唐之挈天地而袭气母兮,粲五叶之葳蕤。(李白《大猎赋》)

展来苏于日域,谐击壤于皇唐;附威仪之济济,和金石之锵锵。(阎伯玛《歌赋》)

用"圣唐"的如:

粤若稽古兮圣唐,银瓮常满兮珍光,灵液滋兮宝物用,呈绝瑞兮永太康。(卫萸《瓮赋》)

不才狂智之士,敢议圣唐之乐。(李子卿《功成作乐赋》)

昔神默无厌,闻革故于有魏;天祚明德,遂惟新于圣唐。(卢士开《五色土赋》)

用"盛唐"的如:

烈烈盛唐,祖武宗文;五帝报德,六王惭勋。(李华《含元殿赋》)

还有用"大国""上国""万国"的:

尔其临大国,悬太清;德之所感,符乃无情。(钱起《泰阶六符赋》)

超拔山兮力不竭,信大国之壮观哉!(薛胜《拔河赋》)

愿宾上国之阶墀,冀吾君之一顾。(谢良辅《豹舄赋》)

客有上国观光,金门献赋。(郑锡:《日中有王字赋》)

乐一人之淳德,成万之讴谣";"一人有庆,万国欢心。(邵轸《云韶乐赋》)

万国标奇,名已驰于魏阙;千年表庆,价实越于南金。(杜甫《越人献驯象赋》)

这些语汇本身就标示着赋家们对大唐帝国国力强盛的自豪和骄傲。

(三)帝国图像

更重要的是有关帝国形象的构建。

有直接陈述大唐帝国开创历史的。如李白《明堂赋》:"伊皇唐之革天创元也,我高祖乃仗大顺,赫然雷发以首之……钦若太宗,继明重光……若乃高宗绍兴,祐统锡羡,神休旁臻,瑞物咸荐……天后勤劳辅政兮,中宗以钦明克昌……虽暂劳而永固兮,始圣谟于我皇……"①写"皇唐之革天创元",从高祖一路写来。再如李子卿《功成作乐赋》:"夫九功不成,八音不会。所以功成作乐,乃知乐之为大……我高祖神尧皇帝历数在躬,钧枢初握……太宗以电击肃慎,洗白刃于辽水。高宗以风行营邱,飏青烟于太岳。二宗一祖,功高道邈。我开元神武皇帝夷内难,纂前绪……"②也是先述成功而后再写作乐。更有顾况的《高祖受命造唐赋》专写大唐帝业的由来,赋序说:"昔司马相如赋《子虚》,诸侯之事,非天之事。汉武闻之,犹曰:'朕独不得与此人同时。'班固、张衡、左太冲所赋《两京》《三都》,各务夸大,而王者受命,则阙而不书……我唐文德,宜在三代之上;微臣赋颂,耻居数子之下。初论隋氏颠覆,次论皇家开统,末论告厥成功。"认为大唐文德宜在三代之上,而王者受命之事不见赋载,所以要写这篇赋。末了还要强调自己能力有限,实在是为祖宗的伟业所感动才写这篇赋的:"简于上帝,铺乎下土,播乎无穷,固非常才浅虑之所能及。意者实以祖宗光灵,引耀鼓动之所致也。"③这些关乎成功的颂美既塑造了大唐帝国的形象,又表达了赋家作为大唐子民由衷的自豪。

贞观十七年(643),唐太宗在凌烟阁内陈列24位开国功臣的画像,从此凌烟阁与图画功臣也成为唐代国家形象的重要组成部分。大历才子钱起所作《图画功臣赋》即以赋体形式歌颂并强化这一国家形象,赋云:"宝玉不足以劝赏,故茅土是封;钟鼎不足以昭宣,故图赞是缉……则知我唐大赍,光掩前载。功高赐履,追吕望于周年;鸟尽藏弓,异韩信于汉代。盛矣哉!容貌方崇,光灵不昧。"④

在君主专制的社会,帝王形象与君臣关系就是国家形象最直接的建构者与表征者。初盛唐帝王大多以开明进取的正面形象留存于文学作品,文治武功的玄宗与太宗一样备受赋家称颂。李白的《明堂赋》在叙述大唐帝国声威时,列举了玄宗的德性与政绩:"于斯之时,云油雨霈,恩鸿溶兮泽汪

---

① 李白著,王琦注:《李太白全集》,北京:中华书局,1977年,第28~31页。
② 董诰等编:《全唐文》卷四百五十四,北京:中华书局,1983年,第4637页。
③ 董诰等编:《全唐文》卷五百二十八,北京:中华书局,1983年,第5362页。
④ 董诰等编:《全唐文》卷三百七十九,北京:中华书局,1983年,第3852页。

浣,四海归兮八荒会。嘘唫乎区寓,骈阗乎阙外。群臣醉德,揖让而退。而圣主犹夕惕若厉,惧人未安,乃目极于天,耳下于泉。飞聪驰明,无远不察,考鬼神之奥,摧阴阳之荒。下明诏,班旧章,振穷乏,散敖仓。毁玉沉珠,卑宫颓墙。使山泽无间,往来相望。帝躬乎天田,后亲于郊桑。弃末反本,人和时康……天欣欣兮瑞穰穰,巡陵于鹑首之野,讲武于骊山之旁。封岱宗兮祀后土,掩栗陆而苞陶唐。"①杜甫的《有事于南郊赋》也假孤卿侯伯及群儒三老之口盛赞玄宗:"臣闻燧人氏已往,法度难知,文质未变……伏惟陛下,勃然愤激之际,天阙不敢旅拒,鬼神为之呜咽。高衢腾尘,长剑吼血。尊卑配,宇县刷。插紫极之将颓,拾清芬于已缺。炉之以仁义,锻之以贤哲。联祖宗之耿光,卷夷狄之影撇。盖九五之后,人人自以遭唐虞;四十年来,家家自以为稷卨。王纲近古而不轨,天听贞观以高揭。蠢尔差僭,粲然优劣。"②还有不少写驾幸与奉和的赋作。写驾幸的如韦肇《驾幸春明楼试武艺绝伦赋》、韩休《驾幸华清宫赋》、李子卿《驾幸九成宫赋》、吕令问《驾幸天安宫赋》、林琨《驾幸温泉宫赋》,奉和君王的如王维的《奉和圣制天长节赐宰臣歌应制》与张说、韩休、贾登、李宙、徐安贞等人的《奉和圣制喜雨赋》③。这些赋作当然不无阿谀奉承的成分,但也多少可以说明盛唐君臣之间和乐的景象。在《世说新语》里,我们常常可以读到时人与帝王不合作的态度,初盛唐的诗文辞赋却津津乐道于君臣之遇合。沈瑱《贺雨赋》说:"君臣咸一,邦家辑宁。"娄元颖《泰阶六符赋》云:"君臣穆兮纯化清,玉衡正兮泰阶平。"张叔良《五星同色赋》道:"君臣合作,远近相庆。"潘炎更作《君臣相遇乐赋》,认为:"继天者君也,戴天者臣也。下之事上,作股肱耳目;上之任下,敷心腹肾肠。"④严维《中书试黄人守日赋》也以君臣合德来解释黄人守日的天象:"所谓人者,臣之称,日者,君之象。三光可得居尊,众灵于焉称长。人所以守日,叶伊皋之弼亮;天所以垂休,明亿兆之所仰……我君如日之升,惟天是则,君臣合体,符瑞允塞,以太古而望今,齐哲圣以同德。"⑤赋体奉颂,或因体制之需,但初盛唐君臣融洽作为整体印象在世人心目中留存久远,应该可以反过来说明盛唐辞赋中有关君臣关系的描绘不无真心实意。五代王仁裕《天元天宝遗事》所记张九龄事多与君臣相处有

---

① 李白著,王琦注:《李太白全集》,北京:中华书局,1977年,第51~52页。
② 杜甫著,仇兆鳌注:《杜诗详注》,北京:中华书局,1979年,第2149~2152页。
③ 唐玄宗曾作《喜雨赋》。
④ 董诰等编:《全唐文》卷四百四十二,北京:中华书局,1983年,第4506页。
⑤ 董诰等编:《全唐文》卷四百八十一,北京:中华书局,1983年,第4918页。

关,其一说:

> 明皇于勤政楼以七宝装成山座,高七尺,召诸学士讲议经旨及时务,胜者得升焉。惟张九龄论辨风生,升此座,余人不可阶也。时论美之。①

这是君臣相处融洽的证明。其二说:

> 明皇以李林甫为相,后因召张九龄问可否。九龄曰:"宰相之职,四海具瞻。若任人不当,则国受其殃。只如林甫为相,然宠擢出宸衷。臣恐他日之后,祸延宗社。"帝意不悦。忽一日,帝曲宴近臣于禁苑中,帝指示于九龄、林甫曰:"槛前盆池中所养鱼数头,鲜活可爱。"林甫曰:"赖陛下恩波所养。"九龄曰:"盆池之鱼,犹陛下任人,他但能装景致助儿女之戏尔。"帝甚不悦。时人皆美九龄之忠直。②

虽不悦但尚未降罪,也可见人君的自律与宽容。

初盛唐人的帝国情结也表现于恋京心理并聚焦于帝都形象的描绘。自秦汉一统,京都便逐渐成为真正意义上的政治、文化中心,这个中心通过一系列的制度、建筑得以强化与维护,并成为汉大赋创作的重要题材。许结先生曾作专文从"尊都城""崇王道""尚礼制""明朝贡"等方面论汉大赋与帝京物态及文化的关系,认为"汉大赋是中国古代真正完型的帝京文化的形象表述",而且作为文学创作传统,历世不衰。③

长安是秦、汉、隋、唐四朝的都城,其地理形胜天下第一,也是关陇贵族发源之地,初盛唐时的长安更以其建筑的恢宏、经济的繁华,以及文化的包容与开放而激发普天下各色人等的向往之情。唐人的长安情结在诗歌里有着丰富的表现,卢照邻的《长安古意》、骆宾王的《帝京篇》、王勃的《临高

---

① 王仁裕撰,曾贻芬点校:《开元天宝遗事》,北京:中华书局,2006年,第13页。
② 王仁裕撰,曾贻芬点校:《开元天宝遗事》,北京:中华书局,2006年,第23页。
③ 《汉大赋与帝京文化》,见许结:《赋体文学的文化阐释》,北京:中华书局,2005年,第1～22页。

台》等,都描绘了帝京长安繁华壮丽的景象与王公贵族豪奢的生活场景。①

盛唐没有直接以都城标题的赋,唐代以都城标题的赋,只有懿宗时人李庚的《两都赋》,但京都形胜、宫殿丽景、娱游盛况、出师场面都在赋中得到了诗歌难以企及的夸扬。比如宫殿,李白、任华、王谊作有《明堂赋》,张甫、高盖、敬括、邵轸、陶举、王谊作有《花萼楼赋》,李华作有《含元殿赋》,这些赋莫不以铺陈大唐最有代表性的皇家建筑来展示大唐帝国的国力与气度为能事。所以李白笔下的明堂"巧夺神鬼,高穷昊苍",王谊眼中的花萼楼"仰接天汉,俯瞰皇州",李华的《含元殿赋》更用近四千字的鸿篇巨制层层铺排,以称颂大唐帝国壮丽宏阔的气象与大唐人经天纬地的心怀。史载萧何营造未央宫时说:"天子以四海为家,非壮丽无以重威,且无令后世有以加也。"(《史记·高祖本纪》)②唐人兴建宫殿当然也有此意,所不同者,唐人于宫殿建筑中注入了更多的礼仪制度与科举教化。李华的洋洋大篇,不乏建筑结构与礼仪制度互相对应的阐释。玄宗建花萼楼,更有彰显兄弟情谊的本意,开元十三年(725),进士科试又以"花萼楼"命题,足见宫殿、科举、孝悌、辞赋四者结合的自觉。

其他如赋中所载万国来朝的献颂情景、千人拔河的娱游场面,莫不可以成为大唐帝国繁荣昌盛的象征。总而言之,盛唐辞赋通过对国家创建的追述、君臣唱和的礼赞、京都形胜的夸饰,成功地构建了大唐王朝的帝国图景。

(四)帝国立场与心态

值得注意的是,盛唐辞赋中有关帝国的这些书写,也透露着赋家们帝国的立场与心态。

在上文提及的有关君国的语汇里,很多时候会加上一个表身份与立场的"我"字,比如"我国家""我唐""我皇""我后""我君""我圣君"等。试举"我国家"和"我唐"的用例:

> 先天年,猃狁孔炽,动摇边陲,是以我国家有事于沙漠也。

---

① 美国学者史蒂芬·欧文曾在其著作《盛唐诗》中提出都城诗(capital poem)的概念,并强调都城诗的社交功能:"盛唐诗由一种我们称之为'都城诗'的现象所主宰……都城诗涉及京城上流社会所创作和欣赏的社交诗和应景诗的各种准则。八世纪各个大世族的成员在都城诗的实践者和接受者中扮演了重要的角色,而一个诗人想要'闻名当世',主要也是通过他们。"详见[美]斯蒂芬·欧文著,贾晋华译:《盛唐诗》,哈尔滨:黑龙江人民出版社,1992年,第4页。

② 司马迁撰:《史记》,北京:中华书局,1959年,第386页。

（赵自励《出师赋序》）

我国家逾溟渤而布声教，穷地理而立郊坰。（熊曜《琅琊台观日赋》）

况我国家道周寥廓，德及纯粹；扬伪归真，绝圣弃智。（李澥《罔两赋》）

我国家忧劳庶绩，寤寐求贤。（杨谏《南有嘉鱼赋》）

我国家高选物理，光天顺人。（卢庚《梓潼神鼎赋》）

我国家崇仪式礼，敦本弃末。（李子卿《六瑞赋》）

我国家克定三元，光临四海，纂唐虞之旧说，崇德礼而斯在。（王储《寅宾出日赋》）

自天命我唐，始灭暴隋。（岑参《感旧赋》）

则知我唐大赉，光掩前载。（钱起《图画功臣赋》）

虽则祀典远更于百王，都未若祚我唐之寿考矣。（阎随侯《西岳望幸赋》）

伊历载之或亏，洎我唐之斯盛。（韦缜《读春令赋》）

这类语汇使赋体叙事的身份、视角、对象乃至言说策略与文本结构都悄然发生了改变，除了个我的立场与单一的叙述，更多了帝国的眼光与交错的结构。阙名《舞马赋》在序言中既说"我开元圣文神武皇帝陛下懋建皇极，丕承宝命，扬五圣之耿光，安兆民于反侧"，又说"野人沐浴圣造，与观盛德，敢述蹈舞之事而赋之"。既以帝国地位俯视一切，又以臣民身份仰望皇帝。薛胜的《拔河赋》则更多参赛者、旁观者甚至外国人的眼光，如写匈奴使者的神态与眼光云："匈奴失箸，再拜称觞。曰君雄若此，臣国其亡。"这种既俯视又仰望的视角正体现了大唐君臣和而不同的伦理秩序与若即若离的事上心态。一方面是国我一体、君我一体，赋家们可以在赋中以帝王之眼或帝国之眼看世界，另一方面是君臣有别，他们也没有忘记个人作为臣僚的身份与地位。因此，赋家们在赋中所表现的帝国心态可能是有意的代言，也可能是大唐帝国的集体意识使然。这种集体意识将赋家们纳入既有的秩序与文化，使他们对大唐帝国产生强烈的认同感，并自信大唐帝国可以"和怀四夷"（赵自励《出师赋》）。

四、盛唐赋象的由来与去向

盛唐辞赋的这些成就与特色缘乎盛唐文化的多元及由此造成的赋家

胸襟的阔大。

(一) 多元文化与赋体唐音

盛唐的强盛与安定体现在政治清明、国家开放、文化多元。

因为政治清明,君臣关系和谐,寒士奋发上进。太宗朝的君臣合德堪称后世典范,武后也重用人才,但有着更为直接的功利目的。所以玄宗即位之初,要求重建良好君臣关系的呼声便不绝于耳。如姚崇批评先朝"亵狎大臣,或亏君臣之敬",请允"凡在臣子,皆得触龙鳞,犯忌讳"。① 吴兢编纂《贞观政要》总结太宗的治国经验,希望当朝皇帝借鉴,其中也有大量关于君臣相处的内容。而玄宗也不负众望,先后重用姚崇、宋璟、张说、张九龄这一帮能臣贤相,使贞观美谈得以重现。又因张说、张九龄推行文治政策,文学之士得以擢用,更进一步激发了中下层文人的仕进热情。可知盛唐辞赋对于君臣遇合的津津乐道必有言出衷心的味道。

唐朝的开放历代罕见,唐代的长安更是当时世界文明的中心。大唐王朝以惊人的魄力一面广泛吸纳异域的物质与文化,一面源源不断地向外输送文明。这种惊人的魄力自然也赋予了唐人惊人的威仪与自信。王维写帝唐在大明宫举行的早朝是"九天阊阖开宫殿,万国衣冠拜冕旒"(王维《和贾至舍人早朝大明宫之作》)。鲁迅论唐人的边患与自信时说:"汉唐虽然也有边患,但魄力究竟雄大,人民具有不至于为异族奴隶的自信心,或者竟毫未想到,凡取用外来事物的时候,就如将彼俘来一样,自由驱使,绝不介怀。"②

国家开放的直接影响有因地域不同而带来的文化多元。除了对外交流,从杨隋平陈到开元盛世,隋唐统治阶层内部来自江左、山东、关陇三大地域的政治文化利益集团也一直在进行着斗争与融合。三大文化体系各有长短,经过长期的南北交流与东西影响,到盛唐时终于合南北东西之长及域外异质文明的精粹而成就为浑厚、博大、刚健、进取、豁达、乐观的时代精神。

文化的多元体现于核心思想与宗教则是儒、道、佛杂融并存并重。唐代三教由并存而并重大体经历了唐初三帝道先佛后、武后中宗佛先道后、睿宗玄宗不分先后三个阶段。唐初三帝(高祖、太宗、高宗)在三教共存的

---

① 司马光编著:《资治通鉴》卷二百一十《考异》注引《升平源》,北京:中华书局,1956年,第6688~6689页。

② 鲁迅:《鲁迅全集》卷一《坟·看镜有感》,北京:人民文学出版社,2005年,第209页。

前提下先道后佛,①除了借老子以抬高皇族名望之外,或有对道教徒的兴唐之功表示回报之意,或有道教徒支持过皇位争夺的感怀之情,或为了阻止武则天篡取皇位。武则天主张佛教居先,一是为了以周代唐的需要,一是因为个人的信仰与经历。睿宗即位后,佛教势力已远远大于道教,为了控制这种失衡的局面,消弭因宗教政策的偏差而造成的对抗,让两家共同为李唐王朝出力,特于景云二年(711)四月,颁布《令僧道并行制》。制曰:"朕闻释及元宗,理均迹异;拯人救俗,教别功齐。岂于中间,妄生彼我……自今每缘法事集会,僧尼、道士、女冠等,宜令齐行并进。"②玄宗继承睿宗政策,并亲自为三家经典《孝经》《道德经》《金刚经》作注。③ 从此,三教并重成为唐代的基本国策。

按张说的说法,辞赋的功用在于:"吟咏情性,纪述事业,润色王道,发挥圣门。"(《齐黄门侍郎卢思道碑》)李白在其《大猎赋序》中也曾说:"赋者古诗之流,辞欲壮丽,义归博远。不然何以光赞盛美,感天动神?"面对如此清明的政治、开放的国家与多元的文化,文士们自然要以夸饰富丽的赋体语言润色鸿业、光赞盛美。同时也正因为国家的开放与文化的多元,唐赋无论是题材内容上,还是美学趣味上,都表现得比汉赋更加丰富、更加多样。

(二)盛唐气象与赋家胸襟

浑厚、博大的盛唐文化精神既体现于作为个体的赋家,又影响赋家个体的胸襟与心性,并由此酿成辞赋的盛唐气象。

杜晓勤《初盛唐诗歌的文化阐释》一书有专章讨论地域文化与士人性格及诗歌的关系。如说江左、山东、关陇三地士子的人生追求、仕进方式有别:江左多士族、门阀意识强,艺术修养高,多依门资进身;山东多以礼乐、

---

① 中唐高祖武德八年(625)下诏规定:"老教、孔教,此土先宗;释教后兴,宜崇客礼。令老先,次孔,末后释宗。"(董诰等编:《全唐文》附《唐文拾遗》卷一《先老后释诏》,北京:中华书局,1983年,第10373页。)唐太宗贞观十一年(637)颁布《令道士在僧前诏》说:"朕之本系,出于柱史。今鼎祚克昌,既凭上德之庆;天下大定,亦赖无为之功。宜有改张,阐兹元化。自今以后,斋供行立,至于称谓,其道士女冠,可在僧尼之前。庶敦本之俗,畅于九有;尊祖之风,贻诸万叶。"(董诰等编:《全唐文》卷六,北京:中华书局,1983年,第73页。)

② 董诰等编:《全唐文》卷十八,北京:中华书局,1983年,第217页。

③ 关于这三个阶段的划分及对待道、佛两家的态度,可以参阅寇养厚先生分述唐代三教并行政策形成三阶段的三篇文章。《唐初三帝的三教共存与道先佛后政策——唐代三教并行政策形成的第一阶段》,载《文史哲》,1998年第4期,第69～77页。《武则天与唐中宗的三教共存与佛先道后政策——唐代三教并行政策形成的第二阶段》,载《陕西师范大学学报》,1999年第3期,第19～26页。《唐代三教并行政策的形成》,载《东岳论丛》,1998年第4期,第75～80页。

经术传家,亦多以经术进身,讲求经世致用;关陇多胡汉杂糅之军事贵族,故崇军功,尚侠义,轻死生。影响及于诗歌题材,则江左多表现"吏隐合一"的闲雅情调,山东多渗透功名意识和济世热情,而关陇多与边塞征战有关。又说三地士子性格不同:江左多清俊、秀逸,山东多儒雅、敦厚,关陇则刚直、豪侠;影响及于诗风,则江左诗人崇尚清新、俊逸、秀丽,山东以典则、雅正为美,关陇则慷慨、劲健。到了盛唐时期,三大地域文化之间相融互汇,"盛唐诗人无论在士风还是在诗风上都能博采各地域文化之优长,形成了以刚健、壮大、积极、乐观为共同特征的盛唐文化精神"。① 从地域的角度描述盛唐文化精神与士人个体心性的关系,显然遵循了陈寅恪先生治隋唐史的思路,也不失为一条清晰的脉络。除此之外,中外交流的推进、三教并存的趋势、仕进途径的拓展乃至娱游文艺的演变都可以从不同侧面展现盛唐文化对士人心性的影响。不同于晚唐的感伤落魄与中唐的或用世或超脱,初盛唐文人大多豁达进取、胸襟开阔,既自信、自豪,又向往自立、自由。影响及于辞赋,便既有个我形象的塑造与情感的抒发,又有对大唐帝国创建的追忆与现世的赞颂。文风既刚健正大又雅丽多彩,诚如马积高先生所说:"总的说来,汉赋是以声势胜,魏晋南北朝赋是以情韵胜,能兼具这两者如鲍照的《芜城赋》之类者不多。唐代的一些赋作家则往往能将两者结合起来而又显出个性的特色。"②

(三)体制化的幸运与不幸

盛唐文化精神造就了盛唐辞赋的成就,但日渐体制化的盛唐文教也开始显露出对辞赋创作的负面影响来。

在文化思想领域,三教中的儒学因为强调等级尊卑之别,强调臣忠于君、子孝于父,可以美教化、移风俗,自汉以后,无不以其为正统意识形态。所以唐高祖、唐太宗、唐高宗、武则天、唐玄宗先后追赠追封孔子为"先师""先圣""太师""隆道公""文宣王"。客观地说,儒学对于良好君臣关系的建构、士人雅正品格的完善与功名意识的强化不无促进作用,对于盛唐刚健赋风的形成也不无影响,但其纲常伦理与效用意识也日益深入人心"苟效用之得所,虽杀身之何忌?……纵秋气之移夺,终感恩于篋中"(张九龄《白

---

① 详见杜晓勤:《初盛唐诗歌的文化阐释》,北京:东方出版社,1997年,第32、33、57页。
② 马积高:《说"辞赋"——〈历代辞赋鉴赏辞典〉前言》,见霍旭东、赵呈元、阿芷主编:《历代辞赋鉴赏辞典》,合肥:安徽文艺出版社,1992年,第16页。

羽扇赋》)①。士人们再宏大的个人抱负最终也要落实于对君王成就功业的辅导"致君尧舜上,再使风俗淳"(杜甫《奉赠韦左丞丈二十二韵》)②。

具体到文教与仕进制度,科举考试作为中国古代知识阶层发展道路上的重大里程碑,一方面为士人尤其寒族参与政治提供了机会,并从制度上确认他们的政治地位;另一方面也可能使士人群体实际的政治地位下降并逐渐丧失其独立人格。

秦汉的一统尤其儒学的独尊,曾为统治者控制士人提供了意识形态依据,但汉代的察举与征辟、魏晋南北朝的九品中正制之类的选官制度仍带有氏族贵族议政的痕迹,唐初的门荫制度也还为士族的仕进提供过短暂的便利,所以士人对最高统治者还没有达到完全依赖的程度。科考制度以更普泛且彻底的方式将包括寒门在内的所有士人纳入或即将纳入统治集团,这意味着:"科举制度的实行使知识阶层不再作为专制统治者的异己势力而存在。""使专制君主得以把此前相对独立的知识阶层变为表里一致的奴仆。"③因此盛唐的君臣关系也开始渗入意识形态与文教制度双重层面上的内涵。

如果说高适、李白因所处时代相对宽松、仕进门径不唯科举、个人心性特别狂放而能与王朝政治保持一定的距离的话,膨胀的意识形态与文教制度则使后来文人的生存空间日益狭窄。

日渐体制化的盛唐文教使辞赋创作作为入仕工具的地位也得以确立,皇帝及其身边的高层统治者们成为预设的读者,赋家满怀仰望的姿态与卑微的心理,赋中遍布祥瑞思想和歌颂内容,灵活圆熟的作赋技巧、即席挥毫的作赋方式成为时代的新宠。明乎此,你就不难理解薛胜何以要在《拔河赋》这样写游艺的作品中处处显示出皇帝至高无上的荣耀与权威,李华《含元殿赋》何以要以"严整的九段式结构巧妙体现了唐朝天子的九五之尊,从而形象地展现出大唐气象"④,也不难理解黎逢《贡士谒文宣王赋》《贡举人见于含元殿赋》《人不学不知道赋》等文教赋对明王圣教喋喋不休的礼赞与"文谐宫律,言中章句,华而不艳,美而有度"⑤(白居易《赋赋》)的律赋标准。

---

① 董诰等编:《全唐文》卷二百八十三,北京:中华书局,1983年,第2869页。
② 杜甫著,仇兆鳌注:《杜诗详注》卷一,北京:中华书局,1979年,第73页。
③ 任爽:《科举制度与盛唐知识阶层的命运》,载《历史研究》,1989年第4期,第113～114页。
④ 张思齐:《李华赋的成就与特色》,载《东方论坛》,2007年第4期,第31页。
⑤ 白居易著,顾学颉校点:《白居易集》,北京:中华书局,1979年,第877页。

第二节　李、杜赋及诗赋地位的变迁

作为中国古代最顶尖的诗人,李白和杜甫在诗歌上的成就一向不欠关注,也不乏清晰公允的论断。可当诗、赋两大韵文文体,诗史、赋史两大文学脉络交织于这两位双峰并峙的大诗人身上时,会激发我们怎样的思考与期待?可不可以参照诗歌史的研究比较他们的辞赋在题材内容与体制风貌上的异同?可不可以借此特殊个案探究诗、赋不同的文体特质及其相融互化的过程,探究诗、赋不同发展脉络及其相对地位的变更,甚至作家性情禀赋与赋体特质之间的隐微关联?本节即尝试作这些方面的努力。

一、李、杜赋的题材内容与性情禀赋

今存李白赋8篇:《明堂赋》《大猎赋》《拟恨赋》《大鹏赋》《惜余春赋》《愁阳春赋》《剑阁赋》《悲清秋赋》[①];杜甫赋7篇:《朝献太清宫赋》《朝享太庙赋》《有事于南郊赋》《封西岳赋》《雕赋》《天狗赋》《越人献驯象赋》(律6)[②]。即以数量、篇幅而言,李、杜也算辞赋大家。李、杜赋题材相对集中,一半光赞盛美,一半咏物抒怀。

(一) 盛世之礼赞、致仕之捷途

李白《明堂赋》《大猎赋》,一写宫殿,一写田猎,杜甫"三大礼赋"(即《朝献太清宫赋》《朝享太庙赋》《有事于南郊赋》)及《封西岳赋》铺叙典礼,均属"体国经野,义尚光大"的"京殿苑猎"之作。

《明堂赋》序文及首段回顾皇唐"革天创元"的伟绩与明堂"累圣纂就"的经历。然后极陈明堂之宏大壮丽:

---

① 据《大鹏赋序》,知李白曾作《大鹏遇希有鸟赋》。另据《酉阳杂俎》载:"白前后三拟词选,不如意,悉焚之。唯留《恨》《别赋》。"(段成式撰,方南生点校:《酉阳杂俎》前集卷十二,北京:中华书局,1981年,第116页)。可知李白曾多次模拟《文选》,段成式所见尚有《拟恨赋》《拟别赋》。《拟别赋》今佚。

② 《越人献驯象赋》不载于仇兆鳌《杜诗详注》,《文苑英华》卷一百三十一、《历代赋汇》卷一百三十四录入此赋,并署"阙名",《全唐文》卷三百五十九,汪森《粤西文载》卷一则列名为杜甫所作。徐希平《〈全唐文〉补辑杜甫赋甄辨》与詹杭伦、沈时蓉《〈越人献驯象赋〉与杜甫关系献疑》对此赋的归属问题作过专门探讨,两文都论证了此赋与杜甫的密切关系,唯结论略有差异。前者说:"《越人献驯象赋》似应为天宝中杜甫所作,《全唐文》编者所断近是。其赋当补入杜甫本集。"(徐希平《〈全唐文〉补辑杜甫赋甄辨》,载《杜甫研究学刊》,1997年第2期,第52页)。后者认为:"根据现有的材料,《越人献驯象赋》是否杜甫所作,尚不能确认,应该保持存疑的审慎态度。"(詹杭伦、沈时蓉《〈越人献驯象赋〉与杜甫关系献疑》,载《杜甫研究学刊》,2007年第4期,第31页)。本书姑且存目。

观夫明堂之宏壮也,则突兀曈昽,乍明乍蒙,若太古元气之结空。尨岘颓沓,若鬼若业,似天闻地门之开阖……远则标熊耳以作揭,豁龙门以开关。点翠彩于鸿荒,洞清阴乎群山……势拔五岳,形张四维;轧地轴以盘根,摩天倪而创规……掩日道,遏风路;阳乌转影而翻飞,大鹏横霄而侧度。近则万木森下,千宫对出;熠乎碧光之堂,炅乎琼华之室……杳苍穹之绝垠,跨皇居之大半。远而望之,赫煌煌以辉辉,忽天旋而云昏;迫而察之,粲炳焕以照烂,倏山讹而昼换……其左右也,则丹陛崿崿,彤庭煌煌……其闻阖也,三十六户,七十二牖;度筳列位,南七西九……其深沉奥密也……①

上合天文,下得地理,远则势拔五岳,形张四维,近则万木森下,千宫对出,左右丹陛彤庭,室内户牖密布。这一大段文字由大至小、由远及近,由外而内地铺陈了明堂在天地、日月、山川间的雄伟气象,明堂左右建筑的布局与室内结构面积、神位图画等情况。接下来写圣主祭祀神灵、宴请群臣。而在群臣醉退之后,圣主犹"夕惕若厉,惧人未安",于是"下明诏,班旧章;振穷乏,散敖仓。毁玉沉珠,卑宫颓墙,使山泽无间,往来相望。帝躬乎天田,后亲于郊桑;弃末反本,人和时康"。最后申明理国若梦的理念与目标:"元元澹然,不知所在,若群云从龙,众水奔海。"而这正是"我大君登明堂之政化"之所以非"秦、赵、吴、楚,争高竞奢,结阿房与丛台,建姑苏及章华"所能比拟的重要原因。

《大猎赋》与《明堂赋》结构略同。开篇即颂扬玄宗"总六圣之光熙""括众妙而为师"的开元之治,并交代按古制校猎于冬日农闲之时。然后极力铺陈天子田猎的规模声势:

乃使神兵出于九阙,天仗罗于四野……千骑飙扫,万乘雷奔……内以中华为天心,外以穷发为海口……足迹乎日月之所通,囊括乎阴阳之未有……撞鸿钟,发銮音……于是擢倚天之剑,弯落月之弓……河汉为之却流,川岳为之生风;羽毛扬兮九天绛,猎火燃兮千山红……陋梁都之体制,鄙灵囿之规格……夹东海而为堑兮,拖西冥而流渠……云罗高张,天网密布……从营合技,弥

---

① 李白著,王琦注:《李太白全集》,北京:中华书局,1977 年,第 32~45 页。

峦被冈。金戈森行,洗晴野之寒霜;虹旗电挚,卷长空之飞雪。吴骖走练,宛马蹀血;萦众山之联绵,隔远水之明灭。①

再往下集中笔力专写勇士搏击猛兽、君王亲临指挥,说这场面连秦皇、汉武也不足争雄。然后突然一转,写君王"茫然改容,愀若有失;于居安思危,防险戒逸",命撤网释禽兽以示君主之仁。事成之后,天子登台设宴,大宴从臣。最后以狩猎为喻,讽谏天子收罗贤俊以辅佐朝廷,天子接受讽劝,回心向道,结束田猎。

杜甫"三大礼赋"为同期作品,分别为唐玄宗太清宫、太庙、南郊三大祭祀典礼而作。

太清宫祭享"圣祖玄元皇帝"老子,《朝献太清宫赋》前半部分铺陈朝献的由来、路次、仪卫、过程、场面与氛围,极写庙宇轩昂、陈设辉煌、仪卫繁盛、执事虔备,圣主颙望神灵,有洋洋如在之意。后半部分设为问答,先代玄宗陈意,言自三国以来世运纷扰、天下疮痍、生灵颠踬,唐兴致治,顺天应民,所以祯符毕集、灵异昭应:

> 呜呼!昔苍生缠孟德之祸,为仲达所愚……赤乌高飞,不肯止其屋;黄龙哮吼,不肯负其图……历纪大破,疮痍未苏;尚攫挐于吴蜀,又颠踬于羯胡……愁阴鬼啸,落日枭呼。各拥兵甲,俱称国都……惟累圣之徽典,恭淑慎以允缉……既清国难,方睹家给……感而遂通,罔不具集……地轴倾而融曳,洞宫俨以嶷发;九天之云下垂,四海之水皆立。凤鸟威迟而不去,鲸鱼屈矫以相吸;扫太始之含灵,卷殊形而可挹。②

然后假天师答颂之辞,嘉美唐王朝厘正祀典之盛德。结尾笔锋突转,说当此太平之世,莫不优游自得,何况开创继起之人。暗喻天下太平,实人主自致,非关神降。

太庙为皇家祖庙,《朝享太庙赋》开篇即叙写祖功宗德,并强调汉唐正统,以为朝享张本。然后从銮舆初出、虔宿斋宫开始,铺陈朝享的过程、仪式及场面氛围,大抵也是殿宇森严、执事诚恪、从官肃恭、音循舞乱。中间插入功臣配享之事,言臣能佐主、君能任人,君臣契合,致有开创之功、崇报

---

① 李白著,王琦注:《李太白全集》,北京:中华书局,1977年,第62~67页。
② 杜甫著,仇兆鳌注:《杜诗详注》,北京:中华书局,1979年,第2111~2114页。

之远。最后假丞相陈词,极言陛下"应道而作,惟天与能",其"勤恤匪懈"与"恢廓绪业"非前代可比。①

南郊合祭天地,是三大祭礼的最后一项。与前两赋一样,《有事于南郊赋》也对先期准备、主祭场面及祭毕推恩的整个过程详加铺叙。赋末则假孤卿侯伯、群儒三老上推历数,追原圣祖,归功玄宗。

《封西岳赋》的结构程式也类同于三大礼赋,首叙封岳之意,次叙仪卫之盛,然后写登岳封禅、祭毕作乐,最后归美帝德。

宫殿、田猎、祀典的表层描绘与陈述所承载的是赤裸的颂赞与隐微的讽喻,这颂赞与讽喻既表彰着相同的时代意趣,又含蕴着李、杜二人不同的性格气质。

除了歌功颂德、娱乐人主的通常特性外,李、杜这些润色鸿业的赋作,还有着身国合一的自我张扬。无论是国家还是个人,山河一统与国势强盛都是最值得骄傲与自豪的资本。与汉人相比,历经大分裂、大动乱后的唐人更能感受到山河一统的宝贵,上举五赋都用了不少笔墨盛赞大唐帝国的开创过程,杜甫三赋更能以社会发展的眼光,陈述古今历史的变迁,强调国家正统的延续,表达对唐王朝一统天下、长治久安的讴歌。国家的强盛,既体现在山河一统及由此形成的中央集权、经济发展,又会具体到国家各类活动的规模,并通过国家标志性物事,包括作为国家代表的国君,符号化为国家形象。在各类活动中,田猎讲武、祭天祀祖无疑最具国家意义。所以李白的《大猎赋》极言当今天子之行猎"内以中华为天心,外以穷发为海口""足迹乎日月之所通,囊括乎阴阳之未有",并借此超越前人的规模:"陋梁都之体制,鄙灵囿之规格。"②明堂是古代帝王敬天地、施政事、行教化的场所,更是人们天地意识、社会等级秩序、国家精神符号的物质表象。因为制度本身的含混与后来阐释的多义,明堂的文化意蕴纷繁复杂,诗文辞赋中的寄寓也不尽相同。在皇权至上、宣威四方的时代寓意中,李白《明堂赋》有意规避涉乎秩序规定的方位、布局描写,而着力铺陈明堂周围山河之壮丽,明堂自身建筑之高大、装饰之华美,以衬托出大国盛世的整体力量、整体形象。有趣的是,即使在建筑物的描写方面,李白也乐于以道化儒,杜甫则刻意以儒释道。李白笔下的明堂,颇似高远缥缈的道家仙宫;杜甫笔下的太清宫,反多儒家礼制的渗入。上述五赋中,不管是李白还是杜甫,都表

---

① 杜甫著,仇兆鳌注:《杜诗详注》,北京:中华书局,1979年,第2133页。
② 李白著,王琦注:《李太白全集》,北京:中华书局,1977年,第62页,第65页。

现出对现实国家权力实即君权的尊崇。国君作为国家的代表也具有符号的意义,对国家强盛的赞颂与期盼可以寄寓在古圣先贤形象的构建中。不过唐代的国君尤其玄宗因其自身的英明雄武,在李、杜的这几篇赋中获得了不少直接的赞誉。这种赞誉多少可以见出盛唐时代国君与国家、国家与个人、现实与理想之间比较相契的状况。①

卒章讽喻的传统在李、杜这里也有区别,一个更直接地陈述理想、描写仙国,一个更含蓄地规避怪诞、遵奉礼制。

与《上林赋》归之节俭一样,《大猎赋》也有"君王茫然改容,愀若有失"的描写与"斯驰骋以狂发,非至理之弘术"的告诫。所不同的是,李白更强调"王者以四海为家,万姓为子",更以狩猎为喻,讽谏天子要收罗贤俊辅佐朝廷,以使天下晏定、百姓乐业:

> 顿天网以掩之,猎贤俊以御极。若此之狩,罔有不克。使天人晏安,草木蕃殖(一作"植");六宫斥其珠玉,百姓乐于耕织……岂比夫《子虚》《上林》《长杨》《羽猎》,计麋鹿之多少,夸苑囿之大小哉?②

这种重视贤才与百姓的思想,自然比司马相如赋更为深刻。当然这种理想的陈述中也掺杂了仙道的成分,赋末说:"君王于是回霓旌,返銮舆;访广成于至道,问大隗之幽居。使罔象掇玄珠于赤水,天下不知其所如也。"③终归以回心向道的方式结束篇章。

《明堂赋》在申明"人和时康"的治国目标之后,更以黄帝、尧帝的崆峒、汾水之游,与华胥之乡的仙境引喻,申说"理国若梦"的无为之道。

杜甫赋的规讽常于厘正祀典的同时强调人为的作用。朱鹤龄云:"三赋之卒章,皆寓规于颂,即子云风《羽猎》《甘泉》意也。"④《朝献太清宫赋》赋末云:"或曰:今太平之人,莫不优游以自得。况是蹴魏踏晋、批周抶隋之后,与夫更始者哉!"⑤即强调吉祥乃人主所自致,非关神降。所以仇兆鳌说:"此赋,前言戡乱致治,而不及神仙杳冥之事;后言厘正祀典,而不及符

---

① 可参看本章第一节所述帝国立场与意识。
② 李白著,王琦注:《李太白全集》,北京:中华书局,1977年,第82页。
③ 李白著,王琦注:《李太白全集》,北京:中华书局,1977年,第84页。
④ 杜甫著,仇兆鳌注:《杜诗详注》,北京:中华书局,1979年,第2157页。
⑤ 杜甫著,仇兆鳌注:《杜诗详注》,北京:中华书局,1979年,第2120~2121页。

应报锡之文；末复推美于更始，见帝能上承祖德，则庆祥皆其自致也。讽谕隐然，盖赋体之有典则者。"①《朝享太庙赋》《有事于南郊赋》都言及淫祀之弊。一举周宣、孝武为例："且如周宣之教亲不暇，孝武之淫祀相仍。诸侯敢于迫胁，方士奋其威棱。一则以微言劝内，一则以轻举虚凭。又非陛下恢廓绪业，其琐细亦曷足称。"②劝其恢廓大度，光大先人绪业。一言天子"意不在仰殊方之贡，亦不必广无用之祠"。按仇兆鳌的解释："不广无用之祠，淫祀非可治人也。不仰殊方之贡，玩物却之无疑也。惟郊庙怵惕，为享帝享亲之正理。况当此至治之时，乘龙御天，正当仁孝兼尽，以仰答乎天祖。"③仇氏还揣摩杜甫的这些规讽大概是因为当时"奉仙求瑞"之风而发的。更进一步看，杜甫"三大礼赋"和《封西岳赋》对儒家礼仪的精细描绘，也反映出其以王道治天下的愿望。

不管是赤裸的颂赞，还是隐微的讽喻，上述赋的意涵，很大程度上取决于它们的献奉本质（献赋的目的与体制）。

杜甫向玄宗献"三大礼赋"与《封西岳赋》是人所共知的事实，他曾专门写有《进三大礼赋表》与《进封西岳赋表》，以陈述献赋致仕的目的。献赋的时间大体在天宝九载至天宝十三载之间，其时杜甫四十岁左右。④据《新唐书》本传，杜甫献"三大礼赋"后，引起了玄宗的注意，玄宗"奇之，使待制集贤院，命宰相试文章"⑤。这一经历，让杜甫终生引为自豪："昭代将垂白，途穷乃叫阍。气冲星象表，词感帝王尊。"（《奉留赠集贤院崔于二学士》）。"忆献三赋蓬莱宫，自怪一日声烜赫。集贤学士如堵墙，观我落笔中书堂。"（《莫相疑行》）。但这样的快意与自豪并没有给他带来即时的实惠，所以到了天宝十三年（754），杜甫再进《封西岳赋》，"所觊明主览而留意焉"（《进封西岳赋表》）。

李白的《明堂赋》与《大猎赋》也是献奉皇帝的，这从赋序中"臣白美颂，恭惟述焉""臣白作颂，折中厥美"的身份与口气可以判定。写作与献奉的

---

① 杜甫著，仇兆鳌注：《杜诗详注》，北京：中华书局，1979年，第2121~2122页。
② 杜甫著，仇兆鳌注：《杜诗详注》，北京：中华书局，1979年，第2133页。
③ 杜甫著，仇兆鳌注：《杜诗详注》，北京：中华书局，1979年，第2156页。
④ 三大典礼行于天宝十载正月，"三大礼赋"的献奉时间则有天宝九载冬、天宝十载、天宝十三载三说，一般取"天宝十载"说，可参见张忠纲：《杜甫献〈三大礼赋〉时间考辨》，载《文史哲》，2006年第1期，第66~69页。一般以为《封西岳赋》作于天宝十三载。另《进三大礼赋表》云"行四十载"，《进封西岳赋表》云"年过四十"，可知杜甫年近不惑。
⑤ 欧阳修、宋祁撰：《新唐书》卷二百一十《文苑传》杜甫本传，北京：中华书局，1975版，第5376页。

具体时间却有不少争议。如《明堂赋》，或以为作于开元五年(717)以前①，或以为作于开元十年(722)以后、开元二十五年(737)以前②，或以为作于天宝元年(742)③，或以为初作于开元二十七年(739)，后来补写小序与《大猎赋》一同再献玄宗④。如《大猎赋》，或以为天宝元年(742)直投玄宗⑤，或以为初作于开元九年(721)由苏颋推荐，重改于天宝元年(742)并亲自向玄宗进献⑥。李白向来不太喜欢在诗文中将自己的行踪交代得很清楚，献赋的具体效果也不得而知。不过在他后来的诗文里也屡次自我夸耀因献赋而获得优宠的往事："因学扬子云，献赋甘泉宫，天书美片善，清芬播无穷。"(《东武吟》)"昔献长杨赋，天开云雨欢。当时待诏承明里，皆道扬雄才可观。"(《答杜秀才五松山见赠》)

这类献奉之作，固然不乏对大唐帝国由衷的赞美，也因赋需大才足以让人获取终生自豪的资本，但最根本的目的还在于假汉式宫廷大赋以媚主求仕。

这样的写作目的与体制遵从便决定这些献奉赋难脱古人窠臼，难得后人好评。但它客观上承续了汉代以来的献赋传统，展示了盛唐的社会环境与献赋风气，也反映了人性的多面与大家的操守。

赋颂互渗，因赋致仕，"朝夕论思，日月献纳"(班固《两都赋序》)，本汉代奇观。唐诗鼎盛，并兴科举，但"会须作赋，始成大才士"(《北齐书·魏收传》)的观念还在延续，科举之外仍保留有种种荐举，便是科考也十分在意试前的干谒投献，所以献赋之风仍然存在。武则天造铜匦悬于朝堂之侧，更为天下才士提供献赋之便。太宗、玄宗身先士卒，参与赋颂唱和，致使献赋之盛，蔚为壮观。⑦ 初、盛唐诗人、名士乃至宰臣，如虞世南、李百药、谢偃、宋之问、卢照邻、杨炯、王勃、刘允济、富嘉谟、阎随侯、许景先、吕向、张

---

① 李白著，王琦注：《李太白全集》，北京：中华书局，1977年，第27页。
② 詹锳编著：《李白诗文系年》，北京：人民文学出版社，1984年，第38页；葛景春：《李白东都洛阳献赋考》，见《中国李白研究》(1995—1996年集)，合肥：安徽文艺出版社，1997年，第102～118页。
③ 孟繁森：《〈明堂赋〉作于天宝初年》，载《社会科学辑刊》，1986年第3期，第74页。
④ 毛水清：《李白献赋考》，见《中国李白研究》(1992—1993年集)，合肥：安徽文艺出版社，1994年，第229～243页。
⑤ 毛水清：《李白献赋考》，见《中国李白研究》(1992—1993年集)，合肥：安徽文艺出版社，1994年，第229～243页。
⑥ 吕华明：《李白〈大猎赋〉系年新考》，载《徐州教育学院学报》，2001年第1期，第12～14页。
⑦ 据《旧唐书》卷二十三载："玄宗开元十二年，文武百僚、朝集使、皇亲及四方文学之士，皆以理化升平，时谷屡稔，上书请修封禅之礼并献赋颂者，前后千有余篇。"见刘昫等撰：《旧唐书》，北京：中华书局，1975年，第891页。

九龄、张说、韩休、徐安、贺知章、高适、李邕、王维、孟浩然等多有献奉之赋。可见在初、盛唐时代,献赋媚上以博功名已成为普遍的风尚。李白、杜甫两位诗歌泰斗的介入,一则反映了时代风尚,二则说明在当日的仕途上,诗歌并未完全取代辞赋。

在这种上下唱和的献奉氛围里,"光赞盛美"是必然的题旨倾向,再加遍干诸侯而无由仕进,甚至生活困顿、"衣不盖体"(杜甫《进雕赋表》),豪放不羁的李白与坚韧耿直的杜甫也不免谀媚之举。这常常成为人性多面的引例,但李、杜之所以成为李、杜,除了诗歌技艺的高超,还在其足成大家的操守。李白始终就没有低下过他高昂的头颅,"心雄万夫""平交王侯"(《与韩荆州书》),飘然而逝。杜甫则时时不忘微言讽谏,"不肯谬作谀词""文章品格,卓然千古"①。晚年漂泊流离而"独耻事干谒"(《自京赴奉先县咏怀五百字》),亦无作赋之念。

李、杜的不遇遭际不排除个性的因素,但更应从文化体制上找原因,在封建专制的时代里,只允许有服膺于权力、效忠于一家一姓的臣民,而非现代意义的公民。

(二)个我之形塑、愁情之散发

光赞盛美多为外在之物,咏物抒怀才是一己之需,真正能表现李、杜个人性情,代表李、杜辞赋成就的还是那些咏物自喻、写景抒怀之作,如李白的《大鹏赋》《拟恨赋》《惜余春赋》《愁阳春赋》《剑阁赋》《悲清秋赋》,杜甫的《雕赋》《天狗赋》。

1. 咏物自喻

咏物而有寄寓,是一个不断发展的过程,其间伴随着物、意的分合与人、我的转化。真正以物自况、以物自喻的赋在先唐时期并不多见,自李世民《威凤赋》开始,这类赋骤然增多,如杨誉《纸鸢赋》、卢照邻《穷鱼赋》、王勃《涧底寒松赋》、骆宾王《萤火赋》、崔融《瓦松赋》、杨炯《幽兰赋》、宋之问《秋莲赋》、马吉甫《蜗牛赋》、郑惟忠《泥赋》、东方虬《尺蠖赋》等。但这些赋往往还只是比况赋家一时的处境或某一方面的习性,不足以表征整个活脱的生命,所选物象也多琐细、幽冷、穷困、卑微。唯李白《大鹏赋》、杜甫《雕赋》,既完成了个体生命的宏观写照,也契合着国家形象的时代建构,并以其卓异高远的境界与品质感染着世世代代的人们。

---

① 仇兆鳌在《朝享太庙赋》文末按语。见杜甫著,仇兆鳌注:《杜诗详注》,北京:中华书局,1979年,第2156页。

《大鹏赋》由庄子《逍遥游》开端的片断敷衍而来,从各种不同角度细述大鹏由初化到升腾、到翱翔、到息落的过程。

说其初化时:

> 脱鬐鬣于海岛,张羽毛于天门。刷渤澥之春流,晞扶桑之朝暾;焊赫乎宇宙,凭陵乎昆仑。一鼓一舞,烟朦沙昏;五岳为之震荡,百川为之崩奔。①

海岛、天门、渤澥、扶桑、宇宙、昆仑、五岳、百川,用的都是极宏大的地名,目的是为大鹏的出世提供无垠的空间。

言其起飞时:

> 蹶厚地,揭太清;亘层霄,突重溟。激三千以崛起,向九万而迅征……左回右旋,倏阴忽明……斗转而天动,山摇而海倾。②

水击三千,扶摇九万,海倾天动,突显的是大鹏升腾时非凡的气势。

至其腾空飞翔时:

> 足萦虹霓,目耀日月……喷气则六合生云,洒毛则千里飞雪……块视三山,杯观五湖……任公见之而罢钓,有穷不敢以弯弧……尔其雄姿壮观,块轧河汉;上摩苍苍,下覆漫漫……缤纷乎八荒之间,掩映乎四海之半……忽腾覆以回旋,则霞廓而雾散。③

块视三山,杯观五湖,任见罢钓,有穷弃弧,上摩苍天,下覆九州,遨游八芳,掩映四海,渲染的都是鹏翔高天时的雄姿。

便是息落,也让水伯海神为之惊恐,巨鳌长鲸躲匿不出:

> 然后六月一息,至于海湄……猛势所射,余风所吹;溟涨沸渭,岩峦纷披。天吴为之怵栗,海若为之躄跛;巨鳌冠山而却走,长鲸腾海而下驰。缩壳挫鬣,莫之敢窥。吾亦不测其神怪之若此,盖乃造化之所为。④

---

① 李白著,王琦注:《李太白全集》,北京:中华书局,1977年,第3页。
② 李白著,王琦注:《李太白全集》,北京:中华书局,1977年,第4页。
③ 李白著,王琦注:《李太白全集》,北京:中华书局,1977年,第5~7页。
④ 李白著,王琦注:《李太白全集》,北京:中华书局,1977年,第7~8页。

总归起来,赋中的大鹏鸟是神异、奇绝、壮伟、迅疾而又逍遥自在的。

"张茂先赋鹪鹩,自譬甚少;李太白赋大鹏,自譬甚大"①。作为自譬自喻之作,《大鹏赋》所塑造的大鹏形象寄寓的是李白个我意向高远、气概豪迈、适性自由、鄙薄尘俗、藐视庸常的心志情怀。

赋的末尾还特别写大鹏鸟与黄鹄等同类而殊趣,但与希有鸟同调同飞:

> 岂比夫蓬莱之黄鹄,夸金衣与菊裳;耻苍梧之玄凤,耀彩质与锦章。既服御于灵仙,久驯扰于池隍。精卫殷勤于衔木,鹖鹠悲愁乎荐觞;天鸡警晓于蟠桃,踆乌晞耀于太阳。不旷荡而纵适,何拘挛而守常?未若兹鹏之逍遥,无厌类乎比方;不矜大而暴猛,每顺时而行藏。参玄根以比寿,饮元气以充肠;戏旸谷而徘徊,冯炎洲而抑扬。②

黄鹄、玄凤、精卫、鹖鹠、天鸡、踆乌,或为锦衣玉食而受困,或为穷仇怨恨而奔劳,或为拂晓日耀而操劳,都不如大鹏顺时行藏、逍遥自在。见此情景,希有鸟盛赞大鹏之伟,并自称:"以恍惚为巢,以虚无为场。"愿与大鹏同登寥廓。

再看杜甫笔下的劲雕形象:

> 当九秋之凄清,见一鹗之直上;以雄才为己任,横杀气而独往。梢梢劲翮,肃肃逸响;杳不可追,俊无留赏。彼何乡之性命,碎今日之指掌;伊鸷鸟之累百,敢同年而争长。此雕之大略也。③

赋的开篇,即以直上之鹗引写雕之志趣、形貌、效用,并比对鸷鸟,算是总起以明大略。虽是大略,却足以勾画出大雕雄俊勇决、所向无敌的形象。以下分别写虞人捕雕之艰苦、闽隶驯雕之严酷、大雕捕猎之神勇、比诸凡鸟之卓异,最后写不被见用之寂寞与不失其志之品格。其中关于大雕形象的刻画最为精粹者莫过于以下两段:

---

① 陈鸿墀:《全唐文记事·祖袭》,见詹锳主编:《李白全集校注汇释集评》第七册,天津:百花文艺出版社,1996年,第3903页。
② 李白著,王琦注:《李太白全集》,北京:中华书局,1977年,第9页。
③ 杜甫著,仇兆鳌注:《杜诗详注》,北京:中华书局,1979年,第2173页。

观其夹翠华而上下，卷毛血之崩奔。随意气而电落，引尘沙而昼昏。①

　　夫其降精于金，立骨如铁，目通于脑，筋入于节。架轩楹之上，纯漆光芒；掣梁栋之间，寒风凛冽。②

一写动，一写静；动如电落，迅猛雄俊；静同铁骨、凛然难犯。活画出了大雕的才具、魄力、状貌、神采。

　　作为自喻赋，《雕赋》写雕归根结底当然还是在写作者自己，写自己的希冀效用与贞刚正直。仇兆鳌《杜诗详注》说："公三上赋而朝廷不用，故复托雕鸟以寄意。其一种慷慨激昂之气，虽百折而不回。"又："全篇俱属比喻，有悲壮之音，无乞怜之态，三复遗文，亦当横秋气而厉风霜矣。"③杜甫自己在《进雕赋表》中则说："臣以为雕者，挚鸟之殊特；搏击而不可当，岂但壮观于旌门，发狂于原隰。引以为类，是大臣正色立朝之义也。臣窃重其有英雄之姿，故作此赋。"④因为全篇俱属比喻，大雕勇悍绝伦的英雄之姿莫不引以为类，如以获雕于饥寒之际喻取士于困顿之中，以畜雕以供校猎喻士必养而后用，以雕之效能胜于鹰隼喻国之大才优于庸常，以雕凭劲力而触邪喻士以正气而斥奸。末以陈力窃位，明刺当时尸餐素位之流："岂比乎虚陈其力，叨窃其位，等摩天而自安，与枪榆而无事者矣。"⑤凡此种种，无不执着慷慨。慷慨本因进取，进取而不被见用是以悲壮，虽然悲壮但不乞怜，不仅不乞怜，还要对"虚陈其力，叨窃其位"者进行嘲讽，还要"触邪""逼邪""必使乌攫之党，罢钞盗而潜飞；枭怪之群，想英灵而遽坠"⑥。所以尽管此赋仍是干进之作，勇决的大雕也不过是可以驯化、可以效忠的工具，但赋中的杜甫并未失儒者正色立朝的本色与文士不屈于屑小的气节。

　　总之，李白笔下的大鹏神异、奇绝、壮伟、迅疾、逍遥，它寄寓的是作者志高意远、适性随意、奔放自由的主体追求与志得意满、雄豪狂傲的心性气格；杜甫笔下的雕勇悍绝伦、迅猛雄俊，寄寓着作者担当效用、正色立朝的意旨与失意、悲壮、刚烈、正直、謇谔的性情品质。

---

① 杜甫著，仇兆鳌注：《杜诗详注》，北京：中华书局，1879年，第2176页。
② 杜甫著，仇兆鳌注：《杜诗详注》，北京：中华书局，1979年，第2180页。
③ 杜甫著，仇兆鳌注：《杜诗详注》，北京：中华书局，1979年，第2182～2183页。
④ 杜甫著，仇兆鳌注：《杜诗详注》，北京：中华书局，1979年，第2173页。
⑤ 杜甫著，仇兆鳌注：《杜诗详注》，北京：中华书局，1979年，第2181页。
⑥ 杜甫著，仇兆鳌注：《杜诗详注》，北京：中华书局，1979年，第2181页。

《大鹏赋》与《雕赋》都作于天宝前期①,适值大唐王朝繁荣昌盛之时,"愿为辅弼"(李白《代寿山答孟少府移文书》)、"致君尧舜"(杜甫《奉赠韦左丞丈二十二韵》)的李白、杜甫不约而同地以神异雄健的猛禽为铺陈对象,既寄托了李、杜个人建功立业的理想抱负,又焕发着大唐蓬勃向上的时代精神。

但两者同而又异,一个超凡出俗,"吐峥嵘之高论,开浩荡之奇言",一个执着现实,"以雄才为己任,横杀气而独往"。实与其心性才略与作赋的具体情境有关。李白于天宝元年(742)奉诏入京,正值平步青云之时,杜甫久困长安,"衣不盖体""只恐转死沟壑",一个踌躇满志,一个诚惶诚恐。发而为文,便有"俊迈飘逸"(祝尧《古赋辨体》卷七)与"沉郁顿挫"(杜甫《进雕赋表》)之别。当然,李、杜心性原本不同,一个以其飘然不群的独立人格,沉湎于超凡出俗的精神体验;一个以其刚毅劲健的救世精神,执着于水深火热的人间情怀。这也应该算是两赋题旨倾向不同、艺术风格不一的原因之一。

杜甫《天狗赋》也是托物寄慨之作。赋从天狗所处环境写起,接连刻画其神气品貌、出猎雄姿、承用经历与见疑心绪:"日食君之鲜肥兮,性刚简而清瘦。敏于一掷,威解两斗,终无自私,必不虚透。""不爱力以许人兮,能绝甘以为大。""仰千门之峻嶒兮,觉行路之艰难。懼精爽之衰落兮,惊岁月之忽殚。顾同侪之甚少兮,混非类以摧残。""俗眼空多,生涯未惬。"②凡此种种,莫不为自愿效用、自负雄才、自命清刚的杜甫待制集贤院,始蒙赏识而终不见用,混非同类,群材不接的情景心境之写照。

仇兆鳌《杜诗详注》云:"咏物题作赋,若徒然绘影描神,虽写真曲肖,终觉拘而未畅。惟含寓言于正意,感慨淋漓,神气勃然,斯为绝构。阅《雕》《狗》二赋,觉《鹦鹉》《鹪鹩》诸赋,不能专美于前矣。"③平心而论,李、杜咏物自喻之赋,在整个赋史中,也算是绝构了。

2. 李白写景抒怀之作

咏物而外,李白的写景抒怀之作,多写愁苦情绪,清新别致。

如《惜余春赋》,写北斗东指,天下皆春,作者登高望远,但见楚地潇湘

---

① 詹锳《李白诗文系年》认为《大鹏遇希有鸟赋》作于开元十三年(725),李白二十五岁。后改为《大鹏赋》,改定时间当为"天宝二年(743)二月以后,白入翰林以前"。杜甫在《进雕赋表》中说:"自七岁所缀诗笔,向四十载矣。"可知《雕赋》当作于天宝十三年(754)前后。
② 杜甫著,仇兆鳌注:《杜诗详注》,北京:中华书局,1979年,第2183~2189页。
③ 杜甫著,仇兆鳌注:《杜诗详注》,北京:中华书局,1979年,第2190页。

芳草萋萋,顿生时光消逝、佳人难遇、行人远别等种种无所不在而又莫可名状、难于确解的愁绪:"何余心之缥缈兮,与春风而飘扬。""飘扬兮思无限,念佳期兮莫展。""春不留兮时已失,老衰飒兮逾疾。""送行子之将远,看征鸿之稍灭。"①

如《愁阳春赋》,开头极写阳春时节垂杨荡漾、碧草青翠、天光妍和、海气芳新、游丝缥缈、青苔演漾的旖旎风光,但作者的思绪却是凄然而惨痛的,他将其比之"陇水秦声,江猿巴吟,明妃玉塞,楚客枫林",说其动荡如波,飘乱如雪,"兼万情之悲欢",②最后比之无因相见的湘水佳人,可望而不可即,只好寄情流水、托欲春光。

如《悲清秋赋》:

> 登九疑兮望清川,见三湘之溔溔。水流寒以归海,云横秋而蔽天。余以鸟道计于故乡兮,不知去荆吴之几千。于时西阳半规,映岛欲没;澄湖练明,遥海上月。念佳期之浩荡,渺怀燕而望越。荷花落兮江色秋,风袅袅兮夜悠悠。临穷溟以有羡,思钓鳌于沧洲;无修竿以一举,抚洪波而增忧。归去来兮,人间不可以托些,吾将采药于蓬丘。③

赋写作者秋登九疑山,由西阳半规而悠悠长夜,远望三湘乃至荆吴燕越、东海西蜀,但见水寒归海、云横蔽天、夕阳西下、皓月东升、秋风袅袅、落荷阵阵,因生时光流逝、胸臆廓落、有志未骋、人间难托之悲,竟生采药蓬丘之想。景随时变,情因景生,时间的推移、景物的转换与思绪的变化三者交互推进,相融相生。与"抽刀断水水更流,举杯消愁愁更愁"的浓烈及"长空万里送秋雁,对此可以酣高楼"的畅快不同,此赋的情绪与景物都是清幽俊美、淡雅秀丽的。

还有写景送别的《剑阁赋》,前半部分写剑阁横断、松风萧飒、巴猿长啸、飞湍洒石,后半部分以"佳人""夫君"比友人,抒发眼前的离愁、悬想别后的牵挂。而这表层的情、景背后,其实也暗含赋家本人对世路艰险、光阴虚度的感喟。

李白另有模拟江淹的《拟恨赋》,写汉高晏驾、霸王自刎、阿娇失宠、屈

---

① 李白著,王琦注:《李太白全集》,北京:中华书局,1977年,第17页,第19页。
② 李白著,王琦注:《李太白全集》,北京:中华书局,1977年,第21页。
③ 李白著,王琦注:《李太白全集》,北京:中华书局,1977年,第23~24页。

原放逐、李斯受戮、从军永诀、富贵烟灭等种种生愁死恨。末归空无:"已矣哉！桂华满兮明月辉,扶桑晓兮白日飞。玉颜灭兮蝼蚁聚,碧台空兮歌舞稀。与天道兮共尽,莫不委骨同归。"①

与《大鹏赋》相比,李白的这些小赋在情感的抒发上真有天壤之别,一边高昂豪迈,一边感伤愁苦,大概他将那些壮志未酬、人生迟暮的愁思都发诸在魏晋以来就擅长抒怀的小赋里了。又或如李长之所言:"李白的价值是在给人以解放,这是因为他所爱、所憎、所求、所弃、所喜、所愁,皆趋于极端故。"②

二、李、杜赋的体制风貌与诗赋的互化

李、杜赋的题材内容同而又异,实与其性情禀赋与彼时遭遇有关,这性情禀赋与一时遭际,外加文体自身演变的惯性,也会让李、杜赋作的体制风貌同而又异。这"同"体现在:文才之展示(假赋试才)与传统之复归(以散驭骈)。这"异"在李白是:与心徘徊,以文驭诗、化诗入赋,以至诗赋难分,由此可见赋体新进的承继与预告;在杜甫是:随物宛转,刻意锤炼、化赋入诗,乃至以赋为诗,留给赋史的是超越传统的失败与警示。

(一)传统之复归与文才之展示

献赋而能致仕,是因为"会须作赋,始成大才士"的传统观念与创作实践,李、杜以大诗人而作赋,多半也是因循旧例、展示文才,以获取仕进的机会,因循而又想突脱,必得取法乎上。所以他们不约而同以前代大赋家的大手笔为典则。

首先是对司马相如、扬雄这些大赋家的推重。上文提到,李白在其诗文中曾几次以扬雄自况,夸耀因献赋而获得优宠的往事。博学而任侠的司马相如更为性情相类的李白所景慕"余小时,大人令诵《子虚赋》,私心慕之"(《秋于敬亭送从侄专游庐山序》);"十五观奇书,作赋凌相如"(《赠张相镐二首》其一);"汉家天子驰驷马,赤军蜀道迎相如"(《赠从弟南平太守之遥二首》其一)。又,两人都为蜀郡人,李白很珍重这种同乡之缘,其《淮南卧病书怀寄蜀中赵征君蕤》云:"国门遥天外,乡路远山隔。朝忆相如台,夜梦子云宅。"

杜甫也曾自拟扬雄、司马相如,或被人比为扬雄、司马相如"草玄吾岂

---

① 李白著,王琦注:《李太白全集》,北京:中华书局,1977年,第16页。
② 李长之:《道教徒的诗人李白及其痛苦》,沈阳:辽宁教育出版社,1998年,第3页。

敢,赋或似相如"(《酬高使君相赠》);"赋料扬雄敌,诗看子建亲"(《奉赠韦左丞丈二十二韵》);"视我扬马间,白首不相弃"(《送顾八分文学适洪吉州》);"斯文崔魏徒,以我似班扬"(《壮游》);"至于沉郁顿挫,随时敏捷,扬雄、枚皋之徒,庶可企及也"(《进雕赋表》)。

当然,李、杜都是"转益多师"而成大家,他们所钟爱的前代赋家并非只有司马相如、扬雄,对扬、马尤其司马相如的推崇也并非只有李、杜两人,但李、杜对扬、马的推崇,无疑是两个辉煌时代四位文学巨星的呼应,其意义早已超越李、杜比超前贤、假赋致仕的原初动因。

题材制约手法,范式影响后继。李、杜对扬、马的推崇落实到赋体创作便表现为题材的因袭与体格的师范。

以题材言,京殿苑猎都是汉赋的重中之重,也是汉赋之所以为汉赋,扬、马之所以为扬、马的关键要素,李、杜要想比拟前贤,便先得选取这些可以"穷壮极丽",足以"光赞盛美"的题材,所以李、杜于献赋中最倾心的都是有明堂、大猎、四大祭典这些足以体现国家规模,象征国家意志的建筑与活动。

题材本身影响体格,京殿苑猎之作因为要"体国经野,义尚光大",便须配以"鸿裁"与"雅文",而非"奇巧""小制"(《文心雕龙·诠赋》),所以李、杜的献赋,在首尾布叙与文辞气势方面都会自觉向扬、马看齐。

祝尧《古赋辨体》说:太白《明堂赋》"实从司马、扬、班诸人之赋来";《大猎赋》"与《子虚》《上林》《羽猎》等赋首尾布叙,用事遣词,多相出入"。① 杜甫的"三大礼赋"与《封西岳赋》更极力模拟汉赋。扬、马赋中汪洋恣肆的铺陈、精雕细琢的描摹、不遗余力的夸饰,在杜赋中比比皆是。因为师法扬、马"宏衍巨丽"之文章体格,在骈体方兴的盛唐时代,李、杜也能于骈体中灌注散文意气,从而以散驭骈。

如李白《大鹏赋》:

> 南华老仙发天机于漆园……吾不知其几千里,其名曰鲲……尔乃……固可想象其势,仿佛其形。若乃……莫不投竿失镞,仰之长吁。尔其雄姿壮观,块轧河汉……然后六月一息,至于海湄……吾亦不测其神怪之若此,盖乃造化之所为。岂比夫蓬莱之

---

① 祝尧:《古赋辨体》卷七,上海:上海古籍出版社,1987 年,影印文渊阁《四库全书》本,第806 页,第 808 页。

> 黄鹄……俄而希有鸟见谓之曰……于是乎大鹏许之,欣然相随。此二禽已登于寥廓,而斥鹦之辈空见笑于藩篱。①

赋中散句恰可构成全篇的叙事框架。《明堂赋》《大猎赋》更多参差之句、劲健之气。祝尧在肯定太白《明堂赋》"从司马、扬、班诸人之赋来"后,又曾说:"若论体格,则不及远甚。盖汉赋体未甚俳,而此篇与后篇《大猎》等赋则悦于时而俳甚矣。"②受时代影响,李、杜赋中的骈对之句肯定比汉赋多得多,但反过来看,因为效仿汉赋,李、杜赋又比时文质朴得多。所以马积高先生针对祝尧的这一观点说:"实际上这两篇赋的缺点不在于什么'俳甚',而在于作者有意学班、马诸赋,以纠正当时的'俳甚',但在类似的题材、主题的范围内,要与前代的大匠争雄是不容易的,即使象(像)李白这样的天才也难以办到。"③

杜赋更多古体气息,马积高先生《赋史》有具体引证,说《雕赋》:"其体亦以散御俳,故俳而不靡,苍劲有力。""都在骈俪之中,寓古文之气,故虽雕琢而有骨力。"④说《天狗赋》:"中多骚体句,然亦运以散文之气,夹以散文之句,故既有顿挫转折,而能一气贯注"⑤这些都是中肯之论。

祝尧以古赋的标准来衡裁,李、杜也难称合格,其实从赋史演变的实际来看,李、杜在由骈而散的复古革新历程中也是不可忽略的环节。仇兆鳌《杜诗详注》为《朝享太庙赋》赋所加引文与按语颇合此意:"张㵢曰:此赋骈丽繁富中有朴茂之致,胜宋人多矣。"⑥"少陵作赋,队伍谨严,词华典赡,不待言矣。中间如'向不遇拨乱反正之主,君臣父子之别;奕叶文武之雄,注意生灵之切'十句,只作一气旋转。又如'八音循通,比乎旭日升而氛埃灭;万舞凌乱,似乎春风壮而江海波'四句,全在空际回翔,得长句以疏其气,参逸语以韵其神,殆兼子安、退之之所长矣。"⑦前胜宋人,后启韩愈,便是骈句,也能参以长句逸语,可见他在六朝文风的纠偏方面所作的努力。

---

① 李白著,王琦注:《李太白全集》,北京:中华书局,1977年,第3~10页。
② 祝尧:《古赋辨体》卷七,上海:上海古籍出版社,1987年,影印文渊阁《四库全书》本,第806页。
③ 马积高:《赋史》,上海:上海古籍出版社,1987年,第288页。
④ 马积高:《赋史》,上海:上海古籍出版社,1987年,第291页。
⑤ 马积高:《赋史》,上海:上海古籍出版社,1987年,第291~292页。
⑥ 杜甫著,仇兆鳌注:《杜诗详注》,北京:中华书局,1979年,第2136页。
⑦ 杜甫著,仇兆鳌注:《杜诗详注》,北京:中华书局,1979年,第2136页。

(二) 与心徘徊与随物宛转

李、杜赋作体制风貌之"同"已如上述，其"异"也是显而易见的。它源出于两人不同的思维气质，影响赋体创作时不同的艺术构思、体物方式、取材好尚，形成各具特色的总体风貌，在诗赋互渗互化的过程中也表现出不同的倾向。

清人贺贻孙曾以"英""雄"分论李、杜：

> 诗亦有英分雄分之别。英分常轻，轻者不在骨而在腕，腕轻故宕，宕故逸，逸故灵，灵故变，变故化，至于化而英之分始全，太白是也。雄分常重，重者不在肉而在骨，骨重故沉，沉故浑，浑故老，老故变，变故化，至于化而雄之分始全，少陵是也。若夫骨轻则佻，肉重则板，轻与重不能至于变化，总是英雄之分未全耳。①

这种以才性喻诗的论说，自有其历史渊源与现实依据，不过没有交代才性与诗貌的必然联系。杨义先生也曾以"醉态诗学思维"与"诗史思维"来比较李、杜。说李白："超越魏晋，创造盛唐的一项重要贡献，在于把旨酒刺激所导致的生命大喜大悲，渗透到诗学的'非逻辑之逻辑'中，从而创造了一种以醉态狂幻为基本特征的诗学思维方式。"②说"诗史"思维："是一种异质同构的综合性思维。诗重抒情性，它进入的是一个心理时空；史重叙事性，它展示的是一个自然时空。"说杜诗的一大本事，"就是把敏锐深刻的诗性直觉，投入历史事件和社会情境之中，把事件和情境点化为审美意象，从中体验着民族的生存境遇和天道运行的法则。"③此论新颖，但也玄惑。其本意无非说李白擅玄想，杜甫重实录，用袁宏道简洁而现成的话说，就是："青莲能虚，工部能实。"④

可这些论断都是针对诗歌创作而言的，诗、赋有别，虽然诗、赋都可以体物写志，但相对来说，诗更重于写志，赋更善于体物。与此相应，在创作

---

① 贺贻孙：《诗筏》，见郭绍虞编选，富寿荪校点：《清诗话续编》上册，上海：上海古籍出版社，1983年，第135页。
② 杨义：《李杜诗学》，北京：北京出版社，2001年，第86页。
③ 杨义：《李杜诗学》，北京：北京出版社，2001年，第478～479页。
④ 袁宏道著，钱伯城笺校：《袁宏道集笺校》卷二十一《答梅客生开府》，上海：上海古籍出版社，1981年，第734页。

构思上,诗更倾向于"凭心而构象",赋更倾向于"感物而造端"。① 其实即便在体物、感物的过程中,仍然存在心、物关系,或由物及心,或由心及物。《文心雕龙·物色》篇说:"是以诗人感物,联类不穷。流连万象之际,沉吟视听之区。写气图貌,既随物以宛转;属采附声,亦与心而徘徊。"②"随物宛转""与心徘徊",既是感物的具体过程,也是构思的不同方式。二者既相互发生,又各有侧重,或心随物转,或物由心生。

这"与心徘徊"和"随物宛转",正好可以用来区分李、杜赋作艺术构思上的区别。以《大鹏赋》与《雕赋》为例,大鹏源出于庄子鲲鹏变化的寓言,本属虚无之物,李白受此启发,驰骋想象,敷衍出大鹏由初化到升腾、到翱翔、到息落的全部过程,从不同角度刻画神异、奇绝而又旷荡纵适、不为物役的大鹏形象。这样的运思确实"发想超旷,落笔天纵"③,全出想象,是与心徘徊的结果。大雕是生活中实存的猛禽,杜甫的构思便要顾及这实存的物象,从大雕的形貌、习性写起,铺陈虞人捕雕、阍隶驯雕、大雕捕猎等种种情事,以刻画大雕勇猛神俊、忠于职守的形象。这样的运思即非亲见耳闻,也须合乎逻辑,"随物宛转"。

影响及于写作,在形象的塑造上"与心徘徊"者略貌取神,"随物宛转"者精雕细刻;在事典的运用上"与心徘徊"者偏重神话传说,"随物宛转"者多取史书典籍。所以李白大鹏的用功之处在其气势神韵,杜甫大雕的着力之点还详及形貌举止。所以在大鹏的生存环境里,有烛龙、列缺、盘古、羲和、任公、有穷等神幻人物为背景,而在大雕的活动空间里,与之关联的多为阍隶、乌攫等人间形象。

至于两人赋体创作总体风貌之别,与诗类同,一者雄奇豪放,一者沉郁顿挫。"子美不能为太白之飘逸,太白不能为子美之沉郁。太白《梦游天姥吟》《远别离》等,子美不能道;子美《北征》《兵车行》《垂老别》等,太白不能作"。④ 需要说明的是,"沉郁顿挫"一词,本出杜甫《进雕赋表》:"臣之述作,虽不能鼓吹六经,先鸣诸子,至于沉郁顿挫,随时敏捷,扬雄、枚皋之徒,庶可企及也。"而严羽所举李、杜作品,也堪称诗、赋相融互化的典范。

---

① 黄侃撰,周勋初导读:《文心雕龙札记·神思第二十六》,上海:上海古籍出版社,2000年,第93页。
② 刘勰著,范文澜注:《文心雕龙注》,北京:人民文学出版社,1958年,第693页。
③ 方东树著,汪绍楹点校:《昭昧詹言》卷十二《李太白》,北京:人民文学出版社,1961年,第249页。
④ 严羽:《沧浪诗话》,见何文焕辑:《历代诗话》,北京:中华书局,1981年,第696页。

(三)以诗为赋与以赋为诗

"赋自诗出,分歧异派,写物图貌,蔚似雕画"①,因此诗、赋分流,诗缘情而赋体物。但这种壁垒分明的状况并不显著,也不持久,因为汉代文人诗赋的成就严重失衡,魏晋以后,随着体情之作的增多,诗、赋开始相融互化,赋重抒情且讲求骈对与声律,诗尚巧似且讲求铺陈与用典。初唐的律赋与歌行,更是诗、赋交融互渗的产物。可见诗、赋互渗互化是六朝以来的久远传统,初唐已然剧烈。盛唐的李、杜,应该说是诗、赋互化历程中的高潮与转折,大体而言,李白承上而化诗入赋,杜甫启下而以赋为诗。

李白是诗、赋相融的高峰,一面是诗的赋化,一面是赋的诗化。诗的赋化主要在于歌行这一体式被李白发展到了极致,并成为李白诗歌中最有特色的门类;当然,赋体体物入神、乐于夸饰、气势宏阔的特点也常为李白诗歌所共有。赋的诗化,在李白这里可从两个角度切入:大赋的"义归博远"与小赋的情景交融。

"义归博远"(李白《大猎赋序》)是指赋作的意旨要广大深远。但这广大深远的内涵本身是有弹性的,一面如《大猎赋序》中所言,要"光赞盛美""以大道匡君";一面如《大鹏赋序》所言,要"穷宏达之旨"。前者是赋体颂赞与讽喻的体式要求与社会期待,后者是个人理想与抱负的张扬与申说。所以在李白的赋作中处处灌注着主体的志愿与意识,而非简单的夸张与铺排。主体意识影响艺术构思、表现技巧和作品风格(已如前述)。可知"与心徘徊"的诗性思维与言志缘情的诗歌功用,是李白赋体诗化的重要推手。

这种主体意识在李白的写景抒情小赋中表现得更为突出,相较而言,其小赋更具诗性,也更多革新的意味。

李白的小赋的抒情性在题称上便有表现。他的五篇小赋,除《拟恨赋》《剑阁赋》一为拟作,一为送别外,其余三篇的标题用词都是情怀加物色的模式:《愁阳春赋》《惜余春赋》《悲清秋赋》,一开始就给人以物我相融的诗性感觉。

以体式而言,这五篇小赋也都不同程度地运用骚体句式,骚体情绪的悲苦与声调的摇曳无疑也使这些作品更富声情之美。

与巧构形似者或情景分立者不同,李白小赋"事类"与"情义"兼顾②,

---

① 刘勰著,范文澜注:《文心雕龙注》,北京:人民文学出版社,1958年,第136页。
② 挚虞《文章流别志论》云:"古诗之赋,以情义为主,以事类为佐;今之赋,以事形为本,以义正为助。"见严可均校辑:《全上古三代秦汉三国六朝文》,北京:中华书局,1958年,第1905页。

写景与抒情均衡而互错。

试以《悲清秋赋》为例:

> 登九疑兮望清川,见三湘之潺湲。水流寒以归海,云横秋而蔽天。余以鸟道计于故乡兮,不知去荆吴之几千。于时西阳半规,映岛欲没;澄湖练明,遥海上月。念佳期之浩荡,渺怀燕而望越。荷花落兮江色秋,风袅袅兮夜悠悠。临穷溟以有羡,思钓鳌于沧洲;无修竿以一举,抚洪波而增忧。归去来兮,人间不可以托些,吾将采药于蓬丘。①

赋写了九疑山周围的秋景,抒发了怀才不遇的苦闷之情。赋虽短小,不避用典,也不觉堆砌,因为情意流贯。其间夹杂有楚骚意象与句式。整篇结构也是景、情互为穿插与渗透,或情或景,组织灵活,极具诗情诗韵。

在诗、赋交融方面,杜甫对于律赋的形成也曾作过有益的探索②,但其主要贡献与影响还是以赋为诗。杜甫之前,以赋为诗已有成功范例,初唐四杰和李白的七言歌行,多用赋的铺叙手法,表现重大题材,展开广阔场面,既开阔了视野,也提升了情调。杜甫以赋为诗的突出贡献在于长篇古诗和排律的创作,以及沉郁顿挫的思虑与形制,当然也在于纪事咏物题材的扩张与铺陈排比手法的运用。

赋体体物的特点有利于题材的开拓,杜甫以赋为诗首先便表现为诗歌取材范围的扩大,纪行、写景、咏物等传统赋体题材被杜甫移入诗中,增强了杜诗的写实性。

述行之作,起于刘歆《遂初赋》,尔后班彪《北征赋》、班昭《东征赋》、蔡邕《述行赋》相继产生,至六朝蔚为大观,三曹、七子、二陆、潘岳、张载、卢谌、袁宏、谢灵运、鲍照、沈约、江淹、萧梁父子,均有纪行之赋。《文选》也曾特立"纪行"一门。述行之作往往记叙赋家行程经历,兼及沿途历史地理、人文掌故、自然山水与赋家由此引发的议论感喟。谢灵运《归途赋》序曰:

> 昔文章之士,多作行旅赋,或欣在观国,或怵在斥徒,或述职

---

① 李白著,王琦注:《李太白全集》,北京:中华书局,1977年,第23~24页。
② "从句式看,作为律赋独特面貌呈现的四六隔句对偶格式,'三大礼赋'是不少的……不妨说'三大礼赋'的体式有很重的律赋成分;或者更准确地说具有律赋发展初期的面貌。"邝健行:《从唐代试赋角度论杜甫〈三大礼赋〉体貌》,载《杜甫研究学刊》,2005年第4期,第15页。

邦邑，或羁役戎阵。事由于外，兴不自已。虽高才可推，求怀未惬。今量分告退，反身草泽，经途履运，用感其心。①

说纪行赋或考察都邑的体制与历史，或叙写遭摈戍外的感受，或述职邦国，或悲叹羁旅，或写军旅征行之状，或叙辞官归隐之情，内容十分广泛。杜甫一生漂泊，大部分时间在流离失所中度过，所以他的诗歌中有不少纪行之作。如逐地纪名的组诗《发秦州》《发同谷县》，以及以纪行为主的名作《自京赴奉先县咏怀五百字》《北征》等。杜甫的这些作品极尽叙事体物之能事，在自己的征行经历中融入自然山水，以赋为诗，随物肖形，为纪行诗的写作开辟了新的路程。更有将时事纳入诗歌的行旅之作，如《兵车行》《洗兵马》《哀江头》《悲陈陶》《悲青坂》等，在铺陈其事中广泛地反映了安史之乱前后的社会矛盾。

咏物是赋中大类，本是赋体拓展题材的重要路径，对后代咏物诗的形成与发展也有着深远的影响。杜甫是咏物大师，杜集中咏物诗数量不少，范围也非常广泛，涉及天象、江河、草木、虫鱼、禽兽、器具等。所咏之物，无不精微巧妙，寓意深远。明人胡应麟曾说："咏物起自六朝，唐人沿袭，虽风华竞爽，而独造未闻。惟杜诸作自开堂奥，尽削前规。如题月：'关山随地阔，河汉近人流。'雨：'野径云俱黑，江船火独明。'雪：'暗度南楼月，寒深北浦云。'夜：'重雾成涓滴，稀星乍有无。'皆精深奇邃，前无古人，后无来者。"②应该说，杜诗对赋体题材的吸纳与革新，扩大了咏物诗的容量，也为后来以赋为诗者积累了经验。

在艺术手法上，杜甫也吸取了赋体擅长铺述描写，讲求辞藻丰富与气势恢宏的特点，拓宽了诗歌的表现力。因为参照赋体文学的常用手法，按空间方位和时序推移对事件与场面进行多层次的铺陈，杜甫的纪事述行诗常能以巨大的景、事容量展现广阔的社会背景。较之初唐诗对人物和具体物象的铺写，杜甫的"以赋为诗"显然是一大进步。其他如对语言的锤炼，也是杜甫诗、赋共有的特点。后人常以"沉郁顿挫"概称杜诗的总体风貌，其实"沉郁顿挫"本出杜甫《进雕赋表》，是杜甫对自己"述作"的一个评价。它包括深沉的思虑与曲折的形制。杜甫以长篇古诗、排律乃至组诗的创作，开拓了以赋为诗的新境界。元稹曾极力标举杜甫"铺陈终始，排比声

---

① 谢灵运著，顾绍柏校注：《谢灵运集校注》，郑州：中州古籍出版社，1987 年，第 304 页。
② 胡应麟撰：《诗薮》内编卷四，上海：上海古籍出版社，1979 年，第 72 页。

韵,大或千言,次犹数百,词气豪迈而风调清深,属对律切而脱弃凡近",说连李白也"不能历其藩翰",①主要是就律诗特别是铺陈排比、属对律切的长律而言的。

李、杜都是能同时驾驭诗、赋两种文体并将其融会贯通的大家,不过从赋史演变的角度而言,李白以诗为赋,情感真挚、语言平易、风格清新,"反映了唐赋发展的一般趋向"②,杜甫极力模拟,刻意锤炼,然终不能比超汉赋,在唐赋中也"终是别格"③,但他的以赋为诗,却可延续赋体的生命,也使其在诗史上别立一宗。

三、李、杜赋的成就与诗赋地位的变迁

(一)李、杜赋名不如诗名

李、杜双星,并峙盛唐,考察李、杜诗赋的成就与地位有助于理解中国古代诗、赋地位的变迁。

扬、马以赋著称,李、杜因诗闻名,李、杜的身份与徽号首先是诗人而非赋家。千百年来,人们就李、杜展开的论议绝大多数都集中在他们的诗歌上面。严羽说:"李杜二公,正不当优劣,太白有一二妙处,子美不能道;子美有一二妙处,太白不能作。子美不能为太白之飘逸,太白不能为子美之沉郁;太白《梦游天姥吟》《远离别》等,子美不能道;子美《北征》《兵车行》《垂老别》等,太白不能作;论诗以李、杜为准,挟天子以令诸侯也。"④胡应麟说:"唐人才超一代者,李也;体兼一代者,杜也。李如星悬日揭,照耀太虚。杜若地负海涵,包罗万汇。李惟超出一代,故高华莫并,色相难求。杜惟兼总一代,故利钝杂陈,巨细咸蓄。""李才高气逸而调雄,杜体大思精而格浑。超出唐人而不离唐人者,李也。不尽唐调而兼得唐调者,杜也。"⑤李、杜优劣,众说纷纭,但总的趋势是:李、杜各有优长,李、杜都是诗中天子。

李杜在赋史上也算大家,但他们的赋名却远没有诗名那样崇高。

---

① 元稹撰,冀勤点校:《元稹集》卷五十六《唐故工部员外郎杜君墓系铭并序》,北京:中华书局,1982年,第601页。
② 马积高:《赋史》,上海:上海古籍出版社,1987年,第292页。
③ 马积高:《赋史》,上海:上海古籍出版社,1987年,第292页。
④ 严羽:《沧浪诗话·诗评》,见严羽著,郭绍虞校释:《沧浪诗话校释》,北京:人民文学出版社,1983年,第166页,第168页。
⑤ 胡应麟撰:《诗薮》,上海:上海古籍出版社,1979年,第70页。

朱熹说:"白天才绝出,尤长于诗,而赋不能及魏晋。"①

祝尧说:"李太白天才英卓,所作古赋,差强人意,但俳之蔓虽除,律之根固在,虽下笔有光焰,时作奇语,然只是六朝赋尔。"②

仇兆鳌说:"按历代赋体,如班马之《两都》《子虚》,乃古赋也。若贾扬之《吊屈》《甘泉》,乃骚赋也。唐带骈偶之句,变为律赋。宋参议论成章,又变为文赋。少陵廓清汉人之堆垛,开辟宋世之空灵,盖词意兼优,而虚实并运,是以超前轶后也。陈氏称其词气雄伟,非唐初余子所及,尚恐未尽耳。"③

张道《苏亭诗话》云:"太白之《希有鸟赋》《惜余春赋》,子美之"三大礼赋",实可仰揖班、张,俯提徐、庾。"④

因为立场与视角不同,后世论家对李、杜赋艺的评价存有差异,但无论褒贬,都不会认为李、杜赋艺强于诗艺,赋名重于诗名。

(二)诗、赋文体之别

扬、马以赋著称,李、杜因诗闻名,其中缘由,既有作家才性与时代氛围的因素,又与诗、赋文体本身的区别及衍替有关。

清人吴乔曾有诗酒文饭之说:

> 问曰:"诗文之界如何?"答曰:"意岂有二?意同而所以用之者不同,是以诗文体制有异耳。文之词达,诗之词婉。书以道政事,故宜词达;诗以道性情,故宜词婉。意喻之米,饭与酒所同出。文喻之炊而为饭,诗喻之酿而为酒。文之措词必副乎意,犹饭之不变米形,啖之则饱也。诗之措词不必副乎意,犹酒之变尽米形,饮之则醉也。文为人事之实用,诏敕、书疏、案牍、记载、辨解,皆实用也。实则安可措词不达,如饭之实用以养生尽年,不可矫揉

---

① 朱熹:《楚辞后语》卷四《鸣皋歌第二十三》,朱熹撰,蒋立甫校点:《楚辞集注》,上海:上海古籍出版社,2001年,第259页。

② 祝尧:《古赋辨体》卷七,上海:上海古籍出版社,影印文渊阁《四库全书》本,第802页。

③ 杜甫著,仇兆鳌注:《杜诗详注》,北京:中华书局,1979年,第2157页。陈氏指陈子龙,仇兆鳌在《杜诗详注》凡例中也说:"少陵诸赋,廓清汉人之堆垛,而气独清新,开辟宋世之空灵,而词加典茂,亦唐赋中所杰出者。"

④ 詹锳主编:《李白全集校注汇释集评》第七册,天津:百花文艺出版社,1996年,第3903页。

而为糟也。诗为人事之虚用,永言、播乐,皆虚用也。"①

这一段话涉及诗、文不同的表现对象与社会功用:一以"道政事",一以"道性情";一"实用",一"虚用"。更重要的是它用贴切的比喻阐释了诗、文形体与本质的区别:一变形,一不变。用现代的眼光来看,这形质之变既包括传统表现手法之异,又体现在感知与语义的不同上。赋介乎诗、文之间,就其本质而言则更近文。诗、赋之别也可类比这诗、文之别。在表现对象上,诗缘情而赋体物;在表现手法上,诗多用兴,而赋尚铺陈。因为用兴,诗便要从广阔的生活中选取最有特征、最能反映本质的事物来形象地表现诗人的情感。因为铺陈,赋可以穷尽一切物态,"赋起于情事杂沓,诗不能驭,故为赋以铺陈之。斯于千态万状,层见迭出者,吐无不畅,畅无或竭"②。诚如皇甫谧《三都赋序》所云"欲人不能加也"。简言之,诗缘情而简约,赋体物而繁博。③

自汉末至初唐,诗、赋在互渗互化中伴随有体质的变革与地位的消长,诗为穷情而写物,赋为体物而写志,诗、赋各有胜场,但诗更善于吸取赋的经验,所以总的趋势是诗吸取了赋的体物之长并开创出简约、含蓄、空灵的近体诗歌,因而逐渐取代赋体成为文坛主流。④

诗、赋的优长可以通过相同题材的作品进行比较,这些作品可以出于不同作家,如江淹的《别赋》与李白的《送友人》,也可成于同一作家,如李白的《剑阁赋》与《蜀道难》等,诗因为简约空灵而比繁复冗长的赋更有生命力。

有趣的是,不同文体有时也会承载不同的性情品格与社会功能。如诗歌中的李白,常常超凡脱俗,藐视权贵,而书信中的李白,却不免阿谀奉承,摧眉折腰。与此相似,杜赋与杜诗也有互为矛盾的时候,杜诗揭露权贵、批

---

① 《围炉诗话》卷一,北京:商务印书馆,《丛书集成初编》本,第8页。另见《答万季野诗问》:"又问:'诗与文之辨?'答曰:'二者意岂有异? 唯是体制词语不同耳。意喻之米,文喻之炊而为饭,诗喻之酿而为酒。饭不变米形,酒形质尽变。啖饭则饱,可以养生,可以尽年,为人事之正道;饮酒则醉,忧者以乐,喜者以悲,有不知其所以然者。'"(吴乔:《答万季野诗问》,见王夫之等撰:《清诗话》上册,上海:上海古籍出版社,1978年,第27页。)

② 刘熙载撰:《艺概》卷三《赋概》,上海:上海古籍出版社,1978年,第86页。

③ 刘熙载撰:《艺概》卷三《赋概》云:"诗言持,赋言铺,持约而铺博也。"上海:上海古籍出版社,1978年,第86页。

④ 即便是近体,也有不同的发展阶段,五、七言绝句简便灵活,在近体诗格律成熟过程中易得风气之先,律诗尤其排律,容量大、格律严,所以出现于诗体大成的阶段。

判社会,而杜赋歌功颂德、粉饰太平。①

(三) 诗、赋地位之变

1. 诗、赋在盛唐时代的影响

诗、赋地位的消长主要由诗、赋本身的体式优劣所决定,也与它们赖以生存与发展的外部环境有关。其中科考取士的用人制度与唱诵题写的传播方式影响较为显著。

科举制度为社会各阶层的流动提供了制度保障,也加快了整个社会的生活节奏,包括诗、赋创作与传播的速度。六朝世族因为垄断了一切入仕的门径,生活安定,地位优越,因而也容易养成优游闲散的风气。蒙思明先生曾用"实务的鄙视"来加以概括,并解释说:"这虽是任何一个时代中安富尊荣的人们的常态,而在魏晋南北朝则特别显著。他制造一种空气,使人感觉不涉事务为高远,而躬亲事务为庸俗,因而形成一个禁人作事迫人偷闲的世风。"②到了门荫制度被不断削弱的初盛唐时代,世族却不得不加入通过诗赋竞技以为进身的行列中来。当大部分读书人的功名欲望被调动起来以后,创作、投赠、传唱诗赋的节奏大大加快,而在新一轮生产与传播的竞争中诗歌又显然优于辞赋。

普通的诗歌尤其绝句常常可以即席而成,赋体的创作却是一个极其艰难的过程。桓谭《新论》自述其作赋经历及扬雄作赋佚事时说:"余少时见扬子云之丽文高论,不自量年少新进,而猥欲逮及。尝激一事,而作小赋,用精思太剧,而立感动发病,弥日瘳。子云亦言,成帝时,赵昭仪方大幸,每上甘泉,诏使作赋,为之卒暴,思精苦,始成,遂困倦小卧,梦其五藏出在地,以手收而内之。及觉,病喘悸,大少气。病一岁。由此言之,尽思虑,伤精神也。"③用思太剧以至于伤神发病,可见作赋其实是很痛苦的事情。不仅如此,作赋的过程也是很漫长的。"相如含笔而腐毫,扬雄辍翰而惊梦,桓谭疾感于苦思,王充气竭于思虑,张衡研京以十年,左思练都以一纪"。④像张衡、左思那样花上十年时间写一篇赋,在唐代是不太可能了,因为高才如李白、杜甫为了生存也得遍干诸侯,历抵卿相。所以诗、赋作品的速成很重要,干谒如此,正式的科考更有时间的限制。唐以诗、赋取士,表面看来

---

① 可参杨经华:《生存的困境与文学的异化——杜甫诗赋比较研究》,载《杜甫研究学刊》,2006年第4期,第24~34页。
② 蒙思明:《魏晋南北朝的社会》,上海:上海人民出版社,2007年,第143页。
③ 桓谭:《新论》卷中《祛蔽第八》,上海:上海人民出版社,1976年,第30页。
④ 刘勰著,范文澜注:《文心雕龙注》,北京:人民文学出版社,1958年,第494页。

是诗、赋并重,诗、赋具有同等的发展机会,实则不然。因为诗、赋文体的不同本质已然决定它们的创作速度,新体律赋虽然可以提升赋体创作的速度与产量,但它本身是科考的产物,缺乏社会生活的基础,即便就生产节奏而言也无法与诗歌抗衡。

诗歌的生命力更体现在社会生活的层面,闻一多先生曾以"诗唐"二字标举诗歌在唐代的影响,因为各个阶层的人都参与诗歌的创作与传诵中来。我们想说的是,广泛而快速的传播,更需要简约通俗而又能抒情写志的文体,所以诗,甚至只是诗中的"秀句"成了时代的宠儿。在这样的世风里,诗名比赋名显然更重要了,写诗比作赋也更容易出名。宋人葛立方《韵语阳秋》就记载了唐人以诗成名,更准确地说是以秀句成名的情况:

> 唐朝人士,以诗名者甚众。往往因一篇之善,一句之工,名公先达为之游谈延誉,遂至声闻四驰。"曲终人不见,江上数峰青",钱起以是得名;"故国三千里,深宫二十年",张祜以是得名;"微云淡河汉,疏雨滴梧桐",孟浩然以是得名。"兵卫森画戟,宴寝凝清香",韦应物以是得名;"野火烧不尽,东风吹又生",白居易以是得名;"敲门风动竹,疑是故人来",李益以是得名;"鸟宿池边树,僧敲月下门",贾岛以是得名;"画栋朝飞南浦云,珠帘暮卷西山雨",王勃以是得名;"华裾织翠青如葱,入门下马气如虹",李贺以是得名。然观各人诗集,平平处甚多,岂皆如此句哉?古人所谓尝鼎一脔,可以尽知其味,恐未必然尔。杜子美云:"为人性僻耽佳句,语不惊人死不休。"则是凡子美胸中流出者,无非惊人之语矣。①

在声闻影响科考的唐代,佳句、秀句于科考也是有益的,韩愈《寄崔二十六立之》诗云:"佳句喧众口,考官敢瑕疵?"贾岛《酬胡遇》诗云:"丽句传人口,科名立可图",虽属友朋间戏言,但可看作诗中秀句影响科考之佐证。其实李、杜本人的诗家意识与秀句意识也是很强烈的。杜甫说"诗是吾家事"(《宗武生日》),李白自称"兴酣笔落摇五岳,诗成啸傲凌沧洲"(《江上吟》)。《全唐诗》中,李杜用"秀句"最多,"秀句满江国,高才掞天庭"(李白《献从叔当涂宰阳冰》);"题诗得秀句,札翰时相投"(杜甫《送韦十六评事充同谷郡防御判官》);"最传秀句寰区满,未绝风流相国能"(杜甫《解闷十二首》其

---

① 葛立方:《韵语阳秋》,见何文焕辑:《历代诗话》,北京:中华书局,1981年,第516~517页。

八);"史阁行人在,诗家秀句传"(杜甫《哭李尚书》)。另有"佳句""丽句"之称,"何日睹清光,相欢咏佳句"(《早过漆林渡寄万巨》);"不薄今人爱古人,清词丽句必为邻"(杜甫《戏为六绝句》)。当然在赋序中李、杜对自己的辞赋也很自负,但这既是上文所说的尊题法,又是赋家一贯的作风。李白的自信更是无所不在,"文不加点"(《赠黄山胡公求白鹇》)、"赋凌相如"(《赠张相镐二首》其一),不过从杜甫对他的称颂来看,主要还是在诗歌方面。"白也诗无敌,飘然思不群"(《春日忆李白》);"笔落惊风雨,诗成泣鬼神"(《寄李十二白二十韵》);"李白斗酒诗百篇,长安市上酒家眠"(《饮中八仙歌》)。

2. 盛唐诗、赋在文学史上的地位

对李、杜最恰当的评价,应该是韩愈的"李杜文章在,光焰万丈长"(韩愈《调张籍》)。事实上,李、杜既是大诗人,又是大赋家。对李、杜的诗艺、赋艺与诗名、赋名进行比较,是想借以说明初盛唐之际,诗、赋的地位正悄然发生变化,诗正取代赋而成为传统文学的主流。

古代有不少关于诗、赋代兴的说法,如何景明说:"经亡而骚作,骚亡而赋作,赋亡而诗作。秦无经,汉无骚,唐无赋,宋无诗。"①程廷祚认为:"盖自雅颂息而赋兴,盛于西京。东汉以后,始有今五言之诗。五言之诗,大行于魏、晋而赋亡。此又其与诗相代谢之故也。唐以后无赋,其所谓赋者,非赋也。"②章太炎说得更具体:"赋之亡盖先于诗。继隋而后,李白赋《明堂》,杜甫赋《三大礼》,诚欲为扬雄台隶,犹几弗及,世无作者,二家亦足以殿。自是赋遂泯绝。"③说李、杜以后赋绝或唐以后无赋,可能有点过,单就赋史而言,唐代赋作内容的丰富(尤其中晚唐)与体式的多样并不逊于前此后此的朝代,王芑孙甚至说"诗莫盛于唐,赋亦莫盛于唐"④。但无可争辩的是,到了李、杜的时代,诗歌经过反复的检验后,已经正式坐上了文坛的第一把交椅,而辞赋则开始从整体上走向衰落。此中原因,除了上文提及的文体自身的特质与时代氛围外,也与整个中国古代文化尚简约含蓄的风习有关。赋的铺张繁复与这种文化习性格格不入,只好不断变化着自身的

---

① 何景明撰,李叔毅等点校:《何大复集》卷之三十八《杂言十首》,郑州:中州古籍出版社,1989年,第666页。
② 程廷祚撰:《青溪集》卷三《骚赋论中》,《金陵丛书》本。
③ 章太炎撰,陈平原导读:《国故论衡·辨诗》,上海:上海古籍出版社,2003年,第91页。
④ 王芑孙:《读赋卮言》,见王冠辑:《赋话广聚》第三册,北京:北京图书馆出版社,2006年,第311页。

体格，并伺机渗入其他的文学体式中去。所以古赋后有骈赋，骈赋后有律赋，律赋后又有新文赋，但它的文体特质也因此变得更加模糊。对它种文体的浸入倒使善于铺陈的叙事体诗和传奇小说逐渐兴盛起来。此是后话，按下不表。

第三节　盛唐其他著名诗家之赋

盛唐是诗歌逐渐取代辞赋而成为文学主流的时代。在诗的领域里，"群才属休明，乘运共跃鳞。文质相炳焕，众星罗秋旻"（李白《古风·大雅久不作》）。但赋的魅力与影响还在，李、杜而外，盛唐的著名诗人如张九龄、王维、高适、李邕、岑参、王昌龄、刘长卿、元结、顾况等都作有赋。就题材内容而言，他们的赋作大体可归为咏物自喻与感旧抒怀两大类别，前者如高适《苍鹰赋》《奉和李泰和鹘赋》、李邕《鹘赋》《石赋》《春赋》《日赋》、张九龄《荔枝赋》《白羽扇赋》、王维《白鹦鹉赋》、刘长卿《冰赋》、顾况《茶赋》等，后者如高适《东征赋》、岑参《感旧赋》、王昌龄《吊轵道赋》《公孙宏开东阁赋》《灞桥赋》、顾况《高祖受命造唐赋》等。咏物自喻与感旧抒怀并非这些诗家之赋所特有，这些诗人的身份与经历本身也复杂多样，但以诗人身份而作赋必有其独特性，这种独特性也应该与诗人的外在个性、诗家的与政态度、诗者的诗性思维有所关联。

一、咏物自喻之赋

（一）张九龄《荔枝赋》《白羽扇赋》与王维《白鹦鹉赋》

张九龄（678—740）是权臣而兼诗人。他生于韶州曲江（今广东韶关），出身寒门庶族，长安二年（702），擢进士。神龙三年（707），中"材堪经邦科"，擢秘书省校书郎。太极元年（712），以道侔伊吕科对策高第，迁左拾遗。开元八年（720），迁司勋员外郎。开元十五年（727），授洪州都督。开元十八年（730），转桂州都督，兼岭南按案使。开元二十一年（733），拜中书侍郎同中书门下平章事。开元二十二年（734），就任中书令。开元二十四年（736），被罢相。开元二十五年（737），左迁荆州大都督府长史。作为权臣，张九龄秉公守则、直言敢谏、重用贤能、奖励后进。曾劾言安禄山反叛，坚拒武惠妃贿赂，谏用李林甫、牛仙客为相，上陈《千秋金鉴录》以诫玄宗；主张不循资格用人，设十道采访使；擢拔王维为右拾遗，卢象为左补阙，贬荆州之后还召孟浩然于幕府,是张说之后辅佐玄宗实现"开元之治"的贤相。吕温在《张荆州画赞(并序)》中曾高度评价张九龄的尽忠匡辅、守正不阿:"公于是以生人为身,社稷自任,抗危言而无所避,秉大节而不可夺,小必谏,大必诤,攀帝槛,历天阶,犯雷霆之威,不霁不止……举为时害,动怫上欲,日与谗党抗衡于交戟之中……"①张九龄的罢相被贬,是他政治生涯中的重大挫折,甚至也是唐代治乱的分水岭。后来唐宪宗与臣下议论前朝治乱得失时,大臣崔群曾说:"世谓禄山反为治乱分时,臣谓罢张九龄、相李林甫则治乱固已分矣。"②

作为诗人,张九龄主张"去华务实"(《送张说上赐燕序》)③,创作上既体现出"雄厉振拔"的鲜明个性,又别具"雅正冲淡"的盛唐气度,是继陈子昂之后,力排齐梁颓风,追踪汉魏风骨,打开盛唐局面,开启山水田园诗派甚至影响李白、杜甫的重要人物。所以明人胡应麟说:"张子寿首创清澹之派。盛唐继起,孟浩然、王维、储光羲、常建、韦应物,本曲江之清澹,而益以风神者也。"④清人王士禛说:"夺魏、晋之风骨,变梁、陈之俳优,陈伯玉之力最大。曲江公继之,太白又继之。"⑤清人刘熙载云:"陈射洪、张曲江独能超出一格,为李、杜开先。"⑥

张九龄的赋今存《荔枝赋》与《白羽扇赋》两篇。⑦

《荔枝赋》借富有地域特色的南国荔枝来表达他的用人观念。张九龄笔下的荔枝,是果中珍品,它生在偏远的南方,能顺应自然的环境,主干粗大,树荫浓密,果实更是晶莹剔透、甘美爽口:

> 尔其句芒在辰,凯风入律,肇气含滋,芬敷谧溢,绿穗靡靡,青英苾苾,不丰其华,但甘其实。如有意乎敦本,故微文而妙质:蒂药房而攒萃,皮龙鳞以骈比,肤玉英而含津,色江萍以吐日。朱苞剖,明珰出,炯然数寸,犹不可匹,未玉齿而殆销,虽琼浆而可轶。彼众味之有五,此甘滋之不一,伊醇淑之无算,非精言之能悉。闻者欢而竦企,见者讶而惊仡,心惽可以蠲忿,口爽可以忘疾。且欲

---

① 董诰等编:《全唐文》卷六百二十九,北京:中华书局,1983年,第6350页。
② 欧阳修、宋祁撰:《新唐书》卷一百六十五《崔群传》,北京:中华书局,1975年,第5081页。
③ 张九龄《答陈拾遗赠竹簪》诗亦云:"幽素宜相重,雕华岂所任。"
④ 胡应麟撰:《诗薮》内编卷二,上海:上海古籍出版社,1979年,第35页。
⑤ 王士禛选,闻人倓笺:《古诗笺》凡例,上海:上海古籍出版社,1980年,第3页。
⑥ 刘熙载撰:《艺概》卷二《诗概》,上海:上海古籍出版社,1978年,第57页。
⑦ 张九龄为长安二年(702)进士,据《登科记考》卷四,当作有《东堂画壁赋》。

神于醴露,何比数之(一作"于")湘(一作"甘")橘?援蒲桃而见拟,亦古人之深失。

为求果实的甘美,有意培育敦厚的根本,所以没有文采而有奇妙的品质:蒂如芍药,皮似龙鳞;膜如洁玉,果似明珰;味美出众,无可比拟;闻者欢喜而企望,见者惊讶而赞叹。正因为有这许多的美好的品质,荔枝成为华美宴席中的珍品:

若乃卑(一作"华")轩洞开,嘉宾四会,时当燠煜,客或烦愦。而斯果在焉,莫不心忺而体怡,信雕盘之仙液,实玳筵之绮缋。有终食于累百,愈益气而理内,故无厌于所甘,虽不贪而必受。沉李美而莫取,浮瓜甘而自退,岂一座之所荣,冠四时而为最。

不仅如此,其高贵可以敬献于宗庙,其珍奇可以进贡给王公,只可惜长亭十里、宫门九重、山横五岭、江纵千曲、路远莫致、贵人不知:

夫其贵可以荐宗庙,其珍可以羞王公,亭十里而莫致,门九重兮曷通?山五嵚兮白云,江千里兮青枫,何斯美之独远?嗟尔命之不工(一作"逢"),每被销于凡口,罕获知于贵躬。柿何称乎梁侯?梨何幸乎张公?亦因人(一作"地")之所遇,孰能辨乎其中哉!

由此引申提炼出赋的抒怀论议之旨,即赋序所云:"夫物以不知而轻,味以无比而疑,远不可验,终然永屈。况士有未效之用,而身在无誉之间,苟无深知,与彼亦何以异也?"[①]

物以不知而永屈,士因位卑而未效,这样的感慨既有贤不见用的幽愤,又包含对用人制度的思考与批判。自中宗以来,京师与地方官员之间判若鸿沟,官员们都想方设法滞留京师,地方官署的配备非常困难。景龙三年(709),韦嗣立曾建议,凡过去未担任刺史和县令的官员,均不得在中央各部担任高官。[②] 来自偏远南方的张九龄对这个问题有更多的感触,他在先天元年(712)应道侔伊吕科对策时即提出过选才的问题,在开元三年(715)

---

① 张九龄撰,熊飞校注:《张九龄集校注》,北京:中华书局,2008年,第415~417页。
② 可参见[英]崔瑞德编:《剑桥中国隋唐史》第七章《玄宗》中"官员的选拔"部分,北京:中国社会科学出版社,1990年,第318~321页。

五月的奏疏中更强调地方职务的重要:

> 古者刺史入为三公,郎官出宰百里。今朝廷士入而不出……是大利在于内,而不在于外也。智能之士,欲利之心,安肯复出为刺史、县令哉?国家赖智能以治,而常无亲人者,陛下不革以法故也。臣愚谓欲治之本,莫若重守令,守令既重,则能者可行。宜遂科定其资:凡不历都督、刺史,虽有高第,不得任侍郎、列卿;不历县令,虽有善政,不得任台郎、给、舍;都督、守、令虽远者,使无十年任外。①

受其影响,玄宗曾下诏令京畿与地方官员互调。写作这篇赋的张九龄,此时正在洪州都督任上,自然更多切身的体会。

《白羽扇赋》借咏扇倾吐忧谗畏祸而又忠贞不贰的心绪。自序云赋作于开元二十四年(736)夏,据《新唐书》知张九龄因执意反对重用牛仙客而触怒玄宗,因借赋自况:"九龄既戾帝旨,固内惧,恐遂为林甫所危,因帝赐白羽扇,乃献赋自况……帝虽优答,然卒以尚书右丞相罢政事,而用仙客。"②赋短而意深:

> 当时而用,任物所长。彼鸿鹄之弱羽,出江湖之下方,安知烦暑,可致清凉?岂无纨素,彩画文章?复有修竹,剖析毫芒。提携密迩,摇动馨香,惟众珍之在御,何短翮之敢当?而窃恩于圣后,且见持于未央。伊昔皋泽之时,亦有云霄之志,苟效用之得所,虽杀身之何忘(一作"忌")?肃肃白羽,穆如清风,纵秋气之移夺,终感恩于箧中。③

首二句总起,是赋的情感与理论基调。然后以羽扇出江湖之下而见持于未央比附自己的出身与地位。然后报知遇之恩、陈效用之志。最后输诚纳忠:即秋来见弃,亦心存感激。在传统文化中,"扇"本是"始遇终弃"之物,传为班婕妤的《团扇诗》即有"捐弃箧笥中,恩情中道绝"之句,张九龄翻用其意,以表弃而不怨之情,既见忠诚,又显达观,也可见盛唐时代士人们进

---

① 欧阳修、宋祁撰:《新唐书》,北京:中华书局,1975年,第4425~4426页。
② 欧阳修、宋祁撰:《新唐书》,北京:中华书局,1975年,第4425~4426页。
③ 张九龄撰,熊飞校注:《张九龄集校注》,北京:中华书局,2008年,第413页。

退裕如的人生之路。

王维以赋名篇的作品仅《白鹦鹉赋》一篇,赋写久闭深笼的鹦鹉虽因奇质而见珍,但"单鸣无应,只影长孤",倍感寂寞,因生高飞之遐想:

> 若夫名依西域,族本南海;同朱喙之清音,变绿衣于素彩。惟兹鸟之可贵,谅其美之斯在。尔其入玩于人,见珍奇质。狎兰房之妖女,去桂林之云日;易乔枝以罗袖,代危巢以琼室。慕侣方远,依人永毕;托言语而虽通,顾形影而非匹。经过珠网,出入金铺;单鸣无应,只影长孤。偶白鹇于池侧,对皓鹤于庭隅;愁混色而难辨,愿知名而自呼。明心有识,怀思无极;芳树绝想,雕梁抚翼。时衔花而不言,每投人以方息。慧性孤禀,雅容非饰;含火德之明辉,被金方之正色。至如海燕呈瑞,有玉筐之可依;山鸡学舞,向宝镜而知归。皆羽毛之伟丽,奉日月之光辉。岂怜兹鸟,地远形微;色凌纨质,彩夺缋衣。深笼久闭,乔木长违;傥见借其羽翼,与迁莺而共飞。①

白鹦鹉因有奇异的声音与外表,得以离"桂林"而至"兰房",去"危巢"而就"琼室",成为宫廷宠物;但"依人永毕"(长期依附)的生活形单影只,唯有白鹇为偶、皓鹤做伴,又恐混一难辨,失其本色。海燕呈瑞、山鸡学舞,各得其所,唯我鹦鹉,久闭深笼,长违乔木,愿与流莺展翅高飞。

鹦鹉之赋,首出汉末名士祢衡,写鹦鹉因奇姿妙质、辨慧聪明、丽容好音而陷虞人罗网,本性安闲的鹦鹉"逼之不惧,抚之不惊,宁顺从以远害,不违迕以丧生",然后被"闭以雕笼,翦其翅羽""流飘万里",以"侍君子之光仪"。身逢乱世、有志难骋的祢衡在赋中抒发了无助无奈、哀怨绝望的心情。赋云:"彼贤哲之逢患,犹栖迟以羁旅。矧禽鸟之微物,能驯扰以安处!"说此鸟出身卑微,为求安泰,难免驯服。"忖陋体之腥臊,亦何劳于鼎俎?嗟禄命之衰薄,奚遭时之险巇?岂言语以阶乱,将不密以致危?"又自忖体陋躯贱,当无刀俎鼎镬之虞,而如此福薄命苦,究为言语失当还是处事不密?"惧名实之不副,耻才能之无奇……"事已如此,又害怕自己的声名与实际不符,惭愧自己并无奇特的才干,回头看看被残毁的羽翼,也没了回归故里的资本,只好"托轻鄙之微命,委陋贱之薄躯。期守死以报德,甘尽

---

① 王维撰,赵殿成笺注:《王右丞集笺注》,上海:上海古籍出版社,1984年,第283~284页。

辞以效愚。恃隆恩于既往,庶弥久而不渝。"王维的《白鹦鹉赋》所表达的情感及心绪显然与祢衡的进退维谷与慷慨激愤不同,他通过今昔的对比,淡定而从容地表达自己对世俗官场的厌弃与对自然山林的向往之情,表现出独立尘外的生命精神与主体意识,近似于陶渊明的"久在樊笼里,复得返自然"(《归园田居》),也与后来张祜的"雕笼终不恋,会向故山归"(《再吟鹦鹉》)同一命意。从祢衡到王维,中间还有十几个人写作关于鹦鹉的赋,如王粲、陈琳、阮瑀、曹植、傅玄、傅咸、桓玄等,或思得知音、或吊唁挚友、或渲染智慧,但都离不开英才被困的总体寓意,大概因为鹦鹉之为物,形貌鲜丽而光华闪耀,辩慧能言而如响追声,足为才士的代理。

王维还写过一些楚辞体作品,如写迎神、送神的《鱼山神女祠歌》,写登楼所望并抒发感慨的《登楼歌》,写隐逸生活的《送友人归山歌》①等,多意境优美,情思淡雅。

(二) 李邕与高适的咏物唱和

李邕(678—747),字泰和,扬州江都(今江苏扬州)人,曾任左拾遗、户部员外郎、括州刺史、北海太守等职,人称"李北海"。李邕知名于世并不因为诗、赋,他是直言敢谏的臣僚、擅长碑颂的文士、名超一代的书家、轻财好士的义侠,即以诗、赋成就而言,也是赋高于诗,之所以将其人其赋列入"著名诗家之赋",一在其作为文坛领袖②对李白、杜甫、高适、萧颖士等后来巨星的影响,二在其性情经历堪称盛唐诗人代表,三则还因为他与他的诗赋是文学史上诗、赋代兴过程中的重要环节。

李邕赋今存《春赋》《斗鸭赋》《日赋》《石赋》《鹘赋》五篇。春是梁陈赋中习见的题材,多写仕女丽饰与贵族游冶,李邕的《春赋》在沿袭这一题材的同时,也能翻出新意,寄寓感慨。如开首云:

> 我圣君大抚万国,觐观群后,受天之禧,嘉岁之首。文物粲于南宫,兵戈森于北斗。揽百辟以同心,贡千春之遐寿。于是明诏有司,揽求时令。迈惟一之德,究吹万之性。剗土木之庶功,阜稼穑之勤政。③

---

① 朱熹收入《楚辞后语》,题作《山中人》。
② 据《封氏闻见记》卷三载,王翰在等待吏部调选时,曾将海内文士百余人分作九等,自己与张说、李邕高居榜首。而李肇《国史补》卷上"崔颢见李邕"条则提到崔颢曾向李邕进献诗文,并因比拟不当而遭李邕斥责。
③ 董诰等编:《全唐文》卷二百六十一,北京:中华书局,1983年,第2647页。

虽然是颂赞之词,但在春天的万象更新里,既譬喻着国家兴盛的气貌,又涵盖着地尽其利、物尽其用的期盼。赋末写"第高公族,鼎贵侯家""列行游衍,直视骄奢",而与此同时,"岂知夫东门在野,北渭需沙,散归闲之邵父,隐养正之姜牙,趣下里之潦倒,喧乐士之繁华,苟炙背而垂钓,但开田而种瓜。"以对比的陈列行不言之言,讽喻君王与朝廷一面要勤政爱民、地尽其利,一面要选贤用能、人尽其才,免使野有遗贤,难副圣君胸襟。可见这篇赋既属意高远又构思巧妙。

《斗鸭赋》写王孙公子使群鸭互斗以竞输赢的娱乐,赋写东吴王孙取物为娱,"征羽毛之好鸟,得渤澥之仙凫",说凫之为物"说类殊种,迁延迟重,其聚则同而不和,其斗则仁而有勇"。然后集中笔力铺陈群鸭互斗的生动场景:

> 于是乎会合纷泊,崩奔鼓作,集如异国之同盟,散若诸侯之背约。迭为擒纵,更为触搏,或离披以折冲,或奋振以前却,始勠力兮决胜,终追飞兮袭弱。耸谓惊鸿,回疑返鹊,逼仄兮掣曳,联翩兮踊跃,忽惊迸以差池,倏浮沉而闪烁。①

或聚或散,或急或缓,或前冲或后却,或惊迸或浮沉,相较于鸡戏的单打独斗,斗鸭游戏的群体性使其更多参差错落之美与赏心悦目之景。

日之为物,本豪迈光大,足为盛唐象征,在李邕的《日赋》里,对日的这种豪迈之气更加以光大,并刻意强调对时光的珍爱:"愿挥戈兮再画,俟倾蘯兮长安。""乍出海而融朗,忽飞天而光大。""粤若飞箭易及,长绳难驻,知息影之未宁,喜倾盖之相遇。""与圣人兮齐朗,宜君子兮借光。""何白驹之激急?致华发之缤纷。"

更出色的是拟物自喻的《石赋》与《鹘赋》。《石赋》赋首刻画巨石如何耸入云霄、广远无边:"观其凌云插峰,隐霄横嶂,峻削标表,汗漫仪状,划镇地以周博,崛戴天而雄壮,默元云之暮起,艳丹霞之朝上。"然后重点铺陈巨石之功用,可以"蠢布长城,巍联高壁"以"眇绝骄子,遏阻勍敌";可以"列在王庭"以"承听政之梁柱,纳进贤之阶陛";可以悬门御敌;可以兴图布阵;可以填海、望夫,可以投水、补天,不特"藏书入室,勒篆离经"。行文气势充沛、生机盈溢,熔铸经史传说,极力渲染而不见堆垛。李邕正直敢言,屡遭

---

① 董诰等编:《全唐文》卷二百六十一,北京:中华书局,1983年,第2649页。

诬陷忘身,赋中"不邀代之所贵,不欲人之见知""贞者不黩,坚者可久"等语,显见其刚正不阿、坚强不屈的自我期待与拟喻。

《鹘赋》于磊落间更多不平与效诚之意。赋首有关鹘的形貌描写极为简略:"伊鸷鸟之雄毅,有俊体之超特,意凝缓而无营,体闲整而自得,阴沉其情,惨淡其色",认为它"未足以异于众禽"。赋中重点铺陈的是鹘鸟能征善战的神勇、"协义不争"的美德与"恋主不去""效诚必死"的忠贞:

> 夫一指一呼,一击一搏。为主之用,骋人之乐。凛然神动,翕然气作。殒三窟之狡兔,毙五里之仙鹤。胜霄汉而风卷,透原野而星落。万乘为之顾眄,六军为之挥霍。欢声动于天地,逸气霭于林薄。
>
> 至若逐乌舛类,射隼殊名。获不相让,游不同征。何至德而能制?每协义而不争。偶坐推食,双飞和鸣。杀敌齐力,登楼比形。
>
> 夫其严冬冱寒,烈风迅激。或上棘林,或依危壁。身既禀于乔木,骨将断于贞石。营全鸠以自暖,罔害命以招益。信终夜而怀仁,仍诘旦而见释。
>
> 矧乃恋主不去,徇食犹止。岂贪利而永言?将效诚而必死。甘闭于笼,分从于使,宁竭力之利人,曷戢翼以存已?
>
> ……彼俊异之英决,岂凝滞于嫌猜?……①

不难看出,其间也夹杂有所处非境的自伤与忠而见疑的不平。据高适的和赋知此赋作于李邕滑州刺史任内,此时的他已年过花甲,而志气依然这么豪迈,实属难得。只是这恋主之情强调过分,有损赋作品相。总的来说,李邕的这些赋大都气势充沛、情思壮大,反映了盛唐时期士人自信乐观、意气风发的精神风貌。

高适(700—765),字达夫,一字仲武,沧州渤海(今河北景县)人。壮年落拓不遇,天宝八年(749)应有道科及第,授封丘尉。安史之乱后,曾任淮南节度使、彭州刺史、蜀州刺史、剑南西川节度使、刑部侍郎、散骑常侍等职,进封渤海县侯,世称"高常侍",成为唐代"诗人之达者"。以高适的名义留存的赋有《鹘赋》《东征赋》《苍鹰赋》《双六头赋送李参军》四篇,其中《苍

---

① 董诰等编:《全唐文》卷二百六十一,北京:中华书局,1983年,第2646~2647页。

鹰赋》真伪未定。①

高适《鹘赋》，诸本多作《奉和鹘赋》，《文苑英华》次李邕《鹘赋》之后，《全唐文》题作《奉和李泰和鹘赋》（李邕，字泰和）。据赋序知此赋为天宝元年（742）和李邕《鹘赋》而作。这种咏物的和赋，既要写人也要写己，既要咏物也要喻人。

高适拟己和人的《鹘赋》敏锐而准确地阐释了李邕原作的题旨，以相当大的篇幅渲染李鹘的效忠之意与耀宠之心："将必取而乃回，若授词而无失。""虽百中而自我，终一呼而在君。""历闾阖以肃穆，翊钩陈而环回。""顾恩有地，恋主多情。""幸辉光于蒐狩，承剪拂于楼台；望凤沼而轻举，纷羽族之惊猜。"中间甚或有改弦易辙、效人间关的劝勉："路杳杳而何向？云茫茫而不开，莺出谷兮徒尔，鹤乘轩而何哉？彼怀毅勇坎轲而弃置，胡不效其间关而徘徊？"但最后的态度还是："雅节表于能让，义心激于效诚……戢羽翼以受命，若肝胆之必呈；嗟日月之云迈，犹羁縻而见婴。"以谦让之态表现高雅节操，以侠义之心激发忠诚之情，接受一切使命，呈献肝胆忠心，哀而不伤，言出有度。喻人之后，以"别有"一词另起转写自我形象与期待：

> 别有横大海而遥度，顺长风而一写；投足眇于岩巅，脱身免于弋者。冰落落以凝闭，雪皑皑而飘洒；谅坚锐之特然，宁苦寒之求舍。匪聚食以祈满，聊击鲜而自假；比玄豹之潜形，同幽人之在野。矧其升巢绝壁，独立危条；心倐忽于万里，思超遥于九霄。岂别物之能暴，曷凡禽之见邀？则未知鹓鹭之所适，孰与鹏鹞兮逍遥云尔哉！②

这个自我形象在才能特异、有志难伸方面与喻李之鹘是相通的，但各自的期待不同，喻李之鹘是羁縻而效诚之鹘，拟己之鹘则是独立而特然之鹘，当然，"喜言王霸大略，务功名，尚节义"的高适不会真正的潜形在野③、超遥九霄，他不过以洒脱之心、逍遥之态待时而动而已。按马积高先生的说法，

---

① 《苍鹰赋》《双六头赋送李参军》均不载于《高常侍集》，其中《双六头赋送李参军》辑于敦煌写本残卷《高适诗集》，《苍鹰赋》见于《文苑英华》《全唐文》，《文苑英华》次于高适《鹘赋》之后，但不题撰人，《全唐文》则明题高适所撰，故其真伪难定，估存篇目以俟考证。刘开扬《高适诗集编年笺注》收录《鹘赋》《东征赋》《双六头赋送李参军》《苍鹰赋》四篇，孙钦善《高适集校注》列《鹘赋》《苍鹰赋》《东征赋》《双六头赋送李参军》四篇。

② 高适著，孙钦善校注：《高适集校注》，上海：上海古籍出版社，1984年，第280页。

③ 刘昫等撰：《旧唐书》卷一百一十一《高适传》，北京：中华书局，1975年，第3331页。

"这里正表现他那种怀才未展、傲岸自负的精神"。① 像高适诗歌一样,此赋感情深挚,意气骏爽,语言端直,笔力浑厚。

(三)刘长卿、韦应物、顾况的咏物赋

刘长卿、韦应物、顾况是盛、中唐之际的诗人,他们也有赋作流传。刘长卿、韦应物都作有《冰赋》,顾况作有《茶赋》。

冰清玉洁是盛唐士人普遍推崇的品格,自从姚崇作《冰壶诫》以后,"清如玉壶冰""秋日悬清光"都作过科举的试题,文人诗赋中也有提及。刘长卿的《冰赋》刻意强调冰的清静贞洁,赋云:

> 水无心而清,冰虚已而明;始则同体,终然异名。水之动,我变以静;水之柔,我变以贞。任方圆而能处其顺,在高下而不失其平……与时消息,随物行止……外示贞坚,内含虚澈;无受染以保其素,无纳污以全其洁。比玉而白,不为蝇玷;比月而明,不为蟾缺……君子用之以驯致其道,睹之而不骄于贵……人或爱我清,人或爱我净;既洁其迹,亦坚其性。水之冰生于寒,人之冰生于正;无弃其道,吾将何病?②

说冰"虚已而明""外示贞坚,内含虚澈",无受染、无纳污,比玉白、比月明,可用于比拟君子之美德。最后说"水之冰生于寒,人之冰生于正",正面点题,兼明己志。总的说来,这篇赋咏物抒怀,典正贴切。

韦应物的《冰赋》由假托陈王(曹植)与仲宣(王粲)以为客主问答:

> 夏六月,白日当午,火云四至;金石灼烁,玄泉潜沸。虽深居广厦,珍簟轻箑,而亦郁郁燠燠,不能和平其气。陈王于是登别馆,散幽情;招亲友以高会,尊仲宣为客卿。睹颁冰之适至,喜烦暑之暂清。王乃夸宾而歌曰:含皎皎兮琼玉姿,气凄凄兮夺天时,饮之莹骨兮何所思。可进于宾,请客卿为寡人美而赋之。客诺曰:美则美矣!而大王不识其短。夫谓之琼玉,窃名器也;气夺天时,干阴阳也;内热饮之,媒其疾也。宠一物而三失德。且出寒谷而至下,荐宗庙而至高。仆窃感之而歔欷,安得不为之而抽毫?③

---

① 马积高:《赋史》,上海:上海古籍出版社,1987年,第293页。
② 储仲君撰:《刘长卿诗编年笺注》,北京:中华书局,1996年,第559~560页。
③ 韦应物著,陶敏、王友胜校注:《韦应物集校注》,上海:上海古籍出版社,1998年,第1页。

说炎夏六月,郁燠难平,适逢主上颁冰,凉爽清静,陈王于是请王粲"美而赋之",可王粲却反行其道,极言冰之为物,有三大短处:冒充宝器,以谬一时之赏;干预阴阳,使寒暑失调;忽寒忽温,容易诱发疾病。然后分述这三大缺点,最后说陈王艴然而惭,"命有司而撤冰,书盘盂以自式"。客主问答本是赋体文学常见的结构模式,其中不乏假托古人以为问对之赋,如傅毅《舞赋》之托楚襄王与宋玉,陆云公《星赋》之托汉武帝、司马迁、司马相如。便是假托陈王与仲宣问对的,前有谢庄《月赋》,后有田艺蘅《雨赋》、谢偃《尘赋》。这些假托的古人多为前代辞赋名家及赏识他们的君王。这样的设名无疑是对传统文化的体认与典正雅重的诉求,也多少包含着对君臣相遇的向往与才比古人的自信。韦应物的这篇《冰赋》在结构体式上显然受到了谢庄《月赋》的影响,但他在赋中不颂其美反言其短,也算是一种创新,同时在这种创新中依然隐含着名不副实的讥讽与君臣相遇的期盼。所以袁宏道说这篇赋"体裁似六朝,而雅洁过之,其托讽处尤合自然"。① 只是这种托讽实在过于隐微,而赋的辞采也属一般。所以刘辰翁说它"不畅不茂""敷而不腴,激而不扬,盖有其义而无其辞"。②

顾况存赋三篇:《高祖受命造唐赋》《茶赋》和《莽墟赋》,其中《茶赋》和《莽墟赋》是咏物小赋。

茶的发现是极为久远的事情,到西晋时,已有专吟茶事的《荈赋》,在不足百字的短赋里,杜育对茶树的种植、培育,茶叶的采摘,水质与茶具的选择,茶的冲泡与功效等都有叙述。但饮茶之风弥漫全国并成为生活习惯,却始于盛唐。杨晔《膳夫经手录》云:"至开元、天宝之间,稍稍有茶,至德、大历遂多,建中以后盛矣。"③与顾况同时的封演在其《封氏闻见记》中也说:"古人亦饮茶耳,但不如今人之溺之甚。穷日尽夜,殆成风俗。始自中地,流于塞外。"顾况的《茶赋》有别于杜育的路数,它以"上林"与"下国""天子"与"幽人"之别结构全赋,并通过对茶清淡宜人品性的描写,委婉表达宁静淡泊之志:

  稽天地之不平兮,兰何为兮早秀,菊何为兮迟荣。皇天既孕
此灵物兮,厚地复糅之而萌。惜下国之偏多,嗟上林之不生。至

---

① 韦应物著,陶敏、王友胜校注:《韦应物集校注》,上海:上海古籍出版社,1998年,第5页。
② 韦应物著,陶敏、王友胜校注:《韦应物集校注》,上海:上海古籍出版社,1998年,第5页。
③ 杨晔:《膳夫经手录》,见晁载之:《续谈助》卷五,《丛书集成初编》本,北京:中华书局,1985年北京新一版。

如罗玳筵,展瑶席。凝藻思,开灵液。赐名臣,留上客。谷莺啭,宫女嚬。泛浓华,漱芳津。出恒品,先众珍。君门九重,圣寿万春。此茶上达于天子也。滋饭蔬之精素,攻肉食之膻腻,发当暑之清吟,涤通宵之昏寐。杏树桃花之深洞,竹林草堂之古寺。乘槎海上来,飞锡云中至。此茶下被于幽人也。《雅》曰:"不知我者,谓我何求。"可怜翠涧阴,中有碧泉流。舒铁如金之鼎,越泥似玉之瓯。轻烟细沫霭然浮,爽气淡烟风雨秋。梦里还钱,怀中赠橘,虽神秘而焉求。①

赋以天地不平开端,欲褒反贬,说茶乃天地养育之灵物,虽生下国,但既可上达于天子,也可下被于幽人,然后借《诗》中成言,转写翠涧碧泉之旁,金鼎玉瓯之间,听习习山风、闻阵阵清香、观漂漂细沫、看袅袅茶烟的惬意生活,暗寓自己的才能品性与心志情怀。又加句式参差,骈散结合,颇为散淡空灵。

莽墟不是普通器物,顾况的《莽墟赋》与《仙游记》显系模拟之作,像《桃花源诗并记》一样,写的是世外桃源。拟作的内容与文采都无法与陶渊明原作相比,但从赋与记中"人情之险鄙,征税之愁辛"的陈述,与"袁晁贼平未,时政何若"的对问中,可以感受到作者更多对时政的批判。

二、感旧抒怀之赋

(一)高适《东征赋》

《涉江》以后,代有征行之作,如刘歆《遂初赋》、班彪《北征赋》、班昭《东征赋》、蔡邕《述行赋》等。这类作品多半以征途为线索,结合相关史迹以抒怀论事。《东征赋》是高适天宝三年(744)由梁入楚时所作,赋的结构也是借所经之地梁(睢阳)、鄑县、符离、灵璧、彭城、泗水、盱眙、淮阴、襄贲(涟上),叙议隋炀帝、萧何、曹操、项羽、徐偃王、义帝、韩信等人史事,并寄寓自己流离漂泊、不知所止的心绪。与班彪《北征赋》一样,高适《东征赋》也擅长于史、论、情的结合,作到叙事、论议、抒情三位一体。如写隋炀帝一段:

出东苑而遂行,沿浊河而兹始;感隋皇之败德,划平原而为此。西驰洛汭,东并淮浽;地豁山开,川流波委。六宫景从,千官

---

① 董诰等编:《全唐文》卷五百二十八,北京:中华书局,1983年,第5365页。

逦迤,龙舟锦帆,照耀乎数千里。大驾将去,群盗日起。尸禄者卷舌而偷生,直谏者解颐而后死。寄腹心于枭獍,任手足于蛇虺;既受(一作"垂")杀(一作"弑")于匹夫,尚兴疑于爱子。岂不为穷力役于征战,务淫逸于奢侈?六军悲牧野之师,万姓哭辽阳之鬼;嗟颠覆于曩日,指年代于流水。唯见长亭之烟火,悲旷野之荆杞。①

赋云沿运河东行,想当日之显耀——六宫景从,千官逦迤,龙舟锦帆,照耀千里;叙后来之倾覆——为盗者多,起兵者众,谏官贪,腹心怕死,君臣阻隔,互为屏障,万乘之尊,死于匹夫,日夜惊悚,忌疑爱子;归因于"穷力役于征战,务淫逸于奢侈";最后借六军的悲鸣与万姓的哀哭,嗟叹王朝的更替与世事的变迁。其余各段虽较简略,但结构大致相当。另有写景抒怀一节:

越龟山而访泊,入渔浦而待潮。鸿雁飞兮木叶下,楚歌悲兮雨潇潇。霜封野树,冰冻寒苗,岸草无色,芦花自飘。幸息肩于人事,愿投迹于渔樵。思魏阙而天远,向秦川而路遥。②

结合赋的开头:"高子游梁复久,方适楚以超忽。望君门之悠哉!微先容以效拙;姑不隐而不仕,宜漂沦而播越。"再看赋的结尾:"感百川之朝宗,弥结念于归欤。日杲杲以丽天,云飘飘以卷舒。鲁放情而蹈海,孔永叹于乘桴。遇坎则止,吾今不知其所如。"不难理解高适生当盛世而远去君门无以效力的辛酸悲苦,与不知所止姑且流窜江湖混迹渔樵的无奈慨叹。

(二)岑参《感旧赋》

岑参(715—770),荆州江陵(今湖北江陵)人,天宝三年(744)进士及第,官至嘉州刺史,世称"岑嘉州"。岑参今存赋一篇,即《感旧赋》。另有《招北客文》,实亦赋体。③

《感旧赋》叙家世升沉、抒不遇感慨。岑参祖上一门三相,"相承宠光,继出辅弼",可谓显赫,但曾祖父江陵公岑文本累死于军中、伯祖父邓国公岑长倩因反对武承嗣为太子被杀、堂伯父汝南公岑羲因参与太平公主谋反

---

① 高适著,刘开扬笺注:《高适诗集编年笺注》,北京:中华书局,1981年,第357~358页。
② 高适著,刘开扬笺注:《高适诗集编年笺注》,北京:中华书局,1981年,第359页。
③ 此文《文苑英华》署岑参,《唐文粹》无署名,列于独孤及文之后,《全唐文》作独孤及。闻一多《岑嘉州系年考证》定此赋为岑参晚年客蜀时所作,马积高《赋史》、廖立笺《岑嘉州诗笺注》并从。

被杀,家道中落,所以赋序说"朱轮华毂,如梦中矣"。赋的开篇,即将其家世上溯到二千余年前的周代,然后一一述说江陵公的"杰出辅时",邓国公的"尽忠致君",汝南公的光耀显赫。"朱门不改,画戟重新;暮出黄阁,朝趋紫宸;绣毂照路,玉珂惊尘。列亲戚以高会,沸歌钟于上春。无小无大,皆为缙绅;颙颙印印,逾数十人。"这是家族的荣宠。可是"逼侧崩波,苍黄反覆",骤然之间"去乡离土,隳宗破族;云雨流离,江山放逐"。作者不想、也不便交代原因——"天不可问,莫知其由",只好无奈感慨:"何先荣而后悴,曷曩乐而今忧?"

接下来由家族的兴衰浮沉转写个人的责任压力与坎坷遭际:

> 嗟予生之不造,常恐堕其嘉猷。志学集其荼蓼,弱冠干于王侯;荷仁兄之教导,方励己以增修。无负郭之数亩,有嵩阳之一丘;幸逢时主之好文,不学沧浪之垂钩。我从东山,献书西周;出入二郡,蹉跎十秋。多遭脱辐,累遇焚舟;雪冻穿屦,尘缁散裘。嗟世路之其阻,恐岁月之不留;眷城阙以怀归,将欲返云林之旧游。①

最后抚剑而歌,慨叹世事沧桑,盛衰无常:"东海之水化为田,北溟之鱼飞上天;城有时而复,陵有时而迁。理固常矣,人亦其然。观夫陌上豪贵,当年高位;歌钟沸天,鞍马照地。积黄金以自满,矜青云之坐致;高馆招其宾朋,重门叠其车骑。及其高堂倾,曲池平;雀罗空悲其处所,门客肯念其平生?"对于这种世态人情,岑参自有切肤之痛。不过他还是抱定了复兴家族的信念:"强学以待,知音不无。思达人之惠顾,庶有望于亨衢。"②

因为亲历家道中落的境况,岑参自幼便有一种重振家业、建功立业的愿望,弱冠之时到洛阳向玄宗献书,希望得到赏识,接下来十年的时间里,岑参奔波于东都洛阳与西都长安之间,即赋中所说:"出入二郡,蹉跎十秋。"急切地寻找着出仕之路,深以不仕为耻,其《戏题关门》说:"来亦一布衣,去亦一布衣,羞见关城吏,还从旧道归。"在写给朋友的一些诗里也常常说:"功名须早著,岁月莫虚掷。"(《送郭乂杂言》)"一从弃鱼钓,十载干明主。无由谒天阶,却欲归沧浪。"(《至大梁却寄匡城主人》)到了他而立之年

---

① 岑参撰,廖立笺注:《岑嘉州诗笺注》,北京:中华书局,2004年,第795页。
② 岑参撰,廖立笺注:《岑嘉州诗笺注》,北京:中华书局,2004年,第795～796页。

写的《感旧赋》里,他更为沉痛地说:"参年三十,未及一命,昔一何荣矣,今一何悴矣!""嗟余生之不造,常恐堕其嘉猷。"因此改变献书、漫游的求仕方法,参加科举,并于天宝三年(744)一举中第,被任命为右内率府兵曹参军,可他对这个从八品下的小官一点也不在意,他在诗里说:"三十始一命,宦情都欲阑。自怜无旧业,不敢耻微官……只缘五斗米,孤负一渔竿。"(《初授官题高冠草堂》)"误徇一微官,还山愧尘容。"(《因假归白阁西草堂》)在这个卑微而又刻板的职位上过了几年以后,他又开始了出塞入幕建功立业的征途,此后两入边塞,几经辗转,最后客死成都,始终都没能振兴家业。而功业不成的嗟叹在其诗歌中也如丝如缕,不绝于耳:"可知年四十,犹自未封侯。"(《北庭作》)"轮台万里地,无事历三年。"(《首秋轮台》)"功业今已迟,览镜悲白发。""白发今无数,青云未有期。"(《佐郡思旧游》)"纵横皆失计,妻子也堪羞。"(《题虢州西楼》)这种浓烈而复杂的功名心绪,除了岑参个人的身世遭际、古代文人一贯的情结支配与安史之乱后非常的时代影响外,唐代依然保存的根深蒂固的门第观念也是不可忽视的因素。魏晋南北朝以来的世家大族,到了唐代,在政治、经济上仍有不可低估的势力。唐人也依然保存着根深蒂固的门第观念。唐朝刚建立,作为关陇集团的代表,宽容的太宗也不能容忍山东士族的自大。贞观年间,唐太宗就通过修订《氏族志》将皇室列为第一等,而将"恃其旧地,好自矜大"(贞观六年太宗对房玄龄的讲话)的山东士族悉数降等(岑文本作为江左代表,也曾参与《氏族志》的修订,岑家势必习染浓重的门阀观念)。武后时期关陇勋贵凋零殆尽,出身江左二流士族的武氏羽翼许敬宗便以《氏族志》不叙武氏本望为由,伺机提出重修。除了修谱牒,唐人的门第观念还表现在尚阀阅、称郡望、守门风、传家学、贵婚姻等日常生活的方方面面。所以唐人墓志,必定详述墓主显赫的家世,所以与岑参同时的杜甫也强调自己是陶唐氏尧皇帝的后人(《祭远祖当阳君文》),并经常夸耀祖父杜审言,说"天下之人谓之才子"(《唐故万年县君京兆杜氏墓志》),说"吾祖诗冠古"(《赠蜀僧闾丘师兄》)、"诗是吾家事"(《宗武生日》)。这样的例子不胜枚举。在科举制度尚未完善的时代,门荫制度也为士族的仕进提供了不少特权(主要是针对当朝官员),但科考终究打破了门荫的铁饭碗,同时也为没落士族提供了新的机会。岑家兴衰与岑参本人努力参加科考以振兴家族的事件多少也反映了科举与门荫的这种变化。历代文人多咏历史与人生的幻灭感,但较少与家族的兴衰结合在一起,六朝至唐是家族兴衰多发时期,岑赋即以岑家为例将人生的困顿与空幻和家族的衰落与使命相融于一体,这或许正是这篇赋特别的意义所在。

《招北客文》亦云《招蜀客归》是漂泊者的盼归之歌、穷途者的自悼之文。据闻一多先生考证,该文大历三年(768)作于成都,其时岑参已罢嘉州刺史,淹留而不得归,未几即卒于成都旅舍。赋仿《招魂》,按东、西、南、北四方铺陈,不同处在于首段总述蜀地之不可居后,再说东、西、南三方之不可往,最后再讲北方"下有长道,北达于秦。秦地神州,中有圣人……布德垂泽,搜贤修文;皇化欣欣,煦然如春"。因此北方可往:"蜀之北兮可以往,北客归去来兮!"赋中极写蜀地及东、西、南三方环境之险恶艰苦,意在突出作者北归的迫切心情,而客观上则如李白《蜀道难》,不失为描写蜀地山川的杰作。如写其东:

> 三峡两壁,乱峰如戟,槎枒屹崒,颎洞划坼,高干天霓;云外水积,昼日无光,其下黑窄。瞿塘无底,浅处万尺,啼猿哀哀,肠断过客……须臾黑风暴起,拔树震山,石走沙飞,波腾浪翻。①

如写其西:

> 高山万重,峻极属天……千年层冰,万古积雪;溪寒地坼,谷冻石裂……或有豪猪千群,突出深榛,弩鬣射人;寒熊孔硕,登树自掷,见人则擘。巨麈如牛,修角如剑;饿虎争肉,吼怒阗阗。②

凡此种种,无不为蜀地天险的精彩描写。

(三) 王昌龄《吊轵道赋》

王昌龄(? —约756),字少伯,京兆长安(今陕西西安)人。开元十五年(727),登进士第。开元二十二年(734),复中宏辞科。曾为汜水尉、校书郎等官,因事贬龙标尉,天宝末在金陵为刺史闾丘晓杀。与王之涣、高适、岑参、王维、李白均有交往。擅长七绝,有"诗家天子王江宁"之称。其赋今存《吊轵道赋》《公孙宏开东阁赋》《灞桥赋》三篇。

轵道是秦故亭名,是秦王子婴降汉处,王昌龄《吊轵道赋》即由子婴降汉史事引发论议与感慨。赋序说:"夫以战国之弊,天下创夷,又困于秦,使

---

① 岑参撰,廖立笺注:《岑嘉州诗笺注》,北京:中华书局,2004年,第810~811页。
② 岑参撰,廖立笺注:《岑嘉州诗笺注》,北京:中华书局,2004年,第811页。

无所诉,罪在于政,而戮乎婴。呜呼?杀降不祥,项氏之不仁也。"意谓婴不当罪、项氏不仁。所以赋的首段写秦的不义而强,写项羽的以暴易乱:

> ……听之哉不义而强,其敝必速;徒以金城千里,介马万轴。九国既夷,上慢下黩;东游莫返,白帝先哭。是以沙邱闯祸,制出赵氏;扶苏赐死,大事去矣。海内汹焉,雷骇飙起;自非躁先王而隳道德,亦无能而及此?五星夜聚,汉瑞秦亡;白马素车,降于道傍。非子婴之罪也,而杀身于项王,悲夫!以暴易乱,莫知其极。且闻追怀而霸楚,无乃弛义而争国,东城引剑,亦其宜哉!

在秦亡项败的叙述中夹杂有子婴无罪而杀身于项羽的惋惜与议论。第二段以周比秦,说秦之"离挨于弟,甘心贼臣",不如周之慎终如始,善待子弟以为护卫,结果周能"磐石相维,数革龟谋",而秦"身死国灭,如火燎薪"。第三段托贾谊与邵平对话,论王朝更替中布衣与相国不同的责任与应有的气节,隐喻对当朝执政的不满与才不见用的愤慨之气:

> 贾生闻之,于是让东陵故侯曰:"昔王子有殷墟之歌,大夫有周庙之作。子秦人也,岂无情哉?"邵平乃太息久之,且为歌曰:"道不虚行兮,史鳝没位,吾宁范伯之徒与?感夷齐而多愧。麟凤远去,龙则死之,河水洋洋兮先师莫归,往者不可谏,来者吾谁欺?姑退身以进道,曷飔言而受非?彼萧相国,知子乎布衣。"①

这赋中的萧相国,即是新朝的相国,也是识人的相国,既可答贾生之责问,又可寄作者之期盼。与贾谊的《过秦论》比,既有翻案之论,又涉朝廷用人与自己盼用的问题。历史不容假设,却可从不同角度进行阐释,或者说历史一旦变成文献,本身即成阐释,也许多种多样的阐释更利于我们了解历史的真相,也更能兼容我们自己复杂多元的情愫。此赋文辞畅达,声情摇曳,体近六朝。

(四)顾况《高祖受命造唐赋》

顾况《高祖受命造唐赋》是长达两千多字的洋洋大篇,属直接陈述大唐帝国开创历史的帝国题材赋。长篇赋序即讲到"炀昏多罪,坠失先业""皇帝玺绶,归我高祖""王者受命""阙而不书""微臣赋颂"以宣文德等四层意

---

① 董诰等编:《全唐文》卷三百三十一,北京:中华书局,1983年,第3350~3351页。

思。赋则如序所言,"初论隋氏颠覆,次论皇家开统,末论告厥成功",但与同写大唐帝国开创历史的李白《明堂赋》、李子卿《功成作乐赋》不同,两李之作——铺叙唐初皇帝的成就,顾赋则以过半篇幅专写高祖受命造唐,其中重点又在高祖受禅的揖让之态与大唐新造的声容气派。如说"高祖受禅","其实揖让。犹感思以恸哭,乃立代而尊炀";如说大唐之兴,"提封所经,声教所被,穷天下之琛怪,截海外之梯航。"而所述"成功",虽有"始于武德,成于贞观,兴乎开元、天宝之间"一语概括,重点却在肃宗凤翔执位,"肆诛犬羊";代宗力挽狂澜,"扶已挠之厚栋,维既绝之颓纲",终于"天下大定""徭轻敛寡,国富家肥"。① 这种史事的有意摘择,其实寄寓着大唐中兴的期盼,与元结的《大唐中兴颂》同一命意,也说明安史之乱后,历经浩劫的士人们在伤感、犹疑、批判之余,更渴望国家复兴的普遍心态。从这个意义上讲,这篇赋多少有着思想史、文化史的意义。与赋相配,顾况另有《上高祖受命造唐赋表》,其中讲到"权臣上负明主,下负苍生,中遏贤路",多少融入了个人仕进经历与体会,也是士人们惯用的手法。体大难精,历经小赋化的后六朝时代尤其如此,所以像《高祖受命造唐赋》这样的鸿篇巨制,虽不乏褒扬,但终如马积高先生所言"惜无精意"。②

三、盛唐诗人赋的共性

盛唐诗人以诗人身份而作赋,则其赋亦著诗人之色彩:个性张扬、暌违政治、以诗作赋。

(一)诗人进取与外倾的个性使赋更多个性色彩

繁荣开放的盛唐赋予了士人们进取的精神与博大的胸襟,诗人的禀赋更使其性格富含鲜明的外倾性。如李白所言,盛唐诗人对所处时代的总体认识是"一百四十年,国容何赫然"(《古风》),在这样的"圣明"时代,士人们有着多元多样的入仕途径:或致力科考、或立功边塞、或隐居终南。有如高适诗云"幸逢明君多招引,高山大泽征求尽"(《留别郑三韦九兼寄洛下诸公》)。也因为时代的强盛与仕途的多样,盛唐诗人们都有着极高的抱负与自信。李白要使"寰区大定,海县清一"(《代寿山答孟少府移文书》);杜甫要"致君尧舜上,再使风俗淳"(《奉赠韦左丞丈二十二韵》);高适说"公侯皆我辈"(《和崔二少府登楚丘城作》),"画图麒麟阁,入朝明光宫"(《塞下

---

① 董浩等编:《全唐文》卷五百二十八,北京:中华书局,1983年,第5362~5364页。
② 马积高:《赋史》,上海:上海古籍出版社,1987年,第298页。

曲》);岑参说"未能匡吾君,虚作一丈夫"(《行军诗二首》其二),"云霄坐致,青紫俯拾"(《感旧赋》);孟浩然"端居耻圣明"(《临洞庭湖赠张丞相》);李颀"不肯低头在草莽"(《送陈章甫》)。有了这样的抱负与自信,他们就会在人生道路上投入最大的热望与激情。"出入二郡,蹉跎十秋"(岑参《感旧赋》),甚至"朝扣富儿门,暮随肥马尘"(杜甫《奉赠韦左丞丈二十二韵》)。开放的时代与进取的精神,也使盛唐诗人的个性更加外倾与张扬。或直言敢谏、或悲天悯人、或能文养士、或仗义疏财、或纵恣豪侠、或洒脱飘逸。李白狂傲、杜甫倔强、王维明智、岑参好奇、高适豁达、顾况诙谐。影响及于辞赋创作,一面是肯于"转益多师"(杜甫《戏为六绝句》),能集前代辞赋之大成;一面是扬厉奋发,能将一己个性寓于辞赋。所以盛唐诗人赋多咏物自喻与感旧抒怀之作,在咏物与感旧的篇籍里,既满注着诗人赋家们鲜明的个性抱负,又洋溢着盛唐时期蓬勃向上的时代精神。

(二)诗家与政治若即若离的关系导致对赋颂本质不同程度的偏离

集权社会,诗家主体的个性一经政治的激荡与染指,就会变得十分胶着与复杂。这种复杂缘于诗家理想与政治现实之间的不可弥合的距离。诗人的理想本来就超拔于现实,盛世的太平与宽松更易养成荐贤的风气,并鼓荡着富于理想的诗人们用世的激情。

盛唐时代,求贤的氛围非常浓厚,朝廷上下普遍形成了以荐贤为治国要务的观念,姚崇、卢怀慎、源乾曜、宋璟、苏颋、张嘉贞、张说、杜暹、萧嵩、韩休、裴耀卿、张九龄等宰相也都享有推贤进才的美誉。宁原悌《上太子启》云:"近者姚元之、宋璟居献替之职,处铨衡之地,用节员位,颇立纲纪,不为权门黩货所拘,而以平心汲引为务。于时草泽之贤,翘足待用,天下凛然,复有升平之望也。"①说姚、宋革除取士为权贿左右的弊端,主持了公道,是天下太平的希望所在。王昌龄开元二十二年(734)参加博学宏词科考试所作《公孙宏开东阁赋》则云:"君任下以不疑,臣荐贤以答睨,失之者丧,得之者王。"②虽属应试之作,但可见将荐贤视为国家兴亡之根本的观念在开元时已深入人心。所以李白高歌:"大国置衡镜,准平天地心。群贤无邪人,朗鉴穷情深……时泰多美士,京国会缨簪。山苗落涧底,幽松出高岑。"(《送杨少府赴选》)认为大国准平、群贤朗鉴,不可能再出现像左思笔下那样"以彼径寸茎,荫此百尺条"的不平现象。所以萧颖士自信:"举仇且

---

① 董诰等编:《全唐文》卷二百七十八,北京:中华书局,1983年,第2820页。
② 董诰等编:《全唐文》卷三百三十一,北京:中华书局,1983年,第3350页。

不弃,何必论亲疏。夫子觉者也,其能遗我乎?"(《仰答韦司业垂访五首》)对盛明之世一定能做到人尽其才充满了信心。更有王泠然以"报国之重,莫若进贤"为由,指责张说"以傲物而富贵骄人,为相以来,竟不能进一善拔一贤",甚而提出"公何不举贤自代,让位请归"(《论荐书》),可见时代之宽松。

但集权的本质不容许个体真正的自由,严明的等级也是富有理想气质的诗家们必须面对的社会现实,更何况本真的童心与高远的理想也无补于实务的欠缺。君为臣纲、父为子纲,在家国同构、等级森严的集权时代,作为臣僚的诗人,包括正努力成为臣僚的诗人们,本质上只是皇权的依赖者,对皇权的依赖,使诗人们既受制于客观条件的限制,又要在主观上作出许多文章之外的努力。客观条件中最重要的是仕进的名额与取士的方式。可用的职位本来有限,较之前代,玄宗时期不特无增,反有精减。取士的方式自门荫而科举,无论士庶都要面对新形势,作出新的努力。张说罢相后,张九龄给严挺之写信说:"往者不自量力,因缘小技,蹩躠干进,荏苒历年。固以为运属盛明,朝多君子,义能容物,而忘其孤陋,则不知弊帚之贵,末路多艰。"①身处官场的张九龄感叹,盛明之世虽可凭个人小技干进,但若无政治靠山,难免仕途多艰。这正是文章之外的努力。实务的欠缺也让诗人们的抱负大多只能停留在理想的层面。像张九龄、高适这样文才与吏治兼备的诗人毕竟只是极少数,多数的诗人包括李白、杜甫这样伟大的诗人,也是歌唱多于实践、热情高于理智。"文学政事,本自异科,求备一人,百中无一",所以古来良宰"岂必文人"?②

由此构成理想与现实的冲突,并且诱导个人的牢骚与不平,发而为赋,便是对颂美的偏离,对执政的讽喻,对个我的抒写。所以在感旧里植入对当局的不满,所以在咏喻中高标自己的气格。葛晓音先生论盛唐诗说:"盛唐之所以是一个诗的高潮时期,正与文人们以天真的幻想取代了理性的思考,一切知解力都被追求和不平的强烈情感活动淹没有关。"③这种追求与不平的强烈情感,在盛唐诗人之赋中也是随处可见的。当社会、个人与文

---

① 张九龄:《答严给事书》,见董诰等编:《全唐文》卷二百九十,北京:中华书局,1983年,第2944页。
② 《唐会要》卷七十五选部下:"(天宝)九载三月十三日敕:吏部取人必限书判,且文学政事,本自异科,求备一人,百中无一。况古来良宰,岂必文人?"王溥撰:《唐会要》,北京:中华书局,1955年,第1361页。
③ 葛晓音:《论初盛唐文人的干谒方式》,见《诗国高潮与盛唐文化》,北京:北京大学出版社,1998年,第228页。

本的结构同源一体时,诗人群体与政治的若即若离便影响辞赋创作对其颂美本旨的些许偏离。而理想的光彩与坚贞的气节也使诗家的赋作少了庸俗的成分,多了遒劲的品格。

(三)诗者的诗性思维影响及于赋的诗化

诗、赋相融但有侧重,刘熙载在《艺概》中论之甚切:一面说:"诗为赋心,赋为诗体……古诗人本合二义为一,至西汉以来,诗赋始各有专家。"一面说:"赋别于诗者,诗辞情少而声情多,赋声情少而辞情多。"一面说:"言情之赋本于《风》,陈义之赋本于《雅》,述德之赋本于《颂》。"一面引李仲蒙言"叙物以言情谓之赋,索物以托情谓之比,触物以起情谓之兴",说"此明赋、比、兴之别也,然赋中未尝不兼具比兴之意"。① 概而言之,诗重比兴与声情,赋重叙物与辞情。诗家惯用与擅长的抒情与比兴多少也会影响他们的赋体创作。

唐诗本以兴象玲珑而著称。初唐以来,有关感兴的论议与实践便滔滔不绝,有趣的是,这类议论多见于赋中,李峤《楚望赋序》、骆宾王《萤火赋序》、王勃《涧底寒松赋序》等赋序与赋作中多有阐释,说明赋与感兴本不可分。盛唐诗歌声律与风骨兼备,诗吸取赋的感兴之法反而超越了赋的境地,回过头来诗的手法又可以反哺赋的创作。所以盛唐诗人们那些咏物抒怀的赋作包括李白写景抒情的小赋都具有形象性、情感性。而且往往有咏物的诗歌与之对应,如张九龄的《归燕诗》、李白的《上李邕》、杜甫的《画鹰》、刘长卿的《杂咏八首上礼部李侍郎》等,这些诗的题材内容与表现手法都与他们的咏物赋相通相似,是诗赋互化的见证。总而言之,比兴的运用与人情的灌注可见诗家之赋得益于诗性思维与诗者性情。

但与此同时,赋的地位更加下落。六朝至初唐的诗家多有赋作,而盛唐名诗人却未必作赋,即便作赋,相较于前代诗人与他们自己的诗作而言,数量也极少。看看李、杜而外的名诗人张九龄、王翰、王维、孟浩然、储光羲、常建、高适、岑参、李颀、王昌龄、崔颢、王之涣、刘长卿、韦应物、顾况等,哪一个称得上大赋家,其实盛唐名家以诗见长本身即是诗、赋消长的标志。

"湖平两岸阔,风正一帆悬。海日生残夜,江春入旧年"(王湾《次北固山下》)。王湾的这首诗既是盛唐时代的写照,又是取代辞赋而成为文坛霸主的诗歌的写照。

---

① 刘熙载撰:《艺概》卷三《赋概》,上海:上海古籍出版社,1978年,第86~87页。

第四节 古文运动先驱赋

盛唐后期,萧颖士、李华、元结、独孤及、梁肃等,归依儒学,提倡散体,为中唐韩、柳古文运动奠定了基础,是以称为古文运动先驱。他们不仅直接参与辞赋创作,而且以自觉的理论引领赋体革新。探究古文运动先驱者们的赋,既可了解盛唐辞赋中的特殊群落,又有利于考察他们作为文章家如何影响辞赋创作及对后来者所产生的影响。

一、古文运动先驱群体概貌

(一)人员概况

一般以萧颖士、李华、独孤及为古文运动先驱中坚,而前承元德秀、下至梁肃,旁及元结、贾至等。他们相与结交,互为影响,并吸附别的文士,形成庞大的群落。

元德秀(约695—约754),字紫芝,世居太原(今属山西),后移居河南陆浑(今河南嵩县),曾作鲁山令,人以其卓行称元鲁山。《旧唐书·文苑传》将元德秀单独立传,与萧颖士、李华、陆据、崔颢、王昌龄、孟浩然、王维、李白、杜甫、李商隐等文坛大家相提并论,可见其成就与地位。① 元德秀比萧颖士(717—768)、李华(约715—774)大二十来岁,于萧、李而言亦兄亦友。《新唐书·萧颖士传》称萧"尝兄事元德秀,而友殷寅、颜真卿、柳芳、陆据、李华、邵轸、赵骅"②,《新唐书·卓行》篇称"李华兄事德秀,而友萧颖士、刘迅"。③ 李华还将元德秀与萧颖士、刘迅合称"三贤",特作《三贤论》。《三贤论》与《新唐书》都强调元德秀影响后进,仰慕元德秀而号门弟子者众多。④ 受其熏陶和影响,萧颖士、李华也都以培养和提拔后起之秀为己任。

---

① 《新唐书》入《卓行传》。
② 欧阳修、宋祁撰:《新唐书》卷二百零二,北京:中华书局,1975年,第5769~5770页。
③ 欧阳修、宋祁撰:《新唐书》卷一百九十四,北京:中华书局,1975年,第5565页。
④ 李华《三贤论》说:"广平程休士美端重寡言,河间邢宇绍宗明操持不苟,宇弟宙次宗和而不流,南阳张茂之季丰守道而能断,赵郡李丹伯高含大雅之素,崿族子丹叔南诚庄而文,丹族子惟岳谟道沉邃廉静,梁国乔潭德源昂昂有古风,宏农杨拯士扶敏而安道,清河房垂翼明志而好古,河东柳识方明遐旷而才。是皆慕于元者也。"详见董诰等编:《全唐文》卷三百一十七,北京:中华书局,1983年,第3214~3215页。《新唐书》卷一百九十四《卓行·元德秀传》称:"是时程休、邢宇、宇弟宙、张茂之、李崿、崿族子丹叔、惟岳、乔潭、杨拯、房垂、柳识皆号门弟子。"详见欧阳修、宋祁撰:《新唐书》,北京:中华书局,1975年,第5564页。

《新唐书》载:"颖士乐闻人善,以推引后进为己任。如李阳、李幼卿、皇甫冉、陆渭等数十人,由奖目,皆为名士。天下推知人,称萧功曹。"①史称李华"爱奖士类,名随以重。若独孤及、韩云卿(韩愈的二叔)、韩会、李纾、柳识、崔祐甫、皇甫冉、谢良弼、朱巨川,后至执政显官"。② 在独孤及(725—777)周围,又有中唐知名的梁肃、崔元翰、陈京、齐抗诸人。梁肃(753—793)作古文,尚古朴,为韩愈、柳宗元、李翱所师法,也是古文运动的先驱。

(二)文学主张

自隋代李谔上书请正文体,至韩、柳提倡古文运动,中间有不少人为文体文风的改革作出过努力。关于这期间的文风沿革,独孤及说有唐初——陈子昂——李华、萧颖士、贾至三变③,梁肃则说有陈子昂——张说——李华、萧颖士、贾至、独孤及三变④。两个三变中最重要的是陈子昂与古文先驱之变。陈子昂的贡献在于明确提出了文体文风改革的方向,古文先驱则提出了宗经、载道、尚简的具体主张。

萧颖士谓其:"有识以来,寡于嗜好,经术之外,略不婴心。""纵不能公卿坐取……尚应优游道术,以名教为己任,著一家之言,垂沮劝之益。"⑤

李华则说:"文章本乎作者,而哀乐系乎时。本乎作者,六经之志也;系乎时者,乐文武而哀幽厉也……夫子之文章,偃、商传焉。偃、商殁而孔伋、孟轲作,盖六经之遗也。"⑥

独孤及告诫弟子:"文章可以假道,道德可以长保;华而不实,君子所丑。"⑦

元结认为为文在于救时劝俗:"故所为之文,多退让者,多激发者,多嗟恨者,多伤闵者。其意必欲劝之忠孝,诱以仁惠,急于公直,守其节分。如此,非救时劝俗之所须者欤!"⑧

---

① 萧颖士周围有韦述、杨浚、邵轸、赵骅、殷寅、源衍、孔至、陆据、柳芳、韦收、张有略、张邈、刘颖、韩拯、孙益、韦建、陈晋、尹徵等人。详见《全唐文》卷三百一十七李华《三贤论》。
② 欧阳修、宋祁撰:《新唐书》卷二百零三,北京:中华书局,1975年,第5776页。
③ 独孤及:《检校尚书吏部员外郎赵郡李公中集序》,见《毗陵集》卷十三,《四部丛刊》本。
④ 梁肃:《补阙李君前集序》,见董诰等编:《全唐文》卷五百一十八,北京:中华书局,1983年。
⑤ 萧颖士:《赠韦司业书》,见董诰等编:《全唐文》卷三百二十三,北京:中华书局,1983年,第3277页,第3275页。
⑥ 李华:《赠礼部尚书清河孝公崔沔集序》,见董诰等编:《全唐文》卷三百一十五,北京:中华书局,1983年,第3196页。
⑦ 梁肃:《祭独孤常州文》,见董诰等编:《全唐文》卷五百二十二,北京:中华书局,1983年,第5306页。
⑧ 元结:《文编序》,见杨家骆主编:《新校元次山集》卷十,台北:世界书局,1984年,第155页。

梁肃提出文本于道说："文之作,上所以发扬道德,正性命之纪;次所以财成典礼,厚人伦之义;又其次所以昭显义类,立天下之中……故文本于道。"①

凡此种种,莫不以宗经、载道为尚,在这样的目的之下,简朴切实也相应成为文章形式方面的要求。萧颖士《为陈正卿进续尚书表》云:"孔圣没而微言绝,暴秦兴而挟书罪。虽战国遗策,旧章驳乱于纵横;汉臣著纪,新体互纷于表志。其道末者其文杂,其才浅者其意烦,岂圣人存易简之旨、尽芟夷之义也?"②知其文章要求"存易简""尽芟荑"。李华亦有《质文论》提倡易简:"天地之道易简;易则易知,简则易从。"③

古文先驱及其宗经明道主张的密集出现,除了受文学自身由散而骈、由骈而散,由功利而文本、由文本而功利的辩证发展制约以外,也是安史之乱后国家复兴愿望在文学创作与思想革新领域内的体现。

只是这些革新否定骈文,简单倡议复古,空言明道,未切社会实际,又缺乏大匠独造,所以难开生面。也可见文体文风的改革是一个缓慢而渐变的过程。

(三)辞赋观念

这样的革新在辞赋创作与主张上的表现便是一面要求宗经传道、针砭时弊,一面反对绮艳、追求壮美。

如萧颖士以为:"六经之后,有屈原、宋玉,文甚雄壮,而不能经……枚乘、司马相如,亦瑰丽才士,然而不近风雅。"④认为屈、宋、枚、马没有发挥经义,离弃风雅。

如李华,也说夫子之后偃、商、伋、轲得六经之遗意,而及屈、宋,"哀而伤,靡而不返,六经之道遁矣"⑤。

独孤及、贾至等也以宗经立论,对非经非雅的屈、宋加以批评。独孤及

---

① 梁肃:《补阙李君前集序》,见董诰等编:《全唐文》卷五百一十八,北京:中华书局,1983年,第5261页。
② 董诰等编:《全唐文》卷三百二十二,北京:中华书局,1983年,第3268页。
③ 董诰等编:《全唐文》卷三百一十七,北京:中华书局,1983年,第3212页。
④ 李华:《扬州功曹萧颖士文集序》,见董诰等编:《全唐文》卷三百一十五,北京:中华书局,1983年,第3198页。
⑤ 李华:《赠礼部尚书清河孝公崔沔集序》,见董诰等编:《全唐文》卷三百一十五,北京:中华书局,1983年,第3196页。

说:"屈、宋华而无根。"①贾至以为:"泪骚人怨靡,扬、马诡丽,班、张、崔、蔡、曹、王、潘、陆,扬波扇飙,大变风雅。宋、齐、梁、隋,荡而不返。"②

这样的思想也渗透到了当代辞赋的评价。如李华称李夫人:"近世词赋,合于雅者尽讽之。"③如独孤及称姚子彦:"错综六艺以作词赋。"④说李华之作:"本乎王道,大抵以五经为泉源。抒情性以托讽,然后有歌咏,美教化,献箴谏,然后有赋颂……非夫子之旨不书。故风雅之旨归,刑政之本根,忠孝之大伦,皆见于词。"并评价其具体作品:"主文而谲谏,则《言医》《含元殿赋》;敦礼教,则《哀节妇赋》《灵武二孝赞》……其余虽波澜万变,而未始不根于典谟。"⑤

萧颖士则以创作实践展现辞赋针砭时弊、抒情达意的功能,他的《伐樱桃树赋》,直接讽刺当朝宰相李林甫,《登宜城故城赋》对安史之乱造成的萧条困苦进行了义愤填膺的描写。

隋唐赋论,原本就是从批判齐梁绮艳文风开始的,自李谔至唐太宗与令狐德棻、魏征等史家,再到"初唐四杰"之一的王勃与史论家刘知几,莫不批评辞赋的浮艳骈俪。古文先驱们也反对绮艳赋风,不过他们还不至于彻底否定文辞,而是追求文辞的壮美与宏杰。

所以当我们反过来理解上文所举萧颖士对屈、宋、枚、马不合经义的批评时,发现他并未否定屈、宋的雄壮与枚、马的瑰丽,后面还提到张衡的"宏旷"、曹植的"丰赡"、王粲的"飘逸"与嵇康的"标举",也多半有肯定的意思。⑥

而独孤及在嫌弃"屈、宋华而无根"的同时,也责议"荀、孟朴而少

---

① 梁肃:《常州刺史独孤及集后序》,见董诰等编:《全唐文》卷五百一十八,北京:中华书局,1983年,第5261页。

② 贾至:《工部侍郎李公集序》,见董诰等编:《全唐文》卷三百六十八,北京:中华书局,1983年,第3736页。

③ 李华:《李夫人传》,见董诰等编:《全唐文》卷三百二十一,北京:中华书局,1983年,第3255页。

④ 独孤及:《姚公墓志铭》,见董诰等编:《全唐文》卷三百九十一,北京:中华书局,1983年,第3982页。

⑤ 独孤及:《检校尚书吏部员外郎赵郡李公中集序》,见董诰等编:《全唐文》卷三百八十八,北京:中华书局,1983年,第3946~3947页。

⑥ 李华:《扬州功曹萧颖士文集序》,见董诰等编:《全唐文》卷三百一十五,北京:中华书局,1983年。

文"。① 其《赵郡李公中集序》在抨击"俪偶章句"败坏文风的同时,也强调志、言、文的互彰互益:"志非言不形,言非文不彰,是三者相为用,亦犹涉川者假舟楫而后济。"

据《旧唐书·李华传》载:

> 华进士时,著《含元殿赋》万余言,颖士见而赏之,曰:"《景福》之上,《灵光》之下。"华文体温丽,少宏杰之气;颖士词锋俊发。华自以所业过之,疑其诬词。乃为《祭古战场文》,熏污之如故物,置于佛书之阁。华与颖士因阅佛书得之。华谓之曰:"此文何如?"颖士曰:"可矣。"华曰:"当代秉笔者,谁及于此?"颖士曰:"君稍精思,便可及此。"华愕然。②

萧颖士说李华的《含元殿赋》在何晏《景福殿赋》之上,王延寿《鲁灵光殿赋》之下,李华不服,又作《吊古战场文》,终于得到萧颖士的肯定,其中关键便是有无"宏杰之气"。

(四)赋作概况

与"古文"的倡导一致,古文先驱的辞赋创作也多以"古赋"为主,李华、萧颖士、独孤及、元结、梁肃5人今存赋25篇③,其中律赋仅4篇。内容上或忧伤时局,或慨叹人生,或伸张礼制,表现出一种儒化的趋势。

二、古文运动先驱辞赋题材内容与思想意义

(一)忧伤时局

古文先驱辞赋对时局的关注明显多于诗家之作,萧颖士《登宜城故城赋》《伐樱桃树赋》,元结《说楚何荒王赋》《说楚何惑王赋》《说楚何昏王赋》,李华《吊古战场文》《言医》,梁肃《指佞草赋》等,或讽喻君王、或直指奸邪、或预警天宝危机、或痛陈安史乱象,无不表现出对时局的关注与忧虑。

---

① 梁肃:《常州刺史独孤及集后序》,见董诰等编:《全唐文》卷五百一十八,北京:中华书局,1983年,第5261页。
② 刘昫等撰:《旧唐书》卷一百九十下《文苑传》,北京:中华书局,1975年,第5047~5048页。
③ 李华作《含元殿赋》《哀节妇赋》《望瀑泉赋》《木兰赋》,外加《言医》《吊古战场文》;萧颖士作《爱而不见赋》《伐樱桃树赋》《莲蕊散赋》《登宜城故城赋》《白鹇赋》《庭莎赋》《登临河城赋》《至日圜丘祀昊天上帝赋》(律赋)、《听早蝉赋》(律赋)、《滞舟赋》;独孤及作《梦远游赋》《汉光武渡滹沱冰合赋》(律赋);元结作《说楚何荒王赋》《说楚何惑王赋》《说楚何昏王赋》;梁肃作《过旧园赋》《指佞草赋》(律赋)、《述初赋》《受命宝赋》。

萧颖士《登宜城故城赋》感伤时事,颇类庾信《哀江南赋》,据赋序知天宝十五年(756),也就是安史之乱爆发的第二年,萧颖士避乱于襄阳,为节度使源洧掌书记,后从源洧移镇江陵,途经宜城,作有此赋。

赋先写登宜城故城满目所见旷野茫茫、人烟稀少的萧条景况与思前虑后、骨肉分离、不日不月的忧伤心绪。这种闻见与思虑一开始就并未局限于宜城一地与一己离情,而是着意于普天下的动荡("宇县乖剌")与全国人民的酸辛("悲事事之艰阻")。

接下来为安史之乱的叙述与评论,重点在叛乱初起时官军的溃逃与原因。说乱起时"抗靡坚阵,守无完营""将吏遁窜,悉民骇散",将帅文臣"或拘囚就戮,或胥附从乱",究其原因,在于"儒书是戏""风雅殄瘁",以致"忠勇翳郁,浇风横肆""时平无直躬之吏,世难无死节之帅"。其中的理论依据则在于:"昔先王之经国,仗文武之二事。苟兹道之不堕,实经天而纬地;邦家可得而理,祸乱无从而至。"显可见他在文武并重的同时,更强调儒家忠勇守节的道德教化可以纯朴民风,免使庸俗、浮浅、自私、愚懦的社会风气泛滥。

在迫切的时评之后,萧颖士才从容回顾安史之乱时自己由客居地淇园一路南奔至襄阳的行程与闻见,"市萧条以罕人,盗充斥以盈路。微奔走之仆御,有啼呼之幼孺。川层冰而每涉,涂积雪而犹步。昼兮夜兮,曾莫解于驰骛;惟寝与食,曷尝忘于恐惧"?既述己也写人。然后再力陈襄阳(兼及整个荆州)的地势、物产与军事地位,并因地怀人,以较大的篇幅表彰诸葛亮隆中对策的远识与拯救衰汉的衷心。其间又暗暗植入因源洧而于羁旅获职的感激与恭维,并将针对源洧坚守荆州的期望与劝告和自己诸葛亮般"唱高而和寡"的抱负与惆怅,交融于这种种陈述、表彰与慨叹之中:

> 略南乡之左鄙,凌北津之劲渡。伟夫岘首之为镇也,峻隅百雉,危甍万井;森松篁之荟蔚,划廛街以周整;前山萦依而秀拔,斜汉杳映以清迥。粳稌蔗橘,杂荆衡之蕃;桑麻黍粟,侔冀魏之境。汉之盛也,移南国之冠盖;晋之衰也,为北门之捍屏。今方岳之仁明,惠久要于平生;幸羁旅而获宥,旋载笔于戎旌。陪后车乎南纪,俨四牡以专征;历瓆塘而讯诸,乃楚鄢之遗城。昔汉皇之标季,间诸侯之释位;闻景升之是牧,叹兴废于兹地。其后绥怀劲楚,抗衡强魏;雄九域以高视,为一方之所庇,亦谋猷所赖而致也。于时寇盗蜂聚,生民失土;贤虽避世,才亦择主。有卧龙之奇英,

视江汉而胥宇;遭刘后之侧席,聿畴咨于草莽;若游鱼之在水,尚三顾而后语。其始也,亦将棱威汉沔,用武荆楚;俟时观衅,终然义举。然后包并河洛,荡涤陈汝;迎帝配天,不失厥序。既中流之颠覆,故宏算而乖阻;信云长之寡谋,亦天命之弗与。犹复廓邛峨之险,奋赍濮之旅;铺敦陇阺,震摄关辅;致中原于盱食,振衰汉之遗绪。洸洸乎俾千祀而景慕,宜其易名于忠武,不其伟欤?方其躬耕汉渚,独咏梁甫;轻夫管乐,莫之云许。伊唱高而和寡,亦惆怅于前古。道不同不相为谋,斯之谓矣。①

末尾以骚体咏怀乡土、忧思前程作结。全赋规模宏阔,感慨遥深,正可见古文家的襟怀。

《伐樱桃树赋》作于天宝八年(749),萧颖士因不愿依附李林甫,由集贤殿校理出为广陵府参军,故作此赋,以讥李林甫。序云:

庙庭之右,有大樱桃树。厥高累数寻,条畅荟蔚,攒柯比叶,拥蔽风景。腹背微禽,是焉栖托,颉颃上下,喧呼甚适。登其乔枝,则俯逼轩屏,中外斯隔,余实恶之。惧寇盗窥窬,因是为资,遂命伐焉。聊托兴兹赋,以儆夫在位者尔。

暗喻李林甫盘踞要地、权势显赫、广植党羽、阻隔视听,明言"余实恶之",以儆在位。赋则直截了当,说兹樱宜除,理由是体异修直,外密内乱;材非栋梁,质乏坚贞;小鸟啄食,妖姬攀玩:

古人有言:芳兰当门,不得不锄。眷兹樱之攸止,亦在物之宜除。观其体异修直,材非栋干;外阴森以茂密,中纷错而交乱。先群卉以效诡,望严霜而凋换;缀繁英兮霙集,骈朱实兮星灿。故当小鸟之所啄食、妖姬之所攀玩也。

与赋序同义。然后质问其何德而居,指责其难和正味:

赫赫闳宇,玄之又玄。长廊霞截,高殿云裹;实吾君聿修祖德,论道设教之筵。宜乎莳以芬馥,树以贞坚;莫匪夫松篁桂桧,茝若兰荃。猗具美而在兹,尔何德而居焉?擢无用之璞质,蒙本

---

① 董诰等编:《全唐文》卷三百二十二,北京:中华书局,1983年,第3260~3261页。

枝而自庇；汨群林而非据，专庙庭之右地。虽先寝而式荐，岂和羹之正味？每俯临乎萧墙，奸回得而窥觇；谅何恶之能为，终物情之所畏。①

所以应该"命寻斧，伐盘根；密叶剥，攒柯焚"，使"朝光无阴，夕鸟不喧；肃肃明明，荡乎阶轩。"最后再譬诸人事，以史为鉴，反复叮嘱，除恶务早："譬诸人事也，则翼吞并于潜沃，鲁出逐于强季；䌷、峻擅而吴削，伦、同专而晋坠。其大者虎迁赵嗣，鸢窃齐位；由履霜而莫戒，聿坚冰而浔至。"②咏物之赋以物言事者多，但像这篇赋这样用意显明而又尖刻大胆的实属罕见。

元结《说楚何荒王赋》《说楚何惑王赋》《说楚何昏王赋》作于天宝九年（750），三赋皆虚拟人物、假托史事、借以问答、讽谏成篇。如《说楚何荒王赋》虚拟梁宠王与随侍国君记事的君史对话：宠王问君史有无遗事，君史说有楚人遗事；说有何荒王让钓翁寻找水域，以便设置浮宫，进行垂钓；这钓翁推荐湘江之流，荒王不满，自己找到洞庭；然后在洞庭兴建浮宫，营造钓所，使浮宫富丽堂皇，如同仙府，率渔者共钓沅湘，事成封赏；宠王听后心生羡慕，欲加仿效；君史赶紧表示事未说完，说荒王变本加厉，令群臣与百姓共为浮乡，而未及一年，楚俗为之一变，"家见湍上之悲，户闻临渊之哭"③，然后有正士告诫长此以往将使君臣各迷，家国共亡；最后君史表示，这也是我讲这个故事的本意所在。当然，君史背后的叙事者元结要表达的也是戒君王荒于宫室游乐，只不过他是事外的说事者，是托梁君臣说楚史而寓唐事。《说楚何惑王赋》《说楚何昏王赋》两赋略同，《说楚何惑王赋》重在告诫君王惑于女色声伎，《说楚何昏王赋》集中批判君王开疆扩土、劳民伤财，但惑王与昏王皆有所悔悟，能够改过，进谏者则分别为"直士""忠臣"。最后说王客捧酒为宠王寿，并借王客之口，明言"君史说楚，似欲戒梁；敢愿君王，示鉴不忘"。④

元结另有《元谟》《演谟》《系谟》三篇，假天子与纯公对问，言治国兴邦之道，归旨为崇道德、简刑罚、尚节俭。马积高先生说《元谟》《演谟》《系谟》实际上是带韵语的问答体政论，也把它们写入《赋史》。

李华赋体文《吊古战场文》《言医》为吊古讽今、以古喻今之作。

---

① 董诰等编：《全唐文》卷三百二十二，北京：中华书局，1983年，第3262～3263页。
② 董诰等编：《全唐文》卷三百二十二，北京：中华书局，1983年，第3263页。
③ 董诰等编：《全唐文》卷三百八十，北京：中华书局，1983年，第3857页。
④ 董诰等编：《全唐文》卷三百八十，北京：中华书局，1983年，第3859页。

《吊古战场文》有吊古,有讽今,是对亘古以来边塞战场的凭吊与战事的反思。开篇即描写古战场阴森死寂的氛围:

> 浩浩乎! 平沙无垠,敻不见人,河水萦带,群山纠纷。黯兮惨悴,风悲日曛。蓬断草枯,凛若霜晨。鸟飞不下,兽铤亡群。亭长告予曰:"此古战场也。常覆三军,往往鬼哭,天阴则闻。"伤心哉! 秦欤? 汉欤? 将近代欤?

山河浩渺,野旷无人;风摧霜冷,蓬断草枯;天昏地暗,鸟兽奔逃。千载之下,尚犹如此,当年惨烈,可以想见。更假亭长之语,将过往古今的战事尽数括进,再加秦、汉、近代的设问,足为后面的吊古伤今张本。而"伤心"两字,当然是全赋的情感基调了。

接下来以"吾闻夫"领起,概述自"齐魏徭戍,荆韩召募"至"秦汉而还,多事四夷"的边塞战事,极言征人士卒远戍奔涉、寄身锋刃之苦,并将战事频仍的原因归为"文教失宣,武臣用奇;奇兵有异于仁义,王道迂阔而莫为"。行文至此,意旨已明,但对于全赋而言,这还只是一个序幕,后面的部分以更大的篇幅铺陈两军厮杀的惨烈,分析安定边防的关键,描写士兵家属的痛苦。如写两军厮杀的状况:

> 吾想夫北风振漠,胡兵伺便。主将骄敌,期门受战。野竖旌旗,川回组练。法重心骇,威尊命贱。利镞穿骨,惊沙入面。主客相搏,山川震眩。声析江河,势崩雷电。
>
> 至若穷阴凝闭,凛冽海隅;积雪没胫,坚冰在须。鸷鸟休巢,征马踟蹰,缯纩无温,堕指裂肤。当此苦寒,天假强胡,凭陵杀气,以相剪屠。径截辎重,横攻士卒;都尉新降,将军覆没。尸填巨港之岸,血满长城之窟。无贵无贱,同为枯骨,可胜言哉!
>
> 鼓衰兮力尽,矢竭兮弦绝。白刃交兮宝刀折,两军蹙兮生死决。降矣哉,终身夷狄;战矣哉,骨暴沙砾。鸟无声兮山寂寂,夜正长兮风淅淅。魂魄结兮天沉沉,鬼神聚兮云幂幂。日光寒兮草短,月色苦兮霜白。伤心惨目,有如是耶?

以"吾想夫"领起,驰骋笔墨,极写沙陲海隅之地,穷阴苦寒之时,胡兵凭借天时地利以相侵犯,中原主将骄慢轻敌,仓促应战,士卒迫于严令酷法拼命死战。两军相搏,山川震撼、江河崩裂,结果尸填巨港、血满长城,触目惊心。作者意犹未尽,又以骚体句式抒写凄恻悲愤之情,其间夹杂或降或战的绝望,极言三军覆灭的沉寂。"降矣哉,终身夷狄;战矣哉,骨暴沙砾",真是无辜惨烈。山寂寂、风浙浙、云幂幂,魂魄结而鬼神聚,日光寒而月色苦,真是"伤心惨目",与汉乐府《战城南》中"水深激激,蒲苇冥冥;枭骑战斗死,驽马徘徊鸣"意味相似。而整段骚体又同于《九歌·国殇》的情韵。

"吾闻之"一段,以"牧用赵卒,大破林胡"和"汉倾天下,财殚力痡"相比,得出"任人而已,其在多乎"的结论。再以"周逐猃狁""全师而还"与"秦起长城""荼毒生灵""汉击匈奴""功不补患"对比,照应开篇,说明王道仁义才是安边之法。

末段以四言韵语写"吊祭"场面:

> 苍苍蒸民,谁无父母?提携捧负,畏其不寿。谁无兄弟,如足如手?谁无夫妇,如宾如友?生也何恩,杀之何咎?其存其没,家莫闻知。人或有言,将信将疑。悁悁心目,寤寐见之。布奠倾觞,哭望天涯。天地为愁,草木凄悲。吊祭不至,精魂无依?必有凶年,人其流离。呜呼噫嘻!时耶命耶?从古如斯。为之奈何,守在四夷。①

其间有"杀之何咎"的质问,"家莫闻知"的悲悯,"哭望天涯"的凄悲,"从古如斯"的感喟与"守在四夷"的主张。

秦汉以来,边事不断,早成困局;玄宗后期,滥事征伐,也遭有识者批判。李、杜以大诗家身份多有陈词,即对古战场也不乏悲凉惨悴的描绘,如:"下马古战场,四顾但茫然。风悲浮云去,黄叶坠我前。朽骨穴蝼蚁,又为蔓草缠。"(杜甫《遣兴三首》其一)"野战格斗死,败马号鸣向天悲。乌鸢啄人肠,衔飞上挂枯树枝。士卒涂草莽,将军空尔为。"(李白《战城南》)李华《吊古战场文》与之同一命意,而又能以赋文体式之便,铺陈战争的残酷,详述王道的主张,所以成为同类赋中的名篇。

《言医》是以言行医的意思,所医者为晋侯图秦之病,说有晋侯正欲图秦,忽而有疾,秦伯使医和往视。医和至晋,推却食色之礼,唯求佐饭之需,然后诊断,说晋侯与楚王之病相若,既可治也不可治。由此引出楚地山川风物之铺陈与楚王国政荒淫之警示。晋侯听后"舒气而伸干",赶紧问可为

---

① 董诰等编:《全唐文》卷三百二十一,北京:中华书局,1983年,第3256~3257页。

之策,医和明示不可"张而无厌",并趁机渲染秦王如何罄币相劳,以不战之术拒楚师之事。由此"晋侯洸然,以楚事而照于晋,遂辍谋秦""大国修好,小国来朝,戎狄皆附",而"客果以词痊晋,故曰言医"。这样的构造显为问对体寓言赋,而且保有战国纵横家气息。联系天宝后期的政治情况,也不难看出其以古喻今的用意。①

梁肃《指佞草赋》为应举之作,也能以佞草与瑞草的对比譬喻人才的秉性,借此提出"佞直不分,邦家靡定"的主张。

(二) 慨叹人生

古文先驱赋家也不乏慨叹人生之作,如萧颖士《白鹇赋》《庭莎赋》《滞舟赋》《听早蝉赋》《登临河城赋》《爱而不见赋》《莲蕊散赋》,李华《木兰赋》《哀节妇赋》《望瀑泉赋》,梁肃《过旧园赋》《述初赋》,独孤及《梦远游赋》,或拟人喻己,或思亲怀友,或述初梦远,无不灌注一己生命之体验。

史称元德秀曾"作《寒士赋》以自况"(《新唐书·旧行篇》),并"为高人所称"(《新唐书·元德秀传》),李华所作《元鲁山墓碣铭》也盛赞元德秀善为文章,说其"所著文章,根元极则《道演》,寄情性则《于芳于》,思善人则《礼咏》,多能而深则《广吴公子观乐》,旷达而妙则《现题》,穷于性命则《寒士赋》,可谓与古同辙、自为名家者也"。②

萧颖士赋既针砭时弊,又咏物自喻、念亲怀友,主题较为丰富。《白鹇赋》作于天宝十年(751),序称其"飘泊江介,流宕逾时……有命自天,召赴京阙,适与兹鸟偕,至于会稽之传舍,观其宛颈旁睨,回惶掩抑,往往孤鸣,音韵凄凉,如慕侣而不获,因感而赋之"。可见赋的初衷在于怜惋。赋写白鹇往日的安闲:

> 备文武之正饰,懋妖姬之殊颜;情莽眇以耿洁,貌轩昂以安闲。无驯扰之近性,故不惬于人寰,游必海裔,栖必云间。冀养拙以自保,祛未萌之忧患。

而受羁于皇宫后:

> 何天听之缅邈,辱微禽之琐细;偶一日之见羁,委微躯以受制。望层城以敛翼,怀众侣而孤唳;从厩置之骏奔,仰君门以趑

---

① 董诰等编:《全唐文》卷三百一十八,北京:中华书局,1983年,第3221~3222页。
② 董诰等编:《全唐文》卷三百二十,北京:中华书局,1983年,第3221~3222页。

逝。君门兮九重,洞杳筱兮穹崇;池太液兮岛方壶,万族翔泳乎其中。昼聒未央之繁弦,夕惊长乐之虚钟;顾疏野之贱迹,岂敢求一枝而见容?越水清兮镜色,吴山远兮天逼;窥浅深以眙影,逗清冥兮一息。

微躯受制、无枝可容,敛翼孤鸣、日夕惊惕。由此感慨:

> 谓杉松可得永日而噪聚,莼荇足以穷年而唼食;一与心赏兮暌违,念归飞兮何极?鹦能言而入座,鹤善舞而登轩。殊二者之常态,谅惭惶于主恩。是以虽信美而非其志,独屏营而兢魂者焉。①

不同鹦鹤,殊于常态,感慨本性难违,无由登轩入座。此中所表现的正是萧颖士自己孤高自守、清正自养的心性。正是在这层意义上,马积高先生说此赋比韩愈《感二鸟赋》"羡二鸟之光荣,而叹己之不如""思想境界高多了"。②

《庭莎赋》与《白鹇赋》同一寓意而更加直白与急切,序云:

> 天宝十载,予以史臣推择,待诏阙下,僻直多忤,连岁不偶。未选叙,求参河南府军事。府尹裴公以予浮名,枉顾遇焉。而尹之外姻,或绾纪纲之局,怙势矜权,求府僚降礼于己。予清慎自守,不能附会,爰逝我陈,嫌怒遂构。又同官多贵游右戚,酒食之会,丝竹之娱,无间旬朔。予人质鄙野,雅不之好,常愿鸥鸟为俦、江海是处。往岁久游剡中,将遂终焉,朝旨迫召,故不获展,著《白鹇赋》以寄斯意。至是郁悒,弥用增想。厅阶之下,蹊有莎草,故参军宋之问徙于伊川而植焉。结根五纪,绵幂庭际,广不累步。高树十余,间以杂果,阴蔽其上。俗吏往来,必凌践之。叹其禀山野之姿,而托非其所,以就窘迫,因而赋曰。

赋序明言:本篇与《白鹇赋》作于同一时期,所要表达的也是"托非其所,以就窘迫"之意。不过一说府尹裴公枉顾遇己,二说尹之外姻怙势矜权,三说自己清慎自守,不能附会,如此一而再,再而三地将他人的名姓与自己的情

---

① 董诰等编:《全唐文》卷三百二十二,北京:中华书局,1983年,第3263页。
② 马积高:《赋史》,上海:上海古籍出版社,1987年,第284页。

绪宣泄纸上,比《白鹇赋》又更直白,甚至在整个传统文化的语境中都属少见。赋即就序意展开,虽不乏比拟之意,但议论过多,终伤直露:

> 厌公门之窘束,玩纤草于兹庭。奚卑弱之斯极,岂雨露之愆灵……胥徒牒诉,杂沓乎其侧;游尘浮烟,蒙翳而不息。虽萧飒以自得,亦喧卑而见逼。宜夫坐莽浪之野,带江湖之涘。托根山阿,摇颖绿水;芊绵霢霂,连亘乎十数里。何推迁而运会,缪产莳于庭隅?忱好尚之倾夺,见芟夷于难除。既无心于宠辱,又奚诱于亲疏……曷兹卉之攸托,惨终年而莫舒?吾将征宰物之至理,聿归问于元虚者焉。①

在《滞舟赋》中,萧颖士以巨舸搁浅、轻舟自如为对比,比拟君子失时、小人得势的人生路径。赋述自己因遭"飞钳以抵巘"而去官东游,适逢大旱之时,"朱云四腾,瑶草半歇……赫中湔之平沙,渗通川而殆竭",见有"危樯巨舸,长楫广艘",虽"龙翼锦轴,雀顾方艚。材木兰兮竹箭,纫齿革与羽毛",而"顿修筈于回塘,骈曲岸以戢篙",而轻桨小舟,反可"乘时溯洄,赴利驰骋",由此感慨:"事也时哉!咸适其才。"然后假设于三江五湖之上,势易时移,大舰晷刻千里,去留倏忽,而小船压溺不暇、命且不保。可知"材微则致远而自覆,量大则俟时而可贵"。最后譬之人事:

> 苟或喻于穷通,又奚分于器类?运之来也,贾长渊高视于三台;谋不用焉,梅子真近辞于一尉。吾将敛策以饮气,睹维舟而嘘唏。②

人之穷达,不唯才具,亦在命运与谋用。萧颖士才高性直,难免时不我遇的失落,正如滞舟也。

萧颖士另有《听早蝉赋》,也是自况之作,赋云:

> ……体孤高而自适,候时节而斯审。其处也,敦兮若朴,乃蜎蜎而未化;其出也,道之将行,必沉瀎而方饮。岂徒《尔雅》辨其名体,诗人咏夫章句;味编《本草》之录,声彻上林之赋?歌郫宰之化,偶范绥而见称;饰赵王之冠,与貂尾而胥附。庄篇载痀偻之

---

① 董诰等编:《全唐文》卷三百二十二,北京:中华书局,1983年,第3264页。
② 董诰等编:《全唐文》卷三百二十二,北京:中华书局,1983年,第3265页。

志,孔氏感螳螂之捕。苟动静不爽,飞鸣有度;因依密叶,萧散凝露;韬余阴于岁晚,等群蛰于时暮;兹括囊而用吉,又曾何鸟雀之能喻?①

大抵说寒蝉品高行洁,非鸟雀而能喻,其间用了不少成词故典。

纵观四赋,可知萧颖士咏物自喻之作在慨叹人生的同时,也颇执着于自己清峻的品节,再参考他存己自述的《赠韦司业书》,就更明白他的个性与坚持了,在这篇自荐书里,他用了较大的篇幅来陈述自己的志节与遭遇:

> 褊介自持,粗疏浸久,平生峻节,未尝屈下……又以为务恃文词,傲弄当世,同声悉疾,何地自容,可叹息也。直性褊中,少所容忍,于心不惬,未曾勉强。昔常话文章得失,论姓氏臧否,忤人雅意,累悔无及。友生邵轸,深以为言。四五年来,绝无此过,终朝杜口,不复发端。偶然见问,则率意便答,必不能矫情饰理,雷同取合。而今世风流,见异者众,虽三五至交,才名久著,一参名理,俄然楚越。而州县之礼,舍义重权,小人跨蹶,便成简倨。卑身下气,已自不堪,词色之端,更求附会。守初心则嫌猜顿起,将任节则操履全乖。丈夫行已三十年,读书数千卷,尚不能揣摩捭阖,取权豪意旨,况复终年怏怏,折腰于椽吏之下哉?②

结合这样的文章,我们应该能更清楚地理解萧颖士的操守与古代文人保持志节的艰难了。

萧颖士又有念亲怀友的《登临河城赋》《爱而不见赋》《莲蕊散赋》。

《登临河城赋》为天宝元年(742)八月,萧颖士奉使求遗书,经临河,忆曾作临河县尉的亡舅而作。赋序说亡舅当年不仅"风标俊杰,文史清隽",而且于己有教授之恩,"只辞片字,皆资训诱",之所以能"射策桂林,校书芸阁,道为知己遇,名为海内称",也赖舅氏之力,今日"览物增怀,泫然有赋"。赋云:

> 登孤城兮见河水之漫漫,城有隍兮水有澜。欻翻覆兮无端,俯崇墉兮辛酸,心断绝兮河水之干。借如韩伯怀恩,羊昙念昔;追

---

① 董诰等编:《全唐文》卷三百二十二,北京:中华书局,1983年,第3263页。
② 董诰等编:《全唐文》卷三百二十三,北京:中华书局,1983年,第3274~3277页。

北渚之囊饯,叹西州之忽觌。曾一顾而不忘,况仁深与密戚也?惟佩觿之弱岁,荷哲舅之矜怜;枉月旦之殊品,超等夷而独偏。过虽小而必诫,善无微而不甄;备润身之黼藻,闻染翰之蹄筌。岂期文嗣作者,价参时贤;谬昆墟而比玉,滥蓬岛而怀铅。匪舅德其焉尔?谅师资乎在焉!痛才高而位下,悲道悠而运促;甫一命于兹城,塞无媒兮窘束。傃层飙而坠羽,凌永路而倾轴;悼晋坚之行深,哀秦良之莫赎。昔自公而暇豫,陪作赋于兹楼;怀一纪以如昨,怆今晨而独游。俯萧条之邑里,对零落之徂秋,旧馆凄其在目,长川逝而不留。徒临风而挥涕,孰知夫四望可以销忧者也!①

登城所见,惟隍惟水,物是人非,痛念往昔:哲舅矜怜、超等特出,训育辅诫,无小无微,仰蒙舅德,价参时贤;惜舅父本人,才高位下,道悠运促;感旧馆犹在,舅氏已逝,徒登城四望、临风挥涕。此作篇幅不长,但情真语挚,颇为动人。序及赋并用甥舅情深的典故。序云:"羊昙是日,独吟零落之篇;周翼终身,宁忘吐哺之爱。"赋曰:"韩伯怀恩,羊昙念昔;追北渚之囊饯,叹西州之忽觌。"谢安器重、羊昙恸哭,郗鉴吐哺、周翼服丧,殷浩不弃、韩伯不离,都是感人至深的故事,这类典故的叠用有助于人伦情怀的抒发。

《爱而不见赋》为天宝十一年(752),萧颖士待诏京邑时贻旧知而作②,题出《诗经·静女》。赋云:

嗟乎!或爱之而不见者有之矣……苟时事之多怨,故人遐而室迩;关山起于足下,堂上远乎千里……惟夙昔之良会,梦佳期于北方;款渤澥之三山,吸流霞之景光。含芳词以况予,云惠好之不忘;愿报义于永日,陪游宴于帝乡。广莫忽而号怒,鲸波汹而腾张;俄惊魂以辍寐,问穷发之茫茫……追前欢之俯迹,叹此恨之悠长……冀良宵之复遇,希旧游之即可;徒有愿兮且未克,忧深沉兮萃胸臆。风兮雨兮,思君子兮何极!③

---

① 董诰等编:《全唐文》卷三百二十二,北京:中华书局,1983年,第3262页。
② 题下自注为"丙辰岁待诏京邑贻旧知作"。玄宗开元、天宝年间干支为"丙辰"的只有开元四年(716),这时萧颖士尚未出生。"待诏京邑"当指天宝十年(751)史官韦述荐举萧颖士,召诣史馆待制,因李林甫故未得任用,而直到天宝十二年(753)春任河南府参军事。这三年的干支分别为辛卯、壬辰、癸巳,"丙辰"或系"壬辰"之误。可参见张卫宏:《萧颖士研究》,西北大学博士论文,2007年,第144页。
③ 董诰等编:《全唐文》卷三百二十二,北京:中华书局,1983年,第3259~3260页。

哀时事多怨,叹室迩人遐,正相会于美梦,忽惊魂而辍寐,相较于他篇,萧颖士此赋飘渺含蓄。所以马积高先生说其"意婉而辞诡",有"讽故友相率高举远行之意"①,而郭维森、许结先生则谓有"感时伤世之意",赋中关于风涛的描写,或已察觉安史之乱前深重的危机。②

《莲蕊散赋》是"感恩叹异"之作,序说天宝十四年(755),萧颖士因兄弟相继夭亡而"忧伤感疾",病居韦城,幸有好友于逖、张南容、李昕等问医送药,药到病除。赋所感的正是友人无私的关爱之恩,叹的则是莲蕊散速效无敌之异。"彼挂帆而奔驷,曾莫速乎灵迹。虽兼金与制锦,岂厌价而能敌?异哉!讨奇篇于绿帙,搜秘卷于青囊;奚要术之备列,独无闻于此方?"药效速于奔马而无闻于医书,所以说药方之宝贵非黄金与锦缎所能比拟。"感知己于名公,降逾涯之厚恩。旅信宿以问至,致良散以斯存""昔禽蛇之见拯,尚有答于随唅;矧圆首之为贵,韦称灵于覆载。惭力微而施重,惧陨坠于酬戴;莲之蕊兮,永以为佩"!③友朋降尊眷顾而无以酬报,所以要感恩戴德、永远铭记。

针砭时弊与念亲怀友合在一起,可以见出萧颖士性格中既有刚正不阿、直率坦诚的一面,也有柔和友善、感恩念好的一面。

李华《木兰赋》《哀节妇赋》《望瀑泉赋》也是慨叹人生之作。李华在安史之乱中曾有陷贼任伪职的经历,这对他后半生的仕宦与思想都有很大的影响,他这三篇赋也隐约表达着他后期的心绪。

《木兰赋》铺陈木兰品质遭遇,类比士人出处语默,感慨世事吉凶难料。序称"华容石门山有木兰树,乡人不识,伐以为薪",县令李韶谓天地之珍物,禁其剪伐,不意远近闻之争相采斫,终至枯槁。

赋极写木兰形貌品质与声名气格,谓其:"白波润其根柢,元雪畅其枝条;沐春雨之濯濯,鸣秋风以萧萧。素肤紫肌,绿叶缃蒂;疏密耸附,高卑荫蔽。华如霜雪,实若星丽,节劲松竹,香浓兰桂。厌杂植于人间,聊独立于天际;徒翳荟兮为邻,挺坚芳兮此身;嘉名列于道书,坠露饮乎骚人。"然后写其幽独莫知,樵父无惠,而一旦相识,人争相求,肢残体剥:

> 至若灵山雾歇,蔼蔼林樾;当楚泽之晨霞,映洞庭之夜月……

---

① 马积高:《赋史》,上海:上海古籍出版社,1987年,第285页。
② 郭维森、许结:《中国辞赋发展史》,南京:江苏教育出版社,1996年,第417页。
③ 董诰等编:《全唐文》卷三百二十二,北京:中华书局,1983年,第3264~3265页。

> 彼逸人兮有所思，恋芳阴兮步迟迟；怅幽独兮人莫知，怀馨香兮将为谁？惋樵父之无惠，混众木而皆尽；指群类而挥斥，遇仁人之不忍。方甘心而剿绝，俄固柢于倾殒；怜春华而搴芳，顾落日而回轸。达者有言，巧劳智忧；养命蠲疾，人胡不求？肢残体剥，泽尽枯留；憔悴空山，离披素秋。

由此感慨生命无常，不可筹算，天地无心，不如委任自然：

> 鸟避弋而高翔，鱼畏纲而深游；不材则终其天年，能鸣则免于俎羞。奚此木之不终，独隐见而雁忧？自昔沦芳于朝市，坠实于林邱；徒郁咽而无声，可胜言而计筹者哉！吾闻曰："人助者信，神听者直，则臧仓谮言，宣尼失职；出处语默，与时消息，则子云投阁，方回受殛。"故知天地无心，死生同域；纭纭品物，物有其极。至人者，委性循于自然，宁任夫智之与力也？虽贤愚各全其好恶，草木不夭其生植；已而已而，繁蔽不可得。①

山木因不材而终其天年、大雁因能鸣而免于烹杀，宣尼失职、子云投阁，可知生存之困窘；或出或处、或语或默，与时消息、委任自然，能保天年乎？这一木兰的形象依稀浸灌着李华名节受污后的静默、沉痛，努力的达观与终归的无奈。

《哀节妇赋》叙写薄氏义不受辱事。薄氏为武康尉薄自牧的女儿、江阴尉邹待征的妻子，江左之乱时②，丈夫解印逃匿，自己被穷追不舍，还不忘将丈夫官告（委任状）托付村媪，然后为免辱而从容赴水。赋文简短，亦不出彩，李华说之所以写这篇赋，是因为薄氏"声义动于江南"，而薄父又是故交。不过赋序中夹杂入"自丧乱以来，士女以贞烈殒毙者众"的感叹，多少也会植入个人的经历与情思。李华陷贼失节，或因护母无奈。独孤及《检校尚书吏部员外郎赵郡李公中集序》说李华"质直而和，纯固而明，旷达而有节，中行而能断。孝敬忠廉，根于天机，执亲之丧，哀达神明。其任职厘绩，外若坦荡，内持正性，谏不犯颜，见义乃勇，举善惟惧不及，务去恶如复

---

① 董诰等编：《全唐文》卷三百一十四，北京：中华书局，1983年，第3190页。
② 《新唐书》卷一百三十《列女传》说是袁晁之乱。袁晁（？—764）是唐代宗时浙东农民起义军领袖，曾先后攻克台、衢、温、婺、明、越、信、杭、苏、常等江东十州。李华《哀节妇赋》亦称"昔岁群盗并起，横行海浙；江阴万户，化为凝血"。

仇。与朋友交,然诺著于天下……禄山之难,方命圮族者蔽天聪明,勇者不得奋,明者不得谋。公危行正词,献纳以诚,累陈诛凶渠、完封疆之策,阍犬迎吠,故书留不下。时继太夫人在邺,初潼关败书闻,或劝公走蜀诣行在所。公曰:'奈方寸何?不若间行问安否,然后辇母安舆而逃。'谋未果,为盗所获。二京既复,坐谪杭州司功参军。太夫人弃敬养,公自伤悼。以事君故,践危乱而不能安亲;既受污,非其疾而贻亲之忧;及随牒愿终养,而遭天不吊,由是衔罔极之痛者三。故虽除丧,抱终身之戚焉。谓志已亏,息陈力之愿焉。因屏居江南,省躬遗名,誓心自绝"。① 以李华平日的志节与乱时的情况来看,陷贼而任伪职是无可奈何之事,但这毕竟成为他终生的遗憾乃至污点。

他对自己既不能保持气节,又不能保护亲人的往事耿耿于怀,既无心仕进,又于文章中念念不忘。据《新唐书》记载:"上元中,以左补阙、司封员外郎召之。华喟然曰:'乌有隳节危亲,欲荷天子宠乎?'称疾不拜。李岘领选江南,表置幕府,擢检校吏部员外郎。苦风痹,去官,客隐山阳,勒子弟力农,安于穷槁。"②辞官归隐,安于穷槁,既可理解为对世事的淡泊,又可看作对自我的惩责。所以他一面说:"今圣人在上,夔龙宣力,而老夫甘心贫贱,得非人生穷达,固有分耶"③一面又说:"华与二贤早相得,偕修君子之儒,而独无成;偕励人臣之道,而独失节;偕遇文明之运,而独衰病。"④

世事难料,生命无常,在描写景物的《望瀑泉赋》中,李华也灌注着对人生的思考:

> ……孤流皎皎于苍梁,翠淙千仞兮悬帛;玉绳缒于寥天,银河垂于广泽。春风雷兮筵霜雪,穿重云而下射;白龙倒饮于平湖,若天地之初辟。委滔滔兮东迤,讵知夫维今之在昔……人已古今山在,泉无心兮道存;将默贯于精极,欲置之而不言。⑤

前面连用苍梁、悬帛、玉绳、春雷、霜雪、白龙等意象比拟瀑布,后面感慨泉

---

① 董诰等编:《全唐文》卷三百八十八,北京:中华书局,1983年,第3946页。
② 欧阳修、宋祁撰:《新唐书》卷二百零三,北京:中华书局,1975年,第5776页。
③ 《江州卧疾送李侍御诗序》,见董诰等编:《全唐文》卷三百一十五,北京:中华书局,1983年,第3199页。
④ 《卧疾舟中相里范二侍御先行赠别序》,见董诰等编:《全唐文》卷三百一十五,北京:中华书局,1983年,第3201页。
⑤ 董诰等编:《全唐文》卷三百一十四,北京:中华书局,1983年,第3189页。

水共时光流逝,而山石与天道永存。面对自然与宇宙,思索人生与命运,或许可以减少许多烦恼,甚而提升生存智慧。这大概也可以说明李华晚年悲戚苍凉的心态中又多了几分坦然与自适。

梁肃《过旧园赋》《述初赋》、独孤及《梦远游赋》,或陈过往,或梦远游,或实或虚,但终归为人生之喟叹。

与梁肃同时代的崔恭分类列举梁肃的文章时说:"叙宗系,思祖德,作《述初赋》;病流滥,悦故居,作《过旧园赋》;明大道,宗有德,作《受命宝赋》。"①崔恭对于梁氏三赋主旨的提炼大体不错,不过《受命宝赋》关乎君国,而《过旧园赋》《述初赋》系于身家。

梁肃天宝十二年(753)生于河南新安,三岁即逢安史之乱,叛军攻陷洛阳,新安沦陷。至德二年(757)郭子仪收复洛阳,乾元二年(759)史思明又占洛阳。数年间新安一带始终战火纷飞,梁肃在此度过六年的童年岁月。九岁时,举家迁赴江南,旅居吴越,其间又"一润而三徙"。建中元年(780),梁肃于长安应制举文辞清丽科,及第,而后授东宫校书郎,八月请告归觐于江南,见新安旧居而作赋纪事,即《过旧园赋》。《过旧园赋》及序叙述了他二十多年的流离迁徙,追索了旧园的由来变故,本身就是了解梁肃的重要史料。中间又难免个人身世的感慨、家业未复的惭惧,并夹杂有动乱破坏的记载与国家前程的隐忧。相对纯粹的一段则在赋首有关旧园本身的写景叙事:

> 白露既戒夫清秋。爰驾言而东迈,漫征路之悠悠。且予发乎新安,历函关之旧邱。灌丛林以相属,披一径而可求。阒里巷之罕人,辨原田而莫由。堂除既缺,衡宇亦折。树蔽户而稍稍,水冲堤而活活。骇兽群起,颓墉四达。识旧井于庭隅,吊重萝于木末。既循省而顾慕,愈辛酸而惨怛。何缠迫而求所安,激予哀而不可遏也?②

赋家在清秋之季长途跋涉,来到故家院落,远望里巷无人、原田莫辨,近观门庭损折、鸟兽出没,禁不住哀从中来。这一段语言简洁而情景并现,算是这篇赋中可读性最强的段落。

---

① 崔恭:《唐右补阙梁肃文集序》,见董诰等编:《全唐文》卷四百八十,北京:中华书局,1983年,第4904页。

② 董诰等编:《全唐文》卷五百一十七,北京:中华书局,1983年,第5249页。

《述初赋》可以算作《过旧园赋》的续篇,作于梁肃四十一岁时的贞元九年(793)。梁肃于建中元年(780)应举及第授官后,因母亲老病辞归不仕。贞元二年(786)始,应辟入淮南节度使幕。贞元五年(789),入京为监察御史。次年转右补阙,不久又加翰林学士领东宫侍读。贞元八年(792),协助陆贽主试,推举韩愈、欧阳詹等登第。贞元九年(793),领史馆修撰①,正值身份地位显达之时。此时所历所思自然与建中元年(780)初登第时不同,如果说《过旧园赋》是前事不堪的哀叹之篇,《述初赋》则为功成意满的省思之文。序云:

> 予幼而漂流,遂寓于江海之上,与凫雁为伍有年矣。或禄仕以代樵牧,其暇则以群籍自娱。又尝染重腿疾,每求长桑氏之术以为疗,其他未之思也。方俟间则追尚平五岳之游,无几何,会明诏以监察御史征,俄转右补阙。羁守职次,未遑自免,江湖之思漫如也。间一岁,加翰林学士,领东宫侍读之事。既微且陋,载荷天眷。上不能宣令德,通古今,当论思之任;次不足宏三善,备教谕,充端士之列。每省名位,眄章绶,中心怒然,不欲寝食,无一日而安者。三年于兹,其愧畏乃如此。时步自中禁,休于里巷;病攻其外,神倦于中;嚣焉忘形,思及道本。然后知一动一静,万化殊途,寂然同归,未始有物。且不知夫曩岁之浮游,与今之局束,彼乎此乎?是欤非欤?杳不得其倪矣。于是作《述初赋》以纪怀,且贻诸同志焉尔。②

大意说幼年漂泊、曾寓江海之上,晚岁守职,徒具江湖之思,现在想来,一动一静,殊途同归,孰是孰非,难见端倪。赋则先以大段文字历叙世系家谱,并掺杂注释,以高远其由来。然后转写个人的仕宦经历,说自己生植多艰,少无师训,不知立德与立言,开始任职之后,才知道"砥志以就贤",然后不断地思考与磨炼,终于"谬参侍从之臣,获睹人神之泰",其间不乏由衷的体会,也难免空洞的说教。最后写寓居南里的优游生活,再发一通物我同域的人生感慨。赋末提到"遗原宪之贫病,忘宁武之智愚。丧我南郭之几,尽心西域之书"③,佛道的陶冶当使晚岁的梁肃更加坦然自若,行文也更加从

---

① 《述初赋》未及领史馆修撰事,或于作赋后,梁肃贞元九年十一月病逝。
② 董诰等编:《全唐文》卷五百一十七,北京:中华书局,1983年,第5250~5251页。
③ 董诰等编:《全唐文》卷五百一十七,北京:中华书局,1983年,第5252页。

容超拔,但也少了几分生气。

独孤及是梁肃的老师辈,曾于天宝十三年(754)以洞晓玄经对策高第,他的《梦远游赋》便是体道之文。赋序与赋的结尾基本表达了他万物同化、委任自然的观点。序云:

> 老氏称"吾所以有大患者,为吾有身"。大哉,圣人之知微乎!夫生者,一气之暂聚耳,有天地之和、自然之力,以运其行止,节其夭寿,非智力之所能扶明矣。而举世矻矻,莫不保持形骸,谓为己有,特执迷妄,往而不返。小者攘礼乐、窃忠信以贾誉,大者盗天地之权,至于忘身。道德之衰,皆此物也。余生于浮而长于妄,汩没当世,与群动俱,智不能逃形于名声之缰锁,脱屣于冠冕之笼槛。及其世界颠倒,万物反覆,始返照收视,以观身世,然后知一生之患假合,岂直刍狗、土苴、热焰、聚沫而已?则我之身也,与百忧偕长,况重险之中乎?思欲冲三清,出五浊,乘凌虚极,与造物者为伍,莫有由矣。尝中夜梦飞升太空,若有以名迹见诮者。觉而自失,乃为赋以状远游,且旌悟道之晚也。

赋末说:

> 独立道枢,怡神胚浑,万物转薄,吾真长存。止水不波,浮云无根;与时盈虚,委质乾坤。倚伏相轧,吉凶同源;物各自尔,予欲无言。优哉游哉!聊以穷年。

中间三段比较集中地写远游,先写乘梦奋飞、深入空界而身世双遗,然后假高士发表了一通万物变化不为物累的道理,最后再在归途的俯视中观照安史之乱后故国山河、城阙的破败与市朝者的纷纭飞驰。如写俯视一段云:

> 哀攀龙之无阶兮,思过天之曷月?未知去下方几万亿兮,退将返遵吾归辙。修玉虚以下降,济银汉以中憩。凭东井以俯视,识故国之城阙;千门万户,遥如蚁穴。百川绮分,五岳罗列;觅旧山与乔木,才依希而明灭。见伊川大道,鞠为戎狄;历阳故人,半作鱼鳖。曩之奔命于市朝者,如纷纭飞驰,嚄嚄嗺嗺;蹩躠蹁跹,肖翘陆离。若虮虱之聚坏絮、蜘蛛之乘游丝。吾乃今日识群动之

变态兮,莞然倚长空而笑之。①

千门万户,渺如蚁穴,市朝竞奔,有若虮虱,而伊川大道与历阳故人,也面目全非。这中间有感悟、有愤慨、有似是而非的超然。前人说这篇赋"托远游之梦,寄无穷之慨""意远而中,事肆而隐"②,应该是有一定道理的。这篇赋故作达观的情调与骚体为主的句式多少受贾谊《鹏鸟赋》的影响,但其整体构架不同《鹏鸟赋》的寄托问答而更近楚骚《远游》、司马相如《大人赋》,于议论中夹杂描述。

(三)伸张礼制

伸张礼制本来就是崇儒尚道的重要内容,而以区分差别与维护秩序为要义的礼制也早已渗透到社会生活的方方面面,李华《含元殿赋》、萧颖士《至日圜丘祀昊天上帝赋》、梁肃《受命宝赋》,分别叙写宫殿、典礼与象征皇权的印玺,自然免不了礼制的隆崇与伸张。

李华《含元殿赋》洋洋四千余言,铺陈唐都长安最具象征意义的建筑大明宫③,可以说是了解大唐帝国建筑形制、社会生活、政治结构、文化秩序的重要依据。且看赋的序言:

> 宫殿之赋,论者以《灵光》为宗,然诸侯之遗事,盖务恢张飞动而已。自兹已降,代有词杰,播于声颂,则无闻焉。夫先王建都营室,必相地形,询卜筮,考以农隙,工以子来,虞人献山林之干,太史占日月之吉。虽班、张、左思,角立前代,未能备也。而曩之文士,赋《长笛》《洞箫》,怀握之细,则广言山川之阻、采伐之勤,至于都邑宫室、宏模廓度,则略而不云,其体病矣。至若阴阳惨舒之变,宜于壮丽;栋宇绳墨之间,邻于政教。岂前修不逮,将俟圣德而启?臣心辄极思虑,作《含元殿赋》,陋百王之制度,出群子之胸臆。非敢厚自夸耀,以希名誉,欲使后之观者,知圣代有颂德之臣焉。

在赋序里,李华将圣代颂德、超出群子的写作意图及与众不同的内容结构

---

① 董诰等编:《全唐文》卷三百八十四,北京:中华书局,1983年,第3900～3901页。
② 王之绩:《铁立文起》前编卷一一引华无技语。转引自赵逵夫主编:《历代赋评注·唐五代卷》,成都:巴蜀书社,2010年,第311页。
③ 含元殿是大明宫正殿。

都交代得十分清楚。总归起来,有这样几层意思:大家都说《鲁灵光殿赋》为宫殿赋之宗,不过它所写的只是诸侯之事,而且仅仅在于铺陈恢张飞动之势;此后虽然代有词杰,却不见有宫殿之赋播于声颂;先王营建都室,必定会考察地形、问询卜筮、选定农闲之时以便让庶民如子女慕父母般自觉自愿前来为君王工作(招募工匠),还有虞人择木奉献、太史择日占时,这些情况的载记,便是班固、张衡、左思这些京都大赋家们也不曾完备;《长笛赋》《洞箫赋》之类也能铺陈山川的险阻与采伐的勤谨,算得上才思细密,但赋体的优长本来在于描绘规模宏大、气势雄阔的都邑宫室,所以也不在正格的大赋之列;至于根据季节与气候的变化来叙写四时景观,在栋宇绳墨的描述之中理顺政教秩序,更是前贤所未曾考虑的;赋就是要写出盖过各诸侯王规模体制的天子建筑,要展现超出众赋家胸怀思虑的大赋体式,要让后人知道圣明的时代必有伟大的写手。可见他的《含元殿赋》不仅要在规模体制上超出前人,还要在建筑的铺陈中伸张礼制教化。

赋正如序所言,按时空顺序,先叙述从相地形、询卜筮、征工匠、择木材、献劳役到大厦落成的过程,然后铺陈其位置规模、四时景观、内外结构与功成典礼。全赋在不厌其烦地介绍建筑群落次第的同时,始终灌注着颂德之意、教化之本与等级制度的阐释,显见建筑与礼制功能的合一。诸如:

> 捧帝座于三辰,衔天街之九达……左翔鸾而右栖凤,翘两阙而为翼;环阿阁以周墀,象龙行之曲直……惟上圣之钦明,爰听政而布德。

> 其后则深闱秘殿,曼宇疏楹……布大命于宣政,澹玄心于紫宸……密勿旒扆,臣人是仰;左黄阁而右紫微,命伊皋以为长。

> 其前则置两石以恤刑,张三侯以兴武。告善之旌,登闻之鼓;节晷漏于钟律,架危楼之笋簴;以辨内外之差,以正东西之序……(前有铭石、箭靶、悬鼓、晷漏、乐架。)

> 王风阐而成化,阴教备而不亏……克壮皇威,协比其心。(东西有弘文馆、集贤院,各司其职,井然有序。)

前后左右,有如众星拱月,一砖一石,全在佐协君王。下面这一段又把上文的意思加以归结,使其更加明了:

> 玄象著明,帝座维三;皇居设位,俯察仰参。翼室正中,游官次南;北起含元,其容眈眈。总而言之,如山之寿,则曰蓬莱;如日

之升,则曰大明。自兹而北,燕游所经,达于苑囿,不可殚名。周庐更呵,匝以环卫;南端百仞,上极霄际。①

众星拱月的建筑结构表征的正是以帝王为中心的政治结构。

汉、唐并称,同而有别。以都城建筑言,汉、唐的长安城都以其庞大的规模表现出强盛王朝的雄阔气魄,但相较而言,汉代长安的布局还较粗略,唐代长安则极规整。可见汉人尽力于规模气势,唐人则于雄阔之余还醉心于秩序法度,这或许正缘于礼制文化的日趋成熟。影响都城赋,汉代尚夸张飞动充盈之态,唐代尊整饬肃穆端庄之美。话说回来,李华此赋虽然展现了大唐天子的九五之尊与大唐帝国的盛世气象,但也明显多了颂圣的形迹与占卜的气息,远不如汉大赋无所拘束的形制与目空一切的气概。

萧颖士《至日圜丘祀昊天上帝赋》以为"政教之始,莫重乎郊祀;郊祀之先,莫尊乎昊天"。梁肃《受命宝赋》"感兴亡之器,忿觊觎之类",以为"天生神物,圣人用之"。都是应制之赋,并无新意与文采。

(四)古文运动先驱赋的思想意义

《登宜城故城赋》《伐樱桃树赋》《说楚何荒王赋》《说楚何惑王赋》《说楚何昏王赋》《吊古战场文》《言医》《指佞草赋》等对于时局的关注与忧虑既源出于社会现实,又因为赋家们心系社稷安危的责任之心。《白鹇赋》《庭莎赋》《滞舟赋》《听早蝉赋》《木兰赋》《哀节妇赋》《望瀑泉赋》《登临河城赋》《爱而不见赋》《莲蕊散赋》《过旧园赋》《述初赋》《梦远游赋》等有关身家的叙述与感慨,与忧伤时局的赋一起展现着赋家们疾恶如仇而又坚韧自律、深沉自达的品格。个人品节的维护与社会秩序的重建在动乱的年代弥足珍贵,而关于战争的描写与论议中所涉及的夷夏之辨与人本之思更能激发久远的思索。"主客相搏,山川震眩"。"无贵无贱,同为枯骨"。"降矣哉,终身夷狄;战矣哉,骨暴沙砾"。"苍苍蒸民,谁无父母?提携捧负,畏其不寿。谁无兄弟,如足如手?谁无夫妇,如宾如友?生也何恩,杀之何咎"?(《吊古战场文》)狭义的民族情怀由来已久,不过性格内敛自律而在文化上占优势地位的华夏民族与传统儒家更强调夷夏之辨而非夷夏之防。李华《吊古战场文》虽然也渗透着华夏文化的优越感,甚而如陈寅恪先生所言,

---

① 董诰等编:《全唐文》卷三百一十四,北京:中华书局,1983年,第3185~3187页。

古文先驱诸公因身经天宝之离乱而"视安史之变叛,为戎狄之乱华"①,但他不言"敌我"而说"主客",并以"谁无父母""谁无兄弟""谁无夫妇"的连续质问表达着反战的态度,这种普遍的反战情绪很更容易被提升为现代意义的人道精神。赋体铺陈的弊端本在于繁琐罗列而不便于思想的提炼,古文先驱们的赋作也是文质并重的文学理念在辞赋文体中的推进。

三、古文运动先驱辞赋在体式上的演进与拓展

在世族掌控下的六朝时代,当官可以不事实务,文章也有别于立身,由此导致社会的虚浮与文风的绮靡。隋唐反正,又开始文质相谐、文道统一的努力。在唐朝开明开放的文化结构中,儒的主脉日趋鲜明。文因儒变,儒因时变,安史之乱前后,文儒们不偶时运,时代使命与个人心性促使他们担当社会责任,改造社会风习,他们或友朋游从,或师生相继,同声相应,同气相求,在文学领域里倡导宗经明道,以期救世励俗。致用的文字讲求简洁、便捷,由此导出文学领域散文化、议论化的趋势。影响辞赋,也一改粉饰太平的目的与逞才显能的方式,而以针砭时弊、清晰贯通为尚。所以韩、柳之前古文先驱们的辞赋,也能崇雅去浮、以散驭俳,融入议论、辅以叙事。

(一)以散驭俳,崇雅去浮

古文先驱家们的辞赋创作本以"古赋"为主,极少律作,所作古赋,虽大体不废骈对,但自然流转,能与散文句式融为一体,或有以文为赋,以文命篇者,更见古文先驱家们自觉以散驭俳的努力。

如萧颖士《登宜城故城赋》《伐樱桃树赋》中夹杂的散文句子:

> 升彼墟兮,迥眺荆江,迩瞩樊沔……悠悠苍天,不日不月,曷其有佸?抚艰勤之此土,偶四海而承平……其为盛也,入师长于庶僚,出董率于连城……三十年中,初不戒其满盈……甚乎!昔先王之经国,仗文武之二事……故时平无直躬之吏,世难无死节之帅。其所由来者尚矣!不其哀哉!②

---

① 陈寅恪在《元白诗笺证稿》中说道:"盖古文运动之初起,由于萧颖士、李华、独孤及之倡导与梁肃之发扬。此诸公者,皆身经天宝之乱离,而流寓于南土,其发思古之情,怀拨乱之旨,乃安史变叛刺激之反应也。唐代当时之人既视安史之变叛,为戎狄之乱华,不仅同于地方藩镇之抗拒中央政府,宜乎尊王必先攘夷之理论,成为古文运动之一要点矣。"详见陈寅恪:《元白诗笺证稿》,北京:生活·读书·新知三联书店,2001年,第149~150页。

② 萧颖士:《登宜城故城赋》,见董诰等编:《全唐文》卷三百二十二,北京:中华书局,1983年,第3260~3261页。

> 古人有言:芳兰当门,不得不锄……观其体异修直,材非栋干……故当小鸟之所啄食,妖姬之所攀玩也……实吾君聿修祖德,论道设教之筵。宜乎苅以芬馥,树以贞坚;莫匪夫松篸桂桧,苴若兰荃……于是命寻斧,伐盘根……嗟乎! 草无滋蔓,瓶不假器;苟恃势而将逼,虽见亲而益忌。譬诸人事也,则翼吞并于潜沃,鲁出逐于强季……其大者虎迁赵嗣,鸾窃齐位……呜呼! 乃终古覆车之轨辙,岂寻常散木之足议。①

或感于时事、或讥讽权臣、或规模宏阔、或强加比附,一并裹挟着忧伤激愤的气势,这与贯穿其间的散文句子是分不开的。

李华《含元殿赋》作为写宫殿的鸿篇巨制,每被人比对前贤之作。据《唐语林》记载:"华作赋云:'星锤电交于万绪,霜锯冰解于千寻,拥栋成山,攒杵为林'(萧)颖士读之,谓华曰:'可使孟坚瓦解,平子土崩矣。'(贾)幼几曰:'未若"天光流于紫庭,测景入于朱户,腾祥灵于黯霭,映旭日之葱茏"。'华曰:'某所自得:括万象以为尊,特巍巍乎上京。分命征磐石之匠,下荆扬之材。操斧执斤者万人,涉磽砾而登崔嵬。不让东、西二都也。'时人以华不可居萧、贾间。"②马积高先生将这段话引入其《赋史》,并解读说:

> 萧、贾所举《含元殿赋》中语都是骈句,李华自己欣赏的则是汉文赋的句法。可见他本来是想模仿汉赋,有的地方也比较象,但在别人看来,却仍是以骈句为工,因而认为它不及王延寿的《鲁殿灵光赋》,只是比何晏的《景福殿赋》好一点而已(《景福》虽不尽骈,但声势舒缓,类骈文)。这正是早期古文作者所走的必由之路。③

马先生所言极是,以散文句法写赋,正是李华的有意与自觉,他的《言医》与《吊古战场文》在以文为赋,以文名赋方面作出了更大的尝试,引领着中晚唐新体文赋的诞生。

元结《说楚何荒王赋》《说楚何惑王赋》《说楚何昏王赋》采用问答,托为

---

① 萧颖士:《伐樱桃树赋》,见董诰等编:《全唐文》卷三百二十二,北京:中华书局,1983年,第3262~3263页。
② 王谠撰,周勋初校证:《唐语林校证》,北京:中华书局,1987年,第170~171页。
③ 马积高:《赋史》,上海:上海古籍出版社,1987年,第280页。

寓言,有意追求文风的古奥,好用冷僻生涩的语言,虽不好读,于矫正时弊却不无意义。

日渐散文化的辞赋更加讲求结构的细密与精巧。

元结《说楚何荒王赋》《说楚何惑王赋》《说楚何昏王赋》说三事,内容并置,而在叙事结构上前后相续,纵横交错。纵向而言:上言荒于宫室钓事,野有正士喟叹;中言惑于女色声伎,野有直士证言;下言昏于劳民伤财,野有忠臣矫谒;层层递进,而终归于鉴戒。三篇连缀,各成篇章而又上下一体,俨然连篇短剧。横向而言:直士证言,欲以戒楚;君史说楚,欲以戒梁;元结说梁,欲以戒唐;层层托寓,事外有事,事中套事。每篇中间,也是纵横交错的,如《说楚何荒王赋》便是纵中有横的结构:于是……于是……(宫有……宫有……宫有……宫有……宫有……)然后……

李华《吊古战场文》以"伤心哉"为连缀全篇的感情主线,以"吾闻夫……吾想夫……吾闻之"结撰赋文主体。步步深入,层层铺叙,结构紧凑,气势磅礴。

(二)融入议论,辅以叙事

与体式的散文化相对应的是言说策略的改变,或辅以叙事,或直接论议,或假托寓言。

有结合时事发表论议者,如萧颖士《登宜城故城赋》。首段写登故城宜城时所产生的忧思怀乡之感;第二段转入对安史之乱的陈述及其原因分析,其中用了相当大的篇幅来写安禄山权倾朝野:

> 其为盛也,入师长于庶僚,出董率于连城;冢妇降于王姬,余子超乎正卿。睢盱则浃日诛夷,攀附则累岁尊荣。玉帛车舆,钟鼓台亭,焕赫而铿铛。三十年中,初不戒其满盈;终大都之偶国,逸漏网之奔鲸。

而一旦反叛,抗靡坚阵,守无完营,将吏逋窜,烝民骇散:

> 溃乱河淇,虔刘汴荥;覆东洛,隳陕坰;抗靡坚阵,守无完营。呼吸三旬,遂至乎上京;爟燧烛于王宫,潼关为之昼扃。既而将吏逋窜,烝民骇散;崩腾郡邑,空阒闾闬。荒凉我汝颍,牢落我睢涣。传置载驰于商邓,兵符荐集于淮汉。彼邦畿之尹守,藩牧之垣翰;莫不光膺俊选,践履清贯。荣利溢乎姻族,繁华恣其侈玩。或拘囚就戮,或胥附从乱;曾莫愧其愚懦,又奚闻于殉难?

然后发表议论,认为安史之乱的原因在于久废文武二事:

> 甚乎!昔先王之经国,仗文武之二事。苟兹道之不堕,实经天而纬地;邦家可得而理,祸乱无从而至。今执事者反诸,而儒书是戏,蒐狩鲜备。忠勇翳郁,浇风横肆;荡然一变,而风雅殄瘁。故时平无直躬之吏,世难无死节之帅。其所由来者尚矣!不其哀哉!①

赋的末段从自己离乡至江汉着笔,铺写荆州的历史,追怀诸葛亮的功业,也于叙事之余抒情论议。

有倚仗赋序以为叙事者。因为赋体长于描写,拙于叙事,赋多假序以叙述缘起、交代背景。古文运动先驱们的赋更重视序的写作。萧颖士《伐樱桃树赋》《白鹇赋》《庭莎赋》《登临河城赋》《莲蕊散赋》《登宜城故城赋》《爱而不见赋》等都有序,而且多半在百字以上,长的如《白鹇赋》《庭莎赋》都在二百字以上。这些序不仅交代写作时间与缘起,为理解赋作背景提供依据,为考证赋家生平留下资料,而且直接抒发情感、表达意愿、阐明题旨。赋序与正文相映衬,既可补赋体叙事的缺憾,又能强化赋体表情达意的功能。李华《含元殿赋》《哀节妇赋》《木兰赋》,独孤及《梦远游赋》、梁肃《过旧园赋》《述初赋》《受命宝赋》等赋的序言篇幅更长,内容也更丰富。赋本介乎诗、文之间,对赋序的普遍重视或许正可以见出古文运动先驱们自觉或不自觉将赋引向文的努力。

有假借对问、托为寓言以叙事者。李华《言医》和元结《说楚何荒王赋》《说楚何惑王赋》《说楚何昏王赋》,都用对问体。对问源出汉大赋,但不过为铺陈立一框架,李华、元结赋中的对话则大大加强了赋体叙事情节的密度。

古文运动先驱们的赋因为切时的需要,句式相对灵活,描写、叙事、抒情、论议往往交融互现。李华《含元殿赋》、元结《说楚何荒王赋》《说楚何惑王赋》《说楚何昏王赋》等都喜欢议论政治,讲述道理。独孤及的《梦远游赋》更以议论为主。议论利于载道,但议论过多,理胜于文,便难免枯燥。

便是假物言事,也需切当自然。萧颖士《伐樱桃树赋》以樱桃树比附权奸,便属牵强,好在有"无理而妙"一说,反可见出赋家激愤难抑之情。

---

① 董诰等编:《全唐文》卷三百二十二,北京:中华书局,1983年,第3260~3261页。

古文运动先驱赋家的贡献,不仅在于他们自己创作了不少优秀的赋作,还在于他们为赋史的演进承前启后、继往开来。独孤及与梁肃关于唐文三变的说法,已然说明古文运动先驱们在文体文风的改革方面,承前而来所作的努力,他们的理论主张与创作实践,更为后来韩、柳古文运动的开展开启了风气,提供了经验。

第五节 律赋的肇始与体制

学界论赋,或言"唐无赋"①,或说"赋亦莫盛于唐"②,其中分歧,多与律赋兴盛有关。现存1600多篇以赋名篇的唐赋中,律赋近千篇③,即以数量而言,也不可等闲视之。梳理律赋的由来与演变,概述律赋的体制与创作,恰当评价律赋的成就与地位,自是唐代赋史撰著应有之义。

一、律赋的起始

(一)律赋肇始

赋体沿革演化的陈述与其分类辨体的工作互为因由。赋体分类,标准不一。扬雄辨"诗人之赋"与"辞人之赋",刘歆列"屈原赋""陆贾赋""孙卿赋""杂赋",陆棻以文体、骚体、骈体三分,祝尧既以"古赋""俳体""律体""文体"指称赋作,又将历代赋作分为"楚辞体""两汉体""三国六朝体""唐体"和"宋体",日本人铃木虎雄更六分为骚赋、辞赋、骈赋、律赋、文赋、八股文赋。其中二分还可以有大小、古律、雅俗之别,三分也不乏骚体、文体、诗体之例(马积高先生)。

赋本介乎诗、文之间,非诗非文、亦诗亦文,与诗、文及其衍生的亚文体相融互渗、边界模糊,再加上赋学观念与分类标准不一,关于赋体的分类也便多元多貌。其中古、骈、律、文之分,合乎赋体"时运交移,质文代变"的趋

---

① 李梦阳《潜虬山人记》、何景明《杂言十首》。
② 王芑孙:《读赋卮言》,见王冠辑:《赋话广聚》第三册,北京:北京图书馆出版社,2006年,第311页。
③ 叶幼明先生统计:"《全唐文》所收以赋名篇的1622篇唐赋中,律赋即占950篇。"详见叶幼明:《辞赋通论》,长沙:湖南教育出版社,1991年,第107页。彭红卫先生据《全唐文》《文苑英华》《历代赋汇》《全唐文补编》等统计:唐代有律赋作家357人,有明确作者的律赋947篇,阙名者34篇,总计981篇,尚不包括残句。详见彭红卫《唐代律赋考》附录二《唐代律赋作家作品一览表》,北京:社会科学文献出版社,2009年,第322页。

势,与代有文学的观念也相吻合,所以最为学界所通用。

回到律赋由来的问题,大略可以说:就赋体自身演变而言,律从骈出;就文学发展大势尤其韵文发展大势而言,律赋与律诗都是六朝文学声律化、骈对化的产物。前人对赋体因革多有论述,如:

> 建安七子,独王仲宣辞赋有古风。观士衡辈《文赋》等作,全用俳体。流至潘岳,首尾绝俳,然犹可也。沈休文等出,四声八病起,而俳体又入于律。徐、庾继出,又复隔句对联,以为骈四俪六;簇事对偶,以为博物洽闻,有辞无情,义亡体失:此六朝之赋所以益远于古。①

> 三国、两晋,以及六朝,再变而为俳,唐人又再变而为律,宋人又再变而为文。夫俳赋尚辞,而失于情,故读之者无兴起之妙趣,不可以言"则"矣。文赋尚理,而失于辞,故读之者无咏歌之遗音,不可以言"丽"矣。至于律赋,其变愈下,始于沈约"四声八病"之拘,中于徐、庾"隔句作对"之陋,终于隋、唐、宋"取士限韵"之制,但以音律谐协、对偶精切为工,而情与辞皆置弗论。②

> 扬马之赋,语皆单行,班张则间有丽句……下逮魏晋,不失厥初,鲍照江淹,权舆已肇,永明、天监之际,吴均、沈约诸人音节谐和,属对密切,而古意渐远。庾子山沿其习,开隋唐之先躅,古变为律,子山实开其先。

> 古变为律,兆于吴均、沈约诸人。庾子山信衍为长篇,益为工整,如《三月三日华林园马射赋》及《小园赋》,皆律赋之所自出。③

诸家总论赋体演变,都言及六朝至唐伴随着音律日益谐协、骈对日趋精工而律赋渐兴的史实。古代文体分类,多以"因文立体"方式归纳而成④,比较律赋与骈赋的区别其实也有助于理解由骈赋到律赋的演变过程。马积高先生说:"盖律赋本从骈赋变出,其区别主要在于:骈赋不限韵,律赋则限韵;骈赋虽多偶句,一般只求大体整齐,律赋则基本上全是俳偶句,只可稍

---

① 祝尧:《古赋辨体》卷五《三国六朝体》,上海:上海古籍出版社,1987年,影印文渊阁《四库全书》本,第778~779页。
② 徐师曾著,罗根泽校点:《文体明辨序说》,北京:人民文学出版社,1962年,第101页。
③ 李调元:《赋话》卷一,《续修四库全书》本,第640~641页。
④ 可参见郭英德:《中国古代文体学论稿》(北京:北京大学出版社,2005年)等相关论述。

有变化;骈赋起结较自由,律赋则开头一般必须破题,承结亦多有恒式;骈赋长短不齐,律赋一般限四百字左右。"①历史与逻辑互为支撑,六朝韵文声律化、骈对化的具体过程,就是赋体由骈入律的演变过程。

值得注意的是,赋体律化与诗体律化大致同步②,它们的共同背景是汉语声律本身正在发展演变。是先有"四声"的区辨,才谈得上"八病"的忌避,而整个律化的过程,也是一个自然而漫长的渐变过程。所以刘师培强调音律遵守的自发与自然:"四声八病,虽近纤微,当时之人,亦未必悉相遵守。惟音律由疏而密,实本自然,非由强制"。③孙梅指出由古赋而骈赋再律赋是"渐趋整练"的过程:"左、陆以下,渐趋整练,齐、梁而降,益事妍华,古赋一变而为骈赋。江、鲍虎步于前,金声玉润;徐、庾鸿骞于后,绣错绮交。固非古音之洋洋,亦未如律赋之靡靡也。"④

律赋到初唐时期才确立。王勃的《寒梧栖凤赋》(以"孤清夜月"为韵)是现存最早的题下限韵的律赋之一,但初唐限韵的律赋现存十余篇⑤,隔句对的数量也不多,倒是有些并未限韵的赋作,如王勃的《释迦佛赋》,其句式及声调的运用与题下限韵的律赋几无区别,这说明初唐还只是律赋的草创阶段。

(二)律赋与科举

律赋的出现是文体自身演变的结果,律赋的兴盛则与科考的催促密不可分。赋者古诗之流,"登高能赋可以为大夫"(《汉书·艺文志》),自汉代开始,就有"献赋"以取士之例。⑥但以赋取士真正成为国家制度并加以种种限制却是科考兴起以后的事情。

---

① 马积高:《历代辞赋研究史料概述》,北京:中华书局,2001年,第102页。
② 郭维森、许结先生说:"唐代以'律'变'俳',即是声律学的细密化在辞赋创作中的反映,又与格律诗的出现同步。"详见郭维森、许结:《中国辞赋发展史》,南京:江苏教育出版社,1996年,第22页。邝健行先生则认为:"其实在唐人心目中,律诗律赋性质接近或相同,二者基本一理。适用于律诗的法则,很多时候适用于律赋。"详见邝健行编著:《诗赋合论稿》,南京:江苏古籍出版社,2002年,第120页。
③ 刘师培撰,程千帆、曹虹导读:《中国中古文学史讲义》,上海:上海古籍出版社,2000年,第106页。
④ 孙梅:《四六丛话》卷四《叙赋》,《续修四库全书》本,第240页。
⑤ 如李恽及阙名《五色卿云赋》、韦展《日月如合璧赋》、苏珦《悬法象魏赋》、张泰《学殖赋》、李咸《田获三狐赋》、封希颜《六艺赋》、徐彦伯《汾水新船赋》等。
⑥ 许结先生说:"试赋制度虽始定李唐,然以赋取士则渊源久远:自战国屈、宋始以'文人'名世,辞赋亦最先步入宫廷;汉赋崛兴,要在'献赋'之制。"详见许结:《中国辞赋流变全程考察》,载《学术月刊》,1994年第6期,第91页。

因为科考类目较多，内容也多变化，试赋的情况比较复杂。据史书记载：

> 唐制，取士之科，多因隋旧，然其大要有三。由学馆者曰生徒，由州县者曰乡贡，皆升于有司而进退之。其科之目，有秀才，有明经，有俊士，有进士，有明法，有明字，有明算，有一史，有三史，有开元礼，有道举，有童子。而明经之别，有五经，有三经，有二经，有学究一经；有三礼，有三传，有史科。此岁举之常选也。其天子自诏者曰制举，所以待非常之才焉。①

> 愚谓虽大要有三，其实惟二，以其地言，学馆、州县异，以其人言，生徒、乡贡异，然皆是科目，皆是岁举常选，与制举非常相对。唐人入仕之途甚多，就其以言扬者则有此三种耳，科之目共有十二，盖特备言之。其实若秀才则为尤异之科，不常举，若俊士与进士实同名异，若道举仅玄宗一朝行之，旋废，若律书、算学，虽常行，不见贵，其余各科不待言。大约终唐世为常选之最盛者，不过明经、进士两科而已。②

可见唐代科考大体分常科和制举，常科以明经和进士最为兴盛。一般所谓"以诗赋取士"多指常科中的进士科和制举中的博学宏词科。当然，州县府试也考律赋，王起《万年县试金马式赋》（以"汉朝铸金，为名马式"为韵）；李子卿《府试授衣赋》（以"霜降此时，女工云就"为韵）；白居易《宣州试射中正鹄赋》（以"诸侯立诚，众士知训"为韵）；徐寅《京兆府试入国知教赋》（以"观光上国，化洽文明"为韵）等即其例。制举的科目很多，《唐会要》卷七十六记载有63个，倾向于文辞的除博学宏词科外，还有辞标文苑科、文艺优长科、藻思清华科、文辞雅丽科、文辞清丽科、文辞秀逸科、辞藻宏丽科、风雅古调科等，现存梁肃、沈封、郑辕的《指佞草赋》，即建中元年（780）文辞清丽科试赋。还有得官得第又应制科的，如刘蕡中进士后又举贤良方正能直言极谏科，归崇敬擢明经后又举博通坟典科，张鷟登进士第，授岐王府参军，

---

① 欧阳修、宋祁撰：《新唐书》卷四十四《选举志》，北京：中华书局，1975年，第1159页。
② 王鸣盛著，黄曙辉点校：《十七史商榷》卷八十一《取士大要有三》，上海：上海书店出版社，2005年，第703页。

以制举皆甲科,再调长安尉。① 即便明经与进士科中的帖经与策文②,也与赋体文学不无关联,帖经影响试赋的题材立意,策文的问答体式与骈对句法实与赋体相似。傅璇琮先生曾录上官仪试策二道为例,来说明策文与赋体的近似,他说:"初唐时期的这些进士策文,我们完全可以把它们当作精致工丽的骈文来看待,而它们实际上也是一种赋体,如果一定要加一个名称的话,不妨称之为'策赋'"。③ 更不用说大量的练习之作与行卷之赋。④ 试赋一旦成为制度,其影响无所不在。

横向影响如此,纵向生成也曲折复杂。因为"士之进取之方,与上之好恶、所以育材养士、招来奖进之意,有司选士之法,因时增损不同"。⑤ 约略言之,唐代科举肇于高宗,成于玄宗,极于德宗⑥,律赋则相应确立与定型于初唐、繁荣于中唐、新变于晚唐。更具体一点说,高宗调露二年(680),考功员外郎刘思立奏请进士科加试帖经与杂文。永隆二年(681),诏令实行,一般以为这是进士科试诗赋的开端:

> 调露二年四月,刘思立除考功员外郎。先时,进士但试策而已,思立以其庸浅,奏请帖经及试杂文,自后因以为常式。⑦

> 唐初制,试时务策五道,帖一大经,经、策全通为甲第,策通四、帖过四以上为乙第。永隆二年,以刘思立言进士唯诵旧策,皆无实材,乃诏进士试杂文二篇,通文律者然后试策,此进士试诗赋之始。⑧

> 按杂文两首,谓箴、铭、论、表之类,开元间,始以赋居其一,或以诗居其一,亦有全用诗赋者,非定制也。杂文专用诗赋,当在天宝之季。⑨

不同的是宋人王溥认为进士试诗赋从刘思立奏请试杂文后成为常式,而清

---

① 详见王鸣盛著,黄曙辉点校:《十七史商榷》卷八十一《得第得官又应制科》,上海:上海书店出版社,2005年,第707页。
② 《新唐书·选举志》:"凡明经,先帖文,然后口试,经问大义十条,答时务策三道"。
③ 傅璇琮:《唐代科举与文学》,西安:陕西人民出版社,1986年,第168页。
④ 彭红卫先生《唐代律赋考》第三章中多有列举,可为参考。
⑤ 欧阳修、宋祁撰:《新唐书》卷四十四《选举志》,北京:中华书局,1975年,第1162页。
⑥ 可参见陈寅恪:《元白诗笺证稿》,北京:生活·读书·新知三联书店,2001年,第2页。
⑦ 王溥撰:《唐会要》卷七十六《贡举中·进士》,北京:中华书局,1955年,第1379页。
⑧ 赵翼:《陔余丛考》卷二十八"进士"条,北京:商务印书馆,1957年,第583页。
⑨ 徐松撰,赵守俨点校:《登科记考》卷一"永隆二年",北京:中华书局,1984年,第70页。

人徐松则说这还不是定制,杂文专用诗赋,要到天宝之末。傅璇琮先生亦据此申论:"说永隆二年起试杂文,即是试诗赋之始,实际上最初所谓杂文者只是箴表论赞等,后渐为赋或诗,杂文专试诗赋已是开元、天宝之际。"①"应当说,进士科在八世纪初开始采用考试诗赋的方式,到天宝时以诗赋取士成为固定的格局。"②客观地说,唐代科考从开始以诗赋取士,到越来越频繁地考试诗赋,再到专试诗赋,确实有一个比较漫长的过程,但永隆二年(681)应该是一个重要的节点。

试赋制度化的结果是"风气渐开",然后"专门名家之学樊然竞出",最终成就唐代律赋乃至整个唐代辞赋的"繁荣",但制度化的过程也是士人心性束缚与思维捆绑的过程,"因为文体的厘正本身,就是一种思想教育,一种性格磨练"。③

二、律赋的体制

"文体"之"体",可指"体裁""体类",也可指"体格""体要""体性""体貌"乃至"文章本体"。文体的界定与区判也因此有繁有简。童庆炳先生说:"文体是指一定的话语秩序所形成的文本体式,它折射出作家、批评家独特的精神结构、体验方式、思维方式和其他社会历史、文化精神。""从文体的呈现层面看,文本的话语秩序、规范和特征,要通过三个相互联系又相互区别的三个范畴体现出来,这就是(一)体裁,(二)语体,(三)风格。"④朱艳英则认为文体结构的浅层因素包括五个层次,即形态格式、语言风格、表达手法、结构类型、题材内容。⑤ 最简单的做法莫过于单以题材或单以形式而分。勒内·韦勒克、奥斯汀·沃伦的《文学理论》中曾经提到对文学基本种类的探讨上存在两个极端:"一个极端是依附于语言形态学,另一个极端是依附于对宇宙的终极态度。"韦氏自己则认为:"文学类型应视为一种对文学作品的分类编组,在理论上,这种编组是建立在两个根据之上的:一个是外在形式(如特殊的格律或结构等),一个是内在形式(如态度、情调、目的以及较为粗糙的题材和读者观众范围等)。""总的来说,我们的类型概

---

① 傅璇琮:《唐诗论学丛稿》,北京:京华出版社,1999年,第27页。
② 傅璇琮:《唐代科举与文学》,西安:陕西人民出版社,1986年,第170页。
③ 陈平原:《从文人之文到学者之文》,北京:生活·读书·新知三联书店,2004年,第11页。
④ 童庆炳:《文体与文体的创造》,昆明:云南人民出版社,1994年,第1页,第103页。
⑤ 朱艳英主编:《文章写作学》,长春:东北师范大学出版社,1991年,第17~19页。

念应该倾向于形式主义一边。"①韦氏的这种一主一次,兼及两方的理论在今天来讲仍然具有稳妥性与可操作性,因为它一方面突出了主导性的形式结构,另一方面又顾及了与形式相关的内在因素。

律赋的体式特征也可以表现在篇章结构、命题限韵、对仗用典、题材立意、审美风格等诸多方面,而其根本特征则是限韵与对偶。②

限韵作为律赋最基本、最典型的特征,有特定的标记方式,讲求韵字的来源,有韵字字数、用韵顺序的规定,有引导立意、防范抄袭等功能。

律赋一般在赋题下标示这篇赋的押韵字——以……为韵。

律赋韵脚限字,或"以题为韵",或"以题中字为韵",或"用成语为韵",或"由试官自撰"③,但不管何种方式都讲求蕴意深厚、语言优雅、渊源有自。

律赋韵数多寡,元无定格,自四字至十字都有。四字韵如,薛邕等开元四年(716)进士科试《丹甑赋》,以"国有丰年"为韵;程谏等开元二十七年(739)进士科试《蒉荚赋》,以"呈瑞圣朝"为韵。五字韵如,崔镇等开元七年(719)进士科试《北斗城赋》,以"池塘生春草"为韵;张叔良等大历四年(769)进士科试《五星同色赋》,以"昊天有成命"为韵。六字韵如,李澥等天宝六年(747)进士科试《罔两赋》,以"道德希夷仁义"为韵;白居易等贞元十六年(800)进士科试《性习相远近赋》,以"君子之所慎焉"为韵。七字韵如,李绛等贞元九年(793)博学宏词科试《太清宫观紫极舞赋》,以"大乐与天地同和"为韵。十字韵如,陶翰等开元十八年(730)进士科试《冰壶赋》,以"清如玉壶冰,何渐宿昔意"为韵。④ 还有任用韵的。现存最早以八字限韵的试赋,为开元二年(714)进士科状元李昂的《旗赋》,以"风日云野,君国清

---

① [美]勒内·韦勒克、奥斯汀·沃伦著,刘象愚等译:《文学理论》(修订版),南京:江苏教育出版社,2005年,第270页,第274页,第276页。

② 这也是学界的共识。如尹占华先生说:"什么是律赋? 律赋就是限韵的赋,这是一个'硬'标准。当然律赋还有诸如偶俪、藻饰、用典等特征,但那些都是'软'条件,是可以不具备或不全具备的。"详见尹占华:《律赋论稿》,成都:巴蜀书社,2001年,第1页。香港学者李曰刚说:"律赋乃为一种讲求对偶声韵,有一定格律之唯美赋体,亦如诗体中之有律诗然。"详见李曰刚:《辞赋流变史》,北京:文津出版社,1987年,第177页。郭维森、许结先生说:"所有律赋共具的特点也就是对偶和限韵了。"详见郭维森、许结:《中国辞赋发展史》,南京:江苏教育出版社,1996年,第493页。彭红卫先生更明确:"限韵是律赋的根本特征,隔句对偶(即俳对)是律赋的第二特征。"详见彭红卫:《唐代律赋考》,北京:社会科学文献出版社,2009年,第11页。

③ 李曰刚:《辞赋流变史》,北京:文津出版社,1987年,第181~183页。

④ 洪迈《容斋续笔》卷十三"试赋用韵"条、彭叔夏《文苑英华辨证》卷一"用韵"也曾列举唐代律赋用韵情况。

肃"为韵。律赋以八韵为常式,则是唐文宗大和年间(827—835)以后的事了,《容斋续笔》卷十三"试赋用韵"条载云"自大和以后,始以八韵为常"。①

律赋用韵的顺序,也有规定,如郑锡、乔琛等宝应二年(763)进士科试《日中有王字赋》,即要求"以题为韵次用"。但唐代律赋用韵的顺序与平仄的要求还不是很严格,有颠倒用韵者,有少用韵字者,八字韵的平仄搭配则有三平五仄、五平三仄、六平二仄、二平六仄等种种情况,到晚唐五代,四平四仄才成为公认的用韵法则。《容斋续笔》卷十三"试赋用韵"条也举了八韵用"二平六侧""三平五侧""五平三侧""六平二侧"的例子,然后举卢质所出"五平三侧"韵为识者所诮为例,推断四平四仄在唐庄宗时已成定格:

> 唐庄宗时,尝复试进士,翰林学士承旨卢质,以《后从谏则圣》为赋题,以"尧舜禹汤倾心求过"为韵,旧例,赋韵四平四侧,质所出韵乃五平三侧,大为识者所诮,岂非是时已有定格乎?②

可见唐代律赋的韵数与用韵顺序,有一个由不规则到规则的发展过程,宋代以后则更为严格。

韵字除了规定用韵以外,还有阐释标题、概括赋旨,甚至左右结构的功能。韵字与赋旨相关联的如梁洽、王澄等开元二十二年(734)进士科试《梓材赋》,以"理材为器,如政之术"为韵;如陆贽、苗秀等大历八年(773)进士科试《登春台赋》,以"晴眺春野,气和感深"为赋;如梁肃、沈封等建中元年(780)文词清丽科试《指佞草赋》,以"灵草无心,有佞必指"为韵;如柳宗元、李程等贞元十二年(796)博学宏词科试《披沙拣金赋》,以"求宝之道,同乎选才"为韵。也有与赋旨没有关联的韵字,如高盖、敬括等开元十三年(725)进士科试《花萼楼赋》,以"花萼楼赋,一首并序"为韵;钱起、谢良辅天宝十年(751)进士科试《豹鸟赋》,以"两遍用四声"为韵;丁泽大历十年(775)进士科试《日观赋》,以"千载之统,平上去入"为韵。有的韵字与赋意有关联,但本身不能连贯成句,如刘清、王泠然等开元五年(717)进士科试《止水赋》,以"清审洞澈涵容"为韵。但这两类情况都比较少见。

韵也影响段落结构,一般是一层押一韵,数韵作数层。佚名《赋谱》论段落说:

---

① 洪迈:《容斋续笔》,《四库全书》本,第503页。
② 洪迈:《容斋续笔》卷十三"试赋用韵"条,《四库全书》本,第503页。

> 至今新体,分为四段:初三、四对,约卅字为头;次三对,约卅字为项;次二百余字为腹;最末约卅字为尾。就腹中更分为五:初约卅字为胸;次约卅字为上腹;次约卅字为中腹;次约卅字为下腹;次约卅字为腰。都八段,段段转韵发语为常体。①

《赋谱》将八韵律赋分为头、项、腹、尾四部分,其中腹又分为胸、上腹、中腹、下腹、腰五层,总共八段。八段对应八韵,首韵是头,包括破题和承接两部分,用以破解题意;次韵为项,多引申题意,追溯渊源;三韵到七韵为腹,是律赋主体,需要层层铺陈;最后一韵结尾,收束全篇,重归主旨。各层之间,有各类关联词语连接,或顺承、或转折、或因果、或对比,务使全篇浑然一体。这样的层次结构也大体规约了律赋的长短字数,李调元《赋话》卷四云:"唐时律赋,字有定限,鲜有过四百者,驰骋才情,不拘绳尺,亦唯元白为然。"唐代律赋篇幅以四百字以内为准,超此数目就算特例了。

限韵以外,律赋还讲求句式的对偶。不同于骈赋的大体整齐,律赋基本用偶句,其中尤以隔句对为精要,即便用单句也有讲求。《赋谱》论句法便既讲"壮、紧、长、隔、漫、发、送"各类句式的宏观组合,也对"轻、重、疏、密、平、杂"等隔句对详加分析。其中壮句指三字对,紧句指四字对,长句指五字及五字以上对,漫句指用于首尾的单句或散句,发句、送句指发语词和句尾语气词。隔句的"轻、重、疏、密、平、杂"分别指上四下六对、上六下四对、上三下不限对、上五已上下六已上对、上下或四或五字对、或上四下五七八或下四上亦五七八对。"凡赋以隔为身体,紧为耳目,长为手足,发为唇舌,壮为粉黛,漫为冠履。苟手足护其身,唇舌叶其度;身体在中而肥健,耳目上而清明;粉黛待其时而必施,冠履得其美而即用,则赋之神妙也"。② 各类句式比例协调、音韵和谐自然使律赋走向形式美的极致。后世赋话对律赋的鉴赏与评价也都是围绕这些要素展开的。

孙梅《四六丛话》卷四《叙赋》云:"自唐迄宋,以赋造士,创为律赋,用便程式,新巧以制题,险难以立韵,课以四声之切,幅以八韵之凡,桎以重棘之围,刻以三条之烛,然后铢量寸度,与帖括同科,夏课秋卷,将揣摹其术矣。"③科举以律赋为用,律赋因科举而兴。律赋为国家选拔了人才,训练

---

① 张伯伟撰:《全唐五代诗格汇考》,南京:凤凰出版社,2002年,第563页。
② 详见张伯伟撰:《全唐五代诗格汇考》,南京:凤凰出版社,2002年,第561~563页。
③ 孙梅:《四六丛话》,《续修四库全书》本,第240页。

了士子的思维素养与表达能力，本身也具有一定的认识价值与艺术水准；与此同时，考试的宗旨、写作的时间与规则程式的限制，也使作者难以尽情发挥思想与才情，并使律赋自身盛极而衰。

三、开元至大历间的律赋创作

盛唐律赋留存作品200多篇，有完整律赋存世的作家100多人。其中试赋即有60余篇：

赵子卿、赵自励、梁献《出师赋》（先天二年进士科试）

李昂《旗赋》（开元二年进士科试）

薛邕、史翙《丹甑赋》（开元四年进士科试）

刘清、王泠然《止水赋》（开元五年进士科试）

崔镇《北斗城赋》（开元七年进士科试）

高盖、王谌、张甫、陶举、敬括《花萼楼赋》（开元十三年进士科试）

王昌龄、杜颎《灞桥赋》（开元十五年进士科试）

陶翰、崔损《冰壶赋》（开元十八年进士科试）

叔孙元观、萧昕、张钦敬《仲冬时令赋》（开元十九年进士科试）

郄纯、魏缜、梁洽、王澄《梓材赋》（开元二十二年进士科试）

王昌龄、李琚、杨谏、韩液《公孙弘开东阁赋》（开元二十二年博学宏词科试）

程谏、吕谭《冀荚赋》（开元二十七年进士科试）

李澥、石镇、蒋至、包佶、孙鍫《罔两赋》（天宝六年进士科试）

钱起（两篇）、谢良辅《豹舄赋》（天宝十年进士科试）

郑锡、乔琮《日中有王字赋》（宝应二年进士科试）

敬骞、武少仪《射隼高墉赋》（大历二年进士科试）

张叔良、崔淙、姚逖、林益《五星同色赋》（大历四年进士科试）

郑绲、卢景亮《初日照露盘赋》（大历六年进士科试）

陆贽、苗秀、张蒙《登春台赋》（大历八年进士科试）

崔恒、卢士阅《五色土赋》（大历十年进士科试）

丁泽《日观赋》（大历十年进士科试）

黎逢、任公叔、杨系《通天台赋》（大历十二年进士科试）

王储、周渭、袁同直、独孤绶《寅宾出日赋》(大历十四年进士科试)

独孤绶、独孤良器《放驯象赋》(大历十四年博学宏词科试)①

这些赋涉及武功、祯祥、地理、都邑、宫殿、寓言、岁时、治道、讽喻、服饰、天象、鸟兽等类别,但多为祥瑞、颂德、说教之作。因为有考试规范,平时的习作也极尽歌颂与教化之能事。举凡赵子卿、赵自励、梁献《出师赋》,李蒙、阙名《籍田赋》,萧颖士《至日圜丘祀昊天上帝赋》,陆贽《东郊朝日赋》等典礼赋;吕令问《驾幸天安宫赋》、李子卿《驾幸九成宫赋》、韩休《驾幸华清宫赋》、林琨《驾幸温泉宫赋》、韦肇《驾幸春明楼试武艺绝伦赋》等行幸赋;李蒙《上林白鹿赋》、萧昕《上林白鹿赋》、赵自励《八月五日花萼楼赐百官明镜赋》、阙名《仁寿镜赋》、钱起《图画功臣赋》、路季登《皇帝冬狩一箭射双兔赋》、潘炎《君臣相遇乐赋》、陆贽《圣人苑中射落飞雁赋》等直接颂圣赋,莫不如此。那试场内外大量制作的祥瑞赋,如钱起、房玄颖、房宽《泰阶六符赋》、郑锡、乔琮《日中有王字赋》,阙名《庆云抱日赋》《黄云捧日赋》,张叔良、崔淙《五星同色赋》,王储、周渭、袁同直、独孤绶《寅宾出日赋》,薛邕、史翙《丹甑赋》,程谏、吕谭《蒉荚赋》,郑绅、卢景亮《初日照露盘赋》,萧昕《上林白鹿赋》,钱起《西海双白龙见赋》,陈诩《西掖瑞柳赋》,高郢《西王母献白玉琯赋》,李子卿《兴唐寺圣容瑞光赋》等,更是君主专制时代的流毒。

不壮不丽,无以彰至尊……巍巍天子,南面山寿;德洽苍生,乐乎大有。(敬括《花萼楼赋》)

守静含虚,上以邻贞明于千年之主;保纯不污,下以范恬淡于万国之臣。(樊铸《明光殿粉壁赋》)

则知我唐大赉,光掩前载。功高赐履,追吕望于周年;鸟尽藏弓,异韩信于汉代。盛矣哉!容貌方崇,光灵不昧。(钱起《图画功臣赋》)

大矣哉我唐之盛兮,七叶重光。袭文明以为德,表武烈而称皇……乃知我皇之盛德,眇万古之罕所闻见者也。(路季登《皇帝冬狩一箭射双兔赋》)

---

① 详见彭红卫:《唐代律赋考》附录一《唐代律赋中现存试赋139篇一览表》,北京:社会科学文献出版社,2009年,第288~300页。

于穆我皇,受天明命,与乾坤而合德,配唐虞而齐盛。(陆贽《圣人苑中射落飞雁赋》)

我皇富有四海,光宅八区。(韦肇《驾幸春明楼试武艺绝伦赋》)

思拜手于丹阙,愿献赋于明君。傥获比鱼而变龙,必能行雨而吐云。(苗秀《鱼登龙门赋》)

如果说在那些自我抒怀的赋里我们读到的颂赞确实有由衷的成分并因此展现着大唐气象的话,这些为颂圣而颂圣的赋更多的则是让我们明白专制制度下的读书人其实活得很卑微。

盛唐律赋中玄谈论理之作还不算多,只有敬括《神蓍赋》、梁洽《水彰五色赋》《笛声似龙吟赋》、张阶《黄赋》《无声乐赋》《审乐知政赋》、王季友《鉴止水赋》、林琨《空赋》等少数篇章。更多的是咏物之作,或咏建筑,如吕令问《金茎赋》、彭殷贤《大厦赋》、阎伯玙《河桥赋》《盐池赋》、崔损《凤鸣朝阳赋》、崔镇《尚书省梧桐赋》、张莒《紫宸殿前樱桃树赋》、颜真卿《象魏赋》、萧昕《总章右个赋》、樊铸《明光殿粉壁赋》、钱起《朝元阁赋》、韦肇《沙堤赋》、任公叔《通天台赋》等;或咏器物,如赵良器《印赋》、张鼎《欹器赋》、敬括《进贤冠赋》《玉斗赋》《嘉量赋》、韦肇《瓢赋》、黎逢《石砚赋》、陶翰《冰壶赋》《狐白裘赋》、钱起《豹舄赋》《盖地图赋》《象环赋》、乔琳《太原进铁镜赋》《炙輠果赋》、颜舒《刻漏赋》,乔潭《素丝赋》,苏子华《竹如意赋》等;或咏宝剑乐器,如达奚珣《秦客相剑赋》、韦肇《金剑出匣赋》、郑锡《长乐钟赋》、梁洽《笛声似龙吟赋》等;或咏鸟兽植物,独孤绶《放驯象赋》、吕令问《府庭双石榴赋》、萧颖士《听早蝉赋》、王维《白鹦鹉赋》、敬括《枯杨生稊赋》等。这些赋多于咏物中寓意,而且多半是教化修身之意,难见特色与真情,不过至少有开拓题材之功。

有少量关于乐舞杂艺的赋与写景抒情的赋较有特色与感情。如敬括《季秋朝宴观内人马伎赋》,既颂美帝王之娱乐,又审慎地揣度这娱乐的戒备功能,但毕竟写的是真切的生活,也不乏对舞技的精湛描写。李濯《内人马伎赋》、王邕《勤政楼花竿赋》、阙名《内人蹋球赋》、阙名《开元字舞赋》、钱起《千秋节勤政楼下观舞马赋》、阙名《舞马赋》、蒋至《洞庭张乐赋》等也都有对盛唐歌舞游艺生活的描写。写景之作关乎自然,也比颂圣教化的赋多一些清新之气,并多少注入赋家自我的情绪。如王泠然《新潭赋》《初月赋》、张环《新潭赋》、王昌龄《灞桥赋》、杨谏《月映清淮流赋》、张何《早秋望海上五色云赋》《蜀江春日文君濯锦赋》《双瀵泉赋》、萧颖士《听早蝉赋》、谢良辅《秋雾赋》、钱起《尺波赋》《晴皋鹤唳赋》、乔潭《秋晴曲江望太一纳归云赋》等。

还有少量治道讽喻之作,如张楚《游刃赋》、敬括《蒲卢赋》、吕牧《子击磬赋》、高郢《曹刿请从鲁公一战赋》《吴公子听乐赋》、独孤绶《蔺相如全璧赋》《燕昭王筑黄金台赋》《汉武帝射蛟赋》等,假史事寓言以说理,其中不乏叙事的成分,当可启晚唐五代律赋叙事之先鞭。

盛唐律赋创作现存 5 篇或 5 篇以上的有:敬括、高郢、李子卿、梁洽、钱起、崔损、独孤绶、陆贽、黎逢,他们也可算是此时期律赋的重要作家了。

第四章 中唐赋

第一节 中唐赋的鼎盛与赋体流变

"安史之乱"是唐代乃至整个中国封建社会的分水岭,中唐则是这个分水岭之后的大变革时代。进入中唐,宦官权倾朝野,威势日增,军阀拥兵自重,祸及朝廷,周边政权犯边,频频入侵,商品经济与市井文化逐渐发展。盛唐人的天真烂漫、乐观自信、豪情满怀一去不回,代之而起的是中唐士人们的失落、感伤、彷徨、惆怅、孤寂、苦闷。文学也因此发生大的变革,词与传奇小说兴起,古文复兴呼声日起,诗赋与骈文不再一统天下。但单就赋史而言,中唐辞赋又可谓空前鼎盛:大家辈出、题材丰富、体式多样。那么中唐辞赋盛况的具体表现如何?中唐赋家尤其韩愈、柳宗元、刘禹锡的辞赋作品展现了赋家们怎样的心境?中唐辞赋在体式上有何因袭与变迁?风靡一时的古文运动与遍存当代的贬谪现象对中唐辞赋创作有无影响?笔者将在这一节进行探讨。

一、中唐辞赋的鼎盛

(一)赋家赋作的众多

中唐赋家赋作单以数量而言,在唐代乃至整个赋史上也是较为突出的,活跃在这一时期的赋家有 150 人左右,赋作 500 篇以上,作赋 5 篇以上的就有 30 多人,其中韩愈、柳宗元、刘禹锡、李程、王起、张仲素、白居易、白行简、裴度、欧阳詹、独孤绶、蒋防等都堪称辞赋大家,其他名家如元稹、李翱、李观、吕温、陆贽、皇甫湜、贾𩛨、浩虚舟、权德舆、李绅、李翱、令狐楚、李益等也都有赋作传世。①

---

① 文学史上的"中唐",一般是指唐代宗大历元年(766)到唐文宗太和九年(835),大约 70 年的这段时期。赋家赋作的分期没有截然的界线,所做统计也只能大略言之。《全唐文》自卷四百四十五樊珣始,至卷七百三十九施肩吾止,有以赋名篇的赋作 559 篇、赋家 145 人,其中赋作 5 篇以上者 33 人。新出《历代辞赋总汇》对应赋家赋作的数量略有出入,如滕迈由 5 篇变成 4 篇,李翱由 3 篇变成 5 篇,但因计入赋体文,总体数量只多不少。

(二) 题材内容的丰富

中唐赋的鼎盛更体现在题材内容的丰富与体式风格的多样。较之于盛唐赋的宽广,中唐赋题材内容的丰富主要体现在它的深度上。整体而言,中唐赋在两个维度上向纵深方向发展,一面是承盛唐余韵而日益制度化的应举颂圣,一面是以讽怨与抒怀启晚唐风习的自用写志。而于赋家个体,亦有如柳宗元这样四面延展,以众多赋作抒发多样情怀的大家。

从盛唐到中唐再到晚唐,辞赋内容有一个由讽颂并存到讽怨为主的过程。

盛唐辞赋中浓郁的帝唐意识,到了中唐,余音犹在,帝国的图像虽然不再那么清晰耀眼,但是帝国语汇与帝唐愿景还在延续。以中唐前期政坛、文坛领袖陆贽为例,现存赋作7篇,既有颂圣之作,也有抒怀、讽谏之篇。颂圣之作如《圣人苑中射落飞雁赋》:"于穆我皇,受天明命,与乾坤而合德,配唐虞而齐盛。成功斯著,射中九霄之禽;文教已宣,道应千年之圣。"如《东郊朝日赋》:"日为炎精,君实阳德,明至乃照临下土,德盛则光被四国……和气旁通,帝德与日德俱远;清光相对,帝心与日心齐明……惟天德与圣寿,配朝日而长新……恭承命于春卿,遂观光而兴咏。"如《冬至日陪位听太和乐赋》:"名太和而顺气,取初阳而配君。则知天授圣而正历,圣应天而放勋。惟至也去阴就阳,惟乐也偃武修文……咸有典而有则,固可大而可久。明明我后,于斯万寿。"满纸崇奉,但显然不再是初唐式的以其成功告于神明,更不是盛唐式的由衷的喜悦与自豪,更多的是囿于身份的颂圣套语。《月临镜湖赋》《登春台赋》《鸿渐赋》降而以君子立论,说水月之美与君子同类,通道君子,可比渐鸿,①多少有了抒情的成分,不过主要还是利禄场中的仰望之情②,惟其《伤望思台赋》,叙汉武帝错杀太子,后又作"归来望思之台"以寄哀思一事,篇幅短小,议论精审。其中"夫邪不自生,衅亦有托。信其逸兴,利则妖作。恣鬼神之愆变,实人事之纷错"之句,是可以借古以讽今的言论。③ 后来苏轼、苏过父子的《思子台赋并叙》,更上至秦皇,下及晋惠,以嗜杀为戒,则又多了一些人道的光芒。

陆贽有实干之才,又曾主持进士科试,贞元八年(792),韩愈、欧阳詹、

---

① "异投珠而按剑,等藏冰而耀壶,惟水月之叶美,与君子而同涂"(《月临镜湖赋》);"通于道者,是谓君子;适于空者,莫如渐鸿"(《鸿渐赋》)。
② "系在物之可用,必从时之所任,傥自下而可托,庶升高而至今"(《登春台赋》)。
③ 陆贽赋详见董诰等编:《全唐文》卷四百六十,北京:中华书局,1983年,第4694~4698页。

李观等人同时登第,号称"龙虎榜",他对于中唐赋的承转与兴盛是有功劳的。

因为科考试赋日益普及,颂圣之赋到了中唐多集中于文教礼制的标举。如崔损《饮至赋》云:"寰海远辟,天下大同,教化无外,昭明有融。"(《全唐文》卷四百七十六)周存《观太学射堂赋》说:"诚有国之恒规,而择贤之盛事……是知崇乐非钟鼓之器,立德为正鹄之体也。"(《全唐文》卷五百一十一)周存《太常新复乐悬冬至日荐之圜丘赋》亦说:"皇家握乾符以御宇,广乐教以同人。虽功成而有作,亦袭古而弥新。"(《全唐文》卷五百一十一)张贾《衡诚悬赋》不乏对衡器盈缩得度、进退有程、均平审谨、中正自持、诚信不欺等品格的颂扬,但落脚在"衡为器之轨,礼为邦之纪",末尾在归旨于群才所奉、有司操持之后,不忘升华为"振千古之贞范,副大君之垂拱"。(《全唐文》卷五百三十一)张贾另有《天道运行成岁赋》,以天道为名,论阴阳、日月、五行、四序、寒暑、节岁,而穿插其间的多为仁和、圣则、德刑、教化,末以天人相谐、相应结局:"是知天有常规,道有彝制。谐一德以佐主,通四时而辅岁。至仁所感,思歌造化之功;测管以窥,宁究天人之际。"其目的主要还是在于"设教以昭宣"。(《全唐文》卷五百三十一)王履贞赋更以文教礼制为题,其《辟雍赋》以"王者风教之本"为韵,强调"尊卑有秩,礼教是崇"(《全唐文》卷五百四十六)。其《国子丞厅连理树赋》也以教化为本,说"生于学者,表王化之大同;植于厅者,知官政而无曲",认为"瑞不虚然,从化而止。化不在远,行之由己"。(《全唐文》卷五百四十六)更有《太学创置石经赋》与《太学壁经赋》,专叙石经文献,说其可以"用启千年之圣,将遗万古之风"(《太学创置石经赋》,《全唐文》卷五百四十六)。"示人范于古训,正国常于典经"(《太学壁经赋》,《全唐文》卷五百四十六)。

颂圣与崇教之作展现的是集体意识与时代氛围,罕言个人情志,但在这应举颂圣日益制度化的同时,明道匡时、自用写志的文学思潮也乘势兴起。在自用写志的这一极,有对时政的揭露、对社会的批判、对世风的讽刺,有科举的失意、贬谪的愤懑、人生的苦闷、亲友的怀念、个我的坚持。

吕温《由鹿赋》、韩愈《讼风伯》、柳宗元《憎王孙文》《宥蝮蛇文》《斩曲几文》《骂尸虫文》《逐毕方文》《辩伏神文》《愬螭文》《哀溺文》《招海贾文》、李观《苦雨赋》、刘禹锡《砥石赋》《山阳城赋》、皇甫湜《醉赋》等,或讽谏政治,或针砭时弊,或嘲弄世风,或坦诚心迹,无不使中唐赋闪耀着批判现实的光芒。尤其柳宗元的讽刺赋,或托于动植,或托于神怪,或托于人物,对心思险诈、言行邪曲，好窥人隐私，常蓄意谗讼，喜肆意酿灾的各类小人进行了痛快淋漓的斥责，对造假传伪、贪财食货的民风与世情也进行了语重心长的警诫，堪称讽刺赋乃至整个中国古代讽刺文学的高标。

个我抒怀之作则集中于仕途失意的书写与贬谪怨愤的发泄。

仕途失意在古代中国是一个永恒的主题，唐代也不例外，欧阳詹、韩愈、李翱等都有累举不第的经历与痛苦，这样的经历与心情在他们的赋中都有反映。

欧阳詹"五试于礼部，方售乡贡进士，四试于吏部，始授四门助教"（《上郑相公书》），他的《出门赋》与《将归赋》便写了他初离家乡，赴京赶考的心情，与"曾十稔以别离""又三年于路歧"（《将归赋》）的坎坷与心酸。

李翱《感知己赋》《幽怀赋》、皇甫湜《东还赋》、李观《授衣赋》等，或悼知音永逝，或悲穷厄不达，都与仕途有关。

最集中展示个我浓烈仕进心绪的是韩愈的赋作。不管是参加科考的律作《明水赋》，还是直书科考心得的《感二鸟赋》《复志赋》《闵己赋》，乃至其牢骚文《送穷文》《进学解》与吊祭别离赋《祭田横墓文》《别知赋》等，无不以抒发个人在坎坷仕途中的种种遭际与心绪为目标。通读这些赋，我们可以了解韩愈半生落拓、怀才不遇的困窘，与知恩能报、持志不移的品性。

代有贬谪与贬谪文学，中唐尤为大观，于赋而言，刘禹锡与柳宗元最为杰出。刘禹锡23年间辗转于朗州、连州、夔州、和州等地，饱受磨难，而能以坚卓之笔，叙述生活、抒写志意、描绘民情风俗、探究天道人心，堪称贬谪文人、贬谪文学的杰出代表。刘禹锡今存赋11篇，除《平权衡赋》外，无论是直抒愤懑的《何卜赋》《谪九年赋》《问大钧赋》，还是写景寓情的《望赋》《楚望赋》《秋声赋》《伤往赋》，甚至咏史假物的《山阳城赋》《三良冢赋》《砥石赋》，都可宽泛地理解为贬谪赋，它们集中地展示了刘禹锡漫长贬谪生活中的企望心境与慷慨情怀。

柳宗元留存赋作近30篇，有怨愤、有批判、有反思、有固守、有革新，堪称唐赋之冠，其中《解祟赋》《梦归赋》《闵生赋》《囚山赋》及赋体文《愚溪对》《答问》《对贺者》乃至哲学著作《天对》，莫不蕴含着贬谪之情。如果说韩愈的贬谪之赋集中抒发的是他的仕宦心绪，刘禹锡的贬谪之赋展示的是他的企望心境，柳宗元在这些作品中坦露的则是近乎囚徒的心理。当然柳宗元也没有放弃希望，他一面以坚韧之志忍受着这"囚徒"般的生活，一面谨慎地尝试着求助，一面还进行着深刻的自我反省，比如他的《惩咎赋》与《佩韦赋》。而在《瓶赋》《牛赋》《吊苌弘文》《吊屈原文》《吊乐毅文》《晋问》等作品中,柳宗元还通过塑造正面的形象来激励自己。再加上文所举的批判现实的作品,柳宗元无疑也是有唐三百年间继承骚学精神的第一人。

仕途的失意也好、贬谪的痛苦也好,最后都会总归为人生的苦闷,李观、皇甫湜的《东还赋》、李翱的《幽怀赋》《感知己赋》、韩愈的《送穷文》《进学解》、柳宗文的《乞巧文》等,其实都蕴含着丰富的生命意识。

其他如欧阳詹《出门赋》《怀忠赋》、李观《东还赋》、韩愈《别知赋》、刘禹锡《伤往赋》、皇甫湜《伤独孤赋》、李翱《释怀赋》、柳宗元《梦归赋》等,或怀想亲友,或痛悼知己,或追思前贤,无不为抒怀之作。可见在应举颂圣日益制度化的氛围里,自我情志的抒发也走向了极致。

到了晚唐,体制衰落,写志赋以讽刺揭露为主,颂圣赋也部分偏离应制轨道,转而表达怀古感伤之情,显露出末世的光景。

(三)体式风格的多元共存

与题材内容的讽、颂并存一致的是,中唐辞赋在体式风格上也是古、律并重,乃至多元共存。韩、柳倡导的古文运动,本着意于打破骈、律的束缚,古赋尤其骚赋得以复兴,新文赋的沿革也在古文先驱们的基础上继续前行。元稹、白居易则不仅赞同诗赋取士制度,还自觉从事律赋创作。古、律两派都强调文为世用,所以中唐辞赋既有充实的内容,又不刻意排斥赋体的形制。许结先生描述中唐律赋的繁荣景象时说:"……是律赋作手亦多文学革新中人,古文家、赋家共有文为世用思想;二是在特定的社会环境中古文、律赋的并行不悖。"①这特定的环境当然也包括应举试赋与古文运动,古文家们为了自己的仕途,也得写作律赋,欧阳詹、韩愈、柳宗元、李观、皇甫湜等都有律赋存世。其实非诗非文、亦诗亦文的赋体在归属与分类上本来就纷繁复杂,广义而言,有诗、文之别,有古、今(律)之异,具体而言,则骚既可与诗为对又可归为诗,骈既可与散为对又可归为文,其间还有不少交叉重叠之处。这种多元共存的现象,在各体皆备的中唐表现得更为突出。律赋而外的骚赋、诗赋、骈赋,乃至新文赋都可以归到古赋这个大箩筐里。

骚体赋源于楚辞,盛行于汉魏六朝,在中唐复古思潮中又大放异彩。古文家多有科考与仕途失意的经历,又强调写实与抒怀,写出了许多富有时代色彩与个性特征的骚赋作品。如权德舆《洞庭春溜满赋》《行舟逗远树

---

① 计结:《论唐代赋学的历史形态》,载《南京大学学服》,1996年第1期,第46页。

赋》,李观《东还赋》,韩愈《复志赋》《闵己赋》《讼风伯》,柳宗元《佩韦赋》《解崇赋》《惩咎赋》《闵生赋》《梦归赋》《囚山赋》,及《憎王孙文》《逐毕方文》等,刘禹锡《伤往赋》《砥石赋》《秋声赋》《望赋》《问大钧赋》《何卜赋》《楚望赋》《谪九年赋》,李翱《感知己赋》《幽怀赋》《释怀赋》,白居易《泛渭赋》《伤远行赋》,皇甫湜《东还赋》《伤独孤赋》,李德裕《画桐花凤扇赋》,蒋防《湘妃泣竹赋》,袁允《清露点荷珠赋》,沈亚之《拓枝舞赋》《古山水障赋》《梦游仙赋》,等等,蔚为大观。他们抒情写志,也不拘于特定的格式,还尝试以"文""讼"名篇,甚至以骚体写律赋①,是中唐辞赋中内容充实、艺术水平也最高的部分。

新文赋的产生是唐赋体式变革的重要表现。所谓"新"是相较于汉文赋尤其是汉代散体大赋而言的,按马积高先生的说法:"唐文赋的'新',就新在它比较彻底地摆脱了汉文赋的板重的句法,删削了某些汉赋那种不必要的铺叙,同时语言更为浅切,描写更为生动,艺术构思和表现技巧也富于变化。"②其实唐文赋的"新"因历经六朝的沿革,还不可避免地要打上骈赋的痕迹,再加上骚赋的昌盛,这类赋中便常见骈散结合、骚散结合的句子,甚而出现名不副实、以文名赋的篇章。韩愈《进学解》《送穷文》,柳宗元《愈膏肓疾赋》《乞巧文》《骂尸虫文》《宥蝮蛇文》《答问》《起废答》,刘禹锡《秋声赋》《山阳城赋》《三良冢赋》,等等,都可谓文赋体式沿革的产物。相较于古文先驱们,韩、柳、刘等古文大家们变革赋体的力度更大了,但以赋名篇的新范式尚未确立。

诗赋体式也有留存。柳宗元《牛赋》《瓶赋》《斩曲几文》通篇皆用四言,《乞巧文》《起废答》《骂尸虫文》《宥蝮蛇文》亦多用四言,韩愈《感二鸟赋》《别知赋》则以六言为主。

其实就数量而言,律赋占中唐赋作的七成以上。赵璘《因话录》卷三载:"李相国程、王仆射起、白少傅居易兄弟、张舍人仲素为场中词赋之最,言程式者,宗此五人。"③可见当时律赋创作的风气。古文家们如欧阳詹、韩愈、柳宗元、刘禹锡、李观、吕温等也创作有律赋。李调元述及唐代律赋发展的过程时说:"唐初进士试于考功,尤重帖经试策,亦有易以箴论表赞,而不试诗赋之时,专攻律赋者尚少。大历、贞元之际,风气渐开。至大和八

---

① 如袁允《清露点荷珠赋》(以题为韵)。
② 马积高:《论唐赋的新发展》,载《湖南师大学报》,1986年第1期,第101页。
③ 赵璘撰:《因话录》,上海:上海古籍出版社,1957年,第82页。

年,杂文专用诗赋,而专门名家之学樊然竞出矣。李程、王起,最擅时名;蒋防、谢观,如骖之靳。大都以清新典雅为宗。其旁骛别趋,元白为公,下逮周繇、徐寅辈,刻酷锻炼,真气尽漓,而国祚亦离矣。"①也指出律赋名家出于贞元之后。尹占华先生则将中唐律赋分为贞元前期、贞元后期、元和长庆三个阶段,又以博雅典正、清绮俊丽、俊肆豪硕、平直朴拙区分贞元后期律赋流派,各举李程、王起、张仲素、贾悚、白行简、蒋防、元稹、白居易、欧阳詹、吕温、皇甫湜、侯喜为代表,所论甚详,可为参考。② 因为科考之用,律赋的命题与立意大都"冠冕正大",多出入经史而关乎国家治乱,形式上的要求也很严苛,除了命题限韵、对句工整、讲求声律的基本要求外,还好用成言雅语,所以总体上呈现出雅正的倾向。但大家们浸染既久、钻研既深,便不免有些创制,或以古赋为律赋,或以骚赋为律赋,或以散文笔法作律赋。如元白律赋,不拘篇幅、夹杂虚词、好为议论、善用长句,便是散文化的表现。李调元也注意到了这个问题,他说"律赋多有四六,鲜有作长句者。破其拘挛,自元、白始"③,"唐时律赋,字有定限,鲜有过四百者。驰骋才情,不拘绳尺,亦唯元、白为然"④。随着创作的兴盛,有关律赋创作理论与指导的著述也日益增多。最有名的是白居易的《赋赋》,在这篇以律赋的形式写成的赋论里,白居易论及赋的起源,强调赋的政治功用,并对课赋取士制度与唐律赋的价值作了充分的肯定。其他如张仲素《赋枢》、范传正《赋诀》、浩虚舟《赋门》、白行简《赋要》、纥干俞《赋格》、佚名氏《赋谱》等多为专论律赋格律与作法的赋格著作。

(四)中唐辞赋鼎盛的原因

中唐辞赋的发展状况,受文体自身演进规律的制约,受时代风习的影响,与古文运动及士人们的贬谪生活密切相关。

自汉至唐,诗逐渐取代辞赋而占据文学领域的首席地位,但辞赋并未遽然退隐,凭借赋显才学的历史惯性、科举取士的制度保证、新时代文化精神的浸染,唐代的辞赋创作还在探索中不断前行。以赋体沿革而言,楚汉时已有骚体、诗体、文体三种基本赋体,骚体与诗体的变化相对较少,文赋至魏晋吸取骚体、诗体的特点而形成骈体。到了唐代,一面因科考的需要

---

① 李调元:《赋话》卷一,《续修四库全书》本,第 642 页。
② 详见尹占华:《律赋论稿》,成都:巴蜀书社,2001 年,第 152~241 页。
③ 李调元:《赋话》卷三,《续修四库全书》本,第 655 页。
④ 李调元:《赋话》卷四,《续修四库全书》本,第 661 页。

在骈体的基础上形成并完善律体,一面又受古文运动的影响远溯汉文赋而发展出新文赋。这样的沿革,虽也受外在因素的影响,首先却有着其内在逻辑的必然性。清人王芑孙说:"诗莫盛于唐,赋亦莫盛于唐。总魏、晋、宋、齐、梁、周、陈、隋八朝之众轨,启宋、元、明三代之支流,踵武姬汉,蔚然翔跃,百体争开,昌其盈矣。"①古人所谓的"体",内涵极广,有体式、体裁、体制、体派、体貌、体要等种种意味,我们不妨理解在赋的各种形制即体裁方面,唐人可以而且已经集其大成。这其实也是唐人的幸运,因为赋的体制发展在此后就停滞了,后人在这方面没有机会与空间了。

上自王朝气运,下至士人生活,中关政治制度、社会风习,都属辞赋发展的外在因素。

安史之乱后,权衡失柄,社会矛盾激化,唐王朝由盛转衰。为求中兴,国家"黜华用实",在取士标准上德行、文章、吏能三者并重;社会崇尚致用,兴起经世之学;有志之士关注现实,"多询时务""多求道理"(白居易《与元九书》),"明体以及用,通经以知权"(刘禹锡《答饶州元使君书》),期望成为"经大务、断大事"的"恢杰之才"(柳宗元《上大理崔大卿应制举启》)。但官僚体制有着自身难以调节的矛盾,门荫与科考的对立造成新的士庶之争,寒门士子的出路越来越窄。权奸擅政、宦官专权影响社会风气便是是非不分、曲直不辩,所以顾况感叹:"一生肝胆向人尽,相识不如不相识。"(《行路难三首》其一)刘禹锡愤懑:"长恨人心不如水,等闲平地起波澜。"(《竹枝词九首》)入仕途径的减少更突出了门荫与科考的对立,增加了入仕的难度,进而影响士人的心理。"举子其艰苦憔悴者,虽有铿锵其才,不如啗肥、跃骏足、党与者,虽无所长,得之必快。"(李观《与吏部奚员外书》)"得仕者如升仙,不仕者如沉泉,欢娱忧苦,若天地之相远也"。(沈既济《选举论》)于一般士子而言,不管是成就功名,还是获取富贵,都需要刻苦读书,外加四处干谒。白居易说他:"十五六,始知有进士,苦节读书。二十已来,昼课赋,夜课书,间又课诗,不遑寝息矣。以至于口舌成疮,手肘成胝,既壮而肤革不丰盈,未老而齿发早衰白,瞥瞥然如飞蝇垂珠在眸子中也,动以万数。盖以苦学力文所致,又自悲矣!"(《与元九书》)韩愈:"四举于礼部乃一得,三选于吏部卒无成。"(《上宰相书》)一个月里连上宰相三书,他的自荐信虽也有冠冕堂皇的理由,但已极少见盛唐人自我揄扬的狂词傲语。

---

① 王芑孙:《读赋卮言》,见王冠辑:《赋话广聚》第三册,北京:北京图书馆出版社,2006年,第311页。

盛唐人的理想与自信,使他们的辞赋也打上了盛唐气象的印记:赋家多面、题材多样、气象宏大。中唐人的切实与忧虑,则强化了他们的辞赋揭露社会弊端与咏叹个人失意的功能。

古文运动与贬谪生活对赋体创作的影响尤为深远,故拟单独标题,以为论证。

二、古文运动与赋体变迁

(一)文以明道与赋体前程

南朝之后文体文风改革的呼声与实践连绵不断,韩、柳之前的萧颖士、李华、元结、独孤及、梁肃等人在明道宗经、反对雕饰的问题上已然取得不错的成绩,但他们的理论主张脱离实际,他们的创作实践缺乏创新,虽开风气而未见生面。到了韩、柳,才真正演进为功勋卓著的文学革新运动。

韩、柳古文运动的中心思想还是文以明道,但他们给这个道植入了强烈的现实政治的要素。

从贞元八年(792)开始,韩愈在他的《上宰相书》《重答张籍书》《答李翊书》《答李秀才书》《答陈生书》《送陈秀才彤序》《题欧阳生哀辞后》等文章书信里,从不同角度反复阐述过文道关系的问题。在韩愈看来,志古在于好道,修辞在于明道。他所好所明之道,是儒家的仁义之道,是圣人施博爱而臣民行其所宜之道。在韩愈看来,遵循这样的道,可以抑制佛老的危害,可以阻滞藩镇的割据,这无疑有着现实的政治意义,不同于前辈们的空言明道。

柳宗元"文以明道"思想的形成,比韩愈要晚,但表述得更直接更清楚,也更多现实政治的意义。在《报崔黯秀才论为文书》中他说:"然圣人之言,期以明道。学者务求诸道而遗其辞。辞之传于世者,必由于书。道假辞而明,辞假书而传,要之之道而已耳。道之及,及乎物而已耳,斯取道之内者也。"①在柳宗元看来,辞是达道的工具,写作在于"明道",读书在于"之道"。在《答韦中立论师道书》中,他更明确提出"文者以明道"的原则。

相较于韩愈的道,柳宗元的道更偏重于实际问题,所以在《答吴武陵论非国语书》中,他还要求文章有"辅时及物"之用。这样的主张与他参与实际的政治改革有着直接的关系,他自己回顾说:"仆之为文久矣,然心少之,

---

① 柳宗元:《柳宗元集》,北京:中华书局,1979年,第886页。

不务也,以为是特博奕之雄耳。故在长安时,不以是取名誉,意欲施之事实,以辅时及物为道。自为罪人,舍恐惧则闲无事,故聊复为之。然而辅时及物之道,不可陈于今,则宜垂于后。言而不文则泥,然则文者固不可少耶。"①被贬之前因为用心于实际的改革,无须依文明道,改革失败后则因无法以事实辅时及物,才重视以文明道。②

因为切中实际而不拘泥于道统与教化,柳宗元的道也兼含兴寄与讽喻之旨。他在《故银青光禄大夫右散骑常侍轻车都尉宜城县开国伯柳公行状》中赞美柳浑凡为学"以知道为宗",凡为文"以适己为用"③,强调的就是性情而非明道。他在《杨评事文集后序》中,将文章分为两种:"文之用,辞令褒贬,导扬讽谕而已……文有二道:辞令褒贬,本乎著述者也;导扬讽谕,本乎比兴者也。"④强调文章要有褒贬讽喻的作用。

总之,韩、柳文以明道的主张,内含着求实的精神与积极的态度,具有现实的意义与久远的影响。

古文运动是打着复古旗号的文学改革运动,它以明道为灵魂,以"古文"为旗帜,希期以文质相符的文风取代华而不实的文风,自然要批判"骈四俪六,锦心绣口"(柳宗元《乞巧文》),"务采色、夸声音而以为能"(柳宗元《答韦中立论师道书》)的骈文。但古文与骈文并非截然对立,韩、柳倡导的古文是文道并茂的文章,反对的是文道的分离或无道之文。韩愈说:"愈之为古文,岂独取其句读不类于今者邪?思古人而不得见,学古道则欲兼通其辞。通其辞者,本志乎古道者也。"⑤柳宗元说:"始吾幼且少,为文章,以辞为工。及长,乃知文者以明道,是固不苟为炳炳烺烺,务采色、夸声音而以为能也。"⑥一个说"岂独取",一个说"不苟为",可知文道是统一的。

为了文道统一、文质相符,韩、柳还提出了一系列改革文体文风的具体主张,强调兼收并蓄以求树立,强调个人修养,要求认真写作,并有技法上的总结。

---

① 柳宗元:《柳宗元集》,北京:中华书局,1979年,第824页。
② 在《与杨京兆凭书》中,他也说:"宗元自小学为文章,中间幸联得甲、乙科第,至尚书郎,专百官章奏,然未能究知为文之道。自贬官来无事,读百家书,上下驰骋,乃少得知文章利病。"详见柳宗元:《柳宗元集》,北京:中华书局,1979年,第789页。
③ 柳宗元:《柳宗元集》,北京:中华书局,1979年,第181页。
④ 柳宗元:《柳宗元集》,北京:中华书局,1979年,第578~579页。
⑤ 韩愈《题哀辞后》,或作《题欧阳生哀辞后》,详见屈守元、常思春主编:《韩愈全集校注》,成都:四川大学出版社,1996年,第1500页。
⑥ 《答韦中立论师道书》,详见柳宗元:《柳宗元集》,北京:中华书局,1979年,第873页。

韩愈说自己："口不绝吟于六艺之文,手不停披于百家之编。记事者必提其要,纂言者必钩其玄。贪多务得,细大不捐。"①柳宗元要求："参之《谷梁氏》以厉其气,参之《孟》《荀》以畅其支,参之《庄》《老》以肆其端,参之《国语》以博其趣,参之《离骚》以致其幽,参之《太史公》以著其洁。"②韩、柳兼收并蓄,不是为了简单地复古与模仿,而是自求树立。韩愈在《答刘正夫书》中回答为文宜何师的问题时说"宜师古圣贤人",而师古贤人,应该"师其意,不师其辞",因为"能者非他,能自树立不因循",所以他极力主张"陈言务去","辞必己出"。柳宗元痛恨"渔猎前作,戕贼文史"的文章,认为它们"为害已甚"③,说自己"引笔行墨,快意累累,意尽便止,亦何所师法"!④

"美不自美,因人而彰"(柳宗元《邕州柳中丞作马退山茅亭记》),韩、柳都强调个人修养对于创作的重要性。韩愈提出"气盛言宜"的观点,他说:"气,水也;言,浮物也。水大而物之浮者大小毕浮。气之与言犹是也。气盛则言之短长与声之高下者皆宜。"⑤韩愈的这个观点,源于孟子的养气说,强调了作家的道德修养与精神力量对文学创作的影响。柳宗元则主张"文以行为本",在《报袁君陈秀才避师名书》中,他说:"文以行为本,在先诚其中。"⑥写作以德行为本,以真诚居先,较之韩愈、柳宗元更强调实诚。而且他所谓的"行",也不仅指道德修养,应该还包括广义的行为活动。或者说他的"行",是与他所主张的"辅时及物之道"相通的。

创作明道的文章,自然需要有积极认真的态度,所以柳宗元说他每为文章"未尝敢以轻心掉之"(《答韦中立论师道书》)。

为了文质相符,还得在技法上努力。柳宗元说的"漱涤万物,牢笼百态"(《愚溪诗序》),"模状物态,搜伺隐隙"(《送文郁师序》),正是赋所擅长的技法。

(二)创作实践与赋体革新

古文运动与古文理论必然影响赋体创作,但首先要明确的是,古文运

---

① 《进学解》,详见屈守元、常思春主编:《韩愈全集校注》,成都:四川大学出版社,1996年,第1909页。
② 《答韦中立论师道书》,详见柳宗元:《柳宗元集》,北京:中华书局,1979年,第873页。
③ 《与友人论为文书》,详见柳宗元:《柳宗元集》,北京:中华书局,1979年,第829~830页。
④ 《复杜温夫书》,详见柳宗元:《柳宗元集》,北京:中华书局,1979年,第890页。
⑤ 《答李翊书》,详见屈守元、常思春主编:《韩愈全集校注》,成都:四川大学出版社,1996年,第1455页。
⑥ 详见柳宗元:《柳宗元集》,北京:中华书局,1979年,第880页。

动并未改变诗赋取士的制度,律赋与古文并行不悖。古文的倡导者萧颖士、李华、元结、独孤及、梁肃、柳冕、韩愈、柳宗元、李翱、皇甫湜等,要么名低位下,要么仕途坎坷,不可能从政治层面改变文体文风,即便在古文全盛的贞元、元和年间,进士所试仍以称颂德泽、赞美王化的律赋为主。

就内在的逻辑理路而言,古文理论必然影响赋家对赋体功用的认识,必然影响赋家的创作态度,影响赋体题材、艺术与体式。

古文运动"明道"的主张与"辅时及物"的要求,必然使赋体创作除了颂美的功能外还要关切时局,柳宗元"褒贬""讽谕"的写作宗旨,更强化了赋体文学揭露时弊的理论基础。

古文(散文)文体、手法、语言、风格的创新,也必然影响亦诗亦文的赋体创作,使其好为议论、结构多变、句子散化、语言自然。

便是科考所用的律赋,也或多或少会受古文运动的一些影响。

实践表明,在古文运动的大背景下,赋体创作多有革新:题材扩展,内容上多了明道的成分,也多了批判之作与牢骚之文;形式上推陈出新,辞赋各体尤其新文赋与骚体赋创作大有突破;名家赋作具有个性并出现柳宗元这样出类拔萃的辞赋大家。

盛唐时代,赋体创作已然突破题材的拘束,但重点在盛世之礼赞与个我之形塑;古文运动明道切时的主张,使中唐赋作题材更为丰富,内容更为充实。首先是记事、载道、说理的赋明显增多,律赋尤然。中唐科举日趋成熟,诗赋创作蔚然成风,律赋的题材也大大扩展,举凡天象、玉帛、典礼、音乐、器用、治道、草木、地理、性道都可以用作试赋的题目①,更不用说平常的习作。受古文运动的影响,律赋中叙事以说理或直接说理的作品大大增加。葛晓音先生认为:"中唐贞元、元和年间复古思潮的盛行,促成了韩柳所倡导的古文运动,同时也促使骈文的题材内容大大扩展。原来侧重于赞美功德、缘情写景的赋,发展到记事、载道、说理,无所不包。阐发六经之旨,铺排历史典故,谈学问,演卦象,均可与古文相抗衡。"并说赋在题材内容方面所发生的这种变化,"与其说是它自身发展的必然趋向,还不如说是在古文运动巨大影响下的无力挣扎"。② 这种说法不无道理。

其次是传统题材赋作中明道成分增加。不管是颂美之赋,还是抒怀之

---

① 参见彭红卫:《唐代律赋考》附录一《唐代律赋中现存试赋139篇一览表》,北京:社会科学文献出版社,2009年,第288～300页。

② 葛晓音:《中晚唐古文趋向新议》,载《北京大学学报》,1985年第5期,第22页。

作,都加强了明道的意识。颂美如陆贽的《圣人苑中射落飞雁赋》,不忘在颂圣之余,讽劝帝王削藩攘夷,不可苟安。抒怀如韩愈《感二鸟赋》、刘禹锡《山阳城赋》《三良冢赋》、柳宗元《解祟赋》《惩咎赋》等,或关心民生疾苦,或引经义自我调节,都于个人感怀之外注入明道切时的因子。

更有讽时刺世之作与怨愤不平之文,以柳宗元最为杰出,他既将个人沉痛写到极致,又将社会弊端揭露无遗。《梦归赋》《闵生赋》《囚山赋》《愚溪对》《答问》《对贺者》等作品,写出了柳宗心中无限的怨愤与不平,而《乞巧文》《骂尸虫文》《斩曲几文》《宥蝮蛇文》《憎王孙文》《哀溺文》《招海贾文》则又对社会的种种弊端进行了无情的批判。其他如韩愈《讼风伯》《送穷文》《复志赋》《闵己赋》,刘禹锡《山阳城赋》《谪九年赋》《砥石赋》《望赋》,等等,或指责官吏专横,或抨击社会不公,或悲怨一己遭遇,皆表现出对现实的不满。这与古文理论中的"褒贬""讽谕""辅时及物"之旨是一致的,它所展现的也是赋家积极入世的态度。

科考所用律赋,本以雅正为宗,古文运动崇经明道的要求无疑又强化了这一倾向。古文运动本属中唐儒学复兴大背景的一部分,在这个大背景里,帝王重视礼法,科考尊崇儒学,文坛以复古而明道,三者互为影响。德宗即位,深尚礼法,宪宗一如乃祖。知贡举者自贾至、陆贽、权德舆、李汉、李宗闵、高锴,至王起、卫次公、许孟容等皆谨守儒家礼法。这些考官本身就是古文先驱或律赋名家。在这样的背景下,白居易作《赋赋》,提出律赋创作当以"立意为先,能文为主",而"四始尽在,六义无遗",王起要求律赋创作"其文蔚,其旨深"(《掷地金声赋》),并合乎儒家经典。具体到律赋创作,则从选题命意到语词句式,乃至整体风格都可以看到这方面影响的存在。白居易应试赋《性习相远近赋》,即因取意儒经而博得主司高郢的青睐。王起所作律赋更可谓命题冠冕正大,造句典雅庄重。命题如《振木铎赋》《履霜坚冰至赋》《弋不射宿赋》《被褐怀玉赋》《书同文赋》《瞽者告协风赋》《雨不破块赋》《弹冠赋》《墨池赋》《焦桐入听赋》《延陵季子挂剑赋》《斗间见剑气赋》《辕门射戟枝赋》《墨子回车朝歌赋》《燕王市骏骨赋》《掷地金声赋》《披雾见青天赋》等,多为古事古语。造句如《庭燎赋》:"王者崇北辰之位,正南面之威。""励夙兴,勤夕惕。""望而畏之,契天威之咫尺。""浡浡而咸造,鸾锵锵而可聆。"多采《论语》《诗经》《周易》《左传》等儒经之语。或径用成言,或取镕经语,中唐律赋中这样的例子很多,莫不强化律体雅正之风。

中唐辞赋以律体、骚体与新文体最为兴盛,其中新文体赋显然是古文运动之产物。广义的文赋是与诗赋相对而言的,既包括汉文赋,又包括骈赋甚至律赋。新文赋则特指伴随着唐宋古文运动而产生的古文家的文赋,以李华、萧颖士等人的作品为先导,以杨敬之、杜牧等人的作品为成熟标志,延及于欧阳修、苏轼。而韩愈《进学解》《送穷文》,柳宗元《愚溪对》《起废答》等作品,则正是新文赋形成过程中的重要过渡。古文运动倡导以散句单行的文体宣扬儒家之道,而赋介乎诗、文之间,可左可右,容易受散文创作的影响,表现出散体化与议论化的趋势。白居易《省试性习相远近赋》《动静交相养赋》、欧阳詹《石韫玉赋》《瑾瑜匿瑕赋》、韩愈《闵己赋》《进学解》、李翱《幽怀赋》《释怀赋》、皇甫湜《伤独孤赋》、刘禹锡《何卜赋》《山阳城赋》、柳宗元《惩咎赋》等,无论是律体、文体,还是骚体,皆多论议之辞。而骈散结合、骚散结合,乃至径以"文""讼"名篇的现象,在中唐辞赋中也很普遍。这正是中唐辞赋在形式上推陈出新的具体表现。

中唐辞赋大家辈出,其中一类是律赋大家,如李程、王起、张仲素、白行简、白居易等,另一类则是古文大家,以韩愈、柳宗元、刘禹锡为代表。韩、柳、刘的赋作显然与古文运动关系密切并富有特色。韩赋集中抒发了他的仕宦心绪,刘赋展示的是他的企望心境,而柳赋或怨愤不平,或自省调适,或讽时刺世,或固守正直,或直抒胸臆、刻画心灵,或本乎比兴、创为寓言,无论是题材内容还是艺术手法都极为深刻丰富,堪称唐赋之冠。这样的成就与特性固然与赋家个人的性情与经历有关,但不容置疑,也受古文运动明道切时、不拘骈对观念的影响。

(三)古文运动与赋体变迁

古文运动与赋体创作的关系是错综复杂的。单以文体演变的本真的情况而言,既有外在的因素,又有内在的动力;既有历时的积淀,又有共时的渗透;既有主体的意愿,也有客观的限制;是各种力量相互交织而成的合力在推动着文体形式的变迁。何况历史与逻辑永难合一,对各种文体包括赋体的分类与界定,从来就没有统一的标准与结论。尽管如此,我们还是力求以历史与逻辑相统一的眼光全面考察文体演变中内在性与外缘性、稳定性与多变性、交互性与独特性之间的关系。

赋体非诗非文、亦诗亦文的文体特性决定其演进历程的更加多元复杂。它形成之初就具有多源多体的特质,六朝至唐,历经诗、赋互化的漫长过程,到了中唐,受古文运动的影响,开始走向以文为赋的另一极致。

古文运动是复兴儒学的运动,也是文体散化的运动,它最直接的成果就是文艺散文从历史、哲学等著作中独立出来,并与骈文、辞赋相对存在。

如前所述,古文运动对辞赋创作不乏正面的促动,但这种促动本质上是对赋体形式的冲击与解构。当这种冲击触及赋之所以为赋的基本要求,实际上已经溢出赋的边界,就整个文学史的进程而言,这种变革可能是进步,但就赋体文学本身而言,则极可能是泛化与消解。祝尧评欧阳修《秋声赋》云:"此等赋,实自《卜居》《渔父》篇来,追宋玉赋《风》与《大言》《小言》等,其体遂盛,然赋之本体犹存。及子云《长杨》,纯用议论说理,遂失赋本矣。欧公专以此为宗,其赋全是文体,以扫积代俳律之弊,然于《三百五篇》吟咏情性之流风远矣。"① 祝尧在《古赋辨体·论宋体》中又云:"至于赋,若以文体为之,则专尚于理,而遂略于辞,昧于情矣……非特此也,赋之本义,当直述其事,何尝专以论理为体邪?以论理为体,则是一片之文,但押几个韵尔,赋于何有?今观《秋声》《赤壁》等赋,以文视之,诚非古今所及;若以赋论之,恐(教)坊雷大使舞剑,终非本色。"② 代有新变,赋体文学总的地位与趋势是走向衰落的,从盛唐李、杜开始,赋的崇高地位已被诗歌全面取代,中唐韩、柳之后,赋的形式特征进一步被消解,赋不再成为主流文体,甚至诗赋一统天下的局面也已逝去,词、小说、戏曲等新的文体形式逐渐兴起。好在赋作为一种表现形式逐渐渗入了诗、词、戏曲,甚至小说中去,它的影响无所不在。

可见古文运动对于赋体文学的影响是双面的,既有建构又有解构。柳宗元之所以能成为杰出的辞赋家,就是这一影响的重要表征,然而也正是因为这个缘故,柳宗元也成为赋体文学最后的辉煌。③ 柳宗元还将文章分为"著述"和"比兴"两大类,典正的骈文与赋体,大概都不在"著述"与"比兴"之列,但叙述与描写总是最基本的表现手法,柳宗元本人也十分重视"漱涤万物,牢笼百态"(《愚溪诗序》),与"模状物态,搜伺隐隙"(《送文郁师序》)的本领,也许赋作为一种表现手法而非文体存于各体文学之中正是赋的理想出路。

---

① 祝尧:《古赋辨体》卷八欧阳修《秋声赋》题下注,文渊阁《四库全书》第 1366 册,上海:上海古籍出版社,1987 年,第 820 页。
② 祝尧:《古赋辨体》卷八,文渊阁《四库全书》第 1366 册,上海:上海古籍出版社,1987 年,第 818 页。
③ 孙昌武先生甚至说他是"收束了中国辞赋文学历史的人",详见孙昌武:《柳宗元传论》,北京:人民文学出版社,1982 年,第 411 页。

三、贬谪与赋体创作

贬谪是中国古代普遍的政治现象,中唐尤然,据尚永亮先生《唐五代文人逐臣分布时期与地域的计量考察》统计,"唐五代三百四十余年间,姓名或贬地可考的逐臣共计2828人次。从时期分布看,初唐598人次,盛唐543人次,中唐750人次,晚唐711人次,五代226人次"。其中"中唐是逐臣最盛的时期"。① 贬谪影响文学,使贬谪文学也成为重要的文化产物与研究对象,但学界关注的文体主要是诗歌而非辞赋,其实贬谪文学原本起源于辞赋,就中唐辞赋而言,最杰出的作品也非贬谪赋莫属。从题材内涵、总体风貌、表现手法、作家主体与创作方式等角度关注遍存当代的贬谪现象对中唐辞赋创作的影响,并与贬谪诗歌加以比对,无疑是极有意义的工作。

(一)贬谪与赋作题材内容

尚永亮先生曾将贬谪文学分为三部分:"第一部分是贬谪诗人在谪居期间创作的文学作品,这是贬谪文学的主体;第二第三部分则是贬谪诗人在谪居前后以及非贬谪诗人在送别赠答、追忆述怀时创作的有关贬谪的文学作品,这是贬谪文学的侧翼。"②这个界定既有时间、地点的标准,又有内在逻辑的因由,时间、地点的标准容易界定,但逻辑的因由才是关键。所以笼统而言,凡因贬谪而起的文学都可称之为贬谪文学。准此而论,凡因贬谪而起的赋都可称为贬谪赋。

贬谪赋的题材内容涉及政情人事、社会风习、贬途贬地风景,尤以个人感喟最为丰富。

韩愈《讼风伯》,柳宗元《逐毕方文》《辨伏神文》《愬螭文》等赋,或言灾害,或言伪药,都属关怀现实之作;刘禹锡《山阳城赋》《三良冢赋》等虽为览古咏史之作,实则借古说今,表达批评之旨与警戒之意;李翱《幽怀赋》《释怀赋》,则坚持正道直行,不愿曲顺人情;凡此种种,莫不说明贬谪之士虽处江湖之远,仍不忘国家之事与民生疾苦。

写贬地风景与社会风习,以刘、柳为最。刘禹锡的《楚望赋》,既有对朗

---

① 尚永亮:《唐五代文人逐臣分布时期与地域的计量考察》,载《东南大学学报》,2007年第6期,第96页。

② 尚永亮:《贬谪文化与贬谪文学——以中唐元和五大诗人之贬及其创作为中心》,兰州:兰州大学出版社,2004年,第256页。

州山川地理、武陵四时风光的总括,又有对楚地巫风民俗、渔业活动、农耕生产、淘金事务的叙写,不失为武陵地方志、朗州风俗画,但这画面上显然也附着有谪臣特有的幽怨色彩,它所寄托的情怀,终归是谪居难复的失落与路远莫致的惆怅。柳宗元的《愚溪对》与《囚山赋》更将主观情思强加于自然山水中,把永州山水的愚笨、荒芜写到极致,以泄其一腔之悲愤,这纯属借景写情,非为写景了,这样的景,估计也只会出现在谪臣的笔下。对于社会风习,柳宗元也极尽讥讽之能事。他的《乞巧文》《骂尸虫文》《斩曲几文》《宥蝮蛇文》《憎王孙文》《哀溺文》《招海贾文》,乃至《起废答》《瓶赋》《牛赋》等,对当时社会的各类小人、各种丑态进行了淋漓尽致的揭发与叙写。这些讽时刺世之作,也出于谪臣的眼光,这样的眼光会引导读者从不同视角来观察那个备受颂美的社会。

就贬谪文学包括贬谪赋总体成就而言,有关个人生命感喟的书写远比外部世界的陈述更为深细。在中唐贬谪赋里,有不平的怨愤、有企望的心境、有念怀的情愫,也有无可名状而又忧思重重的生命感怀。

柳宗元《解祟赋》寻思遭罪的缘由,将谤语诬言之祸比为"赤舌烧城"①,《囚山赋》以永州山林为樊笼,说自己如井中之蛙、笼中之兕、牢中之豕,连同《梦归赋》《闵生赋》《惩咎赋》《佩韦赋》,乃至《愚溪对》《答问》《对贺者》,尽数铺陈了他被贬之后的遭际与幽愤。

刘禹锡更愤懑于久谪不复的境遇。他的《何卜赋》与《问大钧赋》假对问而抒愤懑,一篇说"人莫不塞,有时而通",而我"久而愈穷"。② 一篇说"否终则倾",而"一夫之不获"。③ 他的《谪九年赋》径以谪年标题,更将久谪不复的怨愤推于极致:"伊我之谪,至于极数。""何吾道之一穷兮,贯九年而犹尔。"④

刘、柳贬谪之赋,其实是篇篇有愤的,但愤中有自省、愤中有固守、愤而有期望、愤而有激发。

像柳宗元的《惩咎赋》与《佩韦赋》,原本也是激愤之作,但其中不乏对个人心性的真诚反思;而更多的时候,他一面承受压抑,一面固守正直,并通过对牛、瓶、苌弘、屈原、乐毅等物事与历史人物的叙写与凭吊,抒发正面

---

① 柳宗元:《柳宗元集》,北京:中华书局,1979年,第51页。
② 刘禹锡撰,卞孝萱校订:《刘禹锡集》,北京:中华书局,1990年,第11页。
③ 刘禹锡撰,卞孝萱校订:《刘禹锡集》,北京:中华书局,1990年,第2页。
④ 刘禹锡撰,卞孝萱校订:《刘禹锡集》,北京:中华书局,1990年,第13页。

的理想。

刘禹锡的赋,则可谓篇篇有愤,也篇篇有望。他"以不息为体,以日新为道"(《问大钧赋》),"蹈道之心一""俟时之志坚"(《何卜赋》),"寄雄心于瞪视"(《砥石赋》),年过七十仍然要"奋迅于秋声"(《秋声赋》)。所以他的望,既是对外在时机的期盼与等待,又是对自我志节的坚守与砥砺。正是这样的砥砺与坚守,使刘禹锡的赋愤而有望,望而能奋。

当然这"望",也具体体现在对故乡与亲友的思念,思乡怀人是人之本性,远离故土,放逐异地的贬谪之士更以旧家故人为精神安慰之所。

刘禹锡说:"有目者必骋望以尽意,当望者必缘情而感时。"他之所望,在于帝乡长安:"望如何其望且欢!登灞岸兮见长安……望如何其望最伤!俟环玦兮思帝乡。龙门不见兮,云雾苍苍。乔木何许兮,山高水长……谅冲斗兮谁见,伊戴盆兮何望。"(《望赋》)①"叹息兮俦伴,登高高兮望苍苍"(《谪九年赋》)。对故乡的思念是欢愉的,更是痛楚的。

柳宗元"一身去国六千里"(《别舍弟宗一》),在穷愁困苦中,沉浸于往昔的追思,寄情于美梦:"瞿摈斥以窘束兮,余惟梦之为归。精气注而凝沍兮,循旧乡而顾怀。"(《梦归赋》)②

韩愈谪居阳山,有湖南支使杨仪之前来探望,倍加珍重,特作《别知赋》以诉离别、慨前程,道知心难得。

在与世隔离的环境与沉痛孤寂的心绪下,亲旧的忘故乃至先贤的遗迹都极易触动分外敏感的谪士神经。皇甫湜的《伤独孤赋》、刘禹锡的《伤往赋》、柳宗元的《吊屈原文》《吊乐毅文》《吊苌宏文》、李翱的《感知己赋》,都属此类。

也有将贬谪生活中的感喟泛化而为更宏大的生命感怀的。柳宗元的《闵生赋》,便将丧志逢尤、久居贬地的种种困厄、抑郁、悲愤、厌倦、无望、自慰浓缩为一体,化而为生命的悲歌。其他如韩愈《复志赋》《闵己赋》、李翱《幽怀赋》《释怀赋》等,也多为对生命短促与人世艰难的感喟。

总体而言,贬谪赋反映生活的广度与深度都有较大的拓展,贯穿这些作品中的情绪也以忧愤悲怨为主。

(二)贬谪与赋体体式风貌

就体式风貌而言,贬谪赋也有它独特的形制。它最青睐的是骚体。骚

---

① 刘禹锡撰,卞孝萱校订:《刘禹锡集》,北京:中华书局,1990年,第14~15页。
② 柳宗元:《柳宗元集》,北京:中华书局,1979年,第60页。

赋本属赋体正脉，六朝骈赋风行时，骚赋相对式微。中唐古文运动中，缘情与致用并行，致用系乎国家昌明之期望，缘情基于一己坎坷之经历。中唐赋家大都经历坎坷，最善于宣泄哀怨情怀的骚体赋顺理成章地成为赋体创作的首选，中唐骚赋遂尔复兴，柳宗元、刘禹锡、韩愈、白居易、李翱等横空出世，创作出大量骚赋名篇。

韩愈《感二鸟赋》《复志赋》《闵己赋》《别知赋》，刘禹锡《谪九年赋》《砥石赋》《问大均赋》《望赋》《何卜赋》《伤往赋》《楚望赋》《秋声赋》《山阳城赋》，欧阳詹《出门赋》《将归赋》，白居易《伤远行赋》《泛渭赋》，陆贽《伤望思台赋》，李翱《感知己赋》《幽怀赋》《释怀赋》，皇甫湜《伤独孤赋》《东还赋》，李观《东还赋》等，都是赋史上难得的佳作。柳宗元更是骚赋大家，其《解祟赋》《惩咎赋》《闵生赋》《梦归赋》《囚山赋》《佩韦赋》等最得骚学精髓，其《吊屈原文》《吊乐毅文》《吊苌宏文》《骂尸虫文》《憎王孙文》《逐毕方文》《辨伏神文》《愬螭文》《哀溺文》《招海贾文》虽不以赋名篇，实亦骚体之作，故归为"骚"①。

这些赋作多受屈骚影响，而又能于迁逐之悲与时光消逝之外忧伤时局、悼念亡灵、寄情山水，在承继中创出新意。所以祝尧说柳宗元《梦归赋》"中间意思，全是就《离骚》中脱出"。② 浦铣云"刘梦得《何卜赋》当与屈原《卜居》参看而得其变化处"。③ 刘熙载道"韩昌黎《复志赋》、李习之《幽怀赋》，皆有得于《骚》之波澜意度而异其迹象"。④ 这些赋多出于古文名家之手，句式上骚骈结合、骚散结合，也体现出革新的趋向。如《复志赋》《闵己赋》用《离骚》体，《讼风伯》用《九歌》《九章》体，但都有所改变。刘禹锡《望赋》骚、骈结合，而其《谪九年赋》与柳宗元《囚山赋》《憎王孙文》等则用骚、散结合的句子。

就整体风貌而言，中唐贬谪赋悲伤与激愤并存，哀婉与劲健同在。悲伤源出悲剧命运，激愤因由抗争奋发，哀婉与劲健则假借于语词与手法。若韩愈《复志赋》《闵己赋》《别知赋》，柳宗元《惩咎赋》《闵生赋》《梦归赋》《囚山赋》，李翱《幽怀赋》等，由其篇名即可见其间包含着穷困悲愁之意，而

---

① "十骚"中的《乞巧文》《斩曲几文》《宥蝮蛇文》并无骚句，但不无骚意。
② 祝尧：《古赋辨体》，上海：上海古籍出版社，2003年，影印文渊阁《四库全书》本，第1366册，第815页。
③ 浦铣：《复小斋赋话》卷下，详见王冠辑：《赋话广聚》第四册，北京：北京图书馆出版社，2006年，第768页。
④ 刘熙载撰：《艺概》卷三《赋概》，上海：上海古籍出版社，1978年，第94页。

刘禹锡《何卜赋》《砥石赋》《问大钧赋》则显见激越奋发之情。

中唐贬谪赋的表现手法，或情由衷发直抒悲愤，或审慎隐晦托物寓讽。如刘禹锡《谪九年赋》云："莫高者天，莫浚者泉。推以极数，无逾九焉。伊我之谪，至于极数。长沙之悲，三倍其时……何吾道之一穷兮，贯九年而犹尔？"[①]又其《何卜赋》云："人莫不塞，有时而通，伊我兮久而愈穷；人莫不病，有时而间，伊我兮久而滋蔓。"[②]满腔郁怒发为质问，是为直泄。

寓托之赋，或凭物事，或假古人。柳宗元《骂尸虫文》《宥蝮蛇文》《憎王孙文》《斩曲几文》等，将各类小人与混浊世风比之为尸虫、蝮蛇、王孙、曲几，极尽讽刺、鞭挞之能事，而其《瓶赋》《牛赋》《吊屈原赋》则借以表达正面的情志。或以反语诙谐之法隐晦地表达情感，宣泄不满，如韩愈《进学解》《送穷文》等。贬谪赋中的悲怨之情，也常托讽禽鸟，寄辞草树，并伴以数目之词与乡土情谊。永州山水、荆楚朗州、湘妃泪竹、伤禽笼鹰，这些湘楚风物与意象都浸透着赋家的悲情怨意，与之相对，登高远望则满蕴着浓烈的思乡怀归之情。

在贬谪诗歌里，常见以数目词概括贬谪生活、宣泄愤懑情怀之句，如"一封朝奏九重天，夕贬潮州路八千"（韩愈《左迁至蓝关示侄孙湘》），"一身去国六千里，万死投荒十二年"（柳宗元《别舍弟宗一》），"巴山楚水凄凉地，二十三年弃置身"（刘禹锡《酬乐天扬州初逢席上见赠》）。贬谪赋里也有，如"积十年莫吾省者兮，增蔽吾以蓬蒿"（柳宗元《囚山赋》），"何吾道之一穷兮，贯九年而犹尔"（刘禹锡《谪九年赋》）。数目词的使用更加突现了生命沉沦的色彩。

（三）贬谪与赋家创作心理

贬谪影响辞赋实因赋家身份地位的剧变而引发特定的创作心理与创作方式。

传统文人受儒家文化熏染，业已形成自强不息、舍生取义的进取精神与担当意识。由贞元末经永贞至元和，大唐由中衰而走向"中兴"。面对强藩割据、宦官专权、士风浮薄等社会弊端，韩愈、柳宗元、刘禹锡等赋作家以复兴大唐为己任，投身于军事平乱、政治革新、文化复兴运动，创建了发愤图强的元和文化精神，也练就了兼通政事、文学的个人才能与许国情怀、批判精神。但造成他们悲剧命运的个体因素，也正是这样的志趣、才能与品

---

① 刘禹锡撰，卞孝萱校订：《刘禹锡集》，北京：中华书局，1990年，第13页。
② 刘禹锡撰，卞孝萱校订：《刘禹锡集》，北京：中华书局，1990年，第11页。

格。而主体心性不一,对待贬谪的态度也会有别,这样的人格理想还会形成并强化他们的贬谪情结。

贬谪文学的创作主体都是真正的迁客骚人。他们的身份地位乃至整个的生存状况都因贬谪发生巨大的变化。由繁华京都而发配荒芜瘴疠之地,恶劣的气候直接威胁人的健康,"人郡腰恒折,逢人手尽叉"(柳宗元《同刘二十八院长述旧言怀感时书事奉寄澧州张员外使君五十二韵之作因其韵增至八十通赠二君子》);"瘴色满身治不尽,疮痕刮骨洗应难"(元稹《酬乐天见寄》)。更要命的是由论政议事、意气昂扬的朝官一下贬为州县司马、参军之类有职无权,还要备受舆论讥谤的小官,"昔为意气郎,今作寂寥翁"(白居易《我身》)。这不仅是在时间、空间、生活方式上承受痛苦,还是整个生命价值由发展的高峰跌落到了无底的深谷之后带来的心灵的煎熬。"投寄山水地,放情咏《离骚》"(柳宗元《游南亭夜还叙志七十韵》),因身份经历之变而触发的沉重的忧患和深刻的生命体验成为贬谪赋创作的重要源泉。《旧唐书·柳宗元传》叙其贬谪与创作关系时说:"既罹窜逐,涉履蛮瘴,崎岖堙厄,蕴骚人之郁悼,写情叙事,动必以文。"①

穷言易工,苦难更容易成为创作的动力,自屈原的"发愤以抒情",至司马迁的"发愤著书"说,古人对这一创作现象及其心理成因业已作出过光辉的总结。韩愈的"不平则鸣"与柳宗元的"感激愤悱"②、刘禹锡的"愤心有泄"③,也属于这一命题的余绪。

这一命题针对的是创作主体,其要点可分析为二,一是创作主体处于困苦境况,二是创作主体因心意郁结所形成的张力成为创作的动力。

贬谪是内外交困的痛苦历程,贬谪文学正是这一创作模式的产物。贬谪之士在由"京华子"变为"边地囚"④、由"意气郎"变为"寂寥翁"⑤的人生陡降过程中产生了无尽的痛苦。

"草草辞家忧后事,迟迟去国问前途"(白居易《初贬官过望秦岭》),"我今罪重无归望,直去长安路八千"(韩愈《武关西逢配流吐蕃》),他们一开始

---

① 刘昫等撰:《旧唐书》卷一百六十,北京:中华书局,1975年,第4214页。
② 柳宗元《娄二十四秀才花下对酒唱和诗序》中这样写道:"君子遭世之理,则呻呼踊跃以求知于世,而遁隐之志息焉。于是感激愤悱,思奋其志略,以效于当世。故形于文字,伸于歌咏,是有其具而未得行其道者之为之也。"
③ 刘禹锡《上杜司徒书》:"悲斯叹,叹斯愤,愤心有泄,故见乎词。"
④ "忆昨京华子,伤今边地囚"(沈佺期《从驩州廨宅移住山间水亭赠苏使君》)。
⑤ "昔为意气郎,今作寂寥翁"(白居易《我身》)。

走上万死投荒的贬谪之路心中就充满了恐惧与惶惑。到达贬所后,更因地域的偏僻、气候的恶劣、文化的落后与风俗的卑陋而备尝痛苦。韩愈自述其至潮州后的状况云:"州南近界,涨海连天,毒雾瘴氛,日夕发作。臣少多病,年才五十,发白齿落,理不久长;加以罪犯至重,所处又极远恶,忧惶渐悸,死亡无日。"①柳宗元则说永州:"于楚为最南,状与越相类……涉野有蝮虺大蜂……近水即畏射工沙虱,含怒窃发,中人形影,动成疮痏。"在这样的环境中待久了,"行则膝颤,坐则髀痹"。② 刘禹锡贬朗州司马,"地居西南夷,土风僻陋,举目殊俗,无可与言者"。③ "及谪官十年,居僻陋不闻世论……时态高下,无从知耳"。④

更有社会舆论的巨大压力:"是非之际,爱恶相攻。"⑤"骇机一发,浮谤如川。"⑥"交游解散,羞与为戚……身居下流,为谤薮泽。"⑦"罪谤交积,群疑当道。"⑧

极度的痛苦、孤独与屈辱,将贬谪者压抑到了生命的临界点。压抑的心灵需要释放,临界的生命体验既容易改变主体的价值观念,又有利于作家观察力与创造力的形成。贬谪由此成为创作的重要动力,而"发愤"也随之成为贬谪文学创作的重要特征。

(四)贬谪诗、赋之别

陆机说诗、赋之别在于诗"缘情"、赋"体物",其实诗、赋都可以抒情和体物。还是刘熙载的说法比较切当:"赋别于诗者,诗辞情少而声情多,赋声情少而辞情多。""诗为赋心,赋为诗体。诗言持,赋言铺,持约而铺博也。"更重要的是:"赋起于情事杂沓,诗不能驭,故为赋以铺陈之。斯于千态万状,层见迭出者,吐无不畅,畅无或竭。"⑨所以诗以凝练见长,而赋擅于深细的表达。

---

① 《潮州刺史谢上表》,详见屈守元、常思春主编:《韩愈全集校注》,成都:四川大学出版社,1996年,第2307页。
② 《与李翰林建书》,详见柳宗元:《柳宗元集》,北京:中华书局,1979年,第801页。
③ 刘昫等撰:《旧唐书》卷一百六十《刘禹锡传》,北京:中华书局,1975年,第4210页。
④ 《答道州薛郎中论书仪书》,详见刘禹锡撰,卞孝萱校订:《刘禹锡集》,北京:中华书局,1990年,第132页。
⑤ 《上杜司徒书》,详见刘禹锡撰,卞孝萱校订:《刘禹锡集》,北京:中华书局,1990年,第118页。
⑥ 《上淮南李相公启》,详见刘禹锡撰,卞孝萱校订:《刘禹锡集》,北京:中华书局,1990年,第213页。
⑦ 《答问》,详见柳宗元:《柳宗元集》,北京:中华书局,1979年,第432页。
⑧ 《寄许京兆孟容书》,详见柳宗元:《柳宗元集》,北京:中华书局,1979年,第779页。
⑨ 刘熙载撰:《艺概》卷三《赋概》,上海:上海古籍出版社,1978年,第86~87页。

贬谪过程中的种种情事，在贬谪之士的诗中都有比较及时的反映，但那些深沉曲折的情感、不堪回首的经历、恶劣难忍的环境却往往要借助于赋来表达。以失落、苦闷与被拘囚的情绪表达为例，贬谪诗常以直截简括的方式道出，如：

> 幽独已云极，何必山中居？（白居易《闲居》）
> 始知真隐者，不必在山林。（白居易《玩新庭树因咏所怀》）
> 剑埋狱底谁深掘？松槚霜中尽冷看。（白居易《得微之到官后书备知通州之事怅然有感因成四章》其四）
> 云水兴方远，风波心已惊。可怜皆老大，不得自由行！（元稹《遣行十首》其八）
> 留君剩住君须住，我不自由君自由。（元稹《喜李十一景信到》）
> 定觉身将囚一种，未知生共死何如？（元稹《酬乐天得微之诗知通州事因成四道》其四）
> 春风无限潇湘意，欲采蘋花不自由。（柳宗元《酬曹侍御过象县见寄》）

而柳宗元的《囚山赋》却以专门之篇书写长期贬谪拘囚的哀思。赋从地形、空气、耕作、丛林、鸟兽等方面将永州其地的荒芜写到极致，最后再明确将山林比为陷阱与牢笼，说自己是井中之蛙、笼中之鸮、牢中之豕，整整十年，无人过问，并以反语设问的方式表达激愤之情：

> 楚越之郊环万山兮，势腾踊夫波涛……匪兕吾为柙兮，匪豕吾为牢。积十年莫吾省者兮，增蔽吾以蓬蒿。圣日以理兮，贤日以进，谁使吾山之囚吾兮滔滔？①

可见赋擅长于杂沓情事的铺陈。

这种区别在同题之作及赋中有诗之作中有更明显的体现。前者如陆贽的《伤望思台赋》和吕温的《望思台作》，一详备，一简括。后者如刘禹锡的《望赋》和《望赋附宫人忆月之歌》："张衡侧身愁思久，王粲登楼日回首。不作渭滨垂钓臣，羞为洛阳拜尘友。"歌虽有情感的铺垫与志意的表达，但

---

① 柳宗元：《柳宗元集》，北京：中华书局，1979年，第63～64页。

就深细而言,显然无法与赋的全力铺陈相提并论。

按柳宗元的"著述"与"比兴"之分,赋大概应算作文艺性的"比兴",他的赋也多半"言畅而意美",并能"导扬讽谕"(柳宗元《杨评事文集后序》),但赋的体式本身既不在"著述"与"比兴"之列,又兼有"著述"与"比兴"之长。"道屈才方振,身闲业始专"(白居易《江楼夜吟元九律诗成三十韵》)。不屈的人格、贬谪的经历与赋体的优长造就了中唐辞赋的辉煌。

第二节 韩愈赋的仕进心绪与韩门赋作概况

韩愈在文学史乃至文化史上都具有极为崇高的地位,杜牧将其与杜甫相提并论,称为"杜诗韩笔"①,苏轼盛赞他"文起八代之衰,而道济天下之溺"②,陈寅恪则说他是"唐代文化学术史上承先启后转旧为新关捩点之人物"③。如此韩愈,在辞赋创作方面有何成就?他的赋作与他的生平经历、古文主张有没有关联?而这样的文章巨公在辞赋创作方面的表现可为赋史流变提供怎样的证据与推断?笔者将在这一节进行探讨。

一、韩愈坎坷的仕进历程

(一)韩愈的生平分期

韩愈(768—824),字退之,河阳(今河南孟县)人。郡望昌黎,世称韩昌黎。晚年官吏部侍郎,又称韩吏部。卒谥"文",亦称韩文公。试以读书应试、佐幕汴徐、初仕京师、流贬南荒、宦海浮沉、贬潮刺袁、晚年余晖为分期,将其一生经历简列如下:

1. 读书应试(786—795)

童年与读书,"四举于礼部乃一得,三选于吏部卒无成"(韩愈《上宰相书》)

韩愈三岁而孤,由兄嫂抚养,"七岁而读书,十三而能文"(韩愈《与凤翔邢尚书书》)。

贞元二年(786),赴长安求仕。

---

① 语出杜牧《读韩杜集》"杜诗韩笔愁来读,似倩麻姑痒处搔"。
② 语出苏轼《潮州韩文公庙碑》。
③ 语出陈寅恪:《论韩愈》,原载《历史研究》,1954年第2期,第114页。后收入《金明馆丛稿初编》。

贞元三年(787),应进士试,未第。作《出门》。

贞元五年(789),再应进士试,仍落第。

贞元七年(791),三应进士试,又下第,作《落叶送陈羽》。

贞元八年(792),登进士第,试《明水赋》。其后应吏部博学宏词科,未中。

贞元九年(793),又应博学宏词科,仍未中。作《应科目时与人书》《上考功崔虞部书》。

贞元十年(794),三应博学宏词科,又未中。作《祭郑夫人文》。

贞元十一年(795),正月至三月,连上宰相三书,五月,出长安,至河阴,作《感二鸟赋》(并序)。至偃师尸乡,作《祭田横墓文》。九月,闲居洛阳。

2. 佐幕汴徐(796—800)

汴州佐幕,徐州佐幕。

贞元十二年(796)七月,入汴州董晋幕。

贞元十三年(797),居汴州。七月,作《复志赋》。

贞元十五年(799),入徐州张建封幕。

贞元十六年(800),去张建封幕,闲居洛阳,作《闵己赋》。冬,赴长安。

3. 初仕京师(801—803)

初任博士,暂为御史。

贞元十七年(801),赴长安从调选,授国子监四门博士。

贞元十八年(802),作《师说》。

贞元十九年(803),任监察御史。

4. 流贬南荒(803—805)

谪居阳山,判司江陵。

贞元十九年(803),作《御史台上论天旱人饥状》,贬连州阳山令。作《讼风伯》。

贞元二十年(804),作《别知赋》。

永贞元年(805),移官江陵,为法曹参军。

5. 宦海浮沉(806—819)

再为博士,分司东都,职方员外郎,中书舍人。

元和元年(806),回长安任国子学博士。

元和二年(807),因避谤毁,求分司东都,移官洛阳。

元和五年(810),任都官员外郎,分司东都。冬,授河南令。

元和六年(811),作《讳辩》,回京任职方员外郎,撰《送穷文》。

元和七年(812),坐"妄论"柳涧事,复为国子博士。

元和八年(813),任国子博士,作《进学解》。迁比部郎中、史馆修撰。

元和九年(814),任考功郎中。

元和十年(815),任考功郎中、知制诰、史馆修撰。

元和十一年(816),任中书舍人,因忤执政改太子右庶子。

元和十二年(817),协助宰相裴度,以行军司马身份,平淮西乱,因军功晋授刑部侍郎。

元和十三年(818),撰《平淮西碑》。

6. 贬潮刺袁(819－820)

潮州半年,袁州一载。

元和十四年(819),上《论佛骨表》,贬潮州刺史。

元和十五年(820)正月,调任袁州刺史。

7. 晚年余晖(821－824)

国子监祭酒、吏部侍郎、京兆尹。

长庆元年(821),任国子祭酒。七月,转任兵部侍郎。

长庆二年(822)九月,转任吏部侍郎。

长庆三年(823)六月,授京兆尹兼御史大夫。十月,相继调任兵部侍郎、吏部侍郎。

长庆四年(824),卒于长安,终年五十七岁。①

(二)韩愈的仕进特点

纵观韩愈一生的仕进历程,可谓屡遭挫折而不甘穷困,能屈能伸而矢志不移。

初次考试前还踌躇满志:"我年十八九,壮气起胸中。作书献云阙,辞家逐秋蓬。"(《赠徐州族侄》)结果名落孙山,顿感无所适从:"长安百万家,出门无所之……出门各有道,我道方未夷。且于此中息,天命不吾欺。"(《出门》)偌大的长安,无处安身,但坚信自己总有出道之日。可接连两次又落榜,他写诗赠同样落榜的陈羽,以落叶与断蓬为比喻,抒写落榜的懊恼与彼此的安慰:"落叶不更息,断蓬无复归。飘摇终自异,邂逅暂相依。悄悄深夜语,悠悠寒月辉。谁云少年别,流泪各沾衣。"(《落叶送陈羽》)

---

① 韩愈的生平事迹,见《旧唐书》卷一百六十、《新唐书》卷一百七十六及皇甫湜所撰《韩愈神道碑》、李翱所撰《韩愈行状》。

好不容易考上进士,又没能通过博学宏词科的考试,韩愈赶紧写信给主考官考功员外郎崔元翰。一面说自己目前的处境十分穷困:"今所病者,在于穷约,无僦屋赁仆之资,无缊袍粝食之给。驱马出门,不知所之。"又不善于自荐:"欲事干谒,则患不能小书,困于投刺;欲学为佞,则患言讷词直,卒事不成。"一面说古人四十而仕,老而益光,自己才二十六岁,相信不会永处穷困:"愈今二十有六矣,距古人始仕之年尚十四年,岂为晚哉? 行之以不息,要之以至死,不有得于今,必有得于古;不有得于身,必有得于后……斯道未丧,天命不欺,岂遂殆哉,岂遂困哉?"①

可接下来的两次博学宏词科考试还是没有考中,他朋友崔立之写信劝他不要气馁,他借此发了一大通牢骚:说自己"见险不能止,动不得时,颠顿狼狈,失其所操持,困不知变,以至辱于再三";说为了应试不得不作些让人惶惶不安的文章:"退因自取所试读之,乃类于俳优者之辞,颜忸怩而心不宁者数月。"如果让屈原、孟轲、司马迁、司马相如、扬雄这样的豪杰之士来参加这样的考试,一定会觉得羞耻;而自己之所以一而再,再而三地参加考试,实在是要借此"具裘葛、养穷孤";完了还表示科考未必是入仕唯一的道路。②

虽然忍不住发了牢骚,但韩愈还是没有放弃最后的希望,贞元十一年(795),他接连向当朝宰相上书,请求任用。第一封信重点讲自己坎坷的遭遇:"四举于礼部乃一得,三选于吏部卒无成。九品之位其可望,一亩之宫其可怀,遑遑乎四海无所归,恤恤乎饥不得食,寒不得衣,滨于死而益固,得其所者争笑之,忽将弃其旧而新是图,求老农老圃而为师。悼本志之变化,中夜涕泗交颐。"③十九天后的第二封信重点陈述自己该被任用的理由,说自己正处于水深火热之中,情势紧急,需要援手,而且自信自己的才能也应该比古代那些从强盗与仓库管理员中提拔出来的人强。因为杳无音讯,二十九天后,韩愈忍不住第三次上书,这次竟然直接指责起宰相来,但终归没有用。只好离开京师,到地方为佐吏。

入仕本不易,宦途亦坎坷,一贬阳山,再贬潮州,中间还经历过不少周

---

① 韩愈:《上考功崔虞部书》,见屈守元、常思春主编:《韩愈全集校注》,成都:四川大学出版社,1996年,第1181~1182页。
② 韩愈:《答崔立之书》,见屈守元、常思春主编:《韩愈全集校注》,成都:四川大学出版社,1996年,第1261~1262页。
③ 韩愈:《上宰相书》,见屈守元、常思春主编:《韩愈全集校注》,成都:四川大学出版社,1996年,第1239页。

折。改官江陵时,他感慨贬途的辛酸与命运的捉弄:"十生九死到官所,幽居默默如藏逃……一年明月今宵多,人生由命非由他。"(《八月十五夜赠张功曹》)再贬潮州时,他由殷勤热切而心灰意冷:"欲为圣明除弊事,肯将衰朽惜残年……知汝远来应有意,好收吾骨瘴江边。"(《左迁至蓝关示侄孙湘》)

应举觅官的坎坷让他更为深切地体会到了人生的辛酸,但他本性是热切的,为了仕途,他很快就能调整自己的情绪,放低姿态自嘲自省,必要时甚至可以低声下气谀颂他人。在《上兵部李侍郎书》中,他感慨:"愈少鄙钝,于时事都不通晓,家贫不足以自活,应举觅官,凡二十年矣,薄命不幸,动遭谗谤,进寸退尺,卒无所成。"①在《进学解》与《送穷文》中,他自嘲:"文虽奇而不济于用。""不专一能,怪怪奇奇,不可时施。"他说自己反对阉党,"日与宦者为敌"(《上郑尚书相公启》),但又作《送汴州监军俱文珍序》,对宦官俱文珍歌颂备至。他善写"谀墓"之文,收取高额的润笔费,所以元人王若虚说:"韩退之不善处穷,哀号之语,见于文字。""退之不忍须臾之穷。"②清人顾炎武也对他的这一举动深表惋惜:"韩文公文起八代之衰,若但作《原道》《原毁》《争臣论》《平淮西碑》《张中丞传后序》诸篇,而一切铭状概为谢绝,则诚近代之泰山北斗矣,今犹未敢许也。"③"死生利禄之念,刻刻不忘"④,久处穷困而又不甘穷困,为了志愿而能屈能伸,这就是"文起八代之衰"(苏轼《潮州韩文公庙碑》)的韩文公。

韩愈对于仕宦的态度与体会当然有着高尚的意趣。

在《原道》中他说:"尧以是传之舜,舜以是传之禹,禹以是传之汤,汤以是传之文、武、周公,文、武、周公传之孔子,孔子传之孟轲。轲之死,不得其传焉。荀与扬也,择焉而不精,语焉而不详。"⑤隐然以孔孟的继承人自居。在《与孟尚书书》与《重答张籍书》中,他更以舍我其谁的气势表达出以道自任的志愿与担当:

> 释、老之害,过于杨、墨。韩愈之贤不及孟子。孟子不能救之

---

① 屈守元、常思春主编:《韩愈全集校注》,成都:四川大学出版社,1996年,第1652页。
② 王若虚:《滹南遗老集》卷二十九,《四部丛刊》本。
③ 顾炎武:《与人书十八》,见《顾亭林诗文集》,北京:中华书局,1959年,第96页。
④ 章太炎讲演,曹聚仁整理,汤志钧导读:《国学概论》,上海:上海古籍出版社,1997年,第37页。
⑤ 屈守元、常思春主编:《韩愈全集校注》,成都:四川大学出版社,1996年,第2665页。

于未亡之前,而韩愈乃欲全之于已坏之后。呜呼！其亦不量其力,且见其身之危,莫之救以死也！虽然,使其道由愈而粗传,虽灭死万万无恨。①

天不欲使兹人有知乎,则吾之命不可期;如使兹人有知乎,非我其谁哉！其行道,其为书,其化今,其传后,必有在矣。吾子其何遽戚戚于吾所为哉！②

韩愈的两次贬官,也都由极谏而起,说明他也不乏正直的品质。但高尚的意趣与正直的品质说的人多了,本书想强调的是:他肩负着家族的重托,他知道必须通过读书改变命运,他有着成套的自荐理论。

韩愈的列祖与父兄都做过朝官或地方官,父亲韩仲卿与叔父韩云卿还得到过李白的褒奖,但他"三岁而孤",家道中落,12岁时,抚养他的兄长韩会也在韶州贬地去世,他不得不跟随寡嫂颠沛流离。这样的身世与经历必然让韩愈承担着远比常人更多的期望与压力,也会成为他日后不屈不挠、矢志不移的精神与动力。

在前行的道路上,韩愈也十分清醒地认识到,以他的家世与他所处的时代,只有读书才能改变命运。所以在写给朋友的信中,他坦言希望通过读书来改变处境:"仆始年十六七时,未知人事,读圣人之书,以为人之仕者,皆为人耳,非有利乎己也。及年二十时,苦家贫,衣食不足,谋于所亲,然后知仕之不唯为人耳。"③原以为读圣贤之书全是为了奉献而非私利,现在连衣食都成问题时才知道读书致仕也有非常实在的功利目的。在《与卫中行书》中,韩愈说:"至于汲汲于富贵,以救世为事者,皆圣贤之事业,知其智能谋力能任者也。如愈者又焉能之？始相识时,方甚贫,衣食于人。其后相见于汴、徐二州,仆皆为之从事,日月有所入,比之前时,丰约百倍,足下视吾饮食衣服,亦有异乎？然则仆之心,或不为此汲汲也,其所不忘于仕进者,亦将小行乎其志耳。此未易遽言也。"④一面说圣贤也汲汲于富贵,一面说自己不仅仅汲汲于富贵,可见求举觅官的目的原本是复杂的,在韩

---

① 韩愈:《与孟尚书书》,见屈守元、常思春主编:《韩愈全集校注》,成都:四川大学出版社,1996年,第2352页。
② 韩愈:《重答张籍书》,见屈守元、常思春主编:《韩愈全集校注》,成都:四川大学出版社,1996年,第1334页。
③ 韩愈:《答崔立之书》,见屈守元、常思春主编:《韩愈全集校注》,成都:四川大学出版社,1996年,第1261~1262页。
④ 屈守元、常思春主编:《韩愈全集校注》,成都:四川大学出版社,1996年,第1431页。

愈那里尤其如此。

更有意思的是他的自荐意识与自荐理论。在韩愈的集子里,收录了不少自荐书,比如《上李尚书书》《上兵部李侍郎书》《至邓州北寄上襄阳于相公书》《上宰相书》《后十九日复上书》《后廿九日复上书》《与于襄阳书》《与凤翔邢尚书书》《为人求荐书》《应科目时与人书》《上贾滑州书》《上考功崔虞部书》《与陈给事书》等,光看这些书信的题目就能给人以急迫感。尤其一月之内三上宰相书,求助的频率不可谓不高。再看信中表白:一则说"向上书及所著文后,待命凡十有九日,不得命。恐惧不敢逃遁,不知所为"①,再则说"愈之待命,四十余日矣。书再上,而志不得通。足三及门,而阍人辞焉"②,三则说"愈闻周公之为辅相,其急于见贤也,方一食,三吐其哺,方一沐,三握其发"③。可知韩愈的自荐意识是非常强烈的。

韩愈的自荐不仅意识强烈,而且有成套的理论。

在他看来,有难必求是人之常情甚至本能,形势危急者尤其如此。他跟宰相说:处在水深火热中的人,只要看到旁边有人,哪怕那是他憎恶怨恨的人,他也会大声呼救,因为形势实在危急。(《后十九日复上书》)按儒家的传统,学而优则仕,天下有道则显,而"今天下一君,四海一国,舍乎此,则夷狄矣,去父母之邦矣。故士之行道者,不得于朝,则山林而已矣。山林者,士之所独善自养,而不忧天下者之所能安也。如有忧天下之心,则不能矣"(《后二十九日复上书》)。在韩愈看来,天下一统之时,心忧天下者,既不可去父母之邦,也不可独善于山林,套用孟浩然的诗便是"端居耻圣明"。所以不管是常人还是士君子都有求人之时,都要懂得自荐。

再看助人的理由。在韩愈看来,见死不救的人不仅不是仁人,恐怕连常人也算不上。因为即便是常人,只要听到有呼救声,哪怕是自己所厌恶的人的呼救声,也会"狂奔尽气,濡手足,焦毛发,救之而不辞也"(《后十九日复上书》)。这是问题的根本,也符合儒家仁爱的宗旨,说的是该不该的问题。再有是能不能的问题,在上位者当然有能力救助或荐举沉沦下潦者。韩愈二上宰相书时说:当今的节度使、观察使及防御营田这些小官吏

---

① 韩愈:《后十九日复上书》,见屈守元、常思春主编:《韩愈全集校注》,成都:四川大学出版社,1996年,第1249页。
② 韩愈:《后二十九日复上书》,见屈守元、常思春主编:《韩愈全集校注》,成都:四川大学出版社,1996年,第1254页。
③ 韩愈:《后二十九日复上书》,见屈守元、常思春主编:《韩愈全集校注》,成都:四川大学出版社,1996年,第1253页。

都可以自己推举判官,更何况皇帝所尊敬的宰相。《应科目时与人书》中也说在上位者助人如举手之劳:"如有力者,哀其穷而运转之,盖一举手一投足之劳也。"①《与于襄阳书》中则说得更为具体、也更可怜:"愈今者,惟朝夕刍米、仆赁之资是急,不过费阁下一朝之享而足也。"②

这么说来,求人与助人都是必要的,甚至是互利双赢的,在《与于襄阳书》里,韩愈有非常精彩的论述:

> 士之能享大名、显当世者,莫不有先达之士、负天下之望者为之前焉。士之能垂休光、照后世者,亦莫不有后进之士、负天下之望者,为之后焉。莫为之前,虽美而不彰;莫为之后,虽盛而不传。是二人者,未始不相须也。然而千百载乃一相遇焉。岂上之人无可援、下之人无可推欤?何其相须之殷而相遇之疏也?其故在下之人负其能不肯谄其上,在上之人负其位不肯顾其下。故高材多戚戚之穷,盛位无赫赫之光。是二人者之所为皆过也。未尝干之,不可谓上无其人;未尝求之,不可谓下无其人。愈之诵此言久矣,未尝敢以闻于人。③

士人君子能够显荣当世,莫不是因为有先达之人引导他们;士人君子能够名垂后世,也莫不是因为有后进之士歌颂他们。无人提携,再优秀的人也不能出道;无人吹捧,再杰出的人也将默默无闻。所以先达之士与后进之士是相辅相成的。这番话真是绝妙之极、明白之极,也坦诚之极!下面再反过来说这种事情虽然双赢互利,但千百年来难得一见,其中原因,就在于在下位的人恃人傲物,不肯媚上,在上位的人倚势欺人,不肯顾下。下不求官、上不求贤的结果必然是下位者虽才高而没世贫穷,上位者虽位显而终于平常。④ 凡此种种,莫不说明韩文公把以文自荐的方式发挥到了

---

① 屈守元、常思春主编:《韩愈全集校注》,成都:四川大学出版社,1996年,第1188页。
② 屈守元、常思春主编:《韩愈全集校注》,成都:四川大学出版社,1996年,第1523页。
③ 屈守元、常思春主编:《韩愈全集校注》,成都:四川大学出版社,1996年,第1522页。
④ 此信写于贞元十八年(802),在此前(贞元十四年,798)的《与凤翔邢尚书书》里,韩愈也提到有名的上下"相须""相资"之说:"布衣之士,身居穷约,不借势于王公大人,则无以成其志;王公大人,功业显著,不借誉于布衣之士,则无以广其名。是故布衣之士虽甚贱而不诎,王公大人虽甚贵而不骄,其事势相须、其先后相资也。"

极致。①

二、韩愈赋浓烈的仕进心绪

了解韩愈的生平经历与仕进特点对于理解韩愈的赋作是很有帮助的。

(一)韩愈赋作概况

韩愈赋作,门人李汉编辑文集时称"得赋四"②,即《感二鸟赋》《复志赋》《闵己赋》《别知赋》,另有外集应试之作《明水赋》1篇,故韩愈以赋名篇的作品实止5篇,《历代赋汇》即收录这5篇作品。但韩愈之作往往突破文体分类,各类文集与著作又每将他不以赋名篇的类赋之文算入赋中,如《进学解》《送穷文》《讼风伯》《吊田横墓文》等,为了探寻韩愈赋作与其生平的关系,以及韩愈赋作在赋体演变史上的地位,我们也遵循惯例,将这些类文之赋纳入研究视野。③

(二)韩愈赋分期分篇解读

如上文所列,从贞元八年(792)的《明水赋》到元和八年(813)的《进学解》,韩愈的赋作主要作于应试、佐幕、贬官与担任低级职衔之时。试分期分篇以为解读。

1. 应试时赋

《明水赋》(贞元八年,792年),《感二鸟赋》(贞元十一年,795年5月),《祭田横墓文》(贞元十一年,795年9月)。

《明水赋》是韩愈第四次参加科考,而借以登进士第的应试之作。《周礼·秋官·司烜氏》有取明火于日,取明水于月,以供祭祀的说法。韩愈此赋即假取水祭祀之事以明君德。赋说"月实水精,故求其本也;明为君德,因取以名焉",是巧解赋题;又说"苟失其道,杀牛之祭何为;如得其宜,明水之荐斯在",是强化赋旨。末段说:"聊设监以取水,伊不注而能盈。霏然而象,的尔而呈。始漠漠而霜积,渐微微而浪生。岂不以德协于坎,同类则

---

① 所以《古文观止》连选了他的五篇自荐书,分别是《后十九日复上宰相书》《后廿九日复上宰相书》《与于襄阳书》《与陈给事书》《应科目时与人书》。

② 李汉:《昌黎先生集序》,见韩愈撰,马其昶校注,马茂元整理:《韩昌黎文集校注》,上海:上海古籍出版社,1986年,第2页。

③ 马积高先生《赋史》称:"所著《韩昌黎集》中有赋六篇(内《明水赋》为应试所作律赋),又《进学解》《送穷文》《颂风伯》《吊田横墓文》也是赋。"(马积高:《赋史》,上海:上海古籍出版社,1987版,第306页)。其中"六""颂"当为校订之失。谢妙青《韩愈辞赋研究》(台湾政治大学1995年硕士论文)也以这9篇赋为研究对象。周悦《论韩愈的辞赋》(载《湖南社会科学》,2004年第6期)另将《琴操》认定为辞赋作品。

感;形藏在空,气应则通。鹤鸣在阴之理不谬,武啸于谷之义可崇。足以验圣贤之无党,知天地之至公。窃比大羹之遗味,幸希荐于庙中。"①以同声相应、同气相求之道表彰圣贤无党、天地至公,再隐然将个人的仕进欲望植入"希荐于庙"的比拟之中。应该说,韩愈的这篇赋是老成持重的,大概与多次应试的经历有关。

《感二鸟赋》与《祭田横墓文》都作于韩愈三应博学宏词科未中,又三上宰相书未应之后。

《感二鸟赋》因情生感,缘起于韩愈离京东归,途遇地方官奉鸟西贡,路人规避的情景,抒发的是人不如鸟、生不逢时的感慨。

序与赋的篇幅大略相当。序主叙事,将东出潼关、息于河阴、路遇贡鸟及读书著文、屡失科考的经历一一作了交代。序末云:"今是鸟也,惟以羽毛之异,非有道德智谋、承顾问、赞教化者,乃反得蒙采擢荐进,光耀如此。故为赋以自悼,且明夫遭时者,虽小善必达;不遭时者,累善无所容焉。"

赋重抒怀,将自身之困顿与二鸟之蒙恩作强烈的对比,嗟叹人不如鸟:

> 吾何归乎!吾将既行而后思。诚不足以自存,苟有食其从之。出国门而东骛,触白日之隆景。时返顾以流涕,念西路之羌永。过潼关而坐息,窥黄流之奔猛。感二鸟之无知,方蒙恩而入幸。惟进退之殊异,增余怀之耿耿。彼中心之何嘉,徒外饰焉是逞。余生命之湮厄,曾二鸟之不如。汨东西与南北,恒十年而不居。辱饱食其有数,况策名于荐书。时所好之为贤,庸有谓余之非愚。

寻宦无成、不足自存,岂容深思、有食则从,今日东游、何时西归?赋一开篇就将自己落魄出京、前途渺茫的窘困,与一步三回、憔悴伤心的眷恋,淋漓尽致地展现出来。途经潼关,既目睹了迅猛奔腾的黄河,又遭遇了因奇蒙幸的白鸟,联想到自己十余年来所遭逢的冷遇、所经历的穷困,更增加了耿耿不平的愤慨。但赋的末尾也与序一样转到时运上来了:

> 昔殷之高宗,得良弼于宵寐。孰左右者为之先,信天同而神比。及时运之未来,或两求而莫致。虽家到而户说,只以招尤而速累。盖上天之生余,亦有期于下地。盍求配于古人,独怊怅于

---

① 屈守元、常思春主编:《韩愈全集校注》,成都:四川大学出版社,1996年,第1153页。

无位。惟得之而不能,乃鬼神之所戏。幸年岁之未暮,庶无羡于斯类。①

说过去殷高宗因梦寐而得贤相,并无引荐之人,实在是上天和神明的佑助。也许时运未至,两美难合,我的文章虽已家喻户晓,但未必于仕途有利。大概上天生我,必期我于人世间做出一番事业来,为什么不追配古人的贤能,却独独怅恨于官位的欠缺呢?可笑的是那帮得到官位却不能胜任之流,也不过如禽鸟之空被荣宠,成为鬼神戏弄的对象。我韩愈毕竟还只有二十八岁,将来总还可以有所作为,又何必羡慕这区区小鸟,羡慕那些无才而得恩宠,得了官却未必做得好官的人呢? 总之,这段话的中心思想是以傅说自勉,相信时来运必转,有才必获聘。

批评家们常常致诘于赋所关注的广度与深度。或者如欧阳修所云,说这篇赋"不过羡二鸟之光荣,叹一饱之无时"②,过于强调不得仕进的苦恼,缺乏崇高的意义;或者像某些现代的阐释者,过于强调赋对于权臣的讥讽,努力赋予它崇高伟大的意义。其实以韩愈彼时的境遇与心情,目睹无知之鸟蒙恩入幸的场景后所引发的感慨就应该是人不如鸟、生不逢时。《感二鸟赋》的可贵就是从标题到序言再到赋的开篇,都在直观真切地再现这种纯然的场景与感慨,成为我们理解中唐人仕进心绪的标本。至于末尾终归转到了对未来的寄望,既是以仕途为唯一出路的古代士人的共性,也与韩愈屡经挫折而又矢志不移的个性密不可分。

四个月之后,也就是贞元十一年(795)九月,韩愈经过尸乡田横之墓,写下《祭田横墓文》③。

田横为秦末群雄之一,楚汉战争中曾一度自立为王。刘邦一统天下后,他率党徒500人逃亡海岛。刘邦派人招抚,田横被迫赴洛,行至洛郊尸乡自杀,岛中500人闻讯,亦皆自杀。田横之死,有担心刘邦反复的忧惧、有烹杀郦食其而又将与其弟同朝的愧疚与尴尬、有亡国称臣的耻辱与不甘、有以一己之身让五百部属免受屠戮的义勇与气魄,他的死是刚烈、悲壮而令人感佩与震惊的,后人看重的也多半是不屈不挠的信念与他义不受辱而勇于担当的气节。

---

① 屈守元、常思春主编:《韩愈全集校注》,成都:四川大学出版社,1996年,第1221页。
② 《读李翱文》,见欧阳修著,李逸安点校《欧阳修全集》,北京:中华书局,2001年,第1050页。
③ 何焯《义门读书记》卷三十三云:"祭,旧刻作吊,不知谁何改之,此拟《吊屈原文》,不当有'墓'字。详见何焯著,崔高维点校:《义门读书记》,北京:中华书局,1987年,第574页。

韩愈此篇所称颂的则是他"义高能得士"的特点，但究竟如何"义高"，如何"得士"，却没有具体叙写，究其实质，主要是"借田横发自己一生悲感之意"①：

> 事有旷百世而相感者，余不自知其何心。非今世之所稀，孰为使余歔欷而不可禁。余既博观乎天下，曷有庶几乎夫子之所为？死者不复生，嗟余去此其从谁？当秦氏之败乱，得一士而可王。何五百人之扰扰，而不能脱夫子于剑铓。抑所宝之非贤，亦天命之有常。昔阙里之多士，孔圣亦云其遑遑。苟余行之不迷，虽颠沛其何伤？自古死者非一，夫子至今有耿光。跽陈辞而荐酒，魂仿佛而来享。②

虽远隔百世，还能让我感慨嘘唏，实在是因为今世罕见。没有你这样义高而能得士之人，我又将何去何从？得一士即可为王，何以五百还不免于死，是所爱非贤，还是天命所定？其实孔门多贤，也不免于颠沛流离。只要自己不入迷途，即便困顿流离，又何须悲伤？可见句句有"余"，重点都在个人的迷茫与不遇。宋人晁补之在《续楚辞》中说："唐宰相如董晋亦未足言，而晋为汴州，才奏愈从事。愈始终感遇，语称陇西公而不姓。后从裴度，亦自谓度知己。然度亦终不引愈共天下事。故愈踌躇发愤，太息于区区之横，以谓夫苟如横之好士，天下将有贤于五百人者至焉。"③清人张伯行则云："田横五百人，守死海岛，可谓义矣。昌黎借题以抒感愤之情。推之圣人尚然，何况其他？固是吊横，亦以自慰。"④一个注重韩愈对知遇之恩的珍重，一个强调韩愈对自我情绪的调控，都从暂时失意的陈述中看到韩愈另外的心性品格，而这些品格恰恰是韩愈最终能走出困顿、有所成就的重要原因。

以上三篇算是应试时赋，展现的主要是韩愈多次应试、多次自荐而无果，迫于生计不得不离开京师的苦恼。

---

① 茅坤：《唐宋八大家文钞》卷十六，详见高海夫主编：《唐宋八大家文钞校注集评》，西安：三秦出版社，1998年，第878页。
② 屈守元、常思春主编：《韩愈全集校注》，成都：四川大学出版社，1996年，第1275～1276页。
③ 转引自刘真伦：《晁补之〈续楚辞〉、〈变离骚〉作者、篇目及佚文辑存》，载《古籍研究》，2012年Z1期。
④ 张伯行：《唐宋八大家文钞》卷三，详见高海夫主编：《唐宋八大家文钞校注集评》，西安：三秦出版社，1998年，第879页。

2. 佐幕时赋

《复志赋》(贞元十三年,797 年),《闵己赋》(贞元十五、六年,799 年、800 年)。

《复志赋》与《闵己赋》算是佐幕时期的赋。《复志赋》作于贞元十三年(797)七月,其时韩愈已在汴州辅佐董晋一年,序称"有负薪之疾,退休于居,作《复志赋》"。大概因为闲居的时间比较充裕,一年多的实践也让他对入仕有了更多的体会,对社会与个人有了更多的了解,所以这篇赋花了较多的篇幅回顾自己一生的遭际:

> 昔余之既有知兮,诚坎轲而艰难。当岁行之未复兮,从伯氏以南迁。凌大江之惊波兮,过洞庭之漫漫。至曲江而乃息兮,逾南纪之连山。嗟日月其几何兮,携孤嫠而北旋。值中原之有事兮,将就食于江之南。

先陈幼年坎坷:年方十岁随兄长谪迁岭南,经浩浩长江、漫漫洞庭,历尽艰难,终于抵达岭外韶州;可过不多久,兄长病逝,只好与嫂夫人一起扶柩北上,回到河阳老家;不到一年,中原大乱,又只好就食江南(宣城)。

> 始专专于讲习兮,非古训为无所用其心……考古人之所佩兮,阅时俗之所服。忽忘身之不肖兮,谓青紫其可拾。自知者为明兮,故吾之所以为惑。择吉日余西征兮,亦既造夫京师。君之门不可径而入兮,遂从试于有司。惟名利之都府兮,羌众人之所驰。竞乘时而附势兮,纷变化其难推。全纯愚以靖处兮,将与彼而异宜。欲奔走以及事兮,顾初心而自非。朝骋鹜乎书林兮,夕翱翔乎艺苑。谅却步以图前兮,不浸近而逾远。哀白日之不与吾谋兮,至今十年其犹初。岂不登名于一科兮,曾不补其遗余。

再述科考遭遇:为了理想,也为了生存,韩愈习古训、慕先贤,口不绝吟于六艺之文,手不停披于百家之编,以为仕途经济俯拾可得。"知人者智,自知者明",到了京师,既没有门荫庇护,又不知趋炎附势的韩愈处处碰壁。他说自己也曾想随波逐流,以成事功,又恐违离本性,只好朝夕翱翔骋鹜于书林艺苑。这实在是南辕北辙、却步欲前的做法。自入京师,一漂十年,最终只有感叹时光流逝,岁月不居。然后道及志不获聘时的穷居生活与失意心情:

> 进既不获其志愿兮,退将遁而穷居。排国门而东出兮,慨余行之舒舒。时凭高以回顾兮,涕泣下之交如。戾洛师而怅望兮,聊浮游以踌躇。假大龟以视兆兮,求幽贞之所庐。甘潜伏以老死兮,不显著其名誉。

穷途末路,只好归隐穷居。离开京都,步履蹒跚;凭高回顾,涕如雨下。再往下是感谢董晋的知遇之恩,自渐终岁默默而无成就:

> 非夫子之洵美兮,吾何为乎浚之都。小人之怀惠兮,犹知献其至愚。固余异于牛马兮,宁止乎饮水而求刍。伏门下而默默兮,竟岁年以康娱。时乘间以获进兮,颜垂欢而愉愉。仰盛德以安穷兮,又何忠之能输。

说如果不是碰上好心的董夫子,又怎么会来到这汴州城;小人蒙恩,尚报愚忠,既已受命效劳,自当竭尽全力;可无功康娱,怎遂已志?这一段写佐幕的生活与心情,是直接启发韩愈写作欲望的最新情事,可偏偏这一段写得隐微。粗略的意思只是一面表达对幕主的感激之情,一面渐惶无功而受禄的生活。仔细一看,序言中有"负薪之疾"①,赋首说"居悒悒之无解兮,独长思而永叹;岂朝食之不饱兮,宁冬裘之不完",此处又说自己不同牛马,不止"饮水""求刍",不甘"默默""康娱",至少说明他现在的物质待遇是不错的,但他的要求不止于物质待遇,他的托疾闲居应该是有原因的。这原因,从小里看,可能有与董晋相处的不谐,从大里看,可能是托非其所不足以实现自己的大志。所以刘克庄、何焯、姚范等人推测:

> 此赋有无穷之意,岂非尝忠告董、陆而不见用,遂欲舍之而去乎?先见如此,其免于祸,非幸也。②
>
> 公在汴,当董公之衰暮,远猷深虑有所未入,欲去之而耕野,惧食其禄而与其难,故为此赋以自讼也。"退将遁而穷居",此句是"志""孰与不食而高翔",此句是"复"。③

---

① 负薪之疾,谓托词有疾而闲居。语出《礼记·曲礼下》:"君使士射,不能,则辞以疾,言曰:'某有负薪之忧。'"
② 刘克庄撰,王秀梅点校:《后村诗话》后集卷二,北京:中华书局,1983年,第64页。
③ 何焯著,崔高维点校:《义门读书记》,北京:中华书局,1987年,第501页。

> 此赋篇末诸语,疑公在汴州,亦有因言不从,而辞以疾者。①

归根结底,还是不得志,只是这志的内涵与表述方式,颇须玩味。最后强调自己的初心与初志:

> 昔余之约吾心兮,谁无施而有获。嫉贪佞之浑浊兮,曰吾其既劳而后食。惩此志之不修兮,爱此言之不可忘……恐誓言之不固兮,斯自讼以成章。往者不可复兮,冀来今之可望。②

不劳不获,劳而后食;往者不复,但冀来今。这就是标题所说的"复志"。

现代学者也很在意这篇赋的思想深度,或者说"这篇赋也未反映更深广的社会问题"③,或者说"韩愈的思想颇为复杂,他有希求进用、吹捧权势的庸俗的一面,又有反对贪佞、主张'劳而后食'、贡献社会的一面,这两方面在其赋中都有所表现"。④ 这都不无道理,不过我们更看重的是这篇赋所展现的韩愈个人仕进问题上隐微的心曲。"感人心者,莫先乎情"(白居易《与元九书》),在韩愈《复志赋》"坎轲""艰难"的细致陈述与"劳而后食"的模糊表达里,我们能生动地感受到韩愈半生落拓、怀才不遇的困窘,与知恩能报、持志不移的品性。

《闵己赋》大略作于贞元十六年(800)⑤,其时韩愈已有两入幕府的经历,对佐幕生活的感受与个人前程的思索自然更为深切,但这深切却以更为简约朦胧的方式道出:

> 余悲不及古之人兮,伊时势而则然。独闵闵其曷已兮,凭文章以自宣。昔颜氏之庶几兮,在隐约而平宽。固哲人之细事兮,夫子乃嗟叹其贤。恶饮食乎陋巷兮,亦足以颐神而保年。有至圣

---

① 姚范:《援鹑堂笔记》,转引自屈守元、常思春主编:《韩愈全集校注》,成都:四川大学出版社,1996年,第1283页。
② 屈守元、常思春主编:《韩愈全集校注》,成都:四川大学出版社,1996年,第1281~1282页。
③ 龚克昌:《略论韩愈辞赋》,载《文史哲》,1992年第3期,第32页。
④ 郭维森、许结:《中国辞赋发展史》,南京:江苏教育出版社,1996年,第426页。
⑤ 马其昶说:"公尝佐董晋于汴。未几,晋薨,复佐戎徐州。徐帅,张建封也。建封又薨,公罢去,来居于洛,时贞元十六年也。"也即说韩愈离开徐州,是因徐帅张建封逝世。写作时间在贞元十六年。但陈景云说:"公之去徐,在府主未薨之前,有《题李生壁》可证。"(详见韩愈撰,马其昶校注,马茂元整理:《韩昌黎文集校注》,上海:上海古籍出版社,1987年,第9页)亦有人认为此赋当作于贞元十五年春秋之间。(可参见景凯旋:《从〈闵己赋〉看韩愈儒学思想中的道与利》,载《徐州师范大学学报》,1999年第4期。)

而为之依归兮,又何不自得于艰难。曰余昏昏其无类兮,望夫人其已远。行舟楫而不识四方兮,涉大水之漫漫。勤祖先之所贻兮,勉汲汲于前修之言。虽举足以蹈道兮,哀与我者为谁。众皆舍而己用兮,忽自惑其是非。下土茫茫其广大兮,余壹不知其可怀。就水草以休息兮,恒未安而既危。久拳拳其何故兮,亦天命之本宜。惟否泰之相极兮,咸一得而一违。君子有失其所兮,小人有得其时。聊固守以静俟兮,诚不及古之人兮其焉悲。①

赋首切题,说时运不济,不及古人,唯假托文章,闵己自宣。然后以颜回虽困顿而有依归为对比,说自己虽举足蹈道,而无所适从。赋末从迷茫中振作,说愿意固守静俟,以等待时运的眷顾。

这当然只是极为粗略的读法,要读出其中的深意,还得竖着读、横着读、由表及里地读。所谓竖着读,是要联系创作时间稍前而同样作于佐幕期的《复志赋》来读,从《复志赋》里我们已然知道他半生坎坷,佐幕的工作暂时让他衣食无忧,但他又惶恐于不劳而食,以为人非牛马,不能仅仅满足于衣食。所谓横着读,是可以参考同期的文字,如《上张仆射书》(贞元十五年九月作)、《与李翱书》(贞元十五年徐州作)、《与孟东野书》(贞元十六年三月作)、《与卫中行书》(贞元十六年居洛作),等等。从这些文字里,我们知道韩愈实在是穷困潦倒、无所依归才来佐幕的:

> 仆之家本穷空,重遇攻劫,衣服无所得,养生之具无所有,家累仅三十口,携此将安所归托乎? 舍之入京,不可也,挈之而行,不可也,足下将安以为我谋哉?②
>
> 去年春,脱汴州之乱,幸不死,无所于归,遂来于此。③
>
> 始相识时,方甚贫,衣食于人,其后相见于汴、徐二州,仆皆为之从事,日月有所入,比之前时,丰约百倍。④

---

① 屈守元、常思春主编:《韩愈全集校注》,成都:四川大学出版社,1996年,第1419页。
② 韩愈:《与李翱书》,见屈守元、常思春主编:《韩愈全集校注》,成都:四川大学出版社,1996年,第1386页。
③ 韩愈:《与孟东野书》,见屈守元、常思春主编:《韩愈全集校注》,成都:四川大学出版社,1996年,第1426页。
④ 韩愈:《与卫中行书》,见屈守元、常思春主编:《韩愈全集校注》,成都:四川大学出版社,1996年,第1431页。

从这些文字里，我们可以得知佐幕的生活刻板无味：

> 凡执事之择于愈者，非为其能晨入夜归也，必将有以取之。苟有以取之，虽不晨入而夜归，其所取者犹在也。下之事上，不一其事；上之使下，不一其事。量力而任之，度才而处之，其所不能，不强使为，是故为下者不获罪于上，为上者不得怨于下矣。①

更重要的是董、张虽助我、爱我，但不足以知我、用我：

> 若使随行而入，逐队而趋，言不敢尽其诚，道有所屈于己；天下之人，闻执事之于愈如此，皆曰：执事之用韩愈，哀其穷，收之而已耳；韩愈之事执事，不以道，利之而已耳。苟如是，虽日受千金之赐，一岁九迁其官，感恩则有之矣，将以称于天下曰：知己知己！则未也。②

> 仆于此岂以为大相知乎？累累随行，役役逐队，饥而食，饱而嬉者也。其所以止而不去者，以心诚有爱于仆也。然所爱于我者少，不知我者犹多，吾岂乐于此乎哉？将亦有所病而求息于此也……孔子称颜回："一箪食、一瓢饮，人不堪其忧，回也不改其乐。"彼人者，有圣者为之依归，而又有箪食瓢饮足以不死，其不忧而乐也，岂不易哉！若仆无所依归，无箪食，无瓢饮，无所取资，则饿而死，其不亦难乎？③

当然，韩愈也没有将个人穷达简单归之于天命：

> 贤不肖，存乎己；贵与贱，祸与福，存乎天；名声之善恶，存乎人。存乎己者，吾将勉之；存乎天、存乎人者，吾将任彼而不用吾力焉。④

---

① 韩愈：《上张仆射书》，见屈守元、常思春主编：《韩愈全集校注》，成都：四川大学出版社，1996年，第1379页。
② 韩愈：《上张仆射书》，见屈守元、常思春主编：《韩愈全集校注》，成都：四川大学出版社，1996年，第1379～1380页。
③ 韩愈：《与李翱书》，见屈守元、常思春主编：《韩愈全集校注》，成都：四川大学出版社，1996年，第1387～1388页。
④ 韩愈：《与卫中行书》，见屈守元、常思春主编：《韩愈全集校注》，成都：四川大学出版社，1996年，第1431页。

既然"存乎己者",可以勉励而为,韩愈仍将努力不息,并暗下去留的决心:"默默在此,行一年矣。到今年秋,聊复辞去。"① 凡此种种,综合一处,再回过头来读《闵己赋》,就会知道韩愈在这里述古今、道人我、言大细、说天命都是有深意的。他幼承重托、志当高远;然十年长安,三载幕府,备尝辛酸;虽委曲求全,暂谋生计,终非己愿;况有恩之人,不便苟辞,所以心事重重;这些烦恼都"未易遽言",只好借古今、人我、大细、天人之理、事,以虚实相生的方式,检讨自己思想、预作去留决定。如果再深究,还会发现,韩愈此时已不满于物质的依归,而在寻求精神上的安身立命之所,但他没有将义与利或道与利简单对立,而是以义驭利,以道统利。② 所以他对宋儒所乐道的"孔颜乐处"与"曾点气象"等大成、和乐境界有自己独到的看法,也有不同的实践态度,也因为这个缘故,他一面开宋学重道之先河③,一面又以不重践履为理学家所责议。

闵己而复志,复志复闵己,闵己还复志,这就是韩愈佐幕期的仕进心绪。

3. 流贬时赋

《讼风伯》(贞元十九年,803),《别知赋》(贞元二十年,804)。

《讼风伯》作于贞元十九年(803),这年大旱,从正月到七月一直没有下雨,韩愈遂作此赋以控诉风神,说天旱是风神作祟的结果。

> 维兹之旱兮,其谁之由。我知其端兮,风伯是尤。山升云兮泽上气,雷鞭车兮电摇帜。雨浸浸兮将坠,风伯怒兮云不得止。旸乌之仁兮,念此下民。闷其光兮,不斗其神。嗟风伯兮,其独谓何!我于尔兮,岂有其他?求其时兮修祀事,羊甚肥兮酒甚旨。食足饱兮饮足醉,风伯之怒兮谁使?云屏屏兮吹使醨之,气将交兮吹使离之。铄之使气不得化,寒之使云不得施。嗟尔风伯兮,欲逃其罪又何辞!上天孔明兮,有纪有纲。我今上讼兮,其罪谁

---

① 韩愈:《与孟东野书》,见屈守元、常思春主编:《韩愈全集校注》,成都:四川大学出版社,1996年,第1426页。

② 景凯旋《从〈闵己赋〉看韩愈儒学思想中的道与利》一文对韩愈的道利思想有深入的分析,可以参阅。

③ 钱穆说:"治宋学必始于唐,而以昌黎韩氏为之率。"详见钱穆:《中国近三百年学术史》,北京:中华书局,1986年,第1页。

当？天诛加兮不可悔，风伯虽死兮人谁汝伤！①

赋一开头就将天旱的原因归咎于风伯，然后具体解释：云升气上、电闪雷鸣，眼看就要下雨，因为风伯发怒，云被吹薄，气被吹走，雨没下成。中间还提到修祀之礼并非不厚，末尾则以咒语的形式谴责风伯。

这样的赋缘出自然灾害，自然可从天人关系的角度来考量，但在天命难违的情况下，人为的努力还是可以减轻灾害的。韩愈对于天命与人事的关系原本有着清醒的认识，当他目睹官吏们不仅不能有所作为，反而不顾一切横征暴敛制造人祸时，顾不上自己身份的卑微，忍不住要提意见、要发牢骚。他的意见集中于那篇著名的《御史台上论天旱人饥状》。因为那篇奏状说了"群臣之所未言，陛下之所未知"的东西，得罪了权贵、触怒了德宗，结果"朝为青云士，暮作白首囚"(《赴江陵途中寄赠三学士》)，被贬为阳山县令。他的牢骚则隐含在这篇赋里。贞元十九年(803)，韩愈从国子监四门博士调为监察御史，《讼风伯》究竟作于博士任上还是御史任上尚存争议，但京兆尹李实飞扬跋扈，谎报灾情是步步加剧的。在前不久写给李实的自荐信里韩愈还奉扬他"赤心事上，忧国如家""条理镇服，布宣天子威德"(《上李尚书书》)，这样的倚托对象韩愈是不便指责的，但随着灾情的日益严重，人民生活日益困苦，韩愈还是忍不住写了那篇让他遭遇贬谪的奏状。《讼风伯》介于两文之间，只能明讼风伯，暗寓褒贬。所以樊汝霖云："德宗贞元十九年正月不雨，至七月甲戌始雨。公时为四门博士，作此专以刺权臣裴延龄、李齐运、李实等壅蔽聪明，不顾旱饥，专于诛求，使人君恩泽不得下流，如风吹云而雨泽不得坠也。是年冬，公拜御史，竟以言旱饥谪阳山云。"②

《别知赋》作于稍后的贞元二十年(804)。其时韩愈已谪居阳山，有湖南支使杨仪之前来探望，临别赠赋，故有此作。赋的主旨，在于诉离别、慨前程，道知心难得。赋短，以情感为线索，始写知心难得，继写喜得知心，末写知心将去。叹知心难得，先介绍自己的交友之道：

---

① 韩愈：《讼风伯》，见屈守元、常思春主编：《韩愈全集校注》，成都：四川大学出版社，1996年，第1573～1574页。

② 屈守元、常思春主编：《韩愈全集校注》，成都：四川大学出版社，1996年，第1574页。同页补沈钦韩语曰："此贞元十九年官御史时作，指李实之徒也。按裴延龄、李齐运皆于贞元十二卒，旧注混引。"

> 余取友于天下,将岁行之两周。下何深之不即,上何高之不求。纷扰扰其既多,咸喜能而好修。宁安显而独裕,顾厄穷而共愁。惟知心之难得,斯百一而为收。

说自贞元二年(786)赴长安求仕以来,广交天下朋友,所交之友,既有蹈于高位者,也有隐于幽深者,都是洁身自好之人,惟知心难得,即便百中得一,也算丰获满收。写喜得知心,要点在于来访者不畏边鄙而又能洞悉物理、体察人情:

> 岁癸未而迁逐,侣虫蛇于海陬。遇夫人之来使,辟公馆而罗羞。索微言于乱志,发孤笑于群忧。物何深而不镜,理何隐而不抽。始参差以异序,卒烂漫而同流。

写知心离别,关键在久居此地,来访既已少,去此又无由:

> 何此欢之不可恃,遂驾马而回辀。山磝磝其相轧,树蓊蓊其相摎。雨浪浪其不止,云浩浩其常浮。知来者之不可以数,哀去此而无由。倚郭郛而掩涕,空尽日以迟留。①

这样的解读切合"别知"的主题,但同样没有触及问题的根本——韩愈此时的仕进心绪。在赋中,韩愈自言"迁逐"于"海陬",正处于人生低谷,杨仪之的到访无疑是给患难中的韩愈以极大的安慰。不仅如此,杨仪之的叔父湖南观察使杨凭与韩愈为旧好,韩愈在真诚地感谢杨氏叔侄的慰问之余②,不免还要寄寓期望。这期望,在韩愈同时写给杨仪之的《送杨支使序》里,以对杨氏叔侄高调的奉扬的方式委婉地表现出来。序以宣州观察使崔衍的宾客李博、崔群乐道主人之善为对比,说崔衍是"知其客可以信其主者",而杨凭则是"知其主可以信其客者",然后再表彰杨仪之:"智足以造谋,材足以立事,忠足以勤上,惠足以存下,而又佐之以《诗》《书》六艺之学,先圣贤之德音,以成其文,以辅其质,宜乎从事于是府,而流声实于天朝也。"③不管这奉承的真实度有多少,有了这奉承,韩愈的前程肯定会多一分希望。

---

① 韩愈:《别知赋》,见屈守元、常思春主编:《韩愈全集校注》,成都:四川大学出版社,1996年,第1628页。
② 杨仪之还是韩愈在汴州的同僚好友杨凝的儿子。
③ 屈守元、常思春主编:《韩愈全集校注》,成都:四川大学出版社,1996年,第1643页。

当然,在借助赠序理解辞赋本意的同时,我们也应该看到:同送杨氏,序、赋有别,序多求援之意,赋有个人心绪。

以上算流贬时期的赋,没有直接地指责执政的非贤,但不满之情溢于言表,并终于获罪;没有过多地宣泄谪居的穷苦,而求助之意寓于赋中,所以不久起复。

4. 在京任低级职衔时赋

《送穷文》(元和六年,811),《进学解》(元和八年,813)。

元和元年(806),韩愈回长安,任国子学博士,此后再分司东都、授河南令。元和六年(811),再回京任职方员外郎。元和七年(812),复为国子博士。这些低级职衔与韩愈的期望相差仍远,这时期作的《送穷文》(811)与《进学解》(813)正可以再现他此时期的心路历程。

唐时有正月晦日送穷的民俗,韩愈的《送穷文》即以送穷为由抒发不得志的苦闷。赋假"主人"与"穷鬼"的对话,说自己四十余年来智穷、学穷、文穷、命穷、交穷,拟将这些穷鬼送走,可"五鬼"非但无意远离,反而"抵掌顿脚,失笑相顾",以为韩愈的声名正由他们树立,天下的知己也非他们莫属,所以"虽遭斥逐,不忍子疏"。韩愈没有办法,只好"垂头丧气""延之上座"。赋中的两段对话一写孩提以来的穷苦,一写五大方面的困顿,一纵一横,痛快而又诙谐地宣泄了韩愈一生以来的满腹牢骚。较之扬雄《逐贫赋》,此文更讲求辞采的华美,更富有喜剧的效果,更多自我的鼓吹,也更与个人的仕途有关。所以林云铭说《送穷文》:"总因仕路淹蹇,抒出一肚皮孤愤。""能使古往今来不得志之士,一齐破涕为笑。"①

应该说,韩愈的牢骚越来越艺术化了,这种艺术化的牢骚在他两年后写的《进学解》里已臻炉火纯青的境地。此时的韩愈又任国子博士,赋即假师生对问,欲劝反讽,以抒发自己怀才不遇、仕途蹭蹬的牢骚。赋首是先生对生徒的劝勉,大意说业精于勤、行成于思,方今主圣臣贤、唯才是举,诸生只要努力,不用担心有司不明、用人不公。接下来是生徒的质疑:

> 言未既,有笑于列者曰:"先生欺余哉!弟子事先生,于兹有年矣。先生口不绝吟于六艺之文,手不停披于百家之编。记事者必提其要,纂言者必钩其玄。贪多务得,细大不捐,焚膏油以继晷,恒兀兀以穷年。先生之业,可谓勤矣。抵排异端,攘斥佛老。

---

① 林云铭:《韩文起》卷之一,上海:华东师范大学出版社,2015年,第4页。

补苴罅漏,张皇幽眇。寻坠绪之茫茫,独旁搜而远绍。障百川而东之,回狂澜于既倒。先生之于儒,可谓有劳矣。沉浸酲郁,含英咀华。作为文章,其书满家。上规姚姒,浑浑无涯。《周诰》《殷盘》,佶屈聱牙。《春秋》谨严,《左氏》浮夸。《易》奇而法,《诗》正而葩。下逮《庄》《骚》,太史所录,子云相如,同工异曲。先生之于文,可谓闳其中而肆其外矣。少始知学,勇于敢为;长通于方,左右具宜。先生之于为人,可谓成矣。然而公不见信于人,私不见助于友,跋前踬后,动辄得咎。暂为御史,遂窜南夷;三年博士,冗不见治。命与仇谋,取败几时。冬暖而儿号寒,年丰而妻啼饥。头童齿豁,竟死何裨!不知虑此,而反教人为?"①

先生"业"不可谓不精,"行"不可谓不成,然而却遭遇如此多的坎坷,则业精行成又有何用?这只是对生徒质疑表面而简括的理解,其实这一大段铺陈的本意,是韩愈在长期遭遇坎坷之后,久积的郁气需要散发,一生的行事想要自省。他对自己的成就是自信的,不过他要借学生的口说出,他也不甘终生落魄,开始让自己的言行变得更加智慧。所以在赋末他假先生的身份,刻意放低身段,甚至痛自贬抑,说自己:"学虽勤而不繇其统,言虽多而不要其中,文虽奇而不济于用,行虽修而不显于众,犹且月费俸钱,岁靡廪粟,子不知耕,妇不知织,乘马从徒,安坐而食,踵常途之促促,窥陈编以盗窃。"然而"圣主不加诛,宰臣不见斥",在他看来就很幸运了。在牢骚中融入自嘲与自省,相信他所期盼的在上位的读者,都能在平和而诙谐的氛围中悦纳他的牢骚。《旧唐书》本传云:"执政览其文而怜之,以其有史才,改比部郎中、史馆修撰。"②可见这样的牢骚是智慧的牢骚。所以林纾感叹:"文不过一问一答,而啼笑横生,庄谐间作,文心之狡狯,叹观止矣!"③

以上两文,算是韩愈表现其仕进心绪的大成之作。他能以别致的构思,新颖的语言,将一己的坎坷、辛酸、不平、愤懑、自信、自省与对他人的劝讽、慰勉等轻松而诙谐地道出,不能不说是"文章圣手"。

(三)韩愈赋仕进心绪总归

以继承道统为己任的韩愈,特别重视诗文的体道、载道功能,他说,"愈

---

① 韩愈:《进学解》,见屈守元、常思春主编:《韩愈全集校注》,成都:四川大学出版社,1996年,第1909~1910页。
② 刘昫等撰:《旧唐书》卷一百六十《韩愈传》,北京:中华书局,1975年,第4198页。
③ 林纾:《韩柳文研究法》,北京:商务印书馆,1914年,第8页。

之为古文,岂独取其句读不类于今者邪?思古人而不得见,学古道则欲兼通其辞,通其辞者,本志乎古道者也。"①

他的辞赋,也能关注江山社稷,直面世道政局。或斥执政非贤:如《感二鸟赋》谓二鸟"惟以羽毛之异,非有道德智谋""反得蒙采擢荐进",谓"遭时者,虽小善必达;不遭时者,累善无所容"。或愤有司不公:如《进学解》明说"方今圣贤相逢,治具毕张,拔去凶邪,登崇俊良",实责当今朝廷黑白颠倒,是非不分。或讼治事不力:如《讼风伯》,影指京兆尹李实不顾百姓旱饥,专于诛求。或叹孔道式微:如《闵己赋》以颜氏陋居为哲人细事。或哀世无操守:如《送穷文》中致使"五鬼"为患的社会,如《闵己赋》中诱惑众皆背道的世风。凡此种种,足见韩愈辞赋不乏对他人与社会的关注。

但整体而言,韩愈辞赋在取材与主旨上,明显是以自我为中心,以抒发个人在坎坷仕途中的种种遭际与心绪为目标的。这既与韩愈本人仕途的偃蹇与心思的敏感有关,也与中唐文人的仕进心态,甚至赋体,尤其赋中骚体长于抒情不无关系。

(四) 中唐文人的仕进心态与道利思想

韩愈说"中世士大夫以官为家,罢则无所于归"(《送杨少尹序》),叶燮说韩愈"进则不能容于朝,退又不肯独善于野"②,这种进退维谷的两难困境,不光是韩愈,也是中唐士人普遍的生存状况。

从先秦游士,到两汉儒士,再到魏晋名士,士人的社会角色与生存状况因时而变。但入仕的方式尚无严格的制度约束。隋唐以来,尤其中唐以后,科举日益成为士人改变社会地位、实现角色转换的基本途径。吴宗国《唐代科举制度研究》一书曾对唐代宰相的出身作过调查统计,发现唐初太宗朝、高宗朝宰相基本不由科举出身,到武则天、玄宗时科举出身的宰相已占多数,再到中晚唐科举出身特别是进士出身的宰相占绝大多数。③ 宰相如此,一般官员的出身也大体呈这样的趋势。

科举的日益重要带给士人们的影响,一面是有了比较稳固的仕进途径,一面是所有的努力与结果都与科考有关。寒门士子因为既没有丰衣足食的保障,又没有高第门荫的优遇,尤以科考入仕为改变自己地位的唯一途径。

---

① 韩愈撰,马其昶校注,马茂元整理:《韩昌黎文集校注》,上海:上海古籍出版社,1986年,第304~305页。
② 叶燮著,霍松林校注:《原诗》外篇上,北京:人民文学出版社,1979年,第50页。
③ 详见吴宗国:《唐代科举制度研究》,沈阳:辽宁大学出版社,1992年。

韩愈《送牛堪序》云:"登第于有司者,去民亩而就吏禄,由是进而累为卿相者,常常有之。"①在《与祠部陆员外书》中,韩愈则举不仕不足以养家的反例:"有侯喜者,侯长云者,喜之家,在开元中衣冠而朝者,兄弟五六人。及喜之父仕不达,弃官而归,喜率兄弟操耒耜而耕于野,地薄而赋多,不足以养其亲,则以其耕之暇,读书而为文,以干于有位者而取足焉。"②

因为退不足以自养,为了生计,他们不得不勤学苦练。白居易《与元九书》称:"十五六,始知有进士,苦节读书。二十已来,昼课赋,夜课书,间又课诗,不遑寝息矣。以至于口舌成疮,手肘成胝,既壮而肤革不丰盈,未老而齿发早衰白,瞥瞥然如飞蝇垂珠在眸子中也,动以万数。盖以苦学力文所致,又自悲矣!"③除了个人的艰苦努力,还得四处干谒,以期达官贵人的援引,这时的干谒文章,也罕见初盛唐时的狂词傲语。不仅如此,同类相訾的情况也每有发生,赵匡《举选议》说进士第"收入既少,则争第急切,交驰公卿,以求汲引,毁誉同类,用以争先,故业因儒雅,行成险薄。非受性如此,势使然也"。④ 可见到了中唐,世俗性的功利追求逐渐取代了盛唐人理想化的生活态度。怪不得韩愈说入仕有时也可称为"禄仕"(《争臣论》),也不难理解韩愈诙诡的自荐理论为什么一套又一套。实在是时势改变了他们的入仕观念。

当然,士人本有的尊严与理想并未消逝。他们不满于科考对人的羞辱,不甘于低级的物质享受。韩愈称古之豪杰如屈原、孟轲、司马迁、司马相如、扬雄之徒,如若参考,也必蒙耻辱。(《答崔立之书》)舒元舆《上论贡士书》更痛陈科举之弊,说:"有司坐举子于寒庑冷地,是比仆隶已下,非所以见征贤之意也;施棘围以截遮,是疑之以贼奸徒党,非所以示忠直之节也;试甲赋律诗,是待之以雕虫微艺,非所以观人文化成之道也……贤才耻之,臣亦耻之。"⑤柳宗元、刘禹锡或冷峭或刚直,可以委曲求全的韩愈也于《闵己赋》《与李翱书》《送王秀才序》中三论颜子,三称其有圣人为之归依。可见圣人之道未曾失落,只是在韩愈等赋家看来,利不损道,道、利可以并存。

总之,韩愈在其辞赋中集中表露出来的仕进心绪,既有其个人经历与

---

① 屈守元、常思春主编:《韩愈全集校注》,成都:四川大学出版社,1996年,第1588页。
② 屈守元、常思春主编:《韩愈全集校注》,成都:四川大学出版社,1996年,第1514页。
③ 白居易著,顾学颉校点:《白居易集》,北京:中华书局,1979年,第962页。
④ 董诰等编:《全唐文》卷三百五十五,北京:中华书局,1983年,第3603页。
⑤ 董诰等编:《全唐文》卷七百二十七,北京:中华书局,1983年,第7487~7488页。

心性的缘由,也和中唐文人普遍的仕进心态与道利思想不无关系。

三、韩愈赋与文体革新

既然韩愈赋集中展示的是他个人的仕进心绪,那么与他倡导的载道思想与文体革新有无关联?这个问题得一分为二,就内容言,韩愈辞赋虽也明道,但中心在情。就形式言,韩愈辞赋以骚为主,但不无变更。

作为古文运动的核心人物,韩愈以孔孟儒家道统的传人而自居,以道丧文弊时风的改变为己任,"行之乎仁义之途,游之乎诗书之源"(《答李翊书》),大力倡导宗经明道的文学观念。但他的辞赋创作,崇尚的却是发愤抒怨的楚骚传统,与明道奉儒的文论观念若即若离。不仅如此,他还发展出"不平则鸣"的理论主张。他说:"大凡物不得其平则鸣……人之于言也亦然,有不得已者而后言,其歌也有思,其哭也有怀。凡出乎口而为声者,其皆有弗平者乎。"(《送孟东野序》)所以"和平之音淡薄,而愁思之声要妙;欢愉之辞难工,而穷苦之言易好也"。(《荆潭唱和诗序》)这样的阐述未必是专门针对辞赋而言的,但肯定与他重情崇骚的辞赋创作实践密不可分。

以复古为革新的韩愈,在赋体体式的选择上也以祖骚宗汉的复古理念为法则,有别于元稹、白居易的趋今重律。在赋体演进的历程上,唐赋推陈出新,众体咸备,其中律赋与新文赋允称一代之创构。律赋是诗歌格律化的伴生物,与科考试赋一起蔚为风气,成为唐赋中最引人注目的体式,元稹、白居易的介入更使律赋"凌砾风骚,超轶今古"(白居易《赋赋》)。一生着意于仕进的韩愈当然也要凭借律赋才能登第,但他顺应"古文运动"回归楚汉传统的潮流,立足于文以致用的立场,终归以古赋来表达他的心志情怀。他的古赋,既有已臻完备的骚体,如《感二鸟赋》《复志赋》《闵己赋》《别知赋》《讼风伯》,又有上承萧颖士、李华,下启杜牧、欧阳修、苏轼的新文赋,如《送穷文》《进学解》《吊田横墓文》等。其实着意革新而又众体兼善的韩愈,往往能根据题材内容的需要,突破文体的分类,将各种要素相融一处,随物赋形。他以赋为诗,也以文为赋,在命意谋篇、表现手法、句式语词上不拘一格,时见新意。

他的赋在命意谋篇上不因袭前人,简捷新颖。他的赋作无不以抒发一己仕宦的坎坷经历与复杂心绪为中心本旨,这种一以贯之的文体选择实为少见。他的赋篇章短小,信息量大,不作无病呻吟;他的赋构思巧妙,或以虚写实,或欲扬先抑,从无定式。

以表现手法言,他的赋或直陈或托言,庄谐并用。史称韩愈"发言真率,无所畏避,操行坚正,拙于世务"。① 应该是针对他的那几篇奏疏而言的。他的赋也算发言真率,但并非无所畏避。说其真率,一是直陈一己之情,二是偶见不平之愤。情是真切的,愤则较含蓄,《送穷文》《进学解》中的牢骚是假借穷鬼与学生之口以正言反说的方式道出的,《讼风伯》《祭田横墓文》中的不平与不满,针对的是非现实的人事,更可谓隐约曲折,这都是有所顾忌的表现。真切直率的个人情绪是沉着抑郁的,满腹的不平与牢骚则显得诙谐与诡异,这种庄谐并重的笔法既逼真地复现了韩愈穷愁困窘的生活境地,又起到了情感宣泄与精神抚慰的作用,并在愉悦他人的同时有效地获得认可与同情。可以说,韩愈是心智健全,情商超拔,善于以文章自解于困境的人。

韩愈更是语言大师。他的赋能根据需要灵活运用各种句式。《感二鸟赋》与《别知赋》以六言为主,一句一意。《复志赋》《闵己赋》《讼风伯》用骚体句式,但不乏变化:

> 忽忘身之不肖兮,谓青紫其可拾。自知者为明兮,故吾之所以为惑。择吉日余西征兮,亦既造夫京师。君之门不可径而入兮,遂从试于有司。(《复志赋》)
>
> 余悲不及古之人兮,伊时势而则然。独闵闵其曷已兮,凭文章以自宣。(《闵己赋》)
>
> 维兹之旱兮,其谁之由。我知其端兮,风伯是尤。山升云兮泽上气,雷鞭车兮电摇帜。雨浸浸兮将坠,风伯怒兮云不得止。(《讼风伯》)

《复志赋》《闵己赋》用《离骚》体,《讼风伯》用《九歌》《九章》体,而且都有所改变。《祭田横墓文》用的是错落有致的散文句式:

> 事有旷百世而相感者,余不自知其何心。非今世之所稀,孰为使余歔欷而不可禁。余既博观乎天下,曷有庶几乎夫子之所为?死者不复生,嗟余去此其从谁?当秦氏之败乱,得一士而可王。何五百人之扰扰,而不能脱夫子于剑铓。(《祭田横墓文》)

---

① 刘昫等撰:《旧唐书》卷一百六十《韩愈传》,北京:中华书局,1975年,第4198页。

其间有不少的长句,承载着旺盛的文本气势,渗透着强大的主体精神。《送穷文》以四言居多,《进学解》则长短交替,集其大成:

> 今先生学虽勤而不繇其统,言虽多而不要其中,文虽奇而不济于用,行虽修而不显于众,犹且月费俸钱,岁靡廪粟,子不知耕,妇不知织,乘马从徒,安坐而食,踵常途之促促,窥陈编以盗窃。然而圣主不加诛,宰臣不见斥,兹非其幸欤! 动而得谤,名亦随之,投闲置散,乃分之宜。(《进学解》)

四言、五言、六言、八言夹杂,整散结合,全凭一气贯通。"凝重多出于偶,流美多出于奇。体虽骈必有奇以振其气,势虽散必有偶以植其骨"。① 在韩愈这里,正是奇偶相间,气盛言宜。

在遣词上,韩愈也反对陈词滥调,主张"师其意,不师其辞"(《答刘正夫书》),词必己出,陈言务去,"不袭蹈前人一言一句"(《南阳樊绍述墓志铭》)。他的赋作语言大多准确精练、鲜明生动,在《送穷文》《进学解》中表现得淋漓尽致,创造了诸如"面目可憎""语言无味""蝇营狗苟""贪多务得""细大不捐""含英咀华""佶屈聱牙""同工异曲""动辄得咎""俱收并蓄""投闲置散""业精于勤,荒于嬉;行成于思,毁于随"等极富生命力的词语,堪称语言宝库。

现在看来,辞赋在韩愈的各体文学创作中虽不占显著地位,但他的赋作真切生动地展现了他坎坷不平的仕进心绪,也为后人了解中唐士人的生存境况提供了第一手资料。巨公才气,无微不显,韩愈的辞赋创作也能体现他志在创新、功力弥漫的特点。诚如苏轼所言:"知者创物,能者述焉,非一人而成也。君子之于学,百工之于技,自三代历汉至唐而备矣。故诗至于杜子美,文至于韩退之,书至于颜鲁公,画至于吴道子,而古今之变,天下之能事毕矣。"②

四、韩门赋作概况

在韩愈的周围,还有欧阳詹、李观、李翱、皇甫湜、侯喜等人,也有赋作

---

① 包世臣:《艺舟双楫》卷一《论文一·文谱》,北京:商务印书馆,1935 年,第 1 页。
② 《书吴道子画后》,详见苏轼撰,孔凡礼点校:《苏轼文集》,北京:中华书局,1986 年,第 2210 页。

存世。他们与韩愈的关系,或师或友①,为了论述的方便,佁归一处,并以"韩门赋作"标题。②

欧阳詹(755—800),字行周,晋江人,闽人擢第第一人,官国子监四门助教。欧阳詹存赋13篇(古4律9),内容较为丰富。

有仕宦心绪与亲情乡情的抒发,如《出门赋》《将归赋》《秋月赋》等。《出门赋》写欧阳詹初离家乡,赴京赶考的复杂心情:

> 出门辞家兮,人有志而斯逞,予纷然而远游。别天性之至慈,去人情之好仇。严训戒予以勿久,指蒲柳以伤秋。弱室咨予以遄归,目女萝而起愁。心眷眷以缠绵,泪浪浪而共流。惕怀安以败名,曾何可以少留。于是驱忠信以为车,执艺业以为贽。越三江,逾五岭,望尧旌而求试。庶亦呈功取爵,建德扬名。获甘旨以报勤,光昼锦以回衡。如弧斯张,如鸟斯征。射百步而期中,飞三年而必鸣……逮前程之尚遥,顾所离而日远……路实多歧,丝无定色。任玄黄之濡染,信强理之南北。管因媒而解缚,越自遇而升车。虞先荣而后悴,姜始卷而终舒。伤哉!数子之税驾,吾未知其所如。③

欧阳詹以一闽人出征,不乏对京师与未来的向往和憧憬,但更多的是对亲人与乡土的牵挂和眷恋,虽有对自我才德的矜夸与信任,但更多的是对科考前程的忧虑与怅惘。其《泉州赴上都留别舍弟及故人》诗云:"天高地阔多歧路,身即飞蓬共水萍。匹马将驱岂容易,弟兄亲故满离亭。"这种深厚的故土情结既有着浓郁的地方气息,又深隐着科考的艰辛与对中唐士子的吸引力。

十三年以后,欧阳詹在其《将归赋》中吐露了科考的艰辛:

> 忆求名于薄艺,曾十稔以别离。才还乡以半龄,又三年于路

---

① 欧阳詹、李观与韩愈为陆贽门下同榜进士,其年辈不晚于韩愈。李翱、皇甫湜与韩愈也恐非简单的师生关系,从他们之间的称号与评价可知他们是自信而又相互敬重的。可参黄爱平:《李翱韩愈关系交恶辨》(《韩山师范学院学报》,2008年第5期)、李最欣:《李翱是韩愈弟子吗》(《文学遗产》,2005年第3期)、《韩愈与皇甫湜关系辨正》(《中州学刊》,2009年第1期)等文。
② 尹占华先生将中唐的"古文集团"分为"韩愈集团"与"永贞革新集团"。详见尹占华:《律赋论稿》,成都:巴蜀书社,2001年,第221页。
③ 董诰等编:《全唐文》卷五百九十五,北京:中华书局,1983年,第6013~6014页。

歧。红颜匪长,白日如驰。苒苒皆尽,悠悠为谁。亲有父母,情有闺闱。居惟苦饥,行加相思。加相思兮宁苦饥。辞家千里,心与偕归。南陔之兰,北山之薇。一芳一菲,何是何非。归去来兮,秋露沾衣。①

欧阳詹自建中二年(781)离家,次年抵长安,至贞元八年(792)与韩愈、李观同榜登第,费时十年。然后又花了七年时间才获得国子监四门助教一职。此间的欧阳詹备尝了科场的失意、经济的困窘、世态的炎凉、客居的孤独②,亲情乡情再次成为他心灵的港湾。此赋作于欧阳詹进士及第后的第三年,正是以归欤之叹宣泄他"曾十稔以别离""又三年于路岐"的坎坷与心酸。

《秋月赋》亦彰冀用之心,不过托物以言志,赋末云:"愿穷经兮取老,恐用人兮尚少。幸君子兮如月,冀余光兮一照。"③

有对道德操守的奉扬与固守,如《藏冰赋》《石韫玉赋》《瑾瑜匿瑕赋》《怀忠赋》《征君洪涯子图赋》等。《藏冰赋》属辞比事,通过对藏冰"光可鉴形""清能御暑""展其用无愧于明时,韫其光不欺于暗室"等美质美状的描写,赞誉贞清玉质、用行舍藏的品格。《石韫玉赋》假和氏璧故事,喻士人情操与境遇,宜为:"同夫有智,怀其有以若无;侔彼不争,守厥屯而俟泰。明其内,晦其外。将藏器以待知,不干物以招害。"然后,反转其意,说大唐盛世野无遗贤,自己愿意存献才能:"伊抱璞之未闻,亦梯山而自进。佳粱糠秕,黄金在沙。必簸糠而扬砾,冀取实以除华。雕琢偘行,辉章希发。愿同三献之纳,庶免再来之刖。"④《瑾瑜匿瑕赋》的主旨即其韵字"物无终美,舍短从长"。赋的出发点是"瑜之体全者则稀,瑾之无瑕者亦罕"。其关联处则在人之性情:"至刚也,必时时而外缺;至清也,乍浑浑而罔容。考瑾瑜之含匿,亦厥义之云从。"而落脚在"惟追师之鉴选,纳尺长而寸短"。⑤ 表达了对用人者不要苛求的期盼。《怀忠赋》感关龙逢以忠谏致命,奉扬其"节临危而不挠,行于艰而弥笃"的节操。《征君洪涯子图赋》因人赞画,由画及

---

① 董诰等编:《全唐文》卷五百九十五,北京:中华书局,1983年,第6015页。
② 他向好友倾诉说:"受遗之明年,达于长安,赁庑六秋,礼闱四上,频竭激昂之力,累为簸扬之弃。"(《与王式书》)他向尚书求助:"唯一驴一马,悉以偿之,赁庑之下,如丧手足……无车无储,寄人之庐,士之穷莫穷乎此。"(《送张尚书书》)
③ 董诰等编:《全唐文》卷五百九十五,北京:中华书局,1983年,第6019页。
④ 董诰等编:《全唐文》卷五百九十五,北京:中华书局,1983年,第6014页。
⑤ 董诰等编:《全唐文》卷五百九十五,北京:中华书局,1983年,第6016页。

人:"我之心矣,惟贤允臧。披图画于是日,得夫君乎此堂。乃知君之于德也大,画之于工也长。画非君无以展其妙,君非画莫得扬其光……伊画也,可以称智者之先;惟君也,可以作真人之表者也。"①可见这几篇赋咏物述人,都归旨于美好情操。

也有颂美教化之作,如《王者宜日中赋》《回銮赋》《律和声赋》《春盘赋》《明水赋》等。《王者宜日中赋》以日喻王,"贵无偏以处中"。《回銮赋》写帝王平叛后凯旋,谓其:"上合天经,下叶坤灵。旁统神明,中获人情。故能不守有与之守,不争有与之争。"《明水赋》《律和声赋》咏礼乐教化之功。《春盘赋》写礼乐教化下的奉养之情。

较之韩愈,欧阳詹在赋中所表达的内容显然要宽广了。

就艺术手法而言,欧阳詹赋体制多样、笔法灵活、善于托物②,而且好用叠词。如:"神其精而杰其质兮,赫赫巍巍以昂昂"(《回銮赋》)。"化悠悠而荡荡,风习习以洋洋"(《回銮赋》)。"振振骈骈,殷殷阗阗。巷如流以汤汤,野若草而芊芊"(《回銮赋》)。"杲杲者日,中则重光。烛生生于有晦,暖物物于无疆"(《王者宜日中赋》)。"形似植以亭亭,衣如风而曳曳"(《征君洪涯子图赋》)。"是以謇謇心兢,昂昂面折。彼炎炎之原燎,信扑扑而不灭"(《怀忠赋》)。"风飕飕于衰草,烟茫茫乎平陆。思凄凄而填臆,泪淫淫以盈目"《怀忠赋》。"皎皎摇摇,晶晶盈盈。映阶墀以历历,对窗户以亭亭"(《秋月赋》)。如此密集,应该是有意为之。

李观(766—794),字元宾,郡望陇西,寓居江东。李观存赋5篇。《钧天乐赋》,为博学宏词科应试之作,以"上天无声,昭锡有道"为韵。《高宗梦得说赋》以古说今,假殷高宗得傅说事,表达君臣相遇的愿望。是以一则说"说匪丁而空山长往,丁匪说而大位斯替。如鱼水之相因,保君臣之双丽"。再则说"有唐时雍,上明下恭。君与之同日,臣与之比踪。事不惟旧,今之斯从"。③《东还赋》是博学宏词科及第后东还之作,赋中有西来求仕的回味、有执笏还家的庆幸、有对家乡亲友的挂念,还有临行前友朋赠别的叙述。长短相间,依托骚体。《授衣赋》写仕途之牢骚:"方睹飞砾振野,游氛翳天。海上断雁,林间独蝉。使我踯躅不进,扪心自怜。忽遇翰林大夫,扬眉奋须。叱仆问曰:几年业儒,衣不完缕,体无肌肤。岂不为连蹇雌伏,遭

---

① 董诰等编:《全唐文》卷五百九十五,北京:中华书局,1983年,第6016~6017页。
② 可参见于浴贤先生《论欧阳詹赋》(《泉州师范学院学报》,2005年第3期)的相关论述。
③ 董诰等编:《全唐文》卷五百三十二,北京:中华书局,1983年,第5398~5399页。

回守株,今欲邀之以同袍,策之以并驱。审将焉如。仆谓曰:道之未行,节曷可渝。请俟天命,汝无我虞。"①《苦雨赋》假大人与天地合德之说,论君上作为:"所谓有德者灾非其眚,无德者吾见其无灾而为害也。"这种以论议成篇的赋实与散文相去不远。

李翱(772—841),字习之,韩愈侄女婿。李翱为人刚直、性格耿介,在《与淮南节度使书》中说:"为官不敢苟求旧例,必探察源本,以恤养为心,以戢豪吏为务,以法令自检,以知足自居,利于物者无不为,利于私者无不消。"②其《疏屏奸佞》为奸佞小人画像,说他们:"不知大体,不怀远虑,务于利己,贪富贵,固宠荣。""必好甘言谄辞以希人主之欲。主之所贵,因而贤之;主之所怒,因而罪之;主好利,则献蓄聚敛剥之计;主好声色,则开妖艳郑卫之路;主好神仙,则通烧炼变化之术。望主之色,希主之意,顺主之言而奉承之。"③

李翱存赋3篇,均为骚体抒怀之作。《感知己赋》"悼知音之永逝",悲"厄穷而不达"。序长赋短,序以较大篇幅回顾梁肃的知遇之恩与自己对梁肃逐步深入的认识:

> 贞元九年……谓翱得古人之遗风,期翱之名不朽于无穷,许翱以拂拭吹嘘。翱初谓面相进也,亦未幸甚。十一月,梁君遘疾而殁。翱渐游于朋友公卿间,往往皆曰:"吾久籍子姓名于补阙梁君也。"翱乃知非面相进也。当时意谓先进者遇人特达,皆合有是心,亦未谓知己之难得也。梁君殁于兹五年,翱学圣人经籍教训文句之旨,而为文将数万言,愈昔年见于梁君之文,弗啻数倍,虽不敢同德于古人,然亦常无怍于中心。每岁试于礼部,连以文章罢黜,声光晦昧于时俗,人皆谓之固宜。然后知先进者遇人特达,亦不皆有是心也,方知知己之难得也。夫见善而不能知,虽善何为;知而不能誉,则如勿知;誉而不能深,则如勿誉;深而不能久,则如弗深;久而不能终,则如勿久。翱虽不肖,幸辱于梁君所知,君为之言于人,岂非誉欤?谓其有古人之风,岂非深欤?誉而逮夫终身,岂非久欤?不幸梁君短命遽殁,是以翱未能有成也,其谁

---

① 董诰等编:《全唐文》卷五百三十二,北京:中华书局,1983年,第5400页。
② 董诰等编:《全唐文》卷六百三十五,北京:中华书局,1983年,第6419页。
③ 董诰等编:《全唐文》卷六百三十四,北京:中华书局,1983年,第6402页。

能相继梁君之志而成之欤？已焉哉！天之遽丧梁君也，是使翱之命久迍邅厄穷也。遂赋感知己以自伤。①

不难看出，赋家在悲悼知音永逝的同时，更抒发着久厄不遇的愤懑。赋承此意，进一步表明自己不苟合于世的坚卓心志："择中庸之难蹈兮，虽困顿而终不改其所为……心劲直于松柏兮，沦霜雪而不衰。"②

《幽怀赋》"虑行道之犹非"，《释怀赋》"哀直道之多尤不容"，都是正道直行，忧愤深广之作。

《幽怀赋》写到颜回时说："昔孔门之多贤兮，惟回也为庶几。超群情以独去兮，指圣域而高追。固箪食与瓢饮兮，宁服轻而驾肥？望若人其如何兮，惭吾德之纤微。躬不田而饱食兮，妻不织而丰衣。援圣贤而比度兮，何侥幸之能希。"③对照韩愈的《闵己赋》《与李翱书》，与李翱的《答韩侍郎书》等文字，就不难看出韩、李两人在性情上的差异了。后来的欧阳修读了此赋后大发感慨：

> 最后读《幽怀赋》，然后置书而叹，叹已复读，不自休。恨翱不生于今，不得与之交；又恨予不得生翱时，与翱上下其论也。凡昔翱一时人，有道而能文者，莫若韩愈。愈尝有赋矣，不过羡二鸟之光荣，叹一饱之无时尔；推是心，使光荣而饱，则不复云矣。若翱独不然，其赋曰："众嚣嚣而杂处兮，咸叹老而嗟卑；视予心之不然兮，虑行道之犹非。"又怪神尧以一旅取天下，后世子孙不能以天下取河北，以为忧。呜呼，使当时君子皆易其叹老嗟卑之心为翱所忧之心，则唐之天下岂有乱与亡哉！④

欧阳修贬韩扬李，显然受个人情感与时代因素的影响，韩愈虽叹老嗟卑，又何尝不是终生进取。不过李翱是真正刚直之人，不像韩愈能伸能屈。

《释怀赋》写是读《党锢传》后的感慨，与韩愈《祭田横墓文》侧重于田横能得人不同，中心在直道的固守。"嗟所守之既异兮，乃汗漫而遗初。心皓白而不容兮，非市直而望利。忠不顾而立忘兮，交不同而行弃……吾固乐

---

① 董诰等编：《全唐文》卷六百三十四，北京：中华书局，1983年，第6397页。
② 董诰等编：《全唐文》卷六百三十四，北京：中华书局，1983年，第6397页。
③ 董诰等编：《全唐文》卷六百三十四，北京：中华书局，1983年，第6398页。
④ 《读李翱文》，见欧阳修著，李逸安点校：《欧阳修全集》，北京：中华书局，2001年，第1049～1050页。

其贞刚兮,夫何尤乎小异。欲静默而绝声兮,岂不悼厥初之所志。抑此怀而不可兮,终永夜以嘘唏"。① 据赋中所述,可知他为了坚守直道可以不顾人情。

皇甫湜(约777－约835),字持正,新安人。皇甫湜性格孤傲猖急,《新唐书》称其"辨急使酒,数忤同省"。今存赋6篇。

皇甫湜十六岁离家赴举,但三度落榜,狼狈而归,遂作《东还赋》:

> 归去来兮,将息我以倦游。日月出入如忽忽然兮,何东西南北之悠悠。淹踵楚以轹宋,畿途梁而轨周。旋巴邓兮结辀,事崤函兮相輈。褫予魄于波澜,委予迹于灵丘。来默默兮无定,往区区兮曷求。朝吾既去夫帝乡,越嵩华而并河。经淮水兮凌大江,抵扬州之寄家。亘年岁以不居,谓须臾息足于蓬蜗。曾不得暖床之席,扁舟渺兮前程途。时浩瀚兮月逶迤,陟火岭之峨峨。既脱身于水险,聊憩弄兮云波。彼夷越之都府,于沧瀛之曲阿……入室何处,出门何从。冠带不袭,言词不通。苹果卒岁,轻葛御冬。朝避天火,夕逃海风。如何君子,栖迟斯邦。②

赋写旅途疲惫,居地鄙陋,暗喻宦游失意,身处困顿。赋末重整心绪,决意进取:"安读书之下帏兮,乐儒行之环堵。苟吾道之无爽,又何陋于斯土……情眷恋于江介,梦绸缪于渭滨。公孙游兮莲勺,尼父聘兮蔡陈。一困身于王者,一固穷兮圣人。思九州之博大,胡自陷于斯民。盍归来兮,无自苦恨。"③ 与此赋大略同时的《答刘敦质书》也可印证皇甫湜此前的行踪:"湜求闻来京师三年矣。一年以未成颠蹶,二年以不试狼狈,及今三年而不遇有司……即日装贫策嬴而归……顺河而东,一路逢识友……咸以为年未胜冠,当役力于名达,锐心于取进。"④

皇甫湜虽然落榜,但结识了独孤申叔、刘敦质等人,只可惜独孤氏旋即去世,皇甫湜遂作《伤独孤赋》以为悼念。赋伤独孤氏英年早逝:"何事业之始酬,而志力之方刚。"寄望于身殁名存:"闻古人所孜孜兮,贵身没而名存。颜冉不登下寿兮,无百里而愈尊。齐梁赵楚之君非不富且贵兮,人不得而

---

① 董诰等编:《全唐文》卷六百三十四,北京:中华书局,1983年,第6398页。
② 董诰等编:《全唐文》卷六百八十五,北京:中华书局,1983年,第7010页。
③ 董诰等编:《全唐文》卷六百八十五,北京:中华书局,1983年,第7010页。
④ 董诰等编:《全唐文》卷六百八十五,北京:中华书局,1983年,第7023页。

称之。呜呼！自古而固然兮，予何叹乎今人。"①

皇甫湜生性风流，有魏晋名士之气，但其《醉赋》一反刘伶《酒德颂》"纵意所如"之旨，而赋惩戒之意。《鹤处鸡群赋》云："恋祥云于紫盖，忆仙驭于清都。""忧心悄悄，愠于群小。""齿陋质于阶下，混庸众于君前。"《履薄冰赋》道："怵惕求前，岂人心之难测；趑趄有畏，类狐性之多疑。"《山鸡舞镜赋》说："虽自好而则然，必假鉴而获可。"或为自诩，或为省察，或为投献，其旨不明，但意气相若，都是洒脱之作。

人云皇甫湜文思古奥，字复怪僻，是韩门弟子中奇崛一派的代表人物，其实他的这几篇赋读起来反而较为通畅。

侯喜（？—823），字叔起，早年躬耕自食，贞元十九年（803）登进士第，与韩愈交往密切②。侯喜存世作品不多，《全唐文》卷七百三十二录其文9篇，其中赋6篇，分别为《鸟择木赋》《冰将释赋》《涟漪濯明月赋》《秋云似罗赋》《秋燕辞巢赋》《中和节百辟献农书赋》，均为律体。这些赋内容上或陈政教礼仪，或写景抒怀，或论议说理，多半与科考有关③，也算是了解侯喜其人其时的重要文献。

总的来说，欧阳詹、李观、李翱、皇甫湜、侯喜等人的赋作不管从内容还是风格来看都与韩愈赋有所不同。他们或记事言志，如欧阳詹《出门赋》《将归赋》；或抒情感怀，如李观、皇甫湜《东还赋》，李翱《感知己赋》，李观《高宗梦得说赋》；或写景咏物，如侯喜《秋云似罗赋》、欧阳詹《秋月赋》；或赞人美画，如欧阳詹《征君洪涯子图赋》；或伤亡悼逝，如皇甫湜《伤独孤赋》、欧阳詹《怀忠赋》；或傲视独立，如皇甫湜《醉赋》《鹤处鸡群赋》《山鸡舞镜赋》，李翱《幽怀赋》，等等。既丰富了中唐赋坛的整体风貌，又反衬出韩愈赋的专一纯粹。

第三节　柳宗元赋的骚学精神与讽刺艺术

"韩、柳"并称是就其古文倡导与创作的总体成就而言的，其实两人的生活道路、政治实践、哲学主张及与之关联的作品思想、艺术风格都不相

---

① 董诰等编：《全唐文》卷六百八十五，北京：中华书局，1983年，第7011页。
② 韩愈有《喜侯喜至赠张籍张彻》《赠侯喜》《送侯喜》《和侯协律咏笋》《雨中寄张博士籍侯主簿喜》《咏灯花同侯十一》《与汝州卢郎中论荐侯喜状》《题李生壁》《洛北惠林寺题名》等诗文专赠侯喜或提及侯喜，侯喜去世后，韩愈又为其书写祭文《祭侯主簿文》。
③ 其中《中和节百辟献农书赋》是侯喜贞元十九年的应试之作。

同。相较而言,柳宗元因为对儒家道统没有太多的兴趣,而且参加过王叔文集团的政治活动,并因此而长期贬谪,要在穷困的边荒之地承担更多的物质困苦与精神压力,所以有更多的机缘可以真正践行韩愈"不平则鸣"的理论总结。事实上,柳宗元正是有唐三百年间继承骚学精神的第一人①,不仅如此,就整个辞赋创作的成就而言,柳宗元堪称唐代之冠②。那么这个"唐代之冠"到底缘何而来?柳宗元的辞赋是怎样继承屈骚精神的?柳宗元所擅长的寓言叙说与讽刺艺术在其辞赋创作中可有体现?作为辞赋大家,柳宗元对中国古代赋体文学的发展演变起何作用?笔者将在这一节进行探讨。

一、柳宗元生平与作品概况

(一)柳宗元生平简介

柳宗元(773—819)是直接参与了中唐两大事件——永贞革新和古文运动的中坚人物,字子厚,生于唐代宗大历八年(773),祖籍河东(今山西永济),因称柳河东。河东柳氏,自北朝以来,仕宦显赫③。入唐以后,亦与李氏皇族关系密切。武则天时遭受打击,家道中落。曾祖父柳从裕、祖父柳察躬、父亲柳镇都只担任过低级职务。但家风清正淳厚,特别是柳镇,"号为刚直,所与游皆当世名人"。④

贞元九年(793),柳宗元与刘禹锡同榜登进士第,其时21岁。贞元十四年(798),通过博学宏词科考试,授集贤殿正字,其时26岁(中间守父丧三年),可谓青年得志。韩愈说他这个时候:"俊杰廉悍,议论证据今古,出入经史百子,踔厉风发,率常屈其座人,名声大振,一时皆慕与之交。诸公要人争欲令出我门下,交口荐誉之。"⑤他自己更志存高远,颇不以科考为重,贞元十三年(797)初试博学宏词科不第时曾写信给别人说:

---

① 宋人严羽在《沧浪诗话·诗评》中说:"唐人惟柳子厚深得骚学,退之、李观,皆所不及。"详见严羽著,郭绍虞校释:《沧浪诗话校释》,北京:人民文学出版社,1983年,第186页。
② 明人王文禄在《文脉》中说:"柳赋,唐之冠也。"详见王水照编:《历代文话》,上海:复旦大学出版社,2007年,第1698页。
③ 柳宗元在《大理评事柳君志》中自谓:"柳族之分,在北为高。充于史氏,世相重侯。"详见《柳宗元集》,北京:中华书局,1979年,第274页。
④ 韩愈:《柳子厚墓志铭》,详见马其昶校注、马茂元整理:《韩昌黎文集校注》,上海:上海古籍出版社,1986年,第510页。
⑤ 韩愈:《柳子厚墓志铭》,详见马其昶校注、马茂元整理:《韩昌黎文集校注》,上海:上海古籍出版社,1986年,第511页。

> 夫仕进之路，昔者窃闻于师矣……由是观之，有爱锥刀者，以举是科为悦者也；有争寻常者，以登乎朝廷为悦者也；有慕权贵之位者，以将相为悦者也；有乐行乎其政者，以理天下为悦者也。然则举甲乙、历科第，固为末而已矣。得之不加荣，丧之不加忧，苟成其名，于远大者何补焉？①

因为志在"远大"，所以以科考为末事，得之不荣，失之不忧，不免有夸张的成分，但比起屡战屡败的韩愈来，自然要轻松多了。

相比于韩愈，柳宗元早年的仕途也很顺畅。他26岁担任集贤殿正字，29岁调任蓝田县县尉（实留京兆府任事），31岁提拔为监察御史里行，33岁升任礼部员外郎，成为朝廷的要员。

作为朝廷要员，柳宗元与刘禹锡一起参与了王叔文领导的政治改革，但祸福相依，"永贞革新"的失败，也让他后半辈子都待在永州、柳州贬所，再也没能回到政治中心长安。

永贞革新期间，王叔文集团废除宫市、收回权利，打击贪暴、进用贤能，减免赋税、革除弊政，抑制宦官、强化朝政，为安史之乱后萎靡不振的中唐社会注入了活力。但因顺宗重病缠身、权力基础薄弱、措施急进躁动、工作作风不良、内部矛盾分裂等种种原因，在掌权146天后终归失败。改革失败的直接后果，是王伾被贬为开州司马，不久病死。王叔文被贬为渝州司户参军，次年赐死。韦执谊、刘禹锡、柳宗元、韩泰、韩晔、陈谏、凌准、程异等同时被为远州司马，史称"二王八司马事件"。

柳宗元初贬邵州刺史，行未半路，又加贬为永州司马。永州之贬，一贬十年，历经种种迫害与磨难，但于思想文化领域广为涉猎，完成了一生最为重要的哲学、文学著作如《封建论》《非〈国语〉》《天对》《六逆论》《永州八记》等。元和十年（815）春回京师，又出为柳州刺史。元和十四年（819）卒于柳州任所，终年47岁，后世亦称"柳柳州"。

（二）柳宗元作品概况

柳宗元一生留存诗文作品600余篇，由刘禹锡编为《柳河东集》。②

柳宗元的辞赋作品，以赋名篇者12，其中卷二古赋9篇：《佩韦赋》《瓶赋》《牛赋》《解祟赋》《惩咎赋》《闵生赋》《梦归赋》《囚山赋》《愈膏肓疾赋》，

---

① 柳宗元：《上大理崔大卿应制举启》，见《柳宗元集》，北京：中华书局，1979年，第913页。
② 1979年中华书局以百家注为底本，并参照其他本子，出版《柳宗元集》。

外集卷上律赋3篇:《披沙拣金赋》《迎长日赋》《记里鼓赋》。

此外还有不少作品也被视为辞赋,如卷十八所列"骚"10篇:《乞巧文》《骂尸虫文》《斩曲几文》《宥蝮蛇文》《憎王孙文》《逐毕方文》《辨伏神文》《愬螭文》《哀溺文》《招海贾文》;卷十九所纳"吊"3篇:《吊苌弘文》《吊屈原文》《吊乐毅文》;卷十五所编"问答"3篇:《晋问》《答问》《起废答》;与卷十四所编"对"5篇:《愚溪对》《设渔者对智伯》《对贺者》《杜兼对》《天对》等。① 因为赋体文学非诗非文、亦诗亦文,原本处于文体边界,中唐古文赋家尤其韩愈、柳宗元又致力于文体的整合与革新,将这类处于边界的作品纳入视野,进行分析,既有利于体察作家个人的文学成就,又便于从总体上了解赋体文学的演变历程。

二、柳宗元赋的题材内容与骚学精神

(一)柳宗元赋的题材内容

韩愈赋以其集中反映个人的仕宦心绪而独具一格,柳宗元则以题材丰富、内容充实、寓意深刻而成为辞赋大家。

参照《历代赋汇》的分类方式,柳宗元辞赋涉及天文、地理、灾害、鸟兽、器物、科技、医药、政事、礼教、节俗、性道、情志等方面的题材。

其中不少作品如《牛赋》《囚山赋》《佩韦赋》《记里鼓赋》《骂尸虫文》《晋问》《起废答》《天对》《愚溪对》等,选题命名就富有创意。

为了分析的方便,今以其内在情志将柳宗元辞赋作品按逻辑归为怨愤不平、讽时刺世、自省调适、固守正直、关怀现实五大类别。

1. 怨愤不平

青年柳宗元风华正茂,满腔激情,欲成大事,不料中路折腰,贬至蛮荒边鄙、坠入人生低谷,心中无限怨愤与不平,其辞赋作品《解崇赋》《梦归赋》《闵生赋》《囚山赋》及赋体文《愚溪对》《答问》《对贺者》乃至哲学著作《天

---

① 关于柳宗元辞赋作品数量,诸家标准不一,取舍不一。孙昌武先生《柳宗元传论》定为19篇(古赋9,骚10);高海夫先生《柳宗元散论》定为27篇(古赋9,天对1,晋问1,骚10,吊3,律赋3);吴小林先生《柳宗元散文艺术》一书定为29篇(古赋9,天对1,问答3,骚10,吊3,律赋3);郭维森、许结先生《中国辞赋发展史》没有集中介绍柳宗元辞赋的篇目与数量问题,提到柳集中称赋的作品(12篇,除3篇律赋外都作介绍),然后再简略介绍他的"10骚"、3吊、2对(《愚溪对》《天对》)、3答(《晋问》《答问》《起废答》)。马积高先生在《赋史》中提到柳宗元的赋作不到30篇,但具体数量并未指明。翟满桂先生《一代宗师柳宗元》也说有将近30篇。晁补之《续楚辞》、朱熹《楚辞后语》、祝尧《古赋辨体》多有收录。

对》,莫不蕴含此种情绪。

永贞革新失败以后,"罪谤交织,群疑当道"(《寄许京兆孟容书》),给柳宗元以沉重的精神打击,他的《解祟赋》即将谤语诬言之祟比之为"赤舌烧城"。赋首极力铺陈:

> 胡赫炎薰燸之烈火兮,而生夫人之齿牙。上殚飞而莫遁,旁穷走而逾加。九泉焦枯而四海渗涸兮,纷挥霍而要遮。风雷唬唬以为橐籥兮,回禄煽怒而喊呀。炖堪舆为甗鏊兮,爇云汉而成霞。邓林大椿不足以充于燎兮,倒扶桑落棠胶轇而相叉。膏摇唇而增炽兮,焰掉舌而弥苴。沃无瓶兮扑无彗,金流玉铄兮,曾不自比于尘沙。独凄己而燠物,愈腾沸而散舸。①

上自九天,下至边荒,无所逃遁。九泉焦枯,四海干涸,天地变成了熔炉,银河也焚成了霞光,都是说谣言谤语嚣张之极,如同烈焰可以烧毁这天地间的一切。越摇唇鼓舌,火焰就越发炽烈。想要浇灭这大火却找不到合适的瓶子,想要除却这烈焰却找不到可用的扫帚,只能任凭金流玉铄。这铺陈中显然饱含着强烈的激愤之情。后半假卜辞"吐水于瓶"的启示,"去尔中躁与外挠,姑务清为室而静为家",以求"释然自得"。其实以柳宗元当时的处境,也只能以不辩为辩,求清者自清了。

远谪异地,最易滋生思乡之情,因为这思乡情愫中,往往还寄寓着返回政治中心的期望。元和四年(809),柳宗元移官无望,心怀忧愤,思乡之情更加殷切,遂作《梦归赋》以为遣怀。

赋以贬地梦归起首:"罹摈斥以窘束兮,余惟梦之为归。精气注以凝泬兮,循旧乡而顾怀。夕余寐于荒陬兮,心慊慊而莫违。质舒解以自恣兮,息悁嫛而愈微。"点明因贬斥而困窘于南蛮荒地,只能精神专注梦想故乡。因为心怀牵挂,从没停止过对故乡的思念,恍惚之间,便进入了梦境。

接下来写自己上浮于天,直度西北,开始了梦归的征程:"欻腾踊而上浮兮,俄滉瀁之无依……施岳渎以定位兮,互参差之白黑。"忽然间感觉自己飘浮到了广阔无垠而又无所依凭的空中,浮云滚滚,我被径直送往故乡长安。

可眼前的景象一片荒芜:

---

① 柳宗元:《解祟赋》,见《柳宗元集》,北京:中华书局,1979年,第52页。

>忽崩骞上下兮,聊按行而自抑。指故都以委坠兮,瞰乡间之修直。原田芜秽兮,峥嵘榛棘。乔木摧解兮,垣庐不饰。山嵧嵧以岩立兮,水汩汩以漂激。魂恍惘若有亡兮,涕汪浪以陨轼。

良田美土早已荒芜,荆棘遍地,杂草丛生;故家院落不再灵动,大树飘零,破庐失修。山形依旧,水势如常,只有我怅然若失,泪沾车轼。

>类曛黄之黪漠兮,欲周流而无所极。纷若喜而佁儗兮,心回互以壅塞。钟鼓喤以戒旦兮,陶去幽而开癠。曾尉蒙其复体兮,孰云桎梏之不固。精诚之不可再兮,余无蹈夫归路。

天地复昏,终归梦醒,喜极而悲,心烦意乱。

>伟仲尼之圣德兮,谓九夷之可居。惟道大而无所入兮,犹流游乎旷野。老聃遁而适戎兮,指淳茫以纵步。蒙庄之恢怪兮,寓大鹏之远去。苟远适之若兹兮,胡为故国之为慕。首丘之仁类兮,斯君子之所誉。鸟兽之鸣号兮,有动心而曲顾。胶余衷之莫能舍兮,虽判折而不悟。列兹梦以三复兮,极明昏而告诉。①

末尾一面说敬服仲尼、老聃、蒙庄虽远逝而能自适,一面说狐死首丘、鸟鸣故园也是物类之本性,我虽然向往圣贤之境,但是割舍不了这强烈的思乡之情。通观全篇,写梦实为写心,此间之心,有眷恋、有怨愤、有自解、有期盼。这种思乡之情随着贬谪时间的延长越发强烈。元和九年(814年,柳宗元离开永州前一年),柳宗元作《闻黄鹂》诗,诗末云:"我今误落千万山,身同伧人不思还。乡禽何事亦来此,令我生心忆桑梓。"假"乡鸟"的鸣叫抒发久遭贬谪的抑郁和渴望还乡的心情。元和十二年(817),柳宗元在柳州贬地再作《与浩初上人同看山寄京华亲故》诗,诗云:"海畔尖山似剑铓,秋来处处割愁肠。若为化得身千亿,散上峰头望故乡。"尖山似剑,愁肠如割,其心情可谓凄苦了。

与韩愈、刘禹锡不同,柳宗元的性格是内敛的。因为罪谤交织,无由辩白,久居贬地,移官无望,他的心由悲愤而转抑郁,在年届不惑之时,写下了《闵生赋》。赋以闵生开头,抒写自己被贬后抑郁悲伤的情怀:

---

① 柳宗元:《梦归赋》,见《柳宗元集》,北京:中华书局,1979年,第60~62页。

> 闵吾生之险厄兮,纷丧志以逢尤。气沉郁以杳眇兮,涕浪浪
> 而常流。膏液竭而枯居兮,魄离散而远游。言不信而莫余白兮,
> 虽遑遑欲焉求?合喙而隐志兮,幽默以待尽。为与世而斥谬兮,
> 固离披以颠陨。骐骥之弃辱兮,驽骀以为骋。玄虬蹠泥兮,畏避
> 蛙黾。行不容之峥嵘兮,质魁垒而无所隐。鳞介槁以横陆兮,鸱
> 啸群而厉吻。心沉抑以不舒兮,形低摧而自憨。

人生险厄、丧志逢尤,禁不住心情沉郁而泪眼滂沱,形容枯槁而魂离魄散。一失志则言而不信,无由辩白,只能缄口不语,默然忍受。救世者本来易遭困窘,这世界骐骥遭弃而驽马可以纵横,虬龙跌倒连小蛙也可挤兑。我怎能不心情郁闷、形容摧抑?遭遇困窘而只能合喙隐默,是非颠倒而终致心沉身摧,其实柳宗元不光写了自己的抑郁,也将批判的矛头指向了贤愚不分的社会。因为身居洞庭之南、苍梧之北,极目远望,但见湘流滚滚,九嶷连绵,自然想起重华、屈子的不幸遭遇。赋接下来便以舜帝野死、屈原"赴渊"的遭遇与仲尼"垂训"、孟轲"持心"的心志自比,一面强为安慰、一面寄望未来:

> ……重华幽而野死兮,世莫得其伪真。屈子之悁微兮,抗危
> 辞以赴渊。古固有此极愤兮,矧吾生之蔽艰……仲尼之不惑兮,
> 有垂训之谟言。孟轲四十乃始持心兮,犹希勇乎黝贲……知徙善
> 而革非兮,又何惧乎今之人……孰眇躯之敢爱兮,窃有继乎
> 古先。①

柳宗元说相较于古圣先贤的大悲大愤,自己的委屈微不足道,只要所事为善,即便像他们那样一废不复,也无须畏惧,孔丘年届不惑才有垂训之言,孟轲岁在四十方始坚定心志,我也应该以他们为榜样激励自己,可见柳宗元的人生态度是坚毅而上进的。但楚地卑湿、北归无望,伴随着坚毅上进仍有难以消弭的悲愤与指向未来的隐忧。其写楚地山水云:"噫!禹绩之勤备兮,曾莫理夫兹川。殷周之廓大兮,南不尽夫衡山。余囚楚越之交极兮,邈离绝乎中原。壤污潦以坟洳兮,蒸沸热而恒昏。戏凫鹳乎中庭兮,蒹葭生于堂筵。雄虺蓄形于木杪兮,短狐伺景于深渊。仰矜危而俯栗兮,骍

---

① 柳宗元:《闵生赋》,见《柳宗元集》,北京:中华书局,1979年,第57~59页。

日夜之拳挛。"①说自己因困于楚越之交,日日夜夜只能像弯弓一样蜷曲收缩,多半是憎事及地了。

从前面的分析可以看出,柳宗元在永州的这几篇赋多半是前后关联的,到了元和十年(815),柳宗元果然专作《囚山赋》,以抒长期贬谪拘囚之哀。赋不过二百来字,却从地形、空气、耕作、丛林、鸟兽等方面将永州其地的荒芜写到了极致。承《闵生赋》而来,一开始便说这楚越之交层山环绕,有如城墙,而山中空气,郁勃腥臊,山中民众冒险耕作才勉强可以获取生存的资质。然后再强调丛林约束,虎豹监牢:"攒林麓以为丛棘兮,虎豹咆䂮代狴牢之吠嗥。"最后怨愤之极,直抒胸臆:

> 胡井眢以管视兮,穷坎险其焉逃。顾幽昧之罪加兮,虽圣犹病夫嗷嗷。匪兕吾为柙兮,匪豕吾为牢。积十年莫吾省者兮,增蔽吾以蓬蒿。圣日以理兮,贤日以进,谁使吾山之囚吾兮滔滔?②

说自己如井中之蛙、笼中之兕、牢中之豕,整整十年,除了流言,除了漫山遍野的蓬蒿,无人过问,真不知到底是谁把自己困囚在这茫无涯际的山林之中。山林本是隐逸之士理想的去处,"自昔达人,有以朝市为樊笼者矣,未闻以山林为樊笼者"(晁补之《变离骚序》)。柳宗元自己也写过清新可爱、脍炙人口的《永州八记》,这回将山林比囚牢,实因久困贬地,再出无望,怨愤之极。

《解祟赋》《梦归赋》《闵生赋》《囚山赋》,这四赋虽非一时之作,但前后勾连、互为渗透,将柳宗元远谪异地十年间思乡、畏祸、穷居、闵己的幽思、悲愤、哀伤、无望和盘托出,展现了柳宗元作为文学家最细腻真实而又动人心魄的情感素质与表达能力。

另外的几篇赋体文也有类似的功能。

如《愚溪对》,也由心及物,将主观情思迁于自然山水,并假自己与山水的梦中对话托言寓意,以抒怨愤,这种写法笔调诙谐,无理而妙,颇为读者所喜爱。试举末尾两段:

> 曰:"是则然矣。敢问子之愚何如而可以及我?"柳子曰:"汝欲穷我之愚说耶?虽极汝之所往,不足以申吾喙;涸汝之所流,不

---

① 柳宗元:《闵生赋》,见《柳宗元集》,北京:中华书局,1979年,第59页。
② 柳宗元:《囚山赋》,见《柳宗元集》,北京:中华书局,1979年,第64页。

足以濡吾翰。姑示子其略：吾茫洋乎无知，冰雪之交，众袭我綌；溽暑之铄，众从之风，而我从之火。吾荡而趋，不知太行之异乎九衢，以败吾车；吾放而游，不知吕梁之异乎安流，以没吾舟。吾足蹈坎井，头抵木石，冲冒榛棘，僵仆虺蜴，而不知怵惕。何丧何得，进不为盈，退不为抑，荒凉昏默，卒不自克。此其大凡者也。愿以是污汝可乎？"

　　于是溪神深思而叹："嘻！有余矣，是及我也。"因俯而羞，仰而吁，涕泣交流，举手而辞。一晦一明，觉而莫知所之。遂书其对。①

把自己的愚笨夸大到极致，其实是以正言反说的方式抒发自己直道难行的悲愤，用林纾的话说："愚溪之对，愤词也……发其无尽之牢骚，泄其一腔之悲愤，楚声满纸，读之肃然。"②

《答问》与《起废答》也都是作于永州时期的关于贬谪缘由及心情的对答体文。《答问》仿《客难》《解嘲》，与《进学解》近似，也与《愚溪对》同一命意。赋假答客之问，经与当世显进的"贤智"对比，正言反说，尽情铺陈自己的遭际待遇与才情品性，宣泄对现实的不满和被贬的幽愤。如首段言其被贬之后："交游解散，羞与为戚，生平向慕，毁书灭迹。他人有恶，指诱增益，身居下流，为谤薮泽。骂先生者不忌，陵先生者无谪。遇揖自动，闻言心惕，时行草野，不知何适。"这种一落千丈之后身居下流、众叛亲离、谤语交加、落井下石的压抑、无奈与愤懑非亲历者不会有切肤之痛。再看他对自我形象所作的定位与描绘：

　　仆少尝学问，不根师说，心信古书，以为凡事皆易，不折之以当世急务，徒知开口而言，闭目而息，挺而行，踬而伏，不穷喜怒，不究曲直，冲罗陷阱，不知颠踣，愚蠢狂悖，若是甚矣。③

直接、愚笨、狂悖。再以后，更以大段文字从德、理、文、学四个方面铺陈，将自己与显达者进行对比，说自己不足"追其迹""效其则""与之俱""涉其级"。自贬当中分明饱含自信。最后暗示对政治斗争的厌恶与以文舒忧的

---

① 柳宗元：《愚溪对》，见《柳宗元集》，北京：中华书局，1979年，第359页。
② 林纾：《韩柳文研究法》，上海：商务印书馆，1914年，第88～89页。
③ 柳宗元：《答问》，见《柳宗元集》，北京：中华书局，1979年，第433页。

决心:"且夫一涉险厄惩而不再者,烈士之志也;知其不可而速已者,君子之事也。吾将窃取之以没吾世,不亦可乎……尧舜之修兮,禹益之忧兮,能者任而愚者休兮。跉跉蓬藋,乐吾囚兮。文墨之彬彬,足以舒吾愁兮。"①

《对贺者》要回答的是"京师来者"之贺,这位京师来的朋友说原本是来安慰他的,但一看到他神貌浩然,颇为达观,便要改为庆贺了。柳宗元借此机会作了四点解释:一是忧戚无益于乎道,所以才达观。二是自己罪重,幸亏主上宽大为怀,才有机会来到这里,又何必戚戚?三是静处细思,觉得自己"上不得列于圣朝,下无以奉宗祀,近丘墓",能够"苟生幸存,庶几似续之不废"就不错了,所以"傥荡其心,倡佯其形"。四是来客徒知其表、不知其里,怎知他达观的表面下极度的忧伤,正所谓"嘻笑之怒,甚乎裂眦;长歌之哀,过乎恸哭"。② 文章看来虽短,但柳宗元的情感与思虑是丰富而全面的。

柳宗元以北人而南贬,生活已极艰苦,来到永州,不出半年,老母亲去世,再过五载,爱女又夭折,外加"谤语转侈,嚣嚣嗷嗷"(《与萧翰林俛书》)、量移不及北归无望,他的健康状况急剧恶化,心情也极度抑郁悲伤。永州之赋真切生动地记录了他这一段岁月中的心路历程。如果说韩愈的贬谪之赋集中抒发的是他的仕宦心绪,刘禹锡的贬谪之赋展示的是他的企望心境,柳宗元在这些作品中坦露的则是近乎囚徒的心理。他跌落井底,呼告而无门、起复而无望,感觉四周的眼光与声音都在鄙夷着他,如同落井之石,连无辜的自然山水也成了拘囚他的牢笼,他是天地间孤独无助的罪人。

2. 讽时刺世

韩愈说"不平则鸣",但他的赋主要还是集中在一己之牢骚,而且哀而不伤,柳宗元的赋既将个人的沉痛写到了极致,也推己及物,对社会的种种弊端进行了无情的批判。他的《乞巧文》《骂尸虫文》《斩曲几文》《宥蝮蛇文》《憎王孙文》《哀溺文》《招海贾文》乃至《起废答》《瓶赋》《牛赋》等,都是讽时刺世之作。

《乞巧文》名为乞巧,实为责巧、却巧。赋假七夕乞巧之俗,以正言若反的方式,对巧伪便佞者的丑态进行了逼真的描绘与辛辣的讽刺。如说巧伪者善于循势变情:

---

① 柳宗元:《答问》,见《柳宗元集》,北京:中华书局,1979年,第434~435页。
② 柳宗元:《对贺者》,见《柳宗元集》,北京:中华书局,1979年,第362页。

变情徇势,射利抵巘。中心甚憎,为彼所奇。
忍仇伴喜,悦誉迁随。胡执臣心,常使不移?
反人是己,曾不惕疑。贬名绝命,不负所知。
抚嘲似傲,贵者启齿。臣旁震惊,彼且不耻。
叩稽匍匐,言语谲诡。令臣缩恧,彼则大喜。
臣若效之,嗔怒丛己。彼诚大巧,臣拙无比。

为了名利,这些人可以隐藏仇恨,假装笑脸,可以变化心绪,随物赋形。而且这随物赋形的本领也非同凡响:似嘲实誉,时卑时傲,谈笑风生,有如倡优,卑躬屈膝,实即奸佞。难怪他们媚事权门,能够左右逢源。不光"左右"逢源,连权门家的狗也与他们声气相投了:"王侯之门,狂吠狺狺。臣到百步,喉喘颠汗。睢盱逆走,魄遁神叛。欣欣巧夫,徐入纵诞。毛群掉尾,百怒一散。"狗猛酒酸、群吠狺狺,韩非、屈原都曾以走狗比拟君王身边的小人,柳宗元借此描绘趋炎附势者如何打通关节,更加形象、风趣而又犀利。再看伪巧者的"言语交际艺术":

沓沓謇謇,恣口所言。迎知喜恶,默测憎怜。摇唇一发,径中心原。胶加钳夹,誓死无迁。探心扼胆,踊跃拘牵。彼虽伴退,胡可得旃。

真是曲意逢迎,爱憎不分,摇唇鼓舌,口是心非。还说到他们的文章:

眩耀为文,琐碎排偶。抽黄对白,啴咺飞走。骈四俪六,锦心绣口。宫沉羽振,笙簧触手。观者舞悦,夸谈雷吼。①

堆砌辞藻,苛求声律,拼凑对仗,写成花样文章,看似绚丽多彩,其实空洞无物、空讲排场、无病呻吟,其结果必然掩人耳目、惑人心智。后面还在向天孙的乞讨中总结:"付与姿媚,易臣顽颜。凿臣方心,规以大圆。拔去呐舌,纳以工言。文词婉软,步武轻便。齿牙饶美,眉睫增妍。突梯卷脔,为世所贤。"②其实也是讽刺巧伪便令者姿态妩媚、步武轻便、言语工巧、文词佞软。

《骂尸虫文》骂的是喜欢诬陷告密的阴险小人。尸虫之说本属迷信传

---

① 柳宗元:《乞巧文》,见《柳宗元集》,北京:中华书局,1979年,第487~489页。
② 柳宗元:《乞巧文》,见《柳宗元集》,北京:中华书局,1979年,第489页。

说,柳宗元却借此荒诞无稽之物,撰成新颖别致之赋。他说尸虫"不择秽卑",喜欢"潜窥默听""摇动祸机"。说它本性邪曲、颠倒是非:"以曲为形,以邪为质。以仁为凶,以僭为吉。以淫谀诳诬为族类,以中正和平为罪疾。以通行直遂为颠蹶,以逆施反斗为安佚。"说它欺下诳上,朋比为奸,"妒人之能,幸人之先",唯利是图,"世皆祸之"。所以要请良医施术,灭绝此类:"良医刮杀,聚毒攻饵。旋死无余,乃行正气。"①可见柳宗元对这类阴险小人是深恶痛绝的。

《斩曲几文》以曲几比拟因邪曲而显进的小人,与《骂尸虫文》同一寓意。赋一开始张扬正直,说"后皇植物,所贵乎直",圣主取之,可为国家栋梁,君子取之,可为木几依凭。但"末代淫巧,不师古式",偏用曲木制作曲几,不仅"欹形诡状",而且使用起来"勾身陋狭,危足僻侧,支不得舒,胁不遑息",徒乱人意。然后追究曲几的原料,说其"禀气失中,遭生不完……离奇诘屈,缩恶巘岏,含蝎孕蠹,外邪中干",是邪恶之木,只能做成不祥之器。最后类比人道,说人道之恶,也以邪曲为先,所以要斩此曲几,以宣扬正直:"人道甚恶,惟曲为先……问谁其类,恶木盗泉……今我斩此,以希古贤。诡谀宜惕,正直宜宣。"②曲几为器,本无善恶,但心怀善恶,而托物以自见,亦属由心及物,无理而妙。③

《斩曲几文》在追究曲几的原料时已涉及人性的善恶问题,《宥蝮蛇文》更以别具一格的态度与方式对这一问题作了深入而精彩的探索。序称蝮蛇之毒:"犯于人,死不治。又善伺人,闻人咳喘步骤,辄不胜其毒,捷取巧噬肆其害。然或慊不得于人,则愈怒,反啮草木,草木立死。后人来触死茎,犹堕指、挛腕、肿足,为废病。"如此罪大恶极,柳宗元反令小僮"宥之",实在有悖常情。但柳宗元自有他的道理,他说这恶蛇也并非有意要为恶,而是造物主赋予了它这样的本性,它不为恶还不行:"彼非乐为此态也,造物者赋之形,阴与阳命之气,形甚怪僻,气甚祸贼,虽欲不为是不可得也。"

---

① 柳宗元:《骂尸虫文》,见《柳宗元集》,北京:中华书局,1979年,第492页。
② 柳宗元:《斩曲几文》,见《柳宗元集》,北京:中华书局,1979年,第494~495页。
③ 也有不同的意见,如《柳宗元集》引黄注曰:"好恶根于心,而托物以自见。廉者不饮贪泉,正者不食邪蒿。反者必悲黑白之丝,执方者不蓄圆转之器,宜也。子厚急于禄仕,曲腰磬折,同于伛偻者多矣,而反斩绝曲几,几而有神,得无滥诛之冤乎?"(《柳宗元集》,北京:中华书局,1979年,第496页)。又如《中国辞赋发展史》云:"《斩曲几文》以曲与直相对言,曲几喻指当时以诡谀获用者。然所言曲几是依树木自然生长形态加工而成的几,所谓'欹形诡状''制类奇邪',实在是一种艺术品。以此为比,是很不恰当的,不能不大大降低文章的艺术效果。"(郭维森、许结:《中国辞赋发展史》,南京:江苏教育出版社,1996年,第436页)。

何况你和它相隔甚远:"彼居榛中,汝居宫内,彼不汝即,而汝即彼。"岂不自寻烦恼?然后他在释放这恶毒之蛇前也跟它讲了一番道理,大意还是说它之为恶,本性如此,不可自止,不过对它为恶的先天条件作了更多的铺陈:

> 吾悲乎天形汝躯,绝翼去足,无以自扶。曲脊屈胁,惟行之纤。目兼蜂虿,色混泥涂。其颈鳖恶,其腹次且。褰鼻钩牙,穴出榛居。蓄怒而蟠,衔毒而趋。志蕲害物,阴妒潜狙。汝之禀受若是,虽欲为蛙为螾,焉可得已?凡汝之为恶,非乐乎此。缘形役性,不可自止。

然后说只要我关门闭户,不与你同道,不与你交争,"虽汝之恶,焉得而行"?问题是我虽放你,他人未必放你,而你又本性难改,看来只有死路一条,想来不禁为你感到悲哀:

> 宥汝于野,自求终吉。彼樵坚持芟,农夫执耒,不幸而遇,将除其害,余力一挥,应手糜碎。我虽汝活,其惠实大。他人异心,谁释汝罪?形既不化,中焉能悔?呜呼悲乎!汝必死乎!毒而不知,反讼其内。今虽宽焉,后则谁贳?阴阳尔,造化尔,道乌乎在?可不悲欤?①

在小僮和蝮蛇身上大作文章,针对的却是恶毒的小人,这样的构思是奇特而可笑的,至于柳宗元自己对这些恶毒小人的态度,也是复杂而无奈的。柳宗元想:这些小人既防不胜防,又不可救药,实在无可奈何,就只能远远地躲开它,而且恶有恶报,我不收拾他,相信总有人会收拾他的。在表达这种愤怒至极而又无可奈何的情绪的同时,柳宗元也有意无意地说到了人的本性问题。当然这里的"本性"不全是先天的条件,还应该包括在后天的环境里所养成的,已经具备了一定稳定性的气质之性。柳宗元以阴阳造化来泛指现时主体之外的一切因素,说恶人之所以为恶也有它情非得已的一面,这虽然只是愤世之语,但多少触及了问题的某些本质与真相。所以文章末尾的感叹,隐约可见我们今天说得最多的体制弄人的思索。

《憎王孙文》也是刺世嫉邪之作。序将王孙与猿对比,说猿之德:"静以恒,类仁让孝慈。居相爱,食相先,行有列,饮有序。不幸乖离,则其鸣哀。

---

① 柳宗元:《宥蝮蛇文》,见《柳宗元集》,北京:中华书局,1979年,第497~498页。

有难,则内其柔弱者。"而王孙之德:"躁以嚣,勃诤号呶,唶唶强强,虽群不相善也。食相噬啮,行无列,饮无序。乖离而不思。有难,推其柔弱者以免。"然后明确表示自己的爱憎:"然则物之甚可憎,莫王孙若也。"赋的意思差不多,不过是以骚体形式加以铺陈。

《哀溺文》与《招海贾文》都有对贪利者的讥讽,但其程度与方式又不同。《哀溺文》是由个体的遭遇生发出来的感慨,作品通过对永州小民为金钱所累而淹死之事的叙述,讽刺那些贪得无厌、至死不悟的人。说这些人"不让禄以辞富兮,又旁窥而诡求……始贪赢以嗇厚兮,终负祸而怀仇"。① 值得注意的是,柳宗元说"大者死大""小者死小",而他更着意的是溺于大货的"大氓",可知他的矛头是指向上层的。

《招海贾文》更多类群的思索。赋以为死于海难的商贾招魂的方式,劝诫人们不要为贪图货利铤而走险。赋的末尾说:"咨海贾兮,贾尚不可为,而又海是图。死为险魄兮,生为贪夫。亦独何乐哉?归来兮,守君躯!"② 因涉及地域与行业差异,柳宗元也难免有着这个时代甚至这个民族重农轻商、反对冒险的局限。

他的《起废答》《瓶赋》《牛赋》在答问与比对的过程中也有不少揭露与批判的成分。可以说,讽时刺世是柳宗元赋内涵主旨中非常重要的一个方面。

3. 自省调适

柳宗元悲痛之极,也愤怒之极,但他并没有放弃希望,他以坚韧之志一面忍受着这"囚徒"般的生活,一面谨慎地尝试着求助,一面还进行着深刻的自我反省。比如他的《惩咎赋》与《佩韦赋》。

对《惩咎赋》主题的理解是有分歧的。《新唐书》本传载柳宗元此赋时说:"宗元不得召,内悯悼,悔念往咎,作赋自儆。"③晁补之进一步发挥,认为:"惩咎者,悔志也。其言曰:'苟余齿之有惩兮,蹈前烈而不颇。'后之君子欲成人之美者,读而悲之。"(《续离骚》)林纾在《柳文研究法》中感慨:"读《惩咎》一赋,不期嗟叹。若柳州者,真不失为改过之君子哉……入手卑污闵世,前志为尤,已说出失身叔文之误。然而初志断不甘此,故顶起'始余学而观古兮'一句……屈原《涉江》,亦同此戚,然屈原不以罪行,而柳州实

---

① 柳宗元:《哀溺文》,见《柳宗元集》,北京:中华书局,1979 年,第 506 页。
② 柳宗元:《招海贾文》,见《柳宗元集》,北京:中华书局,1979 年,第 510 页。
③ 欧阳修、宋祁撰:《新唐书》卷一百六十八,北京:中华书局,1975 年,第 5140 页。

陷身奸党,故屈原抵死不甘认过,而柳州则自承有通天之罪。等是迁客,正直与回曲自殊。而所以仍吐正声者,则自信其能惩咎也。"①翟满桂先生说:"这篇赋名为'惩咎',实是咏怀,发抒了自己心中多年的压抑和困苦,也表明了以死明志的节操,却并无半点悔过之意。"②郭维森、许结先生则说柳宗元"心目中以屈原自比,当然不会真正认罪悔过"③。或云"悔志",或语"改过""惩咎",或道"无半点悔过之意",或说"不会真正认罪悔过",内涵既不相同,语词本身所指也有程度上的差异。其实大体而言,《惩咎赋》的旨意是多元复杂的。有对自己一贯的修为与品格的述说,说自己清白诚实,正直可信,以尧舜为师法对象,以大中之道自守;有对政治革新遭遇与心境的回顾,说自己坚持大道,无所顾虑,笃诚专一,不曾戒备,可同辈不淑,遭逢突变,我进退无据,成了鼎中甘脂;有对贬谪路途阴暗艰险的铺陈,说南凌洞庭,上溯湘水,暴风突至,波涛顿起,猿哀鸟号,我随舟漂泊,不知归宿,直到隆冬才到达贬所。还有对自己窘境的诉说与无辜遭咎的控辩及死守大道的宣誓,赋的末段说:

> 哀吾生之孔艰兮,循《凯风》之悲诗。罪通天而降酷兮,不殛死而生为。逾再岁之寒暑兮,犹贸贸而自持。将沉渊而陨命兮,诓蔽罪以塞祸。惟灭身而无后兮,顾前志犹未可。进路呀以划绝兮,退伏匿又不果。为孤囚以终世兮,长拘挛而轗轲。囊余志之修蹇兮,今何为此戾也?夫岂贪食而盗名兮,不混同于世也。将显身以直遂兮,众之所宜蔽也。不择言以危肆兮,固群祸之际也。御长辕之无桡兮,行九折之峨峨。却惊棹以横江兮,溯凌天之腾波。幸余死之已缓兮,完形躯之既多。苟余齿之有惩兮,蹈前烈而不颇。死蛮夷固吾所兮,虽显宠其焉加?配大中以为偶兮,谅天命之谓何。④

被罪致贬,迁谪南荒,身为孤囚,进退失据,何为此戾?在对自己遭际的陈述中,抒发着强烈的愤慨,作出了有力的控诉。最后表示仍将执着于理想,不求荣宠,不惧屈死,也不信天命,而要坚守"大中"之道,以度过余生。所

---

① 吴文治编:《柳宗元资料汇编》,北京:中华书局,1964年,第580页。
② 翟满桂:《一代宗师柳宗元》,长沙:岳麓书社,2002年,第200页。
③ 郭维森、许结:《中国辞赋发展史》,南京:江苏教育出版社,1996版,第434页。
④ 柳宗元:《惩咎赋》,见《柳宗元集》,北京:中华书局,1979年,第55~56页。

以如翟满桂先生所言,此赋虽名为"惩咎",其实更多的是自抒幽怀。但也不能说没有一点自责,或者说没有一点检讨与反思。这检讨与反思有个人心性修养方面的,如末段所言"将显身以直遂""不择言以危肆"①,也有决策与形势方面的,集中在赋的第二段:

> 奉讦谟以植内兮,欣余志之有获。再征信乎策书兮,谓炯然而不惑。愚者果于自用兮,惟惧夫诚之不一。不顾虑以周图兮,专兹道以为服。谗妒构而不戒兮,犹断断于所执。哀吾党之不淑兮,遭任遇之卒迫。势危疑而多诈兮,逢天地之否隔。欲图退而保己兮,悼乖期乎曩昔。欲操术以致忠兮,众呀然而互吓。进与退吾无归兮,甘脂润乎鼎镬。幸皇鉴之明宥兮,累郡印而南适,惟罪大而宠厚兮,宜夫重仍乎祸谪。②

作为郎官,柳宗元有幸能进入核心决策层,以实现革新的大志,但他们对来自反对派的阻力估计不够,所依赖的顺宗也病入膏肓,而在立李纯为太子的事情上,柳宗元及其同党颇为不悦③,所以一旦宪宗登位,形势便发生突转,这个时候他想退而自保,又恐乖违自己与同道们过去的期望与努力,便只好冒死前进了。这样的检讨是真诚而又深刻的,也是痛苦与无奈的。但不能因此说柳宗元后悔参加革新活动,他所后悔的,绝不是革新之志,他始终没有承认自己参加革新运动是错误的。也不能说柳宗元从此消沉,一改自己立身行事之大道。林纾曾引赋末"苟余齿之有惩兮,蹈前烈而不颇"之语,说这是"万死中挣出生命之言"(《柳文研究法》)④,诚为的论。

《佩韦赋》也因革新失败而起,但更集中于心性修养方面的反思。古有性急佩韦之说⑤,柳宗元假以为题,意在说明革新不利,多因讦直太过,故宜佩韦自戒,以守中和。

所以序称:"柳子读古书,睹直道守节者则壮之,盖有激也。恒惧过而

---

① 韩愈曾评价说:"前时少年,勇于为人,不自贵重顾藉,谓功业可立就。"(韩愈《柳子厚墓志铭》)他自己后来也承认,当初:"以为凡事皆易,不折之以当世务者,徒知开口而言,闭目而息,挺而行,踬而伏。"(柳宗元《答问》)。
② 柳宗元:《惩咎赋》,见《柳宗元集》,北京:中华书局,1979年,第54~55页。
③ 柳宗元在一篇名为《六逆论》的文章中曾发表过不利于李纯的择嗣不论贵贱嫡庶的观点。
④ 吴文治编:《柳宗元资料汇编》,北京:中华书局,1964年,第579~580页。
⑤ 《韩非子·观行》云:"西门豹之性急,故佩韦以缓己;董安于之性缓,故佩弦以自急。"《后汉书》亦载范丹自以猖急不能从俗,常佩韦以自戒。

失中庸之义,慕西门氏佩韦以戒,故作是赋。"

赋的首段述本性、陈形势、言志愿,说自己丧真失和,嫉时奋节,所以在颓风四起、浮诈相诡之时,虽欲"贡忠于明后""振教导乎遐轨"而不能,因此感悟"执中而俟命兮,固仁圣之善谋"。

接下来用大半的篇幅,以或正或反的方式铺陈古人事迹,以证刚柔相济的重要。其间有"执中"的典型,如直道事人而顾虑伐国之事的柳下惠,柔和仁爱却诛杀少正卯的孔子,呵责过秦王但在廉颇面前十分谦恭的蔺相如,为政宽和可在盗贼日起时敢于用兵的游吉,还有在盟会上手执匕首劫持齐桓公、退回臣位时又变得恭谨敬畏的曹沫,他们都是"宽与猛其相济兮,孰不颂兹之盛德。克明哲而保躬兮,恢大雅之所勖"。也有偏执得祸的典型。或失之刚,如阳处父、项羽、朱云、陈咸、泄冶等,皆"纵直而不羁""乃变罹而祸仍"。或失之柔,如胡广、子家、宋义、李斯、徐偃王等,皆"任柔而自处",所以"蒙大戮而不悟"。

最后水到渠成,引出赋篇主旨:

> 纯柔纯弱兮,必削必薄;纯刚纯强兮,必丧必亡。韬义于中,服和于躬;和以义宣,刚以柔通。守而不迁兮,变而无穷。交得其宜兮,乃获其终。姑佩兹韦兮,考古齐同。①

柳宗元少年得志,性格锐利,"俊杰廉悍""踔厉风发""率常屈其座人"(韩愈《柳子厚墓志铭》)②,在复杂与险恶的政治斗争中惨遭失败。痛定思痛,他对个人心性进行着反视与自省,也尝试调整与改变,但不管是省思还是行动都是艰难而又矛盾的,因为既存在主观意识自身的纠结,又受客观形势与传统道义的约束。

他说自己:"年少气锐,不识几微,不知当否,但欲一心直遂,果陷刑法。"(《寄许京兆孟容书》)"性又倨野,不能摧折,以故名益恶,势益险。"(《与裴埙书》)说自己:"少尝学问,不根师说,心信古书,以为凡事皆易,不折之以当世急务,徒知开口而言,闭目而息,挺而行,踬而伏,不穷喜怒,不究曲直,冲罗陷阱,不知颠踣。"(《答问》)这些话里有真实的人生体验,也有客套乃至牢骚,不像刘禹锡那样果决。大概人性原本是复杂的,"纯柔纯

---

① 柳宗元:《佩韦赋》,见《柳宗元集》,北京:中华书局,1979年,第45页。
② 韩愈撰,马其昶校注,马茂元整理:《韩昌黎文集校注》,上海:上海古籍出版社,1986年,第511页。

弱"与"纯刚纯强"容易摒弃,但"韬义于中,服和于躬"中的"中""和"之境实在有着太大的弹性空间,在柳宗元的自我意识里,他是偏刚而欲以柔济刚的,但刚柔的成分各占几何,相信高明如他也难捏分寸。

而且正面的形象一旦确立,同道们便会以至纯的标准期待于你。柳宗元的妻弟杨诲之就是这样期望于他的。元和五年(810),柳宗元作《说车赠杨诲之》《与杨诲之书》,以车为喻,劝勉方直的杨诲之"圆其外而方其中",既要像车轴那样"守大中以动乎外而不变乎内"①,又要像车轮那样周而通达。但杨诲之不以为然,声言自己"不能翦翦拘拘,以同世取荣",并表示要任心而行,肆志而言,不做混同世俗之人。为了消除误解,柳宗元不得不再次去信,反复强调"刚柔同体,应若变化"的观点,认为"应之咸宜,谓之时中,然后得名为君子"。并特意解释他所说的"圆"的意思是:"吾所谓圆者,不如世之突梯苟冒,以矜利乎己者也。固若轮焉:非特于可进也,锐而不滞;亦将于可退也,安而不挫。欲如循环之无穷,不欲如转丸之走下也。乾健而运,离丽而行,夫岂不以圆克乎?而恶之也?"②

可再怎么解释,也无法说清何时当方,何时当圆。何况在传统的道义与通行的语境里,"圆"多数时候蕴含的是圆滑处世,苟容取舍的贬义。在柳宗元之前,元结就曾作过《恶圆赋》。③

内心极其敏锐而又经历了重大挫折的柳宗元对个人心性进行过深沉的反思,甚至还尝试着有所改变,但他一贯刚健的品性及经主体筛选过滤后的外在情势与传统道义又不容许他作出根本性的改变。他仍然以抑郁苦闷之心固守正直,并写出大量揭露现实、抨击时弊的诗文。

4. 固守正直

批判与颂扬并存,反思与固守同在,但相较而言,在《瓶赋》《牛赋》《吊苌弘文》《吊屈原文》《吊乐毅文》《晋问》等作品中,柳宗元抒发更多的正面的理想。

《瓶赋》借物言志,说自己要像井边陶瓶一样淡泊清白而又利泽广大。西汉扬雄曾作《酒箴》,以装酒的皮袋子(鸱夷)与打水的陶瓶子为对比,说

---

① 柳宗元:《说车赠杨诲之》,见《柳宗元集》,北京:中华书局,1979年,第462~463页。
② 柳宗元:《与杨诲之第二书》,见《柳宗元集》,北京:中华书局,1979年,第850~856页。
③ 1940年5月武汉大学的国文竞赛试卷里出了将柳宗元《佩韦赋》末段"译为恒言"的题目,叶圣陶、朱东润、高晋生联名给教务处写信予以抨击并拒绝阅卷,表面说是不知"恒言"二字之所云,其实应该是不满国难当头一味的忍受。可见即便在千百年后,柳宗元的主张在某种特定的情境下仍可能被利用并招致误解。

陶瓶"处高临深,动常近危""不得左右,牵于縲绁",而酒袋"常为国器,托于属车""出入两宫,经营公家",表面上说陶瓶不如鸱夷,其实是正言反说,讽刺世人的昏聩。柳宗元《瓶赋》承此而来:

> 昔有智人,善学鸱夷。鸱夷蒙鸿,罍罃相追。谄诱吉士,喜悦依随。开喙倒腹,斟酌更持。味不苦口,昏至莫知。颓然纵傲,与乱为期。视白成黑,颠倒妍媸。己虽自售,人或以危。败众亡国,流连不归。谁主斯罪?鸱夷之为。
>
> 不如为瓶,居井之眉。钩深挹洁,淡泊是师。和齐五味,宁除渴饥。不甘不坏,久而莫遗。清白可鉴,终不媚私。利泽广大,孰能去之?绠绝身破,何足怨咨!功成事遂,复于土泥。归根反初,无虑无思。何必巧曲,徼觊一时。子无我愚,我智如斯。①

说"善学鸱夷",不如为瓶,因为鸱夷虽巧曲委顺、"喜悦依随",但其所盛之酒会让人颠倒黑白、混淆是非,乃至"败众亡国",而井瓶所装虽然为水,却"清白可鉴",而又能"利泽广大",即便"绠绝身破",也不过来之于土,复归于泥。表面上是与扬雄唱反调,其实主旨略同,不过从正面道出,足见柳宗元坚持己志,不愿混同世俗。其间所蕴舍己利人之道,更可提升为献身社会与民族之崇高精神。

这种舍己利人的精神在《牛赋》里得到了更明白晓畅的颂扬:

> 若知牛乎?牛之为物,魁形巨首。垂耳抱角,毛革疏厚。牟然而鸣,黄钟满脰。抵触隆曦,日耕百亩。往来修直,植乃禾黍。自种自敛,服箱以走。输入官仓,己不适口。富穷饱饥,功用不有。陷泥蹶块,常在草野。人不惭愧,利满天下。皮角见用,肩尻莫保。或穿緘縢,或实俎豆。由是观之,物无逾者。
>
> 不如羸驴,服逐驽马。曲意随势,不择处所。不耕不驾,藿菽自与。腾踏康庄,出入轻举。喜则齐鼻,怒则奋踯。当道长鸣,闻者惊辟。善识门户,终身不惕。
>
> 牛虽有功,于己何益。命有好丑,非若能力。慎勿怨尤,以受多福。②

---

① 柳宗元:《瓶赋》,见《柳宗元集》,北京:中华书局,1979年,第47~48页。
② 柳宗元:《牛赋》,见《柳宗元集》,北京:中华书局,1979年,第50页。

赋以设问开篇,首写牛的形貌,说"牛之为物,魁形巨首。垂耳抱角,毛革疏厚"。寥寥数字,写出了牛形体魁梧、头首巨硕、双耳低垂、两角相对的典型特征。再写牛浑厚低沉、像黄钟满喉一样的鸣叫:"牟然而鸣,黄钟满脰"。这些都是咏物小赋"拟诸形容"(刘勰《文心雕龙·诠赋》)的工作,但不是刘勰所说的"纤密",而可以说是简括之至。接下来写牛的劳作、贡献与品性:它头顶烈日,日耕百亩,还要运粮进仓,让饥饿的人吃饱,使穷困的人富裕,自己却从不享用,也不居功自傲,计较得失。可这些"利满天下"的牛,下场却十分悲惨:那些无情无义的人们,不仅没有感恩之心、愧疚之情与怜惜之意,反而计算着牛浑身上下皮、角、毛、骨、肉的功用,以至于"皮角见用,肩尻莫保。或穿缄縢,或实俎豆"。① 作者感叹:这样的精神、这样的境遇,真是无物可及。

为了突现牛的高尚品性,作者又把不劳而获的羸驴拿来作铺垫。这些羸驴,因为会趋炎附势、见风使舵,所以不耕不驾,反而享用不尽。装腔作势、举止轻狂、洋洋得意反而有恃无恐、无所畏惧。这种鲜明的对比,使美丑自现,褒贬分明。最后以"牛虽有功,于己何益"的感愤与"慎勿怨尤,以受多福"的反语作结。

苏轼在《书柳子厚牛赋后》中提到岭外习俗喜欢杀牛,海南更甚。苏轼为之悲哀,但又无能为力,就把柳宗元写的这篇《牛赋》送给琼州的僧人道赟,好让他告诉有良知的乡人,或许能感动他们。可见柳宗元的这篇《牛赋》即便就事论事,也有等下之功。

《瓶赋》《牛赋》是体物以言志,《吊苌弘文》《吊屈原文》《吊乐毅文》则借古以喻今,借人以写己。

《吊苌弘文》称扬东周贤臣苌弘为国捐躯的忠义品格和临危不惧的英雄气概,说他能在"河渭溃溢"时"横躯以抑""嵩高圮陊"时"举手排直",虽古圣先贤也难以做到。赋末议论说:

> 图始而虑末兮,非大夫之操。陷瑕委厄兮,固衰世之道。知不可而愈进兮,誓不偷以自好。陈诚以定命兮,俾贞臣以为友。比干之以仁义类兮,缅辽绝以不群。伯夷殉洁以莫怨兮,孰克轨其遗尘。苟端诚之内亏兮,虽耆老其谁珍。古固有一死兮,贤者

---

① 柳宗元:《牛赋》,见《柳宗元集》,北京:中华书局,1979年,第50页。

乐得其所。大夫死忠兮,君子所与。呜呼哀哉! 敬吊忠甫。①

人固有一死,但求贞诚高洁,乐得其所。这既是吊人,又是自勉。

《吊屈原文》一反自汉至唐的"达人"们的观点,对"惟道是就""蹈大故而不贰"的屈原"先生"崇敬不已。②"委故都以从利兮,吾知先生之不忍。立而视其覆坠兮,又非先生之所志。穷与达固不渝兮,夫惟服道以守义"。进不愿随俗从流,退又不忍祖国覆坠,柳宗元深切地理解屈原的衷肠。他这种同情之理解是通过文章获得的:

> 先生之貌不可得兮,犹仿佛其文章。托遗编而叹喟兮,涣余涕之盈眶……哀余衷之坎坎兮,独蕴愤而增伤。谅先生之不言兮,后之人又何望。忠诚之既内激兮,抑衔忍而不长。③

文因人异,人因文传,世人不知,我独喟叹,忠诚内激,发愤必作,屈原如此,我亦如此。凭这一点,就说明柳宗元是足以成为屈原知己的。

《吊乐毅文》追怀燕国大将乐毅,叹惜他虽在燕昭王时代立下赫赫战功,却因后继者燕惠王误信田单的反间之计而被迫出奔至赵。其间特别提到乐毅只知专一正直地对待君王,不知为自己的前途作好预防:"嗟夫子之专直兮,不虑后而为防。"④显然也寄寓着作者自身的遭际与无奈。

《晋问》是关于晋地文明的对答体文,赋以吴武陵(吴子)与作者(柳先生)的问答构成七段文字,分别铺叙晋地山河之险、金铁之坚、名马之强、北山之异、河鱼之伟、盐宝之利与文公之霸,最后称颂尧之遗风,表现了作者对乡邦文明的热爱与理想社会的向往。

5. 关怀现实

柳宗元也有一些关注社会现实、关怀民生疾苦的赋作,如《逐毕方文》《辨伏神文》《愬螭文》等。

《逐毕方文》声讨火神毕方。序称元和七年、八年夏永州多火灾,"日夜数十发,少尚五六发"⑤弄得人心惶惶,无处安生,民间传说是火神毕方所为,于是作者撰文声讨。毕方之说本属荒诞无稽,赋采此说并仿道家驱魔

---

① 柳宗元:《吊苌弘文》,见《柳宗元集》,北京:中华书局,1979年,第514~515页。
② 文中十用"先生"一词,足为表征。
③ 柳宗元:《吊屈原文》,见《柳宗元集》,北京:中华书局,1979年,第517~518页。
④ 柳宗元:《吊乐毅文》,见《柳宗元集》,北京:中华书局,1979年,第520页。
⑤ 柳宗元:《逐毕方文》,见《柳宗元集》,北京:中华书局,1979年,第501页。

律令,不过曲顺民情,以祈福报。

《辨伏神文》揭露害人假药。赋写自己亲身经历的假药害人之事,意在由此及彼、以小见大,为他人提供经验教训:"物固多伪兮,知者盖寡。考之不良兮,求福得祸。书而为词兮,愿癙来者。"①物虽有伪,为之者人,为伪之人,不可不防,这才是柳宗元写作此赋的初心所在。

《愬螭文》控诉水怪江螭。序称法曹史唐登淹没,乃江螭所为,遂作此文,以诉江螭。赋即控诉江螭潜形伺窥,膏血下民:"涎泳重渊,物莫威兮。螭形决目,潜伺窥兮。膏血是利,私自肥兮。岁既大旱,泽莫施兮。妖猾下民,使颠危兮。充心饱腹,肆敖嬉兮。"②但望高明之神降罚此斯,以期舟者欣欣,游者熙熙。

这类赋作虽然不多,但足以说明孤峭的柳宗元也开始关心群众,倾向人民。更进一步想,这何尝又不是在这荒远的贬谪之地救世济民、遗惠一方并转移注意、缓解痛苦的方式?

总而言之,柳宗元赋不仅数量多,而且题材内容非常丰富,都有着深刻的寓意。

(二)柳宗元赋的骚学精神

柳宗元"深得骚学"(严羽《沧浪诗话·诗评》),世所公认,但他之所得究竟表现在哪些方面呢?就上举辞赋的内容而言,有怨愤、有固守、有批判、有反思、有革新。

1. 怨愤:对无辜被贬之苦的真切感受与发愤著文心理的深刻理会

"投迹山水地,放情咏《离骚》"(《游南亭夜还叙志七十韵》),一入永州,柳宗元就以屈原为精神偶像,自称"楚客""楚臣""楚囚",写下大量的骚体作品,其中最得屈骚遗意的是《解祟赋》《梦归赋》《闵生赋》《囚山赋》《愚溪对》《答问》《对贺者》等怨愤之作。这些赋将柳宗元贬谪生活中的悲痛、愤恨、失望、思念、抑郁、孤独等种种怨愤之情表现得淋漓尽致。不仅如此,他的其他作品甚至诗歌也"深于哀怨",堪称"骚之余派"(陆时雍《诗镜总论》)③,足见柳宗元受屈原哀怨悲愤情绪影响之深。屈原以降,文人政客代有贬谪,但心境个个不一,或达观、或沉沦、或迷惘。柳宗元锐意进取,青

---

① 柳宗元:《辨伏神文》,见《柳宗元集》,北京:中华书局,1979年,第504页。
② 柳宗元:《愬螭文》,见《柳宗元集》,北京:中华书局,1979年,第504页。
③ 清人沈德潜说:"柳诗长于哀怨,得'骚'之余意。"(《唐诗别裁集》)汪森亦评价柳诗说:"柳先生诗,其冲淡处似陶,而苍秀处则兼乎谢,至其忧思郁结,纤徐凄婉之致,往往深得楚骚之遗。"(《韩柳诗选》)

年得志,但正当隆盛之时遭逢打击,远谪南荒,一贬终生,犹如高飞之鸿坠入万丈深渊,永不复起,再加上其家庭不幸、性格孤峭,所以最能体会屈原无辜被贬的怨愤情怀与发愤著文的原初心理。《旧唐书》本传即说柳宗元"既罹窜逐,涉履蛮瘴,崎岖堙厄。蕴骚人之郁悼,写情叙事,动必以文,为骚文数十篇,览之者为之凄恻。"①林纾在《春觉斋论文》中亦云:"乃知《骚经》之文,非文也,有是心血,始有是至言……后人引吭佯悲,极其摹仿,亦咸不能似,似者唯一柳柳州……惟屈原之忠愤,故发声满乎天地;惟柳州之自叹失身,故追怀哀咎,不可自已,而各成为至文。"②柳宗元自己则于其《吊屈原文》中一面揭示屈原发愤著文的内在动因,一面表示要效法屈原"托遗编而叹喟"的作法。可见屈原对柳宗元骚怨情怀的影响其实是柳宗元自觉选择与接受的结果。

2. 固守:对进步理想的坚持与高洁人格的固守

柳宗元不仅敏锐地发现并继承了屈原的骚怨精神,也像屈原一样坚持既往的理想信念,固守一贯的志节人格。

在中国精神文化史上,屈原是孤高特立的。屈原人格的伟大之处在其国家、个人双重不弃的执着态度。"达则兼济天下,穷则独善其身",中国的主流文化早已为失败的士人准备了自洁与退却的道路。林语堂说:"当顺利发皇的时候,中国人人都是孔子主义者;失败的时候,人人都是道教主义者。"③其实孔子也强调过"士志于道",甚至要求"杀身以成仁",曾子也认为"士不可以不弘毅,任重而道远",并且要远到"死而后已"的程度,孟子则更直言"天下有道,以道殉身;天下无道,以身殉道"。但像这些主张所要求的,真正志道的,莫过于屈原。屈原的内外双执具体表现在他的自修意识与乡国情感。他在《离骚》中说:"民生各有所乐兮,余独好修以为常;虽体解吾犹未变兮,岂余心之可惩。""老冉冉其将至兮,恐修名之不立。""纷吾既有此内美兮,又重之以修能。""制芰荷以为衣兮,集芙蓉以为裳;不吾知其亦已兮,苟余情其信芳。""朝饮木兰之坠露兮,夕餐秋菊之落英。苟余情其信姱以练要兮,长顑颔亦何伤。""高余冠之岌岌兮,长余佩之陆离;芳与泽其杂糅兮,唯昭质其犹未亏。"高洁人格的修养成了屈原终生不渝的自觉

---

① 刘昫等撰:《旧唐书》,北京:中华书局,1975年,第4213页。
② 吴文治编:《柳宗元资料汇编》,北京:中华书局,1964年,第570页。除"自叹失身"之说尚可商榷外,说屈骚柳赋皆心血之作,诚为的论。
③ 林语堂:《吾国与吾民》,北京:中国戏剧出版社,1990年,第51页。

要求,不管他人是否理解,不管环境如何险恶,不管穷达与生死。朱熹将屈原定位为"忠君爱国"的典范,强调屈原的爱国,把屈原树为中华民族的爱国楷模,无疑具有重大意义,但过于强调忠君却片面地理解了爱国本有的宽广内涵,也在某种程度上歪曲了本真的屈原。在屈原那里,既有狭隘的宗族孝悌之情,又有通常的君国之义,还有深广的民族之情。在屈原那里,爱国与革新分不开,爱国与抗敌分不开,爱国与爱民分不开,爱国与祖国的河山、民俗、文化也分不开。在屈原那里,爱国还体现为一定的法度意识。因为"从中国几千年的历史上看,凡是一个真正的'爱国'者,他都必然是政治上的革新家"①,而革新必然触及守旧贵族的利益,革新必然与法度如影随形。屈原为了他的乡土祖国与美政理想,勇于献身,敢于批判,果于自省。屈原的人格理想、精神状态及生命抉择,一直是中国知识分子感怀追慕的对象。

以柳宗元的身份、地位与阅历,不可能达到屈原精神的高度,但他也能坚持己志,勇于批判,乐于反思。柳宗元青年时代的唐朝,有似屈原所在的由盛转衰的楚国。为了复兴大唐,"利安元元"(《寄京兆许孟容书》),柳宗元也像屈原一样形成自己的"美志"理想并积极参与政治革新;也勇于为人,敢于任事,"冲罗陷阱,不知颠踬"(《答问》);为了坚持自己的理想与人格,"继乎古先"(《闵生赋》)、"抱拙终身"(《乞巧文》)、"虽万受摈弃,不更乎其内"(《答周君巢饵久寿书》),最后竟如屈原,谪死南土,赍志而殁。好友刘禹锡在祭文中悲叹:"自古有死,奚论后先?痛君未老,美志莫宣。"(《为鄂州李大夫祭柳员外文》)这种坚毅执着的精神本身就具有高尚的品格与感人的力量。屈原将批判的矛头直指党人甚至楚王,柳宗元的赋作也有对社会弊病的揭露与屑小诡佞的讥刺,并不乏对民生疾苦的直接关怀,因而具有丰富而深刻的现实意义。

3. 反思:对个人心性的省察与大中之道的追寻

便是对个人心性的省察与大中之道的追寻,在屈原那里也并非没有任何可以凭借的依据。美国人劳伦斯·A·施奈德说:"单独考察屈原的形象时,其极端性与不平衡性就很引人注意了……从中国官僚政治的规范来看,可以说屈原是介于李白型和陶潜型这两种极端之间的。李白不愿从政;陶潜则弃官归田,并且最终放弃了对于政治合理性的信任。可是,屈原

---

① 汤炳正讲述,汤序波整理:《楚辞讲座》,桂林:广西师范大学出版社,2006年,第54页。

是政治的参与者，他虽然被迫脱离政治，但仍然拥护其合法性，而且希望官复原职……屈原的放任性（或狂热性），并没有被误解为一种逃避现实或背叛行为的极端性的比喻。"①确实，从政治和正统思想观念来看，屈原本质上仍是"忠心耿耿"的中庸主义者。在《离骚》里，屈原一则说"依前圣以节中兮，喟凭心而历兹"，再则说"跪敷衽以陈词兮，耿吾既得此中正"。汉人王逸在《楚辞章句》中说"节中"是"节其中和"。宋人钱杲之在《离骚集传》中说"节中"是"以前圣节制其中"。明人汪瑗在《楚辞集解》中说："节中，谓搏节至于中道，不使有太过不及之弊也。"清人钱澄之在《屈诂》中说："节中，节其太过，以合其中。依前圣者，依乎中也。"清人林云铭在《楚辞灯》中说："节中即折中，乃持平之意。"清人吴汝纶在《古文辞类纂评点》中云："节中，当为折中，《反离骚》'将折衷乎重华'，即用此文也。"清人林仲懿在《离骚中正》中干脆说："节中者，裁制事理，以协于中，正是《中庸》'执两用中'确义。"②以上说明：一是屈原主观上有追求中正之道的愿望；二是屈原的言行在客观上肯定部分地合乎中正之道；三是中庸之道成为后世品评人物的一个重要标准；四是屈原在后人心目中也部分合乎中庸之道。

屈原的勇决在中国文化史上是罕有的，不过从屈原到嵇康到柳宗元，这种勇决的品格虽每况愈下，但还在坚守。

4. 革新：对人情物理的探求与思想政治的革新

对人情物理的探求与思想政治的革新，是屈原与柳宗元在才、胆、识、力上高出同代人的重要表现。

儒家向来以君子人格的意义自足而自豪，为天人一体的理念作出随机应变的阐释，将和而不同的思想当成真理广为传诵，从来就没有质疑过孔子日夜思念的周礼本身的合理性，更将生死鬼神之类的问题逐出视域之外。而道家无可无不可的齐物思想与安时顺势的处世态度又无须对这个世界提出质疑。

屈原则不同，他不仅批判幽昧险隘的现实政治，还对已被社会视为理所当然的自然法则与历史规律质疑。屈原对于现实政治的批判，不排除其中夹杂有个人情绪的可能，但更主要的是出于为国为民的公心，而且需要无畏的政治胆量。屈原对于自然法则与历史规律的质疑，更关乎终极性的

---

① ［美］劳伦斯·A·施奈德著，张啸虎、蔡靖泉译：《楚国狂人屈原与中国政治神话》，武汉：湖北教育出版社，1990年，第198页。

② 以上参见游国恩主编：《离骚纂义》，北京：中华书局，1980年。

理想信念与现实的王朝政治之间的矛盾。屈原的悲剧也在于他察觉到了他所执着的君子人格并非绝对真理,并非无所不能,但他至死都还执着于君子人格。"屈原的时代'礼崩乐坏','争于气力'血肉杀夺,以道德自足的精神来维系的儒家信念受到了怀疑,崇信儒家信念的屈原恰好死于对自己崇奉的信念的怀疑"。① "屈原的伟大,首先在于他敢怀疑自己曾热切以整个心身信奉的信念。'天问'表明,屈原毕竟对自己的信念产生了怀疑,对信念没有愚忠"。②

质疑与批判是为了求真与创新。屈原是最富于创新精神的,他的兼收并蓄的学术立场、因时切实的改革举措、承旧出新的艺术法则,有益于学术视野的开阔,有益于改革变法的持续,有益于文艺的繁荣与创新。

柳宗元特别爱好深沉之思,敢于批判,敢于否定,敢于求真,敢于创新。他既广泛吸纳各家各派有用的思想,又敢于质疑经典著作与圣人言论,为的是"辅时及物"(《答吴武陵〈非国语〉书》),以解决实际问题。所以他既信奉孔孟的仁政与民本学说,又兼摄道家的自然观、法家的历史观与先秦两汉的元气说,乃至佛家的哲学思辨。他虽信奉孔孟之道,但不愿"探奥义、穷章句,为腐烂之儒"(《上大理崔大卿应制举不敏启》),而是"直趣尧舜之道,孔子之志,明而出之"(《与杨京兆凭书》)。在对各类学问融会贯通的基础上,柳宗元在《非国语》《天对》《天说》等著作中,提出了"天人不相预"的自然哲学思想,在《送宁国范明府诗序》《贞符》《伊尹五就桀赞》《送薛存义序》《答周君巢饵药久寿书》《驳复仇议》《骂尸虫文》《晋文公问守原议》《蝜蝂传》《憎王孙文》《哀溺文》《吏商》《起废答》《序棋》《六逆论》等篇章中表现出"吏为民役"的民本政治观与"用贤弃愚"的吏治观。

凡此种种,无不说明柳宗元与屈原命运相似、情志相通,既直探屈原本心,又深得骚学精髓。

三、柳宗元赋的讽刺艺术

屈原的楚辞之所以高标特立,很大程度上是因为他惊人的创造力。他才高识广、气大思雄,通过对本土文化和《诗经》传统的承继与变革,以其超凡绝俗、独步一时的原创性"自铸伟辞",既为诗歌创作注入了新的内在的生命力,又以"惊采绝艳"的骚体为诗歌形式的革新确立法则,形成了文学

---

① 刘小枫:《拯救与逍遥》,上海:华东师范大学出版社,2007年,第58页。
② 刘小枫:《拯救与逍遥》,上海:华东师范大学出版社,2007年,第119页。

传统除旧布新的源头活水和巨大动力。林纾说:"柳州诸赋,摹楚声,亲骚体,为唐文巨擘,大非有唐诸人所及。"柳宗元赋对屈骚的承继与发展,也体现在其承旧出新的艺术法则及各种艺术手法尤其讽刺艺术的具体运用上。

柳宗元很重视文学与现实的关系问题,强调"文"与"道"的统一,认为文学的功用在于"辞令褒贬,导扬讽谕"(《杨评事文集后序》)。所谓"褒贬",所谓"讽谕",其实就是要求作家在关注现实的基础上对现实进行批判。这种批判,既针对现实,又源出心底,"文以行为本,在先诚其中"(《报袁君陈秀才避师名书》),对现实的关注与批判往往因主体心志的激愤而生发。柳宗元在《娄二十四秀才花下对酒唱和诗序》中说:"君子遭世之理,则呻呼踊跃以求知于世,而遁隐之志息焉。于是感激愤悱,思奋其志略,以效于当世。故形于文字,伸于歌咏,是有其具而未得行其道者之为之也。"这"感激愤悱"实与屈原的"发愤以抒情"(《惜诵》)一脉相承。这种批判,在表现形式上或"高壮广厚,词正而理备",或"丽则清越,言畅而意美"(《杨评事文集后序》),要求能"漱涤万物,牢笼百态"(《愚溪诗序》)。"美不自美,因人而彰"(《邕州柳中丞作马退山茅亭记》),柳宗元辞赋体式创新,手法多样,下面试作具体分析。

(一)体式多样,不拘一格

柳宗元辞赋的艺术成就首先表现在体式上既能博采众长,不拘一格,又能别开生面,勇于创新。

柳赋体式,诗、骚、文、律样样齐备,即以以赋名篇的作品而言,《瓶赋》《牛赋》为四言诗体赋,《佩韦赋》《解祟赋》《惩咎赋》《闵生赋》《梦归赋》《囚山赋》为骚体赋,《愈膏肓疾赋》为新文赋,《披沙拣金赋》《迎长日赋》《记里鼓赋》为律赋,其他如"七体"的《晋问》,以"文"名篇的10骚、3吊,以及近于赋体的2对、3答,名目既多,构思又巧,堪称辞赋文体的实验场。

柳赋的文体实验,因循"明道""讽喻"的需要,以改造的方式谋求革新。比如问答体的《愈膏肓疾赋》《愚溪对》《起废答》等,或以医喻国,或因物及人,有诘问,有辩难,步步进逼,层层深入,所用问答已成为叙事说理的重要组成部分,不同于《子虚赋》《上林赋》这些传统问答体中的问答——只起一个组建框架、以利铺陈的作用。再加上语言平易贴切、手法灵活多变,为唐文赋的发展树立了新的高标。

他对于骚体、诗体的改造更加大胆,更加随兴。他在命题上寄寓爱憎感情,他通过序文与赋体的结合、寓言与辞赋的结合、抒怀写志与说理讽喻的结合,新创辞赋体杂文,开启晚唐辞赋多元风格的创作形式。

屈原作品善用比喻、象征等艺术手法,王逸在《楚辞章句》中云:"《离骚》之文,依《诗》取义,引类譬喻。故善鸟香草,以配忠贞;恶禽臭物,以比谗佞;灵修美人,以媲于君;宓妃佚女,以譬贤臣;虬龙鸾凤,以托君子;飘风云霓,以为小人。"柳宗元辞赋不像屈骚那样有一个比较复杂的象喻系统,但也成功借鉴了这种比兴手法,并且将个人的爱憎感情直接表现在赋作的标题上。如其"十骚",以"文"名篇,所称之物有"王孙""尸虫""蝮蛇""曲几""毕方""螭"等,所用动词则对应为"憎""骂""宥""斩""逐""诉",命题既新颖,感情又强烈,尤其《宥蝮蛇文》中的"宥",似宥实愤,正言反说,深得屈骚"讽兼比兴"(《文心雕龙·比兴》)之妙法。他如"惩咎""解祟""梦归""闵生""囚山"等,也都是别致而深情的赋作标题。

命题既妙,序文也巧。他的"十骚"除《乞巧文》《斩曲几文》《招海贾文》外,皆有散体序文,这些序文叙事生动、假物寓意,其实就是寓言。柳宗元是寓言大师,他将寓言文体引入辞赋,使以"体物""抒情"见长的赋体在叙事和讽刺功用上都有了新的提高,这本身就是对辞赋文体的发展。这些辞赋或指向奸佞小人,如《骂尸虫文》;或映射改革派与保守派的争斗,如《憎王孙文》;或讽刺贪财不厌、至死不悟者,如《哀溺文》等,无不批判现实,痛快淋漓,既可归为寓言,又可算作杂文,从文体形式上为柳宗元"导扬讽谕"提供了方便。

其余诸赋,如《乞巧文》《招海贾文》《愚溪对》《解祟赋》《囚山赋》《瓶赋》等,或取奏章写法,或本招魂体制,或与自然山水进行对话,或于游记中寄托骚怨,或反转以为褒扬,都能推陈出新,别开生面。

(二)手法多样,随物赋形

在表现手法上,柳宗元辞赋或直抒胸臆、刻画心灵,或本乎比兴、创为寓言,或正言若反、两相比对,与多变的体式一起服务于明道讽喻的创作宗旨。

屈骚手法,是赋与比兴的结合,其中的赋,往往关乎作者情志,多采用直抒胸臆的方式,最能展现抒情主人公独特的个性。柳宗元辞赋,尤其表达他骚怨情怀的作品,往往从自身遭际出发,以直陈的方式,由此及彼地抒写他个人及对社会现实的独特感受,也具有不可替代的鲜明个性。如其《惩咎赋》,陈述自己的品格、追忆革新的失败、描绘贬途的暗淡、抒写当前的心境,基本使用赋法,其中不少直抒胸臆的句子,与《离骚》上半部分陈述个人修养遭遇与心路历程一样,以写实为主。与《惩咎赋》相近的还有《闵生赋》,叙写的是人生艰难困厄的愤懑,也以直抒胸臆的方式雕绘自己的心灵、悲叹社会的弊端。赋一开头即直陈自己的感受:"闵吾生之险厄兮,纷丧志以逢尤。气沉郁以杳眇兮,涕浪浪而常流。"后面又不断诉说自己的处境与心情:"为与世而斥谬兮,固离披以颠陨。""古固有此极愤兮,刭吾生之觏艰。""顾余质愚而齿减兮,宜触祸以陁身。""孰眇躯之敢爱兮,窃有继乎古先。"值得注意的是,赋中有些用以抒情的词汇,如"逢尤""浪浪""颠陨""陁身"等,也是直接从《离骚》《天问》等楚辞作品中借过来的。其他如《解祟赋》《囚山赋》等对个人处境与心绪的描写,也多凭心性遭际而抒胸臆情怀,研读这些赋作,对于了解柳宗元的个性品格及赋体文学的心理描写功能大有裨益。

在《离骚》等作品中,屈原曾大量使用比喻和象征手法,"依《诗》取兴,引类譬喻",并大量运用历史故事、神话传说及幻想情节,以鲜明的形象与生动的故事来表现自己的心志情怀。柳宗元则把他所擅长的寓言艺术与讽刺手段引入辞赋创作中来,于琐细而寓国事、假典故以论大道、驱鬼神而衬志意,既取法屈骚又别具风味,创作出大量极具艺术品格的辞赋体杂文。

屈骚将众多香草美人与神话传说熔为一炉,合组成光芒四射的大杰作①,用的是比兴与象征。柳宗元则取喻于身边的琐细之事、些小之物,纵向开掘,单独成篇,是以赋体为寓言。尸虫、曲几、蝮蛇、王孙,都是柳宗元借以讽喻的些小"丑恶"之物,因为物象的择取贴切而别致,物貌的描摹也能穷形而尽相,柳宗元的这些寓言体辞赋对时弊的揭露既能一针见血,又特风趣生动。如其《骂尸虫文》《宥蝮蛇文》,以阴秽小虫与邪恶毒蛇喻迫害贤能的奸佞小人,或荒诞无稽,或正言反说,嘻笑成文而又余味无穷。也有更近寓言的假事之作,如《哀溺文》《辩伏神文》,一写惜财去命,一写售卖假药,皆身边琐事,但所叙既尽曲折,又饶富想象,并能以小喻大、推类而往。

洪承直先生曾以《愈膏肓疾赋》和《乞巧文》为例撰文探讨柳宗元"古为今用"的问题,说一是凭众人皆知的膏肓故事,隐约表明自己不敢直言的绝望与悲愿,一是以强烈的反语讽刺世人之"巧",以表明自己要坚守"拙"道。

---

① 郑振铎在《插图本中国文学史》中云:"她是秀美婉约的,她是若明若昧的。她是一幅绝美的锦幛,交织着无数绝美的丝缕;自历史上、神话上的人物,自然界的现象,以至草木禽兽,无不被捉入诗中,合组成一篇大创作。"详见郑振铎:《插图本中国文学史》第四章《诗经与楚辞》,北京:人民文学出版社,1957年,第56~57页。

而"古为今用"①的具体方法是"作者效仿、改作、变形、应用某种已往东西而作出某些作品"。② 这种广义的古为今用的方法其实是比较常见的,不过洪承直先生所举的篇目尤其《愈膏肓疾赋》是比较独特的。《愈膏肓疾赋》的故事框架源于《左传·成公十年》。这个病入膏肓的故事包含这样一些具体的片断：(1)晋侯梦大厉,(2)晋侯召桑田巫,(3)晋侯求医于秦,(4)晋侯梦二竖子,(5)医缓为晋侯看病,(6)晋侯使甸人献麦并杀桑田巫,(7)晋侯如厕而卒,(8)小臣梦负晋侯登天因以为殉。涉及的角色有晋侯、桑田巫、医缓、梦中大厉、梦中二竖子、小臣、甸人、馈人（御厨）等。整个故事的中心指向是关于晋景公之死的问题。赋的情节总体包含景公梦疾膏肓、秦缓候问两大场景。前者是引子,后者才是主体。主体部分包括景公与秦缓、忠臣与秦缓之间各两个回合的辩对。两相对照,就会发现,赋的主体部分大略对应于史中(5)的环节——秦缓为晋侯看病。但实际上《左传》中没有任何赋中所述的辩对的记载,景公对秦缓的哂笑甚至与晋侯对秦缓良医的评价相违背。史中其他(1)(2)(3)(4)的环节都缩到赋的引子里了,而(6)(7)(8)的环节则完全省掉了。另外,赋中相应地省去了梦中大厉、梦中二竖子、小臣、甸人、馈人等角色,桑田巫也只是间接被提及。不难发现,相对于史而言,赋中辩对的中心指向是膏肓之疾可否有救,衰亡之国能否治理的问题,而不是景公之死本身。也不难发现,从史到赋,不是注重原本、据以传信的简单改作与变形,而是全新的、带有寓言性质的虚构,有点像假托古人以设名的赋体作品,如傅毅《舞赋》、谢庄《月赋》之类。这是文学的自由,也是文学的魅力。至于这赋所表达的意绪情怀,既有前途无望、大厦将倾的"绝望与悲愿之感",也有直道守节、虽死不回的执着,处身卑污、久当自明的信念与材为世用、道行于时的期冀。③ 其他如《吊苌弘文》《吊屈原文》《吊乐毅文》等骚体吊文,无一不是借古喻今、借人写己。古体中《佩韦赋》由"西门豹佩韦"而引发,更大量运用故事。中间称引古人之处,占了三分之二的篇幅,其中称引的古人,涉及柳下惠、孔子、蔺相如、游吉、曹沫、阳处父、泄冶、子家、李斯、项羽、宋义、朱云、陈咸、李固、徐偃王诸人,也算得上别具一格了。

---

① 他使用英语"parody"一词来指代。
② 洪承直：《试探柳宗元之"古为今用"——以两篇辞赋之"parody"为例》,中国·永州柳宗元学术研讨会论文,2002年。
③ 详见刘伟生：《柳宗元〈愈膏肓疾赋〉的叙事策略》,载《湖南第一师范学院学报》,2011年第6期。

柳宗元还善于把传说与神话题材引入辞赋。《愚溪对》借梦中与溪神的问对来抒发志愿。赋的前一部分,写溪神托梦于柳子,举"恶溪""弱水""浊泾""黑水"之实,以证自己名实不符,请革愚名,后半部分极写作者自身之愚。这篇假托之辞意在表达自己的幽愤情怀与孤傲心性。在《乞巧文》的中间部分,写梦中的"青袖朱裳"使者向柳子传达织女星的答复:"凡汝之言,吾所极知。汝择而行,嫉彼不为。汝之所欲,汝自可期……坚汝之心,密汝所持。得之为大,失不污卑。凡吾所有,不敢汝施。"这其实是作者用曲笔写的自白。《逐毕方文》是声讨火神毕方的骚体文。柳宗元并不相信鬼神,这篇文章不过是顺应民间传说,以表现与民同忧的襟怀。柳宗元这类作品都是"拟托神灵,游戏翰墨,不过借以喻言,并非实有其事"①。

对比也是柳宗元赋中常用的手法。《瓶赋》以井瓶与鸱夷对比,说鸱夷使人"视白成黑,颠倒妍媸。己虽自售,人或以危。败众亡国,流连不归",而陶瓶"清白可鉴""利泽广大""功成事遂,复于土泥"。两相对比,爱憎分明。《牛赋》则将牛与羸驴对比,说牛"利满天下",而"功用不有",竟不免剔骨剖肠,为缄縢俎豆之用;驴因为"善识门户""曲意随势""不耕不驾"而能"藿菽自与""出入轻举"而能"终身不惕"。悲愤与不平之情显而易见。《憎王孙文》以猿群比王叔文政治集团,以王孙群比在朝宦官、旧官僚,也是在对比中显爱憎。说"猿之德静以恒,类仁让孝慈"。而"王孙之德躁以嚣,勃诤号呶,唶唶强强,虽群不相善也"。一边是安静平和,仁爱礼让,长慈幼孝,一边是叫嚣暴躁,既不安分,又喜吵闹,虽然是群居为生,却又各不相让。《哀溺文》也用对比:善游之氓与其他人相对比,善游之氓"尽力而不能寻常",其他人"立岸上呼且号";善游者前后对比,善游却溺死。究其原因则是身持大货而不舍之故。这样一来,讽刺贪财之意也更加彰显了。《乞巧文》则从四方面以世人之"大巧"与个人之"大拙"进行对比,以揭露"世人"投机取巧、善于逢迎、巴结权贵、追名逐利的丑态。而《乞巧文》《宥蝮蛇文》《愚溪对》等又好用正言若反的方式,巧妙地表达自己的真实态度。这种正言若反、两相比对的方式常使矛盾突出、褒贬分明。

总而言之,柳宗元辞赋的讽刺艺术高标特立,既承屈原遗绪,又足为后人楷模。

---

① 纪昀:《四库全书总目提要》卷首一圣谕《乾隆四十年十一月十七日奉上谕》。

四、柳宗元赋的地位与影响

柳宗元的哲学思想与政治活动,不管是生前还是生后都有过许多争议。当柳宗元以其无神论思想批驳韩愈"天刑人祸"的时候,刘禹锡毫不犹豫地写了三篇《天论》以为支持。柳宗元去世后,韩愈在其墓志铭中高度赞扬了他的文章学问、政治才能与道德品行,并对他长期遭贬,穷极困顿的经历寄予了深切的同情,但因政治与哲学的意见不合,韩愈也不止一次地指责柳宗元"不自贵重顾藉",不能"自持其身"(韩愈《柳子厚墓志铭》)。此后漫长的岁月里,苏轼、范仲淹、黄震、黄伯思、叶适、王夫之、钱谦益、何焯、曾国藩等士人们,围绕柳宗元的唯物思想与他所参加过的王叔文集团的政治活动,发表过不少针锋相对的意见。但对柳宗元文学作品包括辞赋的艺术性,古往今来的人们都给了很高的评价。韩愈称柳文"雄深雅健,似司马子长"(《新唐书·柳宗元传》);苏轼说柳诗"外枯而中膏,似淡而实美"(《评韩柳诗》);王禄许柳赋为"唐之冠"(《文脉》);严羽则直截了当地说:"唐人惟柳子厚深得骚学,退之、李观皆不及"(《沧浪诗话》)。

柳宗元在辞赋方面所取得的成就与影响主要体现在屈骚精神及讽刺艺术的承继与发展上。

历史上,有关屈原的评价众说纷纭。在汉代,贾谊最早引屈原为同道,把屈原视为与自己遭际相同的失意之士,但对屈原的沉江自尽大惑不解。刘安说屈原"正道直行,竭忠尽智以事其君",强调其忠君思想。司马迁将刘安的评论写进《屈原贾生列传》,一方面强调屈原的忠,另一方面也对楚怀王的昏庸予以谴责。扬雄作《反离骚》,认为屈原不学许由、老聃高尚其事,却依彭咸自沉遗则,实无必要。班固与王逸对于屈原一贬一褒,其实都是站在儒家的立场来评价屈原,不过班固看重的是儒家乐天知命与明哲保身的态度,王逸则强调儒家杀身成仁、舍生取义的一面。由于专制制度下士人的自全之道更有普适性,王逸的意见长期得不到认同。多数人都只把屈原当作文人看待,从东汉的王充到魏晋南北朝的颜之推、刘勰、萧绎,再到唐朝的魏征、李白、杜甫、刘蜕、元结莫不如此。只有到了柳宗元,才极力高扬屈原"穷与达固不渝兮,夫惟服道以守义"(《吊屈原文》)的精神。柳宗元一到南楚,便以《吊屈原文》明确打出了学习屈骚、效法屈原的旗帜。抵达永州后,继续以发愤著述的方式与屈原的骚怨情怀、改革意识、执着精神达成深层的契合。正是人格的内在相通,使柳宗元成为屈原与屈骚的真正知音。

柳宗元赋的讽刺艺术,从命题、立意、谋篇到所用手法,对后世辞赋乃至寓言、杂文都有很大的影响。晚唐李商隐、皮日休、陆龟蒙、孙樵,宋代梅尧臣、刘克庄,元代杨维桢,明代刘基等人的讽刺小赋,显然都与柳赋一脉相承。即以单篇的《乞巧文》而言,后世模拟者便有孙樵、梅尧臣、杨维桢、王达、郑珍等多人。

屈原辞赋,名垂千古,而柳宗元因深得屈原人格的鼓舞与屈骚艺术的沾溉,成为唐代独擅骚学的第一人。

第四节　刘禹锡赋的企望心境与慷慨情怀

刘禹锡生活在帝国中衰而又渴望中兴的时代,一生经历代、德、顺、宪、穆、敬、文、武宗八朝。其时藩镇割据、宦官专权、朋党争斗,人心思治,士人志在兴利除弊、革新图强,然而在动荡复杂的政局中又每遭挫折,在文学上的影响,便是贬谪之作大兴。刘禹锡二十三年间辗转于朗州、连州、夔州、和州等地,历经贬谪,饱受磨难,而能以坚卓之笔,叙述生活、抒写志意、描绘民情风俗、探究天道人心,堪称贬谪文人、贬谪文学的杰出代表。从贬谪的角度分析刘禹锡赋作的内涵,既切合他本人生活、思想、艺术的本真状态,又有益于从宏观上思考贬谪与赋体文学的关系问题。

一、刘禹锡的贬谪经历与赋作概观

刘禹锡,字梦得,生于唐代宗大历七年(772),卒于唐武宗会昌二年(842),晚年曾任太子宾客,世称"刘宾客"。刘禹锡的仕宦经历,大体可归为以下十个段落:

科举入仕。贞元九年(793),登进士第,并通过博学宏词科考试。贞元十一年(795),在吏部拔萃科考试中获选,授太子校书。连登三科,可谓顺利。

入幕杜佑。贞元十六年(800),入杜佑幕,任徐泗濠节度掌书记,同年随杜佑改淮南藩幕掌书记。

永贞革新。贞元十八年(802),调补京兆府渭南县主簿。贞元十九年(803),入朝任监察御史里行,与柳宗元、韩愈同事察院。与太子侍读王叔文、太子侍书王伾建立密切关系。贞元二十一年(805)正月德宗去世,太子李诵抱病即位,是为顺宗。顺宗改革人事,推行新政,号为"永贞革新"。

贬官朗州。永贞元年(805),宪宗上台,贬"二王、八司马"。九月,刘禹锡初贬连州刺史,十一月加贬为朗州司马。

召回京师。元和九年(814)冬,得旨回京。元和十年(815)新春二月到京。

再贬连州。元和十年(815)三月初又下诏书,再贬刘禹锡为播州刺史,后赖裴度苦谏,改任连州刺史。元和十四年(819)冬,老母去世,刘禹锡在家居丧两年多。

转任夔、和。元和十五年(820)正月,宦官杀害宪宗,拥立太子李恒,是为穆宗。是年冬天刘禹锡获授夔州,次年正月到任。长庆四年(824)秋,刘禹锡转任和州刺史。

再回京师。宝历二年(826),召回洛阳。尚在途中,敬宗为宦官所害,其弟李昂即位,是为文宗。大和元年(827)三月授秘书监。次年春调任长安,任主客郎中,授集贤殿学士。大和三年(829),改任礼部郎中兼集贤殿学士。

外官生活。大和五年(831)十月,诏任苏州刺史。大和八年(834)七月,转任汝州刺史兼领御史中丞、本道防御使。大和九年(835)十月,移任同州刺史。

退居东都。开成元年(836)秋,以足疾去官,迁太子宾客分司东都。文宗末年改任秘书监、分司东都。武宗会昌元年(841)春,加检校礼部尚书。会昌二年(842)去世,享年七十一岁,死后赠户部尚书。

从大处看,刘禹锡这四十八年的仕宦历程三起三落,而又三落三起,其间身在谪地二十一年,若加上在洛阳丁母忧的两年时间,则长达二十三年;从小处看,每个阶段里,一面是遭遇不平的愤懑与悲伤,一面是屡挫不馁的斗志与期望,两相交加,望而无望,无望而望。

可以诗、文为证:

首先是少年得志的欣喜:"弱冠游咸京,上书金马外。结交当世贤,驰声溢四塞。"(《谒柱山会禅师》)这是初入京师的自信。"永怀同年友,追想出谷晨。三十二君子,齐飞凌烟旻。"(《送张盥赴举》)这是高中进士的自豪。

永贞革新时,"引禹锡及柳宗元入禁中,与之图议,言无不从",是谓"二王、刘、柳"。①

永贞元年(805),刘禹锡初贬连州,朝议以为太轻,加贬朗州,到达贬所朝廷再次申明:柳、刘诸人"纵逢恩赦,不在量移之限",简直从根本上绝了他们回朝的希望。但他没有绝望,一面着意诗文,表达心志,一面陈情亲友,以求援引。"笙簧百啭音韵多,黄鹂吞声燕无语"(《百舌吟》),是以百舌鸟比喻曲意奉承的佞臣;"喧腾鼓舞喜昏黑,昧者不分聪者惑"(《聚蚊谣》),是以聚蚊成雷的古谚喻指造谣生事的群小;"百胜难虑敌,三折乃良医。人生不失意,焉能暴己知"(《学阮公体三首》其一),是以挫折为动力;"及谪于沅、湘间,为江山风物之所荡,往往指事成歌诗,或读书有所感,辄立评议"(《刘氏集略说》),是以诗文寓己志;著成《天论》三篇,提出"天人交相胜,还相用"的命题,是以理论升华生活。从他写给杜佑、李吉甫、李绛等人的书信里,更可以看出他期望重用的迫切心情。

从朗州召回时,他悲喜交集,感慨赋诗:"雷雨江湖起卧龙,武陵樵客蹑仙踪。十年楚水枫林下,今夜初闻长乐钟。"(《元和甲午岁诏书尽征江湘逐客余自武陵赴京宿于都亭有怀续来诸君子》)

再贬播州(后改连州),他"吞声咋舌,显白无路"(《谢门下武相公启》)。孟棨《本事诗》说其中原因是刘禹锡游玄都观所作《元和十一年自朗州承召至京戏赠看花诸君子》一诗语带讥讽:"紫陌红尘拂面来,无人不道看花回。玄都观里桃千树,尽是刘郎去后栽。"刘禹锡与柳宗元同行到衡阳,然后分路去连州与柳州。好友惜别,赋诗相赠。柳宗元《衡阳与梦得分路赠别》诗有"十年憔悴到秦京,谁料翻为岭外行"之句。刘禹锡答诗则说:"去国十年同赴召,渡湘千里又分岐。重临事异黄丞相,三黜名渐柳士师。归目并随回雁尽,愁肠正遇断猿时。桂江东过连山下,相望长吟有所思。"(《再授连州至衡阳酬柳柳州赠别》)标题"再授",诗云"十年""千里""三黜",都以数目字述贬谪时间之久、路程之远与次数之频繁。

左迁连州,三年不复,"常惧废死荒服,永辜愿言"(《上门下裴相公启》)。

改授夔州,寄望新君,"峡水千里,巴山万重。空怀向日之心,未有朝天之路"(《夔州谢上表》)。

转任和州,无望怆痛,"终日望夫夫不归,化为孤石苦相思。望来已是

---

① 刘昫等撰:《旧唐书》卷一百六十,北京:中华书局,1975年,第4210页。

几千载,只似当时初望时"(《望夫石》)。

再回京师,路逢知己,白居易悲歌淋漓、慰藉友朋:"为我引杯添酒饮,与君把箸击盘歌。诗称国手徒为尔,命压人头不奈何。举眼风光长寂寞,满朝官职独蹉跎。亦知合被才名折,二十三年折太多。"(《醉赠刘二十八使君》)刘禹锡慷慨坦荡、应答挚友:"巴山楚水凄凉地,二十三年弃置身。怀旧空吟闻笛赋,到乡翻似烂柯人。沉舟侧畔千帆过,病树前头万木春。今日听君歌一曲,暂凭杯酒长精神。"(《酬乐天扬州初逢席上见赠》)

闲居洛阳,不忘功名:"闻说功名事,依前惜寸阴"(《罢郡归洛阳闲居》)。

重回长安,再游玄都观,又作桃花诗:"百亩庭中半是苔,桃花净尽菜花开。种桃道士归何处,前度刘郎今又来。"(《再游玄都观绝句》)不肯折节、不甘污辱的刘禹锡难免又惹麻烦。回到京师,久处书殿,无缘进升,"除书每下皆先看,唯有刘郎无姓名"(令狐楚《寄礼部刘郎中》),可就在连朋友都为他叹惋时,他依然没有绝望,"群玉山头住四年,每闻笙鹤看诸仙。何时得把浮丘袂,白日将升第九天?"(《酬令狐相公见寄》)

外放苏、汝、同州,"临汝水之波,朝宗尚阻;望秦城之日,回照何时"?(《汝州谢上表》)归途漫漫,但不曾放弃,"终期大冶再熔炼,愿托扶摇翔碧虚"(《两何如诗谢裴令公赠别二首》),这是他向元老裴度的告白。

凡此种种,不管有多少苦闷愤恨,刘禹锡都没有放弃追求与希望,因为永贞革新的进步正义、个人志节的坚忍顽强,足以成为他永不衰竭的精神动力。

刘禹锡的被贬,是由政治改革的失败直接造成的。永贞新政禁宫市、罢乳母、停珍贡、免杂税、贬贪暴、用忠良、理财政,有利于加强中央集权、维护国家统一、减轻人民负担,诚如王鸣盛所言"上利于国,下利于民"①,是符合社会进步趋势的。在绝笔之作《子刘子自传》里,刘禹锡用了三分之一的篇幅叙写王叔文的身世和美德,因为他坚信永贞革新的正义性。"莫道谗言如浪深,莫言迁客似沙沉。千淘万漉虽辛苦,吹尽狂沙始到金"。(《浪淘沙词九首》其八)② 不屈的追求,坚韧的志节,终将淘来真金。刘禹锡从

---

① 王鸣盛著,黄曙辉点校:《十七史商榷》卷七十四《顺宗纪所书善政条》,上海:上海书店出版社,2005年,第641页。

② 以上所引刘禹锡诗文,参见刘禹锡著,瞿蜕园笺证:《刘禹锡集笺证》,上海:上海古籍出版社,1989年。

贬谪生活的切身体会与个我心性的坚守中,升华出了不破的真理。也正是对理想人格的执着,对外来压抑的抗争,使刘禹锡的人生与诗文显示出了悲剧的力量。

今传刘禹锡赋作11篇,其中《伤往赋》《谪九年赋》《楚望赋》《何卜赋》《砥石赋》《望赋》等6篇作于朗州(805—814),《问大钧赋》作于连州(818),《秋声赋》作于洛阳(841),《平权衡赋》为律体试赋,当作于贞元九年(793)或以前,另有《三良冢赋》《山阳城赋》,作年不定。

这11篇赋可以根据其题材内容大体归为三类:

直抒愤懑赋:《何卜赋》《谪九年赋》《问大钧赋》。

写景寓情赋:《望赋》《楚望赋》《秋声赋》《伤往赋》。

咏史假物赋:《山阳城赋》《三良冢赋》《砥石赋》《平权衡赋》。

这些赋作大多与他漫长的贬谪人生关系密切,除《平权衡赋》外,都可宽泛地理解为贬谪赋。

二、直抒愤懑赋:《何卜赋》《谪九年赋》《问大钧赋》

《何卜赋》《谪九年赋》《问大钧赋》可归为直抒愤懑类。

《何卜赋》为刘禹锡贬朗州时作品,赋拟《楚辞·卜居》,嵇康《卜疑》,以"余"与"卜者"问对的形式构建篇章。

就内涵而言,该赋一体两面,一面是具有普泛意义的哲理之思,一面是源出心底的情绪抒张。

从哲思的一面来看,这篇赋的要点在一问一对,问的是"力命之说",答的是"主张其时"。

"力命之说"强调力不如命,事由命定。《列子·力命篇》有"力"与"命"孰为万物主宰的辩论,"力"说寿夭、穷达、贵贱、贫富,都是人力之所能,"命"则相应举彭祖与颜渊,仲尼与殷纣,季札与田恒,夷齐与季氏四组人物才能品性与个人命运互为背离的事实以为反驳,并归之于万物"自寿自夭,自穷自达,自贵自贱,自富自贫"[①],无由主宰,不可确知。刘禹锡既疑力命之说,又不明万物变化因何而定,所以请卜者决疑:"孰主张之?问于子龟。"

卜者对问的要点在于"主张其时":"君问曷由?主张其时。时乎时乎,

---

① 杨伯峻撰:《列子集释》,北京:中华书局,1979年,第193页。

去不可邀,来不可逃……是耶非耶,主者时耶!"对这个"时"的理解与阐释非常关键,古时"时"近于"运",一般会将"时"理解为时命、时运,如果从这个层面上解释,卜者的对问还是停留在疑问的出发点:力不如命,事由命定。《卜居》与《卜疑》中的卜者詹尹与贞父便都表示对这样的疑问无能为力:"数有所不逮,神有所不通。""至人不相,达人不卜。"

在《何卜赋》里,刘禹锡却借卜者之口将"时"理解为时机甚至条件:

> 有天下之是非,有人人之是非。在此为美兮,在彼为蚩。或昔而成,或今而亏……乌喙之毒堇,鸡首之贱毛,各于其时而伯其曹。屠龙之伎,非曰不伟,时无所用,莫若履狶。作俑之工,非曰可珍,时有所用,贵于斫轮。络首縻足兮,骥不能逾跬。前无所阻兮,跛鳖千里。同涉于川,其时在风。沿者之吉,溯者之凶。同艺于野,其时在泽。伊穉之利,乃穆之厄。①

刘禹锡从分析问题的角度与方法出发,举例分析"是""非"决定于"时"。他所举的例子,有因"时"而用与有"时"可用两类。毒堇、贱毛、屠龙、履狶、作俑、斫轮等各类物事因时而贵,这里的"时"是时候、时机。骐骥前行不可有障碍,河中行船希望有顺风,田间种稻离不开水,这里的"时",更指时机与条件。这就将"时"与"命"区分开来。由此引出待时而动的主张:"夫如是,得非我美,失非我耻。其去曷思,其来曷期!姑蹈常而俟之,夫何卜为!"蹈常而俟,就是要遵循一贯的信念,等待有利的时机。"何卜"即何必占卜,《左传》中"卜以决疑,不疑何卜",以"何卜"为篇名,正为了归旨为蹈常不疑。这是这篇赋充满理趣的一面。

其实它更本真的意图与旨趣是充溢其间的情意,它在借卜者之言说明是非取决于时机的同时,抒发了自己不遇的愤懑与待时而起的决心。赋的开篇即说心中疑惑因长期贬谪而致:"余既幻惑力命之说兮,身久放而愈疑。"向卜者陈情时更多愤慨与宣泄:

> 人莫不塞,有时而通,伊我兮久而愈穷。人莫不病,有时而间,伊我兮久而滋蔓。吾闻人肖五行,动止有则。四时转续,变于所极。一岁之旱,人思具舟。三月之热,人思具裘。极必反焉,其犹合符。予首圆而足方,予腹阴而背阳。胡形象之有肖,而变化

---

① 刘禹锡著,瞿蜕园笺证:《刘禹锡集笺证》,上海:上海古籍出版社,1989年,第23页。

之殊常？经曰剥极则贲,居贲而未尝剥者其谁？否极受泰,居否
而未尝泰者又其谁？鹤胡不截,凫胡不神？夔何罚而蹠踔,蚿何
功而扶持？纷纭恣睢,交作舛驰。①

动静有常、否极泰来,可"我"却久处困境,这个世界是不是颠倒了黑白与是非！赋家之疑,正由此而生。或者更可以说《何卜赋》本非决疑之作,只不过是设为问答之语,以宣泄作者愤懑之情而已。

当然,刘禹锡高出于普通贬谪者的地方还在其愤而有望,愤而有坚守。赋末说:"予退而作《何卜赋》。于是蹈道之心一,而俟时之志坚。内视群疑,犹冰释然。"可见贬谪没有压垮他的心志,相反,他坚持信仰的决心更加专一,等待时机的意志更加坚定。这也是刘禹锡写作这篇《何卜赋》的目的所在。

《谪九年赋》是最能体现刘禹锡怨愤情绪的作品,其时刘禹锡已贬朗州九年,古人以"九"为极数,赋以"谪九年"标题,实即隐括了至极而无复的愤懑。在后来的《问大钧赋》序中,刘禹锡更就《谪九年赋》的写作目的作了明确的交代:"始余失台郎为刺史,又贬州司马,俟罪朗州,三见闰月。人咸谓数之极,理当迁焉。因作《谪九年赋》以自广。"②赋文短小精警,全篇如下:

> 古称思妇,已历九秋。未必有是,举为深愁。莫高者天,莫浚者泉。推以极数,无逾九焉。伊我之谪,至于数极。长沙之悲,三倍其时。廷尉不调,行当跂而。天有寒暑,闰如三变。朝有考绩,明幽三见。顾尧之明兮,亦昏垫而有叹。叹息兮徜徉,登高高兮望苍苍。突弁之夫,我来始黄。合抱之木,我来犹芒。山增昔容,水改故坊。童者郁郁兮而涸者洋洋。天覆地生,蓊兮无伤。彼族而居,向之投荒。彼轩而游,昨日桁杨。信及泽濡,俄然复常。稽天道与人纪,咸一偾而一起。去无久而不还,梦无久而不理。何吾道之一穷兮,贯九年而犹尔。噫！不可得而知,庸讵得而悲。苟变化之莫及兮,又安用夫肖天地之形为？③

自始至终,灌注的还是久谪不复的牢骚。先拟思妇,说自己愁情满怀,

---

① 刘禹锡著,瞿蜕园笺证:《刘禹锡集笺证》,上海:上海古籍出版社,1989年,第22～23页。
② 刘禹锡著,瞿蜕园笺证:《刘禹锡集笺证》,上海:上海古籍出版社,1989年,第1页。
③ 刘禹锡著,瞿蜕园笺证:《刘禹锡集笺证》,上海:上海古籍出版社,1989年,第26页。

已历九秋;再陈极数,说自己遭逢贬谪,已臻极致;比之贾谊,三倍其时。朝中规矩,考核官吏,三年一次,九年间也应该有三次机会了,可登高远望,惟余莽莽,杳无音信,不禁感慨万千。九年间物是人非,当年童子,已长成人,昔日幼苗,已成合抱,连山容水貌,也发生了变化。可见不管是天道的运行还是人事的兴衰都有变化,可为什么偏偏我经历了漫长的贬谪却仍然没有改变命运的机会呢?赋家的不平、不满与不解都在这一连串的质问中得以宣泄。

但即使无望之极,刘禹锡也没有放弃希望。在赋的末尾,他一面自我安慰,说既然不可测知,也就不必悲伤。一面说人之为人,贵在能因循变化、应对变化。这实在是无望而望。

《问大钧赋》作于元和十三年(818),其时刘禹锡已被再贬连州三年,其间武元衡遇刺、裴度继相,用兵奏凯、大赦天下,刘禹锡也曾上书陈情,但仍不在量移之列,不免失望愤慨。这种愤慨之情也在篇名与赋序中直接体现出来了。"大钧"是指制陶的转轮,喻指天地、自然、造化,所以贾谊《鵩鸟赋》云"大钧播物兮,坱圠无垠"。此篇既以"问大钧"为名,实即"问天"之意,与屈原《天问》近似。只是这篇的"天",多少包含可以主宰刘禹锡命运的现世的君王与权贵们,赋云"天为独阳,高不可问。工居其中,与人差近"就隐约可见这样的意见,瞿蜕园先生说"此赋以问大钧为名,实即质问秉政之宰相",虽不必拘泥,但显见这样的成分。序既交代了本篇写作的缘由,还连带回顾了《谪九年赋》的写作经历,其实也暗暗植入了长期被贬的背景与情绪。

赋以问天开端,却由金甲威神于梦中答问,与《天问》只问不答有所不同。

赋家之问,有不平之气与愤世之意:"人或誉之,百说徒虚;人或排之,半言有余。物壮则老,乃唯其常;否终则倾,亦不可长。老先期而骤至兮,否逾数而巨量。虽一夫之不获兮,亦大化之攸病。"恭维之语,百句为虚,诋毁之言,半句有余,这正是刘禹锡久贬不复的直接原因。物壮则老、否终则倾,万事万物的变化都有极致与规律,可我却久贬不复,实在是天地造化的不公。

大钧之答,主旨在教其去智守愚,去刚取柔:"今哀汝穷,将厚汝愚。剔去刚健,纳之柔懦。塞前窍之伤痍兮,招太和而与居。恕以待人兮,急以自拘。道存邃奥,无示四隅。轧物之势不作兮,见伤之机自无。""苍眉皓髯,山立时行。去敌气与矜色兮,噤危言以端诚。"在连遭贬谪、久不起复的生命沉沦与愤世情怀中,刘禹锡多少会对自己因言语而招祸的经历有所感悟与反思①,但他并未沉湎于幽怨与孤愤,赋说"以不息为体,以日新为道",展现的仍然是乐观进取的精神与革故鼎新的风貌,这正是刘禹锡的超拔之处。②

这三篇赋有不平、有揭露,大抵直陈胸臆,不假物事,但篇章结构上多有讲求,或著意篇名,或构为问答,集中展现了刘禹锡贬谪生活中的愤懑之情。

三、写景寓情赋:《望赋》《楚望赋》《伤往赋》《秋声赋》

刘禹锡赋篇篇有望,而最集中展示其企望心境的莫过于《望赋》。《望赋》仿江淹《恨赋》《别赋》,专写企望之情。首段总领,说登高远望,百感丛生,且感物兴思,因人而异:

> 邈不语兮临风,境自外兮感从中。晦明转续兮,八极鸿蒙。上下交气兮,群生异容。发孤照于寸眸,骛退情乎太空。物乘化兮多象,人遇时兮不同。嗟乎!有目者必骋望以尽意,当望者必缘情而感时。有待者瞿瞿,忘怀者熙熙。虑深者瞠然若丧,乐极者冲然无违。外徙倚其如一,中纠纷兮若迷。③

接下来六段以"望如何其"领起,分写"望最乐""望且欢""望攸好""望有形""望且慕""望最伤",等因望而生的种种情绪。这六种情绪可从两个维度理解:一以身份言,一以对象言。从身份看,可理解为系心君王者之望、思慕帝都者之望、求仙者之望、作战者之望、后妃之望、逐臣迁客之望。但刘禹锡的本意可能更在一己复杂的心绪,而非《别赋》《恨赋》所表现的普遍情愫。所以不妨从阿阁、长安、四隩、楚塞、恩意、帝乡等所望之物事情怀来解读。这所望之物从国都长安到九州四隩,再到楚地风物,最后又回到帝乡恩意,由远及近又由近及远,其所对应的景别与情绪则有乐后生悲,悲中有

---

① 瞿蜕园先生说赋中"剔去刚健、纳之柔濡""去敌气与矜色,噤危言以端诚"等语乃自明韬晦以祛疑忌之意。详见刘禹锡著,瞿蜕园笺证:《刘禹锡集笺证》,上海:上海古籍出版社,1989年,第7页。

② "不息"源自《周易·乾》"天行健,君子以自强不息""日新"语出《尚书·盘铭》"苟日新,日日新,又日新"。北京工业大学校训为"不息为体,日新为道"。

③ 刘禹锡著,瞿蜕园笺证:《刘禹锡集笺证》,上海:上海古籍出版社,1989年,第28页。

望。前三段多喜悦之情,以回顾与想望为主,后三段由虚入实,以失意为旨。尤其直写贬谪之情的第六段:

> 望如何其望最伤。俟环玦兮思帝乡。龙门不见兮,云雾苍苍。乔木何许兮,山高水长。春之气兮悦万族,独含嚬兮千里目。秋之景兮悬清光,偏结愤兮九回肠。羡环拱于白榆,惜驰晖于落桑。谅冲斗兮谁见,伊戴盆兮何望?①

《荀子·大略》言:"绝人以玦,返人以环。"环是让谪臣返京的信号,此处用偏义复词指贬谪望还者。下面以"龙门不见""乔木何许"喻升迁无望,以春望秋思、影在桑榆言时光流逝、怨愤难平。末句用了"气冲斗牛"与"戴盆望天"的典故。《晋书·张华传》有因斗牛之间常有紫气而掘地得宝剑之说,后以"冲斗"喻人志气超迈或才华英发,再后来更有怒气冲天或气势很盛之意。刘禹锡此赋中的"冲斗"之气应该兼有超迈与愤怒之意。"戴盆望天"始出司马迁《报任少卿书》,本指事难两全,后喻方法错误,刘禹锡此赋之意也当偏指难于出头、心怀苦闷,望而无望。

其实前五种情绪都可以归结到这贬谪之愤与贬中之望来。所以赋的结尾紧承上面的第六段:

> 岂止苏武在胡,管宁浮海。送飞鸿之灭没,附阴火之光彩。鹤颈长引,乌头未改。恨已极兮平原空,起何时兮在山东。永望如何,伤怀孔多。降将有依风之感,宫人成忆月之歌。歌曰:张衡侧身愁思久,王粲登楼日回首。不作渭滨垂钓臣,羞为洛阳拜尘友。②

苏武牧胡,因飞鸿传讯,管宁归海,赖神光佑护,可我引领长望,一无所见,渴盼再起,绵邈无期。遂为慷慨悲歌:张衡侧身东望、王粲登楼四望、吕尚渭滨钓望、潘岳步尘拜望,或忧时局,或抒乡情,或期重用,或赂权贵,四句四事,各寓一"望"字。前两句作情感的铺垫,后两句表明心志:不期盼吕尚那样的际遇,也不会像潘岳那样附和权贵,苟求利禄。这一段叠用苏武、管宁、李陵、班婕妤、张衡、王粲、吕尚、潘岳等人事典,信息密集,然而不离一

---

① 刘禹锡著,瞿蜕园笺证:《刘禹锡集笺证》,上海:上海古籍出版社,1989年,第29~30页。
② 刘禹锡著,瞿蜕园笺证:《刘禹锡集笺证》,上海:上海古籍出版社,1989年,第30页。

"望"字。

全篇以这一"望"字铺陈了刘禹锡的谪居之愤、忧时之伤,更写尽了他在人生低谷时的企望心境与凛然态度。

《楚望赋》标题比《望赋》多一"楚"字,正是刘禹锡贬谪朗州、久居楚地后的写楚之作。序称自己谪居武陵,地属故楚边境,民信巫风,气候冬冷夏热,雾气浓重,适宜楼居,因城楼与住所相邻,且视野开阔,遂将平日登临所见载入赋中。

赋即承序之意,总说朗州山川地理,分说武陵四时风光,然后转入对楚地民风民俗、渔业活动、农耕生产、淘金事务的叙写。

如说朗州山川:

> 群山嵽嵲……出云见怪……大江颒洞……泄入云梦……秋水灌盈,潋石飘沙。流枿轩昂,舞于盘涡。逮及收潦,澹如酴醿。白石磷磷,倒影罗生。蘋末风起,有文无声。悠远烟绵,与空苍然。①

超出云层的山头千奇百怪,浑然浩渺的沅江涌入洞庭,秋水涨溢时,沙石翻转、树根飘荡,洪水退即后,清如美酒、白石历历,轻烟浮曳,与天一色。写得形象生动。

然后以较大的篇幅铺陈武陵的四时风光。说春气早于节令:"湘沅之春,先令而行。腊月寒尽,温风发荣。土膏如濡,言鸟嘤嘤。三星嗜其晚中,植物飒以飘英。云归高唐,草蔽洞庭。"冬天一过,很快就风暖花开、草长莺飞。说夏季骄阳似火、雷雨交加:"涉夏如铄,逮秋愈炽。土山焦熬,止水潢沸。翔禽跕堕,呀咪垂翅……云兴天际,欸若车盖……惊雷出火,乔木糜碎……悬溜绠缒,日中见昧。移暑而收,野无完块。"极热时草木枯焦、池水沸腾、飞鸟坠地,忽而电闪雷鸣,雨如悬绳,暗无天日,不用多时,流潦纵横。说秋天天高云淡、景物鲜明:"少阴之中,景物澄鲜。丹叶星房,烛耀川原。夕月既望,曜于丹泉。上镜下冰,渐尘濯烟……皓一气之悠然,洁有形而溢清玄……夜无朕以徂征,金霞晕乎海壖。明星方扬,斜汉西悬。璇柄如堕,半沉层澜。鸡唶唶而晨鸣兮,日荏苒以腾晶。动植瞭兮已分,山川郁乎不平。"秋天的红叶如同星光,照耀着原野山川;秋天的月夜,碧空如洗,万物圣洁而又满溢清辉;夜晚的时光静静地流逝,不知不觉,斗柄西沉,坠

---

① 刘禹锡著,瞿蜕园笺证:《刘禹锡集笺证》,上海:上海古籍出版社,1989年,第12页。

入银河,群鸡骚动,又见日光。冬令之时,则北风呼啸、落叶纷飞:"时时北风,振槁扬埃。萧条边声,与雁俱来。寒氛委积,万窍交激。楚云改容,飞雨凝滴。"在风声中,群雁南归,成为冬日的风景。

其后写民俗,说"民生其间,俗鬼言夷。招三闾以成谣,德伏波而构祠"。叙渔业,说"罟张饵唊,不可遁伏。显举潜缒,昼撞夜触。设机沉深,如拾于陆"。再陈农耕、述陶金。凡此种种,尽入赋中,莫不突出楚地特色,不失为武陵地方志、朗州风俗画。但因为作者是以谪臣的身份与眼光来看待,这楚地风物便多了一层幽怨的色彩。譬如赋首第一段,极言楚地四时之气不和,气候潮湿而多雾,土地松软而泥泞,天空难得晴朗,湿气常入体内,要想去除烦恼,唯有登楼远望,因感岁月流转,万象起灭,为全赋定下了幽怨的情感基调。又如写秋夜之景,说黎明之时又回到喧嚣与竞奔的人间。便都多少浸润了赋家主观的情思。

最后总陈观物之意:"观物之余,遂观我生。何广覆与厚载,岂有形而无情?高莫高兮九阍,远莫远兮故园。舟有楫兮车有辖,江山坐兮不可越。吾又安知其所如?恍临高以观物。"①颜之推《观我生赋》叙一生之遭际,刘禹锡袭其意,而以"观物之余,遂观我生"之语,将赋旨拉回一己之经历与情愫:登高览物,寄托的是谪居难复的失落感与路远莫致的思乡情。

《伤往赋》为刘禹锡悼念亡妻之作。赋直抒胸臆,亦多触景生情。序称人贵有情,不以遣情为智,赋云生死有常,痛惜青春夭折。然后以"我行其野""我观于途""我复虚室""我入寝宫"领起三段文字,从不同角度尽数铺陈睹物思人的殷切之情。

野、途所见,有"农民桑者,举梭来馌""裨贩之夫,同荷均挈",有"羽毛之蕃,鳞介之微,和鸣灌丛,双泳涟漪",以农夫商贩夫妻相随与飞鸟虫鱼的雌雄相伴,来反衬自己丧妻后的形单影只。

虚室所见,集中于幼子的情形,"虚室"二字,正指兼负妻子与母亲双重角色的女主人的缺席。赋以幼子的思维揣摩母亲,又以父亲的身份观察幼子,而终归于丈夫对妻子的思念。

寝宫所见,有宝瑟、镜奁、香炉、帘幌、首饰、被褥、刀尺、巾箱、服玩等,都是妻子生前常用之物,现在不仅人已亡化,连物也改容了,怎不叫人痛惜哀婉?

---

① 刘禹锡著,瞿蜕园笺证:《刘禹锡集笺证》,上海:上海古籍出版社,1989年,第14页。

最后由情入理，以理驭情，而又终归于情：

> 龙门风霜苦，别鹤哀鸣夜衔羽。吴江波浪深，雌剑一去无遗音。悲之来兮愤（一作"愤"）予心，汹如行波浡浸淫。怅缘情而莫极，思执礼以自箴。已焉哉！莘莘生死，悠悠古今。乘彼一气兮，聚散相寻。或鼓而兴，或罢而沉。以无涯之情爱，悼不驻之光阴。谅自迷其有分，徒终怨于匪忱。彼蒙庄兮何人！予独累叹而长吟。①

圣人有情而不累于情，可圣人毕竟是理想中人，现实生活中的人又怎能不"累叹而长吟"？

相较而言，《伤往赋》是刘禹锡赋中没有直接言及贬谪的，但没有言及不等于没有关联。《伤往赋》作于元和七年（812），与刘禹锡结婚总共不到九年的夫人薛氏，有七年多的时光是在远离家乡的卑湿之地朗州度过的。夫人的去世，自然与刘禹锡的贬谪生活有着千丝万缕的联系，同期所作的悼亡诗《谪居悼往二首》从标题到诗句便都不离贬谪之事：

> 悒悒何悒悒，长沙地卑湿。楼上见春多，花前恨风急。
> 猿愁肠断叫，鹤病翘趾立。牛衣独自眠，谁哀仲卿泣？
> 郁郁何郁郁，长安远如日。终日念乡关，燕来鸿复还。
> 潘岳岁寒思，屈平憔悴颜。殷勤望归路，无雨即登山。

除了以王章与妻牛衣对泣之典故、潘岳"谁与同岁寒"之诗句以明悼亡之情外，长沙卑湿、长安日远、屈平憔悴之类的措辞，更抒发谪居之怨、乡关之思、望归之意。

《秋声赋》作于会昌元年（841），以济世安民为己任而又坎坷一生的刘禹锡，年过七十，正以老病之躯走着他生命的倒数第二年，但在这篇咏秋的作品里，他没有一味叹老嗟卑、伤时忧别，而是一如既往地激越与奋发。

序称这篇赋是读了李德裕的同名之作及王起的和作之后，为寄托自己的"孤愤"而写的。赋的开始按惯例铺陈秋声秋色：

> 碧天如水兮，窅窅悠悠。百虫迎莫兮，万叶吟秋。欲辞林而

---

① 刘禹锡著，瞿蜕园笺证：《刘禹锡集笺证》，上海：上海古籍出版社，1989年，第19页。

萧飒,潜命侣以啁啾。送将归兮临水,非吾土兮登楼。晚枝多露蝉之思,夕草起寒螀之愁。至若松竹含韵,梧楸蚤脱。惊绮疏之晓吹,堕碧砌之凉月。念塞外之征行,顾闺中之骚屑。夜蛩鸣兮机杼促,朔雁叫兮音书绝。远杵续兮何泠泠,虚窗静兮空切切。如吟如啸,非竹非丝。当自然之宫徵,动终岁之别离。①

碧天如水、清澈高远,百虫争鸣、呼朋引类,万叶迎风、萧飒欲坠。总起之后,再翻进一层,具体陈述秋景秋情:松竹犹韵、梧楸已落、晓风劲吹、凉月轻泻,闺妇思夫、征夫忆妇、蟋蟀夜鸣、北雁南飞、杵声不绝、虚窗静空,这种种物事人情,莫不合乎自然的音律,触动人们常年的离愁。中间化用宋玉《九辩》与王粲《登楼赋》语意,以概括古来悲秋的典型情绪,李调元在《赋话》中称之为"化熟为生,意味隽永"。与一般的咏秋之作一样,写秋的凄清与萧瑟,并植入赋家自己闲废孤居的苦闷,但这样的色调并不浓烈,感情也比较隐微。

后面主要是对李、王唱和之作的评价,先将他们比为"安石风流"与"巨源多可",然后以"异宋玉之悲伤,觉潘郎之幺麽"之句既为李、王之作作出评价,又将赋旨兜转到自己"老骥伏枥,志在千里"的命意上来,所以末段说:"嗟乎!骥伏枥而已老,鹰在韝而有情。聆朔风而心动,盼天籁而神惊。力将痰兮足受绁,犹奋迅于秋声。"②

马积高先生盛赞这篇赋的结尾"不仅在命意上胜过德裕之作,也驾太白之作而上之了"③,更进一步说,刘禹锡的坚卓与超拔在这最后的贬谪之赋中也多有展现。

这四篇写景之赋,有虚有实,有远有近,《楚望赋》与《伤往赋》写的都是谪居楚地的实情实景,《望赋》与《秋声赋》概括有更多的内容,但都与贬谪的生活有着千丝万缕的联系。

四、咏史假物赋:《平权衡赋》《砥石赋》《山阳城赋》《三良冢赋》

《平权衡赋》为贞元九年(793)刘禹锡参加礼部省试时所作。④ 赋以器

---

① 刘禹锡著,瞿蜕园笺证:《刘禹锡集笺证》,上海:上海古籍出版社,1989年,第35页。
② 刘禹锡著,瞿蜕园笺证:《刘禹锡集笺证》,上海:上海古籍出版社,1989年,第35~36页。
③ 马积高:《赋史》,上海:上海古籍出版社,1987年,第326页。
④ 《登科记考》卷十三"贞元九年":"是年试《平权衡赋》,以'昼夜平分铢钧取则'为韵。"赋不载于刘禹锡本集,见《文苑英华》卷一百三十、《全唐文》卷五百九十九。

用为铺陈对象,主旨在"持平罔亏,可为范于秉钧之佐;立信惟一,将有助于执契之君"。赋末云:"方今百度惟贞,万邦承则,顺时设教兮靡不获所,同律和声兮允臻其极。玉衡正而三阶以平,七政齐而庶政不忒矣。美君臣之同体,犹权衡以合德;宰准绳之在心,庶轻重之不惑。"虽为应试之作,但其革新精神,也已暗植其中。

《砥石赋》是刘禹锡初贬朗州时的假物寓意之作。序以小故事引出作赋动机,说南方天气特别潮湿,很容易使物品变色坏味,自己有一把很好的佩刀,到了这里就因生锈而拔不出来,不得已只好剖开刀鞘。后来有一位朋友送给他一块上好的磨刀石,经过仔细的打磨,才使宝刀重现锋芒。然后假这位朋友的口说:"吾闻诸梅福曰:'爵禄者,天下之砥石也。高皇帝所以砺世磨钝。'有是耶!"①这样就将作赋动机上升到了治国的层面。

赋即由此而展开,但既以砥石为喻象,又以宝刀为喻体,既抒发个人的感慨与志愿,又寄寓治国的理想与主张。

赋的首段将宝剑失去锋芒的原因归结为潮湿的侵蚀:"遭土卑而廛作兮,雄铓为之潜晦",然后再刻意将这种原因扩展到久不试用:

> 利物蒙蔽,材人悯怅。俾百汰之至精,蟠一检而多恙。岂害气之独然兮,将久不试而然!彼屠者之刃兮,猎者之铤。不灌不淬兮,揉错衔铅。日鼓月挥兮,刲腴击鲜。晥燖燰以耀芒,蓊淫夷而腾膻。岂不涉暑而蒙疹兮,鼎用之而成妍?②

即使久经锤炼的精品,也会因弃置不用而百病丛生,屠夫的刀、猎人的矛并不精纯,但因为天天操持而闪闪发亮,可见湿气并不是毁灭宝刀的唯一因素,这些话里就暗喻有包括自己在内的贤才被贬而久不起用的愤懑。"利物蒙蔽,材人悯怅"更将本体与喻体牵合起来,并与"土卑而廛作"一起揭露当时恶劣的政治气候。

赋的中间部分,借宝刀的雄铓再现,寄托暂遭贬谪的豁达与重获起用的期望:"故态复还,宝心再起。既赋形而终用,一蒙垢焉何耻?感利钝之有时兮,寄雄心于瞪视。"宝心再起、蒙垢不耻、利钝有时、雄心瞪视,这样的句子已经不再拘泥于器物的假托,而近乎直抒胸臆了。这胸臆是坚韧而坚

---

① 刘禹锡著,瞿蜕园笺证:《刘禹锡集笺证》,上海:上海古籍出版社,1989年,第8页。
② 刘禹锡著,瞿蜕园笺证:《刘禹锡集笺证》,上海:上海古籍出版社,1989年,第8页。

决的,坚韧的是勇承磨难与待时而起,坚决的是不畏强权与自我认定。瞿蜕园先生说这几句"有百折不挠之劲节,有待时而起之雄心,禹锡所以自处者于此可见"①,可谓的评。

赋的末段更借砥石直陈治国之法:

> 嗟乎！石以砥焉,化钝为利。法以砥焉,化愚为智。武王得之,商俗以厚。高帝得之,杰才以凑。得既有自,失岂无因？汉氏已还,三光景分。随道阔狭,用之得人。五百余年,唐风始振。悬此天砥,以砻兆民。播生在天,成器在君。天为物天,君为人天。安有执砺世之具而患乎无贤欤！②

刘禹锡在这里以"法"为砥,并不是一般意义上的法治观点,而是特指用以得人的爵禄与权柄。国因人兴,这当然是中国古代通用的道理,但这段文辞中显然也夹杂有个人的不平情绪。

总之,这篇赋借宝刀磨砺之喻,既阐明"法以砥焉,化愚为智"的观点,也抒发自己被贬的愤懑心情与待时而起的决心,在立意与构思上都算巧妙。

《山阳城赋》为览古咏史之作。山阳城是汉朝末代皇帝刘协被迫禅位之后的封地,至中唐时,只剩废墟。序称"裔孙作赋,盖悯汉也",固然有悯汉的意思在里面,但更主要的是借汉说唐,以汉王朝的盛衰之事为当代帝王提供经邦治国的借鉴。赋即从悯汉开始,哀汉朝四百年基业毁于山阳:

> 我止行车,贾涕于山阳之墟。是何苍莽与惨悴,春陵之气兮焉如？踣昌运于四百,辞至尊而伍匹夫。有利器而倒持兮,曾何芒刃之足舒！懿王迹之肇基,暨坤维之再敷。邈沍阳与鄗上,恍蛇变而龙摅。痛人亡而事替,终此地焉忽诸。③

国如利器,为人窃持,想高祖"蛇变"称帝,光武"龙摅"中兴,到如今人亡事替,能不唏嘘感慨？感慨之余,更需分析原因,总结经验:

> 嗟乎！积是为治,积非成虐。文景之欲,处身以约。播其德

---

① 刘禹锡著,瞿蜕园笺证:《刘禹锡集笺证》,上海:上海古籍出版社,1989年,第11页。
② 刘禹锡著,瞿蜕园笺证:《刘禹锡集笺证》,上海:上海古籍出版社,1989年,第9页。
③ 刘禹锡著,瞿蜕园笺证:《刘禹锡集笺证》,上海:上海古籍出版社,1989年,第33页。

芽,迄武乃获;桓灵之欲,纵心于昏,然其妖焰,逮献而焚。彼伊周不世兮,奸雄乘衅而腾振。物象溃以易位,被虚号而阳尊。终势殚而事去,胡窃揖让以为文?呜呼!维神器之至重兮,盖如山之不骞。使人得譬乎逐鹿,固健步者所先。谅人事之云尔,孰云当涂之兆也自天!①

王朝的兴衰有一个累积与渐变的过程,文帝、景帝"积是",武帝丰获,桓帝、灵帝"积非",献帝毁替,都经历了渐变的过程。而渐变的原因关键在人,并且是帝王与重臣。文景之治在于"处身以约",桓灵之乱在于"纵心于昏",如果缺乏伊尹、周公这样的贤明之士,国家权柄更容易为奸雄所窃。所以天命之说,荒唐可笑。所以赋的主旨,是说兴衰在人不在天,而以人事言,"积是为治,积非成虐"。

赋末转入现世,言汉之衰亡不可挽回,而后人应从中吸取教训,算是交代作赋的最终目的。赋以古、今为对比,以盛、衰为对比,以天、人为对比,结语斩截果决,展现出刘禹锡长于史论与哲思的特点。

《三良冢赋》也是览古咏史之作②。三良事迹载于《左传·文公六年》:"秦伯任好卒,以子车氏之三子奄息、仲行、针虎为殉,皆秦之良也。国人哀之,为之赋《黄鸟》。"③

因涉君臣之义,三良事迹多为传统文人所乐道。

或批判穆公之残暴。如《左传》之"君子"语与《诗经·秦风》之《黄鸟》诗,一般以为是批判人殉的;《史记》《秦本纪》承其意,《蒙恬列传》更说穆公因杀三良而立号为"缪"。

或鼓吹君臣之遇合。如《史记正义》引应劭语,说秦穆公曾与群臣约言"生共此乐,死共此哀",然后三良许诺从死④;《汉书·匡衡传》说匡衡曾上疏,云"郑伯好勇,而国人暴虎;秦穆贵信,而士多从死……由此观之,治天下者,审所上而已"。⑤

或表彰臣子之忠义。如王粲诗云:"结发事明君,受恩良不訾。临殁要

---

① 刘禹锡著,瞿蜕园笺证:《刘禹锡集笺证》,上海:上海古籍出版社,1989年,第33~34页。
② 赋不载刘禹锡本集,见《文苑英华》卷一百三十、《全唐文》卷五百九十九。
③ 《十三经注疏》整理委员会整理,李学勤主编:《十三经注疏·春秋左传正义》,北京:北京大学出版社,1999年,第511页。
④ 司马迁撰:《史记》,北京:中华书局,1959年,第195页。
⑤ 班固撰,颜师古注:《汉书》卷八十一《匡衡传》,北京:中华书局,1962年,第3335页。

之死,焉得不相随……生为百夫雄,死为壮士规。"(《咏史》)曹植诗说:"功名不可为,忠义我所安。秦穆先下世,三臣皆自残。生时等荣乐,既没同忧患。"(《三良诗》)

或归因时代之风俗。如《史记·秦本纪》载:"武公卒,葬雍平阳。初以人从死,从者六十六人。""献公元年,止从死。"①穆公卒于公元前621年,上距武公卒(公元前678)58年,下距献公立(公元前384)238年。可知人殉之制,不独穆公。所以宋人赵与时说:"习俗之移人,虽穆公不能免。"②

或不满三良之愚昧。如民初志士易白沙说:"穆公杀殉,至百七十七人之多,秦人仅哀三良。《左传》《史记》所论,亦惟三良。是杀殉乃天下所同认。但不可杀善人良臣而已。不知三良之殉,实践酒酣时约;由于自动,而非强迫。后人不责三良自身,而追咎已死之穆公,是谓张冠李戴。"③

便是与刘禹锡同时代的柳宗元与李德裕,也有诗文论及三良之事。柳宗元《咏三良》诗一面称"明后",称"忠信"与"恩义",以示君臣遇合,一面说"殉死礼所非,况乃用其良",并引魏氏改父遗命之事讥刺康公,"疾病命固乱,魏氏言有章。从邪陷厥父,吾欲讨彼狂"。永贞革新成败的关键在权柄从顺宗向宪宗的移易,诗刺康公而美三良,其实暗寓有对永贞革新的是非评判与褒贬感情。李德裕《三良论》重点在对三良许诺殉死问题的分析,说"三良许之以死",而前代无人讥讽,实在不可思议,因为在他看来,连最得臣道的皋陶也不殉舜、禹二君,最重孝友的周公也不殉文、武二王,所以不必苟死,要死,也要为公义而死。

相较而言,刘禹锡是审慎的。他充分肯定了秦穆公的文才武略与功业地位:

> 吾尝读旧史矣,古者秦氏,大于穆公,出师则宁东夏,用贤则霸西戎。大邦服其礼,小邦畏其雄。谋已集,战亦武,不能勤王,不为盟主者何居?

这样一位具有雄才大略的君王,本可以成为天下盟主,可就因"灭天之良,

---

① 司马迁撰:《史记》,北京:中华书局,1959年,第183页,第201页。
② 赵与时:《宾退录》卷八,详见《宋元笔记小说大观》,上海:上海古籍出版社,2001年,第4220页。
③ 易白沙:《帝王春秋·杀殉》,上海:上海书店,民国丛书本,第11页。

丧人之特"而由"百夫仰系"一朝衰灭,岂不可惜?

至于三良,更多的是惋惜与不解:"宛其三子,遭时迍邅。主已即世,身皆糜全。指冥茫而为期,抚昭世而坐捐。方惴惴以临穴,且哀哀而号天。"君子生为世益,死为世重,何必盲从附主,无因弃废?"谁言捐躯易,杀身诚独难"(曹植《三良诗》)三良或许有难言之隐,不然也不至于惴惴哀号。赋末总归:

> 上刺衰德,下伤幽魂……矧今情之犹悲,谅古恨之潜吞。死而不作,吾谁与言。代事浩漾,人寿尔夭。言念君子,中心悄悄。哀生人之长恸,赴永夕之莫晓。归去来兮不可留,且悲吟于《黄鸟》。①

主旨在批判滥施权威的君主,痛悼无辜赴死的忠良,基本与《左传》"君子"语及《诗经》之《黄鸟》诗同一意脉。

五、刘禹锡贬谪赋的特点

不难看出,刘禹锡的这 11 篇赋作,除《平权衡赋》可以确定为早年之作,《山阳城赋》难见贬谪背景外,不管是直抒愤懑、写景寓情还是咏史假物,都与他的贬谪经历密切相关,都表现出望愤交加而又理趣盎然的特点。

(一)望愤交加

如前所述,在刘禹锡漫长的贬谪生涯里,一面是遭遇不平的愤懑与悲伤,一面是屡挫不馁的斗志与期望,两相交加,望而无望,无望而望,这样的心绪于刘禹锡诗、文中每有表现。不过相较而言,赋体创作因需较长时间而可以有沉郁之思,因有较大篇幅而可以容纳更为复杂的情愫,所以刘禹锡的贬谪之赋中篇篇有望,篇篇有愤,望愤交加。

当然这"望",包含思乡怀归之情、沉冤辩白之想与东山再起之意,是对故国亲友的思念,是对自己无罪的坚信,是对召回京城的期盼。

而这"愤",既有愤慨、愤怒之意,又有奋发、奋起之味。既有对无罪遭贬的愤慨,对群小诬谤的愤怒,对曾经改革的无悔,对自我品行的认定,又有永无止息的奋发,无所不在的奋起。

无辜被贬的第一反应是孤愤与怨刺。古有"孤臣""孽子"之说,被贬官

---

① 董诰等编:《全唐文》卷五百九十九,北京:中华书局,1983 年,第 6059 页。

员远离朝廷,孤立无援,每自比于孤臣、孽子。所以柳宗元诉说:"孤臣泪已尽,虚作断肠声。"(《入黄溪闻猿》)韩愈怨恼:"儿罪当笞,逐儿何为?"(《履霜操》)刘禹锡的诗文中也不乏这种孤远之感与孤直之愤,他的《晚岁登武陵城顾望水陆怅然有作》诗自我体认说:"孤臣本危涕,乔木在天涯。"《上杜司徒书》则自我解释说:"昔称韩非善著书,而《说难》《孤愤》尤为激切,故司马子长深悲之……而(余)独深悲之者,岂非遭罹世故,益感其言之至邪!"

在辞赋作品中,刘禹锡更愤懑于久谪不复的待遇。所以《何卜赋》因久放而致疑,并直抒愤懑说"人莫不塞,有时而通",而我"久而愈穷""人莫不病,有时而间",而我"久而滋蔓"。《问大钧赋》因久放而致问,也抒发不平:"物壮则老,乃唯其常;否终则倾,亦不可长。老先期而骤至兮,否逾数而巨量。虽一夫之不获兮,亦大化之攸病。"《谪九年赋》更将久谪不复的怨愤推于极致:"伊我之谪,至于数极。""何吾道之一穷兮,贯九年而犹耳。"

刘禹锡有不少诗文对群小的诬谤进行讥刺,如《聚蚊谣》《百舌吟》《昏镜词》《有獭吟》《飞鸢操》等。赋相对隐微,如《砥石赋》将自己的不幸被贬拟为宝刀仳垢,归为"土卑而慝作"。

愤既已极,望亦殷切,刘禹锡赋的企望之情也非常强烈,以"望"名篇的便有《望赋》与《楚望赋》,其中《望赋》堪称贬谪文学写望之最。

思乡怀归是人之本性,也是贬谪文学的基本情怀,所以刘禹锡诗云:"旅情偏在夜,乡思岂唯秋?每羡朝宗水,门前尽日流。"(《南中书来》)"楚野花多思,南禽声例哀。殷勤最高顶,闲却望乡来!"(《题招隐寺》)无论是登山,还是临水,乡思不已。柳宗元诗更为急切:"海畔尖山似剑芒,秋来处处割愁肠。若为化得身千亿,散上峰头望故乡!"(《与浩初上人同看山寄京华亲故》)化身千亿、处处望乡,写尽了思乡者的郁郁情怀。

故乡是人生的归宿地,是心灵的港湾,"有目者必骋望以尽意,当望者必缘情而感时"(《望赋》)。无辜受贬者的望归之心,固然也以思乡怀归为本,但更主要的还是回到往昔的政治舞台,回到正确的政治道路、回到理想的人格操守。

"叹息兮徜徉,登高高兮望苍苍"(《谪九年赋》),"高莫高兮九阊,远莫远兮故园"(《楚望赋》),"永望如何,伤怀孔多"(《望赋》),登高远望,刘禹锡也有无穷的幽怨与哀思,但他终归能从悲伤与沉沦中奋起,以远比同侪更为坚韧卓拔的心志傲视忧患、完善自我、寄望未来。在《砥石赋》中,他"故态复还,宝心再起",不以蒙垢为耻辱,不因挫折而颓丧,相信天生我才必有用,"寄雄心于瞪视"。在《秋声赋》,他一反世人的悲秋之态,以老骥自比,勇言"奋迅于秋声",抒发愈老而弥坚的豪情壮志。《何卜赋》以"蹈道之心一""俟时之志坚"归旨于不疑何卜,《问大钧赋》"以不息为体,以日新为道"归旨于不息前行。便是失望已极的《谪九年赋》,也于无望中坚存企望,而不是一味忧伤与孤愤。这是对生命意志的自觉砥砺,对自我人格的顽强坚守。正是这样的砥砺与坚守,使刘禹锡的赋不只简单的愤与普通的望,而是愤而有望,望而能奋。因悲凉愤懑而慷慨,因矢志不屈而企望,赋所展现的便是慷慨情怀与企望心境的有机统一。

（二）理趣盎然

作品的理趣,不仅源出作家的理论修养,而且因为作家超拔的心性情怀。

刘禹锡既有哲学家的修养,又有文学家的情怀,所以能将个人的升沉哀乐提炼为普遍永恒的规律。

作为哲学家,刘禹锡与柳宗元一起探讨"天道与人道",写出了著名的哲学论著《天论》三篇。在《天论》中,刘禹锡认为世间万物都由气构成,世间万物的发展都有其内在的规律,并在这种唯物主义自然观的基础上,提出"天人交相胜""还相用"的光辉思想,以区别"天之所能"与"人之所能",强调人类的社会功能在于制定礼法制度,利用自然万物。有了"天人交相胜"的理论为依据,刘禹锡自然不会轻信天命鬼神。在他看来,理明人自信,理昧则信天。如同操舟:小河行船,运用自如,故信人;大海航行,难以蠡测,故信天。比之社会:法制严明,恩怨有由,故归于人;赏罚不定,不知祸福,故归于天。这都是非常进步的思想。刘禹锡对自己的哲学修为也非常自信,他曾在《祭韩吏部文》中说:"子(指韩愈)长在笔,予长在论。"

作为文学家,刘禹锡以其卓拔的感悟力、模仿力、表达力,将从平常琐事与个人哀怨中升华出的哲理,以生动的语言与多样的方式展现给读者。

在《乌衣巷》《汉寿城春望》里,我们感受到了历史的兴衰,在《酬乐天扬州初逢席上见赠》《乐天见示伤微之敦诗晦叔三君子皆有深分因成是诗以寄》中,我们感受到了人事的变迁,《有獭吟》《阳山庙观赛神》告诉我们天命鬼神之不可信,《浪淘沙词九首》之八告诉我们真金、真理之难淘、难得。

不同于诗的简洁与警醒,赋中言理可以铺陈,可以深入,可以假借多种形式。《何卜赋》与《问大钧赋》假问对以不疑者的身份故作疑惑,反对"力命之说",提出"极必反焉"与"日新为道"的思想,富有哲理精神和辨证色彩,即便以文学的眼光而言,也是生动风趣而不乏创意的。《山阳城赋》假史言理,以古今、天人为对比,说明兴衰在人,"积是为治,积非成虐"。《砥石赋》中以石比法:"石以砥焉,化钝为利。法以砥焉,化愚为智。"说法治可以转愚为智。《楚望赋》"观物之余,遂观我生",从自然中引出人生之理。《望赋》专写企望之情。《谪九年赋》不信命定。便是《伤往赋》这样的悼亡之作,也要讲出"聚散相寻"的道理。凡此种种,足见刘禹锡的赋理趣盎然。而且这盎然的理趣,原本就有来源,也包含自强不息的精神与达观开朗的情怀。

(三)贬谪因素

刘禹锡赋望愤交加而又理趣盎然的特点,固然与个人修为乃至时代背景不可分离,但最直接的触发点还是久贬不复的经历。望愤交加偏主由贬谪所激起的感性情感,理趣盎然更多理性的思考。不管是感性情感还是理性思考,都源出生活,服务现实,具有强烈的针对性。

"极必反焉"与"日新为道"的思想,由久贬不复的个人遭际中升华出来,为的是"主张其时"与"蹈道心一",他相信,卑微到了极点必然转化为荣耀,失利到了极点总会转化为顺畅。人生在世,不能苟安命运,而要努力争取、持恒奋斗。

就是那备受称赞的《天论》,也有着政治斗争的背景与革新遭贬的诱因。永贞革新失败后,韩愈出于同情写信安慰柳宗元,其间可能涉及天意命定之说。柳宗元不甘革新的失败、不信命定的言论,著《天说》以为反驳。作为盟友,刘禹锡也参与进来,以"天人交相胜""还相用"的观点支持柳宗元的论战,坚信他们曾经参与的法治改革。

此外,如上文作品分析中所述,湖湘地域的历史文化因素与自然地理环境,也常常成为刘禹锡赋抒发情感、总陈理智的对象与载体。

可以说,刘禹锡赋是典型的贬谪之赋。贬谪之赋,远推屈贾,近有张说、赵冬曦的唱和之作,至中唐而大兴于刘禹锡、柳宗元。刘禹锡以其坚毅的精神与乐观的情调创造出雄豪劲健的作品,成为贬谪文学尤其贬谪赋创作的卓越代表。

第五节 王李、元白与中唐律赋

唐代科考肇于高宗,成于玄宗,而极于德宗。中唐时期,不特文赋成就卓著,律赋也臻于极盛,一面是体制渐趋完备,一面则是大家辈出,与文赋共推出古、律并行的唐赋的黄金时期。

一、中唐律赋的总体特征

(一)中唐律赋概况

中唐律赋作家作品之数,虽因史料的缺失与编年的困难而难于确指,但总量居唐代之冠是可以肯定的。更重要的是此时"专门名家之学樊然竞出"①,王起、李程、元稹、白居易、白行简、蒋防、张仲素、蒋防、侯喜都是律赋史上有名的大家②,政治名流与古文大家裴度、贾𫗧、欧阳詹、韩愈、柳宗元、刘禹锡、李观、吕温等人,也兼习律赋,真可谓群星璀璨。

名家既多,众彩纷呈,赋史的写作便需分期分派以为论析。李调元论唐代律赋发展便既有唐初、中唐、晚唐的过程之析,又有主流正宗与旁骛别趋之判。而尹占华先生《律赋论稿》则将中唐律赋分为贞元前期、贞元后期、元和长庆三个阶段。其于贞元前期分题材介绍音乐赋、帝王畋猎赋、献贡赋、写景抒情赋,而以博雅典正、清绮俊丽、俊肆豪硕、平直朴拙四派区分并高标李程、王起、张仲素,贾𫗧、白行简、蒋防,元稹、白居易、欧阳詹、吕温、皇甫湜、侯喜等贞元后期律赋作家。于元和长庆间律赋则以人传史,逐一介绍赵蕃、杨弘贞、纥干俞、陈中师、滕迈、杨涛、独孤铉、浩虚舟、白敏中诸人之作。③ 尹占华先生这种分期分派的分析自然比李调元"清新典雅""旁骛别趋"之论更为深细,也更能说明名家辈出的时代律赋风格众彩纷呈的本然状况。

(二)中唐律赋总体特征

当然,就宏观远景而言,中唐是律赋体制渐趋完备,而且总体风格归于雅正的时期。

律赋的体式特征可以表现在篇章结构、命题限韵、对仗用典、题材立

---

① 李调元:《赋话》卷一,《丛书集成初编》本,北京:中华书局,1985年,第3页。《赋话》卷三亦云:"考唐人举进士者,诗赋并习,往往不能兼工。初盛唐无论矣,肃、代以降,帖括盛行,王举之、李表臣之流,诗篇传诵者绝少。大历十才子中,自钱仲文外,罕有见其赋者。可知雕虫小技,亦自有专门名家也。张绘之以诗鸣于时,律赋中亦可高置一席,此殆兼才。"详见《赋话》,第25~26页。

② 彭红卫《唐代律赋考》第五章第二节所列11位唐代律赋"名家"中即有王起、李程、蒋防、白居易、白行简、张仲素及独孤授、谢观诸人,除独孤授可前置盛唐,谢观可后属晚唐外,前六家律赋总数达149篇。详见彭红卫:《唐代律赋考》,北京:社会科学文献出版社,2009年,第270~281页。

③ 详见尹占华:《律赋论稿》,成都:巴蜀书社,2001年,第152~241页。

意、审美风格等诸多方面,其中限韵对仗与篇章结构是相对稳定而重要的文体要素,到中唐时,这些塑造律赋形体的要素虽然还有细微变革,但是大体已定。① 而总体风格的雅正则具体体现在命题立意的"冠冕正大"与遣词造句的庄重典正。

中唐律赋题材多关礼乐刑政、典章制度、祥瑞献奉,命题出入经史,意在探究治乱、推行教化、颂赞君国。王起《东郊迎春赋》《书同文赋》《南蛮北狄同日朝见赋》《振木铎赋》《五色露赋》《庭燎赋》《履霜坚冰至赋》《延陵季子挂剑赋》,李程《汉章帝白虎殿观诸儒讲五经赋》《大和乐赋》《日五色赋》《太常释奠观古乐赋》《披沙拣金赋》《金受砺赋》,张仲素《三复白圭赋》《黄雀报白环赋》《鉴止水赋》《山呼万岁赋》,元稹《奉制试乐为御赋》《郊天日五色祥云赋》,白居易《省试性习相近远赋》《汉高祖斩白蛇赋》《叔孙通定朝仪赋》,白行简《车同轨赋》《垂衣治天下赋》,蒋防《政不忍欺赋》《黄云捧日赋》,贾餗《中和节百辟献农书赋》《至日圜丘祀昊天上帝赋》等,凡此种种,莫不雅重齐正。② 可知中唐律赋命题立意的"冠冕正大"既不似盛唐律赋的活泼跳脱,也少见晚唐律赋的好尚新奇。

雅正的范式既已成为通共的标准与普遍的好尚,便不仅规约着赋家的选材立意,还渗透于赋作的遣词造句。此种范例,李调元在《赋话》中多有赞誉:

> 唐王起《元日观上公献寿赋》云:"拱北辰之尊,不异乎台居列宿;献南山之寿,更闻其岳视三公。"贾餗《中和节百辟献农书赋》云:"是蘉是尧,将致乎千斯仓;爰始爰谋,必因乎四之日。"措语庄雅而典切。③
>
> 唐王起《南蛮北狄同日朝见赋》云:"卉服云集,旃裘风趋。骏奔而无远不到,麇至而实繁有徒。"李程《太常释奠观古乐赋》云:"朱弦徐泛,觉虞舜之风薰;玉戚载持,想周武之山立。"周钲《同人于野赋》云:"情由波注,将符若水之时;德宇馨香,用法如兰之道。"谢观《以贤为宝赋》云:"吐清词之粲粲,心水含珠;见正色之

---

① 详参看本书第三章第五节。
② 赵俊波先生《中晚唐赋分体研究》以赋题出于经史,内容关乎治乱为标准,统计王起律赋合于"雅正"者52篇,占其律赋总数的87%,详见赵俊波:《中晚唐赋分体研究》,北京:中国社会科学出版社、华龄出版社,2004年,第295~297页。
③ 李调元:《赋话》卷一,《丛书集成初编》本,北京:中华书局,1985年,第8页。

温温,情由积玉。"《舜有膻行赋》云:"行叶扬芳,言兰芬馥。"取镕经语,未尝不错彩镂金,何必以纤靡侧诡之辞自矜巧密。①

张仲素《反舌无声赋》云:"伴玄燕之辞巢,秋而俱去;陪黄鸟之迁木,春以为期。"取材于经,不复旁杂,中唐人矜慎乃尔!若入晚季诸人手,则新颖有余而典雅不足矣。②

唐李程《日五色赋》……"泛草际而瑞露相鲜,动川上而荣光乱出",句句精神,字字庄雅。③

唐贾悚《蜘蛛赋》云:"其身也或垂之如坠,其丝也亦动而愈出。成章无札札之声,不漏得恢恢之质。夜居于外,同熠耀之宵行;日就其功,异蚁子之时术。"么么小题,却能驱使六籍,由其读书贯串,故信手拈来无不入妙也。宋以后人都不解如此运用矣。④

"取镕经语""取材于经""驱使六籍""措语庄雅而典切""字字庄雅",李调元的评述足让我们感受到中唐律赋即便在遣词造句的细微之处,也都贯彻着典雅庄正的总体风貌。赵俊波先生《中晚唐赋分体研究》更将律赋语言上对经典的取用细分为三种情况"以经中成语入文""融化经中语言""套用经典语言的句式",赵著分目既细,举例又详,功不可没,可以参看。⑤

中唐律赋雅正风格的形成,当与科考内容的需要及技巧的讲求有关,也缘于律赋自身体式的成熟与古文运动从旁的促动。在尊经、重史、亲子、鄙集的文化传统里,科考内容既关乎国家治乱,选材与措辞自然又会尊经重史,因为经史是国之纲要,以教化与致用为目的。

除了才学博洽,考试本身也是一门技术活,它要求审题深细、立意精妙、用词工巧、合乎程式。⑥试看前人关于审题、切题、肖题的评点议论:

---

① 李调元:《赋话》卷一,《丛书集成初编》本,北京:中华书局,1985年,第8页。
② 李调元:《赋话》卷三,《丛书集成初编》本,北京:中华书局,1985年,第25页。
③ 李调元:《赋话》卷二,《丛书集成初编》本,北京:中华书局,1985年,第11页。
④ 李调元:《赋话》卷二,《丛书集成初编》本,北京:中华书局,1985年,第15页。
⑤ 详见赵俊波:《中晚唐赋分体研究》,北京:中国社会科学出版社、华龄出版社,2004年,第284~294页。
⑥ 孙梅《四六丛话》卷四《叙赋》云:"自唐迄宋,以赋造士,创为律赋,用便程式,新巧以制题,险难以立韵,课以四声之切,幅以八韵之凡,桎以重棘之围,刻以三条之烛,然后铢量寸度,与帖括同科,夏课秋卷,将揣摹其术矣。"详见孙梅:《四六丛话》,《续修四库全书》本,第240页。

> 作小赋必先认题,如"凉风至""小雪""握金镜"诸赋,须看其处处不脱"至"字、"小"字、"握"字,不则,便可移入"凉风""雪""金镜"题去矣。①
>
> 唐卢肇《天河赋》……王损之有《曙观秋河赋》云:"孤星回泛,状清浅之沉珠;残月斜临,似沧浪之垂钓。"又云:"远想牵牛,渐失迢迢之状;遥思弄杼,无闻轧轧之声。"句甚娟雅。卢作专赋天河,此则处处不脱"曙"字,前人审题如此,若后人则惟知剿袭矣。②
>
> 唐刘禹锡《平权衡赋》力写"平"字,如云:"立规程罔惭夫龟镜,揣钧石宁失乎锱铢。匪假垂钓,而其用不匮;何劳剖斗,而所争自无。"无一字不切"平",古人之审题精细也如此。③
>
> 何谓命意?有一题之意,有一韵之意,有意方可措辞。一题之意,如《汉网漏吞舟之鱼》,须说吞舟大鱼尚且漏网,小者可知,便见汉法如此宽大。④
>
> 作赋贵相题立制,如唐王起《宣尼宅闻金石丝竹之声赋》,不过用"退想乎返鲁之年,追思乎在齐之月"等语,自成绝唱。若此等题著一新异之语,便谬以千里矣。⑤
>
> 赋贵审题,拈题后不可轻易下笔,先看题中着眼在某字,然后握定题珠,选词命意,斯能扫尽浮词,独诠真谛……赋又贵肖题,如遇廊庙题,须说得落落大方,杂不得山林景观;遇山林题,须说得翩翩雅致,杂不得廊庙风光。⑥

认清题眼、揣摩命意,还要注意行文风格与标题相称,可见律赋雅正风格的形成与考试技巧密不可分。古文运动复兴儒学的现实要求与载道、明道的创作主张,也直接或间接地影响选士的标准与科考的命意,至少在重视经义方面两者是相通相近的。

---

① 浦铣:《复小斋赋话》,见王冠辑:《赋话广聚》(第四册),北京:北京图书馆出版社,2006年,第727页。
② 李调元:《赋话》卷二,《丛书集成初编》本,北京:中华书局,1985年,第12页。
③ 李调元:《赋话》卷四,《丛书集成初编》本,北京:中华书局,1985年,第33页。
④ 郑起潜:《声律关键》,见王冠辑:《赋话广聚》(第一册),北京:北京图书馆出版社,2006年,第39页。
⑤ 李调元:《赋话》卷四,《丛书集成初编》本,北京:中华书局,1985年,第31页。
⑥ 余丙照:《增注赋学指南》,见王冠辑:《赋话广聚》(第五册),北京:北京图书馆出版社,2006年,第47页。

这种相通相近,可以此期赋论为证。古体派的韩愈、柳宗元、李翱、皇甫湜等人皆宗经立论,自不用说,律体派的白居易、元稹、王起诸人也重视以经义命题立意。白居易在其《赋赋》中说律赋"四始尽在,六义无遗",当以"立意为先,能文为主"①,就是以经义说赋,强调律赋的思想性。在元稹看来,"学士""以环贯大义与道合符者为上第,口习文理者次之""文士""以经纬今古、理中是非者为上第,藻绩雅丽者次之"。(《对才识兼茂名于体用策》)②律赋专门名家王起,也要求文质并重:"其文蔚,其旨深。"(《掷地金声赋》)可见不管从创作还是理论来看,雅正确属中唐律赋重要的创作范式。

当然,有正有反,李调元"清新典雅""旁骛别趋"之分即是此意,彭红卫先生也认为李调元此说"实际上把中唐律赋已经划分出两大阵营,一是正宗的'清新典雅'派,二是非正宗的元白一派,即尹氏所谓'俊肆豪硕派'"。③ 元稹、白居易的"驰骋才情,不拘绳尺"④既是对中唐律赋体式风貌的有益补充,又为晚唐律赋的创新指明了方向。

二、王起、李程之赋

(一) 王起、李程赋总括

王起(760—847),字举之,宰相王播弟,其先太原人,后家于扬州。德宗贞元十四年(798)擢进士第,释褐集贤校理,登制策直言极谏科,授蓝田尉。宪宗朝累官吏部侍郎,穆宗朝迁礼部侍郎,文宗朝拜兵部尚书、迁太子少师,武宗朝拜吏部尚书、左仆射,四典贡举,所选皆当代辞艺之士,有名于时。宣宗大中元年(847)检校司空。卒年八十八,赠太尉,谥曰文懿。《新唐书》《旧唐书》均有传,有文集120卷,今佚。

《全唐文》著录王起赋65篇,除《开冰赋》《重寸阴于尺璧赋》《獭皮书袋赋》《墨子回车朝歌赋》4篇外,余皆有韵。《历代赋汇》《历代辞赋总汇》收其赋57篇。⑤

李程(766—842),字表臣,陇西(今属甘肃)人。贞元十二年(796)擢进

---

① 白居易著,顾学颉校点:《白居易集》,北京:中华书局,1979年,第877页。
② 元稹撰,冀勤点校:《元稹集》,北京:中华书局,1982年,第337页。
③ 彭红卫:《唐代律赋考》,北京:社会科学文献出版社,2009年,第157页。
④ 李调元:《赋话》卷四,《丛书集成初编》本,北京:中华书局,1985年,第31页。
⑤ 《历代赋汇》不收《重寸阴于尺璧赋》,而将《葭灰应律赋》《律吕相召赋》《炼石补天赋》《下车泣罪人赋》《燕王市骏骨赋》《祠灵星赋》《佩刀出飞泉赋》等7篇归于唐阙名门下。

士第,作《日五色赋》,造语警拔,颇得士流推崇,又登博学宏词科,所作《披沙拣金赋》亦为存世名作。历仕德宗、顺宗、宪宗、穆宗、敬宗、文宗、武宗诸帝,累官监察御史、翰林学士、礼部侍郎、鄂州刺史、鄂岳观察使、吏部侍郎、河东节度使、河中晋绛节度使等职。《旧唐书》本传称:"程艺学优深,然性放荡,不修仪检,滑稽好戏,而居师长之地,物议轻之……卒,有司谥曰缪……程不持士范,殁获丑名。君子操修,岂宜容易!"①

《全唐文》录李程赋 25 篇,除《蒙泉赋》《竹箭有筠赋》外,余皆有韵。《历代赋汇》录 21 篇,《凤巢阿阁赋》《大合乐赋》《刻桐为鱼扣石鼓赋》《月照寒泉赋》4 篇列唐阙名门下。《历代辞赋总汇》收《凤巢阿阁赋》《大合乐赋》,合计 23 篇。

(二)王起、李程赋题材内容

1. 题材内容

作为专门名家,王起、李程引领中唐律赋的主流方向,他们的作品大多以礼乐制度、天象祥瑞、治道修为等社会、文化、君国层面的宏大典正命题为题材内容,迥异于私人化些小跳荡的叙事。

礼仪制度、乐曲文化、政教法令之类是王起、李程作品中的大宗。王起《东郊迎春赋》《北郊迎冬赋》《开冰赋》②《取榆火赋》《钻燧改火赋》《寅月衅龟赋》③《元日观上公献寿赋》《南蛮北狄同日朝见赋》④《雍時举爟火赋》⑤《虞禘六宗赋》《祠灵星赋》⑥,李程《迎长日赋》《揠苗赋》⑦《黄目樽赋》等,都是叙写祭典、祭器的赋作,涉及的祭礼、祭仪纷繁复杂。礼、乐相伴,在儒家看来,"声""音""乐"是三个不同的层次,由"声"而"音"再到"乐",不仅是一个艺术生成的过程,还是一个"同民心"而达"王道"的过程,所以《礼记·乐记》讲:"礼乐刑政,其极一也。所以同民心而出治道也。"⑧就精神层面言,"乐"和"礼"一样还是儒家的具有形而上学意义的有关宇宙的、人生的、政

---

① 刘昫等撰:《旧唐书》卷一百六十七,北京:中华书局,1975 年,第 4373~4374 页。
② 赋云:"国家顺仲春之律,开藏冰之室。将以均寒暑,分老疾。"
③ 赋云:"国家谨时以授人,敬卜以事神。每杀牲以献岁,用衅龟于孟春。"
④ 属"宾礼",赋云:"我皇制百蛮以德泽,刑八狄以威灵。俾旷代之绝域,同一日而来庭。则不叛不侵,知遐迹之无外;自南自北,昭声教之永宁。"
⑤ 赋云:"所以郊祀克明,所以照临是仰。"
⑥ 以"工奏云汉,祈彼嘉谷"为韵。
⑦ 讲农事耕藉之礼。
⑧ 郑玄注,孔颖达等正义:《礼记正义》,上海:上海古籍出版社,1990 年,第 661 页。

治的哲学思想。① 王起《白玉琯赋》,李程《匏赋》《钟鼓于宫赋》《太常释奠观古乐赋》《大合乐赋》等,或通过对乐器、乐声的赞誉劝谏君子要审音省身、勤礼修德,方可化人化己、渐达太平;或着力描写朝廷隆重的古乐演奏场面,以颂美儒家传统的礼乐文化,阐释"礼乐"与"治道"的关系。王起《书同文赋》以"王化大同,书文混一"为韵,写的则是文化、制度史上的大事。赋说同文之前"或虫形而惟错,或鸟迹以相混",同文的目的与功效则为:"或笔或削,决百事之纷拏;如丝如纶,宣一人之教化。则知同文之义,大道惟昌。"②

天象祥瑞、律历节令之类的作品在王起、李程律赋中也常有。王起《五色露赋》,李程《日五色赋》《众星拱北赋》《凤巢阿阁赋》等都是典型的天象祥瑞之作,或以庆云附日颂美王事祥和,或以众星拱北比拟君臣合德,或以凤鸟来萃渲染天下清泰。写律历节令的赋作则有王起《葭灰应律赋》《悬土炭赋》《律吕相召赋》《律吕相生赋》《邹子吹律赋》《蛰虫始振赋》《瞽者告协风赋》《雨不破块赋》等,也多半有"见太平之美""彰至圣之休"(《雨不破块赋》)的意味。

自天象、典礼以下降而为君王与人臣的治道修为,王起、李程的这类赋作或直接颂美儒家高标的三皇五帝、古圣先贤,或表达君国既有的政务品貌、治道教训,或阐发人臣应持的立场姿态与学力修为。

王起《尧见姑射神人赋》取材于庄子寓言,《庄子》本欲以藐姑射神人与四子传说论无己、无功,王起此赋则归旨于儒家的励精图治、天人感应:"若非感而遂应,灵而不测。何以见不死之庭,当至人之域……我皇明四目,达四聪。惟神也爱而见,惟圣也感其通。不窥仙于饮露,不问道于顺风。则姑射之神,未为尽善;陶唐之主,未足比崇。"③王起《下车泣罪人赋》,以"万方之过,在予一人"为韵,写禹出见罪人、下车询问而泣涕痛心以为己过之事,意在颂美圣君为政宽仁与勇于自省。王起另有《宣尼宅闻金石丝竹之声赋》,赋首言:"鲁恭王益宫于孔氏,坏宅于阙里。闻金石丝竹之声,有六律五音之美",中间写音乐"回环栋宇,缭绕庭除"。末以崇儒褒圣作结,也是颂美之作。

李程《汉文帝罢露台赋》写文帝戒奢以俭之事,《汉章帝白虎殿观诸儒

---

① 详见刘伟生:《〈礼记·乐记〉"声""音""乐"辨》,载《船山学刊》,2002年第4期。
② 马积高主编:《历代辞赋总汇》,长沙:湖南文艺出版社,2014年,第1768页。
③ 马积高主编:《历代辞赋总汇》,长沙:湖南文艺出版社,2014年,第1777~1778页。下同。

讲五经赋》写汉章帝"象德崇儒"的身体力行，王起《庭燎赋》写宣王不安于寝，宵衣旰食，或塑造帝王的圣明形象，或强调儒学的匡国意义，或彰显君皇的勤政精神，无不展示国君品貌，寄意当朝天子。便是后宫望幸、清洗登车所用垫脚石这样的事情，也因关涉天子而蒙上天经地义的光芒。所以李程《华清宫望幸赋》说："天作高岫，帝为离宫。示宸游之有所，表圣鉴于无穷。"所以王起《洗乘石赋》说："四海是奉，百礼所总。兹石既洁，一人由是而日辉；兹石未晞，万骑不戒而雷动。"因为国君是国家的象征，礼赞国君就是礼赞国家。

具体到治道教训，则主要集中在求贤用贤、察谏纳谏与武功农事等方面。

王起《披雾见青天赋》《燕王市骏骨赋》《蒲轮赋》都讲见贤礼贤之事，李程《披沙拣金赋》《金受砺赋》都讲选人用人的问题，见贤如睹青天，选才如求至宝，"骨何施焉，姑明好骏之意。隗未足也，且表乐贤之君"（王起《燕王市骏骨赋》），蒲轮之礼"乃王化之端"（王起《蒲轮赋》），可知求贤用贤是国之根本。

王起《振木铎赋》《辟四门赋》《谏鼓赋》《木从绳赋》则专从采诗观俗、招致遐迩、立鼓顺谏等方面写察纳人言的重要性。用作品中的原话说，就是因为"惧德化之失，虑刑政之堕"（王起《谏鼓赋》），能够"广天视，廓天意"，能够"表王道之荡荡，彰皇化之淳淳"（王起《辟四门赋》），所以"振铎于九衢""采诗于万姓"（王起《振木铎赋》），所以"契君臣以鱼水，以绳墨为龟镜"（王起《木从绳赋》）。李程《金受砺赋》以"圣无全功，必资佐辅"为韵，以金受砺喻君臣关系，其中关键也在于人君能否察纳忠谏。

武功农事之赋以王起《昆明池习水战赋》、李程《揠苗赋》为代表。前者写汉武帝"立功于穷裔，垂盛于当年"，说明"水陆之谋无阙，则遐荒可伐；舟车之利克全，则珍宝争先"。后者假成语而论农耕，强调顺物之性、不违农时，即其韵语所言"时贵顺成，非由速致"。

还有不少论述人臣治学修为的作品，或主仁善诚信，或张守节韬晦，或言惜时待时，或语沉静、持恒、积学之态度，或说至精、纯粹、谐和之境地。

如王起《弋不射宿赋》以"君子仁及飞鸟"为韵为旨，《延陵季子挂剑赋》欲"表徐君之所欲，明季子之不欺"，是为仁善诚信。

如李程《竹箭有筠赋》"喻人守礼，如竹有筠"，《衣锦绢衣赋》写穿衣之道以绢资锦、表里相质，是为守节韬晦。

如王起《重寸阴于尺璧赋》说"千里而笈是负,三年而园不窥",《被褐怀玉赋》讲"君子藏器待时",可谓惜时待时。

如王起《履霜坚冰至赋》以"君子之道,暗然而日章"为韵,说"当万物始挫之时,降于青女;及六尺凝寒之日,可荐明君"。《结网求鱼赋》以"临川羡鱼,未若结网"为韵,说"无其备者其功略,有其具者其利博"。《墨池赋》以"临池学书,水变成墨"为韵,说"苟变池而为墨,知功积而艺成"。李程《青出于蓝赋》以"纯粹积中,英华发外"为韵,比"朱研而益丹,剑淬而愈利",堪称沉静、持恒、专一的态度。

"专其业者全其名,久其道者尽其美"（王起《墨池赋》）,如李程《攻坚木赋》《刻桐为鱼扣石鼓赋》,王起《掷地金声赋》,讲的就是专一持恒地学习修养之后所能达到的至精、谐和、纯粹的境地。

2. 赋题出处

王起、李程赋作命题的宏大典正其实从赋题出处与赋韵意旨也能看出。

赵俊波先生《中晚唐赋分体研究》曾统计王起现存65篇赋作中,出自《尚书》《周礼》《礼记》《周易》《小雅》等经书的题目或写国家典礼制度内容的有19篇,出自《史记》《汉书》《后汉书》《晋书》等史书的题目有25篇,写祥瑞的2篇,出自子书但内容仍然雅正的6篇,出自其他类或自拟题目的8篇,除此8篇以外,"雅正"的作品共52篇,占到作品总数的80％。赵著还以同样的方法做统计,发现李程作品25篇中属于雅正的20篇,占到作品总数的80％。① 赵俊波先生以这种细致地查寻与统计来论证以王起、李程为代表的中唐律赋的雅正特征是很有说服力的。

3. 赋韵意旨

赋韵未必都要点题,事实上多数律赋的韵字并未点题,但王起、李程赋作的韵字却大多点题释题,这样就可以更加直观明了地从赋韵来看王起、李程赋作的中心意旨。

试看这些赋的赋题与韵字：

王起：

《蒲轮赋》（安车礼贤者）

---

① 详见赵俊波：《中晚唐赋分体研究》,北京：中国社会科学出版社、华龄出版社,2004年,第295～298页。

《掷地金声赋》(辞赋高亮,可振金声)

《昆明池习水战赋》(将伐远戎,先修武事)

《被褐怀玉赋》(君子藏器待时)

《弋不射宿赋》(君子仁及飞鸟)

《履霜坚冰至赋》(君子之道,暗然而日章)

《弹冠赋》(君子之交,诚有所感)

《辟四门赋》(来远人,致多士)

《烹小鲜赋》(理大国如烹小鲜)

《炼石补天赋》(炼彼坚贞,将补其阙)

《结网求鱼赋》(临川羡鱼,未若结网)

《焦桐入听赋》(泠然雅音,至听方识)

《延陵季子挂剑赋》(冥会心许,暗无我欺)

《燕王市骏骨赋》(求骨于好,骐骥云集)

《瞽者告协风赋》(审音静专,修职知候)

《宣尼宅闻金石丝竹之声赋》(圣德千祀,发于五音)

《尧见姑射神人赋》(圣德之崇,窅然钦道)

《谏鼓赋》(圣帝之心,渴于闻过)

《木从绳赋》(圣君顺谏,如木从绳)

《下车泣罪人赋》(万方之过,在予一人)

《书同文赋》(王化大同,书文混一)

《鼋鼍为梁赋》(王师远征,水族冥感)

《浪井赋》(王者清净则出)

《洗乘石赋》(王者顺动,有司先成)

《佩刀出飞泉赋》(至诚所感,灵泉为生)

李程:

《汉文帝罢露台赋》(百金休功,万国从化)

《青出于蓝赋》(纯粹积中,英华发外)

《汉章帝白虎殿观诸儒讲五经赋》(高会群儒,讨论正义)

《衣锦𬘬衣赋》(君子之道,暗然日章)

《黄目樽赋》(礼尚治情,酌中形外)

《月照寒泉赋》(秋月清明,夜泉澄澈)

《披沙拣金赋》(求宝之道,同乎选才)

《众星拱北赋》(人归政德,如彼众星)

《日五色赋》(日丽九华,圣符土德)

《金受砺赋》(圣无全功,必资佐辅)

《揠苗赋》(时贵顺成,非由速致)

《凤巢阿阁赋》(天下清泰,神物来萃)

《大合乐赋》(王者之政,备于乐声)

《攻坚木赋》(学者攻艺,必求至精)

4. 写典礼、祥瑞、修身的文化意义

　　王起、李程此类以典礼、祥瑞、治道、修身为题材的律赋,今天读来殊为枯燥乏味,但不可否认它们对于传承文化精神、树立国家本位、确定礼仪秩序、培植仁敬情感等方面,确实起到了推动与印证作用。

　　李泽厚先生曾以"巫史传统"为中国文化特征的根源。(《说巫史传统》)[1]并将"巫史传统"的进程分为两大步。第一步"由巫到礼",是周公将传统巫术活动转化性地创造为人世间一整套的宗教——政治——伦理体制,使礼制下的社会生活具有神圣性。第二步"释礼归仁",是孔子为这套礼制转化性地创造出内在人性根源,开创了"壹是皆以修身为本"的修齐治平的"内圣外王之道"。(《释礼归仁》)[2]其中"巫""礼"转化的关键环节在于"祭","'祭'作为巫术礼仪,使社会的、政治的、伦理的一切秩序得到了明确的等差安排。因为祭祀主要对象是祖先,从而与祖先因血缘亲疏关系不同,而有不同的等差级别的区分"。(《说巫史传统》)[3]这个过程也可以说是巫术礼仪"逐渐演变而成为维系氏族、部落、酋邦生存发展的一整套的社会规范、秩序、要求、习惯",这个过程既包括外在的"礼",也含有内在的"敬"(恐惧、崇拜、敬仰)。"如果说周公'制礼作乐',完成了外在巫术礼仪理性化的最终过程,孔子释'礼'归'仁',则完成了内在巫术情感理性化的

---

[1] 李泽厚:《由巫到礼 释礼归仁》,北京:生活·读书·新知三联书店,2015年,第3页。

[2] 李泽厚:《由巫到礼 释礼归仁》,北京:生活·读书·新知三联书店,2015年,第141～142页。

[3] 李泽厚:《由巫到礼 释礼归仁》,北京:生活·读书·新知三联书店,2015年,第24～25页。《礼记·祭统》说:"夫祭有十伦焉,见鬼神之道焉,见君臣之义焉,见父子之伦焉,见贵贱之等焉,见亲疏之杀焉,见爵赏之施焉。"

最终过程"。(《说巫史传统》)①

总而言之,"'巫'的基本特质通由'巫君合一''政教合一'途径,直接理性化而成为中国思想大传统的根本特色"。(《说巫史传统》)②"这个天人感应、天人合一的巫术特征,依然强劲地保留着,对现实生活严格规范的礼也依然保留着。从此以后,尽管历代有许多增删变异,这基本精神却一直延续下来"。(《"说巫史传统"补》)③

以李泽厚先生的这一思想体系为钥匙,我们会发现王起、李程的赋作正延续着中国思想大传统的基本精神与根本特色。这精神与特色呈现在王起、李程律赋的天象比拟、仪式铺陈与身份自觉里。

天象比附无疑是天人合一、天人感应文化最好的展现方式。如李程《日五色赋》假天象以颂圣而处处不忘感应之说:"德动天鉴,祥开日华……验瑞典之所应,知淳风之不遐。禀以阳精,体乾爻于君位;昭夫土德,表王气于皇家。""德之交感,瑞必相符。五彩彰施于黄道,万姓瞻仰于康衢。""设象以启圣,宣精以昭德。"最后总括:"故曰惟天为大,吾君是则。"如李程《众星拱北赋》以星座位置比拟君臣关系:"人归政德,如彼众星"。

这种比拟渊源有自,从未断绝,以王起《雨不破块赋》所述"风不鸣条,雨不破块"为例。古籍中关于太平之世风不鸣条、雨不破块的说法很多。如《搜神记》卷四云:"文王以太公为灌坛令,期年,风不鸣条。"④《盐铁论·水旱篇》载:"周公载纪而天下太平,国无夭伤,岁无荒年。当此之时,雨不破块,风不鸣条,旬而一雨,雨必以夜,无丘陵高下皆熟。"⑤此外,《北堂书钞》《艺文类聚》《太平御览》《白氏六帖》等类书及后人文集中也多有提及。董仲舒《雨雹对》以阴阳学说解释雨雪雷电雾雹等自然现象时说:"阴气胁阳气。天地之气,阴阳相半,和气周回,朝夕不息……运动抑扬,更相动薄,则熏蒿歊蒸,而风雨云雾雷电雪雹生焉……太平之世,则风不鸣条,开甲散萌而已;雨不破块,润叶津茎而已……此圣人之在上,则阴阳和,风雨时也。政多纰缪,则阴阳不调。风发屋,雨溢河,雪至牛目,雹杀驴马。此皆阴阳

---

① 李泽厚:《由巫到礼 释礼归仁》,北京:生活·读书·新知三联书店,2015年,第22页、第31页。
② 李泽厚:《由巫到礼 释礼归仁》,北京:生活·读书·新知三联书店,2015年,第10页。
③ 李泽厚:《由巫到礼 释礼归仁》,北京:生活·读书·新知三联书店,2015年,第98页。
④ 干宝撰,汪绍楹校注:《搜神记》,北京:中华书局,1979年,第44页。
⑤ 桓宽著,王利器校注:《盐铁论校注》,北京:中华书局,1992年,第426页。

相荡,而为浸沴之妖也。"①将自然现象与社会治乱联系在一起原本就是传统巫文化的特质,现在再将其哲理化,更多了社会政治的意味。这种牵扯及社会政治的阐释古人并非笃信不疑,王充《论衡·是应》即说:"儒者论太平瑞应,皆言气物卓异……风不鸣条,雨不破块,五日一风,十日一雨……夫儒者之言,有溢美过实……夫风气雨露,本当和适。言其风翔甘露,风不鸣条,雨不破块,可也;言其五日一风,十日一雨,褒之也。风雨虽适,不能五日、十日正如其数。"②身为最高统治者的康熙自己也说:"凡看书不为书所愚,始善。即如董子云:'风不鸣条,雨不破块,谓之升平世界。'果使风不鸣条,则万物何以鼓动发生?雨不破块,则田亩如何耕作布种?以此观之,俱系粉饰空文而已。似此者,皆不可信以为真也。"③可见,儒生文士们这种假祥瑞以颂圣的溢美与粉饰,不管是称颂对象还是称颂者自己都很清楚。王起《雨不破块赋》一则说"国有休征,天作零雨。不为霖以破块,自呈祥而润土。既沾既足,克成五稼之丰;不疾不徐,讵作三农之苦"。再则说"不遗一撮之小,不爽一旬之信。滋蝼蚁之穴,何患沾濡;带蚯蚓之形,亦怀膏润"。三则说"所以见太平之美,所以彰至圣之休……夫如是,则受块之人共欣其天赐,击壤之老将明其帝功"。王起当然也清楚这只是溢美与粉饰,但不可否认,这样的溢美、粉饰乃至虚构,既保有巫史传统的痕迹,又是现实政治与社会以诚敬情感维护等级秩序的需要。

礼的本质就是秩序,它源出于巫祭仪式,王起、李程律赋对于各类典礼仪式的铺陈也有历史传承与现实规范的双重意义。在王起《东郊迎春赋》里,圣容"穆穆",天步"迟迟""有翼有严,不徐不疾。百辟陪乘,千官扈跸",为的是"握金镜而明王道,调玉烛而昭国体""所以先庚有秩,旧典攸遵。将钦承上帝,而敬授于下人者也"④,巫君合一,是为沟通天人,严明秩序。在李程《迎长日赋》里,"大司徒执圭以表位,群有司奉璋而有秩。羲和御之而有伦,畴人则之而无失。运行之次,望迟迟以就阳;寅宾之时,见杲杲而已出"。按部就班,秩序井然,可知礼教的由来与意义。再看王起《元日观上公献寿赋》:

---

① 《西京杂记》卷五《董仲舒天象》,见葛洪辑,成林、程章灿译注:《西京杂记全译》,贵阳:贵州人民出版社,1993年,第179~180页。
② 黄晖撰:《论衡校释》,北京:中华书局,1990年,第752~754页。
③ 《圣祖仁皇帝庭训格言》,台湾世界书局《摛藻堂景印四库全书荟要》本,1985年,第4页。
④ 马积高主编:《历代辞赋总汇》,长沙:湖南文艺出版社,2014年,1757页。

> 时也百辟无哗,九宾有秩。玉帛林会,簪裾栉比……于是紫殿昼,皇舆出。仰之如天,就之如日。献大君之寿,善颂善祷;觏元老之仪,匪徐匪疾。皤皤元老,首出朝端。仰紫宸而展敬,回黄阁而即安。振冠剑之翼翼,曳环珮之珊珊。既进退而有度,亦容止而可观。将奉一人之庆,而为万国之欢。远映珠旒,旁临霜杖。赫赫在下,明明在上。奉觞而进,持盈有俯偻之容;祝寿而旋,庆赐被鸿恩之畅。应千年而莫厚,宅百揆而谁让。祥光郁霭,佳气葱茏。时刿刿以起履,每兢兢而鞠躬。拱北辰之尊,不异乎台居列宿;献南山之寿,更闻其岳视三公。既而天颜回眷,尧酒毕献。乾坤永固,上下无怨。①

赋写元老上公为皇君献寿。说百辟无哗,九宾有秩,元老朝端们善颂善祷,匪徐匪疾,刿刿起履,兢兢鞠躬,以"俯偻之容""尊""敬"如北辰、紫宸般的皇帝。这种进退有度,容止可观,一人之庆,万国之欢的行事与场面,只为"乾坤永固,上下无怨"。这大概也是文教工作者对于仪式铺陈的意义。

君国既然一体,代国家立言的赋家们便要自觉地赞颂皇权、传承文化、修养己身。当然也包括为君王设计自省的机制与勇于担当的形象,因为由巫而礼的进化过程中,巫祝沟通天人的能力逐渐转变为君王承担天下的责任,前举王起《下车泣罪人赋》《木从绳赋》《谏鼓赋》《庭燎赋》等即可证明。其实这种身份的自觉更直观地体现在"国家""吾皇"等彰显自我意识的词汇里,试看王起赋:

> 国家敷文教,布时令。爰振铎于九衢,将采诗于万姓。(《振木铎赋》)
> 国家布和令,稽旧章。候葭灰之所应,取榆火之有常。(《取榆火赋》)
> 国家顺仲春之律,开藏冰之室。将以均寒暑,分老疾。(《开冰赋》)
> 国家顺天之情,作人之程。乃悬乎土炭,有象夫权衡。(《悬土炭赋》)
> 国家谨时以授人,敬卜以事神。每杀牲以献岁,用莳龟于孟

---

① 马积高主编:《历代辞赋总汇》,长沙:湖南文艺出版社,2014年,1758页。

春。(《寅月衅龟赋》)

……国家皇极立,洪勋集。安轮之聘尚无敷,侧席之求如不及。傥骏骨之已收,欲腾骧而见絷。(《燕王市骏骨赋》)

……国家以四海波清,九夷草偃。感彼洪沼,犹连汉苑。余波尚在,空发藻以潜鱼;水战不修,耻劳师以袭远。实我皇之清净,宜福禄之来反。(《昆明池习水战赋》)

……国家祀典式崇,旧章必授。(《雍時举爟火赋》)

我皇则铜浑而有伦,应木德之惟新。(《东郊迎春赋》)

我皇审缇幕,候元英。法天之序,立人之程。(《北郊迎冬赋》)

我皇钦若时令,克谐宫羽。来远人而风云表祥,张大乐而鸟兽率舞。(《律吕相生赋》)

我皇敬授不忒,故能爕理无亏。(《葭灰应律赋》)

巍巍乎我皇之宅也,寰海无氛,书契同文。(《书同文赋》)

我皇辟四门也,广天视,廓天意。(《辟四门赋》)

我皇制百蛮以德泽,刑八狄以威灵。(《南蛮北狄同日朝见赋》)

则知我皇立人之程,为国之经。(《庭燎赋》)

我皇明四目,达四聪。(《尧见姑射神人赋》)

实我皇之清净,宜福禄之来反。(《昆明池习水战赋》)

君子谓大舜之克禋,惟我皇之能备。(《虞禋六宗赋》)

奉我皇之饮,俾上善以为心;戒我皇之窥,必临深以取则。(《浪井赋》)

我皇仁洽道丰,文修武偃。(《鼋鼍为梁赋》)

我皇昭景福,锡纯嘏。称德以喻夫俊乂,服劳以劝夫忠者。(《朔方献千里马赋》)

八用"国家",十五称"我皇",这其实就是国家意识的标签。所以说这些赋的意义在于对传统文化精神的传承,对现有国家体制的维护,对未来文教工作的垂范,虽然这种规范与约束背离了文学跳脱自由的本性。

5. 别样情事

当然,王起、李程也有极少数赋写着别样情事,或神话传说,如王起《尧见姑射神人赋》《鼋鼍为梁赋》《汉武帝游昆明池见鱼衔珠赋》《宣尼宅闻金石丝竹之声赋》《炼石补天赋》，李程《石镜赋》等。或咏物写景，如王起《獭皮书袋赋》《冰泮曲池赋》《秋潭赋》《登天坛山望海日初出赋》，李程《破镜飞上天赋》《月照寒泉赋》《蒙泉赋》等。庶可证明文学抒怀写景的浪漫传统未曾断裂。

（三）王起、李程赋风格特征

王起、李程律赋命题立意的"冠冕正大"与篇章格律的齐整严密，已然内在地规约着这些赋作风格的雅重典正、庄严肃穆、雍容华贵、精巧工细。

1. 雅重典正

从题词、韵字到篇中语言，王起、李程之赋均由经史熔铸而成，"句句精神，字字庄雅"①。如被李调元举为王起压卷之作，并称其"华而重，典而清，三唐人不知谁与抗手"②的《庭燎赋》，便有"北辰之位""南面之威""峨峨争赴""肃肃就列""其容烈烈""其明杲杲""励夙兴""勤夕惕"等处用语化自《左传》《论语》《礼记》《诗经》《周易》等儒家经典。同样，李程《揠苗赋》，也有"不用其良""靡瞻靡顾""百卉具腓""秀而不实""拔乎其萃""动而愈出""劳而无功"等词语出自《诗经》《论语》《孟子》《老子》《庄子》《论衡》、鲍照《芜城赋》等经史名赋。③ 这样的例子比比皆是，足见王起、李程熔铸典故、穿穴经史的能力，怪不得李调元称："详雅安和，不露刻划痕迹，非晚季诸人所能望其背项。"④

2. 庄严肃穆、雍容华贵

王起、李程赋既多典礼、祥瑞、律历、政教、法令等国家层面的宏大命题，以润色鸿业、"美盛德之形容"为使命，用语自然也多冠冕堂皇、庄严肃穆、雍容华贵。

文武百官的高贵形象与诚敬情感，典礼仪式的宏大气派与井然秩序，莫不通过堂皇华贵的语词与有条不紊的叙事程式得以展现。前举王起《东郊迎春赋》、李程《迎长日赋》对祭祀仪程的铺叙即是范例。其所体现的状态与愿望归根结底是皇家的气派与国家的稳定。李程《太常释奠观古乐赋》与《大合乐赋》，对于谐和声乐的铺陈描写本质上还是为了稳定社会、巩固政权：

---

① 李调元：《赋话》卷二，《丛书集成初编》本，北京：中华书局，1985年，第10页。
② 李调元：《赋话》卷二，《丛书集成初编》本，北京：中华书局，1985年，第21页。
③ 赵俊波《中晚唐赋分体研究》第286至290页有详细标注，可以参考。
④ 李调元：《赋话》赞王起《墨池赋》语。见《赋话》卷二，《丛书集成初编》本，北京：中华书局，1985年，第19页。

于是调律吕，备宫商。笙镛嘈而并奏，干羽俨其成行。进旅退旅，爰击爰拊。鸣宫悬，起万舞。设崇牙，森树羽。斯道汎汎，斯人俣俣。和声合气，缀兆接武。听其韵可以窒欲，览其仪可以道古……朱弦徐泛，觉虞舜之风熏；玉戚载持，想周武之山立。懿其五节清，九奏成。播殷周之颂，无郑卫之声。廉正以作，奸邪不生。盖由德音洋溢，乐教众夥。（《太常释奠观古乐赋》）①

如果说礼的作用是维护秩序，乐的作用就是安定人心。礼辨异，乐统同，乐之所以能统同，是因为乐有音高、音长、音强、音色的差异而能共奏出和谐的乐章，礼与乐一样既讲多样，又讲统一，而享受谐和的乐声正是人的天性，因此礼乐并重、礼乐并兴。

话语的堂皇与华贵也常常通过叠词得以尽情展现，举凡"煌煌""赫赫""巍巍""熠熠""翼翼""济济""峨峨""肃肃"等状语词在王起、李程律赋中屡见不鲜。② 单篇作品中使用这种叠词的密度也相当可观，如王起《振木铎赋》即用到"赫赫""奕奕""烂烂""磷磷""锵锵""煌煌""迟迟""猎猎""泠泠""翼翼"等多个叠词。

其实堂皇与华贵是通过赋中的每一个字词构建起来的总体感觉，所以陆葇说李程《日五色赋》："晶晶莹莹，五色炫目，不特'德动''祥开'一破冠场。"③浦铣也在比较同年三首《日五色赋》后说："（李赋）何等乔皇典丽，固不独以破题擅长也。唐史称之为警拔，信矣。"④

3. 精巧工细

用典精巧、对偶工稳、破题警拔、结构清晰之类，前人论之甚夥，恕不重复。值得一提的是，律赋结构除了头、项、腹、尾的程式之分与后来徐寅等人作品中常见的问答体外，王起、李程的有些赋作用的是双线比照结构，如李程《金受砺赋》《攻坚木赋》《石镜赋》《月照寒泉赋》、王起《烹小鲜赋》等。这个问题前人也有关注，如李调元在《赋话》卷三中指出："唐李程《金受砺赋》双起双收，通篇纯以机致胜，骨节通灵，清气如拭，在唐赋中又是一格。

---

① 马积高主编：《历代辞赋总汇》，长沙：湖南文艺出版社，2014年，1803页。
② 赵俊波《中晚唐赋分体研究》第314至316页有列举，可以参看。
③ 陆葇《历朝赋格》卷之下一，见《四库全书存目丛书》第三百九十九册，济南：齐鲁书社，1997年，第667页。
④ 浦铣：《复小斋赋话》卷上，见何新文、路成文校证：《历代赋话校证》，上海：上海古籍出版社，2007年，第370～371页。

毛秋晴太史谓制义源于排律,此种亦是滥觞。分合承接,蹊径分明,颖悟人即可作制义读。"①李调元提到了李程赋结构的双起双收,并将其看成八股文的滥觞。其实有些赋作从标题与韵字就可以预判出它的结构特征,如李程《月照寒泉赋》以"秋月清明,夜泉澄澈"为韵,赋题与韵字即已暗示此赋将采取"清月""寒泉"交互并进的双线结构。至于天象治道类题材的赋作,如李程《众星拱北赋》(以"人归政德,如彼众星"为韵)、《日五色赋》(以"日丽九华,圣符土德"为韵),王起《烹小鲜赋》(以"理大国如烹小鲜"为韵)等,其所运用的象喻方式乃至包孕的文化体系,也从根本上决定了它必须使用比附结构。

(四)王起、李程在赋史上的影响与地位

毫无疑问,在以律赋为考试内容的中唐,李程、王起最擅时名,而《文苑英华》所载律赋至多者莫如王起、李程,也足见两人的长远影响与垂范作用。必须承认,王起、李程赋作典正冠冕的命题立意与熟练精湛的形式技巧,客观上既合乎应试士子的身份,又为国家选拔过人才,甚至还"背负着儒家圣人之道的集体文化意识"②,表征着中华礼乐文明的特征、承传着中华巫史文化的传统,成为了解古代的钥匙。

但群体意识与程式规范一旦成为作赋的习惯、戒律甚至信仰,也必然束缚赋家的个性、思想,阻滞文学的抒发、发展。原本"不修仪检,滑稽好戏",并因生性疏懒不能按时上班而被戏称为"八砖学士"的李程,如果不是为了参加科考而写作,他的赋作中肯定会多一些张扬的个性、直截的快感与创造的欢娱,而不是像现在流传下来的曾为他博取状元荣耀的《日五色赋》那样,仅仅是呆板的皇恩隐喻与精微的形式考究。

李贽《读律肤说》云:"拘于律则为律所制,是诗奴也,其失也卑,而五音不克谐;不受律则不成律,是诗魔也,其失也亢,而五音相夺伦。"(《焚书》卷三)③不要拘于律又要遵守律,不受形式的束缚而又要注重形式的作用。文学发于自然情性,当礼义与情性背离,只剩礼义,没了情性,当然就不会产生好作品,而这正是作为考试工具的律赋的致命缺陷。

我们常将古代的一切归为时代的产物,但历史一旦流传到当代就不再是原初的历史,而是当下的历史,既是当下的历史,就不能不站在今天的高

---

① 李调元:《赋话》卷三,《丛书集成初编》本,北京:中华书局,1985年,第22页。
② 吴仪凤:《唐赋的帝国书写特质探讨》,载《东华汉学》,2006年第4期,第101页。
③ 李贽:《焚书·续焚书》,北京:中华书局,2011年,第165页。

度来评判。从整体上讲,这些应试之作之所以逐渐为历史的长河所湮没、所淘汰,正是因为它与生俱来的局限,而仅存的零星之作,一面是作为遗物见证曾经的历史,一面也因为其中的一些作品对规范与规矩有所违离。

三、元稹、白居易之赋

元、白也在以诗、赋为重要内容的科考场中作过努力并产生较大影响,他们不仅是意出经艺、语取雅正、文谐宫律的中唐律赋的代表,还是今体律赋派的理论旗帜,与王起、李程实属同道中人。但元稹、白居易也在主流模式中"旁骛别趋"①,或展现私人情事,或调和多元思想,或抬升个我意识,或以古为律、以情为木、究心叙事,或拉长篇幅、采用问对、变革句式,有意无意地作着努力。

(一)元稹、白居易赋总括

元稹(779—831),字微之,河南洛阳人。他于贞元九年(793)明经及第。贞元十九年(803)中平判科②,与白居易同入秘书省任校书郎。元和元年(806),应才识兼茂明于体用科,授左拾遗。因上书指陈弊政,被贬为河南县尉。其后母卒守丧,元和四年(809),守丧期满,任监察御史。元和五年(810),又因得罪权贵贬为江陵士曹参军。元和十年(815),奉召回京,旋又出为通州司马,继续贬谪生活。元和十四年(819)冬,宪宗召元稹还京,授膳部员外郎。元和十五年(820),唐穆宗即位后擢为知制诰。长庆二年(822),升任宰相。长庆三年(823),调任浙东观察使兼越州刺史。唐文宗大和三年(829),入朝为尚书省左丞。大和四年(830),出任武昌军节度使。大和五年(831),卒于任上,终年53岁。赠尚书右仆射。元稹著述丰富,曾自编《元氏长庆集》100卷,现存60卷,《全唐诗》存诗28卷,《全唐文》存文9卷。

《全唐文》《文苑英华》《元氏长庆集》等收元稹律赋5篇,分别为《奉制试乐为御赋》《善歌如贯珠赋》《镇圭赋》《观兵部马射赋》《郊天日五色祥云赋》。

---

① 李调元:《赋话》卷二,《丛书集成初编本》,北京:中华书局,1985年,第3页。

② 徐松《登科记考》,卞孝萱《元稹年谱》,朱金城《白居易年谱》,陶敏、李一飞、傅璇琮《唐五代文学编年史·中唐卷》,吕慧鹃、刘波、卢达《中国历代著名文学家评传》诸书多认为元稹与白居易同登书判拔萃科。然元稹《酬哥舒大少府寄同年科第》诗中"八人同著彩衣裳"句下作者自注云:"同年科第:宏词吕二炅、王十一起;拔萃白二十二居易;平判李十一复礼、吕四颖、哥舒大恒、崔十八玄亮逮不肖,八人皆奉荣养。"可知元稹中的是平判科。王勋成《白居易〈寄陆补阙〉诗考释》(载《兰州大学学报》,2002年第4期)有论及,可以参看。

白居易(772—846),字乐天,祖籍太原。贞元十六年(800)进士及第。贞元十九年(803),以书判拔萃科登第,授秘书省校书郎。元和元年(806),应才识兼茂明于体用科,授盩厔尉。元和二年(807),充翰林学士。元和三年(808),授左拾遗。元和五年(810),除京兆尹户曹参军。元和六年(811),丁母忧。元和九年(814),授太子左赞善大夫。元和十年(815),以论盗杀武元衡事贬为江州司马。元和十三年(818)冬,量移忠州刺史。元和十五年(820),回京任尚书司门员外郎,旋改主客郎中、知制诰。长庆元年(821),转中书舍人。长庆二年(822),任杭州刺史。长庆四年(824),除太子右庶子,分司东都。宝历元年(825),出为苏州刺史。文宗大和元年(827),征为秘书监。大和二年(828),转刑部侍郎。大和三年(829),称病东归,以太子宾客分司东都。会昌六年(846)卒,终年75岁。有《白氏长庆集》71卷、《外集》2卷传世。

《全唐文》录白居易赋16篇,其中限韵13篇:《宣州试射中正鹄赋》《省试性习相近远赋》《求玄珠赋》《汉高祖斩白蛇赋》《叔孙通定朝仪赋》《黑龙饮渭赋》《荷珠赋》《鸡距笔赋》《洛川晴望赋》《大巧若拙赋》《君子不器赋》《敢谏鼓赋》和《赋赋》。另3篇为:《动静交相养赋》(并序)、《泛渭赋》(并序)和《伤远行赋》。

白居易《与元九书》曾说:"十五六,始知有进士,苦节读书。二十已来,昼课赋,夜课书,间又课诗,不遑寝息矣。以至于口舌成疮,手肘成胝……盖以苦学力文所致……二十七,方从乡赋。"[①]可知白居易在律赋的写作上是下过不少功夫的。

(二)白居易的辞赋理论

据詹杭伦先生统计,"今所知名的唐代赋格作者,都是贞元、元和、长庆年间登第的文士"。如张仲素《赋枢》、范传正《赋诀》、浩虚舟《赋门》、白行简《赋要》、纥干俞《赋格》,惜皆失传,唯著于长庆至大中间的无名氏《赋谱》留存于世。[②] 赋格赋谱之作,本科考试赋产物,多探究律赋写作格式与技法,以便为应举士子提供具体指导。

元稹、白居易赋论,尤其白居易《赋赋》则属总陈律赋起源、功用、要求的论理宏文。赋云:

---

① 白居易著,顾学颉校点:《白居易集》,北京:中华书局,1979年,第962页。
② 詹杭伦:《唐宋赋学研究》,北京:中国社会科学出版社、华龄出版社,2004年,第33~35页。

> 赋者,古诗之流也。始草创于荀、宋,渐恢张于贾、马。冰生乎水,初变本于《典》《坟》;青出于蓝,复增华于《风》《雅》。而后谐四声,袪八病,信斯文之美者。
>
> 我国家恐文道寝衰,颂声凌迟,乃举多士,命有司。酌遗风于三代,明变雅于一时。全取其名,则号之为赋;杂用其体,亦不出乎《诗》。四始尽在,六义无遗。是谓艺文之徽策,述作之元龟。
>
> 观夫义类错综,词采舒布,文谐宫律,言中章句,华而不艳,美而有度。雅音浏亮,必先体物以成章;逸思飘飘,不独登高而能赋。其工者,究笔精,穷指趣,何惭《两京》于班固?其妙者,抽秘思,骋妍词,岂谢《三都》于左思?掩黄绢之丽藻,吐白凤之奇姿,振金声于寰海,增纸价于京师。则《长杨》《羽猎》之徒胡为比也!《景福》《灵光》之作,未足多之。
>
> 所谓立意为先,能文为主。炳如缋素,铿若钟鼓。郁郁哉,溢目之黼黻;洋洋乎,盈耳之韶濩。信可以凌铄风、骚,超逸今古者也!
>
> 今吾君网罗六艺,淘汰九流,微才无忽,片善是求;况赋者,《雅》之列,《颂》之俦,可以润色鸿业,可以发挥皇猷,客有自谓握灵蛇之珠者,岂可弃之而不收?①

开篇承班固之说,述赋之起源,也是为后文说赋的重要性张本。次说当今朝廷重视赋学,乃至以赋取士,可知律赋是张扬诗学精神的可资借鉴的文艺精品。这两层要结合起来看,说赋出于诗,是强调赋的正统地位,说赋的正统地位则是肯定唐王朝以律赋取士的合理性。接下来铺陈律赋的特色与价值,说唐人律赋内容丰富、词采铺张、音律和谐、结构合理、华美而不至淫艳,其中精品,实可比肩于班固、扬雄、左思、何晏、王延寿等人的名篇。这一层算是具体阐述、举例说明。再往下是创作主张的阐述或者说理想律赋的描绘:"立意为先,能文为主。"既有思想内涵,又讲文采音韵的律赋完全可以胜过风、骚,超越古今!最后重申当今皇帝重视人才,文学之士适逢其时,应该颂美君国、心系王事。

白居易此赋主旨虽为科考律赋张本,但具有科考史与赋学史的双重意义。较之经策,诗赋重文才而轻功用,自赵匡《选举议》至刘秩《选举论》、杨

---

① 白居易著,顾学颉校点:《白居易集》,北京:中华书局,1979年,第877页。

绾《条奏选举疏》、沈既济《词科论》等，皆称颂经、策之功用，诋薄诗、赋之轻艳。白居易一面将科考律赋接续入文教正统，以为"四始尽在，六义无遗"，一面提举唐代律赋的成就与价值，以肯定课赋取士的制度。与此关联，自汉魏六朝以来，赋学批评或尚用、或尚文，白居易强调"立意为先，能文为主"，要求"华而不艳，美而有度"，也有将偏重词采声韵的律赋纳入"文质彬彬、尽善尽美"的文艺轨道上来的意义。

(三)白居易赋题材内容

就题材内容言，元稹律赋仍不出礼乐、典制、祥瑞之属。白居易赋则有体物、有抒情、有纪事、有说理，还有《赋赋》这样的论赋之赋。更重要的是，白居易赋于王起、李程主流赋作宏大典正的题材、冠冕堂皇的命意、君国是从的意识里，刻意展现着私人情事、调和着多元思想、留存着个我意识。

1. 私人情事的展现

文以载道，亦以抒怀、叙事，白居易《醉吟先生墓志铭并序》云："前后著文集七十卷……凡平生所慕、所感、所得、所丧、所经、所遇、所通，一事一物已上，布在文集中，开卷而尽可知也，故不备书。"①白居易赋叙事、抒怀可能不如他种文体，但也多少述及其少年意气、贬谪心事，乃至泛美情趣。

最能展现白居易快意抒情的是《泛渭赋》，序云："右丞相高公之掌贡举也，予以乡贡进士举及第。左丞相郑公之领选部也，予以书判拔萃选登科。十九年，天子并命二公对掌钧轴；朝野无事，人物甚安。明年春，予为校书郎，始徙家秦中，卜居于渭上。上乐时和岁稔，万物得其宜；下乐名遂官闲，一身得其所。既美二公佐清净之理，又荷二公垂特达之恩。发于嗟叹，流于咏歌。于时，泛舟于渭，因为《泛渭赋》以导其意。"②可知是连登科第、初入仕途、万事遂意时的感怀之作。所以赋中一再说自己是太平之人："以我为太平之人兮，得于斯而优游。"再则说自己生当其时、躬逢圣代："曰予生之年（一作"幸"）兮，时哉时哉。""我乐兮圣代，心融融兮神泄泄。""不我后兮不我先，适当我兮生之代。"也反复表达知遇之恩与快乐之情："虽片艺而必收兮，故不弃予之小才。感再遇于知己，心惭怍而徘徊。""春冉冉兮其将尽，予何为乎不乐。""彼鳞虫兮与羽族，咸知乐而不知惠。我为人兮最灵，所以愧贤相而荷圣帝。"全赋朗畅舒展，俨然"人生得意须尽欢"的姿态。

这种少年意气在其行卷之赋与伤怀之作中也不无体现。如《汉高祖斩

---

① 白居易著，顾学颉校点：《白居易集》，北京：中华书局，1979年，第1504页。
② 白居易著，顾学颉校点：《白居易集》，北京：中华书局，1979年，第863页。

白蛇赋》,系白居易行卷之作,赋以刘邦醉斩白蛇传说敷衍成篇,但有意剥离其神秘色彩、天命思想与低迷情绪,将刘邦塑造成英武神勇、知难而进、敢于担当的高大形象,而字里行间莫不寄寓有白居易个人的方刚之气与进取之姿。如贞元十五年(799)的《伤远行赋》,写遵兄命负米还乡省亲之事。游子思归,既忧"道路之茫茫",又伤"太夫人抱疾而在堂",还要感慨时光流逝:"昔我往兮,春草始芳;今我来兮,秋风其凉。"但在"无羽翼以轻举,羡归云之飞扬"的现状陈述与理想描绘中,依然可以读出他对前程的信心与决心。这种奋发的意气与飞扬的神采,显然与端庄持重的教化赋截然不同。

白居易也有贬谪之赋,在诉说着贬谪心事、阐发着人生哲理。台湾辅英科技大学的陈金现教授曾将白居易赋分为六个阶段。一是"少壮衣食奔波的江南缩影",作有《宣州试射中正鹄赋》(799)、《伤远行赋》(799)、《洛川晴望赋》(799);二是"得意科举惕励风发的初仕时期",作有《省试性习相近远赋》(800)、《叔孙通定朝仪赋》(800)、《汉高祖斩白蛇赋》(802)、《泛渭赋》(804);三是"元和谏官讽议时政时期",作有《鸡距笔赋》(809)、《敢谏鼓赋》(809);四是"渭川守母丧时",作有《大巧若拙赋》(812);五是"贬官江州僻处忠州的顺命与调适(元和十年至十五年)",作有《动静交相养赋》(815—820)、《求玄珠赋》(815—820)、《君子不器赋》(815—820)、《荷珠赋》(815—820);六是杭州时写的《黑龙饮渭赋》(823)。贬官江州,是白居易一生最大的伤痛,是其处世态度发生重要转折,也是白居易"赋作得最多,且思想最深刻时期""他的赋作也已收敛起过去的昂扬奋进而成为关照生命的自适自足与探索生命的真义"。① 在以颂美为主的应试赋及习作里,是不会有贬谪内容的,这也正是白居易异于王起、李程而近于刘禹锡、柳宗元之处。

但白居易又不同于刘禹锡的坚毅、柳宗元的幽僻与韩愈的偏执,其于人生世事往往多可而通达。付兴林先生曾以泛美情趣概指白居易赋的精神特质:"就白赋的创作来看,所谓美者,除涉及赋体外在的形式美和内在的题旨美外,还涉及物之美与人之美,气度之美与情感之美,以及美物之美与丑物之美等诸方面。由对不同美的描写、抒发,体现出白氏万物俱美的泛美情趣。"②付兴林先生并举《泛渭赋》对渭水及其周边美景的精描细绘、

---

① 陈金现:《白居易江州、忠州赋的主要思想》,载《第十届国际辞赋学学术研讨会论文集》,2012年,第305~313页。
② 付兴林:《论白居易律赋的精神特质及艺术成就》,载《甘肃社会科学》,2008年第3期,第40页。

对座主录取擢用之功的感怀致谢、对政通人和的时代画卷的欣赏、对生逢幸世的愉悦情怀的抒发为例,说在这篇赋中"包蕴着物、人、景、情、时代、心境等诸多美的层面",他如《伤远行赋》对省亲途中独特感受的叙说,《宣州试射中正鹄赋》对礼仪与武艺、德行与才能兼通并擅的赞美,《黑龙饮渭赋》对黑龙行藏知时、动静有仪的描写,《鸡距笔赋》与《汉高祖斩白蛇赋》对鸡距笔的美物之美与白蛇的丑物之美的描摹,《大巧若拙赋》与《君子不器赋》对顺情适性的自然观与随时从宜的无为观的推崇等,都被付兴林先生拿来作例证。① 付兴林先生的这种感觉是敏锐的,这也是白居易处世态度平和通达的佐证。

2. 别样思想的渗入

通达的处世态度源于儒家以外别样思想的介入,白居易并非纯粹的儒家学者,他的思想尤其人生观里渗透有老庄乃至佛学的因素。"心足即为富,身闲乃当贵"(《闲居》)。"自问此时心,不足何时足"(《知足吟》)。"穷通不由己,欢戚不由天。命即无奈何,心可使泰然"(《咏怀》)。"我闻浮屠教,中有解脱门。置身为止水,视身如浮云"(《自觉二首》其二)。老子的知足、庄子的命定、佛教的寂灭思想在白居易的诗里都可以找到。其《醉吟先生墓志铭并序》亦云:"外以儒行修其身,中以释教治其心,旁以山水风月、歌诗琴酒乐其志。"②

白居易在其赋中,表达得更多的是儒道互补、动静相宜的思想。如其《动静交相养赋》云:

> 天地有常道,万物有常性。道不可以终静,济之以动;性不可以终动,济之以静。养之则两全而交利,不养之则两伤而交病……动兮静所伏,静兮动所倚……人之生于世,出处相济,必有时而行,非匏瓜不可以长系;人之善其身,枉直相循,必有时而屈,故尺蠖不可以长伸。③

全篇都是从立身行事的角度论动静宜得其时、宜得其理。《求玄珠赋》以玄珠喻道,也是讲动静相宜的道理:

---

① 付兴林:《论白居易律赋的精神特质及艺术成就》,载《甘肃社会科学》,2008 年第 3 期,第 40~41 页。
② 白居易著,顾学颉校点:《白居易集》,北京:中华书局,1979 年,第 1504 页。
③ 白居易著,顾学颉校点:《白居易集》,北京:中华书局,1979 年,第 862 页。

> 玄珠之为物也,渊渊绵绵,不知其然。存乎视听之表,生乎天地之先。其中有象,与道相全……动为道枢,静为心符……以不凝滞为圆,以无瑕疵为美……藏于身不藏于川,在乎心不在乎水。然则外其心,颐其神,韬其光,保其真,虽无胫求之必臻;劳其智,役其识,肆其志,徇其惑,虽没齿求之不得。①

《荷珠赋》近似:

> 时寄寓于倾欹,每因依而平正。可止则止,必荷之中央;在圆而圆,得水之本性……其息也与波俱停,其动也与风皆急……则知气有相假,物有相资。惟雨露之留处,当芙蓉之茂时。虽赋象而无准,必成形而在兹。喻于人则寄之生也,拟于道则冲而用之。自契玄珠之妙,何求赤水之遗。②

玄珠、荷珠都用以拟喻来去无方、韬光养晦、无滞无碍的人生态度。其他如《大巧若拙赋》说"信无为而为,因所利而利。不凝滞于物,必简易于事",《君子不器赋》言"识包权变,理蕴通明""若止水之在器,任器方圆。如良工之用材,随材曲直"等,都贯彻着顺时适世的思想。这些赋作大都作于贬官江州与移官忠州时期,所以陈金现教授认为白居易的赋"除了歌功颂德、进取、发表议论、张罗典故、炫耀才学之外,仍有一些珍爱生命的思考与老庄思想分布其中""这些作于江州与忠州的赋与赋的讽谏初衷就有了违背,议论说理成了江州与忠州赋的最主要的思想内容"。③ 这与以王起、李程为代表的纯正的应试之赋也是不同的。

3. 个我意识的回归

与这种不同相关联的还有个我意识的回归。盛唐人的赋作中每每表现出强烈而自豪的帝唐意识,但仍不失个我情怀的抒张,中唐律赋则常见君国的身份与视角,个我的意识、心性与言说方式多受拘束。白居易赋虽然也会代国家立言,但更多的时候是自我回顾、自我感喟、自我警示,看看这些意涵个我的指示代词就直观明白了:

---

① 白居易著,顾学颉校点:《白居易集》,北京:中华书局,1979年,第869页。
② 白居易著,顾学颉校点:《白居易集》,北京:中华书局,1979年,第1537~1538页。
③ 陈金现:《白居易江州、忠州赋的主要思想》,见《第十届国际辞赋学学术研讨会论文集》,2012年,第306页。

> 诚哉习性之说,吾将以为教先。(《省试性习相近远赋》)
> 予以乡贡进士举及第……予以书判拔萃选登科……予为校书郎。(《泛渭赋》)
> 以我为太平之人兮,得于斯而优游……予生之年(一作"幸")兮,时哉时哉。(《泛渭赋》)
> 不我后兮不我先,适当我兮生之代……我为人兮最灵,所以愧贤相而荷圣帝。(《泛渭赋》)
> 自我行役,谅夙夜而忧伤……日有弟兮侍左右,固就养而无方。虽温凊之靡阙,讵当我之在傍?(《伤远行赋》)
> 居易常见今之立身从事者,有失于动,有失于静,斯由动静俱不得其时与理也。因述其所以然,用自儆导。(《动静交相养赋》)

每每都以我来言说,处处都有我的意识。再看其《性习相近远赋》的开端:"噫!下自人,上达君,咸德以慎立,而性由习分。"一改"吾皇""我国家"的传统发语模式,直抒胸臆,痛快淋漓。

这种直陈方式与个我言说彰显的是人的主体意识,付兴林先生谓为"以人为核的睿识",说"在白氏诸多赋中,贯穿着一种以人为核的思想"[1],付兴林先生是从人与万物的关系维度来阐述白居易人居核心的思想的,其实人的主体意识也体现在人我关系的维度,甚或人对于政治、经济、思想、宗教的某种程度的超越。尚永亮先生即说这种超越意识在白居易身上有明确展现,并说"在中唐历史上,白居易是一个特异的存在",他由"兼济"而"独善",以禅悦、安心、知足、看破为心理机制,以亲和自然、放怀山水为具体途径而求个我的自足与安适,他"不是死死抱住与社会政治紧相关联的道德人格不放,而是追求'冥心无我,无可而无不可'的自由人格"。[2] 所以说,白赋中私人情事的出现与别样思想的渗入,都与其个我意识的回归密切相关。[3]

(四)元稹、白居易赋风格特征

元稹、白居易赋形制上切于时势的努力与合乎主流的特征无须赘述,

---

[1] 付兴林:《论白居易律赋的精神特质及艺术成就》,载《甘肃社会科学》,2008年第3期,第39页。

[2] 尚永亮:《贬谪文化与贬谪文学——以中唐元和五大诗人之贬及其创作为中心》,兰州:兰州大学出版社,2004年,自序第7页。

[3] 尚永亮先生并说白居易"在屈原、柳、刘的执着和宋人苏、黄的超越之间,别具一种过渡性的文化意义"。

且看他们对律赋体式所作的变革。

就总的体式特征而言,元稹、白居易的"旁骛别趋"表现在:以古为律、古律并重;以情为本、长于理论;究心叙事、文风跳脱。所以李调元说元稹"以古赋为律赋"(《赋话》卷二),潘遵祁称其"合笺、奏、赞、颂为一手,节奏自然,痕迹都化"。①浦铣《复小斋赋话》卷上云:"元、白赋另自一体,流动之中加以工稳,局法亦最浑成,似其诗也。"②并说:"唐、宋小赋,多为律所拘束。唯元微之体格博大,苏子瞻气局雄健,李忠定词旨激昂,可为鼎足。"③

这种体制的变革具体表现在篇幅的加长,音律的繁密,问对结构与长句隔对甚至散句等的使用,语言的平易、叙事与论议手法的强化等各个方面。

律赋有用韵的讲求,也有字数的限制。元、白赋作用韵频繁而又多变,或首句入韵,或句句押韵,很有音韵美。限字往往是规定最低字数,本意是对考生文思是否敏捷的测试,后来逐渐成为规模体制。就实际的情况而言,试赋一般在350字至400字之间。但元稹《观兵部马射赋》《郊天日五色祥云赋》、白居易《鸡距笔赋》《汉高祖斩白蛇赋》等已经大大超过这个篇幅。篇幅的加长既是才情杰出的表现,又与韵律的繁复及长句的使用乃至结构的编排有关。李调元即提及前两点原因:"初唐人排律不过六韵、八韵,杜陵始有长篇,至元、白而沾沾自喜,动辄百韵矣。唐时律赋,字有定限,鲜有过四百者。驰骋才情,不拘绳尺,亦唯元、白为然。微之《五色祥云赋》《观兵部马射赋》,乐天《鸡距笔赋》,以及白乐天《斩白蛇赋》,踔厉发扬,有凌轹一切之概,皆杰作也。"④

说结构编排也与篇幅有关,主要是指元稹、白居易的有些赋作借用了古赋的问答形式,或其他叙事性文体的结构章法。

元稹《观兵部马射赋》《郊天日五色祥云赋》《奉制试乐为御赋》即以问答结体。《观兵部马射赋》有大司马的誓命,有射者的应诺,有司射者的期盼与裁决,有一众应试者的表态与宣言,最后归于旁观之客与司文者张扬笔陈与词锋的对问,绘声绘色,引人入胜。《奉制试乐为御赋》开篇道天子

---

① 《唐律赋钞》,道光二十八年潄芳斋刊印三松堂藏版。
② 浦铣:《历代赋话》附《复小斋赋话》,《续修四库全书》本。
③ 浦铣:《历代赋话》附《复小斋赋话》,《续修四库全书》本。
④ 李调元:《赋话》卷四,《丛书集成初编》本,北京:中华书局,1985年,第31页。

命意,中间论说自己的观点,末尾重申结论,首尾呼应,形同对策。《郊天日五色祥云赋》起句说:"臣奉某日诏书曰:'……是何祥而何吉?'臣拜稽首,敢言其实。"中间云:"于是载笔氏书百辟之词曰……象胥氏译四夷之歌曰……"末尾又说:"帝用愀然曰……"都用散文笔法,并引入问对结构,所以李调元称其"以古赋为律赋"。①

白居易《汉高祖斩白蛇赋》则以叙事取胜。赋首总括高祖"戡时难""斩灵蛇",即"灭强楚""降暴秦""创王业"的功绩。然后交代"瓜剖区宇,蜂起英豪……皆欲定四海之汹汹,救万姓之嗷嗷"的时代背景。然后再以大段铺陈高祖奋剑斩蛇的故事:

> 帝既心窥咸阳,气王芒砀。率卒晨发,纵徒夜亡。
> 有大蛇兮,出山穴,亘路傍。凝白虹之精彩,被素龙之文章。鳞甲皑以雪色,睛眸艳其电光。耸其身,形蜿蜿而莫犯;举其首,势矫矫而靡亢。
> 勇夫闻之而挫锐,壮士睹之而摧刚。
> 于是行者告于高皇。
> 高皇乃奋布衣,挺干将。攘臂直进,瞋目高骧。一呼而猛气咆哮,再叱而雄姿抑扬。观其将斩未斩之际,蛇方欲纵毒螫,肆猛噬。我则审其计,度其势。口噪雷霆,手操锋锐。凛龙颜而色作,振虎威而声厉。
> 荷天之灵,启神之契。举刃一挥,溘然而毙。
> 不知我者谓我斩白蛇,知我者谓我斩白帝。
> 于是洒雨血,摧霜鳞。涂野草,溅路尘。
> 嗟乎!神化将穷,不能保其命;首尾虽在,不能卫其身。②

分成这么多小节是为了更好地观察这段叙述的情节结构与声音视角。就情节而言,有主角志愿、行迹的补叙,有大蛇耸身、举首的再现,有勇士挫锐、壮士摧刚的衬托,有行者禀告的衔接,有高皇口噪雷霆、手操锋锐的场景细述,有大蛇洒血殒命的叙说,中间还夹入神天护佑的旁白、拟蛇于帝的预叙与谶纬灵异的感慨。就视角而言,有作者,有叙述者,有赋中人物高

---

① 李调元:《赋话》卷二,《丛书集成初编》本,北京:中华书局,1985年,第13页。
② 白居易著,顾学颉校点:《白居易集》,北京:中华书局,1979年,第870页。

祖、勇夫、壮士、从者。共同交织成生动精彩的叙事篇章。末尾再以"盛矣哉"转入议论,点明应天顺人之意。整篇赋章法跳脱而又浑然一体,浦铣感慨:"乐天《汉高祖斩白蛇赋》制局一气呵成,叙事有声有色",并说元稹、白居易之作"局法亦最浑成"。① 这"制局""局法"即是就章法结构而言的。这样的叙事手法在晚唐五代黄滔、徐寅的赋作中会更加出色,但在白居易时代已属特异。

从无名氏《赋谱》的总结可知,律赋的结构是非常程式化的,程式化便于操作但也容易流于平面静态、呆板枯燥,元稹、白居易在章法结构上所作的变革无疑为律赋注入了生机与活力。

在元稹、白居易那里,长句、隔对甚至散句的使用也是变革律赋的自觉行为。李调元曾说:"律赋多有四六,鲜有作长句者。破其拘挛,自元、白始。乐天清雄绝世,妙悟天然,投之所向,无不如志。微之则多典硕之作,高冠长剑,璀璨陆离,使人不敢逼视。盖太傅天怀高旷,而元颇锐志于功名,学焉而各得性之所近也。"②这段话除了对元稹、白居易破拘挛而为长句的创始性的肯定外,还言及赋家性情与行文风格的关系问题。也有具体的评说,如说元稹《郊天日五色祥云赋》:"其起句云……皆以古赋为律赋。至押'五'字韵云:'当翠辇黄屋之方行,见金枝玉叶之可数。陋泰山之触石方出,鄙高唐之举袂如舞。昭示于公侯卿士,莫不称万岁者三;并美于麟凤龟龙,可以与四灵为五。'纯用长句,笔力健举,帖括中绝无仅有之作。"③此种用例,今人尹占华《律赋论稿》、赵俊波《中晚唐赋分体研究》、彭红卫《唐代律赋考》、郭自虎《以古赋为律赋——论元稹对律赋的革新》④等多有举证甚或详细统计,可以参看。长句气雄力健、一往无前,既打破了四六为主的传统,又彰显了赋家的个性才情。元稹、白居易赋还好用长隔对,如:

  当其拂树弥长,凌风乍直,意出弹者与高音而臻极;及夫属思渐繁,因声屡有,想无胫者随促节而奔走。(元稹《善歌如贯珠赋》)

  圭,锐也,睿作思而百志灵;镇,安也,安于道而万物宁。(元稹《镇圭赋》)

---

① 浦铣:《历代赋话》附《复小斋赋话》,《续修四库全书》本。
② 李调元:《赋话》卷三,《丛书集成初编》本,北京:中华书局,1985年,第22页。
③ 李调元:《赋话》卷二,《丛书集成初编》本,北京:中华书局,1985年,第13页。
④ 郭自虎:《以古赋为律赋——论元稹对律赋的革新》,载《安徽师范大学学报》,2010年第4期。

措杯于肘,十得其九,悉明试者,亦何尝而不有;破的之术,万不失一,凡献艺者,岂自疑于无必?(元稹《观兵部马射赋》)

于是载笔氏书百辟之词曰:郁郁纷纷,庆霄之云。古有尧舜,幸得以为君。象胥氏译四夷之歌曰:炜炜煌煌,天子之祥。唐有神圣,莫敢不来王。(元稹《郊天日五色祥云赋》)

巧在乎不违天真,非劳形于木人之内;巧在乎无柱物情,非役神于棘刺之中。(白居易《大巧若拙赋》)

原夫性相近者,岂不以有教无类,其归于一揆;习相远者,岂不以殊途异致,乃差于千里。(白居易《性习相近远赋》)

长隔对的运用往往使音、义、段的结合更加紧密,影响整篇赋作的结构编排。

元稹、白居易也好以散句入赋。如白居易《汉高祖斩白蛇赋》:"有大蛇兮……于是行者告于高皇。皇帝乃奋布衣,挺干将。""盛矣哉!圣人之草昧经纶,应乎天,顺乎人。"如元稹《观兵部马射赋》:"大司马以驰射而选才,众君子皆注目而观艺。至张侯之所,乃执弓而誓。誓曰……"其他如元稹《奉制试乐为御赋》《郊天日五色祥云赋》、白居易《求玄珠赋》《叔孙通定朝仪赋》等,都用了不少散句。散句的运用可以改变行文风格与节奏。而当各种不同的句式共同为赋家所驱遣时,这篇幅不长的律赋便变得精彩纷呈、气盛言宜了。①

特别值得一提的是,白居易赋好用老、庄成言。虽说道家创始人老子对于李唐皇室来说具有特殊的意义,儒道常常相提并论,但相较而言,王起、李程等更趋向于用儒家经典中的成词,这显然也与白居易赋所要表达的思想是有关联的。

(五)元稹、白居易律赋的影响

律赋作为科考文体,自有其值得肯定的内涵与形制,但极为典正的意蕴与过于讲究的程式,也束缚了思想、限制了表达。所以明人徐师曾说:"至于律赋,其变愈下。始于沈约'四声八病'之拘。中于徐、庾'隔句作对'之陋,终于隋、唐、宋'取士限韵'之制,但以音律谐协、对偶精切为工,而情

---

① 郭自虎《以古赋为律赋——论元稹对律赋的革新》对元稹 5 篇律赋的字数、句数、句式种数、四六句数等都有统计,如说"《奉制试乐为御赋》434 字,76 句,分布为十种句式,其中四六句 32,六字以上长句占到 35 句"等。可以参看。

与辞皆置弗论。"①近人黄侃亦云:"自唐迄宋,以赋取士,创为律赋,用便程式,命题贵巧,选韵贵险,其规矩则有破题颔接之称,其精采(彩)限于声律对仗之内。故或谓赋至唐而遂绝,由其体尽变,非复古义也。"②为了应试,士人们不得不敛才就法、墨守成规。元稹、白居易的贡献恰恰在于有意识地打破陈规,驰骋才情而不拘绳尺。

从主流中裂变出来的律赋大家元稹、白居易,不管是当时还是日后都有着较大的影响。王定保《唐摭言》卷十载白居易应试之前所作之赋已传于天下。元稹《白氏长庆集序》则云:"明年,拔萃甲科。由是《性习相近远》《求玄珠》《斩白蛇》等赋,及百道判,新进士竞相传于京师矣。"③他自己亦听闻"礼、吏部举选人,多以仆私试赋判,传为准的"。④ 所以赵璘《因话录》中称白居易与王起、李程、白行简、张仲素为"场中词赋之最"⑤,因为元稹赋好用长句,影响及于宋人,李调元举其《奉制试乐为御赋》说:"爽健之句,此调亦创自微之,后来永叔诸公专学此种。"⑥

后世还有不少仿拟白居易赋的赋。如陆文圭(1252—1366)《高祖斩白蛇赋》拟仿《汉高祖斩白蛇赋》,蒲松龄(1640—1715)和钱载(1708—1793)都有与白居易同题的《荷珠赋》。拟仿《动静交相养赋》的,则有冯浩(1719—1801)、陈寿祺(1771—1834)、陈沆(1785—1825)的同题赋作,以及陶澍(1779—1839)的《拟白居易动静交相养赋》。拟《敢谏鼓赋》的,有王鸣盛(1722—1797)、纪昀(1724—1805)的同题赋作,以及陈沆的《拟白居易敢谏鼓赋》。拟仿名篇《赋赋》的,更有14篇之多。⑦ 可见白居易赋影响之深远。

---

① 徐师曾著,罗根泽校点:《文体明辨序说》,北京:人民文学出版社,1962年,第101页。
② 黄侃撰,周勋初导读:《文心雕龙札记·诠赋第八》,上海:上海古籍出版社,2000年,第60页。
③ 元稹撰,冀勤点校:《元稹集》,北京:中华书局,1982年,第554页。
④ 《与元九书》,见白居易著,顾学颉校点:《白居易集》,北京:中华书局,1979年,第963页。
⑤ 赵璘撰:《因话录》,上海:上海古籍出版社,1957年,第82页。
⑥ 李调元:《赋话》卷一,《丛书集成初编》本,北京:中华书局,1985年,第6页。
⑦ 详见陈才智:《白居易赋的后世拟仿》,见《"辞赋与中国文化"暨纪念马积高先生诞辰九十周年学术研讨会论文集》,2015年。詹杭伦:《清代赋家"以赋论赋"作品探论》(载《中国文学研究》第四辑)。许结:《历代论文赋的创生与发展》(载《文史哲》,2005年第3期)也有论及,可为参考。

第五章　晚唐赋

自文宗开成元年(836)至昭宗天祐四年(907)约70年间的赋可归为晚唐赋。

晚唐是唐王朝中兴希望破灭，彻底失去权威，逐渐走向灭亡的时期。经济上物轻钱重，贫富悬殊①；政治上，宦官专权，藩镇割据②。社会混乱，民生困苦。③ 入仕途径更加艰难，或屡举不第④，或沉沦下僚，或贬谪异方，士人报国无门，深知前途渺茫，遂生愤世嫉俗与感伤落寞之心境，要么抨击现实，要么潜隐遁逃。

与之相应，晚唐赋作或抨击现实，或隐遁颓废，或趋于短小，或仍存长制，古、律各体都有分流与新变。

李德裕、舒元舆、卢肇、李庚、孙樵、司空图、吴融等的仿古之作，或针砭时弊，或喟叹人生，或探求科技，或续仿京殿，对了解赋家赋史及时代政治文化不无意义。李德裕以宰臣与谪士身份作赋32篇，既于情绪表达上别具一格，又勾连古体赋作的演变链条，尤可占赋史一席之地。

杜牧《阿房宫赋》是新文赋成熟的标志性作品，在文体演变史上具有重要的地位与影响。

---

① 钱穆评两税法说："简捷明白，可以止吏奸，而未必能惠民生。""为民制产之意全失，而社会贫富兼并，更因此而不可遏。"详见钱穆：《国史大纲》，北京：商务印书馆，1996年，第419页。

② 岑仲勉说："唐之亡，或云由方镇，或云由宦官，其实两者兼有之。"详见岑仲勉：《隋唐史》，北京：中华书局，1982年，第330页。司马光论晚唐政治说："文宗优游不断，受制家臣……懿宗骄奢无度，贼虐不忌，辅弼之任，委于嬖宠，四海之财，竭于淫乐，民怨不知，神怒不恤，李氏之亡于兹决矣！且唐自至德以来，近习用权(擐)，藩臣跋扈，譬如羸病之人以糜粥养之，犹惧不济，又况饮之毒酒，其能存乎？及僖、昭嗣位，天禄已去，民心已离，盗贼遍于寰区，蓬蒿塞于城阙，漂泊幽辱，寄命诸侯。当是之时，虽欲救之，其将能乎？"(文渊阁四库全书《宋文选》卷三司马光《唐论》，又《历代名贤确论》卷九十五《通论一·唐之治乱兴亡》，《四库全书》本。)

③ 翰林院学士刘允章上谏懿宗说："今天下苍生，凡有八苦，陛下知之乎？官吏苛刻，一苦也；私债征夺，二苦也；赋税繁多，三苦也；所由乞敛，四苦也；替逃人差科，五苦也；冤不得理，屈不得伸，六苦也；冻无衣，饥无食，七苦也；病不得医，死不得葬，八苦也。"刘允章：《直谏书》，见董诰等编：《全唐文》卷八百四十，北京：中华书局，1983年。

④ 唐末科举，舞弊滋甚，"不问士行文艺，但勤于请谒"(孙光宪《北梦琐言》卷四)，真才实学之士难有作为，罗隐累举不第、杜荀鹤连败文场，即其显例。

李商隐、皮日休、陆龟蒙、罗隐等人的小品赋揭露朝政腐败、官僚丑恶、贤才遭弃、世风混浊的时代弊病，形制短小、构思精巧，议论精警、讽刺辛辣，在晚唐赋坛上发出异彩与光芒。

晚唐律赋既于应对科考、阐释王道之外，缱绻情怀、流连光景、感伤历史、讥讽时世、传载异闻、祖述老庄，亦于"争妍斗巧"①、谙熟程式之余，尝试以叙事化、趣味化、通俗化的形式表达自己的愿望、展现自己的才情。

"风骚如线不胜悲，国步多艰即此时"（郑谷《读前集二首》），"远去不逢青海马，力穷难拔蜀山蛇"（李商隐《咏史》）。晚唐国运衰颓，亡没已成定局，赋盛于唐，亦衰于唐，些许杰出作品的问世本不足以扭转赋体文学日渐衰微的大势。

第一节 《阿房宫赋》的文体文化意义

《阿房宫赋》是杜牧的代表之作，代有嘉许与崇奉，列入中学语文教材以来，更有大量文字为其赏鉴，本书关注的不仅仅有它本身的内涵与体貌，还有它作为独特个体在更宏大的文体、文化演变史上的地位与意义。

一、《阿房宫赋》的产生背景

杜牧生于唐德宗贞元十九年（803），字牧之，号樊川居士，京兆万年（今陕西西安）人。远祖杜预是文武全才，为晋朝征南大将军，撰有《左传集解》。祖父杜佑，历任唐德宗、顺宗、宪宗三朝宰相，也勤于学问，著有《通典》一书。父亲杜从郁官至驾部员外郎。杜牧对这样的出身颇为自豪，其在《冬至日寄小侄阿宜诗》中说："我家公相家，剑佩尝了当，旧第开朱门，长安城中央。第中无一物，万卷书满堂。"但随着祖父、父亲的相继去世，杜牧家道中衰，落到变卖房产、走亲讨乞、无衣无食的境地。② 不过这样的境地，反而激起他的奋发之志与报国安民之心："岂为妻子计，未去山林藏。平生五色线，愿补舜衣裳。弦歌教燕、赵，兰芷浴河湟。腥膻一扫洒，凶狠皆披攘。生人但眠食，寿域富农桑。"（《郡斋独酌》）这种境遇也助长了他"刚直有奇节，不为龊龊小谨，敢论列大事，指陈病利"③的性格。

---

① 李调元：《赋话》卷二，《丛书集成初编》本，北京：中华书局，1985年，第11页。
② 详见杜牧《上宰相求湖州第二启》。
③ 欧阳修、宋祁撰：《新唐书》卷一百六十六，北京：中华书局，1975年，第5097页。

杜牧所处的时代，政治腐败，社会矛盾尖锐，边患不断，国势更加衰危，杜牧注《孙子兵法》，作《罪言》《原十六卫》，主张削藩、强兵、固边，大有以天下苍生为己任的气概。但此时的唐王朝最高统治者不但不励精图治，反而滥用财力，大兴土木，沉迷声色，这更加激起了杜牧的谏诤意识。他在《上知己文章启》中自述说："宝历（唐敬宗年号）大起宫室，广声色，故作《阿房宫赋》"。① 可见《阿房宫赋》是借古说今之作，也是直指最高统治者的谏诤之作。好在赋写得委婉而富有才气，所以还能成为进身之阶。《唐才子传》载："初未第，来东都，时主司侍郎崔郾，太学博士吴武陵策蹇进谒曰：'侍郎以峻德伟望，为明君选才，仆敢不薄施尘露！向偶见文士十数辈，扬眉抵掌，共读一卷文书，览之，乃进士杜牧《阿房宫赋》，其人，王佐才也。'因出卷，揭笏朗诵之，郾大加赏。曰：'请公与状头。'郾曰：'已得人矣。'曰：'不得，即请第五人；更否，则请以赋见还！'辞容激厉。郾曰：'请生多言牧疏旷不拘细行，然敬依所教，不敢易也。'后又举贤良方正科。"②这段话说明《阿房宫赋》是杜牧自己满意的用以行卷或温卷的作品，这篇赋也确有才情，而且赋中讽喻不至触怒当局，所以能得到士子与主考官的激赏，此外杜牧显然没有直接拜访主考官，但主考官已听闻或据此认为他"疏旷不拘细行"。

杜牧 26 岁中进士，历官弘文馆校书郎、监察御史、史馆修撰、膳部、比部、司勋员外郎、黄州、池州、睦州、湖州刺史、中书舍人等，终年 50 岁。著有《樊川文集》，赋作不多，唯存《阿房宫赋》《望故园赋》《晚晴赋》3 篇。

二、《阿房宫赋》的题材主旨与文化意义

（一）基本内容与讽喻主旨

《阿房宫赋》由铺陈与论议两大板块组成。前半部分铺陈阿房宫建筑之奇、美女之众、珍宝之富。

建筑之奇是从蜀山地势与阿房宫整体的宏大突兀写起的，然后从不同角度展示阿房宫的规模、走向、形貌乃至宫内气候的不一：

---

① 史称敬宗"游戏无度，狎昵群小""视朝月不再三，大臣罕得进见"，又"好治宫室，欲营别殿，制度甚广"，并命令度支员外郎卢贞，"修东都宫阙及道中行宫"，以备游幸。引文见司马光编著：《资治通鉴》卷二百四十三，北京：中华书局，1956 年，第 7851 页、第 7842 页、第 7837 页、第 7849 页。

② 傅璇琮主编：《唐才子传校笺》（第三册），北京：中华书局，1990 年，第 195 页。《唐摭言》《唐诗纪事》等均有记载。

> 六王毕,四海一。蜀山兀,阿房出。覆压三百余里,隔离天日。骊山北构而西折,直走咸阳。二川溶溶,流入宫墙。五步一楼,十步一阁。廊腰缦回,檐牙高啄。各抱地势,钩心斗角。盘盘焉,囷囷焉,蜂房水涡,矗不知乎几千万落。长桥卧波,未云何龙?复道行空,不霁何虹?高低冥迷,不知东西。歌台暖响,春光融融;舞殿冷袖,风雨凄凄。一日之内,一宫之间,而气候不齐。①

宏伟壮丽的阿房宫覆压山河、隔离天日,其脉迹北构西折,各抱地势,其形貌如蜂房水涡,如长虹卧波,而宫内建筑,个个不一,所以歌台舞榭,气候不齐、感受殊异。

美女之众则从其来源写起,然后渲染其影响与遭际:

> 妃嫔媵嫱,王子皇孙,辞楼下殿,辇来于秦,朝歌夜弦,为秦宫人。明星荧荧,开妆镜也;绿云扰扰,梳晓鬟也;渭流涨腻,弃脂水也;烟斜雾横,焚椒兰也;雷霆乍惊,宫车过也,辘辘远听,杳不知其所之也。一肌一容,尽态极妍。缦立远视,而望幸焉。有不见者三十六年。

天下一统,六国妃嫔西归入秦,由是秦宫爆满,以至开镜如闪明星,梳鬟似理乌云,弃脂可腻渭流,焚椒可雾晴川,而宫车虽响若惊雷,却有许多宫女终生见不到国君。

写珍宝之富也说其收罗天下而不知珍重:

> 燕、赵之收藏,韩、魏之经营,齐、楚之精英,几世几年,摽掠其人,倚叠如山。一旦不能有,输来其间。鼎铛玉石,金块珠砾,弃掷逦迤。秦人视之,亦不甚惜。

东方六国世世代代的搜刮累积,都汇聚到这阿房宫里来了,但秦人用鼎如铛,视玉如石,将黄金珠宝当成土块沙砾,弃掷满地。

赋的后半部分主要是感怀与论议,先以一系列对比,强调秦的掠夺与奢靡,而且日益骄横顽固,终于倾国覆亡:

> 嗟乎,一人之心,千万人之心也。秦爱纷奢,人亦念其家。奈

---

① 杜牧:《樊川文集》,上海:上海古籍出版社,1978年,第1页。下同。

> 何取之尽锱铢,用之如泥沙。使负栋之柱,多于南亩之农夫;架梁之椽,多于机上之工女;钉头磷磷,多于在庾之粟粒;瓦缝参差,多于周身之帛缕;直栏横槛,多于九土之城郭;管弦呕哑,多于市人之言语。使天下之人,不敢言而敢怒,独夫之心,日益骄固。戍卒叫,函谷举,楚人一炬,可怜焦土。

取物不遗巨细,用之却如泥沙,阿房宫所费栋柱、梁椽、钉头、瓦片等比农夫、工女、粟粒、帛缕还多,民不堪命,于是陈涉揭竿而起,刘邦攻入关中,项羽一把火烧掉阿房宫,秦王朝结束了。

最后总陈原因:

> 灭六国者,六国也,非秦也。族秦者,秦也,非天下也。嗟乎!使六国各爱其人,则足以拒秦。使秦复爱六国之人,则递三世可至万世而为君,谁得而族灭也?秦人不暇自哀,而后人哀之;后人哀之而不鉴之,亦使后人而复哀后人也。

说秦及六国的灭亡,都是因为不爱惜人民的缘故。

这与贾谊《过秦论》所说"仁义不施,攻守之势异也"基本上属于同一论调,只不过假借的是阿房宫这一具体之物,批判的侧重点在秦始皇的穷奢极欲,而其真正的目的还不止于过秦。所以《古文观止》的编选者说:"前幅极写阿房之瑰丽,不是羡慕其奢华,正以见骄横敛怨之至,而民不堪命也,便伏有不爱六国之人意在。所以一炬之后,回视向来瑰丽,亦复何有。以下因尽情痛悼之,为隋广、叔宝等人炯戒,尤有关治体。不若《上林》《子虚》,徒逢君之过也。"①前半部分的铺陈是为了后半部分的议论,而这议论事关治体,是借古以讽今。所以其主旨在讽喻、在隐射。

这合乎杜牧一贯的主张与作为。他在《答庄充书》里曾明确主张:"凡为文以意为主,气为辅,以辞彩章句为之兵卫。"②他的诗文大多针砭时弊、批评当局,决不作无病之呻吟。他在《上知己文章启》里也明确说道"宝历大起宫室,广声色"。所以这篇赋的讽喻之旨是明显的。

但赋本身并不带刺,因为它的命意是委婉间接地类推与预设出来的:"秦人不暇自哀,而后人哀之;后人哀之而不鉴之,亦使后人而复哀后人也。"

---

① 吴楚材、吴调侯选:《古文观止》,北京:中华书局,1959年,第318～319页。
② 杜牧:《樊川文集》,上海:上海古籍出版社,1978年,第194页。

(二)由来影响与文化意义

作者虽委婉间接,读者却心知肚明,其中原因,除了特定的时代背景与作家个人的写作习性外,"过秦"业已成为民族文化的母题,也是不可忽略的因素。

"过秦"是汉初的热门话题,钱钟书先生在其《管锥编》里曾有概括:"《史记·陆贾列传》汉高帝曰:'试为我著秦所以亡失天下。''过秦''剧秦'遂为西汉政论中老生常谈。严氏(指严可均)所录,即有贾山《至言》、晁错《贤良文学对策》、严安《上书言世务》、吾丘寿王《骠骑论功论》、刘向《谏营昌陵疏》等,不一而足。贾生《过秦》三论外,尚复《上疏陈政事》,戒秦之失。汉之于秦,所谓'殷鉴不远,在夏后氏之世'也。"①

这老生常谈的嚆矢就是陆贾,而代表之作却归贾谊。

陆贾为响应刘邦号召而作的《新语》,有多处论述秦失天下的原因。如《道基》篇说:"齐桓公尚德以霸,秦二世尚刑而亡。故虐行则怨积,德布则功兴。"②批评的是秦朝重刑而不尚德的治国纲领。如《辅政》篇说:"居高处上,应以仁义为巢。乘危履倾,则以贤圣为杖……秦以刑罚为巢,故有覆巢破卵之患,以赵高、李斯为杖,故有倾仆跌伤之祸。"③由"仁义"与"刑罚"之别,进一步论及用人不当的问题。又如《无为》篇说:"蒙恬讨乱于外,李斯治法于内,事逾烦,天下逾乱,法逾滋,而奸逾炽。""秦非不欲为治,然失之者,乃举措暴众而用刑太极故也。"④指斥秦朝对外穷兵黩武,对内严刑峻法,不能"行中和以统远"。还有"骄奢靡丽,好作高台榭,广宫室",与"不能分明其是非"等等。应该说陆贾的这个奠基是比较全面的。

稍后,张释之、贾山等人也作了探讨。贾谊《过秦论》更集中笔力对秦的兴亡进行了专门的论述。到汉武帝时,主父偃、严安、伍被、董仲舒、刘安、司马迁等人介入"过秦"行列,纷纷发表意见,"过秦"几成社会思潮与言说方式。

总的来看,汉人过秦的结论主要集中于这样几条:重刑罚而轻仁义,兴兵甲而征徭戍,退贤才而用奸臣,骄奢淫逸,焚书坑儒。同时也应该看到,"过秦"是为了"宣汉"与"恢汉"。

---

① 钱钟书:《管锥编》第三册,北京:中华书局,1979年,第891页。
② 王利器撰:《新语校注》,北京:中华书局,1986年,第29~30页。
③ 王利器撰:《新语校注》,北京:中华书局,1986年,第51页。
④ 王利器撰:《新语校注》,北京:中华书局,1986年,第62页。

《过秦论》成为经典离不开它固有的史论价值与文学价值，也与"史学家与文学批评家的推崇以及后世审美风尚、社会风气等外在因素"①有关，司马迁和班固都引《过秦论》为史论，由此奠定了它作为史论经典的地位。

到了六朝，有陆机《辨亡论》、干宝《晋论》以为模拟，有左思《咏史》诗以为论说文典范②，更有萧统《文选》以其为"论"体之首篇，《过秦论》作为文学经典的地位亦由此而形成。

此后，《过秦论》作为模拟对象、典故甚或意象频频进入文人诗赋。比如苏洵的仿作《六国论》，比如徐彦伯《登长城赋》所云"贾谊则洛阳才子，飞雄论以过秦"，比如由阿房宫而生发的废墟意象，等等。

从更宏观的视角而言，剧秦、过秦、刺秦已然成为一个源源不断的文化母题，成为讨论兴亡之理的样本与言说方式。

当然这种言说方式所体现的主要是"拨乱反正"之后儒家文化的话语权利，并且承袭着春秋笔法与述而不作的传统，其间多少有一些民本的呼声与不满强权的意愿，但也不可避免地存在着历史局限。因为伴随着"过秦"的必然有"宣汉"与"弘儒"，对前朝及其指导思想的评价往往是否定大大多于肯定。所以有学者说"过秦"的局限体现在"重其亡而忽其兴""扬道德而非法治""笃于义而薄于利"③，如果不涉及历史背景与具体细节，这种说法是有一定道理的。

了解了这个总体的文化背景，我们就知道了杜牧的《阿房宫赋》之所以能取得这么大的成就，首先就与选材及立意有关。它所涉及的是关乎治乱的宏大而永恒的话题，采用的是人们熟知的历史事件及与之关联的物象，而且比史上名篇《过秦论》更强调极权者个人与天下民众的对立。诚如马积高先生所言："在此以前总结秦亡教训的诗文很多，也有不少人能从统治者与人民的关系立论，但是，还没有一篇作品象（像）此赋一样通过一个特殊的事物（阿房宫的兴灭），把人民与独夫的尖锐对立揭露得如此形象、深刻。"④明乎此，我们也更能充分地理解《阿房宫赋》的文化意义。

三、《阿房宫赋》的文体意义

仅就题材内容而言，《阿房宫赋》是无法超越《过秦论》尤其整个汉代的

---

① 吴承学：《〈过秦论〉：一个文学经典的形成》，载《文学评论》，2005年第3期，第136页。
② 诗云："著论准《过秦》，作赋拟《子虚》。"
③ 王绍东：《论汉代"过秦"思想的历史局限》，载《史学史研究》，2009年第3期，第26页。
④ 马积高：《赋史》，上海：上海古籍出版社，1987年，第334页。

过秦成就的,它的地位与影响在很大程度上是因为它在写作技法尤其文体运用上的新变,这种新变从赋体这一面来看是促成了新文赋的成熟,从论体这一面来看是以赋为论,赋、论结合。

(一)写作技法的新变

写作技法上的新变具体体现在描写与议论的相得益彰、音韵与节奏的错落有致。

1. 描写与议论的圆融

描写源于赋体铺陈的传统,"铺采摛文,体物写志"(刘勰《文心雕龙·诠赋》)原本就是赋体的优长。杜牧充分发挥了这种传统手法,对阿房宫进行了总体的铺陈与细致入微的描绘。写其外貌,说是"覆压三百余里,隔离天日",可见其规模之大,楼房之高。又说"骊山北构而西折,直走咸阳。二川溶溶,流入宫墙",可见其依山傍水,气势雄伟。写其内景,则说"五步一楼,十步一阁",可见楼阁密集;说是"廊腰缦回,檐牙高啄,各抱地势,勾心斗角",可见游廊回环曲折,屋角错综对峙;还说其"盘盘焉,囷囷焉,蜂房水涡,矗不知乎几千万落",可见楼阁既多而又形态各异。还有源出于纵横家散文也被辞赋家所承继的繁复的排语,如对宫中美女的铺写,叠用六组"也"字句,不见堆垛,反觉纷至沓来,气雄势猛。清人包世臣说:"繁以助澜,复以邕趣。复如鼓风之浪,繁如卷风之云。浪厚而荡,万石比一叶之轻;云深而酿,零雨有千里之远。斯诚文阵之雄师,词囿之家法矣。"①其实这种既繁复而又畅快的美学风貌,于《阿房宫赋》而言,又何尝不是说客散文与体物辞赋交互相融的结果。

《阿房宫赋》中的这些描写也用了赋体习见的夸张与想象。

按《史记》的记载,秦始皇修阿房宫,是因为"咸阳人多,先王之宫廷小",终始皇之世,阿房宫并未完工,且阿房宫的兴建始于始皇三十五年(公元前212年),距始皇之死不过两年。② 说明阿房宫的修建有其实际的需要,而整体的规模与宫女"缦立"的情况也多半为想象与夸张的产物。对这

---

① 包世臣:《艺舟双楫》卷一《论文一·文谱》,上海:商务印书馆,1935年,第4~5页。
② 参见《史记·秦始皇本纪》。关于阿房宫的记载,主要有《史记·秦始皇本纪》《汉书·贾山传》、郦道元《水经注》《三辅旧事》《三辅黄图》、宋敏求《长安志》等文献。其中《三辅旧事》是史料笔记,《长安志》是方志,与《史记》的记载相近,《水经注》《三辅黄图》及贾山嘴里的阿房宫规模几乎扩大了十倍,但《水经注》具有深厚的文学意味,《三辅黄图》也不乏文学的夸饰,贾山则本有纵横家气息,其目的也是借秦喻汉言治乱之道,所以《史记》的记载,更为可信。近年的考古新发现也证实了《史记》的记载比较符合历史本来的面貌。

一问题,前人早有质疑,南宋赵与时《宾退录》说:"牧之赋与秦事抵牾者极多。如阿房广袤仅百里,牧谓'覆压三百余里'。始皇立十七年,始灭韩,至二十六年,尽并六国,则是十六年之前,未能致侯国子女也,牧乃谓'王子皇孙,辇来于秦,为秦宫人,有不得见者,三十六年'。阿房终始皇之世,未尝讫役……歌台舞榭,元未落成,宫人未尝得居。"①

现在看来,杜牧在这样几个方面确实作了文学化的处理:

一是阿房宫的修建目的。秦修阿房,既有现实的需要,又有政治上的考量。因为旧有的都城与宫殿规模太小,已经不能满足秦一统天下后的实际需要;中央集权的政治体制也需要经济、文化的配合,作为政治、经济、文化中心的咸阳也应有足够的气魄来展示国威,震慑诸侯。后来萧何治未央宫时便说过"天子以四海为家,非令壮丽无以重威"。② 当然也不排除极权时代的统治者们个人享乐的因素,但杜牧刻意强化了奢靡的一面。

二是宫殿的规模与格局。《史记·秦始皇本纪》对阿房宫的状貌有一点记叙:"乃营作朝宫渭南上林苑中,先作前殿阿房,东西五百步,南北五十丈,上可以坐万人,下可以建五丈旗。周驰为阁道,自殿下直抵南山,表南山之巅以为阙。为复道,自阿房渡渭,属之咸阳,以象天极阁道绝汉抵营室也。"③千余年后写的《阿房宫赋》说阿房宫建筑面积"覆压三百余里",说宫内建筑"蠹不知乎几千万落",写建筑物的状貌用"长桥卧波,未云何龙",写宫中氛围用"歌台暖响""舞殿冷袖",显然是文学的夸张甚至浪漫的想象。

三是宫内生活的描述。虽有一定的历史依据,多半也是想象与虚构。

这种文学化处理的用意,当然是以秦为鉴警戒当世。文学化处理需要凭虚构象的能力。刘熙载说:"赋以象物,按实肖象易,凭虚构象难。能构象,象乃生生不穷矣。"④杜牧是善于构象的,他将阿房宫气势之雄、楼阁之众、连廊之曲、檐牙之巧写得精妙如画,将宫女姿容之美、装饰之富、仪态之妍、心理之微写得生动逼真。

杜牧在《阿房宫赋》中所用的构象手段,有直接的描摹,更多的是以比喻为主的修辞。如"长桥卧波,未云何龙?复道行空,不霁何虹"? 有描摹,也有比喻,虚实结合,故作反问,真可谓情形兼备。写宫中女子,以明星喻

---

① 赵与时:《宾退录》卷七,转引自吴在庆撰:《杜牧集系年校注》,北京:中华书局,2008年,第17页。此前南宋程大昌《雍录》、此后清代王士禛《池北偶谈》卷十一《谈艺》等均有论及。
② 班固:《汉书》卷一《高帝记》,北京:中华书局,1964年,第64页。
③ 司马迁撰:《史记》,北京:中华书局,1959年,第256页。
④ 刘熙载撰:《艺概》卷三《赋概》,上海:上海古籍出版社,1978年,第99页。

妆镜，以绿云喻发饰，以渭河涨水喻宫人泼下的残脂剩粉，以天空弥漫烟雾喻宫中点燃的椒兰，以雷鸣喻宫车声，写尽了宫女的众多、艳丽与奢华，也写出了皇始皇的威严。更有"歌台暖响，春光融融；舞殿冷袖，风雨凄凄"，二句十六字，使用移觉、移情、互文、对比、借代、夸张、比喻、引用成言等多种修辞手法，对宫殿与宫中女子的命运进行多角度、多层次的构象。听觉的"歌"、视觉的"舞"与触觉的"冷""暖"相融互通，余韵无穷，是谓移觉。声"响"与舞"袖"本无情感，但气候之词"冷""暖"可兼喻人情，将人情移于物事，使景中含情，是谓移情。"歌台""舞殿"，互文见义。"暖响""冷袖"借指宫内气氛。"风雨凄凄"是《诗经》中的成言，也用比喻与夸张。凡此种种，"莫不因夸以成状，沿饰而得奇"①，足证杜牧的构象能力。

更可贵的是，《阿房宫赋》在张扬传统赋法的同时，还在此基础上发表了寓意深刻的议论。

就全赋的结构而言，前两段的铺陈、描绘其实是为后文的议论张本的，后两段的议论也是前文铺陈、排比的必然归宿。第三段夹叙夹议，写秦的掠夺、骄奢及其灭亡。第四段点题并暗喻讽谏。说六国与秦的破灭都是不爱其民的结果，然后使用假设与类推："使六国各爱其人，则足以拒秦。使秦复爱六国之人，则递三世可至万世而为君，谁得而族灭也？"假设与类推也是为了最后的警示："秦人不暇自哀，而后人哀之；后人哀之而不鉴之，亦使后人而复哀后人也。"这种回环往复，层层推进的议论，形象鲜明、自然平易，既展示了赋法体物之美，又发挥着论体简洁警醒的优长，所以成了以赋为论，赋、论结合的典范。许东海先生即说《阿房宫赋》的创作旨趣基本上脱胎于《过秦论》，而能"不让前贤专美于前"的原因就在于《阿房宫赋》像《过秦论》一样具有以赋为论的创作取向。并说这种创作取向是"藉（借）由赋体铺采摘文的美丽语言，进行其'体国经野，义尚光大'的讽谏职志"，这种创作实践"可视为杜牧意图以辞赋虚拟谏书的创作实践"。② 从文体发展史的角度来看：赋体虽然也有讽谏的要求，但其所占篇幅甚少，实际效果也非常有限，甚至适得其反；骈文发扬着赋体铺陈的优长，并从形式上走向极致，但内容却因此而日益空乏；隋唐以来形式主义文风不断得到批评与反正，到韩愈、柳宗元古文运动，业已取得丰硕的成果，但较之于诗、文，赋

---

① 刘勰著，范文澜注：《文心雕龙注·夸饰》，北京：人民文学出版社，1962年，第609页。
② 许东海：《辞赋与谏书——杜牧〈阿房宫赋〉新论》，载《苏州科技学院学报》，2014年第1期，第25~26页。

体改革的历程依然缓慢;杜牧既简化赋体并借助多种修辞,使板滞的赋体更加灵动,又将自己所擅长的议论注入其中,无疑使《阿房宫赋》成为赋体演变史重要的标本。

2. 流畅而错落的节奏

《阿房宫赋》的广泛流传,还得归功于它平易流畅而又错落有致的语汇与音韵之美。

赋的开头四句便如泰山拔地,气度非凡:"六王毕,四海一。蜀山兀,阿房出。"三字两句,两两相对,互为因果,双音名词,单字动语,入声为韵,给人以激越、奇峭之感,短短十二字,便将阿房宫修建的历史背景及耗费的人力物力,乃至阿房宫自身的规模体制都凸显出来了,极具视觉冲击力。不光开头,其实整篇赋都是抑扬有致、长短错落、词汇多变而声情并茂的。

赋中四字句,如"十步一阁""钩心斗角""辞楼下殿""尽态极妍""鼎铛玉石""金块珠砾""楚人一炬""可怜焦土"等,大都讲求平仄相间、音韵和谐。赋里面大量使用叠词和双声叠韵词,如"溶溶""盘盘""囷囷""融融""凄凄""荧荧""扰扰""辘辘""磷磷""蜀山""五步""地势""精英""逦迤""参差"等,也使音节富于变化,增加了赋作抑扬顿挫的声韵之美。

赋末的类推,还利用"六国""秦""后人"等词句的叠加与"也"字句尾,形成回环往复而又干脆利落的语音节调,读来既酣畅淋漓又慷慨激昂。"也"字结句,可骈可散,末段的"也"字句为散句,第二段铺陈宫女的六个"也字句"却是整句。第三段写阿房宫的巨额耗费则连用六个"多于"句。连散成排,可使文章气势更为急促奔放。但杜牧并不一味讲究工整,相反有意运散文之气于骈偶之中,追求既律且纵、谐而多变的错落之美。如:"五步一楼,十步一阁。廊腰缦回,檐牙高啄。各抱地势,钩心斗角。盘盘焉,囷囷焉,蜂房水涡,矗不知乎几千万落。"四字句中交错使用两个三字句和一个八字长散句,三字铿锵、八字舒徐,读来便给人以刚柔相济、张弛有度的感觉。再如铺陈宫女的六个"也"字句后,用了"一肌一容,尽态极妍。缦立远视,而望幸焉。有不见者三十六年"这样的句子,使飞张的气势突然停止,将宫女的哀怨与愁苦聚焦成缓慢阻滞的节奏,真是笔里藏锋,意在言外。更不必说那六个"多于"句后的感喟:"戍卒叫,函谷举,楚人一炬,可怜焦土。"以抑扬顿挫的声调道出"秦爱纷奢"的结果,怪不得林纾赞叹它"善于为悲壮之声"①。

双音词的使用,如"蜀山""宫墙""长桥""宫车""泥沙""言语"等,也增强了作品的表现力和声韵美。

(二)新文赋标志性作品

这种种技法的新变尤其以论为赋与以文为赋的实践,使《阿房宫赋》成为新文赋标志性的作品。

1. 文赋的特征与由来

文体界定向来难有统一标准,其中原因,除了界定者的偏见外,文体自身的兼容性与动态发展性也是重要原因。刘勰阐释"论"体特性时说:"详观论体,条流多品:陈政则与议、说合契,释经则与传、注参体,辨史则与赞、评齐行,诠文则与叙、引共纪……八名区分,一揆宗'论'。"②而项安世则直说:"贾谊之《过秦》、陆机之《辨亡》,皆赋体也。"③钱钟书先生称其为"识曲听真之言",并说如果以项氏之说增益刘勰的理论,就可以说"敷陈则与词、赋通家"。④文体之间的兼容混杂给文体的分类带来了许多的困难,在实际的操作过程中,也只能约定俗成地定其大概了。所以张融在《门律自序》中云:"夫文岂有常体,但以有体为常,政当使常有其体。"⑤而王若虚《文辨》更简洁地说:"定体则无,大体则有。"⑥

文赋概念源出祝尧:"宋之赋往往以文为体。"⑦吴讷引祝尧之说,并称宋人作赋有二体:"一曰俳体,二曰文体。"⑧正式提出"文赋"概念的是徐师曾。⑨

有关文赋特征的描述是从祝尧的批评开始的。祝尧认为:"至于赋,若以文体为之,则专尚于理,而遂略于辞、昧于情矣……赋之本义当直述其事,何尝专以论理为体邪!以论理为体,则是一片之文,但押几个韵耳。"⑩

---

① 林纾著,范先渊校点:《春觉斋论文·应知八则·声调》,北京:人民文学出版社,1959年,第79页。
② 刘勰著,范文澜注:《文心雕龙注·论说》,北京:人民文学出版社,1962年,第326~327页。
③ 项安世:《项氏家说》卷八,《丛书集成初编》本,北京:中华书局,1985年。
④ 钱钟书:《管锥编》第三册,北京:中华书局,1979年,第888页。
⑤ 萧子显撰:《南齐书》卷四十一《张融传》,北京:中华书局,1972年,第729页。
⑥ 王若虚:《滹南遗老集》卷三十七《文辨》,《四部丛刊》本。
⑦ 祝尧:《古赋辨体》,上海:上海古籍出版社,1993年,第124~140页。
⑧ 吴讷著,于北山校点:《文章辨体序说》,北京:人民文学出版社,1962年,第22页。
⑨ 详见徐师曾著,罗根泽校点:《文体明辨序说》,北京:人民文学出版社,1962年,第101页。
⑩ 祝尧:《古赋辨体》,上海:上海古籍出版社,1993年,第124~140页。

祝尧强调赋的直述与情辞，认为以论为赋有失赋之本义。在《长杨赋》注里，祝尧更区分了"以赋为赋"与"以文为赋"：

> 如《子虚》《上林》，首尾同是文而其中犹是赋，至子云此赋，则自首至尾纯是文赋之体，鲜矣。厥后唐末宋时诸公以文为赋，岂非滥觞于此？盖赋之为体固尚辞，然其于辞也，必本之于情而达之于理；文之为体每尚理，然其于理也，多略乎其辞而昧乎其情。故以赋为赋则自然有情有辞而有理；以文为赋则有理矣，而未必有辞，有辞矣，而未必有情。此等之作，虽名曰赋，乃是有韵之文，并与赋之本义失之。噫！①

至欧阳修《秋声赋》题下注，祝尧再次强调"及子云《长杨》，纯用议论说理，遂失赋本真"②。

此后则多从散文特性角度论说文赋。如陆葇说文赋："其体闳衍迂徐，极诸讽颂，虽句栉字比，依音声饰，藻缋而疏，古之气一往而深，近乎文矣。"③孙梅说文赋："出荀子《礼》《智》二篇，古之有韵者是已，欧、苏多有之。"④丘琼荪说文赋："既不断断于格律，亦不兢兢于排比对偶，第以作散文方法行之。"⑤铃木虎雄说文赋："在其气势流动一贯有散文之风……此'散文风气势之有无'者，余因而以为决定其为文赋邪否邪之标准。"⑥曹明钢先生则认为文赋是受唐宋古文运动影响而产生的"韵散配合、骈散兼施、用韵宽泛和结构灵活"⑦的一种赋体。

综合各家论说，可知文赋的特点，一在议论化，二在散文化。而就赋史实际而言，文赋实有广、狭两义，广义的"文赋"可指诗赋、骚赋以外的所有近文赋体，如散体大赋、骈赋、律赋等，取其近文的特点。狭义的"文赋"，则特指伴随着唐宋古文运动而产生的文赋，马积高先生称之为"新文赋"。⑧

---

① 祝尧《古赋辨体》卷四《长杨赋》题注。
② 祝尧《古赋辨体》卷八《秋声赋》题注。
③ 陆葇：《历朝赋格·文赋小引》，见《四库全书存目丛书》第 399 册，济南：齐鲁书社，1997 年，第 276 页。
④ 孙梅撰：《四六丛话》，上海：商务印书馆，1937 年，第 61 页。
⑤ 丘琼荪：《诗赋词曲概论》，北京：中华书局，1934 年，第 137 页。
⑥ [日]铃木虎雄著，殷石臞译：《赋史大要》，正中书局，1942 年，第 318 页。
⑦ 曹明钢：《赋学概论》，上海：上海古籍出版社，1998 年，第 193 页。
⑧ 马积高：《赋史》，上海：上海古籍出版社，1987 年，第 9 页。

较之于骈辞大赋,新文赋骈散兼施,不拘"散—韵—散"的结构模式,融叙事、状物、抒情、论理于一体。

从某种意义上讲,新文赋其实也可以看作赋与论的结合,其由来既是赋体沿革的结果,也有直接从论体发展而来的因素。

赋的散化,按祝尧的说法,"实自《卜居》《渔父》篇来,迨宋玉赋《风》与《大言》《小言》等,其体遂盛,然赋之本体犹存,及子云《长杨》,纯用议论说理,遂失赋本真。欧公专以此为宗,其赋全是文体,以扫积代俳律之弊"。①从赋体到文体的沿革是一个漫长的过程,祝尧提到的是头、尾。在唐代,新文赋的发展是以李华、萧颖士为先导,以韩愈、柳宗元、陆参、杨敬之、李观、刘禹锡等人为过渡,以杜牧《阿房宫赋》为里程碑的。《阿房宫赋》既然归属于这个体系,自然也要受它们的影响。以赋的开端为例,杜牧《阿房宫赋》云:"六王毕,四海一。蜀山兀,阿房出。"而陆参《长城赋》起首为:"千城绝,长城列。秦民竭,秦君灭。"这种三言两句,音节迅急的组构方法显然是前后相承的。②

中间的"明星荧荧,开妆镜也……"一段,陆参《长城赋》里也有类似的造句与构思:"边云夜明,列云铧也;白日昼黑,扬尘沙也;筑之登登,约之阁阁,远而听也,如长空散雹;蛰蛰而征,沓沓而营,远而望也,如大江流萍;其号呼也,怒风匉訇;其鞭朴也,血流纵横。"杨敬之《华山赋》的句式更加相似:"见若咫尺,田千亩矣;见若环堵,城千雉矣;见若杯水,池百里矣;见若蚁垤,台九层矣;醯鸡往来,周东西矣;蠛蠓纷纷,秦速亡矣;蜂窠联联,起阿房矣;俄而复然,立建章矣;小星奕奕,焚咸阳矣;累累茧栗,祖龙藏矣。"③杜牧无疑会从这些赋作中吸收养分,并推陈出新。

中晚唐古文家都推崇秦汉文章,新文赋的形成当然也有对秦汉文章尤其论体的借鉴。《阿房宫赋》从《过秦论》而来,实为其中典范。就文体言,《过秦论》可谓以赋为论,《阿房宫赋》则以文为赋,两者都有铺陈夸张,两者都用对比,两者都用凝练而又生动的语言,句式都整齐而富有变化。便是赋末议论中的"也"字句式,饶宗颐先生也认为是有意学习《过秦论》的:

(《吕氏春秋》)其末段"故凡兵势险阻,欲其便也"以下专用

---

① 祝尧:《古赋辨体》卷八《秋声赋》题下注。
② 廖莹中《江行杂录》上即说《阿房宫赋》祖《长城赋》句法。
③ 洪迈《容斋五笔》卷七即谓"《阿房赋》实模仿杨作"。

"也"字叠至七次,行笔可谓浩乎其沛然矣。而《过秦》结语,"且夫天下非小弱也"以下,亦用"也"字叠至九次,显自吕览变化而来。而阿房赋末段议论,叠为比较句法,用"多于"者五次,"灭六国"句以下,专用"也"字收束凡六次,则学《过秦》痕迹犹历历可睹。①

中晚唐时代,文学创作中破体为文的现象很普遍,辞赋也常常参与其中,杜甫的《北征》,李华的《吊古战场文》,欧阳詹的《珍祥论》,韩愈的《南山诗》《进学解》《送穷文》、柳宗元的《乞巧文》《骂尸虫文》等,便是辞赋与他种文体交叉的结果,但这些文章的主体还是文,所以并不以"赋"称。《阿房宫赋》以"赋"标题,在文体演变历程上当然就具有特别的意义了。

2.《阿房宫赋》的文体特征与地位

历来文人对《阿房宫赋》在文体演变史的地位也是十分肯定的。周中孚《郑堂札记》曰:"宋人以文为赋,非宋人之创造也。远则宋子《登徒子好色赋》,近则杜牧《阿房宫赋》,心摹手追,流荡忘返,适成一代风气。"②祝尧在《古赋辨体》中曰:"至杜牧之《阿房宫赋》,古今脍炙;但大半是论体,不复可专目为赋矣。"③马积高先生在《赋史》中分析了《阿房宫赋》的艺术技巧,认为它的艺术想象"正是新体文赋所追求的艺术境界"。④ 郭维森、许结先生的《中国辞赋发展史》亦谓《阿房宫赋》是"文赋典型"⑤这些评价或褒或贬,但都强调了《阿房宫赋》的变创性。

而这种变创性最重要的体现便是相较于以往的以赋为论、以赋为文而言,《阿房宫赋》是以论为赋、以文为赋。杜牧曾主张为文"以意为主":

> 凡为文以意为主,以气为辅,以辞彩章句为之兵卫,未有主强盛而辅不飘逸者,兵卫不华赫而庄整者……苟意不先立,止以文彩辞句,绕前捧后,是言愈多而理愈乱,如入圜圚,纷纷然莫知其谁,暮散而已。是以意全胜者,辞愈朴而文愈高,意不胜者,辞愈华而文愈鄙。是意能遣辞,辞不能成意,大抵为文之旨如此。⑥

---

① 饶宗颐:《选堂赋话》,详见《文辙:文学史论集》,台北:台湾学生书局,1991年,第891页。
② 周中孚:《郑堂札记》卷五,《丛书集成初编》本,北京:中华书局,1985年,第37页。
③ 祝尧:《古赋辨体》,文渊阁《四库全书》第1366册,上海:上海古籍出版社,1987年,第802页。
④ 马积高:《赋史》,上海:上海古籍出版社,1987年,第334页。
⑤ 郭维森、许结:《中国辞赋发展史》,南京:江苏教育出版社,1996年,第336页。
⑥ 杜牧:《樊川文集》卷第十三《答庄充书》,上海:上海古籍出版社,1978年,第194~195页。

辞赋最大的弊端就在辞华意鄙,所以杜牧的"以意为主"其实也可看作新文赋的重要标志之一。

四、杜牧的其他赋作及李商隐赋

杜牧的另两篇赋皆短小抒情之作。杜牧本京兆万年(今陕西西安)人,所以他的《望故园赋》起首即说"余固秦人兮故园秦地"。赋写世情的险恶与故园的美好。写世情险恶则谓:"人固有尚,珠金印节,人固有为,背憎面悦。击短扶长,曲邀横结。吐片言兮千口莫穷,触一机而百关俱发。"道出了人的本性。写故园的美好则谓:"陇云秦树,风高霜早。周台汉园,斜阳暮草。寂寥四望,蜀峰联嶂。葱茏气佳,蟠联地壮。缭粉堞于绮城,矗未央于天上。月出东山,苔扉向关。长烟苒惹,寒水注湾。远林鸡犬兮,樵夫夕还。织有桑兮耕有土,昆令季强兮乡党附。"人文与自然并重。末尾归结为:"赋言归兮,余之忘,徒为兮纷扰。"

《晚晴赋》写傍晚天晴后的小园之景,通篇用比,而且以人喻物。如其写水池,譬之如"高堂之上,见罗幕兮,垂乎镜里";如其写树木,"行者如迎,偃者如醉,高者如达,低者如跂,松数十株,切切交风,如冠剑大臣,国有急难,庭立而议";如其写竹林,谓"十万丈夫,甲刃拟拟,密阵而环侍";其他如以妇女喻红芰,以公子譬白鹭,以婢妾比杂花,莫不新颖别致。最后写自己愿意"倒冠落佩""与世阔疏"。

与杜牧并称"小李杜"的李商隐也作有赋,《新唐书·艺文志》谓其作赋一卷,今传《樊南文集》《全唐文》等仅存《虱赋》《蝎赋》两篇,刘学锴、余恕诚先生所编《李商隐文编年校注》辑有《虎赋》《恶马赋》,陈尚君先生《全唐文补编》又辑有《雪赋》《江之嫣赋》。李商隐赋多为讽刺小赋,如:

> 亦气而孕,亦卵而成。晨凫露鹄,不如其生。汝职惟啮,而不善啮。回臭而多,跖香而艳。(《虱赋》)①
>
> 夜风索索,缘隙凭壁。弗声弗鸣,潜此毒螫。厥虎不翅,厥牛不齿。尔兮何功,既角而尾。(《蝎赋》)②

一刺欺软怕硬、避强凌弱的吸血鬼,一讽恶毒小人与助其肆虐的权贵。

---

① 刘学锴、余恕诚:《李商隐文编年校注》,北京:中华书局,2002年,第2291页。
② 刘学锴、余恕诚:《李商隐文编年校注》,北京:中华书局,2002年,第2294页。

讽刺既辛辣,形式又特别,上承柳宗元,下启陆龟蒙。在讽刺文学中自可占一席之地。

第二节 李德裕、卢肇、舒元舆等人的仿古之作

在篇幅或长或短,内容或猛烈抨击或隐遁颓废的晚唐赋史,也还有不以诗名甚至也不以文名的赋家们作过不少仿古篇章。如李德裕、舒元舆、卢肇、李庚、孙樵,他们的赋作或针砭时弊,或喟叹人生,或探求科技,或续仿京殿,对了解赋家赋史及时代政治文化也不无意义。

一、李德裕的仿古新篇与政治情怀

李德裕是晚唐著名政治人物,在辞赋创作方面也堪称大家。

(一)生平简历与赋作概况

李德裕(787—849),字文饶,赵郡赞皇人(今河北赵县)人。宰相李吉甫之子,不屑科举,以门荫补校书郎,历仕宪、穆、敬、文、武宗诸朝。曾两度入相,亦屡遭贬谪。执政期间外平回鹘、内定昭义、裁汰冗官、协助武宗灭佛,功绩显赫,崔瑞德《剑桥中国隋唐史》称其"领导艺术胜过了晚唐的任何宰相"。① 而穆、敬、文三帝庸懦与"牛李党争"又每使其身宦浮沉、心力交瘁。按崔瑞德的说法,"9世纪唐朝的党不是基于经济的、政治的或思想意识的共同利害关系而结合成有严密组织、明确纲领和严格纪律的集团,它只是政治人物们的松散结合体,产生于难以确认的复杂的个人关系网络"。② 这种莫可名状的,产生于"复杂的个人关系网络"的党争最耗费人的精力,也最磨砺人的心智。③ 这样的身份与经历也必然影响"明辨有风采,善为文章"④的李德裕的赋体创作。

李德裕自称:"往在弱龄,即好词赋,性情所得,衰老不忘。"⑤《新唐

---

① [英]崔瑞德编:《剑桥中国隋唐史》,北京:中国社会科学出版社,1990年,第673页。
② [英]崔瑞德编:《剑桥中国隋唐史》,北京:中国社会科学出版社,1990年,第645页。
③ 崔瑞德编《剑桥中国隋唐史》认为"牛李党争"的原因,是出自宪宗时的个人恩怨。因史载阙如,很难弄清产生朋党的思想观点和社会分化状况。该书认为,依附牛李两党主要人物的大垂直系统的派别集团是否存在,值得怀疑。该书还认为陈寅恪等对"牛李党争"的社会学解释,虽有不少理由使这一假设颇具说服力,但因文献不足,很难说中举者必出自寒素,庇荫者定来自名门望族。想在朋党上层作前后一贯的社会学区分,证据还远远不够。详见该书第645~661页。
④ 欧阳修、宋祁撰:《新唐书》卷一百八十《李德裕传》,北京:中华书局,1975年,第5342页。
⑤ 《进新旧文十卷状》,见李德裕:《李文饶文集》卷第十八,《四部丛刊》本。

书·艺文志》著录其《杂赋》2卷,现存赋32篇。据傅璇琮、周建国先生的《李德裕文集校笺》①,这些赋的名称及创作时间大体如下:

"成都二首":《黄冶赋》大和五年(831)、《画桐花凤扇赋》大和五年(831)或大和六年(832)春

"再至江南四首":《通犀带赋》《鼓吹赋》大和八年(834)冬、《白芙蓉赋》《重台芙蓉赋》大和九年(835)仲夏五月

"袁州七首":《山凤凰赋》《孔雀尾赋》大和九年(835)下半年、《智囊赋》大和九年(835)冬、《积薪赋》《敧器赋》《蚍蜉赋》《振鹭赋》开成元年(836)春

"袁州八首":《问泉途赋》《伤牛赋》《怀梟赋》《观钓赋》《斑竹管赋》《柳柏赋》《白猿赋》开成元年(836)春、《二芳丛赋》开成元年(836)春暮

"北归六首":《畏途赋》《知止赋》《剑池赋》《望匡庐赋》《大孤山赋》《项王亭赋》开成元年(836)孟夏

《灵泉赋》开成元年(836)九月

《金松赋》开成五年(840)晚春

《秋声赋》会昌元年(841)秋

《牡丹赋》会昌元年(841)春暮

《瑞桔赋》会昌五年(845)秋末

不难看出,他的赋作绝大部分创作于大和八年(834)至开成元年(836)这三年之间,而这三年正是他政治上遭遇重大挫折的时期。其时他入相不久,即被出为浙西观察使,旋贬袁州长史、潮州司户、滁州刺史,再改太子宾客分司东都,四个月后复归浙西观察使(开成元年十一月),直到开成五年(840),武宗即位才再度拜相。值得注意的是,他这段时期的创作文类也以辞赋为主,唯见零星诗文。

(二)仕宦智慧与迁谪情怀

李德裕以朝臣与谪士身份作赋,其赋作有写景状物者,有抒怀论议者,涉及花木植物、鸟兽虫鱼、山川地理、历史遗迹、人事故旧与生活器物等种种物事,若就其蕴涵的情感而言,则有忧伤的情怀、理智的情怀、隐逸的情

---

① 傅璇琮、周建国校笺:《李德裕文集校笺》,石家庄:河北教育出版社,2000年。

怀、悲悯的情怀，大都能展示其政治意识、社会担当与人生智慧。

作为唐朝名相，李德裕的政治才能与文学修为都受到过较高的评价。① 以朝臣甚至宰相的身份创作文学，不免有许多政治的话题与情怀。其《黄冶赋》便是对宪宗痴迷丹药的讽刺针砭。赋假董仲舒与汉武帝对话，说黄冶之术"不由于正道，无益于景福"②。其他如《蚍蜉赋》《白猿赋》等亦假鸟兽虫鱼的书写隐喻朋比类聚的邪佞之徒。《蚍蜉赋》感喟："何蝼蚁之微物，亦有徒而凌乱。或泮散于经笥，或夤缘于食案。"末言："乘其便也，虽鱣鲸而可制；无其势也，虽蛭蟥而不伤。今愿悔过，戢于垣墙。岂同青蝇之点白，污君子之衣裳。"指涉群小，似非而是。《白猿赋》更力辨猿、猴二者之别。序、赋盛称白猿"驯而仁爱""动不为暴，止皆择所"，而"彼沐猴之佻巧，虽貌同而心异。既贪婪而鲜让，亦躁动而不忌"。在作者看来"二物殊性"，不可不辨。后世所谓牛、李党争，在李德裕看来，实不可等同咎尤，因为他并不以党同伐异的门户自视，赋所流露的全是小人倾轧之苦。

朋党之争，殊为复杂，李为首领，自难规避。但即以平常的眼光而言，李德裕仍然允称志士——志道、志德、志政、志文而务求有所作为之士。其家学门风向以经术礼法自重，本人也"以器业自负，特达不群"，并"好著书为文，奖善嫉恶"。③ 他在北归途中所作《剑池赋》《望匡庐赋》《大孤山赋》《项王亭赋》等赋，或"感明主之嘉惠，荷天地之覆育"（《望匡庐赋》），或"念前世之独立，知君子之难遇"（《大孤山赋》），或以不甘沉沦的古剑自喻"诚宜英主用之，提携指挥，内以清诸侯，外以服四夷"（《剑池赋》），或以有勇无谋但不失英雄本色的项羽自勉"谢亭长而依然，愧父兄兮不渡。既伏剑而已矣，彼群帅之犹惧"（《项王亭赋》）。他从未忘记自己应该担当的责任，也对前程充满自信。刘熙载在《艺概》中说："志士之赋，无一语随人笑叹。故虽或颠倒复沓，纠缪隐晦，而断非文人才客，求慊人而不求自慊者所能拟效。"④李德裕赋的识见与体悟也是独到深切的。

李德裕赋也是谪士之赋，其赋作大都作于第一次罢相后的南楚贬谪时

---

① 裴庭裕《东观奏记》卷上即谓"武宗朝任宰相李德裕，德裕虽宰相子，文学过人"。详见裴庭裕撰，田廷柱点校：《东观奏记》，北京：中华书局，1994年，第90页。梁启超在主编的《中国六大政治家》中更将其与管仲、商鞅、诸葛亮、王安石、张居正相提并论，并说其文学"亦卓然唐一大家"。

② 马积高主编：《历代辞赋总汇》，长沙：湖南文艺出版社，2014年，第2105页。下引李德裕赋皆引此书。

③ 刘昫等撰：《旧唐书》卷一百七十四《李德裕传》，北京：中华书局，1975年，第4528页。

④ 刘熙载撰：《艺概》卷三《赋概》，上海：上海古籍出版社，1978年，第96～97页。

期,其中袁州赋有15篇之多,而且是他这一时期唯一的传世文献。从天堂跌落人间的贬谪经历使他产生了人生际遇的无穷感慨,也让他积聚了更多的政治智慧。其《智囊赋》《积薪赋》等,在"悲流年之倏忽,忆前欢而凄怆。"(《鼓吹赋》序)的感喟中,不忘探究为政之策略与生存之智慧。如说智可养生,而"用有工拙",并举前人为例:"得于身也,祭以免而苟以全;失于邦也,臧不容而汤不没。"(《智囊赋》)如说积薪之危:"虽后来而高处,亦居上而先焚。"(《积薪赋》)真是贬谪之士深悟出来的至理之言。所以李德裕赋也是智士之赋。

以宰相而为逐臣,体现于赋中最浓郁的最忧伤的情怀。其"袁州八首"之《伤年赋》即以"伤"为题,序称"兹年五十,久婴沉痼,楚泽卑湿,合尤归期,恐田园将芜,不遂悬车之适",是为开成元年(836)袁州贬地所作。赋云:"伤寿有贾生之痛,招魂无宋玉之词。邈故园之寥远,念归途之未期。顾稚子而凄恻,想田庐而涕洟……嗟世路之险隘,刿驽骀之已疲。法先哲以行止,经险阻而勿违。"年当天命,"生涯可知",此时的李德裕,既惊悚于岁月之流逝,亦感慨于仕途之坎坷,对故园与亲人自然会倍加思念。

又如同年所作《问泉途赋》,为思念沈侯(原注:沈使传师也)之作。序称自己与沈侯"同侍禁林,俱守藩翰,出入光宠,垂二十年",说沈侯"常叹人世险艰,多言可畏"。赋则具体回顾自己与沈侯曾"同升玉堂""回先帝之英盼,被霄汉之辉光……且欲极山水之临泛,尽人生之乐康",然而这美好的一切都已成为过去,不觉倍感悲伤——"今则逝矣,前荣可伤",于是"托意宵梦""问冥昧于故人,求神道之仿佛",最后归总为千变万化,不可尽知,唯"谗人没于泉下,不得同于物化"。

此前两年所作的《鼓吹赋》也是追思感怀之作。李德裕罢相后出为浙西观察使,见到当年演奏过鼓吹乐的几名童子,如今都已年逾弱冠,再请他们为自己演奏,却发现不再有当年的感觉:"音岂殊于今昔,情自有于哀乐。"于是感慨:"昔我往矣,子衿青青。我今来思,突而弁兮。谅昔人之多感,睹移柳而兴凄。惜岁年之易往,叹亲好之常睽。"其实童子鼓吹之事也不过是自伤身世的引子,所以序云:"悲流年之倏忽,忆前欢而凄怆。"

在李德裕的咏物之赋里,也不乏因贬谪而起的忧伤情怀。

或悼念同盟,自伤境遇。如《欹器赋》,为悼念宰相路隋而作,路隋曾为李德裕仗义执言,大和九年(835)出放镇海,并于当年七月遘疾于路,逝于扬子江之中流。赋以欹器为托,睹物思人:"昔与君子,同秉国钧。公得之为贤相,余失之为放臣。睹遗物之犹在,怀旧好而悲辛。思欲克己以复礼,永报德于仁人。"在缅怀同道的同时,感伤自己的处境今非昔比。如《怀枭赋》,表面为荆楚飞枭辩护,实同贾谊《鵩鸟赋》,寄悲慨于旷达,含忧思于怜悯。

或咏叹珍奇,谓言贾祸。如《山凤凰赋》与《孔雀尾赋》,一面夸耀"文章之英丽",实"羽族之所稀""混赤霄而一色,与白日而增辉"(《山凤凰赋》),"兰色芊郁,金华陆离"(《孔雀尾赋》),一面嗟叹"既而衡网高悬,虞人合围。身挂纤缴,足履骇机。畏采毛之摧落,不凌厉而奋飞"(《山凤凰赋》),"虽暂荣而可乐,终以饰而贾害"(《孔雀尾赋》)。

或独享孤寂,叹怀不遇。如《二芳丛赋》《牡丹赋》《剑池赋》,既言放臣孤寂:"楚泽放臣,小山游客,厌杜蘅之霾靡,忘桂花之洁白。玩此树而淹留,倚幽岩而将夕。"(《二芳丛赋》)又感英华易逝:"既而华艳恍惚,繁华遽毕。惊宝雉之乍回,想江妃而复出。望献珰之玉,俄以蔽光;感怀佩之川,怅然如失。"(《牡丹赋》)更多不遇之叹:"至灵之物,亦有沦弃,非遇识者,无由振发。""斯物倘存,知之者谁氏。"(《剑池赋》)

或望而无望,心系归期。如《白芙蓉赋》:"怅霄路兮永绝,与时芳兮共玩。听高柳之早蝉,悲此岁之过半。"如《柳柏赋》:"叹此物之具美,以幽深而见遗……望旧国兮无际,思故人兮未期……慨路远而莫致,抑毫端而孔悲。"

这些咏物赋都有所寓托,有所指向。寄存着孤寂、落寞、愤懑、失望、不平等种种忧伤的情绪。

当然这些忧伤的情绪远没有柳宗元、刘禹锡、韩愈他们那样强烈。李德裕的个性情感总的来说是平和理智的。他在忧伤的同时不断地进行着命运的思索、出处的比对,他随时调适着自己的心情,但不忘大节的坚守并保有悲悯的情怀。

身处逆境的李德裕在其"袁州七首"之《智囊赋》《积薪赋》《欹器赋》里集中思考着官场的成败与人生的命运。

其《智囊赋》由智囊人物"不能全身,竟罹大患"的史实导入"以智杀身"的命题。认为"水济舟以致远,亦覆舟于畏途。智排患以解纷,亦有患于不虞",所以会有"智忧"。而关键在于如何用智:"智可以养生,乃能周物。道无夷险,用有工拙。得于身也,祭以免而苟以全;失于邦也,臧不容而汤不没。"李德裕一向以用智自负,史家也称其工于计算,但仍不免遭此困顿,他的叹古实有喻今,平和亦存愤懑,而终归于恒久人生的探究。

其《积薪赋》也是经历官场险恶之后的人生感受。赋说:"贵则近祸,富多不仁。""虽后来而高处,亦居上而先焚。"正是他待时多年,而秉政不到两载即遭放逐的人生写照。他把一己之思考上升到了人生哲学的高度。

其《欹器赋》在睹物思人、"凄然怀旧"的基础上也假欹器思索人生哲理。赋云:"难守者成,难持者盈。""月满而亏,日中则昃。""虚则觊觎,似君子之困蒙。中则端平,若君子之中庸。既满则跌,霆流电发。器如坻隤,水若河决。非神鼎之自盈,异衢樽之不竭。盖欲表人道之隆替,明百事之有节。"在百事有节、人道隆替的世界里,要重视盈缺互制的自然规律,要懂得中则端平的中庸之道。

像绝大多数的传统士人一样,李德裕的人生思索也不缺进退出处的比对。其在《知止赋》序中云:"古人称山林之士,往而不能返;朝廷之士,入而不能出。先哲所以趋舍异怀,隐显殊迹,盖兼之者鲜矣。今余自春秋至西汉,取其卿大夫进能知止、退不失正者,缀为此赋。"进以治国,退以守身,这是智慧的人生,更是从政者要懂得的道理。

这样的道理在虫蚁蚍蜉那里都有体现,其《蚍蜉赋》在"终日厌苦"这聚类繁多的些微物种时,也不妨戏称其进退行藏的自适:"迅雷作而不骇,微雨洒而自适。生虽琐细,亦有行藏。止若群羊之聚,进如旅雁之翔。乘其便也,虽鱣鲸而可制;无其势也,虽蛭蟥而不伤。"

所以在仕途遭遇挫折的时候,他常有回车归欤之叹。如其《伤年赋》云:"邈故园之寥远,念归途之未期……幸回车之未晚,与此路而长辞。嗟乎!亢必有悔,盈难久持。李耽宠而忘返,岂黄犬之可思。种婴患而且瘵,渺沧波而莫追。隽畏势而自引,非罻罗之所羁。宜见险之高举,顾轩冕其如遗。虽高华之难企,在哲人之所为。何必求季主以尽性,访詹尹而决疑……既已觉于今是,岂遑遑于路歧。"

归来者可以隐迹山水,乐志渔樵。《智囊赋》云:"今我所谓智者,乘五湖之浩荡,永终老于扁舟。"《伤年赋》云:"商有山兮逶迤,从园公兮采芝。湘有水兮涟漪,继渔父兮维丝。"更有《观钓赋》之"虽饵食而不取,思寄适于濠梁",《振鹭赋》之"聊自适于遐旷,本无心于去留"。

当然李德裕并不拘泥于隐逸的形式,所以《振鹭赋》又云:"思有客于微子,愧植羽于宛邱。信兹禽之可玩,何必从海上之群鸥。"《问泉途赋》也说:"谢既好于丝竹,陶亦间于壶觞。"现实生活不易,身潜不成还可心隐。

这其实也是一种个体心理的调适。在巨大的政治打击下，李德裕产生了自危知止的心理，也十分注意对个人心情的调节。所以他从欹器"不以中而自藏，不以跌而自伤"的特性中得到启发，"思欲克己以复礼，永报德于仁人"。表现出对逆境的冷静与自制。

更重要的是李德裕对大节的坚守，他的赋每每托物言志，表彰其高洁而坚定的品格。如："有嘉谷而不喙，有乔松而不适。独美露而爱桐，非人间之羽翮。"（《画桐花凤扇赋》）"独此郡有柳柏，风姿濯濯，宛然黄杨，而冒霜停雪，四时不改。斯得为之具美矣。"（《柳柏赋》）"美珍木之在庭……其柯肃肃，可比于真松；其叶纤纤，实侔于瞿麦。"（《金松赋》）更有《大孤山赋》借大孤山的气势与雄姿表达自己卓尔不凡、坚定不移的志向与情怀：

  势莫壮于沲濆，气莫雄于砥柱。惟大孤之角立，掩二山而磔坚。高标九派之冲，以捍百川之注。耽若虎视，蚴如龙据……念前世之独立，知君子之难遇。如介石者袁杨，制横流者李杜。

牛李党争毕竟是君子之争，并没有特别过火的派性清洗活动。[①] 李德裕的平和理智不光体现在其与政敌的关系上，也常流露于他的赋作之中。

他感激身处逆境时，自然事物给他带来无限慰藉。他对珍奇而罹害或不遇的凤凰、孔雀、白猿、二芳丛、芙蓉等感同身受，报以深切的同情。便是"人以为恶"的飞枭，李德裕也并未视其为群邪谗佞之隐喻，反体谅其孤苦可伤，体现出悲天悯人的仁者情怀。

总而言之，李德裕赋在忧伤的基调上思索着人生的命运、仕途的出处，体现出政治家应有的担当与情怀。

(三) 李德裕赋赋体形式与赋史地位

李德裕赋短小精悍，不骈不散，自然淡雅，实在真切，于讽颂之外、古律之间有着特殊的地位与意义。

就体式而言，李德裕赋多为古体小赋。所存 32 篇赋篇篇有序，篇幅长则七百余字，短则二百余字，大多在四五百字之间，与律赋近似，可知他在赋序中每每提及的"小赋"既算谦辞也是实情。[②] 他的赋序中还常常提及

[①] 崔瑞德云："至少朋党斗争中较冷静的一些人认为祸福无常，也知道如果对下台敌手过于刻薄也会带回更惨痛的报应。"详见［英］崔瑞德编：《剑桥中国隋唐史》，北京：中国社会科学出版社，1990 年，第 654 页。

[②] 如《画桐花凤扇赋》序、《斑竹管赋》序、《二芳丛赋》序等。

前人作赋情况，如《通犀带赋》序说"古人未有词赋，固抒此作"，《白芙蓉赋》序说"古人惟赋红蕖，未有斯作，因以抒思"，《大孤山赋》序提及谢康乐尝居此地而阙词赋，《灵泉赋》序提及傅长虞曾作《神泉赋》，《秋声赋》序提及潘岳曾作《秋兴赋》，《牡丹赋》序提及陈思王命王粲、刘桢继作及前贤未赋牡丹，等等，可见赋家有意继承与创新古赋。而其每赋必序（外加赋中自注），则可见赋家务求事理明达，期人领会要略。

马积高先生《赋史》称李德裕赋"不骈不散"，不骈不散反过来讲也就是若骈若散。重点是"散"，散在句式、散在语词、散在论议。以《欹器赋》为例：句式有四言、六言，如"赫赫公旦，配德阿衡""入太庙而观器，睹遗法而叹息"。还有七言，如"其过也如彼薄蚀，其更也浸发辉光"。更有大量的发语词、转折词，如"夫""昔""盖""谓""至""惟""且""及""故""遂""然则""是以""由是""若乃""既而""况复"等，使句式非常灵活，散文化意味非常浓厚。整篇赋作虽假器物而随时论议、立意分明，也与一味铺陈的大赋截然不同。以议论入赋在李德裕赋中相当普遍，其《黄冶赋》《通犀带赋》《智囊赋》《积薪赋》《欹器赋》《问泉途赋》《伤年赋》《怀祟赋》《畏途赋》《知止赋》《望匡庐赋》《项王亭赋》等，议论篇幅几近半数，其他赋作也都题旨鲜明。但较之杜牧《阿房宫赋》的雄辩与铺张，李德裕赋的议论多半平和、冷静、内省，也多以人生哲理为主。李德裕赋也常假问答以结构篇章，如《黄冶赋》中的汉武帝与董仲舒，《积薪赋》中的"作"与樵客，《蚍蜉赋》中的"余"与蚍蜉，《伤年赋》中的"客"与"余"等，这在古赋中颇为常见，而律赋较少运用，体现出回归古赋的倾向。此外，李德裕赋中也不乏屈平、渔父、楚泽、湘中、二妃、放臣之类的语词与意象，并不时使用"兮"字句及"歌曰""重曰""叹曰"等结篇词，显见骚体的影响。

当然，李德裕赋也保有骈对、押韵等骈体的特点，如《画桐花凤扇赋》即通篇为偶句，而《通犀带赋》也大体押韵。所以他的若骈若散，既有骈体齐整的优长，又不乏散文文约事丰的特点。

李德裕性格平和理智，文又主张"言妙而适情，不取于音韵；意尽而止，成篇不拘于只耦"①，影响及于赋作，也呈现出自然淡雅的风格。虽然在他的赋作中常见因贬谪而起的政治情怀，但他没有把他的不满扩张，而是假花鸟虫鱼，将其消解为淡淡的忧伤与意味深长的人生感怀。马积高先生即

---

① 李德裕：《李文饶文集》外集卷第三《文章论》，《四部丛刊》本。

称其《欹器赋》展现了比较典型的儒者之风,而且说这种文风上承唐初意存教诫的作品,如姚崇的《扑满赋》,下启宋代宋祁、刘敞、范仲淹等人的赋作。

中晚唐赋作或抨击现实,或隐遁颓废,或趋于短小,或仍存长制,李德裕以宰臣与谪士身份所作的 32 篇赋作,既于情绪的表达上别具一格,又勾连着古体赋作的演变链条,在赋史上可占一席之地。

二、卢肇的赋体论文及其意义

卢肇,生卒年不详,字子发,袁州宜春(今属江西)人,武宗会昌三年(843)状元及第。初为鄂岳节度使卢商幕下从事,后任秘书省著作郎、仓部员外郎、集贤院学士,再任歙、宣、池、吉四州刺史。卢肇赋今存《海潮赋》《湖南观双柘枝舞赋》《如石投水赋》(律)、《鸲鹆舞赋》(律)、《天河赋》(律)5 篇,其《海潮赋》以赋文论科技,长达四千余字,在赋史与科技史上都有一定的地位。

作为赋体论文,《海潮赋》借浑天理论以阐发海潮形成原因。它的主要观点是:"夫潮之生,因乎日也;其盈其虚,系乎月也。""海潮之生兮自日,而太阴裁其小大。"①其间还论及海潮与季节、昼夜、朔望的关系。

以现代科学的眼光而言,其所自矜的结论并非确解,但较之于此前的观念,已有不少创辟。更可贵的是,他在这篇赋体作品中,既综述前情,又力陈己见,既铺陈现象,又推理因由,既假为问答,又务求晓畅,具有文体史与科技史的双重意义。

"赋起于情事杂沓……斯于千态万状,层见迭出者,吐无不畅,畅无或竭"(刘熙载《艺概·赋概》)。赋体文学"体国经野,义尚光大"(刘勰《文心雕龙·诠赋》)。所以"会须能作赋,始成大才士"(《北史·魏收传》引魏收语),所以赋体文学"多识博物,有可观采"(班固《汉书·叙传下》评相如赋语),具有广泛的包容性。若以古人"文学""方术"相对②,今日人文、科技两分而言,赋于科学技术多有载录。观《历代赋汇》类目设置,便知大概。即以天文、地理而言,自汉张衡《思玄赋》、晋成公绥《天地赋》至隋李播《大象赋》已蔚为大观,入唐以后,杨炯作《浑天赋》、卢肇著《海潮赋》,更彰示科

---

① 马积高主编:《历代辞赋总汇》,长沙:湖南文艺出版社,2014 年,第 2246~2247 页。
② 刘歆《七略》六分学术,其中六艺、诸子、诗赋为"文学",相当于人文学术,兵书、数术、方技为"方术",相当于技术。

技赋的独立意义。① 至北宋吴淑《事类赋》、南宋李东垣《药性赋》则纯属科技载体,不必再归于文学范畴。

《海潮赋》一面因赋体题材的兼综而扩展及科技,是有文体演进意义的,一面以科技应有的态度并取得相当的成就,是以有科技探究的价值。卢肇自云:"自知书已来,窃有微尚,窥奥索幽,久而不疲,垂二十年,以穷苦自励。"②王芑孙因此感慨:"赋海潮以二十余年之久,力不敢暇,成篇之久,自古无如卢肇者。"③赋以洋洋四千余言,广论潮汐成因,既于前贤主张尽数综述与批评,更于一己观念严加推理与论证,并附相关实证研究④,可知他的成果是长期探究、精心构制而成。所以赋成之后,懿宗敕批:"卢肇文学优赡,时辈所推。穷测海潮,出于独见。征引有据,图象甚明,足成一家之言,以祛千载之惑,其赋宜宣付史馆。"⑤而千百年后,李约瑟复从中发现唐人"已经使用了正规的潮汐表(涛志),并且完全承认了小潮和上、下弦月的关系"。⑥

赋体兼综特性有利亦有弊,一是逻辑推理与赋体铺陈相生相克,二是此种"科技"难脱文学尤其政治的附庸地位。赋以铺陈为本,炫博为宗,并假主客问答,虽可凭气势推崇主张,以假想设为阶梯,但终究不同于严谨简洁的论体文字,所以卢肇于赋序中坦言:"夫潮之生,因乎日也;其盈其虚,系乎月也。古君子所未究之,将为之辞。犹惮人有所未通者,故先序以尽之。"而序所费文字,不过赋的五分之一,可见赋体铺陈终究不利于逻辑推理。而赋作本意,除了探究事理之外,实有取则天象,礼赞大唐,并假以进

---

① 许结先生曾撰专文《说〈浑天〉 谈〈海潮〉——兼论唐代科技赋的创作与成就》,论述"无论是数量还是内容,唐代科技赋创作作为一种群体现象,已显示出独立与自觉",载《南京大学学报》,1999年第1期。许结先生更有《文学与科技的融织——论科技赋的创作背景与文化内涵》一文,专论科技赋的创作历程与文化内涵,认为科技赋创作孕育于两汉,完成于魏晋,兴盛于唐宋之世,其创作与科技史的发展及成就相对应,指出科技赋创作蕴涵着中国古代的道伎传统、神学与科学杂糅的文化精神,体现了盛世作赋的文学致用特征。载《淮海工学院学报》,2004年第2期。该文后收入许结先生《赋体文学的文化阐释》一书,北京:中华书局,2005年。
② 《上王仆射书》,见董诰等编:《全唐文》卷七百六十八,北京:中华书局,1983年,第7996页。
③ 王芑孙:《读赋卮言》,见王冠辑:《赋话广聚》第三册,北京:北京图书馆出版社,2006年,第323页。
④ 可参其《进〈海潮赋〉状》《海潮赋后序》《日至海成潮入图法》《浑天载地及水法》《浑天法》诸文。
⑤ 卢肇著,龚杏根校注:《文标集》,海口:海南出版社,1993年,第140页。
⑥ [英]李约瑟:《中国科学技术史》第四卷《天学》第二分册,北京:科学出版社,1975年,第776页。

身之意。所以在《海潮赋》序中,李德裕一则曰"圣人之心",再则曰"圣人之教",三则曰"圣代有苦心之士"。如是旨趣,必于事理探究有所遮蔽。

卢肇的《湖南观双柘枝舞赋》也是古体,写唐代流行的西域乐舞。赋前赋后写舞蹈的准备及对舞者的赞美,赋的主体部分详述柘枝舞的全过程,中间涉及筵席的摆弄、音乐的齐备、舞者的装束,而重点铺陈舞者的姿态。如写舞蹈之始,则曰:"将翱将翔,惟鸳惟鸯。稍随缓节,步出东厢。始再拜以离立,俄侧身而相望……怀要妙以盈心,望深思而满背。"写舞蹈的展开,则说:"彼工也以初奏迎,我舞也以次旅呈。乍折旋以赴节,复宛约而含情。突如其来,翼尔而进。每当节而必改,乍惨舒而复振。惊顾兮若严,进退兮若慎。或迎兮如流,即避兮如吝。傍睨兮如慵,俯视兮如引。风袅兮弱柳,烟幂兮春松。缥缈兮翔凤,婉转兮游龙。相迓兮如借,相远兮如谢。"写暂歇之后舞蹈的高潮,则道:"歌扇兮才敛,鸣鼙兮更催。将腾跃之激电,赴迅疾之惊雷。忽如厌乎挥霍,敛余势以徘徊。屹而立,若双鸾之窥石镜;专而望,似孤云之驻蓬莱。轻攒翠蛾,稍拂香汗。暂尔安逸,复骋陵乱。抽轧轧於蕙心,耀纤纤之玉腕。踌躇旷望,若恋虞以南驰;俯偻回旋,非为刘而左袒……来复来兮飞燕,去复去兮惊鸿。善睐睢盱,偃师之招周伎。轻躯动荡,蔡姬之耆齐公。"①用了不少比拟与典故,既是研究唐代舞蹈的重要史料,又是赋体动态描写的典范。

卢肇另有律赋《鸲鹆舞赋》也写舞蹈,写的是东晋名士谢尚表演模拟鸲鹆的舞蹈。谢尚是陈郡谢氏的中坚人物②,史称他"善音乐,博综众艺""司徒王导深器之,比之王戎,常呼为'小安丰',辟为掾"。他刚到司徒府通报名帖时,王导因府上正有盛会,便请他表演鸲鹆舞,谢尚二话没说,"便著衣帻而舞",王导再令坐者抚掌击节,谢尚"俯仰在中,傍若无人",这个时候史书作者加上一句点评:"其率诣如此。"③卢肇《鸲鹆舞赋》即敷陈这一故事,并以"屈伸俯仰,傍若无人"为韵,以表彰谢尚的高超舞艺与任真个性。如写其舞姿则说:"公乃正色洋洋,若欲飞翔。避席俯伛,抠衣颉颃。宛修襟而乍疑雌伏,赴繁节而忽若鹰扬。"美其率真则云:"将美其率尔不矫,怡然任真,自动容于知己,非受侮以求伸。"④

---

① 马积高主编:《历代辞赋总汇》,长沙:湖南文艺出版社,2014年,第2252页。
② 陈郡谢氏在东晋发展的三个阶段,分别以谢鲲、谢尚、谢安三个人物为代表。谢鲲跻身于玄学名士之列,谢尚取得方镇实力,谢安奠建内外事功。可参见田余庆《东晋门阀政治》。
③ 房玄龄等撰:《晋书》卷七十九《谢尚传》,北京:中华书局,1974年,第2069页。
④ 马积高主编:《历代辞赋总汇》,长沙:湖南文艺出版社,2014年,第2253页。

三、舒元舆《牡丹赋》的状物特征与情感寄托

舒元舆(791—835),字升远,婺州东阳(今浙江东阳)人。元和八年(813)进士及第。大和九年(835),以刑部侍郎同中书门下平章事,与李训、郑注等谋诛宦官,事败反为宦官所杀,史称"甘露之变"。

《新唐书·艺文志》著录有《舒元舆集》1卷,今不传,《全唐文》录存其文16篇,《全唐诗》存诗6首,其赋唯存《牡丹赋》1篇。

《牡丹赋》极写牡丹的盛丽富贵。开篇即云日月钟情,而有牡丹:"有星而景,有云而卿。其光下垂,遇物流形。草木得之,发为红英。英之甚红,钟乎牡丹。拔类迈伦,国香欺兰。"是高远其由来。然后"次第而观",极力铺陈。如写牡丹之初开,则曰:"暮春气极,绿苞如珠。清露宵偃,韶光晓驱。动荡支节,如解凝结,百脉融畅,气不可遏。"而写牡丹之盛放,则说:"兀然盛怒,如将愤泄。淑色披开,照曜酷烈。美肤腻体,万状皆绝。"更用许多生动的比喻来描摹牡丹花开的颜色与状貌:

> 赤者如日,白者如月。淡者如赭,殷者如血。向者如迎,背者如诀。坼者如语,含者如咽。俯者如愁,仰者如悦。袅者如舞,侧者如跌。亚者如醉,曲者如折。密者如织,疏者如缺。鲜者如濯,惨者如别。初胧胧而上下,次鲜鲜而重叠。锦衾相覆,绣帐连接。晴笼昼薰,宿露宵裹。或灼灼腾秀,或亭亭露奇。或飐然如招,或俨然如思。或带风如吟,或泣露如悲。或垂然如缒,或烂然如披。或迎日拥砌,或照影临池。或山鸡已驯,或威凤将飞。其态万万,胡可立辨!不窥天府,孰得而见。乍疑孙武,来此教战。其战谓何?摇摇纤柯。玉栏满风,流霞成波,历阶重台,万朵千窠。西子南威,洛神湘娥。或倚或扶,朱颜已酡。角炫红宫,争辇翠蛾。灼灼夭夭,逶逶迤迤。汉宫三千,艳列星河,我见其少,孰云其多。①

以日月拟色,以人情拟态,以教战拟群,或全景,或特写,巧设比喻,善为铺陈,写活了牡丹花开的千姿万态,使人目不暇接,感觉美不胜收。

除对牡丹的描摹之外,赋还写到游人观赏的盛况、自己对牡丹的评价,而尤其值得注意的是牡丹由隐而显的陈述与疑问,因为此间寄寓着赋家的

---

① 马积高主编:《历代辞赋总汇》,长沙:湖南文艺出版社,2014年,第2145页。

情感旨趣,也与"甘露之变"多少有些关联。

序称牡丹"遁于深山,自幽而芳,不为贵者所知……天后叹上苑之有阙,因命移植焉。由此京国牡丹,日月寝盛……每暮春之月,邀游之士如狂焉。"并以张九龄赋荔枝之旨自拟。赋也铺陈"公室侯家,列之如麻,咳唾万金,买此繁华",并提出疑问:"何前代寂寞而不闻,今则昌然而大来。曷草木之命,亦有时而塞,亦有时而开?"①显然有仕途穷通的比附与感慨。路成文先生认为,《牡丹赋》作于大和九年暮春,也就是甘露之变发生前半年,并认为"该赋集中体现了舒元舆参与文宗及李训、郑注密谋诛杀宦官行动因而得到升擢的特别心态",即"踌躇满志甚至是志得意满的心态"。②路成文先生更据以解释文宗在舒氏死后观牡丹时,凭栏诵赋,为之泣下的原因,以及九年后李德裕理应知道舒氏所作《牡丹赋》而于自己所作《牡丹赋》序言否认此前有人创作牡丹赋的原因。③这样的解释是可以自圆其说的,至少李德裕赋展现给我们的恰恰是与舒元舆赋不一样的人生短促与富贵虚幻的情绪。

四、李庾、孙樵、司空图、吴融赋

(一)李庾的别样《两都赋》

李庾,字子虔,生平不详,文宗时宰相李石从子。武宗时为荆州节度推官,宣宗时曾官行殿中侍御史分司东都,后官至湖南观察使。有代表作《两都赋》传世。

李庾《两都赋》的创作时间,马积高先生考证为文宗大和四年或五年(830年或831年)。④赋仿班固《两都赋》、张衡《二京赋》题材体例,假"洛纳先生"与"里人"问答展开铺陈。

其《西都赋》假"里人"之口,由内而外详述唐代长安的规模体制、亭台楼阁、礼乐制度、地理形势、农功物产。最后归总:"故我高祖一呼大定,安都居正。传今皇帝一十四圣,是知禅国也,禅都也,非得隋之命,是得天之命。"其主旨在"得"。《东都赋》假"洛纳先生"之口,铺陈东都洛阳的地理形势、礼乐风俗、人伦仕宦,然后转言周、后汉、魏、西晋的失都,以及安史之乱

---

① 马积高主编:《历代辞赋总汇》,长沙:湖南文艺出版社,2014年,第2145~2146页。
② 路成文:《舒元舆〈牡丹赋〉作年考》,载《武汉科技大学学报》,2010年第5期,第80~81页。
③ 详见路成文:《唐代两篇〈牡丹赋〉与"甘露之变"》,载《南阳师范学院学报》,2004年第10期。
④ 参见马积高:《赋史》,上海:上海古籍出版社,1987年,第342~343页。

兴起的原因和洛阳残破的情状。赋云："权在诸侯,则姬氏平;权在内官,则汉室倾;权在强臣,则魏狙;权在亲戚,则晋走。是四者各以其故,权与势移,运随鼎去。从古如斯,谓之何如。世治则都,世乱则墟。时清则优偃,政弊则戚居。"其视角在"失"。权衡"得""失",自然可以"闻古而知今"。

但纵观全篇,知李庾重在垂戒。所以《西都赋》将叙写的对象延展及于四郊"亡国之遗踪",以东、南、西、北四郊之事分写秦、隋、周、汉之败,并总陈:"故因迎春则鉴秦败,知恃刑不如恃德也;因迎夏则鉴隋怠,知猎兽不如猎贤也;因迎秋则鉴周勤,知祖基作艰,传万年也;因迎冬则鉴汉误,知去淫即正,获天祚也。"所以全赋末尾再次强调天子果能"以圣政为忧",则"在西而东均,处内而外肥""即所都者,在东在西可也"。①

这种假长安与洛阳的兴废以总结历史经验的做法,显然与班固、张衡对比两京以寓抑扬不同。

(二)孙樵的讽世之作

孙樵,生卒年不详,字可之,一字隐之。大中九年(855),登进士第,官至中书舍人。广明元年(880),黄巢入长安,孙樵随僖宗奔赴岐陇,授职方郎中,上柱国,赐紫金鱼袋,旌其才行。曾于中和四年(884)删择所作,编为文集。自称韩愈的再传弟子②,今传《孙可之集》中有《大明宫赋》《露台遗基赋》《出蜀赋》3赋,另有赋体文《逐痁鬼文》《骂僮志》《乞巧对》等。

孙樵论文倡导主奇③,而其倡导方式在于"上规时政,下达民病",所以他的文章富有批判精神。以辞赋言,《大明宫赋》以古衬今,不满衰微时势;《露台遗基赋》直言讽谏,抨击神仙迷信;《出蜀赋》叙记科考,自抒愤懑不平;《骂僮志》假语僮仆,揭露科场不公;《乞巧对》针砭时弊,抗议种种巧伪。可知孙樵并非空言明志。

孙樵说:"储思必深,摛词必高。道人之所不道,到人之所不到。"④孙樵赋的"奇"主要体现在构思上。一般宫殿赋,都会竭力铺陈,以描摹刻写宫殿的雄伟壮丽为能事,可孙樵的《大明宫赋》完全不涉宫殿本身,而是假梦中宫神之口叙述大唐帝国的兴衰。与《含元殿赋》着力于秩序建构、《阿

---

① 马积高主编:《历代辞赋总汇》,长沙:湖南文艺出版社,2014年,第2283~2290页。
② 语见其《与王霖秀才书》:"樵尝得为文真诀于来无择,来无择得之于皇甫持正,皇甫持正得之于韩吏部退之。"
③ 其文论主张,主要见于《与王霖秀才书》《与高锡望书》《与友人论文书》等。
④ 《与王霖秀才书》,详见孙樵:《孙樵集》,上海:商务印书馆,1919年,影印《四部丛刊》本,第15页。

房宫赋》集思于借古过今也不同,《大明宫赋》归本于当朝乱象的揭示,展现晚唐士子的没落情绪。类似皇室史家的宫神,留大明宫二百年,护祐过十六位君主,亲历过"起帝仆周"、安史平叛、翦灭朱泚等关乎唐王朝命运的大小事件,在它的眼里,"昔亦日月,今亦日月。往孰为设,今孰为缺。籍民其雕,有野而蒿。籍甲其虚,有垒而墟。西垣何缩,匹马不牧。北垣何蹙,孤垒城粒"。这本是社会现实,可赋的末尾,又增设一段问答,说宫神"言未及阕",孙樵"迎斩其舌",并说:"今者日白风清,忠简盈庭。阊南俟需,阊北俟霁。矧帝城阒阒,何赖穷边?帑廪加封,何赖疲农?禁甲饱狞,尚何用天下兵?神曾何知,孰愧往时?"①正是正话反说,粉饰乱世,所以宫神无言以对,直问孙樵究竟是欺古还是欺今。这等于明白告诉你前面用的是反讽。

(三)司空图的愁怨赋

司空图(837—908),字表圣,河中虞乡(今山西永济)人。咸通十年(869)进士,曾入王凝幕府。乾符五年(878),召为殿中侍御史,因赴阙迟留,降为光禄寺主簿。广明元年(880),召为礼部员外郎,迁郎中,黄巢起义,僖宗奔蜀,图不克从,回河中故乡,后召为知制诰,迁中书舍人。及僖宗奔宝鸡,图不克从,又还河中。由此隐居于中条山王官谷,自号知非子、耐辱居士。昭宗即位,召复旧官,拜谏议大夫,户部、兵部侍郎,皆以老病辞免。天复四年(904),朱全忠篡国,召为礼部尚书,不起。天祐四年(907),闻哀帝被弑,绝食而死,终年72岁。《新唐书·艺文志》著录其《一鸣集》30卷。今存《司空表圣诗集》5卷、《司空表圣文集》10卷。《历代辞赋总汇》录其《题山赋》《春愁赋》《共命鸟赋》《情赋》《诗赋赞》《释怨》。

沉浮宦海,以死守节的司空图,在其赋作中主要抒发乱世的悲慨与哀愁。

《共命鸟赋》假寓言以批判朝廷内斗。序称:"西方之鸟,有名共命者,连腹异首,而爱憎同一。伺其寐,得毒卉,乃饵之。既而药作,果皆毙。吾痛其愚,因为之赋,且以自警。"共命鸟因猜疑而共毙本佛经里的故事,意喻夫妇为共同体,祸福相倚,应当相亲相爱、患难与共。司空图即假以痛斥同僚互殴。赋在叙写共命鸟特性之后,转入对人事的叹惜:"人固有之,是尤可畏。或竞或否,情状靡穷。我同而异,钩拿其外,胶致其中。痈囊已溃,赤舌靡缝。缓如(阙二字),迅如骇蜂。附强迎意,掩丑自容。忘其不校,寝

---

① 马积高主编:《历代辞赋总汇》,长沙:湖南文艺出版社,2014年,第2273~2274页。

以顽凶。若兹党类,彼实孔多。一胜一负,终婴祸罗。乘危逞怨,积世不磨。孰救其殆,药以至和。怪虽厉鸟,勿伐庭柯。尔不此病,国如之何。"①彼时政局,宦官与朝臣共命于衰朽的唐廷,他们的争斗无疑会加速唐王朝的覆亡。在因人兴废的帝制时代,人和确实是长治久安的重要因素,但王朝的覆亡根本却在体制本身的弊端,这是司空图所在的时代无法预判的。

无力回天的司空图只能感伤与逃避。其《春愁赋》以骚骈结合的方式写"纷尔多状,浩然莫穷"的愁苦情绪。观其"群企胥悦,幽栖自怜""贪壮岁之娱游,惜繁华之易度""孤枕役故园之梦,一宵惊白首之人""千古兮此时此地,憝输忠而见逐""万里兮此时此日,叹积雪之徒征""念郢阙以回首,忆帝乡之归路""怨韶光之虚掷,与长夜而还同"等句,知其有幽栖的寂寞、今不胜昔的感伤、忠而无路的苦闷,更有大厦将倾无力扶持的哀愁。这哀愁让他"萦心夜焚,凝魄朝醉"。②

《题山赋》则以通篇骚体写隐逸生活。开篇暗示归隐,中间写景,赋末抒怀云:"睹群物之遂性兮,澹吾躬而斯乐。笑殊道以徇强兮,喜夸鹏而局蠖。虽穴处而志扬兮,邈轩肆于宏廓。借家国之未忘兮,鄙荣伸而陋约。鑑贞明而自勖兮,行与息而靡怍。"③隐居本求淡然超脱,但国家倾颓、社稷危亡又使其难以忘怀,所以他的内心不可能真正平静。

以《二十四诗品》著称后世的司空图还写过一篇《诗赋(赞)》④,此篇宗旨,马积高先生强调"读了这篇赋,便知道他向往的诗境还是以壮阔奇险为主"⑤。刘勉则解读其意义在于"让所有的诗歌创作和风格表现都建立在自由挥洒的生命基础上,而不是建立在苦吟、模拟、媚俗,以及蚁聚而啸,占山为王的门户风习中"⑥,两者可以兼取。其中"邻女自嬉""鼠革丁丁""蚁聚汲汲"之喻,颇为生动。

(四)吴融隐喻不平的《沃焦山赋》

吴融(850—903),字子华,越州山阴(今浙江绍兴)人。久困名场,终于唐昭宗龙纪元年(889)登进士第。曾随韦昭度出讨西川,入朝后官侍御史,旋贬荆南,后召为左补阙,拜翰林学士,中书舍人。天复元年(901),昭宗被

---

① 马积高主编:《历代辞赋总汇》,长沙:湖南文艺出版社,2014年,第2367页。
② 马积高主编:《历代辞赋总汇》,长沙:湖南文艺出版社,2014年,第2366页。
③ 马积高主编:《历代辞赋总汇》,长沙:湖南文艺出版社,2014年,第2365页。
④ 宋蜀本《司空表圣集》卷八题作"诗赋",《全唐文》题作"诗赋赞"。
⑤ 马积高:《赋史》,上海:上海古籍出版社,1987年,第357页。
⑥ 刘勉:《司空图〈诗赋(赞)〉考论》,载《北京大学学报》,2010年第6期,第68～69页。

劫持至凤翔,融扈从不及,客居阌乡。天复三年(903),再度召回,任翰林学士承旨,不久卒于任上。

吴融赋今存《古瓦砚赋》《沃焦山赋》《沃焦山赋》(其二,以"荡热翻空,此焉销铄"为韵)、《戴逵破琴赋》等。

其《沃焦山赋》假"域中公子"与"方外先生"问答,以沃焦山与五岳等比较,隐喻人间不平。沃焦为佛经所载之海底吸水石,因此石广大如山,又称沃焦山,其下为阿鼻地狱之火气所炙,故此石经常焦热,海水灌之则消。

赋由"域中公子"发问,提出虽有百川归海而海水为何不见增长的问题:"何巨溟之深也,万古能容?何九州之高也,不沦其中。""方外先生"即借此展开铺陈,极说沃焦山可使天下免于沉溺,其功用远大于五岳及其他名山。并趁机讽刺五岳名过其实:"吁其拙哉,彼五岳者,长未一分,短以盈尺。论名则大,责实何益。封公封王,用珪用璧。邃宇崇馆,朱殿粉白。然识者视之,何异沐猴而冠,牵牛负轭者耶?"而肯定"沃焦之功,实冠于天下"。

赋末云:

> 近者泰阶未平,四郊多垒。贰负尚活,三苗未死。水仙则多陷齐人,米贼则半驱妖鬼。室散机杼,田抛耒耜。郎官困采橡于野,将卒贫鬻薪于市。雾足妖兴,云多阵起。既走群望,犹悬帝社。岂褒崇之漏彼,致灾害之如此。

其实是借问责之机坦露社会弊端。赋中曾说沃焦虽然功高,"但以远而不见贵,以近而不见大",并说这无异于"曾参冠百行之首,出四科而不载"。赋的最后再次重申:"方今封有功而爵有德,小不遗而大宁弛。盖九重之深,执事者未闻于天子。"①可见贤德不受重用当为赋篇主旨。

《戴逵破琴赋》以戴逵不为权贵所动为题材,"慕彼操持,嘉其行止",谓戴逵"秉大节以难屈,操壮心而不倾。匪擅一时之誉,终流千载之名"。②

第三节 讽时刺世的晚唐小品赋

晚唐小赋或称"小品赋",可凭其讽时刺世的题旨内涵与短小简洁的表

---

① 马积高主编:《历代辞赋总汇》,长沙:湖南文艺出版社,2014年,第2383~2386页。
② 马积高主编:《历代辞赋总汇》,长沙:湖南文艺出版社,2014年,第2387页。

现形式载入赋史。赋称"大""小",始见于《汉书·王褒传》:"不有博弈者乎,为之犹贤乎已!辞赋大者与古诗同义,小者辩丽可喜。"刘勰《文心雕龙·诠赋》更将"鸿裁"与"小制"进行对比。就语用的实际而言,"大赋""小赋"之别不仅在篇幅与规模,还在作家胸襟、创作难度、创作宗旨、客观效果乃至风格手法上。相较于大赋创作的"苞括宇宙,总揽人物",呕心沥血,小赋可以随物赋形、援笔立就;相较于大赋的"义尚光大""侈丽闳衍",小赋"因变取会""辩丽可喜"。①"小品"一词,本指佛经节本②,后来引入文学领域,泛指篇幅短小的各类作品。明人小品,大家辈出,作品浩繁,堪称一代文学,因其"芽甲一新、精彩八面"③,"幅短而神遥、墨希而旨永"④,"怡人耳目、悦人心情"⑤,深得20世纪初期崇尚性灵、追求自由的学人喜爱。以"小品"称赋,有日本人稻畑耕一郎《赋的小品化初探》,重点探究汉末、魏晋辞赋小品化现象⑥,许结先生更作专文《论小品赋》,详述"小品赋"源流、题材、历史、价值问题⑦,近年又见专论晚明小品赋的文章⑧。晚唐也不乏小品文章,尤多讽时刺世的散文与辞赋。一贯重视杂文讽刺功能的鲁迅先生便给了晚唐小品很高的评价:"唐末诗风衰落,而小品放了光辉。但罗隐的《谗书》,几乎全部是抗争和愤激之谈;皮日休和陆龟蒙自以为隐士,别人也称之为隐士,而看他们在《皮子文薮》和《笠泽丛书》中的小品文,并没有忘记天下,正是一塌胡(糊)涂的泥塘里的光彩和锋铓(芒)。"⑨将晚唐小品赋单列出来,正是为了凸显它与众不同的讽时刺世的意旨与艺术。

---

① 可参见郭建勋:《辞赋文体研究》第三章《大赋与小赋》,北京:中华书局,2007年,第105~138页。
② 《世说新语·文学》篇第43、45、50条均提及佛经小品,刘孝标注则明言《释氏辨空经》"有详者焉,有略者焉,详者为大品,略者为小品"。详见刘义庆著,刘孝标注,余嘉锡笺疏:《世说新语笺疏》,上海:上海古籍出版社,1993年,第228页。
③ 陈继儒《文娱序》。
④ 唐梅臣《文娱序》引郑元勋(超宗)语。
⑤ 郑元勋《媚幽阁文娱自序》,郑元勋崇祯三年(1630)年编纂有《媚幽阁文娱》,算是第一部较有影响的晚明小品选集,集前有陈继儒、唐梅臣序及自序。
⑥ 详见[日]稻畑耕一郎著,陈植锷译:《赋的小品化初探(下)——赋的表现论之一》,载《杭州大学学报》,1980年第3期。
⑦ 如将小品赋题材内涵分为纯粹咏物、即兴抒情、借物讽喻、言志明理、论文谈艺、园林闲适、试帖酬和、谐谑游戏八类。详见许结:《论小品赋》,载《文学评论》,1994年第3期。
⑧ 如李新宇:《论晚明小品赋的发展变化》,载《文学评论》,2012年第3期。
⑨ 鲁迅:《小品文的危机》,见《南腔北调集》。同文中鲁迅也说:"明末的小品虽然比较的颓放,却并非全是吟风弄月,其中有不平,有讽刺,有攻击,有破坏。"

一、晚唐小品赋家赋作与赋论概况

晚唐小品赋家以皮日休、陆龟蒙、罗隐为代表。

皮日休(约834—约883),字逸少,后改字袭美,襄阳(今湖北襄樊)人,自号鹿门子、醉吟先生等。咸通八年(867),登进士第,曾入朝为太常博士,参加过黄巢起义。中和三年(883),黄巢兵败,皮日休下落不明。事见《旧唐书·僖宗纪》《新唐书·黄巢传》《唐才子传》《皮子文薮》等。曾自编文集《皮子文薮》,集中有4篇赋:《霍山赋》《忧赋》《河桥赋》《桃花赋》,及骚体作品《九讽》①《悼贾》《反招魂》等。

陆龟蒙(?—约881),字鲁望,吴郡(今江苏苏州)人。举进士不第,隐居松江甫里,自称江湖散人,又号甫里先生、天随子。与皮日休友善,时称"皮陆"。今存《甫里先生文集》20卷,其中有赋17篇:《苔赋》《自怜赋》《春寒赋》《田舍赋》《求志赋》《微凉赋》《秋虫赋》《杞菊赋》《中酒赋》《书带草赋》《采药赋》《后虱赋》《郁李花赋》《麈尾赋》《幽居赋》《蚕赋》《石笔架子赋》,另有辞及赋体文:《战秋辞》《祝牛宫辞》《迎潮送潮辞》《送潮辞》《问吴宫辞》《登高文》《祭梁鸿墓文》《哀茹笔工文》《紫溪翁歌》。是唐末作家中存赋较多的一位。②

罗隐(833—909),字昭谏,浙江新城县(今富阳县)人。罗隐本名横,因抨击时政,讥刺公卿,十上科考不中,遂改名为"隐"。晚年投吴越王钱镠,历任钱塘令、节度判官、著作佐郎等官。所著有《罗昭谏集》,另有杂文集《谗书》及诗集《江东甲乙集》单行。罗隐辞赋,郑樵《通志·艺文略》称有1卷,胡应麟《诗薮》则云20卷,今存《秋虫赋》《后雪赋》《屏赋》《市赋》《迷楼赋》5篇,均出《谗书》,《历代辞赋总汇》另收《刻严陵钓台》一文。

三人而外,李商隐、孙樵、刘蜕、司空图等也作有讽刺小赋。

这些小品赋家生逢乱世,沉沦下潦,备尝辛苦,兼济天下的宏愿被严酷的现实击为齑粉,影响及于创作实践与理论主张,便是词多穷愁感慨,言或讥讽怒张。

承韩愈、柳宗元"文以明道"思想而来,晚唐小品赋家们更强调文学的实用功能,既以文抒愤,又希冀文学裨补时政,有益教化。

---

① 效宋玉《九辨》、王褒《九怀》、刘向《九叹》而为九章。
② 陈尚君《全唐文补编》收陆龟蒙《笋赋》1篇。

孙樵《骂僮志》提及为文目的为"上规时政,下达民病"。①

皮日休更多次言及文学的实用性:

> 文学之于人也,譬乎药。善服,有济。不善服,反为害。(《鹿门隐书六十篇》)
>
> 圣人之文与道也,求知与用。(《悼贾》序)
>
> 余尝读贾谊《新书》,见其经济之道,真命世王佐之才也……则《新书》之文,灭胡、越而崇中夏也。是以其心切,其愤深……(《悼贾》)
>
> 夫庄、列之文,荒唐之文也。读之可以为方外之士,习之可以为鸿荒之民。有能汲汲以救时补教为志哉?(《请孟子为学科书》)②

除了经世致用,有益教化的标准外,皮日休特别强调文学批判功能。在《文薮序》中,他写道:

> 赋者,古诗之流也。伤前王太佚,作《忧赋》;虑民道难济,作《河桥赋》;念下情不达,作《霍山赋》;悯寒士道壅,作《桃花赋》。《离骚》者,文之菁英,伤于宏奥,今也不显《离骚》,作《九讽》。文贵穷理,理贵原情,作《十原》。太乐既亡,至音不嗣,作《补周礼九夏歌》。两汉庸儒,贱我《左氏》,作《春秋决疑》。其余碑、铭、赞、颂、论、议、书、序,皆上剥远非,下补近失,非空言也。较其道,可在古人之后矣。③

说自己编辑《文薮》的目的,是"上剥远非,下补近失"。其在《桃花赋》序中更宣称自己为文:"非有所讽,辄抑而不发。"④

罗隐更是爱憎分明,他在《谗书·重序》中说:"君子有其位,则执大柄以定是非;无其位,则著私书而疏善恶。斯所以警当世而诫将来也。"⑤

---

① 董诰等编:《全唐文》,上海:上海古籍出版社,1990年,第3695页。
② 皮日休著,萧涤非、郑庆笃整理:《皮子文薮》,上海:上海古籍出版社,1981年,第92页,第17页,第89页。
③ 皮日休著,萧涤非、郑庆笃整理:《皮子文薮》,上海:上海古籍出版社,1981年,第2页。
④ 皮日休著,萧涤非、郑庆笃整理:《皮子文薮》,上海:上海古籍出版社,1981年,第9页。
⑤ 罗隐著,雍文华校辑:《罗隐集》,北京:中华书局,1983年,第241页。

陆龟蒙则在《苔赋》《蚕赋》等赋序里批评前人赋作缺乏惩劝之道,废弃讽上之旨。

凡此种种,说明晚唐小品赋家的文论主张,将古文家们的文以明道之说推到了直陈时病的境地。

生逢乱世,著文自然不乏抒愤的成分。皮日休在《松陵集序》中说:"古之士穷达必形于歌咏,苟欲见乎志,非文不能宣也,于是为其词。"①陆龟蒙在《笠泽丛书》序中则云:"内抑郁则外扬为声音,歌、诗、颂、赋、铭、记、传、序,往往杂发。"②此类主张,实与司马迁"发愤著书"说,韩愈、柳宗元"不平则鸣"说一脉相承。

急于讽世与抒愤的晚唐小品作家,也不太讲究文采的夸饰。罗隐便说:"歌者不系声音,惟思中节;言者不期枝叶,所贵达情。"(《河中辞令狐相公启》)③"然夫文者道之以德,德在乎内诚,不在乎夸饰者也。"(《理乱第六》)④可知其重视的是文章的内在精神,而非外在形式。

总而言之,是王纲解纽的动乱时代,言志抒情的主体精神与文体自身的演变规律共同成就了晚唐小品赋的特别面貌。

二、晚唐小品赋的内容指向

晚唐小品赋可谗则谗,无所回避,深刻而又多角度地揭露了那个时代朝政腐败、官僚丑恶、贤才遭弃、世风混浊的弊病,也抒发了赋家忧时忧国之心、自洁济民之志。

(一)朝政腐败

讽朝政者如皮日休《霍山赋》、罗隐《屏赋》,一念下情不达,一陈奸佞当道。

霍山今属安徽,早先被尊为南岳,汉易其号,归于衡山。皮日休《霍山赋》即以此为描写对象。先铺陈其"大"、其"高"、其"尊"、其"气"、其"灵"、其"德"、其"形"与其"异状"。然后笔锋一转,写霍山之神托梦于赋家,说过去:"唐虞之帝,五载一巡狩,一载而遍。上以觐侯,下以存民。侯有治者陟,不治者黜。民有冤者平,穷者济。"而现在"废巡罢狩""余之封内,有可

---

① 皮日休著,萧涤非、郑庆笃整理:《皮子文薮》,上海:上海古籍出版社,1981年,第236页。
② 陆龟蒙著,宋景昌、王立群点校:《甫里先生文集》,开封:河南大学出版社,1996年,第228页。
③ 罗隐著,雍文华校辑:《罗隐集》,北京:中华书局,1983年,第297页。
④ 罗隐著,雍文华校辑:《罗隐集》,北京:中华书局,1983年,第270页。

陟可黜可平可济者,是圣天子无由知之"。所以要"易衡之号,以归于我",并"请天子复唐虞陟黜之义"。① 因下情不达而寄望于天子巡狩,因赏罚不明而钟情于黜陟之制,一则见大权旁落、藩镇割据的末世风云,一则显哀其不幸、怒其不争的志士情怀。

罗隐《屏赋》全篇托讽:

> 惟屏者何? 俾蕃侯家,作道埋厄,为庭齿牙。尔质既然,尔功奚取? 迨若蒙蔽,屹非神补。主也勿觌,宾也如仇。宾主墙面,职尔之由。吴任太宰,国始无人。楚委靳尚,斥逐忠臣。何反道而背德,与枉理而全身。尔之所凭,亦孔之丑。列我门闻,生我妍丑。既内外俱衰,须是非相纠。屏尚如此,人兮何知。在其门兮恶直道,处其位兮无所施。阮何情而泣路? 墨何事而悲丝? 麟兮何叹? 凤兮何为? 吾所以凄惋者在斯。②

赋中之屏,非同厅堂所用屏风,而是当门小墙。赋的用意,也不同刘安《屏风赋》的感恩知遇,而是以屏为喻,痛斥奸臣当道,障蔽君听,斥逐忠良。

罗隐的《迷楼赋》在分析隋亡的原因时,也提到过大权旁落的问题:"君王欲问乎百姓,曰百姓有相。君王欲问乎四方,曰四方有将。于是相秉君恩,将侮君权。百姓庶位,万户千门。"③可知在古代读书人眼里,国家兴衰系乎朝政与君王。

陆龟蒙的《春寒赋》假气候以议时政,说怨风怨雨才是春寒的根本原因:"洪波浮其空,幽忧积其中。不得不雨,不得不风。"并说春寒使"朝耕犊战,暮箔蚕僵",也是饱含批评的寄寓之作。

(二) 官僚丑恶

在朝政腐败的大背景下,官僚丑恶,比比皆是。李商隐的《虱赋》《蝎赋》以阴毒些小之物入赋,在讽刺官僚丑态方面上承柳宗元,下启罗隐、陆龟蒙。

罗隐《秋虫赋》不过40字,内涵却十分丰富:

> 物之小兮,迎网而毙。物之大兮,兼网而逝。网也者,绳其小

---

① 马积高主编:《历代辞赋总汇》,长沙:湖南文艺出版社,2014年,第2352页。
② 马积高主编:《历代辞赋总汇》,长沙:湖南文艺出版社,2014年,第2349页。
③ 马积高主编:《历代辞赋总汇》,长沙:湖南文艺出版社,2014年,第2350页。

而不绳其大。吾不知尔身之危兮,腹之馁兮,吁。①

以蛛网为喻,小而言之,指贪官污吏欺软怕硬,大而言之,谓国家法网绳小失大。但不管言大言小,其结局都是身危腹馁。这批判是非常犀利而且极具警戒性的。

罗隐《后雪赋》也一改谢惠连颂雪的主旨:

> 若夫莹净之姿,轻明之质,风雅交证,方圆间出。臣万分之中,无相如之言。所见者,藩溷枪吹,腐败掀空,雪不敛片,飘飘在中。污秽所宗,马牛所避。下下高高,雪为之积。至若涨盐池之水,屹铜山之巅,触类而生,不可殚言。臣所以恶其不择地而下,然后浼洁白之性焉。②

说皎皎白雪也有遮盖恶臭粪坑的过错,真是强词夺理。但对不择手段、粉饰太平的讥讽却因此而饱含感情,对辨明万事、洞观世象的体认也得以凸现,可谓无理而妙。

陆龟蒙的《蚕赋》也是一篇翻案文字。序称荀卿、杨泉所作《蚕赋》"皆言蚕有功于世,不斥其祸于民也",而他要"激而赋之,极言其不可"。赋即云:

> 古民之衣,或羽或皮。无得无丧,其游熙熙。艺麻缉纻,官初喜窥。十夺四五,民心乃离。逮蚕之生,茧厚丝美。机杼经纬,龙鸾葩卉。官涎益馋,尽取后已。呜呼!既蓁而烹,蚕实病此。伐桑灭蚕,民不冻死。③

蚕本利民,因引发官吏的贪欲与盘剥,反成害民之物,所以要伐桑灭蚕,真有庄子绝圣弃智般的激愤。

刘蜕有楚辞体《悯祷辞》,借祈雨之事而抨击胥吏,则属直陈一派:

> 吏不政兮胥为民蚕,政不绳兮官为胥酣。彼民之不能口舌兮,为胥之缄。进不得理兮,若结若钳……胥不虔祈兮,官资笑

---

① 马积高主编:《历代辞赋总汇》,长沙:湖南文艺出版社,2014年,第2348页。
② 马积高主编:《历代辞赋总汇》,长沙:湖南文艺出版社,2014年,第2348页。
③ 马积高主编:《历代辞赋总汇》,长沙:湖南文艺出版社,2014年,第2342页。

谭。胡不戮狡胥兮,徇此洁严?胡不罪己之不正兮,去此贪婪?荷天子之优禄兮,胡为而不廉?又何役巫女而祷此空谭?"①

喷薄而出,极斥胥吏之狡诈贪婪,全无委曲,真左徒嫡传之做派。

(三)贤才遭弃

才士不遇本属古时常态,朝政腐败、官僚丑恶的末世尤其如此,陆龟蒙、皮日休、刘蜕等所作辞赋,都有不少关于贤才遭弃的愤懑。

陆龟蒙《自怜赋》通篇所述全是怀才不遇的牢骚和贫病交集的苦况。序称自己抱病三年,"既贫且疾,能无忧乎?忧既盈矣,能无伤乎……谁其怜之?作《自怜赋》"。赋写其忧愤云:"痿宁忘起,愤亦怀揽。"其间特别提到布衣之命:"敢谏鼓不陈,进善旌不理,布衣之说无由自通乎天子。丞相府不开,平津阁不立,布衣之说无由自通乎宰执。苟吾君吾相不闻天下之名言,则苍生何由弛械而去絷。"末尾感叹与期盼:"哀吾材之不试,徒抱影以中泣……托斯文之赴诉,冀君子之攸宜。苟家聋户塞之弗瘳,老死空山兮已而。"②

陆龟蒙《幽居赋》与《自怜赋》意思相近,序、赋皆长篇骈体。序称:"居无养拙之资,出有倦游之叹。""既抱幽忧之疾,复为低下之居,乃作《幽居赋》。"赋言幽居,虽关性情,亦究时事。所以一则说:"虽家风未泯,而世德将衰。""穷年学剑,不遇白猿。"再则说:"何惭尺蠖之屈,未损丈夫之志。"三则说:"外璧方施,孟子虚陈乎仁义;中谗既胜,韩非徒恃其纵横。""值圣则幽赞成功,逢贤则雅音攸发。"③较之小品,骈体长篇显见辞繁意少,庶可反衬小品赋简捷痛快的特质。

陆龟蒙《秋虫赋》以秋夜秋虫的萧瑟凄凉写自己怀才不遇的悲慨:"败壁秋立,昆虫夜鸣。蛮者角者,旁行却行,一不知其诡状,空太息于繁声。俱沾品汇,共费生成。穴阴阶而负固,抱枯藓以图荣。退无力役,进不争名。体肖翘而易动,音鸣咽而难平。深宫泪迸,逆旅魂惊。香残漏永,月昊楼明。"末尾用朱云、冯衍直气才高而不遇的典故以强化其失意的情绪:"朱云没后,方知直气无前。冯衍归来,始叹高才不遇。"④

陆龟蒙在自怜幽居不遇的同时,又作《苔赋》以推阐贵贱循环、哀乐常

---

① 董诰等编:《全唐文》卷七百八十九,北京:中华书局,1983年,第8260页。
② 马积高主编:《历代辞赋总汇》,长沙:湖南文艺出版社,2014年,第2326页。
③ 马积高主编:《历代辞赋总汇》,长沙:湖南文艺出版社,2014年,第2335~2338页。
④ 马积高主编:《历代辞赋总汇》,长沙:湖南文艺出版社,2014年,第2329页。

变的道理,如云:

> 则有卫霍天姻,金张世族。侯以恩泽拜,馆以形胜筑……行叶四凶,身图五福。一日盈满,中年颠覆。斯苔也,染婕好之彗,殆晚偏青。封廷尉之门,经秋更绿。彼失宠以亡家者,鲜不恸哭……谣曰:苔之生兮自若,人有哀兮有乐。哀者贵兮乐者贱,贵者危兮贱者宴。噫,哀乐兮何时止,贵贱循环兮而后已。①

其实以陆龟蒙的不遇身份,在阐述"客观规律"时,是包含着强烈的对权贵不满的主观情绪的。

皮日休的《桃花赋》算是这类作品中较有特色的,其中心本旨是"悯寒士道壅"(皮日休《文薮序》),属托物寓意之作。以桃花喻寒士,皮日休给出的关联点是:桃花"以众为繁,以多见鄙",正如"氏族之斥素流,品秩之卑寒士"。这样的类比虽不如左思地势之喻贴切,但不妨碍他作不平之鸣。所以在赋的末尾,他不顾"他目""他耳",自认此花卓然特立:"我目吾目,我耳吾耳;妍蚩决于心,取舍断于志。""匪乎兹花,他则碌碌。我将修花品,以此花为第一。"最后还说"岂于草木之品独然,信为国兮如此",可见矛头所指,正在贤愚不辨的恶浊政风。

皮日休的骚体作品《九讽》《悼贾》也多以述悼屈原而抒不遇之慨。其在《九讽》序中称作赋的目的在于:"惧来世任臣之君因谤而去贤,持禄之士以猜而远德。"其《悼贾》一篇则自比贾谊之悼屈原,序称:"圣人之文与道也,求知与用,苟不在于一时,而在于百世之后者乎?其生之哀平欤?余之悲生欤?吾之道也,废与用,幸未可知,但不知百世之后,得其文而存之者,复何人也。"不能立功,尚可立名,也算自用之道。

刘蜕有骚体《吊屈原辞》三章,"思贤人之作,悲骨人之佞",一面寄寓对贤人屈原的深切同情,一面也谴责时代的贤愚颠倒、是非莫辨。②

(四)世风混浊

亲贤臣,远小人;亲小人,远贤臣。陆龟蒙《后虱赋》《麈尾赋》、罗隐《市赋》等对趋附竞奔的小人与唯利是图的世风也多有批判。

《后虱赋》是在李商隐《虱赋》的基础上作的翻案文章,序云:"余读玉溪

---

① 马积高主编:《历代辞赋总汇》,长沙:湖南文艺出版社,2014年,第2325页。
② 董诰等编:《全唐文》卷七百八十九,北京:中华书局,1983年,第8265页。

生《虱赋》,有就颜避跂之叹,似未知虱,作《后虱赋》以矫之。"李商隐《虱赋》后半写道:"汝职惟啮,而不善啮。回臭而多,跖香而绝。"是假虱子对欺善怕恶,欺贫怕富的小人进行讥讽。可陆龟蒙反用其意,说这是虱子的本性,虱子本性虽坏,但持恒如一,不为物迁,相较而言,小人们却很会趋时变色,算来连虱子都不如,所以赋云:

  衣缁守白,发华守黑。不为物迁,是有恒德。小人趋时,必变颜色。弃瘠逐腴,乃虱之贼。①

明人顾大韶后来作《又后虱赋》,在李商隐、陆龟蒙两赋的基础上又加延伸,序称:"李商隐有《虱赋》,陆龟蒙有《后虱赋》,李止讥其啮臭,未尽其罪也;陆更赏其恒德,则几好人所恶矣。作《又后虱赋》以正之。"赋分三大段,前段论列虱虫之罪,中段写虱虫自辨,后段怒斥虱虫"敢拟朝士",决意诛杀。其中虱虫自辨一段最为精彩:

  号物万数,惟天并育。蠢动含灵,谁非眷属。身命布施,千圣轨躅。嗟君之量,何其褊促!我食无谷,我啜无菽。天赐我餐,惟血也独。我首无角,我喙无啄。微咂君肌,何遽为酷。君何不广,请观朝局。闻诸商君,吾友有六。皆赐天爵,皆赋天禄。荣妻任子,亢宗润族。吸民之髓,蒙主之目。偾事无刑,废职无辱。嬉游毕龄,考终就木。我羡我友,飞而择肉。我罪伊何?太仓一粟。君欲我诛,盍速彼狱?②

《商君书》将于国无益的官吏称之为"虱官",相较"赐天爵""赋天禄"而"吸民之髓,蒙主之目"的大蠹虫大贪官而言,小虱小吏确实算不了什么,这是在李商隐、陆龟蒙赋的基础上进一步把矛头引向大贪巨腐了。

挥麈谈玄是六朝雅事,陆龟蒙《麈尾赋》即以简括之笔称述谢安、桓温、王濛、郗超和支遁等人探求奥义、忘怀得失的风流雅事,但赋末笔锋一转,讥讽时人竞奔名利,徒仿清高:

  于戏!世路敧斜,藏诡掩瑕。阳矜庄而静默,暗奔竞而喧哗。

---

① 马积高主编:《历代辞赋总汇》,长沙:湖南文艺出版社,2014年,第2334页。
② 陈元龙编:《历代赋汇》,南京:凤凰出版社,2004年,第559页。

贞襟枳棘,奥旨泥沙。虽然绝代清谈客,置此聊同王谢家。①

外似超怀绝尘,实则汲汲功名,可知世风颓败。

罗隐《市赋》以交易喻治理,也对唐末政局与世风的混乱有所影射。《左传》有晏子以"踊贵屦贱"讥齐景公"用刑之繁"的典故,罗隐由此引申,生发出晏子以"交易进退"劝齐景公"谨以从政"的故事:

> 齐侯幸晏子所止,引目长视曰:"彼也何哉?如蜂如蚁,万货丛集,百工填委,纷纷汩汩,胡可胜纪。"婴曰:"臣以敝庐在此,闻于此,见于此,其名为市。若乃羲轩以前,臣不得言。羲轩以后,臣知其故。先己后人,惟贿与赂。非信义之所约束,非法令之所禁锢。市之边,无近无远。市之聚,无早无晚。货盈则盈,货散则散。贤愚并货,善恶相混。物或戾时,虽是亦非。工如善事,虽贱必贵。参杂胡越,奔走孩稚。扶策而来,挈提而至。刮剔形状,圬墁口鼻。童顶而跣,骿肩而彼。兼之以耆艾,继之以谐戏。谁有帐籍,讵假文字。蜀桑万亩,吴蚕万机。及此而耗,繄何所之?东海鱼盐,南海宝贝,及此而耗,其谁主宰?君勿谓乎市无技,歌咽舞腰,贱则委地,贵则凌霄。君勿谓乎市无门,可南可北,阴阳迭用,人之消息。市之众,不可以言,或有神仙。市之杂,不可以测,或容盗贼。舍之,则君子不得已之玩好;挠之,则小人不得已之衣食。"公曰:"始先生以踊屦之讥,革寡人之非;今先生以交易进退,祛寡人之蒙昧。彼主之者魁帅,张之者驵侩。吾知之矣。谨以从政,庶无尤悔。"②

市场是各种人事货物的集散之地,市场交易凭的是利益原则而非礼法信义,市场复杂而又不可或缺,唯其谨慎,治政亦然。赋在客观上也铺陈了"先己后人,惟贿与赂"的趋利世风与"主之者魁帅,张之者驵侩"的混杂政局。

(五)忧时忧国

生当末世,晚唐小品赋家也不乏忧时忧国之心与自洁济民之志。皮日休《忧赋》、陆龟蒙《田舍赋》等可为忧时忧国赋之代表。

---

① 马积高主编:《历代辞赋总汇》,长沙:湖南文艺出版社,2014年,第2334页。
② 马积高主编:《历代辞赋总汇》,长沙:湖南文艺出版社,2014年,第2349页。

皮日休《忧赋》篇幅较长，也最集中地铺叙了赋家忧时忧国之心。序称"草茅臣日休，见南蛮不宾，天下征发，民力将弊，乃为赋以见其志"。赋分两大板块，前半以"神之生""神之居""神之行""人人之心""人人之怀""人人之神""人人之首""人人之眉""人人之目""人人之耳""人人之齿""人人四肢"等为纲目，极力铺陈"忧"的产生、情状与对人的严重影响。如写"忧"的情状云："神之居也，填胸塞臆，冥冥默默。静如寐魇，将语不得。其遇如噎，其饮如食。其轻者瘵，其重者殪。神之行也，其居幽幽，其行悠悠。来不可抑，去不可留。其情如刳，其绪如抽。其刚为愤，其弱为羞。其子为恨，其孙为愁。"段末感慨："噫嘻呜戏！忧之甚也如斯。"后半以"……是臣忧也……是臣忧也"结构铺陈皇纲不维、宫掖紊乱、辅导不至、侯王割据、权臣窃柄、内竖恣宠、文臣见弃、武将遭谗、谏言获罪、悬官待贿、法令如网、命将兴师、出入不时、兴宫造室、外戚擅权、赋敛贪聚、淫乐无度等可忧之事。赋末总陈、寄愿："故王之忧国者而日旰不食，士之忧位者而载贽出疆……愿陛下忧之，治可致乐康，道可跻羲皇，则天下幸甚。"①

陆龟蒙《田舍赋》中有关田舍的描写非常简略，相反议论所占篇幅过半：

  天随子愀然而吁，复自谏曰：禄以代耕，如无禄欤，无禄无耕，为工商欤。有沮溺之贤，以仕易农乎？有轮扁之道，以仕易工乎？有弦高之义，以仕易商乎？今则不然，能无说焉。盖仕不愧禄而揣政，咸率人以奉己。使农工之洎民，弃其守而趋仕，农之仕堕于力而希岁，工之仕巧于文而幸贵，商之仕射其肥而啖利，所以国靡凶荒之储，家乏完坚之器，人阙有无之备，莫不由是。加以上多而下寡，不胜剥丧之苦，转从盗聚而充炽。②

士、农、工、商本当各司其职，现在纷纷跻身仕途，个个盘剥百姓，怎不使国乏家贫、盗贼四起？

（六）自洁济民

皮日休《河桥河》以水、桥为喻，主张任贤行道，济民济世；陆龟蒙《求志赋》《杞菊赋》于读书、采食活动的铺叙检讨中培护自己的趣尚志节。

---

① 马积高主编：《历代辞赋总汇》，长沙：湖南文艺出版社，2014年，第2353～2355页。
② 马积高主编：《历代辞赋总汇》，长沙：湖南文艺出版社，2014年，第2327页。

皮日休《河桥赋》的写作目的非常明确，序既称"观桥之利,不楫而济"，因美其事而著赋，赋亦称"河桥之义也，可以献于天王"。当然，按赋体铺陈的惯例，赋的开篇花了很多篇幅叙写河源由来与鲧、禹治水，然后才写桥的建造、形状及功用。如写其形状及建成后人货往来的盛况云：

> 其形也若剑倚天外，其状也若龙横水心。其高也若大虹之贯天，风吹不动。其壮也若巨鳌之压海，浪泛不沉。曙色霍开，济者相排。如川失水，一物时来。蹄响如雨，车音若雷。有贤有俊，有隶有台。有贫有婆，有货有财。

赋末论议以提升主旨：

> 噫！前王之道，深有旨哉。在水则河桥晓济，在陆则四关尽开。水之与陆，一贯而来。所以大同其轨，广纳其材。岂梁之防乎？抑闻三代之桥也，不斤不斧，不徒不杠。以道为水，以贤为梁。济民者民不病溺，济世者世不颓纲。开之也通仁流义，闭之也关淫限荒。夏之梁也曰汤，殷之梁也曰昌。周之梁也曰旦，汉之梁也曰光。自汉之季，国窃主折，为水者以浑以强。及隋之世，为梁者唐，故能济民于万方，同轨于八荒。是知河桥之义也，可以献于天王。①

以道为水，以贤为梁，选用良吏，导民仁义，可以济民，可以济世。所以《文薮序》称："虑民道难济，作《河桥赋》。"

《求志赋》写陆龟蒙研习《春秋》之趣尚。《春秋》是儒家重要经典而非寻常史书，孔子自己认为"载之空言，不如见之于行事之深切著明"，司马迁说《春秋》："上明三王之道，下辨人事之纪，别嫌疑，明是非，定犹豫，善善恶恶，贤贤贱不肖，存亡国，继绝世，补敝起废，王道之大者也。"（《太史公自序》）。所以历来读《春秋》，道《春秋》者多有大道的寄寓与心志的抒发。在《求志赋》里，陆龟蒙一面引述孔子"吾志在《春秋》"之言，说"求圣人之志，莫尚乎《春秋》"，一面用抑扬之法说自己一生别无所厚，惟古学可称，其间就包含着对大志的向往与自我的肯定。至于赋中提到的文通陆先生②及

---

① 马积高主编：《历代辞赋总汇》，长沙：湖南文艺出版社，2014年，第2356页。
② 陆淳，字伯冲，号文通。

啖(啖助)、赵(赵匡),乃中唐春秋学派代表,他们在章句训诂盛行的时代,重申儒家文化的用世精神,强调仁政民本,否定春秋霸业,对于复兴儒学、扼制割据都起着非常重要的作用,柳宗元、陆龟蒙都信奉陆氏学说,从其所信奉,也可见出陆龟蒙关怀现实的品格。

《杞菊赋》写陆龟蒙不事权贵的志节。赋短序长,序称天随子日采杞菊为食,"及夏五月,枝叶老硬,气味苦涩,旦暮犹责儿童辈拾掇不已",有人疑惑慨叹,问:"千乘之邑,非无好事之家,日欲击鲜为具以饱君者多矣。君独闭关不出,率空肠贮古圣贤道德言语,何自苦如此?"他的回答是:"我几年来忍饥诵经,岂不知屠沽儿有酒食邪。退而作《杞菊赋》以自广。"这"屠沽儿"不必实解为以屠牲沽酒为业者或出身微贱者,《后汉书·祢衡传》:"少有才辩,而尚气刚傲,好矫时慢物。""是时许都新建,贤士大夫四方来集。或问衡曰:'盍从陈长文、司马伯达乎?'对曰:吾焉能从屠沽儿耶?'"可知不从"屠沽儿"当与陶渊明不愿折腰向"乡里小儿"同意。赋云:

> 惟杞惟菊,偕寒互绿。或颖或苕,烟披雨沐。我衣败绨,我饭脱粟。羞惭齿牙,苟且粱肉。蔓延骈罗,其生实多。尔杞未棘,尔菊未莎。其如予何!其如予何![①]

陆龟蒙生当末世,避居乡里,固穷抗俗,傲视权贵,也是洁身自好的表现。后来苏东坡仿陆龟蒙所作《杞菊赋》则主要表现其超然物外的心境。

三、晚唐小品赋的形制特征

晚唐小品赋的光彩与锋芒,既缘乎其讽时刺世的内涵,又因乎其短小精悍的表现形式。较之于大赋的包括宇宙、总揽人物,铺采摛文、义尚光大,晚唐小品赋形制短小、意象单一,或骈或散、或诗或文,立意新颖、构思精巧,议论精警、讽刺辛辣,虚构寓言、妙用比喻。

小品之小,首先当然是体制规模之小,李商隐《虱赋》《蝎赋》、陆龟蒙《后虱赋》不过32字,罗隐《秋虫赋》40字,都是赋中极简之作。陆龟蒙《蚕赋》《杞菊赋》也不足百字,陆龟蒙《麈尾赋》《秋虫赋》与罗隐《屏赋》《后雪赋》都在两百字左右,陆龟蒙《求志赋》《春寒赋》与罗隐《迷楼赋》在三百字左右,惟陆龟蒙《幽居赋》、皮日休《忧赋》稍长。

---

① 马积高主编:《历代辞赋总汇》,长沙:湖南文艺出版社,2014年,第2330页。

因为体制规模小,事言意象也相对简单,不讲求结构的庞大、引证的丰富、辞藻的华赡,但小不妨巧,只要能因变取会,尺幅之间,也可气象万千。

以体式言,或诗或文,或骈或散,不拘一格。

李商隐《虱赋》《蝎赋》,陆龟蒙《蚕赋》《后虱赋》《杞菊赋》,两句一组,偶句用韵,语言质朴,可称四言诗体赋。罗隐《屏赋》诗、骚结合,而其《秋虫赋》《迷楼赋》与陆龟蒙《自怜赋》则骚、散结合。陆龟蒙《苔赋》《采药赋》《微凉赋》《秋虫赋》《中酒赋》《书带草赋》《郁李花赋》《麈尾赋》《石笔架子赋》等,对仗精整、韵律谐美,驱事用典,不乏骈俪化的特征。而皮日休《桃花赋》《霍山赋》、陆龟蒙《求志赋》《田居赋》《杞菊赋》《春寒赋》、罗隐《市赋》《后雪赋》等,或托梦山神,或虚构对话,或直接论议,莫不展现出散体化、议论化的特点。

以内涵言,短而不浮,小而不浅,立意新颖、构思精巧。看似随意不拘,实则中心专一,不蔓不枝。常以出人意表的立论,发前人之所未发,既让人耳目一新,又能切中时弊。如李商隐《虱赋》、陆龟蒙《后虱赋》《蚕赋》、罗隐《后雪赋》《屏赋》等,都属翻案文章,无不精警犀利。

犀利与辛辣针对的是乱世中的种种丑态,灌注着激越炽热的感情,难免有"骂世"之嫌,但多数能借物寓意,不少篇章还善用比喻。

皮日休《桃花赋》虽有所讽,但主要篇幅还是"状花卉,体风物"(《桃花赋》序),赋一开始,连用12个"或"字,极写桃花的清姿美态:

> 或俯者若想,或闲者如痴。或向者若步,或倚者如疲。或温麛而可薰,或矮婧而莫持。或幽柔而旁午,或扯冶而倒披。或翘矣如望,或凝然若思。或奕偼而作态,或窈窕而骋姿。

以人的不同神情比拟花的各种姿态,接下来的大段铺陈更以风神各异的绝美女子比拟盛开于不同时空的桃花的风姿神韵:

> 日将明兮似喜,天将惨兮若悲。近榆钱兮妆翠靥,映杨柳兮颦愁眉。轻红拖裳,动则褭香。宛若郑姬,初见吴王。夜景皎洁,哄然秀发。又若常娥,欲奔明月。蝶散蜂寂,当闺脉脉。又若妲己,未闻裂帛。或开故楚,艳艳春曙。又若息妫,含情不语。或临金塘,或交绮井。又若西子,浣纱见影。玉露厌浥,妖红坠湿。又若骊姬,将谮而泣。或在水滨,或临江浦。又若神女,见郑交甫。或临广筵,或当高会。又若韩娥,将歌敛态。微动轻风,婆娑暖

红。又若飞燕,舞于掌中。半沾斜吹,或动或止。又若文姬,将赋而思。丰茸旖旎,互交递倚。又若丽华,侍宴初醉。狂风猛雨,一阵红去。又若褒姒,初随戎辂。满地春色,阶前砌侧。又若戚姬,死于鞠域。①

皮日休《霍山赋》也多用比喻。如写其气:

  岳之气,其秀如春,其清若秋。其翠如云,云不能丽。其色如烟,烟不能鲜。若雨收气爽,丹青满天。

以春、秋、云、烟写其秀、清、翠、色,以满天丹青写雨后气息,凝练而又清新。写其异状,更多景况:

  岳之异状,其势如危,或不可支,若不可维。或仰而呀,有如吭空。或俯而拔,有如攫地。其晓而东,有如冠日。其暮而西,有如孕月。有水而脉,有石而骨。有洞而腹,有崿而节。或锐而励,或断而截。或回而驰,或低而折。②

或仰或俯,冠日孕月,水脉石骨,洞腹崿节,山形即异,山势更奇,低回断续,应有尽有。罗隐《秋虫赋》、陆龟蒙《青苔赋》等也都算得上情辞并茂。

晚唐小品赋是中国古代小品不可或缺的环节,也是赋体文学中别具意义的类型,小品赋概念的提出强化了这种纵向的传承脉络与横向的内涵区判。小品文直到晚明才蔚然兴盛并具备自觉的文体意义,但其渊源却可以远溯到先秦时期,晚唐则是这个漫长发展过程中的重要阶段。小品文题材与体制包容自由,序、跋、记、传、辞、赋、书信,等等,都可以成为简练隽永、抒情意味深厚的小品文章,赋体小品与赋中大品即义尚光大的散体大赋相较而言,更多题材内容上的区别。晚唐小品赋尤以讽时刺世著称。所以在古代文学发展的坐标系上,晚唐小品赋也处在一个较为重要的结点上。

"文变染乎世情,兴废系乎时序",文体的荣枯变异也受时代的影响。从赋史的整体发展来看,大赋的体式与精神适用于帝国盛世,如汉、唐、宋、清的大治时期,而小品赋则多出于动乱衰世,如汉末、晋末、晚唐、晚明的衰败岁月里。

---

① 马积高主编:《历代辞赋总汇》,长沙:湖南文艺出版社,2014年,第2357页。
② 马积高主编:《历代辞赋总汇》,长沙:湖南文艺出版社,2014年,第2352页。

可见,不管是创作的实际还是概念的提出,晚唐小品赋都有着较为重要的价值与意义。

第四节　晚唐律赋题材与体式的新变

晚唐赋作一面承柳宗元而发展为讽时刺世的小品赋,一面自元稹、白居易而衍为偏离功令的王棨、黄滔律赋。律赋的这一支,既于"冠冕正大"之外"好尚新奇",亦于"争妍斗巧"①、谙熟程式之余,突破传统、回归文学。题材与体式的新变为行将颓废的唐代律赋注入了新的活力。

一、王棨、黄滔与晚唐律赋名家

晚唐律赋以王棨、黄滔、谢观三家最为著名(徐寅在本书第六章论述),其中王棨、黄滔更是"一时之瑜、亮"。②

王棨,字辅文(一作辅之)③,福清(今属福建)人。懿宗咸通三年(862)登进士第,试《倒载干戈赋》(以"圣功克彰,兵器斯戢"为韵)、《天骥呈才诗》。成名后返乡省亲,廉访使杜宣猷请署团练巡官。朝中名臣李鹗出为江西观察使,辟王棨为团练判官。后试平判入等科,获大理司直官职,不久,又升为太常博士,进入尚书省,任水部郎中。黄巢起义后朝中大乱,不知所终。

王棨律赋,曾专加哀辑,名为《麟角集》,收赋45篇,后人陆续辑附入省题诗21首,补收律赋《沛父老留汉高祖赋》及黄璞《王郎中传》、陈黯《送王棨序》等。《四库全书总目提要》曰程式诗赋"自为一集行世,得传于今者,惟棨此编"。④《全唐文》《历代赋汇》《历代辞赋总汇》均录其赋46篇,内中除《松柏有心赋》《烛笼子赋》《江南春赋》外都有限韵,但《江南春赋》为"私试"之作,当属律赋。所以王棨现存律赋至少44篇。⑤

---

① 李调元:《赋话》卷二,《丛书集成初编》本,北京:中华书局,1985年,第11页。
② 李调元:《赋话》卷二,《丛书集成初编》本,北京:中华书局,1985年,第13页。
③ 陈黯《送王棨序》云:"黯去岁自襄中还輋下,辅文出新试相示。"黄璞《王郎中传》云:"王棨,字辅之,福唐人也。"
④ 《四库全书》研究所整理:《钦定四库全书总目》(整理本),北京:中华书局,1997年,第2025页。
⑤ 彭红卫《唐代律赋考》、陈铃美《王棨律赋研究》、谭泽宁《王棨研究》等并有考证,可以参考。

王棨律作，唐人即云："词赋清婉，托意奇巧。"①"与相如、扬雄之流，异代而同工。"②

黄滔(840—？)，字文江，泉州莆田(今福建莆田市)人。从小苦读，热衷仕宦，但久困举场，昭宗乾宁二年(895)中进士。省试《人文化天下赋》、复试《曲直不相入赋》、御试《良弓献问赋》。光化中除国子四门博士。天复元年(901)受王审知辟，以监察御史里行充威武军节度推官。后梁时，王审知据闽发迹，颇得力于黄滔的规正。中州名士韩偓、李洵等数十辈避乱入闽，均以黄滔为文坛宗主。③

黄滔著述，《新唐书》卷六十《艺文志》著录有《黄滔集》15卷、《泉山秀句集》30卷，今皆不存。《四库全书》刊淳熙本《黄御史集》，《四部丛刊(初编)》载明万历丙午曹学佺本《唐黄御史文集》，《丛书集成初编》收王懿荣"天壤阁丛书"本《莆阳黄御史集》，皆为后人重编。黄滔作品今存诗、赋、文、书、启、祭文、碑铭等诸种文体，其中赋作22篇，除《魏侍中谏猎赋》外，都为限韵律赋。

黄滔被浦铣誉为"小赋第一手。"④

谢观(？—865)，字梦锡，安徽寿春(今寿县)人。文宗开成二年(837)登进士第。历官洛阳丞、荆州从事、慈州刺史。《全唐文》卷七百五十八录其赋23篇，除《骥伏盐车赋》《初雷起蛰赋》《琴瑟合奏赋》《上阳宫望幸赋》外，其余19篇皆限韵。《琴瑟合奏赋》任用韵，实亦律赋。

三家而外，公乘亿、周针、吴融、卢肇、温庭筠、陆龟蒙、李远、韦琮、杨发、薛逢、崔葆、蒋凝、贾嵩、白敏中、康僚、陈山甫、林滋、陆肱、关图、郑渎、郑宗哲、郑遥、范荣、陈章等皆作有律赋，其中不乏诗文大家与古赋作手。可知晚唐律赋作家作品实在中唐之上。

二、晚唐律赋题材新变

晚唐律赋非无正大之题、非无冠冕之作。若王棨《牛羊勿践行苇赋》

---

① 黄璞：《王郎中传》，详见董诰等编：《全唐文》卷八百一十七，北京：中华书局，1983年，第8603页。
② 陈黯：《送王棨序》，详见董诰等编：《全唐文》卷七百六十七，北京：中华书局，1983年，第7984页。
③ 见吴任臣撰，徐敏霞、周莹点校：《十国春秋》卷九十五，北京：中华书局，1983年。
④ 浦铣：《复小斋赋话》卷上，详见王冠辑：《赋话广聚》第四册，北京：北京图书馆出版社，2006年，第718页。

《耕弄田赋》倡导以农为本、顺应天时;《耀德不观兵赋》《倒载干戈赋》《武关赋》主张修文偃武、以德服人;《黄钟宫为律本赋》说礼乐思想,《阙里诸生望东封赋》述封禅之礼,《盛德日新赋》《握金镜赋》论王德帝道,《贫赋》《义路赋》承孔、孟义利之辩,《跬步千里赋》续荀子累积之说,《樵夫笑士不谈王道赋》笑"独善其身"之徒,等等,莫不以宗经为旨、教化为本。所以赵俊波先生统计王棨 45 篇赋作中可称"雅正"者尚有 19 篇,占全部作品的 42%。①

当然我们也会发现,晚唐律赋在应对科考功令、阐释王道政教之余,也开始缱绻情怀、流连光景、感伤历史、讥讽时世、传载异闻、祖述老庄,这些赋作事或无稽、言多夸诞,理非政教、情有别致。不同于此前"大抵不出颂祥瑞、歌功德、述典制、释格言及描写高雅的事物和长安附近的景物等范围",而成为一种"没有限制的抒情赋体"。②

(一)缱情绻怀

晚唐律赋题材的新变首先体现在个我情怀的抒发,或抒离愁别恨、或写友朋知己、或发江湖想望、或叙行旅爱恋,不再一味关注家国政治。

1. 离愁别恨

同写离别相思,王棨《离人怨长夜赋》与《凉风至赋》一主闺妇思夫,一主游子思归,黄滔《送君南浦赋》则集中写离别场景。

"离思难任,长宵且深。坐感夫君之别,谁怜此夜之心。念云雨以初分,何时促膝;俯衾裯而起怨,几度沾襟"。《离人怨长夜赋》开头点题,极写长夜漫漫,相思极苦。然后回忆"东门"饯行、"南浦"送别,徒增唏嘘。自此"我展(辗)转以空床","君盘桓于旅馆""触目生悲,回身吊影。云积阴而月暗,鸟深栖而树静"。"元(玄)发潜变,红颜暗凋",而"名利犹存,津梁未绝",末尾点出了问题的症结,然后不自觉地转到游子与思妇共同的视角、共有的无奈:"然哉,吾生既异于匏瓜,又安得不伤乎离别。"③

《凉风至赋》以大量笔墨铺陈秋风飒杀、万物萧瑟,"无近无远,凄然凛然"的景象,并举荆轲慷慨赴义、屈原遭谗被逐,以及张季鹰、班婕妤、陈皇后、潘安仁等人的典故抒发悲秋情绪。最后落笔于功名未遂、有家难归的无奈:"虽令蛩响东壁,鸿辞边地。又安得吹赋客而促征车,自是功名之

---

① 赵俊波:《中晚唐赋分体研究》,北京:中国社会科学出版社、华龄出版社,2004 年,第 298 页。
② 马积高:《赋史》,上海:上海古籍出版社,1987 年,第 374 页。
③ 马积高主编:《历代辞赋总汇》,长沙:湖南文艺出版社,2014 年,第 2310 页。

未遂。"①

不同于江淹《别赋》总写离别之愁,并举人间六种不同愁之别,黄滔《送君南浦赋》专写少妇别夫之场景。开篇云:"南浦风烟,伤心渺然。春山历历,春草绵绵。那堪送行客,启离筵。一时之萍梗波涛,今朝惜别。"既点明惜别,又借景衬情,遂归旨于"那堪送行"。以下写"系马出船"之时、"候潮待月"之地,"少妇对景""王孙望阙",箫笛凄楚、琴弦激越。一面在"奔西走东",一面作"比翼"之想。歌声未展、笑靥全无,愁攀渡柳、忍解桂楫,"泪成雨,鬓侵霜。朝悲五岭,暮怨三湘。梦去不到,书来岂常。况一川之烟景茫茫,横冲楚徼。两岸之风涛渺渺,直截炎荒。无不销魂,如何举目"。终至乐尽人散、兰舟催发,虽"两心似火",而" 去如云",唯以"锦衾""锦字"而互赠。末尾感慨离别之伤,以此为极。② 满纸哀怨,不输柳词风情。

2. 友朋知己

王棨《鸟求友声赋》题出《诗经·小雅·伐木》:"嘤其鸣矣,求其友声。"题旨即韵字"人自得求,友声之道",是以鸟求友声喻自己期待友朋,渴求知己。所以赋末云:"想伊鸟也,犹推故旧之心;矧乃人斯,忍弃友朋之道。取则宁远,流音在兹。尔苟嘤鸣而占矣,吾将德义以求之。虽慕惠庄,愿定交于他日;如令管鲍,得擅美于当时。夫如是,则结绶何惭,弹冠不惑。伐木将废而莫可,谷风欲刺而安得。已乎!弗谓斯鸟之声至微,而忘其是则。"③

3. 江湖想望

王棨《秋夜七里滩闻渔歌赋》写秋夜渔歌:

> 七里滩急,三秋夜清。泊桂棹于遥(一作南)岸,闻渔歌之数声。临风断续,隔水分明。初击楫以兴词,人人骇耳;既舣舟而度曲,处处含情。
>
> 众籁微收,浓烟乍歇。屏开两面之镜,璧碎中流之月。逃名浪迹,始荡桨以徐来;咀征含商,俄扣舷而迴发。
>
> 一水喧豗,旁连钓台。群鸟皆息,孤猿罢哀。激浪不停,高唱而时时过去;凉飙暗起,清音而一一吹来。潺潺兮跳波激射,历历

---

① 马积高主编:《历代辞赋总汇》,长沙:湖南文艺出版社,2014年,第2321页。
② 马积高主编:《历代辞赋总汇》,长沙:湖南文艺出版社,2014年,第2435页。
③ 马积高主编:《历代辞赋总汇》,长沙:湖南文艺出版社,2014年,第2305页。

兮新声不隔。

　　初闻而弥觉神清,再听而惟忧鬓白。远而察也,调且异于吴歌;近以观之,人又非其郢客。杳袅悠扬,深山夜长。殊采菱于镜水,同鼓枻于沧浪。

　　泛滥扁舟,逸兴无惭于范蠡;沉浮芳饵,高情不减于严光。况其岸簇千艘,岩森万树。湍奔如雪之浪,衣裹如珠之露。寂凝思以侧聆,悄无言而相顾。

　　此时游子,只添歧路之愁;何处逸人,顿起江湖之趣。由是寥亮清浔,良宵渐深。引乡泪于天末,动离魂于水阴。

　　究彼呿喉,似感无为之化;察其鼓腹,因知乐业之心。既而暗卷纤纶,潜收密网。

　　滩头而犹唱残曲,水际而尚闻余响。渔人歌罢兮天已明,挂轻帆而俱往。①

赋首总说七里滩渔歌或振奋人心,或含情脉脉。再写七里滩两岸如画美景与渔人优游自在的生活。接着铺陈渔歌悠扬缭绕,让人生出高情逸兴。然后顺势转入游子的离怀愁绪与江湖想望。最后以渔人歌罢挂帆而去结篇,意兴盎然,全无儒家担荷天下之教。

4. 行旅爱恋

另有白敏中《息夫人不言赋》、康僚《汉武帝重见李夫人赋》,专从婚恋着笔,不附政治意见,别有情趣。

息夫人本是春秋时息国君主之妻,楚王灭息国后,将其据为己有,她在楚宫虽然生有两个小孩,但默默无言,始终不和楚王说话。对息夫人的坚韧忠贞,代有礼赞,如王维诗云:"莫以今时宠,能忘旧日恩。看花满眼泪,不共楚王言。"(《息夫人》),白敏中《息夫人不言赋》即敷陈此事,极言其"处喧哗而不乱,挺节操以自持"②。用语通畅,写活了息夫人这个特异的女子。

汉武帝的李夫人也是获得过无数赞誉的绝世女子,死后多年还能让汉武帝念念不忘。自《史记》《汉书》至东晋王嘉《拾遗记》等,都载有招魂相会之事。事虽虚妄,情本深切。康僚《汉武帝重见李夫人赋》即如其韵语"神仙异术,变化通灵"所言,写汉武帝假招魂术重见李夫人事。赋写李夫人的

---

① 马积高主编:《历代辞赋总汇》,长沙:湖南文艺出版社,2014年,第2311页。
② 马积高主编:《历代辞赋总汇》,长沙:湖南文艺出版社,2014年,第2187页。

出场极为细腻:"寂寞而求,瞥尔而风生绮席;从容以俟,俄然而影在花屏。于时渐出形仪,暗闻珠翠。初半面以呈姿,忽全身而表异。盈盈不笑,如羞久别之容;眷眷无言,莫问平生之事。是则婵娟可玩,隐映难亲。不有如有,非真似真。既扬翘而掩袂,亦流盼以疑神。"①

(二)流连光景

写景状物、流连山水也会对君国大业产生偏离。若王棨《江南春赋》《曲江池赋》《芙蓉峰赋》《回雁峰赋》《白雪楼赋》《多稼如云赋》《武关赋》《水城赋》、黄滔《秋色赋》、周钺《海门山赋》、周针《登吴岳赋》等,都是以写景为主的赋作。

《江南春赋》是王棨的写景名作。赋首点明地理与时节,说是"六朝故地""二月晴晖"。选南京为描写对象,既有地理的条件,又有历史的因素:古都六朝,典故繁多;城处江南,春风早达。然后具体写南京春色:

> 当使兰泽先暖,蘋洲早晴。薄雾轻笼于钟阜,和风微扇于台城。有地皆秀,无枝不荣。远客堪迷,朱雀之航头柳色;离人莫听,乌衣之巷里莺声。
>
> 于时衡岳雁过,吴宫燕至。高低兮梅岭残白,迤逦兮枫林列翠。几多嫩绿,犹开玉树之庭;无限飘红,竞落金莲之地。
>
> 别有鸥屿残照,渔家晚烟,潮浪渡口,芦笋沙边。野蕨葳而绣合,山明媚以屏连。蝶影争飞,昔日吴娃之径;杨花乱扑,当年桃叶之船。
>
> 物盛一隅,芳连千里。斗喧妍于两岸,恨风霜于积水。幂幂而云低茂苑,谢客吟多;萋萋而草夹秦淮,王孙思起。②

钟山被薄雾轻笼,台城有和风吹荡;朱雀桥头柳色青翠,乌衣巷里莺声婉转;雁过燕来;梅岭残白,芳林列翠;鸟飞斜阳,户上晚烟;山明水秀,蝶舞花飞。真是"有地皆秀,无枝不荣"。其间又引入吴娃、桃叶、谢客、王孙等六朝人物,使客观物景染上历史气息。末以齐东昏、陈后主耽乐失国收束,不无借古慨时之意。

《曲江池赋》写长安名胜曲江风貌。赋写曲江池的由来与周边环境,说

---

① 马积高主编:《历代辞赋总汇》,长沙:湖南文艺出版社,2014年,第2211页。
② 马积高主编:《历代辞赋总汇》,长沙:湖南文艺出版社,2014年,第2318页。

"嘉树环绕,珍禽雾集……年年而春色先来……处处之物华难及"。写曲江春天的美色与王孙公子乃至帝王游赏的盛况,说"二月初晨,沿堤草新。莺啭而残风袅雾,鱼跃而圆波荡春……公子王孙,不羡兰亭之会;蛾眉蝉鬓,遥疑洛浦之人……帝泽旁流,皇风曲畅"。也写曲江秋天的景色与重阳之宴"复若九月新晴,西风满城。于时嫩菊金色,深泉镜清……是日也,樽俎罗星,簪裾比栉。云重阳之赐宴,顾多士以咸秩。上延良辅,如临凤沼之时;旁立群公,异在龙山之日"。后面还提及冬夏的曲江,并以昆明池、太液池为比,强调曲江"轮蹄辐凑,贵贱雷同。有以见西都之盛,又以见上国之雄",结尾省出志愿:"愿千年兮万岁,长若此以无穷。"①可知曲江的魅力,除了景色秀美,更是国富民强、社会安定的见证。

《回雁峰赋》《芙蓉峰赋》写的都是衡山山峰。前者围绕"回雁"来写,主旨在"识其分而不越,守其心而有常"。后者侧重写此山的挺拔峻峭,神似芙蓉。

《白雪楼赋》写楚地名楼,楼名白雪,源自楚歌。赋既围绕韵语"楼起碧空,名标雅曲"来写,又嵌入作者行旅叙事之框架。开篇介绍自己的游踪与白雪楼的地理方位,然后念及建楼之人,中间大段描写楼阁的壮观景况,谓其:"势耸晴屐,梁横晓虹……浮云齐处,叠栱槛之几重;明月照时,引笙歌而四起……天未秋而气爽,景当夏以寒生。"②既高耸入云,又因时而变。末云文人墨客登楼畅怀,我则以为黄鹤、落星二楼也不及白雪楼神奇特秀。赋写私家楼阁,亦属个我回归之表现,并启宋代同类赋作之先河。

《多稼如云赋》写田园稼盛丰收之景,亦颇别致。赋赞穗多粒满,遍若云天:"几多嘉穗,高低稍类于垂天;无限芳田,远近有同于抱石……曼衍平川,绵延大田。接层阜而如从岫出,极低空而若与天连。"③又写帝尧、后稷时人民的富足生活与桀溺、樊迟的躬耕态度。不无理想色彩。

黄滔《秋色赋》开头说潘岳作赋动机:"惊索发,感流年。""写抑郁之怀。""赋萧条之景。"末尾又假"坐客"之言,对比潘岳《秋兴》。其实潘、黄之作,正在"兴""色"之别。潘作因秋起兴,多牢骚感慨,黄作则更重秋景尤其秋色。如第三段云:"地上落红渠之态,烟中吟玉笛之声。华岳峰高,染莲花而翠活。湘川树老,换枫叶以霞生。"第五段云:"遂使隋堤青恨,吴岭绿愁。庐阜之蟾开石面,钱塘之雪入涛头。空三楚之暮天,楼中历历。满六

---

① 马积高主编:《历代辞赋总汇》,长沙:湖南文艺出版社,2014年,第2321~2322页。
② 马积高主编:《历代辞赋总汇》,长沙:湖南文艺出版社,2014年,第2297页。
③ 马积高主编:《历代辞赋总汇》,长沙:湖南文艺出版社,2014年,第2323页。

朝之故地,草际悠悠。"①所以李调元称其"句句有色字,不是悲秋泛语"。②

王棨另有一些咏物赋与写景赋写法类似,如《鱼龙石赋》写鱼化石的形貌与由来,《琉璃窗赋》写琉璃窗的色彩与质地,《珠尘赋》写珠尘的轻盈之态与高贵品质等。

(三)咏史叙古

咏史叙古之作在晚唐律赋中也占有相当大的比重,但咏史不全为了鉴古资政,有以盛说衰、感伤历史,有借古说今、讥讽时世,更多传载异闻,以赋叙事。如王棨《沛父老留汉高祖赋》《元宗幸西凉府观灯赋》、黄滔《明皇回驾经马嵬赋》、郑渎《吹笛楼赋》;王棨《端午日献尚书为寿赋》、黄滔《水殿赋》《景阳井赋》《馆娃宫赋》、蒋凝《望思台赋》、欧阳玼《野人献日赋》;王棨《三箭定天山赋》、黄滔《以不贪为宝赋》《汉宫人诵洞箫赋赋》《陈皇后因赋复宠赋》《戴安道碎琴赋》《魏侍中谏猎赋》《误笔牛赋》、王棨《吞刀吐火赋》《诏遣轩辕先生归罗浮旧山赋》《梦为鱼赋》《元宗幸西凉府观灯赋》《四皓从汉太子赋》、黄滔《白日上升赋》、宋言《渔父辞剑赋》《效鸡鸣度关赋》、王棨《蟭螟巢蚊睫赋》、黄滔《狎鸥赋》、王棨《神女不过灌坛赋》;等等,莫不以古史旧闻为题,而歌颂之旨即淡、劝勉之意亦薄。

1. 以盛说衰、感伤历史

对盛世、明君、雅事的怀念往往伴随着现时的伤叹。

王棨《沛父老留汉高祖赋》以刘邦还沛、父老固留为题材,虽也不乏君权神授的鼓吹与众望所归的颂赞,但更主要的是闾里情深的叙写与君臣义重的缅怀,这样的叙写与缅怀容易让末世士子心存温暖。

王棨复有《元宗幸西凉府观灯赋》,写开元初正月十五晚上玄宗先在上阳宫观灯,然后在天师仙术指引下,游西凉府观灯事,事出《集异记》及《仙传拾遗》③,本小说家言。但上元灯展正是盛世繁华的标志,边地巡游也是下民望幸的表现。所以此赋极力铺陈西凉灯会的灿烂:"千条银烛,十里香尘,红楼逦迤以如昼,清夜荧煌而似春。郡实武威,事同仙境,彩摇金像之色,光夺玉蟾之影……于时有露沾草,无云在天,金鸭扬辉而光散,冰荷含耀以星连。乐异梨园,徒笙歌之满听;人非别馆,空罗绮以盈前。"其间又反复强调君王的巡幸:"一游一豫,忽此地以微行;不识不知,竟何人而望

---

① 马积高主编:《历代辞赋总汇》,长沙:湖南文艺出版社,2014年,第2440页。
② 李调元:《赋话》卷二,《丛书集成初编》本,北京:中华书局,1985年,第14页。
③ 《太平广记》卷二十六引。

幸……莫不混迹尊卑,和光贵贱。亦由凤隐形于众鸟,众鸟莫知;龙匿影于群鱼,群鱼不见。"因此时的凉州已为吐蕃所占,晚唐政府无力回天,赋于怀念之余以慨叹结尾:"空令思唐德之遗民,最悲凉于此夕。"①也是在盛衰对比中感伤历史、喟叹时世。

黄滔《明皇回驾经马嵬赋》也用玄宗旧事,写的却是马嵬事件中的片断,即玄宗于唐军收复长安后回京途经马嵬坡时的情景。唐人以诗歌吟咏马嵬坡事件的很多,据吴河清先生统计,《全唐诗》所录从中唐至晚唐吟咏马嵬事件的有二十余位诗人五十余首诗歌。② 这些诗篇或谴责国君、或指斥杨贵妃,也不乏怜惜之情与兴亡之感。而有这么多人用这么多的诗篇从不同角度议论甚至指责当朝天子,本身就值得思索,或许是唐朝的文网比较宽宏,或许是安史之乱已然成为唐人公认的历史转折点,也或许人们对于历史悲剧的体认已超载一时之是非。以赋写此事的却极为罕见,赋的铺陈与容量较之诗的简括可以更委婉、细致、曲折地叙事、写景、抒情、论议。黄滔此赋既有整个事件的总括,又有具体情、景的描写,而且情景融洽无间。如说"日惨风悲,到玉颜之死处;花愁露泣,认朱脸之啼痕",即以拟人手法,明写景,暗写人。如说"褒云万叠,断肠新出于啼猿;秦树千层,比翼不如于飞鸟"。一面以褒谷猿啼正衬离人哀愁,一面以飞鸟比翼反托人鬼两分。末云:"然则起兵虽自于青娥,斯亦圣唐之数。"③既不否认安史之乱起自杨贵妃,又归因于唐朝天数已尽。与其说是文章作手刻意的含蓄内敛、温柔敦厚,不如说是末世士子潜在的无能为力,无可奈何。

郑滔《吹笛楼赋》写开元遗事,更以盛衰对比结构篇章。说盛世景象,则云:"当昔开元之时……八百里之歌钟断续,五十年之寰海升平……楚舞态止,齐讴韵绝。九天敛雾,送芳景于琼轩。万籁韬音,让嘉名于玉笛……折杨柳之数声,雁惊前渚。落梅花之一曲,鸟散芳枝。"说繁华不再,则云:"自从弓剑有遗,星霜频度。绮窗萧索以将毁,绣岭连延而若故。竟无六律,继当时紫府之清音。空有一条,是往日翠华之来路。雕檐寂寞兮镂槛堪依,隙驷宁回兮烟鸾莫追。三山迢递在何处,万姓凄凉无见时。宫商之杳眇难寻,云消雨散。榱桷之倾欹若此,月惨风悲。"④满溢着悲凉的情绪。

---

① 马积高主编:《历代辞赋总汇》,长沙:湖南文艺出版社,2014年,第2294页。
② 详见吴河清:《唐人马嵬诗与唐代社会群体意识》,载《中州学刊》,1999年第4期。
③ 马积高主编:《历代辞赋总汇》,长沙:湖南文艺出版社,2014年,第2432页。
④ 马积高主编:《历代辞赋总汇》,长沙:湖南文艺出版社,2014年,第2374页。

李调元曾将其与《津阳门诗》《连昌宫辞》相提并论:"开元遗事,已见于《津阳门诗》《连昌宫辞》,不意郑渎复有《吹笛楼赋》,叙次凄怆,堪与鼎足为三。"①

2. 借古说今、讥讽时世

也有借古说今的讽谏之作,以黄滔《馆娃宫赋》《景阳井赋》《水殿赋》最为代表。

馆娃宫是吴王夫差为西施所建的官室,《馆娃宫赋》即假馆娃宫遗址,叙论吴王夫差惑于女色,终致国亡身灭。全篇以论带史,颇具史论体制。

> 吴王殁地兮,吴国芜城,故宫莫问兮,故事难名。门外已飞其玉弩,座中才委其金觥。舞榭歌台,朝为宫而暮为沼;英风霸业,古人失而今人惊。
>
> 想夫桂殿中横,兰房内创。丹楹刻桷之殊制,扣砌文轩之诡状。如同渤澥,徙蓬阙于人间;若自瑶池,落蕊宫于地上。
>
> 绣柱云楣,飞虬伏螭。基扃郁律,钩楯参差。碧树之珍禽夏语,绿窗之瑞景冬曦。吴王乃波伍相,輦西施,珠翠族来,居玉堂而顽洞;笙簧拥出,登绮席以逶迤。
>
> 触物穷奢,含情愈惑。欲移楚峡于云际,拟凿殿池于槛侧。花颜缥缈,欺树里之春光;银焰荧煌,却城头之曙色。
>
> 殊不知敌国来攻,攒戈耀空,虎怒而拿平雉堞,雷訇而击碎帘栊。甲马万蹄,卷飞尘而灭没;琼楼百尺,爆红烬之冥濛。
>
> 悉縡修袖舞殃,朱唇唱隙。瑶阶而便作泉壤,玉础而旋成藓石。恨留山鸟,啼百卉之春红。愁寄垅云,锁四天之暮碧。
>
> 悲夫,往日层构,兹辰古壕。香径而同归寂寂,稽山而杳自高高。遗堵尘空,几践群游之鹿;沧洲月在,宁销怒触之涛。
>
> 已而西日匆匆,东波浩浩。松楸而骈作荒隧,车马而辗通长道。彼雕墙峻宇之君,宜鉴邱墟于茂草。②

座中尚觥筹交错,门外已弩箭纷飞,朝暮之间英风尽逝、霸业烟消,真是"故宫莫问""故事难名",起首端出主旨、总括全篇,既惊悚警拔,又感慨深沉。

---

① 李调元:《赋话》卷二,《丛书集成初编》本,北京:中华书局,1985年,第18页。
② 马积高主编:《历代辞赋总汇》,长沙:湖南文艺出版社,2014年,第2438~2439页。

接下来的四段分写盛衰。前三段写盛,极力铺陈馆娃宫当年的壮丽景象与夫差醉生梦死的生活:有丹楹绣柱构筑桂殿兰房,有碧树科曦掩映绿窗珍禽,移楚峡、凿殷池、欺春光、却曙色,珠翠族来、笙簧拥出,穷极奢华、只为西施。后一段写衰:甲马飞蹄,居然不察;琼楼灭没,只在旦夕。第六段归咎缘由。末二段悲叹物是人非,警戒后来之君。这篇赋前半写盛,后半写衰,末归讽谏,以馆娃宫为线索,以吴王为主体,而将讽谏对象扩大到一切荒淫之君,义同《阿房宫赋》,体异古赋,殊为难得。

《景阳井赋》写陈后主亡国投井事。陈后主陈叔宝与南唐后主李煜一样钟爱文艺,虽皆荒淫亡国,却非残暴之君,魏征曾以史臣身份评论说:

> 后主生深宫之中,长妇人之手,既属邦国殄瘁,不知稼穑艰难。初惧阽危,屡有哀矜之诏,后稍安集,复扇淫侈之风。宾礼诸公,唯寄情于文酒,昵近群小,皆委之以衡轴。谋谟所及,遂无骨鲠之臣,权要所在,莫匪侵渔之吏。政刑日紊,尸素盈朝,耽荒为长夜之饮,嬖宠同艳妻之孽,危亡弗恤,上下相蒙,众叛亲离,临机不寤,自投于井,冀以苟生,视其以此求全,抑亦民斯下矣。①

国既衰危,已复寄情文酒、昵近群小,临事仓皇、藏匿无所,实在可笑而又可悲。赋即写陈叔宝亡国时的窘迫无措、景阳旧井的荒凉萧条与后来之人的惆怅悲伤:台城残破、旧井苔生,可叹万乘之主,曾经投身至此;携绿鬓、委鸿业,最是仓皇逃窜日,犹伴美人现;花朝荒凉、雨夜滴沥,莫可追寻,怎堪怅恨?一篇之中"悲"字三现:"盖悲万乘之尊,投身到此。""虽虚中而可鉴,终彻底以堪悲。""盖悲鲋蛰之穴,不见龙潜之地。"②可知作者命意与心绪。尤其最后一"悲",将陈叔宝避匿鲋蛰之穴,对比汉高龙潜之事③,意味更加深长,韦庄诗云"六朝如梦鸟空啼""无情最是台城柳",可为此赋背景。

《水殿赋》则声讨隋炀帝之罪行,水殿即隋炀帝巡幸江都时所乘的豪华游船。赋极言龙舟水殿之豪奢:碍日凌空、诡状奇形,彩饰雕镂、羽毛琼璧,"镜豁四隅,远近之风光写入;花明八表,古今之壮丽攒将"。然后写天子纵游的场景:旌旗遍野、触处歌钟,"三十六宫之云雨,顷洞随来;一千余里之

---

① 姚思廉撰:《陈书》卷六,北京:中华书局,1972年,第119页。
② 马积高主编:《历代辞赋总汇》,长沙:湖南文艺出版社,2014年,第2434页。
③ 《太平御览》"服用部十二·杖"载刘邦被项羽战败后曾遁匿厄井,时有鸠鸣其上、蜘蛛网其口,道者以为无人,遂得脱。

烟尘,冥蒙扑去。百幅帆立,千夫脚奔。上摇乌兔,下窜蛟鼋"。然而物因人祸,暴君之咎,殃及船驾,"銮辂而飘成覆辙,楼船而堕作沉舟""血化兆庶,财殚万有"。① 相较而言,此赋主旨较为集中。

此外有王棨《端午日献尚书为寿赋》、蒋凝《望思台赋》、欧阳玭《野人献日赋》等,都属假史讽谏类。《端午日献尚书为寿赋》写苏威借献书提醒君王勿亡国家安全事。《野人献日赋》将野人献日故事的讽刺对象转向主上,并直指"狼政""虎吏"之恶。《望思台赋》写汉武帝悲思戾太子据因巫蛊事件被迫自杀事,批评汉武帝"非唯灭天性,害人情,抑亦伤国体,败家声"。

3. 传载异闻、以赋叙事

感伤历史、讥讽时世而外,晚唐律赋中还有不少以异闻传奇、游侠仙道、寓言神话之类为题材的、文学色彩更浓郁的作品。

史不乏庞杂之传,赋则写传闻佚事,如王棨《三箭定天山赋》、黄滔《以不贪为宝赋》《汉宫人诵洞箫赋赋》《陈皇后因赋复宠赋》《戴安道碎琴赋》《魏侍中谏猎赋》《误笔牛赋》等写人之赋,即以一时一事的传奇异闻为题材。

《以不贪为宝赋》标榜子罕"洁己虚中、禀其清贞"的品格。《三箭定天山赋》写薛仁贵的英勇气概与精湛武艺,情节紧张、人物鲜活。《汉宫人诵洞箫赋赋》再现汉代辞赋吟诵情景,于赋体文学特质的理解不无价值。《陈皇后因赋复宠赋》也写赋林美事,兼及陈皇后深锁长门之史。赋末两句意味深长:"方今妃后悉承欢,不是后贤无此作。"一面颂赞大唐君主的圣明,一面说明后贤不比前人差,再联系景帝不好辞赋而司马相如客游梁王之事,可知这话里植入了赋家个人的自信与期望。黄滔另有《司马长卿》诗云:"一自梁园失意回,无人知有揽天才,汉宫不锁陈皇后,谁肯量金买赋来。"可为佐证。浦铣即注意到了黄滔这种委婉含蓄的自荐法:"作文须自置地步,不可一味作干谒语。黄滔《汉宫人诵洞箫赋赋》结云:'洞箫之作兮何代无,谁继当时之讽诵?'《陈皇后因赋复宠赋》结云:'方今妃后悉承欢,不是后贤无此作。'"② 可知《汉宫人诵洞箫赋赋》也有才期可用之意。《戴安道碎琴赋》写魏晋名士戴逵不肯为王门伶人事,《误笔牛赋》则写另一名士王献之误笔画牛事,均属遗闻琐事。

更有仙道游侠之赋,如王棨《吞刀吐火赋》《诏遣轩辕先生归罗浮旧山

---

① 马积高主编:《历代辞赋总汇》,长沙:湖南文艺出版社,2014年,第2436页。
② 浦铣:《复小斋赋话》卷下,见王冠辑:《赋话广聚》第四册,北京:北京图书馆出版社,2006年,第769页。

赋》《梦为鱼赋》《元宗幸西凉府观灯赋》《四皓从汉太子赋》、黄滔《白日上升赋》、宋言《渔父辞剑赋》《效鸡鸣度关赋》等。

《吞刀吐火赋》以"方士有如,此之术焉"为韵,记录来自西域的吞刀吐火之术。赋写杂技表演云:"俄而精钢充腹,炽烈交颐。冈有剖心之患,曾无烂额之疑。寂影灭以光沉,霜锋尽处;炯霞舒而血喷,朱焰生时。素刃兮倏去于手,红光兮遽腾其口。始蔑尔以虹藏。竟爚然而电走。隐于笑语,回看而韔琫皆空;出自咽喉,旁取而榆檀何有。"①细腻传神,摄人心魄。汉大赋如张衡《西京赋》中早有歌舞百戏包括杂技的描写,甚有"吞刀吐火,云雾杳冥"之句,说明赋写杂技,由来有自,吞刀吐火,中国本擅,王棨此赋一则说明律赋之体已然包容有广泛的内容,一则可见大唐之朝胸纳万有的开放状况。

《诏遣轩辕先生归罗浮旧山赋》写唐宣宗情知罗浮山人轩辕集难留京师而诏遣归山之事。赋云"虽则临治,皆思养生。是以深殿延伫,安车远迎。久处彤闱,恐郁池鱼之性;永怀碧洞,难忘云鸟之情……道尊而不顾名位,德重而如加黻冕……别后而岚光未老,来时之春色犹存。白鹿青牛,却放烟霞之境;玉芝瑶草,终承雨露之恩。懿夫来协皇情,去全真趣。"②既交代了原委,又安排了结局,并强调仙道与君臣的和合。

《梦为鱼赋》写梁世子"宴息而魂交成梦,分明而身化为鱼"事。赋末云:"其梦也何乐如之,其觉也何愁若斯。复是鱼由我变,抑当我本鱼为。庄生化蝶之言,昔时未信;公子为鸟之验,今日方知。悲夫!何事蓬然,欲思咸若。良由尘世之多故,难及深渊之或跃。人兮不因一梦之中,岂信濠梁之乐。"主旨正是韵语所示:"故知人生,不似鱼乐。"③《梁书》原文任性逍遥之旨更为直白:"吾尝梦为鱼,因化为鸟。方其梦也,何乐如之,及其觉也,何忧斯类,良由吾之不及鱼鸟者远矣。故鱼鸟飞浮,任其志性,吾之进退,恒存掌握。举首惧触,摇足恐堕。若使吾终得与鱼鸟同游,则去人间如脱屣耳。"④

《元宗幸西凉府观灯赋》中玄宗和天师至西凉府赏灯途中假借的是神仙道术。《四皓从汉太子赋》颂美的也是道隐人物。黄滔《白日上升赋》专

---

① 马积高主编:《历代辞赋总汇》,长沙:湖南文艺出版社,2014年,第2315页。
② 马积高主编:《历代辞赋总汇》,长沙:湖南文艺出版社,2014年,第2295页。
③ 马积高主编:《历代辞赋总汇》,长沙:湖南文艺出版社,2014年,第2317页。
④ 姚思廉撰:《梁书》卷四十四,北京:中华书局,1973年,第619页。

写修道炼丹白日升天之事,更属道家神仙方术。宋言《渔父辞剑赋》《效鸡鸣度关赋》,一写渔父渡伍子胥奔吴事,一写孟尝君门客效鸡鸣助孟尝君出秦关事,皆属下层豪侠、游士,可知晚唐律赋所道人事确有大众化的趋势。

王棨《蟭螟巢蚊睫赋》、黄滔《狎鸥赋》可称寓言之作,王棨《神女不过灌坛赋》则涉乎神话。

《蟭螟巢蚊睫赋》取材于《晏子春秋·景公问天下有极大极细晏子对第十四》,说东海有虫,巢于蚊睫,再乳再飞,而蚊不为惊,是天下之极细者。赋的本意在"齐其大小",并表达众生平等、无莫无适的处世态度,故曰:"想夫影与尘混,身将道俱。察其生而洪纤则别,论其分而物我何殊。似菌朝生,不羡千春之寿;如蜩秋起,无惭六月之图。"但现世人生并非如此,所以赋末云:"悲夫,谓无至道者多,信有兹虫者少。盖述齐物之域,未遂忘形之表。若能效三月以齐心,必见斯虫而不小。"中间写细物之小颇能讲求视角的变化,或说耳聪目明的师旷、离娄也不能闻、见:"离娄仰视,莫得见其形容;师旷俯听,曾未闻乎声响。"或以蟭螟的视角看蚊,说:"仰观厥首,谓如山岳之崇;旁睨其肩,意似丛林之大。"①这样的描写细腻而生动。蟭螟之小也容易让人想到蜗角触蛮,白居易即有诗云:"蟭螟杀敌蚊巢上,蛮触交争蜗角中。应似诸天观下界,一微尘内斗英雄。"(《禽虫十二章》之七)取的是触蛮之争的寓意。

《狎鸥赋》叙海童狎鸥事,本于《列子·黄帝》寓言:"海上之人有好沤鸟者,每旦之海上,从沤鸟游,沤鸟之至者百住而不止。其父曰:'吾闻沤鸟皆从汝游,汝取来,吾玩之。'明日之海上,沤鸟舞而不下也。"②赋以大半篇幅铺陈海童与白鸥相狎以遨游,谓其"同心而同德""不忮而不求",同游于碧海青天:"海镜秋碧,天蓝霁青。磨开桂月于浩渺,画出蓬山于杳冥。"其间又特别礼赞海鸥的超凡脱俗:"异鸡群之迥处,殊莺谷之高迁。"最后才回到父骇其能命其执取而终于无望的故事与主题:"才及入笼之念,已兴登俎之疑。潮满沧洲,游泳空期于水际。日生丹壑,翱翔邈在于云湄……所谓祸机中藏,物情外释。"③心动于内,形变于外,莫见乎隐,莫显乎微,人有机心,必有机巧。连禽鸟都可以察觉到人的机心,更何况能知微见著的人心。所以要忘却功名、摒弃机巧,方可逍遥自适,恬淡安逸。

---

① 马积高主编:《历代辞赋总汇》,长沙:湖南文艺出版社,2014年,第2317页。
② 杨伯峻撰:《列子集释》,北京:中华书局,1979年,第67~68页。
③ 马积高主编:《历代辞赋总汇》,长沙:湖南文艺出版社,2014年,第2436页。

《神女不过灌坛赋》出自张华《博物志》:"太公为灌坛令,武王梦妇人当道夜哭,问之,曰:'吾是东海神女,嫁于西海神童。今灌坛令当道,废我行。我行必有大风雨,而太公有德,吾不敢以暴风雨过,是毁君德。'武王明日召太公,三日三夜,果有疾风暴雨从太公邑外过。"①赋的首段即已交代事情经过原委:"有女维神,徘徊恨新。既入文王之梦,方明尚父之仁。君莅灌坛,自其来而有感;妾临西海,将欲过以无因。"中间有不少议论评赞,结尾点出主旨:"则知执德感幽者系乎真,操心誉物者由乎正。苟在神而犹惧,岂于人而不敬。"②与《博物志》一样希望国君广施仁政,以减缓天灾人祸。

(四)论议说理

晚唐律赋中还有不少论理之作,如王棨《贫赋》《一赋》《圣人不贵难得之货赋》、黄滔《课虚责有赋》《知白守黑赋》《融结为河岳赋》《曲直不相入赋》等。大多以老庄思想为本,或宣扬安贫乐道、韬光养晦的处世态度,或阐述寂思静虑、冲和恬淡的创作主张,或探究天地山川的形成方式。与儒家政教之道显然也有乖离。

总之,晚唐律赋的题材、主题不再局限于冠冕正大的王道教化,一些关于个我生活的经历与情感,一些融注着感伤气息的历史场景,一些应和着好奇尚新欲望的传闻异事,一些满溢着老庄安静淡泊的思想与态度比较多地出现在这时的赋作当中。王铚在《四六话》序中说:"唐天宝十二载,始诏举人策问外,试诗、赋各一首,自此八韵律赋始盛。其后作者如陆宣公、裴晋公、吕温、李程,犹未能极工。逮至晚唐,薛逢、宋言及吴融出于场屋,然后曲尽其妙。然但山川草木、雪风花月,或以古之故实为景题赋,于人物情态为无余地。若夫礼乐刑政、典章文物之体,略未备也。"③礼乐刑政、典章文物不备,而山川草木、风花雪月大兴,说的就是这个总的趋势。

三、晚唐律赋体式新变

律赋的程式化在中唐实已完备,但形式上的技巧到了晚唐才能算"曲尽其妙"④,应试士子长年的钻研与社会风气普遍的熏陶已使律赋成为无往而不适的表达工具。而王朝的衰落、仕途的阻滞与文体形式本身的发

---

① 张华撰,范宁校证:《博物志校证》卷七,北京:中华书局,1980年,第84页。
② 马积高主编:《历代辞赋总汇》,长沙:湖南文艺出版社,2014年,第2298~2299页。
③ 王铚:《四六话·序》,《丛书集成初编》本,上海:商务印书馆,1936年,第1页。
④ 王铚:《四六话·序》,《丛书集成初编》本,上海:商务印书馆,1936年,第1页。

展,又使心气落暮、游离主流、暗习典重雅正风格的赋家们,尝试以别样的形式表达自己的愿望、展现自己的才情。这别样的形式总的来说是趋向于文学化、趣味化、通俗化的,叙事的成分日益加重,手法也逐渐多样。而这期间律赋整个的风貌,也不免染上了时代的悲凉色彩。所以晚唐律赋形式体貌上的新变主要体现在章句益工、叙事益巧、格调悲凉与意绪幽怨三个方面。

(一) 章句益工

"章句益工"是李调元对晚唐律赋的评价:"逮乎晚季,好尚新奇……争妍斗巧,章句益工。"①传统所谓"妍巧""工丽"是就对仗、押韵、用典与炼字琢句等技法而言的。对仗是骈文辞赋尤其律赋的基本要求,对仗之巧,贵在精工,故余丙照在《增注赋学指南·论裁对》中说:"赋之对仗,贵极精工。骈四俪六,对白抽黄,所谓律也。大凡天地之物,莫不有偶……务必悉去陈言,独标新颖。或参以干支,或配以颜色,或以假借见巧,或以流水见活,方能自开生面,不落恒蹊。但巧不可入纤,工不可伤雅耳!"②可知赋中对仗既讲精工又贵自然。

晚唐王棨、黄滔尤其黄滔律赋对仗种类繁多、技法新颖,如:

盖悲万乘之尊,投身到此;岂为一泓之故,举世惊神。(《景阳井赋》)

羽卫参差,拥翠华而不发;天颜怆恨,觉红袖以难留。(《明皇回驾经马嵬赋》)

凄凄漠漠,零露蒙作;杳杳冥冥,劲风吹成。(《秋色赋》)

罗列靡惭于交契,固类朋游;参差罔愧于弟兄,还同雁序。(《狎鸥赋》)

柳丝两岸,袅为朱槛之春;水调千声,送下青淮之日。(《水殿赋》)

奔天下之二分,岂惟雨骤;擎雒中之九鼎,宁止波旋。(《周以龙兴赋》)

倾北园,骇南国。(《陈皇后因赋复宠赋》)

雨过而光腾鲛室,扇回而影动龙宫。(《珠尘赋》)

---

① 李调元:《赋话》卷二,《丛书集成初编》本,北京:中华书局,1985年,第11页。
② 余丙照:《增注赋学指南》,见王冠辑:《赋话广聚》第四册,北京:北京图书馆出版社,2006年,第147页。

有流水对、错综对、叠字对、双声对、颜色对、数字对、方位对、四六对、七七对、长股对……有工有巧，别出心裁。①

用典作为律赋的基本要求，可使文约辞丰、意味兴长。或用古事，或引成辞，或明用，或暗用，或正用，或反用，用典隶事早在六朝就已积累了大量经验与技法。在律赋中不仅赋文可用典，命题限韵还常出典。晚唐律赋用典较之前代更加精切巧密而又不露痕迹。如王棨《凉风至赋》中的句子："恨添壮士，朝晴而易水寒生；愁杀骚人，落日而洞庭波起。""虚槛清泠，颇惬开襟之子；衡门凄紧，偏惊无褐之人。""张翰庭前暗度，正忆鲈鱼；班姬帐下爱来，已悲纨扇。"李调元称"晚唐律赋较前人更为巧密……辅文则锦心绣口，丰韵嫣然，更有渐近自然之妙"。②又如王棨《琉璃窗赋》云："碧鸡毛羽，微微而雾縠旁笼；玉女容华，隐隐而银河中隔。"上用宋处宗"鸡窗"事，下用《鲁灵光殿赋》"玉女窥窗"句，浦铣称其"精切而无痕迹"。③王棨更有《一赋》，全篇都是与"一"有关的典故，真是天下奇文。李调元也有举例评论："'鹗百鸟而匪匹，龙三人而共为'。又：'虽云管仲能匡，因成霸业；未若萧何如画，永作邦基。'句句暗藏'一'字，说来仍有片段，良工镶嵌，巧不可阶。"④

王棨、黄滔等晚唐律赋家的炼字琢句之功也颇得前人赞誉。李调元说黄滔律赋"美不胜收"，并谓其"句雕字琢，务去陈言，是诗中东野、长江一辈人"；说王棨《江南春赋》"句法处处变化""字字写尽江南春色"⑤。说黄滔"戛戛独造，不肯一字犹人"，说王棨"锦心绣口，风韵嫣然"，并以"一时之瑜、亮"，及镂金错彩的颜光禄与初日芙蓉般的谢康乐品题两人。⑥

炼字可以在词类、词性、词意等细微之处下功夫，琢句则还须考虑句式的不同与搭配，使其既齐整又富于变化。据《新唐书·艺文志》载，黄滔曾纂《泉山秀句集》30卷，可见对于秀句的讲求是有自觉意识的。

（二）叙事益巧

这别样的形式总的来说是趋向于文学化、趣味化、通俗化的，叙事的成

---

① 陈汉鄂《黄滔律赋研究》、赵俊波《中晚唐赋分体研究》等有较为详细的分类举例，可以参看。
② 李调元：《赋话》卷二，《丛书集成初编》本，北京：中华书局，1985年，第13页。
③ 浦铣：《复小斋赋话》卷下。见王冠辑：《赋话广聚》，北京：北京图书馆出版社，2006年，第747页。
④ 李调元：《赋话》卷三，《丛书集成初编》本，北京：中华书局，1985年，第21页。
⑤ 李调元：《赋话》卷一，《丛书集成初编》本，北京：中华书局，1985年，第14页。
⑥ 也可参阅庞国雄《黄滔律赋研究》、赵俊波《中晚唐赋分体研究》的相关论析。

分日益加重,手法也逐渐多样。或重情节,或主形象,或假问答构建框架,或以夸饰虚张故事。

1. 叙事完整,情节曲折

所谓重情节,是指以叙事为本,讲求叙事完整、情节曲折。晚唐律赋尤其王棨、黄滔以史事为题材的赋作,如黄滔《周以龙兴赋》、王棨《手署三剑赐名臣赋》《四皓从汉太子赋》《耕弄田赋》《三箭定天山赋》等大多推衍史书,在意事件本身的叙述。

黄滔《周以龙兴赋》开篇总说周朝起自岐梁岍陇,得吕望之助,迁九鼎于洛邑,如鸣凤龙兴,能止雨旋波,故延国祚八百年。以下则以龙为喻,铺陈文、武能屈能伸或下蛰或高翔,而终于规天矩地的品德与功业:

> 观夫或屈或伸,非假非真。泽霈六合,恩濡兆民。以息虞芮,作在田之迹。以却夷齐,为逆物之鳞。掀陆海之波涛,固殊鲸浪;扩九重之宫室,肯类鲛人。
>
> 则知指纵而或仗爪牙,善战而靡资血肉。火兵戈而虽假烧尾,镜古今而未尝寐目。遂使盟津契会,此时莫愧于云从。羑里栖迟,昔日何伤于鱼服。
>
> 下蛰如此,高翔曷量。于蛮貊而虫沙附,申忠信而鼚鼓张。足以雄飞革命,首冠兴王。驾木德于震宫,苍然被彩。应阳精于乾象,赫矣飞光。
>
> 所谓建皇基,立宝位,模日楷月,规天矩地。非三圣之尤异,焉可以神物而取类。邈罔象,乘鸿濛,奔霆迸电,驱雷走风。非四灵之感通,焉可以与周而同功。①

内止虞、芮之争,使民相让,此其"能屈";外拒夷、齐之谏,破商立国,此其"能伸"。栖迟羑里,鱼服潜隐,是谓"下蛰";契会盟津,革命兴王,是谓"高翔"。由此建皇基,立宝位,义类三圣,功同四灵。功成之后,武王释囚表贤、发粟散财,偃戈息武、放牛归马,以彰圣德。德不孤必有邻,武王有能臣十人,天下得以大治,德不薄必有报,周之文、武皆得福报,寿过九十,故曰:"寿九龄而豢十乱,振奋无穷。"赋虽述德颂圣、赞美王化,而终以周朝灭商建国为主骨,所述又本于史家之文献,如《史记》之《殷本纪》《周本纪》《齐

---

① 马积高主编:《历代辞赋总汇》,长沙:湖南文艺出版社,2014年,第2431~2432页。

太公世家》《伯夷列传》等,颇具史诗品格,允称"史赋"。

王棨《手署三剑赐名臣赋》事出《后汉书·韩棱传》:"显宗知其忠,后诏特原之。由是征辟,五迁为尚书令,与仆射郅寿、尚书陈宠,同时俱以才能称。肃宗尝赐诸尚书剑,唯此三人特以宝剑,自手署其名曰:'韩棱楚龙渊,郅寿蜀汉文,陈宠济南椎成。'时论者为之说:'以棱渊深有谋,故得龙渊;寿明达有文章,故得汉文;宠敦朴,善不见外,故得椎成。'"①王棨赋以"特书嘉号,用奖贤能"为韵,主旨也在颂美,但还是以叙事为本,其间以三股对分述韩棱、郅寿、陈宠三人的才华功绩,颇为壮观:

  一则薛烛未逢,风胡不识。提携可助于雄勇,佩服必资其挺特。能使巨阙惭价,豪曹失色。乃署龙泉之名,以表韩棱之德。
  一则龙藻日耀,霜风雪凝。麾之而氛祲以歇,带之则威仪可聆。斯亦刺钟难媲,斩马奚称。乃署汉文之号,以旌郅寿之能。
  一则利可卫身,威能禁暴。慊项伯以将舞,宜赵王之所好。岂羡乎五色奇形,千金美号。乃署椎成之字,以彰陈宠之操。②

《四皓从汉太子赋》原本《史记·留侯世家》,叙"四皓"出山,辅佐汉太子事,而其重点,全在宴会间四皓出席及与高皇对话的描写:"洎安车奉迎之后,当彤亭侍宴之日。森尔离立,皤然间出。似八公而少半,疑五老而无一。高皇问曰……乃言曰……上曰……对曰……帝曰:空劳逋客,来抚藐尔之孤;可谢周人,已有良哉之辅。"如此内容,纯属场景再现,其中关于四皓出场的描写,更出乎意料,平添情趣于内。

讲求情节曲折的还有《沛父老留汉高祖赋》《元宗幸西凉府观灯赋》等,既交代整个事情的来龙去脉,又注意层次与视角的变化,直可以当叙事文学作品来读。所以李调元读《沛父老留汉高祖赋》后感慨:"以题之曲折,为文之波磔,指点生动,不寂不喧,此妙为王郎中所独擅,如《四皓辅太子》《西凉府观灯》等作,意匠皆同,而此篇尤脍炙人口。"③

《耕弄田赋》,原本《汉书·昭帝纪》,叙汉昭帝耕田劝农事。《三箭定天山赋》,原本《旧唐书·薛仁贵传》,写薛仁贵统兵征高句丽事。一皆以叙事为本。

---

① 范晔撰,李贤等注:《后汉书》,北京:中华书局,1965年,第1535页。
② 马积高主编:《历代辞赋总汇》,长沙:湖南文艺出版社,2014年,第2301页。
③ 李调元:《赋话》卷一,《丛书集成初编》本,北京:中华书局,1985年,第31页。

2. 形象鲜明,生动活泼

叙事而必写人,所谓主形象,一则说有些赋原本就以写人为主,再则说注意细节描写、看重形象构建。王棨《四皓从汉太子赋》《三箭定天山赋》《手署三剑赐名臣赋》《沛父老留汉高祖赋》《诏遣轩辕先生归罗浮旧山赋》、黄滔《以不贪为宝赋》《汉宫人诵洞箫赋赋》《陈皇后因赋复宠赋》《戴安道碎琴赋》《魏侍中谏猎赋》《误笔牛赋》等,都是叙事而兼写人的。其间有不少生动真切的形象。如王棨《三箭定天山赋》写薛仁贵的英明神武:"军压亭障,营临塞垣……将军于是勇气潜发,雄心自论。拈白羽以初抽,手中雪耀;攀雕鞍而乍逐,碛里星奔。由是控彼乌号,伸兹猿臂。军前而弦开边月,空际而髇鸣朔吹。"①如黄滔《戴安道碎琴赋》写戴逵的秉性高洁:"杳沓区区,何人戒途。白屋忽惊于嘶马,朱门欲俟于啼乌。焉有平生,探乐府铮钣之妙。爰教一旦,厕侯门戛击之徒。于是贲出月窗,毁于蓬户。掷数尺之鸾凤,飒一声之风雨。朱弦并断,类冰泉裂石以丁零。玉柱交飘,误陇雁惊弓而飞聚。"②再如黄滔《误笔牛赋》写王献之的神思妙笔:"当其团扇羽轻,素缯云薄。搦金管以如涌,露秋毫而似削。莫不伫思翔鸾,澄神丹鹊。临风缅想,满轮之桂月铺开。对景叹嗟,一点之松烟飘著。隐映瑕匿,依稀漆浓。既黑白之斯异,顾东西而曷从。南容之玷难磨,空伤往事。曹氏之蝇可学,遂展奇踪。于是逐手摘成,随宜演出。斯须亡堕落之所,顷刻见下来之质。"③莫不栩栩如生、跃然纸上。

3. 夸张虚饰,情同传奇

晚唐律赋叙事写人既重细节,又用夸张虚饰,情同传奇,堪比古赋。如王棨《三箭定天山赋》写三箭神效,第一箭云:"将军于是勇气潜发,雄心自论。拈白羽以初抽,手中雪耀;攀雕鞍而乍逐,碛里星奔……声穿劲甲,俄骇胆于千夫;血染平沙,已僵尸于一骑。斯一箭之中也,尚猖狂而背义。"第二箭云:"是用再调弓矢,重出麾幢……赤羽远开,骋神机而未已;胡雏又毙,惊绝艺以无双。斯二箭之中也,犹凭陵而未降。"第三箭说:"又流镝以虻飞,复应弦而狼狈。斯三箭之中也,遂定七戎之外。"④惊天绝艺,骇人听闻,这样的夸饰于传奇俗讲不无相通之处。《元宗幸西凉府观灯赋》写玄宗

---

① 马积高主编:《历代辞赋总汇》,长沙:湖南文艺出版社,2014年,第2310页。
② 马积高主编:《历代辞赋总汇》,长沙:湖南文艺出版社,2014年,第2441页。
③ 马积高主编:《历代辞赋总汇》,长沙:湖南文艺出版社,2014年,第2442页。
④ 马积高主编:《历代辞赋总汇》,长沙:湖南文艺出版社,2014年,第2310页。

凭妙术远游西凉云:"于是请宸游,凭妙术,将越天宇,俄辞宣室,扶风辇以云举,揭翠华而飙疾。不假御风之道,倏忽乘虚;如因缩地之方,逡巡驻跸。已觉夫关陇途尽,河湟景新,到沓杂繁华之地,见骈阗游看之人。"①不假御风,倏忽往来,全凭虚构,实同小说家言。

4. 偶用问答,构建框架

像古赋一样采用问答构篇也是律赋叙事性加强的重要表现。如王棨《贫赋》,即虚构温足公子、繁华少年与宏节先生对话答问而展开故事,以说明贫穷而自若的道理。赋先言宏节先生安贫乐道:"每入樵苏之给,长甘藜藿之羹。或载渴以载饥,未尝挫念;虽无衣而无褐,终自怡情。其居也,满榻凝尘,侵阶碧草。衡门度日以常掩,环堵终年而不扫。荒凉三径,重开蒋诩之踪;寂寞一瓢,深味颜回之道。"然后以"温足公子"与"繁华少年"发问,询问其何以能坦然自若:"先生迹似萍泛,家如磬悬。且何道而自若,复何心而宴然。"接下来是宏节先生连用司马相如、东郭先生、曾子、袁安、原宪、荣启期、朱买臣、王猛、杨素、陈平等多人事迹,以表达乐天知命的思想。最后是"二子"相顾顿悟,终于明白"君子固穷,小人穷斯滥矣"的道理。② 这样的道理本来很普通,一味铺陈必然乏味,虚构人物,设置场景,往来问对,庶可使理与事合,有所依凭。再如上文所述《四皓从汉太子赋》,也主要靠人物对话组织篇章,所以场面感很强。其他如《沛父老留汉高祖赋》《诏遣轩辕先生归罗浮旧山赋》《樵夫笑士不谈王道赋》《耕弄田赋》《延州献白鹊赋》《阙里诸生望东封赋》等,都多少有些问对的痕迹。

从中唐到晚唐五代,律赋用对问体是逐渐增多的,赵俊波先生曾统计王起、李程、王棨、徐寅四人律赋用对问体的比例,分别占赋作总数的9%、8%、29%、31%③,正好能说明这一趋势。其他如赵俊波先生所述的流水对的频繁使用、上下句句意的频繁转折变换、十字或十二字句法的大量使用、语言的流畅平易等,也使律赋趋于散化。

(三)格调悲凉与意绪幽怨

"出寺马嘶秋色里,向陵鸦乱夕阳中"(温庭筠《开圣寺》);"英雄一去豪华尽,惟有青山似洛中"(许浑《金陵怀古》)。王朝末期惯有迟暮与衰飒,在

---

① 马积高主编:《历代辞赋总汇》,长沙:湖南文艺出版社,2014年,第2294页。
② 马积高主编:《历代辞赋总汇》,长沙:湖南文艺出版社,2014年,第2311~2312页。
③ 详见赵俊波:《中晚唐赋分体研究》,北京:中国社会科学出版社、华龄出版社,2004年,第378页。统计包括仅有对或仅有问者。

晚唐更加强烈。这时的士人，由盛唐的豁达进取、中唐的坚韧康健，变得感伤落寞。司空图《二十四诗品》中的"悲慨"品或可用来概括这一时代的特征与情怀："大风卷水，林木为摧。适苦欲死，招憩不来。百岁如流，富贵冷灰。大道日丧，若为雄才。壮士拂剑，浩然弥哀。萧萧落叶，漏雨苍苔。"文学是时代的表征，个体的生老病死、悲欢离合，时代的动荡混乱、衰微没落，历史的无情冷漠、直截简傲，都可通过文学这一社会的神经淋漓尽致地展现出来。源于对现实社会、群体政治、当下世界的失望与逃避，晚唐律赋也开始关注自然山水、个体爱情与历史兴衰，并于题材、语词、意象间普遍流露出感伤的意绪。

自然是对世俗的游离，爱情是为了回归真我，缅怀历史往往是因为感慨当下。所以王棨《江南春赋》以六朝故地的春色反衬帝国的衰落，《秋夜七里滩闻渔歌赋》在秋夜渔歌里寄寓着士人的"歧路之愁"与"江湖之趣"，《凉风至赋》在各类种种的迎风忧思中隐含着作者的忧世之情，王棨《元宗幸西凉府观灯赋》、黄滔《馆娃宫赋》《明皇回驾经马嵬赋》《水殿赋》《景阳井赋》《送君南浦赋》《秋色赋》《汉宫人颂洞箫赋赋》《陈皇后因赋复宠赋》、郑浚《吹笛楼赋》，等等，莫不在自然的形塑、历史的缅怀与爱情的书写中抒发末世的哀愁与个我的感伤。

晚唐律赋，非特以古事及山水、爱情为题，"寓悲伤之旨"，字里行间、语词意象也处处弥漫着幽怨伤感的气氛。

> 一自风灭兰釭，云迎羽客。尘昏蕃塞之草，烟暝秦陵之柏。空令思唐德之遗民，最悲凉于此夕。（王棨《元宗幸西凉府观灯赋》）
>
> 且夫名利犹存，津梁未绝。苟四方之志斯在，则五夜之情徒切。然哉，吾生既异于匏瓜，又安得不伤乎离别。（王棨《离人怨长夜赋》）
>
> 烟幂历以堪悲，六朝故地；景葱茏而正媚，二月晴晖。（王棨《江南春赋》）
>
> 三山迢递在何处，万姓凄凉无见时。宫商之杳眇难寻，云消雨散。榱桷之倾欹若此，月惨风悲。（郑浚《吹笛楼赋》）
>
> 舞榭歌台，朝为宫而暮为沼；英风霸业，古人失而今人惊。（黄滔《馆娃宫赋》）
>
> 幂幂而云低茂苑，谢客吟多；萋萋而草夹秦淮，王孙思起。（王棨《江南春赋》）

几多嫩绿,犹开玉树之庭;无限飘红,竞落金莲之地。(王棨《江南春赋》)
　　日惨风悲,到玉颜之死处。花愁露泣,认朱脸之啼痕。莫不积恨绵绵,伤心悄悄。(黄滔《明皇回驾经马嵬赋》)
　　六马归秦,却经过于此地;九泉隔越,几凄恻于平生。(黄滔《明皇回驾经马嵬赋》)
　　青铜有恨,也从零落于秋风。碧浪无情,宁解流传于夜壑。(黄滔《景阳井赋》)
　　荒凉四面,花朝而不见朱栏。滴沥千寻,雨夜而空啼碧溜。(黄滔《景阳井赋》)
　　莫可追寻,玉树之歌声邈矣;最堪惆怅,金瓶之咽处依然。(黄滔《景阳井赋》)

有"悲"自有感,无"伤"亦有恨,写景、叙事、写人,晚唐律赋大多带有幽怨的色彩与悲凉的意绪。

赋体本是内涵涵盖极广、形式变化最多的文体。国祚的衰微与士人个体的困窘,再加上文体本身的交互、破立,使晚唐律赋日益典正雅重、雕琢精巧的同时,也出现了题材上的开拓与形式上的新变。这些新变既说明了赋体文学无往而不在的生命活力,又暗示它将以各种具体的要素弥散于各种新的文体当中。

第五节　唐代俗赋及其叙事艺术

散赋、骈赋、骚赋、诗赋、律赋、新文赋诸体之外,唐代俗赋因其故事性、娱乐性、通俗性、民间性而"尤有一种夺目的异彩"[1],考察唐代俗赋的由来与去向、探究俗赋的叙事特性及其与各种文体文艺的关联,对于了解唐赋的成就、赋体演变的多重线索与脉络,乃至文体文艺间的依附与互渗,都有重要的意义。

一、俗赋的命名与衍变

前人谈艺,每将"古""雅"与"今""俗"连举对称,刘熙载在《艺概》中即

---

[1] 马积高:《赋史》,上海:上海古籍出版社,1987年,第11页。

以"俗赋"比对"古赋":

> 赋之尚古久矣。古之大要有五:性情古,义古,字古,音节古,笔法古。
>
> 古赋难在意创获而语自然,或但执言之短长、声之高下求之,犹未免刻舟之见。
>
> 古赋调拗而谐,采淡而丽,情隐而显,势正而奇。
>
> 古赋意密体疏,俗赋体密意疏。
>
> 俗赋一开口,便有许多后世事迹来相困蹶。古赋则越世高谈,自开户牖,岂肯屋下盖屋耶?①

刘熙载论赋之古、俗,是就整体风格而言的,与祝尧《古赋辨体》的古赋观大略相同。如果一定要追索体裁、体制意义上"古赋"与"俗赋",则隐然对应于骚赋、辞赋与骈赋、律赋,因为在很多著述中,"古赋"往往与"律赋"相提并论,更有如徐师曾《文体明辨》者,以"古赋""俳赋""律赋""文赋"四分赋体。即便如此,这些"古""律""雅""俗"之分,还是可以统归于文人典雅之作。

20世纪初,敦煌藏经洞赋体作品的重现及其迥异于传统文人赋的风格,使"俗赋"这一概念的指称对象发生变化,并附着有文体学的意义。

面对这批作品,先期的研究家们,如郑振铎、容肇祖、傅芸子等,曾使用过"小品赋""白话赋""民间赋"之类的概念②,后来者如林庚、程毅中、游国

---

① 刘熙载撰:《艺概》卷三《赋概》,上海:上海古籍出版社,1978年,第101页。
② 郑振铎《中国俗文学史》第五章《唐代民间歌赋》称《晏子赋》为"幽默和机警的小品赋",称《韩朋赋》是"很沉痛的一篇叙事诗"。郑振铎《中国俗文学史》1938年由商务印书馆出版。容肇祖《敦煌本〈韩朋赋〉考》说:"韩朋赋等一些作品,是用白话作成的韵文赋,这种体制,在唐代以前,却不易见,然而不能说是古代没有的……贵族盛行以赋作为文学的玩意儿时,民间却自有说故事的白话赋……在唐代文人的传奇体,以及随佛教由印度而输入的"俗文""变文"等体盛行之前,民间述说故事,却有这种白话的韵文赋体,这是研究我国的文学史,所不可忽视的。"(详见郑阿财、颜廷亮、伏俊琏主编:《中国敦煌学百年文库·文学(一)》,兰州:甘肃文化出版社,1999年,第252页。)向达《记伦敦所藏的敦煌俗文学》云:"韩朋赋与燕子赋是敦煌俗文学中的一种特殊的体裁,全篇大体用四言,两句一韵。至于命名为赋,是否即取敷陈其辞,质直叙事的意义,却不得而知。"(详见郑阿财、颜廷亮、伏俊琏主编:《中国敦煌学百年文库·文学(一)》,兰州:甘肃文化出版社,1999年,第233页。)傅芸子《敦煌俗文学之发现及其展开》将敦煌俗文学资料分为变文、诗歌、杂文、小说四类,其中诗歌又分为佛曲、民间杂曲、白话诗、杂曲子、民间之赋五类,说民间之赋"或机警多趣,如《晏子赋》,或词意沉痛,如《韩朋赋》,殆皆古昔民间传诵之作"。(详见郑阿财、颜廷亮、伏俊琏主编:《中国敦煌学百年文库·文学(一)》,兰州:甘肃文化出版社,1999年,第312~322页。)

恩、马积高等,逐渐以"俗赋"命名专指。①

在这批"清末从燉(敦)煌石室发现的用接近口语的通俗语言写的赋和赋体文"被界定为俗赋的同时②,这些赋的体制特征及其源头也逐渐受到关注。例如程毅中先生在其1962年发表的《关于变文的几点探索》一文中认为:《荀子》中的《成相篇》就是《成相杂辞》的一个标本,而《赋篇》又相当于《隐书》之类,"刘向、班固所谓杂赋,应该是一种接近民间文学的诙谐文体……汉代除了歌功颂德的大赋和抒情写景的小赋之外,还有一种叙事代言的杂赋",敦煌叙事体的俗赋"在形式上还保存着杂赋的格局",程先生还说:"赋作为一种说唱文学,不但有悠久的历史渊源,而且有深远的历史传统。"③1989年,程毅中先生发表《敦煌俗赋的渊源及其与变文的关系》一文,认为《卜居》《渔父》及宋玉的叙事赋是敦煌俗赋的源头,并总结出这些叙事赋的四个主要特征:"基本上是叙事文学。""大量地运用问答对话。""带有诙谐嘲戏的性质。""大体上是散文,句式参差不齐,押韵不严。"④然后根据这些特征阐述魏晋至唐叙事体俗赋的发展及其对变文形成的影响。

1993年,连云港市东海县出土的西汉《神乌赋》,更给俗赋体制的辨析与俗赋史的梳理以强劲的动力供给与证据支持。伏俊琏先生的博士论文《俗赋研究》及相关著述即对俗赋的特征类别与源流衍变作了专门而深细的探究。按伏俊琏先生的观点:"俗赋以'诵'为其表现传播方式,因而以韵文造句,语言通俗;在文体特征上或设客主,或用对话,或用口诀形式,无严格之形式限制,容易接受或包含其他文体形式;内容上或叙事,或辩智,或纪行,或颂德,或招魂,或自嘲,或调侃,或劝化,或励俗,或启智传播知识,应用性文学占有相当比重;风格诙谐嘲戏,而政治色彩浅淡。"俗赋的类型可大致区分为四种:故事俗赋、客主论辩俗赋、咏物类俗赋、近于俗赋的实用文及其他。先秦时期盛行民间的各种传说和寓言故事,是故事俗赋产生

---

① 林庚:"在俗曲之外,赋的体裁也一度活跃,这时的赋既非汉人咏物的辞赋,也非六朝抒情的骚赋,而是一种以叙说故事为主的俗赋。"(详见林庚《中国文学简史》,北京:北京大学出版社,1995年,第295页。)程毅中:"敦煌写卷中除了变文之外,还有一部分是叙事体的俗赋,如《韩朋赋》《燕子赋》等,它在演述故事上和变文是相同的,只是在形式上还保存着杂赋的格局。"(程毅中《关于变文的几点探索》,载《文学遗产》增刊第10辑,1962年7月。)周绍良:《谈唐代民间文学——读〈中国文学史〉中"变文"节书后》,载《新建设》,1963年第1期。1963年出版的游国恩等主编的《中国文学史》中,有"俗赋、话本和词文"专节。马积高《赋史》有"唐代的俗赋"专节。
② 马积高:《赋史》,上海:上海古籍出版社,1987年,第374~375页。
③ 程毅中:《关于变文的几点探索》,载《文学遗产》增刊第10辑,1962年7月。
④ 程毅中:《敦煌俗赋的渊源及其与变文的关系》,载《文学遗产》,1989年第1期,第29~30页。

的源头；先秦时期民间争奇斗胜的技艺，则孕育了客主论辩类俗赋；古老的民间谣谚则是咏物类俗赋的源头。①

二、敦煌唐代俗赋的体制、题材与文化信息

(一)敦煌俗赋概况

敦煌所出文艺作品，以"赋"标题者即有28篇。其中先唐赋6篇：张衡《西京赋》、王粲《登楼赋》、左思《吴都赋》、成公绥《啸赋》、江淹《恨赋》、魏澹《鹰赋》，前5篇皆见于《文选》，《鹰赋》见于《初学记》。唐五代赋22篇，其中，王绩《游北山赋》《元正赋》《三月三日赋》、杨炯《浑天赋》、李邕《鹘赋》、释延寿《观音证验赋》等见于诗文集。另外16篇赋只见于敦煌遗书：刘希夷《死马赋》、高适《双六头赋送李参军》、刘瑕《驾幸温泉赋》、刘长卿《酒赋》、白行简《天地阴阳交欢大乐赋》、张侠《贰师泉赋》、何蠲《渔父歌沧浪赋》、卢竧《龙门赋》、赵洽《丑妇赋》、无名氏《月赋》《秦将赋》《子灵赋》《晏子赋》《韩朋赋》《燕子赋》(甲)、《燕子赋》(乙)②。这些作品，伏俊琏先生认为除刘希夷、高适两篇赋外，其余皆可认定为俗体赋。③

敦煌俗赋的体制可大略分为两类：一类是民间故事赋，如《韩朋赋》《燕子赋》(甲、乙)、《晏子赋》等，一类是通俗俳谐杂赋，《驾幸温泉赋》《酒赋》《秦将赋》《丑妇赋》等。④本书重点关注《韩朋赋》、《燕子赋》(甲、乙)、《晏子赋》等民间故事赋的叙事艺术。

这些民间故事赋都有多种敦煌写本，比如《韩朋赋》有六七种写本⑤，《晏子赋》有八种写本，《燕子赋》(甲)在敦煌遗书中有九个写卷⑥。这些写

---

① 伏俊琏：《俗赋研究》，西北师范大学2001年博士论文。
② 《燕子赋》有两篇，一篇以四言为主，一篇纯为五言，故以甲、乙区分。
③ 详见伏俊琏：《敦煌俗赋的类型与体制特征》，载《南京大学学报》，2007年第4期。
④ 详见伏俊琏：《试谈敦煌俗赋的体制和审美价值——兼谈俗赋的起源》，载《敦煌研究》，1997年第3期。分类的标准不一，结果自然也不一，伏俊琏先生在2007年刊于《南京大学学报》的《敦煌俗赋的类型与体制特征》一文中，又将敦煌俗赋分为三类：一是故事体，如《韩朋赋》《燕子赋》(甲)；二是论辩体，如《晏子赋》；三是歌谣体，如《酒赋》《秦将赋》《龙门赋》《月赋》《子灵赋》。
⑤ 伏俊琏《敦煌赋校注》说六种，张锡厚《敦煌赋汇》说七种，盖因斯4091、斯3904、斯10291实为同一写本而破损为三，统计时会有差异。
⑥ 详见伏俊琏：《两篇风格迥异的〈燕子赋〉》，载《社科纵横》，2005年第2期。

卷的状貌参差不齐,抄写的时间也先后不一①,具体的创作时间更难考定。以《韩朋赋》的创作时代为例,或笼统认为唐人所作②,或一概而言产生于唐末五代③,或约略推断为初唐及以前作品④,所凭依据,多为文本本身。⑤与其循环论证,不如直接关注文本本身的题材渊源与文化内涵。

(二) 敦煌三大俗赋题材渊源

1.《韩朋赋》

《韩朋赋》述贤士韩朋从小丧父,与母亲相依为命,年长娶贞夫为妻,夫妻恩爱;后来韩朋出仕宋国,六年未归;贞夫寄书于韩朋,韩朋不慎将家书遗失于殿前;宋王得书,命大臣梁伯将贞夫骗入宫中并封王后;贞夫不乐,为绝相思,宋王残害朋身,以为囚徒;贞夫往看韩朋,为示忠贞,手书诀别;韩朋得书自杀;贞夫求宋王以礼葬之,贞夫趁机殉身墓中;宋王从墓中得二石,弃之道旁,即生连理之树,宋王伐之,又变成鸳鸯比翼而飞,鸳鸯洒落一羽,羽毛变成利剑,割下宋王头颅。

在《韩朋赋》之前,关于韩朋故事最完整的书面记载莫过于《搜神记》卷十一《韩凭妻》条:

> 宋康王舍人韩凭,娶妻何氏,美,康王夺之。凭怨,王囚之,论为城旦。妻密遗凭书,缪其辞曰:"其雨淫淫,河大水深,日出当心。"既而王得其书,以示左右,左右莫解其意。臣苏贺对曰:"其雨淫淫,言愁且思也。河大水深,不得往来也。日出当心,心有死志。"俄而凭乃自杀。其妻乃阴腐其衣,王与之登台,妻遂自投台,左右揽之,衣不中手而死。遗书于带曰:"王利其生,妾利其死,愿以尸骨,赐凭合葬。"王怒,弗听,使里人埋之,冢相望也。王

---

① 少量写卷有时间标记,如《晏子赋》伯3716末有"天成五年(930)庚寅岁五月十五日"题记,《燕子赋》(甲)伯3666署年"咸通八年(867)",伯3757卷背有"天福八年(943)岁次癸卯七月一日"题记,《韩朋赋》斯2922卷尾署抄写时间为"癸巳"等,另如《韩朋赋》伯2653卷有武则天时造的字等,学界曾据以推断这些卷子的抄写时间。

② 如王庆菽《试谈"变文"的产生和影响》、张锡厚《敦煌文学》等。

③ 如向达《敦煌变文集·引言》。

④ 如容肇祖《敦煌本〈韩朋赋〉考》、李纯良《敦煌本〈韩朋赋〉创作时代考》、颜廷亮《敦煌文学概论》等。

⑤ 比如李纯良先生从《韩朋赋》所述官阶、特殊用语、用字、遣词、人体美的描写、体制形式推定:"《韩朋赋》当作于北魏太和改制后(477年)至初唐中宗莅政(705年),大约220余年间。疑其作者盖即北魏景明年间姜质、成霄一类末流文士或稍后的无名之辈。"详见李纯良:《敦煌本〈韩朋赋〉创作时代考》,载《敦煌研究》,1989年第1期,第80页。

曰:"尔夫妇相爱不已,若能使冢合,则吾弗阻也。"宿昔之间,便有大梓木,生于二冢之端,旬日而大盈抱,屈体相就,根交于下,枝错于上。又有鸳鸯,雌雄各一,恒栖树上,晨夕不去,交颈悲鸣,音声感人。宋人哀之,遂号其木曰"相思树"。相思之名,起于此也。南人谓此禽即韩凭夫妇之精魂。今睢阳有韩凭城,其歌谣至今犹存。①

《岭表录异》卷中、《法苑珠林》卷三十六、《太平御览》卷五百五十九及卷九百二十五、《艺文类聚》卷四十等也有简略的记载或引述。故事中主人公,诸书或作"韩朋",或作"韩冯",或作"韩凭",皆因"朋""冯""凭"音通。在《韩朋赋》中韩朋妻有了名字,宋王的臣子"苏贺"也变成了"梁伯",故事则更加曲折复杂。

其实据《艺文类聚》卷九十二所引,三国魏文帝或迟至晋张华所撰《列异传》中已有韩朋故事的记载:"宋康王埋韩冯夫妻,宿夕文梓生,有鸳鸯雌雄各一,恒栖树上,晨夕交颈,音声感人。"②但1979年马圈湾韩朋故事残简的出土,及紫玉故事渊源的梳理,也说明韩朋故事可能存有不同的传承系统。《韩朋赋》中的民歌"南山有鸟,北山张罗,鸟自高飞,罗当奈何"亦见于《搜神记》卷十六《紫玉篇》,而紫玉传说的雏形及此民歌还载于早先的《越绝书》中,可知紫玉故事流传已久,于《韩朋赋》而言,也可能有多个源头。③ 1979年,敦煌马圈湾汉代烽燧遗址中发现了一批散残木简④,其中一枚残简经裘锡圭先生考证为韩朋故事的片断。据裘先生考证,此残简的抄写时代,"不会超出西汉后期和新朝的范围",裘锡圭先生还指出,这枚残简所保存的韩朋故事内容虽少,但从其叙事方式仍可看出其风格近于《韩朋赋》而远于《搜神记》,并借以证明容肇祖先生《敦煌本〈韩朋赋〉考》所述主张——"《韩朋赋》为直接朴实的叙述民间传说的作品","不是因《搜神

---

① 干宝撰,汪绍楹校注:《搜神记》,北京:中华书局,1979年,第141~142页。
② 唐欧阳询撰,汪绍楹校:《艺文类聚》,上海:上海古籍出版社,1965年,第1604页。《列异传》已佚,所记多汉代之事,《隋书·经籍志》史部杂传类题为魏文帝撰,两《唐志》则著录为张华撰,清姚振宗《隋书经籍志考证》卷二十认为是"张华续文帝书,而后人合之"。详见开明书店本《隋书经籍志考证》,第341页。
③ 李纯良《略谈〈乌鹊歌〉与〈紫玉歌〉及〈韩朋赋〉之关系》与薛栋《〈韩朋赋〉形成蠡测》等论及此民歌主要是强调书面文字之间的传承,李文载《敦煌研究》,1990年第1期;薛文载《河西学院学报》,2006年第1期。
④ 这批简经过整理已刊于中华书局,1991年出版的《敦煌汉简》中。

记》的记载而产生"是可信的。① 伏俊琏先生《韩朋故事考源》在此基础上更进一步论证《韩朋赋》源出民间文学："《搜神记》所记的韩朋故事与敦煌本是两个系统，前者是文人案头文学系统，后者是民间韵诵文学系统。"②

按文献传播的规律，书面之文与口传之献既能独存，又可互转，文献传承的实际情况远比逻辑推理的具体结论复杂得多，民间故事的传承尤其如此。敦煌所出各种写本的《韩朋赋》实可看作民间文士在流传已久的书面记载与民间传说的基础上，结合社会现实与自身感受、参照相似文艺作品不断创作、不断累积而成的动态产品。

2.《燕子赋》

《燕子赋》（甲）写燕子夫妇辛苦垒巢，外出觅食时巢穴为黄雀一家强占；燕子夫妇归来，据理索要，反遭殴打，无奈之下燕子下牒向凤凰投诉；凤凰遂派鹞鹩捉拿黄雀归案；在法庭上，黄雀百般抵赖，反诬燕子无理取闹，因事实俱在，终被施以杖刑，枷项下狱；黄雀一面装出悔改，一面派人活动，庭审时再巧言令色，强加辩解，最后抬出立功经历与上柱国勋身份，终被安然释放；黄雀获释后，与燕子和解，鸿鹤讥刺，燕雀赋诗反驳。《燕子赋》（乙）情节略同。

两篇《燕子赋》都以燕雀争巢、凤凰判决故事为题材。这种禽鸟夺巢的故事早在民间流传并有文人仿作。《诗经·召南·鹊巢》与《诗经·豳风·鸱鸮》，一以鸠占鹊巢为比兴，一以鸱鸮毁巢为寓言，即其范例。魏晋赋作渐多禽鸟题材，而以曹植《鹞雀赋》最近民间形态：

> 鹞欲取雀，雀自言："雀者微贱，身体些小。但食牛矢中豆，马矢中粟。肌肉瘠瘦，所得盖少。君欲相啖，实不足饱。"鹞得雀言，初不敢语。"顷来辘轳，资粮乏旅。三日不食，略思死鼠。今日相得，宁复置汝！"雀得鹞言，意甚怔营。"性命至重，雀鼠贪生。君得一食，我命是倾。皇天降鉴，贤者是听。"鹞得雀言，意甚怛惋。当死毙雀，头如蒜颗。不早首服，烈颈大唤。行人闻之，莫不往观。雀得鹞言，意甚不移。依一枣树，葱茏多刺。目如擘椒，跳萧二翅。"我当死矣，略无可避。"鹞乃置雀，良久方去。二雀相逢，

---

① 裘锡圭先生释文为："书，而召偏问之。偏对曰：'臣取妇二日三夜，去之来游，三年不归，妇'。"详见裘锡圭：《汉简中所见韩朋故事的新资料》，载《复旦学报》，1999年第3期，第112页。

② 伏俊琏、杨爱军：《韩朋故事考源》，载《敦煌研究》，2007年第3期，第91页。

似是公妪。相将入草,共上一树。仍叙本末,辛苦相语:"向者近出,为鹞所捕。赖我翻捷,体素便附。说我辨语,千条万句。欺恐舍长,令儿大怖。我之得免,复胜于兔。自今徙意,莫复相妒。"①

语言通俗,格调诙谐,别开生面,难怪钱钟书先生说此篇是"游戏之作,不为华缛,而尽致达情,笔意已似《敦煌掇琐》之四《燕子赋》矣"②,也可见民间故事由来有自,源源不断。1993 年尹湾汉简《神乌赋》的出土更证实了汉代民间故事赋的存在,并将这种禽鸟夺巢类故事的民间流传形态勾连得更加清晰。《神乌赋》有 660 字左右,以四言为主,讲的是雌雄二鸟选址筑巢,巢尚未成,有盗鸟前来偷窃,雌鸟与之理论,盗鸟不服,反怒作色,遂起争斗,结果雌鸟被创,求助无门,断然求死,雄鸟大哀,无可奈何,只好远离家园,高翔而去。《神乌赋》以四言为主,用拟人手法讲述鸟的故事,跟曹植《鹞雀赋》和敦煌《燕子赋》如出一辙,实属同一系统。《神乌赋》的发现,既填补了《鹊巢》到《燕子赋》间的缺省环节,也使这一故事类型的内容更为丰富。③

3.《晏子赋》

《晏子赋》说晏子出使梁国,梁王问其形容,左右谓晏子面目青黑,唇不附齿,面貌观瞻,不成人形;梁王遂唤晏子从小门而入;见面之后梁王即以狗门而入、齐国无人、晏子短小、黑色、先祖,以及天地、阴阳、公母、夫妇、表里、左右、风雨、霜露、君子小人等问题戏弄责问晏子,晏子一一应答并反唇相讥。

《晏子赋》所述故事出自《晏子春秋·杂下》:

> 晏子使楚,以晏子短,楚人为小门于大门之侧而延晏子。晏子不入,曰:"使狗国者,从狗门入。今臣使楚,不当从此门入。"傧者更道,从大门入。见楚王,王曰:"齐无人耶?使子为使。"晏子对曰:"临淄三百间,张袂成阴,挥汗成雨,比肩继踵而在,何为无人?"王曰:"然则何为使子?"晏子对曰:"齐命使,各有所主。其贤

---

① 曹植著,赵幼文校注:《曹植集校注》,北京:人民文学出版社,1984 年,第 302~303 页。
② 钱钟书:《管锥编》,北京:生活·读书·新知三联书店,2007 年,第 1678 页。
③ 可参见裘锡圭:《〈神乌赋〉初探》,载《文物》,1997 年第 1 期。扬之水:《〈神乌赋〉谫论》,载《中国文化》第十四期。刘乐贤、王志平:《尹湾汉简〈神乌赋〉与禽鸟夺巢故事》,载《文物》,1997 年第 1 期。谭家健:《〈神乌赋〉源流漫论》,载《中国文学研究》,1998 年第 2 期。万光治:《尹湾汉简〈神乌赋〉研究》,载《四川师范大学学报》,1997 年第 3 期。

者使使贤王,不肖者使使不肖王。婴最不肖,故宜使楚矣。"①

其后还有"楚王欲辱晏子指盗者为齐人,晏子对以橘"条。刘向《说苑·奉使》所载略同。《晏子赋》改"使楚"为"使梁",纯用对话形式,所辩内容也有所增加。

(三)敦煌唐代俗赋社会背景与文化内涵

敦煌俗赋虽渊源有自,由来久远,但多少都留有时代的痕迹,展现了丰富的社会文化内涵,上举三赋即关涉唐代户籍制度、司法制度、民间禁忌与预兆风习、佛教道教影响状况等诸多问题。

《燕子赋》中燕子身份是逃户,赋中燕子向凤凰的呈状里说:"燕子单贫,造得一宅,乃被雀儿强夺,仍自更著恐吓,云'明敕括客,标入正格,阿你通逃落籍,不曾见你膺王役,终遣官人棒脊,流向儋、崖、象、白。'"②唐初对逃户的惩治由松而严,从赋中燕子不知朝廷新政,凤凰也未因此判罚可知此时正处新旧政策交替之时。③

从司法的角度看,"《燕子赋》比较完整地描述了诉讼、受理、传唤、讯问、押禁、审理、判决、结案等一系列司法过程,对法律纠纷的产生、案件审结的余波也有绘声绘色的描写,从中反映出丰富的法律文化、法律观念和社会心理"。赋中运用了大量的法律术语,如落籍、括客、格、棒脊、流、笞、枷、枷禁、狱子、状、牒、判、格令等,也第一次完整展现了主审、助审、狱子、差役、原告、被告等司法形象。④雀儿恃强凌弱,案发后又上下行贿,而凤凰辖下还算清廉的描写,也应该是钻营求情之风未绝,是政治相对清明的社会现实的反映。

《燕子赋》写燕子夫妇筑巢之前"东西步度,南北占详,但避将军太岁,自然得福无殃",写黄雀梦恶,预知官府追捕,《韩朋赋》写太史问卜、梦兆吉凶、隐语谶言,等等,均可证见传统习俗的影响。而黄雀的念佛与发愿:"唯须口中念佛,心中发愿:若得官事解散,验写《多心经》一卷。"宋王身死国灭、梁伯父子充边的果报描写,可证佛教影响;鸿鹤与燕雀的对话及题诗,韩朋夫妇殉情后化石化树化鸟种种,则显见道教思想。凡此种种,可知敦

---

① 吴则虞编著:《晏子春秋集释》,北京:中华书局,1962年,第389页。
② 张锡厚辑校:《敦煌赋汇》,南京:江苏古籍出版社,1996年,第396页。
③ 简涛《敦煌本〈燕子赋〉考论》据此推理,认为赋所反映的是开元七年至二十四年间的生活。载《敦煌研究》,1986年第3期。
④ 详见楚永桥:《〈燕子赋〉与唐代司法制度》,载《文学遗产》,2002年第4期。

煌俗赋蕴含着丰富的社会文化内涵。

三、敦煌唐代俗赋的叙事艺术

赋体铺陈以咏物描写最为典型,但叙事陈述也属赋体本质,敦煌俗赋正以其自觉的叙述声音、生动的故事情节、鲜明的个性形象、富有特色的表现手法与语言,印证着赋体叙事的本质。

(一)或果报或通达或呈博的叙事倾向

敦煌三大俗赋的题旨意蕴都不乏反抗、揭露、批判的成分,过去一段时间对这种倾向也特别强调。如《韩朋赋》作为爱情悲剧,比较强烈地揭露了宋王的荒淫暴虐、梁伯的阿谀谄佞,解读者们也特别指出它的斗争精神与反抗主题,说其"有力地鞭挞封建时代社会生活的黑暗现象和统治阶级的罪恶,表现出深远的社会意义"[1],说其"在表现'庶民'同暴君的对抗关系上,更着力描写悲剧冲突的尖锐性和斗争的酷烈性"[2]。《燕子赋》写黄雀的横行霸道与燕子的奋起反抗,所以学者们说:"作者巧妙地利用燕雀争窠的故事,深刻揭露了唐代社会普遍存在的王公百官及恶霸豪绅以强凌弱,横行无忌的阶级矛盾。"[3]"《燕子赋》所描述的燕雀之争,实质上是以寓言手法曲折反映出唐代社会只要有官勋,就可以横行乡里,欺压善良,而不受法律制裁的真实情景,这是对唐代官场深刻有力的讽刺。"[4]"《燕子赋》之一通过燕雀争巢,凤凰判决的寓言故事,比较深刻地揭示唐代社会的诸多矛盾,如雀儿夺占燕巢,喻巧取豪夺,以'括客'威胁燕子的安全,以'上柱国勋'逃避法律的惩罚等,皆从侧面反映出唐代官场严重的社会问题。"[5]甚至《晏子赋》也可说出个讥刺梁王妄自尊大的主旨来。

所有这些,都论及赋旨的根本,不过民间故事赋的形成原本有一个漫长的过程,在其形成过程中的不同阶段都可能吸纳不同的思想与观念,即便这故事的某个横断面,原本也有着丰富多元的质素。就最后的这些版本而言,《韩朋赋》更强调忠贞与果报,《燕子赋》倡导平和通达不结仇怨,《晏

---

[1] 张锡厚:《羽毛如利剑,精诚化鸳鸯——敦煌写本〈韩朋赋〉浅析》,载《名作欣赏》,1983年第3期。
[2] 傅庆升:《血泪韩朋赋,民主自由歌——读敦煌文卷札记》,载《内蒙古民族师院学报》,1987年第1期。
[3] 伏俊琏:《敦煌赋校注》,兰州:甘肃人民出版社,1994年,第419页。
[4] 吴庚舜、董乃斌主编:《唐代文学史》(下),北京:人民文学出版社,1995年,第571页。
[5] 张锡厚辑校:《敦煌赋汇》,南京:江苏古籍出版社,1996年,第405页。

子赋》主旨在炫才呈博。

说《韩朋赋》侧重于表现生死爱恋,从韩朋妻的名字由"何氏"改为"贞夫"即可看出。为了突出韩朋夫妇相思相恋、不离不弃的坚贞爱情,赋作不仅着力刻画贞夫的美丽善良、勤俭孝顺,还增加了许多情意传达、富贵诱惑与生死考验的情节,如共君作誓的美满婚姻、寄书托情的相思牵挂、愤于"他情"的上当受骗、不乐富贵的宫居生活、往观遮面的误会场景、隐语表意与闻书自绝的诀别殉情,都让韩朋夫妇的生死爱恋现形据实。赋的末尾说:

> 二札落水,变成双鸳鸯。举翅高飞,还我本乡。唯有一毛羽,甚好端正,宋王得之,即摩(一作"磨")拂其身,大好光彩。唯有项上未好,即将摩(一作"磨")拂项上,其头即落。生夺庶人之妻,枉杀贤良。未至三年,宋国灭亡。梁伯父子,配在边疆。行善获福,行恶得殃。①

这新增的结尾则将整个故事嵌入了因果报应的主题套匣里了,中间贞夫请宋王礼葬韩朋时也说:"韩朋已死,何更再言。唯愿大王有恩,以礼葬之,可不得利后人?"得利后人其实也是果报的观念。此外,"生死有处,贵贱有殊"之类的言语也透露着命定与业报的思想,敦煌卷子伯3418王梵志诗云"贵贱既有殊,业报前生植"可为注脚。

说《燕子赋》侧重于平和通达,一在淡化抗争主题,二在倡导适性逍遥。

在《燕子赋》里,燕子夫妇确有积极的抗争,但也应该看到当时的社会从制度与人事上允许它抗争,并部分达成预期的目标。更应该看到鹡鸰责备、雀儿求和与结尾的鸿鹤题诗等情节,都是对对抗主题的淡化。鹡鸰以"昆季"身份责怪燕子,说"四海尽为兄弟,何况更同臭味"或是有意混同是非,而鸿鹤骂燕"些些小事,何得纷纭!直欲危他性命,作得如许不仁"更可看作对儒家仁义道德不同层面、不同境界的解读。对抗的淡化在五言体《燕子赋》里体现得更明显,五言体赋中的燕子更切合燕子作为候鸟时而空巢的特性,雀儿也不是那么凶狠狡猾、面目可憎,整篇赋以对话居多,问难呈才的味道更浓,果报的观念间出其中。末尾以更多的篇幅突出慈悲忍辱之义:

---

① 张锡厚辑校:《敦煌赋汇》,南京:江苏古籍出版社,1996年,第362~363页。

>燕子不求人(仁),雀儿莫生嗔。昔闻古人语,三斗始成亲。往者尧王圣。摄位二十年,郑乔事四海,对面即为婚……缘争破坏窟,徒恃费精神。钱财如粪土,人义重于山。燕今实罪过,雀儿莫生嗔。①

燕子控告胜诉反成罪过,正是从佛教教义来理解的,所谓"冤家宜解不宜结",也是民间伦理观念的体现。

《燕子赋》(甲)的结尾则虚构鸿鹤与燕雀的对诗。鸿鹤诗曰:"鸿鹤宿心有远志,燕雀由来故不知。一朝自到青云上,三岁飞鸣当此时。"燕雀同词而对:"大鹏信图(一作"徒")南,鹪鹩巢一枝。逍遥各自得,何在二虫知。"这横生山的结尾更表现出世俗价值观的多元多貌。总的感觉,赋所要表达的是:远离是非诉讼,诚宜适性逍遥。虽然如此,雀儿胡作非为、仗势欺人、卑鄙无赖的行为与性格还是入木三分,而鹡鸰维护、鸱鸮求情、勖功抵罪,乃至未能得逞的贿赂也无不说明贵族特权与社会腐败的存在。

就内容言,《晏子赋》更突出晏子形容的丑陋与辩对的机敏,这形容的丑陋也是辩对的重要内容,《晏子春秋》中晏子作为使节的凛然性在这里更多地表现为诙谐性。

叙事的倾向主要通过情节的设置与人物的刻画体现出来,也有通过议论直接表白的。如《韩朋赋》虚构有贞夫寄书韩朋的情节,赋写书信真挚动人,"韩朋得书,意感心悲,不食三日,亦不觉饥",叙述者也忍不住称赞:"其文斑斑,文辞碎金,如珠如玉。"贞夫密书韩朋,宋王取读、梁伯解之后,叙述者又站出来说:"天下是其言,其义大矣哉。"

这些赋也有叙事视角的讲求。如《燕子赋》写燕子往凤凰边下牒分析:

>燕子单贫,造得一宅,乃被雀儿强夺,仍自更著恐吓,云:"明敕括客,标入正格;阿你逋逃落籍,不曾见你膺王役,终遣官人棒脊,流向儋、崖、象、白。"云:"野鹊是我表丈人,鹁鸠是我家伯,州县长官,瓜萝亲戚。是你下牒言我,恐你到头无益。火急离我门前,少时终须吃掴!"燕子不念,以理从索,遂被撮头拖拽……不胜冤屈,请王科责。②

---

① 张锡厚辑校:《敦煌赋汇》,南京:江苏古籍出版社,1996年,第442页。
② 张锡厚辑校:《敦煌赋汇》,南京:江苏古籍出版社,1996年,第396页。

这一段诉状语以燕子口吻写出,有事件的倒叙补充,有人称视角的模拟变换,增加了叙事的生动性,也加强了案件的逻辑性。另如黄雀的觊觎与雀妇的探监:"乃有黄雀……睹燕不在,入来饶掠,见他宅舍鲜净,便即穴白占着。""妇闻雀儿被杖,不觉精神沮丧……两步并作一步,走向狱中看去。正见雀儿卧地,面色恰似坌土,脊上缝个服子,仿佛欲高尺五。既见雀儿困顿,眼中泪下如雨。"都调动了故事中人物的限知视角。《晏子赋》在叙述晏子形容时,加入了"左右"的视角,以显示其客观性,赋末假晏子之口说"出语不穷,是名君子",其实也是夫子自道。《韩朋赋》中有"举翅高飞,还我本乡"之句,或以为同《木兰诗》中的"双兔傍地走,安能辨我是雄雌?"的用法一样,是将第一人称代词用作第三人称代词的特殊用法①,或以为是"中古诗人叙事时对其所同情热爱的人物,往往沟通彼此,直以'我'称之"②,其实两说并不矛盾,从叙事学的角度而言,都属人称视角的潜转。

总之,这些俗赋的叙述者意识是比较明确的。

(二)情节的增益与人物的功能作用

敦煌民间故事俗赋情节的完整、故事的生动备受褒扬,究其原因,一在情节的增益与细化,二在叙事线索的讲求与人物功能作用的开发。

较之《搜神记》中的韩凭的故事,《韩朋赋》增加了贞夫寄书韩朋、韩朋遗落书信、梁伯诈骗、贞夫辞家、宋王夺美、贞夫不乐、贞夫见夫、韩朋遮面、贞夫请葬、青白二石、一羽杀王等大的情节,使故事更加绵长而曲折。这些大情节中还有一些生动的细节,如宋王使者为诈骗贞夫而挑拨婆媳关系时说:"妇闻夫书,何故不喜?必有他情,在于邻里。"迫使贞夫不得不就范。

《燕子赋》情节的密度、黏度与强度也不亚于《韩朋赋》。赋以争巢夺宅事件的发生、审理、判决、余波为顺序,完整记述了事件全过程,其间具体情节有:双燕垒巢——雀占燕巢——燕子下牒——捉拿雀儿(噩梦预兆——约束男女——跪拜拉拢——迁延祈求)——审理判决(奉承凤凰——抵赖诬陷)——燕子对质——凤凰判决——燕子唱快——鸴鸠责备——雀妇探狱(雀妇劝谏——雀儿谩语——遮嘱觅曲)——资贿狱子——乞求本典——过案复理(三问三答:暂居燕舍,实为避难——不悉事由、望风恶骂,两家损处、彼此相亚——言有国勋、请与收赎——凤凰复判,释放雀儿)——雀儿求和——鸿鹤题诗(两责两对:鸿鹤责数——燕雀辩对——双

---

① 参见李纯良:《敦煌本〈韩朋赋〉创作时代考》,载《敦煌研究》,1989年第1期。
② 伏俊琏:《敦煌赋校注》,兰州:甘肃人民出版社,1994年,第399页。

方兴诗命志)。真是故事中有故事,繁复而精细,故事后有故事,一波未平、一波又起。在情节中展示人物:名为《燕子赋》,其实更多篇幅用来写雀儿,对雀儿这个形象没有作简单的是非判断;在情节中显现主题:像鹚鸰责备、雀儿求和与结尾的鸿鹤题诗等情节,都是对对抗主题的淡化。

  傅修延先生曾著文指出俗赋叙事的细化并解释其原因说:"从叙事学角度比较文人赋与俗赋,可以看出俗赋最突出的一个特征是叙事的细化。人们早就注意到,敦煌俗赋在讲述故事时,有一种将事件反复叙述乃至'掰开来'细细叙述的倾向,此前的叙事很少能细腻到这种程度。为什么俗赋中会出现这种繁复的叙事呢?这是因为声音传播不像文字传播那样容易辨识,因此需要用重复和具体来加深印象,这和利用骈辞韵语来辅助记忆是一个道理。"①傅修延先生这一观点在这两篇赋里即可得到印证。

  较之于《晏子春秋》,《晏子赋》主要增加了晏子形容的描写与辩对的环节。如假"左右"之口,说晏子形容:"极其丑陋,面目青黑,且唇不附齿,发不附耳,腰不附胯,面貌观瞻,不成人也。"如"何以短小"?"何以黑色"? 以及关于天地阴阳、公母夫妇、左右表里、风雨霜露、君子小人等问题的辩对。也对原有情节有所修改,如在《晏子春秋》里,晏子不入小门,在《晏子赋》里则从小门入,这是为了铺垫晏子的辩对:"王若置造人家之门,即从人门而入;君是狗家,即从狗门而入,有何耻乎?"还有简省,如《晏子使楚》中关于有人无人之辩,有两问两答,篇幅较长,到《晏子赋》里变成了一问一对,也省掉或者说没有纳入缚盗辩对的环节,这样的处理可以起到整齐故事、强化辩对的效果。

  篇幅较长的《韩朋赋》与《燕子赋》既有完整而曲折的情节,又有脉络分明的叙事线索。《韩朋赋》的线索类似于《孔雀东南飞》,有男女主人公之间的爱情线索,还有男女主人公与阻碍他们婚姻幸福的宋王君臣之关系线索。《燕子赋》的前半以捉拿并审理黄雀为主线,后半以鸿鹤与燕雀之对话为主线,整篇则以燕、雀之争为主线。如果更进一步分析还会发现一些构建叙事线索的秘诀。如《韩朋赋》里反复出现的鱼水之誓喻即男女主人公爱情关系之线索。开篇有夫妇情投意合的爱情誓言:"入门三日,意合同居,共君作誓,各守其躯。君亦不须再娶妇,如鱼如水,妾亦不再改嫁,死事一夫。"男不娶妇、女不改嫁,终生相守,这是韩朋夫妇忠贞爱情的基础。鱼

---

① 傅修延:《赋与中国叙事的演进》,载《江西社会科学》,2007年第9期,第35~36页。

水誓喻第二次出现是在贞夫写给韩朋的第一封信里,但只有水,没用鱼。信说:"浩浩白水,回波如流。皎皎明月,浮云映之。青青之水,冬夏有时。失时不种,禾豆不滋……海水荡荡,无风自波。成人者少,破人者多。南山有鸟,北山张罗,鸟自高飞,罗当奈何!君但平安,妾亦无他。"此信三用水喻,但意思含糊。可指心境不宁、愁思无边。又何尝不可理解为白水之誓:白水东流,本无回波,青青之水,冬夏有时。而现在久不相见,不禁让人心生疑惑,恰如白水回波,浮云蔽日。鱼水可喻男女情笃或君臣相得,"浩浩"与"白水"也能独立担当此意义。《管子·小问》载:"管仲曰:'然。公使我求宁戚,宁戚应我曰:浩浩乎!'吾不识。'婢子曰:'《诗》有之:浩浩者水,育育者鱼。未有室家,而安召我居?'宁子其欲室乎?"①此"浩浩"独用之证。《左传·僖公二十四年》载:"公子曰:所不与舅氏同心者,有如白水!"②此"白水"独用之证。另如沈佺期诗曰:"白水东悠悠,中有西行舟。舟行有返棹,水去无还流。"(《拟古别离》)白居易诗云:"何以示诚信,白水指为盟。"(《寓意诗五首》之三)都有水誓或水喻之意。《敦煌曲子词·送征衣》也以鱼水喻情爱:"今世共你如鱼水,是前世因缘,两情准拟过千年。""海水荡荡,无风自波"也可作水的负约解。后面的"罗""鸟"之喻就十分清晰了。鱼水誓喻第三次出现于贞夫往青陵台探望遭难的韩朋时,韩朋讥其去贱就贵:"盖闻东流之水,西海之鱼,去贱就贵,于意如何?"这下刺激了贞夫:"贞夫闻语,低头却行,泪下如雨。"然后写了血书给韩朋,韩朋得书即自杀。赋没有直接写信的内容,而是在韩朋死后,通过宋王的阅读与梁伯的解读来展示,信曰:"天雨霖霖,鱼游池中,大鼓无声,小鼓无音。"梁伯解之曰:"天雨霖霖,是其泪;鱼游池中,是其意;大鼓无声,是其气;小鼓无音,是其思。"这"鱼游池中"其实就是对韩朋责问的回应,也是对爱情忠贞的表态。这也是赋中第四次出现的鱼水之誓喻。③

另如《韩朋赋》中,书信的得失是情节转折之关捩。赋中贞夫两次写信,一是表达相思之情,韩朋得书,意感心悲,但不慎遗失,造成宋王夺妻事件。二是韩朋落难,贞夫往见,韩朋遮面,贞夫悲痛,因作私书,射与韩朋,朋得此书,便即自死。下文再展出书信内容,留下悬念,实亦补叙,因为是

---

① 黎翔凤撰,梁运华整理:《管子校注》,北京:中华书局,2004年,第974页。
② 杨伯峻编著:《春秋左传注》,北京:中华书局,1990年,第412页。
③ 《搜神记》并无鱼水之喻,关于"河水"的隐语寓意也不同。韩凭妻之密书只有三句:"其雨淫淫,河大水深,日出当心。"苏贺的解释是:"其雨淫淫,言愁且思也;河大水深,不得往来也;日出当心,心有死志也。"

贞夫殉情的誓言,于贞夫而言又是预言,所以此信的展示既是补叙,又是预叙。书信本身有叙事、抒情、写人的功能。如贞夫写第一封信,其间有寄书前的担忧与祈祷,"意欲寄书与人,恐人多言;意欲寄书与鸟,鸟恒高飞;意欲寄书与风,风在空虚。书若有感,直到朋前;书若无感,零落草间"。有"久不相见,心中在思……君不忆亲,老母心悲。妻独单弱,夜常孤栖,常怀大忧"的陈述,有"妾今何罪,独无光晖"的怨愤,有"君但平安,妾亦无他"的祝愿与使气。用的是倒叙过往、直抒心意与自画形象的手法。①

三大俗赋基本采用二元对立的结构,用这种结构叙事线索清晰、主题分明,还可与同类故事一起提炼出故事母题。学界已有这类分析,如郭铁娜《汉代民间爱情故事的"韩朋模式"研究》,即以普罗普"叙事功能研究法"、格雷马斯"行动元矩阵"方式对"韩朋故事"与《焦仲卿妻》进行对比研究,归纳出一致的文本结构图,并在此基础上提出民间爱情故事的"韩朋模式"。② 本书想补充的是,《韩朋赋》中的朋母与梁伯所起的结构功能正大于其自身形象价值。韩朋"少小孤单,遭丧遂失其父,独养老母,谨身行孝",和焦仲卿一样,也是一个父亲缺席的形象。但干宝《搜神记》并无此记载。这样的情节构思与处理是何动机?有何因由与好处?仅仅是效仿《孔雀东南飞》吗?下文说"忆母独住,故娶贤妻",看来这样的构思于人物的出场、情节的展开不无作用。后文再言"朋母忆子,口亦不言",贞夫书信亦曰"君不忆亲,老母心悲",宋王使者到来时,"朋母出看,心中惊怕",因语新妇"如客此言,朋今仕宦,且得胜途",贞夫语其梦兆,使者再挑起事端,谓贞夫"必有他情,在于邻里""朋母年老,不能察意",而"新妇闻客此言,面目变青变黄",不得不辞家随使者出走。由此可见设置老母这一人物于情节展开确有许多便利。较之《孔雀东南飞》,男主韩朋出场次数反而更少,盖朋母的出场可替其推衍情节。当然这也和主题的变更有关,《孔雀东南飞》中,焦母是矛盾对立的一方,故事结构中的重要一极,《韩朋赋》中的朋母则只是配角,但兼有《孔雀东南飞》诗中刘母的人物功能。再看梁伯。他一面是宋王的助理:应诺往使,诈骗贞夫,献计害朋,谏言"万死"("只有万死,无有

---

① 偶有情节不严谨之处,如《韩朋赋》云:"言语未讫,遂即至室,苦酒浸衣,遂脆如葱,左揽右揽,随手而无。"《搜神记》曰:"其妻乃阴腐其衣。"想来浸衣腐衣是需要时间的,《韩朋赋》没有预作酒浸的交代,或为作者疏忽,或为抄手脱漏。又赋中没有投台动作,则"左揽右揽,随手而无"难于衔接上文。

② 详见郭铁娜:《汉代民间爱情故事的"韩朋模式"研究》,载《沈阳大学学报》,2008年第4期,第63～66页。

一生")；一面是隐语异征的解人：一解贞夫密书，二解"韩朋之树"（"枝枝相当，是其意；叶叶相笼，是其恩；根下相连，是其气；下有流泉，是其泪"）。既是事件的参考者，又是故事的推动者。既是计谋的策划者，又是天与人、作者与读者的沟通者。比《搜神记》中苏贺的结构功能大有增强。

（三）忠贞英烈的贞夫与狡黠奸猾的黄雀

人物的心理或性格具有独立的意义，民间故事俗赋塑造了一批生动的人物形象。如性行谨孝的韩朋、淫恶凶残的宋王、刁猾奸险的梁伯、善良安分的燕子、守法自律的狱吏、形容丑陋但又能言善辩的晏子，等等，最具典型性的莫过于《韩朋赋》中的贞夫与《燕子赋》（甲）里的黄雀。

贞夫是德才与美貌兼具的女子。赋说她："已贤至圣，明显绝华……明解经书，凡所造作，皆合天符。""面如凝脂，腰如束素，有好文理。宫人美女，无有及似。""其文斑斑，文辞碎金，如珠如玉。"还说她热爱乡里、关照友邻，满怀仁厚惠爱之心。不过贞夫最重要的品格是不贪富贵、不畏强暴、忠于爱情、矢志不移，合成的是贞妇烈女的形象。为了写活这一形象，赋作将贞夫置于宋王、梁伯的威逼利诱，韩朋、朋母的不解与误会等重重困境中，调动了神态描摹、语言叙写、行为描绘、心理刻画等多种手法。如"明显绝华""明解经书"的贞夫婚后即发誓"不再改嫁，死事一夫"，渴望过着"如鱼如水"的幸福生活。当韩朋出游六秋不归时，贞夫在极度相思中产生了幽幽哀怨，她想寄信给韩朋，但"意欲寄书与人，恐人多言；意欲寄书与鸟，鸟恒高飞；意欲寄书与风，风在空虚"，最后这书信竟然在贞夫强烈的意念之下"直到朋前"。在信中，贞夫以丰富真切的语言表达了她相思、幽怨而又不乏开解的真诚情感。如贞夫成为"衣即绫罗，食即启口，黄门侍郎，恒在左右"的"一国之母"后，反而"憔悴不乐，病卧不起"，并坚定地告诉宋王"妾是庶人之妾，不乐宋王之妇"。正是这样的衬托使贞夫庄重自持、富贵不淫的品格得以展现。听闻丈夫遭难，贞夫"痛切肝肠，情中烦怨，无时不思"，及至韩朋把草遮面并讥其违背誓言，"去贱就贵"时，贞夫"低头却行，泪下如雨。即裂裙前三寸之帛，卓齿取血，且作私书，系箭头上，射与韩朋"，这一系列的行动描写渲染出了贞夫忠贞的操守与殉情的决心。直到最后贞夫还在为韩朋"号啼悲哭"，并宣言"一马不被二鞍，一女不事二夫"。所以贞夫的品格是以忠贞英烈为核心的。

《燕子赋》中写得最成功的形象不是燕子，反而是黄雀，赋篇以大量笔墨刻画了这个狡黠凶悍、刁钻奸猾、倚强凌弱的市井无赖。赋给它的出场总括就是："头脑峻削,倚街傍巷,为强凌弱。"它霸占燕子巢穴,还狂妄自夸："得伊造作……燕若入来,把棒撩脚。伊且单身独手,喽我阿莽藜斫。"当燕子夫妇据理力争时,它"不问好恶,拔拳即搓,左推右耸,剜耳捆腮",还装腔作势、连恐带吓："明敕括客,标入正格;阿你遁逃落籍,不曾见你膺王役,终遣官人棒脊,流向儋、崖、象、白。""野鹊是我表丈人,鹈鸠是我家伯,州县长官,瓜萝亲戚。是你下牒言我,恐你到头无益。火急离我门前,少时终须吃捆!"完全是强盗做派。这强盗当预感官府来捉时异常机敏警醒:"昨夜梦恶……必莫开门,有人觅我,道向东村。"为了逃脱官司,这强盗跪拜祈求、称兄道弟、拉拢贿赂、迁延淹留、装乖卖巧,极尽狡猾奸诈之能事,不仅如此,它还请乞设誓、曲为辩解,甚至反诬燕子,说"燕子文牒,并是虚辞""若实夺燕子宅舍,即愿一代贫寒,朝逢鹰夺,暮逢鸥算;行即着网,坐即被弹;经营不进,居处不安;日埋一口,浑家不残";说占据燕穴是"暂投燕舍……实缘避难,事有急疾,亦非强夺";说燕子"不悉事由,望风恶骂"。即便关进了监狱,也作困兽之斗,也在寻求机会,自始至终不知悔改。所以伏俊琏先生说它是"一个卑劣恶棍的典型"①,楚永桥先生说其:"时刻不忘以资贿相诱,讨取便宜,极尽奸猾市侩之能事,很像一个熟悉官衙门径的狡黠讼棍。"②

(四)传奇化、民俗化的表现手法与浅近诙谐的语言风格

民间故事俗赋常用传奇化、仙道化、民俗化的叙事手法,叙事风格调侃诙谐,语言浅近,多用方言俗语。

《燕子赋》中的"步度""占详"、发愿设誓,《韩朋赋》中的开书问卜与诡用人伦③,以及两赋都用到的梦境预兆,都是民俗化的手法。至于贞夫书信"直到朋前",贞夫、韩朋双双殉情后化为青白两石、化为韩朋之树、化作鸳鸯双飞,最后以一羽杀宋王,也是民间惯用的传奇化、仙道化手法。民间故事俗赋也好用铺陈、夸饰的手法。《韩朋赋》写贞夫初至宋国时"九千余里,光照宫中",以至宋王"即召群臣,并及太史,开书问卜,怪其所以",而博士"王得好妇"的解词刚说完,"贞夫即至"。贞夫乞请探看落难的韩朋时,赋说"宋王许之,乃赐八轮之车,骅骝之马,前后侍从,三千余人,往到台下"。后面贞夫请葬韩朋时,宋王:"遣人城东,掘百丈之圹,三公葬之礼也。

---

① 伏俊琏:《敦煌俗赋的类型与体制特征》,载《南京大学学报》,2007年第4期,第114页。
② 楚永桥:《〈燕子赋〉与唐代司法制度》,载《文学遗产》,2002年第4期,第48页。
③ 使者语朋母"妇闻夫书,何故不喜? 必有他情,在于邻里",实即利用了敏感的私情问题。

贞夫乞往观看,不敢久停。宋王许之,令乘素车,前后侍从,三千余人,往到墓所。"动辄三千余人随从,其实是一种夸饰的手法,不必拘泥具体数字。《晏子赋》虽然简化了事件过程,但在晏子的对话中注入了赋体惯用的铺陈手法。如黑白之辩中"黑羊之肉,岂可不食?黑牛驾车,岂可无力?黑狗趁兔,岂可不得?黑鸡长鸣,岂可无则"?而最后关于天地阴阳、公母夫妇、左右表里、风雨霜露、君子小人等问题的辩对中,问与答都是铺陈的。诙谐幽默的特性在《燕子赋》和《晏子赋》中表现得非常突出。《燕子赋》中的黄雀嘴脸猥琐,在燕子面前装腔作势,在凤凰面前立马卑躬屈膝,既可恶又可笑。《晏子赋》则通过晏子外形的丑陋与内心的机敏的对比,以及梁王欲辱晏子反受其辱的描写,彰显诙谐、喜剧的特性。这也是先秦以来俳谐杂赋诙谐滑稽、调侃戏谑的传统。

  俗赋偶尔也会化用文籍。如《韩朋赋》中语句:"浩浩白水,回波如流。皎皎明月,浮云映之。""面如凝脂,腰如束素。"等。更富特色的是俗语时谚的运用。《韩朋赋》中"南山有鸟,北山张罗,鸟自高飞,罗当奈何!"四句是流传甚广的《青陵台歌》。贞夫的表决方式也极具民俗性:"生死有处,贵贱有殊。芦苇有地,荆棘有丛,豺狼有伴,雉兔有双。鱼鳖有水,不乐高堂。燕雀群飞,不乐凤凰。妾是庶人之妾,不乐宋王之妇。"假民间物事以为类比,通俗而又生动。后四句与后世流行的《乌鹊歌》文字略同:"乌鹊双飞,不乐凤凰。妾是庶人,不乐宋王。""一马不被二鞍,一女不事二夫"也为古时俗语。《燕子赋》更有大量谚语、俗语与市井口语。谚语如:"耕田人打兔,跕履人吃脼。""人急烧香,狗急蓦墙。""狐死兔悲,物伤其类。""死雀就上更弹,何须逐后骂詈。""宁值十狼九虎,莫逢痴儿一怒。""生不一回,死不两度。"民间词头与市井口语如"入孔""奔星""火急""脱头""急难""唱快""头尖""穴白""楼𠌷""逋逃""眼睸""比来""恶发""问头""填置""可中""咋呀""兀自占着""硬努拳头,偏脱胳膊""更被唇口喽嚅,与你到头尿却""左推右耸,刴耳捆腮""于身有阿没好处",等等。短篇的《晏子赋》写晏子与梁王的辩对,也多用俚俗口语。如谓:"梧桐树虽大里空虚,井水虽深里无鱼,五尺大蛇怯蜘蛛,三寸车辖制车轮。得长何益?得短何嫌?"如说"粳粮稻米出于粪土"。包括后面集中铺陈式的问对,涉及的问题与知识都是民间富有的智慧,所用语言与表达也是民间习见的方式。民间故事俗赋的这些特点与典正雅重甚至艰涩难读的文人赋作相比,真有天壤之别。

  敦煌俗赋的发现,在文学史上具有重要意义。

就文本本身而言，民间故事俗赋反映下层民众美德智慧与愿望诉求，故事情节生动，人物个性鲜明，语言活泼风趣，具有较高的艺术性，在各体赋作中也别具一格，足以改变我们对赋体文学以咏物铺陈为本，风格雅重典正的固有看法。此外，燕雀争巢与韩朋故事还具有模式特征与母题意义。

从文体学的视角来看，敦煌俗赋的发现，使"俗赋"成为独立的文体，"使我们对汉魏六朝以来一些带有故事性、诙谐性和大体押韵的作品及其文体归属有了明确的认识"，也可以借此了解"失传已久的秦汉杂赋"的大概。[①] 更重要的是可以见证文人创作与民间文学的交叉影响，各种文体之间相互渗透并对后来文学以深远影响的复杂性。

敦煌俗赋对时代风习的载录，还使其具有文化、文献的价值。

---

① 伏俊琏：《敦煌俗赋的文学史意义》，载《中州学刊》，2002年第2期，第54页。

第六章　五代十国赋

第一节　五代赋家、赋作、赋集与赋学活动

五代上承晚唐，下启宋初，赋史甚或一般文学史都将其附于唐末，其实它本身也是一个独立的具有鲜明时代特色的文学发展阶段，特辟专章以记其要。

一、五代的断限问题

五代是指唐王朝覆亡以后，在中原地区相继建立的后梁（907—923）、后唐（923—936）、后晋（936—947）、后汉（947—950）、后周（951—960）五个王朝。五朝之外，还相继或同时出现了吴（892—937）、南唐（937—975）、前蜀（891—925）、后蜀（925—965）、南汉（905—971）、楚（896—951）、吴越（893—978）、闽（893—945）、荆南（907—963）、北汉（951—979）十个割据政权，统称"十国"。因为时代的纷争与标准的不一，后来学者对五代的断限颇有分歧。或因正统史观，以五代为主体，兼管十国，上迄唐亡（907），下至北宋开国（960）；或考虑分裂事实而前后延伸年限，而延伸的具体时间又没有统一标准。

以文学著述为例，王士禛原编、郑方坤删补《五代诗话》以"五代"名书[①]，年限上自光化、天复，下逮乾德、建隆。[②]　杨荫深《五代文学》以907—979为断限，分章论述五代十国文学。[③]　贾晋华、傅璇琮先生所著《唐五代

---

① "五代中原多故，风流歇绝，固不若割据诸邦，犹能以文学显。此朱竹垞先生《词综》标目，有五代十国之称也。今考吴越、荆南，始终奉中朝正朔；余则唐、蜀、闽、汉，或暂合而旋离，或先违而后附；而北汉建国历三十年，并无一诗人可纪，则固未全乎十之数矣。故依原本，仍以《五代》名书，亦犹《通鉴》之以中原纪年，而他国事实不妨互见云尔。"郑方坤：《五代诗话·例言》，见王士禛原编，郑方坤删补，李珍华点校：《五代诗话》，北京：人民文学出版社，1989年，第1页。

② "自光化、天复以来，下逮乾德、建隆之际，首尾六七十年。"郑方坤：《五代诗话序》，见王士禛原编，郑方坤删补，李珍华点校：《五代诗话》，北京：人民文学出版社，1989年，第4页。

③ 杨荫深：《五代文学》，上海：商务印书馆，1935年。

文学编年史·五代卷》断限略同，上起后梁太祖开平元年（907），下至宋太祖太平兴国三年、北汉英武帝广运五年（978）。① 傅璇琮先生为李珍华点校的《五代诗话》所作序言中，曾谈及若专作五代文学系年，可以从唐僖宗光启元年（885）开始，那时黄巢起义虽平复，但各地节镇已乘机拥兵自立，中央朝廷名存实亡，当时一些著作家如韦庄、韩偓、黄滔、杜荀鹤等，皆由唐入五代。② 张兴武先生在《五代作家的人格与诗格》③《五代十国文学编年》④《五代艺文考》⑤三书中，都认为五代文学创作及其他文化活动，都应从唐昭宗朝开始考虑，这样才可以有一完整的把握。至于下限，由于宋灭诸国的时间有先有后，所以对具体人物，则应具体分析："大凡在五代十国时期就已出仕的文臣武将，无论其什宋早晚，都被纳入五代范畴。"⑥赵俊波先生《五代赋辑补》对时间的限定，依据的就是张兴武先生之说。⑦ 彭红卫先生《唐代律赋考》书末附录《唐代律赋中现存试赋139篇一览表》，下限至乾宁二年（895）。⑧

　　文学创作，甚或历史、哲学、艺术、宗教的断限，大体对应于王朝纪年而又不可局限于政权更替。何况五代十国时既参差，地亦交错，作家往来其间，穿越其时，外加资料缺载，时空边界与作品系年都难以确定，只能据其大体，约略言之，并以"五代"概称"五代十国"。

二、五代辞赋概貌

　　欲明五代辞赋大体，宜知五代赋家、赋作、赋集及赋学活动。

（一）五代赋家赋作

　　一般而言，有存赋赋家，有提及能作赋或作有赋之赋家，还有潜在的赋家，如参加科考的士子。赋作亦然，有存留赋作，包括完篇与残句，也有可能赋作，包括科举试赋和有赋集的赋家之赋作。

　　五代存世的辞赋作品，大多收录在《全唐文》及陆心源补辑的《唐文拾

---

① 贾晋华、傅璇琮：《唐五代文学编年史·五代卷》，沈阳：辽海出版社，1998年。
② 王士禛原编，郑方坤删补，李珍华点校：《五代诗话》，北京：人民文学出版社，1989年。
③ 张兴武：《五代作家的人格与诗格》，北京：人民文学出版社，2000年。
④ 张兴武：《五代十国文学编年》，北京：人民文学出版社，2001年。
⑤ 张兴武：《五代艺文考》，成都：巴蜀书社，2003年。
⑥ 张兴武：《五代艺文考》，成都：巴蜀书社，2003年，第4页。
⑦ 房锐主编：《唐五代文化论稿》，成都：巴蜀书社，2006年，第325页。
⑧ 彭红卫：《唐代律赋考》，北京：社会科学文献出版社，2009年，第300页。

遗》中。史书、笔记也保存了一些零星残句、篇名或者有关赋学的事迹。陈尚君先生《全唐文补编》《全唐文再补》《全唐文又再补》分别辑补唐五代赋75篇、19篇、10篇，合计104篇，其中五代赋当在20篇以上。初步估算五代现存赋作近130篇，存赋赋家近40人。存赋赋家有黄滔、徐寅、释延寿、江文蔚、桑维翰、邓洵美、欧阳彬、李琪、扈载、徐铉、杨夔、杨洽、张颖、张皓、张翊、李铎、罗隐、荆浩、朱邺、杜光庭、吴融、韩偓、张曙、王损、余镐、杨遂、马郁、崔致远、李任、史虚白、李煜、舒雅、王翃、钱俶等。以时间而论，这些赋家既有旧唐遗老，又有五代新秀。以地域而论遍及五代十国，而以闽地成就最为突出。赋作以黄滔、徐寅居多，《全唐文》收黄滔赋22篇、徐寅赋28篇，《唐文拾遗》收徐寅赋22篇，其中《均田赋》述后周显德中均田事，当系误收。黄滔、司空图、吴融、罗隐诸赋已于晚唐章述及。刘鹭有《善歌如贯珠赋》，陈尚君先生考为省试赋，刘鹭为贞元中人；王澄有《梓材赋》，陈尚君先生考为省试赋，王澄为玄宗时人；王周有《蚋子赋》，陈尚君先生考出《王周诗集》，王周为北宋仁宗时人。① 其余收入《全唐文》与《唐文拾遗》的有韩偓《红芭蕉赋》《黄蜀葵赋》、张曙《击瓯赋》、王损《通犀赋》、杨洽《铁火箸赋》、张皓《藏冰赋》、杨夔《溺赋》、徐铉《颂德赋》《木兰赋》《新月赋》、梁嵩《代母作倚门望子赋》、李铎《密雨如散丝赋》《秋露赋》、荆浩《画山水赋》、释延寿《金刚证验赋》《法华瑞应赋》、杜光庭《纪道德赋》《感古今赋》等。另陈尚君先生《全唐文补编》辑有余镐《阆苑赋》、杨遂《太极生两仪赋》、马郁《转转赋》、崔致远《咏晓赋》、李任《赋项》、李琪《汉祖三杰赋》、江文蔚《天窗赋》《土牛赋》《螃蟹赋》、史虚白《割江赋》、李煜《登高赋》、舒雅《鹤赋》、释延寿《神栖安养赋》《华严感通赋》《观音应现赋》、朱邺《雷出地上震赋》、徐寅《过梁郊赋》等赋篇。

实际的赋家赋作当然远远不止这些。据徐松《登科记考》，从885年至959年中，只有天复二年（902）、天复三年（903）、乾化四年（914）、贞明七年（921）、龙德三年（923）、天福四年（939）、天福八年（943）这7年没有进行科考，这些年共录取进士1197名。这些考上的进士加上参加科举的士子当以万计，他们都受过试赋的训练，都可看作潜在的赋家。

---

① 《再续劳格读〈全唐文〉札记》，详见陈尚君：《唐代文学丛考》，北京：中国社会科学出版社，1997年，第110～111页。张颖有《形盐赋》、张翊有《潼关赋》，陈尚君先生对二张所处时代也有质疑，不过没有确指。

(二)五代赋集

检顾櫰三《补五代史艺文志》、宋祖骏《补五代史艺文志》、汪振民《补南唐艺文志》和唐圭璋、杜文玉《南唐艺文志》、张兴武先生《五代艺文考》等资料,知五代赋集有《赋苑》二百卷(或云徐锴编)、《广类赋》二十五卷、《灵仙赋》二卷、《甲赋》五卷、《赋选》五卷(李鲁编)、江文蔚辑《唐吴英秀赋集》七十二卷(或云杨氏编)、《桂香赋集》三十卷、《桑维翰赋》二卷、《李山甫赋》二卷、薛廷珪《克家志》五卷①、冯涓《怀秦赋》一卷、江文蔚《江翰林赋集》三卷、徐寅《赋》五卷(《四库全书》录《徐正字诗赋》二卷)、侯圭《侯圭赋集》五卷、丘旭《丘旭赋》一卷、倪曙《倪曙赋》一卷、高越《高越赋》一卷,许洞、徐铉《杂古文赋》一卷、杨夔《杨夔赋》一卷、孙光宪《纂唐赋》一卷、沈颜《大纪赋》一卷、郭贡《体物赋集》一卷、侯圭《江都宫赋》一卷、薛廷珪集《薛氏赋集》九卷、荆浩《山水赋》一卷、释希觉《杂诗赋》十五卷、罗隐《罗隐赋》一卷、张策《吊梁郊赋》一卷、赵邻几《禹别九州赋》一卷、释延寿注《心赋》一卷,又《通感赋》一卷。其中包括单人的赋作与选录前人作品的赋选,如《赋苑》"集唐人及近代律赋",《广类赋》"采唐人杂赋",《灵仙赋》"采唐人赋灵仙神异事",《赋选》"集唐人律赋"。② 从一些史料的记载来看,一些高产的赋家既没有什么作品流传下来,也没看到有赋集的编纂,王定保在《唐摭言》卷十中说:"谢廷浩,闽人也。大顺(890)中,颇以辞赋著名,与徐寅不相上下,时号'锦绣堆'。"③李昉在《王仁裕神道碑》中说:王仁裕"岁余著赋二十余首,甚得体物之妙。"(《全宋文》卷四十六)《十国春秋》道黄损"为学以该通擅长,尤工诗赋,遇佳山水,留题殆遍"。《江南野史》卷七《邓洵美传》云:"邓洵美,世为湖郴郡人。少有敏才,工诗,长于赋颂……先是,太常丞陈度有薛孤延《斗雷赋》,颇为时彦所推尚,而《洵美集》中亦有此作,复语句皆同,而首末小异,未知谁氏之述也。"④可见五代作赋的风气并未衰减,只可惜这些作品大都亡佚了。五代还有赋论,最著名为和凝《赋格》二卷,其他如丘旭《宾朋宴语》,郑谷、齐己、黄损《诗格》、黄滔《泉山秀句》、徐寅《雅道机

---

① "廷珪父逢,著《凿混沌》《真珠帘》等赋,为时人所赏。廷珪亦著赋数十篇,同为一集,故曰《克家志》。"详见张兴武:《五代艺文考》,成都:巴蜀书社,2003年,第200~201页。
② 郑樵撰:《通志》卷七《艺文略》八"赋"类著录注,北京:中华书局,1987年,第823页。
③ 上海古籍出版社编:《唐五代笔记小说大观》下册,上海:上海古籍出版社,2000年,第1667页。
④ 龙衮撰:《江南野史》,详见傅璇琮、徐海荣、徐吉军主编:《五代史书汇编》,杭州:杭州出版社,2004年,第5205~5206页。

要》、冯鉴《修文要诀》、张为《唐诗主客图》、齐己《风骚指格》、僧虚中《流类手鉴》、李洪宣《缘情手鉴诗格》、徐衍《风骚要式》、李洞《贾岛句图》、王元《诗中旨格》、王梦简《诗要格律》、文彧《诗格》与《论诗道》等诗文评著述也可能道及辞赋。

(三) 五代赋学活动

从留存的作品及有关赋学活动的记载来看，五代辞赋对科举的黏附有所摆脱，实用性和娱乐性都有所强化。

《旧五代史》卷五十八载：李琪"年十八，袖赋一轴谒谿，谿览赋惊异，倒屣迎门……琪由是益知名，举进士第。"这是以辞赋为干谒之用。徐铉《木兰赋》序云："吾兄感春物之载华，拟古诗而见寄。吟玩感叹，谨赋以和焉。"这是以赋为唱和之用。

王延寿（释延寿）《齐天赋》（《全唐文》卷九百二十二）、林罕《车驾还都赋》（《蜀梼杌》卷上）、李象《二舞赋》（《旧五代史》卷七十九）、王定保《南宫七奇赋》（《新五代史》卷六十五）、欧阳彬《独鲤朝天赋》（《万里朝天赋》，陶岳《五代史补》卷三），徐铉《颂德赋》（《全唐文》卷八百七十八）都是献颂之作。

李任作赋戏韦吉以解颐①，是赋作娱乐化的表现，江文蔚作《蟹赋》讥讽严续②，史虚白作《割江赋》以讽元宗献地求成③，杨夔著《溺赋》以诫田頵④，又不乏凛然正气。

人劝桑维翰不必举进士，桑维翰慨然而著《日出扶桑赋》（《新五代史》卷二十九《桑维翰传》），是以赋明志。尹玉羽作《春秋音义赋》十卷、《春秋字源赋》二卷（《宋史》卷二百零二《艺文志》）是以赋传学。

因为雕版印刷的发达与人员流动的频繁，五代辞赋的传播也比较便捷，除了传统的佳作因《文选》的刊刻广为流布外，新出的辞赋如徐寅的《人生几何赋》也曾远达渤海国。⑤

---

① 《玉堂闲话》，见李昉等编：《太平广记》卷二百五十二"李任为赋"条，北京：中华书局，1961年，第1963页。
② 文莹撰，郑世刚、杨立扬点校：《湘山野录》卷下，北京：中华书局，1984年，第55页。
③ 吴任臣撰，徐敏霞、周莹点校：《十国春秋》卷二十九，北京：中华书局，1983年，第417～418页。
④ 路振：《九国志》卷三《田頵传》，《丛书集成初编》本，第37页。
⑤ 《钓矶文集》卷八有诗题为《渤海宾贡高元固先辈闽中相访云本国人写得寅斩蛇剑御沟水人生几何赋家皆以金书列为屏障因而有赠》，可见徐寅在唐末五代之际赋名昭著，甚至远达渤海国。

凡此种种,说明五代的赋家、赋集、赋作、赋学活动都有可观的数量且不乏引人注目的特点。

三、五代辞赋的研究价值与研究现状

对五代辞赋进行整理研究有着文献学、文体学、文化学、地域学、文学史学的价值与意义。从文献学的角度看,真问题的抽绎和解决,依赖于对材料的广泛搜索与精心考辨。对与五代辞赋相关的基本文学事实的确定与考证是非常重要的基础性工作。从文体学的角度看,五代是词体新兴,小说发达的时期,这些文体的兴起既缘乎文学本身演进的规律,也与时代风习密切相关,辞赋作为一种更为古老的文体在这个时代有无新的变化,这也是一个可以横向比较而又能引人入胜的话题。从文化学的角度而言,五代时局动荡,田园荒芜,与此同时,科举不断,雕版印刷技术广泛运用。在这样的时局里,士人们一面研究《春秋》,以挽救时局,制裁邪恶;一面潜心佛道,以向往来世,渴望长生。这是怎样的文化格局?又将如何影响士人的心性人格?从地域学的角度看,五代十国乱中有变、乱中有治,后周、闽、南唐、后蜀、荆南经济都有不同程度的发展。南唐与西蜀是词学的中心,湘楚荆南也日渐成为文学活跃的区域,而黄滔、徐寅两位律赋大家及此前的王棨则出于闽地,其内在的因由到底是什么?从文学发展史的角度看,五代文学相较于唐宋两大文学板块而言,可能更像零乱的碎片,所以前人每谓五代之时"风雅凌夷",五代之史为"残山剩水",五代之诗如"时鸟候虫",五代之艺"自《郐》无讥"。但从理论上讲,这板块间的碎片比板块本身更多复杂的成分,板块的过渡与连接也全由这碎片完成,所以它不仅具有独立的价值,还有承上启下的意义。

五代辞赋的研究虽有如此众多的意义,却还没有引起学界足够的重视。迄今为止,以五代辞赋为专题的研究极为罕见,唯赵俊波的《五代赋辑补》与林毓莎的《徐寅研究》可称为直接的研究。赵俊波所著《中晚唐赋分体研究》书末附录的《唐赋辑补》包括五代部分,后来又将这一部分单独抽出并以《五代赋辑补》为题编入房锐主编的《唐五代文化论稿》一书。《五代赋辑补》共辑得五代赋家29人,赋作39篇(多系篇名或残句),试赋题5个。值得高兴的是,近年来有关五代艺文编年、辑补等基础性工作取得了不少成就。张兴武《五代作家的人格与诗格》(附录二:五代作家综合年表)、《五代十国文学编年》《五代艺文考》三书,以及贾晋华、傅璇琮《唐五代

文学编年史·五代卷》，吴在庆、傅璇琮《唐五代文学编年史·晚唐卷》对晚唐五代的文学史料进行了编年整理，其中都涉及若干五代辞赋的资料。陈尚君《全唐文补编》《全唐文再补》《全唐文又再补》分别辑补唐五代赋65、19、10篇，合计94篇，其中五代赋也在20篇以上。赵俊波关于五代赋的专门辑补正是在这样的学术背景下进行的，这一背景既是五代辞赋研究的重要基础，又预示着以基本文学事实的清理为前提的研究趋势。林毓莎《徐寅研究》是成于2008年的硕士学位论文（福建师范大学），内中涉及徐寅的生平著述与诗赋艺术，后来析出有论文《徐寅律赋艺术管窥》与《徐寅名号及生卒年考辨》。徐寅是五代最为重要的律赋大家，林毓莎的研究虽然简略，却有从整体上研究五代赋家的先导作用。也反映了对五代文学进行宏观研究的学术趋势。

20世纪以来的中国文学史著作，罕有将五代文学列为专章的。多半以"唐五代词""晚唐五代词""词的兴起"为题论述少数几位词人。或有题为"晚唐五代文学"，而在实际叙述中也只论及唐末几位作家及五代少数几位词人的。以五代文学作为专书的，商务印书馆于20世纪30年代编印的"百科小丛书"中有杨荫深《五代文学》。此书以五代十国为纲，分章介绍，体例初备，对辞赋作品极少论及，但毕竟强调了五代文学的独立价值。以五代文学作为专章的有吴庚舜、董乃斌主编的《唐代文学史》下编《中唐、晚唐与五代文学》，也没有专门论辞赋的章节，但毕竟拈出了"五代文学"的标题。对五代文学所作的整体性研究历来薄弱。究其原因，一在于五代夹在唐、宋之间，其文学成就本难与唐宋文学抗衡，所以历来的研究者或将其附于唐末，或将其缀于宋初；二在于研究者的触角尚未深入这板块间的碎片里。近年来这种状况也大有改观，随着研究队伍的扩大与研究工作的不断深入，这些过去不太受重视的时代、体式也逐步成为研究的对象。张兴武的《五代作家的人格与诗格》、李定广的《唐末五代乱世文学研究》与罗婉薇的《逍遥一卷轻：五代诗人与诗风》，便是对这种相对薄弱的环节进行宏观研究的明证。这些研究虽然还是以诗词为主，很少论及辞赋，但是它们对时代背景的强调及宏观的研究思路却可以成为五代辞赋研究的借鉴。还有一些单篇的论文如刘福铸《唐末诗人徐寅评述》[①]、何绵山《五代闽国文

---

① 载《福建师大福清分校学报》，1990年第1期。

学探论》①、陶绍清《五代骈文景观》②等,虽未以辞赋为名,但论及五代赋家赋作,可列入五代辞赋研究的参考资料。

总而言之,五代辞赋的研究任重道远,展望五代辞赋研究的未来,可以在以下几个方面努力。一是大力加强文献研究的基础工作,注重辞赋文本和辞赋理论的清理,包括校订、辨伪、辑佚和汇评等,特别要注意搜集、整理与科举考试相关的赋学材料。二是深入开展五代辞赋的宏观综合研究,挖掘五代辞赋的文学史、文化史、思想史意义。三是注重五代辞赋与其他学科的交叉研究,开拓五代辞赋研究的新领域。

第二节 五代赋家赋作的时代性与地域性

五代是一个分裂割据的时代,也是一个过渡的时代,这过渡不仅牵连唐、宋两朝政权,更关乎文化的转变。明人陈邦瞻在《宋史纪事本末》中云:"宇宙风气,其变之大者有三:鸿荒一变而为唐、虞,以至于周,七国为极;再变而为汉,以至于唐,五季为极;宋其三变,而吾未睹其极也。变未极,则治不得不相为因,今国家之制,民间之俗,官司之所行,儒者之所守,有一不与宋近者乎? 非慕宋而乐趋之,而势固然已。"③唐、宋之变既彰明于政治、经济、科举、教育,也表现在社会风俗与文化学术上。1910 年,日本汉学家内藤湖南发表《概括的唐宋时代观》一文,认为唐、宋"在文化的性质上有显著的差异""唐代是中世的结束,而宋代则是近世的开始"。④ 由此导出"唐宋变革"这一学术命题。⑤ 内藤湖南的文章论及政治、经济、文化领域的具体表现。其中关于文学变化的要点为:文章由六朝至唐流行的重形式的四六文变为中唐韩、柳以后重自由表达的散文体,诗、词、曲代兴,形式更加自

---

① 载《文史哲》,1997 年第 6 期。
② 载《柳州师专学报》,2006 年第 6 期。
③ 陈邦瞻编:《宋史纪事本末》,北京:中华书局,1977 年,第 1191 页。
④ 内藤湖南:《概括的唐宋时代观》,详见刘俊文主编,黄约瑟译:《日本学者研究中国史论著选译》(第一卷),北京:中华书局,1992 年,第 10 页。始刊于日本《历史与地理》第 9 卷第 5 号。
⑤ 内藤湖南此说在国际汉学界影响甚大,宫崎市定、钱穆、陈寅恪、傅乐成等多有论述,截至 2015 年底,知网收录篇名中有"唐宋变革"字样的论文已超百篇。另李华瑞有专文乃至专书《"唐宋变革"论的由来与发展》,可以参看,文、书同题,文见《河北学刊》2010 年第 4 期和第 5 期,书于 2010 年由天津古籍出版社出版。泛论唐宋之变的自然更多,早在南宋,就有郑樵提及唐、宋取士与婚姻之别:"自隋唐而上,官有簿状,家有谱系,官之选举必由于簿状,家之婚姻必由于谱系。""自五季以来,取士不问家世,婚姻不问阀阅。"详见郑樵撰:《通志》卷二十五《氏族略》,北京:中华书局,1987 年。

由,语言由雅变俗,"文学曾经属于贵族,自此一变成为庶民之物"。① 许总《论五代诗》承此而来,提到五代文学性质的变化:"文人生活的贫寒化以及文化进程的世俗化,使得文学的本质属性表现为与宫廷文学的贵族化截然相反的平民化特征。"② 就文体而言,五代是词的草创时代;就地域而言,五代而旁及十国,也"不愧为一个有文学的时代,而且在文学史上还可以称为一个灿烂的时期"。③ 这灿烂主要就体现在词的成就上。五代的辞赋远不如词生机勃勃而又光辉灿烂,但我们依然可以尝试从仅存的赋作、赋集与赋学活动中了解五代辞赋的题材、内容、风格、手法,体察五代赋家的情怀与作赋目的,然后从中窥探这个时代、这些地域的政风、士风与文化特征,并反过来借以分析五代辞赋的时代特质。

一、五代辞赋的题材范围与主题取向

晚唐赋坛,曾因杜牧、李商隐、皮日休、陆龟蒙、罗隐、孙樵、刘蜕等人的批判锋芒而异彩纷呈,到了五代,这种源出忠爱的激愤也已消弭,代之而起的是感伤、悲悯、怨愤、怀疑、虚无的情绪,赋的功用也不止于应举、献颂、唱和,亦可以成为遣怀乃至娱乐的手段。

单以题材而论,五代的辞赋还在往多样化方向发展。举凡咏物、写景、艺文、仙释、咏史、怀古、论理、直接地抒情与讽颂都是五代现存辞赋习见的题材。

咏物的赋有徐寅《斩蛇剑赋》《竹篦子赋》《铸百炼镜赋》《涧底松赋》、韩偓《红芭蕉赋》《黄蜀葵赋》、徐铉《木兰赋》、王损《通犀赋》、杨洽《铁火箸赋》、王澄《梓材赋》、张颖《形盐赋》、裴振《雉尾扇赋》、江文蔚《土牛赋》《螃蟹赋》、舒雅《鹤赋》、王翊《昭阳殿赋》等。

徐寅《斩蛇剑赋》咏刘邦斩蛇起义所用之剑,赋假剑之视角,叙其辞丰沛、入崤函、剪长蛇、令诸侯、禅天子,然后历兴亡,继得丧事,阐述"有其道则威""无其道则铅""世乱将用,时清则藏"的道理。④ 与白居易《汉高祖斩白蛇赋》事同。《竹篦子赋》以梳理头发的竹篦子为叙写对象,不过重点也不在咏物,而在借题发挥。《铸百炼镜赋》写铜镜如何百炼至精事,也与白

---

① 内藤湖南:《概括的唐宋时代观》,详见刘俊文主编,黄约瑟译:《日本学者研究中国史论著选译》(第一卷),北京:中华书局,1992年,第16~17页。
② 许总:《论五代诗》,载《学术论坛》,1994年第6期,第70页。
③ 杨荫深:《五代文学》,上海:商务印书馆,1935年,第2页。
④ 马积高主编:《历代辞赋总汇》,长沙:湖南文艺出版社,2014年,第2391~2392页。

居易《百炼镜》意合。赋云:"今斯镜也,用其鉴形容,定妍丑,比君德之不昧,论臣心之无苟。"①白居易诗则说:"太宗常以人为镜,鉴古鉴今不鉴容。四海安危居掌内,百王治乱悬心中。乃知天子别有镜,不是扬州百炼铜。"《涧底松赋》写碧涧青松因地势居偏而无人问津,希望识才大匠早早顾盼采用。

韩偓《红芭蕉赋》《黄蜀葵赋》咏花,或曰早年之作,虽主体物,少用直接描写,而多比拟。

徐铉《木兰赋》拟古诗《庭中有奇树》,咏物抒怀,是以序云:"虽不足继体物之作,庶几申骚客之情。"其中咏物之句也不多:"外烂烂以凝紫,内英英而积雪。芬芳兮谢客之囊,旖旎兮仙童之节。"②

杨洽《铁火箸赋》写拨火用的器具。此赋铺陈铁火箸刚姿劲质、同心同德的品格,臧美它能夹辅炭热、击扬火光,"解严凝于寒室,播温暖于高堂"的功用:

> 物亦有用,人莫能捐。惟兹铁箸,既直且坚。挺刚姿以执热,挥劲质以凌烟。安国罢悲于灰死,庄生坐得于火传。交茎璀璨,并影联翩。动而必随,殊叔出而季处;持则偕至,岂彼后而我先。有协不孤之德,无愧同心之贤。至如元冬方沍,寒夜未央;兽炭初热,朱火未光。必资之以夹辅,终俟我而击扬。焚如焰发,赫尔威张。解严凝于寒室,播温暖于高堂。夺功绵纩,挫气雪霜。夫如是,则箸之为用也至矣,如何不臧。

后面还不断重复它的不孤之德、同心之贤:"同舟楫之共济,并辅车之相因。""止则叠双,用无废一。"最后表示:

> 佐红炉而周忒,烦素手而何辞。因依获所,用舍随时。倪提握之不弃,甘销铄以为期。③

杨洽生平不详,《全唐文》卷八百四十三谓王熔辟佐幕,赋所表达的正是佐幕者的效用之心。赋以"坚刚挺质,用舍因时"为韵,实即主旨。

---

① 马积高主编:《历代辞赋总汇》,长沙:湖南文艺出版社,2014年,第2414页。
② 马积高主编:《历代辞赋总汇》,长沙:湖南文艺出版社,2014年,第2716页。
③ 马积高主编:《历代辞赋总汇》,长沙:湖南文艺出版社,2014年,第2449~2450页。

王损《通犀赋》写一种名贵的犀牛角——通犀,赋写通犀的由来、形状、质地与多变的纹理,是比较纯粹的咏物之作。

王澄①《梓材赋》题出《尚书·周书·梓材》:"若作梓材,既勤朴斫,惟其涂丹雘。"传云:"为政之术,如梓人治材为器,已劳力朴治斫削,惟其当涂以漆,丹以朱而后成。以言教化亦须礼义然后治。"②梓本木名,因木质优良,《书》以《梓材》名篇,《礼》以梓人名匠。王澄此赋篇名中"梓材"便既指优质木材,又指梓人治材,而其目的则如韵语所言:"理材为器,如政之术。"这篇赋严格说来是论理的赋,但所论空洞而又囿于题解,正是律体弊病的体现。

张颖《形盐赋》,以"入用调鼎和羹"为韵,写虎形食盐。赋云:

形盐似虎,岐峙山立。虎则百兽最威,盐乃万人取给。合二美以成体,何众羞之能及。厥贡惟错,将蛤蜃以俱来;充君之庖,与昌歜而齐入。丽哉其义可嘉,其美可颂……立而成形也,白黑相对。融而司味也,咸酸必调……意者取则国君,文足昭德,武以弭兵。时之所贵,物莫能京。故天官叙其职,春秋美其名。必也见遗,则陆沉于怀土;如或可用,当济代之和羹。傥有裨于家国,在吾道之应行。③

《形盐赋》题出《春秋左传正义》卷十七《僖公三十年》:"冬,王使周公阅来聘。飨有昌歜、白、黑、形盐。辞曰:'国君,文足昭也,武可畏也,则有备物之飨,以象其德。荐五味,羞嘉谷,盐虎形,以献其功。吾何以堪?'"杜预注:"昌歜,昌蒲菹。白,熬稻。黑,熬黍。形盐,盐形象虎。"又谓:"嘉谷,熬稻黍也,以象其文也。盐虎形,以象武也。"④赋嘉形盐之义,颂形盐之美,最后也归总于效用之意。

张皓⑤以御厨副使而作《藏冰赋》,重点在叙写藏冰的采集与储存,结尾也巧妙地嵌入效用之意:"彼蓄物以俟用,亦何异乎藏冰。将有冒于严

---

① 《全唐文》卷八百四十八谓王澄后唐长兴二年官大理少卿。
② 《十三经注疏》整理委员会整理,李学勤主编:《十三经注疏·尚书正义》,北京:北京大学出版社,1999年,第386页。
③ 马积高主编:《历代辞赋总汇》,长沙:湖南文艺出版社,2014年,第2455~2456页。
④ 《十三经注疏》整理委员会整理,李学勤主编:《十三经注疏·春秋左传正义》,北京:北京大学出版社,1999年,第464~465页。
⑤ 《全唐文》卷八百六十曰:"皓,周显德二年官御厨副使。"

凝,岂见遗于水镜。"①

裴振(生平不详)《雉尾扇赋》一反咏扇诗赋常态,转从雄鸡落笔,哀其因毛美肤肥而遭人捕杀:"于嗟名翚兮谁丧尔躬？于嗟名翚兮我爱其尾。何不作于三嗅,乃见伤于一矢……尔毛既美,尔肤既肥,为荐庙之用,招媒罻之机。"在作者看来,不管多么尊贵的地位也不及生命本身的可贵:

> 至如千人操,万人歌,不如休于桃林之阿；复有青丝络,黄金装,不如放于华山之阳。身死命绝,魂销魄亡,永别俦侣,长辞故乡。虽复氛氲绮席,窈窕红妆,间以彩翠,盛以筐箱；百常之台刻月,九华之扇凝霜,独不及畴年之泽畔,昔日之山梁。悲夫！②

江文蔚《土牛赋》《螃蟹赋》、舒雅《鹤赋》、王翃《昭阳殿赋》仅存残句,③难窥全貌。

写景的赋有徐寅《御沟水赋》《鲛人室赋》《雷发声赋》《山暝孤猿吟赋》、徐铉《新月赋》、李铎《密雨如散丝赋》《秋露赋》、朱邺《扶桑赋》《落叶赋》《雷出地上震赋》、张随《蟋蟀鸣西堂赋》、余镐《阆苑赋》、江文蔚《天窗赋》、李煜《登高赋》等。

徐寅《御沟水赋》写御沟之水及水边琼殿、垂杨,水上虹桥及四时景色。《山暝孤猿吟赋》极写猿吟之惨恻,如云:"往往于松萝谷口,啸得烟昏。时时向薜荔峰前,啼摧月皎。断续相催,声长韵微。千林之红叶虽堕,万岭之愁云不飞。嘹嘹嗷嗷休未休,如迎静夜；历历啾啾起又起,似送残晖。足令掩耳傍偟,吞声太息。"④《鲛人室赋》写传说中水居如鱼、不废机织、眼能泣珠的鲛人所居之室,因系想象,不乏疑问与虚构:

> 斯室谁见,伊人尽传……异彼鲛人,处乎鲸海……凿户牖以非匹,饰椒兰而不同。度木何人,范环堵于琉璃地上。作嫔谁氏,纤轻绡于玳瑁窗中……双(阙)标百尺,岌嶪而贝阙凌前；万户(列)千门,洞达而龙宫在后。光攒琥珀千树,花折珊瑚万枝……琼窗而鳌顶均岫,绮栋而壶中借云。⑤

---

① 马积高主编:《历代辞赋总汇》,长沙:湖南文艺出版社,2014年,第2456页。
② 董诰等编:《全唐文》,北京:中华书局,1983年,第9399～9400页。
③ 详见陈尚君先生《全唐文补编》卷一百一十一、卷一百一十二、卷一百一十七。
④ 马积高主编:《历代辞赋总汇》,长沙:湖南文艺出版社,2014年,第2427～2428页。
⑤ 马积高主编:《历代辞赋总汇》,长沙:湖南文艺出版社,2014年,第2399页。

既是海中圣殿,这想象也离不开海的特性。当然,因为赋的篇幅所限,这特性展现得不够充分。而所有短篇小赋合在一起,也不难折射出难敌盛世的时代气象来。《雷发声赋》铺陈雷的神奇莫测与赫赫声势,感叹雷声长在,而年岁不居,不满天未惩恶,"不能火僭逆而霹奸妖"。①

徐铉《新月赋》(庚午岁宿直作)感叹时光流逝:"虽万古之不易,感一年而始生……人岁岁以潜换,景年年而若此。"②

李铎《密雨如散丝赋》《秋露赋》工丽纤巧,以描摹刻画见长。如写细雨如丝:

> 蒙茏浣纱之际,浸淫濯锦之余。织妇停梭,似曳乃轻之绪;舟人罢钓,疑牵或跃之鱼……始斜足以色丽,俄交反而势密。轻沾素服,怀墨子之悲时。遥隔布泉,误诗人之怨日。皎皎容洁,绵绵体微。绝而复寻,等蛛网而共挂。垂之如坠,连雪絮以轻飞。仰之盈目,纷如可瞩。彼时泽之长悬,若天经之恒续。③

或拟织妇停梭,或喻舟人罢钓,或比蛛网共挂,或云雪絮轻飞,莫不新颖贴切。如写秋露:

> 向珠网以添净,依玉阶而助明。如霜未结,似雨还轻。点庭芜而叶重,滋园菊而花荣……烟澹彩而的的,月笼华而晶晶……红兰受而弥洁,绿葵含而转芳。初益巨海,终晞太阳。既随时以隐见,还任物以行藏。尔其无林不沾,无草不幂。薙上流彩,林中湛液。思蝉饮而晓润,旅鹤警其宵滴。④

向珠网、依玉阶、点庭芜、滋园菊,无处不沾,如霜似雨,时隐时现,这种工细逼真的写法正体现了赋体文学的优长。

朱邺《扶桑赋》写神树扶桑,既写其独立高空,"卓出古今",又言其"心藏正直",有如良辅。陆机《文赋》云:"遵四时以叹逝,瞻万物而思纷。悲落叶于劲秋,喜柔条于芳春。"朱邺《落叶赋》既写缤纷落叶,又抒发感伤情绪,颇类六朝赋之生命意识。赋写叶落的情形说:"形宛转而断连,状徘徊以斜

---

① 马积高主编:《历代辞赋总汇》,长沙:湖南文艺出版社,2014年,第2429页。
② 马积高主编:《历代辞赋总汇》,长沙:湖南文艺出版社,2014年,第2717页。
③ 马积高主编:《历代辞赋总汇》,长沙:湖南文艺出版社,2014年,第2452页。
④ 马积高主编:《历代辞赋总汇》,长沙:湖南文艺出版社,2014年,第2452页。

却。枝稍高而飞远,条渐疏而阴薄;逗凉空以伴萤,绕明月而惊鹊;或散漫于原野,或摇扬于楼阁……浮于水中,似孤舟之远泛;落于山际,若断云之已飘。"写活了落叶飘于空中,洒在地上的各种形态。其间又伴随着关于盛衰的生命感怀:

> 叶何树而不坠?树何叶而不凋?悲夫!处处园林,纷纷相似……何夏茂而秋落?何先荣而后死?叶之致也,既顺阴阳之宜;叶之趣也,诚叶盛衰之理……见一叶之已落,感四序之惊秋,愧体物之逾拙,思轧轧而空抽者也。①

宇宙之大,品类之盛,修短随化,终期于尽,每念及此,不免惊叹。

张随②《蟋蟀鸣西堂赋》写蟋蟀鸣秋,催客泣下,并借以表达致用之情:"惊白露之虫跃,望青云之鸿渐。"③

新罗人崔致远的《咏晓赋》纯为写景之作,赋写拂晓时分由山川渐变、物象将开到曙色微分、晨光欲发,再到日影高照、万户开门的过程:

> 玉漏犹滴,银河已回。仿佛而山川渐变,参差而物像将开。高低之烟景微分,认云间之宫殿;远近之轩车齐动,生陌上之尘埃。晃荡天隅,葱笼日域。残星映远林之梢,宿雾敛长郊之色……俄而曙色微分,晨光欲发,数行南飞之雁,一片西倾之月。动商路独行之子,旅馆犹扃;驻孤城百战之师,胡笳未歇……及其气爽清晨,魂澄碧落。蔼高影于夷夏,荡回阴于岩壑,千门万户兮始开,洞乾坤之寥廓。④

用语典雅,意境优美,是难得的佳作。

余镐《阆苑赋》、江文蔚《天窗赋》、李煜《登高赋》⑤、朱邺《雷出地上震

---

① 董诰等编:《全唐文》卷九百零一,北京:中华书局,1983年,第9398页。
② 张随生平不详,有学者推算其为代宗、德宗时人,详见陈冠明:《唐诗人张随世次考》,载《烟台师范学院学报》,2000年第3期。
③ 董诰等编:《全唐文》卷九百零一,北京:中华书局,1983年,第9406页。
④ 《全唐文补编》卷九十七据《孤云先生文集》卷一,见陈尚君辑校:《全唐文补编》,北京:中华书局,2005年,第1189页。
⑤ 北宋陈彭年《江南别录》谓《登高赋》,南宋陆游《南唐书》谓《却登高文》,《四库全书总目提要》辨毛先舒《南唐拾遗记》:"又后主《却登高文》,全篇载于陆书《从善传》中,而讹为《登高赋》。惟存二句,乌在其为拾遗也。"

赋》等唯存残句。①

以艺文为题材的赋有徐夤《割字刀子赋》《歌赋》《玄宗御制卢征君草堂铭赋》《陈后主献诗赋》《太极生二仪赋》《玄宗御注孝经赋》、刘鹭《善歌如贯珠赋》、荆浩《画山水赋》、张随《无弦琴赋》、杨遂《太极生两仪赋》、马郁《转转赋》等。

徐夤《割字刀子赋》写竹简时代特有的文具——删削错别字用的刀子，谓其物小功奇。《歌赋》假楚襄王与宋玉问答，对比治世之音与亡国之音，阐述礼乐教化之道。《玄宗御制卢征君草堂铭赋》《玄宗御注孝经赋》叙事如题，一关隐士卢鸿，一关孝治孝教，并为盛世雅闻。陈亡而后主献诗文帝，请封泰山，《陈后主献诗赋》即讽陈后主"不惜邦家""不建道德""丽句今晨，翻祝千年之圣；丹墀昨日，犹居万乘之尊"。②《太极生二仪赋》言天地开辟、宇宙生成，阐述易理而归本混沌。杨遂亦作有《太极生两仪赋》，仅存残句："品物流形，聚作草木鸟兽，不言善应，散为霜露风云。"③

刘鹭《善歌如贯珠赋》题出《礼记·乐记》："故歌者，上如抗，下如队，曲如折，止如槁木，倨中矩，句中钩，累累乎端如贯珠。"孔颖达疏曰："言声音感动于人，令人心想形状如此。"④这其实是一种通感的手法，钱钟书先生有专文论及。赋开篇解题说："妙为曲者畅于情，乐为心者和于声。微至仪之难象，因贯珠而强名。"赋中也不乏体物之语，如："发皓齿而潜融熠熠，随雅调而暗转连连。""动白雪之声，初疑剖蚌；度元云之曲，终类投泉。"⑤但较之元稹的同题之作，终以议论居多。

荆浩是山水画宗师，其《画山水赋》专谈山水画技法，平实而精到，在古代画论中具有崇高地位。

张随《无弦琴赋》因陶渊明抚无弦琴以寄意的记载⑥，敷衍成关于有弦、无弦问题的对话与论议。如假"陶先生"之口云："乐无声兮情逾倍，琴无弦兮意弥在。天地同和有真宰，形声何为迭相待？"⑦表达以琴适性，以

---

① 详见《全唐文补编》卷八十八、卷一百一十一、卷一百一十二、卷一百一十六。
② 马积高主编：《历代辞赋总汇》，长沙：湖南文艺出版社，2014年，第2398页。
③ 详见陈尚君辑校：《全唐文补编》卷九十一，北京：中华书局，2005年，第1113页。
④ 《十三经注疏》整理委员会整理，李学勤主编：《十三经注疏·礼记正义》，北京：北京大学出版社，1999年，第1148～1149页。
⑤ 董诰等编：《全唐文》卷八百四十二，北京：中华书局，1983年，第8854页。
⑥ 事见《宋书·隐逸传》、萧统《陶靖节传》《晋书·隐逸传》等。
⑦ 董诰等编：《全唐文》卷九百零一，北京：中华书局，1983年，第9406页。

酒怡神,心和乐畅,性静音全,贵晦黜聪的思想。

马郁《转转赋》写一名能歌善舞的官妓,仅存十句:"玳筵既启,雅乐斯陈。雾卷罗幕,花攒锦茵。有西园之上客,命南国之佳人。貌逞婵娟,纵玉颜而倾国;步移缥缈,蹴罗袜以生尘。"①

以仙释为题材的赋有释延寿《金刚证验赋》《法华瑞应赋》《神栖安养赋》《华严感通赋》《观音应现赋》、杜光庭《纪道德赋》等。

咏史赋如徐寅《勾践进西施赋》《过骊山赋》《驾幸华清宫赋》《再幸华清宫赋》《口不言钱赋》《荐蔺相如使秦赋》《朱虚侯唱田歌赋》《樊哙入鸿门赋》《江令归金陵赋》《管仲弃酒赋》《员半千说三阵赋》《文王葬枯骨赋》《卞庄子刺虎赋》,张随《上将辞第赋》《纵火牛攻围赋》,李琪《汉祖三杰赋》等。

徐寅《勾践进西施赋》叙勾践进西施而终灭夫差事,归旨为:"杀忠贤而受佳丽,欲弗败其难哉。"《过骊山赋》由秦陵想秦史、叹兴亡。《驾幸华清宫赋》《再幸华清宫赋》以安史之乱为分界,写玄宗前后驾幸华清宫的景况。《口不言钱赋》叙西晋奢靡,借王衍事针砭时弊。《荐蔺相如使秦赋》写宦者令缪贤荐舍人蔺相如使秦事,一面表彰蔺相如有仁有勇,一面讥讽统治者玩物丧志。《朱虚侯唱田歌赋》写朱虚侯刘章唱田歌,喻去诸吕、强刘室事。《樊哙入鸿门赋》赞樊哙冒死救主之忠勇。《江令归金陵赋》写陈代亡国宰相江总事迹,抒"位失家亡,君移国徙"之感慨。《管仲弃酒赋》假管仲事言酒祸难防,希望"立诚者莫溺旨酒"。《员半千说三阵赋》取材于《大唐新语》,述员半千说天、地、人三阵。《文王葬枯骨赋》言文王仁爱天下,惠及枯骨,天下因而归心。《卞庄子刺虎赋》堪称叙事文,事出《史记·张仪列传》,……陈轸对曰:"亦尝有以夫卞庄子刺虎闻于王者乎?庄子欲刺虎,馆竖子止之,曰:'两虎方且食牛,食甘必争,争则必斗,斗则大者伤,小者死,从伤而刺之,一举必有双虎之名。'卞庄子以为然,立须之。有顷,两虎果斗,大者伤,小者死。庄子从伤者而刺之,一举果有双虎之功。今韩魏相攻,期年不解,是必大国伤,小国亡,从伤而伐之,一举必有两实。此犹庄子刺虎之

---

① 陈尚君辑校:《全唐文补编》卷九十四,北京:中华书局,2005年,第1158页。《全唐文补编》据《补侍儿小名录》引刘崇远《耳目记》辑补。《旧五代史》卷七十一《马郁传》载:"马郁,其先范阳人……尝聘王镕于镇州,官妓有转转者,美丽善歌舞,因宴席,郁累挑之。幕客张泽亦以文章名,谓郁曰:'子能座上成赋,可以此妓奉酬。'郁抽笔操纸,即时成赋,拥妓而去。"详见薛居正等撰:《旧五代史》,北京:中华书局,1976年,第937~938页。马郁赋转转事诸史有出入,可参见罗宁、张克然:《"侍儿小名录"书考》,见周裕锴编:《第六届宋代文学国际研讨会论文集》,成都:巴蜀书社,2011年,第607~620页。

类也。"①卞庄子是春秋时鲁国卞邑大夫,以勇力过人知名。陈轸举以游说秦惠王。徐寅敷衍成赋,并主"贪夫徇利,君子俟时"之旨。

张随《上将辞第赋》颂赞霍去病"恢壮节、辞华第",功先身后,是"万夫之雄特,百代之忠良"。赋以慷慨之词将霍去病写得气冲云霄:"乃进而陈曰:'烽燧之虞未绝,豺狼之党未灭,矧师旅而尚劳,何栋宇之云设?'于是崇义立勋,飘然不群,精贯白日,气干青云,胸中吞乎万里,掌内指乎三军。"②张随《纵火牛攻围赋》叙田单深谋远虑,终以火牛阵复兴齐国事,叙事详赡有序,差不多是《史记·田单列传》的翻版。

李琪《汉祖三杰赋》是少年时期应王铎命题所作赋,仅存六句:"得士则昌,非贤罔共。龙头之友斯贵,鼎足之臣可重。宜哉项氏之所以亡,一范增而不能用。"③

怀古赋如徐寅《五王宅赋》《丰年为上瑞赋》《白衣入翰林赋》《朱云请斩马剑赋》《毛遂请备行赋》《避世金马门赋》《东陵侯吊萧何赋》《首阳山怀古赋》、张翃《潼关赋》等。

徐寅《五王宅赋》叙玄宗兄弟五人分院同居事,末云:"王侯之地宅虽多(一作"存"),未若开元之有国。"④是对盛世圣君的缅怀与歌颂。《丰年为上瑞赋》赞太宗重农爱民。《白衣入翰林赋》羡李白布衣入仕。《朱云请斩马剑赋》典出《汉书》卷六十七所载"朱云折槛"⑤,述汉成帝时朱云请尚方斩马剑斩帝师张禹事。《毛遂请备行赋》述平原君客毛遂自荐出使楚国事。赋末云:"则知士也者,不可以贫欺;马也者,不可以瘦失。何待客以无鉴,几遗贤于此日。"⑥巧妙介入个人情绪与普世道理。《避世金马门赋》托东方朔故事言朝隐之法,开篇即云:"名利交奔,大隐之人兮心还混元,晦其迹而宁归碧洞,避其时而却入金门,亦何必野岸垂钓,荒村灌园。目其利而我性非利,耳其喧而吾心不喧。"⑦东方朔曾待诏金马门,自言"宫殿中可以避世全身,何必深山之中,蒿庐之下"⑧。《东陵侯吊萧何赋》叙东陵侯邵平

---

① 司马迁:《史记》卷七十,北京:中华书局,1963年,第2302页。
② 董诰等编:《全唐文》卷九百零一,北京:中华书局,1983年,第9404页。
③ 《太平广记》卷一百七十五引《李琪集序》,详见李昉等编:《太平广记》,北京:中华书局,1961年,第1304页。
④ 马积高主编:《历代辞赋总汇》,长沙:湖南文艺出版社,2014年,第2411页。
⑤ 班固撰:《汉书》,北京:中华书局,1964年,第2915页。
⑥ 马积高主编:《历代辞赋总汇》,长沙:湖南文艺出版社,2014年,第2396~2397页。
⑦ 马积高主编:《历代辞赋总汇》,长沙:湖南文艺出版社,2014年,第2402页。
⑧ 司马迁撰:《史记》卷一百二十六《滑稽列传》,北京:中华书局,1963年,第3205页。

以吊为谏,告诫萧何吉凶同域、功高震主。《首阳山怀古赋》论夷齐不食周粟事,认为夷齐之举意在维护既有之君国。

张翊《潼关赋》写景而兼咏史:

> 维皇王之建国,分中外于上京。凭山河以作固,阒夷狄而腾声。诚曰咽喉,吞八荒而则大;是称岩险,控万国以来平。周有掌货之节,礼无关门之征。巨防宵扃,倚洪波而作镇;重扉击柝,连太华而为城。创中代之新号,变函谷之旧名。柱史老聃,拥仙云而西迈;终军童子,建使节而东行。文仲不仁,废六关而兴诮;王元有说,封一丸而永清。若用备不虞,取诸系象。作邦畿之襟带,杜奸宄之来往。长墉矗兮云屯,曾楼赫以霞敞。登临者有知其地雄,逾越者无漏于天网。亦有孟尝夺走,长宵未曙。何白马之不谈,学鸡鸣而乃去。逢尉臣之一失,或愚者之千虑。至如楚汉争雄,沛公先入。旗鼓照耀,兵戈禽习。南面则三杰齐驱,东井则五星俱集。实灵命之所应,亦人谋而是及。王道廓而已清,帝业巍乎乃立。穷四塞之艰阻,成百王之都邑。故知建功定霸,期乎此关。武侯矜于固险,娄敬说乎河山。视前烈之轨躅,览陈迹而跻攀。既登高而能赋,希驷马而言还。①

潼关是东西交通的咽喉,历来为兵家必争之地,也是王朝兴衰与杰士逞才的见证。此前杜甫、韩愈并有诗歌述及,此后的吟咏更是绵绵不绝。张翊本京兆人,生逢变乱之世,曾"仕吴为武骑尉,后见知于宋齐邱,授府中从事,南唐代吴,擢虔州观察判官西昌令"②,其所著《潼关赋》首述潼关天险,然后绾合老聃、终军、臧文仲、王元、孟尝君、刘邦、项羽、诸葛武侯、娄敬等历代名流涉关史事,较之他种诗歌自然多些历史信息,但其为写景而咏史实有古而无怀,显示了诗善言志、赋可体物的特点。

论理的赋有徐寅《京兆府试入国知教赋》《福善则虚赋》《外举不避仇赋》《贵以贱为本赋》《垂衣裳而天下治赋》《知白守黑为天下式赋》《止戈为武赋》《义浆得玉赋》、杨夔《溺赋》、张随《耀德不观兵赋》《庄周梦蝴蝶赋》《海客探骊珠赋》《叶公好龙赋》等。

---

① 马积高主编:《历代辞赋总汇》,长沙:湖南文艺出版社,2014年,第2450页。
② 见《全唐文》卷八百七十作者简介。

徐寅《京兆府试入国知教赋》《垂衣裳而天下治赋》述礼乐教化之理，《外举不避仇赋》《止戈为武赋》论举贤兵之道，皆属国家层面的问题，其《义浆得玉赋》《福善则虚赋》《贵以贱为本赋》《知白守黑为天下式赋》则道个人修为，一依儒、三从道，都讲人生哲理。

杨夔《溺赋》为诫田頵而作，《全唐文》介绍杨夔说："夔，有隽才，为宣州田頵上客，知頵不足抗吴，著溺赋以戒之。頵不用，竟至于败。"①《新唐书·田頵传》亦载："(田頵)善遇士，若杨夔、康骈、夏侯淑、殷文圭、王希羽等皆为上客……夔知頵不足亢行密，著《溺赋》以戒，頵不用。"②杨夔自号"弘农子"，赋即虚构玄微子（玄微先生）与弘农子对话，由洞庭浩波涉水之溺类比推衍出"非波非涛""不波而沉"的酒、色、财、权四大欲海之溺。前半写洞庭风波，后半分述四溺并加总陈，其结构为：

> 曲糵是惑，沉湎无时……酒之溺也……苞藏其庆，矜持其妍……色之溺也……沟壑难满，锥刀必聚……贪之溺也……言张其机，笑孕其毒……权之溺也……酒曰甘波……色曰爱河……财曰药江……权曰狼津。③

人水之喻，古来常见，武王《盥盘铭》云："与其溺于人也，宁溺于渊。溺于渊，犹可缓也；溺于人，不可救也。"④钱钟书先生《管锥编》读此铭时曾指出杨夔《溺赋》即本此而来："酒溺一节亦取武王《觞铭》之'沉湎致非，社稷为危'，不特'没不可援'显本《盥盘铭》也。"钱钟书先生又广引释典、古罗马小说、《论语》《后汉书》及李曾伯、真德秀、无名氏、邓玉霄、史九敬、申时行等人诗文，梳理酒、色、财、权（或气）之书写史，以说明："以人欲世事，比于'渊''水'之足以沉没丧生，后来踵增胎衍……不可胜稽。"⑤除了杨夔本人的劝诫目的与钱钟书先生所说的欲海之譬，这篇赋关于家国人生的批判精神与现实意义不容忽视。如其写权溺一段：

---

① 董诰等编：《全唐文》卷八百六十六，北京：中华书局，1983年，第9071页。
② 欧阳修、宋祁撰：《新唐书》卷一百八十九，北京：中华书局，1975年，第5479页。
③ 马积高主编：《历代辞赋总汇》，长沙：湖南文艺出版社，2014年，第2447~2448页。
④ 《全上古三代文》卷二"武王"，见严可均校辑《全上古三代秦汉三国六朝文》，北京：中华书局，1958年，第19页。
⑤ 钱钟书《管锥编》，北京：中华书局，1979年，第856~857页。生活·读书·新知三联书店2007年另有增订。钱先生引杨赋时"酒曰甘波"句与"色曰爱河"句顺序错置。

> 至若专国之柄,操天之轴。任其性情,随其嗜欲。其喜也沉者浮,其怒也嬴者缩。易否为臧,化直为曲。虽山重而可回,虽海深而可覆。其门若市,其帑如谷。背者斥,向者录,言张其机,笑孕其毒。誉之则铢而为钧,訾之则歌而为哭。屏内外之气,侧天下之目。稽其莽卓,考其产禄。谓兵铃之在己,将神器之有属。国玺行窃弄之手,官闱开盗视之目。自谓其投盖之力可图,殊不知燎原之火难扑。既众叛而亲离,竟噬脐而啮腹。此所以为权之溺也。①

这段文字将沉溺于权谋谲诈的人不问曲直、随心所欲、笑里藏刀、口蜜腹剑、网罗同党、打击异己的种种劣迹揭露无遗。如赋家所言,这四害的流毒极其深远:"其毒也必溃于骨髓,其痛也亦甚于戈矛。"在这人人求自保的变乱时代,还有这么个清醒的人说了几句清醒的话,实在很难得。

张随《耀德不观兵赋》主张"止干戈而重仁义",认为"欲朝万国,归四海,不可以逞弧矢之威"。②《庄周梦蝴蝶赋》认为"变化悠悠,人生若浮",主张"万物各得其性"。③《海客探骊珠赋》与《叶公好龙赋》俱属寓言体赋。前者意指:"贪夫徇财,自贻伊咎,君子远害,惟俭是守。"④后者寓托:"好龙如之何,期真假无变;好士如之何,在贤愚无眩。"⑤

直接讽颂与抒情的赋有徐铉《颂德赋》、张随《云从龙赋》、史虚白《割江赋》、徐寅《人生几何赋》《寒赋》《扣寂寞以求其音赋》《隐居以求其志赋》、梁嵩《代母作倚门望子赋》等。

徐铉《颂德赋》题为"东宫生日献",可见是敬奉太子的作品,难免阿谀奉承之语,好在后半以"自古圣贤,率由辅导"开头,委婉规劝太子不忘朝廷所寄、苍生所望,要亲仕近孝,勤政爱民。

张随《云从龙赋》以云龙之义喻君臣之道,谓"臣良而圣主垂拱,云起而飞龙在天",末尾在犹疑中奉颂:"则当今得贤共理,岂不冠前代之君臣?"⑥

史虚白《割江赋》讽南唐中主李璟献地求成事,吴任臣《十国春秋》载:

---

① 马积高主编:《历代辞赋总汇》,长沙:湖南文艺出版社,2014年,第2448页。
② 董诰等编:《全唐文》卷九百零一,北京:中华书局,1983年,第9403~9404页。
③ 董诰等编:《全唐文》卷九百零一,北京:中华书局,1983年,第9404页。
④ 董诰等编:《全唐文》卷九百零一,北京:中华书局,1983年,第9405页。
⑤ 董诰等编:《全唐文》卷九百零一,北京:中华书局,1983年,第9406页。
⑥ 董诰等编:《全唐文》卷九百零一,北京:中华书局,1983年,第9405~9406页。

"及淮甸不宁,元宗献江北地求成,虚白乃为《割江赋》以讽曰:'舟车有限,沿汀岛以俱闲;鱼鳖无知,尚交游而不止。'"①

徐寅《人生几何赋》感叹人生无常、祸福不定。《寒赋》写寒时寒士,抒不为世用之愤。《扣寂寞以求其音赋》写沉沦下潦之悲。《隐居以求其志赋》写归隐独善之志。

梁嵩《代母作倚门望子赋》代母抒怀,别有情韵:

> 苍苍茫茫道远,倚倚望望情伤。念荡子之久别,投慈心于远方。
>
> 渺渺何之,动幽怀于眷恋。滔滔不返,向上国以观光。当其截发投师,操心托迹,遥望皇都,俯登紫陌。啮臂于卫国门前,题柱于升仙桥侧。担簦日久,希寸禄以资荣。负米程遥,仗何人而请益。征轮蓬断,别骑尘飞。睇眸眷眷,凝思依依。
>
> 欲历而既升云路,遥怜而独倚柴扉。汨没难明,我则每晨昏而怅望。宗支有托,汝盍计蚤晚以言归。常旷望于烟霄,每凄凉于蓬荜。杳杳兮故路,寂寂兮旧室。几行雁阵空来,万里尺书难述。水声山色,遽惊怀古之人。别恨离情,愁对秋风之夕。眷恋徘徊,忧心靡开。抑郁之情恒自切,湮沦之事有谁哀。念一苇于津涯,诚难去矣。听孤鸿于碧落,得不悲哉。
>
> 想彼淹留,伤乎离索。踌躇兮不止,优游兮何托。盈庭之萱草徒荣,满目之芦花自落。杨朱陌上,萧条而恨泪潸潸。汉武台边,宛转而残霞漠漠。恨山海之高深,念行役以难寻。忆昔伯俞之志,宁无泣杖之心。对月而常怜独坐,闻蛩而每忆寒吟。勤兹怀土之思,惟凭蜀魄。触尔还乡之计,暗托秋砧。
>
> 嗟夫!峨峨中立,殷殷士子。献书之疏复何如,干禄之心几时止。遣我日日望红尘,未见此心终未已。②

梁嵩,龚州(今广西平南)人。字子高,又字仲邱。南汉白龙元年(925)状元,官至翰林学士。以时多虐政,献《代母作倚门望子赋》乞归养母。赋以母亲的口吻入笔,写其自幼信誓旦旦,志在功名,出门时情同吴起别母、相

---

① 吴任臣撰,徐敏霞、周莹点校:《十国春秋》卷二十九,北京:中华书局,1983 年,第 417~418 页。郑文宝《南唐近事》作"尚交游而不止",马令《马氏南唐书》卷十四作"尚浮游而不止"。
② 董诰等编:《全唐文》卷八百九十二,北京:中华书局,1983 年,第 9315 页。

如题柱,而游学日久,虽得寸禄,却无如子路,负米侍亲。然后以大量笔墨写家母独倚柴扉、晨昏怅望,情思凄婉恳挚,连汉主刘龑也怜而许其侍母之愿,并厚加赏赐,梁嵩固辞不受,独请蠲免龚州一年丁赋。①

五代辞赋题材既多样,主题又多元,除了传统的颂美与讥刺,更多了乱世的感伤与怨愤,以及虚无与娱乐的心境。徐寅《山瞑孤猿吟赋》《雷发声赋》《涧底松赋》、徐铉《木兰赋》《新月赋》、朱邺《落叶赋》、裴振《雉尾扇赋》、韩偓《红芭蕉赋》《黄蜀葵赋》、江文蔚《螃蟹赋》、马郁《转转赋》,等等,都是此类心境的写照。至于文士所共有的期用之心,也习见于杨泾《铁火箸赋》、张颖《形盐赋》、张皓《藏冰赋》、朱邺《扶桑赋》、张随《蟋蟀鸣西堂赋》等赋作中。这与中唐的典正、晚唐的激愤是有所不同的,可见五代辞赋虽乏大匠名作,但能展现一代风习。

二、五代辞赋的艺术风貌

五代辞赋的题材与用途既多元多样,形式上又不尊一统,多体多貌,但总体而言,罕见杨夔《溺赋》这样的长篇仿古大赋,律赋反倒因逐渐摆脱科举功令的束缚而变化多端,风格由典重持正而转为凄美哀伤、修整甜俗。

"修整""甜俗"是李调元对五代辞赋的评价,李调元在《赋话》卷四中说:"五代去晚唐不远,然风气迥殊晚唐,人之律赋,精密更甚,如起句云:'苍苍茫茫道远,倚倚望望情伤',用六娟秀,而从前浑古朴至之气,荡然无存,且琢句过于修整,则渐就平芜,遣调必求谐靡,则转入甜俗,此流弊之所必至也。五代承唐制,亦以进士设科,以诗赋取士。如梁嵩《倚门望子赋》,则沿晚唐之格调,而流弊字句既拖沓无味,又委靡不振,风气益下矣。"②琢句修整、遣调甜俗其实是体现在造句精巧典丽和用语柔靡散漫两方面的。以今人的眼光来看,梁嵩《代母作倚门望子赋》以骈句叠词再加代言体抒亲子之情,实属甜而不俗、真醇动人的佳作。

典丽精巧是律赋经中、晚唐因试赋需要而长期演练,不断累积技艺的结果。李调元在《赋话》卷一中综述唐代科考与律赋风格及名家作手时说:"唐初进士试于考功,尤重帖经试策,亦有易以箴论表赞。而不试诗赋之时,专攻律赋者尚少。大历、贞元之际,风气渐开,至大和八年杂文专用诗

---

① 梁廷楠撰:《南汉书》卷十一,见傅璇琮、徐海荣、徐吉军主编:《五代史书汇编》,杭州:杭州出版社,2004年,第6473页。
② 李调元《赋话》卷四,《续修四库全书》本,上海:上海古籍出版社,2002年,第664~665页。

赋,而专门名家之学,樊然竞出矣。李程、王起,最擅时名;蒋防、谢观,如骖之靳;大都以清新典雅为宗,其旁骛别趋,元、白为公。下逮周繇、徐寅辈,刻酷锻炼,真气尽漓,而国祚亦移矣。抽其芬芳,振其金石,亦律体之正宗,词场之鸿宝也。"①律赋至于中晚唐而名家辈出、技巧日精,无疑是广大士子纷纷投入、"刻酷锻炼"的结果。以律赋在彼时的主要功能来衡裁,"清新典雅"、精巧工丽也必为律体正宗。所以李调元又说:"《文苑英华》所载律赋至多者,莫如王起,其次则李程、谢观,大约私试所作而播于行卷者,命题皆冠冕正大。逮乎晚季,好尚新奇,始有《馆娃宫》《景阳井》及《驾经马嵬坡》《观灯西凉府》之类,争妍斗艳,章句益工。而《英华》所收,顾从其略,取舍自有定制,固以雅正为宗也。元和、长庆以后,工丽密致,而又不诡于大雅,无逾贾相者矣。"②内容冠冕正大、技巧工丽密致,正是律赋用于科考的要求,也是赋选、赋话取舍评价的标准。

就律赋的写作技艺而言,五代承晚唐而来,有着太多可以凭借的基础,这基础如同基因嵌入文化机体而成为五代赋家与时俱来的资本。徐寅因赋体创作精致、完善而成为一代专门大家自不用说。便是王澄《梓材赋》、张颖《形盐赋》、李铎《密雨如散丝赋》《秋露赋》、徐铉《木兰赋》,乃至御厨副使张皓的《藏冰赋》、画家荆浩的《画山水赋》,或古或律,莫不骈对精工,用语巧熟。还有释延寿《金刚证验赋》《法华瑞应赋》《神栖安养赋》《华严感通赋》《观音应现赋》、杜光庭《纪道德赋》等释道之理也假赋体阐释。

再看那些留存的残句与时人的评价,也都以精巧工丽为准的。《旧五代史》所载关于李琪作赋的两则佚事说:"琪即毂之子也,年十三,词赋诗颂,大为王铎所知,然亦疑其假手。一日,铎召毂宴于公署,密遣人以《汉祖得三杰赋》题就其第试之,琪援笔立成。赋尾云:'得士则昌,非贤罔共。龙头之友斯贵,鼎足之臣可重,宜哉项氏之败亡,一范增而不能用。'铎览而骇之,曰:'此儿大器也,将擅文价。'"③"昭宗时,李谿父子以文学知名。琪年十八,袖赋一轴谒谿。谿览赋惊异,倒屣迎门,出琪《调哑钟》《捧日》等赋,谓琪曰:'余尝患近年文士辞赋,皆数句之后,未见赋题,吾子入句见题,偶属典丽,吁!可畏也。'琪由是益知名,举进士第。"④十多岁的少年就以辞

---

① 李调元:《赋话》卷一,《续修四库全书》本,上海:上海古籍出版社,2002年,第642页。实为节录汤稼堂《律赋衡裁·凡例》语。
② 李调元:《赋话》卷二,《续修四库全书》本,上海:上海古籍出版社,2002年,第647页。
③ 薛居正等撰:《旧五代史》,北京:中华书局,1976年,第782页。
④ 薛居正等撰:《旧五代史》,北京:中华书局,1976年,第782页。

赋典丽而知名,可见时代风尚之所在。北宋沈括《梦溪笔谈》也曾举江文蔚赋论五代赋作的工巧:"晚唐、五代间,士人作赋用事,亦有甚工者。如江文蔚《天窗赋》:'一窍初启,如凿开混沌之时;两瓦轩飞,类化作鸳鸯之后。'又《土牛赋》:'饮渚俄临,讶孟津之捧塞;度关倘许,疑函谷之丸封。'"①所举江氏赋句,化用《庄子》儵、忽凿混沌、《魏志》周宣解文帝"两瓦坠地"梦、老子骑牛度关、王元请兵丸封诸事,及牛渚、孟津、函谷诸地,"工丽密致",诚非易事。

其实如上节所述,五代赋集、赋格的大量出现本身即说明赋体技艺的高度发达。不管是集录唐人及近代的赋体选集,还是当代作家个人的赋集,在五代都颇多见。赋论方面,和凝《赋格》是专门之作,其他有关诗文评述的著作也可能道及辞赋创作的技艺问题。

造句精巧典丽源于对科举的黏附,用语柔靡散漫则因为对科考的游离与时代风习的影响。因为作赋不止于科考的需要,还可以用来表达个人情感甚至成为嬉戏娱乐的工具,取材命题便不必篇篇冠冕正大,用语遣调也不必时时清雅纯正,于是靡靡之情与俗语散句都可以入赋。

韩偓的《红芭蕉赋》《黄蜀葵赋》便近于香奁体诗。《红芭蕉赋》云:

> 瞥见红蕉,魂随魄消……谢家之丽句难穷,多烘茧纸。洛浦之下裳频换,剩染鲛绡……赵合德裙间一点,愿同白玉唾壶。邓夫人额上微殷,却赖水晶如意……莺舌无端,妒夭桃而未咽。猩唇易染,嚲浮蚁以难醒。在物无双,于情可溺。横波映红脸之艳,含贝发朱唇之色。僧虔密炬,烁桂栋以难藏。潘岳金钉,蔽绣帏而不隔。大凡人之丽者必动物,物之尤者必移人。不言而信,其速如神……天穿地巧,几人语绝色难逢。万古千秋,唯我眷红英不尽。②

《黄蜀葵赋》云:

> 色配中央,心倾太阳……萼绿华未遇杨羲,冠簪骇骧。杜兰香喜逢张硕,巾帔飘扬……动人妖艳,馥鼻生香。千里鹄雏,滥得名于太液。三秋菊蕊,虚长价于柴桑。向日微困,迎风欲翔……

---

① 沈括:《梦溪笔谈》卷十五《艺文二》,明汲古阁刊本。《四部丛刊》续编本误作"九封"。
② 董诰等编:《全唐文》卷八百二十九,北京:中华书局,1983年,第8738页。

> 几多之金粉遭窃,一点之檀心被污。何须逼视,汉夫人之鸳寝多羞。不待含情,晋天子之羊车自驻……懊恨张京兆,唯将桂叶添眉。怅望齐东昏,却把莲花衬步。骚人易老,绝色多愁。曷忍在绮窗侧畔,唯当居绣户前头。目断犹驻,魂消未收。映叶而似擎歌扇,偎栏而若堕妆楼。感苟粲之殷勤,誓无缄著。怨谢鲲之强暴,未近风流……已而已而,唯有醉眠于丛畔。①

两赋都多用艳人、艳事、艳物、艳语,特显艳丽,与后来艳情词曲小说已然相似,有背唐赋雅正之宗。

以雅正为宗虽不反对刻画雕琢,但一定要求隽不伤雅、细不入纤、不乖体制。所以李调元评林滋《阳冰赋》"刻画工细,隽不伤雅"②,说柳宗元《披沙拣金赋》"巧不伤雅"③,评陆环《曲水杯赋》"点缀依媚,而高雅之致尚存,正喜其略带一分朴质"④。而李铎《密雨如散丝赋》中那种"极力形容"、纤细逼真的描写便被认为"刻画伤雅"。其实以纯艺术的视角而言,恰如前文所述,李铎《密雨如散丝赋》《秋露赋》描摹刻画工丽纤巧,能道前人所未道,正是赋体体物艺术的演进。

产生媚丽、纤靡、萧散效果的还有以俗语、散句入赋,以古赋结构写律赋等。浦铣《复小斋赋话》上卷曾注意到:"古诗中多用'君不见'三字,黄御史滔用入律赋,倍觉姿媚。"⑤浦铣注意到了律赋中用诗语,但并没有进一步分析这"君不见"三字是乐府中用以提倡的常用语,目的在于引人注目,提示后续内容的重要性;也没有提到乐府歌行备言世路艰难及离别怨伤之意,多以"君不见"为首⑥,如李白《将进酒》、杜甫《兵车行》、高适《燕歌行》、岑参《走马川行奉送封大夫出师西征》等诗句首;当然,浦铣更不会想到这个源自口语俗言的"君不见"在音律上有衬托的功能,在叙述上有转换视角的作用。徐寅《人生几何赋》后半云:

> 君不见,息夫人兮悄长默,金谷园兮阒无睹。香阁之罗纨未脱,已别承恩。春风之桃李方开,早闻移主。邱垄累累,金章布

---

① 董诰等编:《全唐文》卷八百二十九,北京:中华书局,1983年,第8738~8739页。
② 李调元:《赋话》卷二,《续修四库全书》本,上海:上海古籍出版社,2002年,第653页。
③ 李调元:《赋话》卷二,《续修四库全书》本,上海:上海古籍出版社,2002年,第654页。
④ 李调元:《赋话》卷二,《续修四库全书》本,上海:上海古籍出版社,2002年,第655页。
⑤ 浦铣:《历代赋话》附《复小斋赋话》,《续修四库全书》本,第185页。
⑥ 可参见任半塘《唐声诗》。

衣。白羊青草只堪恨,逐利争名何太非。尝闻萧史王乔,长生孰见。任是秦皇汉武,不死何归。吾欲把玄酒于东溟,举嘉肴于西岳。命北帝以指荣枯,召南华而讲清浊。饮大道以醉平生,冀陶陶而返朴。①

赋写人生无常、祸福不定,抒发的是末世感伤之情。从"君不见"到"吾欲"是视角的回归,中间"白羊青草只堪恨,逐利争名何太非"两句,也是对叙事节奏的有意调整。这些技巧的共同运用使赋篇摇曳多姿。杜光庭《纪道德赋》更将俗语人称及各种句式用到极致,赋后半云:

岂不闻乎?天地非道德也无以清宁;岂不闻乎?道德丁天地也有逾绳墨。语不云乎:"仲尼有言,朝闻道,夕死可矣",所以垂万古,历百王,不敢离之于顷刻。怀古今,云古今,感事伤心;惊得丧,叹浮沉,风驱寒暑,川注光阴。始衔朱颜丽,俄悲白发侵。嗟四豪之不返,痛七贵以难寻。夸父兴怀于落照,田文起怨于鸣琴。雁足凄凉兮传恨绪,凤台寂寞兮有遗音。朔漠幽囚兮天长地久,潇湘隔别兮水阔烟深。谁能绝圣韬贤、餐芝饵术?谁能含光遁世、炼石烧金?君不见屈大夫,纫兰而发谏;君不见贾太傅,忌鹏而愁吟。君不见四皓避秦,峨峨恋商岭;君不见二疏辞汉,飘飘归故林。胡为乎冒进贪名,践危途与倾辙?胡为乎怙权恃宠,顾华饰与雕簪?吾所以思抗迹忘机,用虚无为师范;吾所以思去奢灭欲,保道德为规箴。不能劳神效苏子、张生兮,于时而纵辩;不能劳神效杨朱、墨翟兮,挥涕以沾襟。②

累用"岂不闻乎""谁能""君不见""胡为乎""吾所以"等附加语,再运以参差多变的句法,直教人眼花缭乱,难怪还可以被切分成宝塔诗。至于以古赋结构如问答体写律赋,自晚唐来已属多见,兹不多述。

三、五代政局、士风及地域因素对辞赋创作的影响

五代辞赋题材内容与艺术风貌的形成与赋体自身的演变规律有关,也多少会受时代政局、科考、经济文化乃至地域因素的影响。

---

① 董诰等编:《全唐文》卷八百三十,北京:中华书局,1983年,第8750页。
② 董诰等编:《全唐文》卷九百二十九,北京:中华书局,1983年,第9679页。

五代十国是多政权并存与频繁更替的时代，也是礼崩乐坏的乱世。所以欧阳修感慨："甚矣，五代之际，君君臣臣父父子子之道乖，而宗庙、朝廷、人鬼皆失其序，斯可谓乱世者欤？"①乱世中的统治者更加喜怒无常、凶残成性，为了在政治杀伐中求自保，士大夫们也变得趋时、务实：或顺时听命，成为政治场中的不倒翁；或遁迹出世，成为山翁、渔夫、僧侣、道徒。冯道历仕后唐、后晋、后汉、后周外加契丹五朝，自称"长乐老"，并著《长乐老叙》，不以为耻，反以为乐，即可折射出当时的道德风尚。②

　　"治世之音安以乐""乱世之音怨以怒""亡国之音哀以思"（《礼记·乐记》），声音之道与政通，文风亦然，五代政风、士风影响及于文学便是刚健消亡、委顿日多、凄美哀伤、修整甜俗、华过于实。

　　对汤武革命的评价向称千古难题，因为它涉及改朝换代的"革命"是否正义的问题，虽然孟子曾巧妙地将商纣称之为"残贼之人"以肯定汤武革命，但在现实政治中总有难以确信的边界存在，所以聪敏的汉景帝干脆不让黄生和辕固生谈论此事："食肉不食马肝，不为不知味；言学者无言汤武受命，不为愚。"③与之相关的夷齐归隐更具体指向新旧更替之际臣子的立场或出处问题。这样的千古难题摆在乱世志士面前，更显得难上加难。徐寅《首阳山怀古赋》即提出了这样的疑问："厚殷纣而薄宗周，曷称仁智。弃三隅而执一向，可谓昏蒙……何不吊纣之不德，庆周之有国。而乃助于纣以申谦，怨于周而不食。鸿飞豹隐，亡秦于浊浪之滨。蝉腹龟肠，化骨于孤峰之侧。"然后假逋客之口试图作出解释："夷齐以让国无为，求仁去规。何历数之不究，曷兴亡而不知。非不知周之可辅，纣之可隳，所忧者万纪千龄，所救者非一朝一夕。恐后代谓国之可犯，谓君之可迫。强者以之而起乱，勇者以之而思逆。所以激其时，而抗其迹。往者勖而来可惩，义要行而身不惜。"④说周虽可辅而君国不可以轻犯，这样的阐释既利于维护既有的君国体制，又可借以表白士臣节义，在徐寅之世显属审慎而机敏的言论。

---

① 欧阳修撰：《新五代史》卷十六《唐废帝家人传》，北京：中华书局，1974年，第174页。
② 《新五代史》卷三十三《死事传》云："呼呼衰哉！自开平迄于显德，终始五十三年，而天下五代，士之不幸而生其时，欲全其节而不二者，固鲜矣。于此之时，责士以死与必去，则天下为无士矣。然其习俗，遂以苟生不去为当然。至于儒者，以仁义忠信为学，享人之禄，任人之国者，不顾其存亡，皆恬然以苟生为得，非徒不知愧，而反以其得为荣者，可胜数哉！"见欧阳修撰：《新五代史》，北京：中华书局，1974年，第355页。
③ 司马迁：《史记》卷一百二十一《儒林列传》，北京：中华书局，1959年，第3123页。
④ 马积高主编：《历代辞赋总汇》，长沙：湖南文艺出版社，2014年，第2394～2395页。

当然言论归言论，便是徐寅，后来也不免游梁和依王审知、王延彬。据说徐寅在梁期间曾因触怒朱温而献《游大梁赋》以讨好，中有"千金汉将，感精魄以神交；一眼胡奴，望英风而胆落"之句①，又为王延彬父王审邽撰墓碑文，碑文有"皇者天皇，绩者勋绩"之语，人以为献谀②。盖文士之言未可全信，何况生存变乱之世？

《新五代史》卷三十一《周臣传第十九》记扈载曾作《运源赋》《碧鲜赋》而得周世宗赏识，与张昭、窦俨、陶谷、徐台符等俱被进用，"谷居数人中，文辞最劣，尤无行……以进谀取合人主，事无大小，必称美颂赞"，而"载以不幸早卒……而不为谷之谀"，然后有一通议论："夫乱国之君，常置愚不肖于上，而强其不能，以暴其短恶，置贤智于下，而泯没其材能，使君子、小人皆失其所，而身蹈危亡……呜呼，自古治君少而乱君多，况于五代，士之遇不遇者，可胜叹哉！"③强调的也是时代对士人人格与文风的影响。

五代十国地域不同，自然气候不同，政治、经济、文化也有差异，文学创作包括辞赋在内也多少会呈现一些区域性特征。④ 西蜀和南唐为两大文学中心，创造了词作的辉煌。辞赋创作则以闽地最为兴盛。自中唐以来，闽地不乏文学大家，如欧阳詹、林藻等都算名冠一时的作家，晚唐五代律赋三大家王棨、黄滔、徐寅全为闽人，颇有闽赋即天下赋之感。此外谢廷浩颇以辞赋著名，与徐寅不相上下，时号"锦绣堆"，余镐作《阆苑赋》、朱邺作《雷出地上震赋》等，都可证闽地辞赋创作之盛。闽地赋作之盛概缘于唐末文士避乱入闽，与闽地文士素重互相借鉴与推重。其他如事楚武穆王马殷的李铎作《密雨如散丝赋》，其所写之景、所取物象、所用地名如"浣沙""濯锦""织妇停梭""舟人罢钓""湘浦燕飞"等均富有南楚地方特色。吴越重佛，遂有僧人释延寿等作赋。大体而言，北方时局动荡，朝代更迭，经济文化遭到严重破坏；南方战争相对较少，局部安定，地区经济文化反而有所发展。当然北方不同时期情况也不同，后唐、后周也曾出现"小康"之局，也曾"讲求

---

① 详见张齐贤《洛阳缙绅旧闻记》、陶岳《五代史补》、苏轼《东坡志林》等。
② 详见吴任臣撰，徐敏霞、周莹点校：《十国春秋》，北京：中华书局，1983年。
③ 欧阳修撰：《新五代史》卷三十一，北京：中华书局，1974年，第345~346页。
④ 吴庚舜、董乃斌主编：《唐代文学史》（下），北京：人民文学出版社，1995年，第636~637页。贺中复：《五代十国诗坛概说》，载《北京社会科学》，1996年第4期，第87~94页。蒋寅主编：《中国古代文学通论：隋唐五代卷》，沈阳：辽宁人民出版社，2005年，第135~136页。对五代十国文学的区域性有所探究。如蒋寅先生说五代十国诗坛存在六个主要的诗人群体：中朝诗人群、西蜀诗人群、楚国诗人群、闽国诗人群、吴越诗人群和南唐诗人群。

礼乐之遗文"①；南方不同地区差异明显，或自具面目，或得益交通。各时期、各地区都有作家与文学活动，这些作家也可能生活于不同时期、往来于不同地区，这些情况必然使文学的区域性呈现出诸多复杂的面貌。

四、五代科举、经济文化与辞赋

五代科考在一定程度上强化了自晚唐以来辞赋创作尤其律赋创作的裂变：一面是对技艺、程文、范式的强调与竞奔之风的普遍，一面是对科考功令的游离与真我人性的发抒。

五代虽为乱世，但并未废止科考，而且"自五季以来，取士不问家世，婚姻不问阀阅"②。《五代登科记总目》记："五代五十二年，其间惟梁与晋各停贡举者二年。"③据郑学檬《五代十国史研究》统计，"五代时各个王朝共录取进士六百四十名、诸科一千五百三十名、明经六名、博学弘辞科二名，上书拜官二人"。④ 十国中南唐、闽、南汉、前蜀、后蜀等也时兴科考。所以科考仍然是士人致仕的重要途径。

不仅如此，在政权更迭频繁、割据局面长存而家世阀阅不再成为必要条件的时代，科考的功利性反而得以强化。

从科目来看，诸科取人多于进士，马端临在《文献通考》卷三十《选举三》中解释说："丧乱以来，文学废坠，为士者往往从事乎帖诵之末习，而举笔能文者固罕见之，国家亦姑以是为士子进取之途，故其所取反数倍于盛唐之时也。"⑤

从评判标准来看，技艺受到特别重视，格赋、程文被当作范式。史载李怿唐末举进士，天成中为中书舍人、翰林学士，累迁尚书右丞承旨，时张文宝知贡举，因中书奏落进士数人，请诏翰林学士院作一诗一赋，为举人格样，学士窦梦征、张砺辈撰格诗、格赋各一，而宰相未以为允，遂请李怿为之，李怿笑而答曰："李怿识字有数，顷岁因人偶得及第，敢与后生髦俊为之标格！假令今却称进士，就春官求试，落第必矣。格赋格诗，不敢应诏。"⑥

---

① 欧阳修撰：《新五代史》卷三十一，北京：中华书局，1974年，第346页。
② 郑樵撰：《通志》卷二十五《氏族略·氏族序》，北京：中华书局，1987年，第439页。可参见张邦炜：《论北宋"取士不问家世"》，载《四川师院学报》，1982年第2期。
③ 马端临撰：《文献通考》，北京：中华书局，1986年，第282页。
④ 郑学檬：《五代十国史研究》，上海：上海人民出版社，1991年，第87页。
⑤ 马端临撰：《文献通考》，北京：中华书局，1986年，第283页。
⑥ 薛居正等撰：《旧五代史》卷九十二《晋书》，北京：中华书局，1976年，第1224页。

事虽未成，可见格赋、格诗之通行。陆游《南唐书》则载伍乔以《画八卦赋》中进士第一，元宗（即中主李璟）命石勒乔赋以为永式事："伍乔，庐江人，居庐山国学数年……举进士，及试《画八封赋》《霁后望钟山诗》……主司叹其杰作，乃徙贞观处席北，洎处席南，以乔居宾席，及覆考榜出，乔果为首，洎、贞观次之，时称主司精于衡鉴。元宗亦大爱乔程文，命勒石以为永式。"①

不特成文、范式成为科考必备，干谒、荐举乃至贿赂、托付也成为试外功夫。② 滥取现象常有发生，浅狭之辈每得进身。后周曾三次重试进士，其中显德二年（955）三月，新及第进士十六人即被周世宗勾落十二人。周世宗诏令中提到："国家设贡举之司，求英俊之士，务询文行，方中科名。比闻近年以来，多有滥进，或以年劳而得第，或因媒势以出身。今岁所放举人，试令看验，果见纰缪，须至去留。"③甚有误放及第者，如《册府元龟》载："晋高祖天福三年，崔税权知贡举，时有进士孔英者行丑而才薄，宰相桑维翰素知其为人，深恶之。及税将锁院，礼辞于维翰，维翰性语简，止谓税曰：'孔英来也！'盖虑税误放英，故言其姓名，以扼之也。税性纯直，不复禀覆，因默记之，时英又自称是宣尼之后……税不得已，遂放英登第。榜出，人皆喧诮。维翰闻之，举手自抑其口者数四，盖悔言也。"④可见五代科举的风气和秩序。这样的风气下士子的水平如何呢？《旧五代史》卷一百二十六《冯道传》载："有工部侍郎任赞，因班退，与同列戏道于后曰：'若急行，必遗下《兔园册》。'道知之，召赞谓曰：'《兔园册》皆名儒所集，道能讽之。中朝士子止看文场秀句，便为举业，皆窃取公卿，何浅狭之甚耶！'赞大愧焉。"⑤

因为这些缘故，官方会不断严格解送、验证、就试程序与录取标准，士子则一面须熟习应试技艺，一面忙着打通各路关节。而另一方面，因为考试制度的松懈，考试文体反得以某种程度的解放，当律赋从科考功令的束缚中解放出来后，赋家们常借以抒写个人性灵或其他科考以外的社会世象与自然景致。徐寅凭赋中举、以赋酬唱、因赋自负，甚而在辞赋中喟叹历史

---

① 陆游：《陆氏南唐书》列传卷第十二，《四部丛刊》续编本，上海：商务印书馆，1934年。
② 五代承唐末"公荐""行卷"遗风，《五代会要》卷二十二"进士"条、卷二十三"缘举杂录"条、陈鹄《耆旧续闻》卷八"两卷双行"条、陶岳《五代史补》卷五"举子与冯道同名"条、《旧五代史》卷五十八载李琪年十八"袖赋一轴谒韬"事、《新五代史》卷五十七载王延少以赋谒梁相李琪事，等等，可资证明。
③ 薛居正等撰：《旧五代史》，北京：中华书局，1976年，第1527页。
④ 王钦若、杨亿等编：《册府元龟》卷六百五十一《贡举部·谬滥》，北京：中华书局，1988年影宋本，第2175页。
⑤ 薛居正等撰：《旧五代史》，北京：中华书局，1976年，第1656～1657页。

境遇、抒写个我人生的种种行谊即其显例。

五代经济文化如雕版印刷、宗教、绘画艺术、野史小说也多少影响辞赋的创作。

五代虽为乱世,经济文化的发展仍有可观之处。经济上除了局部地区不乏安定富庶外,印刷事业的发展尤其值得肯定。雕版印刷或肇于隋,行于唐,但多用于民间佛经、历书、字书、占梦书、相宅书之类的印制,五代则于规模、内容、质量、经营性质等都有全面扩充与提升。后唐长兴三年(932)二月,中书门下奏请依石经文字刻《九经》印版,后周广顺三年(953)全书刻成,后蜀宰相毋昭裔私人出资印刷《九经》《文选》《初学记》《白氏六帖》,此外,南唐刻印《史通》《玉台新咏》,后晋宰相和凝自刻诗文百余卷,凡此种种,说明于佛经及杂书外,儒家经籍、写作所用类书及文史名著也开始大量印行,而个人文集的刊刻更属开先河之举。雕版书籍的大量印行不仅有利于文学的创作,还便于文献的保存与文化的传播。

五代十国宗教盛行,社会对佛、道的崇奉影响及于文士的思想与生活,也直接催生了释延寿、杜光庭等人的佛、道题材的赋作。五代画坛兴旺,名家辈同,山水、花鸟、人物并兴,绘画理论如荆浩《画山水赋》等也应运而生。五代音乐繁盛,"满城笙歌事胜游"(南唐李中《都下寒食夜作》诗)、"千家罗绮管弦鸣"(闽詹敦仁《余迁泉山城留侯招游郡圃作此》诗)的盛况折身于赋,则有张曙《击瓯赋》、徐寅《歌赋》、刘鹗《善歌如贯珠赋》等作品问世。五代野史小说蓬勃发展,也与辞赋创作产生互动。题材选择、叙述方式、形象刻画与环境描写手法等可见小说化、史论化的痕迹。史事、寓言、神话、传奇入赋,如徐寅《员半千说三阵赋》《口不言钱赋》《文王葬枯骨赋》《寒赋》《鲛人室赋》《斩蛇剑赋》等,均于礼乐刑政等传统正典外搜求题材。历史、神话、传说、寓言之类本属故事的题材,写入律赋中仍保有曲折完整的情节,人称视角的转换、人物问对的虚构、俗语时言的运用等也使律赋叙事有了长足的进步。

第三节　徐寅赋的题材意蕴与叙事艺术

在晚唐五代赋家中,徐寅尤以赋知名,其赋"刻意锻炼"[①],"包罗万

---

① 《四库全书总目提要·徐正字诗赋》语。

象"①,时人目为"锦绣堆"②,他自己也以赋自负:"赋就长安振大名,《斩蛇》功与乐天争。"③他的《斩蛇剑赋》《人生几何赋》《御沟水赋》等,甚至远传渤海国,而且家家"皆以金书,列为屏障"④,可见其赋作的影响力。这种影响力的产生固然与律赋体式的成熟与裂变及前人的累积有关,也本于徐寅赋作远超应试之侪的事象情蕴与广纳诸种文体的叙述艺术。

一、徐寅生平、作品概略

徐寅⑤,字昭梦,号钓矶,泉州莆田(今福建莆田)人。徐寅生卒年不见史载,周腊生《五代莆田状元徐寅考略》⑥考其约为869年至938年,许更生《徐寅生卒考略及拂衣归隐问题》⑦推为865年至930年。林毓莎《徐寅名号及生卒年考辨》⑧据《延寿徐氏族谱》断为849年至921年,诸说可为参考。

徐寅曾蹭蹬举场多年,其《长安述怀》诗云:"黄河冰合尚来游,知命知时肯躁求。词赋有名堪自负,春风落第不曾羞。风尘色里凋双鬓,鼙鼓声中历几州。十载公卿早言屈,何须课夏更冥搜。"⑨更有《赠垂光同年》诗道:"丹桂攀来十七春,如今始见茜袍新。须知红杏园中客,终作金銮殿里臣。逸少家风惟笔札,玄成世业是陶钧。他时黄阁朝元处,莫忘同年射策

---

① 徐玩《钓矶文集序》述刘山甫为徐寅所作墓志铭语。
② 《唐摭言》卷十"海叙不遇"条。
③ 徐寅《偶题二首》其二。
④ 徐寅《赠渤海宾贡高元固诗序》。
⑤ 徐寅之名,《唐摭言》卷十、《洛阳缙绅旧闻记》卷一、徐仁师《唐秘书省正字先辈徐公钓矶文集序》、徐玩《钓矶文集序》、刘克庄《徐先辈集序》《全五代诗》《全唐诗》等作"夤",《五代史补》卷二、《十国春秋》卷九十五、《东坡志林》卷七、《莆阳比事》卷一、《唐才子传》卷十、《五代诗话》卷六、《四库全书总目提要》等作"寅"。周祖譔、贾晋华《唐才子传校笺·徐寅》认为"寅、夤义通,古书多借寅为夤,当以夤为是。"吴庚舜、董乃斌在主编的《唐代文学史》说:"夤"与"寅"字义有别,据徐氏字"昭梦",作"夤"是。林毓莎《徐寅研究》据族谱,曰昭为排行用字,无实义,梦有模糊不明之解,寅为模糊不明之时,所以"昭梦当是对寅时之义的延伸,表示徐寅出生之时刻"。此外,徐寅自己及同代人诗文如《渤海宾贡高元固先辈闽中相访云本国人写得寅斩蛇剑御沟水人生几何赋家皆以金书列为屏障因而有赠》《自咏十韵》、黄滔《酬徐正字寅》《司直陈公墓志铭》等也有提及。但各种说法只是推测,文献本身在流传过程中也难免失真,是以难于确信。
⑥ 载《莆田学院学报》,2002年第2期。
⑦ 载《福建文史》,2003年第2期。
⑧ 载《莆田学院学报》,2011年第4期。
⑨ 《唐才子传校笺》据此推测徐寅登第前曾蹭蹬举场十年以上。

人。《唐才子传》引其《路傍草》①,并云"时人知其蹭蹬"②。徐寅集中尚有《忆长安上省年》《喜雨上主人尚书》等诗,多言献赋、投书等应试生活,可知举业艰难。唐昭宗乾宁元年(894)始登进士第③,试《止戈为武赋》,《十国春秋》载其:"一烛才尽已就,有'破山加点,拟戍无人'之句,礼部侍郎李择览而奇之。"④是年,授秘书省正字。光化三年(900)前后弃职离京,客游汴梁朱全忠幕二年,献《游大梁赋》,中有"千金汉将,感精魄以神交;一眼胡奴,望英风而胆落"之句。随后返归闽中,依王审知。未几即因不被礼重而辞归,复往依泉州刺史王延彬,晚年终老莆田乡里,有诗自叹:"赋就神都振大名,斩蛇功与乐天争。如今延寿溪边住,终日无人问一声。"(《偶题二首》其二)

徐寅赋今存47篇。⑤《全唐文》所收除去非徐寅所作《均田赋》《衡赋》外,尚有:《五王宅赋》《丰年为上瑞赋》《垂衣裳而天下治赋》《首阳山怀古赋》《朱虚侯唱田歌赋》《口不言钱赋》《寒赋》《樊哙入鸿门赋》《雷发声赋》《人生几何赋》《鲛人室赋》《京兆府试入国知教赋》《涧底松赋》《止戈为武赋》《御沟水赋》《白衣入翰林赋》《山暝孤猿吟赋》《歌赋》《毛遂请备行赋》《江令归金陵赋》《隐居以求其志赋》《朱云请斩马剑赋》《义浆得玉赋》《勾践进西施赋》《斩蛇剑赋》《过骊山赋》等26篇,《唐文拾遗》补有:《荐蔺相如使秦赋》《玄宗御制卢征君草堂铭赋》《陈后主献诗赋》《外举不避仇赋》《避世金马门赋》《东陵侯吊萧何赋》《贵以贱为本赋》《管仲弃酒赋》《扣寂寞以求其音赋》《知白守黑为天下式赋》《太极生二仪赋》《员半千说三阵赋》《文王葬枯骨赋》《驾幸华清宫赋》《再幸华清宫赋》《卞庄子刺虎赋》《铸百炼镜赋》《玄宗御注孝经赋》《割字刀子赋》《福善则虚赋》《竹篦子赋》等21篇。《历代赋汇》仅收4篇:《勾践进西施赋》《过骊山赋》《入国知教赋》《斩蛇剑赋》。《历代辞赋总汇》收47篇,外加:《均田赋》(姑附)、《游大梁赋》(辑补)。

---

① "楚甸秦原万里平,谁教根向路傍生。轻蹄绣毂长相蹋,合是荣时不得荣"。
② 黄滔《酬徐正字夤》诗即感慨其岁月蹉跎。
③ 《唐才子传》卷十五云大顺三年(892)蒋泳下进士及第。《登科记考》卷二十四据以为景福元年(892),周祖譔、贾晋华《唐才子传校笺·徐寅》、孟二冬《登科记考补正》考订为昭宗乾宁元年(894)。
④ 吴任臣撰,徐敏霞、周莹点校:《十国春秋》卷九十五,北京:中华书局,1983年,第1374页。
⑤ 《四库全书》本《徐正字诗赋》收赋8篇,《四部丛刊》三编本《唐秘书省正字徐公钓矶文集》收50篇,宛委别藏本《钓矶文集》收46篇,《全唐文》收28篇,《唐文拾遗》收21篇,去除有目无文3篇及非徐寅所作《均田赋》《衡赋》《籍田赋》与另一篇《衡赋》,共计47篇。可参见吴庚舜、董乃斌主编《唐代文学史》及林毓莎《徐寅研究》等成果。

徐寅另有诗作 368 首①，诗格《雅道机要》二卷②。

二、徐寅赋作的题材意蕴

徐寅赋作广涉上节所言咏物、写景、艺文、咏史、怀古、论理、直接地抒情与讽颂，不仅题材事象众多，内涵意蕴也很丰沛：有末世凄凉与寒士处境的抒发，有前时昏暴与盛世恋歌的叙写，有良辰美景的描绘与人文物理的阐述，更多劝诫教化，而这劝诫教化又能从社会政治的层面升华出生存智慧的境地。便是关乎社会政治层面的劝诫教化也特别注重孝治孝教、律己教民、礼乐治国等方面的问题。诚如刘山甫所云："悲泣百灵，包罗万象。"③

（一）末世凄凉与寒士处境

徐寅生逢变乱之世，其赋作难免不平之气、感伤之情。如《雷发声赋》假雷声之"神不可测"怨天道悠悠、是非颠倒。赋云："化不可识，春之倏生。神不可测，雷之忽鸣。表阴阳之大信，发天地之希声……上绾天枢，下同地纪……浩浩阗阗，神惊魂颠。冥濛而乌兔将坠，动荡而山河欲迁……时时而远谷阴霾，訇崩叠嶂。往往而寒湫烟雨，吼拔潜龙。则知雷发无遗，春光自早。发声而岁岁长在，景光而人人自老。不能火憯逆而霹奸妖，攸攸兮天道。"④赋写雷为天地希声，神奇莫测，声势赫赫，神惊鬼颠，动静有致，收发随时。然春光自早，岁月长在，惟天不惩恶，物是人非。颇有古诗"南箕北有斗，牵牛不负轭"无理而有情之妙。《福善则虚赋》更以全篇文字谴责福不佑善、法不惩恶的天道与世风："忠谠者或罪，谄佞者或彰，孰云必有余庆，屡闻反受其殃……是何徒阔清明，虚垂日星，谓其覆而匪覆，验其灵而不灵。在温良道德之家，不钟禄位；于悖逆荒淫之室，不震雷霆……君或骄而臣或叛，自此而生；子不孝而父不慈，由斯而失。"⑤赋末说自己终身积善，不知天道如何，一面确属感叹自我，一面则是虚晃一枪，收回矛头。

《江令归金陵赋》假陈代的亡国宰相江总晚岁归金陵事写世变之际的个人情怀。江总早年即以文才为梁武帝赏识，陈时官至尚书令，然"不持政

---

① 据《徐正字诗赋》。
② 张伯伟先生《全唐五代诗格汇考》辑出全文，并证卷一袭自齐己《风骚旨格》，卷二为徐寅自撰。
③ 徐玩《钓矶文集序》述刘山甫为徐寅所作墓志铭语。
④ 马积高主编：《历代辞赋总汇》，长沙：湖南文艺出版社，2014 年，第 2429 页。
⑤ 马积高主编：《历代辞赋总汇》，长沙：湖南文艺出版社，2014 年，第 2420 页。

务,但日与后主游宴后庭""由是国政日颓,纲纪不立"①,陈亡后曾入隋为官,后放归江南。江总既因词臣狎客的身份与历仕三朝的经历饱受后世争议,也因遭逢乱世见证沧桑而引发文人学士的人生感慨、家国情怀与易代悲伤。杜甫《晚行口号》云:"市朝今日异,丧乱几时休。远愧梁江总,还家尚黑头。"②假江总坎坷经历自伤遭际与年命。刘禹锡《金陵五题》之《江令宅》曰:"南朝词臣北朝客,归来唯见秦淮碧。池台竹树三亩余,至今人道江家宅。"③以江令与今人双重视角写秦淮与江宅,于物是人非、时空变换之下感慨个人身世遭际。韦庄《上元县(浙西作)》说:"南朝三十六英雄,角逐兴亡尽此中,有国有家皆是梦,为龙为虎亦成空。残花旧宅悲江令,落日青山吊谢公。止竟霸图何物在,石麟无主卧秋风。"④以更宏大的历史眼光写南朝兴亡,其间自然也隐含晚唐、五代之际的动荡时局与个人身世。历史兴亡总归要体现在具象个体之中。刘禹锡诗、韦庄诗如此,徐寅赋亦如此:

> 陈祚以世六十年,毒奢淫而忘险难。运去而蛮奴北面,时来而江总西还。伤心而昨是今非,三台禄位。触目而人非物在,一片江山……诗成而咏雪嘲风,酒惑而迷魂荡魄……一旦雷卷隋军,惊风坐闻龙颜入井以鱼伏,凤阁离居而豆分……心感存没,泪横襟抱。惨淡而烟迷远渡,杏浦波生。萧条而叶散悲风,金檀树老,废垒芜城,行行复行……虽信天命,宜惭衮职……则知翌辅者,在乎外抚四夷,中扶万机。建其策而安边却敌,致其君而端冕垂衣。安得三阁天高,但纵殷辛之酒;万兵云集,未知蘧瑗之非。果令位失家亡,君移国徙……⑤

赋将江总的荒嬉生活与陈祚的存灭联系在一起,然后以更多的笔墨写江总重归金陵时的闻见与感慨,并责其既不能"外抚四夷",也不能"中扶万机",以致"位失家亡,君移国徙"。这样的叙写与评论显然又于家国身世的感怀中多了几分深刻。

《山暝孤猿吟赋》景中寓情:"白日光沉,青山影深。伊万籁以俱寂,有

---

① 姚思廉撰:《陈书》卷二十七《江总传》,北京:中华书局,1972年,第347页。
② 杜甫著,仇兆鳌注:《杜诗详注》,北京:中华书局,1979年,第383页。
③ 刘禹锡撰,卞孝萱校订:《刘禹锡集》,北京:中华书局,1990年,第311页。
④ 韦庄著,聂安福笺注:《韦庄集笺注》,上海:上海古籍出版社,2002年,第148页。
⑤ 马积高主编:《历代辞赋总汇》,长沙:湖南文艺出版社,2014年,第2424~2425页。

孤猿而忽吟……增怅望兮动辛酸,建阳小兮凝晚寒。逾绝壑兮度鸣湍,悲风飒兮零雨残……峨嵋高兮剑峰绿,愁杀巴人。锦江暮兮筇竹秋,悲缠楚客。山隐隐,水渺渺,孤猿吟兮何悄悄。"①日暮光沉,万籁俱寂,孤猿凄鸣,吐怨流哀,愁杀巴人,悲缠楚客。极写猿吟之惨恻,实合末世之光景。

《人生几何赋》直抒感慨,极写人生无常:

> 叶落辞柯,人生几何……虽有圣以有智,不无生而无死。生即浮萍,死则流水……命难保兮霜与露,年不禁兮椿与松。问青天阴惨阳舒,拘入②否泰;叹白日东生西没,夺我颜容。可惜繁华,堪惊倚伏。有寒暑兮促君寿,有鬼神兮妒③君福。不觉南邻公子,绿鬓改而华发生;北里豪家,昨日歌而今日哭。梦幻在侵,朝浮夕沉。三光有影遣谁系,万事无根何处寻……白杨芳草正堪恨,逐利争名何太非。尝闻萧史王乔,长生孰见;任是三皇五帝④,不死何归?⑤

在人生无常的极力铺陈中,有对争名逐利的嘲弄,有对梦幻破灭的感伤。⑥

乱世出英雄,是因为英雄皆有非常之心性与非常之手段,乱世中的普通读书人与广大民众则处境艰难。徐寅《涧底松赋》《扣寂寞以求其音赋》《寒赋》等多抒寒士沉沦下潦、不为世用的不平之愤,而《毛遂请备行赋》之类则又表达其自荐、致用的愿望。不过《涧底松赋》虽似咏物,实未赋物,除孔明、吕望未遇之典外,基本都是直接的抒怀议论,反复表达的是不为世用之愤与急为世用之望,不如左思《郁郁涧底松》那样具有形象感,也缺乏左思诗深刻揭示整个社会因制度而造成的不平。而《毛遂请备行赋》则于个人情绪中植入了普世道理:"则知士也者,不可以贫欺;马也者,不可以瘦失。"⑦最可称道者《寒赋》,赋假"安处王"与"凭虚侯"对话,列举战士、农

---

① 马积高主编:《历代辞赋总汇》,长沙:湖南文艺出版社,2014年,第2427~2428页。
② "入",《全唐文》作"人"。
③ "妒",《全唐文》作"蠹"。
④ "三皇五帝",《全唐文》作"秦皇汉武"。
⑤ 马积高主编:《历代辞赋总汇》,长沙:湖南文艺出版社,2014年,第2393~2394页。
⑥ 此赋曾远传渤海,甚或触怒梁祖。《莆阳比事》卷一云:"徐寅字昭梦,登唐乾宁第。梁祖受禅再试,进士第一。梁祖曰:'是赋《人生几何》者耶? 三皇五帝,不死何归。此为何语? 盍改之?'寅曰:'臣宁无官,不可改赋。'遂拂衣而归闽。梁祖怒削其名。"详见宛如委别藏本《莆阳比事》,南京:江苏古籍出版社,1988年,第49页。
⑦ 马积高主编:《历代辞赋总汇》,长沙:湖南文艺出版社,2014年,第2396页。

者、儒者等下民之寒,既妙讽王者不知下民艰辛,又倡言"偃乎兵革""蠲乎徭役""选于宗伯"①,具有深刻的社会意义。

(二) 前时昏暴与盛世恋歌

阅史知兴替,鉴古能观今,晚唐、五代咏史之赋很多。徐寅即其典范,或陈昏乱荒淫之人事,或赞圣明顺意之君臣。前者如《过骊山赋》《驾幸华清宫赋》《再幸华清宫赋》《口不言钱赋》《荐蔺相如使秦赋》《朱虚侯唱田歌赋》《陈后主献诗赋》等,后者如《五王宅赋》《丰年为上瑞赋》《白衣入翰林赋》《朱云请斩马剑赋》《玄宗御制卢征君草堂铭赋》等。

徐寅《过骊山赋》写秦皇暴政。过秦之作,代有名篇,晚唐杜牧除脍炙人口的《阿房宫赋》外,曾著《过骊山作》诗:"始皇东游出周鼎,刘项纵观皆引颈。削平天下实辛勤,却为道旁穷百姓。黔首不愚尔益愚,千里函关囚独夫。牧童火入九泉底,烧作灰时犹未枯。"②诗以俗语畅言秦始皇的声势、政绩及残暴、愚蠢的决策与可悲、可笑的下场。徐寅赋写秦陵,忆秦史,思兴亡,谓秦虽"诸侯吞尽""城长万里",终不免玺献汉家,火烧陵寝,与杜牧诗同。另于赋中明言:"周衰则避债登台,秦暴则焚书建国。贵蝼蚁于人命,法豺狼于帝德。""嫌示俭于当时,更穷奢于既殁。"末言:"想秦史以神竦,吊秦陵而恨永。华清宫观锁云霓,作皇唐之胜景。"③实亦警示。

《驾幸华清宫(赋)》《再幸华清宫(赋)》以安史之乱为分界,写玄宗前后驾幸华清宫的景况,原先是"千官捧日""万骑屯雷""金车迎虢国夫人""七夕会牵牛之什""人间有大贝明珠,皆归戚里;世上无清歌妙舞,不属梨园",事后是"龙颜皓首""嫔嫱零落""苔昏而镜落金殿""遗迹而空存处处""玉笛休吹,霓裳罢制,秦原杳杳以西接,渭水悠悠而东逝",真是"乐极悲来,时移代促"。"左右含悲,君王堕睫",实因"谏切虽纳,恩深半惑,禄山已变,犹期其十月来王;林甫既□,合省其多方蠹国。"④当然,除了对最高统治者荒淫无道的讽刺之外,也包含对繁华消逝,帝国衰落的感伤。

《(口)不言钱赋》叙西晋奢靡以针砭时弊:"恨朝野以争竞,侈缗钱而纵欲。"⑤

《荐蔺相如使秦赋》别出心裁,讽赵秦国君玩物丧志。赋写宦者令缪贤

---

① 马积高主编:《历代辞赋总汇》,长沙:湖南文艺出版社,2014年,第2430页。
② 吴在庆撰:《杜牧集系年校注》,北京:中华书局,2008年,第127页。
③ 马积高主编:《历代辞赋总汇》,长沙:湖南文艺出版社,2014年,第2425页。
④ 马积高主编:《历代辞赋总汇》,长沙:湖南文艺出版社,2014年,第2411~2412页。
⑤ 马积高主编:《历代辞赋总汇》,长沙:湖南文艺出版社,2014年,第2422页。

荐舍人蔺相如使秦事,赋家一方面肯定蔺相如"有仁有勇,可为衔命之人",另一方面认为玩物可能丧志:"大凡将有国以有家,无玩奇而玩异,岂不见匹夫以之而侧足,王者以之而丧志",所以先王"贱珠玉,宝忠贞",所以为人臣者"直以谏主,公以取名",而蔺相如并未尽规谏的责任,换上赋家,他就干脆将这和氏璧"投于泉而抵诸谷",这样一来:"庶令赵不屈而秦不争,亦足以致其君于淳朴,激其俗于廉平,安得徇不以为是,枉其行而与行。"①这样的观点是独到但并不理智的。一则和氏璧是赵国传国之玺,是国家主权完整的象征,再则以臣子的身份与地位,也断不可能做出投璧泉谷的举动。赋家此言,不过意气用事,意在当时末世,气在君王丧志。于事无理,于情为妙。宋人黄义刚后来说蔺相如以匹夫之勇斗强秦而能成功实属侥幸,如果当时的秦"奋其虎狼之威",后果会不堪想象,所以蔺相如应该"以待廉之术待秦",才是上策。朱熹答复说:"和氏璧也是赵国相传以为宝,若当时骤然被人将去,则国势也解不振。古人传国皆以宝玉之属为重,若子孙不能谨守,便是不孝。当时秦也是强,但相如也是料得秦不敢杀它后方恁地做。若其他人,则是怕秦杀了,便不敢去。如蔺相如岂是孟浪恁地做?它须是料度得那秦过了。战国时如此等也多。黄歇取楚太子,也是如此。当时被它取了,秦也不曾做声,只恁休了。"②这段话里包含两层意思,一是以和氏璧的重要意义,赵国不可不争,二是蔺相如的预测,其实也是他勇气的来源。朱熹的分析显然是理智的。

《朱虚侯唱田歌赋》写朱虚侯刘章唱田歌,以疏苗固蒂、锄去非类喻去诸吕、强刘室事。赋言"我唱也不在深耕浅种,我志也克在乎帝业皇纲",最终也如其所愿:"不自计之取,兵之举,帝诸刘,虏诸吕,有若乎摧枯拉朽,反似乎平秦破楚。"③当然,赋家自己的目的不过是借史言志:"余欲编田歌于乐府,上闻于至尊。"④

陈后主陈叔宝是有名的荒淫之君,史载陈亡后,他做了隋的降臣,一次跟隋文帝登邙山,侍候宴饮,竟然作了一首极力颂扬文帝的歌:"日月光天德,山河壮帝居;太平无以报,愿上东封书",并表请封禅,后来连隋文帝也

---

① 马积高主编:《历代辞赋总汇》,长沙:湖南文艺出版社,2014 年,第 2395~2396 页。
② 黎靖德编:《朱子语类》卷一百三十四《历代一》,见朱熹撰,朱杰人、严佐之、刘永翔主编:《朱子全书》第 18 册,上海:上海古籍出版社,合肥:安徽教育出版社,2002 年,第 4184 页。
③ "自",《全唐文》作"日"。
④ 马积高主编:《历代辞赋总汇》,长沙:湖南文艺出版社,2014 年,第 2400 页。

感叹:"以作诗之功,何如思安时事!"①徐寅《陈后主献诗赋》即讽此事。赋中直言:"后主以不惜邦家,但荒淫之丑;不建道德,何历数之有。只贪翠阁留客,金壶劝酒。宁知其国换宗祧,不觉其身离玺绶……丽句今晨,翻祝千年之圣;丹墀昨日,犹居万乘之尊……家国何之,却有登封之议;祖宗谁嗣,更无恓惋之词。"并于赋中倡言:"志也者,可以写于今而论于古;诗也者,可以刺于上而讽于时。"②

《丰年为上瑞赋》赞太宗重农爱民。《五王宅赋》叙玄宗兄弟分院同居事,颂开元盛世:"王侯之地宅虽多,未若开元之有国。"③《白衣入翰林赋》叙李白布衣入仕,口吐欣羡之情:"天宝词人,李谪仙兮谁能论。出白屋而谒明主,脱布衣而为侍臣……草元之客兮进何晚,题柱之人兮望何速。曷若我不忮不求,脱布衣而食天禄。"其间也强调人主之圣明:"则知人不英无以动乎邦国,主不圣无以振乎儒墨。二美相契,千龄所刻。"④《朱云请斩马剑赋》述贞臣进谏。《玄宗御制卢征君草堂铭赋》写玄宗礼待卢鸿事:"玄宗以泽浸乾坤,惟贤是尊,仰卢氏兮晞天爵,锡草堂兮抱节贞。"⑤

(三)劝诫教化与生存智慧

劝诫教化与生存智慧也多从史事中来,徐寅赋作中这类主题更多。前者如《文王葬枯骨赋》《玄宗御注孝经赋》《垂衣裳而天下治赋》《入国知教赋》《外举不避仇赋》《歌赋》《樊哙入鸿门赋》《铸百炼镜赋》《止戈为武赋》《员半千说三阵赋》《义浆得玉赋》《竹筷子赋》《管仲弃酒赋》《勾践进西施赋》《斩蛇剑赋》《首阳山怀古赋》等;后者如《东陵侯吊萧何赋》《卞庄子刺虎赋》《贵以贱为本赋》《知白守黑为天下式赋》《避世金马门赋》《隐居以求其志赋》等。

《文王葬枯骨赋》盛赞文王仁爱天下,惠及枯骨,"不以大而自贵,不以微而有违,以仁不足为我罪,以物失所为我非",赋末又云:"以孝治天下也,亘万古以光辉。"⑥《玄宗御注孝经赋》叙玄宗亲注《孝经》,"旌孝悌以为教,剪繁芜而罔倦",致使"万室雍熙,普咏文明之德"。⑦

---

① 司马光编著:《资治通鉴》卷一百七十八《隋纪二》,北京:中华书局,1956年,第5546页。
② 马积高主编:《历代辞赋总汇》,长沙:湖南文艺出版社,2014年,第2398页。
③ 马积高主编:《历代辞赋总汇》,长沙:湖南文艺出版社,2014年,第2411页。
④ 马积高主编:《历代辞赋总汇》,长沙:湖南文艺出版社,2014年,第2428页。
⑤ 马积高主编:《历代辞赋总汇》,长沙:湖南文艺出版社,2014年,第2397页。
⑥ 马积高主编:《历代辞赋总汇》,长沙:湖南文艺出版社,2014年,第2410页。
⑦ 马积高主编:《历代辞赋总汇》,长沙:湖南文艺出版社,2014年,第2415页。

《垂衣裳而天下治赋》《入国知教赋》《歌赋》三篇分别从衣冠服饰、经籍操修、典章礼乐的角度论述帝王应当率先垂范,律己教民。如说天子服饰之功:"黼黻光中,德及于昆虫草木。圭章影里,泽流于地角天涯。"①如说一国之教化:"多士之操修,六经之楷式。"②如说治世之音:"一讴而王道敦化,再唱而民心端信。"③

《外举不避仇赋》《樊哙入鸿门赋》一论唯贤是举,一赞臣下忠勇。举士不避亲仇的理由是:"况有其行者皆闻,无其瑕者尽见,我纵掩而人讵掩,我不荐而人必荐。岂若擢英贤于下位,赞明君于南面,外无怨而内无亲,所举者皆邦华国彦。"臣下忠勇的表现为:"冒死而尝轻白刃,匡君而直入鸿门。"④

《止戈为武赋》《员半千说三阵赋》讲用武之道。最理想的以仁义之道,使"功不宰而八蛮自服,书同文而万国咸安"⑤。万不得已要动干戈,也应如员半千所言,以天、地、人三阵即凭天时、地利、人和以保家国。

《义浆得玉赋》《竹篚子赋》《管仲弃酒赋》《铸百炼镜赋》倡仁义、戒奢侈、防酒祸,期有百炼之镜,可使君德不昧,臣心无苟。《义浆得玉赋》本《搜神记》杨伯雍种玉事,谓其"无冬无夏,不酌水以酌心。暮往朝来,非饮浆而饮德",是以"人不报而神代报,世未知而天已知"。⑥《竹篚子赋》讲"奢亡俭存",讲"篚栉之功,修诸礼容。容之在肃,礼之在恭。容之不肃,奚犀奚玉;礼之若恭,为凤为龙"。⑦《管仲弃酒赋》讲"酒祸难防":"羲和惑以身丧,桀纣耽而国亡。"也讲臣子应尽规谏责任:"则知立诚者莫溺旨酒,辅主者须申谠言,酒不溺则枢机自正,言苟申则忠信常存。"⑧《铸百炼镜赋》实则希求可以鉴古诫今之人,白居易《百炼镜》可资证明:"太宗常以人为镜,鉴古鉴今不鉴容。四海安危居掌内,百王治乱悬心中。乃知天子别有镜,不是扬州百炼铜。"⑨

《勾践进西施赋》叙勾践进西施而终灭夫差事,诫"杀忠贤而受佳丽"

---

① 马积高主编:《历代辞赋总汇》,长沙:湖南文艺出版社,2014 年,第 2417 页。
② 董诰等编:《全唐文》卷八百三十,北京:中华书局,1983 年,第 8751 页。
③ 马积高主编:《历代辞赋总汇》,长沙:湖南文艺出版社,2014 年,第 2420 页。
④ 马积高主编:《历代辞赋总汇》,长沙:湖南文艺出版社,2014 年,第 2421、2426 页。
⑤ 马积高主编:《历代辞赋总汇》,长沙:湖南文艺出版社,2014 年,第 2416 页。
⑥ 马积高主编:《历代辞赋总汇》,长沙:湖南文艺出版社,2014 年,第 2404~2405 页。
⑦ 马积高主编:《历代辞赋总汇》,长沙:湖南文艺出版社,2014 年,第 2421~2422 页。
⑧ 马积高主编:《历代辞赋总汇》,长沙:湖南文艺出版社,2014 年,第 2405 页。
⑨ 白居易著,顾学颉校点:《白居易集》,北京:中华书局,1979 年,第 74 页。

者。《斩蛇剑赋》假物证史,因史明道,阐述"有其道则威""无其道则铅""世乱将用,时清则藏"的道理。①《首阳山怀古赋》既称颂夷齐,又维护君国。

举凡孝治孝化、律己教民、礼乐治国、举贤任能、不动干戈、嘉奖忠勇、以人为鉴、远却女色之类,无不有益于国家安泰、社会和谐。

身逢乱世,缅怀历史,徐寅不仅以赋探究国家兴亡,还于中思考个人荣辱,并用以指导现实人生。

《东陵侯吊萧何赋》要讲的道理是吉凶同域,功莫震主。赋云:"人生之倚伏难逃,如形如影②;天道之盈虚有数,暮落朝荣。""木必摧秀,葵须卫根,赋命而吉凶同域,由人而祸福无门……兔残而猎犬谁惜,敌尽而谋臣曷作?伍子不省,尸漂于叠浪惊涛;范蠡能辞,身隔乎重湖远壑。"③《卞庄子刺虎赋》想说的是不要随意争雄负势,要争也要讲时机与策略,即所谓"贪夫徇利,君子俟时"。④

《贵以贱为本赋》论贵贱互转,主张以贱为本。《知白守黑为天下式赋》大意相同,说宠极辱继,福多祸速,所以要和光同尘,知白守黑。连《竹筐子赋》也讲老子之道:"荧煌易灭,葱蒨易折,知白守黑,万寿不绝。"⑤

《避世金马门赋》出《史记·滑稽列传》,《隐居以求其志赋》出《论语·季氏》,一说宫殿中可以避世全身,不必"野岸垂钓,荒村灌园",一说隐居亦可求志,伺时可达其义,颇得辩证之道。

(四)良辰美景与人文物理

徐寅也有写景之赋,如《御沟水赋》与《鲛人室赋》。《御沟水赋》写皇宫沟水,景色宜人:"涵暮景于琼殿,倒晴光于绛阙。色入天池远不远,两岸垂杨,声喧金屋眠不眠,六宫明月……漱今古之雄都,千门水镜。截东西之大道,几处虹桥……青芜濯翠兮霄雨霁,红杏飘英兮春日晚……时时而翡翠随波,飞穿禁柳。往往而鸳鸯逐浪,衔出宫花。"也委婉表达均衡与济民思想:"或忧地利以将失⑥,愿假天涯而下济⑦。分紫禁以余润,作黔黎之大

---

① 马积高主编:《历代辞赋总汇》,长沙:湖南文艺出版社,2014年,第2393页、第2391~2392页。
② "如形如影",《唐文拾遗》作"如形随影"。
③ 马积高主编:《历代辞赋总汇》,长沙:湖南文艺出版社,2014年,第2402~2403页。
④ 马积高主编:《历代辞赋总汇》,长沙:湖南文艺出版社,2014年,第2413页。
⑤ 马积高主编:《历代辞赋总汇》,长沙:湖南文艺出版社,2014年,第2422页。
⑥ "或",《全唐文》作"咸"。
⑦ "淮",《全唐文》作"波"。

惠。"①《鲛人室赋》写传说中的海中圣殿的"神化规模,天然异质":"凿户牖以非匹,饰椒兰而不同。度木何人,范环堵于琉璃地上;作嫔谁氏,织轻绡于玳瑁窗中……双标百尺,岩峣而贝阙凌前;万户千门,洞达而龙宫在后……光攒而琥珀千树,花折而珊瑚万枝……琼窗而鳌顶均岫,绮栋而壶中借云。二十四里之汉宫,何曾足数;三十六般之仙洞,未得相闻。"②

《割字刀子赋》写的是竹书时代的削字工具。谓其物小功奇:"改雕虫篆刻之非,重修丽藻;正垂露崩云之误,尽在瑕疵。"③《太极生二仪赋》言天地开辟、宇宙生成,阐述的是《易》理。

三、徐寅赋作的叙事艺术

关于徐寅赋的艺术特点,前人每说"句雕字琢"④"脍炙人口"⑤"全从字面取巧"⑥,今人也喜欢从风格、技巧、体式、语言等角度进行阐释⑦。其实赋可叙事,律赋亦然,从叙事角度看律赋尤其徐寅律赋,更能理解律赋体式的变迁与其别样风格。下面试从题材由来、题目拟定,韵语设计、结构编排,句式特点、话语风格,叙述时间与视角等方面作一分析。

(一)取材史志,标题即叙事

因为科举考试的需要,律赋既重外在形式的整齐均衡,又强调立意的冠冕正大,所以题材多关礼乐教化,命题往往为经典中语,表述方式也以阐释为主。

历年试赋如《梓材赋》《日中有王字赋》《五星同色赋》《南风之薰赋》《明水赋》《钧天乐赋》《平权衡赋》《日五色赋》《乐理心赋》《性习相近远赋》《乐德教胄子赋》《王师如时雨赋》等,莫不如此。李程、王起等中唐大家的律赋也大多衍义儒家经典,合乎雅正标准。如李程的《众星拱北辰赋》《揠苗赋》《鼓钟于宫赋》《衣锦𥿉衣赋》《青出于蓝赋》《金受砺赋》《竹箭有筠赋》,王起的《振木铎赋》《取榆火赋》《蛰虫始振赋》《开冰赋》《律吕相生赋》《书同文赋》《辟四门赋》《谏鼓赋》《履霜坚冰至赋》《弋不射宿赋》等。所以李调元在

---

① 马积高主编:《历代辞赋总汇》,长沙:湖南文艺出版社,2014年,第2391页。
② 马积高主编:《历代辞赋总汇》,长沙:湖南文艺出版社,2014年,第2399页。
③ 马积高主编:《历代辞赋总汇》,长沙:湖南文艺出版社,2014年,第2415页。
④ 《四库全书总目提要·徐正字诗赋》。
⑤ 吴任臣撰,徐敏霞、周莹点校:《十国春秋·闽·徐寅传》,北京:中华书局,1983年。
⑥ 李调元:《赋话》卷三,《续修四库全书》本,上海:上海古籍出版社,2002年。
⑦ 如林毓莎:《徐寅研究》,福建师范大学硕士学位论文,2008年。

《赋话》卷四中说:"辞尚体要,总贵称题,如《圆丘祀天》《藉田》《献茧》等题,能援据精详,简古肃穆,便是第一义矣。若徒句雕字琢,刻意求新,则是错朱紫于衮衣,奏郑卫于清庙,非特大乖体制,转开不学人省力法门。唐李君房《献茧赋》,但将祭义点窜一番,便成佳构。与石贯《藉田赋》皆质而弥雅,朴而弥华,与经术相表里,读者须于此中著眼。"①

晚唐以来,律赋题材好尚新奇,取材多样,王棨、黄滔如此,徐寅尤然。如前所述,徐寅律赋广涉咏物、写景、艺文、咏史、怀古、论理、抒情与讽颂等题材,内涵意蕴十分丰富,"凡是时人入策入论入诗的内容,徐夤都能用来入赋"。② 不仅如此,徐寅律赋以古事为题材的近30篇,占其赋作一半以上,展现出与阐释论理不同的极强的叙事倾向。此外还有取材于野史志怪的作品,如《义浆得玉赋》本《搜神记》杨伯雍种玉事,《鲛人室赋》取材《述异记》"南海有鲛人室"事。

除了咏史之作同篇之内惯用的今昔对比,如《五王宅赋》述昔日甲第辉煌,而今人去楼空外,徐寅还以连篇之作构成前后叙事。如《贺幸华清宫赋》《再幸华清宫赋》,前者铺陈唐明皇的荒唐无道,结果叛乱四起,好景不长;后者写安史之乱后唐明皇的孤独生活。同写吴越之事,徐寅《勾践进西施赋》相比黄滔《馆娃宫赋》线索分明,故事性强。同写陈朝灭亡事,徐寅《江令归金陵赋》《陈后主献诗赋》也比黄滔《景阳井赋》更擅叙事。

其实这种叙事倾向在赋的标题上就体现出来了,《勾践进西施赋》《江令归金陵赋》《陈后主献诗赋》标题即为叙事之简括。《朱虚侯唱田歌赋》《口不言钱赋》《樊哙入鸿门赋》《白衣入翰林赋》《毛遂请备行赋》《隐居以求其志赋》《朱云请斩马剑赋》《义浆得玉赋》《过骊山赋》《荐蔺相如使秦赋》《玄宗御制卢征君草堂铭赋》《外举不避仇赋》《避世金马门赋》《东陵侯吊萧何赋》《管仲弃酒赋》《员半千说三阵赋》《文王葬枯骨赋》《驾幸华清宫赋》《再幸华清宫赋》《卞庄子刺虎赋》《元宗御注孝经赋》,等等,都是句意完整的陈述句,都经过了赋家有意的提炼,有别于赋作标题好用经史成词的惯例。

(二)好用对问,韵语也含事

律赋形式的工巧集中体现在声韵协谐、结构精密上。声韵的协谐有"限韵"作保证,所限韵字除了用韵的具体要求外,多半还有解释题目、暗示

---

① 李调元:《赋话》卷四,《丛书集成初编》本,北京:中华书局,1985年,第33页。
② 吴庚舜、董乃斌主编:《唐代文学史》(下),北京:人民文学出版社,1995年,第663页。

内容指向的作用。① 如《梓材赋》以"理材为器,如政之术"为韵;《登春台赋》以"晴眺春野,气和感深"为韵;《通天台赋》以"洪台独存,浮景在下"为韵;《指佞草赋》以"灵草无心,有佞必指"为赋;《披沙拣金赋》以"求宝之道,同乎选才"为韵;《性习相远近赋》以"君子之所慎焉"为韵。这些题韵字,也多以阐释为主,多出经典名篇,语言雅正、涵蕴深厚。徐寅律赋因为叙事的成分较多,所用韵字也不乏叙事性。如《白衣入翰林赋》以"玉阙承恩,速臣名德"为韵;《山瞑孤猿吟赋》以"吟起残晖,客颜悄恻"为韵;《朱云请斩马剑赋》以"越写嘉词,辱君锋刃"为韵;《义浆得玉赋》以"仁德达天,锡奇如己"为韵;《勾践进西施赋》以"红颜艳色,返以昏哉"为韵;《过骊山赋》以"陵摧国殁,永纪穷尘"为韵;《再幸华清宫赋》以是"久掩年光,世彩来华"为韵;《卞庄子刺虎赋》以"独见争猛,轻当丧之"为韵;等等。都多少隐括有故事内容。所以说徐寅律赋的叙事元素无所不在。

韵也影响段落结构,通常情况下一层押一韵,数韵作数层。佚名《赋谱》将律赋段落分为头、项、腹、尾四部分,其中腹又可分为胸、上腹、中腹、下腹、腰五层,总共八段。② 这是就常见的八韵赋而言的。

于叙事性强的律赋而言,实可简化为概述——详述——总评三段。赋重破题,论理的赋开篇要揭示题目的寓意,叙事的赋则可以总括故事。③ 徐寅《白衣入翰林赋》开篇曰:"天宝词人,李谪仙兮谁能论。出白屋而谒明主,脱布衣而为侍臣。谁夸其丽藻清辞,将承宠渥。不待乎腰金拖紫,便掌丝纶。则知人不英无以动乎邦国,主不圣无以振乎儒墨。二美相契,千龄所刻。"有叙事,有评赞,可知一篇大义。然后详述李白白衣入翰林事:"愚闻白之始也,宅岷峨,锁羽翼,待风云,伸道德……俄而入洛游京,怀珠袖琼……贺秘监兮荐英秀,韩荆州兮夸盛名。于是凤诏搜扬,洪名振发……走骑飞轩,街谈巷言……往往而红筵对酒,宦者传觞。时时而后殿操麻,宫

---

① 王芑孙在《读赋卮言·官韵例》中说:"官韵之设,所以注题目之解,示程式之意。"见王冠辑:《赋话广聚》第三册,北京:北京图书馆出版社,2006 年,第 341 页。
② 参见张伯伟撰:《全唐五代诗格汇考》,南京:凤凰出版社,2002 年,第 563 页。
③ 王芑孙在《读赋卮言·谋篇》中说:"赋最重发端,汉魏晋三朝意思朴略,颇同轨辙,齐梁间始有标新立异者,至唐而百变具兴,无体不备……如元稹《奉制试以乐为御赋》直用对策体起;李锐《孙武教妇人战赋》、元稹《镇圭赋》皆直用考辨体起;于可封《至人心镜赋》、杨鸿贞《贯七札赋》皆用论赞体起;王棨《元宗幸西凉府观灯赋》、刘乾《招隐士赋》皆直用序记体起;仲无颜《内人蹋球赋》、黄滔《曲直不相入赋》皆直用疏释体起;高郢《曹刿请从鲁公一战赋》、白居易《射中正鹄赋》、元稹《观兵部马射赋》、吴连叔《谦受益赋》皆直用原议体起,是皆变格,仍未可行。"见王冠辑:《赋话广聚》第三册,北京:北京图书馆出版社,2006 年,第 317 页。

娥捧烛。"最后再评点感慨:"夫如是则才德须凭,簪缨自胜……草元之客兮进何晚,题柱之人兮望何速。曷若我不忮不求,脱布衣而食天禄。"①其他如《毛遂请备行赋》,前有总括,后有归旨,中间顺叙毛遂久陟朱门未曾得识。当秦兵来时,平原君入楚求救,毛遂自荐同行,及见楚王,毛遂力谏而得楚师援助,终于功成。这种三段式的结构前承史书论赞、楚辞倡乱、汉赋序首,后启戏曲小说中的引首结尾模式,是极具民族特性的结构方式。

需要特别指出的是,徐寅律赋大量使用对问体,这是律赋散化、叙事化的重要表现。据赵俊波《中晚唐赋分体研究》统计,徐寅赋运用对问体结构的有15篇,占全部赋作的31%,其中7篇有问有对,而王起、李程的对问体作品只占各自赋作总数的9%、8%,而且仅有对或仅有问。王棨赋作用对问结构的虽也占到29%,但有问有对的也只有3篇。② 对问的运用,可使叙事生动、场景真切、主体多变。如徐寅《寒赋》,假安处王与凭虚侯对话,列举战士、农者、儒者等下民之寒,既妙讽王者不知下民艰辛,又倡言"偃乎兵革""蠲乎徭役""选于宗伯"。《卞庄子刺虎赋》因客我之言以叙事,倍增声色。《竹篦子赋》虚构东海生、绣毂王孙,以对话支撑全赋框架。《歌赋》假楚襄王与宋玉对问,比较治世之音与亡国之音,以阐明礼乐教化之功。《员半千说三阵赋》《管仲弃酒赋》《外举不避仇赋》《东陵侯吊萧何赋》《朱虚侯唱田歌赋》,等等,也都以人物语言复述情景。总而言之,赋中对问既为代言机制,又是叙事框架,为律赋体式之变格,徐寅是这一变革中的集大成者。

(三)句式丰富,承续凭专词

律赋各层之间往往有关联词语以为连贯,或表因果,如"是以""故得";或表假设,如"若乃""假令";或表转折,或示对比,如"然则""岂若"。叙事性强的赋则更多时间承续词。如徐寅《斩蛇剑赋》,以"而乃……然后……果闻"等承续词绾合故事。《毛遂请备行赋》更以"既……几载……一朝……当其……俄而……邂逅……逡巡……乃……于是……然后……及其……自旭旦……至日中……遂乃"等大量时间词结撰全篇。《朱虚侯唱田歌赋》也多"当""于是""当其""旋闻""乃""于时""俄而""不日"等连接词语。从叙事的角度而言,这些词多为顺叙标志词。《玄宗御注孝经赋》中还有直接标明具体时间的"开元中"。这些都是律赋叙事性得以强化的重要因素。

---

① 马积高主编:《历代辞赋总汇》,长沙:湖南文艺出版社,2014年,第2428页。
② 赵俊波:《中晚唐赋分体研究》,北京:中国社会科学出版社、华龄出版社,2004年,第380页。

除了限韵的要求，律赋还讲求句式的对偶，其中尤以隔句对为精要，《赋谱》即详细探讨了轻、重、疏、密、平、杂等各种隔句对。① 对偶原本讲求语词与意义的并置，多属空间形态，无关叙事。但前后相承的流水对却可能成为叙事的载体。如《勾践进西施赋》:"坐令佞口，因珠翠以兴言；立遣谋臣，弃洪涛而不返。"②而句式长短奇偶的多变则更使律赋呈现出文赋的特性。如徐寅《白衣入翰林赋》:"俄而入洛游京，怀珠袖琼。尘中独步，酒肆陶情。乌栖曲兮金石奏，蜀道难兮神鬼惊。小隐乎林壑，大隐乎帝城。贺秘监兮荐英秀，韩荆州兮夸盛名。于是凤诏搜扬，洪名振发。长裾似雪兮出圭窦，缝掖如霜兮入禁阙。冰姿玉貌，别巢许之林峦；醉眼慵心，豁唐虞之日月。"③四、五、六、七、八言都有，个个不一而且中夹骚体。《斩蛇剑赋》:"斯剑也，上应石临，舒阳惨阴。有其道则威如身兮灵若心，无其道则铅其刃兮木其镡……而乃振戎衣，受秋水。匣辞乎丰沛之邑，腰入乎崤函之里……然后挫七雄，削多垒。岂惟仗之剪长蛇而戳封豕，盖将提之令诸侯而禅天子。"④也多参差错落之句。多变的句式无疑会使律体叙事更为生动。

句式的多变也有利于语言的平易，再加叠词、衬字、口语、虚词的运用，可以大大改变律体的话语风格。如:"下不在乎地，高不在乎天，远不在乎物外，近不在乎目前。"(《扣寂寞以求其音赋》)⑤"色入天池远不远，两岸垂杨；声嘻金屋眠不眠，六宫明月……时时而翡翠随波，飞穿禁柳；往往而鸳鸯逐浪，衔出宫花……则禹浚川也，不为己而为人。农击壤焉，不荷天而荷帝。"(《御沟水赋》)⑥自然流利而又不乏刻意的讲求。更有精妙如《山暝孤猿吟赋》者:

  山隐隐，水渺渺，孤猿吟兮何悄悄。野骇麋鹿，林栖群鸟。往往于松萝谷口，啸得烟昏。时时向薛荔峰前，啼摧月皎。断续相催，声长韵微。千林之红叶虽堕，万里之愁云不飞。嘹嘹嗷嗷休未休，如迎静夜；历历啾啾起又起，似送残晖。足令掩耳傍徨，吞

---

① 详见张伯伟撰:《全唐五代诗格汇考》，南京:凤凰出版社，2002年，第557~560页。
② 马积高主编:《历代辞赋总汇》，长沙:湖南文艺出版社，2014年，第2393页。
③ 马积高主编:《历代辞赋总汇》，长沙:湖南文艺出版社，2014年，第2428页。
④ 马积高主编:《历代辞赋总汇》，长沙:湖南文艺出版社，2014年，第2391页。
⑤ 马积高主编:《历代辞赋总汇》，长沙:湖南文艺出版社，2014年，第2406页。
⑥ 马积高主编:《历代辞赋总汇》，长沙:湖南文艺出版社，2014年，第2391页。

声太息。何彼韵之增起,欲我听之暂息。则知边城雁兮高柳蝉,未若听吟猿而惨恻。①

连用叠词,句式又长短参差,极写山重水复间猿声之细碎凄惨而又此起彼伏无所不在,颇具词体的音乐性与意象性。罗隐赋中还有一些口语化的词汇如"君不见""殊不知"等,以及"呜呼""哉""岂""然后"等文言虚词,都影响赋作的话语风格,使其更近叙事体式。而像《樊哙入鸿门赋》残篇,虽少这类词语,也无多少句式的变化,却因通篇叙事,使其话语几近文言小说。

(四)视角多变,叙述有声音

叙事是一个双重的时间段落,更有不同的声音与视角。时间的多样与视角的变化,可使律赋叙事更加生动可感。律赋的叙事节奏兼具暂停、场面、概述和省略四种形式,赋首概述,赋中描写可使时间暂停,事间空白可为省略,对话则显系场景。就时序言,顺叙为主,也有预叙与倒叙。律赋的叙事视角也可以兼及第一、二、三人称。当然,这些都只是就极少数的叙事性强的赋而言的,徐寅的赋便不乏这样的特性。如《玄宗御注孝经赋》:"盖以首毁强秦,遥兴大汉。岁月颇谓其绵邈,传写或多其紊乱。朕今属事比辞,飞文染翰,冀使为臣为子之□,自我而行;穷经博古之人,从吾屡赞。"②实拟玄宗口吻与叙事视角。如《斩蛇剑赋》,假剑之视角,叙其辞丰沛、入崤函、剪长蛇、令诸侯、禅天子,然后历兴亡,继得丧事,与白居易《汉高祖斩白蛇赋》事同而视角异。如《荐蔺相如使秦赋》,全篇以叙事为体,使用了多重叙事视角与叙述者声音,有赵国的视角、缪贤的视角、赵王的视角、蔺相如的视角,还有作者的全知视角及第一人称视角,赋中还特设"有墨客卿"这样的特殊叙述者与视角,以多重声音强化赋家自己的观点。再看《江令归金陵赋》框架:

陈祚以世六十年,毒奢淫而忘险难。运去而蛮奴北面,时来而江总西还。伤心而昨是天今非,三台禄位。触目而人非物在,一片江山。初……一旦……于是……斯人以乌恋南巢,萍流远道。还吴而喜遂归骨,入境而鞠为茂草。心感存没,泪横襟抱。惨淡而烟迷远渡,杏浦波生;萧条而叶散悲风,金檀树老,废垒芜

---

① 马积高主编:《历代辞赋总汇》,长沙:湖南文艺出版社,2014年,第2427~2428页。
② 马积高主编:《历代辞赋总汇》,长沙:湖南文艺出版社,2014年,第2415页。

城,行行复行。霜凌夜叶壮心碎,属国穷归华发生。中台将黄阁皆空,苟池凤去;甲第与朱轩不见,谢墅狐鸣。茂苑涛声,秦淮月色。终史溥之前梦,叹东昏之旧国。虽信天命,宜惭衮职。岂不闻……则知……安得……果……①

赋在总括之后,以"初……一旦……于是……"等时间词连缀君臣嬉戏、隋军入侵、金陵覆辙的先后叙述。然后以"斯人"一语切换视角,从江总之眼看江南的萧条惨淡。再以"虽信天命,宜惭衮职"转入叙述者议论,其间又以"岂不闻……则知……安得……果……"将已然未然,理想现实,前因后果绾合在一起。更有《勾践进西施赋》,以"红颜艳色,返以昏哉"为韵,标题与韵语即富有叙事性。赋则除多骈句外,实与小说、散文无甚差异。赋首破题:以妖以艳,破人之国。而且以预叙之法先呈结果:"当勾践之密谋,进西施而果验。"然后写范蠡谋划美人计,夫差欣然采纳,"乃命宝马腾龙,香车辗风。迎织女于银汉,聘姮娥于月宫……晓别越溪,暮归吴苑。"再以双线并进:"越虑计失,吴嫌进晚……伊霸业以俄去,我英风而聿来。"一边是处心积虑以复仇,一边却心卷魄醉而中计,结果自然如赋首所言。最后再响应开头点题。通篇叙事,中夹"昔者""殊不知""言曰""待其""自然""今""可以""乃""于是"等大量连接词,以及表明叙述者身份视角的"臣""卿""伊""我"等词语。而"乌喙年年,誓啄夫差之肉;稽山日日,拜听范蠡之言";"王乃豁若而喜,矍然而起";"昨宵犹贱,今晨不同";"晓别越溪,暮归吴苑";"歌一声兮君魄醉,笑百媚兮君心卷"②;等等之类的句子,生动传神,与小说语几无区别。

综上所述,以赋知名的徐寅,在赋体创作的题材内容与艺术技法上都有集成与突破之功,这样的成就离不开赋家个人的修养,也是律体创作走向巅峰之后极力扩张的结果。徐寅的成就也说明:在遵守基本规则的前提下,律赋一旦与科考功令脱离,也可以以多样的艺术手法展现丰富多彩的社会与人生。

---

① 马积高主编:《历代辞赋总汇》,长沙:湖南文艺出版社,2014年,第2424~2425页。
② 马积高主编:《历代辞赋总汇》,长沙:湖南文艺出版社,2014年,第2392~2393页。

参考文献

一、著作类

[1] 郑玄注,孔颖达等正义:《礼记正义》,上海古籍出版社1990年版。

[2]《十三经注疏》整理委员会整理,李学勤主编:《十三经注疏·礼记正义》,北京大学出版社1999年版。

[3]《十三经注疏》整理委员会整理,李学勤主编:《十三经注疏·尚书正义》,北京大学出版社1999年版。

[4]《十三经注疏》整理委员会整理,李学勤主编:《十三经注疏·春秋左传正义》,北京大学出版社1999年版。

[5] 杨伯峻编著:《春秋左传注》,中华书局1990年版。

[6] 司马迁撰:《史记》,中华书局1959年版。

[7] 班固撰,颜师古注:《汉书》,中华书局1962年版。

[8] 范晔撰,李贤等注:《后汉书》,中华书局1965年版。

[9] 陈寿撰,陈乃乾校点:《三国志》,中华书局1959年版。

[10] 房玄龄等撰:《晋书》,中华书局1974年版。

[11] 沈约:《宋书》,中华书局1974年版。

[12] 萧子显撰:《南齐书》,中华书局1972年版。

[13] 姚思廉撰:《梁书》,中华书局1973年版。

[14] 姚思廉撰:《陈书》,中华书局1972年版。

[15] 魏收撰:《魏书》,中华书局1974年版。

[16] 李百药撰:《北齐书》,中华书局1972年版。

[17] 令狐德棻等撰:《周书》,中华书局1971年版。

[18] 魏征等撰:《隋书》,中华书局1973年版。

[19] 李延寿撰:《南史》,中华书局1975年版。

[20] 李延寿撰:《北史》,中华书局1974年版。

[21] 刘昫等撰:《旧唐书》,中华书局1975年版。

[22] 欧阳修、宋祁撰:《新唐书》,中华书局1975年版。

[23] 薛居正等撰:《旧五代史》,中华书局 1976 年版。

[24] 欧阳修撰:《新五代史》,中华书局 1974 年版。

[25] 司马光编著:《资治通鉴》,中华书局 1956 年版。

[26] 左丘明:《国语》,上海古籍出版社 2015 年版。

[27] 陈邦瞻编:《宋史纪事本末》,中华书局 1977 年版。

[28] 吴任臣撰,徐敏霞、周莹点校:《十国春秋》,中华书局 1983 年版。

[29] 陆游:《陆氏南唐书》,商务印书馆 1934 年版。

[30] 傅璇琮、徐海荣、徐吉军:《五代史书汇编》,杭州出版社 2004 年版。

[31] 王溥撰:《唐会要》,中华书局 1955 年版。

[32] 吴兢编著:《贞观政要》,上海古籍出版社 1978 年版。

[33] 徐松撰,赵守俨点校:《登科记考》,中华书局 1984 年版。

[34] 永瑢等撰:《四库全书总目》,中华书局 1965 年版。

[35] 郑樵撰:《通志》,中华书局 1987 年版。

[36] 马端临撰:《文献通考》,中华书局 1986 年版。

[37] 赵翼:《陔余丛考》,商务印书馆 1957 年版。

[38] 王应麟著,翁元圻等注:《困学纪闻》,上海古籍出版社 2008 年版。

[39] 王鸣盛著,黄曙辉点校:《十七史商榷》,上海书店出版社 2005 年版。

[40] 刘知几撰,黄寿成校点:《史通》,辽宁教育出版社 1997 年版。

[41] 刘知几原著,姚松、朱恒夫译注:《史通全译》,贵州人民出版社 1997 年版。

[42] 刘知几撰,浦起龙释:《史通通释》,上海古籍出版社 1978 年版。

[43] 章学诚著,叶瑛校注:《文史通义校注》,中华书局 1985 年版。

[44] 章太炎撰,陈平原导读:《国故论衡》,上海古籍出版社 2003 年版。

[45] 章太炎讲演,曹聚仁整理,汤志钧导读:《国学概论》,上海古籍出版社 1997 年版。

[46] 吕思勉:《史学四种》,上海人民出版社 1981 年版。

[47] 柳诒徵:《国史要义》,华东师范大学出版社 2000 年版。

[48] 张舜徽:《史学三书平议》,中华书局 1983 年版。

[49] 梁启超撰,汤志钧导读:《中国历史研究法》,上海古籍出版社 1998 年版。

[50] 吴泽主编:《中国史学史论集(二)》,上海人民出版社 1980 年版。
[51] 傅璇琮主编:《唐才子传校笺》,中华书局 1987 年版。
[52] 王先谦撰,沈啸寰、王星贤点校:《荀子集解》,中华书局 1988 年版。
[53] 吴则虞编著:《晏子春秋集释》,中华书局 1962 年版。
[54] 黎翔凤撰,梁运华整理:《管子校注》,中华书局 2004 年版。
[55] 杨伯峻撰:《列子集释》,中华书局 1979 年版。
[56] 桓谭:《新论》,上海人民出版社 1977 年版。
[57] 桓宽著,王利器校注:《盐铁论校注》,中华书局 1992 年版。
[58] 王利器撰:《新语校注》,中华书局 1986 年版。
[59] 黄晖撰:《论衡校释》,中华书局 1990 年版。
[60] 严可均校辑:《全上古三代秦汉三国六朝文》,中华书局 1958 年版。
[61] 董诰等编:《全唐文》,中华书局 1983 年版。
[62] 陈尚君辑校:《全唐文补编》,中华书局 2005 年版。
[63] 彭定求等编:《全唐诗》,中华书局 1999 年版。
[64] 萧统编,李善注:《文选》,中华书局 1977 年版。
[65] 章樵注:《古文苑》,中华书局 1985 年版。
[66] 许梿评选,黎经诰笺注:《六朝文洁笺注》,中华书局 1962 年版。
[67] 隋树森编:《全元散曲》,中华书局 1964 年版。
[68] 高海夫主编:《唐宋八大家文钞校注集评》,三秦出版社 1998 年版。
[69] 李昉等编:《文苑英华》,中华书局 1966 年版。
[70] 欧阳询撰,汪绍楹校:《艺文类聚》,上海古籍出版社 1965 年版。
[71] 吴楚材、吴调侯选:《古文观止》,中华书局 1959 年版。
[72] 王钦若、杨亿等编:《册府元龟》,中华书局 1988 年影宋本。
[73] 李昉等编:《太平广记》,中华书局 1961 年版。
[74] 刘义庆著,刘孝标注,余嘉锡笺疏:《世说新语笺疏》,上海古籍出版社 1993 年版。
[75] 干宝撰,汪绍楹校注:《搜神记》,中华书局 1979 年版。
[76] 王谠撰,周勋初校证:《唐语林校证》,中华书局 1987 年版。
[77] 刘肃撰:《大唐新语》,商务印书馆 1936 年版。

[78] 上海古籍出版社编：《唐五代笔记小说大观》，上海古籍出版社 2000 年版。

[79] 葛洪撰：《西京杂记》，中华书局 1985 年版。

[80] 葛洪辑，成林、程章灿译注：《西京杂记全译》，贵州人民出版社 1993 年版。

[81] 何良俊撰：《四友斋丛说》，中华书局 1959 版。

[82] 王士禛撰，湛之点校：《香祖笔记》，上海古籍出版社 1982 年版。

[83] 段成式撰，方南生点校：《酉阳杂俎》，中华书局 1981 年版。

[84] 晁载之：《续谈助》，中华书局 1985 年版。

[85] 洪迈：《容斋续笔》，《四库全书》本。

[86] 赵璘撰：《因话录》，上海古籍出版社 1957 年版。

[87] 何焯著，崔高维点校：《义门读书记》，中华书局 1987 年版。

[88] 裴庭裕撰，田廷柱点校：《东观奏记》，中华书局 1994 年版。

[89] 张华撰，范宁校证：《博物志校证》，中华书局 1980 年版。

[90] 文莹撰，郑世刚、杨立扬点校：《湘山野录》，中华书局 1984 年版。

[91] 沈括：《梦溪笔谈》，明汲古阁刊本。

[92] 陆机著，金涛声点校：《陆机集》，中华书局 1982 年版。

[93] 曹植著，赵幼文校注：《曹植集校注》，人民文学出版社 1984 年版。

[94] 陶渊明著，逯钦立校注：《陶渊明集》，中华书局 1979 年版。

[95] 陶渊明著，龚斌校笺：《陶渊明集校笺》，上海古籍出版社 1996 年版。

[96] 谢灵运著，顾绍伯校注：《谢灵运集校注》，中州古籍出版社 1987 年版。

[97] 庾信撰，倪璠注，许逸民校点：《庾子山集注》，中华书局 1980 年版。

[98] 王绩著，韩理洲校点：《王无功文集》，上海古籍出版社 1987 年版。

[99] 沈佺期、宋之问撰，陶敏、易淑琼校注：《沈佺期宋之问集校注》，中华书局 2001 年版。

[100] 杨炯著，徐明霞点校：《杨炯集》，中华书局 1980 年版。

[101] 骆宾王著，陈熙晋笺注：《骆临海集笺注》，上海古籍出版社 1985 年版。

[102] 王勃撰：《王子安集》，上海古籍出版社 1992 年版。

[103] 卢照邻著,李云逸校注:《卢照邻集校注》,中华书局1998年版。

[104] 张九龄撰,熊飞校注:《张九龄集校注》,中华书局2008年版。

[105] 王维撰,赵殿成笺注:《王右丞集笺注》,上海古籍出版社1984年版。

[106] 高适著,孙钦善校注:《高适集校注》,上海古籍出版社1984年版。

[107] 高适著,刘开扬笺注:《高适诗集编年笺注》,中华书局1981年版。

[108] 岑参撰,廖立笺注:《岑嘉州诗笺注》,中华书局2004年版。

[109] 储仲君撰:《刘长卿诗编年笺注》,中华书局1996年版。

[110] 韦应物著,陶敏、王友胜校注:《韦应物集校注》,上海古籍出版社1998年版。

[111] 李白著,王琦注:《李太白全集》,中华书局1977年版。

[112] 詹锳主编:《李白全集校注汇释集评》,百花文艺出版社1996年版。

[113] 杜甫著,仇兆鳌注:《杜诗详注》,中华书局1979年版。

[114] 独孤及:《毗陵集》,《四部丛刊》本。

[115] 元稹撰,冀勤点校:《元稹集》,中华书局1982年版。

[116] 白居易著,顾学颉校点:《白居易集》,中华书局1979年版。

[117] 屈守元、常思春主编:《韩愈全集校注》,四川大学出版社1996年版。

[118] 韩愈撰,马其昶校注,马茂元整理:《韩昌黎文集校注》,上海古籍出版社1986年版。

[119] 林云铭:《韩文起》,华东师范大学出版社2015年版。

[120] 刘禹锡撰,卞孝萱校订:《刘禹锡集》,中华书局1990年版。

[121] 刘禹锡著,瞿蜕园笺证:《刘禹锡集笺证》,上海古籍出版社1989年版。

[122] 柳宗元:《柳宗元集》,中华书局1979年版。

[123] 吴在庆撰:《杜牧集系年校注》,中华书局2008年版。

[124] 杜牧:《樊川文集》,上海古籍出版社1978年版。

[125] 刘学锴、余恕诚:《李商隐文编年校注》,中华书局2002年版。

[126] 傅璇琮、周建国:《李德裕文集校笺》,河北教育出版社2000年版。

[127] 李德裕:《李文饶文集》,《四部丛刊》本。

[128] 卢肇著,龚杏根校注:《文标集》,海南出版社1993年版。

[129] 皮日休著,萧涤非、郑庆笃整理:《皮子文薮》,上海古籍出版社1981年版。

[130] 罗隐著,雍文华校辑:《罗隐集》,中华书局1983年版。

[131] 陆龟蒙著,宋景昌、王立群点校:《甫里先生文集》,河南大学出版社1996年版。

[132] 欧阳修著,李逸安点校:《欧阳修全集》,中华书局2001年版。

[133] 柳永著,薛瑞生校注:《乐章集校注》,中华书局1994年版。

[134] 苏轼撰,孔凡礼点校:《苏轼文集》,中华书局1986年版。

[135] 袁宏道著,钱伯城笺校:《袁宏道集笺校》,上海古籍出版社1981年版。

[136] 张舜民:《画墁集》,商务印书馆1935年版。

[137] 庾信撰,倪璠注,许逸民校点:《庾子山集注》,中华书局1980年版。

[138] 李梦阳:《空同集》,世界书局印行《四库全书荟要》本。

[139] 何景明:《大复集》,世界书局印行《四库全书荟要》本。

[140] 何景明撰,李叔毅等点校:《何大复集》,中州古籍出版社1989年版。

[141] 李东阳著,周寅宾点校:《李东阳集》,岳麓书社1984年版。

[142] 李贽:《焚书·续焚书》,中华书局2011年版。

[143] 王若虚:《滹南遗老集》,《四部丛刊》本。

[144] 顾炎武:《顾亭林诗文集》,中华书局1959年版。

[145] 钱谦益著,钱曾笺注,钱仲联标校:《钱牧斋全集》,上海古籍出版社2003年版。

[146] 沈作喆:《寓简》,文渊阁《四库全书》本。

[147] 刘勰著,范文澜注:《文心雕龙注》,人民文学出版社1958年版。

[148] 黄侃撰,周勋初导读:《文心雕龙札记》,上海古籍出版社2000年版。

[149] 谢榛著,宛平校点:《四溟诗话》,人民文学出版社1961年版。

[150] 王夫之等撰:《清诗话》,上海古籍出版社1978年版。

[151] 郭绍虞编选,富寿荪校点:《清诗话续编》,上海古籍出版社1983年版。

[152] 郭绍虞主编:《中国历代文论选》,上海古籍出版社 1979 年版。

[153] 王水照编:《历代文话》,复旦大学出版社 2007 年版。

[154] 王士禛选,闻人倓笺:《古诗笺》,上海古籍出版社 1980 年版。

[155] 刘熙载:《艺概》,上海古籍出版社 1978 年版。

[156] 胡应麟撰:《诗薮》,上海古籍出版社 1979 年版。

[157] 严羽著,郭绍虞校释:《沧浪诗话校释》,人民文学出版社 1983 年版。

[158] 方东树著,汪绍楹点校:《昭昧詹言》,人民文学出版社 1961 年版。

[159] 刘克庄撰,王秀梅点校:《后村诗话》,中华书局 1983 年版。

[160] 王士禛原编,郑方坤删补,李珍华点校:《五代诗话》,人民文学出版社 1989 年版。

[161] 徐师曾著,罗根泽校点:《文体明辨序说》,人民文学出版社 1962 年版。

[162] 叶燮著,霍松林校注:《原诗》,人民文学出版社 1979 年版。

[163] 包世臣:《艺舟双楫》,商务印书馆 1935 年版。

[164] 林纾著,范先渊校点:《春觉斋论文》,人民文学出版社 1959 年版。

[165] 陈元龙编:《历代赋汇》,凤凰出版社 2004 年版。

[166] 马积高主编:《历代辞赋总汇》,湖南文艺出版社 2014 年版。

[167] 李调元:《赋话》,《丛书集成初编》本,中华书局 1985 年版。

[168] 李调元:《赋话》,《续修四库全书》本。

[169] 孙梅撰:《四六丛话》,《续修四库全书》本。

[170] 陆荣:《历朝赋格》,齐鲁书社 1997 年版。

[171] 何沛雄编著:《赋话六种》,生活·读书·新知三联书店香港分店 1982 年版。

[172] 王冠辑:《赋话广聚》,北京图书馆出版社 2006 年版。

[173] 浦铣著,何新文、路成文校证:《历代赋话校证》,上海古籍出版社 2007 年版。

[174] 朱熹撰:《楚辞集注》,上海古籍出版社 2001 年版。

[175] 祝尧:《古赋辨体》,上海古籍出版社 1987 年版。

[176] 张锡厚辑校:《敦煌赋汇》,江苏古籍出版社 1996 年版。

[177] 伏俊琏:《敦煌赋校注》,甘肃人民出版社 1994 年版。

[178] [日]铃木虎雄著,殷石臞译:《赋史大要》,正中书局 1942 年版。

[179] 李曰刚:《辞赋流变史》,文津出版社 1987 年版。

[180] 丘琼荪:《诗赋词曲概论》,中华书局 1934 年版。

[181] 马积高:《赋史》,上海古籍出版社 1987 年版。

[182] 马积高:《历代辞赋研究史料概述》,中华书局 2001 年版。

[183] 郭建勋:《先唐辞赋研究》,人民出版社 2004 年版。

[184] 郭建勋:《辞赋文体研究》,中华书局 2007 年版。

[185] 郭维森、许结:《中国辞赋发展史》,江苏教育出版社 1996 年版。

[186] 程章灿:《魏晋南北朝赋史》,江苏古籍出版社 2001 年版。

[187] 韩晖:《隋及初盛唐赋风研究》,广西师范大学出版社 2002 年版。

[188] 许结:《赋体文学的文化阐释》,中华书局 2005 年版。

[189] 南京大学中文系主编:《辞赋文学论集》,江苏教育出版社 1999 年版。

[190] 邝健行编著:《诗赋合论稿》,江苏古籍出版社 2002 年版。

[191] 叶幼明:《辞赋通论》,湖南教育出版社 1991 年版。

[192] 汤炳正讲述,汤序波整理:《楚辞讲座》,广西师范大学出版社 2006 年版。

[193] 劳伦斯・A・施奈德著,张啸虎、蔡靖泉译:《楚国狂人屈原与中国政治神话》,湖北教育出版社 1990 年版。

[194] 游国恩主编:《离骚纂义》,中华书局 1980 年版。

[195] 詹杭伦:《唐宋赋学研究》,中国社会科学出版社、华龄出版社 2004 年版。

[196] 尹赛夫、吴坤定、赵乃增:《中国历代赋选》,山西人民出版社 1989 年版。

[197] 尹占华:《律赋论稿》,巴蜀书社 2001 年版。

[198] 赵逵夫主编:《历代赋评注・唐五代卷》,巴蜀书社 2010 年版。

[199] 赵俊波:《中晚唐赋分体研究》,中国社会科学出版社、华龄出版社 2004 年版。

[200] 彭红卫:《唐代律赋考》,社会科学文献出版社 2009 年版。

[201] [美]勒内・韦勒克、奥斯汀・沃伦著,刘象愚等译:《文学理论》(修订版),江苏教育出版社 2005 年版。

[202] [美]鲁道夫·阿恩海姆著,滕守尧、朱疆源译:《艺术与视知觉——视觉艺术心理学》,中国社会科学出版社 1984 年版。

[203] [英]崔瑞德编:《剑桥中国隋唐史》,中国社会科学出版社 1990 年版。

[204] [英]李约瑟:《中国科学技术史》,科学出版社 1975 年版。

[205] 刘师培撰,程千帆、曹虹导读:《中国中古文学史讲义》,上海古籍出版社 2000 年版。

[206] 林语堂:《吾国与吾民》,中国戏剧出版社 1990 年版。

[207] 陈寅恪:《隋唐制度渊源略论稿》,生活·读书·新知三联书店 2015 年版。

[208] 陈寅恪:《元白诗笺证稿》,生活·读书·新知三联书店 2001 年版。

[209] 陈寅恪:《金明馆丛稿初编》,生活·读书·新知三联书店 2015 年版。

[210] 陈寅恪:《唐代政治史述论稿》,生活·读书·新知三联书店 2001 年版。

[211] 闻一多撰,傅璇琮导读:《唐诗杂论》,上海古籍出版社 1998 年版。

[212] [日]遍照金刚:《文镜秘府论》,人民文学出版社 1975 年版。

[213] 钱穆:《中国近三百年学术史》,中华书局 1986 年版。

[214] 钱基博:《中国文学史》,中华书局 1993 年版。

[215] 钱钟书:《管锥编》,生活·读书·新知三联书店 2007 年版。

[216] 钱钟书:《管锥编》,中华书局 1979 年版。

[217] 钱钟书:《谈艺录》,生活·读书·新知三联书店 2001 年版。

[218] 李泽厚:《由巫到礼 释礼归仁》,生活·读书·新知三联书店 2015 年版。

[219] 李泽厚:《美的历程》,天津社会科学院出版社 2001 年版。

[220] 郑振铎:《中国俗文学史》,商务印书馆 1938 年版。

[221] 郑振铎:《插图本中国文学史》,作家出版社 1957 年版。

[222] 郑振铎:《插图本中国文学史》,人民文学出版社 1957 年版。

[223] 周祖谟编选:《隋唐五代文论选》,人民文学出版社 1990 年版。

[224] 蒙思明:《魏晋南北朝的社会》,上海人民出版社 2007 年版。

[225] 程千帆:《唐代进士行卷与文学》,上海古籍出版社 1980 年版。

[226] 林庚:《中国文学简史》,北京大学出版社 1995 年版。

[227] 傅璇琮:《唐代科举与文学》,陕西人民出版社 1986 年版。

[228] 傅璇琮:《唐诗论学丛稿》,京华出版社 1999 年版。

[229] 吴庚舜、董乃斌主编:《唐代文学史》,人民文学出版社 1995 年版。

[230] 陶敏、傅璇琮:《唐五代文学编年史·初唐卷》,辽海出版社 1998 年版。

[231] 蒋寅主编:《中国古代文学通论:隋唐五代卷》,辽宁人民出版社 2005 年版。

[232] 郑学檬:《五代十国史研究》,上海人民出版社 1991 年版。

[233] 罗宗强:《隋唐五代文学思想史》,中华书局 2003 年版。

[234] 詹福瑞:《中古文学理论范畴》,中华书局 2005 年版。

[235] 郭英德:《中国古代文体学论稿》,北京大学出版社 2005 年版。

[236] 童庆炳:《文体与文体的创造》,云南人民出版社 1994 年版。

[237] 朱艳英主编:《文章写作学》,东北师范大学出版社 1991 年版。

[238] 杜晓勤:《初盛唐诗歌的文化阐释》,东方出版社 1997 年版。

[239] 徐俊纂辑:《敦煌诗集残卷辑考》,中华书局 2000 年版。

[240] [美]宇文所安著,贾晋华译:《初唐诗》,生活·读书·新知三联书店 2014 年版。

[241] 叶嘉莹:《迦陵论诗丛稿》,河北教育出版社 1997 年版。

[242] 叶嘉莹:《汉魏六朝诗讲录》,河北教育出版社 2000 年版。

[243] 詹锳编著:《李白诗文系年》,人民文学出版社 1984 年版。

[244] 李长之:《道教徒的诗人李白及其痛苦》,辽宁教育出版社 1998 年版。

[245] 杨义:《李杜诗学》,北京出版社 2001 年版。

[246] 葛晓音:《诗国高潮与盛唐文化》,北京大学出版社 1998 年版。

[247] 陈平原:《从文人之文到学者之文》,生活·读书·新知三联书店 2004 年版。

[248] 张伯伟撰:《全唐五代诗格汇考》,凤凰出版社 2002 年版。

[249] 孙昌武:《柳宗元传论》,人民文学出版社 1982 年版。

[250] 高海夫:《柳宗元散论》,陕西人民出版社 1985 年版。

[251] 吴小林:《柳宗元散文艺术》,山西人民出版社1989年版。

[252] 林纾:《韩柳文研究法》,商务印书馆1914年版。

[253] 吴文治编:《柳宗元资料汇编》,中华书局1964年版。

[254] 尚永亮:《贬谪文化与贬谪文学——以中唐元和五大诗人之贬及其创作为中心》,兰州大学出版社2004年版。

[255] 吴宗国:《唐代科举制度研究》,辽宁大学出版社1992年版。

[256] 刘小枫:《拯救与逍遥》,华东师范大学出版社2007年版。

[257] 刘俊文主编,黄约瑟译:《日本学者研究中国史论著选译》(第一卷),中华书局1992年版。

[258] 李华瑞:《"唐宋变革"论的由来与发展》,天津古籍出版社2010年版。

[259] 郑阿财、颜廷亮、伏俊琏主编:《中国敦煌学百年文库·文学(一)》,甘肃文化出版社1999年版。

[260] 陈铭:《唐诗美学论稿》,中州古籍出版社1987年版。

[261] 贾晋华、傅璇琮:《唐五代文学编年史·五代卷》,辽海出版社1998年版。

[262] 杨荫深:《五代文学》,商务印书馆1935年版。

[263] 张兴武:《五代作家的人格与诗格》,人民文学出版社2000年版。

[264] 张兴武:《五代十国文学编年》,人民文学出版社2001年版。

[265] 张兴武:《五代艺文考》,巴蜀书社2003年版。

[266] 房锐主编:《唐五代文化论稿》,巴蜀书社2006年版。

[267] 陈尚君:《唐代文学丛考》,中国社会科学出版社1997年版。

[268] 李定广:《唐末五代乱世文学研究》,中国社会科学出版社2006年版。

[269] 罗婉薇:《逍遥一卷轻:五代诗人与诗风》,暨南大学出版社2009年版。

二、论文类

[1] 马积高:《论唐赋的新发展》,载《湖南师大学报》(哲学社会科学版),1986年第1期。

[2] 郭建勋、曾伟伟:《诗体赋的界定与文体特征》,载《求索》,2005年第4期。

[3]许结:《论唐代赋学的历史形态》,载《南京大学学报》(哲学·人文·社会科学版),1996年第1期。

[4]李昌集:《文学史中的主流、非主流与"文学史"建构——兼论"书写文学史"与"事实文学史"的对应》,载《文学遗产》,2005年第2期。

[5]刘忠:《"文学史"书写的漫长之旅——兼论文学经典的流动性》,载《文艺研究》,2011年第12期。

[6]曹顺庆、苗蓓:《儒家话语权与中国古代文学史》,载《社会科学研究》,2015年第2期。

[7]陈文新:《构建中国特色的文学史话语体系》,载《武汉大学学报》(哲学社会科学版),2018年第6期。

[8]倪其心:《关于唐诗的分期》,载《文学遗产》,1986年第4期。

[9]吴承学:《关于唐诗分期的几个问题》,载《文学遗产》,1989年第3期。

[10]王宏林:《论"四唐分期"的演进及其双重内涵》,载《文学遗产》,2013年第2期。

[11]刘伟生:《从〈关雎〉之解看儒家的和谐理念与实践品格》,载《孔子研究》,2009年第3期。

[12]刘伟生:《〈礼记·乐记〉"声""音""乐"辨》,载《船山学刊》,2002年第4期。

[13]刘伟生:《从赋序看赋家赋文的题材意识》,载《社会科学家》,2009年第8期。

[14]霍松林、梁静:《试论王绩诗文的独特意蕴》,载《山西大学学报》(哲学社会科学版),2006年第3期。

[15]白承锡:《初唐山林隐逸赋之研究》,载《滁州师专学报》,2000年第4期。

[16]徐俊:《敦煌本〈珠英集〉考补》,载《文献》,1992年第4期。

[17]陈瑜、杜晓勤:《从阿史那忠墓志考骆宾王从军西域史实》,载《文献》,2008年第3期。

[18]刘辰:《〈全唐文〉宋璟〈梅花赋〉为伪说补证》,载《文学遗产》,2008年第4期。

[19]高光复:《文学团体启于赋家》,载《辽宁师范大学学报》(社会科学版),2006年第5期。

[20] 张锡厚:《刘知几的文学批评》,载《四川师院学报》(社会科学版),1980年第4期。

[21] 吴文治:《刘知几〈史通〉的史传文学理论》,载《江汉论坛》,1982年第2期。

[22] 李少雍:《刘知几与古文运动》,载《文学评论》,1990年第1期。

[23] 蔡国相:《〈史通〉所体现的文论思想》,载《锦州师院学报》(哲学社会科学版),1990年第2期。

[24] 黄珅:《刘知几的"文德"说》,载《文艺理论研究》,1991年第5期。

[25] 韩盼山:《刘知几史传文的写作观念》,载《河北大学学报》(社会科学版),1992年第4期。

[26] 周文玖:《刘知几史学批评的特点》,载《史学史研究》,2007年第2期。

[27] 李振宏:《论刘知几史学的批判精神——纪念刘知几诞辰1350周年》,载《史学月刊》,2011年1期。

[28] 马元龙:《登高望远,心瘁神伤——兼论中国文人的生命意识》,载《华中师范大学学报》(人文社会科学版),1998年第4期。

[29] 葛晓音:《创作范式的提倡和初盛唐诗的普及——从〈李峤百咏〉谈起》,载《文学遗产》,1995年第6期。

[30] 林庚:《盛唐气象》,载《北京大学学报》,1958年第2期。

[31] 袁行霈:《盛唐诗歌与盛唐气象》,载《高校理论战线》,1998年第2期。

[32] 蒋海生:《论"盛唐之音"是一个美学范畴》,载《锦州师范学院学报》(哲学社会科学版),1985年第1期。

[33] 丁放、袁行霈:《宫廷中的诗人与盛唐诗坛——盛唐诗人身份经历与创作关系研究之一》,载《文学遗产》,2009年第1期。

[34] 丁放、袁行霈:《盛唐地方官吏中的诗人》,载《文学遗产》,2010年第5期。

[35] 吕华明:《李白〈大猎赋〉系年新考》,载《徐州教育学院学报》,2001年第1期。

[36] 徐希平:《〈全唐文〉补辑杜甫赋甄辨》,载《杜甫研究学刊》,1997年第2期。

[37] 詹杭伦、沈时蓉:《〈越人献驯象赋〉与杜甫关系献疑》,载《杜甫研究学刊》,2007 年第 4 期。

[38] 张忠纲:《杜甫献〈三大礼赋〉时间考辨》,载《文史哲》,2006 年第 1 期。

[39] 邝健行:《从唐代试赋角度论杜甫〈三大礼赋〉体貌》,载《杜甫研究学刊》,2005 年第 4 期。

[40] 杨经华:《生存的困境与文学的异化——杜甫诗赋比较研究》,载《杜甫研究学刊》,2006 年第 4 期。

[41] 张卫宏:《萧颖士研究》,西北大学 2007 年博士学位论文。

[42] 许结:《中国辞赋流变全程考察》,载《学术月刊》,1994 年第 6 期。

[43] 谢妙青:《韩愈辞赋研究》,台湾政治大学 1995 年硕士学位论文。

[44] 周悦:《论韩愈的辞赋》,载《湖南社会科学》,2004 年第 6 期。

[45] 刘真伦:《晁补之〈续楚辞〉、〈变离骚〉作者、篇目及佚文辑存》,载《古籍研究》,2012 年 Z1 期。

[46] 龚克昌:《略论韩愈辞赋》,载《文史哲》,1992 年第 3 期。

[47] 景凯旋:《从〈闵己赋〉看韩愈儒学思想中的道与利》,载《徐州师范大学学报》(哲学社会科学版),1999 年第 4 期。

[48] 黄爱平:《李翱韩愈关系交恶辨》,载《韩山师范学院学报》,2008 年第 5 期。

[49] 李最欣:《李翱是韩愈弟子吗》,载《文学遗产》,2005 年第 3 期。

[50] 李最欣:《韩愈与皇甫湜关系辨正》,载《中州学刊》,2009 年第 1 期。

[51] 于浴贤:《论欧阳詹赋》,载《泉州师范学院学报》(社会科学版),2005 年第 3 期。

[52] 洪承直:《试探柳宗元之"古为今用"——以两篇辞赋之"parody"为例》,中国·永州柳宗元学术研讨会论文,2002 年。

[53] 刘伟生:《柳宗元〈愈膏肓疾赋〉的叙事策略》,载《湖南第一师范学院学报》,2011 年第 6 期。

[54] 吴仪凤:《唐赋的帝国书写特质探讨》,载《东华汉学》,2006 年第 4 期。

[55] 陈金现:《白居易江州、忠州赋的主要思想》,见《第十届国际辞赋

学学术研讨会论文集》,2012 年。

[56] 付兴林:《论白居易律赋的精神特质及艺术成就》,载《甘肃社会科学》,2008 年第 3 期。

[57] 郭自虎:《以古赋为律赋——论元稹对律赋的革新》,载《安徽师范大学学报》(人文社会科学版),2010 年第 4 期。

[58] 陈才智:《白居易赋的后世拟仿》,见《"辞赋与中国文化"暨纪念马积高先生诞辰九十周年学术研讨会论文集》,2015 年。

[59] 詹杭伦:《清代赋家"以赋论赋"作品探讨》,载《中国文学研究》,第四辑。

[60] 许结:《历代论文赋的创生与发展》,载《文史哲》,2005 年第 3 期。

[61] 吴承学:《〈过秦论〉:一个文学经典的形成》,载《文学评论》,2005 年第 3 期。

[62] 王绍东:《论汉代"过秦"思想的历史局限》,载《史学史研究》,2009 年第 3 期。

[63] 许东海:《辞赋与谏书——杜牧〈阿房宫赋〉新论》,载《苏州科技学院学报》(社会科学版),2014 年第 1 期。

[64] 许结:《说〈浑天〉 谈〈海潮〉——兼论唐代科技赋的创作与成就》,载《南京大学学报》(哲学人文社会科学),1999 年第 1 期。

[65] 许结:《文学与科技的融织——论科技赋的创作背景与文化内涵》,载《淮海工学院学报》(人文社会科学版),2004 年第 2 期。

[66] 刘勉:《司空图〈诗赋(赞)〉考论》,载《北京大学学报》(哲学社会科学版),2010 年第 6 期。

[67] 稻畑耕一郎著,陈植锷译:《赋的小品化初探(下)——赋的表现论之一》,载《杭州大学学报》,1980 年第 3 期。

[68] 许结:《论小品赋》,载《文学评论》,1994 年第 3 期。

[69] 李新宇:《论晚明小品赋的发展变化》,载《文学评论》,2012 年第 3 期。

[70] 吴河清:《唐人马嵬诗与唐代社会群体意识》,载《中州学刊》,1999 年第 4 期。

[71] 简涛:《敦煌本〈燕子赋〉考论》,载《敦煌研究》,1986 年第 3 期。

[72] 楚永桥:《〈燕子赋〉与唐代司法制度》,载《文学遗产》,2002 年第 4 期。

[73] 程毅中:《关于变文的几点探索》,载《文学遗产》增刊第 10 辑,1962 年 7 月。

[74] 周绍良:《谈唐代民间文学——读〈中国文学史〉中"变文"节书后》,载《新建设》,1963 年第 1 期。

[75] 程毅中:《敦煌俗赋的渊源及其与变文的关系》,载《文学遗产》,1989 年第 1 期。

[76] 伏俊琏:《俗赋研究》,西北师范大学 2001 年博士论文。

[77] 伏俊琏:《敦煌俗赋的类型与体制特征》,载《南京大学学报》(哲学人文科学社会科学),2007 年第 4 期。

[78] 伏俊琏:《试谈敦煌俗赋的体制和审美价值——兼谈俗赋的起源》,载《敦煌研究》,1997 年第 3 期。

[79] 伏俊琏:《两篇风格迥异的〈燕子赋〉》,载《社科纵横》,2005 年第 2 期。

[80] 李纯良:《敦煌本〈韩朋赋〉创作时代考》,载《敦煌研究》,1989 年第 1 期。

[81] 裘锡圭:《汉简中所见韩朋故事的新资料》,载《复旦学报》(社会科学版),1999 年第 3 期。

[82] 李纯良:《略谈〈乌鹊歌〉与〈紫玉歌〉及〈韩朋赋〉之关系》,载《敦煌研究》,1990 年第 1 期。

[83] 裘锡圭:《〈神乌赋〉初探》,载《文物》,1997 年第 1 期。

[84] 扬之水:《〈神乌赋〉谫论》,载《中国文化》第十四期。

[85] 刘乐贤、王志平:《尹湾汉简〈神乌赋〉与禽鸟夺巢故事》,载《文物》,1997 年第 1 期。

[86] 谭家健:《〈神乌赋〉源流漫论》,载《中国文学研究》,1998 年第 2 期。

[87] 万光治:《尹湾汉简〈神乌赋〉研究》,载《四川师范大学学报》(社会科学版),1997 年第 3 期。

[88] 张锡厚:《羽毛如利剑,精诚化鸳鸯——敦煌写本〈韩朋赋〉浅析》,载《名作欣赏》,1983 年第 3 期。

[89] 傅庆升:《血泪韩朋赋,民主自由歌——读敦煌文卷札记》,载《内蒙古民族师院学报》,1987 年第 1 期。

[90] 傅修延:《赋与中国叙事的演进》,载《江西社会科学》,2007 年第

9期。

［91］薛栋:《〈韩朋赋〉形成蠡测》,载《河西学院学报》,2006年第1期。

［92］伏俊琏、杨爱军:《韩朋故事考源》,载《敦煌研究》,2007年第3期。

［93］郭铁娜:《汉代民间爱情故事的"韩朋模式"研究》,载《沈阳大学学报》,2008年第4期。

［94］葛晓音:《中晚唐古文趋向新议》,载《北京大学学报》(哲学社会科学版),1985年第5期。

［95］许总:《论五代诗》,载《学术论坛》,1994年第6期。

［96］陈冠明:《唐诗人张随世次考》,载《烟台师范学院学报》(哲学社会科学版),2000年第3期。

［97］贺中复:《五代十国诗坛概说》,载《北京社会科学》,1996年第4期。

后　记

前几天翻阅曹植的集子,读到他的《离友》诗,猛然发现有这样的句子:"感隔离兮会无期,伊郁悒兮情不怡。"心下一惊,寻思曹植怎么这么有远见,居然能预测到一千八百多年后的事情,那一瞬间真有"古今一也,人与我同尔"的亲切感。但又有些疑惑,找来别的本子一看,原来诗中的"隔离"是"离隔"之倒文。再看这本集子,是2020年1月出版的新书,莫非是编著者有意为之? 其实"隔离"与"离隔"本无太大的区别,或许一主动,一被动;一强调中间有物,一指示时空久远。现在因为其中一个在特定的时空中有了特别的含义,就让人感受到更大的差异了。

把这份阅读心得写到这里,是因为我这本小书离当初接受任务也有十三四年了,2018年获得国家社科基金后期资助项目的支持,但2019年年底提交结题报告后,即因疫情被拖到2021年才出结题通知,现在收到出版社校样校过一遍后,想要寄回去竟然又被告知快递不畅通。这中间既有时空的久远,又不乏外物的阻隔,好在终于到了写后记的时候。

2008年,郭师组织编著"中国辞赋通史"的写作活动,计划分阶段、全景式地描述和探讨辞赋的起源、形成、发展和演变,阐述它在各个时代题材内容和艺术形式方面的特点,以及与其他文体的相互关系。我奉命撰写隋唐五代这一时期的内容。

郭师设定了撰写原则:这部通史的主要任务是探讨两千年辞赋自身发展演变的历史,侧重历时性的归纳、描述与分析。与其他文体一样,辞赋的发展有其自身的规律,同时受一定时代的文化背景、人的精神观念与审美情趣的制约,研究中将两者结合起来才是科学而全面的。课题所涉及的面非常广泛,因此相关文献的搜集、挖掘和整理极为重要,这是保证课题质量的先决条件。课题应以历史唯物主义的科学理论为指导,充分吸取我国古代和西方文学史方面的理论成果,以具体的辞赋作品和相关历史文献为基本材料,力求理论与材料相结合、历史性与逻辑性相一致,通过扎实的分析和论证得出符合实际的结论。

按照这个总的原则,我在撰写这本《隋唐五代辞赋研究》时,也努力搜集与整理了这一时期的辞赋作品及相关历史文献,借助中西古今适切的理论,在细读文本的基础上,尽可能还原隋唐五代赋史的生态样貌,并对赋史书写问题作了自觉的思考。

在研究过程中,我参考了不少名贤的著作,尤其是马积高先生的《赋史》、郭维森先生与许结先生的《中国辞赋发展史》、韩晖先生的《隋及初盛唐赋风研究》、赵俊波先生的《中晚唐赋分体研究》、赵成林先生的《唐赋分体叙论》、彭红卫先生的《唐代律赋考》、王兆鹏先生的《唐代科举考试诗赋用韵研究》、尹占华先生的《律赋论稿》、詹杭伦先生的《唐宋赋学研究》、张锡厚先生的《敦煌赋汇》、伏俊琏先生的《俗赋研究》、张兴武先生的《五代艺文考》、俞纪东先生的《汉唐赋浅说》、郭建勋先生的《辞赋文体研究》等。

近二十年来,我陪同郭师先后参加过泉州师范学院、贵州师范大学、湖北大学、三峡大学、湖南大学举办的国际辞赋学术会议,参加在包头职工大学、浙江大学、漳州师范学院、河南西峡、淮阴师范学院、湖南汨罗举办的中国屈原学会年会,虽短于言辞,不善外务,但曾目睹时贤风采,聆听大家妙论,对个人的治学与小书的写作良多助益。本书的部分章节即在这些学术会议上进行过研讨并在《光明日报》《中国社会科学报》《文艺理论研究》《中国文学研究》《社会科学辑刊》《中国韵文学刊》《杜甫研究学刊》《名作欣赏》《古典文学知识》《天中学刊》等刊物上得以发表,算是得到过学界同行的一些认可。

特别要感谢国家社科基金后期资助项目的五位匿名评审专家。他们既肯定了拙著的创新意识与学术价值,认为:"成果研究比前人更全面、更细致、更深入,对以往局限于单个作家作品或分段分体的局部研究,实现了学术层级上的某种程度的超越。""提出一些具有启发性或创新性的学术成果、观点或思路,显示了作者在学术上的敏锐眼光与深耕意识。""针对赋体文学的特殊体性,摸索、总结出了一些更为适切的赋体文学的理论与方法,方法论上的开放视角使成果获得了一定的理论品格。"又提出了许多具体的修改意见,诸如"宏观论述要加强""框架和章节安排需要再仔细斟酌""绪论需要充实""提升对赋家赋作解读与评价的准确性""锤炼文辞,避免常识性错误""全面清理脚注与参考文献方面的问题"等。按照专家们的建议,我又花了一年多的时间作了全面细致的修订,使书稿更合情合理,并且少了一些明显的错谬。

感谢郭师的信任与鞭策,感谢学界同仁的关怀与照顾,感谢五位匿名评审专家的肯定与指导。将文学史事实逻辑化,是文学史书写的重要任务,也是文学史优劣的评判标准。只因线索有大小、有多寡,著述者才力有高低,拙稿也无法实现所有的期望,解决所有的难题。也许文学史的书写永远在路上,用赵伟东先生在《有形的书写与无形的建构——论文学史的显性文本与隐性书写》中的话聊以自慰吧:"无论如何文学史是文学史家书写不尽的对象,任何文学史家都不可能终结文学史,因此有形的书写与无形的建构也将会继续延伸到未来。"

《庄子·刻意》篇有"纯粹而不杂,静一而不变"之句。2007年,湖南大学文学院推出"静一学术论丛"系列著作,即取"静一"一语为丛书之名。郭师在"静一学术论丛"系列著作的总序中特别彰明"混嚣尘而不变""心恒静一"的态度与立场。在郭师家的客厅里,挂着一幅装裱精致的书法作品,上书"忍默勤"三字,是黄寿祺先生写给郭师的。郭师多次提到他陪同黄寿祺先生去陕西师范大学讲学,顺道参观西安碑林时,黄寿祺先生据"忍默勤"碑教诲郭师并赐字的往事。不只感念师恩,郭师其实也是特意讲给我们听的,他也希望我们践行"忍默勤"的教诲。我自知没有足够的才华与能力继续老师的学术传统,那就努力修炼老师反复强调的"心恒静一"的品性吧。

自己读过的资料因为当初不小心标错了一个页码,校对的时候为了找到具体的出处,竟然要花一两个小时。一部六百来页的稿子,光核对引文就得耗费很多的精力,切身的体会更能感受到编辑工作的辛劳,衷心感谢安徽大学出版社汪君老师认真的审阅与精心的编校。

刘伟生
2021 年 12 月